सहस्त्रफण

विश्वनाथ सत्यनारायण

अनुवाद
पी. वी. नरसिंहराव

भारतीय ज्ञानपीठ

राष्ट्रभारती / लोकोदय ग्रन्थमाला : ग्रन्थांक 285

ग्रन्थमाला सम्पादक
रवीन्द्र कालिया

सह-सम्पादक
गुलाबचन्द्र जैन

पहला संस्करण	:	1970
दूसरा संस्करण	:	1984
तीसरा संस्करण	:	2003
चौथा संस्करण	:	2004
पाँचवाँ संस्करण	:	2005
छठा संस्करण	:	2005
सातवाँ संस्करण	:	2010

ISBN 978 - 81 - 263 - 2047 - 9

प्रकाशक :
भारतीय ज्ञानपीठ
18, इन्स्टीट्यूशनल एरिया, लोदी रोड
नयी दिल्ली-110 003

मुद्रक : रुचिका प्रिंटर्स, दिल्ली-110 032

सातवाँ संस्करण : 2010
मूल्य : 220 रुपये

SAHASRAPHANA
(Telugu Nonel)
by Vishwanath Satyanarayan

Published by
Bharatiya Jnanpith
18, Institutional Area, Lodi Road
New Delhi-110 003

Website : www.jnanpith.net
e-mail : Jnanpith@satyam.net.in, sales@jnanpith.net

Seventh Edition : 2010
Price : Rs. 220

सहस्त्रफण

ज्ञानपीठ पुरस्कार से सम्मानित
तेलुगु कथाकार के उपन्यास का अनुवाद

प्रास्ताविक

बीसवीं शताब्दी के मूर्धन्य भारतीय साहित्यकार श्री विश्वनाथ सत्यनारायण के तेलुगु बृहत् उपन्यास 'बेयिपडगलु' का हिन्दी अनुवाद 'सहस्रफण' हिन्दी पाठकों के कर-कमलों में अर्पित करते हुए मुझे बड़ा हर्ष हो रहा है। जो लोग श्री सत्यनारायण से परिचित हैं, वे कई वर्षों से अनुभव करते आये हैं कि सत्यनारायण जी की प्रखर प्रतिभा केवल एक भाषा-भाषी प्रान्त तक सीमित नहीं रहनी चाहिए, क्योंकि एक ही प्रान्त में वह समा नहीं सकती। श्री सत्यनारायण का साहित्यिक व्यक्तित्व अनूठा है, अनन्य-सामान्य है, अद्वितीय है। उनमें कई ऐसे गुण हैं जो साधारणतया एक व्यक्ति में इकट्ठे नहीं पाये जाते। उनके साहित्यिक व्यक्तित्व में साहित्यिकता कितनी है, वैचारिकता कितनी मात्रा में है, भावुकता किस प्रमाण में है और रसात्मकता कहाँ तक सम्पन्न हुई है—इन बातों का विश्लेषण कठिन है। आज तक यह विश्लेषण किसी ने किया भी नहीं है। तथापि यह निस्सन्देह कहा जा सकता है कि श्री विश्वनाथ सत्यनारायण का साहित्य अनुसन्धान एवं गवेषणा के उत्सुक साहित्यिकों के लिए विस्तृत तथा अक्षुण्ण क्षेत्र प्रस्तुत करता है।

श्री विश्वनाथ सत्यनारायण तेलुगु साहित्य में चोटी के कवि हैं, चोटी के उपन्यासकार हैं, चोटी के नाटककार हैं, चोटी के कहानीकार एवं आलोचक हैं। यह हुआ उनके साहित्यिक स्थान का निर्देश। परन्तु यह निर्देश अस्पष्ट ही कहलाएगा। उनकी अपनी विशेषता तो सर्वतोमुखी प्रतिभा में है। प्रचलित साहित्यिक विधाओं में उन्होंने किसी को नहीं छोड़ा; सभी को अपनाया और सभी में अपनी प्रतिभा को चमकाया। कवि के रूप में सत्यनारायण जी का वैशिष्ट्य विशेष उल्लेखनीय है। 'श्रीमद्रामायण कल्पवृक्ष' नाम से सम्पूर्ण रामायण महाकाव्य की रचना करके उन्होंने इस आधुनिक युग में एक अद्भुत कार्य किया है। कई विद्वानों का मत है कि तेलुगु में आज तक जितनी रामायणों की रचना हुई है, उन सब में यह 'कल्पवृक्ष' मुकुटायमान है। कई साहित्यिकों का यह भी मत है कि श्री सत्यनारायण आदि से अन्त तक तत्त्वतः कवि और केवल कवि हैं, चाहे वे कोई भी रचना कर रहे हों। इस मूल्यांकन से सब लोग सहमत हों या न हों, परन्तु सत्यनारायण जी की सभी रचनाओं में जो काव्यमयता सामान्य गुण के रूप में विद्यमान है, उससे इनकार नहीं किया जा सकता।

'रामायण कल्पवृक्ष' महाकाव्य के अतिरिक्त सत्यनारायण जी ने अनेक खण्ड-काव्यों और गीत-काव्यों की रचना की है। उनकी सिद्धहस्तता इसी बात से प्रकट होती है कि उनके लिखे हुए 'किन्नरसानी पाटलु' नामक गीत आन्ध्र प्रदेश के लाखों पाठकों

को आनन्द-विभोर करने में समर्थ हुए हैं। महाकाव्य एवं गीत—इन दोनों का एक ही लेखनी से निकलकर समान रूप से लोकप्रिय होना प्रायः अन्यत्र बहुत कम देखने में आता है।

उपन्यासकार एवं कहानीकार के रूप में श्री विश्वनाथ सत्यनारायण का व्यक्तित्व अत्यन्त व्यापक है, महान् है, विराट् है। यहाँ भी कहना होगा कि एक ही लेखनी से इतनी भिन्न-भिन्न प्रकार की रचनाओं का निकलना अत्यन्त विलक्षण है। क्या वस्तु में, क्या भाषा में, क्या शैली में, क्या कथानक में—सत्यनारायण जी की रचनाओं में जो विविधता पाई जाती है, उसे देखते ही बनता है। तिनके से लेकर ब्रह्माण्ड तक कोई भी वस्तु और कोई भी व्यक्ति सत्यनारायण जी के संवेदनशील अनुशीलन का विषय बन सकता है, बनता आया है। चरित्र-चित्रण एकदम अनूठा है, वैचित्र्यपूर्ण है। तथापि उनके पात्र सीधे 'जीवन-मंच' से आये हुए होते हैं, किसी काल्पनिक 'रंगमंच' से नहीं। उनके पात्रों के चरित्रों का रेखांकन (delineation) वास्तव तथा कल्पना का अत्यन्त रोचक सम्मिश्रण प्रस्तुत करता है। पात्रों में वास्तव स्पष्ट दीखता है, परन्तु साथ-साथ कल्पना भी जहाँ-तहाँ झाँकती रहती है। यह उनकी एक मुख्य विशेषता है।

सैद्धान्तिक रूप से श्री विश्वनाथ सत्यनारायण साहित्य में ध्वनि-प्रधानता के प्रबल समर्थक हैं। प्राचीन साहित्यिक सिद्धान्तों पर उनका इतना अधिकार है कि उन्हें विद्वद्वृन्द 'अभिनव मल्लिनाथ' कहते हैं। तेलुगु और संस्कृत के कुछ महाकाव्यों में किये गये शब्द-प्रयोगों तथा ध्वन्यात्मक विशिष्टताओं के विषय में उन्होंने अनेक लेख लिखे हैं। लेखों के अतिरिक्त प्रायः सैकड़ों व्याख्यान भी दिये हैं। सत्यनारायण जी का व्याख्यान श्रोताओं के लिए एक उदात्त अनुभव होता है। उनकी वाणी कहीं गंगा की तरह धीर गम्भीर, कहीं पर्वत से कूदने वाली निर्झरिणी की तरह उतावलापन लिये हुए, कहीं बादलों की गड़गड़हाट जैसी भयानक और कहीं कोकिल के पंचम-स्वर का अनुसरण करने वाली होती है ! शब्दों में अर्थ-सौष्ठव के साथ-साथ शब्द-प्रयोग में स्वतन्त्र रूप से सार्थक ध्वनियों के वाहक शब्दों का आयोजन श्री विश्वनाथ सत्यनारायण को विशेष आकर्षित करता है। इसी को वे उत्तम कोटि का साहित्य मानते हैं और औरों से मनवाने की निरन्तर चेष्टा करते हैं। इसी का वे स्वयं अपनी रचनाओं में भरसक अनुष्ठान करते हैं।

इस प्रकार श्री विश्वनाथ सत्यनारायण साहित्यिक क्षेत्र में अद्वितीय स्थान के अधिकारी हैं। विस्तार, विविधता, विद्वत्ता, गम्भीरता, उदात्तता, सहृदयता, रसात्मकता—ये सभी गुण उनके साहित्यिक व्यक्तित्व में प्रचुर मात्रा में विद्यमान हैं।

इस साहित्यिक वैशिष्ट्य के साथ-साथ श्री विश्वनाथ सत्यनारायण का वैचारिक पक्ष है जो उनकी सारी रचनाओं पर अपनी अमिट छाप डाले हुए है। इस पक्ष को समझे बिना सत्यनारायण जी का साहित्यिक पक्ष भी पूर्ण रूप से नहीं समझा जा सकता। श्री विश्वनाथ सत्यनारायण एम. ए. भी हैं और प्राचीन परम्परा एवं संस्कृति के मर्मज्ञ

भी। वेदों, उपनिषदों एवं शास्त्रों के वे अच्छे ज्ञाता भी हैं और साथ ही अँग्रेज़ी साहित्य तथा अन्य आधुनिक शास्त्रों के पारखी भी। उनके साहित्यिक व्यासंग का प्रारम्भिक काल देश के इतिहास में बड़े उथल-पुथल का काल था। इस प्रकार सत्यनारायण जी के व्यक्तित्व में परस्पर मेल न खाने वाले दो सांस्कृतिक प्रवाहों का समावेश हुआ। समावेश क्या हुआ, संघर्ष उत्पन्न हुआ। सत्यनारायण जी के विचार प्राचीन भारतीय वैदिक संस्कृति एवं परम्परा में शत-प्रतिशत पगे हैं। जैसा कि उन्होंने 'सहस्रफण' के नायक से कहलवाया है, वे सोलहों आने 'वैदिक' हैं। अँग्रेज़ी पढ़ाई की सत्ता के कारण एवं तत्कालीन ब्रिटिश सरकार का आसरा लेकर भारतीय संस्कृति पर निरन्तर दुराक्रमण करने वाले अन्य प्रभावों के कारण सत्यनारायण जी के व्यक्तित्व में एक प्रतिक्रिया की प्रवृत्ति-सी उत्पन्न हुई। प्रतिभावान एवं विद्वान् होने के नाते किसी भी प्रकार के ढोंग से उन्हें चिढ़ थी। आधुनिक सभ्यता के नाम पर समाज में नये प्रकार के पाखण्ड एवं अन्याय का जो दौर-दौरा चल पड़ा, उससे सत्यनारायण जी की आत्मा खीझ उठी। हमारी संस्कृति के मूल तत्त्वों को समझे बिना ही उसकी ओछी आलोचना करने का जो फैशन सर्वत्र चल पड़ा था, उसका खण्डन करने के लिए सत्यनारायण जी की प्रभावशाली लेखनी बारम्बार उठी है। उनका तर्क पक्का है, विद्वत्ता अपार है, वाग्वैदग्ध्य अचूक है और सद्भावना अप्रतिम। एक बात में कहना हो तो "स्वधर्मे निर्धनं श्रेयः परधर्मो भयावहः"—यही उनकी वैचारिक पृष्ठभूमि का सारांश है। यह पृष्ठभूमि लगभग उनकी सारी रचनाओं में मिल सकती है। परन्तु सबसे अधिक व्यापक रूप में वह प्रायः 'सहस्रफण' में विद्यमान है।

'सहस्रफण' श्री विश्वनाथ सत्यनारायण का सर्वमान्य बृहत् उपन्यास है। 'ज्याँ क्रिस्टोफ़ी' जैसी रचनाओं की तरह इस उपन्यास में इतिहास भी है, समाजशास्त्र भी है, राजनीति भी है, प्राचीन संस्कृति का सर्वश्रेष्ठ निरूपण भी है, कला की पराकाष्ठा भी है, शास्त्रार्थ भी है, डाँट-फटकार भी है और बहुत बड़ी मात्रा में रसात्मकता भी है। कुछ आलोचकों ने 'सहस्रफण' को उपन्यास कहना भी पसन्द नहीं किया था। प्रायः उनका मत इस अर्थ में ठीक है कि 'सहस्रफण' उपन्यास के अतिरिक्त भी बहुत कुछ है।

'सहस्रफण' का मुख्य विषय है, भारतीय जीवन तथा जीवनदर्शन में वर्तमान 'सन्धिकाल' का विवेचन एवं विश्लेषण। लेखक ने एक ऐसे युग का चित्रण किया है जिससे प्राचीन मूल्यों का उच्चाटन हो रहा है, पर उनके स्थान पर उतने ही स्पृहणीय नये मूल्यों की स्थापना नहीं हो पाती। परिणाम है संघर्ष, अनिश्चितता, अवनति। ऊपरी तड़क-भड़क से चकाचौंध करने वाली तथाकथित आधुनिक सभ्यता में सचमुच कितना सार है, कितनी कल्याणकारिता है, कितनी लक्ष्य-शुद्धि है और कितना ढोंग और ढकोसला है—इसका मार्मिक विवेचन 'सहस्रफण' में किया गया है। उपन्यास का निष्कर्ष यह है कि भारतवर्ष में समाज-रचना की नींव हमारे चिन्तन-आदर्शों के आधार पर ही होनी उचित है। किसी और आधार पर वह नींव खोखली ही रहेगी।

'सहस्रफण' के सन्देश को इतने थोड़े शब्दों में सूत्र-रूप में कह डालना, प्रायः उचित न होगा। अन्ततोगत्वा यह एक साहित्यिक रचना है, वेदान्त या शास्त्र की पोथी नहीं। अतएव इस बृहत् रचना के कलात्मक एवं रसात्मक पक्ष को प्राथमिकता मिलनी चाहिए। यही उचित है।

'सहस्रफण' के पात्रों का चरित्र-चित्रण अनूठा है। पुराने ज़मींदार कृष्णम नायडू, उनके बेटे रंगाराव और पोते हरप्पा का चित्रण तीन पीढ़ियों के परस्पर अन्तर को स्पष्ट करता है। देवदासी, गणाचारी, हरिया, रुक्मिणम्माराव, रामेश्वर शास्त्री—ये सभी पात्र अत्यन्त उदात्त हैं; तथापि उनका युग समाप्त होता दिखाया गया है। कोई चाहे या न चाहे, उनके पुनरागमन की कोई सम्भावना नहीं। लेखक ने इस वास्तविक स्थिति को स्वीकार किया है। यह बात विशेष रूप से ध्यान देने योग्य है कि सत्यनारायण जी ने इस अस्तंगत व्यवस्था के अन्तिम चरण को उसके अत्यन्त वैभवपूर्ण स्वरूप में चित्रित अवश्य किया, परन्तु यह कहीं नहीं कहा कि वही व्यवस्था आगे भी सदा के लिए बनी रहे। आदर्श युवराज के रूप में हरप्पा का महान् चित्र लेखक ने अवश्य उपस्थित किया है; परन्तु साथ-साथ यह भी स्पष्ट कहा है कि अन्य सभी युवराज भोग-लालसा एवं रंग-रलियों में आपाद-मस्तक डूबे हुए हैं।

कुमारस्वामी, मंगम्मा, रामेश्वरम्, ईटसन, चन्द्रारेड्डी, कबीर, मागन्ना आदि ऐसे पात्र हैं जो मिला-जुला व्यक्तित्व रखते हैं और साधारण समाज में पाये जाते हैं। किसी भी युग में उन्हें देखा जा सकता है।

बच जाते हैं अरुन्धती और धर्माराव—प्रकृति और पुरुष। अनादि धर्म के प्रतीक, कालनिरपेक्ष वैदिकता के प्रतिनिधि—ये पात्र जन्म लेते हैं, हँसते हैं, रोते हैं, शरीर से मिट भी जाते हैं। परन्तु ये ऐसी विभूति हैं जो शाश्वत तत्त्वों पर निर्मित हैं। अतएव वे शाश्वत हैं। इस धर्म-भूमि में वे कभी नष्ट नहीं होंगे। 'सम्भवामि युगे युगे' का वे अनुसरण करते हैं।

श्री विश्वनाथ सत्यनारायण वस्तुतः प्रगति के विरोधी नहीं है। प्राचीन संस्कृति पर उनकी जो आस्था है, उसका आधार अन्ध-श्रद्धा नहीं है, साम्प्रदायिक कट्टरपन नहीं है, असहिष्णुता नहीं है। यह सच है कि जगह-जगह पर धर्माराव की बातों में थोड़ा-बहुत वितण्डावाद-सा झलकता है। परन्तु यह वितण्डावाद विपक्षों के आक्रमणकारी तथा आततायी वितण्डावाद की रोक-थाम के लिए उद्दिष्ट है, 'स्वधर्म' की रक्षा के लिए अभिप्रेत है। उसमें स्वयं दुराक्रमण करने की प्रवृत्ति लेश-मात्र भी नहीं। 'सहस्रफण' में कई सन्दर्भों से यह बात देखी जा सकती है। समाज-सुधार के नाम पर जो अन्याय, लूट-खसोट और ढोंग का बाजार गरम है, उसकी कड़ी आलोचना जगह-जगह मिलती है। आधुनिक सामाजिक जीवन के कई निकृष्ट पहलुओं की पोल खोली गयी है। कहीं-कहीं तो दलीलें बड़ी ही तीखी हैं। तथापि उनकी सचाई पर किसी को सन्देह नहीं हो सकता। लेखक के सभी विचारों से सभी पाठकों का सहमत होना आवश्यक

नहीं; परन्तु जिस ढंग से देश की वर्तमान अवनति का वास्तविक चित्र लेखक ने खींचा है, वह निस्सन्देह प्रभावशाली है।

श्री विश्वनाथ सत्यनारायण की धार्मिक आस्था और विचारधारा के विषय में विवादों की भी कमी नहीं है। कई लोगों ने उन्हें प्रगति-विरोधी और कट्टर सनातनी बताया है। विशेषकर एक अखिल भारतीय पुरस्कार के सन्दर्भ में (जिसके नाम का उल्लेख यहाँ अनावश्यक है) सत्यनारायण जी के साहित्यिक व्यक्तित्व को काफ़ी बदनाम किया गया। कहना होगा कि आन्ध्र प्रदेश के बाहर कुछ लोग उन्हें इस बदनामी के ही प्रकाश में पहचानने लगे। इस प्रस्तावना के सन्दर्भ में मुझे सत्यनारायण जी की वकालत करना नहीं है। जैसा कि मैं कह चुका हूँ, उनके विचारों से मेरा या किसी अन्य व्यक्ति का पूर्णतया सहमत होना आवश्यक नहीं। तथापि मैं यह अवश्य अनुरोध करूँगा कि सत्यनारायण जी के धार्मिक, सांस्कृतिक, राजनीतिक, आर्थिक और साहित्यिक आदि विचारों की प्रशंसा अथवा आलोचना करने से पहले 'सहस्रफण' को कुछ गहराई से, कुछ बारीक़ी से पढ़ लेना अच्छा होगा। यह सच है कि वाद-विवाद के सन्दर्भ में कुछ जगहों पर 'सहस्रफण' का नायक ऐसी दलीलें पेश करता है जो कट्टरपन्थी कही जा सकती हैं। परन्तु कथा-संयोजन में, पात्र-पोषण में, चरित्र-चित्रण में और वर्तमान वस्तु-स्थिति के विश्लेषण में लेखक ने प्रगति-विरोधी दृष्टिकोण नहीं अपनाया है। राष्ट्रीय भावना को सर्वत्र सराहा है। जगह-जगह पर बड़े उद्योगों की अर्थव्यवस्था को हमारे लिए अननुकूल बताकर ग्रामीण उद्योगों की आत्म-निर्भर अर्थव्यवस्था का समर्थन किया है। उपन्यास का नायक धर्माराव एक सन्दर्भ में अपनी पत्नी का चरण-संवाहन करता है। पत्नी के मना करने पर वह कहता है कि पति-पत्नी के सम्बन्ध में अधिकता और न्यूनता का कोई प्रश्न नहीं उठता। कोई भी सनातनी लेखक अपने कथा-नायक के दृष्टि-कोण को इस प्रकार चित्रित नहीं कर सकता। मंगम्मा भ्रष्ट हो जाती है। परन्तु लेखक ने उसे भ्रष्टा के रूप में तज नहीं दिया है। वही भ्रष्टा भक्तिन के रूप में अवतीर्ण होती है और त्याग एवं सौजन्य का उज्ज्वल दृष्टान्त उपस्थित करती है। एक पतिता का ऐसा चरित्र-चित्रण करना किसी कट्टर सनातनी लेखक के लिए असम्भव है। वेश्या रत्नगिरि एवं वेश्या-पुत्री गिरिका का जो चरित्र-चित्रण 'सहस्रफण' में किया गया है, वह किसी भी साहित्यिक के लिए गौरवास्पद है। उन दोनों माँ-बेटियों की जो पवित्र कल्पना सत्यनारायण जी ने की है, शायद ही किसी अन्य ने की हो। देवदासी का ऐसा दिव्य सुन्दर चरित्र किसी कट्टरपन्थी सनातनी प्रगति-विरोधी लेखक की लेखनी से कदापि सम्भव नहीं। 'सहस्रफण' में आदि से अन्त तक विवाह के मामले में जाति का कहीं प्रतिबन्ध नहीं है। क्या रामेश्वर शास्त्री, क्या कुमारस्वामी, अन्य जाति वाली स्त्रियों से विवाह करके आदर्श दाम्पत्य निभाते दिखाये गये हैं ? सुख और आनन्द का उपभोग करते पाये गये हैं ? विवाह के विषय में ऐसा दृष्टिकोण अपनाना किसी भी प्रगति-विरोधी सनातनी लेखक के लिए सम्भव नहीं है। इसी प्रकार कितने ही उदाहरण दिये जा सकते

हैं जिनसे स्पष्ट होता है कि 'सहस्रफण' का लेखक अपनी श्रद्धा और विचारों से प्रतिगामी या प्रगति-विरोधी नहीं है। हाँ, जिसे बाह्य रूप में 'प्रगति' माना जा रहा है, उसके अन्तःस्वरूप को परखने की, और जहाँ खोखलापन दीखे, उसकी पोल खोलने की धृष्टता इस महान् लेखक ने अवश्य की है। इस सूक्ष्मदर्शी प्रवृत्ति पर भी प्रतिगामिता का आरोप करना स्वयं कट्टरपन है, जो आज के कुछ अविचारी तथाकथित आधुनिकों में बड़ी मात्रा में देखा जा रहा है।

श्री विश्वनाथ सत्यनारायण ने अपने पात्रों को बड़ी सहानुभूति से—कहीं-कहीं बड़े दुलार से भी—चित्रित किया है। किसी भी पात्र के विषय में लेखक के मन में कोई घृणा अथवा तिरस्कार नहीं है। पाठकों के मन में भी किसी पात्र के प्रति विशेष घृणा उत्पन्न नहीं होती। ऐसा कोई पात्र हो सकता है तो केवल रामेश्वरम्। परन्तु उसका स्थान उपन्यास में गौण है, अप्रधान है। अतएव 'सहस्रफण' का कोई मुख्य खल-नायक (विलन) ही नहीं है। हाँ, इस उपन्यास में खलनायक का स्थान किसी मनुष्य विशेष को नहीं, प्रत्युत किसी विचार-विशेष को अवश्य मिल सकता है। वह विचार-विशेष है 'परधर्म'। इस प्रकार इस उपन्यास में 'स्वधर्म' और 'परधर्म' का परस्पर संघर्ष वर्णित है।

'सहस्रफण' की भाषा संस्कृतप्रचुर है, अत्यन्त परमार्जित है और किसी गद्यात्मक महाकाव्य की-सी भासती है। तेलुगु गद्य में लम्बे-लम्बे संस्कृत समासों का प्रयोग प्रारम्भ से ही होता आया है। इन समासों को घटाने या निकाल देने के लिए भी समय-समय पर आन्दोलन होते रहे और आज भी हो रहे हैं। तथापि संस्कृत समासों का पुट तेलुगु गद्य और पद्य दोनों में विद्यमान है। 'सहस्रफण' में कल्पनाओं की उड़ान के साथ-साथ उसके अनुरूप ओजस्वी भाषा का भी प्रयोग किया गया है। भाव और भाषा दोनों ही एक-दूसरे से मेल खाते हैं और दोनों ही कथावस्तु के नितान्त अनुरूप हैं। विशेषता यह है कि इतनी लच्छेदार संस्कृत-प्रचुर भाषा के बावजूद पाठक का कुतूहल कहीं भी शिथिल नहीं पड़ता बल्कि कहना चाहिए कि जगह-जगह पर भाषा ही के कारण इतिवृत्त में ओजस्विता एवं उदात्तता आ जाती है। कई तो ऐसे सन्दर्भ हैं जिनका सारा सौन्दर्य ओजपूर्ण भाषा पर निर्भर है। यह हुई संस्कृत की बात। परन्तु 'सहस्रफण' में तेलुगु का भी इतना मनोहर एवं सरस रूप निखर आया है कि तेलुगु-भाषी पाठक तल्लीन हुए बिना नहीं रह सकते। कथोपकथन में जो तेलुगु प्रयुक्त हुई है वह सादगी में, नोक-झोंक में, काकु में और सूचकता में अद्वितीय है। इस प्रकार 'सहस्रफण' भाषा की दृष्टि से भी गद्य साहित्य में अपना विशिष्ट स्थान रखता है।

'सहस्रफण' में किये गये वर्णन विशेषकर उल्लेखनीय हैं। समस्त ऋतुओं के साथ-साथ चाँदनी एवं साँपों के अनेक वर्णन आते हैं। कहीं-कहीं तो चाँदनी के उपमान में साँपों की भिन्न-भिन्न हलचलों का वास्तविक वर्णन प्रस्तुत किया गया है। इन वर्णनों में लेखक की प्रखर कल्पना, सूक्ष्म-दृष्टि, भाषा पर अधिकार तथा व्यापक संवेदनशीलता

का साक्षात्कार हुआ है। वर्णनों को निकाल देने पर भी शायद कहानी को कोई क्षति नहीं पहुँचती; परन्तु 'सहस्रफण' के समूचे साहित्यिक प्रतिबिम्ब को अवश्य क्षति पहुँचती है। मेरा विश्वास है कि 'सहस्रफण' में किये गये वर्णनों का अध्ययन उदीयमान लेखकों एवं साहित्यिकों के लिए उपयोगी होगा।

अब मैं इस उपन्यास के हिन्दी अनुवाद के विषय में दो शब्द कहना चाहूँगा। यह मेरा परम सौभाग्य है कि इस उपन्यास को हिन्दी जगत् में ले आने का श्रेय मुझे प्राप्त हो रहा है। 'वेयिपडगलु' जैसी रचना का किसी भी भाषा में अनुवाद करना कोई कम साहस का काम नहीं है। तथापि मैंने नम्रता एवं सहृदयता से इस काम का बीड़ा उठाया। मूल रचना के अनुसार ही सारा अनुवाद किया गया है। तेलुगु में प्रचलित कुछ मुहावरों को हिन्दी में गढ़ने की भी मैंने चेष्टा की है। कथोपकथन को मूल पाठ की तरह चरपरा बनाने का यथासम्भव प्रयास किया है। किसी भी जगह अपनी तरफ़ से जोड़ने या बदलने की मैंने कोशिश नहीं की है। हाँ, यह हिन्दी अनुवाद संक्षिप्त रूप में प्रकाशित हो रहा है। मूल उपन्यास का कोई एक-तिहाई भाग लेखक के सुझावों के अनुसार घटा दिया गया है, जिसमें कई पात्र, कई घटनाएँ और कई रोचक सन्दर्भ मौजूद थे। तथापि जो संक्षिप्त पाठ हिन्दी में प्रस्तुत किया जा रहा है उसमें भी समग्रता आ गयी है।

इस विवरण के बाद भी मुझे यह कहने का साहस नहीं होता कि अनुवाद निर्दोष बन पड़ा है। यह निर्णय तो पाठक ही करेंगे। मुझे केवल इतना ही कहना है कि जो गुण अनुवाद में विद्यमान हैं वे मूल रचना से आये हैं और जो त्रुटियाँ अनुवाद में पायी जाती हैं उन्हें अनुवाद का 'दायभाग' मान लेना उचित होगा।

काफ़ी समय से इस पुस्तक की प्रतीक्षा की जाती रही है। इधर कुछ मित्र मुझसे बार-बार पूछने लगे थे कि सचमुच मैंने 'वेयिपडगलु' का हिन्दी अनुवाद किया भी है कि नहीं। ठीक ऐसे समय जब कि मेरी साहित्यिक 'साख' को ख़तरा उत्पन्न हो रहा था, 'सहस्रफण' का प्रकाशित होना मेरे लिए सचमुच वरदान है। ख़ैर, ''देर आयद, दुरुस्त आयद।'' प्रकाशक को धन्यवाद।

जय हिन्द !

– पी. वी. नरसिंहराव

हैदराबाद
16 सितम्बर 1970

सहस्त्रफण

"फण हज़ार पसार, नृप को
स्वप्न में फणि ने लिया डस।"

यह गीत गाती और उछल-कूद मचाती हुई एक युवती सुब्बन्नापेठ के बाज़ारों में इधर-उधर घूम रही थी। उसके माथे पर लगा बड़ा-सा कुंकुम टीका स्वेद-बिन्दुओं में मिलकर नीचे को खिसक रहा था। हाथ में एक नीम की डाली थी जिसे वह इधर-उधर हिला रही थी। बाल बिखरे थे। आँचल के हट जाने का भी उसे भान न था। कभी वह धीरे चलती और कभी सहसा दौड़ने लगती। कई किशोर, जिनकी उम्र दस-बारह के आस-पास थी, उसका पीछा कर रहे थे। बाज़ार के उस छोर पर पीपल के नीचे कुछ प्रतिष्ठित लोग बैठे इधर-उधर की बातों में मशगूल थे। उनकी बातचीत में उस युवती की भी चर्चा चल पड़ी।

एक ने कहा, "फिर से गणाचारी[1] निकल पड़ी है !"

दूसरा बोला, "गणाचारी नहीं, गिनाचारी नहीं। यह तो एक खेल है। जवान लड़की लाज-संकोच छोड़ गाँव भर भटकती रहे और उसके माँ-बाप चुप्पी साधे रहें, यही अचरज की बात है।"

तीसरे का कहना था, "बूढ़े ज़मींदार साहब की मृत्यु के बारे में इसने छह महीने पहले ही भविष्यवाणी की थी। यदि वह गणाचारी न होती तो कैसे बता पाती ?"

और फिर चौथा बोला, "भैया, यह तो अन्धे के हाथ का कंकड़ है। लग गया तो लग गया; नहीं तो नहीं।"

उस समय दस घड़ी दिन चढ़ चुका था। गरमियों की तेज़-तीखी हवा चल रही थी। स्कूल से छूटे हुए बच्चे बग़ल में किताबें और तख्तियाँ दबाये, माथे के पसीने को कुरतों के आस्तीनों से पोंछते हुए घरों की ओर घोड़ों की तरह सरपट दौड़ रहे थे। पेट भर ख़ाना ख़ाकर भगेलों[2] के लड़के पीपल के पत्तों से बने चिरुट का कश लगाते हुए मवेशियों को चरागाहों में ले जा रहे थे। बूढ़ी ग्वालिनें उन मवेशियों के छोड़े हुए गोबर के लिए आपस में झगड़ा कर रही थीं। ब्राह्मण स्त्रियाँ घर का काम-काज निबटा कर कन्धों पर कपड़े रख, तलैया की ओर जा रही थीं। हरिजन स्त्रियाँ खेत में काम करने वाले अपने पतियों के लिए टोकरों में ख़ाना और पानी ले जा रही थीं। धूप की गरमी से सवेरा दोपहरी में आप से आप बदल रहा था। डेढ़ पहर की उस धूप में धीरे-धीरे उष्णता बढ़ रही थी। हवा के झोंके भी गरम थे। तपती हुई वह हवा

1. गणाचारी : वह स्त्री जो ग्रामीण प्रथा के अनुसार अविवाहित रहती है और जिसे लोग दैवी संकेत का माध्यम मानते हैं : इस कारण वह ग्रामीण समाज में सम्मान्य समझी जाती है।
2. भगेला : खेती में नियुक्त नौकर।

गणाचारी को सहन न हुई और थोड़ी देर बाद पीपल के नीचे आकर वह उन प्रतिष्ठित सज्जनों के पास बैठ गयी। वहाँ उसका पहुँचना था कि उनकी बातचीत जहाँ की तहाँ रुक गयी।

आज जहाँ सुब्बन्नापेठ बसा है वह सारा प्रान्त तीन सौ साल पहले एक घना जंगल था। उस जंगल में एक छोटा-सा गाँव था। गाँव में एक ग़रीब किसान रहता था, जो जंगल में लकड़ी काटता और उसे दूर के शहर में बेचकर अपना जीवन-निर्वाह करता। एक कपिला गाय भी उसके पास थी। सुन्दरता उसकी देखते ही बनती थी। उसकी सारी देह चमचम, ठिंगना क़द और सींग द्वितीया की चन्द्रकोर सरीखे थे। उसके गले में 'दृष्टि-दोष' को हटाने वाली रस्सी बँधी थी। जब वह चरने जाती, और चरकर घर लौटती, तब लोगों की दृष्टि उसी पर गड़ी रहती थी। उस किसान के लिए वह कपिला गाय मानो आँगन में बँधी हुई 'नन्दिनी' थी। उसके प्यारे बच्चों के लिए तो वरदान ही थी वह। किसान हज़ार आँखों से उसकी रखवाली करता। रोज़ सवेरे वह कपिला घड़ा भर दूध देकर जंगल में चरने जाती और रात को लौटकर फिर से घड़ा भर देती। कपिला ही किसान के परिवार के जीवन-निर्वाह का सहारा थी। अलग से खेती-बाड़ी की उसे ज़रूरत ही नहीं होती थी। महालक्ष्मी की तरह जब गाय आती-जाती, उसे देखकर किसान की आँखें मानो चाँदनी में जुड़ा जातीं।

एक दिन शाम को गाय जंगल से घर लौटी तो किसान की बहू ने उसे बाँध दिया। बछड़े को भी बाँधा और दूध दुहने के लिए गाय की ओर उसने ज्यों ही देखा—दस एकड़ में उगी हुई फसल के ढेर-सा उभरा रहने वाला उसका थन आज ढीला-ढाला और ख़ाली-ख़ाली दीख रहा था। इसी उधेड़बुन में बहू भीतर से पानी ले आयी और बछड़े को खोल दिया। लेकिन गाय ने बछड़े को पास तक नहीं फटकने दिया। इस पर बहू ने उसके पैरों में बन्धन डालना चाहा पर गाय ने यह भी नहीं करने दिया।

किसान-बहू ने जब ज़बरदस्ती दूध दुहना चाहा तो गाय ने लात लगायी। मालकिन मन-ही-मन चिन्तित हो उठी। सोचने लगी, 'मेरी गाय इतनी सीधी, सगी माई जैसी,—फिर भला आज इसने लात क्यों लगायी ?' इतने में किसान भी आ पहुँचा। बहू ने उसे गाय का सारा हाल कह सुनाया। फिर गाय पर से दीठ उतारी गयी—जूठे पत्तलों को गाय पर से उतारकर जला दिया गया। गाय ने फिर भी दूध नहीं दिया। तब किसान ने सोचा, 'ज़रूर किसी दुश्मन ने जंगल में ही इसे दुह लिया। शत्रुओं की यहाँ कौन कमी है ? कई लोगों से मेरी अनबन है ही।' यह सोचकर किसान चुप हो गया। लेकिन दूसरे दिन भी वही हाल हुआ। गाय घर लौटी। किसान ने दुहना चाहा और गाय ने फिर लात लगायी। तब किसान आग-बबूला हो उठा। उसने चरवाहे को बुलाकर ख़ूब पीटा। बेचारा चरवाहा कहने लगा—''मालिक, मैं दिन भर उसे लगातार देखता रहा।

एक बार ही कपिला मेरी नज़र बचाकर आधे घण्टे तक ग़ायब रही। बस मैं और कुछ नहीं जानता।'' किसान की समझ में कुछ नहीं आ रहा था। उस दिन और दूसरे दिन उसके बच्चों ने दही के लिए ख़ूब रार भी मचायी।

गाय ने चार-पाँच दिन लगातार दूध नहीं दिया। किसान ने उसे एक दिन घर में बाँध रखा। परन्तु दिन भर गाय बेहद छटपटाती रही। फिर उसका करुण आक्रन्दन सुनकर किसान ने उसे छोड़ दिया। शाम को वह घर लौटी मगर दूध नहीं दिया। परिवार की आजीविका का साधन इस प्रकार निरुपयोगी हुआ देख किसान पागल-सा हो गया। गहन चिन्ताओं के बीच उसे एक उपाय सूझा। दूसरे दिन वह अपना सारा काम छोड़कर गाय के साथ-साथ ख़ुद जंगल में चला गया। दिन भर अपनी दृष्टि गाय पर गड़ाये रखी और उसी का पीछा करता रहा।

साँझ होने को आयी। मवेशियों को घर लौटाकर ले जाने का समय आया। बछड़े को ले आने के लिए किसान कुछ ही दूर गया था कि इतने में गाय ग़ायब हो गयी। हैरान होकर किसान ने उसे खोजना शुरू किया—वृक्षों की ओट में, लता-कुंजों के पीछे, हर तरफ़, पर गाय का कहीं पता न चला। किसान तब निराश हो उठा। कोई आध घण्टे बाद गाय दूर पेड़ों के झुरमुट से आती दीख पड़ी। किसान ने देखा, उसके थनों में दूध बिलकुल न था। थन नीरस लग रहे थे—रस चूसकर फेंकी हुई आम की गुठली की तरह। किसान ने झुरमुट में जाकर ढूँढ़ा, आस-पास छान मारा, पर उसे कुछ भी दिखायी न दिया। बेचारा क्या करता ? गाय और बछड़े को लेकर उलटे पाँव घर पहुँचा।

रात में उसे नींद नहीं आ रही थी। सोचने लगा, 'यह कैसा माया-जाल है ? देखते-देखते गाय ग़ायब कैसे हुई ? कहाँ चली गयी ? पेड़ों के उस झुरमुट से क्यों निकली ? वहाँ तो कोई भी नहीं था। अजब है यह। ज़रूर कोई गड़बड़ है।' इसी ऊहापोह में सारी रात बीत गयी।

दूसरे दिन किसान फिर गाय के साथ जंगल गया। उस दिन भी वही हुआ। फिर तीसरे दिन उसने सोचा कि आज तनिक भी असावधानी से काम नहीं चलेगा। उसने पल भर के लिए भी गाय को अपनी दृष्टि से ओझल न होने दिया। उस रोज़ कपिला उसकी नज़र से न बच सकी। विवश होकर शाम को अपने मालिक के पीछे घर लौट चली। जाते-जाते यकायक वह वृक्षों की ओट में साँप के एक बिल के पास आ खड़ी हुई। किसान यह सब देख रहा था। वह पास के एक लता-कुंज में छिप गया। वहाँ से उसे गाय साफ़ दिखाई दे रही थी।

उस बिल से एक दिव्य सर्प बाहर आया और मुँह खोल कपिला के थनों के पास अपना फण पसार कर खड़ा हो गया। यह देखते ही किसान की आँखों के आगे अँधेरा छा गया। लेकिन थोड़ी देर बाद उसने धीरज धर कर अपने सिर की पगड़ी उतारी और ज़मीन पर रख कर सर्पराज को प्रणाम किया। फिर उसने देखा, कपिला के थनों से दूध की धार बह निकली। अवश्य ही सर्पराज दूध पी रहे होंगे। किसान ने सोचा,

इस दृश्य का वर्णन वह अपनी पत्नी से अवश्य करेगा। उसने फिर देखा—सर्पराज के एक नहीं, दो सिर थे। किसान ने सोचा इस अद्‌भुत दृश्य का वर्णन मैं सारे गाँव में करूँगा। उसने फिर देखा तो उसे सर्पराज के चार सिर दिखाई पड़े।

तब तो किसान का सिर चकराने लगा। वह वहीं बेसुध पड़ गया। थोड़ी देर बाद जब आँखें खुलीं तो गाय उसके पास खड़ी थी। फिर वह धीरे से उठा और घर लौटा। गाय भी उसके पीछे चल रही थी। किसान को ऐसा प्रतीत हो रहा था मानो गाय का एक-एक पग उसके अपने ही प्राणों पर पड़ रहा हो। घर पहुँचा, उसके तो चेहरे को देखते ही उसकी पत्नी ताड़ गयी कि ज़रूर कुछ विशेष घटा है। किसान ने आप ही सारा हाल कह सुनाया। देखते ही देखते सारी बात चारों ओर फैल गयी और गाँव के लोग भी किसान के घर ज़मा होने लगे। उन लोगों ने गाय को ख़ूब देखा-परखा, पर किसी को कोई उपाय न सूझा।

उसी रात, किसान ने सपने में हज़ार सिर वाले सुब्रह्मण्येश्वर स्वामी को देखा। सपने में स्वामी ने अपने लिए एक मन्दिर बनवाने का किसान को आदेश दिया—ठीक उसी जगह जहाँ कपिला का दूध स्वामी ने पिया था। दूसरे दिन किसान ने गाँव वालों को अपने स्वप्न का सारा वृत्तान्त कह सुनाया। सुनकर सबके सब भक्ति-भाव से झूम उठे। लेकिन उस गाँव में प्रायः सभी ग़रीब थे। मन्दिर बनवाने की सामर्थ्य किसी में नहीं थी। तथापि किसान ने अपनी सारी जायदाद बेचकर मन्दिर बनवाने का संकल्प किया। लेकिन उसकी जायदाद थी ही कितनी ? एक गाय और एक झोंपड़ी—बस। गाय तो पहले ही भगवान् को समर्पित हो चुकी थी। बची झोंपड़ी—अब उसे ख़रीदने वाला कौन था ? यदि कोई ख़रीदता भी तो शायद तीन रुपये भी न मिलते। भगवान् के लिए मन्दिर तो क्या, एक नयी झोंपड़ी भी नहीं बन सकती थी। लेकिन और किया क्या जा सकता था ?

दूसरी ओर स्वामी की महिमा गाँव वालों को पग-पग पर प्रकट होने लगी। गाँव के मुखिया का बेटा बीमार पड़ा। उसके सारे शरीर पर फोड़े निकल आए। स्वामी की मन्नत माँगने पर तुरत रोग कम हुआ। एक स्त्री दस वर्ष से कान की टीस से पीड़ित थी, स्वामी के नाम दीपदान करने पर उसकी भी पीड़ा कम हो गयी।

स्वामी की महिमा और प्रसिद्धि दिनों-दिन आस-पास फैलती गयी और लोग बड़ी संख्या में वहाँ आने लगे।

वहाँ से सातेक मील दूर गाँव में एक ब्राह्मण रहता था। उसकी थोड़ी-सी जायदाद थी, पर वह निःसन्तान था। ब्राह्मण ने संकल्प किया कि उसके सन्तान होगी तो वह स्वामी के सान्निध्य में आकर रहेगा और मन्दिर बनवाने का भरसक प्रयत्न करेगा। दूसरे ही वर्ष ब्राह्मण की पत्नी गर्भवती हुई और उनके यहाँ लड़का हुआ। ब्राह्मण ने उस लड़के का नाम रखा नागेश्वर शास्त्री और अपनी सारी जायदाद लेकर स्वामी की सेवा में रहने लगा। मन्दिर बनवाने का भी उसने बीड़ा उठाया।

वह ब्राह्मण पर्याप्त अध्ययन कर चुका था। ज्योतिष तथा वास्तु-शास्त्र का वह ख्याति-प्राप्त विद्वान् था। उसकी ख्याति सुनकर एक दिन एक धनी व्यक्ति उसके पास आया। उस व्यक्ति की आयु पचास वर्ष की थी। बड़ी-बड़ी मूँछें, चौड़ी-चौड़ी लाली उगलती हुई विशाल आँखें, लम्बे हाथ, भरी-भरी देह, देखने वालों को सहसा वह एक महान् योगी-सा भासता था। वैसे पचास वर्ष तक वह एक सामान्य गृहस्थ रह चुका था, लेकिन उसके बाद से ही उसके भाग फिरे थे। असल में पाँच-छह जोड़ी बैलों के सहारे गाड़ी को भाड़े पर चलाकर वह जीवन-निर्वाह करता आया था। अँग्रेज़ लोग जब टीपू सुलतान पर आक्रमण करने गये तब इसकी गाड़ी भी भाड़े पर ले गये थे। और जब टीपू पर विजय प्राप्त करके वे श्रीरंगपुर लौटने लगे तब इस गाड़ीवान ने भी लूट-खसोट में अपने हिस्से की माँग की। अँग्रेज़ों ने उसे क़िले का एक कमरा दिखाया और अनजाने में कहा कि उस कमरे में जो कुछ हो, ले लेना। गाड़ीवान के तो भाग खुलने को थे ही, वह कमरा अशर्फ़ियों से भरा निकला। गाड़ीवान ने अशर्फ़ियों को छिपा दिया और बड़े जतन से उन्हें बैलों पर लादकर अपने घर ले आया। गाड़ीवान का नाम था वीरन्ना। उसकी इच्छा थी कि उस धन से एक बड़ा क़िला बाँधकर ख़ुद वहाँ का ज़मींदार बन जाए। तब उसने खोज-बीन शुरू की कि क़िले के निर्माण के लिए सबसे अच्छी जगह कौन-सी है। और यही पूछने के लिए वह उस ब्राह्मण के पास पहुँचा। ब्राह्मण को भी इस संयोग से बड़ी प्रसन्नता हुई। उसने सोचा, अवश्य ही भगवान् ने इस लक्ष्मी-पुत्र को मेरे पास भेजा है।

ब्राह्मण ने वीरन्ना को बताया कि क़िला बनवाने के लिए वही स्थान सबसे अच्छा होगा, जहा सुब्रह्मण्येश्वर स्वामी उस क़िले के क्षेत्रपाल बन सकते हों। वह स्थान अत्यन्त पवित्र माना जाएगा और हाँ एक बड़ा शहर भी आबाद होगा, जो तीन-चार शताब्दियों तक अत्यन्त उन्नत दशा को प्राप्त होगा। ब्राह्मण की बात वीरन्ना को जँची, और उसने एक ही मुहूर्त पर अपने क़िले और स्वामी के मन्दिर का निर्माण प्रारम्भ किया।

इतने में एक और अद्भुत घटना घटी। जिस गाय का दूध स्वामी पी रहे थे, उसके मालिक किसान के एक ही लड़की थी ! वह उम्र की सोलहवीं देहरी पार कर रही थी, पर विवाह उसका नहीं हुआ था। कभी-कभी सुब्रह्मण्येश्वर स्वामी का उस लड़की पर आवाहन होता था। किसान ने कई बार उसके ब्याह की तैयारियाँ करनी चाहीं परन्तु ब्याह की बात चलते ही लड़की पछाड़ खाकर बेसुध हो, गिर पड़ती। यह देखकर माता-पिता अपनी भूल स्वीकार करते और स्वामी से क्षमा माँगते; और तब कहीं लड़की होश में आती। जब कोई ऐसी विचित्र घटना घटती, तो कुछ लोग अविश्वास भी प्रकट करने लगते। ऐसे लोगों पर छोटी-बड़ी मुसीबतें भी आ पड़तीं। यही वजह थी कि गणाचारी के प्रति अधिकतर लोगों की श्रद्धा प्रबल होती गयी।

उस गाँव का नाम सुब्बन्नापेठ पड़ा। धीरे-धीरे वह एक बड़ा गाँव बन गया। मन्दिर और क़िले का निर्माण दस बरस तक चलता रहा। अपने में दोनों ही अद्वितीय थे :

पर सुन्दरता में एक-दूसरे को मात करते दीखते थे। दूर-दूर से लोग आ-आकर मन्दिर और क़िले को देखते।

वीरन्ना नायडू बचपन से विष्णु-भक्त थे। अतएव उन्होंने वेणुगोपाल स्वामी का भी मन्दिर अलग बनवाया। स्वामी के नित्य भोग, कल्याणोत्सव[1] तथा अन्य पूजाओं के लिए ज़मींदार ने यथोचित प्रबन्ध किया। ज़मींदार के कृपा-पात्र बनकर अनेकानेक लोग इसी गाँव में आ बसे। अनेक प्रसिद्ध विद्वान् आए। देवदासियाँ आयीं। वैष्णवभक्त पधारे। शिव के अनुयायी भी आ बसे; और ज़मींदार ने सभी के लिए उचित प्रबन्ध किया।

दस बरस पहले जहाँ एक छोटा-सा गाँव था, वहाँ आज देवताओं को आश्रय मिला, भक्तों को सम्बल, धर्म को वास-स्थान और मुक्ति को मार्ग। सुब्रह्मण्येश्वर स्वामी बड़े दयालु थे। आने वाली दुर्घटनाओं का संकेत वे गणाचारी के मुख से कर दिया करते थे, साथ ही उन दुर्घटनाओं के परिहार के मार्ग भी सुझाते और दोषियों को दण्ड देते थे। यही कारण था कि स्वामी का नाम सुनते ही सारे लोग काँप उठते थे। अतः सहज ही भक्ति-धारा को गाँव में भरपूर बढ़ावा मिल रहा था।....

वीरन्ना नायडू का बेटा था नागन्ना नायडू। बाप के मरने पर वही ज़मींदार बना। उधर ब्राह्मण का भी देहान्त हुआ और उसका बेटा नागेश्वर शास्त्री भी मुखिया बन गया। पहली गणाचारी भी चल बसी और उसके स्थान पर उसके भाई की लड़की गणाचारी बन गयी। उस लड़की के माता-पिता भी उसका ब्याह रचाना चाहते थे, लेकिन ब्याह की बात छिड़ते ही वह भी पहली की तरह बेहोश हो जाती। इसलिए उसे भी कुँआरी ही रहना पड़ा। इस तरह उस किसान के परिवार में एक के बाद एक स्त्री-सन्तान का ही जन्म लेना और उसका सुब्रह्मण्येश्वर स्वामी की गणाचारी बनना आनुवंशिक क्रम-सा बन गया था।

वीरन्ना नायडू के वंशज स्वामी के प्रतिनिधि थे और ब्राह्मण के वंशज प्रचारक। किसान के वंश में जन्म लेने वाली लड़कियाँ स्वामी के व्याख्याता का काम करती थीं। यानी धरती और आकाश के बीच, स्वर्ग और नरक के बीच, प्रत्यक्ष और अप्रत्यक्ष के बीच एक प्रकार का स्थायी सम्बन्ध स्थापित हो गया।

ऊपर भगवान् थे और नीचे राजा और ब्राह्मण। इन दोनों के बीच गणाचारी एक अटूट कड़ी थी।

यह था चौखम्भा धर्म-मण्डल। इसके खम्भे थे—भगवान्, ज़मींदार, ब्राह्मण और गणाचारी। इसी मण्डप में सुब्बन्नापेठ के लोग उत्सव मनाया करते थे। धर्म, अर्थ, काम, मोक्ष रूपी कदली-वृक्ष इन चारों खम्भों से बँधे थे। चारों खम्भे हरे-भरे, शुभसूचक और

1. वह उत्सव जिसमें भगवान् का विवाह रचाया जाता है।

शोभा को लिये हुए थे। यह धर्म-मण्डप तीन शताब्दियों तक निरन्तर—अव्यवहित रूप में शोभावान् रहा। इन तीन सदियों में सहस्रफण वाले नागेश्वर स्वामी सुब्बन्नापेठ पर अपने हज़ार फणों की छत्रछाया पसारे, उस ठण्डी छाया में गाँव वालों को सुख और शान्ति की थपकियाँ देते रहे। सारे लोग धर्म और मोक्ष के बीच अर्थ और काम के झूले में सुख की नींद सोते रहे।

इसी सुदीर्घ काल में, स्वामी के फण लोगों को ठण्डी छाया देने के लिए ही खुले, उन्हें डसने के लिए नहीं। स्वामी की दो हज़ार आँखें धर्म से अनुप्राणित चारों दिशाओं को समाधान से देखती हुई प्रशान्त ज्योति की वर्षा करती रहीं; एक बार भी उन आँखों से धर्म-च्युति पर कुपित रक्त-कान्ति नहीं बरसी।

जिस ब्राह्मण ने सुब्बन्नापेठ का निर्माण कराया था, उसी का निर्णय था कि गाँव तीन सौ वर्ष तक रहेगा। कुछ लोग प्रश्न करते हैं कि उस प्रकाण्ड पण्डित ने, उस सर्वज्ञ ब्राह्मण ने, सुब्बन्नापेठ को शाश्वत क्यों नहीं बनाया ! इसका उत्तर यही है कि ब्राह्मण सर्वज्ञ अवश्य था, पर सर्वाधिकारी नहीं। वास्तु-शास्त्र का ज्ञाता अवश्य था, पर वास्तु-निर्माता नहीं। शास्त्र का जानकार था, पर स्रष्टा नहीं।

तीन सौ वर्ष बाद सुब्बन्नापेठ के नाश का बीजारोपण होगा—यही उस ब्राह्मण का संकेत था। आज की गणाचारी भी यही सूचित कर रही थी कि नाश के हेतुओं का जन्म हो चुका है। लेकिन गाँव में कई लोग गणाचारी की बातों को महत्त्व नहीं दे रहे थे।

गणाचारी पीपल के वृक्ष तले जा बैठी और थोड़ी देर बाद धीमे स्वर में अपना वही गाना गाने लगी। वहाँ बैठा हुआ एक युवक सहसा उठा और इशारों से अन्य लोगों के मना करने पर भी बड़ी ढिठायी से गणाचारी के सामने जाकर कहने लगा, ''क्यों जी गणाचारी, ये पागलपन के गाने क्यों गाती हो ? हज़ार फण कैसे ? राजा को डसना कैसा ? सो भी सपने में ? अब बन्द करो अपना गाना और घर चली चलो। जवान हो चुकी हो। जाति-बिरादरी की नाक कटा रही हो, अब तक ब्याह नहीं हुआ। ब्याह का नाम लेते ही हू-हू करती हुई बेसुध पड़ जाती हो। यह सब तुम्हारा ढोंग जान पड़ता है। यदि तुम सचमुच गणाचारी हो तो तुम्हें भी क्यों पसीना निकल आया ? तुम भी क्यों थक गयीं ? तुम सचमुच भगवान् की गणाचारी हो तो दिखा दो अपनी महत्ता ! मैं जो अब तुम्हें फटकार रहा हूँ, देखूँ कि तुम क्या कर लोगी।'' यह युवक इसी प्रकार बक-झक कर रहा था कि लोग उसे ज़बरदस्ती वहाँ से घसीट ले गये। कुछ लोग कहने भी लगे, ''उसने यह अच्छा नहीं किया। कैसा समय आया है ! हाय, लोगों के दम्भ का ठिकाना नहीं रहा ! आजकल के ये सब छोकरे सोलहों आने बिगड़ गये हैं। उन्हें सीख देने वाला भी कोई नहीं रहा।'' ....और इसी तरह की बातें चल पड़ीं।

गणाचारी एकदम चुप्पी साधे रही। उसने केवल एक-दो बार सिर उठाकर उस युवक को देखा। एक बार वहाँ के ज़मघट को भी निरखा-परखा।

लोग धीरे-धीरे वहाँ से खिसकने लगे। अन्त में गणाचारी अकेली रह गयी। दोपहर का समय हो आया। ग्रीष्म की धूप में पीपल के कोमल पत्ते ऐसे चमक रहे थे मानो गेहुँआ रंग वाले नागों के फण हों। पत्तों की छोटी-छोटी पूँछें ऐसी लग रही थीं मानो साँपों की पसारी हुई जीभें हों। दूर आकाश में सफ़ेद रंग के हलके-हलके बादल एक-दूसरे से ऐसे मिल-जुल रहे थे कि जैसे सफ़ेद नाग अपने फण फैलाकर एक-दूसरे से खेल रहे हों, कूद रहे हों और किलोलें कर रहे हों। धूप की तेजी भी ऐसी दुर्निरीक्ष्य हो उठी, मानो कोई महा-भुजंगराज क्रोध से फुफकारता हुआ फण खोलकर पूँछ के बल खड़ा हो गया हो।

गणाचारी उठी और घर की ओर चल पड़ी। उसकी लम्बी और अधखुली आँखें काले नाग के अधखुले फण जैसी दीख रही थीं। कनखियों पर पड़ी झुर्रियों की लकीरें काले नाग की जीभों की भाँति भयानक मन्दहास कर रही थीं। गणाचारी के सामने से एक महापुरुष आ रहा था। उसे देखते ही गणाचारी ने विकृत हास किया और उसकी ओर दौड़ पड़ी। फिर वह अपना वही गाना गाने लगी—

"फण हज़ार पसार, नृप को
स्वप्न में फणि ने लिया डस।"

गाने के शब्दों का गणाचारी ने कुछ ऐसा उच्चारण किया, मानो कोई सर्पराज फुफकार रहा हो।

दो

उस महापुरुष के शरीर का रंग पकी हुई नारंगी का-सा था। चेहरा न तो लम्बा था और न गोल। आजानु बाँहें, काली आँखें और विशाल फाल-भाग। उसकी आयु बीस बरस की रही होगी। नाम था धर्माराव।

धर्माराव रामेश्वर शास्त्री का बेटा था। रामेश्वर शास्त्री नागेश्वर शास्त्री की पाँचवीं पीढ़ी वाले पोते थे। कृष्णम नायडू जिन दिनों ज़मींदार थे, रामेश्वर शास्त्री उनके दीवान थे। लेकिन ज़मींदार की ख्याति से अधिक दीवान जी की ख्याति ही दसों दिशाओं में फैली। रामेश्वर शास्त्री ने श्रुति-स्मृतियों का अच्छा अध्ययन किया था। कुछ कर्मठ भी थे। उन्होंने यज्ञ-याग आदि नहीं किया था, परन्तु वैश्वदेव अवश्य किया करते और अपने घर में होमाग्नि को बुझने न देते। विचित्र व्यक्ति थे वे। उन्होंने चारों वर्णों की अर्थात् ब्राह्मण, क्षत्रिय, वैश्य तथा शूद्र कन्याओं से चार विवाह किये और चारों पत्नियों

से सन्तान पायी। इनके अतिरिक्त रत्नागिरि नाम की एक वेश्या उनकी रखैल भी थी। उससे भी रामेश्वर शास्त्री के सन्तान हुई।

लोगों की दृष्टि में रामेश्वर शास्त्री के ये अनेक विवाह और उनकी कामुकता अवश्य भर्त्सना का हेतु बनी। परन्तु उनकी उदारता तथा अन्य सद्गुणों के समुद्र में वह भर्त्सना डूब-सी गयी। रामेश्वर शास्त्री निरन्तर अन्नदान किया करते थे। शिवि, दधीचि, कर्ण, रामेश्वर शास्त्री—यही मानो महान् दाताओं की परम्परा थी। सारे परगने[1] में रामेश्वर शास्त्री से अपरिचित कोई न था। ऐसा भी कोई न था जो उनकी उदारता से लाभान्वित न हुआ हो; और साथ ही उनका गुणगान न करता हो।

नागेश्वर स्वामी के मन्दिर के ध्वज-स्तम्भ पर चढ़ायी गयी पीतली चादर जब ख़राब हो गयी, तब रामेश्वर शास्त्री ने उसके स्थान पर नयी सोने की चादर बनवायी। वेणुगोपाल स्वामी के लिए भी सोने का कवच बनवाया। सत्यभामा देवी के लिए मूल्यवान् नथ बनवायी, जिसमें माणिक जड़ा हुआ था। उसे बनवाने में एक हज़ार रुपये ख़र्च हुए। नागेश्वर स्वामी के मन्दिर में वीरभद्र की मूर्ति के लिए सोने की मूँछें, आँखें और बीच में माणिक जड़ी हुई बिन्दी भी उन्होंने बनवायी। वेणुगोपाल स्वामी के मन्दिर में शमी-वृक्ष के पास पत्थर का चबूतरा बनवाया। मन्दिर की तलैया में संगमरमर की नयी सीढ़ियाँ भी बनवायीं। यहाँ तक कि दोनों मन्दिरों में कराये गये निर्माण पर ही उनकी आधी जायदाद ख़र्च हो गयी।

रामेश्वर शास्त्री निर्धनों के भगवान् थे। पहले जब बारह बरस का अकाल पड़ा, तब लोग भूखों मर रहे थे। ज़मींदार के धान्यागार में छह सौ खण्डी[2] धान्य था। उसकी कौन रखवाली करता ? लोग झुण्ड के झुण्ड आ-आकर धान्य लूटने लगे। रामेश्वर शास्त्री को धान्यागार की रक्षा का काम सौंपा गया। वे धनुर्विद्या में निष्णात थे। तीर-कमान लेकर धान्यागार के पास जा डटे। आस-पास के पाँच-छह देहातों से झुण्ड के झुण्ड लोग आए। चुपचाप दूर खड़े हुए। पास आने का किसी को साहस न होता था। उन्हें कुछ न सूझा। कोई एक पग भी आगे बढ़ता तो शास्त्री जी के तीर का शिकार होना अवश्यम्भावी था। अन्त में उनमें से कुछ मुखिया लोग रामेश्वर शास्त्री के पास आए और कहने लगे—"महाराज, आज हमारे प्राण आपकी मुट्ठी में हैं। भूखों मरना क्या और आपके तीरों से मरना क्या, हमारे भाग्य में तो मरना ही बदा है। साथ-साथ हमारे बच्चे और स्त्रियाँ भी हैं। आप कृपा करें तो जिएँगे नहीं तो मरेंगे।" उनका दीनालाप सुनकर शास्त्री जी का हृदय पिघल गया। उन्होंने धान्यागार का एक भाग लोगों को दिखाया। लोग उस पर टूट पड़े और एक-एक व्यक्ति दस-बारह दिनों का रातब उठा ले गया। इसके बाद ज़मींदार ने शास्त्री जी से जवाब तलब किया। शास्त्री जी ने कहा, "लगभग एक हज़ार लोग आये और अनाज माँगने लगे। मैं न देता तो पता नहीं कितने

1. परगना : ज़मींदारी इलाके का एक भाग।
2. धान्य के माप का एक गरिष्ठ प्रमाण।

लोग मर जाते। वह सारा पाप आप पर होता या मुझ पर ? महाराज, यदि आप नाराज़ होते हैं तो उस अनाज के दाम मैं स्वयं अदा करूँगा।'' यह जवाब सुनकर ज़मींदार चुप हो गये।

इसी तरह की असंख्य कथाएँ प्रचलित थीं। उस इलाक़े में शास्त्री जी का बहुत सम्मान होता था। वे बड़े भाग्यशाली थे। जब तक वे जीवित रहे, यह कहना कठिन था कि सचमुच ज़मींदार कृष्णम नायडू थे या रामेश्वर शास्त्री।

एक बार ज़मींदार और रामेश्वर शास्त्री में किसी बात पर मनमुटाव क्या हो गया, छह बरस तक दोनों ने एक-दूसरे से बात नहीं की। शास्त्री जी ने कोठी की तरफ़ फटककर नहीं देखा। छह बरस बाद वेणुगोपाल स्वामी के सम्प्रोक्षण का अवसर आया। मन्दिर की मरम्मत की गयी। ज़मींदार साहब ने कोई कसर उठा न रखी। सम्प्रोक्षण का दिन भी आया। बड़ी संख्या में लोग इकट्ठे हुए। साँग अध्ययन करने वाले शास्त्रवेत्ता, गायक, कविगण, वादक, वैश्याएँ और दर्शक–इन सबसे मन्दिर खचाखच भर गया। मुहूर्त क़रीब आ रहा था। पूजा-संकल्प प्रारम्भ करने के लिए पुरोहित ज़मींदार की अनुमति की प्रतीक्षा कर रहा था। ज़मींदार की अनुमति नहीं मिली। मुहूर्त टला जा रहा था। पुरोहित जल्दी कर रहा था, पर ज़मींदार सिर नहीं उठा पाते थे। किसी को कुछ सूझ नहीं रहा था। अन्त में पुजारी ने साहस करके ज़मींदार से पूछा, ''महाराज, मुहूर्त टला जा रहा है, संकल्प प्रारम्भ कर दें ?'' कृष्णम नायडू ने बिना सिर उठाये ही उत्तर दिया, ''यहाँ किसे पूछते हो ? जो अनुमति दे सकते हैं, वे रामेश्वर शास्त्री तो अकड़कर घर बैठे हैं। जाकर उन्हें बुला लाओ।'' यह सुनते ही सब लोग आश्चर्य चकित हुए। सबको पता था कि छह बरस से दोनों में बातचीत तक बन्द है। लोग रामेश्वर शास्त्री को बुलाने गये, पर वे आए नहीं। बोले, ''बुलाने वाले तुम कौन होते हो ? बुलाना जिनका कर्त्तव्य है, वे बुलाएँगे तभी आऊँगा।'' ज़मींदार को जब यह उत्तर मिला तो वे स्वयं जाकर शास्त्री जी को बुला लाये। उनके परस्पर प्रेम का ढंग ही निराला था। ज़मींदार ने जाकर शास्त्री जी से कहा, ''क्यों जी, अकड़कर बैठे हो ? छह बरस तक अकड़ते रहे, अब और कब तक अकड़ोगे ? चले आओ भी, मुहूर्त टला जा रहा है।'' और शास्त्री जी मन्दहास करते हुए उठकर चले आए।

ऐसी थी उनकी मैत्री। राजा जितने उदार थे, शास्त्री जी उतना ही आत्म-सम्मान रखते थे, कभी-कभी ऐसा लगता था कि उनके शरीर मात्र भिन्न हैं।

मुसीबतों ने हरिश्चन्द्र जैसों को भी नहीं छोड़ा। उसी प्रकार रामेश्वर शास्त्री के अन्तिम दिन भी बड़े कष्ट में बीते। सामान्यतया भाग्यवान् असल में वे हैं जो प्रारम्भ में कष्ट सहकर भी जीवन के अन्तिम दिनों में सुख पाते हों। पहले सुख का उपभोग करके अन्त में दुर्दिन को प्राप्त होने वाले सचमुच अभागे ही होते हैं। शास्त्री जी की दान-वृत्ति के फलस्वरूप उनकी सारी जायदाद ग्रीष्म में सूखते तालाब की तरह धीरे-धीरे सूखती गयी।

एक ज़माना वह था जब रामेश्वर शास्त्री के घर में कितने लोग भोजन करते हैं, इनका किसी को पता न रहता था। कोई नहीं जानता था कि कौन किस काम से आया है। यह प्रश्न पूछना भी निषिद्ध था। आगन्तुकों के लिए सारी सुविधाएँ वहाँ थीं। भोजन के अलावा लोग दूकान पर चले जाते और शास्त्री जी के नाम पर उधार लिख़वाकर यथेच्छ सामान ले लेते। अन्त में यह उधार-खाता हज़ारों तक पहुँचा। ख़र्च बहुत बढ़ गया और शास्त्री जी पर क़र्ज़ चढ़ने लगा। कुछ समय बाद उन्होंने अपनी कुछ ज़मीन बेच डाली। अन्त में जो जायदाद बची, उसके मूल्य से कहीं अधिक क़र्ज़ चढ़ा हुआ पाया गया। जायदाद ख़रीदने को भी कोई तैयार नहीं हुआ। इसके बावजूद शास्त्री जी के घर में अन्नदान यथापूर्व चल रहा था। कुछ समय बाद वह न चल सका। धीरे-धीरे लोग वहाँ से खिसकने लगे। शास्त्री जी के हाथ में फूटी कौड़ी न रही। क़र्ज़दारों का दबाव बहुत बढ़ गया।

ज़मींदार ने एक-दो बार सहायता की, पर वे भी बूढ़े हो चले थे। उनके पुत्र रंगाराव ज़मींदारी के कामकाज खुद सँभालने लगे थे। रंगाराव अपने पिता की भाँति उदार नहीं थे, हर बात में ज़मा और ख़र्च की मीज़ान देखा करते थे। रामेश्वर शास्त्री से उन्हें उतनी आत्मीयता भी न थी। इसलिए शास्त्री जी को कोठी से लगातार मिलने वाली सहायता भी अब बन्द हो गयी।

शास्त्री जी पर वारण्ट ज़ारी हुआ। सिर छिपाने को जगह न रही।

योग्य क़ीमत मिलती तो बची हुई जायदाद से क़र्ज़ अदा हो सकता था। लेकिन सही क़ीमत मिलती कहाँ ? चतुरायी सचमुच क़र्ज़दारों की होती है, जो पहले तो क़र्ज़ देते हैं जायदाद देखकर; और अन्त में जायदाद को छोड़ वे आदमी को तंग करने लगते हैं। आदमी के शरीर की हड्डियाँ रत्न थोड़े ही हैं ? उसके रक्त से सोना थोड़े ही बनता है ? उसके पास धन कैसे आएगा ? उस बेचारे को तंग करने का क्या प्रयोजन है ?

रामेश्वर शास्त्री ने किसी क़र्ज़दार पर अन्याय नहीं किया। जायदाद की चोरी नहीं की। उनके कई रिश्तेदारों ने सलाह दी कि कुछ जायदाद पत्नी के नाम कर दो। पर उन्होंने कहा, "मेरी जीभ काट डालो, तब भी मैं ऐसा नहीं करूँगा।"

क़र्ज़दारों में एक भी ऐसा न था जिस पर शास्त्री जी के उपकार न हों। सबसे बड़ा क़र्ज़दार नागन्ना शेट्टी था। पिछले दिनों एक बार शेट्टी ने ज़मींदार का नाम लेकर कुछ गाली-गलौज की थी। यह बात कृष्णम नायडू तक पहुँची। नायडू ने किसी काम के बहाने शेट्टी को कोठी के भीतर बुलाया जहाँ कोड़ों से उसकी मरम्मत का प्रबन्ध किया गया था। शेट्टी का परम सौभाग्य था कि ठीक उसी समय रामेश्वर शास्त्री कोठी पर पहुँचे। ज़मींदार का उद्देश्य उन्होंने ताड़ लिया और तुरन्त शेट्टी को छुड़ाकर ज़मींदार को खरी-खरी सुनायी। इस नागन्ना शेट्टी का बाप उत्तर भारत का निवासी था। वहाँ आजीविका न मिलने के कारण सुब्बन्नापेठ आया था। रामेश्वर शास्त्री के

पिता ने उसका आदर किया और उसको कुछ पूँजी देकर व्यापार शुरू करवाया था। धीरे-धीरे उसकी आय बढ़ती गयी और आज वह लखपति बनकर रामेश्वर शास्त्री को क़र्ज़ देने लगा। परन्तु जब रामेश्वर शास्त्री को बुरे दिन देखने पड़े तब शेट्टी को शास्त्री जी का या उनके पिता का किया हुआ कोई उपकार याद नहीं रहा। उलटे शेट्टी ने प्रचार करना शुरू किया कि रामेश्वर शास्त्री उसका सारा पैसा खा गये हैं। साथ ही वह शास्त्री जी पर वारण्ट लाकर तामील करवाने के लिए अवसर की प्रतीक्षा करने लगा।

एक और क़र्ज़दार था श्रीरामुलु। वह जात का कम्मा[1] था। चालीस बरस पहले वह भूखों मरता सुब्बन्नापेठ आया था। वहाँ के किसानों के पास भगेले[2] का काम करता हुआ किसी तरह जी रहा था। उसकी स्थिति देख रामेश्वर शास्त्री तरस खाकर कहने लगे, "भैया ! बराबरी वालों में तुम यह नीच काम क्यों कर रहे हो ? मैं तुम्हें दस एकड़ ज़मीन दूँगा। साझे में खेती करो। भगवान् ने चाहा तो इसी से तुम्हारा निर्वाह हो जाएगा।" रामेश्वर शास्त्री की दया से श्रीरामुलु के भाग खुले और खेती में दिन-प्रतिदिन अधिक उपज होती गयी। धीरे-धीरे उसने पैसा इकट्ठा किया और ब्याह के समय दहेज में ससुराल वालों का दिया हुआ पैसा ब्याज पर देने लगा। उसकी पत्नी भी दूध-दही आदि बेचकर धन इकट्ठा करने लगी। होते-होते श्रीरामुलु दस हज़ार का मालिक बन गया। शास्त्री जी को उसने कुछ क़र्ज़ दिया। आज शास्त्री जी की फ़ज़ीहत करने वालों में ये महाशय सबसे आगे थे।

सचमुच सुब्बन्नापेठ में ऐसा कोई व्यक्ति न था जिसने रामेश्वर शास्त्री का नमक न खाया हो, पर आज उन्हें कष्टों से बचा लेने वाला कोई न रहा।

वह था पुराने और नये युगों के बीच का सन्धिकाल। पुराने रीति-रिवाज समाप्त हो रहे थे। नयी पढ़ायी सुब्बन्नापेठ में प्रवेश कर चुकी थी। उसके फलस्वरूप स्वतन्त्रता और व्यक्ति-गौरव का दौर-दौरा चल पड़ा। प्राचीन मान-मर्यादाओं की अवहेलना होने लगी। रामेश्वर शास्त्री सोलहों आने प्राचीन युग के थे। वे गाँव के सभी पुरुषों को 'क्यों रे' और सभी स्त्रियों को 'क्यों री' कहकर सम्बोधित करते थे। ऐसा कोई घर न था जो उनके प्रवेश के लिए निषिद्ध हो। शास्त्री जी सबसे एक-सा प्रेम करते थे। ज़मींदार को भी 'तुम' कहकर सम्बोधित करते। ज़मींदार के लड़के को 'क्यों रे भैया' कहते। जब तक शास्त्री जी की जायदाद बनी रही, उनका यह सम्बोधन किसी को नहीं अखरा। लेकिन आर्थिक स्थिति का बिगड़ना शुरू होते ही लोग उनके इस सम्बोधन पर झल्लाने लगे। शास्त्री जी की उदारता भी सुब्बन्नापेठ के लोगों को अवगुण-सी प्रतीत होने लगी।

---

1. आन्ध्र प्रान्त की वरिष्ठ जातियों में से एक जाति।
2. भगेला : खेत में काम करने वाला नौकर।

ज़मींदार साहब के पुत्र रंगाराव को शास्त्री जी का यह सम्बोधन बहुत बुरा लगा। शास्त्री जी पर रंगाराव के क्रोध का यह भी एक कारण बना। शास्त्री जी को यह ज्ञात न था। वे बड़े स्वतन्त्र स्वभाव के थे, पर बुरे दिनों के आते ही उनका स्वतन्त्र स्वभाव लोगों को घमण्ड-सा प्रतीत हुआ। समय की मार ऐसी ही होती है—बुरे दिनों में अच्छे से अच्छे कार्य के भी उलटे अर्थ किये जाते हैं।

रिश्तेदारों के बीच भी रामेश्वर शास्त्री ज्येष्ठ समझे जाते थे। क्या पाण्डित्य में और क्या व्यवहार-कुशलता में—उनके समान कोई न था। सभी रिश्तेदार थोड़ा-बहुत उनसे लाभ उठा चुके थे। कोई निकट का रिश्तेदार, कोई दूर का, कोई सगा, कोई सम्बन्धी—सभी लोग उनके घर पर अड्डा ज़मा कर पेट भर चुके थे। लेकिन दुर्भाग्य के दिन आए तो सबके सब रामेश्वर शास्त्री की आलोचना और उपेक्षा करने लगे। उनकी दृष्टि में अब शास्त्री जी अपण्डित थे, व्यवहार-कुशल नहीं थे, दूरन्देश नहीं थे। शास्त्री जी के मामा के कई बेटे थे, जो सबके सब शास्त्री जी के ही घर पले थे। असल में शास्त्री जी ने सभी के घरों में दीप जलाये थे, पर आज कोई उनके घर की ओर फटकता न था।

रामेश्वर शास्त्री के साले का नाम गंगाधर सोमयाजी[1] था। यज्ञ करने के कारण ही उनका नाम 'सोमयाजी' पड़ा था। उनके सारे पूर्वज आहिताग्नि[2] थे। परन्तु गंगाधर के पिता सोमन्ना केवल वैश्व-देव[3] किया करते थे। सोमन्ना के समय उनके परिवार में भोजन के भी लाले पड़ गये थे। सोमन्ना का गाँव रंगापुर, सुब्बन्नापेठ से तीन-चार मील पर था।

एक दिन सोमन्ना दूर के किसी गाँव से लौटते हुए सुब्बन्नापेठ से गुज़र रहे थे। दिन बढ़ आया था। बेचारे ब्राह्मण को भूख लगी। सोचने लगे—घर में तो सब्ज़ी भी न होगी। रास्ते में पके हुए ज्वार के खेत में रामेश्वर शास्त्री मंच पर बैठे कुछ लिख रहे थे। सामेन्ना ने उनसे पूछा, "भैया, तुम्हारे खेत से दो ककड़ियाँ तोड़ लूँ ?" शास्त्री जी बोले, "महाशय, आप बड़े हैं। मैं ख़ुद आपके लिए ककड़ियाँ तोड़ लाता हूँ।" यह कहकर शास्त्री जी इतनी ककड़ियाँ तोड़ लाये कि बूढ़े सोमन्ना के लिए उन्हें ढोना मुश्किल हो गया। लड़के की भलमनसी देखकर सोमन्ना फूले न समाये। उसका गाँव, नाम, परिवार आदि सारा ब्यौरा जानकर बड़ी प्रसन्नता से घर लौटे। ककड़ियों की गठरी उतारते हुए पत्नी से बोले—"लड़की के लिए वर ढूँढ़कर आया हूँ !" पत्नी ने बड़ी आतुरता से पूछा, "कौन है भला ?" सोमन्ना ने जवाब दिया, "और कौन है ? सुब्बन्नापेठ के नारायण शास्त्री का बेटा है, रोमश्वर शास्त्री जी। लड़का क्या है मोती

1. जिसने यज्ञ किया हो, ऐसा ब्राह्मण।
2. जो प्रतिदिन तीन बार हवन करता है।
3. वह होम जो विश्व-देवताओं के प्रीत्यर्थ किया जाता है।

है मोती। अच्छा पढ़ा-लिखा है और वाह ! लिखता तो वह बिलकुल मोतियों की तरह है ! मैंने उससे दो ककड़ियों की माँग की और उसने ककड़ियों से भरा एक टोकरा ही मेरे सिर पर रख दिया। सचमुच हमारी बेटी सावित्री बड़ी भाग्यवान् है। सोने जैसा वर मिला है उसे !"

पत्नी थोड़ा उदास होकर बोली, "तुम भी कैसी बात करते हो ? वे कहाँ और हम कहाँ ? हम ग़रीबों की लड़की से भला वे क्यों ब्याह करने लगे ? बस करो ये बातें।" तब सोमन्ना ने कहा, "ऐसा क्यों सोचती हो ? क्यों नहीं ब्याह करेंगे ? हम धन में कम सही, पर इज़्ज़त हमारी थोड़े ही कम है ? मैं रिश्ता जोड़ने जाऊँ तो क्या इनकार करेंगे ?"

यह कहकर सोमन्ना ने भोजन किया और उसी दिन नारायण शास्त्री के घर सुब्बन्नापेठ जा पहुँचे। नारायण शास्त्री घर पर नहीं थे, छोटे भाई शंकर शास्त्री थे। शंकर शास्त्री सोमन्ना को देख एक रुपया दक्षिणा देने लगे; लेकिन सोमन्ना ने अपने आने का उद्देश्य सुनाया। शंकर ने कहा, "बड़े भैया तो गाँव में हैं नहीं, आते ही आपको सन्देश पहुँचाऊँगा और फिर आपको भी ख़बर कर दूँगा।" यह कहकर शंकर शास्त्री ने सोमन्ना को विदा किया और स्वयं पण्डित के यहाँ जाकर लग्न का मुहूर्त निश्चित करा आए। मुहूर्त में केवल दस दिन बाक़ी थे, इसीलिए शंकर शास्त्री ने ताबड़तोड़ सारी तैयारियाँ शुरू कर दीं। दूसरे ही दिन ताड़बन से पत्ते मँगाये। घर की स्त्रियों में भी उत्साह आ गया। उनके भी कामकाज शुरू हो गये। तीसरे दिन नारायण शास्त्री घर लौटे तो आँगन में ताड़ के पत्तों का ढेर दिखाई दिया। कारण पूछा तो पता चला कि रंगापुर से सोमन्ना नामक एक ब्राह्मण आए थे, उनकी लड़की सावित्री का हमारे रामेश्वर से ब्याह निश्चित हुआ है, शंकर ने लग्न का मुहूर्त भी ठीक कर लिया है, केवल आठ दिन रह गये हैं। सारा हाल सुनकर नारायण शास्त्री ने भी स्वीकृति दे दी और विवाह की तैयारियाँ होने लगीं।

इस तरह रामेश्वर शास्त्री का विवाह हुआ। उन दिनों लोगों की भलमनसी भी कुछ ऐसी ही हुआ करती थी। धन-दहेज की कोई बात नहीं, बस कुल और गोत्र से मतलब रहता थ। विवाह के बाद सोमन्ना की गृहस्थी भी कुछ सँभलने लगी। उनके पुत्र गंगाधर को कृष्णम नायडू ने कुछ ज़मीन इनाम में दी। धीरे-धीरे उनकी आर्थिक स्थिति सुधरने लगी। गंगाधर ने यज्ञ भी किया। उनके प्रति गाँव के लोगों में आदर-भाव बढ़ने लगा और वे गाँव के एक प्रतिष्ठित गृहस्थ हो गये।

वास्तव में यह सारी प्रतिष्ठा रामेश्वर शास्त्री से नाता जोड़ने के कारण हुई थी। लेकिन आज गंगाधर रामेश्वर शास्त्री की ओर भूलकर भी नहीं देखते थे। उलटे लोगों से कहते, "शास्त्री जी एकदम निकम्मे हैं। उन्होंने बच्चों के लिए कुछ नहीं रख छोड़ा।" गंगाधर की कंजूसी और रामेश्वर शास्त्री का दातृत्व–दोनों ही लोगों को मालूम थे। इसीलिए लोग मन ही मन गंगाधर की निन्दा किया करते।

होते-होते नौबत यह आयी कि शास्त्री जी का एक-एक दिन बीतना मुश्किल हो गया। पत्नी और पुत्र के साथ शास्त्री जी को गंगाधर के घर जाकर रहना पड़ा। गंगाधर और उनकी पत्नी ने शास्त्री जी को कई असह्य उलाहने दिये, उन्हें बहुत हेय दृष्टि से देखा। यह देखते ही रामेश्वर शास्त्री को लगा, जैसे किसी ने उनके सिर पर चोट की हो। वे तिलमिला उठे। पर अब उपाय भी क्या था ! कुछ दिन वहाँ रहकर सुब्बन्नापेठ लौट आए।

रामेश्वर शास्त्री के कई भतीजे थे। सब अपनी-अपनी गृहस्थी ज़मकर चला रहे थे। लेकिन किसी ने भी गाढ़े समय शास्त्री जी की सहायता नहीं की। यहाँ तक कि शास्त्री जी की पत्नी, जिन्होंने आज तक कभी उनकी बात पर चूँ तक नहीं की थी, उन्होंने भी दुर्दिन में पति की अवहेलना शुरू कर दी। उन्हें दुःख इस बात का हो रहा था कि पति ने बच्चों को कंगाल बना दिया। वह दुःख कभी-कभी पति के प्रति झल्लाहट के रूप में प्रकट होने लगा।

इन स्थितियों में भी शास्त्री जी का पुराना सिलसिला ज्यों का त्यों बना रहा। उन दिनों शास्त्री जी के पास एक ही धोती और एक ही दुपट्टा था। एक दिन वे किसी मित्र से कुछ रुपया उधार माँगने निकले। रास्ते में एक बूढ़ा हरिजन उनसे कहने लगा, ‘‘महाराज, आपके भाग फिर गये हैं। मैं भी आपके साये में पलता था, आज मेरे भी बुरे दिन आए हैं। तन ढकने को भी कपड़ा नहीं है। बस यह काछा लगाकर घूम रहा हूँ। आप वृक्ष थे और हम पंछी ! आज आप गिर गये हैं और हम इधर-उधर बिखर गये हैं।’’ बूढ़े की बात सुनते ही शास्त्री जी ने दुपट्टा पहन लिया और धोती उसे दे दी।....

धीरे-धीरे सब कुछ सूना हो गया। ऐसा लगता था मानो दरिद्रता की देवी सिर पर टूट पड़ी हो और अपने हज़ार हाथों और पाँच हज़ार उँगलियों से शास्त्री जी के घर को चूर-चूर किये डाल रही हो ! अब रामेश्वर शास्त्री से कष्ट नहीं सहा जा रहा था।

उस दिन शुक्ल पक्ष की द्वितीया थी। शास्त्री जी मण्डप में बैठे थे। दूज के मनोरम चाँद को, जो सूत की तरह बारीक़ दिखाई दे रहा था, शास्त्री जी ने सूत की भेंट चढ़ानी चाही[1] पर उनके तन पर कोई कपड़ा न था। पहने हुए दुपट्टे से सूत न निकल पाया। अपनी इस असहायता पर शास्त्री जी को गहरी वेदना हुई। वे उसी तरह बड़ी देर तक बैठे रहे।

सूत जैसी वह चन्द्रकोर भी अदृश्य हो गयी। चारों तरफ़ फिर गाढ़ा अँधेरा छा गया। शास्त्री जी के भी दुबले और जर्जर किन्तु दीप्त शरीर में, चमकती आँखों में अँधियारा घुसकर गहरायी तक फैलने लगा।

बड़ी देर तक तो किसी को पता भी न चला कि भगवान् के कल्याण-मण्डप में

---

1. दूज के चाँद का दर्शन करते समय अपने अंगवस्त्र से सूत निकालकर चढ़ाने की प्रथा है।

रामेश्वर शास्त्री ने जीवन-लीला समाप्त कर दी है।....उनकी मौत के बाद अचानक उनकी महत्ता का लोगों को फिर से अहसास हो आया। आधी रात बीतने तक मण्डप के पास लोगों की भीड़ जुट गयी। इकट्ठे हुए लोगों के बीच शास्त्री जी की गाथाएँ दोहरायी जाने लगीं। जिन लोगों पर शास्त्री जी के उपकार थे, वे आँसू भी बहा रहे थे।

पत्नी और पुत्र शास्त्री जी की मृत देह को घर ले गये। उनका परिवार बहुत विस्तृत था। बुरे दिनों में जिन्होंने फटककर भी नहीं देखा था, ऐसे अनेक सगे-सम्बन्धी कौओं की भाँति इकट्ठे हुए। भोर होने तक सारा घर रिश्तेदारों से खचाखच भर गया। यह सब देख उस दिन धर्माराव की आँखें खुलीं। उसकी भी आयु उस समय कुल सोलह वर्ष की थी। वह यह भी नहीं जानता था कि पिता की मृत्यु से उसका कितना लाभ हुआ और कितना नुकसान। श्राद्ध-कर्म तो करना आवश्यक था ही, जिसमें पग-पग पर पैसे की ज़रूरत थी। उसकी माँ को भी पहले से इन समस्याओं का भान न था। वह तो पति के शव पर माथा टिकाये बिलख रही थी। आए हुए सगे-सम्बन्धी भी रोनी सूरत बनाये बैठे थे। वैसे भी किसी से सहायता की आशा न थी। यद्यपि धर्माराव की उमर कच्ची थी मगर परिस्थिति को वह गहरायी से समझ रहा था। एक क्षण के लिए उसे अपनी स्थिति ऐसी लगी मानो आगे कुआँ हो और पीछे खायी !....

धीरे-धीरे दिन चढ़ आया। अचानक उस असहाय स्थिति में धर्माराव को एक सम्बल मिला। हुआ यह कि शास्त्री जी के देहान्त की ख़बर कृष्णम नायडू को भी मिली। ख़बर सुनकर बूढ़े ज़मींदार जहाँ का तहाँ गड़-से गये। एक क्षण के लिए ज़मींदार के स्मृति-पटल पर रामेश्वर शास्त्री के असीम वैभव के दिन, उनका महान् व्यक्तित्व, उनकी अपूर्व उदारता—एक-एक कर सभी झलक गये। वे अपनी कोठी से निकलकर शास्त्री जी के घर पहुँचे। शास्त्री जी का शव देखकर और भी दुःखी और विगलित हो उठे। फिर थोड़ा सँभलकर उन्होंने धर्माराव को सान्त्वना दी और वहाँ ज़मे हुए बन्धु-बान्धवों से श्राद्ध-कर्म शुरू करने का अनुरोध किया। ज़मींदार के इस अनुरोध से सगे-सम्बन्धी यह समझ गये कि आर्थिक उत्तरदायित्व उनके सिर पर नहीं पड़ेगा। इसीलिए उन्होंने भी बढ़-बढ़कर काम करना शुरू कर दिया।

ऐसा लगता था मानो रामेश्वर शास्त्री के साथ ही उनकी दरिद्रता भी समाप्त हो गयी हो। देखते-देखते ज़मींदार की कोठी से चावल, दाल, नमक आदि सभी सामान आ पहुँचा। ज़मींदार ने नकद दो सौ रुपये भी भेजे। धर्माराव के मामा और ससुर गंगाधर दोनों ने क्रियाकर्म का भार सँभाला।

गंगाधर की दृष्टि में आत्म-गुणों की अपेक्षा संस्कारों का महत्त्व अधिक था। उनका अनुरोध था कि श्राद्ध-कर्म यथाविधि होना चाहिए। उनके नेतृत्व में शास्त्री जी का अपर-कर्म सांगोपांग सम्पन्न हुआ। गोदान, वृषोत्सर्जन, षोडश दान, ब्राह्मण भोज, दक्षिणा आदि सभी विधियाँ ज़मींदार की कृपा से सम्पूर्ण हुईं। भोजन से तृप्त होकर

ब्राह्मण कहने लगे, "शास्त्री जी का क्या पूछना ? वे महाराजा थे महाराजा ! अन्तिम दिनों में उन्हें थोड़ा कष्ट अवश्य सहना पड़ा, लेकिन सच पूछो तो वे जीते-जी भी महाराज थे और मरकर भी महाराज ही रहे !"

धर्माराव के रिश्तेदारों ने बीते तेरह-चौदह दिनों में कोठी से आया हुआ सारा सामान जी भरकर ख़र्च किया। जितना खाया, उतना फेंका भी। सामान की ख़ूब फ़िज़ूल-ख़र्ची हुई। श्राद्ध-कर्म के लिए आया हुआ सामान बचना नहीं चाहिए, यह सोचकर कुछ बुढ़ियाओं ने भी जहाँ तक बन पड़ा, सामान को चोरी से अपने-अपने घर पहुँचाया। कामकाज में व्यस्त धर्माराव और उसकी दुखिया माँ को इसका पता भी न चल पाया। धर्माराव की बहनें भी अपनी माँ के साथ रहीं। तेरहवें दिन जब सब लोग विदा हुए, सावित्री देवी ने घर में देखा—कोई दस दिन का चावल बचा था। घी आदि और चीज़ें बचीं नहीं। शास्त्री जी का यह सौभाग्य ही था कि किसी तरह उनका श्राद्ध-कर्म ठीक से सम्पन्न हो गया। अब अभागे बच रहे। अन्य रिश्तेदार तो सब चले गये लेकिन धर्माराव की दो बहनें, जीजा और उनके बच्चे रुके रहे। पिता की जायदाद पुत्र को मिलना न्यायसंगत है, इसीलिए रामेश्वर शास्त्री की छोड़ी हुई जायदाद, अर्थात् दरिद्रता, तुरन्त धर्माराव को मिल गयी।

यद्यपि धर्माराव की दयनीय परिस्थिति स्पष्ट दीख रही थी, लेकिन उसके जीजा यहाँ से जाने का नाम न लेते थे। दिन भर बैठे-बैठे रामेश्वर शास्त्री की आलोचना करते और धर्माराव की भी निन्दा किया करते। इतना ही नहीं, पग-पग पर इस बात पर झगड़ा भी करते कि यहाँ उनकी आवभगत ठीक-ठीक नहीं हो रही है।

धर्माराव की बड़ी बहन का नाम हेमवती था और दूसरी बहन का नाँचारम्मा। बड़े जीजा का नाम सूर्यनारायण था और दूसरे का राजेश्वर। बड़ी बहन की तीन लड़कियाँ थीं। छोटी के एक बेटा था। बड़े जीजा की आर्थिक स्थिति विशेष ख़राब थी। इसलिए उन्हीं के कारण अधिक परेशानी थी। और फिर आदमी भी वह बड़ा तुनकमिज़ाज था।

एक दिन खाने में सब्ज़ी नहीं बनी तो सूर्यनारायण ने हंगामा मचा दिया। यह देखकर धर्माराव झल्लाकर बोला, "यह क्या हंगामा है ? किसके बाप का माल यहाँ धरा पड़ा है, जो इतना शोर मचाते हैं ! मेरे पिता भूखे मर रहे थे, तब किसी ने इधर झाँककर नहीं देखा, अब सबके सब आ धमके हैं और मेरे सिर पर सवार हो रहे हैं। कहाँ से लाकर खिलाऊँगा इन्हें !" उसकी झल्लाहट सुन, सूर्यनारायण भी तेज होकर बोले, "भूखे कंगाल को इतनी अकड़ क्यों !" धर्माराव ने भी तुनककर जवाब दिया, "किसी कंगाल ने मुझे तो कुछ दिया नहीं है।" उसकी इस बात ने असर कर दिखाया। सुनते ही सूर्यनारायण आगबबूला हो उठा। दिन भर सभी को सैकड़ों गालियाँ देता रहा और उसी शाम अपने परिवार के साथ विदा हुआ।

कल ही त्रैपाक्षिक श्राद्ध करना है। उधार लाये हुए सामान से आज तक गृहस्थी

चली। लेकिन अब कोई फूटी कौड़ी भी देने को तैयार नहीं। धर्माराव को सूझ नहीं रहा था कि श्राद्ध कैसे सम्पन्न होगा। ज़मींदार ने भी पहले जो भेजा था, सो भेजा था। उसके बाद उन्होंने भी कुछ ख़बर न ली। क़र्ज़ देने वालों ने भी अब पिता के स्थान पर पुत्र को पकड़ना शुरू कर दिया।

धर्माराव ने फिर एक बार ज़मींदार से मिलना चाहा। तेरह वर्ष की आयु तक वह बड़े वैभव में पला था। बचपन से ही उसकी धारणा हो चली थी कि वह अमीर है। स्वतन्त्रता, आत्मसम्मान, उदारता, दातृत्व, क्रोध, अहंकार आदि पिता के सारे गुण धर्माराव में पूरे-पूरे उतरे थे। वह मुँह खोलकर किसी से कुछ माँग नहीं सकता था। अपनी बेबसी पर उसे स्वयं घृणा होने लगी। बात-बात पर वह माँ पर झल्ला उठता।

अन्ततः किसी तरह अपने मन को समझाकर ज़मींदार के पास गया। कोठी में घुसते ही रंगाराव के दर्शन हुए। उसे देखते ही रंगाराव ने नाक-भौं चढ़ाकर मुँह फेर लिया। धर्माराव को ऐसा लगा मानो किसी ने उसे चाबुक लगायी हो। वहीं से उसने लौट जाना चाहा। पर घर लौटकर भी क्या करता ! धनवान् लोग अपने बच्चों की आदतें बिगाड़ देते हैं। यही कारण था कि यदि धर्माराव को कोई कंगाल कहकर गाली देता तो धर्माराव उस दिन खाना भी न खाता। इतने धनवान् पिता के पुत्र को ऐसी गाली सहन भी कैसे हो ! रामेश्वर शास्त्री ने अगर पहले समझदारी से काम लिया होता तो धर्माराव के मन में इस प्रकार के मिथ्या गौरव का भाव ज़ोर न पकड़ पाता। परन्तु स्थिति में काया-पलट के कारण जो असम्भव था वही आज सम्भव बन बैठा।

धर्माराव असमंजस में पड़ा थोड़ी देर वहीं खड़ा रहा। किसी ने उसके आने का कारण न पूछा। इतने में सौभाग्य से कृष्णम नायडू स्वयं किसी काम से उधर आए। धर्माराव उनके पास गया। नायडू ने धर्माराव से आने का कारण पूछा। क्या कारण बताता ! क्या ज़मींदार स्वयं नहीं जानते ! पैसे वालों को ग़रीबों की सभी बातें ज्ञात होती हैं। धर्माराव चुप रहा। थोड़ी देर बाद नायडू ने फिर वही सवाल किया। धर्माराव मानो अधमरा होकर बोला, "कल पिताजी का मासिक श्राद्ध है।" तुरत नायडू ने कारकुन को बुलाकर कहा, "इन्हें दस रुपये दे दो।" फिर वे वहाँ से चले गये। रंगाराव यह सब सुन रहे थे। जब कारकुन धर्माराव को दस रुपये देने लगा, रंगाराव ने टोककर पूछा, "क्यों, मासिक श्राद्ध के लिए दस रुपये लगते हैं !" कारकुन बोला, "नहीं महाराज, दस रुपये की आवश्यकता नहीं।" और अन्त में धर्माराव के हाथ लगे कुल छह रुपये। एक बार तो उसके मन में आया कि ख़ाली हाथ ही लौट जाए। लेकिन प्रश्न यदि उसका अपना होता तो भूख से मरने को भी वह तैयार था। प्रश्न था पिता के श्राद्ध का, जिसे अपमान सहकर भी यथाविधि सम्पन्न करना उसका कर्त्तव्य था। ....रुआँसा होकर छह रुपये लेता हुआ घर लौटा।

श्राद्ध समाप्त हुआ। पर गृहस्थी का चलना कठिन हो गया। क़र्ज़ की परेशानी भी बढ़ गयी। एक दिन धर्माराव ने सोच-सोचकर कृष्णम नायडू के नाम एक लम्बा

पत्र लिख भेजा। उसमें उसने अपनी रामकहानी का सविस्तार उल्लेख किया था। पत्र इस प्रकार था–

''महाराज श्रीमन्यसुल्तान ज़मींदार महाप्रभु कृष्णम नायडू जी की सेवा में रामेश्वर शास्त्री के पुत्र धर्माराव की नम्र विनती–

महाशय,

आपका मेरे पिताजी पर जो अव्याज स्नेह और प्रेम था उसे मैंने प्रत्यक्ष तो नहीं देखा, तथापि कई बार सुन चुका हूँ। मैं जानता हूँ कि हमारे परिवार पर आपकी विशेष कृपा है। इसी कारण यह पत्र आपकी सेवा में भेज रहा हूँ। मेरे पिताजी के देहान्त के समय आपने हमारी जो सहायता की, जो उदारता दिखायी उसे मैं कभी नहीं भुला सकता। पिताजी के यश और उनके दिव्य गुणों का यहाँ उल्लेख करने से कोई लाभ नहीं। वह सब एक बीती कहानी है। जब पिताजी को ही अन्तिम दिनों में कष्ट सहने पड़े तो मेरा कष्ट सहना कोई अचरज की बात नहीं। परन्तु मेरी समझ में नहीं आता कि पिताजी के लिये हुए कर्जे के कारण मुझे क्यों कष्ट सहने पड़ रहे हैं। हाँ, कारण यही हो सकता है कि यदि पिताजी कोई सम्पत्ति छोड़ जाते तो मैं उसका उपभोग करता। अतएव उनके छोड़े हुए ऋण का भार भी मुझे उठाना होगा। परन्तु मैं छोटा हूँ। ऐसा लगता है कि हमारी जायदाद मात्र हमारे क़र्ज़ चुकाने के लिए पर्याप्त है। परन्तु ऋणदाता मुझे बहुत परेशान कर रहे हैं। वे मुझे इस ऋण से मुक्त होने देना नहीं चाहते।

यदि ऋण-मुक्त हो भी जाऊँ तो आजीविका का कोई मार्ग दिखायी नहीं देता। सुदीर्घकाल तक महान् वैभव का उपभोग करके आज दुर्दैव के कारण मेरी माँ अचानक कष्टों के सागर में डूब-सी रही हैं। उनकी दशा देखने के लिए मुझे पत्थर का हृदय चाहिए। न जाने इन मुसीबतों का अन्त कब होगा।

लोग कहते हैं कि आप और हम इस गाँव के पूर्वज हैं। कहा जाता है कि मेरे पूर्वज ही आप के पूर्वजों को यहाँ ले आए थे। मैं नहीं जानता कि यह कहाँ तक सत्य है। यदि यह सत्य है तो आपके और हमारे वंशों में एक अटूट सम्बन्ध है। इस सम्बन्ध के नाते भी आप मुझ पर कृपा कर सकते हैं।

''जहाँ तक मैं जानता हूँ मेरे किसी पूर्वज ने आप से याचना नहीं की। एक मैं ही ऐसा कर रहा हूँ। यह बात आपकी कृपा का हेतु बने, यही मेरी विनती है।''

धर्माराव ने यह पत्र कोठी के एक नौकर के हाथ भिजवा तो दिया। लेकिन उस रात उसके मनःक्षोभ की सीमा न रही। सोचने लगा–'धिक्कार है मुझ पर जो किसी से याचना करने चला हूँ। ज़मींदार अपनी जगह बड़े हैं तो हम भी अपनी जगह कोई छोटे नहीं। जिन मुसीबतों को आना है, वे आकर रहेंगी। हमें मरना हो तो मरें, किन्तु बराबर वालों के पास याचक बनकर क्यों जाएँ !' वह फिर सोचने लगा–'मैं कोई पहली बार कृष्णम नायडू से याचना थोड़े ही कर रहा हूँ ! अभी परसों ही छह रुपये माँग लाया था, श्राद्ध कर्म का भी ख़र्च उन्हीं के पास से आया था।' पर साथ ही यह भी

सोचा—'श्राद्धकर्म के लिए उन्होंने ख़ुद सहायता की, मैंने तो कोई याचना की नहीं थी। मासिक श्राद्ध के लिए भी मैंने कोई याचना नहीं की। स्वयं उन्होंने ही दिया।' इस प्रकार मानसिक ऊहापोहों के बीच अन्त में वह इस निर्णय पर पहुँचा कि उसे वह पत्र नहीं भेजना चाहिए था। उसे लगा—पत्र भेजने से उसके पूर्वजों का गौरव जाता रहा। फिर उसके मन में यह आतुरता भी जगी कि कब सबेरा हो और कब वह नौकर से पत्र वापस ले ले। यह सोचकर वह घबरा रहा था कि कहीं नौकर ने रात ही में पत्र ज़मींदार साहब के पास पहुँचा न दिया हो।

इसी उधेड़बुन में भोर हो गयी। मुर्ग़ों ने गरदनें तानीं और देह को लम्बा करके बाँग देना शुरू किया। फिर वे अपने पंखों को फड़फड़ाने लगे, मानो अपने गर्व पर लज्जित हो रहे हों। इतने में गर्व और अहंकार, सुख और दुःख, सम्पत्ति और विपत्ति इन सभी द्वन्द्वों को समभाव से देखने वाली साक्षीभूत सनातन ऊषा चमक उठी !

धर्माराव ने झटपट उस नौकर के पास जाकर पूछा, "तुमने पत्र ज़मींदार साहब को दिया ?" नौकर ने कहा, "नहीं।" धर्माराव ने नौकर से पत्र वापस लेकर उसके सामने ही फाड़ डाला। नौकर आश्चर्य से पूछने लगा, "पत्र क्यों फाड़ दिया ?" धर्माराव बोला, "गोपन्ना, यह सच है कि बड़े ज़मींदार साहब अत्यन्त उदार हैं। परन्तु मेरे पूर्वजों ने उनसे कभी कुछ नहीं माँगा था। सो अब मैं ही क्यों माँगूँ ?" गोपन्ना कुछ न बोला। घर लौटते समय धर्माराव को ऐसा लगा कि उसे देखकर सब लोग हँस रहे हैं।

उस दिन धर्माराव की हालत और उसकी गतिविधियाँ अजीब-सी थीं। बड़े असमंजस में पड़ा था वह। कभी सोचता कि ठीक ऐसे समय जब कि उसके कष्टों का अन्त होने को था, उसने स्वयं अपने सौभाग्य से मुँह मोड़ लिया है। यह सोच कर उसे बहुत पछतावा हुआ, पर दूसरे ही क्षण वह सोचने लगा—नहीं, जो कुछ उसने किया, बहुत अच्छा किया। उसे इस उधेड़बुन में पड़ा देखकर उसकी माँ को बड़ी चिन्ता होने लगी।

ज्यों-त्यों करके दस दिन बीते। एक दिन धर्माराव के घर आते ही माँ ने कहा, "चावल नहीं है।" सुनते ही उसे लगा कि दरिद्रता उसके स्वाभिमान की हँसी उड़ा रही है। वह किसी से दो रुपये उधार माँगने गया। लोगों ने आजकल कहकर टाल-मटोल की और अन्त में इनकार ही कर दिया। दरिद्रता उसे देखकर विकृत हास करने लगी। अन्त में माँ ने कहा, "बेटा, ज़मींदार साहब से माँगो। शायद कुछ दे दें।" दरिद्रता ठहाका मारकर हँस पड़ी। धर्माराव को अपने मन का बहुत गहरा आक्रन्दन-सा सुन पड़ा। उसे इस बात पर सन्तोष हुआ कि वह आक्रन्दन किसी और को सुनायी नहीं दिया।

नौकर गोपन्ना साठ बरस का हो चला था। तीस बरस हुए, एक दिन रानी साहिबा ने भूलकर अपना चन्द्रहार स्नान-गृह में ख़ूँटी पर रख छोड़ा था। उधर से गुज़रते गोपन्ना ने उसे देखा और चुरा लिया। इस घटना की पूरी छान-बीन की गयी और गोपन्ना

पकड़ा गया। कृष्णम नायडू ने उसे कोठी से निकाल दिया। गोपन्ना रामेश्वर शास्त्री की शरण आया और शास्त्री जी ने किसी तरह फिर से उसकी नियुक्ति कोठी में करा दी। उस दिन से गोपन्ना शास्त्री जी का अत्यन्त आभारी बन गया। कभी-कभी वह शास्त्री जी के पास जाता और कुछ अच्छी बातें सीखने की चेष्टा करता। स्वभाव से आदमी अच्छा था ही, अतएव उसके मन में धीरे-धीरे भक्तिभाव का संचार होने लगा। वह प्रतिदिन मन्दिरों में जाता और भगवान् के दर्शन करता। वृद्धावस्था में कृष्णम नायडू के मन में भी गोपन्ना के प्रति स्नेह जागा। गोपन्ना सदा पुरानी गाथाएँ और भक्ति की बातें सुनाता रहता।

एक दिन जब बूढ़े ज़मींदार स्नान करके लौटे, गोपन्ना उन्हें तिलक लगाने लगा। तिलक लगाते-लगाते गोपन्ना ने धर्माराव की बात छेड़ी। धर्माराव का पत्र लिखकर उसे देना, फिर दूसरे दिन उसे फाड़कर फेंकना और कारण पूछने पर उसका स्वाभिमानपूर्ण वक्तव्य—यह सारा वृत्तान्त गोपन्ना ने ज़मींदार को कह सुनाया। फिर वह कहने लगा, "मालिक ! उन लोगों को भी कैसे-कैसे दुर्दिन देखने पड़े हैं ! आखिर हींग-बँधे कपड़े की बास कहाँ जाएगी ? शेर के पेट से बकरी भला क्यों जन्मेगी ? उनके वंश में घटिया आदमी क्यों पैदा होगा ?"

ज़मींदार साहब भोजन कर रहे थे और गोपन्ना परोस रहा था। सारे पदार्थ अत्यन्त रुचिकर बने थे। ज़मींदार साहब चाव से खा रहे थे। उनकी अनुकूल मनःस्थिति पहचान कर गोपन्ना परोसते-परोसते बीच-बीच में धर्माराव के विषय में बातें कर रहा था। कह रहा था, "बेचारे रामेश्वर शास्त्री ने किसी बुरे काम में तो पैसा ख़र्च नहीं किया था। जिस किसी ने माँगा, उन्होंने जी खोलकर दिया। जो उनका पैसा खा चुके थे, वे ही उनके बैरी बने। लोगों ने जिस स्तन से दूध पिया उसी पर घूँसा लगाया। नागन्ना शेट्टी और श्रीरामुलु शास्त्री जी की दया-माया पर बड़े हुए। पर आज वे ही सरदार बनकर धर्माराव की नाकों दम कर रहे हैं।" ....गोपन्ना ने ज़मींदार के हाथ धुलाये, पोंछे और उन्हें कुरसी पर बिठाया। फिर पान लगाता हुआ कहने लगा—"मालिक, आप धर्माराव को कोई रास्ता नहीं दिखाएँगे तो उस लड़के का क्या होगा ? उस पर अगर विपत्ति आ पड़े तो हमारी भी कुशल कहाँ होगी ? लोग कहते हैं आप, शास्त्री जी, सुब्रह्मण्येश्वर स्वामी और गणाचारी, चारों एक ही सूत्र में बँधे हैं। आप लोगों में वैमनस्य नहीं आना चाहिए। भगवान् भी चाहते हैं कि आप धर्माराव की सहायता करें।"

ज़मींदार साहब झूले पर लेट गये। गोपन्ना उन्हें झुलाने लगा। ज़मींदार साहब ने कहा, "गोपन्ना, धर्माराव बड़ा सुन्दर दीखता है रे।" गोपन्ना कहने लगा, "क्या बताऊँ मालिक, उनका चेहरा देखकर तो ऐसा लगता है कि मोतिया के फूल खिले हैं। मैं तो मानता हूँ मालिक, यह लड़का अवश्य सुब्रह्मण्येश्वर का अवतार है। वह छरेरी काया, वह चमकीला रंग, बड़ी-बड़ी आँखें, तेजस्वी मुख-मण्डल—सच, सुन्दरता है तो उसी की। पर क्या कहा जाए—समुद्र सूखकर तालाब बन गया है। शास्त्री जी के हाथ में हड्डी[1]

नहीं थी। उन्होंने कभी किसी को ना नहीं कहा था।''

कुछ समय बाद माघ का महीना आया। नागन्ना शेट्टी ने अपने पुत्र का ब्याह तय किया। माहवार वेतन पाने वाला हो या व्यापारी, सभी को ज़मींदार के पास जाना पड़ता है। विवाह-मण्डप के लिए ताड़ के पत्ते, और जुलूस के लिए हाथी—ऐसी कई सुविधाओं के लिए शेट्टी को भी ज़मींदार के पास जाना पड़ा। दशमी को मुहूर्त था। द्वितीया को शेट्टी ज़मींदार के सामने हाजिर हुआ। शाम का समय था, ज़मींदार साहब उस समय ऊँटों और हाथियों का पर्यवेक्षण कर रहे थे। शेट्टी ने जाकर नमस्कार किया और इस बात की प्रतीक्षा करने लगा कि ज़मींदार साहब उसके आने का कारण पूछें। कृष्णम नायडू ने कहा, ''शेट्टी जी, देखिए; इन ऊँटों को बार-बार देखकर भी मुझे अचरज होता है। जानवरों में ऊँट और कीड़ों में घास का कीड़ा विचित्र होते हैं। लम्बी टाँगें और लम्बी गरदन, जैसे सिर और धड़ में कोई सम्बन्ध ही न हो !''

शेट्टी तपाक से बोला, ''जी हाँ, जी हाँ।''

शेट्टी की समझ में नहीं आया कि ज़मींदार साहब क्या कह रहे हैं। शेट्टी केवल अधिक मास, चक्र-ब्याज, तिथि-द्वय आदि बातें भलीभाँति जानता था। और बातें उसकी समझ के बाहर थीं। कृष्णम नायडू के मन का सौकुमार्य शेट्टी को कहाँ से प्राप्त होता ? इसी से वह 'जी हाँ' कहकर चुप हो गया।

नायडू, ''अच्छा शेट्टी जी, रामेश्वर शास्त्री पर आपका कितना क़र्ज़ है ?''

शेट्टी, ''जी, पचीस हज़ार।''

नायडू, ''उनके घर, कोठे आदि की क़ीमत क्या आएगी ?''

शेट्टी, ''जी हाँ, जी हाँ !''

नायडू, ''शास्त्री जी पर औरों का कुल कितना क़र्ज़ होगा ?''

शेट्टी, ''जी, और पचीस हज़ार होगा महाराज !''

नायडू, ''अच्छा, कल सबेरे सारे क़र्ज़दारों को लेकर तुम मेरे पास आना। कोई न कोई रास्ता निकालना होगा। बेचारा वह लड़का बहुत परेशान है।''

शेट्टी, ''जी हाँ, जी हाँ !''

थोड़ी देर तक ज़मींदार साहब घुड़साल के पास खड़े रहे और भीतर चलने लगे। शेट्टी को मालूम था कि ज़मींदार साहब फिर बाहर नहीं आएँगे। इसलिए उसने हाथ मलते हुए कहा, ''सरकार से कुछ काम है।'' नायडू बोले, ''कल उन सबको ले आइए, फिर आपका काम देखेंगे।'' शेट्टी ज़मींदार साहब के स्वभाव से परिचित था। अपने मन की बात पूरी होने पर ही वे किसी और की बात मानते थे। शेट्टी के घर में

---

1. हाथ में हड्डी न रहना : अतयन्त दानशीलता का लक्षण।

सब लोगों की इच्छा थी कि शादी में उसका बेटा हाथी पर सवार होकर बारात में निकले। शेट्टी सोचने लगा, जब तक रामेश्वर शास्त्री के क़र्ज़ का निबटारा न होगा, मुझे हाथी नहीं मिलेगा; धर्माराव को अधिक सताने से मुझे कुछ अधिक मिलने की सम्भावना भी नहीं, ऐसा सोचकर शेट्टी दूसरे दिन सारे ऋणदाताओं के साथ ज़मींदार साहब से जा मिला। बाक़ी ऋणदाता भी, कुछ ज़मींदार के भय से और कुछ शेट्टी की देखादेखी, मान गये।

ज़मींदार ने गाँव के पटवारी को बुलवाया और उसकी सहायता से शास्त्री जी की जायदाद का पता लगाकर ऋणदाताओं में उसका यथायोग्य बँटवारा करवाया। जायदाद से सारा क़र्ज़ चुकाया गया। परन्तु ज़मींदार साहब की इच्छा थी कि कम से कम धर्माराव के लिए मकान बचा रहे। एक ऋणदाता इस पर राज़ी न हुआ। ज़मींदार साहब को अन्त में मान लेना पड़ा। काग़ज़-पत्र लिखे गये और दूसरे दिन रजिस्ट्रेशन करवाने का निर्णय हुआ। तब तक धर्माराव को इस बात का पता ही न था। ज़मींदार साहब ने उसे ख़बर भेजी कि निर्णय के अनुसार कल जायदाद का रजिस्ट्रेशन करवा देना।

यह ख़बर सुनकर धर्माराव को ऐसा लगा मानो रेगिस्तान में प्यासे मुसाफिर को नारियल का पानी मिल गया हो। रात को बड़ी देर तक माँ-बेटे ज़मींदार का गुणगान करते रहे। धर्माराव को नींद नहीं आ रही थी। उसकी स्मृति में रह-रहकर ज़मींदार साहब की उदारता बिजली के समान कौंधती रही। सोचते-सोचते उसे लगा कि इस उपकार में गोपन्ना का हाथ अवश्य होगा। यह विचार आते ही उसका सारा आदर-भाव गोपन्ना पर जा पड़ा; मन में गोपन्ना के प्रति कृतज्ञता उमड़ गयी। चार महीने बाद आज धर्माराव मीठी नींद सोया। भोर होते-होते वह गोपन्ना के घर जा पहुँचा और चबूतरे पर बैठ गया। गोपन्ना उसे देखकर पूछने लगा, "क्यों बाबू, इतने सबेरे कैसे आए ?"

धर्माराव बोला, "गोपाल, तुम्हारा क़र्ज़ मैं नहीं चुका सकूँगा। सचमुच तुमने जो काम किया है, वह मेरा पत्र भी नहीं कर पाता। तुम्हारा आभार मानने आया हूँ।" गोपन्ना बोला, "बाबू, आप बड़े घर के लड़के हैं। मेरे बारे में ऐसा न कहिए। आपके पिताजी ने जो उपकार मुझ पर किया था, उसकी तुलना में मेरी इस छोटी-सी सेवा का मूल्य ही क्या है ?"

थोड़ी देर बातें करके धर्माराव घर लौटा। उस समय, सूर्योदय हो रहा था।

धीरे-धीरे रोदसी पर दिन-लक्ष्मी का प्रकाश फैलने लगा, मानो उसके मुख पर मन्दहास फूट पड़ा हो, मानो लीपे हुए घर में कोमल किरणों से रंगोली सजायी गयी हो, मानो हृदय में उदित आनन्द विचित्र गति से मुख पर फैल गया हो। कोठी के सामने नगाड़ों की मीठी गूँज सुन पड़ी। कोठी के भीतर पालतू मोर ने पूँछ खोलकर नाचना शुरू किया। शायद उसने नगाड़ों की आवाज़ को बादलों की गरज समझ लिया होगा। द्वार पर पहरा देने वाला दरबान गेहुँए रंग की धोती पहने, ललाट पर तिरुचूर्ण[1]

का तिलक लगाये, किसी राजा की प्रसन्नता-सा दीख रहा था। रात को कृष्णम नायडू ने स्वप्न देखा था। सुब्रह्मण्येश्वर स्वामी उन पर प्रसन्न दृष्टि का प्रसार करते हुए शैया के पास पूँछ के बल खड़े थे। ज़मींदार साहब जागकर इस स्वप्न की व्याख्या सोचने लगे।

जब ज़मींदार कोई ऐसा काम करते जो भगवान् को प्रिय हो, तो सुब्रह्मण्येश्वर स्वामी उनको स्वप्न में प्रसन्नाकृति से दर्शन देते थे। जब कोई अप्रिय कार्य ज़मींदार कर बैठते तो स्वामी भयंकर फूत्कार करते हुए स्वप्न में दीख पड़ते थे। कृष्णम नायडू को आज दूसरी बार स्वामी के दर्शन हुए। पहली बार तब हुए थे जब वे छह बरस के मनमुटाव के बाद रामेश्वर शास्त्री से जा मिले थे। ज़मींदार की प्रसन्नता का ठिकाना न रहा।

दूसरे दिन सन्ध्या समय कृष्णम नायडू स्वामी के दर्शन करने गये। वहाँ धर्माराव से भेंट हुई। दोनों ने मिलकर स्वामी के दर्शन किये। पहले नागेश्वर स्वामी के मन्दिर में गये, परिक्रमा की और घण्टा बजाकर खड़े हो गये। सोने के लिंग पीठ पर रखे बिल्व-पत्र मूर्ति के मस्तक पर मरकत-कान्ति फैला रहे थे। भगवान् ऐसे प्रसन्न थे मानो उनके समान धनवान् और कोई न हो। ओहो, इन स्वामी की कला कौन नहीं जानता ? कल तक दरिद्र थे। आज सुब्रह्मण्येश्वर के ज़मींदारों के आश्रय में आकर रामेश्वर शास्त्री के बनवाये हुए गहने पहनकर बहुत इतरा रहे हैं। ज़मींदार और धर्माराव ने देवी के दर्शन किये। पुजारी रुद्रपाद[2] लेकर पहले ज़मींदार साहब की ओर बढ़ा। ज़मींदार चिहुँक कर पीछे हट गये और पुजारी को उन्होंने पैनी दृष्टि से देखा। पुजारी उनका भाव समझ गया और बड़े विनय से धर्माराव को पहले रुद्रपाद दिये। उसके बाद ज़मींदार ने स्वीकार किये। शुक्रवार की पूजा में देवी पर चढ़ाया हुआ कुंकुम कुछ नीचे खिसक गया था। देवी मन्दहास करती खड़ी थीं। ज़मींदार और धर्माराव विभूति और बेलपत्र नन्दीश्वर के सिर पर रखकर मुख-मण्डप में थोड़ी देर बैठे और फिर ध्वज-स्तम्भ के पास आए।

शुक्लाष्टमी की चाँदनी छिटकी हुई थी। वह चाँदनी शिव की महत्ता से ओत-प्रोत थी, मानो शिव-जटा में रमण करती मन्दाकिनी की नवस्मितमयी तरंगों की रमणीयता हो, मानो देवी पार्वती की प्रसन्न अपांग-रेखा का प्रसार हो, मानो विघ्नविनायक के एकदन्त की सित छटा की निर्मल कान्ति हो।

उस चाँदनी में ध्वज-स्तम्भ की सुनहरी चादर ऐसी चमक रही थी, मानो शिवसान्निध्य में चमकने वाली रामेश्वर शास्त्री की भक्ति हो। उसे देखकर ज़मींदार साहब का मन पुलकित हो उठा।

ध्वज-स्तम्भ के पास से दोनों सुब्रह्मण्येश्वर स्वामी के मन्दिर में गये। ज़मींदार साहब

---

1. हल्दी और चावल मिलाकर पीसा हुआ चूर्ण जिससे वैष्णव लोग तिलक लगाते हैं।
2. शिवजी के चरण जिन्हें भक्तों के मस्तक पर टिकाया जाता है।

को स्वामी की वही प्रसन्न मूर्ति दीख पड़ी जो कल रात उनके स्वप्न में आयी थी। जिस प्रकार एक धर्म के आधार पर हज़ार संस्थाएँ स्थापित हुई हैं, उसी प्रकार स्वामी के एक शरीर पर सहस्र शीर्ष प्रकाशमान थे। स्वामी के शीर्ष निश्चल थे। तथापि ऐसा लगता था कि तन्मयता में वे कुछ हिल-डुल रहे हैं, मानो निस्तरंग क्षीरसागर में आदिनारायण को वहन कर रहे हों।

जिस प्रकार धर्म, उसका आचरण तथा उसका प्रचार—तीनों एक होकर अभिन्न तादात्म्य को प्राप्त होते हैं, उसी प्रकार स्वामी, राजा तथा धर्माराव एक-दूसरे से अभिन्न होकर वहाँ विराज़मान थे। कई पीढ़ियों के उस प्राचीन, अटूट तथा अनूठे सम्बन्ध का वे तीनों स्वयं भी अनुभव कर रहे थे। ऐसा लगता था कि उनका वह सम्बन्ध उस दिन एक नये सामीप्य-सूत्र में बँधा है।

स्वामी के सामने खड़े ज़मींदार साहब को बराबर यह अनुभूति हो रही थी कि उनकी आत्मा में एक अनिर्वचनीय ज्ञान-तरंग विद्यमान है और उस सन्ध्या को उनका नया जन्म हुआ है। यह अनुभूति मन के सूक्ष्म स्तरों में समाती हुई उनके अन्तस्तल में प्रवेश कर गयी और वे भाव-विभोर होकर आँखें बन्द किये खड़े रहे।

वहाँ से दोनों वेणुगोपाल स्वामी के मन्दिर गये। पहले पाँव धोने के लिए मन्दिर की तलैया पर पहुँचे। संगमरमर की सीढ़ियाँ उतरते समय कृष्णम नायडू को रामेश्वर शास्त्री के यज्ञ का स्मरण हो आया। फिर दोनों ने मन्दिर की परिक्रमा की और भीतर जाकर घण्टा बजाया। वेणुगोपाल स्वामी (ज़मींदारों के) गृहदेवता थे। स्वामी के प्रार्थना-श्लोक ज़मींदारों को अवश्य याद रहते थे। कृष्णम नायडू ने वे श्लोक पढ़े। वहाँ रखे हुए टिमटिमाते दीये को पुजारी ने बत्ती उकसाकर प्रज्वलित किया। स्वामी का कवच सहसा चमकने लगा। अहा ! रामेश्वर शास्त्री स्वयं इस कवच के रूप में स्वामी के शरीर से सटे हुए हैं ! ज़मींदार ने सोचा, मैं ही स्वामी से दूर हूँ।

स्वामी की मूर्ति का डील-डौल मनुष्य के बराबर था। पुजारी प्रतिदिन स्वामी के शरीर पर तेल का लेप किया करता था। वह शरीर काले बादलों की स्निग्ध छाया की भाँति नये काजल की कान्ति प्रसारित कर रहा था। स्वामी के मुख-कमल पर चिपकाये गये रजत माणिक्यमय ऊर्ध्वपुण्ड्र[1] गोलोक के द्वार की भाँति, और स्वामी की ओर भृकुटी तानकर परिहासपूर्वक देखने वाली राधिका की भौंहों के बीच त्रिरेखाकृति, भक्तजनों को निरन्तर आह्लाद प्रदान कर रही थी। स्वामी की मूर्ति त्रिभंगी मुद्रा में गढ़ी गयी थी। उनकी बगल में सत्यभामा देवी की श्रृंगारमय मूर्ति, दायें हाथ में लीला कमल धारण किये स्वामी से सटी खड़ी थी।

धर्माराव का कण्ठ-स्वर वीणा के निक्वण-सा था। आधी पहर रात बीत चुकी थी। वातावरण निस्तब्ध था।

---

1. वह खड़ा टीका जो वैष्णव लोग लगाते हैं।

धर्माराव गाने लगा, "मन्दं मन्दं मधुरनिनदैः वेणुमापूरयन्तम्...." ऐसा लगा कि उसके कण्ठ से निकलते मधुर निनाद से ही स्वामी की बाँसुरी भर रही है। स्वामी अपनी बाँसुरी बजा रहे थे।

"वृन्दं वृन्दावनभुवि गवां चारयन्तं चरन्तम्।"

वेणु-गान के प्रवाह में स्वामी केवल भक्तों को नहीं डुला रहे थे, स्वयं भी डोल रहे थे।

"छन्दोभागे शतमखमखध्वंसिनां दानवानां हन्तारम्।"

अहा ! कैसा अपूर्व वेणुनाद है ! यह वेदमय नाद वृन्दावन की चतुराशाओं में[1] फैलकर गोपियों के मन में चतुर आशाओं के संचार का कारण बना है।

"तं कथय रसने ! गोपकन्या भुजंगमम्।"

कैसे लीलामय हैं स्वामी ! अभी-अभी वेदों के बीच शतमख इन्द्र के मखों का ध्वंस करने वाले दानवों का वध कर रहे थे। इतनी ही देर में गोप-कन्याओं के रसिया कैसे बन गये ? कहाँ से कहाँ आ गये ज़रा-सी देर में ? हाँ-हाँ, वे भुजंग ही हैं। इसी से वेणुनाद के मिस फूत्कार कर रहे हैं। रामेश्वर शास्त्री के बनवाये हुए बुलाक की ओट से सत्यभामा देवी स्वामी की चपलता पर मन्दहास कर रही हैं।

ध्यान का श्लोक पूरा होते ही धर्माराव को सुधि आयी। ज़मींदार साहब अपने दोनों हाथों से उसे सँभाले हुए थे। उनकी आँखों में एक अपूर्व तथा असीम प्रकाश विद्यमान था और वे स्वामी की ओर एकटक देख रहे थे। धर्माराव ने धीरे से कहा, "बाबू जी !" उसने ज़मींदार साहब को इस नाम से कभी नहीं पुकारा था। ज़मींदार साहब ने उसे अपने पास खींच लिया और कहा, "मेरे लाल !" भगवान् के निश्वासों से परिमल चुराकर सारे मन्दिर को सुवासित करने वाले दो चम्पक पुष्प लाकर पुजारी ने उन्हें दिये। उन फूलों को स्वामी का प्रसाद मानकर दोनों ने स्वीकार किया और बाहर चले आए। ज़मींदार साहब ने अपने हाथ धर्माराव के ऊपर से हटाए ही नहीं। दोनों ने थोड़ी देर विश्राम किया। पुजारी ने नारियल के टुकड़े और मिसरी मिलाकर उन्हें प्रसाद दिया। दोनों ने खाया।

नागन्ना शेट्टी के घर में विवाह बड़े धूमधाम से हुआ। विवाह के चौथे दिन संगीत-सभा हुई। सभा में ज़मींदार साहब को निमन्त्रित किया गया था। कृष्णम नायडू और धर्माराव साथ-साथ सभा में गये। आज-कल वे कभी अलग नहीं रहते थे। सभा के अन्त में शेट्टी ने पान-सुपारी आदि लाकर पहले धर्माराव को दिया और फिर ज़मींदार साहब को देने लगा। ज़मींदार साहब ने कहा, "मैं यह कोरी सुपारी लेकर क्या करूँगा ?"

1. चारों दिशाओं में; वाक्य में श्लेष का प्रयोग है।

शेट्टी तपाक से बोला, "सरकार जो कहेंगे अवश्य दूँगा।" ज़मींदार ने पूछा, "अपनी बात पर दृढ़ रहोगे ?" उत्साहवश शेट्टी ने मान लिया। ज़मींदार बोले, "रामेश्वर शास्त्री का घर छोड़ दो।" यह सुनते ही शेट्टी के चेहरे का रंग उड़ गया। उसे देखकर ज़मींदार बोले, "मैं जानता था कि तुम आनाकानी करोगे। आखिर साहूकार हो न ?" उनके इन शब्दों से शेट्टी का आत्म-सम्मान जाग उठा। वह बोला, "नहीं सरकार, मैं मुकर नहीं रहा हूँ।" ज़मींदार ने उसके मन का भाव ताड़कर कहा, "मुफ्त नहीं माँग रहा हूँ, शेट्टी ! वाजिबी क़ीमत दूँगा।" क़र्ज़ों के निबटारे में शास्त्री जी का मकान शेट्टी के हिस्से में आया था। धर्माराव अभी तक उसी मकान में रह रहा था। परन्तु कुछ ही दिनों में उसे छोड़ना अनिवार्य था। ज़मींदार ने शेट्टी को पाँच हज़ार रुपये दिये और मकान धर्माराव के नाम लिखवा दिया।

धर्माराव मैट्रिक की परीक्षा में बैठकर एक बार अनुत्तीर्ण हुआ। वह बड़ा होशियार था। इसी से पन्द्रह साल की आयु में मैट्रिक तक पहुँचा। नियमानुसार उसकी आयु कम होने पर भी अध्यापकों ने विशेष अनुमति मँगवाकर उसे परीक्षा में भेजा। इसी बीच रामेश्वर शास्त्री की आर्थिक स्थिति बिगड़ी। घर से ठीक समय पर पैसा न आने के कारण और कुछ अस्वस्थता के कारण धर्माराव परीक्षा में उत्तीर्ण नहीं हो पाया। इस वर्ष तो पढ़ने का अवसर ही नहीं मिला। धर्माराव ने निश्चय किया कि छुट्टियों के बाद स्कूल खुलने पर फिर से पढ़ने जाएगा। हर महीने कृष्णम नायडू उसे पैसा दिया करते थे। प्रतिदिन सबेरे उठकर ज़मींदार साहब धर्माराव के घर आते। फिर दोनों मिलकर बाग़ में जाते और भोजन के समय लौटते। उसके बाद धर्माराव कोठी पर जाता। वहाँ महाभारत या भागवत का पाठ करता। ज़मींदार साहब बड़ी श्रद्धा से सुनते।

यही उनकी दिनचर्या थी। यह दिनचर्या रंगाराव को खल रही थी। कभी-कभी गोपन्ना हँस पड़ता तो रंगाराव बिगड़कर कहते, "इस नौकर का घमण्ड बढ़ गया है।" यह सुनकर गोपन्ना चुप हो जाता। धर्माराव, बड़े ज़मींदार साहब और गोपन्ना एक-दूसरे की ओर देखते, फिर धर्माराव पढ़ने लगता। रंगाराव की दृष्टि में ये तीनों बूढ़े खूसट थे। सोलह बरस वाला धर्माराव भी बूढ़ा खूसट था। यह दिनचर्या स्कूल खुलने तक चलती रही। स्कूल खुलते ही ज़मींदार साहब ने धर्माराव को पढ़ायी के लिए भेज दिया। सुब्बन्नापेठ से विजयवाड़ा क़रीब था। फिर भी ज़मींदार साहब ने धर्माराव को मछलीपट्टम् में पढ़ाया। इससे पहले भी धर्माराव वहीं पढ़ा था। जब वह छुट्टियों में सुब्बन्नापेठ आता तो उनकी वही पुरानी दिनचर्या चलती—सबेरे बाग़ में जाना, दोपहर को पुराणपाठ और सायंकाल मन्दिर में स्वामी के दर्शन। जब धर्माराव पढ़ने चला जाता तो कृष्णम नायडू बाग़ में नहीं जाते थे। इसी प्रकार चार बरस बीत गये। धर्माराव ने मैट्रिक पास किया, एफ. ए. पास किया और अब बी. ए. के प्रथम वर्ष में प्रवेश किया। स्कूल बन्द होने के दो महीने पहले यकायक समाचारपत्रों में ख़बर छपी कि सुब्बन्नापेठ के ज़मींदार कृष्णम नायडू स्वर्गस्थ हो गये हैं। यह पढ़कर धर्माराव पर बिजली-सी गिरी।

समाचारपत्र छोड़कर वह ज़ोर-ज़ोर रोने लगा। उसके सहपाठी जानते थे कि उसका ज़मींदार से कितना घनिष्ठ सम्बन्ध है। उन्होंने उसे दिलासा दिया। गोरे प्रिन्सिपल ने भी सान्त्वना दी।

धर्माराव को सुब्बन्नापेठ आना पड़ा। दुःखी और दीन मुद्रा से वह कोठी पर गया। वहाँ उससे किसी ने बात नहीं की। गोपन्ना को ढूँढ़ने पर पता चला कि ज़मींदार साहब का स्वर्गवास होते ही यह यकायक पागल होकर कहीं चला गया है। कोठी में अब धर्माराव के लिए कोई आकर्षण नहीं रह गया था। वहाँ का सूनापन जैसे उसे काटने को दौड़ने लगा। वह सुब्रह्मण्येश्वर स्वामी के मन्दिर में गया तो वहाँ भी उसे लगा कि स्वामी की मूर्ति दुःख से परितप्त है। उसने सोचा, हे सर्पराज ! तुम्हारी यह कैसी स्थिति हो गयी है ?

फिर वह वेणुगोपाल स्वामी के दर्शन करने गया। पुजारी ने स्वामी को स्नान कराने के लिए आभूषण उतार दिये थे। स्वामी को देखकर धर्माराव बिलख पड़ा।

अन्त में वह घर लौटा। उसे देखकर माँ रो पड़ी। धर्माराव की पढ़ायी वहीं रुक गयी। कृष्णम नायडू का देहान्त हुए तीन महीने बीत गये थे। ग्रीष्म उमड़ पड़ा। तीन महीने से धर्माराव यों ही घर बैठा था। पुराने दुर्दिन फिर लौट आए, परन्तु अब क़र्ज़ की परेशानी न थी और सिर छिपाने को अपना घर भी बचा था।

यह था वह धर्माराव जिसे बाज़ार में देखकर गणाचारी उसके पास दौड़ आयी।

तीन

धर्माराव निश्चल दृष्टि से गणाचारी की आँखों में देखने लगा। गणाचारी बोली, ''ऐसे क्या देख रहे हो ? राजा में बिगाड़ पैदा हो गया है। हज़ार फण वाले नाग ने उसे स्वप्न में डस लिया है।''

धर्माराव चुपचाप मन्दिर की ओर चल पड़ा। गणाचारी भी उसके पीछे-पीछे चली। जब कभी गणाचारी आती, पुजारी सुब्रह्मण्येश्वर स्वामी के मन्दिर का द्वार खोल दिया करता। यही वहाँ का नियम था। आज भी पुजारी ने द्वार खोल दिया। भभूत लाने के लिए वह एक तिपायी के पास गया, जिस पर स्वामी का यन्त्र रखा था, यन्त्र की पूजा होती थी। पुजारी भस्म निकालने लगा तो वह तिपाई एक तरफ़ को झुकने लगी। धर्माराव ने इसका कारण पूछा तो पुजारी बोला, ''कल रात उसकी एक टाँग टूट गयी। मैंने उसे फिर से ज़मा दिया है।'' भस्म लेकर दोनों बाहर आए। धर्माराव लौटने लगा। उसने गणाचारी को देखा। गणाचारी तुरन्त बोली, ''ठीक निकली न मेरी बात ? एक टाँग टूट गयी है। अब बचे हैं केवल तुम और मैं।'' धर्माराव के मन में कृष्णम नायडू

की मूर्ति सजीव हो उठी और उसकी आँखों से आँसू बहने लगे।

धर्माराव गणाचारी को छोड़कर बाज़ार से गुज़र रहा था। वह सिर झुकाकर चला जा रहा था कि इतने में किसी ने कहा, "बेटा, इधर आओ !" उसने सिर उठाकर देखा। रंगाजम्मा ने उसे पुकारा था। यही वह क्षत्रिय स्त्री थी जिससे रामेश्वर शास्त्री ने विवाह किया था। धर्माराव भीतर गया। रंगाजम्मा ने उसे चटायी पर बिठाया। उसकी आयु कोई साठ वर्ष की थी। गौर वर्ण था। आकर्णान्त नयन थे। परन्तु इधर विधवा होते ही मानो उसका सारा सौन्दर्य लुप्त हो चुका था। आज उस व्यतीत सौन्दर्य के कतिपय चिह्न भर रह गये थे, जैसे राजा के जाने पर उजड़ी राजधानी में रह जाते हैं।

रंगाजम्मा के एक बेटा था। उसका नाम था रामचन्द्रराजु। अब उसकी आयु कोई तीस वर्ष की थी। रामचन्द्रराजु दस वर्ष पहले कहीं चला गया था। कभी-कभी माँ के नाम चिट्ठी भेजा करता था। रामेश्वर शास्त्री ने विवाह के समय ही रंगाजम्मा के नाम दस एकड़ ज़मीन कर दी थी। रंगाजम्मा अथवा उसकी सन्तान का बाक़ी जायदाद से कोई सम्बन्ध न था। वैश्य और शूद्र स्त्रियों से भी शास्त्री जी ने इसी शर्त पर विवाह किये। रंगाजम्मा अपनी दस एकड़ ज़मीन की आय पर सुख से जीवन व्यतीत कर रही थी। रामेश्वर शास्त्री को जब दुर्दिन देखने पड़े, तब रंगाजम्मा ने अपनी दस एकड़ ज़मीन भी शास्त्री जी को लौटानी चाही। लेकिन शास्त्री जी ने उसकी एक न सुनी। फिर भी लुका-छिपाकर रंगाजम्मा चावल, दाल आदि पदार्थ शास्त्री जी के घर भेजती रहती थी। हाँ, इस बात का शास्त्री जी अथवा धर्माराव को पता लगने न दिया जाता था।

रंगाजम्मा ने आज तक धर्माराव से प्रत्यक्ष कभी बात नहीं की थी। तथापि अपनी सगी माँ की बातों से धर्माराव जान चुका था कि रंगाजम्मा का उस पर बहुत प्रेम है। आज सहसा उसके बुलाने पर धर्माराव को आश्चर्य हुआ। उसे देखकर रंगाजम्मा का हृदय भर आया, मानो वह अपने सगे पुत्र को देख रही हो। पर उसकी समझ में नहीं आ रहा था कि उस प्रेम को किस प्रकार व्यक्त करे। अतएव वह कमरे के द्वार पर यों ही खड़ी रही। धर्माराव ने पूछा, "भैया के पास से कोई चिट्ठी आयी है ?" रंगाजम्मा बोली, "बेटा, चिट्ठी को आये हुए एक महीना बीत गया। सुना है कि किसी पूर्वी प्रान्त में ज़मीन ख़रीदकर खेती कर रहा है। वहीं हमारे क्षत्रिय जाति के लोग अधिक रहते हैं...." कुछ और कहना चाहती थी, पर रुक गयी।

धर्माराव ने उसका आशय ताड़ लिया और पूछा, "भैया ने विवाह किया ?"

रंगाजम्मा, "यही तो समस्या है, बेटा ! पहले तो उसे लड़की देने के लिए कोई तैयार न था। फिर धर्मशास्त्र आदि जानने वाले एक बूढ़े ने अपनी पौत्री का उससे ब्याह कराया। लड़का यहाँ वापस आना चाहता है। फिर भी मुझे वहाँ बुलाता है।"

धर्माराव, "आप ही वहाँ क्यों नहीं चली जातीं ?"

रंगाजम्मा, "मेरा वहाँ क्या धरा है बेटा ? ससुराल छोड़कर मैं पराये प्रान्त में क्यों जाऊँ ? जहाँ तुम्हारे पिताजी मरे, वहीं मैं भी मरूँगी।"

धर्मराव का मन भर आया। उस स्त्री की निष्ठा पर प्रसन्न होकर वह सोचने लगा, 'मेरे पिताजी धन्य हैं।'

रंगाजम्मा, "बेटा, मैंने उसे यहाँ बुलाया है। तुम सब भाई-बन्धु एक जगह रहो तो अच्छा है। एक-दूसरे का हाथ बँटा सकोगे। उस पराये प्रान्त में, जहाँ अपना कोई नहीं, बेचारा कितने कष्ट सहता होगा। वह भी यहाँ आना चाहता है, पर शायद उसकी पत्नी नहीं मानती।"

धर्मराव, "उनकी कोई सन्तान है ?"

रंगाजम्मा, "सुना है कि एक लड़का हुआ था पर जाता रहा।"

थोड़ी देर बैठकर धर्मराव ने विदा ली। जाते-जाते वह सोचने लगा, यह सृष्टि बड़ी विचित्र है। प्रेम भी बड़ा विचित्र है। मैं कौन हूँ ? यह स्त्री कौन है ? कितना विलक्षण है हमारा सम्बन्ध !

वह अपने पिता के विवाह के बारे में सोचने लगा।....एक बार रामेश्वर शास्त्री पचीस वर्ष की आयु में तीर्थ-यात्रा करने गये थे। तब उनकी पत्नी सावित्री देवी सयानी नहीं हुई थी। उनका विवाह अठारह वर्ष की आयु में हो चुका था। परन्तु विवाह के समय सावित्री देवी की आयु केवल तीन बरस की थी। शास्त्री जी के पिता का देहान्त हुआ और उसके बाद ही शास्त्री जी ने रंगाजम्मा से ब्याह किया। रंगाजम्मा के पिता क्षत्रिय कुल के थे। गंजाम ज़िले के निवासी थे। ज़मींदारी के कारोबार के सिलसिले में जब शास्त्री जी गंजाम गये तब रंगाजम्मा के पिता रंगराजु से उनका परिचय हुआ। एक दिन बातचीत के दौरान रंगराजु बोले कि हमारे देश में अर्जुन, राम आदि योद्धाओं की धनुर्विद्या अब लुप्त हो गयी है। रामेश्वर शास्त्री ने उस विद्या में अपनी सामर्थ्य का उल्लेख किया। रंगराजु भी धनुर्विद्या के अच्छे जानकार थे। दोनों ने एक-दूसरे की परीक्षा ली। इस परीक्षा में रंगाजम्मा रामेश्वर शास्त्री पर अनुरक्त हो गयी और उनके साथ चली आयी। रंगराजु पहले तो बिगड़े पर जब उन्हें पता चला कि दोनों ने शास्त्रीय विधि से विवाह कर लिया है, तो चुप हो गये। इसके कोई चार बरस बाद शास्त्री जी तीर्थ-यात्रा करने चले। रंगाजम्मा भी उनके साथ थी। रास्ते में एक वैश्य परिवार से उनका परिचय हुआ। प्राचीन काल में वे आन्ध्र प्रान्त के ही निवासी थे, पर अब महाराष्ट्र में रहते थे। आज भी वे टूटी-फूटी तेलुगु बोलने की चेष्टा करते थे। आन्ध्र प्रान्त के लोगों पर उनका अपार प्रेम था। इसी कारण दोनों परिवारों में मैत्री बढ़ी। वैश्य गृहस्थ का नाम था रामकृष्ण। देखने में महाराष्ट्रीय ब्राह्मण-सा लगता था। वह अपनी पत्नी और चौदह बरस की लड़की के साथ तीर्थ-यात्रा करने निकला था। लड़की कुँआरी थी।

जहाँ-तहाँ वे ठहरते, शास्त्री जी स्वयं रसोई बनाते और रंगाजम्मा को खिलाते। यह देखकर रामकृष्ण को कुछ सन्देह हुआ और उसने शास्त्री जी और रंगाजम्मा के सम्बन्ध का हाल जानना चाहा। शास्त्री जी ने उसे बताया कि रंगाजम्मा उनकी पत्नी है, क्षत्रिय स्त्री है। वे ब्राह्मण और क्षत्रिय स्त्रियों से विवाह कर चुके हैं और वैश्य तथा

शूद्र स्त्रियों से भी करना चाहते हैं। रामकृष्ण मुस्कराकर चुप हो गये।

तीर्थ-यात्रा करते हुए वे नर्मदा के तट पर पहुँचे। वहाँ नदी में स्नान करते समय रामकृष्ण की लड़की हेमावती का पाँव फिसला और वह धार में गिर पड़ी। रामकृष्ण शोकातुर होकर चीख़ उठा, ''शास्त्री जी, मेरी लड़की को बचाइए ! मैं उसका ब्याह आपसे करा दूँगा।'' शास्त्री जी नदी में कूद पड़े और हेमावती को मृत्यु से बचा लाये।

देने को तो रामकृष्ण ने वचन दिया था, परन्तु उसका पालन करना आसान न था। हेमावती अतीव सुन्दर थी। महाराष्ट्र प्रान्त में रहने के कारण उस आयु तक वह कुँआरी रही। आन्ध्र प्रान्त में होती तो उसका विवाह कभी का हो चुका होता। जब से लड़की ने शास्त्री जी को देखा, तभी से उसके मन में एक नया भाव उत्पन्न हुआ। शास्त्री जी आजानु-बाहु थे। गोरे गुमटे थे। अत्यन्त सुन्दर थे। निरन्तर व्यायाम से उनका शरीर हृष्ट-पुष्ट और चमकीला बन गया था। ऐसे सुदर्शन पुरुष पर कौन-सी स्त्री लट्टू न होगी ! इसका जीता-जागता प्रमाण थी रंगाजम्मा। हेमावती सोचने लगी, पिताजी वचन दे ही चुके हैं और वह शास्त्री जी की पत्नी बन ही चुकी है। अब प्रश्न यह था कि पिता से पिण्ड कैसे छूटे। उस समय रंगाजम्मा की आयु बीस बरस की थी। रंगाजम्मा और हेमावती ने मिलकर एक षड्यन्त्र रचा। शास्त्री जी को भी अपना रहस्य बताया। शास्त्री जी को यह चिन्ता सता रही थी कि उनके तृतीय विवाह पर कहीं रंगाजम्मा आपत्ति न उठाये, पर अब उनकी चिन्ता जाती रही। अयोध्या पहुँचने पर एक दिन सबेरे रामकृष्ण ने नींद से जागकर देखा तो उसकी लड़की हेमावती अपने पति के साथ एक सौ पचास मील आगे जा चुकी थी। रामकृष्ण ने कुछ बखेड़ा उठाना चाहा, पर उनकी पत्नी ने रोककर कहा, ''ठीक ही तो है। उसका पति उसे ले गया है।''

शास्त्री जी ने घर लौटकर विवाह किया। विवाह के चार बरस बाद दोनों पति-पत्नी महाराष्ट्र गये और हेमावती के माता-पिता से मिले। रामकृष्ण ने दामाद से ठीक-ठीक बात नहीं की, परन्तु सास और सालों ने बड़ी आवभगत की। हेमावती के दो लड़कियाँ और एक लड़का हुआ। शास्त्री जी ने दोनों लड़कियों के विवाह बड़ी धूमधाम से किये और वे ससुराल चली गयीं। शास्त्री जी की आयु जब चालीस बरस की थी, तब हेमावती चल बसी। लड़का श्रीधर अपने हिस्से की जायदाद बेचकर व्यापार करने कहीं दूर चला गया। रामेश्वर शास्त्री रामचन्द्रराजु को महान् धनुर्विद्या-विद् और श्रीधर को महान् व्यापारकोविद् बनाना चाहते थे। परन्तु वे दोनों पिता से कुछ कहे बिना ही घर से चले गये। शास्त्री जी ने धर्माराव को वेद-विद्या में निष्णात बनाना चाहा, परन्तु अपनी पत्नी और साले के विरोध के कारण उसे अँग्रेजी पढ़ानी पड़ी। इस प्रकार उनके तीनों ही विवाहों के आदर्श असफल हुए। गाँव में एक ग़रीब किसान रहता था, जिसकी एक लड़की थी। उसका नाम था मंगा। वह अजीब लड़की थी। बचपन में रामेश्वर शास्त्री से ठट्ठा करती आयी थी। हँसी-मज़ाक़ में शास्त्री जी कहा करते, ''मंगा ! देख, मैं

तुझसे शादी करूँगा।'' इस पर मंगा कहती, ''मुझसे शादी करके क्या पाओगे ? मेरी लातें खाना चाहते हो क्या ?'' शास्त्री जी कहते, ''अच्छा, अच्छा, लगाना लातें।'' मंगा हँस पड़ती। वह ग़रीब किसान अपनी लड़की की शादी नहीं कर सकता था। उसकी पत्नी, मंगा के बचपन में ही चल बसी थी। मंगा की आयु अठारह वर्ष की हुई, पर विवाह न हुआ। इस चिन्ता में उसका पिता भी चल बसा। मंगा का कोई आसरा न रहा। कुछ नौजवान उसे बुरे रास्ते पर ले जाने का प्रयत्न करने लगे। इस मुसीबत से तंग आकर मंगा शास्त्री जी के पास आयी और कहने लगी, ''तुम कहा करते थे न कि मुझसे शादी कर लोगे ? अब मेरे खाने-पीने का कोई ठिकाना नहीं है। इसके अलावा उन बदमाशों से तंग आ गयी हूँ। रात भर मेरे घर पर कंकर फेंका करते हैं। अब मेरा कोई सहारा नहीं। बताओ, मुझसे शादी करोगे या मुझे भ्रष्ट होने दोगे ?''

शास्त्री जी ने मंगा को अपने घर में आश्रय दिया। सावित्री देवी सयानी हो चुकी थी। उनकी बड़ी लड़की डेढ़ बरस की थी। सावित्री देवी को शास्त्री जी के अन्य विवाह पसन्द न थे। उन्होंने मंगा को घर में टिकने नहीं दिया। अन्त में शास्त्री जी ने मंगा पर तरस खाकर उसके लिए अलग घर बनवाया और उसके नाम पर भी दस एकड़ ज़मीन लिख दी। तब से मंगा का जीवन सुख-चैन से गुज़रने लगा। मंगा के अनुरोध पर शास्त्री जी ने उसके गले में मंगलसूत्र बाँधा। इसके चार-पाँच वर्ष बाद मंगा के एक लड़का हुआ। परन्तु उसे देखते ही मंगा की सुधि जाती रही। वह कैसा शिशु था ? काड़ी से भी दुबला, शरीर हरे रंग का, बालों का रंग राख जैसा। सब लोग कहने लगे, ''साँप का बच्चा पैदा हुआ है।'' परन्तु दोनों हाथ, दोनों पाँव, चेहरा, आँखें, जीभ इत्यादि सभी अवयवों के होते हुए उसे साँप कहना कैसे सम्भव था ? अन्य किसान स्त्रियाँ उसे देखकर उपहास करने लगीं। जाति के अभिमानी कुछ लोग कहने लगे, ''भ्रष्टा को अच्छी सजा मिली है।'' सुधि आने पर मंगा ने शिशु को गले लगाया। शिशु इधर-उधर हिलने लगा।'' ऐसा लगता था कि कोई साँप बल खा रहा है। मंगा ने उसे पकड़कर रखा। शिशु रो उठा। उसकी आवाज़ साँप की-सी सुन पड़ी। मंगा ने सुब्रह्मण्येश्वर स्वामी को याद करके शिशु के शरीर पर अरण्डी के तेल की मालिश की। लोग झुण्ड के झुण्ड आकर उस विचित्र शिशु को देखने लगे। कुछ दिन बाद मंगा को यह बात बुरी लगी और उसने अपने बच्चे को छिपाना शुरू किया। शास्त्री जी बच्चे को देखने आए। बच्चे ने शायद पिता को पहचान लिया। उनके पास जाते ही उसका रोना बन्द हो गया। शास्त्री जी ने बच्चे को देखा, फिर गम्भीरतापूर्वक सोचने लगे। उन्होंने मंगा के गालों को स्पर्श करके कहा, ''मंगा, तू बड़ी भाग्यवान् है। सुब्रह्मण्येश्वर स्वामी की तुझ पर पूरी-पूरी कृपा है। तुझमें धर्म का लोप नहीं हुआ है। उसकी रक्षा कर।'' मंगा की दृष्टि में शास्त्री जी ही भगवान् थे। पड़ोस वाली स्त्रियों की बातों से उसके मन में बच्चे के प्रति थोड़ा-सा अनादर उत्पन्न हुआ था, पर अब शास्त्री जी की बातें सुनकर उसका पुत्र-प्रेम दुगुना-तिगुना हो गया। बच्चे की आयु

एक बरस की हुई। वह कहीं एक जगह ठहरता न था। देखते-देखते रेंगता हुआ कहीं का कहीं पहुँच जाता। घर के पीछे मंगा तरकारियाँ उगाती थी। उसका बच्चा उन्हीं तरकारियों के पौधों में जा बैठता और मंगा को दिखायी न देता। वह घबरा जाती कि कहीं कोई कीड़ा-मकोड़ा उसे डस न जाए। एक बार एक पड़ोसिन से उसने अपनी आशंका व्यक्त की। पड़ोसिन बोली, ''अरी ! कहाँ का कीड़ा और कहाँ का मकोड़ा ? तेरा बच्चा खुद कीड़ा-मकोड़ा है।'' यह सुनकर मंगा को बड़ा क्रोध आया, पर वह कुछ कर नहीं पायी।

बच्चा पाँच बरस का हुआ। जब तेज और ठण्डी हवा चलती तो वह मुँह खोलकर उसे ख़ूब फेफड़ों में भर लेता। माँ की नज़र बचाकर किसी खेत में जा घुसता। ज्वार के खेत, मूँग के खेत, बैंगन के बगीचे आदि में घुसकर बड़ी देर तक लेटा रहता। मंगा उसे ढूँढ़-ढूँढ़कर बेजार हो जाती। लोग उस बच्चे को 'हरिया' कहकर पुकारने लगे। चिड़िया और साँप हरिया के इष्ट मित्र थे। पंछी उसके पास ही जा बैठते थे। ऐसा लगता था, मानो वह उनसे कुछ बातें कर रहा है। साँप उससे खेला करते थे। उसके शरीर से लिपट जाते थे। खेतों में वह सो जाता था और साँप उसके इर्द-गिर्द घूमते रहते थे। अन्य किसी मनुष्य को देखते ही वे भाग जाते। हरिया की आयु दस बरस की हुई। वह खड़ा होता तो ऐसा लगता जैसे कोई हरा साँप पूँछ के बल खड़ा है। हवा चलती तो हरिया झूम जाता। उसकी बातचीत, उसकी हँसी, उसकी चाल-ढाल, सब कुछ विलक्षण था। गाँव के लड़के उसे विचित्र दृष्टि से देखते थे। लोगों को उस पर अपार प्रेम था। कोई उसे छेड़ता न था। सब लोग उसे हँसाते थे। कुछ लोग उससे हँसी-मज़ाक़ करते थे। हरिया अधिक न बोलता, हर बात पर यों ही हँसता, अधिकतर खेतों में रहता, घर बहुत कम आता। उसके बारे में मंगा की चिन्ता जाती रही। वह कहने लगी, ''उस लड़के का वही हाल है। वह हरा-हरा पैदा हुआ है, सो हरी फसल का उससे अटूट नाता है। हरे शस्यों से उसका अटूट नाता है। वही शस्य है। शस्य है। शस्य ही वह है। फिर भला वह घर क्यों आए ?'' जब कभी वह घर आता, मंगा उसे खाना खिलाती। ऐसा लगता था कि हरिया को खाना खाने की आवश्यकता नहीं। खेतों में वह जो चाहता, खा लेता था। जो वस्तु हाथ आती उसे कच्चा खा जाता था। हरिया अन्य लोगों से कम मिलता; केवल धर्माराव से तपाक से मिलता था। धर्माराव को वह कभी छोड़कर न जाता, उसे भैया कहकर पुकारता। धर्माराव भी हरिया से बहुत प्रेम करता था। वह कहता, ''राजा भले ही चले जाएँ, हमारी विद्याएँ भले ही नष्ट हो जाएँ, अकेला हरिया बचा रहे तो काफ़ी है।'' दोनों मिलकर खेतों में दिन भर घूमा करते और शाम को देर से घर लौटते। जब धर्माराव साथ होता तो पंछी और साँप हरिया के पास न आते थे। वे धर्माराव पर अपनी प्रसन्नता प्रकट करते हुए दूर-दूर से ही कतराकर चले जाते। उसके बाद वे हरिया से भी एक-दो दिन तक रूठे रहते। परन्तु हरिया उन्हें मार-पीटकर फिर उनसे दोस्ती कर लेता था।

धर्माराव रंगाजम्मा के घर से लौटता हुआ यही सोच रहा था। दिन ढल चुका था। दूर से हरिया ने उसे देखा। देखते ही पुकारा, "भैया !" फिर वह दौड़ा-दौड़ा आया और धर्माराव से लिपट गया। ऐसा लिपट गया जैसे पान की बेल अलसी के पेड़ से लिपट जाती है। धर्माराव बोला, "भाई, तुम्हारी हज़ार वर्ष की आयु होगी।" उसी समय एक तीतर न जाने कहाँ से उड़ता हुआ आया और कूक उठा। धर्माराव के हृदय में एक आघात-सा लगा। हरिया ने उसे खेतों की ओर बुलाया। धर्माराव बोला, "भाई, मैंने खाना नहीं खाया।" हरिया धर्माराव की ओर मुड़-मुड़कर देखता हुआ चला गया। धर्माराव आगे चल पड़ा। उसका मन उस अपशकुन पर व्यथित हो रहा था। आघात बड़े नाजुक स्थान पर लगा था ! क्या हरिया को भी ख़तरा है ? धर्माराव सोचता-सोचता आगे बढ़ा। उसे अपनी सुधि न थी। थोड़ी दूर चलकर उसे लगा कि पीछे से कोई छू गया है। उसने मुड़कर देखा। उसकी आँखों में जैसे किसी ने पिचकारियों से चाँदनी की धार फेंकी हो। एक बारह वर्ष की लड़की हँस रही थी। अनजाने में ही उसके शरीर पर कामदेव आक्रमण किया चाहते थे। उसकी श्वेत एवं शुभ्र दन्त-पंक्ति सुदर्शन-चक्र के कोर की भाँति सान लगायी जान पड़ती थी। उसके कान पांचजन्य जैसे थे। नयन कमलों को भुला रहे थे। नासिका कौमादकी थी। उसकी भौंहें किसी शाङ्‌र्ग के द्विधा-विभक्त भागों जैसी थीं। उसकी मूर्ति अत्यन्त मनोज्ञ थी। वह देवदासी[1] थी, वेश्या रत्नगिरि की लड़की—उसी वेश्या की जो रामेश्वर शास्त्री की उप-पत्नी थी। उसने धर्माराव से कहा, "भैया, कहाँ चले ?" धर्माराव के स्मृति-पथ पर उसके पिता की मूर्ति नाच उठी। वे मूर्तिमान् वर्णाश्रम थे। वे भारतवर्ष की आत्मा थे। वे त्रयी-विद्या की व्याख्याता थे।

चार

रंगाराव का राजतिलक निश्चित हुआ। सारे परगने के साथ राजधानी में उत्साह उमड़ पड़ा। रंगाराव की आयु पैंतीस वर्ष की थी। वे अँग्रेज़ी के स्नातक थे। लोग अपेक्षा करने लगे कि ज़मींदार नये सुधार के पक्षपाती होने के कारण शासन में कई परिवर्तन

---

1. मन्दिरों में, विशेषकर दक्षिण भारत के मन्दिरों में मध्ययुगीन प्रथा के अनुसार एक नर्तकी की नियुक्ति होती थी। यह नर्तकी भगवान् के सम्मुख नृत्य करती और अपने जीवन तथा यौवन को भगवान् के चरणों में अर्पित करती थी। वह किसी से विवाह न करती। भगवान् ही उसके पति समझे जाते। इस देवदासी प्रथा का दक्षिण में सुदीर्घ तथा रोचक इतिहास है। इस उदात्त तथा पवित्रतापूर्ण प्रथा में धीरे-धीरे कामुकता और भ्रष्टाचार का समावेश होता गया और अन्त में यह प्रथा समाप्त हो गयी।

लाएँगे और जनता का अधिक कल्याण होगा। कुछ लोगों की धारणा थी कि हमारी प्राचीन कार्य-पद्धतियाँ अच्छी नहीं हैं, और पाश्चात्य ढंग पर किया हुआ प्रत्येक कार्य प्रगति का सूचक होता है। भूतपूर्व ज़मींदार साहब पुराने ढंग से ही राज करते आए थे, जब कि देश प्रगति के पथ पर आगे बढ़ रहा था। फलतः आज तक देश के अनेक युवकों को अपनी शक्ति प्रकट करने का अवसर नहीं मिला। आज यह आशा की जाने लगी कि नये ज़मींदार नयी संस्थाएँ स्थापित करेंगे और युवक समाज उन संस्थाओं में नये प्राणों की प्रतिष्ठा करेगा।

कृष्णम नायडू अपने पूर्वजों के ढंग पर चलते रहे। यों तो गत दस वर्षों से रंगाराव ही ज़मींदारी सँभालते आए थे, तथापि कृष्णम नायडू का ही हुक्म चलता रहा। रंगाराव के ज़मींदार बनते ही लोग विश्वास करने लगे कि देश के कल्याण का समय आ गया है।

ज़मींदार बनते ही रंगाराव ने शासन में कई परिवर्तन किये। कृष्णम नायडू के राज्य में कोई काम झटपट न हो पाता था। लोग ज़मींदार से मिलने आते, पर उनके दर्शन आसानी से नहीं हो पाते थे। कम से कम एक-दो महीने तक उन्हें अन्नसत्रों में भोजन करते हुए राजधानी में पड़ा रहना पड़ता था। और फिर दर्शन करके भी क्या हासिल होता था ? ज़मींदार साहब उनका नाम पूछते, ग्राम पूछते, फिर भोजन की सुविधा के विषय में प्रश्न करते। परन्तु यह नहीं पूछते थे कि किस काम से आए हो। आने वाले स्वयं अपना काम बताने में झिझकते थे। इस प्रकार समय कटता जाता, पर उनका काम ठिकाने न लगता। अन्त में साहस करके वे ज़मींदार से अपने काम के विषय में निवेदन करते। यदि कोई नौकरी के लिए आता तो ज़मींदार साहब कहते, अच्छा तुम जाकर बीवी-बच्चों को ले आओ। वह बेचारा अपना परिवार ले आता। ज़मींदार साहब उसके वेतन का कोई ज़िक्र ही न करते। वह ख़ुद भी नहीं माँग पाता था। जिन-जिन पदार्थों की आवश्यकता होती, कोठी से लेता और खाता रहता। किसी के घर में ब्याह आदि तय होता तो ज़मींदार साहब से निवेदन करते ही वे अपने कारकुन से कहते, इनके घर ब्याह होने वाला है, सारा प्रबन्ध करो। और देखते-देखते सारा प्रबन्ध हो जाता। यह था स्वर्गस्थ ज़मींदार और उनके पूर्वजों का अनोखा ढंग।

कभी-कभी दीवान जी आकर कहते, "महाराज, अब के मालगुज़ारी वसूल नहीं हुई।" ज़मींदार पूछते, "क्या कुछ भी वसूल नहीं हुआ ?" दीवान जी कहते, "बहुत बक़ाया रह गया है सरकार !" ज़मींदार पूछते, "कितना रह गया है ?" दीवान जी कहते, "इस गाँव में दस हज़ार में से नौ हज़ार वसूल हुए हैं, एक हज़ार बक़ाया रह गया है। दूसरे गाँव में दो हज़ार बाक़ी हैं। इसी प्रकार ज़मींदार बात काटकर कहते, "अच्छा, अगले साल वसूल कर लेना। क्या तुमने यह भी जानने की कोशिश की है कि अब की उपज अच्छी हुई है कि नहीं ? किसान बेचारे ग़रीब हैं। उन्हें तंग करके पैसा ज़मा करने से हमारा भी क्या भला होगा ? दस आदमी खाएँ, यही अच्छा है।

चार लाख के दो लाख भी वसूल हों, तो हमारे लिए काफ़ी हैं। तुम्हारी क्या राय है ?"

दीवान जी चुप हो जाते। चार-पाँच बरस तक इसी प्रकार बक़ाया चढ़ने के बाद गाँव वाले ज़मींदार साहब के दर्शन करने आते और उन्हें अपनी मुसीबतों का ब्यौरा सुनाते। ज़मींदार साहब सारा बक़ाया माफ़ करते और उन्हें पेट भर खाना खिलाकर विदा करते।

एक बार ज़मींदार साहब की अमरायी में ख़ूब कैरियाँ लगी थीं। गाँव के लड़कों ने अमरायी में घुसकर सारी कैरियाँ झाड़ दीं। माली ने जाकर ज़मींदार साहब से शिकायत की और उन लड़कों का पता बताया। लड़के बड़े शैतान थे। सारा गाँव उनसे तंग था। गाँव के लोगों और दीवान जी की इच्छा थी कि उन्हें कड़ी सज़ा दी जाए।

ज़मींदार साहब ने सारे लड़कों को बुला भेजा। वे आए। उनके दिलों में धक्-धक् हो रही थी। ज़मींदार साहब ने उनसे पूछा, "तुम में से कैरियाँ किसने चुरायीं ?" दीवान जी ने कहा, "सभी ने चुरायी हैं सरकार ? सबको सज़ा मिलनी चाहिए।" ज़मींदार साहब ने कहा, "अच्छा, सब को सज़ा मिलेगी।" फिर उन्होंने अपने रसोइये को बुलाकर कुछ कानाफूसी की और इधर-उधर की बातों में व्यस्त हो गये। एक घण्टा बीत गया। परन्तु वहाँ से टलने की बच्चों की मज़ाल न थी। अन्त में रसोइया एक बड़ी थाली में गरमागरम लड्डू और जलेबी बनाकर ले आया। ज़मींदार साहब ने थाली लड़कों के सामने रखवाकर कहा, "जो लड़का अधिक मिठाई खाएगा, उसे सज़ा नहीं मिलेगी।" लड़के आश्चर्यचकित हो गये। एक-दूसरे की ओर ताकने लगे और जहाँ तक बन पड़ा, खाने लगे। फिर भी थाली में आधी मिठाई बच गयी। ज़मींदार साहब लड़कों से बोले, "क्यों बे शैतानो, इतने ही के लिए अमरायी में घुसकर कैरियाँ चुरा रहे थे ! सब मिलकर दस जलेबी भी नहीं खा सके ? कैसे लड़के हो तुम ? छिः-छिः। चले जाओ यहाँ से ! और वह बची हुई मिठाई भी लेते जाओ।" लड़के मिठाई लेकर दौड़ पड़े। माली और दीवान जी निर्विण्ण होकर ज़मींदार साहब का मुँह ताकने लगे। ज़मींदार ने कहा, "जाने भी दो। शरारत बच्चे नहीं करेंगे तो और कौन करेगा ? बच्चों के रूप में भगवान् बसते हैं। उन्हें सज़ा नहीं देनी चाहिए।"

एक बार ज़मींदार साहब दीवानख़ाने में बैठे हुए थे। गाँव में योगेश्वर अवधानी नामक एक ब्राह्मण रहता था। उसकी पत्नी को प्रसव-सम्बन्धी रोग हुआ। वैद्य ने कहा कि इसके लिए सूतिकाभरण नामक औषधि आवश्यक है। लेकिन विशुद्ध सूतिकाभरण केवल ज़मींदार साहब के पास था। उसे माँग लाने के लिए योगेश्वर राजदर्शन करने गया। ज़मींदार साहब ने उसे देखकर मुँह फेर लिया। ब्राह्मण प्रतीक्षा करने लगा कि कब ज़मींदार साहब उसकी ओर मुड़ें और कब वह अपनी विनती उन्हें सुनाए। परन्तु ज़मींदार साहब ने उसकी ओर देखा ही नहीं। बेचारा ब्राह्मण बड़ी देर तक खड़ा रहकर लौट गया। थोड़ी देर बाद ज़मींदार ने नौकर को बुलाकर कहा, "योगेश्वर जी अभी-अभी आकर लौट गये हैं। जरा जाकर पूछ आ कि किस काम से आए थे।" नौकर ने जाकर

पूछताछ की और ज़मींदार से सारा हाल कह सुनाया। ज़मींदार तुरन्त बोले, "अरेरे ! बेचारा ब्राह्मण कुछ कहे बिना ही क्यों चला गया ?" यह कहकर उन्होंने एक छोटी थैली में सूतिकाभरण की गोलियाँ भरकर ब्राह्मण के पास भेज दीं। लेकिन ब्राह्मण इतनी सारी गोलियाँ लेकर क्या करता ? उसने अपनी आवश्यकतानुसार गोलियाँ निकालकर वह मूल्यवान औषधि निक्षेप की तरह छिपा रखी।

सुब्बन्नापेठ के ज़मींदार आयुर्वेद की विशुद्ध औषधियाँ बनवाकर रखते थे। उतनी मूल्यवान् औषधियाँ तैयार कराने की सामर्थ्य और लोगों में नहीं थी। संस्थान का वैद्य सारे परगने का भी वैद्य था। वही सारे रोगों की चिकित्सा करता था। मूल्यवान औषधियों की आवश्यकता पड़ती तो उन्हें कोठी से मँगाया जाता था। ग़रीबों को अपने इलाज के लिए पैसा नहीं देना पड़ता था।

कृष्णम नायडू ऐसे उदार ज़मींदार थे। ऐसी शान-शौकत वाले प्रभु थे। ज़मींदार के चरागाहों में सभी लोगों के जानवर चरते थे। ग़रीब लोग उन्हीं चरागाहों से लकड़ी चुनकर ले जाते और उसे जलाकर खाना बना लेते। ज़मींदार साहब के इमली-वन में ख़ूब इमली लगती थी। गाँव के लोग बिना किसी रोक-टोक के कच्ची इमली तोड़ लेते और उसका अचार बनाते। सारे परगने में ज़मींदार की पोरमबोक[1] ज़मीन में कई वृक्ष थे जिनसे आम लोग फ़ायदा उठाते थे। ज़मींदार के मिर्ची, बैंगन, केले आदि के बगीचे सब लोगों के काम आते थे। ज़मींदार के ताड़-वन से सब लोग पत्ते और रेशा लिया करते थे। यह था कृष्णम नायडू और उनके पूर्वजों के प्रशासन का ढंग।

सुब्बन्नापेठ के ज़मींदार केवल व्यक्तियों के लिए ही नहीं, वरन् संस्थाओं के लिए भी कल्प-वृक्ष रहे। चमड़े की पुतलियों[2] का खेल दिखाने वाले, बाज़ारों में नाटक खेलने वाले आदि कलाकारों को ज़मींदार की ओर से वार्षिक अनुदान दिये जाते थे। इन कलाकारों का काम था कि ज़मींदारी के सारे देहातों में अपनी कला का मुफ़्त प्रदर्शन करें। इसी प्रकार दिवावेषधारी[3], मेढ़ों का खेल दिखाने वाले, डोमर, जादू-टोना करने वाले, नाना प्रकार के लोगों को ज़मींदार पाल रहे थे। उन्हें लोग 'ज़मींदार' नहीं कहते थे। उन्हें 'प्रभु' के नाम से ही सम्बोधित किया जाता था।

कृष्णम नायडू बड़े बुद्धिमान् थे, रसज्ञ थे। जिस दिन रंगाराव के घर लड़का हुआ, कृष्णम नायडू ने एक भव्य समारोह का आयोजन किया। गुण्टूर से एक नाटक कम्पनी वाले आए और ज़मींदार से निवेदन करने लगे कि उन्हें अपनी कला का प्रदर्शन करने का अवसर दिया जाए। उनमें से एक अभिनेता के बारे में कहा गया कि वह स्त्री-पात्र-धारण करने में अत्यन्त सिद्धहस्त है। कृष्णम नायडू ने उस अभिनेता से पूछा,

---

1. वह सरकारी ज़मीन जो साधारणतः खेती के योग्य नहीं होती।
2. चर्मपुत्तलिका।
3. दिन में वेष धारण करके घर-घर याचना करने वाले कलाकार।

''तुम करते हो स्त्री-पात्र-धारण ? अभिसारिका के लक्षण तो बताओ।'' उस बेचारे को क्या पता था कि अभिसारिका किस चिड़िया का नाम है और वासकसज्जिका किसे कहते हैं ? बस मुँह ताकने लगा। ज़मींदार साहब बोले, ''वाह ! बड़े अच्छे अभिनेता हो ! अब चलते बनो यहाँ से। ये नाटक कम्पनियाँ शुरू करके बेचारे पुराने भागवतों[1] को उनके पेशे से क्यों वंचित कर रहे हो ? तुम सब लोग ब्राह्मण लगते हो। बेचारे किसानों के मुँह का कौर क्यों छीनना चाहते हो ? और फिर तुम्हें कुछ आता भी तो नहीं। सबके सब गोबर-गणेश लगते हो। तुम में पुरुष वेषधारी कौन है ? ज़रा वह यह तो बता दे कि शृंगार-नायकों के कितने प्रकार हैं और उनके क्या लक्षण हैं। अब अपना नाटक बन्द करो। तुम जो माँगो, दे दूँगा।'' उनकी बातें सुनकर सब चुप हो गये और धीरे-धीरे वहाँ से खिसक गये।

कृष्णम नायडू बड़े बलवान् और शूर-वीर थे। वे ही क्या, उनके सारे पूर्वज बड़े अच्छे शिकारी थे। उन्होंने शिकार के लिए ख़ास-ख़ास जंगल पाल रखे थे। हिरण, रीछ आदि कई जानवरों को उन जंगलों में रख छोड़ा था। निज़ाम सरकार के जंगल में भी शिकार करने की उन्हें अनुमति थी। वे खंजर और ढाल लेकर शेर का सामना करते थे; बन्दूक़ का उपयोग कभी नहीं किया था। कृष्णम नायडू के पिता हरप्पा नायडू कहा करते, ''शेर को बन्दूक़ से मारने में क्या बहादुरी है ? वह तो स्त्रियों का काम है।'' एक बार वे जंगल से गुज़र रहे थे कि एक आदमख़ोर शेर पीछे से उन पर झपटा। उन्होंने दोनों हाथों से उसका गला दबोचा और अपने दाँव-पेंच में उसे पकड़कर खंजर भोंक दिया। हरप्पा नायडू की गरदन पर उस शेर के पंजे के निशान अन्त तक बने रहे। वे भूतपूर्व ज़मींदार ऊँचे क़द के भरे-पूरे महाभुज, वृष-स्कन्ध थे।

एक बार कृष्णम नायडू के यहाँ मेढ़ों को लड़ाने वाले आए। उनमें से एक ने मेढ़े को पीछे ढकेला और अपनी बाँहों से उसे रोका। उसकी बाँह दहल गयी। कृष्णम नायडू ने कहा, ''बाँह से नहीं, कलाई से उसका मुक़ाबला करो।'' वह बोला, ''मेरी कलाई में दर्द है।'' कृष्णम नायडू ने ख़ुद उठकर मेढ़े को उकसाया और अपनी कलाई से उसका मुक़ाबला किया। मेढ़ा बड़ी तेज़ी से आकर उनकी कलाई से टकरा गया। कलाई से मेढ़े का मुक़ाबला करने में एक दाँव होता है। परन्तु कृष्णम नायडू किसी दाँव का प्रयोग न करते हुए पर्वत की भाँति खड़े हो गये। सब लोग आश्चर्यचकित हुए। आगन्तुकों ने कहा, ''महाराज, आप अनुभवी हैं; हम कच्चे हैं।'' ज़मींदार ने उन्हें दो सौ रुपये का पारितोषिक देकर विदा किया।

कुश्ती लड़ना, तलवार चलाना, लाठी फेरना आदि कलाओं में ज़मींदार अद्वितीय थे। कृष्णम नायडू सचमुच तलवार के धनी थे। एक बार उन्होंने दो सौ आदमियों को

---

1. आन्ध्र के ग्रामीण प्रान्तों में कई प्रकार के नाटकों का प्रयोग प्रचलित है। 'भागवत' के अभिनेता होते हैं, जो भगवान् की लीला सम्बन्धी नाटकों का प्रदर्शन करते हैं।

आमन्त्रण दिया कि वे लाठियाँ लेकर उन पर हमला करें। फिर स्वयं ढाल लेकर खड़े हो गये और बोले कि बिना किसी संकोच के जो उन पर वार करेगा उसे 1116 रुपये[1] का इनाम मिलेगा। पूरे एक घण्टे तक मुक़ाबला चलता रहा, पर कोई भी उन पर प्रहार नहीं कर पाया। अन्त में ज़मींदार ने उन सबको यथोचित इनाम देकर कहा, ''हाँ जी, यह कला अब किस काम की ? एक बन्दूक़ के आगे ये सब कलाएँ धरी रह जाएँगी। और अगर इनका उपयोग हो भी, तो इनसे करना ही क्या है ?'' फिर उन्होंने ठण्डी आह भरी। ''अब देश में किसी भी कला का कोई प्रयोजन नहीं रहा।''

कृष्णम नायडू पचास हज़ार मूल्य देकर कश्मीर से एक हाथी ले आए। वह ताल-वृक्ष की भाँति अत्यन्त उन्नत था। उसके बहुत लम्बे दाँत ऐसे लगते थे मानो शत्रुओं को पकड़कर चकनाचूर करने के लिए उतावले भयंकर बाहु हों। दस फ़ीलवान उसे जंजीरों में बाँधकर बड़ी मुश्किल से कोठी पर ले आए। वहाँ चार सौ बरस पुराना एक पीपल का वृक्ष था। अन्य हाथियों को हटाकर उस वृक्ष के पास इस गजराज को रखा गया। दूर के प्रवास तथा निरन्तर बन्धन के कारण हाथी कुछ बेचैन हो उठा और रात को मस्त होकर, जंजीरें तोड़, जंगल की ओर दौड़ पड़ा। उसे कोई नहीं पकड़ सका। कृष्णम नायडू ख़ुद 'लक्ष्मणस्वामी' नामक अपने बड़े हाथी पर सवार होकर जंगल में गये और उस मस्त हाथी का सामना किया। लक्ष्मणस्वामी चौंक गया, परन्तु जब तक पीठ पर कृष्णम नायडू बैठे थे, तब तक उनका हुकुम मानना ज़रूरी था। मस्त हाथी ने डटकर कृष्णम नायडू पर आक्रमण किया। नायडू ने एक विचित्र आवाज़ की। वह गरज सुनकर मस्त हाथी चुपचाप खड़ा हो गया, पर दूसरे ही क्षण वह अपनी सूँड उठाकर लक्ष्मणस्वामी से लड़ने पर उतारू हुआ। कृष्णम नायडू ने लक्ष्मणस्वामी के दाँतों पर उतरकर वहीं से मस्त हाथी की सूँड को पकड़ लिया और उसके दाँतों को ख़ूब इधर-उधर मरोड़ा। मस्त हाथी चीख़कर पीछे मुड़ गया। परन्तु नायडू उसका पीछा करके लक्ष्मणस्वामी पर से उसके कुम्भ-स्थल पर कूद पड़े और उसे अपने वश में करके लौटा लाये। लक्ष्मणस्वामी पीछे-पीछे लौटा। मस्त हाथी के गले में लोहे की मेखों की जंजीर एक महीने तक लटकायी गयी। कोई फ़ीलवान उसे वश में नहीं कर पाता था। केवल कृष्णम नायडू के आने पर ही वह कुछ बात सुनता। कृष्णम नायडू के लिए यह कला नयी न थी, आनुवंशिक थी।

ज़मींदार के जंगल पर अनेक की आजीविका निर्भर थी। तरह-तरह के फल तोड़कर लोग ले जाते। सूखे पेड़ों के तने काटकर ले जाते। खरगोश आदि छोटे जानवरों को मारकर खाते। अपने मवेशी चरागाहों में चराते। कई लोग वहाँ से लकड़ी इकट्ठी करके उसे शहर में बेच लेते। इसके लिए उन पर कोई टैक्स नहीं लगता था। ज़मींदार केवल किसानों से मालगुज़ारी वसूल करते थे। और किसी से कुछ नहीं। इस प्रकार तीन सौ

1. आन्ध्र में 116 और 1116 रुपये पुरस्कर के रूप में देने की प्रथा है।

वर्ष तक उनका राज चलता रहा।

ज़मींदार समस्त विद्याओं के पोषक थे। सांगवेदों का अध्ययन करने वालों तथा ज्योतिष के पण्डितों को उन्होंने कई अग्रहार[1] दिये थे। तेलुगु तथा संस्कृत भाषा के कवियों का वे सदा से पोषण करते आए थे। ज़मींदार ख़ुद बहुत पढ़े-लिखे नहीं थे, परन्तु पण्डितों की नित्य-गोष्ठी तथा साहचर्य के कारण उन्हें सभी बातों की पूरी-पूरी जानकारी हो चली थी।

एक बार हरप्पा नायडू के दरबार में एक व्याकरण के पण्डित पधारे। उसी समय एक तेलुगु कवि भी आए। कवि ने राजा की प्रशंसा में कुछ पद सुनाये। उनमें 'सौदामिनी' शब्द का प्रयोग था, व्याकरण के पण्डित उस प्रयोग का बखान करने लगे। बोले, ''वाह-वाह ! यह प्रयोग अत्यन्त प्रौढ़ है। 'तेनैकदिक' सूत्र से 'सौदामिनी' शब्द की सिद्धि हुई है। ये कवि महोदय व्याकरण का भी अध्ययन कर चुके जान पड़ते हैं।'' बेचारे कवि को व्याकरण का झमेला कुछ भी ज्ञात न था। कृष्णम नायडू हँसकर बोले, ''शास्त्री जी ! कौन नहीं जानता कि सौदामिनी का अर्थ बिजली है ? उसका प्रयोग करने के लिए आपके व्याकरण की आवश्यकता नहीं।'' ज़मींदारों को परिपूर्ण लोक-ज्ञान था। उनमें समग्र विवेक-शक्ति थी।

कई भाट, जो तेलुगु में अच्छी कविता लिख सकते थे, ज़मींदारों के दरबार में रखे जाते थे। भारत, भागवत, रामायण आदि संस्कृत तथा आन्ध्र के ताड़-पत्र ग्रन्थों का संचय कोठी में रहता था। लिखित ग्रन्थों के पुनर्लेखन के लिए दो लिपिक नियुक्त थे।

कोठी के दीवानख़ाने में प्राचीन काल के चित्र लगे थे। दीवारों पर तलवार, खंजर, भाले, ढाल आदि युद्ध व आखेट का उपयुक्त साज़-सामान रखा गया था।

क़िले का एक सिंहद्वार था और एक पिछला द्वार। अँग्रेज़ों की विजय के पूर्व कोठी का निर्माण हुआ था, अतएव उसका प्राचीर पत्थर का बना था और इतना चौड़ा था कि एक गाड़ी उस पर से अनायास गुज़र सके। प्राचीर के चारों ओर खन्दक भी थी। आज वह खन्दक बेकार हो गयी थी। गाँव की तरफ़ का उसका भाग मिट्टी आदि से पट गया था। कहीं-कहीं कोठी का प्राचीर भी शिथिल हो गया था। उसकी मरम्मत के लिए अँग्रेज़ सरकार से आज्ञा नहीं मिलती थी।

क़िला सुविशाल था। उसमें दस हज़ार लोग आसानी से वास कर सकते थे। भीतर जगह-जगह पर बड़े-बड़े वृक्ष और नाना प्रकार की बेलें थीं। दक्षिण दिशा में चिड़िया घर था जिसमें शेर, चीते, बन्दर आदि कठघरों में बन्द थे। अनेक प्रकार के पक्षी भी वहाँ रखे गये थे। उन्हें देखने के लिए लोगों का ताँता बँधा रहता था। कोठी ही प्रदर्शनी थी। कोठी ही पुस्तकालय थी। कोठी ही विद्या-पोषण की संस्था थी। कोठी ही माँ थी, कोठी ही पिता। कोठी ही लोगों का सर्वस्व थी। आस्थानिक कवि, पण्डित, लठैत,

---

1. वह गाँव जो ब्राह्मणों या पुजारियों को उनकी आजीविका के लिए दिया जाता है।

पहलवान, राजबन्धु ब्राह्मण, गायक—एक शब्द में कहना हो तो सारे जनों के लिए कोठी ही प्रत्यक्ष कल्पवृक्ष थी।

कृष्णम नायडू के अन्तिम दिनों में कोठी का यह वैभव कुछ क्षीण पड़ गया था। रामेश्वर शास्त्री के पिता नारायण और उनके पूर्वज ज़मींदारों के पास मन्त्री का काम करते आए थे। रामेश्वर शास्त्री भी लम्बे समय तक मन्त्री रहे। जब तक वे मन्त्रीपद पर रहे, तब तक उन्हीं की चलती रही। परन्तु वे बिना वेतन-भत्ते के मन्त्री थे।

रामेश्वर शास्त्री के कई कारोबार थे। अतएव कृष्णम नायडू अपने प्रशासन का अधिकांश काम आप ही देखते थे। जब दुर्दिनों ने शास्त्री जी को आ घेरा, तब उनकी और ज़मींदार की पट न सकी। कृष्णम नायडू ने मासिक दो सौ रुपये वेतन देकर हरिहर नाथ राव नामक एक व्यक्ति को अपना दीवान बनाया। हरिहरनाथ राव बी. ए. पास थे और डिप्टी कलेक्टर का काम करते-करते यहाँ दीवान नियुक्त हुए। वास्तव में ज़िले के कलेक्टर ने इस दीवान को ज़मींदार के सिर थोप दिया था। ज़मींदार उसका विरोध न कर सके।

तथापि जब तक कृष्णम नायडू जीवित रहे, उन्होंने दीवान जी से कोई काम नहीं लिया। दीवान जी की बात कभी नहीं सुनी। उनकी सिफ़ारिश कभी मंजूर नहीं की। हर बात में उनके विरुद्ध निर्णय लेते रहे। दीवान जी से वे नाराज़ भी थे। हाँ, उन्हें वेतन अवश्य दे रहे थे। कृष्णम नायडू के अन्तिम दस वर्षों में कोठी में कई परिवर्तन हुए। कई वृक्ष गिर गये। चिड़ियाघर के कई जानवर मर गये। धीरे-धीरे कोठी आधी होकर रह गयी।

इस स्थिति में रंगाराव ने ज़मींदारी सँभाली। कृष्णम नायडू के देहान्त तक एक लाख रुपये मालगुज़ारी का बक़ाया चढ़ा हुआ था। रंगाराव ने दीवान जी को हुक्म दिया कि बक़ाया एक-एक पायी वसूल होना चाहिए। दो महीने बीतते न बीतते एक हज़ार कुरकियाँ हुईं। लोग परेशान हो गये। सोचने लगे, "ये ज़मींदार पुराने ज़मींदार जैसे नहीं हैं। बड़े बेमुरव्वत हैं।"

ज़मींदारी का बक़ाया सरकारी बक़ाया की तरह वसूल किया जाने लगा। रंगाराव ने हरिहरनाथ को हटाकर नागेश्वर राव नामक एक व्यक्ति को दीवान नियुक्त किया। यह नागेश्वर राव रंगाराव का सहपाठी था। जाति का 'कापु'[1] था। उसका मासिक वेतन तय हुआ चार सौ रुपये।

नागेश्वर राव गुडिवाडा का निवासी था। सुब्बन्नापेठ में उसे कोई नहीं पहचानता था। नियुक्ति के बाद विजयवाड़ा से सुब्बन्नापेठ आते-आते उसने देखा कि ज़मींदार के चरागाहों में लोग लकड़ी इकट्ठी कर रहे हैं। तुरन्त उसने उन पर जुर्माना ठोंक दिया।

---

1. आन्ध्र प्रान्त की द्विजेतर जातियों में एक प्रमुख जाति।

यह ख़बर सारे परगने में फैल गयी। लोग समझ गये कि नये दीवान जी नये ज़मींदार से भी अधिक चण्ड-शासक हैं, इसलिए अब हमें सतर्क रहना होगा। नये दीवान जी ने कोठी के नौकरों की जाँच-पड़ताल की और अनावश्यक नौकरों को हटा दिया। कोठी में साठ कारकुन काम करते थे। दीवान जी ने केवल पचीस को रहने दिया और बाक़ी को छुट्टी दे दी। अन्तःपुर के भी लगभग बीस नौकरों को हटा दिया गया होता, परन्तु रनिवास से इसका विरोध हुआ। चिड़ियाघर के दस नौकरों में से केवल दो को रखकर बाक़ी को छुट्टी दे दी गयी। इस प्रकार हटाए हुए नौकरों की बाबत प्रतिमास 1500 रुपये की बचत दीख पड़ी। कोठी में काम करने वाले पचीस कारकुन ब्राह्मण थे। नये दीवान जी ने पन्द्रह को हटा दिया और उनके स्थान पर अब्राह्मणों की नियुक्ति की।

इस बात का कड़ा प्रबन्ध किया गया कि ज़मींदार के चरागाहों से एक तिनका भी न जाने पाए और लोग कोई भी वस्तु चुराकर न ले जाएँ। जंगलों पर कर्मचारियों की नियुक्ति की गयी और जो लोग जंगल से कोई वस्तु लेते, उनसे कर वसूल किया जाने लगा। कृष्णम नायडू के देहान्त के बाद केवल तीन महीने की अवधि के भीतर यह सारा प्रशासन ठीक-ठीक हो गया। मालगुज़ारी का बक़ाया एक लाख वसूल हुआ। उस धन से राजतिलक की तैयारी होने लगी।

राजतिलक का मुहूर्त आ पहुँचा। सारी व्यवस्था दीवान जी कर रहे थे। रंगाराव को मद्रास गये हुए एक महीना हो चुका था। वहाँ के गवर्नर आदि सरकारी अफ़सरों को नज़राने पेश कर रहे थे और उनके दर्शन कर रहे थे। सरकारी अफ़सरों ने उनकी सराहना की और आशा प्रकट की कि आधुनिक सभ्यता में पले रंगाराव के राज्य-काल में उनकी ज़मींदारी उन्नत दशा को प्राप्त होगी। मद्रास में कई और ज़मींदार रहते थे। उन सबसे मिलने और ज़मींदारी प्रशासन के विषय में विचार-विमर्श करने में रंगाराव व्यस्त हो गये।

रंगाराव की बुआ के दो बेटे थे। उनमें से एक का नाम था राधाकृष्णय्या और दूसरे का रामेश्वरम्। उनकी फूफी का एक बेटा था, जिसका नाम था सर्वारायुडू। उन तीनों की रंगाराव से बचपन की मैत्री थी। तीनों कृष्णम नायडू के राज्यकाल में प्रशासन-सम्बन्धी मामलों में हस्तक्षेप न कर सके। परन्तु इन दिनों जब रंगाराव लगभग सदा ही मद्रास में रहने लगे, तो ये तीनों सज्जन और दीवान जी ज़मींदारी सँभालने लगे। तीनों में सबसे बड़ा था सर्वारायुडू। राजतिलक की तैयारियाँ ज़ोर से चल पड़ीं। अतिथियों के निवास तथा भोजन के प्रबन्ध हुए। दस हज़ार रुपये ख़र्च करके राजतिलक समारोह वाले अहाते में पानी के नल लगाये गये और दस हज़ार के ख़र्चे से बिजली का जनरेटर मँगाया गया। निमन्त्रण-पत्रों की छपाई में दो हज़ार ख़र्च हुए। लोगों को विजयवाड़ा से लाने-ले जाने के लिए दस नयी बसें ख़रीदी गयीं। एक हज़ार पेट्रोल के डिब्बे ख़रीदे गये, जिनमें आधे विजयवाड़ा में और आधे सुब्बन्नापेठ में रखे गये।

देश के सभी विख्यात कवि आमन्त्रित हुए। अन्य कवि बिना आमन्त्रण के ही आने वाले थे। देश के सुप्रसिद्ध नाटक-कम्पनियों के नाटकों का आयोजन हुआ। आन्ध्र प्रान्त में कोई ऊँचे दर्जे का गायक नहीं था; अतएव तमिल प्रान्त के गायकों को बुलाकर उनकी बैठकों का आयोजन किया गया। ग्रैण्ड इण्डियन सर्कस के दो प्रदर्शन आयोजित किये गये। विजयनगर से एक विख्यात जादूगर प्रोफ़ेसर को बुलाया गया। रंगाराव की छोटी फूफी का नाम नागम्मा था। वह बाल-विधवा थी। उसकी आयु पचास वर्ष की थी। बचपन से ही वह सुब्बन्नापेठ में रहती आयी थी। कृष्णम नायडू कुछ हद तक उसकी बात भी मानते थे। नागम्मा ने सर्वारायुडू से कहा, "कूचिपूडी[1] के कलाकारों को क्यों नहीं बुलाते ?" सर्वारायुडू हँसकर बोले, "कूचिपूडी वाले गँवार होते हैं, माँ जी ! विजयवाड़ा और गुण्टूर से अच्छे-अच्छे अभिनेता आने वाले हैं।" नागम्मा ने नाक सिकोड़ी। अन्य गाँवों से तवायफ़ों की दस टोलियाँ बुलायी गयीं, स्थानीय टोलियों को नहीं बुलाया गया। स्थानिक टोली का नेतृत्व रत्नगिरि कर रही थी। रत्नगिरि ने नृत्य तथा अभिनय कूचिपूडी के विद्वानों से सीखा था। भामाकलाप[2], भरत-नाट्यम[3], क्षेत्रय्या[4] के पद, अध्यात्म रामायण के पद आदि साभिनय गाने में रत्नगिरि निष्णात थी। स्पष्ट उच्चारण और भावाभिराम अभिनय में वह अपना जवाब आप थी। मेहनत की विद्या थी उसकी। वह बोली, "हमें बुलावा आए या न आए। हमने ज़मींदार का नमक खाया है, अतएव राजतिलक के समय टोली समेत हाजिर रहना ही पड़ेगा"। यह कहकर वह अपनी टोली ज़माने में जुट गयी।

जब से रत्नगिरि रामेश्वर शास्त्री की उप-पत्नी बनी थी, तभी से उसने मुजरा करना छोड़ दिया था। शास्त्री जी ने उसे केवल पाँच बरस तक रखा; तदुपरान्त छोड़ दिया। रत्नागिरि अपना पेशा छोड़कर शास्त्री जी की दी हुई जायदाद के सहारे जीने लगी। देवदासी उसकी लड़की थी। राजतिलक के समय अपनी माँ का गाना और नाचना उसे पसन्द न था। पर वह अबोध थी। अतएव रत्नगिरि ने उसकी बात अनसुनी कर दी। राजतिलक से चार दिन पहले रंगाराव मद्रास में आ पहुँचे। कृष्णम नायडू की मृत्यु के बाद से, उनके हाथी लक्ष्मणस्वामी ने खाना-पीना छोड़ दिया था। अब वह न पीपल के पत्ते खाता था और न पानी छूता था। घास में लपेटकर दिये गये अफ़ीम को सूँड

---

1. आन्ध्र के कृष्णा ज़िले का एक गाँव जिसके नाम से भरत नाट्यम की कूचिपूडी शैली प्रसिद्ध है। इस शैली को सिद्धेन्द्र नामक योगी ने प्रचलित किया था। आज यह नाट्यशैली सारे भारत में सुप्रसिद्ध है।
2. सत्याभामा के शृंगार-रसपूर्ण मनोभावों का एक दृश्य प्रबन्ध जो आन्ध्र प्रान्त में प्रसिद्ध और लोकप्रिय है।
3. वह प्रसिद्ध नाट्य-प्रणाली जो मुख्यतया दक्षिण भारत में प्रचलित है।
4. अठारहवीं शती के दक्षिण के प्रसिद्ध शृंगारपद-कवि जिन्हें आन्ध्र का विद्यापति कहा ज़ा सकता है।

फैलाकर नहीं लेता था। पीपल के नीचे खड़े होकर उसने लगातार तपस्या शुरू कर दी। फीलवान ने दीवान जी को उसका हाल सुनाया। परन्तु काम की व्यस्तता में दीवान जी ने ध्यान नहीं दिया। लक्ष्मणस्वामी की आयु पचास वर्ष की थी। बहुत बूढ़ा हो चला था। कोई दूसरा हाथी उस आयु तक जीवित नहीं रहा। जिस दिन रंगाराव मद्रास से लौटने वाले थे, उसी दिन लक्ष्मणस्वामी खा-पीकर प्रसन्नता से उछल-कूद मचाने लगा। फ़ीलवान लक्ष्मणस्वामी की मर्ज़ी जानता था। उसने उसकी पीठ पर हौदा बाँधा और उसे ज़मींदार साहब के रास्ते में दो मील आगे ले जाकर वहाँ प्रतीक्षा करने लगा। दीवान जी या अन्य किसी कर्ता-धर्ता ने उससे कारण न पूछा। फ़ीलवान ने किसी को कुछ न बताया। रास्ते में तीन घण्टे की प्रतीक्षा के बाद दूर से ज़मींदार की मोटर गाड़ी आ पहुँची। ड्राइवर ने बार-बार हार्न बजाया, परन्तु लक्ष्मणस्वामी रास्ते से नहीं हटा। बूढ़े लक्ष्मणस्वामी के शरीर में झुर्रियाँ पड़ गयी थीं। कृष्णम नायडू के राजतिलक का वह हाथी आज बहुत दुबला हो गया था। तथापि उसकी दृष्टि में राजसी ठाठ विद्यमान था। अन्त में ज़मींदार साहब ने गाड़ी रुकवायी। फ़ीलवान को ख़ूब फटकारा। फ़ीलवान ने कहा, "सरकार, हाथी यहाँ से हिलना नहीं चाहता। चार महीने से उसने खाना-पीना छोड़ रखा था। आज फिर से खा-पीकर उछल-कूद मचा रहा है। मैं जानता था कि आज के शुभ अवसर पर, इस पर हौदा नहीं बँधेगा, तो यह पागल हो जाएगा। इसी से हौदा बाँधकर सरकार की सवारी के लिए लाया हूँ।" यह सुनकर रंगाराव बहुत झल्लाये और मोटर गाड़ी को दूर से घुमाकर निकल गये।

लक्ष्मणस्वामी ने यह देखकर अत्यन्त हृदय-विदारक चिंघाड़ की। रंगाराव को ऐसा लगा कि उनके पीछे आसमान ज़मीन पर टूट पड़ा है। रंगाराव ने पीछे पलटकर देखा। लक्ष्मणस्वामी का शरीर असह्य पीड़ा से टेढ़ा-मेढ़ा हुआ जा रहा था। फ़ीलवान नीचे गिर पड़ा और ज्यों-त्यों उठकर पास के पेड़ तक आ पहुँचा। ज़मींदार की मोटर गाड़ी तेज़ी से आगे बढ़ गयी। लक्ष्मणस्वामी ने वहीं, रास्ते के पास प्राण छोड़े। उसने न तो राजा का रास्ता रोका और न ही उनके मुसाहिबों का। बेचारा फ़ीलवान अपने पचास बरस के प्रिय बन्धु को छोड़ न पाता था। उसके मृत कलेवर पर पड़ा-पड़ा वह सन्ध्या-समय तक रोता रहा। साँझ होने पर उसने हौदे की रस्सियाँ खोलीं और अंकुश हाथ में लेकर, अपने बड़े बेटे का दहन-संस्कार करके लौटने वाले बाप की तरह लौट आया। बूढ़ी स्त्रियों ने कहा कि हाथी की मृत्यु अशुभ-सूचक है। आधुनिकों ने कहा, "ये बूढ़ियाँ ऐसी ही बकवास किया करती हैं।" दूसरे दिन हौदा वापस मँगाया गया। रास्ते से कुछ दूर लक्ष्मणस्वामी को दफ़नाया गया। उसी दिन फ़ीलवान बीमार पड़ गया। राजतिलक के उस कोलाहल में कौन ख़बर लेता ? उसे ज़ोर का बुख़ार आया। बुख़ार में उसने सपना देखा कि लक्ष्मणस्वामी अपनी सूँड से उसे खींच रहा है और उसके शरीर में अपने दाँत गड़ा रहा है। फ़ीलवान भी तीसरे दिन चल बसा।

चौथे दिन रंगाराव का राजतिलक हुआ। मुहूर्त सवेरे था। राधाकृष्णय्या और

सर्वारायुडू के इशारों पर रंगाराव उठ-बैठ रहे थे। उन्हीं के आदेशानुसार सब कुछ हो रहा था। राजतिलक के समय कविगण अपने पद्य सुनाने लगे। कुछ लोगों को सुनाने का अवसर ही न मिला। भाटों को भी उस गड़बड़ में अपना बखान सुनाने का समय न मिल सका। बड़े-बड़े अफ़सर आ रहे थे। उनकी आवभगत के लिए लोग इधर-उधर दौड़ लगा रहे थे।

रंगाराव हाथी-दाँत के सिंहासन पर आसीन हुए। सिंहासन में सोने की नक्काशी की गयी थी। उसके सिर पर नागन्ना नायडू का बनवाया हुआ राजमुकुट था। उस मुकुट में वज्र, वैदूर्य, गोमेधिक, पुष्पराग, मरकत, माणिक्य आदि तीन पंक्तियों में जड़े थे। ज़मींदार उस वेष में मध्याह्न-सूर्य की भाँति दुर्निरीक्ष्य तेज से चमक उठे। सभा में सब लोग मौजूद थे। केवल धर्माराव नहीं था। उसे किसी ने नहीं बुलाया और न ही वह ख़ुद आया। आज तक सुब्बन्नापेठ के किसी ज़मींदार का राजतिलक धर्माराव के पूर्वजों की अनुपस्थिति में नहीं हुआ था।

राजा के सिर पर पुरोहित अभिषेक-जल का प्रोक्षण कर रहे थे। ठीक उसी समय सभा में 'साँप-साँप' की आवाज़ें उठीं। सारे लोग हड़बड़ा उठे। सारी सभा में कोलाहल मच गया। साँप को ढूँढ़ा गया, पर वह कहीं दिखाई नहीं दिया। कुछ लोग कहने लगे, सिंहासन के पास से निकला था। औरों ने कहा, बाहर चला गया। बिखरे हुए लोगों को फिर बिठाना बहुत मुश्किल हो गया। अभिषेक के बाद ब्राह्मणों ने आशीर्वाद के मन्त्र पढ़े। तब तक मध्याह्न हो चुका था। कुछ प्रथित-यश कवियों का सम्मान हुआ। सभा समाप्त हुई। भोजन के बाद रंगाराव दीवानख़ाने में सिंहासन पर बैठे थे, दीवान जी, राधाकृष्णय्या, रामेश्वरम्, सर्वारायुडू आदि सब लोग उपस्थित थे। रंगाराव ने पूछा, "बीच में साँप-साँप की गड़बड़ किसने मचायी थी ?" रामेश्वरम् बड़ा चतुर था। उसने प्रश्न में ही उत्तर दिया, "धर्माराव राजतिलक के समय आया था ?" दीवान जी ने कहा, "उसी ने यह सब गड़बड़ करवायी होगी।" दीवान जी धर्माराव को नहीं पहचानते थे। रंगाराव को रामेश्वरम् की बातों पर विश्वास न हुआ। वे धर्माराव को जानते थे कि वह बिना निमन्त्रण के नहीं आता। सर्वारायुडू ने कहा, "वह आया ही नहीं।"

रंगाराव, "हाँ-हाँ, क्यों आएगा ? अब हमारा नमक कड़वा जो हो गया है !"

राधाकृष्णय्या, "उसे निमन्त्रण भेजा गया था ?"

रामेश्वरम्, "निमन्त्रण की क्या आवश्यकता थी ? अपने आश्रय में जीने वालों को भी क्या निमन्त्रण भेजना पड़ता है ?"

ज़मींदार साहब को यह बात जँच गयी। धर्माराव से उनका वैमनस्य था ही। इन बातों से वे और बिगड़ गये। इतने में सर्वारायुडू ने कुछ कहना चाहा, पर रुक गया। ज़मींदार साहब ने पूछा, "क्या कहना चाहते हो ?" सर्वारायुडू बोला, "कुछ दिन हुए, गणाचारी एक अजीब गाना गाती हुई गाँव में घूमी थी। हज़ार सिर वाला साँप स्वप्न में राजा को डस गया है—यह था उस गाने का सारांश। आज फिर से साँप-साँप की

चीख़-पुकार मची। पता नहीं, इन दोनों में क्या सम्बन्ध है।" यह सुनकर रंगाराव ने मुँह खोलकर अपना विस्मय व्यक्त किया। कारण पूछने पर वे कहने लगे, "मैंने पुराने दीवान जी को हटाकर, नागेश्वर राव की नियुक्ति का ऑर्डर भेजा था। रात को मुझे नींद नहीं आयी। भोर होते-होते आँख लगी और मैंने सपना देखा कि हज़ार फन वाला एक साँप आकर, मेरी सेज के पास पूँछ के बल खड़ा हो गया। मैं चुपचाप उसकी तरफ़ देखता रहा। मैंने सुना था कि पिताजी और उनके पूर्वजों को स्वप्नों में इसी प्रकार साँप के दर्शन हुआ करते थे। मैंने उन बातों पर कभी विश्वास नहीं किया। उस रात मुझ पर भी यही बीती। वह साँप खड़ा-खड़ा मेरी ओर देखता रहा। अपनी आँखों और जीभों से विष उगलता रहा। पता नहीं क्यों, उसे देखकर मुझे हँसी आ गयी। मेरे परिहास पर क्रुद्ध होकर, उसने अपने हज़ार फनों से मुझे हज़ार जगह डस लिया। मेरे शरीर में कोई ऐसा भाग न था, जहाँ उसने न डसा हो। मैं घबरा गया। घबराहट के साथ ही मेरी नींद खुल गयी। देखा कि भोर हो रहा है। तदुपरान्त मुझे नींद नहीं आयी और आज तक मैंने ऐसा कोई सपना फिर नहीं देखा।"

धर्माराव, "यह तो बड़ी अजीब बात है। उस सपने का गणाचारी को कैसे पता चला ? आपने किसी से कहा तो नहीं ?"

रंगाराव, "नहीं तो। और कहने को उसमें था ही क्या ?"

धर्माराव, "होगा अवश्य कुछ। आपका गाँव ही साँपों का गाँव मालूम होता है। आप सब साँप वाले हैं।"

रंगाराव ने इन बातों को मज़ाक़ समझा। दीवान जी बोले, "यह सब निरा वहम है।" फिर वे हँस पड़े।

रंगाराव ने सिर उठाकर देखा, सर्वत्र जरी के बन्दनवार बँधे थे। एक-एक तोरण की नोक पर सफ़ेद रेशम का कपड़ा मोतियों की फुलझड़ी की तरह बाँधा गया था और उस फुलझड़ी की नोक पर लाल कपड़ा गुलाब की तरह मोड़कर चिपकाया गया था। रंगाराव के कल्पना-पथ में सारे तोरण साँप बन गये। सफ़ेद रेशम की फुलझड़ियाँ फण बन गयीं और लाल-लाल कपड़े की गुलाबी आकृतियाँ रक्त उगलते शीर्ष बन गये। स्वप्न का फिर से साक्षात्कार हुआ। रंगाराव मन-ही-मन विभ्रान्त हो उठे, पर प्रकट में कुछ नहीं बोले।

शाम को गायन का कार्यक्रम हुआ। गायक का नाम था नागेश्वर अय्यर, मृदंग बजाने वाला था भुजंगम्, खंजरीवादक का नाम था सुब्रह्मण्य पिल्ले और वायलिनवादक था शेषु अय्यर। ज़मींदार ने सभा में बैठकर कार्यक्रम देखा। सारा कार्यक्रम उन्हें सर्पमय लगा। रंगाराव गाना सुन रहे थे। नागेश्वर अय्यर ने राग का नाम बताया, "शंकराभरण"। ज़मींदार ने दीवान जी से पूछा, "क्यों जी, शंकराभरण का अर्थ साँप है न ?"

दीवान जी बोले, "हाँ, हो सकता है।" रंगाराव कहने लगे, "आज के इन कलाकारों में हर एक के नाम से साँप का अर्थ निकलता है न।" दीवान जी बोले, "मेरे नाम

से क्या अर्थ निकलता है ?" ज़मींदार साहब ठहाका मारकर हँस पड़े। पर वह हँसी निस्तेज थी—काग़ज़ी फूलों की तरह परिमलहीन। कार्यक्रम समाप्त होने से पहले ही ज़मींदार उठकर चले गये। गायक सामाजिकों को अपनी कला के करतब दिखा रहे थे। जो संगीतज्ञ थे वे सिर हिला रहे थे। तमिल प्रान्त के लोग बहुत ख़ुश थे। नागेश्वर अय्यर जब तक गाता रहा, अपने हाथों को साँप के फण की आकृति में घुमाता रहा। वह हस्तचालन देखकर रंगाराव और चिढ़ गये थे।

रात को नाटक हुआ। ज़मींदार और अन्य कर्ता-धर्ता नाटक देखने नहीं गये। नाटक के निर्वाहकों ने ज़मींदार के आने की बार-बार विनती की, परन्तु ज़मींदार साहब के सिर में दर्द हो रहा था। दीवान जी ने नाटक वालों को समझाया कि सरकार बहुत थक गये हैं, आएँगे भी तो नाटक देख नहीं पाएँगे। फिर नाटक वालों ने दीवान जी को आने पर मजबूर किया। परन्तु दीवान जी ने उन्हें यह कहकर टाल दिया कि उनका मन स्वस्थ नहीं है और दूसरे दिन के लिए बेशुमार काम पड़े हुए हैं। अतएव केवल प्रेक्षकगण के लिए नाटक खेला गया। नाटक के दौरान कोई साँप-वाँप नहीं आया। अलबत्ता पीछे बैठे हुए लोगों के बीच, ज़मीन गीली होने के कारण मेंढक अवश्य आए। नाटक में कोई आकर्षण नहीं रहा।

दुशाले ओढ़े हुए और हाथ में काग़ज़ के बण्डल लिये हुए दो लब्धप्रतिष्ठ कवि, दूसरे दिन सवेरे राज-दर्शन के लिए आ पहुँचे। रंगाराव ने अभी-अभी उठकर मुँह धोया था और कॉफ़ी पी रहे थे। कृष्णम नायडू के राज्यकाल में कोठी में कॉफ़ी का नाम-निशान तक न था। पुराने ज़मींदार सवेरे उठते ही कालकृत्य समाप्त करके तिरुचूर्ण का तिलक लगाते और काम में जुट जाते थे। ख़ूब दिन चढ़ने तक कुछ नहीं खाते थे। तदुपरान्त भोजन करते थे। भोजन से पहले वे कुछ नहीं खाते थे। ऐसा खाना स्वास्थ्य-विज्ञान के विरुद्ध माना जाता था। रंगाराव को पढ़ाई के दिनों से ही कॉफ़ी की आदत पड़ गयी थी। पिता के रहते हुए कोठी में उनके लिए कॉफ़ी की व्यवस्था न हो सकी। सुब्बन्नापेठ छोड़कर कहीं और जाते तो कॉफ़ी अवश्य पीते थे। मद्रास में तो वे लगभग दो महीने तक कॉफ़ी पर ही जीवित रहे। कवि आकर अपनी रचनाएँ सुनाने लगे। उनकी कविता अच्छी थी। राजा ने दोनों को तीन-तीन सौ रुपये का पारितोषिक देकर विदा किया।

उसके उपरान्त तवायफ़ों के नृत्य का आयोजन हुआ। बाहर से आयी हुई दस टोलियों के अलावा रत्नगिरि की टोली भी आ पहुँची। रंगाराव को ज्ञात नहीं था कि किस टोली को बुलाया गया है और किस को नहीं। राधाकृष्णय्या ने रत्नगिरि से पूछा, "बिन बुलाये ही तुम क्यों चली आयीं ?" रत्नगिरि बोली, "प्रभु, यह संस्थान मेरा है। मेरे बिना किसी और को यहाँ आने का अधिकार नहीं। मुझे बुलाएँ या न बुलाएँ, मैं आकर रहूँगी।" रामेश्वरम् बोला, "यह अक्ल तुम्हारी बेटी को भी होती तो कितना अच्छा होता।" सब लोग हँस पड़े। रत्नगिरि को रामेश्वरम् की बात सुनाई नहीं दी।

वेश्याओं के नृत्य का कार्यक्रम हुआ। सन्ध्या-समय मैजिक तथा जादू-टोने का कार्यक्रम था। रात को सर्कस होने वाला था।

इन प्रदर्शनों के लिए अलग पण्डाल लगाया गया। पण्डाल के चारों ओर टट्टियाँ बाँधी गयीं। भीतर कुरसियाँ और बेंच मँगवाकर रखे गये। बड़े अफ़सरों और राजबन्धुओं के लिए आसन उद्दिष्ट थे। पीछे बैठे हुए सामान्य प्रेक्षक न कुछ देख पा रहे थे और न कुछ सुन पा रहे थे। द्वार पर पुलिस के सिपाही खड़े थे। वे केवल प्रतिष्ठित सज्जनों और अपनी राय में सम्मान्य लोगों को ही भीतर जाने दे रहे थे। राजतिलक देखने के लिए परगने के देहातों से कई बड़े-बड़े किसान आए थे। वे अपनी देहाती पोशाक में थे—गेहुँए रंग की धोतियाँ, पुराने ढंग के कुरते, सिरों पर पगड़ियाँ, माथे पर बड़े-बड़े तिलक। आधुनिक अतिथियों को ये किसान गँवार लगे। तथापि उन्हें भी अग्र-स्थान में बिठाया गया। जादू का कार्यक्रम शुरू हुआ। बीच-बीच में वे किसान भी तालियाँ बजा रहे थे। प्रोफ़ेसर साहब की प्रशंसा हुई। आए हुए किसानों में से एक ने जादू का कार्यक्रम देखकर कहा, "यह सब क्या है महाशय ? मैंने इस जादू को न जाने क्या-क्या समझ रखा था ! इन प्रोफ़ेसर साहब का कोट और सूट उतार दो, तो हमारे देहातों में आने वाले जादूगरों से ये किस बात में अधिक हैं ? सचमुच इन्होंने उतना अच्छा काम किया ही नहीं।" इस कथन के जवाब में एक और सज्जन बोले, "नहीं, नहीं, यही कार्यक्रम उत्तम है। नहीं तो इतने बड़े-बड़े लोग प्रोफ़ेसर साहब की प्रशंसा क्यों करते ?"

सर्कस के लिए अलग डेरा लगवाया गया था। राजतिलक के दिनों में लोगों की गड़बड़ से सर्कस वालों की रक्षा करने के लिए, पुलिस का विशेष बन्दोबस्त किया गया। पहले प्रेक्षकों को बिठाने का काम कोठी के दासपुत्र परिचारकों के ज़िम्मे था। वे उसे अपना गौरव समझते थे। परन्तु वे आज लालपगड़ी वाले पुलिस के सिपाही आकर उन्हीं पर हुक्म चलाने लगे, यह देखकर परिचारक बहुत नाराज़ हुए। पर क्या करते ? ज़मींदारों पर उनका अव्याज प्रेम और अभिमान था। ज़मींदार जो भी हुक्म देते, वह उनके लिए शिरोधार्य था।

चारों ओर अँधियारा छा गया मानो आकाशरूपी काला महासागर भूमिरूपी तट पर अपनी तरंगों से थपेड़े लगा रहा हो, मानो रात्रिचर, भूत-प्रेत आदि नाना पिशाचों के विकट भ्रू-परिवर्तन की छटाएँ दस-दिशाओं में फैल गयी हों, मानो सूर्य के तेज को खोकर काल अपनी सहज-आकृति को प्राप्त हुआ हो, मानो दिशारूपी रीछ अपने लम्बे और काले केश लिये सर्वत्र संचार कर रहे हों, मानो विज्ञान अवसर पाकर, ज्ञान का उच्छेदन करके मन की गहराइयों तक फैल गया हो, मानो असंख्य कालसर्प एक-दूसरे से लिपटे हुए सर्वत्र विचर रहे हों।

दूसरे दिन भी वेश्याओं के नृत्य तथा गायन का कार्यक्रम हुआ। रामेश्वरम् ने बाहर से आयी हुई टोलियों के बदले रत्नगिरि के ही नाच का आयोजन कराया। रत्नगिरि

की आयु छियालीस वर्ष की थी। धीरे-धीरे उसके शरीर पर बुढ़ापे का आक्रमण हो रहा था। देह में स्थूलता आ गयी थी और पहले की तरह अभिनय करना उसके लिए कठिन था। तथापि रामेश्वरम् ने उसी से नाचने की फरमाइश की। रत्नगिरि को नाच छोड़े बीस बरस बीत चुके थे। फिर भी उसने कहा, "मालिक का हुकुम है, सो मैं अपनी कला का प्रदर्शन अवश्य करूँगी।"

प्रार्थना आदि के उपरान्त रत्नगिरि ने एक आध्यात्मिक पद गाना शुरू किया। परन्तु रामेश्वरम् ने उसे रोका और जावली[1] गाने को कहा। रत्नगिरि क्षेत्रय्या का एक पद गाने लगी। गाना प्रारम्भ करते ही उसके मुख के स्नायुओं में एक अनूठी हलचल दृग्गोचर हुई, उनमें एक नयापन-सा आ गया। पद का भावार्थ इस प्रकार था :

ऐरी ! मेरा अधर सिहरने लगा।
अपने आप नीवीबन्ध खुलने लगा।
उस छलिया ने मन में मन्त्र पढ़ा होगा,
सखि ! देखा जब से 'मुव्वा' गोपाल[2] को ॥ ऐरी ॥

पद की पहली पंक्ति में ही पचास वर्ष की रत्नगिरि सोलह वर्ष की कन्या की भाँति लघु-तन्वी बन गयी। नवयौवन के आविर्भाव के समय, नायक का प्रथम दर्शन करने वाली नायिका की भाँति, रत्नगिरि के मुख-मण्डल पर मुग्ध रेखाएँ अंकित हो गयीं। प्रेम के सम्भ्रम में उसका अधर सिहर उठा। वह विचलन ऐसा रमणीय था जैसे कमल अथवा गुलाब की पंखुड़ी पर यकायक पड़ने वाले हिम-बिन्दु का विचलन होता है। सारा मुख निश्चल होते हुए भी केवल अधर की सिहरन वह कैसे दिखा सकी, यह भगवान् ही जानें। उसे दिखाने के लिए न जाने रत्नगिरि ने कितना परिश्रम किया होगा।

अतीव आकर्षक ढंग से बायें हाथ में नीवी-भाग को लेकर नृत्य करती हुई रत्नगिरि लट्टू की नाईं घूम गयी।

'उसने मन में मन्त्र पढ़ा होगा।' शृंगार रस के स्थायी भाव अर्थात् रति की दस अवस्थाओं में से प्रथम अवस्था अर्थात् दर्शन की नर्तकी ने, विस्फारित नेत्रों से, लज्जा और अनुराग के मिले-जुले मुख-भावों से, तनिक पुलकित कपोलों से, मुग्धा नायिका के सारे लक्षण, सोलहों आने अपने-आप में प्रतिबिम्बित करके प्रदर्शित किया। उसे देखकर रस का सारा संसार पुलकित हो उठा। उसके लय-ज्ञान ने नादमय संसार को छन्दो-गमन प्रदान कर दिया ?

---

1. शृगार-रस-पूर्ण पद।
2. कृष्णा ज़िले का एक गाँव है जहाँ तेलुगु के प्रसिद्ध पद-कवि क्षेत्रय्या का जन्म हुआ था। प्रसिद्ध नाट्यकेन्द्र कूचिपूडी गाँव से यह गाँव ढाई मील दूर है। यहीं विराज़मान भगवान् गोपाल को क्षेत्रय्या ने अपनी कृतियों का नायक बनाया था।

"जब से वेणुगोपाल स्वामी को देखा है"—इस पंक्ति का उच्चारण करके भगवान् के वेणुगान के अनेक प्रकार रत्नगिरि ने दिखाये। व्यत्यस्त चरणों से, मुख के निकट दोनों हाथों के विन्यास के साथ बायीं भुजा से गाल लगाकर किये हुए भ्रूविक्षेप से, मृदुल उँगलियों के विचलन तथा प्रसार से, बार-बार खुलती-मुँदती पलकों की अभिराम अपंग रेखा से, वेणुगोपाल की आकृति दर्शकों के कल्पनापथ पर आ खड़ी हुई। वृन्दावन, गोपियाँ, गोधन, यमुना—सारे दृश्य रत्नगिरि के तनु-विन्यास में, राग में, ताल में और बदनांचल में प्रत्यक्ष दीख पड़े। रत्नगिरि को अपने शरीर की सुधि न रही। कई प्रेक्षक आपस में कुछ बातें कर रहे थे। कुछ लोग रत्नगिरि को नहीं देख रहे थे। उस अपूर्व अभिनय तथा नृत्य के दौरान यकायक रामेश्वरम् ने कहा, "रुक जाओ।" परन्तु अब रत्नगिरि को भगवान् भी नहीं रोक सकते थे। रामेश्वरम् ने पूछा, "तुम्हारी बेटी क्यों नहीं आयी ?" रत्नगिरि बोली, "वह नहीं आती।"

रामेश्वरम्, "क्यों नहीं आती ? क्या वह वेश्या नहीं है ?"

रत्नगिरि ने कोई उत्तर नहीं दिया। रामेश्वरम् ने रत्नगिरि की लड़की को बुला लाने के लिए एक नौकर भेजा। रत्नगिरि कह रही थी कि वह नहीं आएगी, उसे मत बुलाइए। पर रामेश्वरम् ने नौकर को भेज ही दिया। थोड़ी देर में नौकर लौटकर कहने लगा, "वह कहती है, नहीं आऊँगी।" रामेश्वरम् झल्लाकर बोला, "क्यों नहीं आएगी ? ज़बरदस्ती घसीट लाओ।" रत्नगिरि ने बड़ी नम्रता से कहा, "वह अभी लड़की है। उसका यहाँ क्या काम ?" परन्तु रामेश्वरम् ने एक न सुनी। ज़मींदार और दीवान जी भी इस मामले में कुछ नहीं बोले। नौकर ने जाकर देवदासी को बुलाया। उसने आने से इनकार किया। नौकर बोला, "तुम्हें ज़बरदस्ती ले चलने का हुक्म है।"—यह कहता हुआ वह देवदासी को छूने लगा। देवदासी घबराकर आँगन में दौड़ी। नौकर उसका पीछा करने लगा। देवदासी दौड़कर धर्माराव के घर पहुँची। नौकर वहाँ भी पहुँच गया। बेतहाशा दौड़कर आयी हुई देवदासी को देखकर धर्माराव ने पूछा, "क्यों री गिरिका ! दौड़ी-दौड़ी क्यों आयी है ?" धर्माराव देवदासी को 'गिरिका' कहकर पुकारता था। नौकर धर्माराव को देखकर रुक गया। धर्माराव के पूछने पर उसने सारा वृत्तान्त कह सुनाया। धर्माराव ने उसे लौटा दिया। वह उलटे पाँव लौट गया और सभा में पहुँचकर सारा वृत्तान्त कह सुनाया। वहाँ कई अपरिचित व्यक्ति बैठे थे। कई शहरों से आए हुए सुशिक्षित कर्मचारी थे, जिन्हें यह वृत्तान्त सुनकर बड़ा कुतूहल हुआ। वे कहने लगे, "यह धर्माराव कौन है ? राजा साहब के हुक्म का विरोध करने के लिए, उसके सीने में इतनी हिम्मत कहाँ से आयी ?"

रामेश्वरम् को ऐसा लगा, मानो उसका सिर कट गया हो। उसने रंगाराव की ओर देखा। रंगाराव उसकी ओर नहीं देख रहे थे। रामेश्वरम् को कुछ न सूझा। किसी प्रकार बात निभाने के लिए वह बोला, "क्यों री रत्नगिरि ! तेरी बेटी को धर्माराव ने रख लिया है क्या ? हाँ, यह भी ठीक है। बाप-बेटे ने माँ-बेटी को रख लिया। तुम लोगों

में रिश्ता क्या और नाता क्या ?'' यह कहकर वह ज़ोर-ज़ोर से हँसने लगा।

रत्नगिरि क्रुद्ध हो उठी। बोली, ''महाराज चाहे जितने बड़े हों, पर बात करने का एक ढंग होना चाहिए। हर बात की एक सीमा होती है। धर्माराव और देवदासी भाई-बहन हैं। हम नीच कुल के सही, पर हमारे बारे में जो मुँह में आए कह देना अच्छा नहीं है। मैं आपके इनाम-इकराम के लिए नहीं आयी। रामेश्वर शास्त्री की दी हुई दस एकड़ ज़मीन मौजूद है, मुझे पेट की चिन्ता नहीं। हम यहीं पैदा हुए, यहीं पले। कई पीढ़ियों से इन ज़मींदारों का नमक खाते आए। इसी से सरकार के राजतिलक के समय अपनी कला का प्रदर्शन करने चली आयी थी, आपके मुँह से गालियाँ सुनने नहीं। मेरी कला आपकी समझ में नहीं आयी। दो-चार घटिया गाने सीखकर, अभिनय का लवलेश भी न जानते हुए उछल-कूद मचाने वाली कोई जवान नर्तकी आपको पसन्द आएगी। मैं क्यों पसन्द आने लगी ? हमारे देश से यह कला कभी की उठ चुकी है। यदि सरकार कहें तो मैं चली जाऊँगी। हम भी आत्म-सम्मान रखते हैं।''

इस पर सरकार ने कुछ नहीं कहा। रामेश्वरम् ने अपना गौरव निभाने के लिए कहा, ''इसे सरकार का ही हुक्म समझो। तुम्हें किसने बुलाया था यहाँ ? चली जाओ।'' रत्नगिरि ने रंगाराव की ओर देखा। सरकार अपनी बुआ के पुत्र के पक्ष में हो गये और रत्नगिरि को जाने का हुक्म दे दिया। रत्नगिरि ने सबको नमस्कार किया और अपनी टोली के साथ सभा से निकल गयी। जाते-जाते उसके पाँव के घुँघरू खुलकर नीचे गिर गये। रत्नगिरि घुँघरू उठाने के लिए झुकी तक नहीं। एक नौकर ने उन्हें उठाकर देना चाहा, पर वह घुँघरू लिये बिना ही तेज़ी से आगे बढ़ गयी।

इसके बाद सभा में गड़बड़ मच गयी। लोग काना-फूसी करने लगे। कुछ लोगों ने कहा, ''वेश्या को इतना घमण्ड ? सरकार के समक्ष उनकी सगी बुआ के पुत्र और यहाँ के कर्ता-धर्ता को ऐसा फटकारती है ? महाराज भलेमानस हैं; इसीलिए इतने पर बात समाप्त हो गयी।'' औरों ने कहा, ''हरेक की अपनी-अपनी इज़्ज़त है भैया ! वेश्या है तो क्या हुआ ? उसका कोई रिश्ता-नाता नहीं होता ? भरी सभा में अपमान करने पर कौन चुप रहेगा ?'' कुछ और लोग कहने लगे, ''भाई, यह धर्माराव कौन है ? ज़मींदार का भी विरोध करने वाला सूरमा मालूम होता है ? उसे ज़मींदार ने भी कुछ नहीं कहा। शायद वह ऐसा ही कोई बड़ा आदमी होगा !'' इन्हीं व्याख्याओं से सभा में कोलाहल मच गया।

बैठक वहीं समाप्त कर दी गयी। सारे राज-बन्धु खिसिया-से गये। उनके मुख पर लज्जा, स्पर्धा और क्रोध झलक रहा था। रंगाराव महल में चले गये। दीवान जी और अन्य तीनों कर्ता-धर्ता वहाँ उनसे मिलने गये। ज़मींदार साहब ने रामेश्वरम् को बहुत फटकारा। बोले, ''तुम्हीं ने सब कुछ किरकिरा कर दिया। यह कहाँ का झमेला ले आए ? आज हमारी मान-मर्यादा जाती रही। उस वेश्या के टुकड़े-टुकड़े भी कर डालो तो पाप नहीं। कैसी जली-कटी सुनायी उसने। पर उसका क्या दोष था ? दोष सारा तुम्हारा

था। छिः-छिः ! हमारी जग-हँसाई हुई। हम उसका क्या बिगाड़ सकेंगे ? यह सारी मुसीबत धर्माराव के कारण आयी। उसका इस मामले में पड़ने का क्या काम था ? वह लड़की उसकी शरण में क्यों चली गयी ? उस धर्माराव में इतना साहस कहाँ से आया ? कैसे उसने उस लड़की को आने नहीं दिया ? आज हर तरफ़ से मेरी नाक कट गयी है। रामेश्वरम् ! यह सब अनर्थ तुम्हीं ने किया। कहीं तुम उस लड़की पर लट्टू तो नहीं हो गये हो ? मैं तुम्हारा पक्ष लेता, या उनका ? सच पूछो तो इस मामले में उनका कोई दोष नज़र नहीं आता। गाँव में जो टोली मौजूद थी, उसे तुमने क्यों नहीं बुलवाया ? छिः छिः छिः !''

आषाढ़-शुक्ला सप्तमी थी। वर्षा का प्रारम्भ हुआ। लगभग एक महीने से हलकी-हलकी फुहार होती आयी थी, पर उस रात काले घने बादल ऐसे घिर आए मानो लक्ष्मणस्वामी सहस्र आकृतियाँ धारण करके आकाश पर छा गया हो। ऐसी झड़ी लगी, मानो लक्ष्मणस्वामी अपनी सूँड़ से मन्दाकिनी को चूसकर तप्त भूमि को ठण्डी करने के लिए सतत-धार में वर्षा कर रहा हो। सारे प्राणी जहाँ के तहाँ रह गये, मानो उनका अष्टदिग्बन्धन हुआ हो। नगाड़े, मृदंग, ढोलक आदि सारे चर्मवाद्य मूक-से पड़ गये। उनकी सारी गूँज वर्षा की गूँज में समा गयी। इधर से उधर और उधर से इधर, ज़ोरों का झंझावात चला, जिसके कारण सारे पण्डाल ज़मीन पर गिर पड़े। सर्कस का डेरा छिन्न-भिन्न हो गया और खम्भे आदि टूटकर गिर पड़े। बादलों की गरज और बिजली की चमक अत्यन्त भयानक हो उठी। सारा व्योम शब्दमय, तेजोमय तथा जलमय होकर दसों दिशाओं को निगल गया। राजतिलक का समारोह वहीं समाप्त हुआ। ग्रामान्तर से आए हुए लोग बड़ी कठिनाई से लौट पाये। उस दिन जो झड़ी लगी, सो दस दिन तक चलती रही।

पाँच

वर्षा के रुकने से पहले ही रंगाराव मद्रास पहुँच गये। जो सुविधाएँ मद्रास में थीं, वे सुब्बन्नापेठ में कहाँ ? साहब लोग, मेम, सिनेमा, चाय पार्टियाँ, गवर्नर, बड़े-बड़े अफ़सर, टार की सड़कें, समुद्र-तट की सैर, ठण्डी हवाएँ—कितना आकर्षक है मद्रास भी ! उसने रंगाराव का मन हर लिया। सुब्बन्नापेठ जैसे गाँव में क्या धरा था ?

मद्रास पहुँचते ही रंगाराव ने अपने राजतिलक के उपलक्ष्य में राजधानी के प्रतिष्ठित सज्जनों को एक बड़ी दावत दी। दावत के दूसरे ही दिन उसने डांजीस होटल और स्पेन्सर कम्पनी को कुल मिलाकर पचास हज़ार रुपये के बिल अदा किये। इसके अतिरिक्त गवर्नर बहादुर और उनकी पत्नी को एक-एक लाख रुपये के रत्नहार भेंट किये।

अन्त में हिसाब देखा गया, तो राजतिलक पर छह लाख और मद्रास का ख़र्च तीन लाख—कुल नौ लाख रुपये ख़र्च हुए। मालगुज़ारी का बक़ाया एक लाख वसूल हो चुका था। आठ लाख ख़ज़ाने से ख़र्च हुए। हरप्पा नायडू की मृत्यु के समय ज़मींदार के खजाने में दस लाख रुपये रह गये थे। कृष्णम नायडू ने दस के बीस लाख किये। उन्होंने दिल खोलकर ख़र्च भी किया। ज़मींदार का माल नाना प्रकार के लोग खा गये, फिर भी किसी को पता न लगा कि इतना धन कैसे ज़मा हो गया ! कृष्णम नायडू के छोड़े हुए बीस लाख में से रंगाराव ने पहली ही खेप में आठ लाख ख़र्च कर डाले। उन्हें ज़मींदारी सँभाले अभी छह महीने भी पूरे नहीं हुए थे।

सच्ची बात राम जानें, परन्तु यह अफ़वाह फैल गयी कि राजतिलक की गड़बड़ में दीवान जी और अन्य तीनों कर्ता-धर्ताओं ने पचास-पचास हज़ार रुपये ऐंठे हैं। फ़िज़ूल-ख़र्ची बेहद हुई। सारा सामान जहाँ का तहाँ ग़ायब हो गया। पण्डालों के खम्भे भी काफ़ूर हो गये। जब वर्षा रुकी, तो दीवान जी भी मद्रास पहुँच गये। राधाकृष्णय्या और सर्वारायुडू अपने-अपने गाँव चले गये। कोठी में अकेला रामेश्वरम् रह गया। वह भी अपने निजी कामों में व्यस्त हो गया। अतएव बचे-खुचे सामान की ख़बर लेने वाला भी कोई न रहा।

अपने शत्रुओं से बदला लेने के लिए रामेश्वरम् का मन बेताब हो रहा था। उसके दो शत्रु थे—रत्नगिरि और धर्माराव। उन्हें नीचा दिखाने के लिए रामेश्वरम् ने प्रयत्न शुरू कर दिया। उस वेश्या का क्या ? वह तो आख़िर स्त्री है। बदला तो उस धर्माराव से चुकाना होगा। रामेश्वरम् ने धर्माराव को कोठी में बुलाकर पिटवाना चाहा। एक नौकर को धर्माराव के पास भेजा। धर्माराव बोला, "वह कौन होता है मुझे बुलाने वाला ? जाकर कहो, मैं नहीं आऊँगा।" यह उत्तर सुनकर रामेश्वरम् के अन्तर में क्रोध की एक लहर उठ गयी और छाती में आघात करती हुई, मुख पर झलक आयी तथा भौंहों के मध्य भाग में उसका रक्त काला पड़ गया। धर्माराव के पूर्वजों का वृत्तान्त और उनकी मान-मर्यादा रामेश्वरम् भली-भाँति जानता था। यदि वह स्वयं धर्माराव के घर जाकर ज़्यादती करता, तो अवश्य गड़बड़ मच जाती। गाँव वाले धर्माराव का ही पक्ष लेते। अतएव रामेश्वरम् क्रोध के कारण आपे से बाहर हो गया और धर्माराव के विषय में कई झूठी बातें लिखकर रंगाराव को एक पत्र भेजा। इतना कुछ करने के बाद ही उसका क्रोध कुछ शान्त हो सका।

रामेश्वरम् ने एक नौकर को बुलाकर कहा कि किसी-न-किसी तरह रत्नगिरि का अपमान करना चाहिए। नौकर ने हाँ कर दी। उसी शाम को यह ख़बर रत्नगिरि के पास पहुँची। उस गाँव में कोठी के दासी-पुत्रों और वेश्याओं में बड़ा एका था। रत्नगिरि का एक भाई था। उसका नाम था कबीर। वह बड़ा बलशाली था। शरारती भी बला का था। गाड़ी पर दो खण्डी वज़न लादकर अपनी भुजाओं से अनायास उठा सकता था। तलवार और लाठी फेरने में अद्वितीय था। आयु कोई चालीस वर्ष की थी। रंगाराव

के बचपन में उसने यह विद्या कृष्णम नायडू से सीखी थी और रंगाराव को भी कुछ-कुछ सिखायी थी। पर रंगाराव के पल्ले वह नहीं पड़ी। सिखाते समय कबीर ने रंगाराव को पीटा भी था। रंगाराव ने पिता के पास कबीर की शिकायत की। कृष्णम नायडू पुराने विचार के थे। उनका विश्वास था, कि चाहे युवराज ही क्यों न हो, उसे पीटकर ही ठीक किया जा सकता है। अतएव वे बोले, ''हाँ-हाँ, मार खाकर भी सीख लेना होगा। तलवार हाथ में नहीं पकड़ सको तो तुम कैसे ज़मींदार बनोगे ?'' उस समय से रंगाराव का कबीर पर बेहद गुस्सा था। कोठी के नौकरों को कबीर से बड़ा स्नेह था। वे सब उसे बहुत मानते थे। अतएव जब कबीर की बहन रत्नगिरि का अपमान करने की बात रामेश्वरम् ने उस नौकर से चलायी तो वह भला कैसे चुप रहता ? उसने झटपट रत्नगिरि से जाकर कह डाला।

कृष्णम नायडू की पत्नी का नाम था रुक्मिणीराव। वे साठ बरस की वृद्धा थीं। उसी शाम को रत्नगिरि रुक्मिणीराव के पास गयी और राजतिलक के समय का सारा वृत्तान्त सुनाया। उसने यह भी कहा कि रामेश्वरम् किसी-न-किसी तरह उसकी हानि करना चाहता है। बड़ी रानी ने यह वृत्तान्त कुछ-कुछ राजतिलक के दिन ही सुना था। अब सारा हाल जानकर उन्होंने उस नौकर को बुलाया और पूछा, ''रामेश्वरम् ने सचमुच यह बात कही थी ?'' नौकर बोला, ''जी हाँ, माँजी ! उन्होंने मुझ ही से कहा था।'' फिर रत्नगिरि को विदा करके बड़ी रानी ने रामेश्वरम् को बुलाया और ख़ूब फटकारा। अन्त में बोलीं, ''मेरी बहन के पेट से तुझ जैसे धूर्त ने कैसे जन्म लिया ?'' रामेश्वरम् ने तत्काल सिर लटका लिया पर मन-ही-मन नौकर पर भी क्रोध आ रहा था। अपना सारा क्रोध उसने अपने भीतर छिपा लिया और प्रकट में यथापूर्व व्यवहार करने लगा। कृष्णम नायडू के देहान्त के बाद से बड़ी रानी अपने कमरे में ही रहने लगी थीं। वे कभी बाहर न आतीं। बुढ़ापे में प्राप्त वैधव्य का उन्हें बड़ा दुःख था। अपनी दासियों से कहतीं, ''मैं क्यों नहीं चली गयी स्वामी से पहले ? सुहागन की मौत मरने के लिए जाने कितना पुण्य करना पड़ता है !''

एकादशी और द्वादशी के दिन वे वेणुगोपाल स्वामी के दर्शन को जाया करती थीं। उन दिनों केवल एक बार भोजन करतीं और कई कड़े नियमों का पालन करतीं। लेकिन कृष्णम नायडू की मृत्यु के बाद, छह महीने में वे वेणुगोपाल स्वामी के दर्शन को भी नहीं गयीं। जिस दिन उन्होंने रामेश्वरम् को फटकारा, वह श्रावण शुक्ला दशमी का दिन था। उस रात को बड़ी रानी के स्वप्न में वेणुगोपाल स्वामी दिखाई दिये।

स्वामी के सिर पर ग्वालों की पगड़ी थी। गले में तुलसी की माला, सूर्यहार और चन्द्रहार थे। भुजाओं में बाहुपुर[1] थे। नाभि के पास चिन्तामणि विद्यमान थी। पीताम्बर का काछा पाँव तक लटक रहा था। ज़री की कोर वाला रत्नों का लाल कश्मीरी दुशाला

---

1. एक आभरण।

स्वामी ने कन्धों पर ओढ़ रखा था। हाथों में कंकण और उँगलियों में वज्र आदि जड़ी अँगूठियाँ थीं। हृष्ट-पुष्ट बाजुओं में बाजूबन्द और दक्षिण चरण में स्वर्ण का बना कड़ा था। दायें हाथ की उँगलियों के बीच मरकतमय बाँसुरी थी। होठों पर मन्द हास था और आँखों में भक्तवत्सलता व्यक्त करने वाली प्रसन्नता। ललाट पर तिलक लगाकर बाला जोबन वाले कृष्णम नायडू के रूप में बड़ी रानी को वेणुगोपाल स्वामी का साक्षात्कार हुआ। महान् योगियों को भी स्वामी का सम्पूर्ण साक्षात्कार नहीं हुआ करता। किसी एक अंग पर बुद्धि टिक नहीं पाती। क्षण भर टिक भी गयी तो तुरन्त विचलित हो जाती है। बड़ी रानी के पूर्व-पुण्य के क्या कहने ! वे अपनी इन्द्रियों का कितना संयमन करती होंगी ! कैसी होगी उनकी तपस्या की महिमा ? शुक योगी को भी जिनके ठीक-ठीक दर्शन नहीं हो पाये थे, ऐसे स्वामी ने बड़ी रानी को अपनी अत्यन्त मनोहर आकृति में दर्शन दिये। कृष्णम नायडू के रूप में आकर उन्होंने यह दिखा दिया कि बड़ी रानी का पातिव्रत्य भगवान् में प्रतिबिम्बित हुआ है।

स्वामी ने अपने होठ हिलाकर कुछ कहा। वह बड़ी रानी को सुनाई न दिया। परन्तु होठों की हलचल से उन्होंने अनुमान लगाया कि स्वामी ने कहा, "कल एकादशी है !" रानी का हृदय एकबारगी पश्चात्ताप, आनन्द और दुःख से विह्वल हो उठा। इतने में नींद खुल गयी। भोर हो रही थी। प्रातःकाल सूचक वाद्य बजने लगे थे। बड़ी रानी को ऐसा लगा कि उनका मन शहनाई के मधुर नाद के साथ-साथ प्रातःकालीन मन्दानिल-तरंगों पर झूलता हुआ आनन्द-विभोर हो उठा है।

"हे राम ! हे कृष्ण ! इह समुत्तिष्ठ !
हे राम ! हे कृष्ण ! हे जगत्त्रयगुरो !
हे पुण्डरीकाक्ष ! रक्ष निज पक्षम्—हे राम।"

कृष्ण-लीला-तरंग की ये पंक्तियाँ शहनाई पर बज रही थीं। वह सावेरी राग-सा लग रहा था; मानो अनुकूल वायु में निश्चल तथा नीरव नदी-तरंगों पर फिसलती चलने वाली छोटी-सी नाव हो। बड़ी रानी को सावेरी, मलयमारुत तथा चक्रवाक—ये राग बहुत पसन्द थे। वे सोच रही थीं—भगवान् तो सदा जागृत हैं, उन्हें जगाने की क्या आवश्यकता है ?

रानी ने उठकर शिरःस्नान किया और एकादशी का उपवास रखा। उस दिन 'भागवत' सुनने की इच्छा उन्हें हुई। वे धर्माराव को जानती थीं, सो उसे बुला भेजा। धर्माराव की समझ में नहीं आया कि उसे जाना चाहिए या नहीं। कोठी के सब लोग उसके विरोधी लगते थे, लेकिन वास्तव में, एक रामेश्वरम् को छोड़कर उसका कोई विरोधी नहीं था। लगा कि शायद रामेश्वरम् ही कोई अत्याचार न कर बैठे। फिर उसने सोचा, क्या कर लेगा ? वह कोठी की ओर चल पड़ा। रास्ते में कबीर से उसकी भेंट हुई। कबीर उससे कभी न बोलता था। धर्माराव को देखते ही वह सिर झुकाकर चला

जाता। आज उसने अचानक पूछा, "बाबू जी, कहाँ जा रहे हो ?" धर्माराव ने साश्चर्य जवाब दिया, "कोठी पर।" कबीर ने पूछा, "कोठी पर ? सचमुच कोठी पर ? तो चलिए बाबूजी, मैं भी आपके संग चलूँगा।" दोनों कोठी के पास जा पहुँचे। बड़ी रानी के निमन्त्रण की किसी को ख़बर न थी, अतएव वहाँ के लोग धर्माराव को कुछ विचित्र दृष्टि से देखने लगे। अन्तःपुर में रामेश्वरम् से भेंट हुई पर वह कबीर को देखकर चुप हो गया। धर्माराव ने बड़ी रानी के पास अपने आगमन की ख़बर भेजी। रानी ने उसे भीतर बुला लिया। कबीर वहीं रह गया, धर्माराव भीतर चला गया। कोठी के कट्टर शत्रु धर्माराव को बड़ी रानी ने निमन्त्रण भेजा था, यह देखकर रामेश्वरम् का दिल बेहद जलने लगा। उस जलन के मारे बेताब होकर, उसने झूठी शिकायतों से भरा एक और पत्र मद्रास भेज दिया।

धर्माराव का आदर-सत्कार करके बड़ी रानी बोलीं, "बाबू आज एकादशी है। तुम महाभारत और भागवत का बहुत अच्छा पाठ करते हो। तुमसे कुछ सुनना चाहती थी, सो बुलाया है।[1] भागवत की पुस्तक वहाँ तैयार रखी थी। धर्माराव ने मंगलाचरण से प्रारम्भ किया। तुरन्त उसे कृष्णम नायडू और गोपन्ना का स्मरण हो आया। उसकी आँखों में आँसू छलक आए। रानी ने पूछा, "क्यों बेटा ! आँसू क्यों बहा रहे हो ?" धर्माराव ने कहा, "कुछ नहीं", और अपना पाठ शुरू कर दिया। पुस्तक के खोलते ही रुक्मिणी-कल्याण का प्रसंग आया। रानी बचपन में रुक्मिणी-कल्याण पढ़ चुकी थीं। सारे पद्य उन्हें याद थे। वे कहने लगीं, "बेटा, सच कहा है पोतन्ना[1] ने। सचमुच विष्णु-कथाएँ नित्य-नूतन प्रतीत होती हैं। मैं साठ बरस से सुन रही हूँ, फिर भी ये पद्य आज भी नये लग रहे हैं।"

पढ़ते-पढ़ते धर्माराव का कण्ठ गद्गद हो उठा। आँखें भर आयीं। भागवत पाठ के बाद थोड़ी देर तक भगवान् का स्मरण करके रानी ने पूछा, "बेटा, तुमने पढ़ाई छोड़ दी ?" धर्माराव ने कोई उत्तर नहीं दिया। रानी ताड़ गयीं। उस दिन शाम को शीशे की गाड़ी में सवार होकर वे मन्दिर गयीं। मन्दिर के भीतर से सारे पुरुष बाहर चले गये। पुजारियों ने मन्दिर के पीछे खड़े एक पुरुष को नहीं देखा। वह पुरुष वहीं रह गया। रानी परिक्रमा कर रही थीं। उनके पीछे-पीछे दो दासियाँ चल रही थीं। दासियों के पायल बज रहे थे। कृष्णम नायडू की मृत्यु के बाद बड़ी रानी के चरणों का नूपुर-सौभाग्य अन्य सौभाग्यों के साथ लुप्त हो चुका था।

रानी ने मन्दिर की तलैया की सीढ़ियों पर एक पुरुष और एक स्त्री को देखा। वह पुरुष धर्माराव था। उसे पहचान कर रानी के मन में शंका हुई। दासियों को वहीं छोड़कर वे अकेली तलैया के पास गयीं, और एक चम्पक वृक्ष की ओट में खड़ी हो गयीं। धर्माराव के पास जो लड़की थी उसे वे नहीं पहचानती थीं।

---

1. तेलुगु के महान् भक्त कवि जिन्होंने आन्ध्र महाभागवत् की अत्यन्त सुन्दर तथा सरस रचना की है।

पुरुष, ''भक्ति अलग है और ज्ञान अलग। ज्ञान सबके लिए सुगम नहीं। भक्ति का मार्ग ही सुगम है।''

स्त्री, ''शिव जी सेवनीय हैं या विष्णु ?''

ये बातें सुनकर बड़ी रानी का मन कुछ आश्वस्त हुआ। धर्माराव के बारे में अभी-अभी उनकी जो धारणा बन गयी थी, वह कुछ बदली। फिर भी मूल रहस्य का उन्हें पता न चल सका। वह लड़की कौन थी भला ?

पुरुष, ''लीला-शुक ने गाया है—'संसारे किं सारं ? कंसारेश्चरणकमल-परिभजनम्। ज्योतिः किमन्धकारे ? यदन्धकारेरनुस्मरणम्।' भक्ति-योगियों के लिए कृष्ण सुलभ हैं। ज्ञान-योगियों के लिए शिव सेवनीय हैं।''

स्त्री, ''केवल सेवनीय क्यों कहते हो ? सुलभ नहीं हैं क्या ?''

पुरुष, ''भाई, ज्ञान-योग स्वयं सुलभ नहीं है।''

रानी को उस लड़की के विवेक पर अचम्भा हुआ। धर्माराव ने उसे भाई कहकर पुकारा था। उस दोनों का रिश्ता इससे स्पष्ट नहीं होता था। धर्माराव की कोई छोटी बहन न थी। उसके पिता के दूसरे विवाहों से भी उस आयु की कोई लड़की न थी। फिर यह लड़की कौन है ? क्या रत्नगिरि की बेटी है ? पर वह तो वारांगना है ! वेश्या के प्रति रानी के मन में जो धारणा थी, उसका इन दोनों के परस्पर सम्बन्ध से कोई सामंजस्य नहीं बैठता था !

स्त्री, ''पहले यह तो बताओ कि भक्ति क्या है, और ज्ञान क्या है ?''

पुरुष, ''सब कुछ ब्रह्म है। ब्रह्म का अर्थ, ब्रह्मा, विष्णु और महेश के अन्तर्गत ब्रह्मा नहीं। ब्रह्म इन त्रिमूर्तियों से भी अतीत एक शक्ति है। वह निर्गुण सच्चिदानन्द-स्वरूप है। उसे तुम नहीं जानतीं। उसके बारे में फिर बताऊँगा। इन्द्रियाँ और उनके गुण, सारे के सारे झूठे हैं। यदि उनके झूठे होने का ज्ञान, अनेक जन्मों के परिपाक से किसी व्यक्ति में सहज उत्पन्न हो जाए, तो वह व्यक्ति ज्ञानी बनकर संसार के बन्धनों से मुक्त हो जाता है। मुझे भी कुछ और पढ़कर इस बात का पता लगाना है। भक्ति का अर्थ पोतन्ना ने बड़ा अच्छा बताया है। उन्होंने कहा है कि तन, हृदय और वाणी का सख्य ही भक्ति है। क्या वह पद्य तुम्हें याद है ? ज़रा पढ़ो तो।''

देवदासी ने वह पद्य पढ़कर सुनाया। धर्माराव ने कहा, ''अच्छा, पद्य का तात्पर्य बताओ।'' देवदासी ने बताया।

धर्माराव, ''प्रह्लाद की भक्ति को तुम जानती हो न ? वह भक्ति पुरुषों के योग्य है। स्त्रियों के लिए गोपियों की भक्ति आचरणीय है।''

देवदासी ने तलैया के स्वच्छ पानी में देखा। अभी-अभी सूर्यास्त हुआ था। पास वाला कदम्ब वृक्ष पानी में प्रतिबिम्बित हुआ।

देवदासी, ''भैया ! कृष्ण गोपियों के वस्त्र चुराकर इसी पेड़ पर जा चढ़े थे। कहीं मेरी साड़ी भी चुराकर न ले जाएँ। मैंने ग्वाल-कुल में जन्म थोड़े ही लिया है।''

धर्माराव, "गोपियों का अर्थ केवल ग्वालिनें नहीं, भगवान् में अनुरक्त स्त्री-मूर्तियाँ हैं। तुम भी गोपी हो। कृष्ण की लीलाएँ सुनकर तल्लीन हो जाना ही गोपी-स्वभाव है।"

बड़ी रानी फूली नहीं समा रही थीं। लड़की की आयु बारह-तेरह वर्ष से अधिक नहीं होगी। रत्न जैसी लग रही थी। रानी धीरे-धीरे उनके पास गयीं। उनकी आवाज़ सुनकर धर्माराव ने मुड़कर देखा। रानी को देखकर वह खड़ा हो गया। देवदासी कुछ सोच रही थी। फिर धर्माराव की देखा-देखी वह भी खड़ी हो गयी।

धर्माराव, (देवदासी से) "आप कोठी की बड़ी रानी जी हैं।"

रानी, "यह लड़की कौन है ?"

धर्माराव चुप रहा।

देवदासी, "रत्नगिरि मेरी माँ है !"

रानी, "तुम दोनों कुछ बातें कर रहे थे।"

दोनों झेंप गये। वह थी बाल-हृदय की झेंप।

रानी, "तुम दोनों कुछ चर्चा कर रहे थे। करते रहो। मैं दर्शन करने जाती हूँ।"

उन दोनों ने कहा, "हम भी दर्शन करने जाएँगे।" दोनों रानी के साथ हो लिये। रानी के पीछे देवदासी चली। धर्माराव उनसे कुछ दूर चल रहा था। न जाने क्यों, देवदासी बड़ी रानी से घबरायी नहीं, प्रत्युत उसके हाव-भाव से कुछ अपनापन झलकने लगा। पहले धर्माराव और फिर दोनों देवियाँ मन्दिर के भीतर जा पहुँचीं। धर्माराव देव-दर्शन के समय प्रार्थना-श्लोक पढ़ा करता था। उस दिन रानी के रहने के कारण उसने श्लोक नहीं पढ़े। धर्माराव को देखकर पुजारी घबरा गया। उसने सारे पुरुषों को मन्दिर से बाहर भेज दिया था। फिर यह पुरुष कहाँ से आ धमका ? परन्तु इस पुरुष के अस्तित्व का रानी को भान ही न था। अतएव पुजारी कुछ सँभल गया। सबने विष्णु-चरण[1] स्वीकार किये। पुजारी के दिये हुए मन्दार-पुष्प ग्रहण किये। रानी लौटने लगीं, पर देवदासी वहीं खड़ी रही। रानी ने पूछा, "क्यों ? आती क्यों नहीं ?"

देवदासी, "रुक्मिणी की अपेक्षा सत्यभामा पर ही कृष्ण भगवान् का अधिक प्रेम है। स्वामी ने सत्यभामा को ही अपने पास रखा है।"

रानी के प्राण छटपटा गये।

धर्माराव, "सत्यभामा की अपेक्षा गोपियों पर ही स्वामी का अधिक प्रेम था।"

देवदासी, "हाँ-हाँ। इसीलिए तो भ्रमरगीतों का आविर्भाव हुआ।" रानी का मन इस लोक में न था। तीनों मन्दिर के बाहर आए। प्रसाद लेकर थोड़ी देर विश्राम करने के उपरान्त, रानी अपनी दासियों समेत लौटने लगीं। धर्माराव ने उनसे विदा ली।

---

1. दक्षिण में विष्णु मन्दिरों में सोने-चाँदी के बने विष्णु-चरण प्रमाद के रूप में भक्तों के सिर पर टिकाये जाते हैं।

देवदासी ने भोली-भाली दृष्टि से रानी को देखा। रानी ने मन्दहास किया। भाई-बहन दोनों घर लौटे।

गिरिका को उसके घर छोड़, धर्माराव अपने घर की ओर चल पड़ा। गिरिका उसे अपने घर के भीतर बुलाती, पर वह कभी न जाता। आज उसके घर लौटते ही माँ ने इमली की चटनी से खाना खिलाया। अभी तक कई लोगों का क़र्ज़ चढ़ा हुआ था। आज किसी ने उधार नहीं दिया। धर्माराव ने ज्यों-त्यों दो कौर खाये और छाछ माँगा। माँ ने थोड़ा और अन्न खाने को कहा, पर घी के बिना धर्माराव से खाया न गया। माँ ने छाछ परोसा। धर्माराव खाने लगा।

माँ, "बेटा, आज रंगापुर से एक आदमी सन्देशा लेकर आया था। लड़की को सयानी होकर एक बरस बीत चुका है। उन्होंने गर्भाधान[1] का मुहूर्त तय करने को कहा है।"

धर्माराव ने सिर झुकाकर कहा, "ख़ूब कहा है। शायद इसी को कहते हैं भुखमरी में दावत के सपने देखना ?"

माँ—"नहीं रे ! क्या भुखमरी के कारण गृहस्थी छोड़ देंगे ? उधार में उधार, कुछ न कुछ करना ही होगा। सयानी लड़की को मायके में रखने से बदनामी न होगी !"

धर्माराव चुपचाप भोजन करके उठा और सामने के कमरे में खाट लगाकर सो रहा। धर्माराव के मातामह का नाम सोमन्ना था। वे घबरा रहे थे कि उनके बेटे गंगाधर का ब्याह नहीं होगा। रामेश्वर शास्त्री ने देश भर छान मारा और अन्त में पालनाडु[2] प्रान्त से एक नाता खोजकर गंगाधर का ब्याह करवाया। ब्याह के बाद कई वर्ष तक सन्तान न हुई। इसका दुःख बेटे से अधिक बाप को ही हुआ। गंगाधर की पत्नी का नाम नागम्मा था। वह बड़ी गँवार थी। ऊँचे क़द की भरी-पूरी और काली-कलूटी। उसमें सभ्यता की गन्ध तक न थी। तिल का एक दाना भी वह घर से बाहर जाने न देती थी। सयानी होने के दस बरस बाद उनके एक लड़की हुई। लड़का न होने का सोमन्ना को बड़ा दुःख हुआ। लड़की तीन बरस की हुई, तो फिर एक और लड़की ने जन्म लिया। इस बार भी लड़का न होने के कारण दुःखावेश में सोमन्ना आँगन में बैठकर नवजात शिशु को दुनिया भर की गालियाँ देने लगे। सोमन्ना बहुत बूढ़े हो चले थे। बड़ी लड़की की आयु पाँच बरस की होते ही उसका ब्याह धर्माराव से करवाने के लिए सोमन्ना ने रामेश्वर शास्त्री से अनुरोध शुरू किया। वे बोले, "बूढ़ा हो चला हूँ, मेरे भाग में पौत्रों को देखना नहीं बदा था, न सही, कम-से-कम इस लड़की के हाथ पीले हो जाएँ, तब मरना चाहता हूँ।" फिर कभी उलाहना देकर कहते, "तुम शायद अपने लड़के का नाता किसी लक्षाधीश परिवार से जोड़ना चाहते हो। पर याद रखो, लक्षाधीश

---

1. पति-पत्नी का प्रथम समागम संस्कार।
2. आन्ध्र के गुण्टूर जिले का एक भाग जहाँ मध्ययुगीन वीर रस की रोचक गाथाएँ प्रचलित हैं।

का नाता पुराने आनुवंशिक नाते की बराबरी नहीं कर सकता।" और कभी करुण स्वर में अनुनय-विनय करते, "मुझ बूढ़े पर भी तुम्हें दया नहीं आती। मैंने तो तुम्हारे और गंगाधर के बीच कभी कोई अन्तर नहीं माना। फिर तुम्हारी इच्छा।"

बाद में रामेश्वर शास्त्री पर उनकी पत्नी सावित्री देवी का भी दबाव बढ़ने लगा था। फलतः शास्त्री जी को हाँ कहनी पड़ी और ग्यारह वर्ष की आयु में धर्माराव का ब्याह पाँच वर्ष की अरुन्धती से हो गया। विवाह बड़ी धूमधाम से हुआ। स्वयं कृष्णम नायडू रंगापुर जाकर वर-वधू को एक हज़ार रुपये की भेंट चढ़ा आए थे। रामेश्वर शास्त्री ने शादी में पाँच-छह हज़ार रुपये ख़र्च किये। ब्राह्मणों को ख़ूब दक्षिणा मिली। जिन ब्राह्मणों ने वेद का अध्ययन पूरा किया था, उन्हें प्रति व्यक्ति एक अशरफ़ी दी गयी। कम-से-कम दक्षिणा एक रुपये की थी। लग्न-वेदी पर अरुन्धती बैठ न सकी। वह दुबली-पतली लड़की थी। देखने में तीन बरस की लगती थी। जहाँ बिठा दी जाती, वहीं बिच्छू की तरह चिपक जाती। मधुपर्क[1] के बोझ से विवश होकर वह रो पड़ी। अतएव वेदी से उठते ही उसका मधुपर्क उतार दिया गया। कई बार वधू के बिना ही होम आदि किये गये। एक दिन सन्ध्या को होम के समय वह धर्माराव से कहने लगी, "ऐ जी, मुझे नींद आ रही है।" धर्माराव ने उसे अपनी जाँघ पर लिटा लिया। वह वहीं सो गयी। धर्माराव भी नींद के मारे ज़महाइयाँ ले रहा था। इतने में बड़ी-बूढ़ियाँ अरुन्धती को धर्माराव की जाँघ पर सोता देखकर बड़ी प्रसन्न हुईं। सोमन्ना को लगा कि उसे मोक्ष मिल गया है। ब्याह के दो-तीन बरस के भीतर ही रामेश्वर शास्त्री को बुरे दिन देखने पड़े। इधर नागम्मा ने फटकारना शुरू किया कि लड़के वालों ने रस्म-रिवाज के अनुसार लड़की को कपड़ा-लत्ता आदि नहीं भेजा। उसके उलाहनों से सावित्री देवी के नाकों दम था। वह बहुत उकता गयी थी। लेकिन बात यहीं समाप्त नहीं हुई और नागम्मा के साथ-साथ गंगाधर भी निष्ठुर व्यवहार करने लगे। जब अरुन्धती सयानी हुई, तो एक और शिकायत यह पैदा हुई कि रामेश्वर शास्त्री ने लड़की के लिए अच्छी साड़ी नहीं भेजी। सारांश यह कि धर्माराव और उसके ससुर में पटती न थी। समधियों में इतना मन-मुटाव था कि दोनों के बीच हरी दूब भी रखी जाती तो फ़ौरन जल उठती। धर्माराव इतनी मुसीबतें झेल रहा था, परन्तु ससुर ने उसकी तनिक भी सहायता नहीं की। एक बोरा चावल तक नहीं भेजा। अब गर्भाधान संस्कार के लिए सामग्री कहाँ से आएगी ? धर्माराव जानता था कि ससुर जी फूटी कौड़ी न देंगे।

धर्माराव ने लेटे-लेटे घर की ओर देखा। हवेली जैसा बड़ा घर था। उसने सोचा, मेरी पत्नी आएगी, तो इतने बड़े घर में माँ को अकेलापन महसूस न होगा। अरुन्धती को उसने चार बरस पहले देखा था। रामेश्वर शास्त्री की मृत्यु के समय वे सब यहाँ

---

1. वे हल्दी-लगे वस्त्र जो वर-वधू को विवाह के समय पहनाये जाते हैं।

आए थे। तब अरुन्धती दस बरस की थी। चरखे की तरह इधर-उधर घूम रही थी। पति तो अपनी ही परेशानियों से घिरा हुआ था। उसने अरुन्धती को ठीक-ठीक देखा तक नहीं। उस समय वह भी लड़का था। फिर चार बरस तक उसने अरुनधती को नहीं देखा। पता नहीं, अब वह कैसी होगी ! उसके दुबले-पतले और गोरे मुख पर नाचने वाली सुन्दरता न जाने अब कैसी दीखती होगी ! दूसरे ही क्षण धर्माराव कल्पना के सोपान बाँधने लगा।—अरुन्धती, उसकी अरुन्धती, लावण्य की राशि, पातिव्रत्य की मूर्ति, स्मितियों की मंजूषा उसके सम्मुख खड़ी है। उसे अपने बाहुपाश में उसने बाँध लिया है। उसके आते ही सारा घर मानो लक्ष्मी के प्रकाश से जगमगा उठा है। परन्तु दूसरे ही क्षण वह वास्तविक जगत् में लौटकर सोचने लगा—गर्भाधान के लिए पैसा कहाँ से आएगा ? उसे कुछ नहीं सूझता था। अन्त में सोचते-सोचते एक उपाय सूझा। वह उपाय पहले भी सूझा था। पर धर्माराव ने उसे मन में टिकने नहीं दिया था। उपाय यह था कि मकान को रेहन रख दिया जाए। परन्तु यह काम कृष्णम नायडू की कृपा को ठुकराने के सदृश होगा। इस विचार से ही उसे बड़ी पीड़ा हुई। फिर वह सोचने लगा--'क्या पता कि पत्नी के आगमन से मेरे भाग्य खुल जाएँ। कहावत यह है कि पशु और बहू के आगमन की वेला की बड़ी महिमा होती है। घर को रेहन रखने से सौ रुपये मिल जाएँ तो धीरे-धीरे लौटाए जा सकते हैं। इसी प्रकार संकल्प और विकल्प के बीच झूलते हुए उसने अन्त में घर रेहन रखने का निश्चय कर लिया। मन में मनोज की खलबली प्रारम्भ हुई। उसे नींद नहीं आ रही थी। उसने अपनी कल्पना में अरुन्धती के हज़ार आलिंगनों का सुख लूट लिया। फिर भोर होने से कुछ ही देर पहले उसकी आँख लगी। दूसरे दिन वह देर से जागा, परन्तु दिन निकलते ही उसका संकल्प भी बदल गया। अब उसे घर रेहन रखने की इच्छा नहीं हो रही थी।.....'महाराज कृष्णम नायडू की पवित्र आत्मा अब भी मेरा अनुसरण कर रही है। उनकी उदार पत्नी ने मुझ पर अपार प्रेम की वर्षा की है। अतएव क्या उनके प्रति गद्दारी करना उचित होगा ?' ....इसके दो-तीन दिन बाद वह एक पण्डित के पास जाकर गर्भाधान का मुहूर्त तय करा आया। मुहूर्त श्रावण शुक्ला दशमी को तय किया गया। केवल दस दिन की अवधि रह गयी थी। धर्माराव ने घर आकर माँ को यह बात सुनायी और आप ही आप कहने लगा—''माँ, अभी क्या जल्दी है ? क्या इसे माघ मास तक रोका नहीं जा सकता ?'' सावित्री देवी हँस पड़ीं और चुप हो गयीं। उसी सन्ध्या को उन्होंने रंगापुर ख़बर भेजी और दूसरे दिन धर्माराव से कहा कि रंगापुर वालों को ख़बर पहुँचा दी गयी है। धर्माराव ने आश्चर्यचकित होकर कहा, ''मैंने तो मना किया था न माँ ?'' माँ बोली, ''कब मना किया था तुमने ?'' धर्माराव सोचने लगा, 'अब मैं फिर से माघ मास तक रुकने का आदेश भेजूँगा तो ससुर आग-बबूला हो उठेंगे।' यह सोचकर वह चुप हो गया। शाम को वह नागन्ना शेट्टी के घर गया। शेट्टी का बेटा वेंकटरत्नम् लेन-देन के व्यवहार स्वयं सँभाल रहा था। सुब्बन्नापेठ अब न गाँव था और न शहर। वहाँ

का सारा व्यापार वेंकटरत्नम् के हाथ में केन्द्रित था। जब धर्माराव वहाँ पहुँचा, तो बाप-बेटे बाहर दूकान पर बैठे थे। उसे देखकर दोनों में से एक भी न बोला। जब कृष्णम नायडू जीवित थे, नागन्ना शेट्टी धर्माराव को झुक-झुककर प्रणाम किया करता था। परन्तु जब राजाश्रय जाता रहा, तो धर्माराव के प्रति शेट्टी का सारा आदर लुप्त हो गया। शेट्टी का सूखा बर्ताव देखकर भी अपने काम से आया हुआ धर्माराव वहाँ जा बैठा और बोला, ''शेट्टी जी, कुछ काम लेकर आया हूँ।'' शेट्टी ने इधर-उधर के कामों में बड़ी व्यस्तता का अभिनय किया और थोड़ी देर बाद पूछा, ''क्या काम है ?'' धर्माराव बोला, ''सौ रुपये की ज़रूरत पड़ी है। उधार मिलेंगे ?''

शेट्टी, ''आपको उधार देकर ही हमारा सत्यानाश हुआ है। जितना दिया था उसके आधे का आधा वसूल हुआ। ज़रा बताओ तो, तुम्हारी कौन-सी जायदाद देखकर क़र्ज़ दूँ ?''

धर्माराव, ''पाँच हज़ार क़ीमत वाला मकान जो है शेट्टी जी !''

शेट्टी के मुँह में पानी भर आया। सचमुच मकान का मूल्य दस हज़ार रुपये से कम न था। केवल कृष्णम नायडू के दबाव के कारण उसे पाँच हज़ार में चुकाया गया। शेट्टी को ऐसा लगा कि वह मकान फिर उसकी ओर देख रहा है। पर उसने ये सब विचार मन में छिपाते हुए कहा, ''अब तो हमारे पास पैसे नहीं हैं। सौ रुपये के लिए मकान रेहन रखोगे ?'' ये साहूकारी हथकण्डे देखकर धर्माराव झुँझला उठा। उसकी ज़बान तक बात आयी, 'मैंने कब कहा रेहन रखूँगा ?' पर उसने उस बात को मन में दबाया। सोचने लगा इस समय टेढ़ी बात करने से सारा मामला ही किरकिरा हो जाएगा। फिर वह चुप हो गया। थोड़ी देर बाद शेट्टी ने कहा, ''कल सवेरे आइए।' मकान के रेहन की बात चलते ही शेट्टी के शब्दों में 'तुम' के बदले 'आइए' का प्रयोग होने लगा। यह परिवर्तन धर्माराव ने लक्ष्य किया। फिर एक बार कल की बात पक्की करके वह घर लौटा। पर दूसरे दिन सवेरे शेट्टी के घर पहुँचा तो शेट्टी वहाँ न था। उसका बेटा वेंकटरत्नम् बोला, ''पिता जी कहीं गये हुए हैं, फिलहाल पैसे नहीं मिलेंगे।'' धर्माराव यही बातें बाप की ज़बानी सुनना चाहता था। वह कुछ देर शेट्टी की प्रतीक्षा करता रहा, पर उसके न लौटने के कारण अन्त में उठकर चला आया।

सन्ध्या समय रंगाजम्मा सावित्री देवी को देखने गयी। पहले सावित्री देवी रंगाजम्मा से घृणा करती थीं। कहती थीं, ''वह मायके से यों ही चली आयी है। कुलटा है।'' जब कभी वे ऐसा कहतीं, तब रामेश्वर शास्त्री उन्हें बहुत फटकारते। इसके बाद शास्त्री जी पर मुसीबतें टूट पड़ीं और दुर्दिन में रंगाजम्मा ही यथासम्भव उनके परिवार के काम आयी। तब से उसके प्रति सावित्री देवी का तिरस्कार जाता रहा। आजकल जब कभी दोनों मिलतीं, बड़े स्नेह से बातें करतीं। सावित्री देवी अब 'घर की बड़ी बहू' कहकर रंगाजम्मा का उल्लेख करने लगी थीं। आज उन्होंने रंगाजम्मा को अरुन्धती के गर्भाधान और धन के अभाव आदि का ब्योरा सुनाया। रंगाजम्मा सुनती रही। थोड़ी देर बाद

वह विदा हुई और सीधे शेट्टी के घर जा पहुँची। शेट्टी ने पूछा, "माई जी ! इतनी देर से आज क्यों आयी हो ?" रंगाजम्मा के प्रति गाँव वालों का बड़ा आदर था। इसके अतिरिक्त वह दस एकड़ ज़मीन की मालकिन भी थी। उसने शेट्टी से पूछा, "धर्माराव तुम्हारे पास रुपये उधार लेने आया था ?"

शेट्टी, "जी हाँ !"

रंगाजम्मा, "कितने रुपये माँग रहा था ?"

शेट्टी, "सौ रुपये।"

रंगाजम्मा, "नयी फसल के आते ही रुपये मैं लौटा दूँगी। तुम चाहो तो नोट लिख दूँगी। कल सबेरे धर्माराव को पैसे दे देना।"

शेट्टी बोला, "जी हाँ, जी हाँ।"

रंगाजम्मा चली गयी। दूसरे दिन धर्माराव शेट्टी के घर जा पहुँचा। बाप-बेटा दोनों उसकी बड़ी आवभगत करने लगे। इस परिवर्तन का कारण धर्माराव की समझ में न आया। वह इतना ही सोच रहा था कि उसके मकान पर शेट्टी जी का मन ललचा गया है। शेट्टी अपने बेटे से कहने लगे, "क्यों रे ! पहले शास्त्री जी का काम क्यों नहीं निबटा देता !" नोट पहले ही लिखा जा चुका था। एक आने का टिकट भी चिपका हुआ था। शेट्टी ने धर्माराव से हस्ताक्षर करने को कहा। धर्माराव ने हस्ताक्षर किये और टिकट का एक आना काटकर, वेंकटरत्नम् ने 99 रुपये 15 आने धर्माराव को दे दिये। धर्माराव बोला, "रेहन के बदले कोई चिट्ठी-पत्र लिखवा लो।" शेट्टी कहने लगा, "जी नहीं, इसकी ज़रूरत नहीं है। आप रामेश्वर शास्त्री के पुत्र हैं। क्या अपनी बात पर मुकर जाएँगे ?' शेट्टी के एक-एक शब्द पर धर्माराव के आश्चर्य की सीमा न रही। उसने सोचा, हो न हो शेट्टी ने यह कोई ज़बरदस्त योजना बनायी है। पर वह योजना क्या हो सकती थी, यह उसकी समझ में न आया।

घर आते ही दस रुपये ख़र्च करके उसने खाने-पीने का सारा सामान मँगवाया। उसके बाद दस दिन तक माँ ने बेटे को ख़ूब खिलाया-पिलाया। दस दिन के भीतर ही धर्माराव के गाल कुछ उभरते दीख पड़े। गर्भाधान से एक दिन पहले धर्माराव बाज़ार गया। गाँव के बूढ़े किसानों का धर्माराव पर बड़ा प्रेम था। शास्त्री जी का बेटा होने के नाते वह सब बड़े-बूढ़ों का दुलारा बन गया था। उसे देखकर नब्बे वर्षीय बूढ़े आसामी ने कहा, "जान पड़ता है--पोता जी गर्भाधान के लिए तैयार हो रहे हैं।" धर्माराव तनिक लजा गया। उन बड़े-बूढ़ों का परिहास भी विचित्र होता था। कुछ असभ्य भी होता था। वह बूढ़ा आगे कहने लगा, "आजकल के लोगों में शक्ति कहाँ ? खा भी नहीं सकते, पचा भी नहीं सकते। मैं बचपन में एक-एक मन गुड़ चुराकर अकेला खा जाता था। जवार का हुरड़ा[1] दो-दो, तीन-तीन सेर देखते-देखते खा जाता था और हल चलाने लगता, तो सबेरे शुरू करके साँझ तक जुवा उतारने का नाम नहीं लेता था। गुण्डेरु

1. ज्वार के कच्चे भुट्टे आधे भूनकर तैयार किये हुए दाने जिन्हें लोग बड़े चाव से खाते हैं।

नदी के आर-पार छलाँग लगा सकता था।'' उसी समय कबीर उधर से गुज़र रहा था। बूढ़ा उसे देखकर कहने लगा, ''उस कबीरे को देखो। बड़ा पहलवान है न ? ज़रा कहो कि मुझसे पंजा तो लड़ाकर देखे।'' यह कहकर बूढ़े ने अपना हाथ बढ़ाया। अब तक कई बार कबीर उस बूढ़े से पंजा लड़ा चुका था और दर्द से तिलमिला भी चुका था। अतएव कबीर दूर-दूर से कतराने लगा। बूढ़ा बोला, ''देखो कैसा कतरा रहा है। चालीस बरस का जवान है। मैं नब्बे बरस का ख़ूसट हूँ। देख लिया ?'' धर्माराव बोला, ''दादा, तुम्हारी शक्ति हममें कहाँ से आएगी ? जवार, मकई, रागी आदि का अन्न तुमने खाया है और हम चावल खा रहे हैं। सच पूछो तो हम तुम्हारी उम्र तक जीवित भी कहाँ रहेंगे ?'' धर्माराव वहाँ से शेट्टी की दूकान पर गया और कपड़ा-लत्ता, सुपारी आदि सामान लेकर घर लौटा। सावित्री देवी ख़र्च करने में आगे-पीछे न देखती थीं। दस दिन में उन्होंने सारा सामान ख़र्च कर डाला। धर्माराव ने अपने कुछ रिश्तेदारों को भी न्योता भेजा था। सब आने ही वाले थे, अतएव और सामान लाया गया। कुल मिलाकर साठ रुपये का सामान आया। अब हाथ में केवल 29 रुपये रह गये थे। चौदह रुपये की एक अशरफ़ी ख़रीदी गयी। अब बचे पन्द्रह रुपये। दूसरे दिन रंगापुर जाने का निश्चय हुआ। धर्माराव की बहनें, जीजा और उनके लड़के उसी रात को आने वाले थे। रिश्ते-नाते में ऐसा ही होता है। लड़-झगड़कर सिर फोड़ लेते हैं, परन्तु ज़रूरत पड़ने पर सब एक हो जाते हैं।

साँझ हो आयी। सूर्य जैसे देव का राग, अस्त होते समय भी नहीं छूटा। पंछी लम्बी-लम्बी श्रेणियाँ बनाकर नभ के अन्तराल में उड़ रहे थे। आँगन में खड़े अश्वत्थ वृक्ष का अग्र-भाग अस्तंगत सूर्य के आतप में अपना राग प्रकट करने लगा। देवदासी धर्माराव को देखने आयी। उसे दूर से देखते ही धर्माराव दुपट्टा ओढ़कर बाहर आया। दोनों मन्दिर की ओर चले। रास्ते में मंगा ने धर्माराव को देखा। देखते ही वह अपनी एक सहेली से कहने लगी, ''देखा ? मेरा लाल तो राजा है !'' धर्माराव जानता था कि मंगा उसकी ओर देख रही है। पर वह उससे कभी नहीं बोलती थी। दोनों भाई-बहन शिव-सान्निध्य में पहुँचे। भाई भीतर गया। बहन मण्डप में खड़ी रही। स्वामी ने धर्माराव के कन्धे पर से देवदासी को देखा। फिर वे सोचने लगे, 'कृष्ण ही मुझसे अधिक भाग्यवान् हैं।'

धर्माराव अर्ध-विरागी था। परन्तु उसमें जितना विराग था, उतनी ही लालसा भी थी। स्वामी के पास खड़ी पार्वती को देखकर वह सोचने लगा, इस गृहस्थी के फन्दे से तो भगवान् भी न बच सके। तब मेरी क्या गिनती ? पुजारी रुद्रपाद[1] लाने लगा, तो थाली से कुछ आवाज़ आयी। धर्माराव को लगा कि उसके विचार समझकर भगवान् हँस पड़े हैं। इसके बाद भाई-बहन वेणुगोपाल के दर्शन करने गये। जब तक देवदासी

1. दक्षिण के शिव-मन्दिरों में प्रसाद के रूप में सिर पर टिकाया जाने वाला सोने-चाँदी आदि का बना हुआ शिव-चरण।

मन्दिर में थी, स्वामी उसी की ओर एकटक देख रहे थे। धर्माराव सोच रहा था, स्वामी मेरी तरफ़ देखते ही नहीं।

अँधियारा छा गया। दोनों घर लौटे। गिरिका को उसके घर छोड़कर धर्माराव लौटने लगा। गिरिका ने पुकारा, "भैया !" धर्माराव ने मुड़कर देखा। गिरिका बोली, "कल गर्भाधान हो रहा है न ? भाभी आ जाएगी तो शायद तुम हमसे बोलोगे भी नहीं।" धर्माराव बोला, "तू पगली है।" गिरिका ने अपनी उँगली से एक अँगूठी उतारी और उसे धर्माराव को देकर कहा, "इसे मेरी तरफ़ से भाभी को दे देना।"

छह

रंगाजम्मा की ज़मीन काश्त करने वाला किसान दूसरे दिन अपनी बैलगाड़ी ले आया। गाड़ी में सवार होकर धर्माराव अपनी माँ-बहनों के साथ रंगापुर पहुँच गया। स्त्रियों को गाड़ी में बिठाया गया और स्वयं धर्माराव और उसके दोनों जीजा पैदल चले। बड़े जीजा सूर्यनारायण ने सारा कार्यभार सँभाला। धर्माराव ने बचे-खुचे पन्द्रह रुपये उनके हाथ में रख दिये। गंगाधर जी के वंश वाले कई लोग रंगापुर में थे, पर उनकी आपस में अनबन थी। उन्हें निमन्त्रण देने और बुला लाने में दोपहर हो गयी। अरुन्धती के लिए पन्द्रह रुपये की साड़ी लायी गयी, पर उसे देखकर समधिन नागम्मा ने नाक-भौंह सिकोड़ ली। कहने लगी, "आज तक एक भी अच्छा कपड़ा-लत्ता हमारी लड़की के पल्ले नहीं पड़ा। एकाध रेशमी साड़ी आज भी उसे नसीब न हुई। मैं पहले ही से कह रही थी कि यह रिश्ता जोड़कर लड़की का गला घोंट रहे हैं।" यह सुनकर सावित्री देवी भी चुप नहीं रहीं। बोलीं, "हम तुम्हारी लड़की ब्याहने खुद नहीं आए थे। तुम्हारे ही गिड़गिड़ाने पर शादी की। इतनी अच्छी साड़ी पर भी सन्तोष नहीं। सुब्बन्नापेठ में सभी लोगों को साड़ी बहुत पसन्द आयी थी।" आग सुलग-सुलगकर भड़क उठी। गंगाधर जी चुप्पी साधे रहे। अन्त में सावित्री देवी झल्लाकर अपने बेटे से कहने लगीं, "चलो बेटा, लौट चलें। यह गर्भाधान नहीं चाहिए। कौन सुनेगा इनकी बातें ?" परन्तु बन्धु-बान्धवों ने बीच-बचाव करके ज्यों-त्यों शान्ति स्थापित करायी। इसी तू-तू मैं-मैं में साँझ हो गयी। धर्माराव और अरुन्धती को सेज पर बिठाया गया। सुहागिनों ने गीत गाये। गानों के साथ-साथ हास-परिहास की सीमा न रही। आधी रात बीत गयी। परन्तु स्त्रियाँ वहाँ से टलने का नाम न लेती थीं। पान के बीड़े बनाकर पहले धर्माराव के मुँह में दिये गये और आधा बीड़ा कटवाकर अरुन्धती को दिया गया। अरुन्धती ने वह आधा बीड़ा नहीं खाया। स्त्रियाँ उस पर बहुत बिगड़ीं। अरुन्धती रोने लगी। कई प्रकार के खेल रचाये गये पर अरुन्धती उनमें भाग नहीं ले रही थी। किसी का कहा नहीं मानती थी। धर्माराव ने उसके हाथों और गले में चन्दन लगाया। अरुन्धती ने मुँह फेर लिया। कोई भी उसके

हाथ से धर्माराव को चन्दन न लगवा सका। रात आधी से अधिक बीत चुकी थी। अरुन्धती के बर्ताव के कारण धर्माराव का उत्साह आधा मर चुका था। कमरे का द्वार बन्द करते ही अरुन्धती द्वार के पास जा खड़ी हुई। थोड़ी देर बाद धर्माराव ने उसे पास बुलाया। वह नहीं आयी। फिर धर्माराव ने ख़ुद जाकर उसका हाथ पकड़ लिया। अरुन्धती अपना हाथ छुड़ाकर रोने लगी। इसी प्रकार कुछ देर तक प्रयत्न करके धर्माराव सेज पर जाकर लेट गया। पर उसे नींद न आयी।

अरुन्धती का विवाह होने के बाद दो वर्ष भी न बीते थे कि रामेश्वर शास्त्री को बुरे दिन देखने पड़ गये। तब से दोनों परिवारों में मन-मुटाव बढ़ता गया। सयानी होने के बाद अरुन्धती ने एक बार भी पति के विषय में अच्छी बात नहीं सुनी थी। सास के विषय में, मरने के बाद भी ससुर के विषय में और पति के विषय में वह निन्दा ही निन्दा सुनती रही। बच्चों को अपने माता-पिता पर ही अभिमान होता है। अतएव जो लोग माता-पिता को अप्रिय होते हैं, वे बच्चों को भी अप्रिय लगते हैं। अरुन्धती अपनी माँ से दिन-रात सुनती आयी थी कि उसके ससुराल वालों ने उसे कोई कपड़ा-गहना नहीं दिया। विवाह के समय वह बहुत छोटी थी, अतएव रामेश्वर शास्त्री ने उसके लिए कोई गहना नहीं बनवाया। गहनों की बाबत नक़द एक हज़ार रुपये उन्होंने गंगाधर जी को दिये थे। उस रक़म को आज भी गंगाधर जी ब्याज पर दे रहे थे। उनकी इच्छा थी कि उस रक़म से ज़मीन ख़रीदी जाए। अतएव सयानी होने के बाद भी गंगाधर जी ने अपनी लड़की के लिए गहने नहीं बनवाये। अरुन्धती को इस बात का पता ही न था। वह इतना ही जानती थी कि उसके तन पर गहने नहीं हैं। उसका विश्वास था कि ससुराल वालों ने उसे कुछ नहीं दिया। उसकी निर्धनता किसी से छिपी न थी। इतना ही नहीं, उसके माता-पिता उसके पति की भी निन्दा करते थे। पिता कहते कि धर्माराव एकदम निकम्मा है। माँ पड़ोसिनों से कहती, "अहा ! क्या दामाद मिला है। समझ लो कि बिटिया की क़िस्मत से मिला है।" इन बातों से अरुन्धती के मन में पति के प्रति अनादर ही बढ़ता गया था।....रात के तीन पहर बीत गये। धर्माराव फिर एक बार अरुन्धती के पास गया और उसे समझाने लगा, "आज की इस घड़ी का मैं दस दिन से इन्तज़ार कर रहा हूँ। मैं सोच रहा था कि मेरी धर्मपत्नी, मेरी गृहस्वामिनी, मेरी भाग्यदेवी मेरे घर आएगी तो घर में सर्वत्र लक्ष्मी का साक्षात्कार होगा। मुझसे तुम इतनी अप्रसन्न क्यों हो ? मैंने कौन-सा अपराध किया है ?" फिर थोड़ी देर बाद उसने डाँट बतायी। "तुम मेरी बात न मानोगी तो मैं कल ही अपने गाँव लौट जाऊँगा। तुम्हें छोड़ दूँगा। संसार में पति द्वारा छोड़ी हुई स्त्री बदनामी का शिकार हो जाती है। उसके पल्ले कुछ नहीं पड़ता। यह बुद्धि तुममें आप ही आप पैदा हुई या किसी ने तुम्हें सिखा रखा है ? मेरे भाग फूटे जो तुमसे पाला पड़ा है। फिर कुछ समय बाद वह बेज़ार होकर कहने लगा, "मेरे भाग ही ऐसे हैं। तुम रत्नों की राशि लगती हो। सोचा था, तुम मेरी हो, पर यहाँ का तो और ही रंग-ढंग है।"

फिर वह धमकी देने लगा, "तुम मेरे हाथ से ख़ूब मार खाओगी। मैं बड़ा बुरा आदमी हूँ। गुस्सा आ जाने पर मैं आपे से बाहर हो जाता हूँ। मेरी बात मानो। नहीं तो बहुत पछताओगी। ख़बरदार।" थोड़ी देर बाद उसने तिरस्कार के स्वर में कहा, "कहाँ जाएगी माता-पिता की उलटी खोपड़ी ? मेरे पिता ने उन्हें उबारा, पर उन्होंने हमसे ही बैर ठाना। जब तुम्हारे पुरखे भीख माँग रहे थे, तब मेरे दादा ने उनसे रिश्ता करके उन पर उपकार किया था। उस उपकार का आज यह बदला चुका रहे हैं। तुम भी तो उनके ही पेट से जन्मी हो। गाय खेत में चरने लगे तो बछड़ा मेड़ पर क्यों चरने चला ?" ये बातें अरुन्धती को बहुत बुरी लगीं। तथापि कुछ नयी-नयी बातों का उसे ज्ञान हो रहा था। क्या उसके ससुर के कारण ही उसके माता-पिता धनवान् बने थे ?....इतने में धर्माराव फिर कहने लगा, "मेरे नाना सोमन्ना ने बड़ी मिन्नतें करके तीन बरस की उमर में तुम्हें मेरे गले बाँध दिया था। वे ऐसा न करते तो मेरे लिए कोई अच्छा रिश्ता अवश्य आता। मुझे अच्छा ससुर मिलता, तो शायद ससुराल वाले दुर्दिन में मेरी सहायता भी करते। पर हम तो दोनों तरफ़ से घाटे में रहे। और अब क्या देखता हूँ कि बुनियाद से ही सब कुछ बिगड़ गया है। मेरे मुँह में रखी गिलोरी तुम नहीं खाओगी, फुलझड़ी मुझ पर नहीं फेंकोगी, मेरे गले में चन्दन नहीं लगाओगी। यह सब मैंने जो किया था, वही करने में तुम्हें क्या आपत्ति थी ? कम-से-कम मान-मर्यादा के लिए तो करतीं। पर मान-मर्यादा कहाँ से आएगी ? उस रक्त में होती तभी तो आती। पलनाडु[1] प्रान्त के असभ्य लोगों को और दक्षिणा के लिए दौड़ लगाने वाले भिखमंगों को मान-मर्यादा का ज्ञान कैसे होगा ?" यह फटकार सुनकर अरुन्धती समझ गयी कि दोनों तरफ़ आग बराबर लगी हुई है। तथापि माता-पिता की भर्त्सना उसे बहुत बुरी लगी। क्रोध आया। धर्माराव आगे कहने लगा, "मेरी बातों पर तुम्हें बहुत क्रोध आ रहा होगा। आज तक तुम्हारे माता-पिता ने तुम्हारे समक्ष मुझे हज़ारों गालियाँ दी होंगी। पर तुम्हें उन पर कभी क्रोध नहीं आया होगा। मैंने दो बातें उनके बारे में क्या कहीं, तुम बिगड़ गयीं। स्त्री के लिए पति शाश्वत होता है या माता-पिता ? तुम्हारा और मेरा जीवन एक सूत्र में बँध गया है। सुख-दुख में हमारा साझा है। अब तुम्हारे माता-पिता का तुमसे क्या सम्बन्ध रहा ? संसार में क्या कोई स्त्री सदा के लिए मायके में रहती है ? ज़रा देखो तो !" फिर वह मीठे स्वर में अनुनय करने लगा, "मैंने तुम्हें अपने प्राणों से अधिक माना है। मेरी बात न मानोगी ? ख़ैर, अब मेरे जीने का प्रयोजन ही क्या है ? पिता जी ने सारी जायदाद ध्वस्त कर दी। जो ज़मींदार मुझसे प्रेम करते थे, वे चल बसे। जिस पत्नी के आगमन की आशा थी, वह मुख मोड़ गयी। छिः अब मैं क्यों जीवित रहूँ ?"

यह सुनकर अरुन्धती सोचने लगी, "पति का मुझ पर सचमुच इतना प्रेम है क्या ?

---

1. पलनाडु : आन्ध्र प्रदेश में गुण्टूर ज़िले का पश्चिमी प्रान्त, जहाँ के लोग शूर और साहसी प्रसिद्ध है। यहाँ धर्माराव का संकेत उनके अनाड़ीपन की ओर है।

फिर मेरे माता-पिता उन्हें बुरा क्यों कहते थे ?' फिर भी उसका हठीलापन बना रहा। धर्माराव बोला, ''अब तुम्हें आना ही होगा। आ जाओ। ख़ैर, यों ही आकर सेज पर लेट जाओ।'' धर्माराव ने उसका हाथ पकड़कर खींचा। अरुन्धती ने अपना हाथ वापस खींच लिया। उस खींचातानी में वह गिर पड़ी। और फिर वह न स्वयं उठी और न धर्माराव ने ही उसे उठाया। वह जाकर सेज पर लेट गया। भोर हो रही थी। सोचते-सोचते धर्माराव की आँख लग गयी। अरुन्धती ज़मीन पर लेटी थी, उसकी आँख लग ही रही थी कि माँ ने द्वार खटखटाया। अरुन्धती द्वार खोलकर बाहर चली गयी। दूसरे दिन दोपहर को पड़ोस की एक बुढ़िया उसके घर आयी। नागम्मा ने उस बुढ़िया से अपनी लड़की के ससुराल वालों की ख़ूब निन्दा की। कहने लगी, ''ख़ैर, मुझे क्या लेना-देना है ? वे सब एक हैं। अकेली मैं ही परायी हूँ। कल मैंने कहा, साड़ी अच्छी नहीं है। इस पर समधिन मुझे काट खाने को दौड़ पड़ी।'' इधर सावित्री देवी को ख़बर मिली कि लड़की के आँचल में कल रात कुछ नहीं बाँधा गया। उन्होंने अपने बेटे से पूछा। धर्माराव बोला, ''मैंने अशरफ़ी बाँधी तो थी। पता नहीं कहीं गिर गयी या वे लोग ही उसे हड़प कर झूठ बोल रहे हैं।'' सावित्री देवी ने उसकी बात को सच समझ लिया। फिर क्या था ? इधर से कहा गया कि आँचल में अशरफ़ी सचमुच बाँधी गयी थी। उधर से जवाब मिला, नहीं बाँधी गयी थी। इस बात को लेकर एक और बखेड़ा खड़ा हो गया। वह तो ख़ैर हुई कि थोड़े में ही इसका निबटारा हो गया। सूर्यनारायण ने धर्माराव से पूछा, ''तुमने सचमुच अशरफ़ी बाँधी थी ?'' धर्माराव 'हाँ' कहकर फिर चुप हो गया।

सूर्यनारायण का विश्वास था कि धर्माराव झूठ नहीं बोलता। अतएव उसने अपनी सास का पक्ष लिया। यह देखकर नागम्मा कुछ सहम गयी और बोली, ''हो सकता है भैया, अशरफ़ी कहीं गिर गयी हो।'' सारा घर छान मारा गया। पर अशरफ़ी नहीं मिली।

उस रात को फिर से सेज लगाई गयी। धर्माराव टस से मस न हुआ। अन्त में अरुन्धती ने ही पति के हाथों को चन्दन लगाया। पर गिलौरी का खेल जहाँ का तहाँ धरा रह गया। फिर भी स्त्रियाँ अपनी हँसी-ख़ुशी में मस्त थीं। थोड़ी देर बाद सब लोग चले गये। धर्माराव लेटा रहा। अरुन्धती बड़ी देर तक खड़ी रोती रही। उसे सान्त्वना देने वाला कोई न था। वह द्वार खोलकर बाहर जाना चाहती थी, परन्तु वह बाहर से बन्द था। इसका अर्थ यह हुआ कि उसका स्थान कमरे के भीतर है, बाहर नहीं। अरुन्धती फ़र्श पर सोना चाहती थी। एक बार धर्माराव की आँख खुली और उसने देखा कि अरुन्धती ज्यों की त्यों खड़ी है। धर्माराव फिर सो गया। कुछ देर बाद अरुन्धती स्वयं जाकर सेज पर पति से अलग लेट गयी।

सबेरे धर्माराव की नींद खुली, तो उसने अरुन्धती को सेज पर पाया। उसके मन में कामदेव ने खलबली मचायी, पर उसने प्रयत्नपूर्सक आत्म-संयम किया और दूसरी तरफ़ मुँह करके लेट गया। लेकिन उसे नींद नहीं आयी। इतने में सबेरा हुआ। अरुन्धती

की माँ ने आकर द्वार खटखटाया। अरुन्धती जागी और द्वार खोल कर बाहर चली गयी। उसके जाने के बाद धर्माराव को नींद आयी। सारा दिन अरुन्धती खिसियानी-सी रही। माँ ने उससे बहुत पूछा, पर उसने कोई उत्तर न दिया। पड़ोसिनें आकर पूछने लगीं, "बेटी, क्यों ऐसी अनमनी बैठी हो ? पतिदेव ने तुम्हें मारा ? फटकारा ? तुम से बात नहीं की ?"

अरुन्धती चुप रही। पड़ोसिन कहने लगीं, "बेटी, पति को गुस्सा भी आ जाए तो हमें सहन करना चाहिए। पति से अपनी बात मनवाना पत्नी का ही काम है। उसकी अनुनय करो। वह तुमसे न बोले, तो तुम ही बोलो। बिटिया, पतनी के लिए पति के बाद ही सब कुछ है।"

सावित्री देवी उधर से गुज़र रही थीं। बोलीं, "समझाओ बहन, समझाओ ! माँ ने नहीं समझाया, न सही। तुम तो समझाओ। बच्चों का क्या है ? माँ-बाप जो कहते हैं, वही उनके लिए सत्य है। पता नहीं, पति के बारे में उन्होंने लड़की को क्या-क्या बताया होगा। इस लड़की ने शायद पति की बात नहीं मानी। नहीं तो वह क्यों नाराज़ होता ? मेरा लड़का गऊ जैसा सीधा है।"

अरुन्धती को एक-एक बात नयी लगने लगी। एक-एक कथन में कोई नया भाव झलकने लगा। उसी गाँव में एक धनवान ब्राह्मण रहता था। उसने जवानी में एक सुशिक्षित युवती से प्रेम करके उससे ब्याह किया था। वह युवती बहुत सुन्दर थी। अब उसकी आयु चालीस बरस की थी। लोग उस दम्पती की तुलना सीता और राम से करते थे। कहा जाता है कि वह महिला काम-शास्त्र का पूरा-पूरा अध्ययन कर चुकी है। उसका नाम था राज्यलक्ष्मी। अरुन्धती की केशसज्जा के लिए राज्यलक्ष्मी को बुलाया गया। उन दिनों सामाजिक रस्म-रिवाज के मामलों में निर्धनों से खिंचे-खिंचे रहने और मिथ्या गौरव जताने की प्रवृत्ति धनवानों में न थी। राज्यलक्ष्मी अरुन्धती की वेणी सँवारने आयी। केवड़े के फूल लाये गये। केश-सज्जा के समय राज्यलक्ष्मी ने वहाँ किसी और को न रहने दिया। वह बाहर से जितनी गम्भीर दीखती, एकान्त में उतनी ही खुल जाती। अरुन्धती से बोली, "क्यों लड़की ! बाल बनाऊँ ?"

अरुन्धती कुछ न बोली। राज्यलक्ष्मी कहने लगी, "क्यों इतना लजाती है री ? थोड़ी देर मुझे अपना पति समझ ले। जो चाहे, कर ले।"

अरुन्धती ने एक बार उसकी ओर देखकर पलकें झुका लीं। राज्यलक्ष्मी आगे कहने लगी, "पगली लड़की ! पति का क्या है ? वह तो तुम जो कहोगी, वही मान लेगा। हाँ, कहने की चतुराई चाहिए। आ, तेरी चोटी बना दूँ।" फिर बाल सँवारती हुई वह पूछने लगी, "अरुन्धती, सच बात, इस वेणी से पति को क्या करेगी ?" अरुन्धती की समझ में न आया। राज्यलक्ष्मी ने उसकी ठुड्डी पकड़कर मुख अपनी ओर फेरा और उसके गालों पर चपत लगायी। फिर शरारत भरे स्वर में हँस पड़ी। अरुन्धती के मन में एक विचित्र तथा अपूर्व अनुभूति होने लगी; पर समझ में ठीक-ठीक कुछ

न आता। वह पूछना चाहती थी कि वेणी से पति को क्या किया जाता है; पर लज्जा के कारण पूछ न पायी। राज्यलक्ष्मी कहने लगी, ''ए लड़की ! कहीं इस वेणी से पति को मारेगी तो नहीं ? छोकरे का गोरा-गोरा शरीर मुरझा जाएगा।'' अरुन्धती को एकदम हँसी आ गयी। राज्यलक्ष्मी तुरन्त बोली, ''ओहो, तू तो बड़ी चतुर है। मैं समझती थी कि भोली है।'' यह कहकर उसने अरुन्धती की पीठ पर हलकी-सी चपत लगायी। राज्यलक्ष्मी ने केवल उसके बाल ही नहीं सँवारे, दो चार बातें ही नहीं कीं, बल्कि और भी न जाने क्या-क्या किया कि जब वह उठी तो अरुन्धती का सारा शरीर पुलकों से ओत-प्रोत था। उसकी देह ने मानो त्रपा का अवगुण्ठन ओढ़ लिया था।

द्वादशी की चाँदनी की तरंगें उभर-उभरकर आ रही थीं, मानो ढाके की मलमल के हज़ारों थानों के ढेर लग रहे हों। आँगन में अरुन्धती चाँदनी की देवी की भाँति इधर-उधर घूम रही थी। उसने एक महीन और सफ़ेद साड़ी पहन रखी थी। वेणी में केवड़े के फूल चमक रहे थे, मानो काली वेणी में चाँदनी के लिए स्थान बना रहे हों। अरुन्धती श्वेत द्वीप से आयी हुई अप्सरा-सी लगती थी। धर्माराव ने किसी काम से बाहर आते हुए अरुन्धती की ओर देखा। उसका सिर चकरा गया। उसी के लिए भरा था वह सोने का मधु-कलश ! परन्तु उसके होठों को उस मधु-स्पर्श का परिचय अभी तक न हो पाया था।

रात को फिर सेज सजाई गयी। राज्यलक्ष्मी भी आ पहुँची। धर्माराव उसे नहीं जानता था। पर वह धर्माराव को जानती थी। गीत गाये गये। पर आज स्त्रियों ने यह सारा समारोह थोड़े में ही समाप्त कर दिया। राज्यलक्ष्मी ने अरुन्धती की केश-सज्जा करते समय एक फुलझड़ी तैयार रखी थी। अब वह उसे ले आयी और अरुन्धती के हाथ में देकर बोली, ''पहले तू उन पर फेंक।''

परन्तु धर्माराव ने फुलझड़ी लेने को हाथ नहीं बढ़ाया। राज्यलक्ष्मी उससे बोली, ''हाथ बढ़ाओ जी।''

राज्यलक्ष्मी का रानी जैसा मुख-मण्डल, आकर्णान्त नयन, चेहरे पर विवेक-सूचक भाव, कण्ठस्वर में अधिकार और मृदुता का सम्मिश्रण—इन सबके आगे विवश होकर धर्माराव ने हाथ बढ़ाया। अरुन्धती ने फुलझड़ी फेंकी। फुलझड़ी ठीक पति के हाथ में आ पड़ी। धर्माराव ने नहीं सोचा था कि अरुन्धती फुलझड़ी फेंकेगी। वह किंकर्त्तव्यविमूढ़ हो गया, अचेतन-सा हो गया।

स्त्रियाँ कहने लगीं, ''यह क्या, वापस क्यों नहीं फेंकते ? क्या आज इन महाशय के रूठने की बारी है ?''

ये बातें सुनकर धर्माराव को होश आया। उसने फुलझड़ी वापस फेंकी। फिर तो खेल ठीक-ठीक चल पड़ा। चन्दन का लेप लगवाया गया। सम्भव है, अरुन्धती ने पति के गले में चन्दन लगाते-लगाते थोड़ा मुँह पर भी लगा डाला हो। स्त्रियाँ कहने लगीं, 'यह सब परसों ही करती तो कितना अच्छा होता।'' जाते-जाते स्त्रियों ने राज्यलक्ष्मी

से कहा, "यह सब तुम्हारी करामात है, बहन ! तुमने तो सचमुच जादू कर दिया है।"

अरुन्धती फिर द्वार के पास जा खड़ी हुई। उसके खड़े रहने की अदा में ही धर्माराव को भास हुआ कि वह उसकी ओर खिंची चली आ रही है। समुद्र-मन्थन के समय क्षीरसागर के गर्भ तक गयी तरंगों से जिस प्रकार चन्द्रमा का आविर्भाव हुआ था, ठीक उसी प्रकार धर्माराव के हृदय में एक अपूर्व आनन्द-रेखा का आविर्भाव हुआ। वह अरुन्धती की ओर एकटक देख रहा था।

अरुन्धती ने सिर उठाकर उसकी ओर देखा। आँखों की वह अपूर्व भाषा व्याकरण-दोष नहीं जानती थी। वह भाषा दोनों अपण्डितों की समझ में आ गयी और पति का बाँहें पसारकर आगे बढ़ना और पत्नी का उन बाँहों में समा जाना, एक ही क्षण में सम्पन्न हुआ। कुछ प्रश्न, कुछ उत्तर, कुछ रहस्य-कथन, कुछ कानाफूसी, कुछ एक-दूसरे की प्रशंसा—यह सब लगातार चलता रहा। बातें करते-करते धर्माराव ने कहा, "वह सुनो मुर्ग़े की बाँग !"

अरुन्धती हँस पड़ी। धर्माराव के होठ उसके विशाल नयनों पर, पलकों पर, अधरों पर, वक्ष पर, चरणों पर, ठुड्डी पर और गले पर अंकित हुए। अरुन्धती को ऐसा लगा मानो उसके वक्षस्थल में संचित रक्त-कूपों में एताम[1] लगाकर धर्माराव उसका लहू ऊपर सेंद[2] रहा है। 'रात्रिरेवं व्यरंसीत'। दूसरे दिन सबेरे उसके बिछुड़ने पर धर्माराव सोचने लगा कि पिछली रात अरुन्धती से एक बात पूछना भूल ही गया। वह पूछना चाहता था कि उसे हुक्म देने वाली वह स्त्री, उसे मन्त्रमुग्ध करने वाली वह देवी, कौन है। उधर अरुन्धती सोच रही थी कि वह अपनी वेणी से पति को मारना भूल ही गयी। मारना तो दूर, स्पर्श तक न किया। यह स्मरण करते ही वह लजा गयी।

सबेरे बाज़ार में अपने एक पुराने सहपाठी से धर्माराव की अचानक भेंट हुई। वह सहपाठी धर्माराव की ओर देखकर कहने लगा, "क्यों भैया, यही तुम्हारा गाँव है ? बताओ तो, क्या बात है ? ऐसे फूले-फूले दीख रहे हो ? लगता है, समुद्र-तट का सारा प्रान्त अकेले जीत आये हो !"

उसी दिन शाम को सब लोग सुब्बन्नापेठ लौट आये। बहूरानी को देखने के लिए पड़ोसिनों का ताँता बँध गया। रंगाजम्मा आयी और बहू को अपनी गोद में बिठाकर कहने लगी, "बेटी ! है तो तू बड़ी सुन्दर; पर हमारे लड़के की बराबरी नहीं कर सकेगी। मेरा लड़का रतन है रतन। सुन्दरता का क्या ? देखनी हो तो हमारे लाल की बुद्धि देखो ! मूर्तिमान धर्म है। उसकी बाँह पकड़कर तुम सचमुच भाग्यशालिनी बनी हो।"

अरुन्धती मन में सोचने लगी, "ओहो ! तो यह है रहस्य ! सभी को अपने-अपने लोग अच्छे लगते हैं।"

---

1. कम गहराई वाले कुएँ से सिंचाई का पानी निकालने के लिए लगा हुआ लम्बा बाँस जिसके सिरे में डोल बँधा रहता है और जिसे स्वयं किसान अपने हाथ-पाँव द्वारा चलाते हैं।
2. कुएँ से पानी निकालने को सेंदना कहते हैं।

मंगा उनके घर कभी नहीं आती थी पर आज आ पहुँची। उसे देखते ही सावित्री देवी ने बड़े प्रेम से कहा, ''आ री बहन, आ !'' फिर उसे बहू दिखायी।

मंगा अत्यन्त प्रसन्न हुई और कहने लगी, ''तुम कुछ भी कहो, बहन ! हमारे लाल के योग्य यह लड़की नहीं है, लेकिन कोई बात नहीं। बड़ी-बड़ी आँखें हैं इसकी। नाक सुन्दर है। घर के योग्य बहू है।''

फिर वह सहसा बोल उठी, ''वैसे मुझसे बदसूरत नहीं है न ?''

इतने में रत्नगिरि भी आ गयी। बहू को देखकर कहने लगी, ''बहूरानी ! तुम्हारा नाम अरुन्धती है न ? सो इस नाम के योग्य तुम्हारा व्यवहार भी होना चाहिए। हमारे लाल के घर को चार चाँद लगाना। हमारा लाल देवता-स्वरूप है। कभी भी बेकार के झमेलों में नहीं पड़ता। अपने रास्ते जाता है, अपने रास्ते आता है। तुम उसका नाम निभाना।''

अरुन्धती सोच रही थी, 'यहाँ जो कोई आता है, मेरे पति की प्रशंसा करता है। क्या मेरे मायके और ससुराल में इतना अन्तर है ?'

साँझ हो चली थी। अरुन्धती ने देखा, आकाश में दो पंछी मिल-जुलकर उड़ते हुए अपने नीड़ की ओर चले जा रहे हैं। पति और पत्नी एक पहर रात को फिर मिले। अरुन्धती एक शिशु की भाँति पति के वक्षस्थल से चिपट गयी। धर्माराव को लगा, मानो उसका सारा प्रेम उसके होठों तथा हाथों में केन्द्रित हो गया है। उसे लगा कि उसके घर में त्रिकोटि देवता आ बसे हैं। अविरल कपोलों तथा वक्षस्थल सहित उन दोनों का जल्पन, क्रम-अक्रम सभी प्रकार से लगातार चल पड़ा।

धर्माराव, ''तुम्हें एक रहस्य बताऊँ ? उस दिन मैंने तुम्हारे आँचल में कुछ नहीं बाँधा था। यों ही झूठ बोल गया।''

अरुन्धती, ''वाह, लोग तो आपको धर्म-देवता कहते हैं। क्या झूठ और धर्म एक ही चीज़ के नाम हैं ? शायद आप जो भी कहेंगे उसी को लोग धर्म मान लेंगे ?''

फिर वह लजा गयी और पति के कण्ठ के नीचे अपना मस्तक टिका दिया। धर्माराव ने गुदगुदाकर उसे हँसाया। उसने धर्माराव को दूर ढकेल दिया। फिर वह बोली, ''बताइए वह रहस्य।''

धर्माराव ने एक अशरफ़ी उसके पल्लू में बाँध दी। अरुन्धती ने पल्लू की गाँठ खोलकर अशरफ़ी निकाली और पति की धोती के कोने में बाँध दी। धर्माराव ने अपने अनुनय-वचनों से अरुन्धती में लज्जा, पुलकांकुर तथा मन्दहास का उदय कराते हुए फिर से अशरफ़ी लेने को कहा। अरुन्धती बोली, ''मैं क्या करूँगी यह अशरफ़ी लेकर ?''

धर्माराव बोला, ''चना-चबेना ख़रीद लेना।''

अरुन्धती, ''हाँ, यह उसी काम की है। इस अशरफ़ी से एक कंगन का जोड़ा भी नहीं आएगा।''

धर्माराव, ''कंगन तुम्हारे पिता जी ने नहीं बनवाये ?''

अरुन्धती, ''मायके वाले कहीं ज़ेवर बनवाते हैं क्या ? उनके एक लड़का और लड़की हैं, ब्याह के लिए।''

धर्माराव, ''किसने कहा कि वे अपने पैसों से ज़ेवर बनवाएँ ?''

अरुन्धती, ''तो फिर क्या कहीं से चोरी करके बनवाते ?''

धर्माराव, ''यह नहीं कहा मैंने। बस इतना ही कहा कि औरों का माल चुराना नहीं चाहिए।''

इस वाक्य का अर्थ अरुन्धती की समझ में नहीं आया। वह उठी और साड़ी सँवारकर पास की मेज़ से पान निकालती हुई बीड़े बनाने लगी। धर्माराव ने पानी माँगा, पर अरुन्धती ने नहीं दिया। फिर धर्माराव बोला, ''थोड़ा पानी ला दोगी तो घिस न जाओगी ! मुझे कुल्ला करना है।''

तब भी अरुन्धती हिली नहीं। अन्त में धर्माराव स्वयं उठा और चाँदी की कटोरी में रखे हुए गुलाब के पानी को अपने मुँह में उँड़ेलने लगा।

अरुन्धती बोली, ''वह गुलाब का पानी है।'' धर्माराव ने सहसा सारा पानी अरुन्धती पर थूक दिया और ज़ोर-ज़ोर से हँसने लगा। अरुन्धती अपने पल्लू से मुख और हाथ पोंछती हुई बोली, ''तब तो मैं गाँव लौट जाऊँगी।''

धर्माराव, ''कौन गाँव है तुम्हारा ?''

अरुन्धती कहना तो रंगापुर चाहती थी, पर उसके मुँह से निकला, ''सुब्बन्नापेठ।''

धर्माराव, ''सुब्बन्नापेठ में तुम्हारा घर कहाँ है ? पीपल के वृक्ष के सामने ?''

अरुन्धती को क्रोध भी आया और हँसी भी। धर्माराव ने उसे अपने पास घसीटकर कहा, ''तुम्हारे ब्याह के समय मेरे पिता जी ने गहनों के लिए एक हज़ार रुपये दिये थे। तुम उस समय बहुत छोटी थीं; बालिश्त भर की भी नहीं थीं। तब तुम्हारे लिए गहने बनवाना सम्भव न था। वे रुपये तुम्हारे पिता जी आज तक ब्याज पर चला रहे हैं। तुम्हारे मायके में कभी इस बात की चर्चा तक नहीं हुई। मैं माँगने जाऊँगा तो तुम्हारे पिता जी मुझे काट खाने को दौड़ेंगे। सो तुम स्वयं मायके चली जाओ और अपने पिता जी से रुपये माँगकर गहने बनवा लो।'' यह कहकर उसने देवदासी की दी हुई अँगूठी अरुन्धती की उँगली में पहना दी।

अरुन्धती, ''यह अँगूठी आपने बनवायी है ?''

धर्माराव, ''मेरी बहन ने तुम्हें दी है।''

अरुन्धती, ''कौन है आपकी बहन ?''

धर्माराव, ''अभी-अभी तुम्हें देखने रत्नगिरि नाम की महिला आयी थी न, उसकी लड़की है मेरी बहन।''

अरुन्धती, ''वह वेश्या है न ?''

धर्माराव, ''हाँ।''

अरुन्धती, "तो फिर मुझे नहीं चाहिए यह अँगूठी। मैं एक वेश्या के हाथ की अँगूठी पहनूँगी ?"

यह कहकर वह अँगूठी पति को लौटाने लगी। उसने नहीं ली तो अरुन्धती ने अँगूठी मेज़ पर रख दी। धर्माराव ने अँगूठी उठायी और अपनी उँगली में पहनकर चुपचाप सेज पर जा लेटा। अरुन्धती ताड़ गयी कि पति अप्रसन्न हुए हैं। इसलिए वह सेज पर धर्माराव की गोद में जा बैठी और बोली, "फिर से रूठने लगे ?" परन्तु इन बातों से पति प्रसन्न नहीं हुए। तब अरुन्धती बोली, "क्यों इतने बिगड़ते हैं ? लाइए वह अँगूठी।" पर पति ने अँगूठी नहीं दी। इस पर अरुन्धती ने कुछ छीना-झपटी की और अन्त में अँगूठी लेकर अपनी उँगली में पहन ली। तब भी धर्माराव की अप्रसन्नता यथापूर्व बनी रही।

अरुन्धती, "अब भी नहीं उतरा गुस्सा ? हाँ, ठीक ही तो है ! गाना ख़त्म होने पर भी थोड़ी देर तक सुर चलता रहता है। है न यही बात ?"

अरुन्धती ने अपना गाल पति के गाल से सटा दिया। धर्माराव के मन में वर्षा की नदी के समान उद्वेग और शरत्काल की नदी के समान स्निग्धता उभर आयी। फिर उसमें पूर आ गया।

धर्माराव, "तुमने संगीत सीखा है ?"

अरुन्धती, "मुझे नहीं आता। राज्यलक्ष्मी से मैं गाना सुना करती थी। वह बहुत अच्छा गाती है।"

धर्माराव, "वह कौन है ?"

अरुन्धती, "कौन है ? उसका उपकार इतने ही में भूल गये ?"

धर्माराव, "इतना बातूनीपन कहाँ सीख आयी हो ?" साथ ही साथ अरुन्धती के गाल पर एक तमाचा लगा। तमाचा तेज़ था। गाल सुर्ख हो गया। धर्माराव ने उसे सहसा गले से लगाकर कहा, "भूल से मार लगी है। खेल में लगी मार केले के बराबर होती है, छूमन्तर कर दूँ ?" फिर कुछ फूँका-फूँकी करके वह अरुन्धती के गाल पर हाथ फेरता हुआ कहने लगा, "ऐसा लगता है कि तुम्हारे गाल पर कुंकुम का लेप लगा है।"

अरुन्धती ने पहले तो मुँह बनाया, पर अन्त में पति के आलिंगन में समा गयी। फिर दोनों शय्यागत हो गये।

अरुन्धती, "तो क्या वेश्या जाति के लोग अच्छे होते हैं ?"

धर्माराव, "वेश्या और देवदासी में बहुत बड़ा अन्तर होता है। देवदासी भगवान् के समक्ष नाचती और गाती है। जब इस प्रथा की स्त्रियाँ बिगड़ जाती हैं तब वारांगना बन जाती हैं। मन्दिरों में भगवान् को भोग चढ़ाने की बात तुमने नहीं सुनी ? इसी से देवदासियों का नाम भोगांगना प्रचलित हुआ। कालान्तर में कई और शब्दों की भाँति यह शब्द भी बुरे अर्थ में प्रयुक्त होने लगा। संसार में काम और क्रोध आदि प्रबल

हुए और भोगांगनाएँ कुलटा बन गयीं। धनवानों ने उन्हें वासना के नरक में उतारा। सच पूछो तो उन्हें केवल भगवान् की सेवा के लिए नियुक्त किया गया था, पाप के लिए नहीं।''

अरुन्धती, ''ब्याह के बिना उनका निबाह कैसे होता है ?''

धर्माराव, ''कल यदि राज्यलक्ष्मी तुम्हारी वेणी न बनाती तो तुम्हारा निबाह कैसे होता ?''

यह सुनकर अरुन्धती लजा गयी। धर्माराव कहने लगा, ''क्या देश में सभी लोगों के ब्याह होते हैं ? हमारे देश में अविवाहित पुरुष हज़ारों की संख्या में हैं। उनका निबाह कैसे होता है ? मान लो किसी स्त्री का पति बचपन में ही चल बसा। उस स्त्री का जीवन-निर्वाह कैसे होता है ? अपने जीवन को भगवान् के चरणों में अर्पित करने में जो अपार सन्तोष है, वह इस दुखभरी गृहस्थी में कहाँ ? मेरी आयु बीस बरस की हो चुकी है। जब से मैंने होश सँभाला, सुख का मुझे लेश भी नहीं मिला। आज तक केवल दो रातें सुख से बीती हैं और दो रातें यों ही बीत गयीं। जैसे कोई दुष्ट मालिक अपने सेवक के वेतन में कटौतियाँ करता है, उसी प्रकार भगवान् भी हमारे सुख में कटौती करते हैं।''

अरुन्धती ने धर्माराव में एक नयी झलक देखी। उसे लगा कि इस व्यक्ति में एक गुप्त अग्नि सुलग रही है। वह बोल रहा था, पर अरुन्धती उसकी ओर देख न सकी। उसे ऐसा लगा कि अभी-अभी वह उसके बहुत पास थी, पर कुछ ही क्षणों में बहुत दूर पहुँच गयी है। उसकी इच्छा हुई कि अपना हाथ पति के कन्धे पर टिका दे, पर साहस न कर सकी।

अरुन्धती, ''उसका नाम क्या है ?''

धर्माराव, ''लोग उसे देवदासी कहते हैं, पर मैं उसे गिरिका कहता हूँ।''

अरुन्धती, ''वह हमारे घर आएगी ?''

धर्माराव, ''साधारणतया प्रतिदिन आती है। पता नहीं आज क्यों नहीं आयी। तुम पर उसे बड़ा अभिमान है।''

अरुन्धती, ''वह धन्धा करेगी या विवाह कर लेगी ?''

धर्माराव, ''उसके बारे में ऐसी बातें नहीं कहनी चाहिए। बेचारी वेणुगोपाल स्वामी को अपना सर्वस्व अर्पण करने जा रही है। भगवान् ने उसे स्वीकार लिया है। पतित कुल के उद्धार के लिए उसने यह अवतार धारण किया है।''

भोर होने आयी। पति-पत्नी की बातें यहीं रुक गयीं। दूसरे दिन रंगाजम्मा ने दस रुपये की एक साड़ी मँगायी और हल्दी, कुंकुम, मिसरी तथा नारियल के साथ अरुन्धती को भेंट की। सावित्री देवी ने मना किया, पर रंगाजम्मा तुनककर बोली, ''ऐसा न कहो। मैं अपनी ख़ुशी के लिए बहू को कुछ देना चाहती हूँ। तुम्हें इनकार नहीं करना चाहिए।'' फिर अरुन्धती से कहा, ''बहू, यह साड़ी पहन लो। देखकर चली जाऊँगी।''

अरुन्धती ने साड़ी पहनी। वह काले रंग की, जरी की साड़ी थी। गोरी-गोरी और दुबली-पतली अरुन्धती उस साड़ी में बहुत सुन्दर लग रही थी।

रंगाजम्मा बोली, "देखो, कल सवेरे तक इस साड़ी को खोलना नहीं। इसमें तुम बड़ी ही सुन्दर लग रही हो। इस बात की कोई चिन्ता न करो कि साड़ी अस्त-व्यस्त हो जाएगी।"

दिन भर कड़ी धूप पड़ती रही। साड़ी भी कड़ी लग रही थी। रंगाजम्मा यद्यपि बूढ़ी हो चली थी, लेकिन अब भी सुगन्ध द्रव्यों का उपयोग किया करती थी। उसे सुगन्ध द्रव्यों की आदत-सी पड़ गयी थी। उसने अपने यहाँ से बढ़िया कस्तूरी एक डिबिया में भरकर अरुन्धती को भेज दी। अरुन्धती ने उसे अपनी हथेली पर लगाकर साड़ी पर मल लिया। साड़ी सहसा सुगन्ध से महक उठी। जहाँ-जहाँ अरुन्धती जाती, वहाँ तक सुगन्ध भी फैलती। ऐसा लगा जैसे अरुन्धती स्वयं कस्तूरी लिये विचरने वाली कोई हरिणी हो। उसे देखकर एक बुढ़िया कहने लगी, "बेटी, यह साड़ी बड़ी सुन्दर है। बचपन में रंगाजम्मा ठीक तुम जैसी दीखती थी।"

सन्ध्या समय अस्त होते सूर्य के प्रकाश में एक अनोखी लालिमा आ गयी, मानो कालपुरुष-रूपी परशुराम ने सूर्यबिम्ब-रूपी परशु से शत्रुसंहार करके पश्चिम दिशा-रूपी तलैया का निर्माण किया हो और अपने परशु को उस तलैया में छोड़ गया हो और तलैया की कान्ति देश में चहुँ ओर फैल गयी हो। पशुओं को दिन भर चराकर चरवाहे लौट रहे थे। सुब्बन्नापेठ के बाज़ारों में जगी हुई धूल जानवरों के खुरों के बीच से उड़-उड़कर धुएँ जैसी लग रही थी। पशुगण सिर हिलाते हुए एक अनूठे डील-डौल के साथ चले आ रहे थे, जिन गायों के बछड़े घरों में थे, वे घर की ओर बड़े वेग से चली आ रही थीं और रँभा-रँभाकर बछड़ों को अपने आगमन की सूचना दे रही थीं। गुण्डेरू नदी के तट पर घुटनों तक बढ़ी हुई घनी और हरी-हरी घास पेट भर चरकर गो-माताएँ बड़ी देर तक वृक्षों के नीचे जुगाली कर चुकी थीं और थनों में भरे नव-क्षीर के भाव से और गमन-वेग में पिछले पाँव के अगले पावों की बराबरी न कर सकने के कारण कुछ लड़खड़ाती हुई, बछड़ों को देख पाने की प्रबल उत्कण्ठा में दौड़ लगा रही थीं। जिनके मन में यौवन का नया अंकुर उपजा हो और कामुकता की नयी लहर उभरी हो, ऐसे युवजनों का प्रेम विशाल जल-प्रपात की भाँति एकबारगी उमड़ पड़ा। उस जल-प्रपात को अनुभव-रूपी बाँध से रोकना और इस प्रकार बने जलाशय से सुव्यवस्थित नहरों के द्वारा लेकर उस जल का उपयोग करना सम्भव न था। इसी प्रकार लालिमापूर्ण सूर्य-रश्मि देखते-देखते अँधेरे में बदल गयी। परन्तु एक कला लिये हुए चन्द्रमा उदित हुआ और उसके फूँक मारते ही अँधेरा ऐसा लुप्त हो गया जैसे जन्म लेते ही मरने वाला शिशु। इसके बावजूद चाँदनी निकली, तो उस पर अँधेरे का ही आतंक दीख पड़ा। वर्षा ऋतु का मटियाला पानी, खेतों की हरियाली, गीली मिट्टी का रौंदन, पशुओं के खुरों के निशान लिये हुए सूखी काली पगडण्डियाँ, फूलों से वंचित होकर जीभें पसारे

हुए से केवड़े के पेड़, अरुन्धती की काली मनोरम साड़ी—इन सभी ने अँधेरे को बढ़ावा दिया।

रात को पति-पत्नी मिले। उस समय घर के भीतर से आने वाली बर्तन-भाँड़ों की खनखनाहट कामदेव के धनुष की टंकार-सी लगने लगी। दिन भर धर्माराव अरुन्धती को नहीं देख पाया था। रात के समय काली साड़ी में शाम्बरी विद्या-सी लगने वाली अपनी पत्नी को वह मन्त्र-मुग्ध-सा देखता ही रह गया। अरुन्धती पान के बीड़े लगा रही थी। मृग-मद की सुगन्ध अनेकानेक लहरों में कमरे भर में फैल रही थी, जो पिछली रात के सारे सुगन्धित द्रव्यों को मानो निर्गन्ध बनाकर धर्माराव की नासिका में जा घुसी। उस सुगन्ध से मस्त होकर धर्माराव अरुन्धती की ओर इस प्रकार झूमता चला, मानो चन्दन वृक्ष को छूकर मन्द गति से चलने वाले दक्षिण पवन की लहरों के स्पर्श से प्रेरित काले नाग अपने निद्रालस वलयाकार शरीरों को सीधा करके धीरे-धीरे चन्दन वृक्ष की ओर बढ़ रहे हों। पास आते ही अरुन्धती ने पति के मुँह में सुपारी दी। सुपारी के साथ-साथ धर्माराव ने अरुन्धती की उँगली भी कतर दी।

अरुन्धती, "उँगली कतरने से दर्द नहीं होगा ?"

धर्माराव, "मैंने कहाँ कतरा ? उन गिलौरियों को तुमने तोते की आकृति दी है। शायद उसी तोते ने तुम्हारी उँगली कतरी होगी।"

अरुन्धती पति के मुँह में गिलौरी देने लगी, पर इस बार बड़ी सावधानी से। धर्माराव मेज़ के पास खड़ा पान चबा रहा था।

धर्माराव, "यह कस्तूरी कहाँ से आयी ? यह साड़ी किसने दी ?"

अरुन्धती, "कोई रंगाजम्मा नाम की देवी आयी थीं। उन्होंने दी है। वे कौन हैं ?"

धर्माराव, "वे क्षत्रिय कुल की हैं।"

अरुन्धती, "जानते हैं, आप पर उन्हें कितना अभिमान है ? कहती थीं कि आप धर्म के अवतार हैं, देवता-स्वरूप हैं।"

धर्माराव, "माँ को बेटे से प्रेम नहीं होता ?"

अरुन्धती, "वे आपकी माँ हैं ? इस गाँव की रानी तो नहीं ?"

धर्माराव, "नहीं, नहीं, मेरे पिता जी ने उनसे भी विवाह किया था।"

यह सुनकर अरुन्धती हँस पड़ी। धर्माराव ने पूछा, "क्यों हँसती हो ?"

अरुन्धती कहने लगी, "ससुर जी..." इतना कहकर वह रुक गयी।

धर्माराव ने उसका आशय ताड़ लिया। बोला, "मेरे पिता जी को तुमने क्या समझ रखा है ? वे कोई सामान्य व्यक्ति नहीं थे। उनकी महत्ता बुद्धिहीनों की समझ में कैसे आएगी ?" यह कहकर उसने पान थूक दिया और जाकर सो रहा।

बेचारी अनजान अरुन्धती अवाक् रह गयी। सोचने लगी, 'ये महाशय हर छोटी-सी बात पर तुनक जाते हैं। कल देवदासी की बात पर बिगड़े, आज अपने पिता की बात पर। इस प्रकार पग-पग पर झल्ला उठेंगे तो निबाह कैसे होगा ?' अरुन्धती वहीं

खड़ी-खड़ी सोचने लगी, 'मेरे पति एक विचित्र व्यक्ति हैं। वैसे उनका मन प्रेम भरा है। पर वह रह-रहकर प्रेम को मिटा भी सकता है। अत्यन्त कोमल हैं, पर साथ ही साथ अत्यन्त कठोर भी। ऐसे व्यक्ति से बोलते समय सभी बातों में परिहास ठीक नहीं। पिता, देवता आदि विषय उनकी दृष्टि में पवित्र हैं। उनके सम्बन्ध में ठट्ठा उन्हें पसन्द नहीं। वे चाहते हैं कि हर बात में प्रगाढ़ सहृदयता हो, गम्भीरता हो, हल्कापन न हो। उनके लिए मैं ही स्वर्ग हूँ। किन्तु आवश्यकता पड़ने पर वे अपने पाँव के अँगूठे से साक्षात् स्वर्ग को भी ठुकरा सकते हैं। मुझ ही को उनके वश में हो जाना चाहिए। वे मुझे प्रसन्न करने के लिए उँगली भी नहीं हिलाना चाहते। हाँ, इन बातों को छोड़कर श्रृंगार के विषय में मेरा ही सर्वोपरि अधिकार है। श्रृंगार के साम्राज्य की मैं ही साम्राज्ञी हूँ....' इसी प्रकार सोचती हुई वह जहाँ की तहाँ खड़ी रह गयी। बीड़े बनाने के लिए अब पान नहीं बचे थे। अभी-अभी बनाये हुए बीड़ों को अपने आँचल से पोंछकर उसने मेज़ पर रख दिया। इसके उपरान्त एक-एक सुपारी को चन्दन में डुबोना, बाहर निकालना, आँचल से पोंछना और मेज़ पर रख देना—यही काम वह बड़ी लगन से करने लगी।

एक बार अरुन्धती ने यों ही सिर उठाकर देखा। ऊपर द्वार के पास एक साँप दीख पड़ा। देखते ही अरुन्धती बहुत घबरा गयी। एक ही छलाँग में पति के पास जा पहुँची और उसे जगाकर 'साँप, साँप !' चिल्लाने लगी।

धर्माराव उठ बैठा। देखता क्या है कि हज़ार फणों के साथ सुब्रह्मण्येश्वर स्वामी विराजमान हैं। धर्माराव ने मन में स्वामी का चिन्तन किया, 'स्वामी ! हज़ार फणों पर पृथ्वी को उठाने वाले, दो फणों से पति-पत्नी का पालन करने वाले, एक फण पसार कर शस्यों की रक्षा करने वाले, त्रिमूर्तियों की आकृति धरने वाले, जिह्वा पर त्रिशूल और फणाग्रों पर शंख-चक्र लिये हुए, धर्ममय तन तथा करुणामय अन्तरंग वाले सुब्रह्मण्येश्वर स्वामी। मुझे मेरे पूर्वजों की ही भाँति अपनी परम्परा से दूर न भटकने दो। मुझ पर सदा प्रसन्न रहो। मेरी सर्वथा रक्षा करो।'

स्वामी देखते-देखते आँखों से ओझल हो गये। अरुन्धती दोनों बाँहों से पति से लिपट गयी। धर्माराव बोला, "क्यों घबराती हो, वह कोई साँप नहीं था, साँप होता तो उसके हज़ार फण क्यों होते ?"

अरुन्धती, "तो अभी-अभी जो साँप-सा हमें दीख पड़ा था, वह कौन था ?"

धर्माराव, "वे थे हमारे गृह-देवता, इस गाँव के प्रभु, हमारे वंश के आश्रय दाता सुब्रह्मण्येश्वर स्वामी।"

अरुन्धती, "इसीलिए हमारे प्रणाम करते ही अदृश्य हो गये !"

धर्माराव, "वे प्रभु बड़े दीनदयाल हैं। उनकी एक टाँग टूटी है, तिस पर भी मुझे छोड़ना नहीं चाहते।"

अरुन्धती ने पति की ओर देखा। वह डबडबायी आँखों से उसी स्थान पर दृष्टि

केन्द्रित किये था जहाँ स्वामी के दर्शन हुए थे। उस पर एक प्रकार का आवेश छा गया था। अरुन्धती घबरा गयी। उस अनजान को कुछ न सूझा और वह सहसा चीख़ उठी। धर्माराव की समाधि भंग हुई और उसने अपनी भयभीत पत्नी को समझाकर सान्त्वना दी, धीरज दिया।

धर्माराव, "आज तक मुझे भी स्वामी के दर्शन नहीं हुए थे। यह पहली बार है। आज तक स्वामी मेरे मन में ही बसते थे। फिर दर्शन की क्या आवश्यकता थी ? आज तक दर्शन का कोई अवसर ही नहीं आया था।"

अरुन्धती, "फिर आज कौन-सा अवसर उपस्थित हुआ ?"

धर्माराव, "तुमने मेरे पिता जी के बारे में जो कुछ सोचा था, उसके कारण स्वामी को दर्शन देना पड़ा। मेरे पिता जी सुब्रह्मण्येश्वर स्वामी के उपासक थे। तुम मेरी पत्नी हो। इस घर की बहू हो। तुम्हें पिता जी के विषय में अनादर प्रकट नहीं करना चाहिए। शायद उन्हें तुम्हारी बातों से बहुत कष्ट पहुँचा। इसी से अपना सच्चा स्वरूप प्रकट करने आये थे। अब आया तुम्हारी समझ में ? मेरे पिता जी के बारे में कुछ न कहना। वे महापुरुष थे। मैं उनका पुत्र हूँ, यह मेरा परम सौभाग्य है। तुम्हारा परम सौभाग्य है कि उस महापुरुष के वंश में ब्याही गयी हो।"

अरुन्धती, "मेरे माता-पिता भी कभी-कभी ससुर जी के बारे में टीका-टिप्पणी करते हैं। तब स्वामी ने उन्हें दर्शन क्यों नहीं दिये ?"

धर्माराव, "जग की रीत यही है कि पिता केवल अपनी सन्तान पर बिगड़ते हैं। उन्हें ठोक-पीटकर शिक्षा देते हैं। पराये बालक भूल कर बैठें तो उन्हें ठोक-पीट सकेंगे ? यदि पीटें तो माता-पिता से झगड़ा नहीं होगा ?"

अरुन्धती, "क्या स्वामी ने मुझे भी अपनी सन्तान स्वीकार कर लिया है ?"

धर्माराव, "हाँ-हाँ ! जब तुम मेरी पत्नी हुई, तभी से पिता जी की सन्तान भी हो गयीं।"

अरुन्धती, "एक बुढ़िया कह रही थी कि इस साड़ी में मैं सोलहों आने जवान रंगाजम्मा-सी लगती हूँ।"

धर्माराव, "अच्छा ? यह बात है ? फिर तो मेरे पिता जी सम्भवतः अतीतकाल की अपनी प्रणय-मूर्ति का पुनर्दर्शन करने पधारे होंगे।"

यह सारा काल्पनिक वृत्तान्त सुनकर अबोध अरुन्धती का मुग्ध हृदय कुछ विकल हो उठा। वह पति के पास सो गयी। धर्माराव ने उसे धीरे-धीरे सेज पर लिटाया और उसके पवित्र, स्पन्दनमय तथा स्पृहणीय लावण्य का अपनी आँखों से आस्वादन करता हुआ स्वयं भी निद्रालीन हुआ।

दूसरे दिन पूर्णिमा थी। सफ़ेद-सफ़ेद बादल घिर आये और सूर्य-मण्डल पर छा गये। हलकी-हलकी धूप निकली, मानो दिन में ही चाँदनी छिटक रही हो। श्रावण की पूर्णिमा थी। पवित्र दिन था। अतएव रानी रुक्मिणम्माराव स्नान आदि के उपरान्त वेणुगोपाल

स्वामी के दर्शन करने निकलीं। रानी के आने की सूचना पहले ही पुजारियों को दी जा चुकी थी। पुजारियों ने स्वामी की मूर्ति का अलंकरण किया और रानी साहिबा के आगमन की प्रतीक्षा करने लगे। रानी साहिबा मन्दिर की परिक्रमा करने लगीं। देवदासी उनके आगे-आगे चल रही थी। रानी की बड़ी इच्छा थी कि देवदासी उनके पास आए। उन्होंने दासियों से कुछ बातें कीं, पर देवदासी ने उन्हें मुड़कर भी नहीं देखा। रानी के आने से पहले ही देवदासी की एक परिक्रमा पूरी हो चुकी थी। अतएव उसने मुख-मण्डप में प्रवेश किया और उछलकर घण्टा बजाया। वह भीतर जा रही थी कि पुजारी ने टोका, ''रुक जा री, रानी साहिबा आ रही हैं।'' पुजारी अपनी बात अच्छी तरह पूरी भी नहीं कर पाया था कि भीतर धप्प से किसी वस्तु के गिरने की आवाज़ आयी। पुजारी ने आकर देखा, स्वामी के मस्तक पर मोर-पंखों के बीच जड़ा हुआ माणिक्य नीचे गिर पड़ा था। उसे हाथ में लेकर पुजारी ने ध्यान से देखा। ख़ैरियत हुई कि माणिक्य टूटा नहीं था। उस माणिक्य के पिता, अर्थात् समुद्र का सौभाग्य था कि वह नहीं टूटा था। नहीं तो समुद्र को एक और माणिक्य का घाटा हो जाता। पुजारी मन-ही-मन प्रसन्न हुआ।

देवदासी ने पूछा, ''क्या बात है महाराज ?''

पुजारी बोला, ''कुछ नहीं री ! स्वामी का चूड़ामणि नीचे गिर पड़ा था। मैंने सोचा, टूट गया होगा। पर टूटा नहीं। यहाँ आकर देख ले। चूड़ामणि को बलि-वेदी से बाहर नहीं निकालना चाहिए।'' देवदासी ने भीतर जाकर चूड़ामणि देखा। उसे ऐसा लगा कि अपनी दुहिता का स्वामी से ब्याह रचाते समय समुद्र ने कन्या का सारा प्रेम निचोड़कर उस मणि की आकृति में जमाया और उसे भेंट के रूप में स्वामी के अधीन किया है। देवदासी सोच रही थी, एक बार इस चूड़ामणि को अपने हाथों में लेकर वक्षस्थल से लगा पाऊँ तो कितना अच्छा हो ! माँगूँ तो क्या यह पुजारी मुझे देगा ? नहीं देगा। मेरे ऐसे भाग्य कहाँ ?

इतने में रानी मन्दिर में आ पहुँचीं। देवदासी ने उन्हें नहीं देखा। वह अपनी ही कल्पनाओं में खोयी हुई, स्वामी की ओर टकटकी लगाये थी। अपने और स्वामी के बीच उसे और कुछ दिखाई नहीं देता था। ओहो। उस चूड़ामणि के भी क्या भाग्य हैं। उसे स्वामी ने सिर पर पहना है। देवदासी बलि-वेदी के पास थी। रानी उसके पीछे खड़ी थीं। पुजारी ने चूड़ामणि को यथापूर्व स्वामी के सिर पर पहनाया और देवदासी से कहने लगा, ''रानी साहिबा पधारी हैं। तू जरा पीछे को हट जा।''

देवदासी रानी को देखते ही न जाने क्यों लजा गयी। रानी ने उसे देखकर मन्दहास किया। परन्तु देवदासी की लज्जा का कारण किसी की समझ में न आया। रानी पास ही खड़ी थीं। दोनों के आँचल एक-दूसरे को छू रहे थे।

रानी, ''मैं भूल गयी, तुम्हारा नाम क्या है ?''

देवदासी, ''मैं देवदासी हूँ, पर भैया मुझे गिरिका कहते हैं।''

रानी, "मैं भी गिरिका कहूँगी।"

देवदासी को ज्ञात न था कि रानी की हर बात पर औरों को "जी हाँ, जी हाँ !" कहना चाहिए।

दर्शन के उपरान्त दोनों बाहर आयीं। रानी ने लाल साड़ी पहन रखी थी। उनकी चोटी बँधी थी। मस्तक पर तिलक न था। गले में दो रत्नहार थे। देवदासी सफ़ेद साड़ी पहने थी। उसकी आयु के अनुपात में साड़ी बड़ी थी। ऐसा लगता था कि वह साड़ी में डूब-सी गयी है। गीले बालों को सुखाने के लिए उसने उन्हें बिख़ैर रखा था। केवल बालों के अन्त में एक छोटी-सी गाँठ लगायी थी। गले में सोने का हार था और मस्तक पर लाल-लाल कुंकुम का तिलक। वेणुगोपाल स्वामी ने अपने मुख-मण्डप में घण्टा बजाने वाली दोनों महिलाओं को देखा। देवदासी लजा गयी। रानी की अपेक्षा वही सुन्दर थी। धर्माराव ने कई बार उससे सफ़ेद साड़ी पहनने का अनुरोध किया था। क्या स्वामी को भी सफ़ेद साड़ी प्रिय है ? सम्भवतः सफ़ेद साड़ी देखकर स्वामी को क्षीरसागर का स्मरण हो आता है। कैसा होगा भला क्षीरसागर ? क्या मेरी साड़ी जैसा होगा ? धुत् ! यह कैसी उपमा है ! स्वामी बिगड़ेंगे कहीं....

रानी ने उसे पुकारा, "गिरिका !"

गिरिका चौंक पड़ी।

रानी ने कहा, "क्यों चौंक पड़ी ? क्यों इतनी देर से लजाये जा रही हो ?"

देवदासी धीरे-धीरे कुछ कह रही थी। सभी ने कहा, "ज़ोर से कहो।"

गिरिका कहने लगी, "तव चरण-कमल मम उरोज पर स्थापित कर...." वह फिर लजा गयी। उसकी आँखें भर आयीं। फिर कहने लगी, "हर लो बाधा मेरी माधव, वरण करो मेरा।"

रानी ने मन-ही-मन अपने जन्म की भर्त्सना की और देवदासी को गले लगाकर उसका मुख चूम लिया। यह दृश्य देखकर दासियों और पुजारियों को बड़ा अचम्भा हुआ। रानी और देवदासी वहीं बैठ गयीं।

रानी, "तुम्हें भागवत किसने पढ़ाया ?"

देवदासी, "मेरे भैया ने। जब वे छुट्टियों में यहाँ आते, तब मैं रात कों उनके यहाँ जाकर भागवत पढ़ा करती थी। जब कभी छन्दों को मैं कण्ठस्थ नहीं कर पाती, भैया मुझे मारते थे। मेरे बाबू जी भी बहुत झल्ला उठते। बाबू जी के चल बसने के बाद भैया ने मुझे उन सारे छन्दों का अर्थ समझाया। वे जब भागवत का अर्थ समझाते, तब ऐसा लगता कि मैं स्वयं भगवान् के सम्मुख बैठी हूँ। भैया ने भगवान् पर कुछ छन्द लिखे हैं। कितने अच्छे हैं वे !"

रानी, "तो तुम्हारे भैया कवि भी हैं ? यह बात तो किसी को ज्ञात नहीं।"

देवदासी, "भैया अपनी रचनाएँ किसी को नहीं दिखाते। कहते हैं, समय आएगा तब दिखाऊँगा।"

रानी, "तुम्हारे भैया आज मन्दिर क्यों नहीं आये ?"

देवदासी, "भाभी आयी हुई हैं। भैया से मिले मुझे छह दिन हो चुके हैं।"

रानी, "तुम क्यों नहीं मिलने गयीं ?"

देवदासी, "माँ उन्हें देख आयी हैं। यदि मैं भी जाती तो भैया मेरे साथ मन्दिर चले आते। इसी से माँ ने कहा है कि जब तक भाभी मायके नहीं लौट जातीं, मुझे भैया के यहाँ नहीं जाना चाहिए। माँ का कहना है कि मैं वहाँ जाऊँगी तो भैया मेरे ही साथ बातों में लग जाएँगे और शायद नयी बहू को यह अच्छा न लगे।"

रानी, "तो फिर तुम्हारे भैया स्वयं तुम्हें देखने क्यों नहीं आते ?"

देवदासी, "नहीं आते। मुझे ही उनके यहाँ जाना पड़ता है। पर मैं जब चली जाती हूँ तब फिर मुझे छोड़कर भैया एक क्षण भी नहीं रहते। रात को बड़ी देर गये मुझे मेरे घर तक पहुँचाकर लौट जाते हैं। घर के भीतर नहीं आते।"

रानी, "तुम्हारी माँ उन्हें भीतर नहीं बुलाती ?"

देवदासी, "मेरी माँ भैया से बोलती तक नहीं। भैया के नाम से उसे एक प्रकार का भय, आदर, प्रेम—सचमुच क्या है, मैं नहीं कह सकती। वह भैया से नहीं बोलती। भैया आँख उठाकर माँ की ओर नहीं देखते। किसी की भी ओर नहीं देखते।"

रानी, "रामेश्वर शास्त्री ने सारी जायदाद बरबाद कर दी है न ? अब उस परिवार की जीविका का क्या आधार है ? निर्वाह में कठिनाई हो रही है न ?"

देवदासी कुछ नहीं बोली। दोपहर हो चुकी थी। घिरे हुए बादल कुछ छँट गये और जल-प्रपात की भाँति धूप निकल आयी। नागेश्वर स्वामी के मन्दिर की ध्वजा पर एक गरुड़ छप् से आ बैठा। बाहर लगी हुई घण्टियाँ मुखरित हो उठीं। रानी ने सिर उठाकर देखा, धूप में घण्टियाँ सोने की भाँति चमक रही थीं। उनकी चमक सुइयों की भाँति आँखों में चुभने लगी।

रानी, "गिरिका, तुम्हें 'श्रीकृष्ण-कर्णामृत' के श्लोक आते हैं ? 'किंकिणि किणिकिणिरभसै' यह श्लोक जानती हो।"

देवदासी, "मुझे भैया ने 'कर्णामृत' नहीं पढ़ाया। मैंने कहा तो बोले, 'तुम्हें उसकी आवश्यकता नहीं है'।"

भोजन का समय बीत चुका था। भूख के मारे गिरिका का मुखमण्डल मुरझा-सा गया। उस दशा में वह और भी सुन्दर लग रही थी। रानी ने कहा, "शायद तुम्हें भूख लगी है। लौट चलें।"

दोनों ने विदा ली।

दिन ढल रहा था। रानी साहिबा की गाड़ी धर्माराव के आँगन में आ रुकी। उसे देखकर सावित्री देवी आँगन में आ खड़ी हुईं। रानी गाड़ी से उतरकर भीतर आ रही थीं। सावित्री

देवी ने रानी को आज तक अपने घर में प्रवेश करते कभी नहीं देखा था। आज यह कृपा सहसा क्यों और कैसे हुई, सावित्री देवी समझ नहीं पा रही थीं। रानी साहिबा के बैठने के लिए पुराना रत्न-कम्बल बिछाया गया। वह कम्बल रामेश्वर शास्त्री के वैभवपूर्ण दिनों की स्मृति का अवशेष था। रानी बैठ गयीं। सावित्री देवी कहने लगीं, "आज माँ जी की हम पर विशेष कृपा हुई है। हम बड़े भाग्यवान् हैं। आप का आदर-सत्कार करने के लिए हमारे घर में कुछ भी नहीं है।"

रानी बोलीं, "बहूरानी को देखने आयी हूँ।"

इतने में अरुन्धती वहाँ आ पहुँची। वह अभी-अभी शृंगार करके आयी थी। उसके शरीर पर अपनी माँ के कुछ गहने तथा रंगाजम्मा द्वारा भेंट की गयी साड़ी थी। मस्तक पर कुंकुम का तिलक विद्यमान था। उसके इस अनुपम लावण्य को देखकर रानी विस्मय-विमुग्ध रह गयीं। यही लड़की किसी ज़मींदार के यहाँ जन्म लेती तो कितने ऐश्वर्य से सुशोभित होती ! सम्भवतः रामेश्वर शास्त्री के घर से लक्ष्मी के निर्वासन के उपरान्त इस नयी लक्ष्मी ने घर में पदार्पण किया होगा। उसकी सुन्दरता विलक्षण थी। वह नदी बाढ़ की भाँति शरीर पर पहने हुए गहनों और कपड़ों आदि को लाँघकर आसपास के खेतों को नहीं डुबोती थी। लावण्य की वह नदी किनारों तक तबालब होकर भी किनारों को तोड़ती नहीं थी। उसके महान् विस्तार ही में विनय की झलक थी। वह अत्यन्त विशाल थी, पर उसका प्रवाह कूलों के मध्य ही में चल रहा था।

अरुन्धती आकर बैठ गयी। रानी ने पूछा, "तुम्हारा नाम क्या है ?" अरुन्धती ने अपना नाम बताया। फिर रानी पूछने लगीं, "तुम्हारे पति का नाम क्या है ?" अरुन्धती लजा गयी। रानी कहने लगीं, "उतने बड़े विवेकी पुरुष की पत्नी बनी हो, तुम बड़ी भाग्यवान् हो। पति का आदेश मानती रहना, नहीं तो दुःख पाओगी। पति का कहना मानती रहोगी तो फिर क्या कहने हैं तुम्हारे ! गिरिका को देखो, वह बड़ी भक्तिन बन गयी है। ऐसा लगता है कि हमारे प्राचीन भक्तगण उसके आगे टिक नहीं पाएँगे। ऐसी है गिरिका ! कितना महान् है उसका व्यक्तित्व !"

सावित्री देवी, "यह गिरिका कौन है, देवी जी ?"

रानी, "रत्नगिरि की लड़की।"

अरुन्धती ने सोचा, मेरे पति ने गिरिका के विषय में जो कुछ कहा था, वही आज रानी कह रही हैं। क्या देवदासी इतनी अनन्य भक्तिन है ? तब तो उससे अवश्य मिलना चाहिए। उसके उद्धार का मेरे पति से क्या सम्बन्ध है ?

रानी, "तुलसी की बगिया में गाँजे का पौधा क्यों उगेगा ? पर तुम्हें एक बात बताऊँगी। धर्माराव सचमुच लाखों में एक है। पूर्व-पुण्य के फलस्वरूप ही तुम उसकी पत्नी बनी हो। तुम अरुन्धती हो, वह वशिष्ठ है। ऐसा ही होना चाहिए तुम दोनों का व्यवहार। तब तुम गिरिका से भी अधिक भाग्यवान् बनोगी।"

रानी ने अपने गले का चन्द्रहार निकालकर हाथ में ले रखा था और मुँह से कुछ

बोल रही थीं। इतने में धर्माराव घर लौटा तो रानी को देखकर आश्चर्यचकित रह गया। कहने लगा, ''माता जी ! आज आप हमारे घर क्या पधारी हैं, पवित्र भागीरथी एक छोटे से पंछी के नीड़ पर बह निकली है। पिता जी के देहान्त के बाद आज ही पहली बार हमारे भाग खुले हैं। माँ जी, आप हम निर्धनों के यहाँ पधारीं, आपके योग्य हमारे यहाँ कोई आसन भी नहीं है। क्षमा चाहता हूँ''—यह कहकर धर्माराव वहीं खड़ा हो गया। अरुन्धती भी खड़ी हो गयी। रानी ने दोनों को बिठाया और बोलीं, ''तुम्हारी पत्नी को देखने आयी थी, गिरिका के कहने पर।''

धर्माराव, ''गिरिका यहाँ तीन रोज़ से नहीं आ रही है।''

रानी, ''मुझसे कह रही थी कि तुम दोनों के नये-नये दाम्पत्य-सुख में बाधा डालना उसे ठीक नहीं लगता।''

धर्माराव हँसकर बोला, ''यह बात नहीं। वह शायद घबरा रही थी कि उसके और उस पति के दाम्पत्य-सुख में कहीं मैं ही बाधा न डालूँ। वह बड़ी झूठी है।''

रानी, ''तो क्या देवदासी का ब्याह हुआ है ? हाँ-हाँ, आजकल उनमें से भी कुछ स्त्रियाँ ब्याह करने लगी हैं। तब मुझे उसने क्यों नहीं बतलाया भला ?''

धर्माराव, ''यह बात नहीं।''

फिर वह उठकर बोला, ''माँ जी, मैं अभी आया।'' और अपने कमरे में गया। वहाँ से उसने अरुन्धती को भीतर बुलाकर कहा, ''कुछ फल-फूल रानी जी को भेंट करो।''

अरुन्धती ने मन्दार, सेवन्ती, केवड़ा आदि के फूल और दस-पाँच केले लाकर रानी के सम्मुख रख दिये। रानी ने हँसकर अपना चन्द्रहार अरुन्धती को देना चाहा। अरुन्धती ने उसे ग्रहण करने में संकोच किया।

रानी बोलीं, ''कोई बात नहीं, मैं अपनी ख़ुशी से दे रही हूँ, ले लो।''

अरुन्धती बहुत लजा गयी। उसके हाथ आगे न बढ़ पाये। यह देखकर रानी बोलीं, ''ओहो ! शायद पतिदेव की अनुमति चाहिए।'' फिर उन्होंने धर्माराव को बुलाकर कहा, ''बेटा, तुम्हारी पत्नी मेरी यह भेंट ग्रहण करना नहीं चाहती। अब तुम ही बताओ, क्या मुझे यह देने का अधिकार नहीं। क्या तुम्हारी पत्नी को मुझसे लेने का अधिकार नहीं ?''

पति-पत्नी की चितवनें बिना किसी को पता लगे ही आपस में मिलकर कुछ वार्तालाप कर गयीं। अरुन्धती ने हाथ आगे बढ़ाया।

रानी बोलीं, ''नहीं जी, मैं तुम्हें नहीं दूँगी। मेरा बेटा स्वयं अपने हाथ से तुम्हारे गले में पहनाएगा।'' यह कहकर उन्होंने हार धर्माराव के हाथ में थमा दिया। उसे लेकर धर्माराव भी लजा गया।

रानी, ''बेटा, मैं भी तुम्हारी माँ जैसी हूँ। तुम्हारे और तुम्हारी माता जी के बीच सृष्टिकर्ता विद्यमान है। तुम्हारे और मेरे बीच वेणुगोपाल स्वामी विद्यमान हैं। तुम्हें देखकर हमें ख़ुशी होगी, सन्तोष होगा। बस, इसके अतिरिक्त हम कर क्या सकते हैं।''

धर्माराव ने चन्द्रहार की ओर देखा। हार का मूल्य कोई साढ़े पाँच सौ होगा। ऐसा लगता था कि अभी-अभी सान लगाई गयी है। धर्माराव की उँगलियाँ काँपने लगीं।

सावित्री देवी, "बेटा, उसे बहू के गले में पहना दो। रानी माँ देखना चाहती हैं।"

धर्माराव ने पत्नी के गले में चन्द्रहार पहनाया। दोनों के मुख-कमलों पर लज्जा और मुस्कान की अनेक तरंगें दौड़ गयीं।

रानी, "बेटा, कॉलिज खुले कितना समय हुआ है ?"

धर्माराव कुछ सोचकर बोला, "डेढ़-एक महीना हुआ होगा।"

रानी, "यहाँ तुम दोनों को आये तीन रातें बीत चुकी हैं न ? अब दो-तीन दिन में यहाँ से चले जाओ और कॉलिज में प्रवेश करो। प्रवेश के लिए कितने रुपये चाहिए ?"

यह सुनकर धर्माराव अवाक् रह गया। उसने नहीं सोचा था कि धन की ऐसी असयम वर्षा होगी।

रानी, "सौ रुपये लगेंगे ?"

धर्माराव, "नहीं माँ, पचास काफ़ी हैं।"

रानी, "कल मैं सौ रुपये भेज दूँगी। अच्छा दिन देखकर चले जाना। बी. ए. की परीक्षा होने के बाद देखा जाएगा। गिरिका कह रही थी कि तुमने वेणुगोपाल स्वामी के वर्णन में कुछ कविताएँ लिखी हैं। फिर कभी सुनूँगी।"

धर्माराव के मन में आश्चर्य पर आश्चर्य का आक्रमण हो रहा था। थोड़ी देर बाद रानी चली गयीं। चन्द्रोदय होने लगा था।

रात को हवा सहम-सी गयी। कमरे में रहना कठिन हो गया। पति-पत्नी पीछे आँगन में ख़ाट लगाकर सो रहे। गर्मी के मारे अरुन्धती ने अपनी चोली उतार दी। धर्माराव ने उसका आँचल भी न रहने दिया। पत्नी का आँचल सँवारना और पति का उसे हटाना, यही क्रम दस-एक बार चलता रहा। अन्त में पत्नी ने अपना हटा हुआ आँचल हटा रहने दिया। उसके सुडौल गले में चन्द्रहार ऐसा लग रहा था मानो नदी के सैकत पर कोई मस्त नाग झूम रहा हो। चन्द्रहार की टिकियों पर पूर्ण चन्द्र की सोलहों कलाओं से युक्त चाँदनी पड़ने से चहुँ ओर बिखरी हुई अनूठी कान्ति में धर्माराव की आँखें चौंधिया गयीं। धर्माराव ने अपने हाथों की हलचल से उस कान्ति को और भी बिख़ैर दिया। अरुन्धती ने पति के हाथ पकड़ लिये। धर्माराव ने झुककर हार को चूम लिया। हार के बहाने वह अरुन्धती के सारे वक्षस्थल का चुम्बन कर रहा था। अरुन्धती के अनजाने ही उसके हृदय की ग्रन्थि भी सम्पूर्ण खुल गयी और उसमें चन्द्रमा की भाँति सोलहों कलाएँ उदित हुईं। उसके मुख पर स्वेद-बिन्दु चमके। हवा करने के लिए उसकी साड़ी अपर्याप्त सिद्ध हुई। उसके हाथों में दर्द होने लगा। धर्माराव ने उसके शरीर का संवाहन किया। अरुन्धती ने उसे रोका। धर्माराव खाट से उतरकर उसकी ओर निहारने लगा।

अरुन्धती, "घूरते क्यों हैं मुझे ?"

धर्माराव, "ऊपर गगन में वह चन्द्रमा है और नीचे यह चन्द्रमा। दोनों ही सोलहों कलाओं से परिपूर्ण हैं। परन्तु उस चन्द्रमा में कलंक है, इसमें नहीं। तुम निष्कलंक हो, सम्पूर्ण कलाओं से शोभित, पूनम का चाँद।"

मलयानिल की एक हलकी-सी लहर दौड़ गयी।

अरुन्धती, "देवदासी का ब्याह हुआ है, इसका क्या रहस्य है ?"

धर्माराव ने अरुन्धती के कान में कुछ फुसफुसाया। अरुन्धती तुरन्त शय्या से उठी। उसने साड़ी पहनी, पाँव धोये और आँखें पोंछती हुई वेणुगोपाल स्वामी के मन्दिर की ओर मुँह करके बड़े भक्तिभाव से प्रणाम करने लगी। उसे यहाँ आये तीन दिन और तीन रातें बीच चुकी थीं। अगले दिन उसके पिता उसे यहाँ से ले जाने वाले थे। वह सोच रही थी कि देवदासी को कैसे देख पाऊँगी ? पति को कैसे छोड़ सकूँगी ? प्राण कैसे टिक पाएँगे ?

अरुन्धती, "आप फिर पढ़ाई के लिए जाएँगे ?"

धर्माराव, "चार-पाँच दिन में चला जाऊँगा।"

अरुन्धती, "मुझे साथ ले चलेंगे ?"

धर्माराव, "तुम्हें क्या उठा ले जाऊँ ?"

अरुन्धती, "यही तो हुआ है। अब आनाकानी किस बात की ? कहाँ पढ़ेंगे ? आधा बी. ए. तो पढ़ चुके हैं न ?"

धर्माराव, "वह आधा भी फिर से पढ़ना होगा। मछलीपट्टनम् जानी-पहचानी जगह है। गुण्टूर अपने गाँव से निकट पड़ता है। सोच रहा हूँ, क्या करूँ ?"

अरुन्धती, "मुझे छोड़कर जाएँगे तो मैं नहीं मानने की।"

धर्माराव, "न मानोगी तो क्या करोगी ? मेरे गले पर पाँव रखकर रौंद दोगी ? सिर पर चढ़कर नाचोगी ?"

अरुन्धती उसके गले से लिपट गयी और उसके मुख से अपना मुख सटा दिया। पति के निःश्वास का परिमल उसके कपोल पर तरंगित हो उठा। सेवन्ती, केतकी, कस्तूरी आदि का सम्मिश्र-सौरभ हलके-हलके पवन तथा छिटकी चाँदनी की उलझन में उलझकर रह गया।

सात

जिस प्रकार युग-युगों के सृष्टि-लीला-विलास से थका-माँदा नारायण प्रलय के समय क्षीरसागर की तरंगों के बीच शेष-शय्या पर मायासहित सो गया था, ठीक उसी प्रकार धर्माराव अरुन्धती को अपने पाँव से, हाथों से, सम्पूर्ण शरीर से ढँककर उसी श्वेत

शय्या पर सो गया। ठण्डी-ठण्ठी हवा चल रही थी। भौंरे फूलों के रज से मस्त थे, प्रातःकाल के हिम-बिन्दुओं से सिक्त थे। उनका कण्ठ-स्वर बैठ-सा गया था। मस्ती में वे हिलते-डुलते न थे। भोर हुई। वृक्षों के शिखरों पर प्रत्यूष के रथ की हलचल को सबसे पहले देखकर पक्षी कूकने लगे। शकुन-पक्षियों की जोड़ी अपने पंखों को झटकती हुई कूकने लगी और फिर सो गयी। प्राक्पर्वत की साफ़-सुथरी शिलाओं पर सूर्य भगवान् के घोड़ों के खुर सम्भवतः फिसल रहे थे। इसी से सूर्य भगवान् उन्हें कोड़े लगाकर हाँक रहे थे और उनके मुँह से निकला हुआ झाग उषा की कान्ति बनकर प्राक् सीमा में जहाँ-तहाँ बिखर रहा था।

अरुन्धती और धर्माराव कमरे से बाहर आये। उस दम्पती को देखकर सावित्री देवी ने सोचा, इन्हें देखने का सौभाग्य केवल मुझे प्राप्त हुआ है, मेरे पति को नहीं। ऐश्वर्य पाने से क्या होता है ? विख्यात होने तथा भोग-विलास का अनुभव करने से भी क्या होता है ? ऐसे बेटे और बहू को जी भरकर देख पाने में ही जीवन की सार्थकता है....

दिन चढ़ने के बाद रामचन्द्रराजु धर्माराव के घर आया। दोनों मिलकर बाहर गये। गाँव वालों ने रामचन्द्रराजु को अजनबी की भाँति देखा। कुछ बड़े-बूढ़े उससे परिचित थे। रामचन्द्रराजु बीस बरस की अवस्था में तुनी[1] चला गया था। वहाँ के एक गाँव में एक धनवान् क्षत्रिय सज्जन ने उसकी चतुराई पहचान कर उसे अपने पास रखा। उस गाँव में सभी लोग रामचन्द्रराजु का बड़ा आदर करने लगे। रामचन्द्र अपने पिता से कुछ धनुर्विद्या सीख चुका था। लाठी-तलवार चलाना भी उसे आता था; लेकिन वह कुशलता प्राप्त न कर सका। उसने सोचा कि जहाँ क्षत्रिय कुल के लोग बसते हों, वहीं जाकर बसना चाहिए। वहाँ के लोगों ने उसका आदर किया। वे उसके साथ मिलकर भोजन करते थे। जानते थे कि सुब्बन्नापेठ में उसकी जायदाद है। सभी बातों में उसे अपने कुल में सम्मिलित मानते थे, लेकिन कोई उससे अपनी लड़की का ब्याह करने को तैयार नहीं होता था। उसी गाँव में संस्कृत और धर्मशास्त्र पढ़ा हुआ एक वृद्ध क्षत्रिय रहता था। उसके दोनों बेटे चल बसे थे। बड़े बेटे की लड़की पन्द्रह वर्ष की हो चली थी, पर निर्धनता के कारण उसका ब्याह नहीं हो पाता था। बूढ़े ने रामचन्द्रराजु को अपने पास बुलाया और उससे अपनी पौत्री का ब्याह रचाया।

ब्याह के दिन से ही मानो रामचन्द्रराजु के भाग खुल गये। लड़की का नाम था रथन्तरी। पत्नी की ओर से रामचन्द्रराजु को एक छोटा-सा घर मिला। उसने अनाज का व्यापार शुरू कर दिया। पहले ही वर्ष में उसे चार हज़ार का मुनाफ़ा हुआ। अनाज ख़रीदते समय तीस रुपये खण्डी का भाव था और दूसरे वर्ष बेचते समय अस्सी का भाव हो गया। इसके बाद रामचन्द्रराजु ने हल्दी का व्यापार किया। उसमें दो हज़ार का मुनाफ़ा हुआ। फिर उसने पैसे का लेन-देन शुरू किया। आदमी पढ़ा-लिखा था,

1. आन्ध्र के पूर्व गोदावरी ज़िले की एक तहसील का नाम।

इसलिए गाँव के सभी व्यवहार उसके हाथों में चलने लगे। उसने काफ़ी पैसा इकट्ठा किया। जिन क्षत्रियों ने पहले उससे विवाह-सम्बन्ध जोड़ने से इनकार किया था, उनसे बदला लेने की इच्छा उसके मन में उत्पन्न हुई। रामचन्द्रराजु ने अपनी पत्नी के दादा से स्मृतियों की शिक्षा प्राप्त की और संस्कृत साहित्य तथा काव्य से भी परिचय प्राप्त किया। इतने में दादा जी चल बसे और रामचन्द्रराजु सारी जायदाद का व्यवस्थापक बन गया। आज तक जो ज़मीन लगभग ऊसर पड़ी थी, उसी से रामचन्द्रराजु की देखरेख में भरपूर उपज होने लगी। उस वर्ष अस्सी खण्डी अनाज उपजा। रामचन्द्रराजु के पद-स्पर्श से ही ज़मीन कामधेनु बन जाती थी। छह वर्ष के भीतर रामचन्द्रराजु सत्तर-अस्सी हज़ार का आसामी बन गया। उसकी बड़ी इच्छा हुई कि सुब्बन्नापेठ जाकर अपनी माँ और बन्धुओं के दर्शन करे; परन्तु पिता के देहान्त की बात सुनकर उसे निराशा हुई। उसकी बड़ी अभिलाषा थी कि यशस्वी होकर पिता की प्रशंसा प्राप्त करे, पर वह पूरी न हो पायी। एक बार वह गंजाम[1] ज़िले में जाकर अपने ननिहाल के रिश्तेदारों को देख आया। वहाँ के लोगों ने उसका बड़ा आदर किया। रंगाजम्मा के भाई मर चुके थे। उनके लड़के जीवित थे। उनके चचेरे भाई भी जीवित थे। सब लोगों ने रामचन्द्रराजु से सगे बन्धुओं का-सा व्यवहार किया।

उसकी धनाढ्यता की ख़बर सुनकर सुब्बन्नापेठ की जनता ने भी उसका बड़ा आदर किया। लोग कहने लगे, "पधारिए, पधारिए, राजु महोदय ! आपने रामेश्वर शास्त्री का नाम रोशन कर दिया !" किसी ने कहा, "शास्त्री जी के क्या कहने हैं ! आख़िरी दिनों में उन्हें कुछ कष्ट अवश्य सहने पड़े, परन्तु इससे क्या हुआ, चन्द्रमा में भी कलंक है ही !" दोनों भाइयों का परस्पर स्नेह देखकर लोगों ने धर्माराव का भी बड़ा आदर किया। कहने लगे, "उसे किस बात की कमी है ? बड़ा भाई लखपति है !"

दोनों भाई रंगाजम्मा के पास गये। पिछले आठ महीने पढ़ाई में बिताकर लौटा हुआ धर्माराव पहली बार रंगाजम्मा को अस्वस्थ देख रहा था। रंगाजम्मा का स्वास्थ्य कल की अपेक्षा चिन्ताजनक था। छाती में श्लेष्म जम गया था और बड़ी पीड़ा हो रही थी। बुख़ार नहीं उतरा था। ठीक-ठीक सुधि नहीं थी।

रामचन्द्रराजु, "माँ का अच्छा इलाज होना चाहिए। क्या करें ?"

धर्माराव, "दो बरस हुए, आस्थान के वैद्य चल बसे। वे बड़े सिद्धहस्त थे। जब तक जीवित रहे, इस प्रान्त के लोगों को किसी प्रकार की चिन्ता न थी। आज दवा-दारू की कोई व्यवस्था नहीं। अच्छी औषधि मिलती ही नहीं। औषधियाँ कोठी में कहाँ रखी हैं, कोई नहीं जानता। अच्छा इलाज कराना हो तो अँग्रेज़ी इलाज कराना होगा। विजयवाड़ा ले जाना होगा।"

1. उड़ीसा प्रान्त का एक ज़िला जिसे बरहामपुर भी कहा जाता है और जहाँ तेलुगु बोलने वालों की पर्याप्त संख्या है।

रंगाजम्मा, "मैं विजयवाड़ा नहीं जाऊँगी, कहीं नहीं जाऊँगी, मेरी अरथी यहीं उठेगी। मुझे विजयवाड़ा ले गये और मैं वहाँ मर गयी तो वहीं जलाकर आओगे। नहीं, मेरा शरीर तो सुब्बन्नापेठ में ही जलेगा। मुझे इलाज की क्या आवश्यकता है ?"

धर्माराव, "ये कैसी बातें कर रही हैं आप ? क्या देखते-देखते प्राणों को जाने देंगे ? जब तक प्राण हैं, चिकित्सा करनी ही होगी। ऐसा न करना आत्महत्या के समान है।"

रामचन्द्रराजु, "तुमने बी. ए. प्रथम की परीक्षा दी है न ?"

धर्माराव, "हाँ ! यह प्रश्न अब क्यों ?"

रामचन्द्रराजु, "तुमने ठीक कहा। पढ़े-लिखों की बात ही कुछ और है।"

धर्माराव, "मेरी बातों का अँग्रेज़ी पढ़ाई से कोई सम्बन्ध नहीं।"

रामचन्द्रराजु, "विजयवाड़ा से किसी डॉक्टर को बुलाना चाहिए।"

रंगाजम्मा, "बेटा, यह सब फ़िज़ूल ख़र्च है। चन्द्रा रेड्डी की पत्नी जब बीमार हुई थी, तब मैंने देखा कि डॉक्टर लोग कितने लालची होते हैं। सुना है उनका वेतन एक हज़ार रुपये प्रतिमास होता है। अपनी गाड़ी लेकर आये, कुछ दवा देकर चार सौ ऐंठ ले गये। ऐसे में तो हमारा दिवाला निकल जाएगा !"

धर्माराव, "हाँ, डॉक्टरों का यही हाल है।"

रंगाजम्मा, "जो हो मैं चाहती हूँ कि मेरे पति की दी हुई ज़मीन का चप्पा-चप्पा मेरे बेटे को पहुँचे। मैं उसमें कुछ ख़र्च करना नहीं चाहती। मुझे मरना भी पड़े तो कोई चिन्ता नहीं।"

रामचन्द्रराजु, "तुम पागल तो नहीं हुईं माँ ! धन काहे के लिए है ? आड़े वक्त काम न आये तो उसका प्रयोजन ही क्या है ? बचा-बचाकर उसे किसके हवाले करना है ?"

रंगाजम्मा, "तो क्या उसे समुद्र में फेंक देंगे ?"

रामचन्द्रराजु, "वैद्य को देना समुद्र में फेंक देने के बराबर है ?"

रंगाजम्मा, "उस डॉक्टर का वेतन एक हज़ार रुपये प्रतिमास है। बरस में बारह हज़ार रुपये होते हैं। मेरी जायदाद से बरस में एक हज़ार की भी आय नहीं होती। आज की क़ीमतों में आठ सौ रुपये आ रहे हैं। मालगुज़ारी आदि देने के बाद केवल चार सौ बचते हैं। अब मैं खाऊँगी क्या, और इलाज क्या कराऊँगी ? इलाज के नाम पर जायदाद चौपट कर लोगे ? जिस डॉक्टर को बारह हज़ार रुपये मिलते हैं, उसे हम जैसे ग़रीब फीस क्यों दें ? सो भी अपनी आजीविका वाली ज़मीन बेचकर क्यों दें ? यह बात मेरी समझ में नहीं आती। पता नहीं, हम जैसों से पैसा ऐंठने में डॉक्टर का मन क्यों नहीं सकुचाता।"

धर्माराव, "माँ जी, डॉक्टर लोग तुम्हारी तरह नहीं सोचते।"

धर्माराव के 'माँ जी' कहकर पुकारने से रंगाजम्मा को बड़ा सुख मिला। आज

तक वह रंगाजम्मा से खुले मन से न बोला था। परन्तु आज उसने 'माँ जी' कहकर पुकारा। रामचन्द्रराजु चुप हो गया।

भोजन के समय धर्माराव घर लौटा। रंगाजम्मा के विवेक पर उसे बड़ा आश्चर्य हुआ। अनपढ़ रंगाजम्मा को अर्थशास्त्र का इतना ज्ञान कैसे प्राप्त हुआ होगा ? पाठशालाओं के अर्थशास्त्र में प्रायः ये बातें होतीं ही नहीं। धर्माराव बड़े उत्साह से हवा की तरंगों पर झूमता-सा घर पहुँचा। सास के मना करने पर भी अरुन्धती ने रसोई बनायी। धर्माराव के आते ही उसके लिए पानी निकालकर उसे बुलाया। स्नान करते समय उसकी पीठ मलने लगी। पीठ मलते समय धर्माराव ने अपने हाथों से अरुन्धती के हाथ दबाकर पकड़ लिये। वह हँस पड़ी। पानी का लोटा हाथ में देते समय, पोंछने के लिए तौलिया देते समय, धोती देते समय, उनके हाथों का परस्पर स्पर्श होता। अरुन्धती लजा जाती। धर्माराव उसे हँसाता रहता था। वह हँसती रहती थी।

सावित्री देवी के मुख से मानो आँख, नाक, सब कुछ अन्तर्धान हो गये। बच रहा केवल आनन्द। भोजन करते समय सावित्री देवी बाहर आ बैठीं।

अरुन्धती ने पत्तल लगायी। धर्माराव आसन पर बैठ गया और पत्तल लगाते समय उसने अरुन्धती को खींचकर अपने पास बिठा लिया।

वह बोली, "हाय माँ, खाना नहीं परोसना है ?"

धर्माराव बोला, "खाना ही तो खा रहा हूँ।" यह कहकर उसने अरुन्धती का सारा शरीर चूम लिया। अरुन्धती के गुदगुदी हुई और वह खिलखिलाकर हँस पड़ी। चक्र की भाँति वह धर्माराव के हाथों में घूम गयी। अन्त में उसने अपने आप को छुड़ा लिया और दूर से पत्तल पर पानी छिड़कने लगी।

धर्माराव बोला, "इतनी दूर खड़ी होगी तो क्या मैं वहाँ नहीं आ सकता ?"

अरुन्धती ने कहा, "हाँ, आ तो सकेंगे, पर धीरज मुझे इसी बात का है कि आने में आठ महीने तो लग ही जाएँगे।"

धर्माराव उसकी ठुड्डी हाथों में लेकर बोला, "वह हुई पुरानी बात। अब तुम इतना क्यों बिगड़ती हो ? मुझे क्या पता कि तुम मायके में कष्ट सह रही थीं ? मैंने सोचा था कि तुम मज़े में होगी। मुझे पता चलता तो क्षण मात्र में तुम्हारे पास पहुँच न जाता ? आठ महीने की बात न करो, अब मैं आठ पल भी तुम्हारा वियोग नहीं सह सकता।"

अरुन्धती ने खाना परोसा। दाल, तरकारी और चटनी—यही पदार्थ थे। सावित्री देवी घर के पिछवाड़े में बड़े जतन से सिंचाई करके गर्मियों में भी तरकारियाँ उगा रही थीं।

धर्माराव, "यह चटनी काहे की है ?"

अरुन्धती, "पहचान लीजिए।"

धर्माराव, "भई, मालूम नहीं। मैं तो, बस एक ही बात जानता हूँ, और कुछ नहीं।"

अरुन्धती, "क्या जानते हैं ?"

धर्माराव, "बताऊँ ? हमारे गाँव के पास रंगापुर है। वहाँ एक लड़की रहती है। उसका नाम मुझे याद नहीं। कहते हैं कि वह लड़की अपने पति के साथ उड़ गयी। बस, यही बात मालूम है मुझे। तुम उस लड़की का नाम जानती हो ?"

अरुन्धती, "जानती हूँ। उस लड़की का नाम धर्माराव है।"

दोनों हँसते-हँसते लोटपोट हो गये। इतने में सावित्री देवी भीतर आयीं। उन्हें देखते ही धर्माराव बड़ा भोला बन गया और बोला, "माँ, छाछ ले आओ।"

माँ बोली, "बेटा, परोस क्या मैं रही हूँ ?"

धर्माराव बोला, "तो फिर उसी से कह दो कि छाछ ले आए।"

अरुन्धती छाछ उँड़ेल रही थी तो धर्माराव ने उस पर छाछ का छिड़काव कर दिया। सारे शरीर पर जूठा छाछ पड़ गया। सावित्री देवी बाहर चली गयीं।

अरुन्धती, "अब मुझे फिर से स्नान करना होगा। उस दिन जूठा गुलाब का पानी फेंका था, आज झूठा छाछ फेंक दिया।"

धर्माराव, "सचमुच सारा शरीर जूठा हो गया।"

अरुन्धती को ऐसा नहीं लगता था। उसे लगता था कि सारा शरीर अमृतमय हो गया है।

अरुन्धती, "मैं स्नान नहीं करूँगी, ऐसी ही रहूँगी।"

धर्माराव, "अर्थात् सदा सौभाग्यवती बनी रहोगी ?"

अरुन्धती, "हाँ !"

दोनों एक-दूसरे की ओर निहारने लगे। धर्माराव की पत्तल में दो कौर बच गये थे, पर वह उन्हें खाता न था। अरुन्धती छाछ के पात्र को ज़मीन पर रखती न थी। दोनों कनखियों की भाषा द्वारा कुछ रहस्यमय अर्थ जान लेने में व्यस्त थे। धर्माराव की आँखों में आँसू भर आये। वह हाथ धोकर अपने कमरे में चला गया। अरुन्धती भी हाथ-पाँव और मुँह धोकर कमरे में जा पहुँची।

धर्माराव बोला, "जाकर खाना खा लो। अब यहाँ क्यों आयी हो ?"

अरुन्धती, "आपको पान-सुपारी देने आयी हूँ।"

धर्माराव, "पान कहाँ से आ गये ?"

अरुन्धती, "अभी-अभी कोई बेचने लाया था।"

धर्माराव, "शायद अरुन्धती के साथ-साथ पान भी इस गाँव में आ गये हैं।"

अरुन्धती के मुख पर मधुर लज्जा बड़े अनूठे ढंग से झलक जाती थी। लज्जा की वह रेखा अकस्मात् ऐसी लगती, मानो जन्म-जन्मान्तरों का सीखा हुआ कोई अभिनय-विशेष हो। मेघों की ओट में हो गये सूर्य की किरणों से सफ़ेद आकाश का छोर जब सुनहरे रंग में डूब ज़ाता है और सारस पक्षी आकाश में उड़ते हैं तो उन पक्षियों के सफ़ेद पंखों से मेघ पर खिंची लीक जिस प्रकार जगमगाती है, उसी प्रकार अरुन्धती का मुखमण्डल जगमगा उठता था। धर्माराव ने उस मुख के तेज को प्रथम मिलन के

समय ही अनुमान से ताड़ लिया था। रात-दिन मधुर तथा दुःखमय गाथाओं के कथन में उसका साक्षात्कार नहीं हो सकता, परन्तु इस अवसर पर लाज की वह रेखा अरुन्धती के मुग्ध और विनय-मधुर मुखकमल पर अभी झलकी और अभी ओझल हो गयी। धर्माराव उसे देखकर मन्त्रमुग्ध-सा खड़ा रह गया। पति की तन्मयता का कारण पत्नी को ज्ञात न था। उसका अनन्य प्रेम पाकर मानो पत्नी के प्राणों के मार्ग में अमृत-प्रवाह के भँवर चक्कर काटने लगे। रह-रहकर अरुन्धती स्वयं पति से लिपट जाना चाहती, पर स्त्री सहज लज्जा उसे रोक रही थी।

धर्माराव, "मैं अब पान नहीं खाऊँगा। तुम भोजन कर आओ, तब दोनों मिलकर खाएँगे।"

अरुन्धती, "दिन ढलने से पहले भोजन करने की मेरी आदत नहीं। मायके में पिता जी की पूजा समाप्त होने तक बड़ी देर हुआ करती है।"

धर्माराव, "अब वह पुरानी आदत बदल जाएगी। आज ही उसका श्रीगणेश है। तुम भोजन कर आओ।"

अरुन्धती, "तब तक आप बिना पान खाये रहेंगे ?"

धर्माराव, "आज तक बिना तुम्हारे नहीं रहा ?"

अरुन्धती भोजन कर आयी। वह पान में चूना लगा रही थी। धर्माराव ने चूना निकालकर उसके गाल पर लगा दिया। अरुन्धती ने गाल नहीं पोंछा।

धर्माराव बोला, "गाल पोंछती क्यों नहीं ?"

अरुन्धती, "पोंछने की कोई आवश्यकता नहीं। मेरा चेहरा जैसा भी हो इससे मुझे क्या ?"

धर्माराव, "और मुझे भी क्या ?"

अरुन्धती, "सचमुच ?"

धर्माराव पान चबाकर अरुन्धती को देने लगा। अरुन्धती ने उसे नहीं लिया। बोली, "मुझे यह जूठन नहीं चाहिए।"

धर्माराव, "कल शाम ही यह बात तुम्हें कहनी चाहिए थी। अब मैं नहीं मानूँगा।"

अरुन्धती, "नहीं मानेंगे तो क्या करेंगे ?"

दीवार पर एक चित्र लगा था। उसकी ओर संकेत करके धर्माराव बोला, "वह करूँगा।" अरुन्धती के मुख पर मधुर लज्जा की रेखा फिर से झलक गयी। उसे देखकर धर्माराव चकित रह गया। अरुन्धती बेचैन हो उठी ! धर्माराव बोला, "वह हेम-रेखा है।"

दिन ढल गया। देवदासी आयी। बाहर से उसने पुकारा, "भैया !" धर्माराव तुरन्त दुपट्टा ओढ़कर बाहर निकला। पति को हड़बड़ाकर उठते देख अरुन्धती चकित हुई। अब तक वही पति का सर्वस्व थी। अब किसी अन्य स्त्री का कण्ठस्वर सुनते ही पति की अधीरता देखकर उसने पूछा, "वह कौन है ?"

धर्माराव, ''गिरिका।''

अरुन्धती को स्मरण हो गया। उसने अपनी अँगूठी देखी। अँगूठी में नीला पत्थर जड़ा था। पति-पत्नी बाहर आये। देवदासी अरुन्धती की ओर एकटक देखने लगी। फिर बोली, ''भाभी को प्रणाम।''

अरुन्धती को कुछ नहीं सूझा। उसे लगा, 'मैं कहाँ ? वह कहाँ ? मैं कहाँ इस प्रणाम के योग्य हूँ ?' अरुन्धती ने अगूँठी की ओर देखा। अँगूठी से तमाल वृक्ष की छाया की भाँति, यमुना की तरंग की भाँति, कपिला गाय के शरीर की कान्ति की भाँति श्यामल कान्ति बिखर रही थी। अरुन्धती ने कमरे से दो पान लाकर देवदासी के हाथ में रख दिये। देवदासी ने दो पान देने का कारण नहीं पूछा; उन्हें मुट्ठी में बन्द कर लिया। भाई-बहन बाहर निकल पड़े। अरुन्धती ने उसकी ओर देखा। दोनों बाहर जाकर रामेश्वर शास्त्री की बनवायी हुई संगमरमर की सीढ़ियों पर बैठ गये। गिरिका के पाँव पानी में भीग रहे थे।

धर्माराव, ''मेरे लिए तुम कल भी आयी थीं ?''

गिरिका, ''नहीं, कल तुम रंगापुर गये थे न ?''

धर्माराव, ''तुमसे किसने कहा ?''

गिरिका, ''जाते समय तुम्हें मैंने स्वयं देखा था। यहाँ से देखो, रंगापुर का रास्ता दीख रहा है न ? मैंने तुम्हें दूर से देखकर पहचान लिया।''

धर्माराव, ''पिछले आठ महीनों में तुम क्या करती रहीं ?''

गिरिका, ''पढ़ाई नहीं, कुछ भी नहीं। तुम अपना रास्ता तो देख रहे हो, पर मुझे कोई रास्ता नहीं दिखाते।''

धर्माराव, ''मेरा रास्ता आसान है, तुम्हारा कठिन। तुम्हें अपना रास्ता स्वयं ढूँढ़ना होगा। उस रास्ते का हमें अनुभव नहीं है।''

गिरिका, ''यह क्या कहते हो ? बस तुम्हारा ही तो भरोसा रह गया है मुझे। तुम ही ऐसी बातें करोगे तो मेरा क्या होगा, भैया ? जैसा तुमने कहा था, मैं हर रात सोने के समय तक प्राणायाम करती आ रही हूँ और स्वामी का ध्यान कर रही हूँ। पर स्वामी की आकृति मेरे स-मुख टिकती नहीं। दो-तीन बार टिकी भी तो तुरन्त अदृश्य हो गयी। भैया, मन्दिर में प्रभु के सम्मुख खड़े-खड़े मुझे जो सुख मिलता है, घर में नहीं मिलता।''

धर्माराव, ''माई, यह विद्या केवल आठ महीने में हस्तगत हो सकती तो फिर ऋषियों को युग-युगों तक साधना क्यों करनी पड़ती ? तुम मुझे भूल जाओ। मान लो, मैं नहीं हूँ, तब तुम क्या करोगी ? जो करती हो, उसी को बार-बार करके तुम्हारे प्राण ऊब जाने चाहिए, प्रभु के प्राण भी तब ऊब जाएँगे। उसी समय उस चोर का मन पसीजेगा। प्राणों को उबा देने में वह बड़ा उस्ताद है।''

गिरिका, ''बहनोई को जितनी चाहो, फटकारें सुनाओ। तुम सुना सकते हो और उन्हें सुनना पड़ेगा।''

धर्माराव, ''ये बातें रहने दो। हँसी-मज़ाक़ रहने दो। यह तो बताओ कि स्वामी कितनी दूर आये हैं। फिर कोई स्वप्न आया ?''

गिरिका, ''तुम्हारे जाने के बाद लगभग एक महीना हुआ, मुझे स्वप्न आया था।''

धर्माराव, ''स्वप्न में क्या हुआ ?''

गिरिका, ''स्वामी बाँसुरी बजा रहे थे। गौएँ गर्दन उठा-उठाकर उनकी ओर देख रही थीं। दूर यमुना नदी बह रही थी। तमाल-वृक्ष हवा में डोल रहे थे। स्वामी की श्यामल देह-छटा मुझ पर प्रसरित हुई। उस साये में दुबकती-दुबकती मैं स्वामी के पास जा पहुँची। पिछली बार मुझे देखकर स्वामी भाग खड़े हुए थे। इसी से अब की बार मैं उनकी आँख बचाकर जा पहुँची। मुझे उन्होंने नहीं देखा। पास जाकर मैंने उनका उत्तरीय छू लिया। उस स्पर्श से मुझे अपूर्व आनन्द की अनुभूति हुई। मेरा हृदय धड़कने लगा। शरीर में रक्त अत्यन्त वेग से दौड़ लगाने लगा। बस, इतने में मैं जाग उठी। देखा तो स्वामी नहीं, कुछ भी नहीं। थोड़ी देर रोती रही। फिर मुझे नींद नहीं आयी।''

धर्माराव, ''धीरज धरो। अभी कुछ देर है। सम्भव है, कई बरस लग जाएँ। आज तक जो मार्ग बताया था, वही ठीक है। स्वामी को तुमसे बोलना होगा। स्वप्न में नहीं, जागते में ही वे तुमसे बोलेंगे।''

गिरिका निराश हो गयी। वह रो रही थी। धर्माराव उसकी ओर निहार रहा था। गिरिका कहने लगी, ''भैया, क्या मेरे नाथ कभी मुझ पर कृपा करेंगे ? पता नहीं, मैंने कितनी रातें जाग-जागकर बितायी हैं। क्या वे स्वयं नहीं जानते ? मैं जितने कष्ट सह रही हूँ, वे शायद पर्याप्त नहीं हैं। एकादशी और द्वादशी को दिन भर में एक बार भोजन करती हूँ। अष्टमी और नवमी को भी एक ही बार खाती हूँ। अब तो उन तिथियों में निराहार रहूँगी ? भैया, बताओ और क्या करूँ ? क्या एकबारगी अपना गला काट लूँ। वह तो मैं आसानी से कर लूँगी। स्वामी की कृपा न हो, तो मेरा यह जीवन किस काम का ? अभी-अभी भाभी को देख आयी हूँ। उनके लिए तुम प्रत्यक्ष स्वामी हो। मैं उन पर नहीं जलती; पर मेरा कोई नहीं है। पता नहीं, कब मेरे पतिदेव मुझ पर कृपा करेंगे।''

धर्माराव, ''क्षेत्रय्या के पद तुमने कितने सीख लिये हैं ?''

गिरिका, ''माँ को जितने पद आते थे, सब उसने मुझे सिखा दिये।''

धर्माराव, ''मैंने तुम्हें एक पुस्तक दी थी, जिसमें नायिका-भेद और उनके लक्षण आदि का वर्णन है। पुस्तक तुमने पढ़ी ?''

गिरिका, ''पढ़ी तो है, पर ठीक-ठीक समझ में नहीं आया। कल रात आ जाऊँ ? मुझे समझाओगे ? तुम्हें अड़चन तो नहीं होगी ?''

धर्माराव, ''प्रतिदिन एक घण्टा पढ़ा करो। कल से आने लगो। मैं तीन महीने यहीं रहूँगा। जो पद तुमने सीखे हैं, उनके भी नायिका-भेद बताऊँगा। तीन महीने में तुम्हें सब कुछ सीख लेना होगा।''

गिरिका, "आज से दस दिन के भीतर स्वामी कम-से-कम स्वप्न में ही मुझसे बोल लेंगे तो ठीक, नहीं तो किसी रात इस तलैया में गिर पड़ूँगी। मेरी मृत देह से ही स्वामी का नौका-उत्सव सम्पन्न होगा। लगता है, मेरा ऐसा ही अन्त होने वाला है।"

गिरिका फिर रोने लगी। धर्माराव बोला, "चलो, स्वामी से पूछ लेंगे।" और उसे मन्दिर में ले गया। वहाँ पहुँचकर गिरिका बेसुध-सी हो गयी। धर्माराव भी तन्मय हो गया। दोनों मन्दिर से बाहर आये। घर जाते-जाते गिरिका बोली, "पूछा क्यों नहीं ?"

धर्माराव बोला, "भूल गया।"

रात बहुत बीत चुकी थी। गिरिका को उसके घर छोड़कर धर्माराव घर लौटा। अरुन्धती उसकी राह देख रही थी। धर्माराव उसे अपनी भुजाओं में उठाकर भीतर ले गया। बाहर घटा-टोप अँधेरा छा गया।

दूसरे दिन रंगाजम्मा का स्वास्थ्य और बिगड़ा। रात भर नींद नहीं आयी। बुख़ार नहीं उतरा। गाँव का नाई और दो पुजारी आकर देख गये। कुछ दवा-दारू करने लगे। बोले, एक सप्ताह के बाद ही रोग की परख हो सकेगी। रामचन्द्रराजु अपनी माँ से कहे बिना ही एक डॉक्टर को बुला लाया। डॉक्टर ने कुछ औषधियाँ मँगाने का आदेश दिया और इन्जेक्शन देकर चला गया। एक-एक घण्टे के बाद बुख़ार देखना, नोट कर लेना, घण्टे-घण्टे में दवा देना—यह सब करने के लिए वहाँ एक व्यक्ति को रहना पड़ता था। रंगाजम्मा ज़िद कर बैठी कि पानी मिली हुई कोई भी औषधि नहीं लूँगी। अतएव गोलियाँ दी जाने लगीं।

दूसरे दिन धर्माराव और रामचन्द्रराजु रंगाजम्मा के पास बैठे थे।

रंगाजम्मा, "बेटा ये कैसे डॉक्टर हैं ? इतने बड़े लोग कहीं पतलून पहनते हैं ? देखने में आदमी अजीब नहीं लगता ?"

रामचन्द्रराजु, "माँ, तुम्हें बोलना नहीं चाहिए। डॉक्टर ने मना किया है। चुपचाप लेटी रहो।"

रंगाजम्मा, "मुँह में सिगरेट रखकर ही वह मेरे पास चला आया। तुमने उससे सिगरेट फेंकने को क्यों नहीं कहा ?"

रामचन्द्रराजु, "वे बड़े लोग हैं। साहबों की तरह रहते हैं।"

रंगाजम्मा, "मैं बड़े लोगों को नहीं जानती ? ज़मींदार कृष्णम नायडू ने कभी ऐसा किया था ? ये डॉक्टर उनसे भी बड़े हैं ? ज़मींदार कितने सच्चे भक्त थे !"

धर्माराव को रंगाजम्मा की एक-एक बात अर्थ से ओतप्रोत लग रही थी। आज धूम्रपान गौरव की निशानी बन गया है। बड़े लोगों का अर्थ महान् गुणों से सम्पन्न व्यक्ति नहीं, बड़ा वेतन पाने वाला व्यक्ति हो गया है।

रंगाजम्मा, "ये डॉक्टर नाड़ी क्यों नहीं देखते ? केवल इधर-उधर के प्रश्न पूछकर

रोग का पता कैसे लगता है ? नाड़ी देखकर और शरीर के तत्त्व को पहचानकर तदनुरूप औषधि दी जाती है। केवल ऊपरी चिह्न देखकर दवा देने से कुछ का कुछ नहीं होगा ?''

रामचन्द्रराजु, ''माँ, इनकी चिकित्सा का ढंग ही अलग है। नाड़ी देखे बिना ही इन्हें सब कुछ ज्ञात हो जाता है।''

रंगाजम्मा बोलीं, ''होता होगा।'' फिर चुप रहीं। आगे उनसे बोला न गया। रामचन्द्रराजु ने अपने बच्चे का नाम रामेश्वर शास्त्री राजु रखा था। बच्चा दादी के पास आया। वह ''अत्ता, अम्मा, बाबा'' इन तीनों शब्दों का उच्चारण कर सकता था। सुब्बन्नापेठ आकर ''मामा'' शब्द भी उसने सीख लिया। रंगाजम्मा आठों पहर अपने पोते के मुँह से शब्द कहलवाने में व्यस्त रहती थीं। परन्तु आज उनमें शक्ति नहीं रही। उन्होंने केवल बच्चे को अपने पास बैठा लिया।

शाम को धर्माराव रंगाजम्मा के यहाँ था। देवदासी उससे मिलने गयी। धर्माराव उस समय रामचन्द्रराजु से कुछ बातें कर रहा था। देवदासी को देखते ही वह अचानक उठ खड़ा हुआ और उसके साथ मन्दिर की ओर चल पड़ा। रामचन्द्रराजु भौंचक्का रह गया। रंगाजम्मा ने देवदासी को देखा। अपने पुत्र से कहने लगीं, ''इसमें आश्चर्य की क्या बात है ? जानते हो वह लड़की कौन है ? तुम्हारे पिता जी ने रत्नगिरि नामक वेश्या को रख लिया था। यह लड़की उसी की बेटी है।''

रामचन्द्रराजु ने पूछा, ''धर्माराव अचानक क्यों उठकर चल दिया ?''

रंगाजम्मा बोलीं, ''उन दोनों का वृत्तान्त बड़ा विचित्र है। किसी की समझ में नहीं आता। दोनों भाई-बहन हैं। पिछले दिनों नये ज़मींदार के राजतिलक के समय एक विचित्र घटना हुई थी। उन्होंने देवदासी को नाचने के लिए बुलाया। देवदासी ने इनकार किया। ज़मींदार के लोगों ने उसे ज़बरदस्ती ले जाना चाहा। धर्माराव ने प्रतिरोध करके कहा कि चाहे प्राण चले जाएँ, पर देवदासी वहाँ नहीं नाचेगी। उसकी बात सुनकर ज़मींदार के लोग चुप रह गये।''

रामचन्द्रराजु, ''धर्माराव बड़ा अच्छा आदमी है। देवदासी कैसी है ?''

रंगाजम्मा, ''मैं उससे कई बार बातें कर चुकी हूँ। वह भागवत कण्ठस्थ कर चुकी है। बोलते-बोलते आपे से बाहर हो जाती है। धर्माराव को भाई मानती है। बड़ी भक्तिन है। मेरा विश्वास है कि कुछ दिनों में वह वेणुगोपाल....''

रंगाजम्मा आगे कुछ न बोल सकीं। मुँह से शब्द बड़ी कठिनाई से निकल रहे थे।

रात को बड़ी देर से धर्माराव गिरिका के साथ घर जा रहा था। रास्ते में रामचन्द्रराजु दिखाई दिया। धर्माराव ने उससे कहा, ''भैया, माँ जी ने इस लड़की का परिचय तो तुम्हें दिया ही होगा। इसका नाम गिरिका है।'' फिर उसने देवदासी से कहा, ''गिरिका, ये रंगाजम्मा के पुत्र हैं, हम सबके बड़े भैया। इनका नाम रामचन्द्रराजु है।''

गिरिका ने रामचन्द्रराजु को देखा। राजु ने कहा, ''सुना है कि तुम्हारा नाम देवदासी

है।''

गिरिका, ''भैया मुझे गिरिका ही कहते हैं।''

रामचन्द्रराजु, ''भैया ही न कहो। कहो कि दोनों भाई तुम्हें गिरिका ही कहते हैं।''

गिरिका और धर्माराव हँस पड़े ! फिर दोनों आगे चले। रात को रामचन्द्रराजु ने अपनी पत्नी से कहा, ''रथन्तरी, तुम्हें एक बात बताऊँ ! इस गाँव में मेरे पिता जी की उप-पत्नी की लड़की देवदासी रहती है। वह कल यहाँ आएगी। जब तक हम यहाँ रहें, तुम उसे फूल-फल आदि देती रहना। श्रद्धा से दिया करना।''

दूसरे दिन रामेश्वर शास्त्री का श्राद्ध था। धर्माराव ब्राह्मणों को लिवाने रंगापुर गया। राज्यलक्ष्मी के यहाँ भी गया। उसे देखते ही राज्यलक्ष्मी ने चटाई बिछाकर बिठाया।

धर्माराव, ''अरुन्धती ने कहा है कि उसने आपके पास चन्द्रहार रखा था। उसने हार मँगाया है।''

राज्यलक्ष्मी, ''क्या वह तुम्हीं से कामकाज करा रही है ? इतनी चतुर बन गयी है ?''

धर्माराव हँस पड़ा।

राज्यलक्ष्मी, ''भैया तुम्हारे सास-ससुर निरे राक्षस हैं। अरुन्धती को उन्होंने बड़े कष्ट दिये। तुमने बहुत अच्छा किया जो उसे यहाँ से ले गये। तुम्हारे पास आकर तुम्हारी सुखमय गृहस्थी एक बार देखना चाहती हूँ।''

राज्यलक्ष्मी ने चन्द्रहार लाकर दिया। धर्माराव ने उसे गले में पहन लिया।

राज्यलक्ष्मी, ''जोड़ के पास हार टूट गया था। मैंने सुनार को देकर उसे फिर से जुड़वाया है। अरुन्धती से कह देना।''

धर्माराव लौटने लगा। राज्यलक्ष्मी उसे ठहराकर घर के पीछे से कुछ भाजी-तरकारी ले आयी। धर्माराव के ना कहने पर भी उसने सानुरोध तरकारी उसके हवाले कर दी।

धर्माराव घर पहुँचकर सन्ध्या-वन्दन आदि समाप्त करके बैठ गया। ब्राह्मण आये। इतने दिन बाद पितृश्राद्ध के समय उसकी पत्नी को अग्नि ले आने का अवसर मिला था। धर्माराव इस पर प्रसन्न हुआ। यहाँ की अर्चना समाप्त होने के उपरान्त रामचन्द्रराजु ने अपने यहाँ ब्राह्मणों की अर्चना की। उन्हें दक्षिणा दी। उस दिन सन्ध्या समय रामचन्द्रराजु का नाम चहुँ ओर गूँज उठा। घर में उस दिन क्षीरान्न बना। रंगाजम्मा के मना करने पर भी बहू ने क्षीरान्न चखाया। धर्माराव के घर से श्राद्ध में बने हुए पदार्थ ले जाकर रामचन्द्रराजु के घर वालों ने खाये। रंगाजम्मा फिर से पितृ शेष के नाम पर क्षीरान्न खा गयीं। उस दिन उन्हें बड़ा आनन्द हो रहा था। रत्नगिरि भी हर श्राद्ध के दिन ब्राह्मणों को बुलाकर चावल-दाल आदि दिया करती थी। धर्माराव के घर में भोजन समाप्त होने पर ही रत्नगिरि और देवदासी भोजन किया करती थीं। इसीलिए उनके घर बड़ी देर से भोजन होता था। श्राद्ध के दिन देवदासी मन्दिर नहीं जाती थी। सो वह धर्माराव के घर भी नहीं आयी।

श्राद्ध के दिन हरिया पता नहीं कहाँ से धर्माराव के घर आ धमकता था। सावित्री देवी उसे बड़े खिलाती थीं। वहाँ बैठकर वह बड़े खाता और कुछ अपनी माँ को देने के लिए माँगकर ले जाता। उस दिन सन्ध्या समय वह आया। धर्माराव और रामचन्द्रराजु बाहर चबूतरे पर बैठे थे। हरिया नये व्यक्ति को देखकर धर्माराव से बोले बिना ही घर के भीतर चला गया।

उसे देखते ही अरुन्धती घबरा गयी और भीतर दौड़कर सास से कहने लगी, "वह क्या है ?"

हरिया हवा में झूमने वाले साँप की भाँति चला आ रहा था। सावित्री देवी उसे देखकर हँसने लगीं और बोलीं, "घबराओ नहीं, वह मंगा का लड़का है—तुम्हारा देवर।"

अरुन्धती हरिया को बड़े ग़ौर से देखने लगी। रामचन्द्रराजु ने उसे भीतर जाते देखा। राजु को बड़ा आश्चर्य हुआ। पर उसे स्मरण हो आया कि यहाँ से उसके जाते समय हरिया पाँच-छह वर्ष का था। आज वह पहले की अपेक्षा बहुत ऊँचा था। परन्तु उसमें और कोई परिवर्तन नहीं हुआ था। बड़े खाकर हरिया बाहर आया और धर्माराव को देखता हुआ जाने लगा। धर्माराव ने सीटी बजायी। हरिया को बुलाने का उसका यही ढंग था। हरिया पीछे की ओर देखकर जाने लगा। धर्माराव ने फिर से सीटी बजाकर उसे बुलाया।

रामचन्द्रराजु ने कहा, "उसे पकड़ लाओ।"

धर्माराव बोला, "वह हाथ नहीं आएगा। मैं उसके बराबर दौड़ नहीं सकता। ऊपर पंछियों को देखता हुआ दौड़ता है।"

हरिया पास आ गया। धर्माराव ने रामचन्द्रराजु की ओर संकेत करके पूछा, "इन्हें नहीं जानते ?"

हरिया ने नकारार्थक सिर हिलाया।

धर्माराव बोला, "यह रंगाजम्मा के पुत्र हैं—हमारे बड़े भाई।"

हरिया बड़ी-बड़ी आँखें करके देखने लगा। फिर उसने "उस्स्" कहकर फूँकने की आवाज़ की। यह इस बात की सूचना थी कि उसकी समझ में आ गया है। फिर वह बोला, "भाई !"

धर्माराव ने सिर हिलाया। हरिया वहाँ से चम्पत हुआ।

दोनों भाइयों में बड़ी देर तक पिता के सम्बन्ध में बातें चलती रहीं। पिता के प्रति दोनों के मन में अपार आदर था। बड़ी देर तक दोनों बैठे रहे। इतने में कबीर देवदासी को साथ ले आया।

धर्माराव बोला, "भैया, बहन को पढ़ाना है, अब मुझे आज्ञा दो।"

रामचन्द्रराजु ने गिरिका का हाथ पकड़कर कहा, "माई !"

गिरिका बोली, "भैया !"

अरुन्धती और गिरिका सहपाठिनी बन गयीं। परन्तु अरुन्धती गिरिका की तुलना

में आगे न बढ़ सकी। उस दिन धर्माराव ने 'वासकसज्जिका' के लक्षण समझाये। जो पुस्तक पढ़ी जा रही थी, वह थी भानुमिश्र की 'रसमंजरी'।

'वासकसज्जिका' के लक्षण सुनते-सुनते गिरिका की आँखें विस्फारित हो गयीं और उनमें दिव्य ज्योति झलकने लगी। अरुन्धती लगातार उसी को देख रही थी। आधी रात बीती। गिरिका बोली, "स्वामी कब आएँगे ?"

उसकी तन्मयता देखकर धर्माराव ने पुस्तक बन्द कर दी और कुछ प्रार्थना-श्लोक पढ़कर पाठ समाप्त किया। फिर उसने कबीर से कहा, "गिरिका को ले जाओ।" तन्मयता की स्थिति में गिरिका को कबीर बड़ी सावधानी से चलाता हुआ ले गया। अरुन्धती दरवाज़े तक उसे पहुँचाने गयी और उसी की ओर टकटकी लगाये बहुत देर तक खड़ी रही। जब वह देर तक नहीं लौटी तो धर्माराव स्वयं उसकी खोज में द्वार के पास जा पहुँचा और उसकी मनःस्थिति का अनुमान करके मन-ही-मन हँसता हुआ उसे भीतर ले आया। पितृ-श्राद्ध का दिन था। पति-पत्नी अलग-अलग सो गये। धर्माराव चटाई लगाकर बाहर सो रहा था। अरुन्धती को नींद नहीं आती थी। रात के तीन पहर बीत चुके थे। "गोपालाजिरकर्दमे विहरसे विप्राध्वरे लज्जसे।" कर्म कर-करके जिनके शरीर धर्म में भीगे हों, उनकी ओर गिरिधर गोपाल देखते तक नहीं। परन्तु इस वेश्याकन्या के मन में आकर अड्डा जमाये हुए हैं। अहा ! क्या भाग हैं देवदासी के। अरुन्धती को लगा कि गिरिका भगवान् की राह देखती अब भी जाग रही है। उसने पति को जगाकर कहा, "गिरिका अब क्या कर रही होगी भला ? हम चलकर देख आएँ ?"

धर्माराव बोला, "हमें इस समय जाकर द्वार नहीं खटखटाना चाहिए। वह समझेगी, सचमुच भगवान् ही आये हैं। उसकी प्रतीक्षा यों ही बनी रहे, यही अच्छा है। उसमें भंग पड़ेगा तो उसका मन विकल हो जाएगा।"

अरुन्धती, "गिरिका बड़ी भाग्यवान् है। सचमुच उसका जीवन धन्य है।"

धर्माराव, "तुम भी क्या कम हो ? गिरिका की मनःस्थिति की कल्पना में ही इतनी तल्लीन हो रही हो।"

अरुन्धती, "मेरा मन तो आप ही पर केन्द्रित है। आप को छोड़कर कहीं नहीं जाता।"

धर्माराव, "कहीं नहीं जाता, इसलिए तुम्हें बुरा लग रहा है क्या ?"

अरुन्धती, "आज रात को आपका स्पर्श निषिद्ध है, नहीं तो ऐसी बात के उत्तर में...."

धर्माराव फिर सो गया। अरुन्धती सोचने लगी—जिस प्रकार भगवान् ने गिरिका को अपनाया, उसी प्रकार पतिदेव ने उसे स्वीकार कर लिया है। उसे बड़ा आश्चर्य हुआ। यह कैसी अद्भुत शक्ति है।

दूसरे दिन रंगाजम्मा के प्राणों पर बन आयी। पड़ोस की स्त्रियाँ इकट्ठी हुईं। टीका-टिप्पणी होने लगी। "हाय ऐसी बीमारी में कोई बड़े भी खाता है ? बड़े खाकर

ही इनकी यह दशा हुई है।" ....जो हो, उनका श्वास रुकने लगा। मुँह से बात नहीं निकल रही थी। डॉक्टर ने आकर फिर देखा, इन्जेक्शन दिया और दूसरे दिन आने का वचन देकर चला गया।

रामचन्द्रराजु ने डॉक्टर को तीन सौ रुपये दिये। डॉक्टर ने उन्हें लापरवाही से जेब में रख लिये, मानो वे तीन रुपये हों। फिर उनकी गाड़ी नहीं रुकी, मानो उड़ गयी। रंगाजम्मा सन्ध्या समय फिर से बोलने लगीं। सबने सोचा, अब स्वास्थ्य सुधरने लगा है। दस मिनट तक ठीक-ठीक बोलती रहीं। इसके उपरान्त यों ही हाथ फेरना, अकारण हाथ-पाँव हिलाना, जहाँ कोई व्यक्ति न हो वहाँ किसी को खोजना, बहकी बातें करना आदि लक्षण दीखने लगे।

लोगों ने कहा, "सन्निपात हुआ है, वह अँग्रेज़ी दवा से कम होने का नहीं; कोई अच्छी देशी दवा चाहिए।" सावित्री देवी ने रंगाजम्मा के हाथ-पाँव छूकर देखे। वे ठण्डे पड़ रहे थे। सावित्री देवी ने कहा, "सिंह-प्रतिपालन, नामक औषधि मिल जाए तो शरीर में उष्णता आ सकती है।" पुजारी ने आकर औषधि पिलायी, पर औषधि मुँह के बाहर निकल आयी। रंगाजम्मा की दृष्टि में भी एक प्रकार का विकार उत्पन्न हो गया था।

रात बहुत बीत गयी थी। अँधेरा छा रहा था। छोटा रामेश्वर शास्त्री सहसा जागकर शोर मचाने लगा। रथन्तरी ने उसे बहुत समझाया। धर्माराव, अरुन्धती, सावित्री देवी, मंगा, रत्नगिरि, सब के सब उपस्थित थे।

रंगाजम्मा ने बैठने का प्रयत्न किया। बेटे ने सहारा देकर उन्हें बिठाया। लोगों ने बहुत मना किया। पर इतने में उनका सन्निपात जाता रहा। सुधि आयी। किसी की समझ में कुछ नहीं आया। इस बीमारी में एकबारगी उठ बैठना और भली-भाँति बातें करने लगना, यह देखकर सबको आश्चर्य हुआ। रंगाजम्मा ने अपनी साड़ी बदलने का आदेश दिया। बक्से में एक अच्छी साड़ी थी, उसे लाकर पहनाने को कहा। साड़ी पुरानी और बहुत मूल्यवान् थी। रामेश्वर शास्त्री जब जीवित थे, उन दिनों रंगाजम्मा वह साड़ी पहना करती थीं। उसे पहनते ही शास्त्री जी कहा करते, "रंगाजम्मा बड़ी सुन्दर है।"

रंगाजम्मा ने वह साड़ी पहनने की इच्छा प्रकट की, तो सब के सब सिटपिटाये। परन्तु रामचन्द्रराजु ने कहा, "वह साड़ी हमारे किस काम आएगी ? माँ की यह अन्तिम इच्छा है। पहना दो।"

किसी ने कहा, "अन्तिम इच्छा क्यों कहते हो ? माँ जी अवश्य बचेंगी।"

साड़ी पहनाई गयी। बक्से से कस्तूरी लाकर साड़ी पर मली गयी। सारे शरीर में सुगन्ध-द्रव्यों का लेप किया गया। साफ़-सुथरे वस्त्रों से सेज सजाई गयी। यह सब देखकर लोग विस्मित हो रहे थे। सारा प्रबन्ध होने के बाद रंगाजम्मा सेज पर लेट गयीं और सबको दूर जाने का आदेश देकर हँस पड़ीं। उसी हँसी में मृत्यु देवता का साक्षात्कार हुआ। उस हँसी को सुनकर लोग समझ गये कि यह भी एक प्रकार का सन्निपात है।

रंगाजम्मा का सन्निपात यथापूर्व शुरू हुआ। सारे कमरे में सुगन्ध फैल गयी। किसी को भी प्रतीत नहीं हुआ कि कोई मरणासन्न व्यक्ति पास में है। बक्से में धर्माराव ने अगरबत्तियाँ देखीं। उसने उन्हें जलाया। आधी रात हो चुकी थी। कोठी में नगाड़े बज रहे थे। ठण्डी-ठण्डी हवाएँ घर के भीतर दौड़ लगा रही थीं। सबके प्राणों को सुख की अनुभूति हो रही थी।

रंगाजम्मा ने काँपते स्वर में कहा, "देखा ?"

रामचन्द्रराजु उनके पास आकर पूछने लगा, "क्या है माँ ?"

रंगाजम्मा पागलों की भाँति देखती हुई बोलीं, "देख लिया ?"

राजु ने फिर पूछा, "क्या देखूँ ? वहाँ क्या है ?"

रंगाजम्मा पागल-सी हँसकर अपनी साड़ी सँवारने लगीं।

बहू उनके पास आ बैठी और पूछने लगी, "क्या देखने को कहती हैं ?"

सास बोली, "वे...वे आये हैं।"

रामचन्द्रराजु ने पूछा, "माँ, कौन आये हैं ?"

रंगाजम्मा फिर से हँस पड़ीं। बैठने का प्रयत्न करने लगीं। राजु उन्हें सँभालने लगा। रंगाजम्मा बोलीं, "उन्हें बैठने को कहो। उन्हें बिठाओ।"

राजु ने फिर पूछा, "कौन हैं जिनको बिठाना है ?"

रंगाजम्मा हँसती हुई सेज पर लेट गयीं। रामचन्द्रराजु दूर जा खड़ा हुआ। माँ फिर से उठने लगीं। बेटे ने फिर सँभाला। माँ बोलीं, "देखो; देखो, वे आये हैं।"

बेटे ने पूछा, "माँ, कौन आये हैं ?"

"तुम्हारे पिता जी ! वह देखो।" यह कहकर रंगाजम्मा सेज पर पड़ गयीं।

जब से रामचन्द्रराजु ने होश सँभाला, उसके मन में अपने माता-पिता के प्रति एक विचित्र भावना रहती आयी थी। उसकी कल्पना थी कि वे दोनों रति और मदन हैं। शृंगार रस के अधिदेवता हैं। उसका विश्वास था कि प्रेम ऐसा ही होना चाहिए। बचपन में पिता जी उस पर सौ जान से मरते थे। उसे 'रामचन्द्र' कहकर पुकारते थे। कहते थे, "क्षत्रियों का राज्य देश से उठ गया है। इसलिए मैं अपने लड़के को धनुर्विद्या सिखाऊँगा। अथर्ववेद सिखाऊँगा। ब्रह्मास्त्र आदि का प्रयोग और उपसंहार सिखाऊँगा और उसे महान् धनुर्धारी बनाऊँगा। तभी कृतयुग-धर्म की पुनः स्थापना होगी।"

पिता की गोद में बैठकर वह उनसे पुराण-गाथाएँ सुना करता था। उसके मन में क्षत्रिय-सुलभ साहस का प्रदर्शन करने की उत्कण्ठा उत्पन्न हुई। जब वह सयाना हुआ तो उसकी माँ ने अपने ब्याह का वृत्तान्त उसे कई बार रोचक ढंग से सुनाया। रामचन्द्रराजु अपने माता-पिता को वासवदत्ता और उदयन के समान लोकाराध्य दम्पती मानकर निरन्तर अपने मन में उनकी आराधना करने लगा। वह घर छोड़कर गया था तो इसी संकल्प से कि देश को जीतकर राज्य का पालन करूँ। परन्तु घर छोड़ने के उपरान्त उन कल्पनाओं की निस्सारता उसकी समझ में आ गयी। पिता से उसने जो

पुराण-गाथाएँ सुनी थीं, उनका आज के संसार से कोई सम्बन्ध न था। धीरे-धीरे आज के जगत् का रहस्य उसकी समझ में आ गया। फिर भी उसके मन में माता-पिता के प्रति जो अपार श्रद्धा थी, उसमें कोई कमी नहीं हुई। वह सोचता था कि शिव जी का धनुष भंग करके श्रीरामचन्द्र ने सीता से ब्याह रचाकर जो उत्कृष्ट कार्य किया था, वही कार्य उसके पिता ने उसकी माँ से विवाह करके किया। उस विवाह की प्रत्यग्रता उसके मन से कभी तिरोहित नहीं हुई। उसकी दृष्टि में उसकी माँ सीता देवी से किसी भी बात में कम न थीं। आज माँ की मरणासन्न स्थिति में रामचन्द्रराजु का उद्वेग उसके हृदय में उथल-पुथल मचाने लगा। माता-पिता के प्रति उसकी समस्त भावनाएँ हृदय-कपाट को छेदने लगीं। ओ हो ! मरते समय माँ को पिता जी के दर्शन हुए। नित्य-वधू की भाँति मरण-शैया पर माँ समस्त सुगन्ध-द्रव्यों से सुसज्जित हैं ! पिता जी को जो साड़ी बहुत पसन्द थी, वही साड़ी माँ ने पहन रखी है। उसकी इस वेष-भूषा से पिता जी के हृदय में मधुर भावनाओं का उदय हुआ होगा....इन सब कल्पनाओं में व्यस्त रामचन्द्रराजु एक पवित्र भावना के जगत् में विचर रहा था। उधर रंगाजम्मा ने पति को गले लगाने के बहाने अपने हाथ फैलाये। फिर उन्हें अपनी छाती पर बाँध लिया और अधरों पर मन्द हास बिख़ैरकर आँखें मूँद लीं।

मरण के लक्षण जानने वाली एक बुढ़िया बोली, ''हाय रे, नीचे उतारो, नीचे उतारो।''

रामचन्द्रराजु के साथ-साथ धर्माराव भी पलंग के पास जा पहुँचा। राजु बोला, ''तुम मत छुओ।''

धर्माराव ने एक न मानी। दोनों ने रंगाजम्मा को पलँग से उतारकर ज़मीन पर लिटा दिया। राजु ने रंगाजम्मा के मुँह में तुलसी-पत्र रखा और पानी की बूँदें डालीं। रंगाजम्मा पानी निगल गयीं। प्राणों के उत्क्रमण तक रामचन्द्रराजु माँ के कान में 'नारायण-नारायण' का लगातार जप करता रहा। रंगाजम्मा के लिए ज़ोर से रोने वाला कोई न था। उसकी आत्मा को शान्ति प्राप्त हुई। जब से रंगाजम्मा अपना पीहर छोड़ आयी थीं, तब से उन्होंने पति ही में भगवान् के दर्शन किये थे। पति पर विपदा आयी, तब भी वह पति ही के पास रहीं। पति के चल बसने के बाद भी अपने मन में पति को बाँध लिया। अन्त में मरणासन्न सन्निपात की दशा में भी पति के ही दर्शन किये। सीता देवी और रंगाजम्मा ने एक ही प्रकार की मूर्ति का ध्यान किया—वह मनोहर मूर्ति जिसकी नाभि तक यज्ञोपवीत था, जिसका वक्षोभाग विशाल था। जिसके अधरों पर मन्दहास नाचता था, जिसके हाथ में धनुष था।

रंगाजम्मा को पलँग से उतारकर धर्माराव बाहर आया। वह कृष्णाष्टमी की रात थी। चन्द्रोदय हो रहा था। अर्धाकृति चन्द्रमा आधी उपयोग में लायी गयी सुगन्ध-द्रव्य की काली टिकिया की भाँति उदित हो रहा था। रंगाजम्मा और रामेश्वर शास्त्री ने जिस सुगन्ध द्रव्य का हज़ारों बार उपयोग किया था, वही द्रव्य मानो आधी टिकिया की

आकृति में फिर से उनकी आत्माओं के समागम की वेला पर आ पहुँचा। चाँदनी और अँधेरा समभाग में मिल-जुलकर सुखद लग रहे थे। किसी-किसी की मृत्यु, मृत्यु जैसी नहीं रहती। घर में सन्नाटा अवश्य था; पर इस बात का भान नहीं होता था कि अभी-अभी यहाँ किसी की मृत्यु हुई है।

रामचन्द्रराजु बैठा-बैठा हँस पड़ा। रथन्तरी बोली, "हँसते क्यों हैं ?"

राजु कहने लगा, "मेरे पिता जी से ब्याह करके माँ भाग्यवान् बनीं या माँ से ब्याह करके पिता जी भाग्यवान् बने ?"

सावित्री देवी ने अरुन्धती और धर्माराव को अपने घर भेज दिया। धर्माराव जाना नहीं चाहता था, परन्तु रामचन्द्रराजु ने उसे समझाकर भेज दिया। पति-पत्नी ने घर जाकर स्नान किया। धर्माराव अलग जाकर सो गया। अरुन्धती बोली, "क्या बात है ? आज छूना नहीं चाहिए ?"

धर्माराव ने उत्तर दिया, "शायद धर्मशास्त्र के अनुसार मुझे अशुचि लगी है। तुम अपने बालों को ठीक तरह पोंछ लो। आधी रात को स्नान किया है, सो कहीं कल तक सर्दी-जुकाम न हो जाए।" अरुन्धती अपनी साड़ी से बहुत देर तक लम्बे-लम्बे केशों को पोंछती और सुखाती रही।

सवेरा होते ही रंगाजम्मा की मृत्यु की ख़बर गाँव भर में फैल गयी। लोग झुण्ड के झुण्ड बनाकर जमा हुए। कहने लगे, "ओहो, ऐसा लगता ही नहीं कि रंगाजम्मा चल बसी है। वह तो मुस्कराती हुई मर गयी। कितना उदात्त जीवन था उसका। महारानी की तरह मरी है।"

सबके साथ नागन्ना शेट्टी भी आया। लौटते-लौटते उसने धर्माराव से पूछा, "बेटा, एक बार मेरे घर चलोगे ?"

धर्माराव शेट्टी के साथ हो लिया। शेट्टी ने एक प्रॉमिसरी नोट पर वसूली लिख दी और उसे धर्माराव के हवाले कर दिया।

धर्माराव बोला, "यह क्या है ?"

शेट्टी ने जवाब दिया, "भैया, तुम्हारा माल लेकर मैं क्या करूँगा ? रंगाजम्मा स्वर्ग सिधारी है। इस प्रोनोट की बाबत रुपये उसने छह महीने पहले ही चुका दिये थे। उसी के कहने पर मैंने तुम्हें सौ रुपये उधार दिये थे। क़र्ज़ वसूल हुआ है, सो तुम यह नोट वापस ले लो।" यह सुनकर धर्माराव का गला भर आया। आधा फटा प्रोनोट उसने जेब में रख लिया और उमड़ते दुःख को बड़ी कठिनाई से भीतर दबाता हुआ रंगाजम्मा के घर जा पहुँचा।

रंगापुर से आकर एक शास्त्री जी ने दाह-संस्कार करवाये। सोलहों आने चन्दन की चिता पर दाह-संस्कार किया गया। दाह के समय सौ रुपये की गाय ख़रीदकर रामचन्द्रराजु ने दान दिया। दाह-संस्कार में पाँच सौ रुपये ख़र्च हुए। अपर-कर्म बड़े पैमाने पर होने वाला था। यह ख़बर चारों ओर ब्राह्मणों तक फैल गयी, मानो हवा

पर ही सवार होकर दूर-दूर जा पहुँची हो।

अपर-कर्म बड़ी धूम-धाम से सम्पन्न हुआ। रामचन्द्रराजु ने दस हज़ार रुपये ख़र्च किये। जहाँ-जहाँ गोदान की विधि पूरी करनी थी, राजु ने प्रत्यक्ष गोदान ही किया। गोदान के बदले रुपये देने की पद्धति उसने नहीं अपनायी। रामचन्द्रराजु संस्कृत भाषा से परिचित था। स्मृतियों का जानकार था। इसलिए उसने अपर-कर्म में कोई कमी न रहने दी। धर्माराव की बहनें और जीजा आ गये। रामचन्द्रराजु ने दो दिन हरि-कीर्तन करवाया। बाज़ार में नाटक का आयोजन किया। लोग कहने लगे कि ज़मींदार के राजतिलक की अपेक्षा रंगाजम्मा का अपर-कर्म अधिक धूमधाम से हुआ है।

अपर-कर्म के अन्तिम दिन रामचन्द्रराजु और धर्माराव एक साथ बैठे थे। रामचन्द्रराजु आज तक बड़े उत्साह से अपर-कर्म करता आया था, परन्तु कर्म के समाप्त होते ही वह धर्माराव से लिपटकर ज़ार-ज़ार रोने लगा। धर्माराव ने उसे बहुत समझाया। राजु कहने लगा, "भैया, देखो होनी कितनी विचित्र है ! कहाँ गंजाम जिला, कहाँ सुब्बन्नापेठ ? पिता जी का वहाँ जाना, माँ का उन पर अनुरक्त होना, मेरा जन्म होना, विभिन्न कुल वाले होकर भी हम दोनों का भाई बनना ! इतनी दूर आकर मेरी माँ के कुल की रक्षा कैसे हुई ? माँ का शील देखो, पातिव्रत्य देखो, दिव्य-मूर्ति देखो--किसी अवतार के इतिहास जैसा नहीं लगता ?" यह कहकर उसने ठण्डी साँस ली।

रात का समय था। शुक्ल पक्ष के प्रारम्भिक दिन थे। धर्माराव ने आकाश की ओर देखा। चन्द्रमा अस्त हो रहा था। अस्तंगत चन्द्रमा पर काले बादल छाये थे। पश्चिमी आकाश में दस-ग्यारह काले-काले बादल जहाँ-तहाँ निश्चल दीख रहे थे। अस्तंगत चन्द्रमा के प्रकाश में उन मेघों के मध्य-भाग चमक उठे। समुद्र में जब भाटा होता है, तो नदी और समुद्र के संगम के स्थान पर रेत और मिट्टी के छोटे-छोटे टीले बन जाते हैं। ठीक उसी प्रकार पश्चिम का आकाश दिखाई पड़ा। वह एक मधुर लीला थी--चाँदनी भी नहीं, अँधेरा भी नहीं; दोनों की अनूठी सन्धि-वेला थी। कुछ देर बाद अँधेरा चारों ओर पुत गया। पश्चिमाकाश में प्रकाश की रेखाएँ भी अदृश्य हो गयीं, मानो जगत् में रसज्ञता का सम्पूर्ण लोप हो गया हो।

रात को धर्माराव देर से घर लौटा। अरुन्धती उसे फटकारने लगी। "हम दोनों घर में अकेली भयभीत बैठी हैं। आप बड़ी देर तक सैर-सपाटे करके लौटते हैं। ननदें और उनके पतिदेव आज सवेरे चले गये। तब से घर काट खाने को दौड़ता है।"

धर्माराव ने कहा, "यह तो नयी बात हुई। मैं तुम्हारी फटकार आज तक नहीं जानता था। सोचता था कि तुम केवल सुख लेकर आयी हो। अब देखता हूँ कि साथ-साथ कुछ और भी ले आयी हो।"

रंगाजम्मा की मृत्यु से धर्माराव को एक विचित्र अनुभूति हुई। रामचन्द्रराजु की बातें उसके मन में लगातार गूँजने लगीं। धर्माराव सोचने लगा, 'रंगाजम्मा ने मेरी कितनी सहायता की। उनका मुझ पर कितना प्रेम था। पर मैंने उनकी कोई सेवा नहीं की।'

हृदय की अनुभूति बड़ी विचित्र होती है। वह अनुभूति अनजाने में हो जाती है। किसी सामान्य अनुभूति का स्वरूप ठीक-ठीक बताना सम्भव होता है; परन्तु कोई-कोई महनीय अनुभूति ऐसी होती है जो मन को स्पर्श किये बिना ही इन्द्रियों तक पहुँच जाती है। वह व्यक्त नहीं होती। हृदय में घनीभूत होकर एक प्रकार की अस्पष्ट गुदगुदी उत्पन्न करती है। वह अनुभूति हृदय में छोटी-सी तरंग के रूप में उत्पन्न होती है और इन्द्रियों तक आकर, उनमें प्रवेश किये बिना केवल अपने छोरों का स्पर्श कराती हुई अपने आप में लय हो जाती है। धर्माराव को ऐसी ही अनुभूति हो रही थी।

अरुन्धती और धर्माराव सेज पर लेटे थे।

अरुन्धती, ''जान पड़ता है, किसी गहरे सोच में डूबे हैं।''

धर्माराव, ''रंगाजम्मा के बारे में सोच रहा हूँ।''

अरुन्धती, ''क्या सोच रहे हैं ?''

धर्माराव, ''गर्भाधान के समय मैंने नागन्ना शेट्टी से क़र्ज़ माँगा था। उसने पहले तो इनकार किया पर दूसरे ही दिन क़र्ज़ दे दिया। उसी समय मुझे कुछ आश्चर्य हुआ था। अब मुझे पता चला है कि क़र्ज़ रंगाजम्मा ने दिलवाया था। शेट्टी ने क़र्ज़ की वसूली लिखकर परसों मुझे प्रोनोट लौटा दिया। इसी को गुप्त दान कहते हैं। कहते हैं कि गुप्त-दान करने वाले किसी महालोक को प्राप्त होते हैं। उस लोक का सौभाग्य अवर्णनीय है।''

अरुन्धती, ''मैं जितना सोचती हूँ उतना ही मुझे लगता है कि आप लोग मनुष्य जाति के नहीं हैं। रंगाजम्मा तो कदापि नहीं। निश्चय ही कोई अप्सरा थीं। नहीं तो वह कस्तूरी, वह सुगन्ध-द्रव्य, वह मूल्यवान साड़ी, जीवन का वह अपूर्व वैभव, और मरते समय भी वही सब, सोचती हूँ कि किसी का शाप पाकर रंगाजम्मा स्वर्ग से भूलोक पर आयी थीं। शाप समाप्त हुआ और अपने आये हुए रास्ते स्वर्ग लौट गयीं।''

धर्माराव ने अरुन्धती का जी भरकर चुम्बन लिया। उसके मन में एक विचित्र विचार उत्पन्न हुआ। उसे लग रहा था कि आज का उसका प्रिया-समागम रंगाजम्मा की आत्मा को दिया हुआ तर्पण है।

रामचन्द्रराजु ने सुब्बन्नापेठ में स्थायी रूप से रह जाने का निश्चय किया। उसने सोचा, आवश्यकता पड़ने पर 'तुनि' प्रान्त में जाना और लौट आना उचित होगा। बहुत होगा तो वहाँ दो-तीन महीने लगातार रहकर खेती का काम ठीक कर लूँगा और फ़सल कटते ही यहाँ लौट आऊँगा। पर मेरा स्थिर निवास होगा यहीं....रथन्तरी आज तक सुब्बन्नापेठ में रहने का विरोध करती आयी थी; परन्तु अब वह स्वयं सुब्बन्नापेठ छोड़कर जाने को तैयार न थी। यहाँ के बन्धु-बान्धवों के प्रति उसके मन में अपार ममता उत्पन्न हो चली थी। मंगा का स्वभाव बड़ा विचित्र था। वह रथन्तरी से अजीब-अजीब बातें किया करती। रथन्तरी की देवरानी अरुन्धती सचमुच एक रत्न थी। वह रथन्तरी पर प्राण न्योछावर करती थी। ननद थी गिरिका। वह दुलहिन थी। मुग्धा थी। उससे बातें

करने में रथन्तरी खाने-पीने की सुध भी भूल जाया करती थी। रथन्तरी का बच्चा मंगा, अरुन्धती और देवदासी को छोड़कर पलभर भी नहीं रहता था। उछल-उछलकर उनके पास जाता, उनकी गोद से माँ के पास भी न आता। सावित्री देवी से वह बेहद हिल गया था। सावित्री देवी पौत्र को बहुत प्यार करतीं और घर लौटकर स्नान करतीं। प्रतिदिन कम-से-कम एक बार बच्चे को गोद में लिये बिना उन्हें चैन न पड़ता। अरुन्धती, गिरिका और रन्थतरी के मेल-जोल में बड़ी रोचकता आने लगी। दिन ढलते ही देवदासी और अरुन्धती रामचन्द्रराजु के घर पहुँच जातीं।

देवदासी कहती, "भाभी जी, चोटी बनाओगी ?"

रथन्तरी कहती, "तेरी चोटी बनाऊँ तो मुझे क्या देगी ?"

अरुन्धती कहती, "देगी क्या, एक चुम्बन देगी।"

रथन्तरी कहती, "मुझे नहीं चाहिए इसका चुम्बन। हम कोई ग्वाले थोड़े ही हैं ?"

गिरिका मुँह लटका लेती।

अरुन्धती कहती, "आ री लड़की ! मैं बनाऊँगी तेरी चोटी। पर ज़रा यह तो बता कि तुझे चूमते समय मुझे माखन की बास क्यों आयी थी ?"

रथन्तरी, "अरुन्धती, यह बात ठीक नहीं। इस लड़की का चुम्बन लेने को तुम्हें किसने कहा ? नहीं कहा तो टीका-टिप्पणी क्यों करती हो ? उसके चुम्बन में चाहे माखन की बास आए, चाहे मलाई की। हमें क्या पता कि माखन खाकर किसने उसका चुम्बन लिया था ?"

अरुन्धती, "लोग तो पान खाकर चुम्बन लिया करते हैं, पर हमारी ननद की बात और ही है। इसका ढंग ही अनोखा है।"

गिरिका रूठकर जाने लगती। रथन्तरी उसे पकड़ लेती और उसके गाल पर चपत लगाकर कहती, "ओहो, आख़िर ननदपन जाने नहीं दोगी न ? हमने तुम्हें क्या कहा ? दो-चार बातें सुनाये बिना ही कोई चोटी बनाता है ? दौड़ी-दौड़ी जा रही है। कहाँ जाएगी ? वृन्दावन जाएगी या विजयवाड़ा ? इसी गाँव में क्यों नहीं रह जाती ? क्या यहाँ ग्वालों के घर नहीं हैं ?" दोनों देवरानियाँ ख़ूब हँसतीं। गिरिका अपने आप को छुड़ाकर भाग निकलने का प्रयत्न करती।

रथन्तरी कहती, "अरुन्धती, यह लड़की ऐसे नहीं मानेगी। एक रस्सी ले आओ और इसे खम्भे से बाँध दो। ऐसा अनुभव एक बार हो जाए तो ठीक होगा।"

अरुन्धती कहती, "जाने भी दो दीदी। अनजान लड़की को क्यों तंग करती हो ? आ जा री गिरिका। मैं तेरी चोटी बनाऊँगी। तुझे पसन्द है न !"

फिर गिरिका चुप हो जाती। अन्त में अरुन्धती या रथन्तरी उसकी चोटी बनाती और लगातार परिहास चलता रहता। एक दिन अरुन्धती ने गिरिका की चोटी बनाते समय राज्यलक्ष्मी देवी की सिखाई हुई कला का उस पर प्रयोग किया : बोली, "ऐ लड़की ! ज़रा सँभलकर, हाँ ! पहले ही तू छड़ी जैसी है। तेरी चोटी भी छरेरी है।

कहीं आपे से बाहर होकर स्वामी को इससे मार तो नहीं बैठेगी ?''

यह बात सुनकर गिरिका ने सिर झुका लिया और ज़ार-ज़ार रोने लगी। दोनों देवरानियाँ घबरा गयीं और उसे समझाकर रोने का कारण पूछा। गिरिका बोली, ''स्वामी ने आज तक एक बार भी मुझे दर्शन नहीं दिये। और तुम हो कि लगातार उलाहने देती जा रही हो। मेरी यह मुफ़्त की बदनामी क्यों ?'' यह सुनकर रथन्तरी और अरुन्धती दोनों चुप हो गयीं।

देवदासी दस दिन से उपवास कर रही थी। उपवास के साथ-साथ दिन भर भगवान् का भजन करती थी। निरन्तर भजन में रत्नगिरि का घर मानो वैकुण्ठ बन गया। कोई भी देवदासी को आग्रहपूर्वक खाना नहीं खिला पाया। अब रह गया अकेला धर्माराव। परन्तु उसे भी सन्देह था कि इस मामले में गिरिका उसकी बात मानेगी या नहीं।

जो गिरिका पहले हृष्ट-पुष्ट दीखती थी, आज उपवासों के कारण दुबली पड़ गयी। उसके शरीर में उष्णता बढ़ने लगी और शीतोपचार की उसे अधिकाधिक इच्छा होने लगी। तथापि उसके मुख-मण्डल पर दिनों-दिन ग्रीष्म की नदी की भाँति एक अनूठी शोभा बढ़ती गयी।

उस दिन एकादशी थी। देवदासी, अरुन्धती और रथन्तरी मन्दिर में गयीं। बड़ी रानी भी आ पहुँचीं। वे अरुन्धती को जानती थीं। उन्होंने रथन्तरी का परिचय पूछा। अरुन्धती बोली, ''रंगाजम्मा की बहू हैं।''

उपवास के दिनों में देवदासी मन्दिर में किसी से बोलती न थी। उसके शरीर में सम्पूर्ण यौवन का उदय हुआ था। उसने सफ़ेद साड़ी पहन रखी थी। बाल जूड़े में बँधे थे। उपवासों के कारण दुबले हो गये शरीर में कठिन उरोज ऐसे लगते थे मानो उसका वक्षस्थल उभर आया हो। पतली कमर उसे एक अपूर्व शोभा प्रदान कर रही थी। उसने अधखुले नेत्रों से रानी की ओर देखा। रानी ने मन-ही-मन 'कृष्ण-कृष्ण' का जाप किया। अरुन्धती और रथन्तरी रानी के दोनों ओर चल रही थीं। रानी उनका अनुसरण कर रही थीं।

सब मन्दिर में जा पहुँचीं। इन दिनों जब भी देवदासी आती, वेणुगोपाल स्वामी का मन्दिर उसके लिए खोल दिया जाता। जिस दिन स्वामी का चूड़ामणि नीचे गिरा था, उस दिन पुजारी ने देवदासी की महत्ता जान ली थी। देवदासी के आते ही वह मन्दिर का द्वार खोल देता और उसे 'माई' कहकर पुकारता। पुजारी के मन में एक प्रकार का परिवर्तन आया। मन्दिर में वह रानी की अपेक्षा देवदासी का ही अधिक आदर करने लगा। मन्दिर के अन्तर्भाग में पहुँचते ही देवदासी हाथ जोड़कर स्वामी के चरणों की ओर देखती हुई बोली, ''ये ही चरण शौनक आदि मुनियों के महान् योग तथा तपस्या का लक्ष्य हैं। ये ही चरण श्रुतियों के मार्ग में विद्यमान हैं।'' फिर उसकी

आँखें डबडबा आयीं और वह बिलख-बिलखकर रोने लगी। अरुन्धती और रथन्तरी भौंचक-सी उसके पार्श्वों में खड़ी उसे सँभाल रही थीं। रानी निश्चेष्ट थीं। ऐसा लगा कि मन्दिर में स्थिर स्वामी कुछ आतुर हो रहे हैं। उन्हें यह धीरज था कि देवदासी गिरेगी तो उसे सँभालने वाले मौजूद हैं। ऐसा लगता था कि स्वामी के भी पाँव टिक नहीं पा रहे हैं।

देवदासी फिर कहने लगी, "धरती माता ! तूने पिछले जन्म में जाने कितने पुण्य किये थे ! तभी तो प्रभु ने शूकर बनकर तुम्हें गले लगाया, ब्राह्मण बालक बनकर तुम्हें नाप लिया और कृष्ण बनकर तुमपर अपने पद-चिह्न छोड़े।" कहती-कहती देवदासी धरती पर गिर पड़ी।

रथन्तरी और अरुन्धती ने उसे सँभालकर धीरे-धीरे बलि-पीठ[1] के पास लिटाया। देवदासी बड़ी देर तक बेसुध रही। अन्त में जब उसे सुधि आयी, तो सबकी सब मन्दिर के बाहर निकल आयीं। पुजारी का दिया हुआ प्रसाद सबने खाया।

रानी–"देवियो ! गिरिका को अच्छी तरह सँभालना। हर व्यक्ति को उसके पूर्व-जन्म का फल भिन्न प्रकार से मिलता है। यह तुम्हारे पूर्व-जन्म का ही फल है कि गिरिका की सेवा करने का अवसर मिल रहा है।"

दूसरे दिन रानी ने धर्माराव को बुला भेजा। धर्माराव रानी के दर्शन करने गया। अब सभी लोग जान चुके थे कि धर्माराव की पढ़ाई के लिए रुपया बड़ी रानी दे रही हैं। उसका कोठी में जाना किसी को विचित्र नहीं लगा। रामेश्वरम् आदि सभी लोग यह बात जानते थे। छोटे ज़मींदार जान-बूझकर चुप थे, इसलिए बाक़ी लोग भी चुप थे। धर्माराव को देखते ही रानी उठ खड़ी हुईं। धर्माराव कुछ सिटपिटाकर बोला, "माँ जी, यह क्या ? आप मुझे यह गौरव दे रही हैं ? मैं तो आपका लड़का हूँ। आपको ऐसा नहीं करना चाहिए।"

रानी–"नहीं भैया, मैं ही तुम्हारी लड़की हूँ। तुम जिस प्रकार गिरिका की रक्षा कर रहे हो, मेरी भी रक्षा करना।"

धर्माराव–"माई, यह क्या मेरे हाथ में है ? मेरे बस में होता, तो मैं आप की रक्षा न करता ? पूर्व-जन्म के संस्कारों के अनुसार प्रत्येक व्यक्ति का जीवन व्यतीत होता है। गिरिका के लिए मैंने कुछ नहीं किया। वह स्वयं देवदासीत्व के भाव की प्रतिमूर्ति बन गयी है। शताब्दियों से देवदासी की संस्था हमारे देश में नष्ट होती जा रही है। सम्भवतः उसकी महत्ता का दर्शन कराने के लिए ही गिरिका ने जन्म लिया है। माँ जी, पुराना सब कुछ नष्ट हो रहा है, नया आ रहा है। रंगाजम्मा को देखिए, वे प्राचीन काल के भावोन्माद, पातिव्रत्य और वर्ण-स्वच्छता का प्रतीक थीं। उन्हीं के साथ ये सब गुण समाप्त हो गये हैं। कृष्णम नायडू प्राचीन राजाओं के प्रतीक थे। उन्हीं के साथ वे गुण भी समाप्त हो गये हैं। इस देवदासी के साथ देवदासी-प्रथा भी

1. देवमन्दिरों में भगवान् की मूर्ति के सम्मुख बलि-अन्न आदि रखने का पीढ़ा।

नष्ट हो जाएगी। आप ही अन्तिम रानी हैं जो यहाँ की परम्परा से परिचित हैं। इन सबको नष्ट होते देखना ही मेरा काम है। शायद इसीलिए मेरा जन्म हुआ है। मैं भी इस युग के अनुरूप नहीं हूँ ये सब एक अस्तंगत समाज की अन्तिम झलकें हैं।''

आठ

धर्माराव की परीक्षा समाप्त हुई और वह गाँव लौट आया। उसके आने के चौथे दिन गणाचारी फिर से बाहर निकल पड़ी। उसका निकलना इस बात का सूचक था कि गाँव में कोई विशेष घटना होने वाली है। साधारणतः वह घर से बाहर निकलती ही न थी। प्रातःकाल स्नान आदि करके सफ़ेद साड़ी पहनती और भोजन के समय तक जप करती। भोजन के उपरान्त चरखा कातती और घर का कुछ काम-काज करती। शाम को मन्दिर जाती और वहाँ सुब्रह्मण्येश्वर स्वामी के सम्मुख खड़ी होकर आँखें बन्द करके ध्यान-मग्न हो जाती। रात को देर से घर लौटती और बिना भोजन किये ही सो जाती। यह थी उसकी दिनचर्या। वह सदा स्वप्न देखा करती। उन स्वप्नों में उसे आगामी घटनाओं की सूचना मिल जाती थी। जब कोई ऐसी सूचना मिलती, तब दूसरे दिन सवेरे वह घर से बाहर निकलती। यदि वह आगामी घटना सारे गाँव से सम्बन्धित होती तो गणाचारी नीम की टहनी लेकर, बाल बिख़ैरे गाँव में निकलती। यदि वह घटना किसी एक व्यक्ति से सम्बन्ध रखती तो पीपल की टहनी लिये और बालों को चोटी में बाँधकर निकलती। घटना शुभ-सूचक होती तो लाल साड़ी पहनती, अशुभ-सूचक होती तो सफ़ेद साड़ी।

उस दिन उसने सफ़ेद साड़ी पहन रखी थी। पीपल की टहनी हाथ में लेकर, माथे पर बड़ा-सा तिलक लगाये वह निकल पड़ी। उसका पीछा करने दस-पन्द्रह वर्ष के बालक भी निकल पड़े। गणाचारी कोठी के सम्मुख जा खड़ी हुई। जब वह किसी घर के सामने खड़ी हो जाती, तो लोग जाकर उससे पूछते, ''क्या बात है मैया ?'' इस पर वह बताती कि अमुक घटना होने वाली है। फिर हाथ की टहनी वहीं छोड़कर घर लौटती और स्नान करके फिर से जप में लग जाती। यह था उसका क्रम।

परन्तु आज जब वह कोठी के सामने जा खड़ी हुई, तो उससे किसी ने नहीं पूछा, कुछ भी नहीं पूछा। कोई उससे सीधे मुँह बात करने तक को तैयार न था। भीतर से एक बार रामेश्वरम् बाहर आया और गणाचारी को देखकर बोला, ''यह पगली राँड यहाँ क्यों आ धमकी ?'' और कोठी के भीतर वापस चला गया। परिचारिकाओं ने भी गणाचारी से कुछ नहीं कहा-सुना।

जब से रानी साहिबा अस्वस्थ हुईं तब से तीनों बड़े कर्ता-धर्ताओं ने कोठी में स्थायी

रूप से अड्डा जमा लिया था। रंगाराव जी मद्रास में ही रहने लगे थे। दीवान जी मद्रास और सुब्बन्नापेठ के बीच चक्कर काट रहे थे। ख़र्च यथापूर्व बढ़ता जा रहा था। रानी साहिबा कुछ बोल नहीं सकती थीं। दस महीने पहले धर्माराव ने जब उन्हें देखा था, वही दशा उनकी आज भी थी। उनकी दीर्घकालीन अस्वस्थता से सब लोग ऊब से गये थे। नौकर-चाकर उनकी सेवा कर रहे थे, बाक़ी लोगों का उनके पास आना-जाना बन्द हो चुका था। यदा-कदा ही कोई आता। रानी साहिबा किसी को पहचान नहीं पाती थीं, यों ही शून्य दृष्टि से देखती रहतीं। नौकर ही उन्हें उठाते-बिठाते और कपड़े बदलकर फिर से लिटाते थे।

रंगाराव जी की पत्नी का नाम था सरोजनी देवी। वह गोदावरी ज़िले के एक ज़मींदार की लड़की थी। वे ज़मींदार बंगाली रीति-रिवाजों के अनुयायी थे। सनातन धर्म का अनादर करते थे। सरोजनी देवी के ससुराल जाने के बाद, उसके मायके में कई और विचित्र परिवर्तन हुए। हाँ, उसकी माता जी अकेली नये रीति-रिवाजों को न अपनाकर सनातन पद्धति पर डटी रहीं। एक हद तक सरोजनी भी अपनी माता के जीवनक्रम का अनुसरण करती आयी थी। ससुराल पहुँचने पर पति महोदय के नये-नये ढंग उसे पसन्द न आये। कुछ दिन तक तो उसे चुप रहना पड़ा। बात यह है कि ज़मींदारों के घरों में पति-पत्नी में कोई निकट का सम्बन्ध या साहचर्य नहीं हुआ करता। अन्तःपुर में प्रवेश करना हो तो दासी के द्वारा पहले सूचना देनी होती है। पति और पत्नी को एक-दूसरे का औपचारिक ढंग से सम्मान करना होता है। उनकी बातचीत में 'तुम' का प्रयोग निषिद्ध होता है। छोटी-छोटी बातों पर दोनों में तनातनी शुरू हो जाती है। ऐसी दशा में साधारण गृहस्थों की तरह एक की बात दूसरा सुने, यह सम्भव नहीं। दोनों के अपने अलग-अलग रास्ते हो जाते हैं। रंगाराव जी का मद्रास में रहना सरोजनी को पसन्द न था, फिर भी कई दिन तक वह पति के साथ ज्यों-त्यों करके रही। परन्तु सास की अस्वस्थता शुरू होते ही वह सुब्बन्नापेठ आयी और वहीं रह गयी। उसका लड़का हरप्पा उसी के पास था। रंगाराव जी और दीवान जी मद्रास में रह गये। बालक हरप्पा की आयु उस समय दस वर्ष की थी। उसके बाद और कोई सन्तान नहीं थी। सरोजनी प्राचीन रीतियों में श्रद्धा रखती थी। बड़ी रानी साहिबा के समय से कोठी के कारोबार जिस प्रकार चलते आये थे, सरोजनी ने भी उन्हें उसी प्रकार चलने दिया। वह प्रातःकाल स्नान आदि कर, भगवान् कृष्ण की पूजा करती। कॉफ़ी आदि पीना उसने छोड़ दिया था। ग्यारह बजे तक कुछ नहीं खाती थी। एकादशी को उपवास करती और सन्ध्या समय वेणुगोपाल स्वामी के दर्शन को जाती। दूसरे दिन अर्थात् द्वादशी को सवेरे ब्राह्मणों को सदाव्रत की सामग्री देकर, उनका भोजन होने के उपरान्त स्वयं भोजन करती। उसका यह क्रम कुछ-कुछ रंगाराव जी को भी ज्ञात था, परन्तु उन्होंने कोई आपत्ति नहीं की। होते-होते पति और पत्नी के रास्ते एक-दूसरे से दूर-दूर जाने लगे। पति का हिन्दू धर्म में विश्वास दिनों-दिन घटता जा रहा था और

वर्णाश्रम के प्रति अश्रद्धा बढ़ती जा रही थी। एकादशी, उपवास आदि उन्हें व्यर्थ प्रतीत होने लगे।

उस दिन गणाचारी कोठी के सामने आ खड़ी हुई, परन्तु सरोजनी को इसकी सूचना नहीं मिली। दस बजे किसी ने जाकर उससे कहा, तब उसने गणाचारी को भीतर आने का निमन्त्रण भेजा। एक दासी बाहर आकर गणाचारी से बोली, "माँ जी ने अन्दर बुलाया है।"

यह सुनकर गणाचारी सिर से पाँव तक काँप उठी और ज़ोर-ज़ोर से रोने लगी। उसका अर्थ किसी की समझ में नहीं आया। गणाचारी के मन में हर पल आवेश बढ़ने लगा। वह उछल-कूद मचाती, "हाय-हाय ! रानी मर जाएँगी ! रानी मर जाएँगी !" चिल्लाती हुई, पीपल की टहनी को तोड़कर एक टुकड़ा वहाँ फेंक, दूसरा लेकर भाग खड़ी हुई और सीधे वेणुगोपाल स्वामी के मन्दिर में जा पहुँची। तीन शताब्दियों से सुब्रह्मण्येश्वर स्वामी के मन्दिर की गणाचारी वेणुगोपाल स्वामी के मन्दिर में कभी नहीं गयी थी। आज उसका वहाँ जाना देखकर लोग भौंचक्के रह गये। उन्हें बड़ा भय लगा। कुछ लोगों ने कहा, "देखो, लोग कहते हैं कि गणाचारी वेणुगोपाल स्वामी के मन्दिर में कभी नहीं जाती, दुष्टों ने कुछ ऐसा ही झूठ-मूठ गढ़कर एक अद्भुत कहानी बना डाली है।"

गणाचारी ने पीपल की उस आधी टहनी को मन्दिर के मुख-द्वार पर वेणुगोपाल स्वामी के सम्मुख रख दिया और वहाँ से चली गयी। सुब्बन्नापेठ गत पाँच वर्ष में बहुत बड़ा गाँव बन गया था। पाँच वर्ष पहले वह एक छोटा-सा गाँव था। अब वह काफ़ी फैल चुका था। मोटरगाड़ियाँ चलने लगी थीं और कई प्रकार के लोग आ बसे थे। पाठशाला के साथ-साथ मास्टर और उनके परिवार आ पहुँचे। पादरी लोग कई जगहों पर नये-नये भवन बनाकर, हरिजनों आदि को अपने ईसाई-धर्म में मिलाते हुए वहाँ अपना अड्डा जमाने लगे थे। गाँव शहर में बदल गया। जो लोग नये-नये आ बसे थे, उन्हें गणाचारी की कथा ज्ञात न थी। आज लोगों में तरह-तरह की बातें चल पड़ीं, तब कहीं उन्हें थोड़ा-थोड़ा पता चला।

उधर गणाचारी की भविष्यवाणी कोठी के भीतर पहुँची। रानी साहिबा की मृत्यु की सम्भावना सुनकर भी वहाँ किसी को दुःख नहीं हुआ। राधाकृष्णय्या ने सोचा, बुढ़िया एक साल से जीवन और मृत्यु के बीच लटक-सी रही है, अब उसका जाना ही अच्छा है। ज़मींदारों के परिवारों में साधारण परिवारों की भाँति जीवन-मरण पर गम्भीर प्रतिक्रिया नहीं हुआ करती। फिर भी दिखाने के लिए राधाकृष्णय्या ने बड़ी चिन्ता प्रकट की। रामेश्वरम् ने भी कहा, "निगोड़ी पगली कहीं की, उसने कुछ बकवास की और आप लोगों ने मान लिया ? वाह-वाह ! एक बरस से जो रानी बीमार हैं वे मर जाएँगी, यह भी कोई बड़ी भारी भविष्यवाणी हुई ? कहने वाली तो ठहरी पगली, पर क्या बाक़ी सब लोग भी पागल हो गये हैं ?"

गणाचारी घर जा रही थी। रास्ते में उसे हरिया दिखाई दिया। हरिया कभी गणाचारी के रास्ते में नहीं आता था। उसे देखते ही वह कतराकर दूसरी ओर भाग जाता। आज तक वे दोनों कभी आमने-सामने नहीं हुए। आज गणाचारी को सामने देखकर हरिया बुरी तरह काँप गया। गणाचारी ने उसे देखा, पर साथ ही अपनी दृष्टि पलटकर आगे निकल गयी। हरिया ने एक ठण्डी साँस ली। उन दोनों की यह मुठभेड़ धर्माराव दूर से देख रहा था। जब वह हरिया के पास पहुँचा, गणाचारी दूर जा चुकी थी। हरिया ने धर्माराव की ओर देखा और 'भैया !' कहता हुआ उससे लिपट गया।

धर्माराव ने कहा, "बाबा डरो नहीं, गणाचारी दूर चली गयी है। मुझे भी धीरज आ गया है।"

गणाचारी का सारा वृत्तान्त धर्माराव ने गाँव में सुना, तो उसे बड़ा दुःख हुआ। उसने सोचा कि रंगाराव कितना ही दुष्ट क्यों न हो, उस पर यह विपत्ति नहीं आनी चाहिए। हरिया धर्माराव से लिपटा था, उसे छोड़ता न था। धर्माराव ने उसका हाथ छुड़ाने की चेष्टा की। उसके पतले-पतले हाथ अब कुछ मोटे हो चले थे। वे दोनों कोठी और मन्दिर के बीचों-बीच बाज़ार में खड़े थे। गाँव का उत्तरी भाग ख़ाली-ख़ाली दीख पड़ता था। धर्माराव ने उस ओर देखा, धान के खेत मानो गाँव के भीतर घुसे आ रहे थे। गत वर्ष उसी स्थान पर ज्वार के खेत थे।

धर्माराव ने हरिया से कहा, "जाओ, खेत में खेलो।" यह सुनकर हरिया शून्य दृष्टि से धर्माराव की ओर ताकने लगा। पहले वह ज्वार के खेत में यथेच्छ घूमा करता, परन्तु अब गाँव के चारों ओर फैले धान के खेतों में वह बेचारा चल-फिर नहीं सकता था। हाँ, गाँव के पूरब की ओर अभी पूरी तरह धान के खेत नहीं फैले थे। सिंचाई का पानी वहाँ की ज़मीन पर नहीं चढ़ पाता था। इसलिए ज़मींदार एक और नहर ऊँचे स्तर पर उधर खोद लाने का प्रयत्न कर रहे थे। धर्माराव ने हरिया को पूरब की ओर जाकर खेलने का संकेत किया और स्वयं अपने घर चला गया।

दूसरे दिन रंगाराव जी मद्रास से आये। वह शुक्ल अष्टमी का दिन था। रात में चारों ओर चाँदनी छिटकी हुई थी। लगभग आधे पहर रात तक हवा ठण्डी नहीं हुई। धान की फ़सल कटने के उपरान्त खेतों की ज़मीन में गर्मी के कारण दरारें पड़ गयी थीं और उनसे गरम भाप बाहर आ रही थी। इसी से गर्मी अधिक प्रतीत हो रही थी। रंगाराव जी अपने बँगले पर बैठकर सरोजनी के विषय में कुछ सोच रहे थे। लग रहा था कि वह उनसे दूर-दूर जा रही है। क्यों उन्हें अपनी पत्नी के प्रति पहले जैसा प्रेम नहीं रहा ? उनकी इच्छा थी कि सरोजनी आधुनिक सभ्यता के अनुसार चलने लगे। परन्तु वह थी प्राचीनता पर आस्था रखने वाली। एक बार मद्रास में जब रंगाराव जी ने गवर्नर बहादुर को चाय का निमन्त्रण दिया था, तब उन्होंने सरोजनी को भी अपने साथ रहने को कहा, पर वह नहीं रही। गवर्नर बहादुर ने उनसे पूछा, फिर उन मेम साहिबा ने भी पूछा, "आपके देश में बस ऐसा ही होता है, स्त्रियों को कोई स्वतन्त्रता

नहीं दी जाती। कहते तो हैं कि आधुनिक हैं, पर अपनी पत्नी को पर्दे से बाहर नहीं लाना चाहते !'' यह था मेम साहिबा का उलाहना। रंगाराव जी खिसिया गये और घर आकर सरोजनी को यह वृत्तान्त सुनाया।

सरोजनी ने कहा, ''ख़ुद तो बिगड़े, साथ-साथ सभी को बिगाड़ना चाहते हैं ?''

यह सुनकर रंगाराव जी को बड़ा क्रोध आया। उन दोनों के बीच पहले से वर्तमान खाई को इस बातचीत ने और चौड़ा कर दिया। तब से दोनों में पहले जैसी बातचीत बड़ी हद तक बन्द हो गयी।

रंगाराव जी सुब्बन्नापेठ आये, परन्तु सरोजनी ने उनकी ओर विशेष ध्यान नहीं दिया; अपनी श्रद्धा के अनुसार अपना क्रम ज़ारी रखा। उस रात को रंगाराव जी ने एक नौकर द्वारा सरोजनी को ख़बर भेजी। सरोजनी ने उन्हें आने की अनुमति दे दी। रंगाराव जी भीतर गये। कमरे में दीया जल रहा था। सरोजनी के माथे पर बड़ा-सा तिलक था, लाल रेशमी साड़ी पहनकर सोफ़े पर बैठी थी। रंगाराव जी के भीतर आते ही वह उठ खड़ी हुई। इससे पहले वह इस तरह कभी नहीं उठी थी। अतः रंगाराव जी ने पूछा, ''यह क्या ?''

सरोजनी ने पूछा, ''क्या ?''

रंगाराव जी बोले, ''मेरे आने पर आप खड़ी क्यों होती हैं ?''

सरोजनी बोली, ''पत्नी के लिए पति भगवान् के समान होता है। वेणुगोपाल स्वामी में और अपने स्वामी में मैं कोई अन्तर नहीं पाती।''

रंगाराव जी उपहासपूर्वक हँस पड़े। पास ही मेज़ पर उनकी तसवीर हाथी-दाँत के फ्रेम में जड़ी रखी थी। उसे फूलों की माला पहनाई गयी थी, और फूलों से तसवीर की पूजा की गयी थी। रंगाराव जी ने वह तसवीर देखी। पत्नी से पूछा, ''यह सब आपने ही किया है ?''

सरोजनी बोली, ''ऐसा न कहिए। मुझे अब से 'तुम' कहकर पुकारना। यह 'आप' वाला सम्बोधन ठीक नहीं।''

सरोजनी का यह उत्तर सुनकर रंगाराव जी को ऐसा लगा जैसे उनकी सारी ज़मींदारी शान मिट्टी में मिल गयी हो। उन्होंने कुछ सोचा और तुरन्त बाहर चले गये। उनके जाते समय सरोजनी ने उनका उपरना पकड़कर खींचा। यह भी उन्हें कुछ नया-सा लगा। वे अपना उपरना छुड़ाकर चले गये और दूसरे ही दिन मद्रास जा पहुँचे। दशमी को सरोजनी स्नान करके फूल हाथ में लेकर पति की तसवीर को पूजने गयी, पर तसवीर अपने स्थान पर नहीं थी। नौकरों-चाकरों को बुलाकर पूछा गया, पर किसी को कुछ पता नहीं था। आख़िर एक दासी को डाँट-डपट कर पूछने पर वह बोली, ''राजा साहब ने ला देने को कहा था, सो मैं तसवीर उन्हें दे आयी। वे उसे मद्रास ले गये हैं।'' यह सुनकर सरोजनी की दशा बड़ी दयनीय हो उठी। दुःख की एक लहर मानो नाभि से निकलकर दोनों ओर ऊपर को चढ़ती हृदय में प्रविष्ट हुई हो, और कण्ठ-स्वर को

गद्गद बनाती हुई आत्म-निग्रह के कारण चंचल होकर, मुख पर रक्तच्छटा बिख़ैरती हुई, आँखों में लाली के रूप में प्रकट हुई हो। उसी के साथ-साथ क्रोध भी बढ़ आया। सरोजनी ने नौकरों को बाहर भेज दिया और आँखें मूँदकर कमरे में अकेली बैठी रही। जिस दासी ने तसवीर का वृत्तान्त सुनाया था, वह घबरा रही थी कि अब उस पर बिजलियाँ गिरेंगी, परन्तु रानी का यह आत्म-संयम देखकर वह भौंचक रह गयी।

रानी ने उस दिन भोजन नहीं किया। भोजन उसके कमरे में लाया गया। दासियाँ राह देखने लगीं, पर वह नहीं आयी। उससे कुछ कहने-सुनने का किसी को साहस नहीं हुआ। प्रतिदिन दोपहर तक भोजन करने वाली रानी शाम होने पर भी उपवास करती रही। एक दासी पर रानी का विशेष अनुग्रह था, वह रानी के मायके से आयी हुई थी। उस दासी ने भी जाकर बड़ा आग्रह किया। आख़िर ज्यों-त्यों रानी ने थोड़ा-सा दूध पीना स्वीकार किया। दासी खीर ले आयी। उसे देखकर रानी फिर क्रोधित हो उठी, परन्तु दासी के आग्रह पर उसने थोड़ी-सी खा ली।

दूसरे दिन एकादशी थी, अतः उसने किसी के आग्रह की परवाह न करते हुए उपवास किया। दिनभर कड़ी धूप के मारे प्राण छटपटाते रहे। गर्म हवा चल रही थी। धूप की लपटों में आँखें चौंधिया रही थीं। ऐसा लगता था कि नागेश्वर स्वामी अपने ललाट पर स्थित नेत्र से अंगारे उगल रहे हैं। उस कड़ी धूप में कोई पंछी नीड़ से बाहर निकलता तो उसकी लाश ही लौट पाती। गाय-बैल आदि प्यास से मरे जा रहे थे, पर किसानों की मजाल नहीं होती थी कि घर के बाहर आकर उन्हें पानी दें। चारों ओर कहीं हरा पत्ता नहीं दीख पड़ता था। हरियाली कभी की सूख गयी थी। साधारणतया सुब्बन्नापेठ में एक गज़ ज़मीन खोदने पर ही पानी का सोता फूटता था, परन्तु आज ग्रीष्म के आतप से कुओं तक का पानी सूख-सूखकर बड़ी गहराई में जा पहुँचा था, मानो प्यासा आदिशेष अपने सहस्र मुखों से अन्तर्जल के सारे स्रोतों को चूसकर पी गया हो। दिनोंदिन धूप में एक प्रकार की लाली आने लगी, मानो सुब्रह्मण्येश्वर स्वामी के दो हज़ार नेत्रों और दो हज़ार जीभों से रक्त-धाराएँ बह निकली हों। दोपहर का समय बीत चुका था, इसलिए सूर्य के ढलने से धूप की लाली तो कुछ कम हुई, पर गर्मी की प्रचण्डता बढ़ती ही गयी। प्राणी तिलमिला उठे। फूँकनी से निकलती हवा में जैसी गूँज होती है वैसी ही अजीब-सी गूँज उत्पन्न करती हुई हवा दोनों कानों में से आरपार चल रही थी। मनुष्य हिल नहीं पाते थे, पंछी उड़ नहीं पाते थे।

दिन ढलकर सन्ध्या हो आयी, उष्णता कुछ थम-सी गयी। रानी सरोजनी शीशों वाली गाड़ी में सवार होकर मन्दिर की ओर चली। मन्दिर से सब पुरुषों को बाहर भेज दिया गया। रानी वहाँ उतरकर तलैया में पाँव धोने गयी। वहाँ तीन स्त्रियाँ थीं। उनमें से एक को रानी पहचानती थी, पर ठीक-ठीक नहीं जानती थी कि कौन है। हाँ, एकादशी को वह उसे मन्दिर में देखती आयी थी। रानी के आते समय मन्दिर के भीतरी भाग में पुरुषों को ही नहीं, स्त्रियों को भी नहीं रहने दिया जाता था। हाँ,

देवदासी को कोई रोक-टोक नहीं थी। जब तक रानी मन्दिर में रहती, तब तक देवदासी मुख-मण्डप में बैठी रहती। ऐसा लगता था कि उसे अपनी देह का भान नहीं है और वह तन्मयता में कुछ सोच रही है। रानी उससे कभी बोली नहीं, वह जानती भी नहीं थी कि यह लड़की कौन है। आज तलैया के पास तीनों स्त्रियों को देखते ही रानी का राजस मानो उभर आया, तुरन्त अपनी दासी से पूछने लगी, "ये स्त्रियाँ कौन हैं ? इन्हें बाहर क्यों नहीं भेजा गया ?"

दासी सिटपिटाती हुई उन स्त्रियों से बाहर जाने को कहने लगी। परन्तु इतने में न जाने रानी ने क्या सोचा, वह दासी को रोकती हुई उन स्त्रियों के पास जा पहुँची। उनमें से एक देवदासी थी, और शेष दो अरुन्धती एवं रथन्तरी। वे आपस में कुछ बातें कर रही थीं।

रथन्तरी, "बहन अरुन्धती, एक बरस बीत गया तुम्हें गाँव छोड़कर गये, गिरिका तुम्हारे जाने से बड़ी उदास हो गयी है।"

अरुन्धती, "मेरे जाने से उदास क्यों भला ? मन्दिर में उसके स्वामी तो विराजमान हैं। स्वामी के बाद स्वामी की बहन सुभद्रा जैसी तुम भी हो। स्वामी उसके अप्रत्यक्ष पति हैं, तुम प्रत्यक्ष-पति हो। मैं तो आखिर देवर जैसी ठहरी, मेरा रहना क्या और न रहना क्या ?"

देवदासी, "भाभी, तुम सच कहती हो। मुझे यह रथन्तरी और मन्दिर के स्वामी एक-से लगते हैं। तुम्हारे जाने के बाद बड़ी भाभी ने मेरी तरफ़ देखा तक नहीं। प्रभु ने तो पहले ही देखना छोड़ दिया था। मेरे भाई पास नहीं थे और स्वामी का स्नेह जाता रहा। उपासना से मेरा शरीर सूखता जा रहा है, परन्तु स्वामी का नखाग्र भी मेरे हृदय को नहीं छू पाया। तीन दिन हुए, मेरे भैया भी मुझे डाँट रहे हैं, वे भी मेरे प्रति निर्दय हो गये हैं। फिर भी मैं उनका कहा मानती हूँ। पता नहीं स्वामी मुझ पर कैसे प्रसन्न होंगे ?"

इतने में रानी उनके पास पहुँची। देवदासी की बात उसने सुनी, पर उसकी समझ में कुछ नहीं आया। तीनों स्त्रियों ने उनकी ओर देखा। दासी की उपस्थिति से यह स्पष्ट हो रहा था कि उनके सम्मुख रानी खड़ी हैं। रानी ने निश्चल दृष्टि से देवदासी को देखा, तो तुरन्त लजाकर कछुए की तरह सिकुड़ गयी। रानी ने उसकी ओर संकेत करके अन्य दोनों स्त्रियों से पूछा, "यह कौन है ?"

अरुन्धती बोली, "गोपी है।"

यह सुनते ही देवदासी सिर से पाँव तक काँप उठी और सीढ़ियों पर से फिसल कर पानी में गिर पड़ी। अरुन्धती ने उसे पकड़कर बाहर खींचा, और भीगे हुए घाघरे की कोरों को निचोड़ा। यह सब देखकर रानी भौंचक रह गयी। फिर उसने अरुन्धती का परिचय पूछा। रथन्तरी ने जवाब दिया, "यह धर्माराव की पत्नी है।" धर्माराव का नाम रानी दो-चार बार सुन चुकी थी; जानती थी कि वह व्यक्ति कुछ समय तक उसके

ससुर और सास को पुराण सुनाया करता था। परन्तु गोपी का परिचय उसकी समझ में नहीं आया। उसने फिर पूछा, "गोपी का क्या अर्थ है ?" देवदासी ने दीन मुद्रा करके रथन्तरी से लिपटते हुए कहा, "अर्थ क्या है ? कुछ नहीं, कुछ भी नहीं।"

रानी के मन में कुछ सन्देह उत्पन्न हुआ। पर वह सन्देह भी स्पष्ट नहीं हो पा रहा था। उसने फिर पूछा, "गोपी का क्या अर्थ है जी ?" यह सुनकर देवदासी रथन्तरी का मुँह बन्द करती हुई बोली, "क्या है, क्या है, कुछ नहीं, कुछ भी तो नहीं।" फिर वह सहसा रो पड़ी। उसका यह दुःख देखकर रानी भी क्षुब्ध हो उठी, और तलैया में पाँव धोकर मन्दिर में जा पहुँची। उसके साथ-साथ तीनों स्त्रियाँ भी भीतर पहुँच गयीं। वहाँ जाना देवदासी को पसन्द न था, पर वह गयी। चारों भगवान् के सम्मुख जा खड़ी हुईं।

रानी वेणुगोपाल स्वामी की ओर अलपक दृष्टि से निहार रही थी। उसे अपनी गृहस्थी का स्मरण हो आया। उसे लगा कि रंगाराव जी के आधुनिक विचारों और परिवेश को देखते हुए उसका उनकी पत्नी होना संगत नहीं है। उसने मन-ही-मन भगवान से प्रार्थना की, 'प्रभु, मुझे अब अपने में मिला लो। मेरा जीवन व्यर्थ है।' प्रभु ने आँखें खोलकर रानी की ओर देखा। रानी को लगा कि भगवान की एक आँख अत्यन्त देदीप्यमान है और दूसरी अँधियारा उगल रही है। देवदासी की दृष्टि भगवान के चरणों पर गड़ी थी। चरणों पर सोने के गहने पहनाये गये थे। नखों के स्थान पर इन्द्रनील मणियाँ जड़ी थीं। नखों की कान्ति चारों ओर नीली किरणें प्रसारित कर रही थी, मानो भगवान की कृपा से तारकाओं ने आँखें खोली हों। अधखुली आँखों से देवदासी ने उस कान्ति को पलकों के भीतर खींच लिया, और अपनी नस-नस में प्रसारित कर लिया। पुजारी प्रसाद ले आया। पहले देवदासी को दिया। रानी ने यह नहीं देखा। कोई और समय होता तो इस अनादर पर वह अवश्य क्रुद्ध हो उठती, परन्तु न जाने क्यों आज उसकी आँखों में दीनता ही झलक रही थी, मानो वह वध्यस्थान को जाने वाली कोई भेड़-बकरी हो। पुजारी को प्रभु की प्रसन्नता और अप्रसन्नता की पूरी-पूरी परख थी। रानी सोचने लगी, प्रभु के निकट के लोगों की पहचान जितनी पुजारी को हो सकती है, मुझे कैसे होगी ?

रानी ने देवदासी की ओर देखा। देवदासी का कण्ठ शंख की भाँति, कमर चक्र की भाँति और नयन पद्म की भाँति सुशोभित थे। रानी ने आँखें मूँद लीं। प्रभु देवदासी के पास आ खड़े हुए, उसके सिर पर अपना हाथ रखा। देवदासी ने प्रभु के पाँव छुए। रानी ने आँखें खोलीं और कहा, "अरे हाँ, यह गोपी है न ?"

इसके उपरान्त चारों मुख-मण्डप में पहुँचीं। प्रमादवश रानी का पाँव किसी सूखी टहनी जैसी वस्तु पर पड़ा और उसमें कोई सूखा तिनका-सा चुभ गया। रानी 'उफ़्' कहती हुई हटी और उस वस्तु की ओर देखने लगी। वह थी सूखी हुई पीपल की टहनी। रानी का वहाँ रुकना और उस टहनी को ग़ौर से देखना पुजारी ने देख लिया। रानी

के पास सूखी टहनी देखकर वह बुरी तरह काँप गया। उसके मन में कई विचार उभरे। फिर उसने मन-ही-मन अपने आप को कोसा। पीपल की टहनी को देखते ही अरुन्धती "हाय दुर्भाग्य !" कहती हुई, वहीं बैठ गयी। औरों की समझ में कुछ नहीं आया। रानी ने अरुन्धती से कारण पूछा। अरुन्धती उस टहनी को रानी के हाथ से लेकर ग़ौर से देखने लगी, वह आधी टूटी थी।

सब घर लौट गये। आज रानी की गाड़ी कोठी के पूरबी द्वार की ओर चल पड़ी। द्वार बन्द था। गाड़ीवान उसे खुलवाने के लिए दरबान को बुला रहा था। इतने में कई लड़के गाड़ी के पास जमा हो गये। रानी ने गाड़ी का दरवाज़ा खोलकर देखा—एक लड़का हाथ में एक टहनी लिये यों ही गाड़ी पर मार रहा था। दरवाज़ा खुलते ही वह टहनी रानी के शरीर को जा लगी। रानी उस टहनी को लेकर देखने लगी। वह भी पीपल की सूखी टहनी थी, आधी टूटी हुई। मन्दिर वाली आधी टहनी को रानी अपने साथ ले आयी थी। उसने दोनों को जोड़कर देखा। दोनों एक ही टहनी के भाग थे।

रात को रानी ने दासी से पूछा, "क्यों री, उस दिन गणाचारी क्या कह रही थी ?" दासी बोली, "माँ जी, वह कह रही थी कि बड़ी रानी मर जाएँगी।" सरोजनी दो दिन से उपवास कर रही थी। उसकी आँखें भीतर को गड़-सी गयी थीं। सारा शरीर तप रहा था। वह मुरझाये हुए पीपल के पत्ते की भाँति दीख रही थी।

उसे नींद नहीं आती थी। आधी रात को उसने स्नान किया। प्रौढ़ चमरी की पूँछ के समान उसके केश सूख नहीं पाते थे। अगरु के धुएँ में उसने उन्हें सुखाया। कपड़े में लपेटकर इधर-उधर मरोड़ा। बड़े आग्रह पर रानी ने थोड़ा-सा दूध पिया। सवेरा होते न होते उसे सर्दी का बुखार चढ़ आया। दासी ने बहुत रोका, पर उसने एक न मानी और फिर स्नान किया। ब्राह्मणों को बुलाकर उन को सदाव्रत की सामग्री दे दी। दासी ने ब्राह्मणों से कहा, "महाराज, दो दिन से रानी माँ ने कुछ नहीं खाया। एक घण्टे के भीतर आप भोजन करके ख़बर भेजें।" इस आदेश के अनुसार ब्राह्मणों ने एक घण्टे के भीतर भोजन करके ख़बर भेजी। तब रानी ने भी भोजन किया। उसके सिर में दर्द हो रहा था। दासी ने पूछा, "माँ जी, वैद्य को बुलवाऊँ ?" रानी ने पूछा, "किससे कहकर बुलवाओगी ?" दासी सकपकाकर कहने लगी, "सर्वारा...." रानी ने बात काटकर कहा, "छिः" और उसका मुँह क्रोध से तमतमाने लगा।

इसके तीन दिन बाद रंगाराव जी आये। तीन दिन से रानी का ज्वर नहीं उतर पाया था। रात को रानी ने पति को ख़बर करके बुलाया। ऐसा पहले कभी नहीं हुआ था। रंगाराव जी सोचने लगे, यह मुझे भगवान् मानती है, मेरी आराधना करना चाहती है। इस देश में यह एक पागलपन है। संसार में पति और पत्नी परस्पर उपभोग के लिए होते हैं। मनुष्य को भगवान् मानना निरा पागलपन है। एक-दूसरे की आराधना करने से क्या लाभ होता है, समझ में नहीं आता। ऐसे पुराने विचार मेरे मित्र नागेश्वर राव को बिलकुल पसन्द नहीं। वह बड़ा मेधावी है। सारे धर्मों का सार उसने जान

लिया है। यदि पत्नी अपने पति को देवता मान पूजने लग जाए तो फिर शारीरिक सुख की गुंजाइश ही नहीं रहेगी। मन्दिर में पत्थर की मूर्ति और उसके पुजारी में जो सम्बन्ध है, ठीक वही सम्बन्ध पति और पत्नी में रह जाएगा। इस देश में सभी संस्थाएँ स्वतन्त्र विचारों से एकदम ख़ाली दीखती हैं। पति-पत्नी के सम्बन्ध का यह हाल है तो अन्य बातों का कहना ही क्या।

काफ़ी देर हो गयी थी, पर रंगाराव जी भीतर नहीं गये। दूसरे दिन सवेरे एक दासी आकर ख़बर दे गयी कि माँ जी बीमार हैं, आप को भीतर बुलाया है। सारा दिन बीत गया, पर रंगाराव नहीं गये। तीसरे दिन सवेरे फिर वही दासी आकर कहने लगी कि मद्रास लौटने से पहले एक बार माँ जी ने आपको बुलाया है। उसी दिन शाम को रंगाराव मद्रास चले गये।

कोठी में रामेश्वरम् की पत्नी थी, वह जाकर रानी को देख आयी। रानी प्रतिदिन सवेरे उठती, स्नान करती और बिस्तर पर लेटे-लेटे भगवान् का ध्यान करती। दोपहर तक कुछ न खाती, भोजन उसे भाता न था। रात को थोड़ा-सा दूध पी लेती। दिनोंदिन उसका शरीर सूखता जा रहा था। दासी उसकी दशा देखकर चिन्तित हो उठी।

पूर्णिमा की रात थी। रक्त-क्षीणता के रोगी की देह की भाँति चाँदनी कुछ विवर्ण-सी लगती थी। साथ-ही-साथ उष्ण रोगी के शरीर की भाँति उसमें ग्रीष्म की उष्णता का पुट भी था। कोठी में पहले की तरह भाँति-भाँति के वृक्ष नहीं थे। कई जगह वृक्ष गिर चुके थे और कोठी के अन्दर का भाग ख़ाली-ख़ाली सा लगता था। स्वर्गस्थ ज़मींदार के समय वहाँ हरे-हरे सुपारी के पेड़, पान की बेलें, द्राक्षा की वल्लरियाँ, आम, मोसम्बी, पनस (कटहल) आदि फल-वृक्ष बड़ी संख्या में थे। प्रतिदिन उनकी अच्छी सिंचाई होती थी और उनके कारण कोठी के भीतर धूप नहीं पहुँच पाती थी।

दूसरे दिन रानी ने अपने लड़के हरप्पा को बुला भेजा। वह दस वर्ष का बालक था। साहबी टोपी पहने उसे लाया गया। उसे देखते ही उसका वेश रानी को असह्य प्रतीत हुआ। रानी के ससुर के पिता हरप्पा का चित्र बड़े कमरे में लगा था—डोरियों से बँधा हुआ ढीला कुर्ता, काछे की धोती, बाहुओं में भुजबन्द, गले में रत्नहार, कलाइयों में सिंह-तलाट[1]। सिर पर दाहिनी ओर किंचित् झुकी हुई पगड़ी, ऊपर लगा हुआ तुर्रा, पाँव में नूपुर, कमर में लटकती तलवार, एक छोटा-सा खंजर—एक शब्द में कहना हो तो बड़े हरप्पा मूर्तिमान शौर्य दीख पड़ते थे। इधर रानी ने छोटे हरप्पा को देखा। उसके मन में विचार आया कि एक शताब्दी के उस छोर पर वे हरप्पा और इस छोर पर यह हरप्पा खड़े हैं, दोनों में कितना विपर्यास है ! रानी ने पुत्र को अपने पास बुलाया और उसकी साहबी टोपी उतार फेंकी। फिर उसने बेटे के लिए ज़री की कोर वाला उपरना माँगा, परन्तु कोठी में वह कहीं नहीं मिला। किसी ने कहा, जवाहरात वाले

1. विद्वत्ता, बहादुरी अथवा किसी कला में विशिष्ट प्रतिभा रखने के उपलक्ष्य में दिया जाने वाला सोने का कंगन जिसका ऊपरी तल सिंह-मुख की आकृति का होता है।

कमरे में होगा। वहीं ज़मींदारों के राज्याभिषेक सम्बन्धी सामग्री रखी जाती थी। मुकुट, रत्नहार, पुराने कुर्ते, पुराने उपरने—ये सब कभी-कभी उत्सव के समय और राज्याभिषेक के अवसर पर पहने जाते थे। उस कमरे की चाबी सदर-नौकर के पास रहती थी। उसका नाम था—वेंकटाद्रि। वेंकटाद्रि को बुलाया गया, पर उसने कहा, ''महाराज की अनुमति के बिना उस कमरे को नहीं खोला जा सकता।'' रानी ने पचास रुपये देकर एक रेशमी उपरना बाज़ार से मँगवाया, नौकरों-चाकरों को बाहर भेज दिया, और पुत्र को अपने पास बिठाकर बड़े जतन से उसके सिर पर पगड़ी बाँधी। उसने कभी कोई काम नहीं किया था, सो उसके हाथों में दर्द होने लगा। उसने लड़के से पूछा, ''बेटा, पढ़ोगे नहीं ?'' वह बोला, ''मुझे पढ़ाई नहीं चाहिए।'' रानी बोली, ''इस गाँव में धर्माराव नाम के एक सज्जन हैं, तुम उन्हें जानते हो ?'' बेटा बोला, ''नहीं !'' फिर रानी कहने लगी, ''मेरे बच्चे, वे बड़े भले आदमी हैं। वेणुगोपाल स्वामी हमारे देवता हैं, स्वामी और धर्माराव का निकट का नाता है। तुम्हारी पढ़ाई धर्माराव के पास होनी चाहिए, वे तुम्हें भक्त बनाएँगे। तुम्हारे दादा उनके पास पढ़ा करते थे।''

छोटे हरप्पा का अपने दादा पर अव्याज प्रेम था। पाँच वर्ष की आयु में वह दादा की गोद में खेला करता था। स्वर्गीय ज़मींदार अपने पोते को सिर पर बैठा लिया करते थे। पोता उनकी मूँछों से खेलता और उन्हें इधर-उधर खींचता। दादा और पोते के बीच एक अपूर्व अनुराग था। इसी से बचपन में ही छोटे हरप्पा के मन पर दादा की कई स्मृतियाँ सदा के लिए अंकित हो गयीं। अब भी दादा पर उसे बड़ा अभिमान था। अतः वह बोला, ''यह बात है ? दादा धर्माराव के पास पढ़ते थे, तो मैं भी उन्हीं के पास पढ़ूँगा।''

दूसरे दिन रंगाराव जी मद्रास से आये। रानी ने फिर निमन्त्रण भेजा, पर रंगाराव भीतर नहीं गये। तृतीया, चतुर्थी और पंचमी तीन दिन रंगाराव सुब्बन्नापेठ में रहे। पंचमी के दिन शाम को फिर एक बार दासी ने उनके पास रानी का निमन्त्रण पहुँचाया। पहर रात हो चुकी थी। रंगाराव सोच रहे थे, जाऊँ कि न जाऊँ। सुनता हूँ कि बीमार है, न जाने क्या बीमारी है। बीमारी के बढ़ने की तो कोई ख़बर नहीं, सो अब तक कम हो चुकी होगी। इसके बाद अपने रीति-रिवाज, सामाजिक और दूसरे रीति-रिवाज तथा समाज आदि का चिन्तन उनके मन में प्रारम्भ हुआ। रंगाराव को नींद नहीं आ सकी। अभी-अभी चन्द्रोदय हो रहा था। पूर्णिमा से पंचमी तक दस कलाएँ खोया हुआ चन्द्रमा पंच-प्राण छोड़े हुए जीवच्छव की भाँति चावल के फीके रंग में अभी-अभी उदित हो रहा था। रंगाराव न जाने क्या सोचकर तुरन्त रनिवास की ओर चल पड़े। उन्हें देखते ही रानी उठ खड़ी हुई परन्तु खड़े होते ही अशक्तता के कारण उसके पाँव लड़खड़ाये; वह गिर ही रही थी कि दासी ने उसे सँभाल लिया। रंगाराव ने पत्नी को ग़ौर से देखा। उसका शरीर लगभग निष्प्राण हो चुका था : दस दिन के भीतर ही हड्डियों का ढाँचा बनकर, मानो पलँग से चिपक-सी गयी थी। हाँ, उसके मुख का सौन्दर्य अब भी यथापूर्व

था। रंगाराव ने पहले कभी नहीं सोचा था कि सरोजनी इतनी सुन्दर है। वे मुग्ध हो गये। पत्नी के पास बैठकर, उसके शरीर को सहलाते हुए बात करने लगे। सरोजनी ने एक बार आँख मूँदकर ठण्डी आह भरी। रंगाराव ने पूछा, "दर्द है क्या ?" सरोजनी बोली, "नहीं।" रंगाराव ने भी लम्बी साँस ली।

दूसरे दिन रंगाराव मद्रास चले गये। सारा दिन सरोजनी बेसुध पड़ी रही। दास-दासी घबरा गये। सोचने लगे कि ज़मींदार साहब आये तो सही, पर रानी के लिए दवा-दारू का भी प्रबन्ध नहीं किया और चले गये। उन नौकरों को कुछ नहीं सूझता था।

शाम को हरप्पा ने अपने नौकर को बुलाकर पूछा, "धर्माराव कौन है रे ?"

नौकर ने पूछा, "क्यों पूछते हो, मालिक ?" लड़के ने कोई जवाब नहीं दिया।

एक काली घटा फैलती हुई सान्ध्य-राग पर आक्रमण कर रही थी। पता नहीं उस ग्रीष्म ऋतु में यह घटा कहाँ से आयी। पूर्व दिशा-रूपी स्त्री के कपोलों पर हवा मानो फटाफट तमाचे लगा रही थी। थोड़ी देर में वह घटा छिन्न-भिन्न हो गयी और फिर से सान्ध्य-राग प्रकट हुआ।

दूसरे दिन एकादशी थी। रानी ने भोजन नहीं किया। दासी ने बहुत आग्रह किया, पर उसका कोई परिणाम नहीं हुआ। सन्ध्या-समय अपने लड़के को साथ लेकर रानी मन्दिर की ओर चल पड़ी। वह अपने आप खड़ी नहीं हो सकती थी, बैठ भी नहीं सकती थी। अतएव दो-तीन दासियाँ उसे मन्दिर के भीतर ले गयीं। मन्दिर में गिरिका, अरुन्धती और रथन्तरी दीख पड़ीं। ज्वर से रानी की आँखों में चक्कर आ रहा था। उसने देवदासी की ओर देखा, उसे वे तीनों स्त्रियाँ ताल-वृक्ष की भाँति बहुत ऊँची दिख पड़ीं। उसने दासी की ओर देखा तक नहीं, अपने आप में कुछ सोचने लगी। उसे गिरिका लक्ष्मी-सी दीख पड़ी और अरुन्धती और रथन्तरी लक्ष्मी की सेवा करने वाली वाणी और पार्वती-सी। रानी ने हाथ जोड़कर गिरिका को नमस्कार किया। देखने वाले सब भौंचक रह गये। उसी बेसुध दशा में रानी को गाड़ी में बैठाकर ज्यों-त्यों कोठी के भीतर पहुँचाया गया। उसे सन्निपात हो आया था। गाँव के डॉक्टर को बुलाया गया, पर वह कहीं गया हुआ था। तीन पहर रात बीत चुकी थी।

कोठी में सब के सब जाग रहे थे। मद्रास तार भेजा गया। रानी बीच-बीच में "वह देखो, गोपालस्वामी....पीपल की टहनी....गणाचारी....हरप्पा...." इस प्रकार कुछ कहती जा रही थी। एक बार दासी को देखकर पूछने लगी, "वे मद्रास से लौट आये हैं ?" सोते हुए हरप्पा को जगाकर माँ के पास लाया गया। वह अधखुली नींद से आकर, माँ की गोद में सो गया। माँ को इसका पता भी न था। आखिर दासी लड़के को फिर से उठाकर वहाँ से दूर ले गयी।

इतने में चन्द्रोदय होने लगा। आधे मिटे हुए कुंकुम के तिलक की भाँति लाल चन्द्रमा पूर्व दिशा में उदित होकर कोठी के पश्चिम में खड़े तालवृक्षों के सिरों पर मानो फीका रक्त छिड़क रहा था। उसी समय गणाचारी जाग उठी और अपने भाई को बुलाकर

बोली, ''रानी चल बसी, चन्द्रा रेड्डी और रामचन्द्रराजु को कोठी में ले जाओ।'' लोग इकट्ठे होकर कोठी में जाने लगे। धर्माराव के घर के सामने से उन्हें गुज़रना पड़ता था। धर्माराव चबूतरे पर बैठा था। गणाचारी का भाई धर्माराव से बात-चीत करने लगा। सब मिलकर कोठी के भीतर पहुँचे, वहाँ राधाकृष्णय्या, रामेश्वरम् और सर्वारायुडु ने उनसे बातचीत की। उन्होंने रानी का हाल पूछा। इतने में एक दासी आकर बोली, ''बाबूजी, हमारी रानी हमें छोड़ गयीं।''

राधाकृष्णय्या ने आतुरता से पूछा, ''क्या कहा, क्या कहा ?''

दासी बोली, ''बाबूजी, बड़ी रानी और छोटी रानी दोनों हमें छोड़ गयी हैं।''

यह सुनकर सबके सब अवाक् रह गये। दासी कहने लगी, ''छोटी रानी एकदम उठ खड़ी हुईं, और कहने लगीं, वेणुगोपाल स्वामी मेरे लिए आये हैं।' यह कहते-कहते वे धड़ाम् से गिर पड़ीं, फिर उनके शरीर में प्राण नहीं रहे।''

इतने में एक और दासी आकर कहने लगी, ''बड़ी रानी चल बसी हैं। कई महीनों से वे न तो आँखें खोलती थीं, न कुछ बोलती थीं; पर अभी-अभी मरने से एक मिनट पहले आँखें खोलकर कहने लगीं, 'मेरी तपस्या का फल मिल गया।' यह कहती हुई वे उठ खड़ी हुईं लेकिन तुरन्त ही गिर पड़ीं। फिर उनके प्राण जाते रहे।''

चन्द्रमा आकाश में लगभग दो हाथ ऊपर चढ़ आया था। टूटे हुए काँच के टुकड़े की तरह आधा होकर भी वह अपना प्रकाश नहीं छोड़ता था। महासागर की तरंगों से इधर-उधर विचलित-सा, तट पर पड़े सूखे मोती के सम्पुट की तरह, प्राची-समुद्र के तट-रूपी आकाश पर वह आधा चन्द्रमा उत्तान पड़ा हुआ, एक अधूरी गाँठ-सा नज़र आ रहा था।

दूसरे दिन रंगाराव जी मद्रास से लौट आये। पत्नी की मृत्यु का कारण उन्हें कुछ ज्ञात न था। दाह-संस्कार आदि होते ही वे फिर मद्रास चले गये। ब्राह्मणों ने कहा कि श्राद्ध-कर्म पन्द्रह दिन चलना चाहिए। परन्तु रंगाराव जी अपनी माँ और पत्नी के श्राद्ध-कर्म के लिए सहमत नहीं हुए। वे बोले, ''इन बातों में क्या धरा है, यह तो ब्राह्मणों के ढकोसले हैं।'' मद्रास पहुँचकर वे काला कोट पहनकर फिरने लगे। सुब्बन्नापेठ के कुछ लोगों ने उन्हें देखा तो उनसे कहा गया कि काला कोट शोक का प्रतीक है।

सरोजनी की मृत्यु के बाद रंगाराव जी विचार करने लगे कि हरप्पा को मद्रास ले जाना ठीक होगा या नहीं। बचपन से लड़का अपने पिता से हिला-मिला नहीं था। वह अपनी दासी और माँ के सामने ही खुला हुआ था। इसलिए दासी और दो नौकरों पर हरप्पा का भार छोड़कर रंगाराव मद्रास लौट गये। हुक्म हुआ कि हरप्पा को प्रतिदिन सायंकाल मोटर में बिठाकर सैर के लिए ले जाया जाए। माँ की मृत्यु के दूसरे दिन लड़के ने माँ के बारे में पूछा। दासी ने कहा कि माँ और पिता जी मद्रास गये हुए हैं, दस-एक दिन में लौटेंगे।

एक दिन सन्ध्या-समय नौकर रंगन्ना और दासी पुल्लमा—दोनों हरप्पा को मोटर गाड़ी में बैठाकर सैर के लिए ले जा रहे थे। वे विजयवाड़ा गये। उस रास्ते में विजयवाड़ा से एक मील पहले एक पुल था। पुल के पास गाड़ी रोककर लड़के को उतारा गया और इधर-उधर खेलने-कूदने के लिए छोड़ दिया गया। थोड़ी देर में धर्माराव उधर सैर करता हुआ आ पहुँचा। हरप्पा मोटर गाड़ी के पीछे एक वृक्ष की डाली को नीचे की ओर झुका रहा था। धर्माराव ने उसे देखकर तुरन्त पहचान लिया। वह पास आकर छोटे ज़मींदार की ओर एकटक देखने लगा। उसका इस प्रकार घूरना हरप्पा के ज़मींदारी रक्त को खौला गया। उसने डाँटकर पूछा, ''कौन हो तुम ?''

धर्माराव चुपचाप आगे की ओर चल दिया।

ये बातें सुनकर नौकर रंगन्ना ने पीछे की ओर मुड़ कर देखा। हरप्पा ने उससे पूछा, ''वह आदमी कौन है ?''

रंगन्ना बोला, ''वही धर्माराव है ?''

यह सुनकर हरप्पा ने कहा, ''उन्हें यहाँ बुला ला।''

नौकर के बुलाने पर धर्माराव लौट आया। हरप्पा ने धर्माराव से पूछा, ''आपका नाम धर्माराव है। मेरी माँ ने मुझे आपके पास पढ़ने को कहा था, वह मद्रास गयी हुई हैं। मैं आपके पास पढ़ूँगा। माँ आकर देखेंगी और बड़ी प्रसन्न होंगी।''

धर्माराव ने ताड़ लिया कि बेचारे हरप्पा को माँ की मृत्यु का पता नहीं लगने दिया गया है। परन्तु वह उसे कैसे पढ़ाएगा ? कोठी के सभी कर्ता-धर्ताओं को उसके नाम से चिढ़ थी। वह सोचने लगा, ''रानी इस बालक के मन में यह बीच क्यों बो गयी ?' बोला, ''जी हाँ, मैं आपको पढ़ाऊँगा।''

हरप्पा, ''तो कब से शुरू करेंगे ?''

धर्माराव, ''कल से।''

यह बात धर्माराव ने केवल टालने के लिए कही। फिर उसने विदा ली।

हरप्पा रातभर नौकर रंगन्ना से पूछता रहा, ''पढ़ाई के लिए क्या-क्या चाहिए ?'' तख्ती, पेन्सिल, पुस्तक आदि ख़रीदकर लाये गये। हरप्पा बैठा ही रहा। नौकर ने उसे भोजन करने को कहा, पर वह बोला, ''धर्माराव जी आएँगे। पहले पढ़ूँगा, तब भोजन करूँगा।''

नौकर ने बहुत समझाया, पर उसने एक न मानी। पर अन्त में विवश होकर नौकर ने कोठी के कर्ता-धर्ताओं के पास ख़बर पहुँचायी। वे भी आकर आग्रह करने लगे, पर हरप्पा ने एक न सुनी। अन्त में धर्माराव को बुला लाने का निश्चय हुआ। धर्माराव आया, आश्चर्यचकित होकर हरप्पा को पढ़ाने लगा। उसके जाते समय हरप्पा ने पूछा, ''फिर कब आएँगे ?''

धर्माराव कुछ न बोला।

हरप्पा ने कहा, ''कल आइएगा, आपने मेरे दादा को पढ़ाया था, मुझे भी पढ़ाना होगा।''

धर्माराव चला गया। बालक के आग्रह पर दूसरे दिन भी उसे कोठी जाना पड़ा। रामेश्वरम् ने इस बात की रिपोर्ट मद्रास भेजी। रंगाराव जी का उत्तर आया, "ठीक है, हम लड़के को प्रसन्न देखना चाहते हैं। जो उसके जी में आए, उसे करने दिया जाए।" रामेश्वरम् यह जवाब पढ़कर खिसिया गया।

इस प्रकार कोठी में धर्माराव का आना-जाना फिर से शुरू हो गया। उसके आने पर प्रसन्न होने वाला कोई न था। हरप्पा छोटा था, उसे अपनी प्रसन्नता का स्पष्ट भान भी न था। प्रतिदिन सवेरे आठ बजे वह पुस्तक लेकर बैठ जाता। धर्माराव आता और दस बजे तक पढ़ाता। बालक बड़े जतन से पढ़ रहा था। एक बार सुनी हुई बात उसे कभी नहीं भूलती थी। रात को अपनी पढ़ाई के लिए दीया मँगवाता। एक बार उसने नौकर से पूछा, "मैं दस बरस का हो गया हूँ, फिर भी पिताजी ने मेरी पढ़ाई का प्रबन्ध क्यों नहीं किया ?"

एक दिन धर्माराव पढ़ाने आया तो हरप्पा ने उससे पूछा, "महाशय, आप को प्रतिमास कितना वेतन चाहिए ?" धर्माराव बोला, "कुछ भी नहीं।" हरप्पा ने आग्रहपूर्वक कहा, "नहीं, नहीं ऐसा नहीं चलेगा। मेरी माँ मद्रास से लौट आएँगी, तब वही आपके वेतन का निर्णय करेंगी।"

धर्माराव की आँखें डबडबा आयीं। कहीं बालक न देख ले, इस भय से उसने अपने दुपट्टे से तुरन्त आँखें पोंछते हुए कहा, "मैं कल आऊँगा," और वहाँ से चला गया।

मद्रास में एक दिन रंगाराव जी गवर्नर बहादुर को अपना निजी वृत्तान्त सुना रहे थे। पत्नी की मृत्यु और पुत्र की दशा आदि सभी बातें उन्हें सुनायी। गवर्नर बहादुर ने हार्दिक दुःख और सहानुभूति प्रकट करके सुझाव दिया कि लड़के के लिए एक ट्यूटर नियुक्त किया जाए।

रंगाराव जी ने कहा, "धर्माराव नामक एक बी. ए. तक पढ़ा हुआ आदमी है, वही अब पढ़ा रहा है।"

गवर्नर ने कहा, "तेलुगु सिखाने तक उसके पास पढ़ाई हो सकती है, परन्तु लड़के के तौर-तरीक़ों में सुधार करना हो और उसे ब्रिटिश साम्राज्य का सच्चा नागरिक बनने की शिक्षा देनी हो, तो किसी अँग्रेज़ ट्यूटर को नियुक्त करना ठीक होगा।"

गवर्नर ने ईट्सन नामक एक अँग्रेज़ को प्रतिमास बारह सौ रुपये वेतन पर नियुक्त करने की सिफ़ारिश की। थोड़े ही दिनों में ईट्सन सुब्बन्नापेठ पहुँचा। गाँव के बाहर मिशन वालों के बँगले में वह रहने लगा। हरप्पा को अपने ही पास बुलाकर उसने पढ़ाना शुरू किया। सन्ध्या-समय ईट्सन लड़के को अपने साथ बाहर घुमाने ले जाता।

एक दिन पढ़ाई के सन्दर्भ में धर्माराव ने कहा कि हरिश्चन्द्र बड़े सत्पुरुष थे। हरप्पा ने पूछा, "क्या ईशु क्राइस्ट से भी अच्छे थे ?"

धर्माराव बोला, "हरिश्चन्द्र के समय ईशु क्राइस्ट थे ही नहीं, सो कैसे कहा जा सकता है कि दोनों में कौन किससे अधिक सत्पुरुष थे ? दोनों के जीवनकाल भिन्न थे।" परन्तु इस विवरण से हरप्पा का समाधान नहीं हुआ।

दूसरे दिन ईट्सन ने हरप्पा से ईशु क्राइस्ट की फिर चर्चा की। हरप्पा बोला, "हमारे हरिश्चन्द्र भी ईशु क्राइस्ट जैसे सत्पुरुष कहे जाते हैं।"

ईट्सन ने समझाया, "हरिश्चन्द्र नहीं, और कोई भी नहीं। ईशु क्राइस्ट के समान सत्पुरुष ईशु क्राइस्ट ही थे।"

दूसरे दिन धर्माराव पढ़ाने आया, तो हरप्पा ने पूछा, "कहते हैं कि ईशु क्राइस्ट के समान सत्पुरुष और कोई नहीं था—क्या यह सच है ?"

धर्माराव ने उत्तर दिया, "भैया, मैं पढ़ाने आता हूँ तेलुगु, साहब पढा रहे हैं अँग्रेज़ी। तेलुगु में हरिश्चन्द्र, राम, कृष्ण—इनको महान् माना जाता है। अँग्रेज़ लोग ईशु क्राइस्ट को महान् मानते हैं। तुम यहाँ की पढ़ाई वहाँ और वहाँ की यहाँ मत दोहराना। दोनों प्रकार की पढ़ाई अपनी-अपनी जगह किया करना।" हरप्पा को भी यह बात पसन्द आयी।

बैसाख का महीना आया। ख़बर आयी कि रंगाराव जी विलायत गये हुए हैं। सुब्बन्नापेठ में लोग आपस में कहने लगे कि पत्नी के वियोग का दुःख रंगाराव जी को असह्य हुआ होगा और उसे भुलाने के लिए वे विलायत गये होंगे।

बैसाख पूर्णिमा की चाँदनी छिटकी हुई थी। हज़ारों कोरों के साथ परिभ्रमण करने वाले तीक्ष्ण सूर्य-रूपी सुदर्शन-चक्र से निकलती हुई कान्ति चन्द्र-बिम्ब के बहाने चारों ओर फैल रही थी। चाँदनी ऐसी लगती थी, मानो भक्तों पर प्रसन्न होकर श्री वेणुगोपाल स्वामी मन्दहास कर रहे हों और उस मन्दहास की दीप्ति वायु के स्तरों पर झूला झूल रही हो। ऐसे समय में दुबले-पतले शरीर पर सफ़ेद साड़ी पहने, कानों तक फैले नेत्रांचलों में काजल लगाये, माँग में सिन्दूर भरे, कहीं-कहीं फूली हुई बेल की भाँति कतिपय आभरणों से चमकती तनु-लतिका को लेकर, सुन्दरता में काली चोली और सफ़ेद साड़ी के बीच मानो होड़-सी लगाती हुई, देवदासी मन्दिर की ओर चल पड़ी। रास्ते में उसकी भेंट रामेश्वरम् से हुई। जहाँ दोनों मिले, वहाँ और कोई न था। रामेश्वरम् धीरे से बोला, "छोरी, कहाँ चली ?"

देवदासी को ऐसा लगा मानो उसके हृदय में किसी ने शूल मार दिया हो। उसकी आयु सत्रह वर्ष की हो चली थी, पर आज तक सुब्बन्नापेठ में ऐसी बात उससे किसी ने नहीं कही थी। देवदासी ने विस्फारित नेत्रों से रामेश्वरम् की ओर देखा, मानो दो सुदर्शन-चक्र फिरने लगे हों, परन्तु रामेश्वरम् को केवल दो विकसित कमल दीख पड़े। झंझा में डुलती हुई काली नागिन की भाँति देवदासी जल्दी-जल्दी चलने लगी। रामेश्वरम्

को ऐसा लगा कि मदन की सफ़ेद पताका हवा में फहरा रही है।

उन दोनों की भेंट और देवदासी का आगे निकल जाना, धर्माराव ने दूर से देख लिया था। उसे लगा, मानो सारा रक्त उसके हृदय में एकत्र होकर जम गया है। देवदासी जिस वेग से रामेश्वरम् से दूर जा रही थी, उसी वेग से धर्माराव देवदासी की ओर गया। पास आकर उसने पूछा, "क्या हुआ ?"

गिरिका बोली, "भैया, कुत्ते को क्या मालूम कि नैवेद्य की वस्तु को छूना नहीं चाहिए ?"

धर्माराव चुपचाप सिर लटकाये घर चल दिया और स्नान करके जप में व्यस्त हो गया। देवदासी मन्दिर जा पहुँची, परन्तु उसे ऐसा लग रहा था, मानो सारे शरीर पर बिच्छू रेंग रहे हैं। अपने उस शरीर को लेकर भगवान् के आगे जाने की उसे इच्छा नहीं हो रही थी। वह घर लौट आयी। बड़े जतन से आईने के सम्मुख खड़ी होकर, जतन से पहनी हुई साड़ी, जतन से लगाये हुए तिलक और काजल आदि को वह एक-एक करके उतारने लगी। जिस प्रकार यज्ञ के समय कुत्ते के छुए हुए पुरोडाश को तज देते हैं, जिस प्रकार अपनी पत्नी के प्रति अन्य पुरुष के हृदय में अभिलाषा उत्पन्न होने पर पति उसे तज देता है, उसी प्रकार देवदासी ने अपने आभूषणों को तज दिया। फिर वह स्नान करके लाल चोली और काली साड़ी पहन कर, माथे पर कुंकुम का तिलक लगाकर पुनः स्वामी के सान्निध्य में जा पहुँची। धर्माराव आँगन के पास आया। अरुन्धती और गिरिका मन्दिर में गयीं। अरुन्धती ने पूछा, "क्यों जी, इतनी देर से क्यों निकली हो ?"

गिरिका की आँखों में आँसू भर आये। चाँदनी उन डबडबायी आँखों पर फूट पड़ी, और आँखें चमक उठीं। अरुन्धती को लगा, वे गिरिका की आँखें नहीं, आँसू से लबालब दो कासार हैं। उसने सोचा, शायद आज गिरिका को स्वामी ने दर्शन नहीं दिये, इसी से वह उदास हो गयी है। वह कहने लगी, "देवी, क्यों रोती हो ? क्या तुम नहीं जानतीं कि तुम्हें प्रभु से जितना प्रेम है, प्रभु को भी तुमसे उतना ही प्रेम है ? तुम सोचती होगी, प्रभु ने तुम्हें गले नहीं लगाया, पर तुम ही कहो, कभी तुमने स्वयं प्रभु को गले लगाया है ? इसका जवाब दो।"

गिरिका मन-ही-मन सोचने लगी, बात तो ठीक है, मैंने स्वामी को कभी गले नहीं लगाया, पर ऐसा करने जाती भी तो पुजारी चुप रहता ? वैसे मन्दिर के स्वामी का और मेरा क्या नाता हो सकता है ? वे मेरे घर पधारें, तब न मेरे होंगे ? आज मैं स्वामी के और समीप जाऊँगी। अरे, स्वामी के समीप जाने के विचार मात्र से मेरा शरीर पुलकित हो रहा है ! मैं कब उनके समीप जा सकूँगी ? इतने दिन हुए, पर उनके समीप जा न पायी, तब उन्हें गले लगाना कब सम्भव होगा ? मैं स्वयं उनके रूप में कब बदल जाऊँगी ? क्या करूँ ?

दोनों मन्दिर में पहुँचीं। देवदासी प्रभु के सम्मुख खड़ी न हो सकी। बड़े जतन

से वह बन-ठन कर आयी थी, पर क्या पता कि उसका शृंगार प्राणनाथ को रिझा पाएगा या नहीं ? अरुन्धती पूछ रही थी, "क्या स्वामी की तरह काली-काली दीखने के लिए यह काली साड़ी पहनी है ?"

गिरिका मन-ही-मन बड़ी प्रसन्न हुई। वह सोच रही थी, कभी-कभी दुष्टों की अपकृति भी भगवान् के विषय में उपकृति बन जाती है। उस रामेश्वरम् ने बुरा करने की ठानी थी, पर उसकी करनी से अन्त में भला ही हुआ। प्रभु भी सम्भवतः यही सोचते होंगे। देवदासी को स्वामी की दृष्टि में प्रेम की अरुणिमा दीख पड़ी, क्रोध की नहीं। वैसे उस परम सात्त्विक प्रभु को इन बातों से क्या सरोकार ? इस भगवान् के शरीर में तो रक्त नहीं : सो रामेश्वरम् जैसों की अपकृतियों का यह प्रतिकार करेगा। क्या स्वामी को रामेश्वरम् की निर्लज्जता ज्ञात नहीं ? क्या वे इतना नहीं जान सकते थे ? क्या उन्हें देवदासी पर सचमुच प्रेम और अभिमान है ?—वह सोचने लगी, यह तो मेरा पागलपन है जो प्रभु पर अपने प्राण वारे जाती हूँ। आखिर मेरी गिनती ही क्या है ? बहुत हो तो यही कि सोलह हज़ार में मैं भी एक हूँ...देवदासी की आँखें डबडबा आयीं।

आषाढ़ के पहले दिन पूर्व में एक छोटी-सी घटा दीख पड़ी, और क्रमशः अपने तीन चरणों को तीन लोकों पर पसारने वाले वामन की भाँति पूर्व ईशान और आग्नेय भागों पर गाढ़े काजल का लेप कर गयी। बादल ऐसे गरजे, मानो भगवान् पांचजन्य का नाद कर रहे हों। बिजली चमक पड़ी। देवदासी बगुले की भाँति मन्दिर में गयी। रामेश्वरम् का दुर्व्यवहार उसके मन में गड़-सा गया था। उसे लगा कि स्वामी उसका उपहास कर रहे हैं। वह लज्जा के अवगुण्ठन में छिप-सी गयी। इस अनुभूति से अत्यन्त आनन्दित होकर, तन्मयता में घर लौटती देवदासी को मेघराज ने सिर से पाँव तक जल में भिगो दिया।

रंगाराव जी विलायत से लौटे तो एक अँग्रेज़ युवती को अपने साथ ले आये। उससे ब्याह करना चाहते थे। वह युवती अपने सम्प्रदाय को छोड़कर हिन्दू बन गयी। दोनों आकर कोठी में रहने लगे। नौकर-चाकरों को कुछ नहीं सूझता था। वे अब किसका शृंगार करेंगे भला। शरीर मल-मलकर किसको स्नान कराएँगे ? किसके पाँव धोएँगे। उन नौकरों के सेवा-तत्पर शरीर का अब प्रयोजन ही क्या रहा ? और यदि उन्हें बेकार समझकर कोठी से हटा दिया गया तो पीढ़ियों से चली आती उनकी आजीविका का क्या होगा ? यह नयी रानी अपने सब काम स्वयं कर लेती थी। ख़ुद चाय बनाती थी। मिठाइयों की उसे आवश्यकता नहीं थी। नौकर-चाकर कुछ काम करने जाते तो हैरान होकर उन्हें घूरती। कुछ विचित्र ढंग से हँसती थी। उन ग्रामीणों को देखकर नयी रानी की हँसी मानवीय नहीं लगती थी। पश्चिमी देशों में भी ऊँचे घरानों में भी अत्यन्त

सुन्दर स्त्रियाँ होती हैं, पर जो लोग यहाँ से वहाँ जाते हैं, उन्हें प्रायः वैसी सुन्दर स्त्रियाँ नहीं मिलतीं। इस नयी रानी का उस देश के समाज में कौन-सा स्थान था, यह किसी को ज्ञात न था।

चार दिन कोठी में रहकर पति-पत्नी मद्रास लौट गये। रानी का नाम सुसानी था। उसने उस नाम को बदलकर शशिनी रख लिया। विवाह के बाद दोनों एक बार और सुब्बन्नापेठ आये। उन्हें देखकर कोठी में सबके सब दंग रह गये, सारा गाँव हैरान हो गया। मन्दिर में स्वामी का शरीर एकदम काला पड़ गया। वे सोचने लगे, "मेरे पुजारी गोरे हैं, मैं काला हूँ; वे लौकिक हैं, मैं वैदिक हूँ; वे नागरिक हैं, मैं ग्रामीण हूँ; वे श्वेत-द्वीपवासी हैं, मैं भी श्वेतद्वीपवासी हूँ। परन्तु मुझ जैसे काले-कलूटे को श्वेत-द्वीपवासी कौन मानेगा ?" स्वामी को कुछ नहीं सूझा। एक रानी को तो उन्होंने आश्रय दिया था, परन्तु इस नयी रानी के आगे उनकी क्या चलती ?

एक दिन बालक हरप्पा ने शशिनी को देखा। देखते ही वह भौंचक खड़ा हो गया। नौकर रंगन्ना ने कहा, "ये ही तुम्हारी माताजी हैं।"

यह सुनकर हरप्पा ने सहसा नौकर के मुँह पर छड़ी दे मारी। नौकर की आँखों पर चोट पड़ी और वे मुँद गयीं। हरप्पा गरजकर बोला, "क्या तेरी आँखें नहीं हैं....?"

शशिनी आयी तो सही, परन्तु क्या वह रंगाराव की पत्नी थी ? कोठी की रानी थी ? हरप्पा की माता थी ? क्या वह स्वामी के नाम पर एकादशी का उपवास करती थी ?

नौ

एक बार शशिनी अकेली गाँव के बाहर सैर करने गयी और चाँदनी में खेतों के बीच थोड़ी देर आराम करती रही। खेतों में हल चलाये जा चुके थे। कुछ खेतों को पानी देकर, पहले-पहल उनमें धान रोपा गया था। खेतों में पानी पहुँचते ही असंख्य मेंढक-कछुए आदि न जाने कहाँ से आ धमके। शशिनी जब घर से निकल रही थी तब परिचारिकाओं ने उसके साथ चलना चाहा, पर उसने उन्हें रोक दिया। जब वह घर लौट रही थी, तब बाज़ारों में ग्राम-पंचायतों की बत्तियाँ टिमटिमाती दीख पड़ीं। बिजली की अनुपस्थिति उसे बहुत खलने लगी। खेतों में चलना-फिरना अँधेरे में भी सम्भव था, परन्तु गाँव में आने के बाद वहाँ के आधे अँधेरे में चलना कठिन हो गया।

दूसरे दिन रंगाराव जी मद्रास से आये। उसी शाम को सुब्बन्नापेठ में नगरपालिका स्थापित करने का प्रयत्न शुरू हुआ। सारे गाँव को मोहल्लों में विभाजित किया गया। एक-एक भाग में एक-एक उम्मीदवार खड़ा हुआ। चन्द्रारेड्डी को सरकार की ओर से

अध्यक्ष मनोनीत किया गया। रामेश्वरम्, तीन पादरी और हरिजन बस्ती की ओर से प्राइमरी कक्षा तक पढ़े हुए चार हरिजन—ये सब नगरपालिका में सरकार की ओर से मनोनीत हुए। फिर चुनाव प्रारम्भ हुए। सुब्बन्नापेठ की जनता में चुनाव के प्रति एकबारगी उत्साह जाग उठा। ब्रिटिश सरकार के रहते हुए भी, आज तक वे केवल ज़मींदार से परिचित थे, उन्हीं को राजा मानते थे। अब इस नगरपालिका के कारण उन्हें ऐसा लगा कि उनका और सरकार का प्रत्यक्ष सम्बन्ध स्थापित हो रहा है। ज़मींदार एक बड़े पदाधिकारी की भाँति दीखने लगा। अब वे केवल व्यक्ति नहीं थे, उन्हें संस्था का स्वरूप प्राप्त हो चला था। इन चुनावों के कारण ज़मींदार की कोठी का पुराना गौरव जाता रहा, बल्कि यों कहना चाहिए कि किसी को उसके पूर्व गौरव का स्मरण ही न रहा। ज़मींदार भी एक बड़े किसान की भाँति सबको दीखने लगा। प्रत्येक व्यक्ति स्वतन्त्र और समान अधिकार वाला बन गया। लोग बड़े ख़ुश हुए, सोचने लगे, अब हम ही शासक हैं, हम ही अपने बुरे-भले के मालिक हैं, सरकार भी अब हमारे साथ कोई अन्याय नहीं कर सकती, हमारे प्रतिनिधि नगरपालिका में हमारी ओर से ख़ूब चर्चा करेंगे। अब हम जो चाहेंगे वही होगा। हमारी हथेली पर स्वर्ग आ बसेगा।

नय सदस्यों को अप्रत्याशित ढंग से ही नये-नये पद मिल गये। उनके पास पढ़ाई नहीं थी, धन-दौलत नहीं थी, अतएव इन पदों की आकस्मिक प्राप्ति से वे फूले नहीं समाये।

एक दिन सवेरे गणाचारी स्नान करके, चार नीम की टहनियाँ लेकर, कुछ ध्यानमग्न-सी निकल पड़ी। बाज़ारों में बच्चे उसका पीछा करने लगे। वह गाँव के चारों ओर घूम आयी। कोठी के सामने थोड़ी देर खड़ी होकर, एक नीम की टहनी को वहाँ रख दिया। गाँव के बाहर ज़मींदार का एक बँगला नगरपालिका के दफ़्तर के काम में लाया जाता था। उस बँगले के सामने भी गणाचारी ने एक टहनी छोड़ी। ज़मींदार साहब ने नगरपालिका को अपनी चालीस एकड़ ज़मीन दे दी थी। उस ज़मीन में नगरपालिका-भवन का निर्माण होने वाला था। वहाँ जाकर गणाचारी ने एक और टहनी छोड़ी। चौथी टहनी उसने चन्द्रा रेड्डी के घर के सामने छोड़ी।

गणाचारी को पगली कहना, पिछले दस साल से चलता आया था। कालक्रम के साथ उसके पागलपन की बात पर कई लोग विश्वास करने लगे। आज उसका घूमना-फिरना और नीम की टहनियों को अलग-अलग स्थानों पर छोड़ना देखकर लोग सदा की भाँति उसे पगली कहने लगे। कई लोगों ने उस पर ध्यान तक नहीं दिया।

एक दिन नगरपालिका की सभा चल रही थी। पन्द्रह सदस्य उपस्थित थे। एक सरकारी सदस्य ने सुझाया कि नगरपालिका का भवन बनाने के लिए दो लाख रुपये चाहिए, सो यह रुपया गाँव वालों से कर के रूप में वसूल किया जाए। गाँव से चुनकर आये हुए सदस्य इस सुझाव के विरोध में खड़े हुए। उनका कहना था कि सुब्बन्नापेठ जैसे गाँव से दो लाख रुपये वसूल होना असम्भव है। अतः इस रक़म का कुछ भाग

ज़मींदार साहब और कुछ सरकार दे, तो समस्या हल हो सकती है। सभा में ख़ूब चर्चा चली, पर सदस्य किसी निर्णय पर नहीं पहुँच पाये, इसलिए सुझाव पर वोट लिये गये। सरकारी पक्ष की जीत हुई। इसके उपरान्त यह प्रश्न उठा कि धन कैसे वसूल किया जाए। सुझाव गया कि प्रत्येक घर से अधिक कर वसूल किया जाए। जिन्हें प्रतिमास वेतन मिलता है, उनसे प्रति रुपया एक आना लिया जाए। इस प्रकार वर्ष भर में आठ हज़ार रुपये जमा होने चाहिए। तीस वर्ष में यह सब रक़म ब्याज समेत जमा होगी। इसलिए रक़म सरकार से क़र्ज़ लेकर तुरन्त भवन का निर्माण और अन्य कार्यक्रम शुरू कर देने चाहिए।

उस दिन प्रस्ताव आदि पास होने तक दोपहर बीत गयी। कड़ी धूप थी। जिधर आँख उठाकर देखो, मृगतृष्णा-सी प्रतीत होती थी, डोरिया कपड़े पर खिंची सफ़ेद लकीरों का-सा आभास होता था। सदस्य सभा-स्थल से उठकर बाहर आये। उसी समय हरिया दूर से गुज़रा। वर्षाभाव के कारण उसका शरीर भोंडा हो चला था। केवल खाद के बल पर बढ़ने वाले ज्वार के खेत के दो-चार पत्ते उसने हाथ में ले रखे थे। नगरपालिका के सारे सदस्यों को एकत्र देखकर शायद हरिया घबरा गया। मनुष्य को देखते ही चौंककर भय के मारे पलायन करने वाले साँप की भाँति गिरता-उठता, गोल-गोल फिरता, टेढ़ा-मेढ़ा चलता, सिर उठाकर बार-बार पीछे की ओर देखता हुआ वह वहाँ से भाग निकला। नगरपालिका के सदस्य उसके विकृत आकार की ओर देखते रह गये। उनमें से एक गोरे साहब ने सोचा कि इस हरिया को लन्दन ले जाकर वहाँ की वस्तु-प्रदर्शनी में रखा जाए, तो बड़ा अच्छा होगा। सृष्टि की समस्त विचित्र वस्तुओं का भण्डार वहीं तो है।

उन साहब का नाम गार्डिनर था। वे हरिया को दो-चार बार देख चुके थे, परन्तु उसके बारे में कोई निश्चित जानकारी उन्हें नहीं मिली थी। यदि हरिया यों ही आवारा फिरने वाला होता तो उसे पकड़ने में कोई कठिनाई न थी। परन्तु यदि उसके माता-पिता हों और उन्हें कुछ देना भी पड़े तो उसकी सौ-गुनी रक़म देकर लन्दन की वस्तु-प्रदर्शनी वाले ख़रीद लेंगे। इस प्रकार पुण्य और पुरुषार्थ दोनों सम्पन्न होंगे।

गाँव में बात फैल गयी कि तीस बरस तक कर का बोझ लोगों पर पड़ने वाला है। किसानों को यह कर अखरने लगा। वे सोचने लगे, जान-बूझकर इस झमेले में पड़ गये, बड़े शौक़ से नगरपालिका ले आये, परन्तु आरम्भ में ही तीस बरस तक खेतों-खलिहानों को तिलांजलि देने की नौबत आ गयी। गाँव में अधिक-से-अधिक वेतन तीस रुपया है। परन्तु आज से तीस के बदले अट्ठाईस मिला करेंगे। इसके साथ-साथ कुछ और टैक्स भी लग रहे हैं। अतः तीस रुपये वेतन पाने वाला पच्चीस से अधिक घर नहीं ला सकेगा। दस-बारह रुपये वेतन पाने वाले का कष्ट तो इस कर से इतना बढ़ गया, मानो अकाल में अतिरिक्त मास आया हो। पिछले दिनों बड़े ज़मींदार के पास दस रुपये वेतन पाने वाले किसी व्यक्ति को दारिद्र्य का कभी अनुभव नहीं होता था। गाँव के

सारे लोग ज़मींदार का थोड़ा-बहुत माल अपने उपयोग में लाते थे, फिर भी ज़मींदार की दौलत घटती नहीं थी। आज ज़मींदार के ख़जाने से एक दमड़ी भी किसी को नहीं मिल रही थी, फिर भी ज़मींदार के पास पैसा नहीं बचा और दिनों-दिन ख़जाना ख़ाली होने लगा। हाँ, एक परिवर्तन अवश्य हुआ—पहले गाँव की एक-एक चींटी ज़मींदार का आश्रय लेती थी, आज गाँव की हर चींटी स्वतन्त्र है। व्यक्ति-विकास और राष्ट्र-विकास का इससे अच्छा उदाहरण और क्या हो सकता है ?

सुब्बन्नापेठ के दक्षिण में गुण्डेरु नाम का एक नाला बहता था। उसकी चौड़ाई दो गज़ से अधिक न थी; कोई निश्चित कगार नहीं थे; गहराई भी कभी डेढ़ हाथ से अधिक नहीं होती थी। उसका उद्गम निजाम राज्य में किसी अज्ञात स्थान पर बतलाया जाता था। थोड़े से स्थलों को छोड़कर सारा पाट कीचड़ से भरा रहता था। यही कारण था कि पानी की गहराई अधिक न होने पर भी लोग उसे पार करने से घबराते थे। पाँच या दस वर्ष में एक बार बिना किसी सूचना के, जब कभी उसके मन में आए, नाले में सैलाब आ जाता। तब उसे पार करना असम्भव हो जाता था। भूतपूर्व ज़मींदार ने उस पर एक पुल बनवाया। वह नाला सुब्बन्नापेठ से लगभग एक मील पर था। सैलाब के समय उसका पानी सुब्बन्नापेठ को चारों ओर से घेर लेता। किसी भी खेत में उस बरस कोई उपज नहीं होती थी। भूतकाल में जबकि सारे खेतों में केवल ख़रीफ की फ़सल हुआ करती थी, इन सैलाबों से बड़ी हद तक किसानों का लाभ ही होता था। जब सैलाब आता तो केवल उस फ़सल में किसानों को नुकसान होता, परन्तु सैलाब में बहकर आयी हुई जो नरम उपजाऊ मिट्टी खेतों में आ जमती, वह इतनी उपजाऊ होती कि अगले दस वर्ष तक उन खेतों में सोना उपजता। मिर्च, जवार, मकई, रागी, तम्बाकू, नील इत्यादि फ़सलों के रूप में ज़मीन धन उगलती। गुण्डेरु नदी वहाँ के किसानों के लिए प्राण-दात्री थी, अन्न-दात्री थी—उस माता की भाँति, जो कभी-कभी क्रोध में बच्चे को पीटती है, पर तुरन्त उसे हृदय से लगाकर स्तन्य देती और समझा-बुझाकर प्रसन्न करती है। परन्तु इधर दस बरस से सुब्बन्नापेठ के चारों ओर धान की खेती शुरू हो गयी थी। जवार के बदले धान के खेत ही दिनों-दिन फैलते जाते थे। सैलाब आये दस वर्ष हो चुके थे। धान उगाने की किसानों को आदत-सी पड़ गयी थी और नदी का सैलाब उन्हें भूल-सा गया था। सुब्बन्नापेठ में कड़ी धूप से लोगों के नाकों दम था, परन्तु एक दिन सवेरे देखते-देखते नदी में सैलाब आ गया। न जाने नदी के उद्गम-प्रान्त में कितनी वर्षा हुई थी ! लोग आशा कर रहे थे कि सैलाब आज थम जाएगा, कल थम जाएगा, परन्तु आज और कल के बीच वह दूना-तिगुना बढ़ता गया और सारे खेतों पर आक्रमण करने लगा। पहले उसने तटवर्ती फ़सलों को खाया। खेतों का कुछ भाग तो पूरा-पूरा डूब गया, कुछ आधा और कहीं-कहीं

केवल जड़ों तक। यह थी पहले दिन की स्थिति। दूसरे दिन दक्षिण की ओर के सारे खेत पानी में अदृश्य हो गये। बगुलों के झुण्ड पानी के ऊपरी भाग में पंक्तियाँ बनाकर उड़ानें भरने लगे। चारों तरफ़ फैले पानी के बीच जहाँ-कहीं ऊपर उठा हुआ टीला-सा नजर आया वहीं खड़े होकर उन बगुलों ने ध्यान लगाना शुरू कर दिया। रह-रहकर मछलियाँ पानी से अपना सिर ऊपर उठातीं और तैरने की चेष्टा में तड़पतीं। सुब्बन्नापेठ की छोटी-छोटी झोंपड़ियाँ सैलाब के पानी में डूबने लगीं। ग़रीब लोग अपनी झोंपड़ियों के आगे मिट्टी के बाँध बना-बनाकर, रात भर जागते हुए उनकी रक्षा करते रहे। गाँव के पश्चिम की ओर बहने वाली नहर में सैलाब का पानी घुस आया और पश्चिम तथा उत्तर दिशा में सारा प्रदेश जलमय हो गया। ज़मींदार का बनाया हुआ पुल टूट गया। विजयवाड़ा और सुब्बन्नापेठ के बीच यातायात के साधन बन्द हो गये। इस घटना के बीस दिन पहले रंगाराव जी और शशिनी सुब्बन्नापेठ आये थे। सैलाब के कारण उनका मद्रास लौट जाना असम्भव हो गया। उनकी मोटर-गाड़ी चल नहीं सकती थी।

रंगाराव के मन में एक अस्पष्ट-सी इच्छा थी कि शशिनी पुरानी रानियों की भाँति कम-से-कम गाँव की प्रथाओं के अनुसार साड़ी पहने, और पर्दे का पालन करे। परन्तु हृदय की गहराइयों में दबी हुई इस इच्छा को उनके नव-संस्कारी मन ने कभी नहीं पहचाना। फिर उसके बारे में कहने-सुनने का प्रश्न ही कहाँ उत्पन्न होता ? शशिनी को पति के इन मनोभावों की कल्पना तक नहीं थी। उसका जन्म एक स्वतन्त्र देश में हुआ था। यदि उस देश में आने वाले किसी परदेशी ने वहाँ की मान-मर्यादाओं और परिपाटियों का उल्लंघन किया होता, तो उसके मन में अवश्य ठेस लगती। परन्तु उसी नियम के अनुसार उसका अपना व्यवहार इस देश के लोगों को कितना अखरता होगा, इस विषय में उसने कभी सोचा तक नहीं। इस प्रकार सोचने की उसे आवश्यकता भी नहीं थी। इस देश के लोग हर कठिनाई को दैविक मानकर सह लेते हैं। अपनी अनिच्छा प्रकट नहीं करते। इसके विपरीत जहाँ शशिनी पैदा हुई थी, उस देश में अपनी इच्छा-अनिच्छा को स्पष्ट रूप से प्रकट करना वहाँ के लोगों का प्रधान धर्म था। विरोध न करना वहाँ एक प्रकार से स्वीकार ही माना जाता था।

दूसरे दिन शशिनी प्रातःकाल गाँव के दक्षिण की ओर चल पड़ी और जहाँ तक सम्भव हो सका सैलाब के पानी में उतरती गयी। उसने एक हरिजन की झोंपड़ी के पीछे छिपकर बन्दूक से एक बगुले पर गोली चलायी। दो हरिजन बालक दौड़कर उस मरे हुए बगुले को ले आये। बन्दूक का धमाका सुनते ही जहाँ-तहाँ बैठे हुए सब जल-पक्षी सहसा चकित नेत्रों से इधर-उधर देखते हुए, गरदनें लम्बी करके अपने पंखों को इधर-उधर हिलाकर आगे की ओर डोलते हुए, उड़कर किसी और स्थान पर जा बैठने के प्रयास में सर्वत्र पानी ही पानी पाकर, थोड़ी देर इधर-उधर भ्रमण करके अन्त में निःसहाय होकर फिर पुराने स्थानों पर ही जा बैठे। उन बगुलों ने अपनी संख्या का जायजा नहीं लिया, इसीलिए मरा हुआ बगुला उनके हिसाब में नहीं आया। पानी में

कहीं-कहीं काँस के सफ़ेद फूल दीख पड़ते थे। कुछ चमार स्त्रियाँ उन फूलों को तोड़कर, सफ़ेद पंखुड़ियों को अलग करके, उनकी मालाएँ गूँथकर अपनी चोटियों में लगा रही थीं। उन मालाओं को और उन स्त्रियों की अलंकारप्रियता को देखकर शशिनी को बड़ा आश्चर्य हुआ। न जाने इन अपढ़ और असभ्य लोगों में इतनी रसज्ञता कहाँ से आ गयी। इनके मन स्वभावतः बड़े कोमल होंगे। इनके शरीर की कालिमा प्रायः इनकी बुद्धि में कोई परिवर्तन नहीं ला सकी है।

शशिनी पश्चिम की ओर चल पड़ी। वहाँ कुछ खेत पानी में नहीं डूबे थे। जहाँ-जहाँ खाद के ढेर पड़े थे, वहाँ की फ़सल अधिक ऊँचाई तक बढ़ी थी और मानो एक प्रकार के गर्व से सैलाब के पानी का उपहास कर रही थी। उन खेतों की कलचाई[1] नहीं हुई थी। कुछ विशेष प्रकार के फूल पानी के ऊपर तैर रहे थे। वे नीले रंग के थे। उन्हें देखकर शशिनी नहीं समझ पायी कि वे फूल हैं या फल। उसने एक चमार लड़की से पूछा, "यह क्या है ?" इधर दो महीने से शशिनी गाँव में रह रही थी, उसने तेलुगु के दस-बारह शब्द सीख लिये थे। उसके प्रश्न पर उस लड़की ने उत्तर दिया कि वह एक प्रकार का फूल है और उसके पौधे की जड़ें उबालकर खाने में स्वादिष्ट होती हैं। यह कहती हुई वह लड़की पानी में उतरी और कुछ जड़ें उखाड़कर रानी को देने ले आयी। शशिनी का आना चमार बस्तियों और ख़ासकर पादरियों की बस्तियों के लिए बड़े सौभाग्य की बात सिद्ध हुई। ये सभी लोग गाँव की अपेक्षा कोठी के अत्यन्त स्नेहपात्र बन गये। शशिनी उनके लिए प्राण-प्रिय हो गयी। एक चमार बालक उसके मारे हुए बगुले को कोठी में ले जाना चाहता था, परन्तु शशिनी ने उसे रोका और स्वयं अपने रूमाल में उस लड़की की लायी हुई जड़ें बाँधकर काँख में बन्दूक दबाये, बायें हाथ में मरा हुआ बगुला लिये, मिट्टी लगे कपड़ों के साथ कोठी में जा पहुँची। अफ्रीका के किसी देश में या यूरोप के लोगों की बन्दूक की प्रतिध्वनि से अपरिचित प्रशान्त आकाश वाले दक्षिण अमेरिका के किसी घने जंगल में बसने वाली जातियों के विषय में अनुसन्धान करने को साहसी लोग 'सभ्य' देशों में जाया करते हैं, उनमें अपने आप को सम्मिलित करके शशिनी कल्पना-पथ में एक विशेष उद्वेग का अनुभव कर रही थी। लोग भौंचक्के होकर उसकी ओर ताक रहे थे। स्वतन्त्र विचारों और संस्कृतियों से अपरिचित कई लोगों के मन में उसके प्रति एक प्रकार की घृणा उत्पन्न हुई। जो कल्पनाक्षम नहीं थे, भोले-भाले थे, उन्हें शशिनी का वह रूप बड़ा ही रमणीय, आकर्षक और स्वतन्त्रता का प्रतीक दीख पड़ा।

स्नान के उपरान्त उसने कपड़े बदले और ज़मींदार से जा मिली। ज़मींदार ने उसका उचित आदर किया और कुछ इधर-उधर की बातों के उपरान्त कहा, "देखो, इस गाँव में तुम्हारा इस प्रकार घूमना-फिरना कुछ ठीक नहीं लगता। मद्रास में हम यथेष्ट घूम-फिर सकते हैं। किसी और जगह भी हमारे लिए कोई रोक-टोक नहीं होगी, परन्तु इस गाँव

1. खेतों की निराई।

में यह बात ठीक नहीं।''

शशिनी ने कुछ देर तक बहस की, पर अन्त में वचन दिया कि पति के मत के विरुद्ध कुछ नहीं करेगी।

दोनों भोजन पर बैठे। दासियों ने बगुला नहीं पकाया था। शशिनी ने पूछा, ''बगुले का मांस कहाँ है ?''

नौकर ने कहा, ''वह खेत का बगुला है, उसे नीच जाति वाले ही खाते हैं, राजा लोग नहीं खाते।''

कोई और समय होता तो यह सुनकर शशिनी सम्भवतः हँस पड़ती, परन्तु अभी-अभी रंगाराव जी से जो बात हुई थी, उसका स्मरण करके चुप रही। फिर उसने अपनी लायी हुई जड़ियों के बारे पूछा। इस बार कोई जवाब नहीं मिला। नौकर कुछ झिझककर चुप हो गया।

चार दिन बाद सैलाब थम गया। फिर भी नाला ज़ोरों से बह रहा था। एक सप्ताह के बाद उसका प्रवाह सहज़ हुआ। रंगाराव को इतने दिन सुब्बन्नापेठ में विवश होकर रहना कुछ पसन्द न था। प्रतिदिन शशिनी कोठी की छत पर जा बैठती और चारों ओर जलावृत भूमि की शोभा देखती रहती। प्रवाह के कम होने पर सारे रास्ते कीचड़ से भर गये। सड़कों पर एक-एक फुट मिट्टी जम गयी और उसे खोद निकालना आवश्यक हो गया। सड़क ज़मींदार की थी। उसकी मरम्मत का काम शुरू किया गया।

धर्माराव हरप्पा को पढ़ाने प्रतिदिन कोठी में जा रहा था। एक बार भी रंगाराव जी से उसकी भेंट नहीं हुई। सितम्बर की पहली तारीख़ को ईट्सन साहब कोठी पर आये और रंगाराव जी से दो महीने की पढ़ाई के वेतन के दो हज़ार चार सौ रुपये वसूल कर लिये। उन्होंने हरप्पा से भी बातें कीं और उससे हाथ मिलाकर चले गये। तुरन्त हरप्पा को धर्माराव के वेतन की बात का स्मरण हो आया। उसने सोचा कि पिताजी से कहना चाहिए। उसके मन में विचार आया कि अभी इसी गर्मी-गर्मी में धर्माराव को भी दो हज़ार चार सौ रुपये का वेतन दिलवाया जाय तो ठीक हो। परन्तु पिता और पुत्र में निःसंकोचता न थी। हरप्पा पिता से मिलना भी चाहता तो वहाँ शशिनी छाया की भाँति उपस्थित रहती। शशिनी के प्रति हरप्पा के मन में एक विचित्र भाव बना हुआ था। वह भाव घृणा का था या ईर्ष्या का, भय का या प्रेम का, या इनमें से कोई भी नहीं था—यह बात उसकी समझ में नहीं आती थी। जिस प्रकार गणाचारी को देखकर हरिया भाग खड़ा होता, उसी प्रकार शशिनी को देखकर हरप्पा खिसक जाता। परन्तु हरिया के प्रति गणाचारी के जो भाव थे, वे ही भाव हरप्पा के प्रति शशिनी के थे या नहीं, यह कहना कठिन था।

हरप्पा दुबला-पतला था, छरेरे बदन का। दस वर्ष का होते हुए भी देखने में केवल आठ वर्ष का लगता था। वह पिता की पिलायी हुई कॉफ़ी और विदेशों से आये हुए डब्बों के दूध पर पला था। बड़े ज़मींदार की मृत्यु के बाद से वह सदा मोटर गाड़ी

पर ही घूमता-फिरता रहा। उस वंश में सभी युवराज छह साल की आयु में घोड़े की सवारी सीख जाते थे। एक नाटा-सा घोड़ा था, जिस पर रंगाराव जी भी छह साल की अवस्था में सवारी कर चुके थे। परन्तु हरप्पा को घोड़े की सवारी से पूर्णतया अपरिचित रखा गया। बालक स्वभाव से उद्विग्न मन का था। उसके सारे मनोभाव अपने दादा के-से थे। दादाजी की रसज्ञता, उदारता और विवेक पोते में विद्यमान थे। हाँ, उनके शरीर जैसी दृढ़ता नहीं थी। सम्भवः निर्बलता की एक हवा-सी हमारे देश पर चलने लगी थी। जो लोग ऊँचे पूरे क़द के हट्टे-कट्टे, आजानुबाहु, विशाल वक्ष वाले और हाथी के सूँड़ को मरोड़ कर तोड़ने वाले बलवान थे, उनकी सन्तान नाटी, दुबली-पतली और सवेरे उठते ही कुछ खाने के लिए तिलमिलाने वाली निकली। हरप्पा का मन जितना विशाल था, उसके अनुरूप शरीर में दृढ़ता न थी। अतः मन और शरीर के बीच एक प्रकार की विसंगति उत्पन्न हो गयी—मन था समुद्र की भाँति विस्तृत, परन्तु शरीर एक छोटी नहर के समान तटों से बँधा हुआ। समुद्र का वह असीम पानी इस छोटी-सी नहर में कैसे बह सकता था ? तटों का टूटना अनिवार्य था। इसी कारण कभी-कभी हरप्पा का शरीर, आपाद-मस्तक काँप जाता। देखने वाले कहते कि बालक दुर्बल है। पर सचमुच यह दुर्बलता मन की महान् सबलता का परिणाम थी। यह रहस्य कोई नहीं जानता था।

दूसरे दिन रंगाराव जी बँगले पर अकेले इधर-उधर टहल रहे थे। शशिनी राजभवन के अग्रभाग से नये पुल की तरफ़ देख रही थी। वहाँ झुण्ड के झुण्ड लोग खड़े थे। वे उसे चींटियों की कतार जैसे दिखाई दिये। मिट्टी से ढके हुए खेतों में खड़े घास-फूस के बीच सड़क ऐसी लगती थी मानो केशों के बीच निकली हुई सुन्दर माँग हो। शशिनी उस दृश्य को देख रही थी। इधर रंगाराव जी को एकान्त मिला। दोपहर का समय था। हरप्पा को नौकर के द्वारा पता चला कि पिताजी अकेले हैं। उसने उन्हें ख़बर भेजी और दर्शन के लिए जा पहुँचा। रंगाराव जी ने बेटे को सोफ़े पर बैठाते हुए पूछा, "अच्छी तरह पढ़ रहे हैं ?"

हरप्पा ने जवाब दिया, "जी हाँ।"

पिताजी ने पूछा, "किस काम से आये हैं ?"

हरप्पा कुछ नहीं बोला, जो कुछ कहना चाहता था, वह मन का मन में रह गया। कुछ देर बाद पिता ने पूछा, "धर्माराव आ रहे हैं ?"

धर्माराव का नाम सुनते ही हरप्पा के मन में थोड़ी-सी हलचल शुरू हुई। उसने कहा, "जी हाँ !" और फिर धीरे-धीरे कहने लगा, "उनका वे...." पर वह रुक गया। थोड़ी देर बाद रंगाराव जी ने पूछा, "उन्हें कितना वेतन चाहिए ?"

यह प्रश्न हरप्पा की समझ में नहीं आया। फिर रंगाराव जी ने पूछा, "क्या महीना पन्द्रह रुपये काफ़ी होंगे ?"

यह प्रश्न सुनकर सोफ़े पर बैठा हुआ हरप्पा अपने शरीर के ऊर्ध्व भाग को तानकर,

मुख उठाकर लज्जा, क्रोध और विस्मय प्रकट करने लगा। पिता की बात का उत्तर शायद उसकी समझ में नहीं आया। पिता उसकी ओर देख नहीं रहे थे। लगभग एक मिनट के बाद हरप्पा की स्थिति का स्पष्ट आभास हुआ, पिता ने उसकी ओर देखा और कहा, "ठीक है, दो महीने के तीस रुपये देने के लिए ख़जांची को ख़बर भेज देना।" यह कह वे छत पर चले गये।

हरप्पा बैठा-बैठा मानो धँस-सा गया। आँखों में आये हुए आँसुओं को उसने ज्यों-त्यों कनपटी के पास ही दबा लिया। उसे लगा कि उसकी छाती फट जाएगी, इसी से छाती पर हाथ दबाये, सिर लटकाये, बड़ी देर तक बैठा रहा। उसके मन में भावों के बदले शून्यता घर कर रही थी। उसका बाल-मन इस तीव्र आघात को सहन नहीं कर पाया था। घड़ी भर में वह निद्रा के वश में हो गया। उसे किसी ने नहीं जगाया। सन्ध्या समय वह ख़ुद ही उठा और धीरे-धीरे सीढ़ियाँ उतरकर अपने कमरे में जा बैठा।

धर्माराव और हरप्पा में घनिष्ठ स्नेह हो गया था। पढ़ाई के अतिरिक्त धर्माराव दो-चार बार यों ही हरप्पा के पास आ चुका था। आज सायंकाल फिर आया। उस समय हरप्पा का मन अत्यन्त क्षुब्ध था—धान के उन खेतों की तरह जो बाढ़ के कारण नष्ट-भ्रष्ट होकर उजड़-से गये थे। धर्माराव के आते ही हरप्पा उठ खड़ा हुआ। जब कभी हरप्पा आता तो इसी प्रकार धर्माराव भी उठ खड़ा होता था। आखिर दस बरस का बालक जो ठहरा, जिसकी माँ मर चुकी थी। पिता उसका विशेष आदर नहीं करते थे। बालक के प्रति धर्माराव का यह गौरवपूर्ण व्यवहार एक प्रकार से अनावश्यक था, परन्तु धर्माराव की दृष्टि में हरप्पा दस वर्ष का बालक मात्र नहीं था, बल्कि वीरन्ना नायुडू, हरिहर नायुडू, गोपाल स्वामी नायुडू, हरप्पा नायुडू, कृष्णम् नायुडू, आदि राजाओं के रक्त-बिन्दुओं का अंश और उनके तेज का अवशेष था। यों तो यह बालक फूँक मारने भर से गिर पड़ता था, परन्तु धर्माराव की दृष्टि में यह उन महान् योद्धाओं का उत्तराधिकारी था, जिन्होंने असंख्य शत्रुओं के मणि-मण्डित मुकुटधारी मस्तकों को अपनी तलवारों के घाट उतारा था। इस एकाकी बालक के मुख पर यों तो दैत्य झलकता था, परन्तु धर्माराव को उस मुख में प्राचीन आन्ध्र प्रशासकों की अत्यन्त वर्चस्वी छटा दीख पड़ती थी। जब धर्माराव हरप्पा को देखता, तो उसे उतना ही आनन्द मिलता, जितना सुमन्त को श्री रामचन्द्र को देखकर मिलता था। धर्माराव से मिलकर हरप्पा भी आनन्द विभोर हो उठता था; पर आनन्द का विश्लेषण नहीं कर सकता था। उसकी बुद्धि इस प्रकार का विश्लेषण करने में सक्षम नहीं थी। उस परिपक्व दशा के लिए कुछ और समय की आवश्यकता थी।

कुछ देर बाद सकुचाते-सकुचाते हरप्पा ने पूछा, "आप को कितना वेतन चाहिए ?"

धर्माराव ने कहा, "वेतन की कोई आवश्यकता नहीं।" फिर उसने अपने और ज़मींदार के, दोनों वंशों का प्राचीन सम्बन्ध हरप्पा को बताया। हरप्पा को यह सब वृत्तान्त किसी स्वर्गलोक की कथा-सा लगने लगा। अन्त में धर्माराव ने कहा, "आप

लोग वेणुगोपाल स्वामी के धर्मकर्ता हैं, आपका धर्म-कर्तृत्व रहे तो मैं समझूँगा कि मुझे वेतन मिल गया। बी. ए. की परीक्षा दे आया हूँ। चालीस-पचास का वेतन कहीं भी पैदा कर लूँगा।''

हरप्पा आश्चर्यचकित होकर पूछने लगा, ''बस, कुल इतना ही वेतन ? दिनभर पढ़ाकर भी प्रतिमास केवल चालीस-पचास रुपये मिलेंगे ? मुझे तो मेरे विदेशी ट्यूटर प्रतिदिन एक घण्टा भी नहीं पढ़ाते, बहुतेरा समय इधर-उधर की वस्तुएँ दिखाने में ही गँवा देते हैं, फिर भी क्या हम उन्हें प्रतिमाह बारह सौ रुपये नहीं दे रहे हैं ?''

धर्माराव ने हँसकर कहा, ''आप अभी छोटे हैं, जब बड़े हो जाएँगे, तब यह बात आपकी समझ में आएगी।''

इसके बाद धर्माराव के वेतन की चर्चा फिर कभी नहीं आयी। हरप्पा धर्माराव से बातें किया करता था। धर्माराव उसे ज़बरदस्ती पढ़ाता। दिनों-दिन हरप्पा अत्यन्त कुशाग्र-बुद्धि दीख पड़ने लगा। परन्तु एक महीने के बाद ईट्सन साहब ने हरप्पा को निरा मन्दमति समझा। धर्माराव ने उसे बड़ा मेधावी समझा। हरप्पा की दृष्टि में ईट्सन साहब उसके नौकर थे, ट्यूटर थे, परन्तु धर्माराव उसका मित्र था—अत्यन्त उदार साथी।

नये पुल का निर्माण पूरा हुआ। शशिनी और रंगाराव मद्रास चले गये। गुड़िवाड़ा से धान के पौधे लाये गये और बाढ़ से नष्ट हुए खेतों को फिर से ठीक करके रोपा गया। यह नयी फ़सल भी कुछ विवर्ण-सी दीखती थी, उस मूर्ख धनवान की भाँति जो अपने ब्याह के समय भी मुख की कान्ति खो देता है। यह फ़सल कब बढ़ेगी, कब फलेगी और कब लोग उस धान को तोलकर खुश होंगे ?

नगरपालिका की सभा हुई। जो सदस्य किसानों का प्रतिनिधि था, उसने अनुरोध किया कि अब की सारी फ़सल का सत्यानाश हो गया है। धान के बदले मिट्टी ही हाथ लगेगी, इसलिए इस वर्ष के टैक्स की वसूली आगामी वर्ष तक स्थगित होनी चाहिए। परन्तु सरकारी सदस्यों ने इस प्रस्ताव का विरोध किया। उन्होंने कहा कि नगरपालिका के स्थापित होने के बाद पहले ही वर्ष यदि टैक्स वसूल नहीं किया गया तो सरकार का विश्वास हम पर नहीं रहेगा। इसलिए जैसे-तैसे टैक्स अदा करना ही होगा। अन्त में प्रस्ताव पर वोट लिये गये। किसानों के पक्ष की जीत हुई। गाँव वाले सभी प्रसन्न हुए।

अब चन्द्रा रेड्डी की समझ में आया कि अध्यक्ष होने के नाते उसे निरंकुश अधिकार प्राप्त नहीं हुए हैं। नगरपालिका के मिशनरी सदस्य ने कहा, ''मेरा वक्तव्य और विवाद जनता के विरुद्ध रहेगा, परन्तु मैं वोट उनके पक्ष में ही दूँगा।'' उस सदस्य ने अध्यक्ष चन्द्रा रेड्डी को भी ऐसा ही करने का उपदेश दिया। चन्द्रा रेड्डी ने चिढ़ कर कहा, ''आप मुझे उपदेश देते हैं ? मैं तो जनता के पक्ष में रहूँगा।'' इस पर मिशनरी ने बड़े मार्मिक ढंग से समझाया, ''देखिए, आप सरकार के मनोनीत अध्यक्ष हैं, अतएव आपका मत सरकार के पक्ष में ही होना चाहिए। आपको सरकार का ही कहा मानना

चाहिए।"

हरिया की आयु सोलह वर्ष की हो चली थी। अब तक वह कभी अस्वस्थ नहीं हुआ था। परन्तु जिस दिन बाढ़ आयी, उस दिन उसे ज़ोर का बुख़ार आया। डॉक्टर को बुलाया गया। उसने जाँच करके मंगा से कहा, "एक शीशी लेकर अस्पताल आओ।" मंगा अस्पताल जाकर दवा ले आयी और हरिया को दवा पिलाने लगी। हरिया दवा फेंककर गुस्से में उछल-कूद मचाने लगा। हरिया के जन्म के बाद मंगा के मन में साँप का कोई भय नहीं रहा था। परन्तु जबसे हरिया को बुख़ार आया, मंगा साँपों से बहुत घबराने लगी। अन्त में बिना किसी दवा के ही दस-एक दिन बाद हरिया का बुख़ार उतरा। अजीब बात यह हुई कि जहाँ बुख़ार से लोग दुबले पड़ जाते हैं, वहाँ हरिया बुख़ार के बाद हट्टा-कट्टा हो गया। पहले उसके शरीर की कोई निश्चित रूपरेखा नहीं दीखती थी। ऐसा लगता था कि कोई घास-फूस की काड़ी चल-फिर रही है। अब ऐसा लगा कि कोई कच्चा बाँस चल-फिर रहा है। पता नहीं यह उसके शरीर की पुष्टि थी, या निरी सूजन। वह खड़ा होकर ठीक-ठाक चलने-फिरने लगा।

धर्माराव कोठी पहुँचा। वह और हरप्पा सन्ध्या समय सैर करने निकले। उनका इस प्रकार घूमना-फिरना बाक़ी राजबन्धुओं और नौकरों को पसन्द न था। तथापि शशिनी के आगमन से वहाँ के रहन-सहन में कई परिवर्तन हो चले थे। अतः इस घूमने-फिरने की लोगों को आदत-सी पड़ गयी। किसी ने अपनी अप्रसन्नता प्रकट नहीं की।

हरप्पा कह रहा था, "मैंने स्वामी को कभी नहीं देखा, वे कैसे हैं ? हाँ-हाँ, एक बार मैंने उन्हें देखा था। माँ के साथ एक बार मैं मन्दिर गया था। स्वामी का रूप एकदम मेरे दादाजी जैसा है।"

धर्माराव, "पहले प्रतिवर्ष स्वामी का कल्याणोत्सव हुआ करता था। आपके दादाजी के समय अन्तिम चार वर्ष यह उत्सव नहीं मनाया गया। पाँचवें वर्ष वे मनाने जा रहे थे। उत्सव बैसाख में होने को था, परन्तु आपके दादाजी माघ मास में चल बसे।"

हरप्पा, "जब मैं बड़ा हो जाऊँगा, तो फिर से हम कल्याणोत्सव मनाएँगे।"

यह सुनकर धर्माराव के मन में आया कि हरप्पा को चूम ले। पर उस बालक के शरीर में राजाओं का रक्त है, उसे छूना नहीं चाहिए, यह सोचकर धर्माराव ने हरप्पा को मन-ही-मन चूम लिया।

धर्माराव बोला, "मैं चार-पाँच दिन यहाँ नहीं रहूँगा। कृष्णा नदी पर पुष्कर[1] लगने का समय है। विजयवाड़ा जाकर मुझे पुष्कर सम्बन्धी विधियाँ पूरी करनी हैं, आज्ञा चाहता हूँ।"

---

1. बारह-वर्ष में एक बार महानदियों के तट पर लगने वाला कुम्भ।

हरप्पा, "ये पुष्कर विधियाँ क्या होती हैं ?"

धर्माराव कहने लगा, "बृहस्पति बारह वर्ष में एक बार एक-एक नदी के जल को आकर्षित करता है। उस संयोग से उस नदी-जल में विशिष्ट शक्तियाँ उत्पन्न होती हैं, जो अन्य समय नहीं होतीं। सारे देवता पुष्कर के समय उस नदी-जल में निहित होते हैं। इसी अवसर पर पितृदेवों को तर्पण आदि देने से अधिक फल मिलता है। मेरे पिताजी की मृत्यु हुई है, अतएव मुझे इस पुष्कर के अवसर पर तर्पण आदि विधियाँ पूरी करनी होंगी।"

हरप्पा, "मेरी माताजी की भी तो मृत्यु हुई है, फिर क्या मुझे भी उन विधियों को पूरा करना होगा ? तब तो मैं भी आपके साथ चलूँगा।"

धर्माराव, "आपके पिताजी इन संस्कारों में विश्वास नहीं रखते। आप विधियों को पूरा करने जाएँगे, तो शायद उन्हें बुरा लगेगा। इसके अतिरिक्त वे ऐसा भी सोचेंगे कि मैं अपने विचारों के अनुसार आपसे यह सब काम करा रहा हूँ। आज तक दोनों रानियों का मासिक श्राद्ध भी नहीं हुआ है। मृत्यु के बाद पन्द्रह दिन तक कोई श्राद्धकर्म नहीं किये गये। शास्त्र की दृष्टि से आप प्रथम शौच से ही मुक्त नहीं हुए हैं। अतएव इस समय पुष्कर सम्बन्धी विधियाँ आपको नहीं करनी चाहिए।"

हरप्पा, "फिर मुझे अब क्या करना चाहिए ?"

धर्माराव, "पहले आपको श्राद्ध-कर्म करना चाहिए। मनुष्य मर जाता है तो प्रेत की आकृति धारण करता है। हमारी आँखें उन्हें नहीं देख सकतीं। उस रूप में उन्हें बड़ा दुःख होता है और वे इस बात की प्रतीक्षा करते रहते हैं कि उनके पुत्र श्राद्ध-कर्म आदि करके उन्हें उस रूप से मुक्त करें। श्राद्ध-कर्म न करने पर वे उसी प्रेत-दशा में छटपटाते रहते हैं।"

हरप्पा, "एक बार मेरे गोरे ट्यूटर ने मुझसे यही प्रश्न पूछा था। मैंने इसी प्रकार कुछ अस्पष्ट-सा उत्तर दिया। इस पर वे कहने लगे कि यह सब पागलों की कल्पनाएँ हैं। ब्राह्मणों ने पैसे ऐंठने के लिए ये सब ढकोसले शुरू किये हैं। हमें कैसे मालूम कि मरने वाले प्रेत बनकर रहते हैं ? ठीक तो है, हम कैसे कह सकते हैं ?"

धर्माराव, "कुँवर जी, यह बात नहीं। यदि इसी प्रकार सोचेंगे तो हर धर्म में कई ऐसी बातें होती हैं, जो प्रत्यक्ष नहीं होतीं। फिर तो किसी भी धर्म में, श्रद्धा या विश्वास की कोई गुंजाइश ही नहीं रहती। एक धर्म में एक प्रकार का विश्वास होता है, तो दूसरे में दूसरे प्रकार का। ईसाई धर्म में यह माना जाता है कि भविष्य में एक दिन ईशु प्रभु सभी मरने वालों की जीवात्माओं को फिर से बाहर निकालेंगे। इसी प्रकार की कई बातों पर उनका विश्वास है। हमारे प्राचीन ऋषियों ने जो कहा है, उस पर हमारा विश्वास है।"

दूसरे दिन धर्माराव ने विजयवाड़ा जाकर पुष्कर सम्बन्धी विधियाँ समाप्त कीं। ताँगे के अड्डे पर जाने से पहले लोहे का कपाट पार करना पड़ा। वहाँ के एक डेरे में तीन

आदमी खड़े थे, उनमें से एक ने धर्माराव से कहा, "ए, इधर आओ।"

धर्माराव अनसुनी करता हुआ जाने लगा। परन्तु रास्ते में पुलिस के सिपाही ने उसे रोककर डाँटा, "उधर जाते क्यों नहीं ?"

धर्माराव को नींद आ रही थी। तथापि वह डेरे के पास चला गया। वहाँ एक मेज़ थी और उस पर एक पुस्तक रखी थी। हैजे के टीके लगाने के साधन भी वहाँ रखे थे। जिस आदमी ने उसे बुलाया था, वह बोला, "टीके लगवाकर फिर चले जाना।"

धर्माराव ने कहा, "पुष्कर का समय तो कभी का समाप्त हो गया, अब क्यों टीके लगाते हो ? इन टीकों से बुख़ार आये तो कौन परेशान होगा ? हैजे की बात तो दूर रही, इन टीकों से अलग मुसीबत आएगी। मैं टीका नहीं लगवाऊँगा।"

वहीं बैठा हुआ एक दूसरा व्यक्ति बोला, "टीके लगवाने ही होंगे।"

धर्माराव ने उसकी ओर तीक्ष्ण दृष्टि से देखा। उसने सिर उठाया ही नहीं। इतने में पहला व्यक्ति धर्माराव को देखकर कुछ नर्म पड़ गया और नम्रतापूर्वक कहने लगा, "बाबूजी, कृपा करके टीका लगवा लीजिए।"

धर्माराव ने कहा, "यह कहाँ का न्याय हैं ? पुष्कर का समय कभी का बीत गया। अब यहाँ आते-जाते मुसाफ़िरों को इस तरह क्यों सताते हो ? यह कैसा दुर्भाग्य है कि इस देश में कोई आराम से सफ़र भी नहीं कर सकता ?"

इस पर वह व्यक्ति बोला, "अच्छा महाशय, आप जा सकते हैं।"

जाते समय पुलिस के सिपाही ने कड़ी आवाज़ में पूछा, "तुम कौन हो ? किस गाँव के रहने वाले हो ?"

उसकी डाँट सुनकर धर्माराव कड़ककर बोला, "ज़रा आपे में आकर बातें करो, समझे ?"

सिपाही ने फ़ौरन भीगी बिल्ली बनकर कहा, "नहीं बाबूजी, कुछ नहीं, कुछ नहीं।"

यहाँ से छुट्टी पाकर धर्माराव घर पहुँचा, तब तीन बज चुके थे।

दूसरे दिन धर्माराव सुब्बन्नापेठ पहुँचा। घर की दशा यथापूर्व थी। गृहस्थी को चलाना कठिन हो गया। अब तक उसके मित्र सूर्यपति के दिये हुए रुपयों से ही गृहस्थी चल रही थी। सोचा था कि हरप्पा की पढ़ाई का कुछ वेतन मिलेगा, परन्तु ठीक समय पर उदारता का भाव उमड़ आया और दस-पन्द्रह रुपयों से भी हाथ धोना पड़ा। सुब्बन्नापेठ पहले की तरह गाँव नहीं रह गया था, उस पर शहर का रंग चढ़ते ही हर वस्तु महँगी हो गयी। पहले जो गृहस्थी पन्द्रह रुपयों में चलती थी, उसके लिए आज पचीस भी अपर्याप्त थे। चावल का थैला बीस रुपये में बिक रहा था। एक-एक दिन मुश्किल से बीत रहा था। पास में बचे दस रुपये पुष्कर सम्बन्धी विधियों में ख़र्च हो गये। रोज़ का ख़र्च इधर-उधर के क़र्ज़ पर चल रहा था। इसी असमंजस में वह दिन बीत गया।

दूसरे दिन धर्माराव हरप्पा के पास गया। हरप्पा अपने कमरे में बैठा था। नमक,

तेल, गुड़, चावल आदि सामग्री एक बड़े थाल में वहाँ रखी थी। धर्माराव के आते ही हरप्पा उठ खड़ा हुआ और बोला, "कब पधारे ?"

धर्माराव ने कहा, "कल लौटा हूँ।" फिर उसने वहाँ रखी हुई सामग्री के बारे में पूछा। हरप्पा ने कोई जवाब नहीं दिया।

दोनों में कुछ बातें हो रही थीं, इतने में दो ब्राह्मण वहाँ आये। हरप्पा धर्माराव से बोला, "महाशय, आज एकादशी है। मेरी माँ का देहान्त एकादशी को हुआ था, इसलिए आज मासिक श्राद्ध के हेतु यह सामग्री मँगाई गयी है। इसे इन ब्राह्मणों को देना चाहता हूँ। आज के लिए आप से विदा चाहता हूँ।"

धर्माराव निर्विण्ण होकर वहाँ से चल दिया। हरप्पा के कमरे में ब्राह्मणों ने मन्त्र पढ़े और मासिक श्राद्ध-कर्म करवाया। स्वयं-पाक की सामग्री और दक्षिणा लेकर वे चले गये। कोठी में उन ब्राह्मणों का आना और हरप्पा के कमरे में जाना राधाकृष्णय्या ने देख लिया था। उसने नौकर रंगन्ना से हाल-चाल पुछवाया और उस बालक की बुद्धिमत्ता पर प्रसन्न हुआ। कर्म-सिद्धान्त के प्रति रंगाराव जी की अनास्था लोगों को पसन्द न थी, परन्तु किसकी मजाल थी कि ज़मींदार के विरुद्ध कुछ कहे ! अन्त में इधर-उधर से यह ख़बर रंगाराव जी को मिली। उनकी धारणा हुई कि धर्माराव की पढ़ाई का ही यह परिणाम है; परन्तु उन्होंने कहा कुछ नहीं।

दस

महात्मा गाँधी को अपना असहयोग आन्दोलन प्रारम्भ किये दो वर्ष हो चुके थे। लोग यह मानने लगे थे कि गाँधीजी भगवान के अवतार हैं, श्रीकृष्ण हैं। चरखा उनकी वंशी है। और चरखे की ध्वनि वंशीनाद। सारा देश वृन्दावन है और सारी जनता गोपियों की भाँति करोड़ों की संख्या में गाँधी जी की बात-बात पर मुग्ध होकर उनका अनुसरण करती है। देश में एक ऐसा युद्ध प्रारम्भ हुआ जो सचमुच युद्ध नहीं था। इस महान् आन्दोलन को देखकर अन्य देशों के लोग आश्चर्यचकित हो गये। देश में अँग्रेज़ी पढ़ाई और पाश्चात्य रीतियों के प्रति अनादर उत्पन्न हुआ। उग्रवादी लोग मानने लगे की अँग्रेज़ी पढ़ाई ने भारतवासियों को परायी संस्कृति के मोह में डालकर परतन्त्रता की शृंखलाओं में बाँध दिया है और उनके मस्तिष्क में दासता का भाव भर दिया है। रंगापुर गाँव का एक युवक, जिसका नाम केशवराव था, एम. ए., बी. एल. पास करके मद्रास में वकालत कर रहा था। इस युवक की माँ का नाम राज्यलक्ष्मी था। गाँधी जी का आन्दोलन प्रारम्भ होते ही उसने अपनी वकालत छोड़ दी और आन्दोलन में कूद पड़ा। कई लोग कहने लगे कि यहाँ के कॉलेजों में अँग्रेज़ी पढ़ाई जाती है, उनमें लड़कों को नहीं भेजना चाहिए। इन देशभक्तों से कुछ और लोग पूछने लगे कि अगर लड़कों को

पढ़ने नहीं भेजा गया तो क्या वे बिगड़ नहीं जाएँगे ? फलस्वरूप स्थान-स्थान पर राष्ट्रीय महाविद्यालयों की स्थापना हुई और अँग्रेज़ी पढ़ाई छोड़े हुए विद्यार्थियों की शिक्षा का कई देशभक्तों ने प्रबन्ध किया। केशवराव ने भी सुब्बन्नापेठ में एक राष्ट्रीय महाविद्यालय की स्थापना की। इस विद्यालय में एक साथ हिन्दी, तेलुगु और संस्कृत आदि भाषाएँ सिखायी जाती थीं। मद्रास के प्रख्यात वकील के नाते केशवराव का इस प्रान्त में काफ़ी नाम था। वे ज़मींदार एवं कई धनाढ्य लोगों के पास गये और ख़ूब चन्दा इकट्ठा कर लाये। दो वर्ष के भीतर सुब्बन्नापेठ का राष्ट्रीय महाविद्यालय एक स्थायी संस्था के रूप में परिवर्तित हो गया। पंचायत के अध्यक्ष चन्द्रा रेड्डी ने पचास एकड़ ज़मीन महाविद्यालय को दी। उस स्थान पर विद्यालय के भवन का निर्माण हुआ। केशवराव ने लगभग साठ हज़ार रुपये एकत्र करके विद्यालय की मूल-निधि के रूप में बैंक में रख दिया। पचास एकड़ ज़मीन थी और प्रतिवर्ष पाँच हज़ार रुपये ब्याज के आते थे। अतएव महाविद्यालय बिना किसी कठिनाई के चल पड़ा। केशवराव का विश्वास था कि देश में कला और विद्या का नाश हो चला है। इसलिए उनके पुनरुत्थान के लिए राष्ट्रीय महाविद्यालय को प्रयत्न करना चाहिए। इसलिए विद्यालय में स्वदेशी ढंग का व्यायाम सिखाया जाता था। संगीत पढ़ाने के लिए एक गायक की नियुक्ति की गयी। बंगाल से एक चित्रकार बुलाये गये और उन्हें प्राच्यकला-विभाग का अध्यक्ष नियुक्त किया गया। दशहरे के अवसर पर महाविद्यालय का वार्षिक समारोह होता था। बड़े-बड़े पहलवानों को बुलाकर कुश्तियों की प्रतियोगिता रखी जाती थी और विजेताओं को पारितोषिक दिये जाते थे। ख्यातनाम गायक बुलाये जाते थे। उनकी बैठकें होती थीं और उन्हें सम्मानित किया जाता था। बड़े-बड़े कविगण आमन्त्रित किये जाते थे और उनका भी सम्मान होता था। उस महाविद्यालय के आदर्शों को देखकर ऐसा लगता था मानो भूतपूर्व ज़मींदार कृष्णम नायडू फिर से जीवित हो उठे हैं। उनके स्मरण से प्रभावित होकर सभी लोग केशवराव को देवता के समान पूजने लगे। धर्माराव की दृष्टि में हज़ार सिर वाला आदिशेष केशवराव का स्वरूप धारण कर अवतरित हुआ जान पड़ता था। दो वर्ष से धर्माराव की इच्छा थी कि अब पढ़ाई समाप्त करके इस महाविद्यालय में शिक्षा प्रदान करने लगे। परन्तु इस विद्यालय के अध्यापकों को वेतन नहीं मिलता था। सबके सब मुफ़्त काम करते थे। धर्माराव के सिर पर गृहस्थी का भार होने के कारण कुछ-न-कुछ कमा लाना उसके लिए अनिवार्य था। इसलिए केशवराव के प्रति आदर होते हुए भी, धर्माराव को अपने पुराने रास्ते पर ही चलना पड़ा। पहले-पहल राष्ट्रीय महाविद्यालय के प्रति लोगों में अधिक आस्था नहीं थी। परन्तु जैसे-जैसे गाँधी जी के आन्दोलन में तीव्रता आती गयी, वैसे ही वैसे इस नवीन विद्यालय के प्रति लोगों का अभिमान बढ़ने लगा।

अँग्रेज़ी महाविद्यालय की उपस्थिति से इस नये विद्यालय के विकास में कुछ बाधा अवश्य पड़ी। सुब्बन्नापेठ की जनता का कोठी के प्रति जितना आदर था, उतना और

किसी के प्रति न था। ज़मींदार रंगाराव ने स्पष्ट रूप से राष्ट्रीय महाविद्यालय का विरोध किया। नागेश्वरराव भी उसके विरोधी थे। अतएव सुब्बन्नापेठ की जनता में राष्ट्रीय महाविद्यालय की ख्याति अधिक नहीं बढ़ पायी। चन्द्रा रेड्डी ने देने को तो पचास एकड़ ज़मीन दे दी परन्तु वह भी ज़मींदार के मतानुकूल चलना ही अधिक पसन्द करता था। इन सब कारणों से दो-तीन वर्षों तक केशवराव को कई विघ्नों का सामना करना पड़ा। तब कहीं राष्ट्रीय महाविद्यालय की बुनियाद सुदृढ़ हो पायी।

गत तीन वर्षों से दशहरे के अवसर पर महाविद्यालय का वार्षिक समारोह मनाया जा रहा था, जिसे इस वर्ष धनाभाव के कारण स्थगित कर देना पड़ा। लेकिन त्योहार से क़रीब दस दिन पहले केशवराव मद्रास से तीन हज़ार रुपये तथा मुम्बई से पाँच हज़ार रुपये चन्दे के रूप में लेकर लौटे और अप्रत्याशित रूप से यह निर्णय हुआ कि वार्षिक समारोह दशहरे के बदले संक्रान्ति के अवसर पर मनाया जाए। समाचारपत्रों में इस बात की घोषणा कर दी गयी।

सुप्रसिद्ध कविगण आमन्त्रित किये गये। नियम था कि कुश्तियों में भाग लेने वाले पहलवान प्रवेश-शुल्क के रूप में दस रुपये दें। चार दिन के भीतर चालीस पहलवान आ धमके। कूचिपूडि के कलकारों द्वारा 'प्रह्लाद' नाटक के अभिनय का आयोजन था। पलनाडु प्रान्त से कुछ ब्राह्मणों ने आकर गुड़ियों का खेल दिखाया। गत वर्षों में जिन्हें महाविद्यालय के वार्षिक समारोह के समय अपना-अपना कला-कौशल दिखाने और कुछ परितोषिक पाने का अवसर मिला था, ऐसे सभी लोग सुब्बन्नापेठ पर टूट पड़े। उनमें दिवा-वेष धारण करने वाले, भेड़ों को लड़ाने वाले, रीछों का खेल दिखाने वाले, डोमर जादू-टोना दिखाने वाले, सँपेरे आदि कई प्रकार के लोग थे। संक्रान्ति के त्योहार तक फ़सलें कट चुकी थीं। फ़सलें कटने से पहले पटसन के बीजों को खेतों में बो दिया था और उनसे पौधे फूट पड़े थे। बाढ़ से जो खेत नष्ट हो गये थे, उनमें दूसरी बार रोपी हुई धान की फ़सल ठिठुर कर ज्यों की त्यों रह गयी थी। खेत पूरी तरह सूखे भी न थे कि आये हुए भिखारी गीले खेतों में ही अपनी झोंपड़ियाँ लगाकर रहने लगे। कितने थे वे भिखारी ? ग्रीष्म ऋतु में गहरी दरारें पड़ने से फटी हुई ज़मीन में किसी प्रकार लुक-छिपकर, वर्षा के होते ही एकबारगी लाखों की संख्या में बाहर निकलकर शोर मचाने वाले मेंढकों की तरह, वे भिखारी भी आश्रयदाता के मिलते ही ऐसे एकत्र हुए, मानो धरती उन्हें जन रही हो। ओहो, यदि आश्रयदाता मिल जाए तो आश्रित दस हज़ार आ धमकते हैं ! पर आश्रय देने वाला न रहे तो सबके सब बेचारे कड़ी गर्मियों में कौओं की भाँति झुलसकर मर जाते हैं।

भोगी[1] के त्योहार के दिन वार्षिक समारोह प्रारम्भ हुआ। कूचिपूडि के कलाकारों ने दिन में विविध वेश धारण कर दिखाये। पहले वे अर्ध-नारीश्वर का वेश धारण करके

---

1. मकर-संक्रमण के पूर्व का दिन।

सारे गाँव में घूमे। राष्ट्रीय महाविद्यालय गाँव के पूरब में खेतों के बीचों-बीच था। गाँव के पश्चिम में कोठी थी। अर्ध-नारीश्वर का वेशधारी कोठी के नैऋत्य कोण से निकलकर दक्षिणी दीवार के साथ-साथ चला और सुब्रह्मण्येश्वर स्वामी के मन्दिर के सम्मुख खड़ा होकर अपनी कला का प्रदर्शन करने लगा। लोग उसके चारों ओर आ जमा हुए। उस कलाकार ने अपने आधे मुख पर पर्दा डाल रखा था। घूँघट को दायीं ओर हटाने पर गिरिजा की आकृति दीखती थी। सिर पर चन्द्र-कौर, मस्तक पर 'गौरीकल्याण' का तिलक, महादेव की पत्नी की भाँति एक आँख में ज्योति प्रकाशमान थी। अर्ध-निमीलित नयन मानो गौरी के कटाक्ष-रूपी अमृत का प्रसारण कर रहे थे। शेष सारा शरीर नारी-शरीर-सा दीख रहा था। 'पार्वती-वैभव' की प्रस्तावना आदि गीत गाकर अभिनेता ने पर्दे को बायीं ओर खींचा। उसी क्षण बड़े अनोखे ढंग से महादेव की आकृति प्रकट हुई। जटाजूट में चन्द्ररेखा, मस्तक पर गन्धाक्षत, विस्फारित नेत्रों में मानो जगन्नाथत्व झलकाता हुआ एक भरा-पूरा व्यक्ति दीख पड़ा। वह हँसता तो जैसे रजतगिरि से श्वेत कान्ति फूट पड़ती। कुपित भृकुटि दिखाता तो मस्तक पर सिन्दूर से बनाया तीसरा नेत्र अंगारे उगलने लगता। पार्वती वाले अर्धभाग के प्रदर्शन में जिस प्रकार शरीर अभी-अभी साड़ी और चोली पहने था, उसी प्रकार महादेव वाला अर्धशरीर धोती और दुपट्टा पहने था। इस प्रकार सम्मिश्र वेश-धारण करने में कितना अद्भुत कौशल है ! उस वेशधारी को देखकर जैसे नागेश्वर स्वामी ने अपना ही प्रतिबिम्ब समझ लिया हो....

इसके उपरान्त टोली मन्दिर पार करके ब्राह्मणों की बस्ती से होकर गाँव के दूसरे छोर पर महाविद्यालय के पास जा पहुँची। वहाँ केशवराव थे। कलाकारों ने उन्हें नमस्कार किया। केशवराव स्वदेशी कलाओं के बड़े पारखी थे। अर्ध-नारीश्वर का वेश देखकर व्याख्या करने लगे, "वह देखो, अर्धनारीश्वर का वैभव कैलाश की सुन्दरता, प्रथम गणों के भेद, उनके नाम, गौरी देवताओं का वैभव विस्तार, महाभक्त शैवों का कथा-संविधान, सप्त-मातृकाओं का इतिहास, त्रिपुरासुर का संहार, बाणासुर की कथा—एक-एक करके कहाँ तक गिनाऊँ ? शैवों के सभी आगम इस महान् कलाकार की जीभ की नोक पर नाच रहे हैं। देखो जी ! देखो ! इस अँग्रेज़ी पढ़ाई ने इन महान् संस्थाओं को नष्ट-भ्रष्ट कर दिया है। पाश्चात्य सभ्यता ने ग़रीबों के मुँह में मिट्टी डाल दी है। मुट्ठी भर भीख से सन्तुष्ट होकर अपना सारा जीवन इन महान् कलाओं के विकास में व्यतीत करने वाले कलाकारों की ये संस्थाएँ आज नामावशेष हो गयी हैं ! प्राचीन काल में राजा-महाराजा और धनवान लोग इनके पोषक थे। पर आज ये केवल आजीविका के साधन बनकर रह गये हैं। सच पूछो तो इनमें कलात्मकता और विद्या का अंश ही लुप्त हो गया है।"

उस दिन सन्ध्या समय दो छोटे पहलवानों की कुश्तियाँ हुईं। एक मफ़सलमान लड़का और एक किसान, दोनों दंगल में आये। किसान बालक छरहरे बदन का था और उसमें बड़ी फुर्ती थी। मफ़सलमान बालक हट्टा-कट्टा था और उसकी आँखों से

क्रूरता-सी झलकती थी। किसान बालक एक प्रसिद्ध अखाड़े में कुश्ती सीख आया था। अखाड़े का उस्ताद उस प्रान्त में प्रसिद्ध था। उसके अखाड़े के पट्ठे भलमनसाहत से कुश्ती लड़ना जानतें थे, गुण्डों की तरह नहीं। दाँव-पेंच भली-भाँति सीखकर बड़ी सफ़ाई से लड़ते थे। दोनों लड़कों ने कुश्ती शुरू की ही थी कि किसान पहलवान ने एक ही दाँव में अपने प्रतिपक्षी को चित कर दिया। लोग आश्चर्यचकित रह गये। हाथ मिलाते-मिलाते ही अँगूठे के बल से हाथ पकड़कर बायीं ओर को मरोड़ा और चट से खींच लिया। इस खिंचाव से दूसरा पहलवान बायीं ओर डोलता हुआ नीचे गिर पड़ा। यह था उस खिंचाव का ढंग। ऐसा करने के लिए बड़ी फुर्ती और चुस्ती होनी चाहिए। इस कुश्ती के बाद और दो पहलवान अखाड़े में उतरे; पर उनकी कुश्ती निपटने का नाम ही नहीं ले रही थी। अन्त में उन्हें वापस भेज दिया गया।

रात को 'प्रह्लाद' नाटक का आयोजन हुआ। पहले कूचिपूडि के कलाकार 'प्रह्लाद' नाटक का तीन रात तक लगातार प्रदर्शन किया करते थे। होते-होते दर्शकों का सब्र घटता गया और नाटक की अवधि दो रातों की हो गयी। अन्त में सारा नाटक एक ही रात में खेला जाने लगा।

धर्माराव और हरप्पा नाटक देखने आये। हरप्पा के पिता ने बड़ी कठिनाई से उसे नाटक देखने की अनुमति दी। इस नाटक के कारण धर्माराव के प्रति रंगाराव के मन में एक प्रकार की विमुखता उत्पन्न हुई। परन्तु हरप्पा अकेला था, माँ से बिछुड़ा हुआ ! आठों पहर धर्माराव से चिपका रहता था। इसी से उन दोनों को अलग करना ज़मींदार को पसन्द न था। कोठी से नाटक देखने अकेला हरप्पा ही गया। सबसे आगे शतरंजी बिछाकर उस पर गद्दियाँ लगाई गयी थीं। गद्दी पर हरप्पा और धर्माराव आ बैठे।

नाटक प्रारम्भ होने तक लगभग डेढ़ पहर रात बीत चुकी थी। तब तक इधर-उधर की व्यवस्था चलती रही। जल्दी प्रारम्भ करने के लिए केशवराव ने लाख अनुरोध किया, पर कलाकारों ने अपनी मर्ज़ी से ही यथासमय प्रारम्भ किया। सबसे पहले एक 'चोबदार' आया और उसने महाराज हिरण्यकश्यप के आगमन की घोषणा की। पर्दा बीच में लाया गया, जिसके पीछे हिरण्यकश्यप आ खड़े हुए। ताल, मृदंग, घुँघरू आदि के घोष से ऐसा लगा कि कोई राक्षस आने वाला है। दो मशालों को एक जगह करके उन पर गुग्गुल की बुकनी फेंकी गयी और उसी की चमक-दमक में पर्दा हटाया गया। पीछे खड़े हुए महाराज अपने मुकुट, भुज-कीर्ति[1] आदि आभूषणों की जगमगाहट के साथ प्रकट हुए। हरप्पा ने अपने पिता का राजतिलक समारोह नहीं देखा था। उसने कोई और नाटक भी आज तक नहीं देखा था। आज का यह नाटक उसे अत्यन्त मनोहर प्रतीत हुआ। हिरण्यकश्यप अपनी गर्भवती पत्नी लीलावती को अकेली छोड़ तपस्या

1. राजा का वेष धारण करने वाला अपनी भुजाओं में गरुड़ के पंखों की आकृति वाले सुनहले चमकदार आभूषण पहनता है, जिन्हें भुज-कीर्ति कहते हैं।

करने चले गये। गर्भस्थ शिशु देवताओं के लिए अनर्थकारी सिद्ध होगा, इस आशंका से इन्द्र लीलावती को अपने यहाँ ले जा रहे थे कि रास्ते में नारद मुनि से भेंट हुई। उस अवसर पर एक मधुर गीत गाया गया। वह राग, वह ताल और वह लय सुनकर दर्शकों को ऐसा लगा मानो सचमुच देवर्षि नारद आकाश से भूमि पर अवतीर्ण हुए हैं। धर्माराव आश्चर्यचकित हुआ। आधुनिक नाटक कम्पनी वालों के नाटकों में इस प्रकार का दिव्य-भाव कहीं उत्पन्न नहीं होता। ये कम्पनी वाले कलाकार के भाव के अनुसार राग अथवा राग के अनुरूप ताल को निहारने वाला संगीत जानते ही नहीं। मुम्बई से आने वाले पारसी कम्पनियों के नाटक, घटिया श्रेणी के तेलुगु कवियों के लिखे हुए गाने, गायक के कण्ठ-स्वर को एकदम निगल जाने वाले हारमोनियम और तबले आदि का कोलाहल—इन सब साधनों द्वारा अपरिपक्व तथा असंस्कृत हृदय वाले विवेकहीन दर्शकों को लूट लिया जाता है। परन्तु नाट्यशास्त्र के मर्म को कोई नहीं जानता। वेश-भूषा कैसी की जाय, किस भाव के लिए कौन-सा राग अनुकूल है, किस ताल से कौन-सा रस निष्पन्न होता है, विभिन्न ताल-गतियों से विभिन्न भावों का उदय किस प्रकार होता है—ये सब शास्त्रीय रहस्य केवल परम्परासिद्ध तथा निष्णात कूचिपूडि कलाकारों को ही ज्ञात होते हैं। खेद तो यह है कि घटिया लोग इन महान् कलाकारों से सीखने की चेष्टा तक नहीं करते....।

नाटक कुछ दूर चला। दो रातों के नाटक को एक ही रात में समाप्त करने का प्रयत्न चल रहा था। अतएव कथा त्वरित गति से आगे बढ़ रही थी। प्रह्लाद ने पिता की बात नहीं मानी। हिरण्यकश्यप पुत्र पर बिगड़ रहे थे। लीलावती ने पुत्र को बुलाकर समझाया, "बेटा हठ न करो, पिता से बैर मोल न लो। सुनती हूँ कि तुझे वे मार डालेंगे। मेरे लाल, मैं यह किस प्रकार सहन कर सकूँगी ? यह हठ छोड़ो, मेरे बच्चे !"

नहीं मालूम इस गीत का भाव बालक हरप्पा के अन्तर-हृदय में कहाँ जा लगा, पर उसकी मुद्रा बड़ी दीन हो उठी। धर्माराव ने उसका समादर किया। लोकोक्तियों को भली-भाँति चुन-चुनकर, भाव के अनुरूप राग में उन्हें जड़कर मानव-हृदय के मर्म को स्पर्श करने वाली कला ही सचमुच कला है। इस प्रकार देश भर के उक्ति-वैशिष्ट को हर तरफ़ से बटोरकर अपनी रचना में भरने वाले को ही नाटककार बनना चाहिए। नट-नटीगण को गान्धर्व और भरतशास्त्र का सार पूर्णतया ज्ञात होना चाहिए। ऐसा न हो, तो ऐरे-ग़ैरे नाटक देश के लिए जड़ों में लगने वाले कीड़े की भाँति हानिकारक सिद्ध होंगे....नाटक देखकर बालक हरप्पा की दृष्टि में समूची सृष्टि मानो विचलित हो गयी !

प्रह्लाद को डसवाने के लिए साँप ले आने का हुक्म हुआ। हिरण्यकश्यप के आदेशानुसार सँपेरा आया। आते ही आते उसने दस हज़ार साँपों के नाम, उनकी भिन्न-भिन्न आकृतियाँ, उनके विभिन्न विषों की प्रतिक्रिया आदि का ब्यौरा दो घड़ी तक लगातार सुनाया। सँपेरे का वेष अत्यन्त विचित्र था। वह सँपेरा महाराजा के आश्रय

में रहता था। कई मूल्यवान पारितोषिक पा चुका था। विद्या, अनुसन्धान तथा पुरखों से प्राप्त असंख्य सर्पों के ज्ञान से खुद अपने अनुभव को जोड़कर एक बहुत बड़ी संस्था-सा लगने वाला वह अद्भुत पुरुष था। भौंहों और आँखों के निचले भाग को एक-दूसरे के निकट सिकोड़ता हुआ वह कुछ ऐसा हँसता कि उसके मन की क्रूरता हँसी ही में झलक उठती। होठों के कोनों को एक-दूसरे से दूर सरकाकर ऐसा हँसता कि उसका संस्कारहीन व्यक्तित्व स्पष्ट दीखता था। उसके काले कपड़ों पर लाल-लाल धब्बे थे। टोकरे के समान बड़ी-सी पगड़ी उसने सिर पर बाँध रखी थी। उस पगड़ी का एक सिरा उसके पीछे हाथ भर लम्बा लटक रहा था। दूसरा सिरा पगड़ी के भीतर घुस गया था। गले में और हाथों में हज़ार प्रकार के रुद्राक्ष थे। वह छह टोकरों में साँपों को भरकर लाया था। उत्सव के लिए आये हुए सच्चे सँपेरे इस रंगमंच के सँपेरे को देखकर घबड़ा गये। उनमें से एक सँपेरा रंगमंच के निकट आकर हक्का-बक्का खड़ा हो गया। उसे देखकर केशवराव ने पूछा, ''क्यों रे ! तू भी ऐसा ही सँपेरा है ?''

उसने जवाब दिया, ''बाबूजी, हिरण्यकश्यप महाराज उस सँपेरे को धन देकर उसका पोषण कर रहे हैं। इसी से उसकी ऐसी आन-बान है। मुझे भी कोई दाता मिल जाए तो मैं भी इस सँपेरे की बराबरी कर सकूँगा।''

केशवराव के मुख पर विषाद की एक लहर दौड़ गयी। सँपेरा-वेषधारी ब्राह्मण ने साँपों को बाहर निकाला और उन्हें हिलाने-डुलाने लगा। फिर उसने सभासदों को नमस्कार करके कहा, ''सज्जनो, यहाँ कोई मान्त्रिक-गण हों तो कृपा करके मन्त्र के बन्धनों को न खोलिएगा। नहीं तो मुझे भी उसका प्रतिकार करना होगा।''

कूचिपूडि के कलाकार मन्त्र-शास्त्र के बड़े ज्ञाता होते हैं। कहा जाता है कि नाटक खेलने से पहले ही वे एक प्रकार का अष्ट-दिग्बन्धन किया करते हैं। प्राचीन काल में जब उनके कला-कौशल को देखकर द्वेष के मारे कुछ लोगों ने अभिचार मन्त्रों के प्रयोग द्वारा उनकी हानि की, तब से उन्होंने भी मन्त्र-शास्त्र का पूरा-पूरा अध्ययन करके ऐसे हानिकर प्रयोगों के प्रतिकार की प्रक्रिया सीख ली। धर्माराव उस सँपेरा-वेषधारी कलाकार के कौशल पर मुग्ध हुआ। अफ़्रीका और अन्य देशों की सर्प-जातियों का ब्यौरा उसने किसी सचित्र अँग्रेज़ी पुस्तक में पढ़ा था। ऐसी पुस्तक बहुत कम लोग पढ़ते हैं। परन्तु नाटक का यह माध्यम साँपों का वह ब्यौरा सामाजिकों तक पहुँचाने का उत्तम उपाय है। यह विद्या भी लोगों के अनादर के कारण धीरे-धीरे लुप्त हो गयी है।

कथा की गति को तीव्र करने पर भी एक रात का समय पर्याप्त नहीं हुआ। पूरब में लाली दीखने लगी। इधर नरसिंह-अवतार की वेला आयी। नरसिंह देव का वेष धारण करने वाला कलाकार नरसिंह-मन्त्र का उपासक था। नाटक के प्रयोगों से पहले दो दिन वह उपवास करता और लगातार नरसिंह-मन्त्र का जप करता रहता था। रंगमंच के पीछे नरसिंह का वेष बनाया जाता और नट को सिंह का-सा मुखौटा लगाया जाता था। फिर उसे एक कुर्सी पर बिठाया जाता था। इधर दो दिन से भूखा होने के कारण

उसके सारे शरीर में एक प्रकार की तेज़ी आ गयी थी। उसके हाथों को जंजीर बाँधकर तीन आदमी पीछे की ओर खींच रहे थे। नरसिंह अवतार के आते ही हिरण्यकश्यप मानो बिल्ली बन गया। यदि हिरण्यकश्यप बहुत अधिक गर्व अथवा दम्भ दिखाता तो निःसन्देह नरसिंह-अवतार की उग्रता पराकाष्ठा को पहुँच गयी होती। इसी से हिरण्यकश्यप ने अपना राजमुकुट और अन्य आभूषण पहले ही उतार दिये और दीन मुद्रा में केवल नाटक की अपनी भूमिका निभाने भर के लिए हरि के अस्तित्व से इनकार करने लगा। पर्दा हटते ही दस नारियल फोड़े गये। नरसिंह ने भयंकर गर्जना की। सारी सभा भयभीत हो उठी। अब तक तन्मयता में खोयी हुई गिरिका तुरन्त उठ खड़ी हुई और हाथ जोड़कर डोलने लगी। अरुन्धती और रथन्तरी ने उसे पकड़कर बिठाया। नरसिंह हिरण्यकश्यप पर आक्रमण करने लगे। बहुत निकट तक आते ही उन्हें पीछे की ओर खींच लिया गया। इतने में पर्दा गिरा। आरती देकर नरसिंह प्रभु की उग्रता को शान्त कर दिया गया।

कहते हैं कि एक बार नरसिंह और हिरण्यकश्यप की भूमिकाएँ बाप और बेटा कर रहे थे। उस समय नरसिंह की उँगलियों में लोहे के नख लगाये गये थे। उपवास की उग्रता में और मन्त्रोच्चारण के आवेश में नरसिंह-वेषधारी पिता ने आपे से बाहर होकर हिरण्यकश्यप वेषधारी अपने पुत्र का पेट सचमुच ही चीर डाला था। इस दुर्घटना के बाद से कूचिपूडि वालों के 'प्रह्लाद' नाटक में नरसिंह और हिरण्यकश्यप को एक दूसरे के बहुत निकट नहीं आने दिया जाता। कोई-कोई कहते हैं कि यह वेषधारी कलाकार उपवास क्यों करे भला ? मन्त्रोच्चारण की क्या आवश्यकता है ? हमारे अलंकार-शास्त्रों के आचार्य भी कहते हैं कि कलाकार को अपने पात्र से इस प्रकार का तादात्म्य नहीं होना चाहिए। कूचिपूडि के कलाकार भी अन्य सभी पात्रों के विषय में यह बात मानते हैं। केवल नरसिंह-अवतार के विषय में उनकी परिपाटी भिन्न है। उनकी सम्मति में नाटक एक ऐसी कला है जिसमें समस्त देवताओं का निवास होता है। नाटक कूचिपूडि वालों की कुलवृत्ति है। भरतशास्त्र के वे जन्म-स्थान हैं। भक्ति प्रवृत्ति के वे निधान हैं। संसार में कूचिपूडि वालों ने रस के साथ-साथ भक्ति का भी स्रोत बहाया है।

कूचिपूडि के नटवृन्द नाटक समाप्त होते ही अपनी वेश-भूषा सहित सवेरे गाँव के धनवानों के यहाँ याचना करने जाते हैं। यह उनकी पुरानी रीति है। परन्तु इधर देश में नवीन सभ्यता आने लगी, तब से उन्होंने भी इस याचना-पद्धति को बदल दिया है। फिर भी यह सोचकर कि आज हमारे युवराज नाटक देखने पधारे थे, वे बड़ी आशाएँ लेकर अपनी वेश-भूषा समेत कोठी पर जा पहुँचे। उन्हें देखकर दीवान जी ने रोकना चाहा। परन्तु हरप्पा ने अपना रेशमी दुपट्टा लाकर उन्हें दे डाला। दीवान जी किंकर्त्तव्यविमूढ़ रह गये। कलाकारों ने 'शारदा रामायण' के दो चरण गाये। साथ ही साथ नृत्य मानो खिलखिला उठा। ताल और मृदंग गूँज उठे। वसन्त-ऋतु की कोकिला के अलाप की

भाँति वह स्तोत्र-पाठ सुमधुर और सुदीर्घ होता गया। उसे सुनकर हरप्पा के मन में ऐसा आनन्द उमड़ा जैसे ज्वार के समय समुद्र का पानी नदी के प्रवाह के विरुद्ध जा घुसता है। एक महान् परम्परा, एक अत्यन्त प्राचीन कला-प्रणाली, आज प्राणावशिष्ट दशा में भी अपने परम लक्ष्य अर्थात् महान् औदार्य को प्रकट कर रही थी। एक दूसरी प्रथा अपनी नूतनता में अभ्युदय की ओर बढ़ती हुई भी निर्विण्ण दीख पड़ती थी। ग्रीष्म के सूर्यास्त में भी तेज होता है। दुर्दिनों में सूर्योदय पर भी बदलियाँ छायी होती हैं।

वहाँ से कलाकार धर्माराव के यहाँ गये। स्वर्गीय रामेश्वर शास्त्री की कीर्ति की अनेक गाथाएँ दुहरायी गयीं। पुरा-वैभव के कई वृत्तान्त प्रस्तुत किये गये। परन्तु धर्माराव के पास फूटी कौड़ी न थी। पिता की कीर्ति दसों-दिशाओं में परिव्याप्त थी। धर्माराव ने सारा घर छान मारा। इन महान् कलाकारों को देने योग्य कोई वस्तु उसे दीख न पड़ी। अरुन्धती के पास एक ही मूल्यवान साड़ी थी जिसका मूल्य दस रुपये था। उसे खरीदे केवल एक बरस हुआ था। अरुन्धती ने उसे कुल एक या दो बार पहना था, सो भी असहयोग आन्दोलन प्रारम्भ होने से पहले, तदुपरान्त कभी नहीं। धर्माराव ने वह साड़ी लाकर कलाकारों को दे दी। नयी साड़ी पाकर व फूले न समाये। 'शारदा रामायण' के और दो चरण गाये गये। कलाकारों के मुखिया ने छलाँग मारकर अपने हर्ष का प्रदर्शन किया। धर्माराव के पास आकर वे बोले, "बेटा, तुम्हारे पिता, शिबि और दधीचि के समान थे। फिर तुम भी किस बात में उनसे कम होगे ! मेरे प्यारे लाल !" यह कहते हुए उसने धर्माराव की ठुड्डी को बड़े प्यार से अपनी ओर खींचा। उस वृद्ध ब्राह्मण के असीम दुलार पर धर्माराव लजा गया।

रात भर नाटक देखने वाले लोग दिन में बड़ी देर तक सोते रहे। वे जागे तो दिन ढल चुका था। उसी रात जग्गराजु नामक अभिनेता ने दमयन्ती का वेष धारण किया। वैसे उसकी जवानी के दिन कभी के बीत चुके थे, शरीर कुछ मोटा हो चला था और उसमें अधेड़पन आ गया था। फिर भी उसके हाव-भाव, खड़े होने के ढंग आदि से उसका अभिनय स्वाभाविक लग रहा था। इस दृष्टि के बिना ही रंगमंच पर उछल-कूद मचाने वालों के विपरीत उन कलाकारों की आंगिक क्रियाएँ अत्यन्त भावानुकूल थीं। अभिनय एक दिव्य गुण है। रंगमंच पर आने वाले प्रत्येक व्यक्ति के लिए वह सुसाध्य नहीं। वैसे किसी एक भाव को—चाहे वह क्रोध हो, प्रसन्नता हो, आनन्द हो, ईर्ष्या हो—मुख पर स्पष्ट रूप से प्रतिबिम्बित करना ही अत्यन्त कठिन है। तब एक ही बार दो-तीन भावों का सम्मिश्रण प्रकट करना तो केवल देवताओं के लिए ही सम्भव है। दमयन्ती की दशा कितनी विचित्र थी। एक ओर यह आनन्द कि भारती उस पर प्रसन्न हुई है; दूसरी ओर नल का पता लग जाना और उसे पाने का उद्वेग; साथ ही साथ नव-वधू की लज्जा, फिर यह क्रोध कि देवताओं ने उसे बड़ा कष्ट दिया—इन सभी भावों को साथ-साथ अपने मुख पर सम्मिश्रित रूप से उस कलाकार ने झलका कर दिखाया। धर्माराव की आत्मा उस महान् कलाकर के प्रति श्रद्धावनत हो गयी। कूचिपूडि

का एक अभिनेता धर्माराव के पास बैठा था। धर्माराव ने उसकी ओर देखा। उसने धर्माराव का अभिमत ताड़कर कहा, "हाँ भैया, यह कोई पढ़ी-पढ़ायी विद्या नहीं है। इस महान् कलाकार को पिछले जन्म से मिली है। आचार्य भरत भी ठीक यही कहते हैं।" इतने में दमयन्ती साक्षात् शोक-रस की प्रतिमा बन गयी। अन्त में द्वितीय स्वयंवर की घोषणा के उपरान्त बाहुक के वेष में नल को पहचान कर दमयन्ती उससे वार्तालाप करने लगी। नल ने कहा, "द्वितीय स्वयंवर की तुमने घोषणा करवायी है न, फिर जिसे चाहो, चुन लेना। मैं तो विकृत शरीर वाला हूँ। मुझे क्यों चुनती हो ?" यह सुनकर दमयन्ती मानो आधी हो गयी। उसके मुख पर विषाद की हज़ार रेखाएँ फूट पड़ीं। उसने बायीं हथेली को दायीं कुहनी के नीचे टिकाया, सिर झुकाया और दायीं हथेली से सिर के अग्र भाग को पीट लिया। शोक-रस की परमावधि का साक्षात्कार हुआ। केशवराव ने महान् कलाकार जग्गराजु को 'नटावतंस' का ख़िताब दे दिया।

तीन दिन तक जादू-टोने वाले और अन्य कई लोग अपना-अपना कौशल दिखाते रहे। सँपेरे, डोमर आदि ने अपने करतब दिखाये। तीन-चार बाँसों को एक-दूसरे से जोड़कर एक बहुत लम्बा बाँस खड़ा किया गया; उसके ऊपरी छोर पर एक थाली रखी गयी और उस थाली पर खड़े होकर एक डोमर ने अपना खेल दिखाया। मिशनरी लोगों ने ऐसे करतब कभी नहीं देखे थे। अब देखकर वे विस्मय-विमूढ़ हो गये। उन पादरियों में वाटसन नामक एक अँग्रेज़ था। उसे हिन्दुओं की संस्कृति से बड़ा प्रेम था। उसने कहा, "ऐसी-ऐसी महा-विद्याएँ इस देश में रहते हुए भी उन सबकी हत्या करके तुम भारतवासी हमारे पाश्चात्य ढंगों पर व्यर्थ लट्टू हो रहे हो।" केशवराव ने जवाब दिया, "जी हाँ, इसीलिए कहावत है कि पड़ोस के घर की सब्जी स्वादिष्ट होती है और अपने घर का करेला कड़ुवा लगता है।"

डेढ़ बरस पढ़ाने के उपरान्त ईट्सन साहब को समझ में आया कि हरप्पा उनके पास अँग्रेज़ी शब्दों के अर्थ भर सीख रहा है; अँग्रेज़ी बोलचाल भर सीख रहा है। अब वह टूटी-फूटी अँग्रेज़ी बोल सकता था। शब्द न मिलते तो तेलुगु शब्दों का ही प्रयोग कर डालता। तब ईट्सन साहब उसे उन तेलुगु शब्दों का अँग्रेज़ी रूपान्तर बतलाते और उनके बताये हुए शब्दों को हरप्पा अपनी नोटबुक में नोट कर लेता। एक बार सुनने के बाद फिर कभी उस शब्द को वह नहीं भूलता था। ईसाई धर्म के बारे में ईट्सन साहब ने कई बार चर्चा छेड़ी, पर हरप्पा कुछ न बोला, हाँ भी नहीं और ना भी नहीं। ऐसे अवसर पर उसके मुख पर किसी भी प्रकार का भाव नहीं दीखता था।

हरप्पा के मुख पर स्वभावतः एक प्रकार की विषाद-रेखा दीखती थी। इधर कुछ दिनों से वह रेखा अधिक स्पष्ट होती गयी। एक दिन सन्ध्या समय धर्माराव ने पूछा, "कुँवर जी ! आप आजकल बहुत घबराये हुए नज़र आते हैं। क्या बात है ?"

हरप्पा, "मेरी माता जी और दादी जी के श्राद्ध-कर्म ठीक-ठीक नहीं हुए हैं। इसलिए प्रेतत्व से उनकी मुक्ति नहीं हुई। अशौच से मेरी निवृत्ति नहीं हो पायी। इस दशा में मैं अपने वंश के इष्ट-देव वेणुगोपाल स्वामी के दर्शन भी नहीं कर सकता। पिता जी से यह बात कहने में मुझे डर लगता है। उनके मन में मेरे प्रति बहुत कम आकर्षण रहा है। यही चिन्ता मेरे मन को खाये जा रही है। पता नहीं इसका कब निवारण होगा।"

साधारणतया हरप्पा अपने मन की बात कभी किसी से नहीं करता था। यह गुण उसके रक्त में अन्तर्निहित था। परन्तु औरों के लिए अत्यन्त गम्भीर होकर भी हरप्पा धर्माराव के सम्मुख अपना सारा राजस भूल जाता था। उसकी आयु पूरे तेरह बरस की भी न थी। तथापि उसके सम्मुख दीवान जी या राधाकृष्णय्या कुछ नहीं कह पाते थे। लड़का दुबला-पतला था, दुर्बल था परन्तु उसके मुख पर राजोचित तेज अत्यन्त प्रभावशाली रूप में दीख पड़ता था। उस तेज के आगे कई लोग ठहर नहीं पाते थे। हरप्पा दिन भर में कुल दस शब्दों से अधिक नहीं बोलता था। उनमें आधे शब्द धर्माराव से और बाक़ी आधे अँग्रेज़ी सीखने के सन्दर्भ में। नौकरों से तो वह एक अक्षर भी नहीं बोलता था। उसकी आँखों के इशारों से ही नौकर सब कुछ समझ जाते थे। मुख के हाव-भाव से ही वह अपना अभिमत प्रकट करता था। तेरह वर्ष के उस बालक को देखकर सारे नौकर थर-थर काँपते थे। स्वर्गीय ज़मींदार कृष्णम नायडू से भी शायद वे इतना नहीं घबराये होंगे। कहते हैं कि इसी प्रकार कृष्णम नायडू के पिता हरप्पा से लोग घबराते थे। बूढ़ी दासियाँ कहतीं कि इस हरप्पा के रूप में उसके परदादा ने जन्म लिया है। माँ की मृत्यु से पहले हरप्पा में यह बात न थी। उसके बाद से दिन-प्रतिदिन उस बालक के राजोचित लक्षण प्रबल होते गये।

हरप्पा तेलुगु लिखना और पढ़ना सीख गया। धर्माराव ने उससे 'सुमति शतकम्', 'कृष्ण शतकम्', 'रुक्मिणी कल्याणम्', 'गजेन्द्र मोक्षम्', आदि पढ़वाये और उनका अर्थ समझाया। हरप्पा ने पढ़ने के साथ-साथ विभिन्न विषयों का व्यावहारिक ज्ञान भी प्राप्त किया। धर्माराव उसे पुराण-गाथाएँ सुनाता, धार्मिक विषय समझाता। हरप्पा ने पढ़ा कम पर जाना बहुत। डेढ़ वर्ष तक धर्माराव के सहवास में रहकर उसके हृदय में केवल दो समस्याएँ हलचल मचाने लगीं—पहली माता के श्राद्ध कर्म की और दूसरी वेणुगोपाल स्वामी के कल्याणोत्सव की।

एक सप्ताह बाद राष्ट्रीय महाविद्यालय के सब अध्यापक लौट आये। एकादशी को छुट्टी समाप्त हो गयी थी, परन्तु अध्यापकगण पूर्णिमा के बाद ही लौटे। बीच के इन दिनों में उन्हें किसने छुट्टी दी, यह किसी को ज्ञात न था। धर्माराव ने उनका बर्ताव देखकर सोचा कि यह 'स्वयं राजा स्वयं मन्त्री' जैसा हाल है।

ग्यारह

नगरपालिका के भवन का निर्माण पूरा हुआ। कोठी और मन्दिर के मध्य में सड़क के किनारे उत्तर की ओर खेतों के बीचों-बीच यह भवन ऐसा खड़ा था, मानो गाँव भर को देख रहा हो। गत वर्ष नगरपालिका को आठ हज़ार रुपये सरकारी ख़ज़ाने में देने थे, जो नहीं दिये गये। अतएव अध्यक्ष चन्द्रा रेड्डी के नाम सरकार से नोटिस आया कि गत वर्ष और चालू वर्ष के कुल सोलह हज़ार रुपये एकमुश्त अदा किये जाएँ। सबसे पहले नगरपालिका के भवन का उद्घाटन विचाराधीन था। उस समारोह के लिए चार हज़ार रुपये अलग रखे गये थे। भवन का उद्घाटन गवर्नर बहादुर करने वाले थे। सुब्बन्नापेठ का रेलवे स्टेशन गुण्डेरू नाले के समीप था। होते-होते आबादी नाले तक फैल गयी। अब की बाढ़ आने पर खेतों के बदले आबादी के बह जाने की अधिक सम्भावना उत्पन्न हो गयी।

स्टेशन से लेकर नगरपालिका के भवन तक रंग-बिरंगे काग़ज़ों के तोरण झण्डियाँ आदि लटकाई गयी थीं। एक-एक गज़ पर एक पुलिस का सिपाही खड़ा था। कॉलेज, हाईस्कूल, कोठी, पुलिस स्टेशन, नगरपालिका-भवन आदि अनेक स्थानों पर कमानें बाँधी गयीं और उस पर 'सुस्वागतम्' अक्षर लिखे गये। विजयवाड़ा से बड़े-बड़े अफ़सरों को आमन्त्रित किया गया। ज़िला बोर्ड के सदस्य, ताल्लुका बोर्ड के सदस्य आदि सभी पधारे। बहुत बड़ा समारोह मनाया गया। बैण्ड-बाजों के दो दल बुलवाये गये। गवर्नर बहादुर पधारे। अभिनन्दन-पत्र पढ़ा गया। गवर्नर बहादुर ने नये भवन का उद्घाटन किया। फिर उनका भाषण हुआ। उन्होंने कहा, "किसी और नगरपालिका का भवन इतना बड़ा नहीं है और यह सचमुच एक बड़ी कारपोरेशन के योग्य है। इसका निर्माण भविष्य में सुब्बन्नापेठ के एक महानगर बनने का सूचक है।" गवर्नर बहादुर का यह भाषण सुनकर एक क्षण के लिए लोगों ने यह मान लिया कि सुब्बन्नापेठ एक महानगर बन ही चुका है। ऐसा मानकर उन्होंने ज़ोर से तालियाँ बजायीं। गवर्नर साहब बोले, "यह शहर चारों तरफ़ दस मील तक फैलेगा। राजधानी बन जाएगा। जब आन्ध्र प्रान्त बनेगा, तब सुब्बन्नापेठ में प्रान्त के गवर्नर रहा करेंगे। भविष्य में सुब्बन्नापेठ में ट्राम-गाड़ियाँ चलेंगी। फ़ौजी सिपाही घूमते नज़र आएँगे। ज़मींदार साहब ने जिस प्रकार शहर में कॉलेज की स्थापना करने में सहायता दी, उसी प्रकार इसे महानगर बनाने में भी वे अवश्य सहायक होंगे।" गवर्नर बहादुर का यह अत्यन्त आशाजनक चित्र लोगों के कल्पना-पथ में घूमने लगा। सभासदों ने तालियों से आकाश को गुंजा दिया। मेज़ों पर हथेलियाँ पटकी जाने के कारण उन पर लगी वार्निश थोड़ी मिट गयी। सभा समाप्त होने तक साढ़े नौ बज गये। गवर्नर बहादुर और सुसानी नगरपालिका भवन से बाहर आ रहे थे। उनके एक पार्श्व में चन्द्रा रेड्डी और दूसरे में रंगाराव चल रहे थे।

गणाचारी सिर पर चोटी बनाये, मस्तक पर कुंकुम का बड़ा तिलक लगाये, पीली

साड़ी और लाल चोली पहने, बिना किसी गहने के ही सुन्दर दीखने वाला शरीर लिये, दैवी महिमा झलकाने वाले मुख-लक्षण लिये, मनुष्य के लिए अभोग्य यौवन लिये, किसी महान् शिल्पी द्वारा गढ़ी हुई पार्वती की प्रतिमा के-से कठिन वक्षस्थल लिये, पतली कमर और मन्द हास करता हुआ मुखकमल लिये, सलोने हाथों की हलचल लिये, राजहंसी की चाल के सदृश सुन्दर और मन्द गमन का विलास लिये बाज़ार में आयी और नगरपालिका-भवन के द्वार पर नीम की एक डाली छोड़कर जिस मन्द गति से आयी थी, उसी मन्द गति से गवर्नर बहादुर आदि महानुभाव के अस्तित्व की उपेक्षा करती हुई लौट गयी। पुलिस के सिपाहियों को हुक्म दिया गया था कि गवर्नर बहादुर के रास्ते में किसी व्यक्ति को न आने दिया जाए। फिर भी ठीक उसी समय गणाचारी वहाँ कैसे आयी, यह किसी की समझ में नहीं आया। किसी ने ठीक-ठीक देखा तक नहीं। उसे देखकर चन्द्रा रेड्डी कुछ बेचैन हो उठा। ज़मींदार साहब ने भौंहें सिकोड़ कर अपनी अप्रसन्नता प्रकट की।

गवर्नर बहादुर ने गणाचारी की ओर ध्यान नहीं दिया; वे सुसानी से बातें करने में व्यस्त थे। गणाचारी का आना और लौट जाना केवल दो मिनट के भीतर ही हो गया। चन्द्रा रेड्डी ने दो क़दम आगे बढ़कर गणाचारी द्वारा छोड़ी हुई नीम की डाली को पाँव से हटा दिया। उसके पाँव में कुछ चुभ-सा गया। यह क्या था, यह देखने के लिए समय नहीं था।

गवर्नर बहादुर इससे पहले सुब्बन्नापेठ कभी नहीं आये थे। उन्होंने कोठी के भीतर घूम-फिरकर देखा और बेहद ख़ुश हुए। हरप्पा को राजकुमार के नाते पेश किया गया। उसने महीन धोती पहन रखी थी। गुलाबी रंग का रेशमी दुपट्टा उसके शरीर पर था और सिर पर पगड़ी बँधी थी। ज़री की नक्श-निगारी किया हुआ कोट पहन रखा था। गले में रत्नहार था। यह लिबास हरप्पा ने अपनी मर्ज़ी से चुना था। उसे देखकर गवर्नर बहादुर अत्यन्त प्रसन्न हुए। ईट्सन साहब बोले, "बड़ा होशियार विद्यार्थी है।" हरप्पा से उसके पिता ने कहा "गवर्नर बहादुर को झुककर सलाम करो।" किन्तु हरप्पा झुका नहीं, उसने सिर्फ़ सलाम किया। इसके बावजूद गवर्नर को उसे देखकर आनन्द ही हुआ।

गवर्नर बहादुर कॉलेज में गये। एफ. ए. का दूसरा वर्ष चल रहा था। नागेश्वरराव ने कहा कि आगामी वर्ष में बी. ए. क्लास भी शुरू की जाएगी। गवर्नर ने कॉलेज की प्रशंसा की। विद्यार्थियों को उपदेश दिया।

गवर्नर बहादुर के चले जाने के बाद चन्द्रा रेड्डी के पाँव में चुभन का दर्द अधिक हो गया। वैद्यों को बुलाकर दिखाया गया, उनकी समझ में कुछ न आया। एक मान्त्रिक को बुलाकर मन्त्र-चिकित्सा भी की गयी, पर कोई फ़ायदा नहीं हुआ। तीन दिन तक चन्द्रा रेड्डी बिस्तर से उठ न सका।

चन्द्रा रेड्डी के पाँव में चुभी हुई नीम की डाली सूखकर चार दिन से नगरपालिका के नये भवन के द्वार के पास दीवार से सटी पड़ी थी। पाँचवें दिन चन्द्रा रेड्डी की

अस्वस्थता और बढ़ गयी। गणाचारी सफ़ेद साड़ी पहनकर, छोटा-सा तिलक लगाकर, आँचल के एक सिरे से कमर को कसकर अपने घर से निकली और कोठी के सामने से आकर सूखी हुई उस डाली को अपने हाथ में उठा लिया। फिर उसे एक पीपल की डाली के साथ बाँधकर उसने चन्द्रा रेड्डी के द्वार पर ला छोड़ा। चन्द्रा रेड्डी के मन में गणाचारी के नाम का भय भी था और उसके प्रति क्रोध भी। वह उसी गाँव की थी। गणाचारी के सम्बन्ध में जो दन्त-कथाएँ प्रचलित थीं, वह उन्हें जानता था। उन पर विश्वास न करता हो, सो बात भी नहीं थी। हृदय में तिरस्कार-भाव न था। दिखावे के लिए अपने मित्रों से बोलते समय तिरस्कार का प्रदर्शन अवश्य करता था। जब उससे किसी ने कहा कि गणाचारी उसके द्वार तक आकर लौट रही है, तो उसने उसे भीतर बुला भेजा। गणाचारी अपने घर से और सुब्रह्मण्येश्वर स्वामी के मन्दिर के भीतरी भाग से परिचित थी। इन दोनों घरों को छोड़कर सारे गाँव में वह किसी और घर के भीतरी भाग से परिचित न थी। केवल द्वार तक वह जाती। उसे पार करके किसी घर के भीतर कभी न जाती थी। कोई उसे भीतर बुलाता भी न था। चन्द्रा रेड्डी के बुलावे पर भी वह भीतर नहीं गयी। अपने घर लौट गयी। गणाचारी अकारण अपने भाई अथवा भाभी से भी न बोलती थी। वे भी उससे कभी कोई टेढ़ी बात नहीं करते थे। वह कभी-कभी किसी विशेष कारण से ही बातचीत करती। उस घर में जैसा वह कहती, वैसा ही चलता था। वह काम करने में आनाकानी नहीं करती थी। भाभी के साथ-साथ घर का सारा काम-काज किया करती। चरखे पर सूत कातकर अपने खाने-कपड़े लायक ख़ुद कमाती थी। उसके भाई के दो लड़के थे। उनका पालन-पोषण गणाचारी खुद करती थी। भाई का नाम था रंगय्या और भाभी का नाम रंगम्मा। गणाचारी का नाम गणाचारी ही था। पहली गणाचारी का नाम नागम्मा था। परन्तु उसके बाद आज तक किसी गणाचारी का कोई और नाम न पड़ा। प्रत्येक गणाचारी को उसका पिता 'नागम्मा' कहकर पुकारता था। उनके वंश में हर पीढ़ी में पहली सन्तान स्त्री और बाक़ी पुरुष इसी प्रकार होते आये थे। बड़ी गणाचारी के मरने तक छोटी लड़की का नाम 'नागम्मा' होता था। उसके मरते ही यह 'नागम्मा' गणाचारी बन जाती थी। इस परिपाटी के विपरीत पहली बार रंगय्या के स्त्री-सन्तान न हुई। अभी तक उसके कोई स्त्री-सन्तान न थी। यह देखकर कुछ लोगों ने कहा कि यही अन्तिम गणाचारी है। कुछ औरों ने भविष्यवाणी की कि इस अन्तिम गणाचारी के साथ-साथ सुब्बन्नापेठ का भी नाश होगा। जितने मुँह उतनी बातें चल पड़ीं।

उस दिन शाम को चन्द्रा रेड्डी के पाँव का दर्द कुछ कम हुआ। उसके दिल का धड़कना घट गया। दूसरे दिन शाम को वह अपने खेत तक पैदल जा पाया। राष्ट्रीय महाविद्यालय के पीछे विद्यालय को दी हुई ज़मीन के अतिरिक्त अस्सी एकड़ खुश्क ज़मीन का वह मालिक था। उस ज़मीन में जवार और मकई की फ़सल खड़ी थी। कुछ भाग में अरहर की फ़सल थी। किसी और भाग में मिर्च का खेत पतले-पतले

सफ़ेद फूलों से भरा खड़ा था। हल्दी के खेत में पत्ते पुड़ियों की भाँति खिले थे। मकई के पौधों में कच्चे-कच्चे भुट्टे लग रहे थे। जवार की कड़वी को रोज़-रोज़ काटकर पशुओं को खिलाया जाता था। इसी से जवार का खेत आधा कटकर बाक़ी आधा हवा में पीछे को झुका हुआ, ऊपर की तरफ़ कंघी किये हुए बालों की तरह दीख पड़ता था। चन्द्रा रेड्डी खेत के चारों ओर घूमकर मिर्च और हल्दी के बीच मेंड़ पर चल रहा था। इतने में उसकी बायीं ओर मिर्च के खेत में कुछ 'गल-गल' की आवाज़ सुन पड़ी। चन्द्रा रेड्डी ने गौर से सुना और देखा, कुछ न था। वह और दो क़दम आगे बढ़ा फिर उसे ऐसा लगा कि कोई उसके पीछे-पीछे आ रहा है। जब वह ख़ुद चलता तो आवाज़ भी उसके पीछे-पीछे आती और ठहर जाता तो आवाज़ बन्द हो जाती। वह फिर चलने लगा। इस बार कोई आवाज़ नहीं आयी। वह लगभग सौ गज़ तक चला। दायीं-बायीं ओर कहीं भी कोई आवाज़ न सुन पड़ी। फिर वह कुछ सोचने लगा—गणाचारी ने नीम की डाली को पीपल की डाली से बाँधकर मेरे आँगन में ला छोड़ा....फिर मेरा दर्द कम हुआ। मेरे सभी पूर्वज इस गाँव के बड़े आसामी रहते आये हैं। मैं नगरपालिका का अध्यक्ष हूँ। इस पदवी में मैं जितना सोचता था उतनी स्वतन्त्रता नहीं है। दो लाख रुपये ख़र्च करके इतना बड़ा भवन बनाने की क्या आवश्यकता थी भला ? ऐसी नगरपालिका के न होने से तीन सौ वर्ष तक इस गाँव का क्या बिगड़ा था ? पहले यहाँ वेणुगोपाल स्वामी के उत्सव मनाये जाते थे, अब उन्हें बन्द कर दिया गया है। ज़मींदार साहब ने एक अँग्रेज़ स्त्री से विवाह किया है। पुरानी रानियों का ढंग और था....देश उन्नति कर रहा है। केशवराव कहते थे कि यह वास्तविक उन्नति नहीं है। प्रत्येक व्यक्ति में पद की अभिलाषा, धन की अभिलाषा और अधिकार की अभिलाषा ख़ूब बढ़ रही है। मेरी ही बात ले लो। नगरपालिका के अध्यक्ष-पद को अब मैं छोड़ नहीं सकता....मेरा बेटा नये महल बनवाएगा, नये बगीचे लगवाएगा। हम दो हज़ार एकड़ ज़मीन ख़रीदेंगे। मुझ जैसा धनवान् कोई न होगा। सारे ज़िले में हमारी बात चलेगी। फिर इसके बाद क्या होगा ? इसके बाद मेरे बेटे का बेटा होगा। वह बड़ा होकर पदाधिकारी बनेगा। वह भी कमाएगा....इतनी देर में जो कुछ सोच रहा हूँ, वह सब केवल धन और अधिकार के बारे में है। भगवान् के बारे में कोई विचार आता ही नहीं। तेलुगु की पढ़ाई में भक्ति और भगवान् भरे पड़े हैं। अँग्रेज़ी पढ़ाई में शायद वे नहीं हैं। तेलुगु की पढ़ाई में चारों वर्णों और उनके धर्मों का वर्णन भी है। अँग्रेज़ी पढ़ाई में सारे मनुष्य समान हैं। क्या हमारे देश की पढ़ाई में सारे मनुष्य समान नहीं हैं ? क्या हमारे देश की पढ़ाई में दया-माया नहीं है....दस वर्ष पहले इतने बड़े शहर नहीं थे। धान के इतने खेत नहीं थे। इतनी सभ्यता न थी। परन्तु साथ ही साथ इतने ग़रीब लोग भी न थे....उस समय इतने टैक्स नहीं थे। शायद इतनी सुविधाएँ भी न थीं।

चलते-चलते चन्द्रा रेड्डी को फिर से 'गल-गल' की आवाज़ सुन पड़ी। वह खड़ा

हो गया। उसके खड़े होने से अबकी बार वह आवाज़ रुकी नहीं। ऐसा लगा कि उसके रास्ते को काटता हुआ कुछ चला गया है। रेड्डी ने ग़ौर से देखा। एक साँप आड़े रास्ते से जा रहा था। उसका सिर नज़र नहीं आया। पूँछ रास्ते में आड़ी दिखाई पड़ी। चन्द्रा रेड्डी एक क़दम पीछे हट गया। हल्दी के खेत से साँप सिर उलटा करके रास्ते में लौट आया। चन्द्रा रेड्डी को उसका सिर दिखाई दिया। उसके हाथ में लकड़ी नहीं थी। उसने इधर-उधर देखा। जहाँ तक दृष्टि जा सकती थी, कोई आदमी दिखाई न दिया। भाग जाना भी उसे न सूझा। पाँव काँपने लगे। वह अपलक हिलते-डुलते साँप की ओर देखने लगा। साँप काला था। एक, दो, तीन, चार सिर दिखाई दिये। चार सिर वाला साँप देखकर चन्द्रा रेड्डी ने उसे दिव्य सर्प समझ लिया, पर पगड़ी उतारकर प्रणाम करना उसे न सूझा। ज्यों का त्यों किंकर्त्तव्यविमूढ़-सा देखता खड़ा रहा। साँप अपनी पूँछ के बल पर खड़ा हो गया। एक तरफ़ हल्दी और दूसरी तरफ़ मिर्च के एक गज़ ऊँचे पौधे खड़े थे। सर्पराज भी उतने ही ऊँचे खड़े हो गये। रेड्डी ने आँखें मूँद लीं और फिर उन्हें खोलकर साँप को देखने लगा। उसे ऐसा लगा कि सर्पस्वामी के चारों सिर कुचल दिये गये हैं। चारों मुखों से निकलती वे न जाने जीभें थीं या रक्त की धाराएँ। रेड्डी के मन में विचार आया, यह साँप है, इसे मार डालना चाहिए। फिर उसने सोचा, यह दिव्य सर्प है, क्या मैं इसे मार सकूँगा ? फिर उसके मन में आया, इस साँप से स्वयं भी बच निकलूँगा कि नहीं, कौन जाने ? दो-तीन मिनट बीत गये, सर्पराज वैसे ही खड़े थे। आगे जाना हो तो साँप सम्मुख है ही। पीछे को जाना चाहे तो शायद पीछा करके डस लेगा। थोड़ी देर बाद रेड्डी को एक उपाय सूझा। एक-एक पग पीछे जाने की उसने ठानी। किन्तु सारा शरीर काँप रहा था। बड़े प्रयत्न से उसने पीछे की तरफ़ कुछ क़दम उठाये। चार क़दम पीछे हटते ही उसे ऐसा लगा कि साँप भी उसका पीछा करता हुआ आगे बढ़ रहा है। उसका सारा धैर्य जाता रहा। चीख़ने के लिए उसके मुँह से आवाज़ नहीं निकली। वह जहाँ का तहाँ स्तम्भित खड़ा हो गया। इतने में दूर से किसी की बात सुन पड़ी। चार उँगलियों को एक साथ जोड़ने की नाईं सर्प ने चारों सिरों को एक साथ जोड़कर उन्हें फन की तरह सिकोड़ लिया और सिर झुकाकर हल्दी के खेत से मिर्च के खेत में चला गया। चन्द्रा रेड्डी ये सब देख रहा था, पर हिल न पाया। दूर से आये हुए आदमी ने रेड्डी से बातचीत करनी चाही। पर मुँह से एक शब्द भी न निकल सका। लगभग आध घण्टे बाद वह कुछ बात कर पाया। फिर कोई कारण न बताकर वह उस आदमी के साथ मिर्च के खेत में हर तरफ़ घूमने लगा। सारे खेत में ढूँढ़ने पर एक छोटा-सा कीड़ा भी दिखाई न दिया। हल्दी का खेत घना हरा-भरा, कल्याण-सूचक, चौड़े-चौड़े पत्तों से सुशोभित, अभी-अभी पानी से धुला हुआ था। ऐसे खेत को छोड़कर सर्पराज इस मिर्च के खेत में क्यों गये होंगे भला ? यह मिर्च का खेत जिसमें पौधे दूर-दूर हैं, जिसकी ज़मीन धूल से भरी है, जो शुभसूचक नहीं है, जिसमें जाने से सर्पराज का पता आसानी से लग सकता है, जिसे

खाने से मुँह में जलन पैदा होती है। चन्द्रा रेड्डी चुपचाप घर पहुँचा। उसने खाना नहीं खाया। यह कहकर कि उसे कोई न जगाए, वह सो गया। न जाने उसके प्राण किस कोने में जा पहुँचे।

रामेश्वरम् धर्माराव के नाम से घबराता था। उसे लगा कि धर्माराव उसका विरोधी है। धर्माराव के बचपन में ही रामेश्वरम् उसका कुछ न बिगाड़ सका था, अब तो वह बी. ए. की परीक्षा दे चुका था। वेतन कुछ भी हो, महाविद्यालय में अध्यापक था और कवि के नाते प्रसिद्ध था। उसे नीचा दिखाना अब रामेश्वरम् के बस की बात न थी। पाँच बरस से रामेश्वरम् के मन में जो संकल्प था, धर्माराव के कारण उसमें बाधा पड़ रही थी। वैसे धर्माराव ने स्वयं कोई बाधा न डाली थी, परन्तु उसे देखकर रामेश्वरम् स्वयं भयभीत होता रहा था। उसकी इच्छा थी कि इस भय को छोड़कर व्यवहार करे। परन्तु जब कभी यह संकल्प उसके मन में आता, तुरन्त भय भी उसे आ दबोचता था।

वर्षा ऋतु आयी। मन्दार वृक्षों में फूल खिले और मेघों से आच्छादित आकाश में अव्यक्त सन्ध्या-राग के बदले एक अनोखी रक्तिमा झलकने लगी। सूर्य की किरणों के बदले, घरों में दीप टिमटिमाने लगे। दोपहर तक लगातार झड़ी लगी और फिर थम गयी। बाज़ारों में जहाँ-तहाँ पानी ही पानी था। सारे गली-कूचे कीचड़ से भरे थे। केवल कोठी के सामने वाली सड़क पानी और कीचड़ से मुक्त, सूखी दीख पड़ती थी। देवदासी बाल सँवारकर उन्हें चोटी में बाँधे, तीन मन्दार पुष्पों को चोटी में सजाये, मस्तक पर भभूत और उस पर कुंकुम का खड़ा लाल तिलक लगाये, आँखों में पतली लकीर-सा काजल लगाये, दाहिने गाल पर काजल की छोटी-सी बिन्दी सँवारे, अधरों पर परिव्याप्त पान की लाली को झलकाती हुई, सफ़ेद रेशमी साड़ी और कमर में सोने का पट्टा पहनकर, काली चोली पर सोने के कण्ठ-हार की विचित्र-सी आभा फैलाती हुई वेणुगोपाल स्वामी के मन्दिर की ओर निकल पड़ी। गिरिका ने दासी की ओर देखा। उसकी कनखियों की रेखा-पंक्ति में सित और असित कान्तियाँ भरी पड़ी थीं, मानो काली घटाओं और चमकती बिजलियों के आपस में लिपट जाने से उत्पन्न वर्षा की पुनः सृष्टि कर रही हों। देवदासी का वक्षस्थल काली चोली से ढँका था। उस पर सोने का कण्ठहार ऐसा लगता था, मानो किसी महापर्वत के दो शृंगों पर नील मेघों का आच्छादन हुआ हो और उन मेघों में रह-रहकर सौदामिनी दमक रही हो। वर्षा ऋतु के साथ सटकर आये हुए शरत्काल की भाँति उसकी सफ़ेद साड़ी एक अनोखी सफ़ेदी के साथ धूप का-सा उजलापन बिखेर रही थी।

देवदासी मन्दिर की ओर चलने लगी। नूपुर की ध्वनि के साथ चेलांचल-रूपी पताका से सुशोभित, वह साक्षात् ऐसी दीख पड़ी, मानो मेघों से आगे चलने वाला इन्द्र का रथ हो। दोनों पार्श्वों में किये गये महावर के लाल लेप से अरुण छटाएँ प्रसारित करने वाले उसके चरण-कमल ऐसे लगते थे, मानो वे चल न रहे हों, अपितु किसी

सिद्ध पुरुष के दिये हुए पद-लेप के कारण बिना किसी प्रयत्न के देवदासी को आप ही उठाये लिये जा रहे हों। देवदासी कोठी के मोड़ पर पहुँची। वहाँ से मन्दिर की ओर जाना पड़ता था। दूर से रामेश्वरम् ने उसे देख लिया। तुरन्त उसने अपनी दृष्टि देवदासी पर गड़ा दी और ठीक उसी तरफ़ आने लगा। देवदासी ने उसे देखा तक नहीं। वह कोठी के प्राकार के आधे भाग तक जा पहुँची। उधर से रामेश्वरम् आ पहुँचा। देवदासी सिर उठाकर किसी को नहीं देखती थी। उसने किसी पुरुष को सामने से आता जानकर परे हटना चाहा। रामेश्वरम् ने आगे-पीछे देखा। आस-पास कोई न था। देवदासी को ऐसा लगा कि सामने आता हुआ पुरुष बार-बार उसके रास्ते में आ रहा है। सिर उठाकर क्या देखती कि जिस व्यक्ति ने एक बार उसका अपमान किया था, वही सम्मुख खड़ा है। देवदासी घबरा गयी। फिर उसने हृदय में अपने प्रभु का आह्वान किया और खड़ी हो गयी। रामेश्वरम् बोला, "छोरी, तू सत्रह बरस की हो गयी है। बता तो, तुझे पहले किसने पाया है ?"

गिरिका हाथ जोड़कर, आँखें मूँदकर बोली, "श्री वेणुगोपाल स्वामी ने।"

रामेश्वरम् ठहाका मारकर हँस पड़ा। उसी क्षण सारे आकाश में फैले हुए महानील मेघ में दसों दिशाओं को दहलाती हुई बिजली गिरी। रामेश्वरम् घबराकर इधर-उधर भाग-दौड़ मचाने लगा। गिरिका निश्चल मन से आगे बढ़ी। वह वेणुगोपाल स्वामी के मन्दिर के सम्मुख जा खड़ी हुई। हरप्पा राष्ट्रीय महाविद्यालय में धर्माराव से कुछ बातचीत करके उसी समय पैदल लौट रहा था। उसके पीछे एक नौकर आ रहा था। गिरिका वहाँ क्यों खड़ी थी, यह किसी को ज्ञात न था। इतने में हरप्पा उसके पास आ पहुँचा। उसकी आयु इस समय तेरह वर्ष की थी। पहले की अपेक्षा उसके शरीर में थोड़ी-सी दृढ़ता आ गयी थी। आकृति में पुरुषोचित लक्षण दिखाई देने लगे थे। उसकी दृष्टि देवदासी पर पड़ी। उसे पहले कभी नहीं देखा था। वह आज सम्पूर्ण यौवनवती बनी, कोई महारानी-सी लगती थी। उसकी भौंहों और आँखों में एक प्रकार का वैभव था। कन्धों में एक अनोखी अकड़ थी। शरीर में किंचित् मांसलता थी और वेशभूषा से ऐश्वर्य झलकता था। ऐसा लगता था कि आँखों की सार्थकता उसे देखने में ही है। उसके मस्तक पर लगा खड़ा तिलक उसके वैष्णवी होने का सूचक था। देवदासी ने यों ही हरप्पा की ओर देखा। दोनों की नज़रें मिल गयीं। हरप्पा के मन में आया कि देवदासी को प्रणाम करे। उसे देवदासी की आँखों में भगवान् खेलते हुए दिखाई दिये। देवदासी ने हरप्पा को पहचाना। यही शायद ज़मींदार का पुत्र है। भगवान् के उत्सव इधर बन्द पड़े थे। शायद यही कुँवर जी बड़े होकर उन्हें फिर प्रारम्भ करेंगे, यह सोचती हुई गिरिका मन्दिर में चली गयी। हरप्पा कोठी की तरफ़ चल पड़ा।

रामेश्वरम् को सिनेमा चलाने की अनुमति देने का प्रश्न उपस्थित हुआ। नगरपालिका

के सदस्यों की बैठक हुई। गार्डिनर साहब ने सुझाव का समर्थन किया। इस पर कबीर नामक सदस्य ने कहा, ''सरकार का क़र्ज़ हम पर चढ़ा हुआ है और हम उसे अदा नहीं कर पा रहे हैं। शहर के सारे लोग दरिद्र बन गये हैं। क़ीमतें बढ़ गयी हैं। किसी के पास पैसा नहीं रहा। अब सिनेमा भी आ जाएगा तो लोगों को उसकी लत लग जाएगी और घर में बीवी-बच्चों को बिलबिलाते हुए छोड़कर, जिस प्रकार कुछ लोग शराब की दूकान पर दौड़ते हैं, उसी प्रकार सिनेमा की तरफ़ भी दौड़ पड़ेंगे। कम से कम प्रतिदिन दो सौ रुपये तो सिनेमा को अर्पित हो ही जाएँगे। अर्थात् महीने में छह हज़ार रुपये होंगे। इतने पैसे लोगों से छीने जाएँगे तो लोग कंगाल हो जाएँगे। अभी तक हमारे समाज में जो धनवान् हैं, वे अधिक धनवान् होते जाएँगे। कुछ लोग कामकाज किये बिना ही अधिक वेतन पाने लगेंगे। सिनेमा हॉल में धाँधली करने वाले कई गुण्डे तैयार हो जाएँगे। नगरपालिका के लोगों से जो टैक्स वसूल करना है, वह कुल मिलाकर भी इतना रुपया नहीं होता। मेरा सुझाव है कि इस मामले पर गम्भीरतापूर्वक विचार किया जाए।''

कबीर का यह भाषण चन्द्रा रेड्डी को जँचा। परन्तु उसे रामेश्वरम् का विरोध करने की हिम्मत नहीं हुई। उसने सुझाव पर वोट लिये। कबीर के पक्ष में केवल दो वोट पड़े। एक कबीर का और दूसरा रामचन्द्रराजु का। अतएव दूसरे दिन ही सिनेमा प्रारम्भ हुआ। उस दिन रामेश्वरम् ने 'लंका-दहन' नामक खेल मँगवाकर सारे गाँव वालों को मुफ़्त दिखाया। झुण्ड के झुण्ड लोग आकर देखने लगे। सब ख़ुश हुए। रामेश्वरम् ने सिनेमा हाल में चाय-पार्टी का प्रबन्ध किया। तहसीलदार आदि वरिष्ठ अधिकारीगण पार्टी में शरीक हुए और सिनेमा देखकर चले गये। चार महीने में सिनेमा में लगाई गयी पूँजी रामेश्वरम् को वापस मिल गयी। कबीर का हिसाब ग़लत निकला। प्रतिदिन दो शो चलाये जाते और दोनों के आठ सौ रुपये तक वसूल होते थे। पहले महीने में बीस हज़ार और दूसरे-तीसरे महीनों में क्रमशः बारह हज़ार और सोलह हज़ार के बीच आमदनी हुई।

इसके अतिरिक्त रामेश्वरम् को ताल्लुका बोर्ड के अध्यक्ष के नाते सफ़र-ख़र्च मिल रहा था। वह महीने में बीस दिन ताल्लुका बोर्ड के स्कूलों की जाँच करता रहता और इस तरह छह-सात सौ का बिल बनाकर पैसे ऐंठ लेता। अन्य सदस्यों को यह धोखा मालूम था। पर वे कुछ नहीं कहते थे।

रामेश्वरम् ने ताल्लुका बोर्ड के मातहत काम करने वाले अध्यापकों को सताना शुरू किया। अमुक अध्यापक ने खड़े होकर उसे सलाम नहीं किया, अमुक ने ठीक ढंग से उसकी इज़्ज़त नहीं की....इस प्रकार के इल्ज़ाम लगाकर कई अध्यापक सस्पेण्ड किये गये। एक अध्यापक ने तंग आकर कहा, ''जूँ को अधिकार दे दो तो रात भर काटती रहे। यहाँ का हाल भी कुछ ऐसा ही है।'' इस आलोचना के फलस्वरूप उस अध्यापक को तुरन्त नौकरी से हटा दिया गया। रामेश्वरम् के घमण्ड की सीमा न रही।

पन्द्रह-बीस रुपये का वेतन पाने वाले सारे अध्यापक उसकी मेहरबानी के लिए तरसने लगे। गुण्टूर में एक बीमा कम्पनी का एजेण्ट रहता था। वह धर्माराव का सहपाठी था। उसने छठी कक्षा में तीन बार, सातवीं में तीन बार, आठवीं में चार बार अनुत्तीर्ण होकर यह जान लिया था कि पढ़ाई से उसका छत्तीस का नाता है। इसलिए वह बीमा कम्पनी का एजेण्ट बन गया। चार-पाँच वर्ष में ही उसने दस लाख रुपये के बीमे करवाये और कम्पनी वालों की प्रशंसा का पात्र बन गया। अब वह प्रतिमास तीन सौ का वेतन पा रहा था। उसका नाम निरंजनराव था। वह आकर रामेश्वरम् की चापलूसी करने लगा। ताल्लुका बोर्ड के सभी अध्यापकों से एक-एक हज़ार का बीमा करवाने पर उसने रामेश्वरम् को एक हज़ार रुपये घूस देने का वचन दिया। रामेश्वरम् ने पहले अपने रुपये ऐंठ लिये और फिर ज़बरदस्ती अध्यापकों का बीमा करवाना शुरू किया। एक-दो अध्यापकों ने रामेश्वरम् के विरुद्ध कलक्टर के पास शिकायत की। कलक्टर ने तहक़ीक़ात की। परन्तु उसकी रामेश्वरम् से दोस्ती थी। अतएव उसने सभी शिकायतों का उचित उत्तर दे दिया। शिकायत करने वाले सब अध्यापकों को एक-एक करके नौकरी से हाथ धोना पड़ा।

रामेश्वरम् ने सोचा कि सिनेमा के साथ-साथ एक नाटक-कम्पनी भी शुरू की जाए तो अधिक मुनाफ़ा होगा। कोई नया हॉल बनाने की आवश्यकता न थी। अभिनेताओं के अतिरिक्त कोई भी ख़र्च न था। बोर्ड के अध्यापकों में कुछ लोग अच्छा गाते थे। रामेश्वरम् ने सोचा, उन्हीं अध्यापकों से नाटकों में काम कराया जा सकता है। उन्हें कुछ देना नहीं पड़ेगा। केवल मुख्य पात्रों के लिए अभिनेताओं को लाना होगा।

रामेश्वरम् स्कूलों की जाँच करता घूम रहा था। रंगापुर में एक स्कूल-मास्टर था। वह बोर्ड की पाठशाला का मुख्य-अध्यापक था। धूप का रुख देखकर छाता पकड़ने की कला में वह अत्यन्त पटु था। जब अन्य सभी अध्यापक रामेश्वरम् के अधिकार-आतप से जले जा रहे थे, तब वह उसके उसी अधिकार को चाँदनी मानकर उसमें चकोर की भाँति आनन्द-विभोर हो रहा था। उसका नाम था जोशी। वह पहले किसी दूर के गाँव में रहता था। रामेश्वरम् ने उसे सुब्बन्नापेठ के क़रीब लाने के उद्देश्य से रंगापुर भेजा। जोशी सदैव रामेश्वरम् का बखान करता रहता कि वह साक्षात् मान्धाता का अवतार है, धर्म की मूर्ति है, दयासागर है, आश्रित का कल्प-वृक्ष है और सुन्दरता में मदन को पराजित करने वाला है। रामेश्वरम् की दृष्टि में ताल्लुके के सभी अध्यापकों में जोशी का अत्यन्त मान था। उसका ख़याल था कि बच्चों को पढ़ाने का ढंग अगर कोई पूरी तरह जानता है तो केवल जोशी।

रामेश्वरम् रंगापुर के दौरे पर आया। जोशी ने उसे पहले कभी भोजन पर नहीं बुलाया था। इस बार उसने सोचा कि रामेश्वरम् जी ने वेतन-वृद्धि आदि देकर मुझे अपना प्रधान सलाहकार बनाया है, सो उनका यथोचित आदर-सत्कार करना चाहिए। रामेश्वरम् ने उसका निमन्त्रण स्वीकार कर लिया। जोशी के घर में वह और उसकी

पत्नी केवल दो व्यक्ति थे। पहले स्कूल का समय सवेरे सात से दस बजे तक और दोपहर को एक से साढ़े पाँच तक रहा करता था। रामेश्वरम् ने सवेरे का समय बदलकर दस से एक बजे तक कर दिया। अतएव जोशी जब भोजन करके स्कूल जाता तो शाम तक उसकी पत्नी मंगम्मा अकेली घर बैठी रहती। उसका सारा समय अकेलेपन में गुज़रता था। वह एक पुरोहित की बेटी थी। नवीन सभ्यता के लक्षणों से अपरिचित थी। दिखावे के लिए बहुत लजा जाना, पुरुषों से न बोलना, बार-बार आँचल सँवारना, आकर्षक ढंग से लज्जा का अभिनय करना आदि हाव-भाव उसे ज्ञात न थे। बुद्धि और विवेक की अपेक्षा वह धन से अधिक प्रेम करती थी। गोरी-गुमटी थी। मुख में कोई विशेष आकर्षण न था, फिर भी बड़ी-बड़ी आँखों के कारण देखने वालों को सुन्दर लगती थी। जोशी का रंग काला था। दस बरस पहले चेचक के कारण उसका चेहरा दाग़ों से भर गया था अतः बदसूरत लगता था। उसके विचारों में जितनी विद्रूपता थी, उतनी ही आकृति में भी थी। पति-पत्नी के परिवारों में पुराना नाता था। जोशी का पिता भी पुरोहित था। जोशी ने सातवीं कक्षा पास की थी और ट्रेनिंग पाकर अध्यापक बना था। मंगम्मा के शरीर पर गहने नहीं थे। इसी से पति के प्रति उसके मन में बड़ा अनादर था। जोशी ने रामेश्वरम् को भोजन पर बुलाने के उपलक्ष में हरी मिर्च, अदरक आदि लाकर बड़े बनवाये। साबूदाने की खीर बनवायी। खीर में काजू, इलायची आदि मेवा और सुगन्धित वस्तुएँ डलवायीं। आलू का साग बनवाया। रंगापुर में मीठा दही मिलता था, वह भी मँगवाया।

जोशी मुख्याध्यापक था। उसने दूसरे अध्यापक से कह दिया कि आज स्कूल आने में उसे देर होगी। फिर वह रामेश्वरम् की आवभगत में जुट गया। रामेश्वरम् ने ब्राह्मण के घर कभी भोजन नहीं किया था। जोशी ने पत्नी के साथ बैठकर सभी पदार्थ बड़े जतन से तैयार करवाये। पहले रामेश्वरम् की पत्तल परोसी गयी। उसे भोजन अमृत-तुल्य लगा। वह बारी-बारी से थाली में परोसे खाद्य पदार्थों की ओर देखता और फिर मंगम्मा की ओर घूरता। मंगम्मा की ओर उसका घूरना जोशी ने देख लिया; पर रामेश्वरम् ठहरा अधिकारी, सो जोशी बेचारा क्या कहता ? उसने सोचा, यों ही देख रहा होगा। भोजन करते-करते रामेश्वरम् ने रसोई की प्रशंसा के पुल बाँध दिये। मंगम्मा के समक्ष जोशी से कहा, "आपकी श्रीमती जी सचमुच रसोई बहुत अच्छी बनाती हैं।" आज की रसोई के बनवाने में जोशी का जो हाथ था, उसका उसने उल्लेख तक नहीं किया। मंगम्मा बड़ी प्रसन्न हुई। रामेश्वरम् को पत्तल पर खाने की आदत नहीं थी। इसी से भोजन समाप्त होने तक पत्तल अस्तव्यस्त हो गयी। क्या बड़े, क्या खीर, क्या साग, क्या दही—सब एक से एक स्वादिष्ट थे। मंगम्मा द्वार की ओट से खड़ी देख रही थी कि अतिथि को कौन-सा पदार्थ चाहिए। हर बार रामेश्वरम् उसकी तरफ़ घूरकर ही कोई पदार्थ माँग रहा था।

भोजन के बाद सामने के कमरे में बिस्तर लगाया गया। जोशी ने रामेश्वरम् से

थोड़ा आराम करने को कहा और ख़ुद जल्दी-जल्दी भोजन करके स्कूल चला गया। मंगम्मा ने भोजन किया। सचमुच उनके घर में इससे पहले इतनी स्वादिष्ट रसोई नहीं बनी थी। उसने चाव से खाना खाया। फिर नौकरानी द्वारा रामेश्वरम् की पत्तल निकलवाकर वह पीछे के कमरे में पलँग पर पड़ रही। दोनों कमरों के बीच दीवार थी। द्वार बन्द था।

दोपहर का समय था। सामने के कमरे में रामेश्वरम् ने कुछ आवाज़ की और कहा, ''थोड़ा पानी मिलेगा ?'' मंगम्मा भीतर जाकर लोटे में पानी ले आयी और द्वार के पास रखकर ख़ुद एक तरफ़ खड़ी हो गयी। रामेश्वरम् ने लोटा लेते-लेते उसकी ओर देखा। वह द्वार की ओट में चली गयी। पानी से रामेश्वरम् ने हाथ और मुँह धोया और फिर पीने के लिए पानी माँगा। मंगम्मा पुनः पानी ले आयी तो रामेश्वरम् ने अपना लोटा आगे कर दिया। मंगम्मा उसमें पानी उँड़ेलने लगी। उसी समय रामेश्वरम् ने उसका हाथ थाम लिया। मंगम्मा चौंक पड़ी। लोटा छोड़कर भीतर भाग गयी। रामेश्वरम् ने दस रुपये का नोट निकालकर भीतर फेंका। मंगम्मा ने उस नोट को ग़ौर से देखा और थोड़ी देर बाद उसे रामेश्वरम् के कमरे के द्वार पर रखकर ख़ुद अपने कमरे में चली गयी। द्वार भीतर से बन्द कर लिया। रामेश्वरम् घबरा गया। कहीं वह जोशी से कहेगी तो नहीं ? फिर सोचा, जोशी मेरा क्या कर लेगा ? फिर भी उसके दिल का धड़का कम नहीं हुआ। उसने स्कूल जाकर अपनी जाँच समाप्त करके राय लिखी कि सब कुछ ठीक है। एक विद्यार्थी ने अपने निबन्ध में 'स्नान' शब्द लिखा था : रामेश्वरम् ने उसे काटकर 'स्तान' बनाया। उसके जाने के बाद उसकी अद्वितीय पण्डिताई पर सारे अध्यापक ख़ूब हँसे। जाते-जाते रामेश्वरम् ने जोशी के आतिथ्य की बार-बार प्रशंसा की। जोशी ने सोचा कि अब उसे बहुत बड़ा आसरा मिल गया है।

एक महीने के बाद रामेश्वरम् फिर रंगापुर जा पहुँचा। वह सोचने लगा, मंगम्मा ने जोशी से उस दिन की बात कही तो नहीं ? जोशी क्या कहेगा ? यह सन्देह मन में लेकर उसने स्कूल की जाँच शुरू की। परन्तु जोशी के बर्ताव से उसे धीरज बँधा कि उस दिन का प्रसंग जोशी के कान तक नहीं पहुँचा है। फिर भी उसने ज़िक्र छेड़ने के उद्देश्य से कहा, ''जोशी जी, उस दिन आपके घर का भोजन सचमुच अमृत-तुल्य था।'' जोशी ने फिर से विनती की, ''आज भी हमारे घर भोजन पर पधारें।''

रामेश्वरम् ने कहा, ''इसकी क्या आवश्यकता है ? कुल चार मील पर ही तो सुब्बन्नापेठ है। चला जाऊँगा।''

जोशी ने अनुरोध किया, ''नहीं-नहीं, आपको हमारे यहाँ चलना ही होगा।''

रामेश्वरम् ने कहा, ''अब की नहीं; अगली बार दौरे पर आऊँगा तो आप के यहाँ चलूँगा।''

इस प्रकार बात वहीं टल गयी। जोशी ने आकर अपनी पत्नी से कहा, ''दो-तीन दिन में प्रेसिडेण्ट साहब फिर हमारे यहाँ भोजन पर आएँगे। अच्छे-अच्छे खाने बनाओगी

न ?"

मंगम्मा ने पूछा, "वे ज़मींदार साहब के क्या लगते हैं ?"

जोशी बोला, "सगे मौसेरे भाई।"

मंगम्मा ने पूछा, "बड़े धनवान् हैं ?"

जोशी ने कहा, "सुब्बन्नापेठ में उनका सिनेमा है। उसी से उन्हें हर महीने चार-पाँच हज़ार रुपये आते हैं। उन्हें किस चीज़ की कमी है ? ज़मींदार के बाद उनकी बराबरी के यही एक रईस हैं। कहते हैं, ज़मींदार इनके इशारों पर नाचते हैं।"

एक सप्ताह में फिर रामेश्वरम् रंगापुर आया। जोशी ने उसे भोजन पर बुलाया और फिर से सारा प्रबन्ध किया। परन्तु आज उसने भोजन परोसते समय मंगम्मा को नहीं घूरा। इस बात पर जोशी मन-ही-मन अत्यन्त प्रसन्न हो रहा था। रामेश्वरम् के बारे में उसके मन में कोई सन्देह किसी समय उत्पन्न हुआ भी था, तो आज वह साफ़ हो गया। जोशी भोजन करके स्कूल चला गया। बारह बज गये। पहले की तरह मंगम्मा पीछे के कमरे में लेट गयी। रामेश्वरम् ने आज भी पानी माँगा। मंगम्मा ने पानी लाकर पहले की तरह द्वार पर रख दिया। रामेश्वरम् ने हाथ-मुँह धोकर फिर पानी माँगा और पलँग पर बैठ गया। उसके लोटे में पानी भरने के लिए मंगम्मा को कमरे के भीतर जाना पड़ा। वह पलँग के पास जाकर पानी भरने लगी। रामेश्वरम् ने लोटा छोड़कर उसका हाथ पकड़ लिया। मंगम्मा ने छुड़ाने की कोशिश की, पर रामेश्वरम् ने नहीं छोड़ा। बायें हाथ से उसने दस-दस के दो नोट जेब से निकाले और उसे हाथ में थमा दिये। मंगम्मा ने बायें हाथ से वे नोट ले लिये....जोशी डेढ़ बजे घर लौटा। मंगम्मा घर के पीछे वाली झोंपड़ी में पड़ोसिन से बातें कर रही थी। जोशी ने उससे पूछा, "प्रेसिडेण्ट साहब के लिए नाश्ता नहीं बनाओगी ?"

मंगम्मा बोली, "बड़े तैयार रखे हैं।"

जोशी बोला, "बड़ों के साथ कॉफ़ी भी चाहिए।"

जोशी को कॉफ़ी पीने की आदत नहीं थी, फिर भी उसने दूकान से पॉलसन कॉफ़ी का डिब्बा घर ला रखा था। कॉफ़ी का पाउडर पुराना पड़ गया था। जोशी को कॉफ़ी रुची नहीं, परन्तु रामेश्वरम् ने कुछ नहीं कहा। उस दिन शाम को वह सुब्बन्नापेठ जा रहा था। उसे गणाचारी के घर के सामने से गुज़रना पड़ता था। गणाचारी घर के बाहर खड़ी थी। रामेश्वरम् को दूर से देखकर वह भीतर चली गयी। रामेश्वरम् आकर द्वार के सामने खड़ा हो गया। गणाचारी ने उसके विचारों को ताड़ लिया। वह भीतर से हल्दी लेकर बाहर आयी। रामेश्वरम् वहाँ से हिला नहीं। उसने देखा कि गणाचारी ने एक हथेली पर हल्दी रखकर दूसरी से उसे मलना शुरू किया। हल्दी का पीलापन ग़ायब हो गया और वह धूल बन गयी। गणाचारी ने उस धूल को रामेश्वरम् की आँखों में फूँका। आँखें जलने लगीं और वह वहाँ से चल दिया। गणाचारी ने घर में जाकर स्नान किया।

साँझ हुई। जो युग-युगों से होती आयी थी, वह साँझ सचमुच हुई भी तो क्या? प्रभात में सन्ध्या अन्तर्निहित होती है। उदय में अस्त रहता है। अस्त में उदय गर्भित होता है। उदय और अस्त दोनों में एक द्वन्द्व है, सुख और दुःख की भाँति। पुण्य और पाप में भी द्वन्द्व है। वह अस्त भी तात्कालिक होता है। उसमें कोई नित्यता नहीं होती। यही तो दुःख की बात है।

एक महीने के भीतर ही जोशी का तबादला सुब्बन्नापेठ हो गया। अन्य अध्यापकों ने कहा, "प्रेसिडेण्ट साहब की मेहरबानी उस पर हुई है, उसे अब कौन कमी है ?" कुछ लोगों ने कहा, "षट्रसों से खिलाया हुआ खाना क्या यों ही जाएगा ?" जोशी के सुब्बन्नापेठ आते ही रामेश्वरम् ने उसे दो ट्यूशन दिला दिये। दोनों ट्यूशनों से कुल दस रुपये और वेतन पच्चीस, इस प्रकार पैंतीस रुपये की आमदनी हो गयी। जोशी की गृहस्थी पहले की अपेक्षा अब अच्छी तरह चलने लगी।

एक ट्यूशन सवेरे और दूसरा शाम को करना पड़ता था। अतएव जोशी सवेरे से रात तक घर लौटता ही न था। केवल दोपहर का भोजन करने आता। केवल शनिवार और रविवार को वह घर पर रहता था। एक दिन मंगम्मा की उँगली पर उसे एक अँगूठी दीख पड़ी। जोशी ने पूछा, "यह अगूँठी कहाँ से आयी ?"

मंगम्मा बोली, "मुझे मिली है।"

"इतनी अच्छी अँगूठी कौन फेंकेगा ? और फिर देखने में नयी लगती है।"

कुछ देर तक इसी प्रकार प्रश्नोत्तर चलते रहे। पर अन्त में बात वहीं रह गयी।

दूसरे दिन मंगम्मा रसोई बना रही थी। जोशी ने कहा, "मेरा दुपट्टा नहीं मिलता। कहीं तुम्हारे बक्से में तो नहीं रखा ?"

मंगम्मा बोली, "मेरे बक्से में कैसे पहुँच गया ?"

जोशी ने कहा, "हो सकता है, भूल से रह गया हो। ज़रा चाबी तो दो, देखूँ।"

मंगम्मा बड़े आवेश में बोली, "मेरे बक्से में नहीं है।"

जोशी बोला, "तुम्हारे बक्से में रखा हुआ सोना मुझे नहीं चाहिए। मुझे केवल अपना दुपट्टा चाहिए।" यह कहता हुआ वह चाबी ढूँढ़ने लगा। प्रतिदिन मंगम्मा चाबी अपने आँचल में बाँधे रखती थी। उस दिन उसने स्नान करते समय उसे खोलकर दीवार पर लगी खूँटी पर लटका दिया था। उस दिन शुक्रवार था। जोशी को स्कूल जाना था। इसी से मंगम्मा ने असावधानी बरती। उसे आशा थी कि जोशी जल्दी-जल्दी भोजन करके चला जाएगा।

मंगम्मा मना करती रही, परन्तु जोशी ने उसका बक्स खोलकर देखा। बक्से में चार-पाँच मूल्यवान् साड़ियाँ थीं जिनमें एक ज़री की थी। पूरा बक्स सेन्ट की शीशियों आदि सुगन्धित द्रव्यों से भरा था। एक साड़ी की तहों में पचास रुपये के नोट फ़िसलकर नीचे गिरे। जोशी की समझ में कुछ नहीं आ रहा था। उधर मंगम्मा घर के दरवाज़े पर खड़ी और निष्प्राण-सी शून्य दृष्टि से इधर-उधर ताक रही थी। जोशी ने पूछा,

"ये सब कहाँ से आये हैं ?"

मंगम्मा बोली, "सब मेरे हैं।"

जोशी बोला, "तुम्हारे हैं ? क्या तुमने कमाये हैं ?"

मंगम्मा बोली, "मेरी माँ ने ख़रीदकर भेजे हैं ?"

जोशी ने कहा, "अच्छा ? तुमने तो मुझे कभी नहीं बताया ?"

फिर जोशी ने उन वस्तुओं के बारे में खोद-खोदकर पूछना शुरू किया। परन्तु मंगम्मा वही उत्तर देती गयी। जोशी ने उसे बहुत बुरा-भला कहा और अन्त में क्रोधावेश में उसकी ख़ूब मरम्मत की। वह रोने लगी। जोशी बिना भोजन किये ही स्कूल चला गया। वहाँ उसके हाव-भाव देखकर अन्य अध्यापकों ने ताड़ लिया कि घर में कुछ गड़बड़ हुई है। वे आपस में फुसफुसाकर हँसने लगे। जोशी ने उनकी हँसी देखी। समझ में नहीं आया कि उसे देखकर वे सब क्यों हँस रहे हैं।

वह स्कूल की छुट्टी होने तक बड़ी मुश्किल से वहाँ रहा और डेढ़ बजे घर चला गया। भूख लग रही थी। सोचा, घर पहुँचकर खाना खाऊँगा। पर वहाँ मंगम्मा आँचल बिछाकर पड़ी सो रही थी। रसोईघर में जाकर देखा तो भिगोया हुआ चावल ज्यों का त्यों पड़ा था। चूल्हे में लकड़ियाँ थोड़ी-थोड़ी जलकर बुझ गयी थीं। जोशी की नज़र बक्से पर पड़ी। उसमें साड़ियाँ आदि नहीं थीं। उसने मंगम्मा को जगाया और पूछा। वह बोली, "वह सब मैंने एक ग़रीब को दे डाला है।"

जोशी ने पूछा, "पैसे भी दे डाले ?"

मंगम्मा बोली, "हाँ।"

जोशी ने फिर पूछा, "कौन है वह ग़रीब ?"

मंगम्मा बोली, "कोई रास्ते जा रहा था। उसे बुलाकर मैंने सब कुछ दे डाला।"

जोशी पहले ही भूखा था, तिस पर इस टेढ़े उत्तर ने उसके क्रोध को और भड़का दिया। उसने मंगम्मा को लगातार पीटा। मंगम्मा इतने ज़ोर से रोयी कि लगा जैसे घर का छप्पर उड़ जाएगा। पड़ोस वाले आकर कहने लगे, "उसे क्यों पीटते हो ? क्या किया है उसने ?" परन्तु जोशी को ऐसा लगा कि उसे देखकर सब हँस रहे हैं। उसका मन सन्देह में पड़ गया। उसकी समझ में नहीं आया कि उसे यह किस पाप का फल भोगना पड़ रहा है।

शाम को जोशी ट्यूशन पढ़ाकर घर लौट रहा था। रामेश्वरम् से उसकी भेंट हुई। जोशी ने नमस्कार किया। न जाने क्यों, उसे देखते ही रामेश्वरम् के चेहरे का रंग उड़ गया।

जोशी ने पूछा, "बाबू जी जान पड़ता है, कहीं जाने के लिए निकले हैं ?"

रामेश्वरम् ने कहा, "विजयवाड़ा जा रहा हूँ। गाड़ी मिलेगी ?"

जोशी ने कहा, "जी हाँ, काफ़ी समय है।"

जोशी घर आया। मंगम्मा रसोई बनाकर ख़ुद खाकर सो गयी थी। जोशी ने घर

में चारों ओर देखा। उसे भूख लगी थी। उसने स्नान किया और खाना परोसकर खाया। दिन भर उसका मन ऊहापोह में झकोरे खाता रहा था। क्या वे सभी वस्तुएँ मंगम्मा की माँ की भेजी हुई हैं ! इतनी सारी साड़ियाँ कहाँ से आयीं ? माँ ने कब भेजी होंगी ? इतने पैसे उनके पास कहाँ से आये होंगे भला ? मंगम्मा को उसके मायके वालों ने केवल मंगलसूत्र के साथ ससुराल भेजा था। आज एकबारगी इतनी मूल्यवान् सामग्री क्यों उसके सिर पर लादने चले होंगे ? दोपहर को मेरे घर पहुँचने तक ही इसने सब वस्तुएँ किसी ग़रीब को दे दीं ? कौन है भला ऐसा वह ग़रीब ? जान पड़ता है, इसने मेरी इज़्ज़त बाज़ार चढ़ा दी है। इसीलिए शहरों में गृहस्थी नहीं रखनी चाहिए। इस शहर में धनवान कितने हैं ? कॉलेज के विद्यार्थी कितने हैं ? अधिकारीगण कितने हैं ? जान पड़ता है, इस मामले से जिस व्यक्ति का सम्बन्ध है, वह अवश्य कोई धनवान् होगा। नहीं तो इतने पैसे कहाँ से आते ? इतनी मूल्यवान् साड़ियाँ कहाँ से आतीं ? सुगन्धि की शीशियाँ कहाँ से आतीं ? सुगन्धित द्रव्यों को यह कब उपयोग में लाती होगी भला ? इधर कुछ दिनों से इसके शृंगारी हाव-भाव बढ़ते जा रहे थे। मैं बहुत ख़ुश था। परन्तु वह सब शृंगार मेरे लिए नहीं था। ओहो, मेरा जीवन भी क्या जीवन है ? मैं मर जाऊँ तो कितना अच्छा हो ! मेरे माता-पिता नहीं हैं। एक बड़ी बहन और एक छोटी बहन अपनी-अपनी गृहस्थी चला रही हैं। भगवान की कृपा से अब तक मेरे कोई सन्तान नहीं हुई। यह बहुत अच्छा हुआ। अब मैं इस पत्नी को क्या करूँ ? एक तो कुरूप हूँ। काला-कलूटा हूँ। चेहरा चेचक के दाग़ों से भरा है। इसके विपरीत मेरी पत्नी सुन्दर है। फिर मुझसे वह क्यों प्रेम करेगी भला ? ऐसे बदसूरत लोगों को ब्याह नहीं करना चाहिए। सुन्दर पुरुषों को क्या सुन्दर स्त्रियाँ ही मिलती हैं ? ऐसा कभी नहीं होता। ऐसा हो सके तो फिर माता-पिता अपनी लड़कियों के लिए धनवानों का नाता क्यों ढूँढ़ते हैं ? हाँ, अब समझ में आया। इसका कारण यही है कि स्त्रियाँ धनवान को चाहती हैं। मैं कंगाल हूँ। मेरी पत्नी को ससुराल आये तीन वर्ष हो गये; पर मैंने उसके लिए एक गहना तक नहीं बनवाया : यही मेरे प्रति उसके अनादर का कारण है। मेरा वेतन खाने के लिए, घर के भाड़े के लिए और वरिष्ठ अधिकारियों को खिलाने के लिए ही काफ़ी नहीं होता। अब इस पत्नी को क्या करूँ। मार डालूँ ? मार डालूँगा तो गड़बड़ बचेगी। मुक़दमा चलेगा। मुझे फाँसी मिलेगी।

अब तो शायद इसे मायके भेजना ही अच्छा है। लेकिन कुछ दिनों के बाद मायके वाले क्या इसे वापस नहीं भेजेंगे ? ख़ैर, तब की बात तब देखी जाएगी। फिलहाल तो पिण्ड छूटेगा....वह आदमी कौन होगा भला ? रामेश्वरम् तो नहीं है ? रंगापुर में वह दो बार हमारे यहाँ भोजन करने आया था। तब मैंने स्कूल जाते हुए उसे अपने घर में आराम करने के लिए ठहराया था। ठीक ही तो है। मेरी स्त्री ने मुझसे पूछा भी था कि क्या ये धनवान हैं ? तब मेरे मन में उन दोनों के बारे में कोई सन्देह उत्पन्न नहीं हुआ। भला वे दोनों सन्देहास्पद व्यवहार क्यों करते ? आखिर इसमें उनका

दोष भी क्या है ? दोनों को एक घर में छोड़कर बाहर जाने वाला दोषी तो मैं हूँ। फिर भी रामेश्वरम् इतना मित्रघाती है ! परन्तु मैं क्या! उसका मित्र हूँ ! मैं तो मातहत हूँ। अभी-अभी मुझे देखते ही उसके चेहरे का रंग उड़ गया था। क्यों भला ? ओफ् ! मेरे प्राणों को यम-यातना में झोंकने वाला क्या यही आदमी है ? वाह रे ! मैं तो यह सोचता था कि उसने मुझे आश्रय दिया और मेरी रक्षा की। क्या इस आश्रय और मेहरबानी का यही कारण है ? क्या पता, यही है या कोई और ? नहीं तो इतना धनवान और कौन है, धन का क्या है ? कोई भी चोर धन चुराकर ला सकता है। सुगन्धि आदि से ऐसा लगता है कि आदमी निर्भीक है। इतनी निर्भयता मेरे वरिष्ठ अधिकारी के अतिरिक्त और किसमें हो सकती है ? और इन तमाम वस्तुओं को बक्से में रखकर इस घर में निश्चिन्त रहने की निर्भयता मेरी पत्नी में भी कहाँ से आ सकती है ? इस मामले के पीछे कुछ ऐसी भावना दिखाई देती है कि मुझे पता चल भी जाए, तो डर की कोई बात नहीं। शायद उन्होंने यह भी सोचा होगा कि मुझे उनके इस मामले का पता चल चुका है और फिर भी मैं चुप्पी साधे हुए हूँ। ऐसा लगता है कि मुझ अकेले को छोड़कर बाक़ी सब लोग इस बात को कभी के जान चुके हैं। स्कूल के सभी मास्टर मुझे देखकर आपस में हँस रहे थे। पड़ोसी भी आपस में कुछ कानाफूसी करते हुए उलाहनों के ढंग पर बातें करते थे। मेरे लिए ट्यूशनों का प्रबन्ध क्या इसी उद्‌देश्य से किया गया था ?''

उस रात जोशी तालाब में डूब मरने के उद्‌देश्य से दो-तीन बार अपने घर से निकलकर कुछ दूर तक गया। पर लौटकर फिर सो गया। ओहो ! प्राण कितने प्रिय हैं ! प्राण ही सबसे अधिक मधुर होते हैं। बरसों से व्याधिग्रस्त होकर रोज़ सौ-सौ मौत मरने वाला भी मरना नहीं चाहता। भूख से बेज़ार होकर भीख माँगता हुआ पग-पग पर अपमान सहने वाला कंगाल भी अपनी निर्लज्ज देह को तजना नहीं चाहता। पग-पग पर महापाप करता हुआ दग्ध-देह तथा दग्ध-हृदय बनने वाला महाराक्षस यह जानते हुए भी कि इन पापों का फल महानरक या घोर मृत्यु में भोगना पड़ेगा, उन पापों से दूर नहीं रह सकता और मरने का संकल्प करके भी मर नहीं सकता। दुर्जनों के फन्दे में पड़कर भी कोई प्राणी अपने बलवान् शत्रुओं के आघात से अपने जीवन का अन्त नहीं होने देना चाहता। जिसने सुख का लेश भी न जाना हो, जो निर्धन हो, कोढ़ी हो, ऐसा व्यक्ति भी शरीर तजना नहीं चाहता। जिसके पातिव्रत्य से पति के जीवन में शान्ति तथा सुख का समावेश होता है, उसी पत्नी के द्रोह के कारण अपना सारा जीवन हास्यास्पद और दुःखी हो जाने पर भी वह अभागा पति अपने प्राणों का त्याग नहीं कर सकता। इतना ही क्यों, शताब्दियों से गुलामी की जंजीरों में जकड़ा हुआ राष्ट्र निर्लज्जता से स्वतन्त्र राष्ट्र की नकल करता रहता है, पर अपना अन्त नहीं कर लेता। मृत्यु सभी प्राणियों के लिए स्वाभाविक है। परन्तु हर प्राणी मृत्यु से दूर भागने का प्रयत्न करता है। मृत्यु बड़ी विचित्र है। जब उसे किसी प्राणी को ग्रहण करना नहीं

होता, तो वह उसे चाहे जितनी दूर तक भागने देती है। वह प्राणी यह समझकर .ख़ुश होता है कि वह मृत्यु से बच गया। उसकी समझ में यह नहीं आता कि सचमुच मृत्यु को उसे ग्रहण करना था ही नहीं।

जोशी बाहर के चबूतरे पर जा लेटा। फिर से मरने का संकल्प करके वह बाज़ार में निकल पड़ा। उसके सामने दो कुत्ते सिर उठाकर रोने लगे। जोशी के सीने में दुःख उमड़ पड़ा। रोता-रोता फिर चबूतरे पर जा लेटा। आकाश में उड़ता हुआ एक पंछी चीख़ता हुआ पास वाले पीपल के वृक्ष पर जा बैठा। जोशी को स्मरण हो आया कि बचपन में जब यह पंछी कूकता था तो उसकी माँ गालियाँ देती थी। वह कहा करती थी कि इस पंछी के कूकने से कोई आदमी मर जाता है। जोशी सोचने लगा, अब कौन मरेगा ? मैं तो तीन बार मरने चला और फिर लौटकर आ गया। क्या मेरी पत्नी मरेगी ? मुझमें अब इतनी शक्ति कहाँ कि उसे मार डालूँ ? क्या वह .ख़ुद मरेगी ? वह क्यों मरने लगी ? क्या उसे प्राप्त नया सुख कड़ुवा हो गया है ? क्या वह उस बिल्ली जैसा व्यवहार करेगी जो दूध न पी सकने के कारण उसे ज़मीन पर बहा देती है ?

इतने में मुर्ग़े की बाँग सुन पड़ी। उस बाँग का आशय था, "सुनो, तुम लोग बिलकुल बेख़बर हो। पता नहीं, ये मानव चोर हैं कि सरदार। सरदार भी चोर ही हैं। वे तुम्हें और तुम्हारी जाति को पनपने नहीं देंगे। अधिकारी बनकर तुम्हारे घरों का सर्वनाश कर रहे हैं। तुम्हारे वंशों का क्षय कर रहे हैं।

जोशी के मन में उबाल-सा आ रहा था। उसका चेहरा सूख गया। लोग धीरे-धीरे जाग रहे थे। जोशी उठकर गाँव के दक्षिण की ओर चल पड़ा। सूर्योदय जब हुआ, वह गाँव के बाहर पहुँच चुका था। लाल-लाल सूर्य-बिम्ब उसे ऐसा लगा, मानो किसी दुःखी प्राणी के हृदय में उसकी पत्नी के कुकृत्य के कारण उत्पन्न हुई जलन असह्य हो उठी हो और उसने अपने जलते हृत्पिण्ड को पूर्व की ओर फेंक दिया हो।

बारह

वसन्त आया। मधुमास की कोकिला रसाल-वृक्ष की शाखाओं में फूलों का कमरबन्द पहनकर उमंग के साथ उछलने लगी। देवदासी सोने का कमरबन्द पहनकर नूपुर की झंकार करती हुई मन्द गति से चली जा रही थी। वृक्षों में लगे आम के फलों पर जैसे सोने का रंग चढ़ा था और बिना खाये ही उनके माधुर्य का अनुभव हो रहा था। देवदासी का उरोज-मण्डल प्रौढ़ तथा कठोर था। उसे देखकर भगवान् की अभिलाषा भी मानो उभर आती थी। दिन भर कड़ी धूप रही। देवदासी की आँखों में अभिलाषा-लेश से विचलित मन्द कटाक्षों की वाहिनी लहर-लहर बनकर झूम गयी। मधु पीकर भौंरों ने सारे वन को अपने उन्मत्त गीतों से गुँजा दिया। भक्ति का मधु पीकर देवदासी ने गोपियों

के उन्मत्त गीत अलापे। वृक्षों की शाखाओं पर किसलय थिरक उठे। गिरिका का हाथ कपोत आदि मुद्राओं का अभिनय करने लगा। नदियाँ सूख गयीं। गिरिका की कमर भी बहुत पतली हो गयी। नदियों के तटों पर रेत के बड़े-बड़े ढेर लग गये। गिरिका के जघन भी बड़े-बड़े दीखने लगे। उसके आनन में ऐसी शोभा झलकने लगी मानो माधव का हृदय-कमल अपरिमित आनन्द से ओतप्रोत हो उठा हो। गिरिका अभिनय सीख रही थी। स्वामी को सुख-केलि के लिए बुलाने का सन्दर्भ था। बायें हाथ को कमर पर थामे, दाहिने हाथ की चार उँगलियाँ पसारकर अँगूठा नाभि-स्थान पर रखे, त्रिभंगी मुद्रा में खड़ी, कण्ठ को दायीं ओर हिलाती हुई, जब वह अपने विशाल वक्ष पर दृष्टि डाल रही थी, तब ऐसा लगा मानो शरत्काल का सूर्य पूर्व और पश्चिम दिशाओं के मध्य-भाग में बार-बार दृश्य और अदृश्य होते बिम्ब-सा चमक रहा हो। मोतिया के फूल खिले थे और उनकी पंखुड़ियाँ पीछे को झुककर डण्ठलों को छू रही थीं। अपने मधुर परिमल की तरंगों से बार-बार खिंचे आते भौंरों को रिझाते हुए, मानो सारी सुन्दरता को अपने आप में बटोरकर, मृदु-हिम-बिन्दुओं से भीगी पंखुड़ियों सहित, आगत पति के दर्शन की उत्कण्ठा एवं सात्त्विक लज्जा से स्वेदसिक्त होने वाली मुग्धा नायिकाओं अथवा नयी दुलहिनों की भाँति वे फूल इतराने लगे। वसन्त मानो गिरिका से अपना साम्य सिद्ध करने के लिए आगे बढ़ा। वेणुगोपाल स्वामी, वृन्दावन-बिहारी, वंशीनाद से मधुरित विद्रुम-सदृश अधरों वाला मनमोहन, तमाल पल्लव के झुरमुट की दीप्ति झलकाने वाली तनु-छाया के साथ क्या हमारे गाँव में आया है ? हमारी जाति की स्त्रियाँ तो उसे भूलकर कभी की कुलटा बन गयी हैं। स्वामी का हृदय गिरिका पर मुग्ध होने के कारण भारतवर्ष के प्राचीन मन्दिरों में अपने निवास का उन्हें स्मरण हो आया है।

वैशाख की पूर्णिमा थी। ग्रीष्म की ही भाँति वसन्त ऋतु में भी सूर्य की कड़ी धूप से ज़मीन तप जाती है। ग्रीष्म में वर्षा की बौछारें भी होती हैं। पता नहीं, यह ऋतु-सांकर्य समय के परिवर्तन का प्रतीक है अथवा ज्योतिषाचार्यों के गणित की त्रुटि का।

सन्ध्या समय गिरिका मन्दिर की ओर जाने के लिए निकली। रत्नगिरि ने मोतिया के फूलों से सुसज्जित गिरिका की वेणी को गोल चोटी में लपेट दिया। वह लिपटी हुई वेणी ऐसी लगती थी मानो केंचुल के उतरने के बाद भीतर की चमकदार त्वचा सहित सोया हुआ सर्पराज हो। गिरिका अरुन्धती के यहाँ गयी। अरुन्धती ने उसकी चोटी देखकर कहा, "क्यों जी, तुम्हारी चोटी बड़ी सुन्दर लग रही है !" गिरिका बोली, "सचमुच सुन्दर है क्या ?"

अरुन्धती ने कहा, "ऐसी लग रही है, जैसे कोई काला नाग गोल-मोल सिमट कर सोया हो।"

फिर गिरिका ने पूछा, "क्या कालिया नाग जैसी है ?"

अरुन्धती ने उत्तर दिया, "घबराओ नहीं। तुम विषमूर्ति हो और स्वामी तुम्हारे शृंगार-रूपी सरोवर में उस कालिया नाग का मर्दन करेंगे।"

गिरिका बोली, "कैसी भाभी हो जी तुम ?"

अरुन्धती ने कहा, "विष का अर्थ पानी है।"

गिरिका, "हाँ-हाँ, हमारे धर्मू भैया का हाथ जो तुमने थामा है, सो इतनी पण्डिताई तो तुममें होगी ही।"

अरुन्धती, "वेणुगोपाल स्वामी तो तुम्हारे भैया से अधिक नटखट हो गये हैं। तुम्हारी प्रौढ़ता मुझमें कहाँ से आएगी ?"

इतने में रथन्तरी आयी। उसे देखकर अरुन्धती ने कहा, "बहन, तुम्हारी आयु हज़ार वर्ष की होगी। ज़रा ननद को तो देखो !"

रथन्तरी, "हाँ-हाँ, देख चुकी हूँ। यह साड़ी तुम्हें कहाँ से मिली है जी ? बुँदियों से भरी है। धब्बों वाले साँप-सी लगती है। बताऊँ तुम अब कैसी लग रही हो ? कालिया नागन जैसी। उन सर्पिणियों ने पति के लिए स्वामी से प्रार्थना की थी। ठीक उसी तरह तुम भी स्वामी से पति की ही माँग कर रही हो न ?"

गिरिका, "मेरी बात रहने दो, पर तुम दोनों अपनी बातों में श्लेष-चमत्कार दिखा रही हो। इसी से कहती हूँ, तुम दोनों दो जीभों वाली सर्प-युवतियों-सी लग रही हो।"

अरुन्धती और रथन्तरी ने एक-दूसरे की ओर देखा। रथन्तरी बोली, "देख लिया ननद को ? यह कोई पहले वाली ननद नहीं है। अब प्रौढ़ हो गयी है, अत्यन्त प्रौढ़। गोपाल देव का हाथ एक बार लग जाए तो फिर अपनी लड़की अपनी लड़की नहीं रहती।"

गिरिका के मुख पर दैन्य झलकने लगा। रथन्तरी ने उसके पास जाकर उसे गले लगाया और बोली, "हँसी-हँसी में जैसे तुमने कुछ कहा, वैसे ही हमने कुछ कहा। बिगड़ती क्यों हो जी ?"

अरुन्धती ने कहा, "यह बिगड़ना नहीं है, तुमसे अनुनय-विनय करवाने का एक ढंग है।"

गिरिका ने यह बात सुनकर अरुन्धती की ओर मिथ्या-क्रोध से देखा। अरुन्धती कहने लगी, "तुम्हारे दृष्टिपात से घबरा जाऊँ, क्या मैं कोई पत्थर की मूर्ति हूँ। जाओ-जाओ, उस मन्दिर में कोई पागल बैठा है, उसे नचाओ। तुम्हारी चितवन से शायद वह चौंक जाएगा।"

तीनों हँस पड़ीं। फिर मन्दिर के भीतर गयीं। तलैया में पाँव धोकर परिक्रमा करके स्वामी के सम्मुख जा पहुँचीं। गिरिका ने कपोत-मुद्रा धारण की और 'मुखारि' राग में 'नाग-पत्नी-स्तवन' वाले तरंग-गीत के ये चरण अलापने लगी :

"देव ! कुरु शिक्षां देहि पति-भिक्षाम्, दीन परिपालनाय स्वीकुरु दीक्षाम्,
जाति-कुल-शरणमशेष-जन्तुतरणम्, जातं भवता कृतमित्यागमविदितम्।"

देवदासी ने ये पंक्तियाँ गाकर मानो अपने कुल की सारी मलिनता धो डाली।

"सर्व-जन्तु-समता, साधु ! तव विदिता, सर्व-बुद्धिषु प्रहिता सा च वेद-विहिता, देव...." इन शब्दों का उच्चारण बड़ी दीन मुद्रा से करके उसने भगवान् से नम्र प्रार्थना की। वह स्वयं नीच जाति में जन्मी थी। तथापि भगवान् जो सर्व प्राणियों में समता दृष्टि रखते हैं, उस पर अवश्य अनुग्रह करेंगे, क्योंकि यह अनुग्रह वेद-विहित है। देवदासी स्तब्ध खड़ी हो गयी। अरुन्धती और रथन्तरी को साथ-साथ मन्दिर आये हुए कई दिन हो गये थे। पहले देवदासी मन्दिर में न तो गाना गाती थी और न अभिनय ही करती थी। कभी-कभी नृत्य के सन्दर्भ में अरुन्धती और रथन्तरी ने उसे केवल हस्ताभिनय करते देखा था। गिरिका का आज का-सा अत्यन्त मनोहर अभिनय उन्होंने कभी नहीं देखा था। गिरिका ने कपोत-मुद्रा में अँगूठे और छिगुनी को छोड़कर बाक़ी तीनों उँगलियों को एक-दूसरे से सटाकर छिगुनियों को दूर फैलाकर हाथों को दोने जैसा बनाकर, सटी हुई उँगलियों के मूल में दोनों अँगूठे टिकाकर, हाथों को पार्श्व-कुंचित कर लिया, जिससे उसका हाथ हलके गड्ढेदार, विकसित, अरुण कमल-सा दीखने लगा। नीचे को झुकी हुई दोनों छिगुनियाँ मिलकर ऐसी लगती थीं, मानो उस पद्म की एक पंखुड़ी नीचे को झुकी हो। हाथों की मनोहारिता वर्णनातीत थी। कोमल पल्लवों के झुरमुट, विद्रुमराशि अथवा सोने की कटोरी की भाँति, वह हाथ जितना देखो उतना ही अधिक सुन्दर लगता था। गिरिका के हाथ छोटे थे, उँगलियाँ लम्बी थीं और क्रमशः पतली होती गयी थीं। हाथ पहले ही गोरे थे, ऊपर से उसने उनपर कुंकुम का लेप किया था। देवदासी का सारा शरीर जैसे सुगन्ध-द्रव्यों का ढेर था। वह चलती तो मानो कस्तूरी-मृग चलता; किन्तु उसकी चाल राजहंसी की-सी थी।

इतने में धर्माराव मन्दिर में आ पहुँचा। उसने अरुन्धती और रथन्तरी को देखकर पूछा, "गिरिका क्या कर रही है ?"

अरुन्धत्ती ने लजाते हुए कहा, "पति-प्रसाद माँग रही है ?"

गिरिका अधखुली आँखों से स्वामी की मूर्ति को एकटक देख रही थी। पुजारी ने 'शठकोप'[1] और प्रसाद दिया। सब के सब मुख-मण्डप में आ बैठे। थोड़ी देर बैठकर दोनों देवरानियाँ चली गयीं, फिर बहन और भाई तलैया की सीढ़ियों पर जा बैठे। चाँदनी निकल आयी थी। गरम हवाएँ चलने लगीं, मानो दिन भर तपने के बाद भू-देवी अपनी गर्मी को बाहर फेंक रही हो। धर्माराव अपने दुपट्टे को तलैया में भिगोकर निचोड़ रहा था और उससे अपना मुख पोंछ रहा था। देवदासी अपने हाथों को तलैया में धोने लगी। जहाँ उसने हाथ डुबोये वहाँ का पानी लाल हो गया। चाँदनी में भी वह लाल पानी हरि-नील कान्ति-सा दिखाई पड़ा।

धर्माराव ने कहा, "गिरिका, हम दोनों को एक साथ मन्दिर में आये हुए कितने दिन बीत गये ?"

गिरिका कुछ न बोली।

---

1. 'शठकोप'–स्वामी के चरण जो भक्तों के मस्तक पर टिकाये जाते हैं।

धर्माराव ने पूछा, "मुझसे रूठ गयी हो ?"

गिरिका बोली, "मेरी अपेक्षा छोटे ज़मींदार पर ही तुम्हारा अधिक प्रेम है। मुझे पढ़ाने के लिए समय नहीं मिलता, पर हरप्पा को पढ़ाने के लिए तुम्हें ख़ूब समय मिल जाता है।"

धर्माराव, "भई, मैं तुम्हें क्या पढ़ाऊँगा भला ? अभिनय तो तुम्हें तुम्हारी माँ ही सिखा रही है। जो पढ़ाई सब पढ़ाइयों की पराकाष्ठा है, वह तुम्हें जन्म से ही अवगत हो चुकी है। हरप्पा को मैं पढ़ा रहा हूँ, वह तुम्हारे लिए ही तो है।"

गिरिका, "मेरे लिए कैसे ?"

धर्माराव, "तुम्हारे लिए कहने का तात्पर्य यह है, भगवान् के कल्याणोत्सव के लिए।"

गिरिका लजा गयी। धर्माराव ने मन में सोचा, भगवान् के कल्याणोत्सव का अर्थ है—इस लड़की का कल्याणोत्सव। चन्द्रमा आकाश में आगे बढ़ चला। चाँदनी और निखर आयी।

धर्माराव ने पूछा, "तुम्हारी पढ़ाई कहाँ तक आयी है ?"

गिरिका, "लीला-तरंगिणी पूरी तरह सीख चुकी हूँ। गीत-गोविन्द का अध्ययन कर रही हूँ। अभिनय काफ़ी सीख चुकी हूँ। हस्त-मुद्राओं की जानकारी भी हो गयी है। नायिका-भेदों को उनके सात्त्विक तथा व्यभिचारी भावों समेत समग्र रूप से सीख चुकी हूँ। उन सबका अभिनय कर सकती हूँ।"

धर्माराव, "सभी हस्त-मुद्राओं की माँ जैसी कौन मुद्रा है ?"

गिरिका, "पताका।"

धर्माराव, "यदि पताका का विन्यास ठीक कर सको, तो समझ लो कि अन्य सारी मुद्राएँ तुम्हारी मुट्ठी में हैं। बचपन में मेरे पिता कहते थे कि पताका-मुद्रा का विन्यास ठीक-ठीक जानने वाली कोई नर्तकी आज तक दिखाई नहीं पड़ी है। वे कहते थे कि कोई न कोई दोष उसमें अवश्य हुआ करता है। बात यह है कि पताका-मुद्रा के विन्यास के लिए उसके अनुरूप हाथ का होना आवश्यक है। कहते हैं कि ऐसा अनुरूप हाथ केवल पद्मिनी जाति की स्त्री का हुआ करता है। उस जाति की स्त्री के मुद्रा-विन्यास में जो सुन्दरता होती है, किसी अन्य में नहीं होती। मैंने कूचिपूडि के कलाकारों से पताका-मुद्रा का विन्यास कराया, पर वह मुझे पसन्द नहीं आया।"

गिरिका बोली, "यह देखो, मैं दिखाती हूँ।"

यह कहकर उसने पताका-मुद्रा का विन्यास दिखाया। वह मुद्रा धर्माराव को पंख पसारे हुए किशोर गरुड़ की भाँति लगी। वह आश्चर्यचकित हुआ। उसने मन में सोचा, गिरिका शायद पद्मिनी जाति की स्त्री है। फिर उसने कहा, "भई, यह विद्या पूर्व-जन्म के संस्कार का फल है। सीखने भर से कहाँ आती है ? आचार्य विद्या को बुद्धिमानों और मूर्खों में समान रूप से बाँट देते हैं। किसी को शक्ति देते नहीं, और किसी की

शक्ति लेते नहीं, तथापि उनमें से एक पण्डित बनता है और दूसरा मूढ़ का मूढ़ ही रह जाता है। धातु को चमकाने पर उसमें प्रतिबिम्ब दिखाई देने लगता है। मिट्टी के पात्र में वह बात कभी नहीं आ सकती।''

गिरिका पतली रेखा की तरह लजा गयी। धर्माराव ने कहा, ''तब तो तुम सड़सठ की सड़सठ हस्त-मुद्राओं का विन्यास कर सकती हो।''

गिरिका बोली, ''भैया, ये मुद्राएँ विद्या की प्रतीक अवश्य हैं, परन्तु इनकी कल्पना क्यों हुई, यह मेरी समझ में नहीं आया।''

इस प्रश्न पर धर्माराव बहुत प्रसन्न हुआ। उसने उत्तर दिया, ''मनोभावों को कई प्रकार प्रकट किया जा सकता है। मुख्य साधन है भाषा। इसी प्रकार मुखावयवों तथा शरीर के विन्यास, कर-पदों की हलचल आदि साधनों द्वारा भावाभिव्यक्ति हो सकती है। इस प्रकार की अभिव्यक्ति में कई दोष होते हैं। बोलते समय दो प्रकार के दोष होते हैं। एक अनौचित्य का, दूसरा अपभ्रंश का। बोली को अपभ्रंश से मुक्त करके परिमार्जित करने वाला व्याकरण-शास्त्र है तथा अनौचित्य से मुक्त करके परिमार्जित करने वाला अलंकार-शास्त्र है। इसी प्रकार भरत-शास्त्र चरण आदि अवयवों के विन्यास को परिमार्जित करता है। मुद्राएँ हस्ताभिनय को परिमार्जित करती हैं। इसका अर्थ यह है कि हाथों द्वारा निर्दोष रूप में की जाने वाली भावाभिव्यक्ति का नाम ही मुद्रा है।''

गिरिका, ''सुनती हूँ कि इन हाथों का उपयोग केवल नृत्य में होता है, नाट्य में नहीं होता। क्या यह सच है ?''

धर्माराव, ''यह सच है कि इनका उपयोग जितना नृत्य में होता है, उतना नाट्य में नहीं होता। तथापि इनकी जानकारी के बिना नाट्य में भी समग्रता नहीं आ सकती। कई सन्दर्भ ऐसे होते हैं, जिन्हें अकेला नाट्य छू नहीं पाता। ऐसे सन्दर्भों में भरत-शास्त्र का ज्ञान न हो, तो काम नहीं चल सकता। मुद्राराक्षस में 'प्रासादारोहणम् कृत्वा' ये शब्द आते हैं। कहीं कहा जाता है 'प्रवेशमभिनीय'। 'विक्रमोर्वशीय' का एक अंक सारे का सारा भरत-शास्त्र पर आधारित है। संस्कृत के सभी नाटकों में कहीं-न-कहीं भरत-शास्त्र का प्रसंग आ ही जाता है। 'मालविकाग्निमित्र' में तो नाट्य की परीक्षा ही रखी गयी है। आज के कलाकार इस परीक्षा में क्या टिकेंगे ? ये तो दुष्यन्त के सम्मुख पारसी डान्स करना जानते हैं। फिर भी हमारा नाट्य से क्या सम्बन्ध है ?''

गिरिका, ''क्यों, सम्बन्ध क्यों नहीं है ?''

धर्माराव, ''मैं कह रहा था कि आजकल के नाटकों का नाट्य से क्या सम्बन्ध है ?''

गिरिका आकाश की ओर देखने लगी। चन्द्रमा मानो सूप से मोती फटक रहा था, हल्की-हल्की हवा में पुष्पों का रज झूमता आ रहा था और ऐसा लगता था, मानो उन मोतियों पर ज़मी मलिनता चारों ओर उड़ रही है। बहन और भाई वहाँ से निकल पड़े। गिरिका को उसके घर छोड़कर धर्माराव लौटने लगा।

गिरिका बोली, "भैया, भीतर नहीं आओगे ?"

धर्माराव ने कहा, "भई, मुझमें उतनी शक्ति नहीं है।"

गिरिका कहने लगी, "तुम ही तो विद्या-गुरु हो।"

धर्माराव बोला, "श्री शंकर भगवद्पाद के गुरु गोविन्द भगवद्पाद थे। दोनों में कौन महान् था ?"

गिरिका बोली, "अवश्य गुरु ही महान् थे।"

धर्माराव ने पूछा, "लोगों की दृष्टि में कौन महान् थे ?"

गिरिका भीतर चली गयी। धर्माराव अपने घर लौट आया। बड़ी गरमी हो रही थी। उसने स्नान करना चाहा।

अरुन्धती बोली, "गीले कपड़े से शरीर पोंछ लीजिए। इस समय स्नान नहीं करना चाहिए।"

धर्माराव ने शरीर पोंछ लिया। पति-पत्नी बाहर खुले में सो गये। सावित्री देवी पीछे के आँगन में सो गयीं।

धर्माराव ने पूछा, "स्नान क्यों नहीं करना चाहिए ?"

अरुन्धती ने कहा, "गिरिका के पवित्र शरीर की हवा आप पर चली थी, इसी से मैंने कहा स्नान न कीजिए।"

धर्माराव ने उसे अपने बाहुपाश में बाँध लिया।

अरुन्धती बोली, "आपकी श्रद्धा वेणुगोपाल स्वामी पर अधिक है या नागेश्वर स्वामी पर ?"

धर्माराव बोला, "सुब्रह्मण्येश्वर स्वामी पर अधिक है।"

अरुन्धती ने पूछा, "क्या इसीलिए कि उनके हज़ार फण हैं ?"

धर्माराव बोला, "वे सब फण जाते रहे। अब कुल दो ही तो बचे हैं।"

अरुन्धती ने पूछा, "इसका क्या अर्थ है ?"

धर्माराव बोला, "एक फण तुम हो, दूसरा मैं हूँ। जो फण तुम हो, क्या उसे तुमने कभी देखा है ? अरुण कपोल, अरुण अधर, ताम्बूल से अरुण जिह्वा, अकारण क्रोध से अरुण नेत्र-कटाक्ष, कुंकुम के तिलक से परिव्याप्त रक्त छाया, आलिंगन-मात्र से सारे सुकुमार अवयवों के दबकर लाल पड़ने के कारण यह शरीर कितना मनोहर लगता है ! इस फण को मेरी ओर झुके सात वर्ष बीत गये। मेरा शरीर पुलकित हुआ ! मेरी आत्मा में कामधेनु के दूध की धार बह चली। पता नहीं, मेरे भाग्य में यह तुष्टि कितने समय तक बदी है। स्वामी के केवल दो ही फण बचे हैं, सो भी यदि चिरस्थायी रहे तो मेरे लिए बहुत हैं। रूप से हज़ार फण यदि अदृश्य भी हुए हों तो कम-से-कम अनुसन्धान से जाने जा सकते हैं। स्वामी के चार फण सदैव रहते हैं, पर वे लड़कियों की भाँति निश्चल एवं निष्क्रिय हो गये हैं। स्वामी कभी एक फण से नहीं रहते, मेरा विश्वास इस पर से उठ रहा है। ऐसा लगता है कि अन्त में स्वामी केवल दो फणों

के साथ बच जाएँगे। जो फण तुम हो, उसकी मनोहारिता कभी कम नहीं होगी।''

इतने में बाहर चरने वाली गाय की छींक सुन पड़ी।

धर्माराव कहने लगा, "मैंने सोचा था, कम-से-कम इतना तो बचा रहेगा। पर यह कैसा अपशकुन है ? फिर मेरे जीवित रहने का क्या प्रयोजन है ?" पास के पीपल के वृक्ष पर शकुन-पक्षियों के युगल ने कलरव मचाना शुरू कर दिया। धर्माराव कहने लगा, "फिर से यह शुभ शकुन क्यों है ? क्या यह फण नष्ट होकर पुनर्जीवन पाएगा ? नष्ट होने का क्या अर्थ है ?"

धर्माराव ने अरुन्धती की ओर देखा। शायद उसे नींद आ रही थी। उसकी आँखें मुँद गयीं। धर्माराव ने उसके गाल छुए। ठण्डी हवा चल रही थी। अरुन्धती के गाल उसके हाथ को ठण्डे लगे। उसने अपने सिर को अरुन्धती के वक्ष पर टिका दिया। उसके नग्न वक्ष के स्पर्श से धर्माराव के गाल पुलकित हो उठे। आधी रात बीत गयी थी। जिस प्रकार किसी अनमोल रत्न से दसों दिशाओं में कान्ति फैलती है, उसी प्रकार चन्द्रमा से चाँदनी फैलने लगी। चाँदनी की सुन्दर तरंगें ऐसी लगती थीं, मानो गली-कूचों में घुस-घुसकर गर्म हवा को ठण्डा करके मलय पर्वत से आये हुए समीर-कुमार को सफ़ेद और महीन दुपट्टा ओढ़ा रही हों।

दूसरे दिन सवेरे धर्माराव सुब्रह्मण्येश्वर स्वामी के मन्दिर में जा पहुँचा। वहाँ गणाचारी थी। उसने उससे पूछा, "कितने बचे हैं।"

धर्माराव बोला, "दिखाई दे रहे हैं न ? केवल दो।" गणाचारी ने कहा, "उनमें से एक मलिन हो गया है, उसे फिर से आकृति देनी होगी।"

धर्माराव ने मन में सोचा, क्या यही है उसका अर्थ ? उसके मन में विषाद की एक तरंग उठी और नाभि के पास सूई-सी चुभती हुई हृदय तक चली गयी। हृदय में समाकर उसे अचेतन कर दिया और अन्त में कण्ठ में जा अटकी। महानुभाव धर्माराव ने उस दुःख-तरंग को कण्ठ में उतार लिया, जिस प्रकार शिव ने हलाहल को उतारा था। वह तरंग भी हलाहल की भाँति किसी दिशा में निर्गमन न पाकर उसी स्थान पर चक्कर काटती रह गयी।

गणाचारी ने देखा। बोली, "दस बरस की अवधि है।" दोनों ने स्वामी की ओर देखा। जो अनन्त है, उसे यह आकृति क्यों धारण करनी चाहिए ? इस प्रकार की व्यथा-कुटिलताओं को क्यों सहन करना चाहिए ? माया भगवान् की लीला है। माया से जो लोग आच्छादित हैं, उनकी जान पर बन आयी है। "यह बिल्ली के लिए खेल भले ही हो, पर चूहे के लिए प्राण-संकट है।" गणाचारी और धर्माराव दोनों रास्ते से गुज़र रहे थे।

कुछ दूरी पर हरिया दीख पड़ा। वह जल्दी-जल्दी चल दिया।

गणाचारी बोली, "अब गाँव में खुश्की के खेत अधिक नहीं बचे हैं। सारी ज़मीन में सिंचाई शुरू हो गयी है।"

धर्माराव बोला, "पूरब की ओर अब भी थोड़े से खेत हैं।"

गणाचारी बोली, "हरिया उधर से ही तो आ रहा है।"

दोनों कुछ दूर आगे बढ़े। सामने से देवदासी आ रही थी। उसने गणाचारी को नमस्कार किया। गणाचारी ने आँखें आधी मूँद लीं, मुँह को थोड़ा-सा कुंचित किया और परिहास तथा आदर की मिली-जुली मुस्कान के साथ सिर हिलाया। देवदासी लजा गयी।

धर्माराव ने पूछा, "कहाँ जा रही हो माई ?"

गिरिका बोली, "वहीं।"

धर्माराव पूछने लगा, "धूप हो चली है। भोजन कर आयी हो ?"

गणाचारी ने कहा, "वहाँ दूध-दही तो मिलता होगा ?"

धर्माराव चकित होकर उसे देखने लगा। पहले गणाचारी ब्रह्ममय मूर्ति-सी लगती थी; अब वह त्रिगुणात्मक मूर्ति-सी लगने लगी। उसकी बायीं आँख कुछ नीली पड़ गयी। ऐसा लगा कि तीसरा गुण ही वर्धमान है। इस परम सात्त्विक मूर्ति में यह विकृति क्यों ? धर्माराव ने फिर देखा, गणाचारी का अन्तःकरण निर्मल था, राजहंस की भाँति प्रकाशमान था। धर्माराव ने सोचा, तब तो आँख की नीलिमा केवल बाहरी चिह्न है। फिर दोनों आगे चल पड़े। दक्षिण की ओर से हरप्पा सैर करके लौट रहा था। उसकी आयु सोलह वर्ष की हो चली थी। गाल उभरे हुए थे। शरीर का रंग पके हुए पीले केवड़े की पंखुड़ी का उपहास कर रहा था। उसकी धोती अभी ज़रीदार कोर के साथ मखमली चप्पल पर नाच रही थी। हरप्पा ने धर्माराव को देखकर सविनय नमस्कारसूचक सिर और कन्धे झुका दिये। धर्माराव ने इधर-उधर देखा। और कोई वहाँ नहीं था। उसने कहा, "राजा साहब बड़ी देर से निकले हैं।"

हरप्पा ने गणाचारी की ओर संकेत करके कहा, "इनसे मैंने कभी बातचीत नहीं की। इन्हें मेरा नमस्कार कह दीजिए।"

गणाचारी ने यह बात सुनी। उसके मुख पर दीनता झलक पड़ी। हृदय में आनन्द की रेखा थिरकने लगी। हरप्पा कोठी की ओर चला। वे दोनों फिर आगे बढ़े। इतने में रामेश्वरम् दीख पड़ा। जिस प्रकार मारीच राक्षस का समुद्र में पतन होते समय श्री रामचन्द्र के धनुष के तनाव से दोनों सिरे एक-दूसरे के निकट पहुँच गये थे; उसी प्रकार गणाचारी की भृकुटी रामेश्वरम् को देखते ही एक प्रकार का भयंकर, कुटिल तथा विकृत नर्तन करती हुई तन गयी। गणाचारी तुरन्त एक गली में घुसकर आगे निकल गयी। धर्माराव वहीं खड़ा रामेश्वरम् की ओर अलपक देख रहा था। रामेश्वरम् भी इधर घूर रहा था। अन्त में वह एक प्रकार का उदासीन भाव दिखाता हुआ निकल गया। धर्माराव उसकी ओर देखता रहा। जहाँ तक दृष्टि पहुँच पायी, देखता रहा। फिर वह सोचने लगा, जहाँ तक वह दिखाई दिया, मैं देखता रहा। देखता अवश्य रहा, पर क्या मैं उसे रोक पाया ? वह भी मुझे देखकर लापरवाही से चला गया। अब वह कहाँ और मैं कहाँ ? गणाचारी से वह जितना दूर है, मैं उतना ही समीप हूँ। पर इससे अब क्या लाभ है ?

गणाचारी की शक्ति अब समाप्त हो गयी है....फिर उसे भान हो आया कि वह अकेला धूप में खड़ा है। धूप में मस्तक झुलस रहा था। वसन्तकाल था, फिर भी ग्रीष्म की-सी कड़ी धूप थी। धर्माराव घर लौटा। सावित्री देवी के सिर में दर्द था और वे सो गयी थीं। अरुन्धती ने रसोई बनायी थी। वह सोच रही थी, पतिदेव सवेरे बाहर गये थे, अभी तक नहीं लौटे। वह स्वयं रसोई बनाकर बैठी है। पतिदेव कहाँ गये होंगे भला ? रंगापुर गये होंगे क्या ? पर वहाँ कौन है ? शायद उसका बक्सा ले आने गये हों ? उस बक्से में रंगाजम्मा की दी हुई मूल्यवान साड़ी है। उसे पहनने की अरुन्धती के मन में कितनी उत्कट इच्छा है ! वैसी साड़ी फिर कहाँ मिलेगी ? अब तो घर में सभी लोग खादी पहन रहे हैं। उत्पाड़ा[1] की साड़ी अब उसके अनुरोध पर भी धर्माराव नहीं ख़रीदेगा। उस विदेशी साड़ी पर क्यों उसका इतना मन था ? नहीं-नहीं, वह विदेशी साड़ी नहीं है। रंगाजम्मा की दी हुई साड़ी विदेशी नहीं हो सकती। वह साड़ी इतने बरसों से उस बक्से में रखी थी। क्या उसे अब तक दीमक नहीं लगी होगी ? क्या वह कभी की फट न गयी होगी ? ओफ़् ! कैसे माता-पिता हैं ? उसकी आयु अब तेईस वर्ष की हो गयी है। अजीब बात यह थी कि केवल दो कोस पर रहते हुए भी दोनों परिवारों का एक-दूसरे से मिलना-जुलना बन्द था। अरुन्धती और धर्माराव में अव्याज अनुराग उत्पन्न करने में एक तो राज्यलक्ष्मी का, और दूसरे रंगाजम्मा की दी हुई साड़ी का हाथ था। राज्यलक्ष्मी बीमार पड़ी और वह साड़ी दीमक लगकर फट गयी होगी। अरुन्धती सोच रही थी, हमारा प्रेम कितने समय तक टिक सकेगा ? राज्यलक्ष्मी शायद मर जाएगी। उसके मरने के बाद भी क्या हमारा प्रेम टिकेगा ! क्यों नहीं टिकेगा ? क्या वह मायके जाएगी ? यह सोचकर उसे हँसी आ गयी। उसी समय धर्माराव वहाँ आ धमका।

उसने कहा, "ऐ अन्धी ! यहाँ कोई बेर का पेड़ नहीं है; क्यों हँसती हो ?"[2]

अरुन्धती बोली, "क्यों नहीं है ? आप जो हैं।"

धर्माराव बोला, "तुम आप ही आप हँस रही हो तब तो मेरे बिना तुम्हारा जी बहल जाता है। फिर मुझे आठों पहर क्यों घर में बाँधे रखना चाहती हो ?"

अरुन्धती ने पूछा, "रंगापुर जाकर मेरा बक्सा कब लाएँगे ?"

धर्माराव, "यह कौन-सी नयी बात शुरू कर दी तुमने ?"

अरुन्धती, "चलिए, हम दोनों मिलकर वहाँ चलें।"

धर्माराव, "वाह-वाह, बड़ी अच्छी बात कही तुमने। मैं तो अपनी पत्नी को चोरी से यहाँ ले आया था। अब मैं तुम्हें साथ लेकर वहाँ जाऊँगा तो शायद वे लोग मुझ पर मुक़दमा चलाएँगे कि माल समेत चोर पकड़ा गया है। तब मैं क्या करूँगा ?"

अरुन्धती, "हँसी की बात नहीं। तीन बरस से राज्यलक्ष्मी को देख आना चाहती

---

1. आन्ध्र के श्रीकाकुलम ज़िले का एक गाँव जहाँ बढ़िया साड़ियाँ बनती हैं।
2. किसी के अकारण हँस पड़ने पर तेलुगु में कहते हैं, "बेर के पेड़ के नीचे बैठी अन्धी की तरह क्यों हँस रही हो ?"

हूँ पर समय यों ही बीता जा रहा है।"

धर्माराव, "वहाँ एक ख़बर है। राज्यलक्ष्मी के घर में जोशी नाम का एक स्कूलमास्टर रहता था। तुम रामेश्वरम् को तो जानती हो न ?"

अरुन्धती, "वह शिशुपाल न ?"

धर्माराव, "हाँ, वही। वह तालुका बोर्ड का प्रेसिडेण्ट है। सुनते हैं कि जोशी मास्टर की पत्नी और प्रेसिडेण्ट साहब में अनुचित सम्बन्ध था। जोशी का यहाँ तबादला करके शिशुपाल अपना काम निकाल रहा था। इसका बेचारे जोशी को पता चल गया। वह बड़ा दुखी हुआ। परन्तु रामेश्वरम् का वह क्या बिगाड़ लेता ! उसने अन्त में पत्नी को मायके भेज दिया। दस दिन में छुट्टियाँ समाप्त हो जाएँगी और जोशी लौट आएगा। रामेश्वरम् जोशी की ससुराल भी जा पहुँचा। उसने जोशी पर कई उपकार किये थे, इसलिए जोशी की ससुराल वालों ने उसकी बड़ी आवभगत की। सच्ची बात उन्हें ज्ञात न थी। इसी रामेश्वरम् ने उनसे कहा कि शायद किसी बात पर बिगड़कर जोशी ने अपनी पत्नी को यहाँ भेज दिया है; छुट्टियों के बाद आप लोग लड़की को सुब्बन्नापेठ वापस लाकर जोशी के यहाँ छोड़ दें, आगे मैं देख लूँगा। पता नहीं, इस रामेश्वरम् की दुर्जनता क़ा अन्त कब होगा।"

अरुन्धती, "हाय ! यहाँ आने के बाद उनकी गृहस्थी में न जाने कितनी गड़बड़ मचेगी। आप वहाँ जाकर उसके मायके वालों को समझाते क्यों नहीं कि लड़की को यहाँ न भेजें ?"

धर्माराव, "वाह, क्या सलाह है तुम्हारी ! तुम समझती हो कि मेरे पास यही एक काम है ?"

अरुन्धती, "आप क्या इतने निर्दयी हैं ?"

धर्माराव, "दया अथवा निर्दयता किसके लिए है ? उसके लिए, जो दुख और सुख में भेदभाव रखता हो। मेरे लिए निर्दयता क्या है ?"

अरुन्धती, "जैसे आपको सुख की कोई आवश्यकता ही नहीं !"

धर्माराव, "यह नहीं कि मुझे सुख की आवश्यकता नहीं है। बात यह है कि सुख के अन्तर्वर्ती भाव में मेरी निष्ठा नहीं।"

धर्माराव स्नान करके भोजन कर रहा था। अरुन्धती ने फिर से अपने बक्से की बात चलायी।

धर्माराव बोला, "तुम जब कभी यह बात छेड़ती हो, मेरा जी ऊब जाता है। उस बक्से में वज्र है कि वैदूर्य ? क्या है भला ? यदि लगातार एक बरस तक बक्से की बात न करोगी, तब मैं बक्सा ला दूँगा।"

अरुन्धती बोली, "मैं तो आठों पहर बक्से की ही बात किया करूँगी।"

धर्माराव, "तो तुम्हारी आयु हज़ार बरस की होगी।"

अरुन्धती, "यह कैसा हिसाब है ?"

धर्माराव, "तुम बक्सा माँगती रहोगी, मैं नहीं लाऊँगा। तब तो कोई बरस पूरा नहीं होगा। जब कोई बरस पूरा न होगा तो हम कैसे मरेंगे ? इस तरह तुम अमर बन जाओगी।"

अरुन्धती, "बच्चों को क्या आप यही पढ़ाते हैं ? तब तो आपके विद्यार्थी तर्क-शास्त्र सीख चुके और लाभ पा चुके !"

दिन ढल रहा था। देवदासी आयी। कृष्ण-पक्ष की प्रतिपदा थी। देवदासी ने काली किनारी वाली सफ़ेद खादी की साड़ी पहन रखी थी। अरुन्धती ने पूछा, "यह साड़ी तुम्हारे वृन्दावन में बुनी गयी है क्या ? हाँ, वहाँ चरखे बन्द नहीं हो गये हैं ?"

गिरिका, "कृष्ण को...."

अरुन्धती, "अरी ! उस नाम से ही क्यों इतनी लजा जाती हो ?"

गिरिका, "इसमें जला जाने की कौन बात है ? भगवान् का नाम तो कोई भी ले सकता है।"

अरुन्धती, "बड़ी चतुर हो !"

गिरिका, "उनके जन्म के बारह वर्ष बाद कहीं जाकर माता-पिता के कष्टों का अन्त हुआ, पर वृन्दावन में उनके जन्म-दिन से ही सारे संकट तिरोहित हो गये।"

अरुन्धती, "देवकी की अपेक्षा गोपियों ने ही अधिक पुण्य किया था।"

सावित्री देवी ये बातें सुन रही थीं, बोलीं, "देवकी ने पुण्य किया था। उनसे अधिक यशोदा ने किया था। देवकी को केवल जन्म देने की यातना ज्ञात थी। परन्तु यशोदा दूध पिलाने का सुख जानती थी।"

धर्माराव ने अरुन्धती से कहा, "यह तो बताओ, गिरिका के साथ मन्दिर तुम जाओगी या मैं ?"

अरुन्धती, "मुझे देखकर स्वामी लजा जाते हैं और गिरिका से ठीक-ठीक बोलते तक नहीं। बहन के समक्ष कोई भी अपनी पत्नी से आत्मीयता का व्यवहार नहीं करता।"

धर्माराव, "मुझे देखकर उन्हें लाज नहीं आएगी ?"

अरुन्धती, "सो तो आप जानें।"

गिरिका और धर्माराव मन्दिर की ओर चले। धर्माराव के घर से मन्दिर तक कोठी की सड़क के अतिरिक्त एक और रास्ता भी था। परन्तु धर्माराव कोठी की सड़क से ही चलने लगा। गिरिका मानो अपने ही भीतर पैठ गयी। केवल उसके पाँव चल रहे थे। वह सोच रही थी : 'पता नहीं स्वामी का कल्याणोत्सव कब होगा। तब तक क्या मुझे इसी तरह कुँआरी रहना होगा ? रंगाराव जी तो स्वामी के कल्याण का समारोह नहीं मनाएँगे। वे हमारे धर्म में ही नहीं रहे। कब होगा प्रभु जी का कल्याण ? उस समय मैं कैसी रहूँगी ? मैं राधा हूँ, गोपी हूँ, रुक्मिणी हूँ, सत्यभामा हूँ। स्वामी का

विवाह हो जाए, तो मैं उनकी सबकुछ बनूँगी। उनके चरणों की रज बनूँगी। सम्भवतः स्वामी की उँगलियाँ बाँसुरी को ढो-ढोकर थक गयी हैं। मैं बाँसुरी लेकर उन उँगलियों को विश्रान्ति दूँगी। विवाह के समय·स्वामी मन्दिर से निकलकर कल्याण-मण्डप में आएँगे। तब क्या अरुण कमल जैसे उनके चरण काले नहीं पड़ जाएँगे ? लाली के कारण चरणों पर कालिमा नहीं दीखेगी ? तब क्या करना होगा ? कैसे पहचानूँगी ?' गिरिका वहीं खड़ी हो गयी। धर्माराव ने पीछे मुड़कर देखा तो वह कुछ दूर खड़ी थी। वह उसके पास जाकर कहने लगा, "पहचानने का उपाय मैं तुम्हें बताऊँ, चलो।" गिरिका विस्मित होकर देखने लगी। फिर दोनों आगे बढ़े। गिरिका फिर सोचने लगी : 'एक उपाय है। मैं सफ़ेद और महीन साड़ी पहनकर जाऊँगी। जहाँ-जहाँ स्वामी के पद-चिह्न अंकित होंगे वहाँ मैं अपना आँचल बिछाऊँगी। उस महीन और सफ़ेद साड़ी पर स्वामी के चरणों की छटा फैलेगी। उस छटा के घनेपन या पतलेपन से पता चलेगा कि प्रभु के चरण काले पड़ गये हैं या नहीं। जहाँ-जहाँ प्रभु के चरण पड़ेंगे, वहाँ-वहाँ की भूमि पुण्यवती होगी। मुझ अभागिन के हाथ भी वहाँ रहें तो कितना अच्छा हो ! स्वामी के हाथों को अपने हाथों में लूँगी और उन्हें कल्याण-मण्डप में ले जाकर बिठाऊँगी। लज्जावश अपने आपमें सिकुड़ जाऊँगी, स्वामी के मुख की ओर नहीं देख पाऊँगी। जब मेरे हाथ स्वामी के चरणों का स्पर्श करेंगे तो क्या उनके कपोल पुलकित होंगे ? क्या उनके नेत्रों से प्रेमामृत की वर्षा होगी ? यह निगोड़ी लाज मुझे शायद कुछ नहीं देखने देगी। मन्दहास करते हुए स्वामी के सुन्दर मुख-कमल को जी भरकर देख लेने का आनन्द सम्भवतः मेरे भाग्य में बदा ही नहीं है। मेरा जन्म कहाँ हुआ ? मैं कहाँ पली और आज कहाँ की इच्छा ले बैठी हूँ ? मेरा जन्म कलुषित है ? स्वामी मुझे स्वीकार नहीं करेंगे ? क्यों नहीं करेंगे ? मेरी माँ ने एक पवित्र विद्या सीखी थी। उसने अपनी जाति के अनुरूप काम किया। उस काम में भी उसने अत्यन्त सम्मानपूर्ण व्यवहार किया। मेरे पिता विद्वान् थे। वेद-वेदांगों में पारंगत थे। सुब्बन्नापेठ में उनका जितना सम्मान होता था, उतना फिर किसी और व्यक्ति का नहीं हो सकेगा। मेरा जन्म कहाँ इतना बुरा है जो स्वामी मुझे अस्वीकार करें ? मेरे पिता सत्राजित् से गये-गुज़रे तो नहीं थे। सत्राजित् के मन में स्वामी के प्रति अविश्वास अवश्य रहता था। मेरे भाई रुक्मि से तो बुरे नहीं हैं। रुक्मि नास्तिक था। शिशुपाल का मित्र था। परन्तु मेरे भैया और शिशुपाल का क्या सम्बन्ध है ? शिशुपाल शिशुपाल है। बिजली गिरने से भी मरा नहीं। फिर भी स्वामी सत्त्वगुण-राशि हैं और मैं तमोगुण-राशि हूँ। मैं उनके किस काम आ सकूँगी ? मेरा मन तमोगुण से दूषित है, इसी से प्रभु के पास पहुँच नहीं पाता। अब मैं क्या करूँ ?' गिरिका की आँखों से आँसू बह निकले।

दोनों मन्दिर को जाने वाली सड़क के मोड़ तक पहुँचे। वहाँ से थोड़ी दूर पर कोठी का दरवाज़ा था। धर्माराव वहीं खड़ा हो गया। गिरिका भी खड़ी हो गयी। दोनों लगभग पाँच मिनट वहीं खड़े रहे। धर्माराव किसकी राह देख रहा था ?

सुब्बन्नापेठ में शहर के कई लक्षण आ चुके थे, तथापि वहाँ की पुरानी दन्तकथाओं की जानकारी समय-समय पर लोगों को मिलती रहती थी। वहाँ के पादरियों को भी मन्दिर, कोठी, गणाचारी आदि सभी के विषय में ज्ञात था। वे लोग इन बातों पर विश्वास करते थे या नहीं, यह एक अलग प्रश्न था।

साधारणतया देवदासी और धर्माराव का नाता सभी को ज्ञात था। देवदासी का वृत्तान्त सभी जानते थे। जब वह रास्ते से गुज़रती तो उसकी ओर कोई सिर उठाकर न देखता। उस शहर में केवल दो व्यक्तियों की कभी आलोचना नहीं होती थी। एक थी देवदासी और दूसरी गणाचारी। नये कर्मचारी आते। कॉलेज में नये-नये विद्यार्थी आते। यदि उनमें से कोई देवदासी के बारे में कोई टेढ़ी बात कहता, तो तुरन्त पुराने लोग उसकी सच्ची कथा सुनाते और ऐसी बातों की रोकथाम करते। इस पर कुछ लोग कहते, "जाओ-जाओ, ये सब कहानियाँ किसी बुढ़िया को जाकर सुनाना। इस ज़माने में इन पर कौन विश्वास करेगा ?" कुछ लोग कहते, "ऐसी बातों का होना असम्भव है।" लेकिन ये थोड़े से लोग कुछ भी कहें, देवदासी के प्रति अधिकतर लोगों के मन में बड़ा आदर था।

देवदासी और धर्माराव जब बाज़ार में खड़े हुए तो लोग दूर-दूर जाने लगे। कुछ लोग उनकी ओर घूरते जा रहे थे। उत्तम जाति के सुसज्जित अश्व की भाँति गिरिका एक जगह टिक न पाती थी। उसके पाँव मन्दिर की ओर बढ़ना चाहते थे। थोड़ी देर में हरप्पा कोठी के द्वार से आता दिखाई पड़ा। द्वार वहाँ से लगभग सौ गज़ दूर था। हरप्पा पोंदूरु[1] के महीन कपड़े पहनता था। वे इतने महीन होते थे कि स्वदेशी हैं या विदेशी, यह बताना कठिन था। रंगाराव और नागेश्वर राव उन्हें विदेशी वस्त्र समझते थे। हरप्पा नंगे सिर कभी बाहर न जाता। ज़री की कोर वाले उत्तरीय के अतिरिक्त किसी और वस्त्र से पगड़ी न बाँधता। धोती ही पहनता। कुरता किसी भी रंग का क्यों न हो, गले में रत्नहार अवश्य रखता। धर्माराव की दृष्टि में हरप्पा बाल-सूर्य-सा था। धर्माराव के पिता स्वर्गीय ज़मींदार के समवयस्क थे। स्वर्गीय ज़मींदार को धर्माराव एक वृद्ध के नाते जानता था। हरप्पा को वह अपनी अपेक्षा छोटे बालक के नाते जानता था। धर्माराव के समवयस्क कोई ज़मींदार न थे। वह नहीं जानता था कि उसके ज़मींदार बालक हैं या वृद्ध। हरप्पा उसके पास आया तो देवदासी आँखें मूँदकर खड़ी थी। हरप्पा सोलह वर्ष का था। इस आयु में उसके मुख पर सयानेपन के लक्षण दीख पड़ते थे। वह सदैव पैदल चलता। घोड़े की सवारी कभी न करता। मोटर-गाड़ी उसे क़तई पसन्द न थी। मोटर की सवारी से उसे चक्कर आने लगता था। एक बार उलटी भी हुई थी। उसने एक बार मोटरकार को देखकर धर्माराव से कहा था, "यह कैसा जानवर है ? इसका सिर नहीं, पूँछ नहीं यदि हाथी कहो तो हमें उसके पेट में बैठना पड़ता है। हाथी की पीठ पर बैठते हैं। हाथी की चीख़ से या तो भय लगता है या फिर

1. आन्ध्र के श्रीकाकुलम ज़िले का एक गाँव, जहाँ की महीन खादी देश भर में प्रसिद्ध है।

श्रवण-सुख मिलता है। पर इस जानवर की चीख बड़ी कर्कश लगती है।''

हरप्पा ने धर्माराव से धीरे से पूछा, ''क्या यही हैं देवदासी ? मैंने इन्हें कुछ दिन पहले स्वामी के मन्दिर में देखा था। इन्होंने भी मुझे देखा था। मैं इन्हें नमस्कार करूँ ?''

धर्माराव बोला, ''यह बाज़ार है। कोई देख लेगा। आप ऐसा न करें।''

हरप्पा ने पूछा, ''जब कोई न हो, तब नमस्कार कर सकता हूँ ?''

धर्माराव, ''आप ज़मींदार हैं, आप किसी को नमस्कार न करें। सभी लोग आपको नमस्कार करेंगे।''

हरप्पा ने पूछा, ''मैं आपको तो प्रतिदिन नमस्कार कर रहा हूँ ?''

धर्माराव ने हँसकर कहा, ''मैं नमस्कार करता हूँ और आप यह समझते हैं कि आप कर रहे हैं।''

हरप्पा ने फिर कहा, ''मैं देवदासी को नमस्कार करूँगा।''

धर्माराव बोला, ''सच कहता हूँ अब नहीं।''

हरप्पा ने पूछा, ''मैं उनसे बोल सकता हूँ ?''

धर्माराव ने जवाब दिया, ''अब वह कुछ सोच रही है। आप बोलेंगे भी तो वह जवाब नहीं देगी।''

हरप्पा ने कहा, ''नहीं बोलूँगा तो आज मुझे नींद नहीं आएगी।''

धर्माराव, ''अपनी माता जी के समान देवदासी को भी समझ लीजिए।''

हरप्पा हैरान होकर पूछने लगा, ''तब आप कौन हैं ?''

देवदासी और हरप्पा ने एक-दूसरे की ओर देखा। अवस्था में देवदासी बड़ी थी, हरप्पा छोटा था। हरप्पा ब्रह्मचारी था, अविवाहित था। उसमें स्त्री-पुरुष का ज्ञान अभी विकसित नहीं हुआ था। वह निरा अनजान था। देवदासी को देखकर उसके मन में एक विचित्र कल्पना आयी। उसको लगा कि देवदासी उसको बेटी-सी दीख रही है। देवदासी को हरप्पा की दृष्टि में प्रसन्नता और आदर-भाव के दर्शन हुए। न जाने उसने क्या सोचा, पर उसके मुख पर भी आनन्द और मन्दहास की छटा झलक पड़ी। फिर धर्माराव आगे चलने लगा। उसके पीछे देवदासी और सबके पीछे हरप्पा। देवदासी उस नव-वधू की भाँति आनन्द-विभोर हो रही थी जिसे उसके भाई और पिता दोनों ससुराल ले जा रहे हों। मन्दिर के द्वार पर पहुँचकर हरप्पा रुक गया। देवदासी और धर्माराव ने मुड़कर उसकी ओर देखा और भीतर चले गये। हरप्पा क्षण भर वहीं ठहरा रहा, फिर लौट आया। लौटते समय रास्ते में सब लोगों ने उसकी ओर देखा, पर वह स्वयं अपनी दृष्टि ज़मीन पर गड़ाये था, मानो उसकी आँखें मुड़-मुड़कर मन्दिर के भीतर देख रही हों। हरप्पा धीरे-धीरे कोठी के भीतर चला गया। उसने अपने कमरे के सामने लगी मोतिया की बेल देखी। अँधेरे को बढ़ता देखकर उसने सोचा, साँझ हो गयी है। फिर

वह गजशाला में जा पहुँचा। वहाँ एक हाथी था। इतने में नौकर रंगन्ना कहने लगा, "सरकार, इस हाथी का नाम हनुमान् है। हमारी कोठी में पिछले दिनों लक्ष्मणस्वामी नामक एक हाथी था। ठीक आपके पिता जी के राजतिलक के दिन वह चल बसा। उस पर आपके दादा सवारी किया करते थे।"

हरप्पा किसी भी बात का कोई जवाब न देता। फिर भी रंगन्ना को उसके सारे मनोभावों का पता चल जाता था। रंगन्ना आगे कहने लगा, "मैं लक्ष्मणस्वामी को ख़ूब जानता हूँ। उसकी इच्छा थी कि राजतिलक के दिन बड़े सरकार उस पर सवार होकर जुलूस में निकलें। वह बेचारा बूढ़ा हो गया था और उसके शरीर से दुर्गन्ध आने लगी थी। इसी से बड़े सरकार ने जुलूस बन्द करवा दिया। इस पर लक्ष्मणस्वामी ने दुःखी होकर अपने प्राण त्याग दिये।" हरप्पा ने उसकी ओर देखा। रंगन्ना बोला, "हाँ सरकार ! लक्ष्मण-स्वामी गाँधी-जैसा था। तब से बड़े सरकार कभी हाथी या घोड़े पर सवार नहीं होते। मोटर-गाड़ी में बैठते हैं।"

हरप्पा वहाँ से चला जा रहा था। नौकर साथ-साथ चल रहा था। एक जगह पुरानी दीवार ढह गयी थी और पत्थरों का ढेर लगा हुआ था। उसके पीछे कोठी की दीवार मज़बूत थी। इन दोनों दीवारों के बीच एक विशाल मैदान दक्षिण से उत्तर तक फैला हुआ था, जिसकी लम्बाई आधे मील से कम नहीं होगी। इस मैदान में पुराने वक़्तों के राजकुमार घोड़े की सवारी, हाथियों को चलाना, शारीरिक व्यायाम तथा तलवार के करतब आदि सीखा करते थे। अब उस मैदान में कई विषैले नाग निवास कर रहे थे। हरप्पा ने मैदान की ओर देखा। रंगन्ना बोला, "सरकार ! अब हम वहाँ नहीं जा सकेंगे। उस मैदान में हज़ारों साँप हैं।"

हरप्पा वहाँ से लौटा और अपने कमरे में पहुँचा। वहाँ भोजन तैयार था। हरप्पा मांसाहारी नहीं था, केवल साग-भाजी खाता था। एकादशी को प्याज भी नहीं खाता था। उस दिन वह एक वक़्त उपवास भी करता था। इसका कारण न तो कोई उससे पूछता और न ही वह किसी को बताता। धर्माराव ने एक बार उससे कहा था कि बड़ी रानी एकादशी को उपवास किया करती थीं। हरप्पा के मन में दादी और माँ में कोई भेदभाव न था। यदि दादी उपवास करती थीं तो माँ भी अवश्य करती होंगी। इसी से उसने भी उपवास करना शुरू कर दिया था।

भोजन के बाद वह थोड़ी देर तक वहाँ टहलता, फिर दीये के पास बैठकर पढ़ता। भागवत, महाभारत, कृष्ण-कर्णामृत, आन्ध्र-नायक-शतक और कुछ अँग्रेज़ी के उपन्यास वह पढ़ा करता था। उसने कई बार धर्माराव से संस्कृत पढ़ाने का अनुरोध किया था। धर्माराव ने पढ़ाना शुरू भी किया था। लगभग डेढ़ पहर रात बीतने तक वह पढ़ता रहता। फिर लेट जाता, पर उसे नींद न आती। फिर वह सोचने लगता, 'न जाने मेरी माँ कैसी थी ! बचपन में मैंने उसे देखा था। पर अब कुछ याद नहीं। सम्भवतः वह शची देवी-सी थी। मुझ पर उसका असीम प्रेम था। कहते हैं कि मरते समय उसने

मुझे बुलाकर मेरे सिर पर ज़री की सफ़ेद पग[illegible]थी। मैं अब तक वैसी ही पगड़ी पहन रहा हूँ। दादी और माँ दोनों एक साथ क्यों मरी होंगी भला ? कोठी के पीछे का मैदान फिर से साफ़ कराऊँगा। घुड़सवारी, हाथी चलाना, तलवार-लाठी चलाना, आदि सीखूँगा। नहीं तो राजा अपने शत्रु से लोहा कैसे लेगा ? मेरी माँ बड़ी पतिव्रता थी। ऐसी पत्नी के मरते ही पता नहीं पिताजी ने दोबारा विवाह क्यों किया ? और विवाह भी कहाँ किया ? किसी को लाकर रख लिया। यह विवाह कैसे हो सकता है ?' इतने में हवा का एक झोंका आया और पास वाले सुपारी के पेड़ को सिहरा गया। हरप्पा सोचने लगा, 'कोठी में सारे वृक्ष जहाँ-तहाँ टूट गये हैं। सुनता हूँ कि पहले कोठी नन्दनवन-सी लगती थी। मैं बड़ा होकर फिर से इसे नन्दनवन बनाऊँगा। पुन्नाग के पत्तों के बीच में घुसकर हवा बड़ी मृदुता से चलती है। सुपारी के पेड़ों के बीच से बहते हुए मर्मर ध्वनि करती है। फल के वृक्षों पर दौड़ लगाती है। केले के पत्तों पर दौड़ती हुई उन्हें फाड़ देती है। मोतिया के मँड़वे पर से मेरे कमरे में आती है। मेरे ओढ़े हुए महीन दुपट्टे के भीतर घुसने का प्रयत्न करती है। मैं उसे घुसने नहीं देता। वह इधर-उधर छटपटाती है। फिर मेरा दुपट्टा हटा देती है। तब हम दोनों हँस पड़ते हैं और मित्रों की तरह गले मिलते हैं। जब मेरी माँ कोठी में टहलती थी तब ऐसा लगता था जैसे लक्ष्मी वैकुण्ठ में टहल रही है। वह अपने गले में प्रायः कई रत्नहार और माणिक्य आदि पहना करती थी। सफ़ेद रेशम की साड़ी पहनकर, कुंकुम का तिलक लगाये, सुगन्ध-द्रव्यों से सुवासित वह कैसी दीखती होगी ! अवश्य ही जगन्मोहिनी के अवतार-सी लगती होगी। वह महा-पतिव्रता समस्त पुण्य क्षेत्रों की भाँति पवित्र होगी।

> विशाला कल्याणी स्फुटरुचिरयोध्या कुवलयैः
> कृपाधारा धारा किमपि मधुरा भोगवतिका
> अवन्ती दृष्टिस्ते बहुनगर-निस्तार-विजया।

ऐसी थी मेरी माँ, जो महारानी बनकर अपने पालित प्रान्त पर इस प्रकार की उदार दृष्टि रखती थी। हम वेणुगोपाल स्वामी के धर्मकर्ता हैं। नागेश्वर स्वामी के भी धर्मकर्ता हैं। हमने ही उन सब देवताओं की प्रतिष्ठा की थी। हमारे ही किसी पूर्वज की भक्ति से प्रसन्न होकर उन देवताओं ने यहाँ निवास किया था। आज हम उनसे कह रहे हैं कि यहाँ से चलते बनो, पर वे कहाँ जाएँगे ? बेचारे अभी ही कल्याणोत्सवों के बन्द हो जाने से धूप-दीप-नैवेद्य आदि से वंचित होकर निस्तेज हो गये हैं। मेरी माता जीवित होती तो पिताजी आज का-सा व्यवहार न करते। कहते हैं कि माँ हर एकादशी को स्वामी के दर्शन करती थी और उपवास रखती थी। पिता जी अपनी इच्छा से उसके आराध्य भगवान् का ऐसा तिरस्कार करते ? नहीं। यह नागेश्वर राव भी अजीब है। उसे मूर्ति-पूजा पसन्द नहीं। वह केशव जी[1] का ध्यान करता है। कैसा

1. ब्रह्मसमाज के प्रवर्तक केशवचन्द्र सेन।

झमेला है ! मूर्ति का अर्थ केवल पत्थर से बनी हुई प्रतिमा है ? यदि मन-ही-मन हाथ-पाँव आदि अवयवों सहित आकृति की कल्पना कर ली जाए, तो क्या वह मूर्ति नहीं हुई ? कम-से-कम मूर्तियों में भगवान् का भाव तो होता है; उनके मानव-मात्र न होने का भान तो होता है। परन्तु केशव जी को मनुष्येतर कौन कहेगा ? उन्हें दिव्य शक्ति रखने वाला पुरुष कह सकते हैं; पर वे हैं तो मनुष्य ही न ? मूर्ति-पूजा में दोष क्या है ? यह तो उलटी खोपड़ियों का वितण्डावाद है। एक ने शुरू किया और सब लोग उछल-उछलकर उसका समर्थन करने लगे। धर्माराद जी मूर्तिपूजा के विषय में चर्चा करना चाहते हैं, पर करें किससे ? चर्चा के लिए कोई आ खड़ा हो तब न ? कुछ कहने जाओ तो कहते हैं कि अन्य धर्मों के प्रति द्वेष उत्पन्न कर रहे हो। हाँ, अलबत्ता हिन्दू धर्म की चाहे जो, चाहे जितनी, निन्दा करे, उसमें कोई दोष नहीं। अन्य सारे धर्म आकर हिन्दू धर्म को उखाड़ने की चेष्टा करें, तब भी ठीक है ! हमारे वेणुगोपाल स्वामी को आज मुट्ठी भर चावल नहीं मिल सकता। नागेश्वर स्वामी ही ठीक हैं; उन्हें भीख माँगने की आदत है। कहावत है कि ख़ुद बालिश्त भर नहीं और गले में ढोलक बाँध रखी है। यही दशा वेणुगोपाल स्वामी की है। ख़ुद का कोई ठिकाना नहीं, तिस पर एक देवदासी ले आये हैं। अब दोनों का भोजन कैसे चलेगा ? स्वामी के कल्याणोत्सव का क्या होगा ? एक बार उत्सव हो जाए, तब मैं मर भी जाऊँ तो कोई हर्ज़ नहीं।''

इतने में भोर होने लगी। कुक्कुटों की बाँग सुन पड़ी तो ऐसा लगा कि भगवान् के विवाह के समय विचित्र स्वर में आरती-गीत गाया जा रहा है। पूर्व दिशा में मुरझाती चाँदनी और तीखी होती उषा की किरणें एक-दूसरे से मिलकर दुःख और आनन्द के मेल का स्मरण करा रही थीं। मुर्ग़े लोगों को जगा रहे थे, पर हरप्पा की आँख लग गयी थी। कोई नहीं जागा। आज मुर्ग़े की बाँग भी पचीस बरस पुरानी पड़ गयी है। उसे कोई नहीं सुनता। शास्त्रीय विषय की भाँति वह अब केवल विश्वास रखने वालों के विश्वास का विषय रह गयी है। अब लोग दिन के दस बजे भी जाग जाएँ तो काफ़ी है। तो फिर यह पागल मुर्ग़ा दिन के दस बजे ही लोगों को क्यों नहीं जगाता ? क्यों अब भी अपने पुराने समय पर बाँग देता है, जबकि उसे कोई नहीं सुनता ? कब वह अपनी बाँग का समय बदलेगा ?

रंगाराव छत पर सोये थे। लेकिन उनकी आँख नहीं लग रही थी और न ही वे पूरी तरह जागे थे। एक बार आँखें मुँदतीं, फिर कुछ दिखाई देता और आँखें खुल जातीं। उन्होंने आँखें मूँद लीं। सरोजनी आकर उनके चरणों के पास खड़ी हो गयी। उसके गले में साँप था। कंगनों के रूप में साँप थे, कानों में कुण्डलों के रूप में साँप थे। एक बड़े लम्बे साँप को उसने पगड़ी की तरह सिर पर बाँध रखा था। रंगाराव ने आँखें खोलीं। कोई नहीं था। फिर सोचते हुए उन्होंने आँखें मूँद लीं। इस बार वेणुगोपाल स्वामी दीख पड़े। उनके माथे पर तिरुचूर्ण का तिलक था। कण्ठ में हलाहल था। गले में साँपों के हार थे। उन हार-रूपी साँपों के नीचे चिन्तामणि भी था। स्वामी पीताम्बर

पहने थे। पीताम्बर के ऊपर एक साँप को दुपट्टे की तरह कस रखा था। वह वेणुगोपाल-स्वामी की मूर्ति थी या हरिहरनाथ की ? या आधी इनकी और आधी उनकी ? ऐसी तो कोई मूर्ति नहीं है। रंगाराव ने फिर आँखें खोलीं। शिव के जटा-भाग से कलकल-छलछल बहती मन्दाकिनी के हँसते फेन में तथा चन्द्रकला से विनिर्गत मधुर ज्योत्सना की बाढ़ में सारा आकाश श्वेत दीख पड़ा। मेघ भी सफ़ेद साँपों की भाँति टेढ़े-मेढ़े थे। ये शिव के जटा-भाग में अलंकरणार्थ पहनाये हुए सर्प थे। रंगाराव सोचने लगे, 'नागेश्वर राव ने मुझे इतना समझाया, फिर भी पूर्ववासना मेरे मन को नहीं छोड़ती। दस वर्ष से मैं नये मार्ग पर चल रहा हूँ। फिर भी ये स्वप्न मुझे नहीं छोड़ते। विलायत गया था, तब भी ये स्वप्न आये थे। मद्रास में घुड़दौड़ के समय भी आये थे। अब सुब्बन्नापेठ में कोठी की छत पर सोया हुआ हूँ, तो भी वे ही सपने आ धमके हैं। इन सपनों से मेरा क्या प्रयोजन है ? ये आते ही क्यों हैं ?' रंगाराव ने आँखें मूँद लीं। थोड़ी-थोड़ी नींद आने लगी। केशव जी दूर बैठे थे। उनके गले में, सिर, हाथों में, कमर में, सर्वत्र साँप ही साँप दीख रहे थे। केशव जी गुणातीत थे, सच्चे ब्रह्मस्वरूप थे। तब उन्हें इन साँपों ने क्यों घेर लिया होगा ? उनके पास नागेश्वर राव खड़े थे। सारे साँप नागेश्वर राव को डस रहे थे। दंश के कारण नागेश्वर राव की काया टेढ़ी-मेढ़ी हो रही थी। रंगाराव ने आँखें खोलीं। हवा नहीं चल रही थी। जहाँ वे सोये थे वहाँ छत सुपारी के पेड़ों और आम के वृक्षों से भी ऊँची थी। रंगाराव ने उन वृक्षों की ओर देखा। उनके पत्ते हिल रहे थे। तो क्या निचले भाग में हवा चल रही है ? और यहाँ नहीं है ? रंगाराव की आँख लग गयी। फिर उनका पुत्र हरप्पा दिखाई दिया। उसके सारे शरीर पर प्रिय बान्धवों की भाँति साँप रेंग रहे थे। वह साँपों को चूम रहा था। साँप उसके कुरते की जेब में घुसकर फिर बाहर आ रहे थे। रंगाराव ने फिर देखा, हरप्पा सँपेरा बनकर साँपों के आगे बीन बजा रहा था।

फिर रात भर रंगाराव की आँख नहीं लगी।

तेरह

जोशी फिर मंगम्मा के साथ गृहस्थी बसाकर रहने लगा था। लोगों ने उसके मुँह पर थूका। रामेश्वरम् ने उसे धमकाया, "गड़बड़ मचाओगे तो नौकरी से हटा दिये जाओगे। डी. ई. ओ. से कहकर ऐसा बन्दोबस्त करूँगा कि जीते-जी फिर तुम्हें कोई नौकरी न मिले। चुप रहोगे तो तुम्हारे वेतन के अतिरिक्त प्रतिमास पचास रुपये अधिक मिलेंगे।" जोशी सोचने लगा, जब तक तन में प्राण है, भूख के निवारण के लिए भोजन तो करना ही होगा। नौकरी छूट जाएगी तो भिक्षाटन के अतिरिक्त और कोई उपाय नहीं। आत्महत्या के लिए मन नहीं मानता और फिर जब तक मेरा शत्रु जीवित है, मैं मरकर

किससे बदला लूँगा ? मेरा शत्रु मुझसे बलवान है। उसे नीचा तो नहीं दिखा सकता, फिर भी प्रयत्न करूँगा।

उसने रामेश्वरम् की बात मान ली। पति-पत्नी दोनों उसी पुराने घर में रहने लगे। लोक-लाज को उसने तिलांजलि दे दी। वह जानता था कि सब लोग उसे देखकर हँस रहे हैं, पर उसे इसकी परवाह नहीं थी। वह सदैव बाहर के चबूतरे पर सोता, सवेरे उठकर स्नान करता, थोड़ा-सा जप करके ख़ुद रसोई बनाकर खाता और फिर स्कूल चला जाता। वहाँ वह कोई काम न करता, लेकिन उसे कोई पूछने वाला न था। शाम को घर आता। रात का खाना उसने बन्द कर दिया था। चबूतरे पर लेटे-लेटे रात भर विचित्र कल्पनाओं में निमग्न रहता। कई-कई उपाय सोचकर रामेश्वरम् को सज़ा देता। कल्पना में अपनी पत्नी को तलवार से काटकर उसके टुकड़े-टुकड़े करता और कौवों को खिलाता। कभी-कभी रामेश्वरम् को वह ख़ुद फाँसी पर लटका देता। भीम ने दुर्योधन के मस्तक पर जिस प्रकार लात लगायी थी, उसी प्रकार वह रामेश्वरम् के सिर पर लात लगाता और कभी उसके शरीर में अपनी कल्पना के खंजर गड़ा-गड़ाकर उसे छलनी बना देता। फिर वैरागी बनकर हिमालय में तपस्या करने चला जाता। कभी पागलों की तरह इधर-उधर घूमता रहता। लड़के उसे कंकरों से मारते....इतने में भोर हो जाती। रात भर उसे नींद न आती थी। सवेरे उठकर वह स्नान करने जाता। उसे अपने प्राण निस्सार प्रतीत होते। कभी-कभी वह अपने साथ के किसी अध्यापक के घर चला जाता और वहीं भोजन करता। किसी से बोलता न था। स्कूल में कुरसी पर बैठा-बैठा सो जाता। एक बार रामेश्वरम् जाँच के लिए आया। जोशी सो रहा था। किसी ने उसे जगाया। जोशी ने रामेश्वरम् को देखा और फिर आँखें मूँदकर सो गया। रामेश्वरम् ने घर जाकर उसके नाम नोटिस भेजा। नोटिस में लिखा था :

"तुम ठीक नहीं पढ़ा रहे हो। जब मैं स्कूल का निरीक्षण करने आया, तब तुम कुरसी से उठे तक नहीं। लगातार सोते रहे। यह उचित नहीं। इस सम्बन्ध में तुम्हारा क्या जवाब है ?"

रामेश्वरम् जोशी के नाम नोटिस न भेजता, पर दूसरे अध्यापकों के सम्मुख यह सब हुआ था, अतः रामेश्वरम् ने चुप रहना ठीक नहीं समझा। उसने सोचा था कि जोशी अब उसकी मुट्ठी में है और उसका कहा मानेगा। नोटिस भेजने का उद्देश्य जोशी को सज़ा देना नहीं था। रामेश्वरम् की दृष्टि में यह नोटिस भी उसकी शृंगार लीलाओं में से एक था। उसकी अपेक्षा थी कि नोटिस पाकर जोशी चुप रहेगा। लेकिन ऐसा नहीं हुआ। नोटिस पढ़कर जोशी आगबबूला हो गया। उसने जवाब में लिखा :

"प्रिय रामेश्वरम् जी,

आपका पत्र मिला। जब से स्कूल खुला है, मैं कोई काम नहीं कर रहा हूँ। दिन भर सोता रहता हूँ। यदि मैं अपने कर्त्तव्य का पालन करता तो मेरी पत्नी के लिए आपकी रखैल बनकर रहने का कोई कारण न रहता। यह सब आपके हुक्म से ही

हो रहा है। आपके और मेरे बीच एक इकरार है—मेरी स्त्री से आप अपना सम्बन्ध बनाये रखें और मैं उसके साथ एक ही घर में रहने के बदले में अपने वेतन के अतिरिक्त पचास रुपये माहवार पाया करूँ। इसलिए कृपा करके आप मुझे नोटिस आदि न भेजा करें।

आपका सपत्नीक,
जोशी।''

यह पत्र लिखकर जोशी ने स्कूल के चपरासी से कहा, ''यह पत्र पहले सभी मास्टरों को दिखाना फिर प्रेसिडेण्ट के पास ले जाना।'' उस पत्र को पढ़कर कुछ अध्यापकों ने जोशी को निरा नपुंसक ठहराया, अविवेकी समझा। औरों ने कहा, ''देखा उसके मन में दुःख की कैसी ज्वाला धधक रही है !'' कुछ और लोगों ने कहा, ''थोड़े दिनों में रामेश्वरम् और जोशी, इन दोनों में-से किसी एक की शामत आने वाली है।''

रामेश्वरम् ने पत्र पढ़ा। अन्य अध्यापकों द्वारा पत्र का पढ़ा जाना भी उसे ज्ञात हो गया। क्रोध से उसकी आँखें लाल हो गयीं। उसने कभी नहीं सोचा कि जोशी के मन में प्रतिकार की इतनी तीव्र भावना है। वह तो यही सोचता था कि यह निकम्मा ब्राह्मण मेरा क्या कर लेगा ? अब उसकी आँखें खुल गयीं। कहावत है, छोटे साँप को भी बड़ी लाठी से मारना चाहिए। अब चुप रहना ठीक नहीं।

दो-तीन दिन बाद रात को घर के चबूतरे पर लेटा हुआ जोशी सहसा कुछ सोचकर उठा और घर के भीतर चला गया। दो महीने से बाहर का दरवाज़ा खुला रखा जाता था। उसने भीतर जाकर देखा। मंगम्मा सो रही थी। उसने उसे जगाया। मंगम्मा आश्चर्य से उसकी ओर ताकने लगी।

जोशी, ''देखो, मैं आठ-दस दिन के भीतर मर जाऊँगा। तुम्हें यह बताने का उद्‌देश्य यह नहीं कि तुम दुःखी होगी। तुम तो गिर ही चुकी हो। मेरे मरने के बाद ब्राह्मण-विधवा की तरह रहने की ज़रूरत क्या है ? तुम्हें एक उपाय बताता हूँ। जैसा कहूँ, वैसा ही करना। रामेश्वरम् की जायदाद उसके गाँव में है। उसका अपने भाइयों से बँटवारा नहीं हुआ है। अतः उसने तुम्हारे नाम कुछ लिख भी दिया हो तो उसका कोई मूल्य नहीं। एक बरस के बाद उसकी प्रेसिडेण्टगिरी जाती रहेगी। फिर वह देगा क्या और तुम लोगी क्या ? मैं तो बाहर चबूतरे पर सोने लगा हूँ। अब यह बात किसी से छिपी नहीं रही, सो दिन को ही क्यों, रात को भी उसे यहाँ आने को कहो। उससे कहो—सिनेमा के दोनों शो की आमदनी रोज़ की रोज़ तुम्हें लाकर दे। उसके पास से जितना पैसा बन पड़े, इन आठ महीनों में समेट लो। उसे अपनी मुट्ठी में करने के उपाय भी तुम्हें सीखने होंगे। पुरुषों के वशीकरण में सिद्धहस्त एक दासी है, जो ज़मींदार के नौकरों के मुहल्ले में रहती है। वह कल से तुम्हारे पास आकर तुम्हें सब कुछ सिखाएगी। मैंने ही यह प्रबन्ध किया है। रामेश्वरम् को अन्त में भिखारी बनाकर छोड़ना होगा। यह सब मैं तुम्हारे लिए ही कर रहा हूँ, अपना बदला चुकाने के लिए नहीं।

मेरा बदला यों नहीं चुकेगा। मैं मर जाऊँगा, तब तुम्हारे या मेरे परिवार वाले तुम्हें श्राद्ध-कर्म में बुलाएँगे। तुम्हें ब्राह्मण-विधवा बनाना चाहेंगे। उनका कहा मानकर ब्राह्मणत्व का सर्वनाश न करना। उस काम के लिए बहुत स्त्रियाँ हैं। रामेश्वरम् से कहना कि तुम्हें ले जाकर कहीं रखे। मेरा कहना मानोगी तो इन आठ महीनों में तुम्हारे पास दस-बारह हज़ार रुपये जमा हो जाएँगे। उसके बाद इस निर्लज्ज संसार में तुम जितनी चाहो मनमानी कर सकोगी। आखिर रामेश्वरम् की मनमानी इसीलिए तो चल सकी कि वह धनवान है। सो उसको मूँडकर तुम धन इकट्ठा कर लो। भगवान् की सृष्टि में वही अकेला पुरुष नहीं है। एक बार तुम्हारे पास धन इकट्ठा हो जाए, तब आगे क्या-क्या करना चाहिए, तुम्हें ख़ुद सूझने लगेगा। रामेश्वरम् की तरह तुम भी प्रेसिडेण्ट बन सकती हो। मेरी बातों को अच्छी तरह गाँठ बाँध लो। कहीं कोई भूल न कर बैठना। यह न समझो कि ये सब निकम्मी बातें हैं। यदि मेरी बातें रामेश्वरम् से कहकर मुझे सज़ा दिलवाना चाहो, तो दस दिन बाद कहना। पहले मुझे वचन दो कि मेरी बातें रामेश्वरम् से न कहोगी। यदि कहना भी चाहो तो कम-से-कम दस दिन तक न कहोगी।" यह कहकर उसने अपना हाथ फैलाया। मंगम्मा ने कुछ देर तक सोचकर जोशी के हाथ में हाथ डालकर वचन दिया। उसके अपवित्र स्पर्श से जोशी को ऐसा लगा जैसे उसके शरीर को किसी विषैले द्रव्य में डुबोकर उसमें सूइयाँ चुभोयी जा रही हैं। अब तक वह पागल-सा बोलता रहा था। मंगम्मा से वचन लेकर वह बाहर चबूतरे पर जा बैठा। सो जाने की उसे इच्छा न हुई। वह सोचने लगा, मंगम्मा क्या मेरा कहा मानेगी ? माने या न माने, मुझे क्या ?

अमावस की रात थी। जोशी गाँव के बाज़ारों में घूमने लगा। सोचा उधर मन्दिर की तरफ जाऊँ या इधर सिनेमा की तरफ़ ? अन्त में दोनों रास्ते छोड़कर वह पश्चिम की ओर चल पड़ा। कोठी की सड़क पर आकर वहीं से मुड़ गया और दक्षिणी दीवार के साथ-साथ चलने लगा। दाहिनी ओर लगभग एक मील तक दीवार चली गयी थी। लगता था कोई बड़ा भूत उसके साथ-साथ चला आ रहा है। बायीं ओर वेश्याओं की बस्ती थी। रात के दो बज रहे थे। एक-दो कुत्ते जोशी को देखकर भौंकने लगे। कुछ दूर जाकर उसका पाँव किसी वस्तु पर पड़ा। वह चौंक उठा। कहीं साँप तो नहीं था ? फिर दो क़दम चलकर सोचने लगा, इस घबराहट का क्या कारण है, रामेश्वरम् ने प्रेसिडेण्ट बनने के बाद इस मुहल्ले के छोर पर बँगला बनवाया था। उसे आशा थी कि नगरपालिका के चुनाव में कबीर को हराकर इस मुहल्ले से वह ख़ुद सदस्य चुना जाएगा। यह उसके जीवन की बड़ी आकांक्षा थी। जोशी उसके नये बँगले के सामने जा खड़ा हुआ। उसके मन में लाखों-करोड़ों विचार आ-जा रहे थे। हैमलेट के मन में जिस प्रकार विचारों का तूफ़ान उठा था, उसी प्रकार जोशी के मन में भी उठ रहा था। वे सब निरर्थक विचार उसके हृदय को खाये जा रहे थे, जैसे लोहे को जंग खा जाता है। कोठी के घड़ियाल में चार बजे। जोशी रेलवे स्टेशन जा पहुँचा। उस समय

आने या जाने वाली कोई गाड़ी न थी। स्टेशन गाँव से दूर बीहड़ ज़मीन के बीचोंबीच खड़ा था, किसी एकाकी तथा निस्सहाय व्यक्ति-सा। जोशी भीतर गया। दरवाज़ा बन्द था। वहाँ कोई नहीं था। जिस प्रकार किसी आत्मीय बन्धु का सहारा लिया जाता है, उसी प्रकार जोशी स्टेशन की दीवार का सहारा लेकर कुछ देर तक वहीं खड़ा रहा। आकाश में तारे झिलमिला रहे थे और अपने साँसों की गति का अनुभव उसे हो रहा था। शेष सारा संसार निश्चेतन लगता था। इतने में पूर्व में उषा की लाली दीख पड़ी। जोशी को उजाला अखरने लगा। वह चमगादड़ की तरह किसी दूर के जंगल में छिप जाना चाहता था; परन्तु उसके सारे मानवी अवयव उसकी राह में बाधा डाल रहे थे। उसके प्राण खड़े-खड़े क्यों नहीं उड़ जाते ? बीमारी क्यों आए ? क्यों किसी को सूली पर लटकाया जाए ? कोई रेल गाड़ी के नीचे क्यों कटे ? तलवार की धार या बन्दूक की गोली की आवश्यकता क्यों हो ?....जोशी शरीर से जीवित था, पर मन से मर चुका था। उसके प्राण पागल की तरह इधर-उधर भटक रहे थे।

चार दिन तक जोशी कहीं दिखाई न दिया। पाँचवें दिन साँझ को रामेश्वरम् सिनेमा की तरफ़ जा रहा था। सामने से हाथ में कुछ लिये जोशी आता दीख पड़ा। उसके कपड़े मैले थे और बाल पागलों की तरह बिखरे हुए। दो महीने से वह रात को उपवास करता आया था। चार दिन से एकदम भूखा था। इसी से उसकी काया इधर-उधर डोल रही थी। रामेश्वरम् के साथ तालुका बोर्ड के तीन सदस्य और सिनेमा हॉल के तीन गुण्डे भी आ रहे थे। उसके निकट आते ही जोशी ने कपड़े की ओट से सहसा एक छुरी निकाली और रामेश्वरम् को भोंकने दौड़ा। पर वह इतना अशक्त हो चुका था कि ख़ुद ही पछाड़ खाकर गिर पड़ा। तीनों गुण्डे उस पर टूट पड़े। दूसरे लोगों ने उसे छुड़ाया। वह पहले ही अधमरा हो रहा था। अब गुण्डों की मार से एकदम निष्प्राण-सा हो गया। रामेश्वरम् घबरा गया। लोगों ने पानी लाकर जोशी के मुँह पर छिड़का। एक घण्टे के बाद उसे होश आया और वह उठकर धीरे-धीरे चल दिया। कुछ लोगों ने उसे धमकाया, कुछ उसे देखकर हँसने लगे। कुछ लोगों ने उसके ऊपर पत्थर फेंके। एक हट्टे-कट्टे आदमी ने उसके रास्ते में अपनी टाँग अड़ा दी। जोशी ठोकर खाकर मुँह के बल गिर पड़ा। उसकी नाक से लहू बह चला। सारे मुख पर जहाँ-तहाँ चमड़ी उधड़ गयी। अँधेरे में किसी ने उसका रक्त नहीं देखा। तब ज्यों-त्यों उठकर चलने लगा। आधी रात तक उसका मन मानो पाताल-लोक में और भू-लोक में भ्रमण करता रहा। गुण्डेरु नदी का पुल पार करके वह अँधेरे में जा रहा था कि उसके सिर पर डण्डे की मार पड़ी। उसके प्राण तो लगभग जा ही चुके थे, इस मार से उसका शरीर भी ढेर हो गया। घटाघोप अँधेरे से घिरी वह काल-रात्रि उस आघात को प्रतिध्वनित करने का साहस न कर सकी और एक धीमी-सी आवाज़ के साथ भय और स्तब्धता में विलीन हो गयी।

धर्माराव घर लौटा। शरत्-काल था। चाँदनी छिटकी थी। बाहर हलका-सा जाड़ा

लग रहा था। लोग आधी रात तक बाहर सोते और फिर भीतर चले जाते। अरुन्धती ने बाहर सेज बिछायी। बाहर वाली दीवार कई जगह से ढह गयी थी। उसे फिर बनवाने के लिए धर्माराव के पास पैसे नहीं थे। इसी से जो घर पहले कोठी जैसा लगता था, वह अब बेपरदा हो गया।

अरुन्धती बोली, "बाहर की दीवार गिर गयी है। उसकी मरम्मत क्यों नहीं करवाते ?"

धर्माराव, "सरकार ने अनुमति नहीं दी।"

अरुन्धती, "मैं अपने घर की बात कहती हूँ।"

धर्माराव, "मैं भी किसी पराये घर की बात नहीं कह रहा हूँ।"

धर्माराव कुछ पढ़ रहा था।

अरुन्धती बोली, "मैं कुछ कहूँ तो आप बिगड़ तो नहीं जाएँगे ?"

धर्माराव चुप रहा।

अरुन्धती फिर बोली, "कोई पुस्तक इतनी भी अच्छी होती होगी !"

धर्माराव हँस पड़ा।

अरुन्धती, "इसका मतलब है कि यह पुस्तक इतनी अच्छी नहीं है !"

धर्माराव, "इस पुस्तक में कुछ व्याख्यान हैं। इसके लेखक आन्ध्र के डिकेन्स कहे जाते हैं। इसी से मैं इन्हें पढ़ना चाहता था। अँग्रेज़ी में 'पिकविक् पेपर्स' नामक अत्यन्त रम्य रचनाएँ हैं। कहा जाता है कि ये व्याख्यान उन्हीं के अनुकरण में लिखे गये हैं। पर जब मैं पढ़ने लगा तो दोनों में कोई साम्य दिखाई नहीं दिया। बार-बार एक ही बात को दोहराकर जान खाये जाता है। मुहावरे में कोई ढंग नहीं। छोटे वाक्यों द्वारा गम्भीर अर्थ प्रकट करने की जो शक्ति एक महान् रचयिता में होनी चाहिए, वह इसमें नहीं है। कोई शैली नहीं, बकवास बहुत है। शब्द-प्रयोग में भी कोई सुन्दरता नहीं।"

अरुन्धती, "आपको ख़ुश करना बड़ा कठिन है।"

धर्माराव, "मेरे मामा की लड़की के लिए भी कठिन है ?"

दूसरे दिन धर्माराव सैर करके लौट रहा था कि रास्ते में श्यामला दिखाई पड़ी। बोली, "हमारे घर चलिएगा ?" इसी तरह पहले भी उसने कई बार धर्माराव को बुलाया था, पर धर्माराव कभी नहीं गया था। उस दिन वह उसके घर चला गया। श्यामला और उसकी माँ पंकजम्मा ने उसकी बड़ी आवभगत की। इधर-उधर की बातें चलती रहीं। इतने में कुमारस्वामी आया। वह धर्माराव को नमस्कार करके बैठ गया। श्यामला और कुमारस्वामी एक ही खाट पर बैठे थे।

कुमारस्वामी, "मास्टर जी, आप ख़ूब तेलुगु पढ़ाएँ।"

धर्माराव, "तुम्हें पढ़ाऊँ ?"

कुमारस्वामी बोला, "मुझे नहीं।" और फिर हँसकर श्यामला की ओर संकेत किया।

पंकजम्मा कहने लगी, "देखिए ! अभी से कितनी दिलचस्पी पैदा हो गयी है !"

धर्माराव ने कहा, "यह कामदेव बड़ा दुष्ट है।"

कुमारस्वामी का कण्ठ-स्वर बड़ा मीठा था। वह थोड़ी देर गाता रहा। श्यामला ने बीन लाकर उस पर दो कृतियाँ[1] बजायीं।

इस पर कुमारस्वामी कहने लगा, "यह दिखाना चाहती है कि मुझसे अधिक संगीत इसी को आता है। मैंने अपना बखान किया था भला ?"

श्यामला लजाकर कहने लगी, "नहीं, नहीं जी, मेरा उद्देश्य वह नहीं है।"

धर्माराव घर लौटा। वह मन में सोच रहा था, 'यह भी ठीक है। स्त्री और पुरुष की दृष्टि से देखने पर इसमें कोई दोष नहीं। सब कुछ बड़ा सुन्दर लगता है।'

अरुन्धती खाना परोस रही थी। धर्माराव कहने लगा, "क्या मैंने तुम्हें पसन्द करके तुमसे ब्याह रचाया था ? मेरे बचपन में जब मैं एकदम अनजान था, मेरे पिता ने तुम्हें मेरे गले बाँध दिया। मैं ख़ुद पसन्द करता तो तुमसे भी अधिक सुन्दर, अधिक पढ़ी-लिखी किसी लड़की से ब्याह करता।"

अरुन्धती, "उसी बात पर टिके रहिए। इतनी शर्तें लगाने पर कई पुरुष कुँवारे ही रह जाते हैं। परसों आप ने ही तो कहा था कि जरमनी में जनसंख्या बढ़ाने के लिए ब्याह करना प्रत्येक व्यक्ति के लिए कानून द्वारा अनिवार्य बनाया गया है !"

धर्माराव, "जनसंख्या की वृद्धि का क्या मतलब है ?"

अरुन्धती कुछ न बोली।

धर्माराव ने कहा, "थोड़ा-सा साग और चाहिए।"

अरुन्धती बोली, "सारा साग आपके एक ही दाँत तले समाप्त हो चुका है।"

धर्माराव ने एक विलासपूर्ण चितवन फेंकी। अरुन्धती अजीब ढंग से लजा गयी।

धर्माराव, "साग थोड़ा है, पर बड़ा स्वादिष्ट है।"

अरुन्धती, "आप शायद खो-से गये हैं।"

धर्माराव, "मैं सदैव अनुकूल हूँ।"

अरुन्धती, "कन्हैया की हवा तो आपको नहीं लगी ?"

धर्माराव, "हमारे कन्हैया का सारा जीवन हेमवती के प्रणय में समा गया है।"

अरुन्धती, "चटनी दूँ ?"

धर्माराव, "दोगी या बनाओगी ?"

अरुन्धती, "आज ठण्डी हवा नहीं चल रही है।"

धर्माराव, "फिर भी जो व्यक्ति जिन बातों से उद्दीपित होता है, उनसे वह उद्दीपित हो ही जाता है। आज मेरी प्रकृति कुछ उद्दीपित हो उठी है।"

अरुन्धती, "अभिलाषा को बढ़ाना हो तो विषय का बखान नहीं करना चाहिए।"

---

1. त्यागराज के पदों को 'कृतियाँ' कहते हैं।

धर्माराव, "ऐसी बात है ? तुम्हें पसन्द नहीं है तो मैं कोई बखान नहीं करूँगा।"

बिखेरे हुए मोतिया के फूलों की भाँति, खुले हुए श्वेत वस्त्रों की तहों की भाँति, विकसित प्रणय-जीवन की भाँति, कामदेव के धनुष की डोर से निकले हुए चमकते कल्हार-पुष्प की भाँति, स्निग्ध ज्योत्स्ना की सरिता चहुँ ओर बह रही थी। उस चाँदनी में कोमल ध्वनि तथा मनोज्ञ सुगन्ध से मिश्रित कान्ति विद्यमान थी। ज्योत्स्ना देवी वायु में निहित परिमल से गर्भवती हुई।

शरत्काल समाप्त हुआ और हेमन्त आया। सूर्यास्त से कुछ देर पहले ही कुहरा पड़ने लगता और सूर्योदय के कुछ देर बाद तक पड़ता रहता। पश्चिम के निर्वात गगन में फैला हुआ कुहरा ऐसा लगता था मानो कोई धुएँ का वृक्ष आकाश में बँधा हो, या वहाँ अमृत-रूपी धान्य की फ़सल हुई हो और उस धान्य की ओसाई हो रही हो ....इस प्रकार तुषार बरस रहा था। चारों दिशाओं की सतियाँ झीना घूँघट काढ़कर परदा करने वाली रनिवास की स्त्रियों जैसी लगने लगीं। नदी-नाले धीरे-धीरे सूख गये। हरियाली पर दोपहर के समय चलने से भी पाँव भीग रहे थे। खेतों में चलना कठिन हो गया था। धान के खेत में लम्बे पत्ते हिम-बिन्दुओं से भीगकर मेड़ों पर चलने वालों को स्पर्श करते हुए ठण्डे-ठण्डे लग रहे थे। कमल के पत्तों पर बरसे हुए हिम-बिन्दु प्रभात में चने के दाने जैसे लगते थे। जैसे-जैसे धूप चढ़ती गयी उनका परिमाण घटता हुआ क्रमशः उड़द के दाने के समान, फिर मूँग के दाने के समान, फिर तिल के दाने के समान और अन्त में किसी-किसी मणि के चूर्ण में चमकते कणों की भाँति दीखने लगा। एक ओर कड़ी धूप पड़ती थी, दूसरी ओर आसपास के पत्तों से गिरती हुई ओस क़ी बूँदें कपड़ों को भिगो देती थीं। शरीर को गरमी नहीं लगती थी। प्राणों को ठण्डक का अनुभव होता था। फिर भी धूप से सिर तप जाता था। यही हेमन्त की धूप का लक्षण है। सारी रात निर्मल और स्वच्छ दीख पड़ती। परन्तु सन्ध्या होते-होते दीपावली की अमावस को चारों ओर फैलने वाले धुएँ की भाँति जहाँ-तहाँ कुहरा बड़े-बड़े टुकड़ों में जम जाता था। भोर होती, पर सूर्योदय के दर्शन न होते। एक पहर दिन चढ़ने के बाद कहीं दूर बादलों को प्रकाशित करता हुआ, आँखों को चौंधियाता हुआ सूर्य-बिम्ब यकायक निकल पड़ता और धूप बरसाने लगता। अन्य ऋतुओं में दोपहर की धूप इतनी नहीं तपती। प्रातःकाल से धीरे-धीरे बढ़ने वाली धूप की गरमी हमारे शरीर में धीरे-धीरे गरमी बढ़ाती है। परन्तु हेमन्त में दिन चढ़ने के बाद यकायक प्रकट होने वाले सूर्य की तीक्ष्णता अत्यन्त कष्टकर होती है। शिशिर का आना और अँगीठियों का जलना लगभग साथ-साथ होता है। गाँव के बच्चों को कहीं घास-फूस मिली और उसी को जलाकर उन्होंने अपने शरीर तापने शुरू किये। सुब्बन्नापेठ अब शहर बन गया था। फिर भी पुरानी बस्ती में गाँव के लक्षण ज्यों के त्यों थे। गाँव भले ही बड़ा हो गया और बदल गया, पर लोगों में शहर के लक्षण पूरी तरह नहीं आये। पहले गाँव वाले अनाड़ी और भोले-भाले थे, बाद में आकर बसने वाले बड़े चतुर। हवा में शीतलता

आ गयी थी और लोगों के ओढ़े हुए लिहाफ़ों के भीतर तक जाड़ा घुसना चाहता था। दुपट्टा ओढ़कर आँगन में जाते ही सारा दुपट्टा ठण्डा हो जाता। एक दिन बड़ी देर तक सूर्य के दर्शन नहीं हुए। आकाश का केवल मेघों से आच्छादित होना ही दुर्दिन का लक्षण नहीं, हिम से आच्छादित होना भी हो सकता है। राष्ट्रीय महाविद्यालय का प्रशासन बहुत ख़राब हो चला था। कारकुन भी अध्यापकों पर हुक्म चलाने लगे थे। महाविद्यालय के ऊपर से धर्माराव की आस्था दिन पर दिन उठती जा रही थी। उसने कभी अपने कर्त्तव्य के पालन में आनाकानी नहीं की थी। लेकिन एक दिन बिना छुट्टी लिये ही घर बैठकर सुस्ताता रहा।

शाम को उसके एक छात्र सीतापति ने आकर सिनेमा चलने का प्रस्ताव किया। धर्माराव बोला, "उसे मुफ़्त में पैसा क्यों दें ? दुष्टों को दिया हुआ पैसा अन्त में दुष्ट परिणाम लाता है।" पर सीतापति ने एक न मानी। आख़िर दोनों सिनेमा पहुँचे। धर्माराव को रामेश्वरम् ने देख लिया। धर्माराव कभी सिनेमा नहीं जाता था। रामेश्वरम् सोचने लगा कि धीरे-धीरे किसी का भी मन पलट जाता है। खेल शुरू हुआ। फ़िल्म का नाम था : प्रलय कान्ति। उसमें एक ज़मींदार को मार डाला गया था। ज़मींदार का बेटा लन्दन गया हुआ था। चाचा ने उसके लौट आने में बाधा डाली। छोटा ज़मींदार एक अँग्रेज़ स्त्री को ब्याह लाया। उस स्त्री ने आकर गवर्नर और गवर्नर जनरल से सिफ़ारिश करके अपने पति की ज़मींदारी वापस दिला दी। फ़िल्म में उस स्त्री को बहुत चतुर और ज़मींदार को एकदम बुद्धू दिखाया गया था। कहानी में कोई संगति नहीं थी। वेशभूषा में कोई औचित्य नहीं था। कथोपकथन और मार-पीट, दोनों में जंगली जानवरों की-सी क्रूरता थी। सभ्यता तो कहीं नाम को भी नहीं। मुम्बई के फ़िल्म कम्पनी वालों पर धन की लालसा का भूत सवार था। उनकी प्यास का ठिकाना न था। फ़िल्म देखने वाले अपना पैसा पानी की तरह बहा रहे थे, और इस प्रकार पतन के जिस मार्ग पर वे अग्रसर हो रहे थे उसे पहचान तक नहीं पाते थे। होटल और सिनेमा एक जैसे हैं। एक का सम्बन्ध शरीर के स्वास्थ्य से है और दूसरे का मानसिक स्वास्थ्य से। स्वदेशी फ़िल्मों से दुष्टता का प्रचार हो रहा था। अमेरिका और इंग्लैण्ड से भी फ़िल्में आती थीं। उनमें कहानी चाहे जैसी हो, अभिनय में औचित्य अवश्य होता था। जो पहले ही मूर्ख होता, वह मुम्बई की फ़िल्में देखकर महामूर्ख बन जाता। इन फ़िल्म कम्पनियों में निरक्षर और संस्कृतिहीन लोग बड़ी संख्या में अभिनय करते थे। कम्पनी वाले उचित-अनुचित का विचार किये बिना लोगों का मन आकर्षित करने के लिए अश्लील अभिनय तथा उत्तेजक कहानी का आश्रय लेते थे। कुछ लोग अशिक्षित होने पर भी जन्म से ही अच्छे अभिनेता होते हैं। उनमें यह कौशल विगत संस्कारों के कारण आप से आप आ जाता है। परन्तु उन दिनों सारे अभिनेता फ़िल्मों की नक़ल करने लगे थे और अपनी रही-सही संस्कारजन्य कला का सर्वनाश कर रहे थे। अभिनय में भावोद्रेक को गागर में सागर की तरह भरना चाहिए। हाथ आदि अवयवों को यों ही इधर-उधर

ज़ोर-ज़ोर से हिलाने में केवल कुरुचि उत्पन्न होती है। जिस प्रकार सभ्य मनुष्य अपनी बोल-चाल में एक प्रकार की नियमबद्धता दर्शाता है, उसी प्रकार अभिनय में भी होना चाहिए। परन्तु कहावत है कि बच्चे को पढ़ाने लगे तो उसकी रही-सही मति भी जाती रही।

इसी प्रकार मुम्बई की फ़िल्म-कम्पनियों का दौर-दौरा शुरू हुआ तो देश में सच्ची नाट्य-कला एकदम मर गयी। आन्ध्र में पिछले दिनों जगह-जगह महान् नट विद्यमान थे। हर बड़े शहर में नाट्य-कला में निपुण लोग पर्याप्त संख्या में मिल जाते थे। परन्तु इधर बीस बरस से देश में नाट्य-कला विद्रूप हो चली थी। शेक्सपियर के नाटकों को पढ़ना ही उस विद्रूपता का कारण था। ओथेलो, किंग लियर, मैकबेथ, हैमलेट आदि नाटकों के प्रति लोगों की श्रद्धा बढ़ती जा रही थी। 'नाटक रचना हो तो ऐसी हो। मानसिक प्रलय तथा उद्वेग का चित्र प्रस्तुत करना ही नाटक-रचना की सच्ची कला का द्योतक है और उस प्रलय तथा उद्वेग का कुशल अभिनय नाट्य-कला की पराकाष्ठा।' इसी प्रकार के नये-नये विचार चल पड़े थे। हमारे नाटकों में भी धीरे-धीरे ऐसे ही पात्रों और अभिनय का समावेश होने लगा। उन पात्रों और उनके अभिनय में हमारे परम्परागत विनय तथा शील की मात्रा नहीं के बराबर रह गयी। शकुन्तला नाटक में शकुन्तला का स्मरण हो आने पर दुष्यन्त के मन में उन्माद की-सी स्थिति उत्पन्न होती है। उसकी अभिव्यक्ति के लिए रसाल-पल्लव को देखकर राजा कहता है, "मेरे मन से वह अँधेरा हट गया है, जिसने मुनि-पुत्री के प्रणय की स्मृति को रोक रखा था। मदन निर्दयी बनकर धनुष पर आम्र-शर चढ़ा रहा है।" बस इतना ही उन्माद था। यह सोचकर कि उन्माद बढ़ेगा, माढव्य कहता है, "ठहरो, कन्दर्प के रोग को डण्डे के प्रयोग से सुधार दूँगा।" यह कहता हुआ वह लाठी से उस पल्लव पर प्रहार करना चाहता है। राजा हँस पड़ते हैं। इस सन्निवेश में महाकवि ने उन्माद को अधिक बढ़ने नहीं दिया। 'विक्रमोर्वशीय' में सम्राट् पुरुष का उन्माद बढ़ जाता है। लियर और हैमलेट के उन्माद से पुरुष की तुलना करने पर कालिदास की कला का वैशिष्ट्य स्पष्ट हो जाता है। यह कहा जा सकता है कि कारणों की भिन्नता से उन्माद के प्रकार में भी भिन्नता आ गयी है। लेकिन पाश्चात्य कला जहाँ सहारा में चलने वाले रेतीले तूफ़ान की तरह झपटकर मनुष्य की प्रकृति का उन्मूलन करना चाहती है, वहाँ भारतीय कला भारतीय धर्म की ही भाँति इन्द्रियों को संयमित और भावोद्रेक को समाज की मर्यादाओं के अनुसार नियन्त्रित करती है, उस भावोद्रेक की आन्तरिक उत्कटता को प्रकट करके भी बाहरी उन्माद को सीमित रखती है। कला अंगारों पर उछलने वाले किसी बन्दर की तरह नहीं होती, मस्त हाथी जैसी होती है। मस्ती जितनी बढ़ेगी, आनबान भी उतनी ही बढ़नी चाहिए, निश्चलता बढ़नी चाहिए, आन्तरिक शक्ति बढ़नी चाहिए।

सारे लोग बड़े शौक़ और तन्मयता से सिनेमा देख रहे थे। धर्माराव और सीतापति बेज़ार होकर बाहर आये।

संक्रान्ति के दिन आये और साथ ही दिसम्बर की छुट्टियाँ। छुट्टियाँ एक महीने की थीं। धर्माराव के दो जग थे। एक जग में सम्पूर्ण मूक-भाव था, दूसरे में अनियत वाग्-व्यापार। एक जग दिव्य था, दूसरा लौकिक। लौकिक में भी अति लौकिक। एक जग पुनीत था तो दूसरा इन्द्रियों से पराभूत। दिव्य से लौकिक में आना जितना कठिन है, लौकिक से दिव्य में जाना भी उतना ही कठिन होता है। छुट्टियाँ आतीं तो धर्माराव के एक जग में गणाचारी, देवदासी, हरिया और अरुन्धती के दर्शन होते थे। छुट्टियाँ समाप्त होते ही उस जग में महाविद्यालय आदि आ डटते थे। गणाचारी कभी अपना घर छोड़कर न जाती थी—अड़ोस-पड़ोस में भी नहीं। लेकिन इधर कुछ समय से वह पड़ोसियों के यहाँ जाने लगी। पहले उसके मुख को देखने से ऐसा लगता था मानो काले मेघों से आच्छादित दिशा हो, सघन लता गुल्मों से पटी वन-सीमा हो, चट्टानों से भरा निर्जन पर्वत-प्रदेश हो, अब उसका मुख कुछ अनोखा दीखने लगा। पहले परिहास से वह एकदम अपरिचित थी, पर इन दिनों वह कभी-कभी गिरिका से परिहास करने लगी थी। सिर के बालों को पहले वह कभी नहीं सँवारती थी, पर इधर कुछ दिनों से वह उन्हें भी सँवारने लगी थी। पड़ोस के घरों में उसका जाना-आना हो गया था। एक रात धर्माराव ने एक सपना देखा—सुब्बन्नापेठ अपने स्थान से उठकर आकाश-मार्ग में उड़ा जा रहा है। गणाचारी और धर्माराव दोनों उसमें हैं। मन्दिर, हरिया, अरुन्धती आदि अन्य सब लोग पहले के अपने-अपने स्थान पर रह गये। धर्माराव ने पूछा, "मैं तो इस गाँव के साथ-साथ जा रहा हूँ। क्या तुम भी आ रही हो ?" गणाचारी ने हँसकर सुब्बन्नापेठ के पुराने स्थान की ओर संकेत किया। वहाँ भी गणाचारी उपस्थित थी। धर्माराव विस्मित होकर अपने पास वाली गणाचारी को देखने लगा पर वहाँ कोई न था....धर्माराव की नींद खुल गयी। पास में अरुन्धती सो रही थी। उसकी पलकें पके हुए अछूते चम्पक की पंखुड़ियों की भाँति झुकी हुई थीं। पलकों के छोर पर रोमराजि केवड़े के पत्ते के छोर पर रहने वाले पतले काँटों की याद दिलाती थी। धर्माराव सोचने लगा—इतने वर्ष बीत गये, सहस्रों बार मैंने इसे देखा है, पर अब भी इसके एक-एक अंग को देखकर तन्मय क्यों हो जाता हूँ ? अरुन्धती का एक हाथ धर्माराव के ऊपर टिका था। गहरी नींद में भी इतना प्रेम किसलिए भला ? उसने धीरे से उसे हटाना चाहा, परन्तु नींद में भी अरुन्धती ने अपना हाथ नहीं हटने दिया। जाग्रत अवस्था में जो विषयगत भाव रूढ़ हो जाता है, वही भाव नींद में भी न जाने क्यों टिका रहता है। धर्माराव सोच रहा था—मेरा मन अरुन्धती में अनुरक्त है या नहीं ? यदि है तो यह निर्मम विचार क्यों ? यदि नहीं है तो फिर उस भाव का टिका रहना क्यों ? बीच-बीच में वह अपने बारे में विचार करने लगता। सोचता, मुझ जैसा मिथ्यायोगी कोई नहीं। किन्तु रास्ता भटककर भी मन योग ही का अनुसरण कर रहा है।

फिर वह हरिया के बारे में सोचने लगा। हरिया धान के खेतों में क्यों नहीं जाता ? कई बार वह ख़ुद उन खेतों में गया था। उनमें चलना तो अच्छा लगता है, पर कहीं

बैठना सम्भव नहीं। प्राचीन संस्कृत साहित्य में देवमातृकाओं से भी नदी-मातृकाओं को अधिक सम्मान क्यों दिया गया होगा भला ? भारवि ने कहा था कि उन मातृकाओं का विकास दुर्योधन ने किया था। वह ध्वनित हो रहा था कि दुर्योधन की सभ्यता कृत्रिम है। धान की फ़सल पर धन-देवी नाचती रहती है। दुराशा की उसमें प्रबलता होती है। सारे रोगों का उससे निकट का नाता है। अपने बचपन में मैंने कभी तपेदिक का नाम नहीं सुना था। आज जिधर देखो, वही रोग फैला हुआ है। डॉक्टरों को उसकी चिकित्सा मालूम नहीं। मिलों के चावल के कारण प्राणों पर आ बनी है। चावल खाने वालों की आयु क्षीण होती जाती है। ग़रीबों को धान की कुटाई की मजूरी नहीं मिलती। एक बोरा धान चार ग़रीब व्यक्ति कूटते हैं। उस दिन के लिए चारों के खाने का प्रबन्ध हो जाता है। पैसा लगाकर चावल का मिल खड़ा करने वाला साहूकार सैकड़ों ग़रीबों के मुँह का कौर छीनकर गाँठ का पूरा बन जाता है। यह सब लूटमार वह क्यों करता होगा भला ? क्या इसलिए कि वह स्वयं भूखा है ? नहीं-नहीं, वह तो अधिक धनार्जन की आशा में ही ऐसा करता है। हाय, इस धन से लोग करते भी क्या हैं ? केवल कुरीतियों की वृद्धि। निन्यानवे व्यक्तियों को निर्धन बनाकर एक व्यक्ति धनवान बनता है। बँगले बनाता है। मोटरगाड़ियाँ ख़रीदता है। कुत्तों के बच्चे ख़रीदता है। सच पूछो तो मोटरगाड़ी के लिए किया गया ख़र्च किसी वेश्या को रुपये देने से भी बुरा है। उस रुपये से कम-से-कम एक निर्धन स्त्री को आजीविका तो मिलती है। लेकिन मोटरगाड़ी के लिए ख़र्च किया गया सारा धन अमेरिका के फोर्ड, रॉक-फेलर आदि करोड़पतियों को मिलता है। यह कैसा न्याय है ?

सहसा धर्माराव की विचार-शृंखला टूट गयी और वह अपने ऊपर हँसने लगा : वाह, मैं घर बैठकर कहाँ-कहाँ की बातें सोच रहा हूँ....

धर्माराव ने अरुन्धती की ओर देखा। वह करवटें बदल रही थी। इस प्रक्रिया में उसका जीव जागृति के आँचल को छूकर स्मृति-रूप बन गया और उस अस्पष्ट स्पर्श में वह पति से सट गयी। फिर उसका जीव स्मृति के आँचल से दूर चला गया। धर्माराव तन्द्रिल अवस्था में लेटा था—न पूरी तरह सोया हुआ, न पूरी तरह जागा हुआ। जाड़े में शरीर पर पड़ी चादर हटाने की इच्छा नहीं होती। धर्माराव के मन में समाया हुआ एक विचित्र संस्कार जाड़े में ओढ़ी गयी चादर के समान हट नहीं पाता था। विचारों की भीड़-सी लगी थी : देवदासी बहुत दूर निकल गयी थी। हरप्पा की आयु सत्रह-अठारह वर्ष हो चली थी, लेकिन जवान होकर भी पिता के रहते हरप्पा को अधिकार कहाँ से प्राप्त होंगे ? हाँ, इकलौता लड़का ठहरा, इसलिए अगर वह कुछ मनमानी करे तो पिता क्या कर लेंगे ? लोग कह रहे थे कि हरप्पा का ब्याह हो जाना चाहिए। ब्याह किस लिए ? हरप्पा कोई फ़िज़ूल-ख़र्च करने वाला न था। फिर उसके पिता क्यों उसे मना करेंगे ? देवदासी कई युगों से जीवित है। वास्तव में उसे इतने दीर्घ काल तक जीवित नहीं रहना चाहिए था। हरप्पा स्वभाव से शर्मीला है। न जाने और कितना समय

लगेगा....

अरुन्धती की नींद खुली। उसने कहा, "आपको नींद नहीं आ रही है ?" इतना कहकर वह फिर सो गयी। धर्माराव के मन में फिर विचार-चक्र चलने लगा। क्या यह फण और दस बरस तक रहेगा ? एक बरस तो बीत चुका है। शायद दस बरस तक बरस का हिसाब भी अन्दाज़ का ही होगा। अरुन्धती के गाल कुछ सूख-से गये हैं। दो-तीन दिन से ख़ाना भी नहीं खा रही है। मेरी माँ कुछ कह रही थी। क्या यह सत्य है....यह सोचता-सोचता धर्माराव एक नये ढंग का व्यक्ति बन गया। उसने निद्रामग्न अरुन्धती को हृदय से लगा लिया। अरुन्धती जाग पड़ी। जागृति के साथ-साथ उसके मुख पर मन्दहास झलक पड़ा। धर्माराव मन-ही-मन अपने सौभाग्य पर फूला न समाया था। वह कहने लगा, "तुम...." फिर बीच में ही रुक गया। उसका आशय समझकर अरुन्धती लजा गयी। तनिक हँस पड़ी और अपना सिर पति के वक्षस्थल पर टिका दिया। कृष्णपक्ष की दसवीं रात थी। चन्द्रोदय आधी रात के उपरान्त हुआ था। जिस कमरे में वे सोये थे उसकी पूर्वी दीवार में खिड़की थी। तेल समाप्त होने के कारण लालटेन बुझ गयी थी। पूरब में केवल लाल चन्द्र-बिम्ब दीख रहा था। वह बिम्ब आधे और तीन-चौथाई के बीच तक घट गया था, मुरझा-सा गया था और कटे हुए लाल कमल-सा लगता था। वह लाल-लाल अँधेरा ऐसा लगता था, मानो अभी-अभी रजस्वला-स्नान करके कोई स्त्री बिना गहनों के निकली हो। वह लाल अँधेरा खिड़की तक आकर फटे और मैले कपड़े पहनी हुई भिखारिन की भाँति भीतर झाँकने लगा। कमरे में चारों ओर अँधेरा था और उस धुँधले-से प्रकाश का ही थोड़ा अंश कमरे के भीतर पहुँच रहा था। उसके कारण ही कमरा सुन्दर दीखता था। उस क्षीण चाँदनी में अरुन्धती के गले का चन्द्रहार चमक रहा था। उसके अतिरिक्त और किसी वस्तु में चमक नहीं थी। धर्माराव सोचने लगा—बड़ी रानी स्वर्ग-विहार कर रही हैं। उनका देहान्त हुए छह बरस बीत गये। इस चन्द्रहार की भाँति उनके यश का कोई चिह्न नहीं रहा। लोगों ने सरोजिनी देवी को ही भुला दिया तो फिर बड़ी रानी को भुला देने में क्या आश्चर्य है ! समझ में नहीं आता कि बड़ी रानी की आत्मा के प्रति अपनी कृतज्ञता किस प्रकार प्रदर्शित करूँ ? शायद एक ही उपाय है। वेणुगोपाल स्वामी का कल्याणोत्सव सम्पन्न कराकर। वह कार्य हो जाए, तो सबकी मनोकामना पूर्ण होगी।...

इतने में भोर हो चली। हेमन्त काल था। संक्रान्ति के दिन थे, अतएव वैष्णव भक्त जिय्यर[1] कुछ गाता बाज़ार से गुज़र रहा था। उसका स्वर अत्यन्त मधुर था और भगवान् को जगा रहा था। कैसी महिमा थी उस कण्ठ-स्वर की ! उसने कितने ही पद गाये। एक-एक पद का एक-एक ढंग था। हर पद की निराली शैया थी। पद के

---

1. आन्ध्र के मकर संक्रान्ति के दिनों, सिर पर कुम्हड़े की आकृति का ताम्र-पात्र रखकर बड़े तड़के भगवान् का भजन गाते हुए गाँव में भिक्षाटन करने वाले वैष्णव लोग।

अन्तर्गत जो भाव था उसी के अनुसार शब्द तथा संगीत की बन्दिश थी। धर्माराव गत सोलह वर्ष से इस जिय्यर के भक्तिसिक्त पद चुनता आया था। जिय्यर बूढ़ा हो चला था। और कितने बरस जीवित रहेगा ? शायद वह कभी का मर चुका है; ज्यों-त्यों करके प्राणों का बोझ ढोता आ रहा है। जब जिय्यर मर जाएगा, तब संक्रान्ति की शोभा भी समाप्त हो जाएगी। लड़कियाँ सयानी होकर ससुराल चली जाएँगी, तो संक्रान्ति के समय गोबर के छोटे-छाटे-लौंदे[1] आँगन में कौन लगाएगा ? ऐसा लगता है कि हमारे त्यौहार भी देवताओं के साथ-साथ अदृश्य होते जा रहे हैं।"

पूर्व दिशा में भोर की सफ़ेदी ऐसी लगती थी, मानो दूर क्षितिज पर गउएँ चर रही हों। चन्द्रमा खिड़की से दीख नहीं पड़ता था; केवल उषा-सुन्दरी दीख रही थी। यह उषा किस बात का चिह्न है ? यह चिह्न है अनन्तकाल का। काल-पुरुष की देह में उषा अर्ध भाग है। अल्प विकारों का उषा से क्या सम्बन्ध....

धीरे-धीरे कौओं की काँव-काँव शुरू हुई। बाज़ारों में लोग चलने लगे। अरुन्धती जाग उठी और यह समझकर कि पतिदेव सो रहे हैं, अपनी साड़ी ठीक कर अँगुलियों से बाल सँवारती हुई धीरे-धीरे कमरे से बाहर निकल गयी। पक्षियों का कलरव बढ़ा। धर्माराव यों ही आँखें खोलकर लेटा हुआ था। सूर्योदय हुआ चाहता था। कमरे में उजाला हो गया। अब और कहा नींद आएगी ? धर्माराव ने उठकर स्नान किया।

अरुन्धती के ससुराल आने के बाद धर्माराव उसे छोड़कर केवल एक-दो बार आ पाया था। पिछले दिनों जब वह अपने मित्र पशुपति के घर गया था, तभी उसके लौटने में विलम्ब हुआ था और उसे अरुन्धती की जली-कटी सुननी पड़ी थी। सचमुच अरुन्धती के लिए माता-पिता, भाई-बहन—सब कुछ अकेला धर्माराव था। शेष बन्धु-बान्धवों पर उसका जितना प्रेम था, उससे कहीं अधिक अकेले धर्माराव पर था। पति को छोड़कर वह क्षण भर भी नहीं रह सकती थी। जब वह महाविद्यालय जाता, तब अरुन्धती उसके नाम का जप करती हुई राह देखती रहती। जब वह देर से घर लौटता, तो उलाहना देकर कहती, "चलो, आज घर का पता तो मिल गया। ख़ुशी की बात है।" इस पर धर्माराव उत्तर देता, "नहीं, नहीं, अब तो आठों पहर बैठकर तुम्हें ही निहारता रहूँगा।" अरुन्धती कहती, "मुझे भी एकाध नौकरी दिला दीजिए, फिर आपके न आने से मुझे कोई भय न होगा।" धर्माराव जवाब देता, "घबराओ नहीं, वे दिन भी आ जाएँगे।"

सुब्बन्नापेठ के थाने कलकत्ता पुलिस कार्यालय से एक खुफ़िया तार प्राप्त हुआ था। उस तार के बारे में किसी को मालूम न था। पुलिस के कर्मचारी कई टुकड़ियों में घूम रहे थे। इसके एक महीने बाद एक दिन सवेरे ज़मींदार के परिचारकों के मुहल्ले

---

1. आन्ध्र में मकर संक्रान्ति के एक मास पूर्व से घर की छोटी कन्याएँ, गोबर के गोल लौंदे बना कर उन्हें कुम्हड़े और तुरई के फूलों से सजा कर हल्दी और चावल के चूर्ण की रंगवल्लियों से अलंकृत आँगनों में रखती हैं, जिन्हें तेलुगु में 'गोब्बिल्लु' कहते हैं।

में एक पुराने मकान पर पुलिस ने धावा बोल दिया। चारों तरफ़ से मकान को घेर लिया गया। इंस्पेक्टर ने भीतर जाकर जाँच-पड़ताल की। वहाँ चौदह वर्ष का एक बालक और जाली नोट तैयार करने का यन्त्र, रंग, काग़ज़ आदि था। सारा सामान पुलिस-स्टेशन लाया गया। उस बालक को गिरफ़्तार किया गया। वह मकान एक बनिये का था। पुलिस ने उसे पकड़ लिया। पर वह बेचारा कहने लगा, "हजूर, मैं कुछ नहीं जानता। मैंने तो केवल मकान किराये पर दे रखा था।" पुलिस ने पूछा, "किसे दिया था ?" बनिया बोला, "माय-बाप, मैं उस आदमी को पहचानता हूँ। वह सिनेमा कम्पनी में रहता है। वह आ जाए तो मैं दिखा दूँगा।" पुलिस उस बनिये को लेकर सिनेमाघर पहुँची। बनिये ने एक व्यक्ति की निशानदेही की। वह व्यक्ति काला था। घने बाल थे। व्यायाम से उसका शरीर बलिष्ठ बना था। चेहरे पर चेचक के दाग थे। उसका नाम था चलपति। वह बड़ा गुण्डा था। हॉल में खड़ा होकर, "ख़ामोश !" कहता, तो सारे लोग चुप हो जाते थे। एक बार उसने सिनेमा हॉल में एक व्यक्ति को सिगरेट पीते देखा। वह व्यक्ति किसी दूसरे गाँव का था। चलपति दूर से चिल्लाया, "सिगरेट फेंक दो।" वह व्यक्ति चलपति से परिचित नहीं था, अतएव उसने सिगरेट नहीं फेंकी। फिर क्या था ? दूसरे ही क्षण उसके गाल पर तमाचा गूँज उठा। वहाँ सबके सब भद्र पुरुष बैठे थे, पर किसी ने चूँ नहीं की। फ़रियाद करनी हो, तो गवाही नहीं मिलती थी। सिनेमा-हॉल में हुकूमत लार्ड रीडिंग की नहीं, चलपति की थी। उसके नाम से सारा गाँव काँपता था। आज पुलिस ने उसे गिरफ़्तार कर लिया। पुलिस स्टेशन में गुण्डापन नहीं चलता। दस सिपाहियों के हाथ उस पर बारी-बारी से चलने लगे। मांस के एक-एक टुकड़े से हृदय का सम्बन्ध होता है। मांस पर आघात होता है, तो मानो हृदय बाहर निकल पड़ता है। आख़िर इस मरम्मत के फलस्वरूप उसने रामेश्वरम् का रहस्य उगल दिया। उसी शाम को रामेश्वरम् गिरफ़्तार कर लिया गया। जिनके पास जाली नोट थे, या रहने की सम्भावना थी, अथवा उस मकान के आस-पास जो लोग आते-जाते थे ऐसे कोई पचास व्यक्ति जेल में बन्द कर दिये गये। जो तमिल प्रान्त का व्यक्ति नोट छापता था वह भी पकड़ा गया। वह व्यक्ति पहले टकसाल में काम करता था। वहाँ की नौकरी छोड़कर उसने यहाँ जाली नोट छापने का धन्धा शुरू किया था। उसका नाम था आरमुग़म।

इन जाली नोटों का पता सबसे पहले कलकत्ते में लगा। रामेश्वरम् के सिनेमा का एक कर्मचारी दस हज़ार के नोट लेकर कलकत्ता पहुँचा और एक साहूकार के पास उन नोटों का विनिमय करना चाहा। साहूकार को कुछ सन्देह हुआ और उसने उस व्यक्ति को पकड़कर उसकी अच्छी मरम्मत की। धीरे-धीरे सुब्बन्नापेठ का सारा षड्यन्त्र सामने आ गया।

रामेश्वरम् और चलपति की जेल-यात्रा से कई लोगों को भगवान् के अस्तित्व पर विश्वास हो गया। ज़मींदार साहब की ज़मानत पर रामेश्वरम् को छोड़ दिया गया। परन्तु

चलपति को छुड़ाने के लिए कोई ज़ामिन नहीं मिला। उसका ज़ामिन तो स्वयं रामेश्वरम् था, परन्तु रामेश्वरम् ने तरह-तरह के हीले-हवाले करके चलपति को ज़मानत पर छुड़ाना टाल दिया। मद्रास से बड़े-बड़े वकीलों को ले आया और सुब्बन्नापेठ के मजिस्ट्रेट को ख़बर भेजी कि ये मुक़दमा ख़ारिज कर दोगे तो बीस हज़ार रुपये मिलेंगे। मजिस्ट्रेट रामेश्वरम् की सारी करतूत जानता था। अतएव उसने न केवल उसका प्रस्ताव ठुकरा दिया बल्कि साफ़ कहा कि फिर मेरे द्वार पर आओगे तो गोली से उड़ा दूँगा। रामेश्वरम् के देखते-देखते सारी स्थितियाँ बदल गयी थीं। उसके क्रोध का कोई परिणाम नहीं हो रहा था। उधर चलपति के सन्देशे आने लगे कि मुझे भी ज़मानत पर छुड़वा दो, मैं तुम्हारी पूरी सहायता करूँगा। परन्तु रामेश्वरम् को ऐसा लगा कि उसका सारा अधिकार और सारा असर समाप्त हो गया है। उसने सोचा था कि लोग उससे बेहद प्रेम करते हैं, उसका आदर करते हैं। परन्तु अब उसे पता चला कि लोगों का व्यवहार निरा नाटक था, ढोंग था। वास्तव में लोग उससे घृणा करते थे, उनके मन में उसके प्रति द्वेष और तिरस्कार का भाव था।

एक दिन रामेश्वरम् मंगम्मा के घर गया। उसका घर सिनेमा के दूसरी ओर दो-तीन मोहल्लों के अन्त में था। वहाँ से गुण्डेरु नाला निकट पड़ता था। मंगम्मा अब वह पुरानी मंगम्मा नहीं रह गयी थी। एक वर्ष के भीतर ही वैदिक ब्राह्मण परिवार के उसके सारे पुराने लक्षण जाते रहे थे और वह अत्यन्त व्यवहारकुशल तथा निर्भीक बन चुकी थी। स्त्री और संसार के बीच पति एक पर्दा होता है। वह पर्दा हटा कि स्त्री की लोकज्ञता उसके लिए कामधेनु बन जाती है। फिर वह संसार में जितना दूध चाहे दुह ले।

रामेश्वरम् ने मंगम्मा से कहा, "मुझे चार सौ रुपये चाहिए।"

मंगम्मा, "मेरे पास कहाँ हैं ?"

रामेश्वरम्, "दस दिन में सिनेमा से आये हुए बारह सौ रुपये तुमने क्या किये ?"

मंगम्मा, "वह रुपये मेरे हैं या आपके ? वे तो बैंक में रखे हैं।"

रामेश्वरम्, "बैंक से निकाल लो।"

मंगम्मा, "याद है, आपने वे रुपये मेरे नाम क्यों जमा कराये थे ? क्या इसी उद्देश्य से नहीं कि आप पर कोई आफ़त आ जाए तो वे सुरक्षित रहें ? अब अगर वे रुपये ख़र्च हों तो फिर उन्हें मेरे नाम पर जमा कराने का प्रयोजन ही क्या रहा ? अपने ही नाम पर जमा करवा देते।"

रामेश्वरम्, "सारी जायदाद, बँगला और सिनेमा तुम्हारे नाम अवश्य लिख दिया था, पर रुपये की बात और है। जब कभी ज़रूरत पड़े, रुपये का उपयोग होना ही चाहिए। अब मुझे वकीलों को देने के लिए रुपये चाहिए। कई और ख़र्च निकल आये हैं। कम-से-कम चार सौ लगेंगे।"

मंगम्मा, "इस वक़्त तो बैंक बन्द रहता है, कल ग्यारह बजे खुलेगा।"

रामेश्वरम्, "अब तुम्हारे पास कुछ भी नहीं है ?"

मंगम्मा, "पूरा डेढ़ आना है।"

रामेश्वरम् चला गया। मंगम्मा की हर बात उसे कुछ विपरीत-सी लग रही थी। उसके मन में सहसा एक सन्देह उत्पन्न हुआ। परन्तु दूसरे क्षण उसने सोचा, नहीं-नहीं, मंगम्मा बेचारी मुझ ही को अपना सर्वस्व मानती है। वह ऐसा काम कभी नहीं करेगी। दूसरे दिन बारह बजे रामेश्वरम् मंगम्मा के घर जा पहुँचा। वहाँ द्वार पर ताला लगा था। रामेश्वरम् ने सोचा, शायद मंगम्मा बैंक गयी हुई है। पर वह तो स्वयं कभी बैंक नहीं जाती थी। साधारणतया रामेश्वरम् ही जाया करता था। शायद आज ख़ुद गयी हो। यह सोचकर रामेश्वरम् भी बैंक जा पहुँचा। वहाँ कोई नहीं था। लौटकर उसने पड़ोसियों से पूछताछ की। एक पड़ोसी ने कहा, "किसी ज़रूरी काम से विजयवाड़ा गयी है। दो-तीन दिन में लौटेगी। आपसे कहने को कहा है।" सिनेमा बन्द पड़ा था। फ़िल्म वाले को पैसा देना पड़ता था। अतएव आये हुए फ़िल्म रेलवे स्टेशन में पड़े थे। उन्हें छुड़ाने वाला कोई न था। बन्द सिनेमा से पैसा किस तरह आता ? सिनेमा चलाने वाले लोगों में से कई तो जेल में बन्द थे।

रामेश्वरम् की कोशिश थी कि मुक़दमे की सारी ज़िम्मेदारी चलपति पर थोपी जाए और चलपति अभागा समझ रहा था कि रामेश्वरम् उसे छुड़ाने का प्रयत्न कर रहा है। पुलिस अब चौकन्नी हो गयी थी। जिस पर भी सन्देह होता, उसे पकड़ने पर तुली थी। वकील कानूनी बारीक़ियों की छानबीन में लगे थे। एक-एक बारीक़ी की क़ीमत एक-एक हज़ार थी। रामेश्वरम् काफ़ी पैसा कमा चुका था। वह सारा पैसा और किस काम आता ? दस जनवरी को अपराधी पकड़ा गया था। दस फरवरी को तहक़ीक़ात होने वाली थी।

रामेश्वरम् का मुक़दमा पेश होने के चार-पाँच दिन पहले मंगम्मा वकील साहब के पास गयी। उसने पूछा, "रामेश्वरम् को सज़ा होगी या नहीं ?" वकील ने कहा, "सज़ा से एकदम बचाना तो भगवान् के लिए भी असम्भव है। सारी बातों का ठीक-ठीक सबूत मिल जाएगा। यदि चलपति रामेश्वरम् के समान बड़ा आदमी होता तो सारी ज़िम्मेदारी उस पर आ पड़ती। तब शायद रामेश्वरम् बच सकता था। परन्तु अब उसका बचना मुश्किल है।" उसी दिन मंगम्मा दोपहर को बैंक गयी और उसके नाम जितने रुपये जमा थे, सबके सब निकाल लिये। फिर वह विजयवाड़ा जा पहुँची। रामेश्वरम् की जायदाद पहले ही उसके नाम पर लिखी जा चुकी थी। मंगम्मा कहाँ गयी और कब गयी, इसका किसी को पता न चला। इसके दो-चार दिन बाद रामेश्वरम् सुब्बन्नापेठ आ पहुँचा और मंगम्मा का कोई समाचार न पाकर, उसके घर पर लगा हुआ ताला तोड़ दिया। घर में घुसकर उसने मंगम्मा के गहने आदि हथियाने चाहे। परन्तु वहाँ कुछ भी न था। काग़ज़ों का सन्दूक, गहनों का सन्दूक, साड़ियों का बक्सा ये तीनों के तीनों ग़ायब थे। केवल बर्तन-भाँड़े, गद्दियाँ, पलँग आदि ज्यों के त्यों पड़े थे।

रामेश्वरम् ने सोचा था कि सब कुछ मिल जाएगा। पर कुछ नहीं मिला। मुक़दमे की तारीख़ आयी। अदालत में लोग बहुत बड़ी संख्या में आ जुटे। गवाही लेने में एक महीना लगा। उस दिन रामेश्वरम् की गवाही हुई। उसकी हर बात ऊटपटाँग लगती थी। उसकी हर बात से उसका अपराध स्पष्ट हो रहा था। ऐसे मुक़दमे में तहक़ीक़ात पूरी करने में साधारणतया तीन-चार महीने लग जाते हैं। परन्तु रामेश्वरम् की दुष्टता से मजिस्ट्रेट पहले ही आग-बबूला हो गया था। इसी से उसने सारी तहक़ीक़ात एक महीने में समाप्त कर डाली। पग-पग पर रामेश्वरम् की समझ में आने लगा कि उसकी हुल्लड़बाज़ी के फलस्वरूप सारा संसार उसका शत्रु बन गया है। जब तक अधिकार हाथ में होता है, किसी की समझ में नहीं आता कि लोग उसे क्या कहते होंगे। परन्तु जग की रीत है कि जो करनी हम हँसते-हँसते करते हैं, उसका फल रोते-रोते भोगना पड़ता है। मजिस्ट्रेट ने भी बाक़ी सारे मुलज़िमों को छोड़कर केवल रामेश्वरम् और चलपति को सेशन कोर्ट में कमिट किया। उसी दिन शाम को वे दोनों मछलीपट्टनम पहुँचाये गये।

मछलीपट्टनम में रामेश्वरम् को ज़मानत पर छुड़ाने के लिए ज़मींदार रंगाराव जी ने आकाश-पाताल एक किया। ज़िले के जज एक गोरे साहब थे। वे इस प्रकार के जाली नोटों के कई मुक़दमों की तहक़ीक़ात कर चुके थे और इस अपराध को अत्यन्त निन्दनीय मानते थे। उनकी राय थी कि ऐसे मुक़दमों में कड़ी से कड़ी सज़ा देनी चाहिए। फिर इस मुक़दमे की यह स्थिति थी कि पचास आदमी गिरफ़्तार हुए और उनमें से अड़तालीस को मजिस्ट्रेट ने ही रिहा कर दिया था। ले-देकर कुल दो मुलज़िम सेशन कोर्ट में कमिट किये गये थे। अतएव ज़मींदार साहब के सारे प्रयत्न विफल हुए।

जिले की अदालत में मुक़दमा पहुँचने के उपरान्त रामेश्वरम् को धीरे-धीरे आटे-दाल का भाव मालूम पड़ा। उसकी समझ में आ गया कि अब सज़ा से कोई छुटकारा नहीं। उसने ज़ेल में बैठकर अपनी सारी करतूतों को मन-ही-मन दोहराया। एक दिन शाम को सारे मुलज़िम अपने-अपने कमरों में बन्द किये गये। कमरे में एक ओर एक गज़ चौड़ी दीवार थी। दीवार पत्थर की थी और उस पर सीमेण्ट पोत दिया गया था। भीतर कुछ नहीं दीखता था। कमरे में तीन तरफ़ दीवारें थीं और चौथी तरफ़ मोटे-मोटे सीखचों का फाटक था। उन सीखचों के बीच से ही थोड़ा-बहुत उजाला या अँधेरा दीखता था। उस धुँधले उजाले या अँधेरे के अनुसार सूर्योदय तथा सूर्यास्त जाने जा सकते थे। सूर्योदय के लगभग एक घण्टे बाद यहाँ कुछ धुँधला-सा उजाला दीख पड़ता था। सूर्यास्त से एक घण्टा पहले ही अँधेरा हो जाता था। इसके बाद फिर उजाला कहीं देखने को न मिलता। रात को जाँच-पड़ताल के लिए लालटेन हाथ में लेकर एक सिपाही आता। उस लालटेन के साथ-साथ धुँधले उजाले की अपेक्षा अधिक भयानक दीखने वाली उसके पाँवों की लम्बी-लम्बी परछाइयाँ होतीं। थोड़ी देर में परछाइयाँ अन्तर्धान हो जातीं और फिर अकेलापन और घटाटोप अँधेरा बचा रहता। रामेश्वरम् मन-ही-मन तर्क करने

लगा—तीन बरस के मज़े का कितना भयानक परिणाम हुआ ! इन तीन सालों में मैंने कितना कुछ कमाया ! बँगला बनवाया। सिनेमा-हाल बनवाया। ख़ाली जगह इतनी है कि उसे बेचने पर कम-से-कम दस हज़ार रुपये अवश्य आएँगे। बँगला बनवाने में दस हज़ार लग गये। दस हज़ार नक़द भी जमा हो गये। मैंने ग़रीब कारकुनों और अध्यापकों के मुँह का कौर छीना। सफ़र-ख़र्च के झूठे बिल बनाये। हर काम के ठेके में पैसा ऐंठा। इसी से इतना सब कमाया। पत्नी नहीं, सन्तान नहीं। अकेली मंगम्मा है, सो वह भी एक महीना पहले ही आँखों से ओझल हो गयी है। उसे अपना हितचिन्तक मानकर सारी जायदाद उसके नाम लिख दी। उसका पति मर गया। तब भी मैंने उसका सिर नहीं मुँडवाया। अब उसी ने मेरा सिर मूँड दिया है। वह पहले बड़ी भोली-भाली थी। न जाने आज इतनी चतुर किस प्रकार बन गयी। यही तो इस मामले का रहस्य है। स्वैरिणी स्त्री सारे संसार को क्षण भर में ताड़ जाती है। सिनेमा के सभी कर्मचारी उस पर जी-जान से मरते हैं। पहले मैंने उसे बिगाड़ा था, अब उसने मुझे पूरी तरह बरबाद कर दिया। चलो, एक प्रकार से न्याय ही हुआ। न्याय क्या हुआ ? मैं ज़ेल से छूटूँगा तो उसकी पूरी-पूरी ख़बर लूँगा। मुझसे ऐसा धोखा करती है ? वकीलों को देने के लिए मेरे पास फूटी कौड़ी नहीं रही। रंगाराव से ऐसा कौन-सा मुँह लेकर माँगूँ ? माँगकर भी क्या मिलेगा ? दीवान जी नहीं देने देंगे। मेरे साथ चलपति को दस साल की सजा हो जाए तो भी कम है। वह बड़ा हत्यारा है। जोशी को उसी ने लाठी से मार डाला था। मैंने बहुत मना किया, पर उसने एक न मानी। मैंने लाख समझाया कि तूने बड़ा पाप किया है, पर उसने मुझे ही फटकारना शुरू कर दिया। बोला, "नहीं जी ! पाप वह है जो आपने किया। जो मैंने किया वह पुण्य है। जो पाप आपने किया है, उसके लिए अदालतें, मजिस्ट्रेट, वकील आदि आपको कोई सज़ा नहीं दे सकते। कानून भी आप ही की सहायता करता है। एक अभागे व्यक्ति को इतनी यातना दी कि उसका जीवित रहना कठिन हो जाए, फिर भी ऐसा करने की कोई सज़ा नहीं। परन्तु क्रोधावेश में उसे जान से मार दोगे तो फ़ौरन सूली की सज़ा होगी। यह कैसा न्याय है, बाबू जी ?"....लगता है कि चलपति का कहना ही सच है। मैंने उससे पूछा, "क्यों रे, जोशी को मारकर क्या तूने उस पर उपकार किया ?" इस पर वह बोला, "कहते हैं कि गोरे साहब लोग दर्द से तिलमिलाने वाले घोड़े या कुत्ते को गोली से मार देते हैं। यदि उनका वह काम अच्छा है तो मेरा भी काम अच्छा है। बेचारा जोशी अपनी पत्नी के वियोग में दुःखी होकर पागलों की तरह मारा-मारा फिर रहा था। उसके भाग्य में सुख था ही कहाँ ? उसका मर जाना ही ठीक हुआ।" चलपति की बातें सुनकर हम सब लोग उस दिन हँस पड़े थे। उसी हँसी का प्रायश्चित्त शायद आज करना पड़ रहा है। क्या सेशन कोर्ट में मैं छोड़ दिया जाऊँगा ? यहाँ की तहक़ीक़ात क्या कोई नया रंग लाएगी ? यदि मैं छूट जाऊँ तो मंगम्मा को, मजिस्ट्रेट को और पुलिस इंस्पेक्टर के बच्चे को मज़ा चखाऊँगा। मेरे आगे उसकी बिसात ही क्या है ? बदमाशों ने मुझ पर

कैसे-कैसे ज़ुल्म किये ! और तो और, मंगम्मा ने यह क्या करतूत कर डाली ! बेचारी भोली-भाली, गँवार पति के साथ गृहस्थी में लगी थी। उसे मैंने बहकाकर बड़ा बुरा किया। सच तो यह है कि उस दुष्कर्म के लिए मुझे उसी समय ज़ेल हो जानी चाहिए थी। दस महीने का विलम्ब हुआ है।

दूसरे दिन एक स्त्री रामेश्वरम् से मिलने आयी। उसे देखते ही रामेश्वरम् का मुँह क्रोध से तमतमाने लगा। वह स्त्री कहने लगी, "मैं गाँव की लड़की हूँ। तुम्हें मैंने बड़ा धनवान समझा और तुम्हारे कारण भ्रष्ट हो गयी। तुमने मुझसे जो छल किया उसके बदले में तुम्हें यह सज़ा मिली है। मैं बहुत ख़ुश हूँ। तुमने जाली नोटों का धन्धा शुरू किया था, इसीलिए जायदाद मेरे नाम पर लिख दी। नहीं तो क्यों लिखते ? और यदि न लिखते तो मेरी क्या दशा होती ? जायदाद मेरे हाथ आयी है, इसकी तुम चिन्ता न करना। तुमने जो-जो काम किये, उनकी अपेक्षा बहुत अच्छे काम मैं उस जायदाद से करूँगी। तुम पाँच या दस बरस ज़ेल काटकर लौटोगे, तब तुम्हें मेरी बातों की सचाई मालूम पड़ेगी। मेरी आयु केवल अठारह साल की है। मैं निरी गँवार लड़की हूँ। मुझे लम्बे समय तक जीवित रहना है। कुछ नहीं तो और 43 बरस अवश्य जीना है। यह मत सोचो कि मैं तुम्हारी हानि कर रही हूँ। मैं जो कुछ कर रही हूँ, वह सचमुच हानि नहीं, प्रतिकार है।" उसकी बातें सुनकर रामेश्वरम् की आँखों में ख़ून उमड़ पड़ा, क्रोध की ज्वालाएँ धधकने लगीं पर वह स्त्री तिरस्कारपूर्वक हँसती हुई चली गयी।

गाँधीजी के असहयोग आन्दोलन में गिरफ़्तार होकर मछलीपट्टनम की सब-जेल में रखे गये अपने मित्र से मिलने धर्माराव वहाँ आया। मजिस्ट्रेट की अनुमति से उसने जेल में प्रवेश किया और अपने मित्र को ढूँढ़ने लगा। इतने में एक कमरे में उसे एक जाना-पहचाना चेहरा दीखा। धर्माराव वहीं खड़ा होकर देखने लगा। रामेश्वरम् ने भी धर्माराव को देखा। दोनों की आँखें मिलीं। धर्माराव की दृष्टि में वैमनस्य था, रामेश्वरम् की दृष्टि में क्रूरता थी। धर्माराव मन में सोचने लगा, "कम-से-कम दस बरस तक हमारी गणाचारी को बाज़ार में इस चण्डाल को देखते ही कन्नी काटकर दौड़ने की आवश्यकता नहीं रहेगी।" उधर रामेश्वरम् सोच रहा था, "मैं ज़ेल से लौटूँगा तो मेरे हाथ का मज़ा चखने वालों में यह बच्चा भी एक होगा।" धर्माराव आगे बढ़ गया।

बीस दिन बाद मुक़दमे की तहक़ीक़ात हुई। रामेश्वरम् को सात बरस और चलपति को आठ बरस की सज़ा सुनाई गयी। उसी दिन शाम को दोनों ज़ेल जाने के लिए रेलगाड़ी में बैठाये गये। धर्माराव किसी काम से उस दिन मछलीपट्टनम आया हुआ था। वह भी उसी गाड़ी में सवार हुआ। यकायक उसकी दृष्टि रामेश्वरम् पर पड़ी। रामेश्वरम् का सिर मुँडा हुआ था और हाथों में हथकड़ियाँ थीं।

चौदह

जाड़ा बहुत अधिक पड़ने लगा था। दिन में दोपहर को कड़ी धूप भी पड़ती। दुशाले ओढ़ लेने को जी चाहता था। अन्य ऋतुओं में जो लोग केवल बुने हुए कपड़े पहनते थे, वे ही शिशिर में कश्मीरी शाल और पंजाब के लिहाफ़ों की खोज में लग गये। ग्रीष्म के आते ही वे ग्लासगो की मलमल तक दौड़ लगाने लगते हैं। जाड़े के कारण सारा शरीर मानो फट पड़ा और प्रतिदिन तेल लगाने की आवश्यकता पड़ने लगी। जमा हुआ घी होठों को अत्यन्त प्रिय लगने लगा। खेतों में फ़सलें कट चुकी थीं। अनाज के ढेर लग चुके थे। हेमन्त के बीत जाने पर भी शिशिर में कुछ-कुछ ओस पड़ रही थी। धान की फ़सल कट चुकने के बाद कटे हुए तनों पर रात भर शबनम पड़ती रहती जिसके कारण किसानों के पाँव घुटनों तक गीले हो जाते थे। जिन किसानों के पास पिछले वर्ष का अनाज नहीं बचा था वे नयी फ़सल से अनाज निकालने लगे थे। गीली ज़मीन पर खलिहान बनाना आसान था। शिशिर के कारण सारा जन्तु-समुदाय मानो बूढ़ा बन गया था। शरीर पर झुर्रियाँ पड़ गयी थीं और देह में कँपकँपी होने लगी थी। पटसन के खेतों में पौधे उग आये थे।

एक दिन सवेरे गणाचारी स्नान आदि के उपरान्त तिलक लगाकर, सफ़ेद साड़ी पहनकर निकली। उसके हाथ में नीम की एक सूखी टहनी थी। पता नहीं, सूखी टहनी लेकर वह क्यों निकली थी। जैसा कि धर्माराव ने सोचा था, रामेश्वरम् का गाँव में न रहना गणाचारी की प्रसन्नता का कारण बना। वह कोठी के आगे से निकल गयी और नगरपालिका भवन के सामने जा खड़ी हुई। नीम की उस सूखी टहनी को उसने वहाँ छोड़ दिया और भवन की ओर आश्चर्यचकित दृष्टि से देखने लगी। चन्द्रा रेड्डी भीतर से आ रहा था। उसके निकट आते ही गणाचारी ने नीम की टहनी को पाँव से हिलाया। यह देखकर चन्द्रा रेड्डी सोचने लगा—इस बुढ़िया की कहानी समझ में नहीं आती। आख़िर इसे हमारी नगरपालिका पर इतना गुस्सा क्यों है ? हमने इसका क्या बिगाड़ा है ? इसे कुछ कहूँ, तो पता नहीं मुझ पर क्या बीतेगी। पहले जब मेरे पाँव में सूजन आयी थी, तो बेचारी ने मेरी बड़ी सहायता की थी। यह मेरा अध्यक्ष-पद केवल झूठे गौरव का सूचक जान पड़ता है। इससे मुझे रत्ती भर भी लाभ नहीं। लोगों पर उपकार करने का दम भरते हुए हम प्रस्ताव पर प्रस्ताव पास करते हैं, पर उनसे कोई लाभ नहीं होता। चार दिन बाद अनिवार्य प्राथमिक शिक्षा का प्रस्ताव भी आने वाला है। भगवान् हीं जानें कि उससे क्या लाभ होगा। लेकिन इतने समय तक अध्यक्ष-पद पर रहकर आज मैं इस नगरपालिका का खोखलापन प्रकट करता हूँ तो यह मेरी भूल मानी जाएगी। यह गणाचारी सारे गाँव की भलाई को अपने सिर पर क्यों लेती है ? किसी और गाँव में ऐसी बला नहीं है। सारे देवी-देवता हमारे ही गाँव में क्यों अड्डा जमाये हुए हैं ? कहावत है कि कोई म्लेच्छ किसी देवी का अपमान

करने लगा, तो देवी ने किसी ग़रीब किसान से बदला चुकाया। यह नयी सभ्यता सारे देश में शाखाओं और उपशाखाओं में फैल रही है। अनिवार्य प्राथमिक शिक्षा की योजना बड़ी उत्कृष्ट है। गवर्नर बहादुर आदि ने उसकी प्रशंसा की है। नगरपालिका के उपकारों में से यह एक है। जान पड़ता है कि हमारे शहर के दिन फिरे हैं....सोचता-सोचता चन्द्रा रेड्डी अपने घर पहुँचा। वहाँ नगन्ना साहू का बेटा वेंकटरत्नम् बैठा था। रेड्डी के आते ही उसने उठकर नमस्कार किया। रेड्डी ने पूछा, ''क्यों जी, यह सब चिन्ता केवल तुम्हें और हमें पड़ी है ?''

वेंकटरत्नम्, ''हाँ-हाँ !'' कहकर चुप हो गया। रेड्डी ने पूछा, ''कैसे आना हुआ ?'' वेंकटरत्नम् कहने लगा, ''कुछ नहीं जी ! मन्दिर के सामने मड़ैया लगवाना चाहते हैं। भजन-सप्ताह शुरू किया है। पास के एक कोठे में रसोई का प्रबन्ध है। भजन, नाटक, भोजन आदि सब वहीं पण्डाल में होंगे। कोठी की सड़क तक पण्डाल लगेंगे।''

चन्द्रा रेड्डी, ''बाप रे ! दो सौ गज़ तक पण्डाल लगेंगे ?''

वेंकटरत्नम्, ''जी हाँ ! नाटक, कथा, उत्सव, मेला आदि बहुत बड़ा कार्यक्रम है। लाखों की आमदनी होगी।''

चन्द्रा रेड्डी, ''फिर लगे हाथ स्वामी का कल्याणोत्सव भी क्यों नहीं रचाते ?''

वेंकटरत्नम्, ''उसके लिए ज़मींदार साहब की रज़ामन्दी चाहिए। सुनते हैं कि भगवान् पर उनकी उतनी श्रद्धा नहीं है। पता नहीं, यह बात कहाँ तक सच है ?''

चन्द्रा रेड्डी, ''आख़िर बनिये हो न ! मन की बात तुमने कह भी दी और बड़ी मृदुता से उस पर ज़ोर भी दिया।''

वेंकटरत्नम्, ''जी हाँ, जी हाँ !''

चन्द्रा रेड्डी, ''तुम्हारे पिता जी भी इसी तरह बात-बात पर 'जी हाँ, जी हाँ' कहा करते थे। ख़ैर, पण्डाल लगवा लो। दरख़्वास्त दे दो, कल की बैठक में मंजूर करेंगे। अनुमति एकदम मुफ्त नहीं मिलेगी। जनता का काम है, सो थोड़ा ही टैक्स वसूल करेंगे। प्रतिदिन चार आने से अधिक नहीं देना पड़ेगा।''

वेंकटरत्नम् लौट गया। उसके सन्तान होती, पर होते ही मर जाती। अब तक तीन लड़कियाँ और दो लड़के हुए और मर गये। उसकी पत्नी कई नीम के वृक्षों और पीपल के पेड़ों की परिक्रमा कर चुकी थी। प्रतिदिन हनुमान् जी के पास नारियल फोड़ती थी। इस समस्या पर कई महात्माओं से सलाह ले चुकी थी। कोई कहता, भूत है। कोई कहता, देवी है। न जाने कितने देवताओं के पास मन्नतें माँगी गयीं। रामेश्वरम् की यात्रा की गयी। फिर भी जो सन्तान होती वह जीवित न रह पाती। एक वृद्ध ब्राह्मण से पूछा गया। उसने कहा, ''कुछ ग्रह तुम्हारे विरुद्ध हैं। उनकी शान्ति तथा भूत-तृप्ति होनी चाहिए।'' कहते हैं कि बनियों का सारा ख़र्च ब्याह में होता है। आवश्यकता पड़ने पर उनके समान ख़र्च करने वाला और कोई नहीं होता। बाप की लाखों की कमाई और तमाखू के व्यापार से की गयी ख़ुद वेंकटरत्नम् की कमाई उसके घर निकम्मी पड़ी

थी। उसके मरने के बाद इस सम्पत्ति का उपभोग करने वाला कोई न था। उसकी पत्नी ने उसे प्रोत्साहित किया। वेंकटरत्नम् ने बड़े पैमाने पर भजन-सप्ताह का आयोजन किया। कूचिपूडि वाले आये। दिवा-वेष धारण करने वाले कलाकार आये। भजनीकों की टोलियाँ आयीं। हरि-कथा सुनाने वाले कीर्तनकार आये। सारा शहर इसी कोलाहल से गूँज उठा। सात दिन तक सार्वजनिक भोज चलता रहा। ब्राह्मणों के लिए अलग, वैश्यों के लिए अलग और अन्य लोगों के लिए अलग भोजन की व्यवस्था थी। बड़ी-बड़ी हाँड़ियों में खाना पक रहा था। गंगाल गरम हो रहे थे। पके हुए पदार्थों के ढेर चटाइयों पर लग रहे थे। साग-भाजी, दाल आदि के ढेरों से रसोई की मड़ैया भर गयी। पण्डाल में भजन चल रहे थे। दूर से भजनीक आये हुए थे। ओंगोल[1] से एक पुरानी टोली आयी। आन्ध्र प्रान्त में दो-तीन शताब्दियों से इस टोली का नाम दूर-दूर तक फैल चुका था। ये भजनीक सारी रामायण भजनों के रूप में गाते थे। भजनीकों की संस्थाएँ जब जीवित थीं, तब उन भजनों को अध्यात्म रामायण के समान गौरव प्राप्त था। अब उस नामांकित वंश के लोग इधर-उधर बिखर गये हैं। उनके भजनों को लोग भुला चुके हैं। तथापि उस वंश के कुछ बचे-खुचे लोगों ने अपनी वह विशिष्ट भजन-शैली आज तक थोड़ी-बहुत मात्रा में बचा रखी है। उनके भजनों में भावों की सरसता, धारा की शुद्धि और भाषा की रम्यता बहुत पायी जाती है। एक दिन दोपहर को वे भजन गा रहे थे। पचीस वर्ष की आयु वाला उस वंश का एक युवक नृत्य करता हुआ तरंगें[2] गाने के बाद रामायण सम्बन्धी एक भजन गाने लगा। 'हनुमान् जी मन्दोदरी को देखकर सोचने लगे कि यह स्त्री प्रभु रामचन्द्र की रानी सीता नहीं हो सकती। यदि यह सीता होती तो इस प्रकार आभूषणों से क्यों लदी होती ?'

यह था उस भजन का सारांश। भजनीक नियोगी[3] ब्राह्मण थे। उन्होंने प्राचीन काल से तेलुगु भाषा को पाला-पोसा था। उनकी प्रतिभा से आन्ध्र साहित्य का सर्वांगीण विकास हुआ, भजन की लय से सारा पण्डाल अभिभूत हो गया। जब से भजन-सप्ताह प्रारम्भ हुआ, हरप्पा ने पण्डाल में ही अड्डा जमा रखा था। देवदासी आठों पहर मन्दिर में रहने लगी थी। वह सोच रही थी कि इन महान् कलाकारों के आगे स्वयं उसका सीखा हुआ सारा नृत्य लेशमात्र है। एक-से-एक कलाकर निष्णात थे। एक पण्डित ने 'बाल-गोपाल तरंग' गानी शुरू की। उसे सुनकर ऐसा लगा, मानो सारे पण्डाल में कोंपलें फूट आयी हों।

---

1. आन्ध्र के गुण्टूर ज़िले की एक तहसील जहाँ नृत्य-गान सम्बन्धी प्राचीन परम्पराओं के पारंगत कलाकारों के वंश विद्यमान हैं।
2. आन्ध्र के महान् वाग्गेयकार स्वामी नारायण तीर्थ विरचित संस्कृत यक्षगान नाटक 'श्रीकृष्ण लीला तरंगिणी' के मधुर गीत।
3. आन्ध्र के ब्राह्मणों की एक शाखा।

बाल गोपाल मामुद्धर। कृष्ण ! परम कल्याण-गुणाकर !
नीरद नीलकलेवर ! कृष्ण ! निरुपम कौस्तुभ-कन्धर !

इन तरंगों का गायन, भोजन के बाद रात के ग्यारह बजे प्रारम्भ हुआ। सवेरा हो गया। सूर्योदय हो रहा था परन्तु तरंगों की शृंखला समाप्त नहीं हुई। मार्दंगिक का हाथ मृदंग पर नहीं बज पाता था। वायलिन-वादक कभी का जवाब दे चुका था। गायक की प्रतिभा सबको आश्चर्यचकित कर रही थी। किसी ने कहा, ''ये महाशय अपनी विद्या में ब्रह्मवेत्ता हैं। कोई वादक उनका साथ नहीं दे सकता। उनका गायन किस क्षण किस नयी दिशा में चलेगा, कोई नहीं जानता। वे सदा विषम गति से ही प्रारम्भ करते हैं। विषम ताल-गतियों में ही गाते हैं। उनके गायन की मोड़ें कोई नहीं जान सकता !'' बड़े-बड़े मृदंगवादक उनके पास आकर ताल की नयी-नयी चालें सीखते थे ...दिन निकल आया।

अन्नमयादिषु पंचसु त्वामन्तरमानन्द विग्रहम्
उन्नत-फलमामनन्ति ते जगदुदयादिषु लक्षितम्
तद्धि त्वमेवासि तद्धि त्वमेवासि तत्सर्वमेतत्त्वमेवासिनूनम्।....

यहाँ तक गायन पहुँचा था कि इतने में दीपों की कान्ति विवर्ण हो गयी। श्री वेणुगोपाल स्वामी, गिरिका और हरप्पा अपलक दृष्टि से देख रहे थे।

उस दिन दोपहर को धर्माराव बाज़ार से गुज़र रहा था। कल रात नींद न आने के कारण उसकी आँखें लाल हो चली थीं। बाज़ार में उसे चन्द्रा रेड्डी दीख पड़ा।

धर्माराव, ''कल रात आप आये थे ?''

चन्द्रा रेड्डी, ''जी नहीं, सुना है कि गायन बहुत अच्छा था !''

धर्माराव, ''क्या बताऊँ ! कहते हैं कि वे महाशय नृसिंह के उपासक हैं। पता नहीं, उस दुबले-पतले शरीर में इतनी क्षमता कहाँ से आयी। सम्भवतः यह सब उपासना की शक्ति है। नहीं तो कल रात उन्होंने जो श्रम किया था उसके कारण एक सप्ताह तक बिस्तर पकड़ना पड़ता....क्या यह सच है कि आप अनिवार्य प्राथमिक शिक्षा की योजना लाने वाले हैं ?''

चन्द्रा रेड्डी, ''जी हाँ। शायद परसों हमारी बैठक होने वाली है।''

धर्माराव, ''कल रात जिन महाशय ने गाया था उन्हें मासिक वेतन पर इस शहर में नियुक्त कीजिए।''

चन्द्रा रेड्डी, ''प्राथमिक शिक्षा का उनसे क्या सम्बन्ध है ?''

धर्माराव, ''शिक्षा से आपका क्या मतलब है ? अक्षर सीखना और टेढ़ा-मेढ़ा लिख देना ही क्या शिक्षा है ? शिक्षा-प्रणाली में संगीत और लय का ज्ञान एक महत्त्वपूर्ण विषय है। प्राचीन काल में ऐसे भजन और नाटक जहाँ-तहाँ बड़ी संख्या में होते थे जिन्हें देखकर लोगों में संगीत तथा लय का ज्ञान सहज ही उत्पन्न हुआ करता था।

आजकल के नाटकों में न कोई स्वर होता है और न लय। जहाँ देखो ग़लत स्वर और हल्के ताल सुनने को मिलते हैं, जिनसे हृदय में उन्नत भावों का उदय नहीं होता। ऐसा भावोदय करना इन्हीं प्राचीन संस्थाओं द्वारा सम्भव है। हमारे पुरखे केवल पढ़ने और लिखने को शिक्षा नहीं मानते थे। सच्ची शिक्षा प्राचीन काल में ही विद्यमान थी। आजकल उसका कहीं पता नहीं है। इसी से कहता हूँ, विद्या मोक्ष की पर्यवसायिनी होती है।''

इतने में नगरपालिका के कुछ और सदस्य आ पहुँचे और चन्द्रा रेड्डी वहाँ से चला गया। रात को एक शास्त्री जी पुराण सुनाने वाले थे। धर्माराव ने कॉलेज के विद्यार्थियों को निमन्त्रण दिया। महापण्डित शास्त्री 'गोपिका-गीतों' का पुराण सुना रहे थे। कितनी उदात्त थी वह कथा ! उन गीतों में उपनिषदों के मर्म भरे पड़े थे। उनके निरूपण के लिए शास्त्री जी ने पूर्व-मीमांसा तथा उत्तर मीमांसा से उद्धरण प्रस्तुत किये। उनके मुख-मण्डल पर वैदिक सरस्वती अपने दिव्य तेज के साथ विराजने लगी। कॉलेज के विद्यार्थी थोड़ी देर सुनकर आपस में फुसफुसाने लगे, ''यह सब अजब ढकोसला है।'' फिर वे वहाँ से चल दिये।

दूसरे दिन 'पुरंजनोपाख्यान' का पुराण सुनाया गया। उन शब्दों में कैसी अनुपम माधुरी थी ! व्याख्यान का कैसा अनूठा ढंग था ! शास्त्री जी ने मानो सारा अद्वैत उस व्याख्यान में उँड़ेल दिया। उपनिषदों, पुराणों तथा वेदांगों के निगूढ़ अर्थों को इकट्ठा करके उपस्थित किया। धर्माराव सोचने लगा—ऐसी महान् संस्था आज नष्ट-भ्रष्ट हो चुकी है। पुराण कथाओं की कल्पलता है। बच्चों को कितने ही ग्रन्थ पढ़ाओ, पर पुराण-गाथाओं की भाँति उनकी समझ में वे नहीं आएँगे। समझ में आएँ भी तो बालकों के हृदय पर इतनी गहरी छाप किसी और ग्रन्थ की नहीं पड़ेगी। नेत्रेन्द्रियों की अपेक्षा श्रवणेन्द्रियों द्वारा विद्या का अधिक सुगमता से बोध होता है। श्रवणेन्द्रियाँ दिव्य तथा भौम भागों के बीचों-बीच होती हैं। इसी से प्राचीन विद्याओं का विभिन्न इन्द्रियों द्वारा बोध हुआ करता था। वेद श्रुति बन गया। पुराणों को सुनते समय सुनाने वाले की शक्ति के अनुसार श्रोता के मन पर उनका प्रभाव पड़ता है। एक लोकज्ञ पौराणिक अपने पुराण-कथन में भाव के अनुरूप अभिव्यक्ति का आयोजन किया करता है। वह भी एक नाट्य विशेष है। जिन श्रोताओं के मनोभाव अपरिपक्व हैं, वे पुराण सुनकर उन भावों का यथार्थ स्वरूप समझ पाते हैं। यह शिक्षा का निर्दिष्ट मार्ग है। ऐसी ही विद्या सार्वजनिक होती है। कहते हैं कि एक बार भूतपूर्व ज़मींदार हरप्पा के पास कई महापण्डित आये। उनमें से एक वैयाकरण, दूसरा तर्क-पण्डित और तीसरा पूर्व-मीमांसक था। हरप्पा ने चौथे ब्राह्मण से पूछा, ''महाशय, आप किस शास्त्र के पण्डित हैं ?'' ब्राह्मण बोला, ''मैं पौराणिक हूँ।'' यह सुनकर सब लोग उपहास करने लगे। पौराणिक ने कहा, ''हँसने से काम नहीं चलेगा। पुराण सुनकर देखिए।'' हरप्पा ने सभा का आयोजन किया। महाभारत का पुराण प्रारम्भ करने से पहले पौराणिक ने कहा, ''यहाँ

की सारी तलवारें एक कमरे में बन्द करवाइए और कमरे की चाबी मुझे दिलवाइए।" यह सुनकर लोगों को आश्चर्य हुआ। परन्तु ब्राह्मण ने अनुरोध किया। आजकल अगर कोई ऐसी इच्छा प्रकट करे तो लोग तुरन्त उसे पागलों की श्रेणी में गिनने लगते हैं। परन्तु हरप्पा बड़े श्रद्धालु थे। उन्होंने गम्भीरतापूर्वक सोचा और सारे हथियार एक कमरे में बन्द करवाकर कमरे की चाबी पौराणिक को दिलवा दी। पुराण प्रारम्भ हुआ और थोड़ी ही देर में कौरवों और पाण्डवों की पारस्परिक द्वेषाग्नि श्रोताओं तक फैल गयी। श्रोता दो पक्षों में बँट गये और इधर-उधर हथियार ढूँढ़ने लगे। ख़ैर हुई कि कमरे की चाबी पौराणिक के पास थी। नहीं तो पता नहीं क्या हो जाता। पौराणिकों की महत्ता ऐसी होती है। हृदयगत भावों की तीव्रता वे ही बढ़ा सकते हैं। आजकल की पढ़ाई से वे भाव निरे जंगल की तरह अनाप-शनाप उमड़ आते हैं। इसी से देश की बड़ी भारी हानि हो रही है।

देवदासी ने कई दिन रात-रात तक तरंगें सुनीं, पुराण सुने। दिन-रात वह बैठी ही रहती। रत्नगिरि बार-बार भोजन के लिए बुलाती, पर उसे खाने-पीने की सुध ही नहीं थी। मन्दिर में चढ़ाये हुए नैवेद्य के अतिरिक्त वह कुछ नहीं खाती थी। भोजन के समय मन्दिर में आ बैठती और भोजन के उपरान्त फिर भजन-सभा में। अरुन्धती और रथन्तरी आठों पहर देवदासी के साथ लगी रहतीं। दो दिन के उपरान्त वे भी देवदासी को कुछ खिलाने की चेष्टा करने लगीं। हरप्पा भी यहीं भोजन कर रहा था। उसने सात दिन तक कोठी का खाना खाने से इनकार कर दिया। लोग सोच रहे थे, यह प्राचीन काल का व्यक्ति है।

रात को यक्ष-गान[1] का आयोजन हुआ। एक अपरिचित लिंगायत सज्जन ने त्रिपुरासुर-संहार का यक्ष-गान किया। उनके सिर पर गोल पगड़ी थी। कण्ठ से पाँव तक ढीला अँगरखा लटक रहा था। नृत्य करते समय अँगरखे की तहें खुल जातीं और एक घूमता तम्बू-सा बन जाता। एक कपड़े से कमर कसी थी जिसके कारण वह घूमता तम्बू कभी इधर और कभी उधर डोलता दीखता था। कन्धे पर दुपट्टा था, पाँव में घुँघरू थे, दाहिने अँगूठे में काँसे के कड़े थे जिनसे मधुर ध्वनि निकल रही थी। यह भी एक विशिष्ट-कला होती है। भाव के अनुरूप राग और राग के अनुरूप लय। भाव के साथ-साथ गाने का ढंग भी बदल जाता था। जब शिवजी युद्ध में बाणों का प्रयोग और उपसंहार कर रहे थे और असुर हज़ारों की संख्या में काम आ रहे थे, तब गाने के साथ-साथ ताल भी अत्यन्त वेग से मुखर हो उठे। उस ध्वनि से ऐसा आभास हुआ कि सचमुच शत्रुओं का संहार हो रहा है। प्राचीन काल में महान् संस्थाओं द्वारा जिन महापुरुषों ने इस कला का प्रचार किया था, वे सब आज खाने के लिए तरस रहे हैं। धर्माराव सोच रहा था—चाहे बाज़ार का नाटक हो या भजन, तरंग हो या यक्ष-गान,

---

1. आन्ध्र में जक्कु (यक्ष) नामक एक जाति के कलाकारों द्वारा प्रस्तुत किया जाने वाला नृत्य—गीतात्मक कला प्रदर्शन।

प्रत्येक राग में एक विशिष्ट भाव भरा जान पड़ता है। आज भी देश में भूप, यमन आदि राग गाये जाते हैं। राग वही है, पर गाने का ढंग एकदम भिन्न है। इस नये ढंग को कुछ लोग अत्यन्त मधुर मानते हैं। पता नहीं, इसमें मधुरता है भी या नहीं। परन्तु पुराने ढंग में भावों की जो स्पष्टता थी, वह इसमें नहीं है। पुराने ढंग के गाने का आज कई लोग उपहास भी करते हैं। नयेपन का यह अन्धाधुन्ध अनुकरण सभी विद्याओं को कीट बनकर खाये जा रहा है। ऐसा लगता है कि अन्धा बैल खेत में घुस पड़ा है। जीवन एक कला के समान होता है। कोई वस्तु प्रयोजनहीन नहीं होती। कला की एक दूषित व्याख्या निकल पड़ी है, जिसके अनुसार कला कला के लिए ही होती है। धर्मों में नास्तिकता का जो स्थान है, कला सम्बन्धी सिद्धान्तों में इस सिद्धान्त का स्थान वही है। कहते हैं, यह जग ऐसा ही है। इसका ऐसा रहना ही परमार्थ है। गाना सुनते समय कहा जाता है, "मुझे अच्छा लग रहा है, इसी से मैं सुन रहा हूँ।" यह बात निरे अज्ञान की द्योतक है। सचमुच गायक अपने गायन में एक विशिष्ट भाव का निरूपण कर रहा है। संगीत कला, कविता, इन सबमें विशिष्टि भावों का संचार होना चाहिए। तभी उनमें रस निष्पन्न होता है। पहले यह भी जान लेने की आवश्यकता होती है कि भाव किसे कहते हैं।

भजन-सप्ताह पूरा हुआ। गाँव के सारे लोग सात दिन तक यहीं खाना खात रहे। बड़े-बूढ़ों को बीते दिनों का स्मरण हो आया।

एक दिन कबीर धर्माराव के घर आया। धर्माराब की आयु तीस वर्ष की हो चुकी थी पर आज तक उसने कबीर को अपने घर आते कभी नहीं देखा था। कबीर अब पहले जैसा नहीं था, कुछ बूढ़ा हो चला था। उसका वेष आधुनिक बन गया था, परन्तु मन अब भी प्राचीन था। देवदासी के नृत्य के समय सुर लगाने वाला कबीर आज नगरपालिका का सदस्य बना था। धर्माराव ने कबीर को भीतर ले जाकर उसके आने का कारण पूछा।

कबीर, "बाबूजी ! कहते हैं कि अनिवार्य प्राथमिक शिक्षा की कोई योजना आने वाली है। कल ही हमारी बैठक है। शायद उसके बारे में मुझे कुछ कहना पड़े। इसी से उसका स्वरूप जान लेने के लिए आप के पास आया हूँ।"

धर्माराव (हँसकर), "ठीक है ! क्या जानना चाहते हो ?"

कबीर, "क्या यह शिक्षा आवश्यक है ? पढ़ना-लिखना, आँकड़े जोड़ना-घटाना, आदि सीखने से लोगों को क्या लाभ होता है ?"

धर्माराव, "लिखना आ जाए, तो क़र्ज़ लेकर नोट पर हस्ताक्षर करने में सुविधा होती है। पढ़ना सीख लें तो यह जानने में सहूलियत होती है कि हम जहाँ जाना चाहते है, स्टेशन मास्टर ने वहीं का टिकट दिया है या और कहीं का !"

यह सुनकर कबीर हँस पड़ा। धर्माराव आगे कहने लगा, "ऐसी शिक्षा से कोई लाभ नहीं। देश में उद्योग-धन्धे समाप्त हो चुके हैं। इसी से लोगों को यह भ्रम हो

गया है कि इस नयी पढ़ाई से कुछ रोज़ी मिलेगी। घरेलू उद्योगों की शिक्षा में बच्चे को पढ़ाई-लिखाई के बिना ही अपनी ख़ानदानी दस्तकारी का ज्ञान घर बैठे हो जाता है। लड़का लगभग सोलह वर्ष की आयु तक अपने घर का उद्योग सीख लेता है। उससे उसकी आजीविका चलती है। आज घरेलू उद्योग नष्ट हो गये हैं। पुस्तक की पढ़ाई समाप्त होने पर ही किसी उद्योग की शिक्षा प्रारम्भ होती है। सारे लोग पढ़ें-लिखें और सारे लोगों की जीविका उनकी इस पढ़ाई पर ही चले, यह असम्भव है। सबको मुलाज़िमत कहाँ से मिल सकती है ? आधुनिकता के लोभ में हम अपनी जातियों से द्वेष करने लगे और जातिगत उद्योगों को त्याग दिया। इसी से आज हमारे ऊपर यह संकट आया है। जब सब लोग समान हैं, तो फिर समझ में नहीं आता कि जातिगत उद्योगों का त्याग क्यों किया जाए। हमारे देश में किसान अनपढ़ हैं। जो व्यक्ति अमरीका जाकर खेती सीखता है, वह सुशिक्षित माना जाता है। वैद्य के परिवार में जन्म लेकर यदि एक लड़का वैद्यक का ज्ञान प्राप्त करे, तो उसे अशिक्षित माना जाता है। जो लड़का मद्रास में चार बरस तक डॉक्टरी पढ़ आता है, वह सुशिक्षित माना जाता है। समझ में नहीं आता कि सुशिक्षित और अशिक्षित के बीच स्पष्ट रेखा कहाँ है। जान पड़ता है कि यह रेखा प्रायः अँग्रेज़ी जानने पर निर्भर है।''

कबीर, ''पहले यह तो बताइए कि शिक्षा किसे कहते हैं ?''

धर्माराव, ''शिक्षा दो प्रकार की होती है—एक उद्योग की और दूसरी ज्ञानार्जन के लिए। इन दोनों को मिलाना नहीं चाहिए। आज के स्कूलों का यही दोष है कि वहाँ इन दोनों को मिलाकर खिचड़ी बना दिया जाता है। उद्योग की शिक्षा आजीविका के लिए होती है। ज्ञानार्जन की शिक्षा मनुष्य के हृदय को सुसंस्कृत बनाती है। अनिवार्य प्राथमिक शिक्षा का उद्देश्य भी हृदय का संस्कार करना है, उद्योग की व्यवस्था नहीं। अब देखो कि वह संस्कार भी कहाँ तक हो पाता है। केवल पढ़ना-लिखना संस्कार नहीं कहला सकता। यह असम्भव है कि जिसने केवल अक्षर-ज्ञान प्राप्त किया हो, वह स्वयं पढ़कर समस्त विषयों को जान लेगा ! यह पढ़ाई न लोक के काम आती है, न परलोक के। प्राचीन काल में हमारे नाटक, कठपुतलियों के खेल, हरिकथा, यक्ष-गान आदि सब केवल शिक्षा के लिए होते थे, उनसे देश को शिक्षा मिलती थी और कलाकारों को आजीविका। समाज के दो भाग थे। जो प्रक्रिया एक भाग के लिए शिक्षा का साधन थी वही दूसरे भाग के लिए आजीविका का साधन बनायी गयी। ऐसा अपूर्व समाज-संगठन और कहीं किसी ने किया है ? इस सारे संगठन को जड़ से उखाड़कर अनिवार्य शिक्षा की बातें करने से क्या लाभ ?''

कबीर, ''मैंने आप से शिक्षा का स्वरूप पूछा था। बताइए कि शिक्षा कैसी हो ? उसका परम प्रयोजन क्या हो ?''

धर्माराव, ''शिक्षा का परम प्रयोजन है मनुष्य के मन में स्पष्ट तथा पवित्र भावों का उदय करना। पवित्र भावों का जान लेना ही शिक्षा का प्रधान अंग है। ऐसे पवित्र

भाव इन्द्रियों की सुव्यवस्थित शिक्षा से ही प्राप्त हो सकते हैं। यदि संस्कार की प्राप्ति उद्दिष्ट हो, तो श्रवण, नेत्र आदि इन्द्रियों का निश्चित ज्ञान सबसे पहले उत्पन्न होना चाहिए। भावानुरूप शिक्षा से इन्द्रियों में निश्चितता आ जाती है। भावानुरूप संगीत, काव्य आदि से इन्द्रियों को सुव्यवस्थित शिक्षा मिलती है। हमारी प्राचीन संस्थाएँ इसी प्रकार लोगों को शिक्षा दिया करती थीं। जन-मन का सुधार किया करती थीं। पुस्तकों और नोट-बुकों के लिए धन ख़र्च किये बिना ही मन का सच्चा परिष्कार सम्भव है। प्राचीन काल में नाटक देखने के लिए पैसा नहीं लगता था, परन्तु आज पग-पग पर पैसे की आवश्यकता होती है। अनिवार्य शिक्षा के नाम पर अक्षर सिखाने के बदले आज के रद्दी नाटकों और ऊटपटाँग फ़िल्मों को बन्द करके उनके स्थान पर अर्थपूर्ण नाटक और सिनेमा दिखाये जाएँ, तो निश्चित रूप से जन-मानस का उचित विकास हो सकता है। आज की अनिवार्य शिक्षा से केवल पाठ्य-पुस्तकें लिखने वालों को लाभ हो सकता है, किसी और को नहीं। तुम्हारी बैठक कब होगी ?''

कबीर, ''कल !''

धर्माराव, ''क्यों यह सब बखेड़ा करते हो ? यह एक बड़ा प्रवाह है, इसे कौन रोक सकता है ?''

कबीर, ''लगता तो ऐसा ही है। मेरे कहने पर क्या ये लोग फिर से प्राचीन शिक्षा शुरू करेंगे ? क्या यह सम्भव है ?''

धर्माराव, ''जब प्रचण्ड झंझावात चल रहा हो, गिरते वृक्ष की निन्दा करने से क्या हासिल ?''

कुछ दिन बाद राधापति के बुलाने पर धर्माराव उसके घर गया। उसके पहुँचते ही राधापति ने एक व्यक्ति से कहा, ''चंगलराव ! ज़रा पाँव धोने के लिए पानी ले आओ !'' वह व्यक्ति पानी ले आया और अपरिचित धर्माराव को देखते ही एकदम लजा गया। उसने अपने दुपट्टे को आँचल की तरह समेटा और जल्दी-जल्दी भीतर चला गया। राधापति धर्माराव से बोला, ''यह ज़रा तृतीया प्रकृति है।'' धर्माराव ने कहा, ''तृतीया प्रकृति तो नहीं लगता, द्वितीया प्रकृति ही लगता है।''

दोनों भीतर जा बैठे। चंगलराव द्वार की ओट से झाँकने लगा। राधापति ने धर्माराव से कहा, ''क्यों जी, उसकी आँख आप पर पड़ी है। समझे ?'' धर्माराव बोला, ''मुझ पर केवल उसकी आँख पड़ी है।'' राधापति ने पूछा, ''तो फिर क्या बाक़ी सब कुछ मुझ पर पड़ा है ?'' धर्माराव ने कहा, ''यह कहाँ का निवासी है ?'' राधापति बोला, ''उसी से पूछ लीजिए। देखो जी, यहाँ आओ और अपनी कथा सुनाओ। आते क्यों नहीं ? यह बड़ा शर्मीला है। आ जाओ, भई ! जानते हो, ये महाशय कौन हैं ? यहाँ आये हुए डिप्टी-कलेक्टर हैं। तुम्हें पचीस रुपये महीना पर रसोइया बनाना चाहते हैं !''

चंगलराव ने कहा, "मैं तो मंगम्मा दीदी को छोड़कर कहीं नहीं जाऊँगा !" यह कहकर वह किसी नाटक के नीच स्त्री-पात्र की भाँति अपना चेहरा टेढ़ा-मेढ़ा करने लगा। फिर राधापति के आग्रह पर वह आया और स्त्रियों जैसे हाव-भाव करता और मुस्कराता हुआ कहने लगा, "जी, मैं गुण्टूर के पास वाले एक गाँव से आया हूँ। हमारी दस एकड़ ज़मीन थी, उसे मेरे पिता ने बरबाद कर दिया।"

राधापति, "झूठ क्यों बोलता है ? ज़मीन से अब भी तुझे हर बरस दस खण्डी अनाज मिल रहा है। कम्बख़्त झूठ ही झूठ बोलता है।"

चंगलराव, "नहीं-नहीं, दस एकड़ ज़मीन आज हो तो आप मुझे चप्पल से मारिए। आप क्या मेरी ज़मीन छीन लेंगे कि मैं झूठ बोलूँ ? हाँ जी, तो फिर मेरे पिता चल बसे !"

राधापति, "अरे दुष्ट ! तेरे पिता तो भले-चंगे जीवित हैं। धर्माराव जी, यह इसका दूसरा रोग है, बाप मर गया है, कल श्राद्ध है, परसों और कुछ है, ऐसे ही झूठ-मूठ बकता हुआ रेलगाड़ियों में भीख माँगता है।"

चंगलराव, "क्या मेरे पिता मरे नहीं ? ज़रूर मरे हैं। आप मेरे गाँव चलिए, मैं सबूत दिलाऊँगा। ये महाशय कौन हैं ? इनका नाम क्या है ?"

राधापति, "इनका नाम है धर्माराव।"

चंगलराव ने फिर लज्जा का अभिनय किया और लजीली दृष्टि से धर्माराव की ओर देखने लगा। राधापति बोला, "क्यों लजाता है ? सभी लोग तेरे जीजा लगते हैं।" फिर चंगलराव कहने लगा, "मैं भूख से तंग आकर रेलगाड़ियों में भीख माँग रहा था। इतने में ये महाशय राधापति, जो मेरे बड़े जीजा लगते हैं, मुझे विजयवाड़ा ले आये और वहाँ के अनाथालय में शरण दी। उस अनाथालय में मुझ जैसी और एक स्त्री आयी हुई थी, वह भी अनाथ थी।"

राधापति, "गधा कहीं का। चुप हो जा।"

चंगलराव, "क्यों जी, मंगम्मा क्या अनाथ नहीं है ? उसका तो नाथ नहीं रहा ?"

धर्माराव, "वाह जी, तब तो मानना चाहिए कि चंगलराव के सिर में खोपड़ी है।"

राधापति, "होगी परन्तु जहाँ होनी चाहिए वहाँ नहीं है। इसकी खोपड़ी सिर में नहीं, पेट में है।"

चंगलराव, "जीजाजी, आप समझे नहीं। ये बड़े जीजाजी मेरा ठट्ठा किया करते हैं।"

धर्माराव, "माजरा क्या है जी ?"

चंगलराव, "जब से मैंने मंगम्मा दीदी को देखा है, उसके प्रति मेरे मन में अपार प्रेम उमड़ आया है।"

राधापति, "मंगम्मा से तुझे प्रेम हो गया ? कैसी ऊटपटाँग बात करता है ?"

चंगलराव, "प्रेम का अर्थ आप जो समझते हैं, वह नहीं। मेरा मतलब है, मेरे मन

में मंगम्मा दीदी के बाल सँवारने की, चोटी लगाने की और उसका खाया हुआ पत्तल निकाल देने की बड़ी इच्छा होती है।''

राधापति, ''ओ हो ? यह भी एक विशिष्ट प्रकार का प्रेम जान पड़ता है। प्रेम का यह वर्णन तो आज तक किसी ने किया ही नहीं।''

धर्माराव, ''यह भी प्रेम का एक प्रकार है। यदि कुछ लोग ऐसा ही सोचने लगें तो फिर एक नयी प्रथा चल पड़ेगी। उसे लोग 'चंगलराव स्कूल' कहेंगे। इस नये प्रेम-तत्त्व पर एकाध ग्रन्थ प्रकाशित हो जाए, तो शायद अन्य देशों में भी चंगलराव के अनुयायी पैदा होंगे।''

राधापति, ''इतना ही नहीं, चंगलराव में कई विशिष्ट बातें हैं। कुत्ते की तरह भौंक सकता है। कई जन्तुओं की आवाज़ों की नक़ल कर सकता है। एक बार हम नेल्लूर में रात को बाहर घूमने गये थे। वहाँ इसने गीदड़ की तरह आवाज़ करना शुरू किया। तुरन्त दस-बारह गीदड़ हमारे इर्द-गिर्द जमा हो गये। चंगलराव उन्हें देखकर घबरा गया और हमसे लिपटने लगा। भला, हम भी इतने गीदड़ों का कैसे मुक़ाबला कर सकते थे ? हमने बहुत धमकाया, पर गीदड़ नहीं लौटे। वह तो हमारे भाग थे जो हाथ में एक टॉर्च लाइट थी। उस टार्च को देखकर गीदड़ भाग गये। हमने सोचा, इस चंगलराव को साथ लेकर घूमने की अच्छी सज़ा मिली। फिर इसे कभी अपने साथ नहीं ले गये। अच्छा चंगलराव, किसी जानवर की आवाज़ की नक़ल करके दिखा तो जरा !''

धर्माराव, ''नहीं, नहीं, अब इसकी आवश्यकता नहीं। रात को आवाजें करवा लेना। इसे कुछ वेतन भी देते हैं ?''

चंगलराव, ''मुझे वेतन नहीं चाहिए जी ! हमारे जीजाजी रहें तो काफ़ी है। खाना उनके साथ खाता हूँ। कपड़ों की क्या कमी है ? बहन मंगम्मा की साड़ियाँ पहनता हूँ और जीजाजी के दुपट्टे से आँचल का काम लेता हूँ।''

राधापति, ''ख़बरदार, मेरे कपड़ों को छूना नहीं। मंगम्मा की साड़ियाँ चाहे जितनी पहन ले।''

इतने में मंगम्मा वहाँ आकर कुर्सी पर बैठ गयी। राधापति ने धर्माराव का परिचय कराया। मंगम्मा बोली, ''मैंने आपको कभी देखा है, ऐसा याद पड़ता है।''

धर्माराव अजीब झमेले में पड़ गया। वह सोचने लगा, भगवान् ! आज यहाँ क्यों आ पहुँचा ? यहाँ आकर दो अच्छे दर्शन हुए। एक तृतीया प्रकृति और दूसरी राक्षस प्रकृति। फिर धर्माराव किसी काम के बहाने सहसा उठ खड़ा हुआ। राधापति ने जल्दी का कारण पूछा। परन्तु धर्माराव कुछ हीले-हवाले करता हुआ फिर एक बार आने का वचन देकर वहाँ से चलता बना। जाते-जाते उसने सोचा, सारा गाँव बदल गया है, सारा संसार बदल गया है। उच्छृंखलता की कोई सीमा नहीं रही। पेट भर खाने को मिल जाए तो बस। कानून की पकड़ में न आने वाला कोई भी अपराध बुरा नहीं समझा जाता। समाज में बहिष्कार नहीं है। पूरी छूट है कि जिसका जी जो चाहे, करे। कोई

कार्य समाज के हित के विरुद्ध है या नहीं, यह देखने की आवश्यकता ही नहीं रही। ऐसे ही लोग धर्म के संस्थापक बनने लगे हैं। घर जाकर उसने देखा, अरुन्धती चरखे पर सूत कात रही है।

धर्माराव, ''न जाने कितने दिन से कात रही हो। कम-से-कम एक साड़ी तो बन ही जाएगी !''

अरुन्धती, ''आपके लिए धोती और दुपट्टा बनेगा। आप भी सूत निकालें तो ठीक होगा। माँ के लिए कपड़े नहीं हैं। पर आपको तो गाँव-घर घूमने से फ़ुरसत नहीं मिलती।''

धर्माराव, ''सुना है कि मेरे पिताजी की दीदी चरखा कातती थीं। आज गाँधी जी की कृपा से फिर तुम कातने लगी हो। मेरी परदादी का नाम भी अरुन्धती था। हम सदा प्रशासन करते आये हैं। चरखा कातना हमारा काम नहीं।''

अरुन्धती, ''बताइए तो, आज आपने कैसा प्रशासन किया ?''

धर्माराव, ''बताऊँ, कितना बड़ा प्रशासन-कार्य किया है मैंने ? अब तक दो स्त्रियों को छोड़े हुए एक पुरुष और दो पुरुषों को छोड़ी हुई एक स्त्री के बीच सम्बन्ध जोड़ आया हूँ। तुम्हें याद होगा, राधापति नाम के एक गोरे और लम्बे बालों वाले सज्जन एक बार हमारे घर आये थे कि वे और मंगम्मा गृहस्थी चला रहे हैं।''

अरुन्धती, ''आप तो कहते थे, वे महाशय बड़े विद्वान् हैं ?''

धर्माराव, ''विद्वान् का अर्थ जो पहले लिया जाता था वह अब नहीं रहा। आज उसका अर्थ कुछ और है। पहले विद्वान् अथवा सुशिक्षित उसे कहते थे, जो वेद शास्त्र आदि का अध्ययन करके उनके अनुसार चलता हो। आज विद्वान् वह कहलाता है, जिसने बी. ए. परीक्षा दी हो या किसी विषय की अच्छी जानकारी रखता हो। उसका विद्वान् कहलाना शील अथवा धर्म के प्रति निष्ठा का द्योतक नहीं माना जाता।''

अरुन्धती, ''कृपा करके उस महापुरुष को फिर हमारे घर न आने दीजिएगा।''

धर्माराव, ''यदि वह स्वयं आ धमके तो ?''

अरुन्धती, ''तो बाहर चबूतरे पर उससे बातें कीजिए और वहीं से लौटा दीजिए। देवताओं के घर में पिशाचों को न ले आइए।''

धर्माराव, ''कौन है वह देवता ? तुम ?''

अरुन्धती, ''मैंने अपनी बात नहीं कही। सुब्रह्मण्येश्वर स्वामी तो हैं न ? उस दो फण वाले नाग को शायद आप भूल जाएँगे। हाँ-हाँ, भूलेंगे ही। राधापति जैसों की संगत में जाने लगे, तो स्वामी को भुला देने के अतिरिक्त और होगा ही क्या ?''

अरुन्धती की बात सुनकर धर्माराव चुप हो गया।

पन्द्रह

राष्ट्रीय महाविद्यालय में श्यामला नाम की एक लड़की और कुमारस्वामी नामक एक ग़रीब ब्राह्मण विद्यार्थी पढ़ते थे। उन दोनों के बीच कुछ प्रेम-पत्रों का आदान-प्रदान हुआ। यह क्रम एक बरस तक चलता रहा लेकिन अब जाकर उसका भण्डाफोड़ हो गया। महाविद्यालय को कलंक लगने की आशंका उत्पन्न हुई। प्राचार्य शिवराव ने इस बारे में श्यामला की माँ पंकजम्मा से बातचीत भी की। पंकजम्मा पहले तो बहुत बिगड़ी, पर अन्त में चुप हो गयी। पहले उसने अपनी लड़की को डाँटा और कुमारस्वामी को घर आने से मना कर दिया। आपत्ति केवल इतनी थी कि कुमारस्वामी ग़रीब था। बाक़ी, पंकजम्मा भी किसी ब्राह्मण युवक से ही अपनी बेटी की शादी करना चाहती थी। धीरे-धीरे कुमारस्वामी का उनके यहाँ आना-जाना फिर शुरू हो गया। कुमारस्वामी गोरा और दुबला-पतला युवक था। वह 'येंकि पाटलु'[1] ख़ूब गाता था।

धर्माराव पंकजम्मा को पहचानता था। एक-दो बार वह विद्यालय में आयी थी। पंकजम्मा के सारे खेत गुण्डेरु नदी के आसपास पश्चिम दिशा में रेल लाइन के किनारे थे। लोग कहते थे कि उनके पास दो सौ एकड़ ज़मीन है। वह सब ज़मीन पंकजम्मा के पति ने स्वर्गीय ज़मींदार के ज़माने में हिसाब-किताब में गोलमाल करके हड़प ली थी। पाँच-छह साल पहले जब इस ज़मीन पर पंकजम्मा के पति ने कब्जा करना चाहा तो दीवान नागेश्वर राव ने बाधा डाली। मामला हाई कोर्ट तक जा पहुँचा और पंकजम्मा की जीत हुई। उसका पति रामि रेड्डी बड़ा चतुर था, इसीलिए उसने पंकजम्मा से शादी की थी। रामि रेड्डी पहले बहुत ग़रीब था। किसी रिश्तेदार की कृपा से उसे ज़मींदार के पास नौकरी मिल गयी। नेल्लूर प्रान्त में ज़मींदार के चार-पाँच गाँव थे। उन पर रामि रेड्डी को अधिकारी नियुक्त किया गया। उसका वेतन पन्द्रह रुपये मासिक था। वह कभी-कभी सुब्बन्नापेठ आता रहता था। किसी अनुकूल समय पर भूतपूर्व ज़मींदार को धोखा देकर इस दो सौ एकड़ ज़मीन का पट्टा उसने अपने नाम करवा लिया। ज़मीन पहले तो केवल बंजर थी, पर धीरे-धीरे सिंचाई के पानी से उसमें धान की खेती होने लगी। रामि रेड्डी का उद्देश्य था कि पूरे दो सौ एकड़ में धान की खेती करे। परन्तु इतने में वह चल बसा। उसकी पत्नी पंकजम्मा अब उसी प्रयत्न में जुट गयी।

पंकजम्मा के मायके वाले द्रविड़ प्रान्त के थे। उनके पिता ने उसके बचपन में ही ईसाई धर्म स्वीकार कर लिया था। उसने कई बड़ी मुलाज़िमतें करके काफ़ी पैसा कमाया और अपनी इकलौती लड़की पंकजम्मा के नाम सब कुछ लिख छोड़ा। आख़िरी दिनों में उसका विश्वास ईसाई धर्म पर से उठ गया। ईसाई लोग यों तो कहते हैं कि उनमें कोई भेदभाव नहीं, सब समान हैं। पर सचमुच उनमें असंख्य शाखाएँ हैं। योरोप

---

1. 'येंकि पाटलु'—तेलुगु का प्रसिद्ध तथा अत्यन्त लोकप्रिय लोकगीत जिसका इतिवृत्त एक ग्रामीण युवक और युवती की प्रेमगाथा है।

वालों का एक चर्च है, भारतवासी ईसाइयों का दूसरा; यहाँ वालों को गोरे लोग पास फटकने नहीं देते। इनसे मेल-जोल रखने से गोरे लोग समझते हैं कि उनकी जाति का गौरव नष्ट हो जाएगा। पंकजम्मा के पिता को यह सब पसन्द न आया। उसे दुःख होने लगा कि इस धर्मान्तर के झमेले में उसका ब्राह्मणत्व जाता रहा। फिर से ब्राह्मणों में जा मिलने की उसकी बड़ी इच्छा थी, पर यह सम्भव न था। वह गाँव के अपने पुराने रिश्तेदारों से मेल-जोल बढ़ाने लगा, ईसाइयों की निन्दा करने लगा। वह कहता कि ईसाई लोग अपना काम निकालते ही उदासीन हो जाते हैं, लोगों का तिरस्कार करने लगते हैं। दूसरों को अपने धर्म में मिला लेने की धुन ही उन पर आठों पहर सवार रहती है। परन्तु धर्मान्तर के उपरान्त सबको समान गौरव देना, या अन्य धर्मावलम्बियों से मनुष्यों का-सा व्यवहार करना भी वे नहीं जानते। पंकजम्मा के जन्म के समय उसके माता-पिता का धर्मान्तर नहीं हुआ था। जब वे ईसाई बने, वह एक बरस की थी। उसके माता-पिता को अपने धर्मान्तर पर बड़ा दुःख हुआ। वे सोचने लगे, हमारी सन्तान से कौन विवाह करेगा ? यह सोचकर उन्होंने गृहस्थी छोड़ दी। पंकजम्मा के माता-पिता आख़िरी दिनों में ईसाई धर्म छोड़कर आर्यसमाजी बन गये। वैसे आर्यसमाज के प्रति उनके मन में आदर न था। पर वे चाहते थे कि ईसाई धर्म से उनका कोई सम्बन्ध न रहे। उन्होंने पंकजम्मा के लिए कोई ब्राह्मण वर खोजने के लाख प्रयत्न किये, पर सफलता नहीं मिली। रामि रेड्डी के मन में धन की लालसा थी। धन-प्राप्ति के लिए वह कोई भी काम कर सकता था। पंकजम्मा के पिता के पास दस-पन्द्रह हज़ार नक़द थे। दस-ग्यारह एकड़ ज़मीन थी। रामि रेड्डी जानता था कि वह सारी जायदाद पंकजम्मा की होगी। यह सोचकर रामि रेड्डी उसके प्रति आकर्षित हुआ और उसे अपने जाल में फँसाने में सफल रहा। पंकजम्मा के पिता को यह पसन्द न था। परन्तु पंकजम्मा तथा रामि रेड्डी का सम्बन्ध सारे गाँव में उजागर हो गया। इसी से उनका विवाह अनिवार्य हो गया। विवाह के बाद पंकजम्मा के माता-पिता चल बसे और वह सुब्बन्नापेठ आकर रहने लगी।

एक दिन कुमारस्वामी धर्माराव के पास आकर कहने लगा, "बाबूजी, मेरा विवाह अभी हो जाना चाहिए। अब नहीं होगा, तो पता नहीं श्यामला मुझे मिलेगी भी कि नहीं। जैसे हो, आप मेरे विवाह का प्रबन्ध करवाइए।"

धर्माराव, "क्या बात हुई, जो इतना घबरा रहे हो ?"

कुमारस्वामी, "घबराने की कोई बात नहीं। मैं चाहता हूँ कि आप मेरी सहायता करें।"

धर्माराव, "कोई न कोई बात अवश्य है। साफ़-साफ़ बताओगे तो आऊँगा।"

कुमारस्वामी, "दो महीने हुए, एक बी. एस-सी. पास युवक पंकजम्मा के घर आया

था। वह नेल्लूर का निवासी है; उसका कुल-गोत्र आदि कुछ ठीक नहीं। हमारे साथ वह भी काशी में पढ़ रहा था। उसका नाम है चक्रवर्ति। असली नाम यह नहीं है। उसके पिता वैष्णव ब्राह्मण थे और माँ नीच कुल की। माता-पिता दोनों मर चुके हैं। मरने से पहले पिता ने उसे दस हज़ार रुपये दिये थे। चक्रवर्ति बड़ा मक्कार है। उसने गरीब होने का ढोंग रचकर काशी में चन्दा जमा किया और छात्रवृत्ति प्राप्त की। यहाँ भी जब वह होटल जाता है तो मित्रों के साथ ही जाता है। औरों की हर वस्तु वह अपनी ही समझता है। परसों फिर आ धमका। मेरे सारे कपड़े ख़ुद पहनने लगा है। उससे श्यामला का परिचय काशी में हुआ था। अब सत्तर रुपये महीना की छात्रवृत्ति पर एम. एस-सी. पढ़ने के लिए उसे काशी विश्वविद्यालय से बुलावा आया है। वह अँग्रेज़ी में कविता भी लिखता है। वहाँ उसने प्रिंसिपल और प्राध्यापकों पर कविताएँ लिखीं। वे सब उस पर लट्टू हो गये।''

धर्माराव, ''यदि श्यामला की शादी उससे हो जाए, तो तुम्हारा क्या होगा ?''

कुमारस्वामी, ''आप मुझे बीच-बीच में रुलाइए मत। अपनी राम कहानी सुनाने दीजिए। इस कम्बख़्त का असली नाम है चक्कय्या। कौन जानता था कि यह पढ़-लिखकर बड़ा बन जाएगा ! पर उसके भाग खुले हैं और देखते-देखते यह चक्रवर्ति बन गया है। जब कभी यहाँ आता है, श्यामला आठों पहर उसी से बातों में लगी रहती है। मेरे अस्तित्व का उसे भान तक नहीं रहता। तीन दिन पहले पंकजम्मा ने मुझसे साफ़-साफ़ कह दिया, 'तुम बी. ए. पास करोगे तभी श्यामला से तुम्हारा विवाह सम्भव है, अन्यथा नहीं।' ये सब लक्षण देखकर मैं घबरा रहा हूँ कि अन्त में शायद मैं ठगा जाऊँगा। न इधर का रहूँगा, न उधर का।''

धर्माराव, ''इस ज़बरदस्ती के नाते से तुम्हें क्या लेना-देना है ?''

कुमारस्वामी, ''मेरा परिवार मुझे वापस स्वीकार नहीं करेगा। मैं कहीं का न रहूँगा।''

धर्माराव, ''तो फिर मैं क्या करूँ ?''

कुमारस्वामी, ''पंकजम्मा आपको बहुत मानती है। आप आज शाम को वहाँ आइए। आपके आने से कम-से-कम आज के लिए ही सही, श्यामला और चक्रवर्ति का सैर-सपाटा बन्द हो जाएगा।''

धर्माराव, ''भैया, ऐसे समाज में प्रवेश करके फिर मन में कोई सन्देह नहीं रखना चाहिए। भले ही वे सैर करें, सपाटा करें, तुम्हें यही समझना चाहिए कि उनका व्यवहार अच्छा है। आख़िर सुशिक्षित ठहरे, बुरा काम क्यों करेंगे ?''

कुमारस्वामी, ''कुछ भी हो, आप आज शाम अवश्य वहाँ आइए। एक और बात बताना भूल गया। आजकल राधापति और मंगम्मा का हमारे घर आना-जाना ख़ूब चल रहा है। पंकजम्मा राधापति को प्रकाण्ड प्रण्डित और समाज-सुधारक मांनने लगी है।''

धर्माराव, ''यह बात है ? पहले तो उसने राधापति की हँसी उड़ायी थी ?''

कुमारस्वामी, "तब वह राधापति को ठीक-ठीक नहीं जानती थी। अब जानती है। वह उससे हिन्दी सीखना चाहती है। आपने उस व्यक्ति को देखा है ?"

धर्माराव, "किसे, चंगलराव को ?"

कुमारस्वामी, "हाँ-हाँ, क्या समझ रखा है उसे आपने ? देखने में औरतनुमा लगता है, पर बड़ा गुण्डा है वह। उसके सारे हाव-भाव केवल दिखाने के हैं। उसने पता नहीं क्यों 'फलानुमेयाः प्रारम्भः' कहकर अड्डा जमाया है। वह रहस्य अभी नहीं खुलेगा। मैं धीरे-धीरे उसका पता लगा रहा हूँ। फिर कभी बताऊँगा।"

यह कहकर कुमारस्वामी चला गया। धर्माराव भीतर आया। अरुन्धती पूछने लगी, "कुमारस्वामी सुशिक्षित जान पड़ता है। कह रहा था, 'फलानुमेयाः प्रारम्भः !"

धर्माराव, "वह राष्ट्रीय महाविद्यालय में संस्कृत तथा आन्ध्र के पंच-काव्य पढ़ चुका है न ?"

अरुन्धती, "यह नाता न जमे, तो स्वजाति वाला कोई और नाता उसके लिए क्यों नहीं ढूँढ़ लाते ?"

धर्माराव, "उसके पास जायदाद नहीं है। केवल आर्षेय पौरुषेय सम्बन्ध तथा बुद्धिमत्ता देखकर आजकल के ब्राह्मण अपनी लड़की कहाँ देते हैं ? कुमारस्वामी के कई रिश्तेदार गुण्टूर में हैं। सब धनवान् हैं। एक बड़ा वकील है, सगा मामा तहसीलदार है। कुमारस्वामी का परिवार भूखों मर रहा था, पर किसी ने फटककर नहीं देखा। आज के ब्राह्मण ऐसे ही होते हैं। इनके दुर्व्यवहार के कारण ही आज सारे देश में ब्राह्मण-विरोधी आन्दोलन ज़ोर पकड़ रहा है। धर्मशास्त्र का मार्ग भिन्न है, इन ब्राह्मणों का मार्ग भिन्न है। इनमें दया, तितिक्षा आदि गुणों का नाम नहीं। ये सब धन-देवता की आराधना करते हैं। स्वार्थी इतने हैं कि पूछते हैं : 'हमारे घर आओगे तो क्या लाओगे ? हम तुम्हारे घर आएँगे तो हमें क्या दोगे ?' यह है इनकी रीत। इतना ही नहीं, बेचारे कुमारस्वामी को उन्होंने निकम्मा ठहराया। उसके घर से न्यौता जाता है तो सब लोग चाँदी के लोटों और रेशमी कपड़ों के साथ भोजन करने इकट्ठे हो जाते हैं। खाने-पीने में कोई कमी हो जाए तो फ़ौरन शोर मचाने लगते हैं कि बड़े निकम्मे हैं, व्यवस्था करना नहीं आता तो भोजन पर बुलाया ही क्यों ? क़र्ज़ लेकर उन्हें पेट भर खिलाओ तो तत्काल प्रशंसा करते हैं। यह है आज के ब्राह्मणों की दशा। पचास बरस के बूढ़े भी विवाह कर लेते हैं। अपने और अपनी स्त्रियों के दुश्शील को छिपाने की चेष्टा करते रहते हैं। ख़ुद में ब्राह्मण गुणों का चाहे लेश भी न हो, परन्तु दूसरों पर सदा टीका-टिप्पणी करते रहते हैं। किसी अन्य कुल वाले के पास भोजन करना अपराध है। हरिजनों का स्पर्श अपराध है। उनसे मिलकर रहना अपराध है। और इन अपराधों की सज़ा है बहिष्कार। स्वयं अपने लड़कों को अँग्रेज़ी शिक्षा दिलाते हैं। उन्हें वकील बनाते हैं, तहसीलदार बनाते हैं। उनके चिरंजीव गोरे साहबों से मिलकर स्पेन्सर होटल में आमलेट खाने लगें, तब भी उनका कोई अपराध नहीं। परन्तु कुमारस्वामी और

पंकजम्मा के पास राजसत्ता नहीं है। आज सारी ब्राह्मण जाति नष्ट-भ्रष्ट हो चुकी है। सारे ब्राह्मण अधिकार और धन के पुजारी बन गये हैं, अपने धर्म का पालन करना अनावश्यक समझने लगे हैं। उनमें उत्तम गुण नहीं रहे। दोष ही दोष भरे पड़े हैं। लड़कों के विवाह में भारी दहेज लेते हैं। धन की हविस इस मात्रा तक पहुँच जाए, तो भ्रष्टता के अतिरिक्त और क्या हो सकता है ?''

अरुन्धती, ''तो क्या जो काम कुमारस्वामी कर रहा है, उसी को आप अच्छा कह रहे हैं ?''

धर्माराव, ''मैं ऐसा नहीं कहता। कुमारस्वामी भी आख़िर क्या करता ? जीने का उसे कोई उपाय नहीं दीखा। रिश्तेदारों ने सहायता नहीं की। पंकजम्मा उसे अपने ख़र्च से पढ़ा रही है, ज्यों-त्यों गृहस्थी निभा रही है। जीवन-निर्वाह हो, तब कहीं धर्म की बात सूझती है। पर यहाँ तो जीने के ही लाले पड़े हैं। इसी से कहता हूँ, जो कुमारस्वामी कर रहा है, वह आपद्धर्म के नाते ठीक ही है।''

अरुन्धती, ''धर्म-शास्त्री में आपद्धर्म का यही वर्णन है ?''

धर्माराव, ''धर्म-शास्त्रों में जो आश्रम-धर्म बताये गये हैं, उनका पालन क्या आज के ब्राह्मण कर रहे हैं ?''

अरुन्धती, ''कहते हैं कि छह महीने का सहवास आदमी में काया-पलट कर देता है।''

धर्माराव (हँसकर), ''बड़ी चर्चा करने आयी थीं। अब क्यों दुम दबाती हो ?''

अरुन्धती, ''मुझे किसी ने पैसे ख़र्च करके यहाँ पढ़ाया था, जो मैं आपसे चर्चा कर सकूँ ?''

शाम को धर्माराव पंकजम्मा के घर गया। वहाँ पंकजम्मा, श्यामला, चक्रवर्ति, राधापति, मंगम्मा आदि सबकी बैठक ज़मी थी। धर्माराव का चक्रवर्ति से परिचय हुआ। श्यामला के वीणा-वादन से कार्य-क्रम प्रारम्भ हुआ। सबको चाय दी गयी। धर्माराव दिन में दो बार भोजन के अतिरिक्त और कुछ खाता-पीता न था। उसने चाय नहीं ली। पंकजम्मा बोली, ''बाबूजी, हमारे घर चाय भी नहीं पियोगे ?'' धर्माराव बोला, ''यह बात नहीं, चाय मुझे माफ़िक नहीं आती।'' थोड़ी देर बाद धर्माराव ने पूछा, ''श्यामला और कुमारस्वामी का विवाह कब होगा ?'' यह सुनकर चक्रवर्ति धर्माराव की ओर घूरने लगा। धर्माराव बोला, ''मेरी ओर घूरते क्यों हैं ? क्या इन दोनों की प्रेम-कहानी आप नहीं जानते ? मैं राष्ट्रीय महाविद्यालय में अध्यापक था। ये दोनों मेरे विद्यार्थी थे। तब ये दोनों एक-दूसरे को प्रेम-पत्र लिखा करते थे। पंकजम्मा ने इनके विवाह के लिए अपनी सहमति दी थी। अब इनमें तना-तनी चल रही है। पंकजम्मा कहती है कि बी. ए. पास होने के बाद ही विवाह होगा। कुमारस्वामी चाहता है कि अभी हो।''

चक्रवर्ति, ''सच्ची बात तो यह है कि विवाह की प्रथा पर ही मेरा विश्वास नहीं।''

धर्माराव, "तब तो आपसे चर्चा करना मेरी सामर्थ्य के बाहर है। जान सकता हूँ कि विश्वास क्यों नहीं है ?"

चक्रवर्ति, "मैं वाद-विवाद में नहीं पड़ना चाहता।"

धर्माराव, "वाद के लिए नहीं, आपका मत जानना चाहता हूँ।"

राधापति, "यदि आपको चर्चा करनी हो तो मुझसे कीजिए। मैं भी विवाह की प्रथा पर विश्वास नहीं करता।"

धर्माराव, "कुमारस्वामी, तुम्हें विश्वास है विवाह की प्रथा पर ?"

कुमारस्वामी, "हाँ है। श्यामला को भी है और पंकजम्मा को भी।"

धर्माराव, "तब तो ठीक है। वर और वधू को विश्वास हो तो काफ़ी है। जिन्हें विश्वास नहीं वे विवाह न करें। जिन्हें है, उनके विवाह करने में क्या आपत्ति हो सकती है ?"

धर्माराव की ये बातें चक्रवर्ति को उपहासजनक लगीं। उसने झल्लाकर कहा, "आपको विश्वास है या नहीं ? अपनी बात क्यों नहीं कहते ?"

धर्माराव, "किस पर विश्वास ?"

राधापति, "बैंगन की भाजी पर।"

चक्रवर्ति, "विवाह की प्रथा पर।"

धर्माराव, "मैं विवाहित हूँ। एक बच्चे का बाप हूँ।"

चक्रवर्ति, "विवाह करने भर से यह अनिवार्य नहीं कि आपको विवाह प्रथा पर विश्वास हो ही।"

धर्माराव, "प्रत्येक विद्या में चार दशाएँ होती हैं। अधीति, बोध, आचरण तथा प्रचार। इन चारों दशाओं के सम्मिलन से ही विद्या सम्पूर्ण होती है। मैं एक बार पढ़ता हूँ, फिर उसे औरों को सिखाता हूँ, स्वयं उस पर आचारण करता हूँ और औरों से कराता हूँ। ये हैं चार दशाएँ। जो अपनी समझ में नहीं आता, उस पर आचरण करना अथवा जो समझ में आता है उस पर आचारण न करना हमारे शास्त्र में नहीं है।"

चक्रवर्ति, "हो सकता है कि आपकी पढ़ाई में भूल हो।"

धर्माराव, "हो सकता है।"

कुमारस्वामी, "आप लोग तो हमारी बात छोड़कर आपस में चर्चा करने लगे !"

धर्माराव, "चक्रवर्ति जी चर्चा नहीं करते। मैं भी उनसे कोई चर्चा नहीं कर रहा हूँ।"

राधापति, "मैं तो कह चुका हूँ कि मैं चर्चा करूँगा।"

धर्माराव, "ठीक है, कीजिए।"

राधापति, "संसार में सभी स्त्री-पुरुषों में काम-वासना होती है। जहाँ देखिए पति और पत्नी एक-दूसरे के अतिरिक्त अन्यत्र भी अनुरक्त दीखते हैं। विवाह तो एक परिपाटी के रूप में हो रहा है। परन्तु विवाहितों में सचमुच सोलहों आने पतिव्रता स्त्रियों

या एक-पत्नीव्रती पुरुषों को दिखाना असम्भव है।''

धर्माराव, ''क्या आप दिखा सकते हैं कि अमुक लोगों का व्यवहार ठीक नहीं है ?''

राधापति, ''लाखों दिखा सकता हूँ। मुझे तो अच्छे लोग कहीं दिखाई ही नहीं देते।''

धर्माराव, '' 'अच्छे लोग' कहने से आपका मतलब पतिव्रता स्त्री और एक पत्नीव्रती पुरुष से ही है न ? जब ऐसे लोगों को आप अच्छा कहते हैं तो फिर उन जैसा रहना ही अच्छा ठहरा, न रहना बुरा ठहरा। यह तो आप ही की बात है। अलग चर्चा की आवश्यकता नहीं रही।''

चक्रवर्ति, ''पण्डित लोग यही करते हैं। बातों का अर्थ तोड़-मरोड़कर कुछ का कुछ लगा लेते हैं। ऐसा करना सचमुच चर्चा नहीं कहलाता।''

धर्माराव, ''चर्चा कहलाता है या नहीं, इस पर चर्चा बाद में करेंगे। यह कहना कोई दलील नहीं कि संसार में आदर्श दाम्पत्य है ही नहीं। ख़रीदे हुए आम यदि सड़े गले हों तो इसका मतलब यह नहीं कि अच्छे आम हो ही नहीं सकते। क्या संसार भर में पतिव्रता स्त्री या एक-पतिव्रती पुरुष होंगे ही नहीं ?''

राधापति, ''मैं समझता हूँ कि नहीं।''

धर्माराव, ''यह आपका भ्रम है। मैं हूँ।''

राधापति, ''क्या आपकी बुद्धि कभी किसी परायी स्त्री पर जाती ही नहीं ?''

धर्माराव, ''आप ठीक-ठीक बोलिए। पूछिए कि क्या आपका मन नहीं जाता। मन अलग है, बुद्धि अलग। चंचल मन इधर-उधर दौड़ सकता है। प्रयत्न करके उस पर काबू पाना पड़ता है।''

राधापति, ''क्यों पाया जाए ? मन को स्वच्छन्द छोड़ने में क्या आपत्ति है ?''

धर्माराव, ''हम शिक्षा पा रहे हैं। सुशिक्षित होकर अच्छा व्यवहार कर रहे हैं। यदि कोई पूछे कि शिक्षा क्यों पाएँ ? अच्छा व्यवहार क्यों करें ? तो इसका कोई उत्तर नहीं। कोई अनपढ़ व्यक्ति सुशिक्षितों के बीच अच्छे ढंग से व्यवहार नहीं कर सकता। इसी प्रकार अनियन्त्रित मन गहन विषयों में सभ्य व्यवहार नहीं कर सकता। उसे आध्यात्मिक गौरव प्राप्त नहीं होता। कुछ विशिष्ट नियमों का पालन ही सभ्यता कहलाता है। हम अपने इष्ट-मित्रों के साथ बिना किसी संकोच के बातें करते हैं। परन्तु सभा में कुछ नियमों का पालन करते हैं, इसी का नाम सभ्यता है। नियमबद्ध-शब्द-योजना और सभ्य व्यवहार से सभा में व्यक्ति को गौरव प्राप्त होता है। इसी प्रकार नियमों के पालन से मन को भी गौरव मिलता है। जो इच्छा को दबाता है, वह छोटा है। जो इच्छा को नियन्त्रित करता है वही बड़ा है।''

राधापति, ''मैं आपके सिद्धान्तों को नहीं मानता।''

धर्माराव, ''तब चर्चा की बात क्यों करते हैं ?''

पंकजम्मा, ''इस वेदान्त-चर्चा में समय बिताना कठिन हो रहा है। हम सब जमा हुए हैं, तो हँसी-ख़ुशी की बातें करना बेहतर होगा। ऐसी गहन चर्चा सबको कहाँ पसन्द

आएगी ? धर्माराव जी, आप बहुत अच्छा गाते हैं। कुछ गाकर सुनाइए।''

चक्रवर्ति, ''धर्माराव जी इस समय बहुत गरम हैं। अब उनसे गाने का आग्रह न करो।''

श्यामला, ''मंगम्मा जी शायद गाना सीख रही हैं।''

राधापति, ''केवल गाने की ही क्या बात है ? कल मैट्रिक की परीक्षा देगी। अँग्रेज़ी, संस्कृत, तेलुगु आदि कितनी बातों में निष्णात हो जाएगी।''

मंगम्मा, ''गुरु जी चेली का बखान नहीं करेंगे तो किसका करेंगे ?''

मंगम्मा अब पुरानी मंगम्मा नहीं रह गयी थी। मखमली चप्पलें, आँखों पर चश्मा, टेढ़ी माँग, हाथों में दो जोड़ी सोने की चूड़ियाँ, रेशमी साड़ी, सोने के पिन—आधुनिक सभ्यता के सारे उपादान उसके शरीर पर विद्यमान थे। वह अपनी बातों में कहीं-कहीं अँग्रेज़ी शब्दों का प्रयोग करने लगी थी। अपनी पण्डिताई का सबूत देने के लिए बीच-बीच में कठिन शब्दों का प्रयोग करती थी। जब से धर्माराव वहाँ आया, उसने मंगम्मा की ओर एक बार भी नहीं देखा। वह मंगम्मा की सारी पूर्व कथा जानता था। परन्तु मंगम्मा धर्माराव के बारे में कुछ नहीं जानती थी। वह धर्माराव के सम्मुख बैठने में किसी प्रकार की झिझक अनुभव नहीं करती थी। वह सोचती थी कि सबकी तरह धर्माराव को भी उसकी सारी बातें ज्ञात होंगी। उसे पता न था कि रामेश्वरम् से धर्माराव को कितनी घृणा है। अतएव उसे यह भी ज्ञात न था कि धर्माराव को स्वयं उससे भी कितनी घृणा है।

कुमारस्वामी, ''मंगम्मा जी, सुना है आप फिर से सिनेमा-चालू करना चाहती हैं ?''

मंगम्मा, ''एक नाटक कम्पनी भी शुरू करना चाहती हूँ।''

श्यामला, ''क्या नाटक में आप भी अभिनय करेंगी ?''

चक्रवर्ति, ''अभिनय करना पाप है क्या ?''

धर्माराव, ''नहीं-नहीं, उस लड़की ने यों ही पूछा, कौन कहता है, पाप है ?''

चक्रवर्ति, ''आप अँग्रेज़ी नाटक खेलेंगी तो मैं भी अभिनय करूँगा।''

राधापति, ''खेलना हो तो अँग्रेज़ी नाटक ही खेलना चाहिए। तेलुगु में नाटक हैं ही कहाँ। सचमुच तेलुगु में साहित्य है ही नहीं। ले-देकर महाकवि तिक्कन्ना के नाम का बखान किया करते हैं। वह तो एक समाचार-पत्र है।''

धर्माराव, ''आप तेलुगु के पण्डित कहलाते हैं। ऐसी बातें आपको शोभा नहीं देतीं।''

राधापति, ''मेरी राय सचमुच यही है।''

धर्माराव, ''तो फिर आप तेलुगु में कविता क्यों लिखते हैं ? अँग्रेज़ी में क्यों नहीं लिखते ?''

चक्रवर्ति, ''तेलुगु कवियों में भावों की विशालता नहीं है। पुरानी चाल पर ही चलना चाहते हैं। समाज में, धर्म में, साहित्य में किसी भी क्षेत्र में नवीन मार्ग पर चलना उन्हें

अच्छा नहीं लगता। इसी कारण कहीं भी कोई प्रगति नहीं हो सकी। अँग्रेज़ी में देखिए, एलेजी, सैटायर, कॉमेडी, ट्रैजेडी, बॅलेड, ओड, सॉनेट आदि कितने ही प्रकार हैं। परन्तु हमारे साहित्य में जहाँ देखिए, अश्लील प्रबन्ध ही दिखाई देते हैं।''

धर्माराव, ''यह आप का भ्रम है। ग़ौर से देखें तो पता चलेगा कि हमारे साहित्य में भी अनेक प्रकार के ग्रन्थ हैं। पुराण, इतिहास, काव्य और उनके प्रकार। फिर नाटक और उनके दस प्रकार। पद और उनके भिन्न-भिन्न प्रकार। चाटु, शतक, स्तोत्र आदि। इनके अतिरिक्त लक्षण-ग्रन्थ हैं, शास्त्र-ग्रन्थ हैं, जो अँग्रेज़ी साहित्य में नहीं हैं। ये ग्रन्थ शास्त्र का निर्देश भी करते हैं और स्वयं भी महाकाव्य के रूप में विद्यमान हैं। ऐसी विलक्षण रचनाएँ किसी और देश में नहीं मिलेंगी।''

चक्रवर्ति, ''आप तो संस्कृत ग्रन्थों को भी तेलुगु में गिना रहे हैं।''

धर्माराव, ''क्या आपने लैटिन और ग्रीक प्रणाली के ग्रन्थों को अँग्रेज़ी में नहीं गिनाया ? क्या आप अँग्रेज़ी ग्रन्थों का तेलुगु में भाषान्तर नहीं कर रहे हैं ? तेलुगु को अँग्रेज़ीमय बनाने की चेष्टा नहीं कर रहे हैं ?''

चक्रवर्ति, ''आपके सारे मत ईसामसीह के पूर्व के हैं ?''

धर्माराव, ''यह आपके मानदण्ड का दोष है। भावना-शक्ति को काल-मान से नापना बड़ी भारी भूल है। जान पड़ता है कि आपकी सम्मति में पाश्चात्य देशों के मत प्रामाणिक हैं। किसी विषय की चर्चा करनी हो तो अन्य संस्कारों से प्रभावित मन से काम नहीं चलेगा। आपका मन पाश्चात्य सभ्यता का दास बन चुका है। इसी से आप चर्चा करने के योग्य नहीं रहे।''

चक्रवर्ति, ''आप बड़ी ढिठाई से बातें कर रहे हैं। हमारा परिचय बहुत थोड़ी देर का है। इतने में ही आप सभ्यता का उल्लंघन करने लगे।''

धर्माराव, ''महाशय जी, केवल एक व्यक्ति से बोलने में सभ्यता का उल्लंघन हुआ है और आप इतने बिगड़ पड़े ! ज़रा सोचिए तो, आपके विचारों से, आपके व्यवहार से, एक दिव्य समाज पर संकट आ पड़ा है। आपने समाज की सभ्यता का उल्लंघन किया, वह कोई दोष नहीं; और मैं व्यक्ति की मर्यादा का उल्लंघन करूँ तो आप बिगड़ते हैं, यद्यपि वह भी मैंने नहीं किया है। एक बात पर चर्चा चल रही थी। चर्चा करते समय कहना ही पड़ता है कि आपकी राय ग़लत है, ऐसा कहने पर बिगड़ना नहीं चाहिए। इतना ही नहीं, मर्यादा के विषय में आपकी कल्पना बड़ी विचित्र लगती है। यथार्थ चाहे कुछ भी हो, आपका मत है कि बोलते समय बड़ी विनम्रता से बोलना चाहिए। यह तो अपनी-अपनी राय है, अपना-अपना आचरण है। क्या आप दूसरों के प्रति व्यवहार में तटस्थ रह सकते हैं ?''

कुमारस्वामी, ''अब इस चर्चा को यहीं बन्द करना ठीक होगा।''

धर्माराव, ''मुझे कोई आपत्ति नहीं। काफ़ी देर हो चुकी है।''

यह कहकर धर्माराव वहाँ से चला गया। चक्रवर्ति बोला, ''राधापति जी ! आप

कैसे महानुभाव को यहाँ ले आये ? इनके सारे विचार सड़े-गले लगते हैं।''

पंकजम्मा, ''वे भी बी. ए. पास कर चुके हैं।''

चक्रवर्ति, ''सचमुच पता नहीं, ऐसे लोग भी किस तरह बी. ए. पास कर जाते हैं।''

राधापति, ''ऐसा न कहिए। वे बड़े योग्य और विवेकी हैं। उनकी बात से हम सहमत भले ही न हुए हों, उन्होंने योग्यतापूर्वक चर्चा की, यह तो स्वीकार करना ही होगा।''

चक्रवर्ति, ''उसकी सारी बातों को हम काट सकते हैं।''

कुमारस्वामी, ''फिर क्यों नहीं काटा ?''

चक्रवर्ति, ''क्या मेरा यही काम है ?''

श्यामला, ''नहीं तो फिर इतनी देर तक चर्चा क्यों कर रहे थे ?''

मंगम्मा, ''मेरी सम्मति में धर्माराव जी की बात ही ठीक है। उन्होंने कहा कि मन को नियन्त्रित करना चाहिए। कितनी अच्छी बात है यह !''

राधापति, ''जी हाँ, आप मन को बड़ी अच्छी तरह नियन्त्रित कर सकती हैं।''

मंगम्मा, ''मैंने तो ऐसा नहीं कहा।''

राधापति, ''ये सब किताबी बातें हैं। क्या धर्माराव सचमुच एक पत्नीव्रत का पालन करता है ? उसने हम पर रौब जमाया। उसके मुँह पर हम भी 'ना' कैसे कहते ?''

पंकजम्मा, ''ऐसा न कहिए। मैं उन्हें बहुत दिन से जानती हूँ। उनका शील प्रशंसनीय है।''

राधापति, ''क्या धर्माराव हर समय जितेन्द्रिय बनकर रह सकता है ? मन का ऐसा निग्रह कौन कर सकता है ?''

कुमारस्वामी, ''इसका उत्तर तो धर्माराव दे ही चुके हैं। मन का निग्रह न कर पाना और बात है और निग्रह न करने को ठीक समझना दूसरी बात।''

साँझ होने से पहले ही अँधेरा हो गया और भोजन के उपरान्त सोने से पहले ही लिहाफ़ ओढ़ने की आवश्यकता अनुभव होने लगी। अँधेरे में दीवारों पर जहाँ-तहाँ जुगनू झिलमिलाते दीख रहे थे। भोजन से पहले ठण्डे पानी में पाँव धोना दूभर हो गया। जो भी कपड़ा पहनो, वह शरीर को ठण्डा लगता था। कपड़ा ओढ़ने से कोई नयी गरमी नहीं आ पाती थी। गरमी तो शरीर की थी, जो ओढ़े हुए कपड़ों को कुछ गरम बना देती थी। फाल्गुन के कृष्ण पक्ष में कड़ी धूप पड़ने लगी थी। तथापि पिछली बरसात में अधिक वर्षा होने के कारण शिशिर का जाड़ा घट नहीं पाता था। अँधेरा घनीभूत हुआ। आँगन में जाने के लिए भी दीये की आवश्यकता होने लगी। अरुन्धती ने भोजन किया। पति-पत्नी एक सेज पर सो गये। बच्चा सो रहा था। अरुन्धती पति से लिपट गयी। पति ने कुछ नहीं कहा। अरुन्धती ने पति को चूम लिया, फिर भी वह चुप

रहा। फिर अरुन्धती ने पतिदेव के मुख को अपनी ओर घुमाने के लिए खींचा; पर वह हिला नहीं। अरुन्धती बिगड़ गयी और बोली, ''परिणाम दीखने लगा है।''

धर्माराव, ''किस बात का परिणाम ?''

अरुन्धती, ''जिन घरों में जाना अनुचित है, वहाँ जाने का !''

धर्माराव, ''उस परिणाम का लक्षण क्या है ?''

अरुन्धती, ''पत्नी के प्रति उपेक्षा।''

धर्माराव, ''हाँ-हाँ, ठीक है। इस बात का क्या भरोसा कि तुम पतिव्रता हो ? सब लोग काम-वासना रखते हैं। मन चंचल होता है। अचंचल मन वाले मनुष्य का आज तक जन्म नहीं हुआ। मैं कैसे विश्वास करूँ कि तुम सदा मेरा ही स्मरण करती रही हो।''

अरुन्धती, ''मनुष्य-मनुष्य में जिस प्रकार वेष का, मुख-लक्षणों का, आचरण का, चतुराई का अन्तर होता है, उसी प्रकार मन का भी होता है। एक व्यक्ति घोर पाप करता है, दूसरा केवल कहता है कि पाप करूँगा, तीसरा केवल मन-ही-मन पाप करने की सोचता है और चौथा पहले पाप करने की सोचकर फिर उस संकल्प को तज देता है। एक व्यक्ति पाप के बारे में कभी सोचता तक नहीं। अन्य बातों में सभी लोग इसी प्रकार की भिन्नता मानते हैं, परन्तु वे इस बात की कल्पना नहीं कर पाते कि पाप का विचार तक न करने वाला भी कोई व्यक्ति हो सकता है। यह कोई प्रत्यक्ष दिखाने की नहीं, अनुमान से जानने की बात है।''

धर्माराव, ''तुम तो तर्क-शास्त्र के शब्दों का प्रयोग कर रही हो। कहाँ सीखा है यह सब ?''

अरुन्धती, ''कहाँ सीखा ? आप ही तो रहे इतने दिन अभिमुख।''

दूसरे दिन कुमारस्वामी आया। धर्माराव ने पूछा, ''कहो, क्या हाल-चाल हैं ?''

कुमारस्वामी, ''कल रात आपके जाने के बाद सब लोग आपको फटकार रहे थे।''

धर्माराव, ''कौन-कौन फटकार रहे थे ? राधापति भी ?''

कुमारस्वामी, ''उन्होंने कुछ नहीं कहा। मुख्य आलोचक थे हमारे नपुंसक।''

धर्माराव, ''चक्रवर्ति ? क्या कहा उसने ?''

कुमारस्वामी, ''कहता था कि आपकी बातें निरा ढकोसला हैं। चक्रवर्ति के वार से मंगम्मा आपका बचाव कर रही थी।''

धर्माराव, ''अच्छा ? मैं तो वहाँ नहीं था। फिर वार कैसा और बचाव कैसा ?''

कुमारस्वामी (हँसकर), ''सचमुच आपने कल बड़ा कमाल किया।''

धर्माराव, ''क्या किया मैंने ?''

कुमारस्वामी, ''मैं भी बेखबर था। सचमुच पंकजम्मा ने श्यामला से मेरा विवाह तय होने की बात चक्रवर्ति से छिपा रखी थी। सबके चले जाने के बाद एक मजेदार

बात हुई। चक्रवर्ति मेरे पास आकर बोला, ''क्यों जी, आप के नाम श्यामला द्वारा लिखे गये पत्र मुझे दिखाएँगे ?'' तब मैं ताड़ गया। मैंने श्यामला के दो-तीन पत्र उसे दिखाये, बाक़ी को छिपा लिया। चक्रवर्ति ने उन्हें भी दिखाने का अनुरोध किया। इस पर मैं बोला, ''उन पत्रों में कुछ रहस्य हैं। दिखाना नहीं चाहता।'' उसने पूछा, ''क्या रहस्य है ?'' मैंने जवाब दिया, ''क्या रहस्य हो सकता है भला ?'' यह कहकर मैं हँस पड़ा। मेरी बातों की प्रतिक्रिया तुरन्त दीख पड़ी। सारी रात चक्रवर्ति श्यामला से नहीं बोला।''

धर्माराव (हँसता हुआ), ''तुम ही बताओ, क्या श्यामला अभी तक अनसूँघा फूल है ?''

कुमारस्वामी, ''हमारे समाज में इसका कोई ठिकाना नहीं। हमें तो विवाह के बाद ही जाँच-पड़ताल करके देख लेना चाहिए। अपना सन्देह भी प्रकट नहीं करना चाहिए। हाँ, इतना जानता हूँ कि श्यामला मुझसे प्रेम करती है।''

धर्माराव, ''चक्रवर्ति यहाँ कब तक रहेगा ?''

कुमारस्वामी, ''उसके दाँत खट्टे हो चुके हैं। पता नहीं, उनके झड़ जाने तक रहेगा या उसके पहले ही चला जाएगा।''

धर्माराव, ''केवल चर्चा करने के कारण मुझ पर उसे गुस्सा नहीं आया, जानते हो ?''

कुमारस्वामी, ''हाँ-हाँ जानता हूँ, ख़ूब जानता हूँ।''

धर्माराव, ''तुम निरे बालक हो। चिल्लाते क्यों हो ? सच तो यह है कि पंकजम्मा अपनी लड़की का विवाह किसी ब्राह्मण से रचाना चाहती है। चक्रवर्ति भले ही बी. एस-सी. पास हो, पर तुम ब्राह्मण हो।''

कुमारस्वामी, ''आप सच कहते हैं। मैं जानता हूँ कि वे सब ब्राह्मणों से द्वेष करते हैं, पर खुद ब्राह्मणों का ही अनुकरण करना चाहते हैं।''

धर्माराव, ''ईसाई धर्म स्वीकार करनेवालों में यह प्रवृत्ति और अधिक होती है। मुझे स्मरण है कि एक बार मछलीपट्टनम में दो ईसाइयों का झगड़ा हुआ। दोनों कॉलिज में प्राध्यापक थे। उनमें से एक का दादा ब्राह्मण था और दूसरे का बाप चमार। वह ब्राह्मण ईसाई एक दूसरे ब्राह्मण अध्यापक के पास जाकर कहने लगा, ''हम उसके साथ बैठकर भोजन नहीं करेंगे। उसका बाप सोलह आने चमार है। मेरे दादा ब्राह्मण थे।'' ब्राह्मण अध्यापक ने पूछा, ''अरे भाई, इसी भेद को मिटाने के लिए तो तुम ईसाई बने थे। अब फिर वही भेद कहाँ से आ गया ?'' इस प्रश्न का उस ब्राह्मण ईसाई ने बड़ा अच्छा उत्तर दिया, ''ईसाई बनने के बाद हमने ईसाइयों के आपसी भेदों की हिन्दुओं के आपसी भेदों से तुलना की। ईसाइयों में रोमन कैथोलिक, प्रोटेस्टेण्ट और प्रोटेस्टेण्टों में लूथरेन मिशन इंगलिश मिशन आदि अनेक भेद हैं। भिन्नता कहाँ नहीं है ? भिन्नता न होती तो मनुष्य भी पशुओं की तरह झुण्डों में जीवन व्यतीत करते। जहाँ धर्म की बात हो, भिन्नता आ ही जाती है। कौन अपना स्वार्थ छोड़ता है ?''

कुमारस्वामी, ''आप सच कहते हैं। उस ब्राह्मण ईसाई ने मन की बात ज्यों की त्यों कह दी। कोई और होता तो न कहता।''

धर्माराव, ''आज की सभ्यता का प्रमुख चिह्न यही है कि मन की बात प्रकट न करो और भीतर-ही-भीतर खिचड़ी पकाते रहो।''

कुमारस्वामी, ''आप आज फिर आएँगे ?''

धर्माराव, ''अभी नहीं, दो-चार दिन बीतने दो।''

कुमारस्वामी, ''आज ही आने में क्या आपत्ति है ?''

धर्माराव, ''तुम नहीं समझते, भाई ! कह तो दिया, फिर कभी आऊँगा।''

शाम को धर्माराव कोठी की तरफ़ गया। जाते-जाते उसे गोपन्ना का स्मरण हो आया। वह मन-ही-मन हँस पड़ा; सोचने लगा—कितने बरस बीते, गोपन्ना को गये हुए ? अब मैं उसकी याद क्यों कर रहा हूँ ? ओहो ! बारह बरस बीते होंगे। कृष्णम नायडू, गोपन्ना, रुक्मिणम्माराव, रंगाजम्मा—ये सभी लोग प्राचीन युगपुरुष-से लग रहे हैं। मैं अभागा अकेला क्यों जी रहा हूँ ! इस युग में मेरी कविता अरण्य-रोदन-सी हो गयी है। उसका कोई प्रयोजन नहीं रहा। आज कृष्णम् नायडू जीवित होते तो मैं कहाँ-से-कहाँ पहुँच जाता। मेरे पद्य-पठन पर ही वे फूले नहीं समाते थे। ख़ैर यह दुर्भाग्य अकेले मेरा नहीं है। नौकरी ढूँढ़ना चाहता हूँ, पर कहीं कोई नहीं पूछता। आज अध्यापक वही है जो केवल शब्दों के अर्थ बताता है। विषय का बोध करना निषिद्ध है। आज के सृष्टि-परिणाम का एक भाग यही है कि महान् अर्थ से ओत-प्रोत वस्तु का नाश हो और अल्प प्रयोजनवाली वस्तु को ख़ूब बढ़ावा मिले। परमाणु सदैव एक-दूसरे के साथ भ्रमण कर रहे हैं। कब कौन-सी आकृति धारण करेंगे, यह कौन जानता है ! महा-वायु के थपेड़े खाकर आकाश में घटाएँ इधर-उधर बिखर जाती हैं। क्षण-क्षण उनकी आकृति में परिवर्तन होता रहता है। जिनका जीवन ही क्षणिक है, उनके लिए क्षणमात्र का परिवर्तन भी सुदीर्घ प्रतीत होता है। अनन्त काल में ह्रस्व और दीर्घ की गिनती ही क्या है ? शब्दों का अर्थ-निर्णय बड़ा विचित्र है। आज कई शब्दों के अर्थ का निर्णय करना असम्भव हो गया है....ऐसा सोचते हुए धर्माराव चल रहा था कि कुछ मोटर गाड़ियाँ उसके निकट से आगे को निकल गयीं। ऐसा लगा कि चारों गाड़ियाँ चार समुद्रों की दिशा में दौड़ लगा रही हैं। कोठी के दक्षिणी भाग में मोड़ पर एक आम का वृक्ष था। स्वर्गीय ज़मींदार के समय में वह वृक्ष सुन्दर पत्तों से सुशोभित मदन-छत्र-सा दीखता था। इधर गाँव शहर में बदल गया और कई निठल्ले लड़के उस वृक्ष पर आक्रमण करके सारी कैरियाँ तोड़ने लगे। परिणाम यह हुआ कि नये पत्ते और टहनियाँ आदि सब समाप्त हो गयीं और कोठी की दीवार पर झुकी हुई एक शाखा के अतिरिक्त शेष वृक्ष भोंड़ा-सा बन गया। वहीं पान-बीड़ी की एक दूकान खुली। बची हुई शाखा उस दूकान के ऊपर झुकी हुई थी। वह शाखा भी भौंड़ी थी। उनके एक सिरे पर दस-पाँच पत्ते थे। धर्माराव ने उसे देखा। पत्तों के उस छोटे-से झुरमुट में कोयल के कुपित नेत्र

जैसी दो लाल कोपलें फूट आयी थीं। ओहो ! वसन्त आया है, पर कितना क्षीण लगता है ! लेकिन क्षीण दशा में भी उसकी शोभा छिप नहीं रही थी। कहीं से कोयल की कूक सुन पड़ी। हाँ, सचमुच वसन्त आ पहुँचा है।

अँधेरा छा गया। धर्माराव घर लौटा। उसने पूछा, "रसोई बनी है क्या !"

अरुन्धती कहने लगी, "जीमकर कहीं बाहर जाना है !"

धर्माराव, "कहाँ जाऊँगा ! वसन्त और बरसात में घर छोड़कर कहीं बाहर जाने को जी नहीं चाहता।"

अरुन्धती, "हाँ-हाँ, वर्षा में बाहर जाओगे तो पाँव में कीचड़ लगेगा। वसन्त में जाओगे, तो सिर तपेगा।"

धर्माराव, " 'अनधिगत-रामायण इव' की भाँति तुम 'अनधिगतालंकार शास्त्र इव' बोल रही हो।"

अरुन्धती, "अब जाकर रसोई बनानी है। मुझे क्या पता था कि आज आप इतनी जल्दी लौटेंगे !"

धर्माराव, "वसन्त की शोभा अनूठी है। आम की कोंपलें प्रेयसी के हाथों की तरह बड़ी प्यारी लगती हैं। विवाह के समय सीता के हाथों का श्रीरामचन्द्र ने वर्णन किया है। 'मूर्तिमानिव महोत्सवः करः' ये उनके शब्द हैं। प्रभु ने लज्जा के मारे सीता के मुख की ओर नहीं देखा, केवल हाथ देखा। सम्भवतः प्रभु को उस समय वह सारा विवाह, विवाह का सारा उत्साह और उत्साह के बीच अपना हृदयगत आनन्द, सब कुछ सीता माता के उस हाथ के रूप में मूर्तिमान् दीख पड़ा होगा।"

अरुन्धती, "उन छोटे-छोटे लाल हाथों में मेहँदी लगी होगी। उँगली में नीलम की अँगूठी पहनायी गयी होगी।"

धर्माराव, "तुम अपने ही हाथ का वर्णन कर रही हो !"

अरुन्धती, "मैं जानती हूँ कि मेरे हाथ वैसे नहीं हैं। मैं भला कोई अन्तःपुर की स्त्री हूँ ? प्रतिदिन घर का काम-काज करके मेरे हाथों में छाले पड़ गये हैं।"

धर्माराव, "कोमल हाथों में छाले पड़ना और बात है, भोंड़े हाथों में पड़ना और बात। बच्चा सो गया है क्या ! परसों मेहँदी लगाने के बाद से तुम्हारे हाथों की अपेक्षा उसी के हाथ अच्छे लग रहे हैं।"

अरुन्धती, "बच्चा कोई घर का कामकाज थोड़े ही कर रहा है !"

धर्माराव, "तुम्हारी धृष्टता बहुत बढ़ रही है।"

अरुन्धती, "यह धृष्टता है ?"

धर्माराव, "सुनने में तो केवल परिहास है। एक सिद्धान्त के अनुसार हम जो-जो बातें करते हैं, उनके अनुरूप हृदय में कहीं-न-कहीं भाव-प्रवृत्ति विद्यमान होती है। उसके पीछे हृदय की प्रवृत्ति होती है। उसके भी पीछे आध्यात्मिक प्रवृत्ति होती है। वाक्प्रवृत्ति तथा मनःप्रवृत्ति हममें होती है। हृदय-प्रवृत्ति को हम कभी-कभी पहचान लेते हैं।

आध्यात्मिक प्रवृत्ति का हमें भान नहीं होता। आत्मा से उत्पन्न होनेवाले भाव वाक्रूप में परिणत होने से पहले अनेक रूप धारण करते हैं। आत्मा में बच्चे की अपेक्षा अपने ही प्रति अधिक प्रेम होता है। हृदय प्रवृत्ति तक पहुँचने पर बेटा प्रेम-पात्र बन जाता है। मनःप्रवृत्ति से हम उसका सुख चाहते हैं !''

अरुन्धती, ''अब मैं रसोई बनाने जाऊँ ! शायद वसन्त ऋतु में भूख नहीं लगती।''

धर्माराव, ''भूख न हो तो रसोई बनाना ज़रूरी नहीं है।''

अरुन्धती, ''यह नहीं चलेगा। मैं रसोई बनाने जा रही हूँ।''

तीन दिन बाद कुमारस्वामी आया। धर्माराव ने पूछा, ''कहो भैया, कहानी कहाँ तक आयी है ?''

कुमारस्वामी (हँसकर), ''आज आप वहाँ जाएँगे तो चक्रवर्ति आपसे नहीं बोलेगा।''

धर्माराव, ''मैंने उसका क्या बिगाड़ा है !''

कुमारस्वामी, ''तीन दिन तक श्यामला और मैं आपकी प्रशंसा करते रहे और चक्रवर्ति जलता रहा। हम आपको महाकवि कहते रहे और वह बिगड़कर कहने लगा, 'तुम लोगों ने अन्य देशों के ग्रन्थ नहीं पढ़े हैं। इसी से तेलुगु का कोई भी शुद्ध कवि तुम्हें महान् लगने लगता है।' आपसे सुनी हुई कई बातें हमने उसे सुनायी। उन्हें सुनकर वह और भी आग-बबूला हो गया। न जाने क्या-क्या बकता गया। अन्त में श्यामला बोली, 'आप बिगड़ते क्यों हैं ? धर्माराव कल या परसों आएँ तो उनसे ही चर्चा कर लेना।' इस पर मैं बोला, 'धर्माराव की बातें निरी ढकोसला होती हैं, उनसे क्या चर्चा करेंगे ?' मेरा उलाहना सुनकर चक्रवर्ति गुस्से से मेरी तरफ़ घूरने लगा। यह है हमारी कहानी। आप आएँगे तो दोनों में ठनेगी।''

धर्माराव, ''हम दोनों की कभी पटने की नहीं।''

कुमारस्वामी, ''चार बचने को हैं। अब चलें ?''

धर्माराव, ''यह नयी आफ़त क्यों खड़ी करते हो ? वह सोचेगा कि तुम ही मुझे वहाँ ले गये। तुम आगे चलो, मैं थोड़ी देर में आऊँगा।''

कुमारस्वामी, ''कहीं आप दोनों में झगड़ा न हो जाए !''

धर्माराव, ''मेरा उससे क्या झगड़ा ? मेरी तो सारी दौड़-धूप इसलिए है कि तुम्हारा और उसका झगड़ा मिट जाए।''

कुमारस्वामी, ''मास्टरजी, ऐसी मार उस पर पड़ेगी तो वह मर जाएगा।''

यह कहकर कुमारस्वामी चला गया। धर्माराव ने पत्नी से कहा, ''थोड़ा नाश्ता नहीं बनाओगी ?''

अरुन्धती, ''आज घर लौटने में बहुत देर होगी ?''

धर्माराव, ''आज के कविगण तुम्हारी तरह ध्वनि नहीं समझ सकते।''

अरुन्धती, ''अभी कह दीजिए। देर से रसोई शुरू करूँगी।''

धर्माराव, ''सच है, आज देर होगी।''

अरुन्धती, ''कहाँ जा रहे हैं ?''

धर्माराव, ''जाते समय यह नहीं पूछना चाहिए।''

अरुन्धती, ''आपके न जाने से वहाँ कोई वस्तु बासी पड़ जाएगी ?''

धर्माराव, ''तुम्हारी बातें बहुत बढ़ रही हैं।''

अरुन्धती, ''कोई भय नहीं। आप चाहें तो घटकर समाप्त भी हो जाएँगी।''

धर्माराव, ''वैदिक ब्राह्मण के परिवार में जन्मी हो, इसलिए कभी-कभी अमंगल बातें भी तुम्हारी जबान पर आ जाती हैं। मैंने क्या कहा, जो आँसू टपकाने लगीं ? कोई बात नहीं। देखो, तुम्हारे आँसुओं से मेरा दुपट्टा भीग गया। बच्चा भीतर कुछ तोड़-फोड़ कर रहा है। जाओ।''

अरुन्धती, ''जल्दी लौटेंगे न ?''

धर्माराव, ''तुम्हारी आवाज़ अभी तक भर्रायी हुई है।''

अरुन्धती हँस पड़ी। धर्माराव भी हँस पड़ा। दूर कहीं से कोयल की कूक सुनाई देने लगी। धर्माराव ने कहा, ''देखो वसन्त की कोयल !'' अरुन्धती बोली, ''मुझसे अकेले नहीं रहा जाता। कृपा करके जल्दी घर लौटिएगा।''

धर्माराव बोला, ''अजीब झमेला है। कहावत है कि बढ़ाने पर ब्रह्महत्या होती है और घटाने पर गो-हत्या।''

पंकजम्मा के घर बैठक ज़मी थी। पंकजम्मा ने धर्माराव की आवभगत कर, उसे आसन पर बैठाया। बोली, ''हम रोज़ आपकी राह देखते रहे, पर आप नहीं आये।''

कुमारस्वामी, ''उनका आगमन मिष्टान्न जैसा है। त्योहार के दिन ही मिलता है। रोज़-रोज़ उसे हम खा भी नहीं सकते और पचा भी नहीं सकते।''

चक्रवर्ति, ''धनवानों के घरों में प्रतिदिन मिष्टान्न बनता है।''

मंगम्मा, ''परिपाटी के अनुसार बनाते हैं, उसे खाकर पचाना कठिन है।''

राधापति, ''आपके न रहने से कोई कमी अवश्य प्रतीत होती है। हमारी सारी बातें ऊपर-ऊपर की होती हैं। आपकी बातें हृदय से निकलती हैं।''

धर्माराव, ''आपका स्नेह आपसे यह कहला रहा है।''

राधापति, ''आपके प्रति मेरा उतना स्नेह नहीं है।''

धर्माराव, ''मैं ढिठाई से बोलता हूँ, आप रुखाई से बोलते हैं।''

कुमारस्वामी ठहाका मारकर हँस पड़ा। चक्रवर्ति ने उसकी ओर तीक्ष्ण दृष्टि फेंकी। कुमारस्वामी बोला, ''कौन कहता है कि आप ढिठाई से बोलते हैं ?''

श्यामला, ''आप अब तक बराबर बचते रहे हैं। लेकिन आज अपनी कुछ कविताएँ

आपको सुनानी ही होंगी।''

कुमारस्वामी, ''क्या रखा है उन कविताओं में ? सच तो यह है कि स्विट्ज़रलैण्ड और बेल्जियम में अनेक महाकवि हैं।''

चक्रवर्ति, ''हाँ-हाँ, सचमुच हैं। तुम्हें क्या पता ! बात-बात पर क्यों ताने देते हो ? कहाँ है कविता हमारे देश में ? इब्सन, बर्नार्ड शा आदि के नाटकों जैसे नाटक दिखाओ। ह्यूगो, डूबास, हार्टी के उपन्यासों जैसे उपन्यास दिखाओ ! वे सारे संसार में विख्यात हैं। हँसने भर से हम बड़े नहीं बन जाते।''

कुमारस्वामी, ''अब मैं क्यों पड़ूँ इस चर्चा में ? आप हैं और धर्माराव जी हैं। ठहराइए कि कौन बड़े हैं।''

मंगम्मा, ''इन दोनों में ?''

इस चर्चा में बार-बार मंगम्मा का टपक पड़ना धर्माराव को अच्छा नहीं लग रहा था। परन्तु वह उसी के पक्ष में बोल रही थी। अतएव स्वाभिमान के कारण मंगम्मा के प्रति उसका वैमनस्य कुछ घटा। तथापि धर्माराव मंगम्मा की ओर देखता न था; उसकी बातों पर कुछ कहता न था।

पंकजम्मा, ''क्या हमारे देश के कवि इतने गये-गुज़रे हैं ?''

धर्माराव, ''मैं ऐसा नहीं मानता। परन्तु अँग्रेज़ी पढ़नेवाला सारा संसार यही कहता है। मेरी सम्मति में हमारे साहित्य का अर्थ केवल तेलुगु साहित्य से नहीं है। संस्कृत साहित्य भी हमारा ही है। उसे भी मिलाकर देखो, तो हमारा साहित्य किसी अन्य देश के साहित्य से कम नहीं है।''

चक्रवर्ति, ''तब तो अँग्रेज़ी साहित्य भी हमारा ही है।''

धर्माराव, ''ऐसा क्यों होने लगा ? साहित्य का अर्थ समझकर विचार करें तो ज्ञात होगा कि संस्कृत साहित्य हमारा है, पर अँग्रेज़ी साहित्य नहीं।''

चक्रवर्ति, ''सारी भाषाएँ एक हैं। उदात्त भाव जहाँ भी हो, उसे स्वीकार करना चाहिए।''

धर्माराव, ''सारी भाषाएँ एक नहीं हो सकतीं। वे भिन्न-भिन्न हैं। भाषा का क्या अर्थ है ? लोटा, द्वार, कुत्ता, आँखें—इस प्रकार के शब्दों से प्रतिदिन उपयोग में आनेवाली वस्तुओं का ही बोध होता है। यह कोई बड़ी भाषा नहीं। समाज, धर्म, राजनीति आदि गहन विषयों का बोध करानेवाली भाषा ही सचमुच भाषा है। कुछ शब्द तथा वाक्य ऐसे होते हैं, जिनसे राष्ट्रों के विभिन्न स्वरूपों का बोध होता है, यही उस राष्ट्र का सच्चा व्यक्तित्व है। एक उदाहरण लीजिए, दशहरे के त्योहार के समय गाँव की पाठशालाओं के अध्यापक विद्यार्थियों को उनके रिश्तेदारों के घर ले जाकर वहाँ से पारितोषिक प्राप्त करते हैं। कहते हैं कि एक बार नेल्लूर के पास के एक अध्यापक दस-बारह वर्ष के बालकों को साथ लेकर पेन्ना नदी पार कर रहे थे। दक्षिण की सारी नदियाँ बड़ी प्रखर वेग वाली होती हैं। उनमें पेन्ना नदी का वेग तो और भी अधिक

है। देखते-देखते उसका प्रवाह उमड़ पड़ा। यह स्थिति देखकर अध्यापक और बालकों ने किनारे की तरफ़ दौड़ लगायी। कई किनारे पर पहुँच गये। परन्तु बहुत छोटे-छोटे बालक प्रवाह में बह गये। अध्यापक बिलबिलाकर रोने लगा। वह कहने लगा, ''मैं ही इन बालकों को साथ लाया था। इनके माता-पिता पूछेंगे तो क्या जवाब दूँगा ? कौन-सा मुँह लेकर उनके पास जाऊँगा ?'' रो-रोकर बेचारा अध्यापक भी नदी के प्रवाह में कूदकर बह गया। यह कहानी एक अँग्रेज़ विद्वान् ने दूसरे अँग्रेज़ विद्वान् को सुनायी। सुनकर उसने तीन-तीन बार 'ब्युटिफुल' का नारा लगाया। पहले विद्वान् ने व्याख्या की, ''यह कहानी क्यों सुन्दर है ? कीट्स कहता है कि सौन्दर्य ही सत्य है और सत्य ही सौन्दर्य है। यह कहानी इसलिए सुन्दर है कि अध्यापक ने अपनी प्रामाणिकता का सबूत दिया।'' अब यही कहानी किसी अँग्रेज़ी न जाननेवाले को सुनाओ। वह क्या कहेगा ? क्या वह उसे सुन्दर कहेगा ? यदि कहे तो लोग उसे फटकारेंगे कि कहानी में तो सब लोग रो रहे हैं और तुझे वह सुन्दर लग रही है। आन्ध्र प्रान्त का निवासी क्या कहेगा ? कहेगा, अरे-रे, बेचारा ! कौन बेचारा है ? क्यों बेचारा है ? अब देखिए दोनों भाषाओं में एक ही विषय का किस प्रकार भिन्न बोध होता है ! यह विभिन्नता कहाँ है ? ज़न्म के विषय में, जगत् के सिद्धान्तों के विषय में, दोनों समाजों में जो विभिन्न भाव हैं, उन्हीं पर यह विभिन्नता आधारित है। अँग्रेज़ी भाषा में और हमारी भाषा में इन प्रधान विषयों पर दृष्टिकोण का अन्तर है। कर्म, प्रारब्ध, पुनर्जन्म, तैंतीस कोटि देवता-गण, पशु-पक्षी तथा कीट आदि में आत्मा के अस्तित्व का विश्वास—ये सब हमारे समाज तथा धर्म की बुनियादें हैं। अँग्रजी समाज की बुनियादें भिन्न हैं। उनके द्रष्टाओं ने सृष्टि और उसके कारण की खोज किसी और ढंग से की और हमारे द्रष्टाओं ने किसी और ढंग से। इसी कारण स्रोत विभिन्न मार्ग से चले। प्रत्येक शब्द का अर्थ उनके पास और है, हमारे पास और है, भगवान् शब्द को लीजिए। ब्रह्मा, विष्णु, महेश—ये तीनों सृष्टि के हेतु हैं। इनके ऊपर एक और बड़ा अधिकारी है। वह है—ब्रह्म। वह वैभवपूर्ण है, सगुण है, कूटस्थ नहीं है। भगवान् शब्द में यह सब अर्थ भरा पड़ा है। हमारा सारा वेदान्त इस एक शब्द की व्याख्या करता है। अब इस पद का पर्यायवाचक शब्द 'गॉड' लीजिए। उनका अर्थ एकदम भिन्न है। उससे बढ़कर कोई नहीं है। सारी सृष्टि वही करता है। सारा जग उसकी लीला है। हमारा भगवान् ऐसा नहीं। हमारे किये हुए कर्मों के अनुसार भगवान् केवल सुख-दुःखों को बाँटता है। इस प्रकार भाषा की दृष्टि से, एवं अर्थ की दृष्टि से भी, हममें और उनमें महत्त्वपूर्ण अन्तर है। अब देखें कि वाङ्मय किसे कहते हैं। धर्म, समाज तथा आचरण को मनोहर रूप में अभिव्यक्त करना ही वाङ्मय का काम है। समाज, धर्म और आचरण राष्ट्र के आन्तरिक जीवन के प्रतीक होते हैं। अतएव यदि समाज, धर्म और आचरण को अमान्य करना हो तो उससे पहले हमारे महर्षियों के सिद्धान्तों का तर्कशास्त्र के अनुसार खण्डन करना होगा। कह चुका हूँ कि समाज, और आचरण की मनोहर अभिव्यक्ति को ही

वाङ्मय कहते हैं। इनके अतिरिक्त शील-निरूपण, किसी विशिष्ट व्यक्ति के मानसिक परिणाम तथा पाठक को रिझाने के लिए की जानेवाली चमत्कार-योजना—ये सब वाङ्मय में अपना-अपना स्थान रखते हैं। प्रधान उद्देश्य है—समाज, धर्म और आचरण की अभिव्यक्ति। मिल्टन का 'पैराडाइज़ लॉस्ट' इसी कारण अँग्रेज़ी साहित्य में अनन्य स्थान रखता है। वर्जिल का 'इलियड' और गेटे का 'फ़ॉस्ट' इसी कारण महान् ग्रन्थ कहलाये कि उनके परलोक-सम्बन्धी सिद्धान्तों का उनमें सरस प्रतिपादन हुआ है। यदि कर्म-सिद्धान्तों को मान लोगे तो हमारे समाज का यही स्वरूप होगा। केवल काव्य की आत्मा ही नहीं, काव्य का शरीर भी, काव्य का स्वरूप भी, हमारे मूलभूत सिद्धान्तों पर आधारित रहता है। किसी भी प्रबन्ध-काव्य को ले लो। आदि में चातुर्वर्ण्य का उल्लेख मिलेगा। इसका कारण यह है कि कवि ने चातुर्वर्ण्य व्यवस्था को समाज का उत्कृष्ट रूप माना है। अतएव हमारी कला भी हमारे धर्म की अनुगामिनी होती है। महाभारत के प्रारम्भ में देखो, सर्पयाग का उल्लेख है। क्यों ? इसलिए कि महाभारत प्रधानतया कर्म-सिद्धान्तों का प्रतिपादन करता है। गीता में भी वही हुआ है।

आज के पण्डित कभी-कभी इस बात की चर्चा करते हैं कि दुर्योधन का दोष था या युधिष्ठिर का। कहते हैं कि कर्ण के साथ अन्याय हुआ। ब्राह्मण अश्वत्थामा ने षड्यन्त्र रचा। महाभारत लिखनेवाले का इन झंझटों से सरोकार नहीं था। सारे परिणाम पुराकृत कर्म के अनुसार हुए। कर्म-परम्परा का प्रतिपादन ही महाभारत का प्रधान विषय है, जो सनातन-धर्म का प्रथम सिद्धान्त है। इसका निरूपण सर्पयाग के वर्णन में हुआ है। सर्पयाग द्वापर के अन्त में सम्पन्न हुआ था। समुद्र-मन्थन कृतयुग में हुआ था। सारा संसार विषमय हुआ। सारी सृष्टि में परमाणु एक-दसूरे से सम्बद्ध हैं। खगोल के ग्रहों का, भूगोल के प्राणियों के जीवन पर प्रभाव पड़ता है। ज्योतिष-शास्त्र इसी सिद्धान्त पर आधारित है। पाश्चात्यों की कृपा से ज्योतिष भी शास्त्र कहलाने लगा है। सामुद्रिक शास्त्र उसकी नयी देन है। आधुनिकों के लिए बैनहैम और शीरो ऋषितुल्य जो ठहरे ! मनुष्य के जीवन का उसके हाथ की रेखाओं से कितना सम्बन्ध है ? मुख का निरीक्षण करके और हस्तलेख देखकर भी मनुष्य का स्वभाव जाननेवाले लोग हैं। मनुष्य के जीवन में जो कुछ होनेवाला है, वह सब उसके जन्म से पहले ही निश्चित हो जाता है। मनुष्य की हस्त-लिपि, उसकी चाल, उसकी चितवन, सब कुछ उसी को प्रतिबिम्बित करते हैं। इसका क्या अर्थ है ? यह सब एक ही स्वरूप है। इस सारे जगत् में महान् एकता विद्यमान है। कोई उसके पीछे रहकर इसे चला रहा है। एक का हेतु दूसरा है। उसके उपांगों को अलग नहीं करना चाहिए। आप कहते हैं कि बर्नार्ड शा के नाटक उत्कृष्ट हैं। यह तो बताइए कि नाटक में रस-प्रधान है या भाव ? पाश्चात्य संसार, समाज में होनेवाले निरन्तर परिवर्तनों से परेशान हो रहा है। अनियमित भाव जलपात की भाँति शोर मचा रहे हैं, नियमित रूप से बह नहीं पाते। चारों तरफ़ से उन पर आघात हो रहे हैं। पता नहीं, सिद्धान्त क्या है और आदर्श क्या है। पाश्चात्यों ने एक ऐसी

परिस्थिति बना ली है, जिसमें कोई स्थिरता नहीं। उस परिस्थिति से उत्पन्न असंख्य समस्याओं को हल करने के लिए उनके साहित्य का उपयोग हो रहा है। क्या वह सब साहित्य है ? शा के लिखे हुए ग्रन्थों में रस-निष्पत्ति हुई है या वे ग्रन्थ शा के विचारों को व्यक्त करनेवाले वचनों से भरे पड़े हैं ? एक और सिद्धान्त है कि प्रवक्ता ही महाकवि है और महाकवि को ही प्रवक्ता होना चाहिए। शंकराचार्य महान् प्रवक्ता थे। उनके लिखे हुए स्तोत्र पढ़ें तो कालिदास की सारी रचनाओं से दस-गुनी सरसता उनमें पायी जाती है। शंकराचार्य की कविता में शय्या-पाक आदि महाकाव्य के सभी गुण विद्यमान हैं। फिर भी शंकराचार्य को कालिदास की अपेक्षा महान् कवि नहीं ठहराया गया। कालिदास प्रवक्ता नहीं थे। महाकवि के लिए रस ही प्रधान है। जिसकी रचना में रस की समृद्धि हो, वही महाकवि है। भाव एक छोटी-सी तलैया है, रस समुद्र है। पाश्चात्य नाटक भावाश्रित हैं, रसाश्रित नहीं। उन नाटकों में एक भाव या व्यभिचारी भाव को आलम्बन बनाकर कथा की कल्पना होती है। कभी-कभी किसी धार्मिक सिद्धान्त के निरूपण के लिए नाटक लिखे जाते हैं। ऑसकर वाइल्ड की 'सलोमे' जैसी रचना केवल एक भाव को व्यक्त करती है। रचना उत्कृष्ट हो सकती है। ध्वनि, कथा-कल्पना, चरित्र-चित्रण, मानसिक उद्वेग की अभिव्यक्ति, विशिष्ट मानसिक परिणाम के रहस्य का निरूपण, वार्ता की चतुराई—ये सभी लक्षण सभी देशों के महाकवियों में होते हैं। जो कुछ भिन्नता होती है वह प्रधान वस्तु में। रचना-शैली को देखकर ही महाकवि का निर्णय करना हो, तो सभी देशों में महाकवि मिलेंगे। हमारे 'हरविलास' काव्य में पहले दुर्वासा ऋषि ने एक गन्धर्व को शाप दिया। बेचारा आकर अनुनय करने लगा। तब महर्षि ने कहा, "हाय बेटा, आज सवेरे उठकर तुमने किसका मुख देखा, जो मेरे मुँह से शाप के शब्द निकल पड़े ? मेरे लाल ! तुम शाप पूरा कर आओ। तुम्हारे लौटने तक तुम्हारी पत्नी को मैं अपनी बेटी की भाँति रखूँगा।" वह क्रोध क्यों ? और वह सहानुभूति क्यों ? इसमें हिन्दू धर्म और उसके मूलभूत सिद्धान्त ध्वनित होते हैं। यह कविता है या वह ? तेलुगु में महाकवि हैं या नहीं, परखकर देखो तो पता चलेगा अनेक महाकवि हैं। बात यह है कि हम अपना सब कुछ भूल चुके हैं। कहाँ क्या है, यह पढ़ने की चेष्टा तक नहीं करते। पाश्चात्य रचनाएँ अनेक आलोचनाओं के साथ पढ़ते हैं, तब उन्हें समझते हैं। पर हमारी रचनाओं को समझ नहीं पाते। उन पर आलोचना लिखी ही नहीं जाती। पूछा जाता है कि हमारे देश में कोई महाकवि है ? मैं पूछता हूँ कि पढ़नेवाले कहाँ हैं ? प्रश्रय देनेवाले कहाँ हैं ? कवि को अपना पेट पालना ही दूभर हो रहा है। नौकरी के लिए साहित्य में अनुसन्धान चाहिए। परन्तु तेलुगु पुस्तक एक भी नहीं बिकती। यह है हमारी स्थिति।"

रात बहुत हो चुकी थी। धर्माराव घर लौटा। उसके जाने के बाद कोई कुछ नहीं बोला। सारी रात स्तब्धता में बीती। कल जाड़ा था, पर आज बाहर सोने को जी करता था। वसन्त ऋतु का आगमन हो चुका था।

सोलह

मधुमास की अध-गरम हवा के झोंके पेड़ों की डालियों में से छनकर लोगों के चेहरों पर थपेड़े दे रहे थे और कानों में घुसकर शरीर को सुखा रहे थे। अरुन्धती बच्चे को गोद में लेकर चल नहीं पाती थी। थोड़ी-सी लू लगी। उसने बच्चे को धर्माराव के हवाले कर दिया। उसी क्षण दोनों के शरीर आपस में छू गये और पुलकित होकर मानो ब्रह्मानन्द पथ पर चलने लगे। दोनों के मन में एक ही विचार आया कि हम एक-दूसरे को छोड़कर नहीं रह सकेंगे।

धर्माराव, ‘‘तुम्हें लू लगी है क्या ?’’

अरुन्धती, ‘‘दिनों-दिन मैं अशक्त होती जा रही हूँ। मुझे कोई दवा दिलाइए। अब मैं बहुत दिन नहीं जी सकूँगी। मुझसे आपको क्या सुख मिला है ? क्या मिलेगा ?’’

धर्माराव, ‘‘छी-छी ! ऐसा न कहो। तुम्हारा रहना ही मेरे लिए सब कुछ है। तुम रहोगी तो मैं सुख की मीठी नींद सोऊँगा।’’

अरुन्धती, ‘‘सच कहती हूँ, अब मैं लम्बे समय तक नहीं जी सकूँगी।’’

धर्माराव, ‘‘तुम्हारे बिना मैं भी नहीं जी सकूँगा।’’

अरुन्धती, ‘‘संसार में क्या और लोग नहीं जी रहे हैं ? वैसे तो मैं भी आपको छोड़कर नहीं जाना चाहती।’’

धर्माराव ने उसके और पास जाना चाहा, पर अरुन्धती बोली, ‘‘कहीं लोग देख न लें। चलिए, घर लौट चलें।’’

धर्माराव ने एक स्वदेशी वैद्य को बुलाकर अरुन्धती की दवा-दारू का प्रबन्ध किया। दस दिन के उपरान्त अरुन्धती का स्वास्थ्य कुछ सुधरने लगा। धर्माराव ने सोचा, दवा अपना काम कर रही है। तथापि अरुन्धती बहुत दुबली पड़ गयी थी। वह अत्यन्त चिन्तित दीखने लगी थी।

इसी स्थिति में एक वर्ष बीत गया। गाँव के सारे घर जहाँ के तहाँ खड़े थे। अनन्त आकाश में सारे खगोल निरन्तर भ्रमण कर रहे हैं। परन्तु उन खगोलों के अन्तर्गत विविध वस्तुओं को भ्रमण क्यों नहीं करना पड़ता ? वे केवल उत्पन्न होते और नष्ट हो जाते हैं। सुब्बन्नापेठ के बड़े-बड़े भवन पत्थर से बने थे। नगरपालिका के भवन पर दो लाख ख़र्च हुए थे। क्या वह भवन कभी टस से मस होनेवाला नहीं ? क्या वह सूर्य और चन्द्रमा की भाँति हमेशा बना रहेगा ?

नगरपालिका भवन के साथ ही मार्केट बनाया गया था। वेणुगोपाल स्वामी यदि पीछे मुड़कर देखते, तो उन्हें अवश्य ही अपनी पूर्व कथा का स्मरण हो आता। मार्केट में स्वामी के प्रथमावतार अर्थात् मछलियाँ लटकायी गयी थीं। उनकी बास ब्राह्मणों के मुहल्ले तक फैल रही थी। रामचन्द्रराजु और कबीर ने मार्केट के निर्माण का बहुत विरोध किया था, पर नगरपालिका में उनकी हार हुई थी। अन्त में कबीर बोला, ‘‘हाँ भाई,

जिस बात से वेणुगोपाल स्वामी को ही कष्ट नहीं होता, उससे ब्राह्मणों को क्या कष्ट होगा ?'' ज़मींदार ने मार्केट के निर्माण के लिए यही जगह दी थी। राधापति ने कहा, ''हमारी जनता पुष्टिकर भोजन न मिलने के कारण दुर्बल होती जा रही है। मछली और मांस खाये बिना लोगों में शक्ति नहीं आ पाएगी। दूसरे देशों में लोग सोलह बरस की आयु में ही कैसे हट्टे-कट्टे होते हैं ! कलेक्टर बनकर हमारे देश में आते हैं। इधर हमारे ब्राह्मण हैं कि नाक पकड़कर 'ओम् भूः' जपते हुए अपना सर्वनाश कर रहे हैं।''

एक वर्ष और बीत गया।

एक दिन सवेरे गणाचारी ने स्नान किया और बालों को चोटी में बाँध, कुंकुम का बड़ा तिलक लगाकर गाँव में निकल पड़ी। उसके हाथों में नीम की दस सूखी हुई टहनियाँ थीं। मुख पर झुर्रियाँ पड़ गयी थीं। बुढ़ापे के चिह्न स्पष्ट दीखने लगे थे। उसकी आयु चालीस वर्ष की हो चली थी। पूर्व काल की गणाचारियाँ कभी बूढ़ी नहीं होती थीं। वे शरीर से अजर थीं और परम्परा से अमर। परन्तु आज की गणाचारी में जरा का अंकुर जन्म ले चुका था। धर्माराव ने उसे दूर से देखा। कानों के पास के बाल पक गये थे और दूर से बालियों की भाँति चमकते थे। माँग में कुछ पके हुए बाल ऐसे दीख रहे थे, मानो सिर पर चन्द्ररेखा विद्यमान हो। धर्माराव ने पास आकर देखा। नित्य ब्रह्मचारिणी के बालों का पकना ही विचित्र लगता था। धर्माराव ने उससे कहा, ''कष्टों के कारण शरीर की शक्ति ढीली पड़ जाती है, चाहे शरीर कितना ही दृढ़ क्यों न हो।'' यह सुनकर गणाचारी बोली, ''अब स्वामी को मेरी बात पसन्द नहीं आएगी।'' यह कहकर वह लम्बे-लम्बे पग धरती हुई नगरपालिका भवन की ओर चली गयी। गणाचारी शीघ्र गति से कभी नहीं चलती थी। बाज़ार में किसी से बोलती भी न थी। थोड़ी ही देर में नीम की सूखी टहनियाँ गाँव भर में जहाँ-तहाँ बिखर गयीं। मार्केट में, नगरपालिका भवन में, और दक्षिण दिशा वाले बाज़ार में, जहाँ जी चाहा, गणाचारी एक-एक टहनी छोड़ती गयी। पिछले दिनों गणाचारी के निकलते ही गाँव में हलचल हुआ करती थी। बच्चे उसके इर्द-गिर्द जमा हो जाते थे। परन्तु आज ऐसा नहीं हुआ। गणाचारी अकेली जा रही थी। उसे सहसा हरिया दीख पड़ा। पहले उसे देखते ही हरिया भाग जाता था; परन्तु आज वह धीरे-धीरे वहाँ से चला गया। एक और स्थान पर उसे देवदासी दीख पड़ी। ऐसा लगता था कि उसे अपनी देह का भान ही नहीं है। वह मोहिनी जैसी लग रही थी। उसने मस्तक तक शृंगार कर रखा था। उसके पाँव राज-हंस की चाल को मात कर रहे थे। काछा लगाकर साड़ी पहनने के कारण, उसकी जंघाएँ धान की बालियों की भाँति, मकई के कौंले भुट्टों की भाँति, केले के अनखिले फूल की भाँति, क्षीर सागर की उत्ताल तरंगों की भाँति, तन्मयता की सुन्दर रेखाओं की भाँति दीखने लगीं। उसका वक्ष-भाग परिपूर्णता की भाँति, अनन्तता की भाँति, सर्व देवताओं के निवास-स्थान मेरु-शृंग की भाँति, गज-कुम्भों की भाँति, निर्गुण और सगुण भगवान् के लिए इष्ट-देवों की भाँति प्रकाशमान था। उसकी आँखों में चंचल चितवन

नहीं थी। दृष्टि भौंहों के मध्य भाग पर केन्द्रित थी। उसकी चाल से ऐसा लगता था कि अब गिरी, अब गिरी।

देवदासी को देखते ही गणाचारी ने नीम की टहनियाँ अपने पीछे छिपा लीं। वह अपने आप में तन्मय-सी हो गयी। देवदासी वहाँ से चली गयी। गणाचारी को स्मरण हो आया कि ज़मींदार के दासी-पुत्रों के मोहल्ले में टहनी नहीं पड़ी है। वह बची-खुची सारी टहनियों को ब्राह्मणों के मोहल्ले में फेंककर घर लौट गयी। उसने सारा दिन उपवास किया।

दोपहर को चन्द्रारेड्डी गणाचारी के घर गया। गणाचारी ने उसे देखा तक नहीं। रेड्डी बोला, "एक नीम की टहनी मेरे घर पर भी फेंक आओ न ?" गणाचारी की अधखुली आँखों में एक विकृत मन्दहास झलक पड़ा, मानो अधखिले श्वेत-पद्म से किंजल्क की डोर-सी बाहर निकाली हो। चन्द्रारेड्डी चला गया। वे ग्रीष्म के अन्तिम दिन थे।

दोपहर की धूप के कारण धान भुना-सा जाता था। सन्ध्या समय उत्तर से लू चलती थी। गरम हवा के झोंके सूखी मछलियों की दुर्गन्ध लिये एक-एक मोहल्ले में फैलते थे। होटलों की दुर्गन्ध भी अपना अस्तित्व प्रकट कर रही थी। दक्षिण की हवा चली तो कारखानों में सूखनेवाले उबले चावल की दुर्गन्ध ने आक्रमण प्रारम्भ कर दिया। नगरपालिका की कुण्डियों से जूठे पत्तलों को खींच-खींचकर गाँव के सूअर वहाँ की दुर्गन्ध को दूना कर रहे थे। सारे घर एक-दूसरे से सटकर खड़े थे। हवा घुटकर रह जाती थी। उन घरों में वायु-स्तम्भन-विद्या का साक्षात्कार होता था।

एक पहर रात बीत चुकी थी। हवा एकदम स्तब्ध थी। राधापति ने मंगम्मा से कहा, "लगता है—उधर कोई घर जल रहा है।" वह ब्राह्मणों का मोहल्ला था। सारे लोग उधर दौड़ पड़े। लोग कह रहे थे कि सोमन्ना के घर में आग लगी है। घर क्या था, मशाल बनकर जल रहा था। आग की लपटें ऐसी उठ रही थीं कि बुझाना असम्भव था। घर के जिस भाग में आग की लपटें नहीं थीं, वहाँ छप्पर पर चढ़-चढ़कर लोग घड़ों से पानी फेंक रहे थे। सुब्बन्नापेठ के कुओं में पानी की गहराई कुल दो गज़ थी। कुछ लोग पानी भर रहे थे। कुछ लोग उसे हाथों-हाथ पहुँचा रहे थे। तथापि अग्निदेव तमतमा रहे थे, चिपचिपा रहे थे, भुसभुसा रहे थे और धधक-धधककर आक्रमण कर रहे थे। छप्पर के बाँसों में ठुकी हुई कीलों के कारण बाँस जलकर फटाफट फूट रहे थे और बिजली की तरह कौंध रहे थे। आस-पास के घरोंवाले घबरा गये कि कहीं आग उनके घरों तक भी न फैल जाए। घबराहट में वे अपने घरों से सारा सामान बाहर लाने लगे। बगल के घर वाले अपने-अपने छप्परों पर चढ़कर उन्हें पानी से भिगो रहे थे। चन्द्रारेड्डी के पिता भाग्य रेड्डी को मरे हुए दस बरस बीत चुके थे। वह बूढ़ा धनवान् होते हुए भी गाँव के किसी घर में आग लगते ही तुरन्त वहाँ पहुँच जाता था। जलते घर के छप्पर पर ख़ुद चढ़ जाता और आग बुझाने में सबकी सहायता करता

था। उस बड़े आदमी की देखा-देखी ग़रीब लोग भी आग बुझाने में जुट जाते थे। जिसका घर जल जाता, उसके लिए भूतपूर्व ज़मींदार कृष्णम नायडू नया घर बनवा देते। आज भाग्य रेड्डी भी नहीं था और पुराने ज़मींदार भी नहीं थे। सोमन्ना के घर में अग्नि चारों ओर फैल गयी। ऐसा लगता था कि उस महायज्ञ में सोमन्ना के घर की आहुति दी जा रही है। लाल कपड़े के तिकोने टुकड़ों से बनी हुई झण्डियों की भाँति आग की लपटें दीख पड़ीं। जलते छप्पर से कई प्रकार की आवाज़ें निकल रही थीं। सोमन्ना बाज़ार में बैठकर बिलख रहा था, ''मेरी सारी कमाई इसी घर में रखी है। हाय भगवान्। सोना-चाँदी भी नहीं जो पिघलकर रह जाए। सब-के-सब काग़ज़ के नोट हैं। भगवान् ने मेरा सर्वनाश कर दिया।'' कुछ तमाशबीन उसकी ये बातें सुनकर कह रहे थे, ''अच्छा किया भगवान् ने जो इसका सर्वनाश किया। इस दुष्ट ने कितनों का सर्वनाश नहीं किया ? ब्याज-पर-ब्याज लगाकर जो लूट-खसोट करता था, उसका इसे अच्छा फल मिला है।'' कुछ और लोग कह रहे थे, ''इस कंजूस ने अपनी लड़कियों को बूढ़े रँडुओं के गले बाँध दिया, ताकि दहेज न देना पड़े।'' इतने में जलती हुई छत का एक टुकड़ा हवा के झोंके से उड़ा और मन्दिर को पार करके कहीं दूर जा गिरा। ऐसा लगता था मानो धधकते ज्वालामुखी से पिघले हुए लावे का एक लौंदा अत्यन्त वेग से आकाश में उछल पड़ा हो। मानो मेरु-पर्वत का एक शिखर वायुयान की भाँति उड़ रहा हो। लोग बड़े चिन्तित हुए कि उस टुकड़े के कारण कहीं दूसरे घर न जल जाएँ। पर उस ओर खुला मैदान था, घर नहीं थे। इसी प्रकार छप्पर का एक और बड़ा टुकड़ा उड़कर दक्षिण की ओर चला। वहाँ उसके कारण और दो घरों में आग लग गयी। सारे लोग उस ओर दौड़ पड़े। देखते-देखते मन्दिर के पिछले भाग में भी आग धधकने लगी। कुछ लोग उस ओर दौड़े। मार्केट जल रहा था। रुई की गाँठें जल रही थीं। चारों ओर आग की लपटें ऐसी उमड़ पड़ीं, मानो घने जंगल के बीचों-बीच सूखे पेड़ जल रहे हों; मानो सूर्योदय हो रहा हो; मानो मलमल के महीन कपड़े पर लाल रंग पुता हो; मानो हिरण्यकश्यपु नरकासुर आदि सब राक्षसों ने अपनी-अपनी ध्वजाएँ ऊँची कर रखी हों। हुताशन चहुँ ओर फैलता हुआ सारे द्रव्यों को खाने लगा। सब लोग अपने-अपने घरों की रक्षा में व्यस्त थे। मार्केट का हाल पूछने वाला कोई न था। ब्राह्मणों की बस्ती में सोमन्ना का घर जलकर राख हो गया। दो-तीन अन्य घरों को भी आग लगी, परन्तु उसे तुरन्त बुझा दिया गया।

आग्नेय तथा वायव्य दिशाओं में घास-फूस की झोंपड़ियाँ थीं। घड़ों से पानी ला-लाकर अन्त में ज्यों-त्यों आग बुझाई गयी। लगभग दो बजे के समय अग्निदेव शान्त हुए। ग़रीबों की दस-ग्यारह झोंपड़ियाँ जल गयीं, परन्तु कोई प्राण-हानि नहीं हुई। मंगम्मा के घर को भी आग लग गयी थी, परन्तु सिनेमा के दर्शकों ने आकर उसे बुझा दिया। धर्माराव अपने सारे परिवार सहित बाहर आकर खड़ा हुआ। उनके घर पर चढ़कर किसी ने भी छप्पर नहीं भिगोया। सावित्री देवी सारा सामान बाहर लाना चाहती थीं, परन्तु

केवल अचारों के मर्तबान ला सकीं। बाक़ी सामान घर में ही रहा। धर्माराव कह रहा था, "धर्म, अग्नि, चोर और राजा–ये चारों सगे भाई होते हैं। धर्म सबसे बड़ा है। यदि उसका अपमान हुआ, तो अन्य तीनों को बुरा लगता है और वे बिगड़ जाते हैं। अग्निदेव जलाता है, चोर चुराता है और राजा अनेक प्रकार के कर लगाकर धन हर लेता है। धर्म का यदि अपमान हुआ हो, तो सब कुछ जल जाने दो। जहाँ पचीस हज़ार के घर जलकर राख हो रहे हैं, वहाँ हमारे सौ-पचास के सामान की क्या रक्षा हो सकेगी ?"

धर्माराव का घर सोमन्ना के घर के पास था। गणाचारी के घर को भी आग लगी, पर बुझा दी गयी। सवेरा होने तक इधर मार्केट में और उधर सोमन्ना के घर में थोड़ी-बहुत आग जलती रही। चारों-के-चारों होटल जल गये। वहाँ का खाना खाकर जो लोग निर्बल हो चले थे, वे उन होटलों की रक्षा न कर सके। पिछले दिनों सारे शहर में जो दुर्गन्ध फैली थी, अब वह जाती रही और उसके बदले जहाँ-तहाँ धुएँ की बास फैल गयी। धान को उबालकर सूखने के लिए छतों पर डाला गया। कहीं-कहीं वह आग से जल गया और कहीं-कहीं ढेर-सा होकर निरुपयोगी बन गया। दूसरे दिन सन्ध्या समय ठण्डी अपूर्व सुगन्ध लिये मन को मोहती हुई शहर के बाज़ारों में सैर करने लगी।

ग्रीष्म समाप्त हुआ और वर्षा ऋतु आयी। शहर के चारों ओर धान के खेत थे। इसी से मच्छर बहुत बढ़ चले थे। सारे बाज़ार कीचड़ से भर गये। सड़क के किनारे की नालियाँ गन्दी हो गयीं। बाज़ारों में झाड़ू लगानेवाले मजदूर केवल धनवानों और अफ़सरों के घरों के आगे से ठीक तरह झाड़ू लगाते और बाक़ी सारे शहर की गन्दगी ज्यों-की-त्यों छोड़ देते। सड़कों की मिट्टी बह गयी थी और कंकड़ निकल आये थे, जिसके कारण घोड़ों के लिए नाल और मनुष्य के लिए चप्पलें अनिवार्य हो गयीं। शहर में गाय, भैंसों और बैलों का लगभग अकाल हो गया था। शायद ही कोई ऐसा व्यक्ति होगा, जिसके पास दूध देनेवाली गाय या भैंस हो। निन्यानवे प्रतिशत लोग दूध और दही ख़रीदते थे। एक समय वह था जबकि सुब्बन्नापेठ में नन्दीश्वर का स्मरण दिलानेवाला महा-वृषभराज विद्यमान था, परन्तु आज के वृषभों की दयनीय स्थिति देखते ही बनती थी। ऐसा कोई बैल न था जिसकी पीठ पर कोड़ा न हो और जिसके पेट की हड्डियों को गिना न जा सके। ऐसी कोई गाय न थी, जिसका बछड़ा जीवित हो। घास का बछड़ा बनाकर गाय के आगे खड़ा करने की प्रथा मद्रास से सुब्बन्नापेठ आ पहुँची थी। सजीव बछड़े भी घास के बछड़ों जैसे दीख पड़ते थे। गायों का दूध दुहना तब तक ज़ारी रहता, जब तक कि दूध के साथ रक्त की बूँदें न निकल पड़ें। जहाँ-तहाँ दुर्गन्ध फैली और सारा शहर सड़ा-गला लगने लगा। लोगों के लिए कुओं में से पानी लेना भी दूभर हो गया। वर्षा के पानी को घड़ों से भरकर लाने लगे। कुओं से पानी लाने का कष्ट कौन करे ? आकाश से गंगा की धार बहने लगे, तो कितना अच्छा

हो। लोगों ने सोचा, गंगा नदी को आकाश से लाने की सामर्थ्य नहीं है तो न सही, कम-से-कम नलों की व्यवस्था हो जाए तो उसी को स्वर्गगंगा समझ लेंगे और कुओं से पानी लेने के कष्ट से मुक्त हो जाएँगे। नल के नीचे घड़ा रखो और नल खोल दो; घड़ा आप ही आप भर जाएगा। नल खोकलर उसके नीचे बैठ जाओ, आप-ही-आप स्नान हो जाएगा। शहर का अधि-देवता सोचने लगा कि यहाँ नलों का न होना उसके लिए अपमान की बात है। जब अन्य शहरों में नल की व्यवस्था हो चुकी है, तब इस शहर में क्यों न हो ? क्यों हमारा शहर अतिथियों को पानी तक न दे ? अतिथि-गण आते हैं तो घरों में प्रवेश करने से पहले बाज़ार में ही उनके पाँव धोने की व्यवस्था हो जाए तो अच्छा है।

शरत्काल आया। साठ दिन तक चाँदनी ऐसी छिटकती रही, मानो छह-सात महीने में अँधेरा कभी फटकने ही न पाया हो। शरत्काल की पूर्णिमा आयी, परन्तु विद्युत् का प्रकाश उसमें कहाँ ? पूनम की चाँदनी धुँधली लगती थी। प्रकाश हो तो ऐसा हो कि कहीं एक सूई भी खो जाए तो दीख पड़े। विद्युत् का प्रकाश चाँदनी का उपहास कर सकता है। यदि स्वयं चन्द्रमा विद्युत् है, तो सूर्य उसका पावरहाउस; जब दिन में विद्यमान रहता है, तो रात में भी क्यों न रहे ? कार्तिक पूर्णिमा की रात को चन्द्रारेड्डी बाज़ार से गुज़र रहा था। उसकी अँगूठी उँगली से खिसककर नीचे गिर पड़ी। चन्द्रारेड्डी ने बहुत ढूँढ़ा, पर वह नहीं मिली। इतने में कुछ लोग पेट्रोमैक्स ले जाते हुए दीखे। पेट्रोमैक्स के प्रकाश में ढूँढ़ने से अँगूठी मिल गयी। वहाँ खड़े एक व्यक्ति ने कहा, आख़िर बिजली बिजली ही है। चन्द्रारेड्डी के मन में यह बात गड़-सी गयी।

समस्त आभूषणों से सुसज्जित देवदासी मन्दिर में गयी। चाँदनी में वह ऐसी लग रही थी मानो चन्द्रमा की कान्ति से प्रदीप्त श्री लोक में विहरनेवाली लक्ष्मी हो। उसका सौन्दर्य पंचभूतों में भर गया और उसके परिभोक्ता भगवान् विष्णु ने विद्युत् के अभाव का अनुभव नहीं किया। छिटकी चाँदनी में श्वेत वस्त्र धारण करके चलती हुई देवदासी भगवान् विष्णु को ऐसी लगी, मानो क्षीर-सागर की तरंग पर डोलती हुई लक्ष्मी हो। वेणुगोपाल स्वामी केवल अरण्डी के तेल से जलनेवाले दीये से परिचित थे। उनके यहाँ चाँदनी और अँधेरे में कोई भेद-भाव न था। वे प्रत्यङ्-मुख होकर अपने भीतर आप देखा करते थे। वे ही मन्दिर थे और मन्दिर ही उनका प्रतिरूप था। पत्थर की वह मूर्ति और उस मूर्ति पर प्रेम से न्योछावर होनेवाली यह दूसरी मूर्ति चाँदनी से कभी प्रसन्न होती थी, कभी नहीं। कभी सन्तुष्ट होती थी कभी नहीं, परन्तु सुब्बन्नापेठ की जनता चाँदनी से कभी प्रसन्न और सन्तुष्ट नहीं हुई।

शिशिर ऋतु आयी। नगरपालिका की बैठक हुई। एक मिशनरी ने प्रस्ताव पेश किया कि बिजली के दीप और पानी के नल शहर में लाये जाएँ। रामचन्द्रराजु ने इस प्रस्ताव का विरोध किया। उसने कहा, "इस गाँव के कुओं से पानी अनायास ही लिया जा सकता है। नल लाना हो तो दो नये तालाब खुदवाने होंगे, इंजिन मँगवाने होंगे।

वह सब अनावश्यक झमेला है। तिस पर दो लाख रुपये लोगों से अधिक वसूल करने होंगे। नगरपालिका के भवन के लिए जो क़र्ज़ लिया गया था, वह अभी तक चढ़ा हुआ है। अब और बिजली का भी भार उठाना हो, तो कुल मिलाकर चार लाख रुपये का क़र्ज़ चढ़ेगा, जिसे हम पचास वर्ष तक भी अदा नहीं कर पाएँगे। यह प्रस्ताव ठीक नहीं है।'' इस पर मिशनरी सदस्य ने कहा, ''सुब्बन्नापेठ से पहले की अपेक्षा अब अधिक टैक्स वसूल हो रहा है। घरों की संख्या बढ़ गयी है। नगरपालिका की आमदनी दस वर्ष पूर्व की अपेक्षा चौगुनी हो गयी है। यदि क़र्ज़ चढ़ भी गया, तो उसे दस वर्ष के भीतर चुकाया जा सकता है।'' यह सुनकर कबीर ने कहा, ''अब तक नगरपालिका भवन तथा मार्केट के लिए हम तीन लाख रुपये ख़र्च कर चुके हैं और प्रति वर्ष उसका ब्याज सरकार को दे रहे हैं। लिये थे तीन लाख, पर पचीस साल तक लौटाने में दस लाख देने होंगे। क़र्ज़ लेकर नगरपालिका के काम करवाने से इस प्रकार ब्याज के रूप में घाटा हो रहा है। अतएव करों के रूप में हम पहले चार लाख वसूल करेंगे। देखें कितने वर्ष लगते हैं। पहले वसूल करेंगे और फिर नल और बिजली का प्रबन्ध करेंगे। यदि पहले क़र्ज़ लेकर ये काम करेंगे, तो क़र्ज़ चुकाने तक चार के दस लाख देने पड़ेंगे। मेरे सुझाव से जनता का कोई घाटा न होगा। उसे केवल चार लाख रुपये देने पड़ेंगे। क़र्ज़ लेने से उस पर दस लाख का भार लदेगा।'' परन्तु कबीर की बातें अरण्य-रोदन-सी हो गयीं। एक और सदस्य ने उठकर कहा, ''क्या पता, दस बरस बाद क्या होगा और क्या नहीं ? कुओं का पानी पीने से लोगों को जाड़े का बुख़ार आ रहा है। कुओं में पानी सड़ रहा है। नल आ जाए, तो पानी में दवा मिलाकर उसका वितरण किया जा सकेगा। तब लोगों का स्वास्थ्य अच्छा रहेगा।'' कबीर ने प्रतिवाद किया, ''मेरी राय में अब जो पानी हम पी रहे हैं, वही स्वास्थ्य के लिए अच्छा है। कुएँ का पानी हमारे ओठों के पास पहुँचने तक सूर्य का प्रकाश उसे स्पर्श करता रहता है। नल आ जाएँगे, तो इंजिन की गरमी से और नलों में देर तक बन्द रहने के कारण पानी ख़राब हो जाएगा। पहले ही मिलों का चावल आ चुका है। उसके साथ-साथ नल का पानी भी आ जाएगा तो समझो कि आग खानी होगी और आग पीनी होगी। मिल का चावल खा-खाकर लोहे सरीखे शरीरवाला मनुष्य भी अलमूनियम-सा बन गया है।'' कबीर की बात सुनकर सारे सदस्य तालियाँ बजाकर हँस पड़े। एक अँग्रेज़ीदाँ सदस्य ने आपत्ति की, ''कबीर की बातों में तर्क-शुद्धता नहीं है। बात करने का ढंग सभा के नियमों के अनुसार भी नहीं है।'' इस पर गरमागरम चर्चा चली। रामचन्द्रराजु ने सुझाया, ''नल और बिजली को एक साथ लाना कठिन है; सो पहले नल लगाये जाएँ और उसके दस बरस बाद बिजली का प्रबन्ध किया जाए।'' इस पर तुरन्त एक और सदस्य ने कहा, ''नलों के लिए कौन जल्दी है ? गाँव में पानी की कोई अड़चन नहीं। अँधेरी रातों में चलना-फिरना मुश्किल हो गया है। जहाँ-तहाँ चोर बढ़ गये हैं। अतएव बिजली ही पहले लायी जानी चाहिए।'' कबीर ने कहा, ''अभी-अभी कहा गया कि कुएँ का

पानी पीकर लोग बीमार हो रहे हैं। बिजली कुछ बरस बाद भी आ सकती है। नलों का प्रबन्ध पहले होना चाहिए।'' इस पर पादरी सदस्य ने कहा, ''पानी उबालकर पीने से बीमारी रोकी जा सकती है। इसलिए पहले बिजली आनी चाहिए।'' कबीर तुनककर बोला, ''तब तो नलों की आवश्यकता ही नहीं। बिजली की बात बाद में देखी जाएगी।'' अन्त में इस प्रश्न पर वोट लिये गये। निर्णय हुआ कि बिजली और नल, दोनों ही एक साथ लाये जाएँ और चार लाख का क़र्ज़ लेकर काम शुरू किया जाए। सारे सदस्य उठकर चले गये। कबीर और रामचन्द्रराजु साथ-साथ चल रहे थे।

रामचन्द्रराजु, ''कबीर भैया ! हम क्यों रहें इस नगरपालिका में ?''

कबीर, ''मामाजी ! यदि हम दोनों भी न रहेंगे तो सभी प्रश्न एक-मत से निबटाये जाएँगे। हमारा गाँव शहर बन गया है और भगवान् किसी कोने में जा पड़ा है। समझ लो कि यही हाल हमारा भी है। जीवित रहेंगे तो शायद क्षय रोग भी लग जाए। इसी से कहता हूँ, प्राणों के प्रति मोह रखना वांछनीय नहीं।''

रामचन्द्रराजु, ''अच्छा है।''

कबीर, ''चन्द्रारेड्डी हमारे पक्ष में है या उनके ?''

रामचन्द्रराजु, ''वह अध्यक्ष पद के पक्ष में है।''

कबीर, ''एक बार आप बन जाइए नगरपालिका के अध्यक्ष। फिर देखिए मेरा खेल।''

रामचन्द्रराजु, ''क्या फ़ायदा ? दिन उनके हैं।''

कबीर, ''फिर भी हमें कुछ कर दिखाना ही होगा। आगामी दो बरस तक चुनाव नहीं होंगे। अभी से प्रयत्न करके प्रत्येक वार्ड में अपने पक्ष के लोगों को तैयार करेंगे। यह काम गुप्त रूप से होना चाहिए। काम करते समय हमारे असली उद्देश्य की भनक किसी को नहीं मिलनी चाहिए।''

रामचन्द्रराजु ने भृकुटि तानकर कनखियों से अँधेरे में देखा। अँधेरा निश्चल था।

काम यथासमय प्रारम्भ हुआ। क़र्ज़ लिया गया। सरकार ने अपने हिस्से की रकम दे दी। इंजिन, नल, तार, औज़ार आदि की ख़रीद के लिए चन्द्रारेड्डी ने अनेक विदेशी कम्पनियों से कोटेशन्स मँगवाये। अँग्रेज़ी कम्पनियों की अपेक्षा अमरीकी कम्पनियों की क़ीमतें कम थीं। उनसे भी कम जरमन कम्पनियों की क़ीमतें थीं। क़ीमतों में कुल मिलाकर एक लाख रुपये का अन्तर था। चन्द्रारेड्डी ने जरमन कम्पनियों से सामान मँगवाने का निश्चय किया। ऑर्डर आदि लिखकर तैयार किये गये। बिजली विभाग के इंजीनियर के पास स्कीम भेजी गयी। इंजीनियर ने सारी स्कीम ख़ुद नये सिरे से बनायी और चन्द्रारेड्डी के पास भेज दी। चन्द्रारेड्डी की स्कीम में और इंजीनियर की स्कीम में कोई परस्पर सम्बन्ध ही न था। इंजीनियर की स्कीम में सारा सामान इंग्लैण्ड से मँगवाने का निर्णय था। चन्द्रारेड्डी ने आपत्ति की कि इंग्लिश सामान बहुत महँगा है, नगरपालिका का नुकसान होगा। इस पर इंजीनियर ने लिखा कि सामान का

टिकाऊपन देखना चाहिए। इसके अतिरिक्त हमारी सरकार अँग्रेज़ी है। इस काम में वही हमारी सहायता कर रही है। इंग्लैण्ड के सामान नहीं मँगवाएँगे, तो सरकार की सहानुभूति कैसे प्राप्त होगी ? चन्द्रारेड्डी ने फिर सोचा कि ठीक है, जब सरकार से हमें पैसा मिल रहा है, तो उन्हीं के देश से सामान मँगवाना उचित होगा....उसकी समझ में यह नहीं आया कि आख़िर सरकार का दिया हुआ पैसा कहाँ का है ?

तालाब खोदने के लिए ज़मीन की आवश्यकता हुई। शहर के पूर्वी भाग में चन्द्रारेड्डी की ज़मीन थी। उसने उसे बेचना चाहा। उस ज़मीन से रेड्डी को कोई फ़ायदा न था। वह सिंचाई की ज़मीन न थी। इसलिए सिंचाई की ज़मीन में जितनी फ़सल होती है, उतनी उस ज़मीन में नहीं हो पाती थी। वहाँ साँप भी बहुत जमा हो गये थे। सिंचाई की ज़मीन पर किसान बहुत ध्यान देते हैं, इसी कारण खुश्क ज़मीन पर से उनका ध्यान उठ जाता है। चन्द्रारेड्डी ने सोचा कि जैसे-तैसे उस ज़मीन से पिण्ड छुड़ाना चाहिए; बाद में बेचने जाऊँगा तो पता नहीं क़ीमत आएगी या नहीं। पचास एकड़ ज़मीन पचास हज़ार रुपये में नगरपालिका को बेच दी गयी। तालाबों की खुदाई प्रारम्भ हुई।

एक दिन हरिया पूरबवाले खेतों क़ी तरफ़ निकल पड़ा। वहाँ लोगों का बड़ा जमघट था, ठीक वैसे ही जैसे वर्षा के बाद दीमक का जमघट होता है। हरिया घबरा गया और घर लौटा। चन्द्रारेड्डी की ज़मीन के अतिरिक्त और किसानों की भी लगभग पचास एकड़ ज़मीन थी। उस ज़मीन में पेड़-पौधे, साँप और पंछी थे। हरिया उन पेड़ों की ओट में इधर-उधर घूमता रहता था। वह दिन भर घर में पड़ा रहता और रात को खेतों में जाता। उस समय वहाँ खुदाई करनेवाले मज़दूर नहीं रहते थे। एक रात वहाँ जाकर हरिया इधर-उधर देखने लगा। ये लोग पेड़-पौधों को खोदकर उखाड़ रहे थे। जो साँप नज़र आता उसे मार डालते। प्रतिदिन एक-दो पंछी मारकर खा जाते। खेतों में पंछियों के जो झुण्ड रहते थे, सब इधर-उधर बिखर गये। जिधर देखो, सर्वनाश दीख पड़ता। खेत में यदि हरिया सोया हुआ पाया जाता, तो शायद उसे भी साँप समझकर मार डाला जाता। इधर कुछ दिनों से हरिया मोटा हो चला था। अब उसे देखकर साँप का भ्रम नहीं होता था।

बिजली के खम्भे गाड़े गये। सुब्बन्नापेठ में पग-पग पर वृक्ष खड़े थे। हर बाज़ार में वृक्ष-ही-वृक्ष थे। नीम, पीपल, बड़, शिरीष आदि असंख्य वृक्ष गाँव भर में दीख पड़ते थे। बिजली के तार लगाने का समय आया। एक वृक्ष को जड़ से उखाड़ दिया गया। दूसरे वृक्ष की बाँहें कट गयीं। एक और वृक्ष का तना आधी ऊँचाई तक कट गया। किसी और वृक्ष को सिर से उड़ा दिया गया। सारे वृक्ष उड़ते पंछियों के कण्ठ-रव द्वारा कराह उठे। परन्तु निर्दय नियति ने पंछियों से कहा, "जाओ, गुण्डेरु नदी की थाह में नीड़ बना लो। तुम्हें उन्नत स्थान की आवश्यकता नहीं।" पंछियों ने पंख हिलाये, मुँह खोले। अण्डोंवाले नीड़ को यदि लाठी से छू दो तो पंछी तुम्हारे सिर पर चोंच मारेगा। परन्तु शिकारी आकर एक-एक नीड़ से पंछियों को पकड़ने लगे, तो मादा पक्षी झुण्ड

बनाकर केवल आकाश में उड़ती रहेंगी। उनमें से एक भी पंछी शिकारी के सिर पर चोंच मारने नहीं जाएगी। मादा पक्षियों को ज्ञात होता है कि शिकारी उन्हें भी पकड़ लेगा। ऐसा कौन प्राणी है, जो विवशता के समय अपने आश्रय को छोड़ देने की आवश्यकता महसूस नहीं कर लेता ? जब आधे वृक्ष कट गये, तो शेष वृक्षों ने पंछियों से कहा, ''अब हम हारे। आज तक हम तुम्हें आश्रय देते आये हैं, लेकिन आज हमारे दुर्दिन आ गये हैं। अब क्यों हमारा आश्रय लेते हो ? किसी और देश में जाओ, जहाँ घास, लकड़ी और जल भरपूर मिल सके।'' और वृक्षों ने कहा, ''हम अपनी जगह से हिल नहीं सकते। निर्दयी आकर हमें कुल्हाड़ी से काट देता है, पर हम भाग नहीं सकते, उसे रोक नहीं सकते, कुल्हाड़ी के रास्ते में कोई बाधा नहीं डाल सकते। तुम पंछियों का क्या, भगवान् के दिये पंख हैं। जहाँ बन पड़े, उड़ जाओ।'' कुछ पंछी अब भी इन्हीं वृक्षों पर रहना चाहते थे। उन्हें देखकर एक बूढ़े वृक्ष ने कहा, ''ये कोई नये वृक्ष आ रहे हैं। इन पर टहनियाँ नहीं हैं, फल नहीं हैं, पत्ते नहीं हैं। कौन जाने, ये वृक्ष किस देश के हैं ? क्या पता, उस देश में सूर्य भी उदय होता है या नहीं ? इन नये वृक्षों को बड़े होने के बाद भी दूसरी जगह लाकर रोपा जा सकता है। ऐसे ही वृक्ष अब सारे शहर में फैले हुए हैं। इनमें केवल तना है, दूसरा कोई अंग नहीं। इनका स्वभाव हम नहीं जानते। इसी से कहते हैं कि तुम सारे पंछी यहाँ से उड़ जाओ। पता नहीं, इन नये वृक्षों में कब टहनियाँ फूटेंगी ! कौन जाने, वे टहनियाँ कैसी होंगी ! उन पर बैठकर शायद तुम मर भी जाओगे !'' सारे जन्तुओं का एक-सा स्वभाव होता है। जंगल काट डालो तो सिंह बचे-खुचे चार वृक्षों की ओट में छिपा रहेगा। बड़ा मकान यदि जल जाए तो उसी जगह पर मनुष्य एक झोंपड़ी बनाकर रहने लगेगा। कई वृक्षों के काटे जाने पर भी पंछी बची-खुची टहनियों को छोड़ नहीं पाते थे।

ग्रीष्म समाप्त हुआ। बरसा आयी। प्रतिवर्ष एक काला मेघ पश्चिमी घाटियों में, विन्ध्य पर्वतों में, हिमगिरि में और ब्रह्म देश के पहाड़ों में विचरता हुआ और इस बात की सावधानी बरतता हुआ कि कहीं किसी पर्वत से टकराकर चकनाचूर न हो जाए, चला आता और आन्ध्र प्रान्त पर बरसनेवाले अपने साथियों से मिलकर सुब्बन्नापेठ पहुँचता। वहाँ पहुँचकर वह अपने मित्र अर्थात् एक ऊँचे वट-वृक्ष की शाखाओं के झुरमुट पर बैठ जाता। उस वट-मित्र से बातें करता। उस मेघ का नाम था वृषन्निधि, और वृक्ष का नाम था आदिवट। वट महान् बलशाली था। आये हुए मेघरूपी मित्र के कन्धों पर अपनी बाँहें टिकाकर कहता, ''कितने लम्बे समय के बाद आये हो !'' वृषन्निधि अपने मित्र के शरीर पर आनन्द के आँसू बरसाता। पिछले बरस उसने आदिवट को गले लगाकर कहा था, ''मित्रवर ! सुब्रह्मण्येश्वर स्वामी ने तुम पर कृपा की। मैं अनादि मेघ हूँ। चार शताब्दियों से मेरी और तुम्हारी मैत्री निरन्तर चलती आयी है। पर पता नहीं, अगले बरस फिर हम मिलेंगे भी या नहीं।'' उस अनादि मेघ की चिन्तातुर वाणी सुनते ही आदिवट मन में घबरा गया था। सोचा था—क्या बात है भला, इस अमृत

मूर्ति के मुख से ऐसे अभद्र वचन क्यों निकले हैं ?

अब की बार वृषन्निधि नामक वही अनादि मेघ यथापूर्व आ पहुँचा। पर उसके मन में एक प्रकार की उदासी थी। उसके आते समय विन्ध्य पर्वत में एक शिकारी ने अपनी बन्दूक़ से एक हरिणी का शिकार किया था। बन्दूक़ की गोली वृषन्निधि के सीने के आर-पार निकल गयी। आज तक वृषन्निधि को बन्दूक़ की गोली के बारे में मालूम न था। उसके बाद हिमालय क्षेत्र में एक हरिणी ने उसे अपने सींगों से खरोंचा। ब्रह्म देश के समुद्र में एक जहाज़ ने उसे अपने खम्भे से खरोंचा। वृषन्निधि के मन में ये सारे अपशकुन हलचल मचा रहे थे। उसने आकर चारों ओर देखा। आदिवट वहाँ न था। वृषन्निधि को सन्देह हुआ कि यह गाँव शायद सुब्बन्नापेठ नहीं है। उसने पास के दस-ग्यारह गाँव छान मारे। सारे भौगोलिक संकेत सुब्बन्नापेठ के ही थे। कोठी वहीं खड़ी थी। स्वामी का मन्दिर वहीं था। वह देखो धर्माराव, वह देखो गणाचारी, वह देखो देवदासी, वह देखो हरिया जो मोटा होकर भी पहचाना जाता है। निःसन्देह यही सुब्बन्नापेठ है। परन्तु आदिवट कहाँ है ? वृषन्निधि अश्रुमय हो उठा। उसे धीरज देनेवाला कोई मित्र न था। अन्त में वह एक बिजली के स्तम्भ पर थोड़ी देर सुस्ताने के लिए बैठ गया। उसे ऐसा लगा जैसे वह सूली पर लटक रहा है। सौभाग्य से इतने में एक हवा का झोंका आया और उसे उठा ले गया। वृषन्निधि उसी प्रकार उड़ता-उड़ता अन्त में किसी पर्वत के अग्रभाग पर जा पड़ा। वहाँ पानी का आवश्यकता नहीं थी। परन्तु आदिवट का जो परिणाम हुआ था, वही वृषन्निधि का भी हुआ।

नल का पानी आएगा या नहीं, यह तो राम जाने, परन्तु बाज़ारों में जितने कुएँ थे, सब-के-सब ढँक दिये गये। नलों के आने में एक बरस लग गया। अन्य शहरों में दो-तीन बरस लगे थे, अतएव सरकार ने सुब्बन्नापेठ की नगरपालिका को शाबासी दी। सरकार का प्रशंसा-पत्र देखकर नगरपालिका के एक सदस्य का चेहरा खिल उठा। दूसरे सदस्य की भुजाएँ थिरक उठीं। एक और सदस्य ने अपने आपको महापुरुष समझा। एक-एक बाज़ार में एक-एक नल लगवाया गया। जब बाज़ारों में कुएँ थे, तब ग़रीब लोग अपने घड़े आप लाकर पानी ले जाया करते थे। चार घड़े पानी से सारा दिन काम चल जाता था। पर आज सवेरा होते ही प्रत्येक नल के पास सौ-सौ घड़े आ जमते थे। जो पहले आता, उसे पहले पानी भरने दिया जाता। कुछ लोग सवेरा होने से पहले अपना घड़ा नल के नीचे रखकर चले जाते थे। कॉलेज के विद्यार्थी, होटलों में सवरे-सवेरे जलपान के लिए आनेवाले, मोटर-बस वाले मुँह धोकर नलों के इर्द-गिर्द गन्दगी कर छोड़ते थे। ब्राह्मणों के बाज़ारों में तथा कुछ स्थानों पर घरों के भीतर के कुएँ अभी तक बन्द नहीं किये गये थे। कुओं का पानी नहर के पानी की तरह मीठा नहीं होता। इसलिए गाँव के सारे लोग नल के पानी पर टूट पड़े। उस पानी की क़ीमत बढ़ गयी। घरों में नल लगवाने का अलग ख़र्च बैठता था। उस पर मीटर लगता था। मीटर के निरीक्षक के हाथ में कुछ थमा देने की चतुराई जिस व्यक्ति में न होती, उस

बेचारे पर अधिक टैक्स लगता। जो धनवान् अपने घरों में नल लगवाते थे, उन्हें कोई कठिनाई न थी। परन्तु जो ग़रीब जनता बाज़ारी नलों से पानी लेने पर विवश थी, उसकी परेशानी का ठिकाना न था। नलों के पास घण्टों तक प्रतीक्षा करनी पड़ती। लोग प्रस्ताव पास करने लगे। प्रस्तावों को अफ़सरों के पास पहुँचाया गया। अफ़सर ने कहा, "हम आपकी ही बात सोच रहे हैं। अब कई प्रकार के और ख़र्च आ पड़े हैं। फिर देखा जाएगा।" एक समय वह था जब सुब्बन्नापेठ के किसी भी घर में पीने के पानी की कमी न थी। आज किसी भी घर में जाकर पानी माँगें तो जवाब मिलता है, "बाज़ार में नल मौजूद हैं, सो हमें क्यों पानी के लिए तंग करते हो ? एक-एक घड़ा भरते-भरते हमारी आयु पूरी हो रही है ! भगवान के लिए चले जाओ !"

बिजली आयी। एक नलों के लिए और एक बिजली के लिए—इस प्रकार दो इंजीनियर नियुक्त किये गये। उनका वेतन पाँच सौ रुपये मासिक था। दोनों को प्रतिवर्ष बाहर हज़ार रुपये वेतन के रूप में देने पड़ते थे। यह रक़म सुब्बन्नापेठ की जनता से माँगी जा रही थी। बिजली के आने से पहले बाज़ारों में कन्दील जलाने का काम धोबियों के ज़िम्मे था। पचीस धोबी काम करते थे और उनका वेतन दस रुपये महीना था। इंजीनियर के वेतन का आधा उन धोबियों पर ख़र्च होता था। अब उन्हें निकाल दिया गया। बेचारे धोबी कपड़े धोने के योग्य भी न समझे गये। निम्न जातिवाले ग़रीबों का रोज़गार छिनकर उच्च कुलवाले धनवानों को मुलाज़मतें मिलने लगीं। एक दिन चन्द्रारेड्डी बाज़ार से गुज़र रहा था। बिजली के बल्ब जल रहे थे। इतने में रेड्डी की अँगूठी उँगली से फिसलकर गिर गयी। बिजली की रोशनी में चन्द्रारेड्डी ने बहुत ढूँढ़ा, पर अँगूठी का कहीं पता न चला। लाखों के ख़र्च से लगाये हुए बिजली के बल्ब मशालों की तरह जल रहे थे। बेचारा चन्द्रारेड्डी किस मुँह से लालटेन मँगाता ? अँगूठी नज़र नहीं आयी। बिजली के सारे बल्ब लाल पड़ गये थे। कंजूसी करके कम वोल्टेजवाले बल्ब मँगाये गये थे। उनके प्रकाश में एक प्रकार की लाली आ गयी थी। बिजली के साथ कुछ ऐसा दुरभिमान भी आ गया था कि चन्द्रारेड्डी को इधर-उधर अपनी अँगूठी ढूँढ़ना अपमानजनक लगा। अन्त में चन्द्रारेड्डी विवश होकर चला गया। दूसरे दिन रास्ते चलते एक धनवान व्यक्ति ने अँगूठी देखी और उसे लेकर चलता बना। क्यों न वह अँगूठी किसी ग़रीब के हाथ लगी ? बेचारे कई कंगाल ऐसे होते हैं जो बाज़ारों की मिट्टी जमा करके उसकी छान-बीन करते रहते हैं। बाज़ार में चलते हुए एक-एक दीवार के पास कोई पड़ी हुई चीज़ ढूँढ़ते रहते हैं। वह अँगूठी ऐसे लोगों को क्यों नहीं मिली ? किसी भंगी को क्यों नहीं मिली....पर वह ग़रीबों को क्यों मिलती ? अनायास अँगूठियों का हाथ आना उनके भाग में बदा होता, तो वे फिर ग़रीब ही क्यों रहते ? बाज़ारों में बिजली के बल्ब जलने लगे, पर उनके घरों में अँधियारा ही छाया रहा। लाखों की संख्या में कीड़े आ-आकर आसपास मँडराने लगे। लोगों का रास्ता चलना मुश्किल हो गया। नाटक देखना मुश्किल हो गया। क्या ये सब कीड़े बल्बों से पैदा होते हैं ? पहले

तो इनका कहीं पता न था। कहीं ऐसा तो नहीं कि बिजली के प्रकाश में वे पहली बार दिखाई दे रहे हैं ? धनवानों ने अपने घरों में बिजली के बल्ब लगवाये। कैसा ठाठ था उन बल्बों का ! ग़रीबों के घर में पदार्पण करने से बिजली ने साफ़ इनकार कर दिया। घरों की बात तो दूर, बिजली ग़रीबों की गलियों में भी नहीं जाना चाहती थी। ग़रीबों के घर विवर्ण होकर बिजली के बल्बों की ओर देखते रह गये। उधर बिजली चमक रही थी और इधर ग़रीबों के पेट में आग धधक रही थी। वे भूखों मर रहे थे। गाँव के बाहर एक मठ का खँडहर था। उस पर छप्पर नहीं था। केवल नंगी दीवारें खड़ी थीं। उन दीवारों के पास ग़रीबों के कुछ घर थे। घर क्या थे, केवल चूल्हे थे। चूल्हे का अर्थ था तीन पत्थर। जहाँ वे तीन पत्थर रखे हों, वहीं चूल्हा और वहीं घर। उस घर को कभी दीवार का आसरा मिलता तो कभी वह निरावलम्ब ही रह जाता। नगरपालिका केवल उन नागरिकों का पालन करती है, जो टैक्स दे सकते हैं। वहाँ केवल जायदादवालों का पालन किया जाता है। यह पालन भी कैसा ? लोगों से टैक्स वसूल किये जाते हैं और उस रक़म में से कई देवताओं को नैवेद्य चढ़ाने के बाद लोगों को हथेली में जन्नत दिखाई जाती है। एक बालक के हाथ में रुपये का नोट थमा दीजिए; वह उसे फेंक देगा और पैसा माँगेगा। उसके लिए रुपये का कोई मोल नहीं। वह समझता है कि एक पैसे में ग्यारह रुपये आते हैं। फिर भी बालक को अगर अनजान कहो तो वह बिगड़ जाएगा। इसी प्रकार नगरपालिका ने लोगों से कहा, "मैंने तुम्हें उजाला दिया, पानी दिया।" इस पर धनवान ने जवाब दिया, "दुत् ! तुमने क्या दिया ? मैंने पैसा ख़र्च करके सब कुछ ख़रीद लिया है।" ये बातें सुनकर निर्धन ने कहा, "आज तक पैसा देकर पानी और उजाला ख़रीदने की प्रथा न थी। दुर्भाग्य से आज पवित्र जल एवं पवित्र प्रकाश, दोनों की स्थिति वेश्याओं से भी गयी-गुज़री है।"

बाज़ार में एक अन्धे को एक लँगड़ा अपने साथ लिये जा रहा था। लँगड़े ने कहा, "हमारे गाँव में बिजली के बल्ब लगे हैं।" अन्धे ने पूछा, "तो फिर रात में भी सूर्य जैसा प्रकाश रहता होगा ?" लँगड़े ने जवाब दिया, "उससे भी अधिक।" अन्धे ने पूछा, "और दिन को ?" लँगड़े ने कहा, "दिन को बल्ब की क्या आवश्यकता है ?" अन्धा बोला, "मुझे एक बल्ब के पास ले चलो।"

लँगड़ा अन्धे को एक चौराहे पर बिजली के खम्भे के पास ले गया। अन्धे ने पूछा, "उजाला कहाँ है ?" लँगड़ा बोला, "तुम तो अन्धे हो। तुम्हें क्या दिखाई देगा ?" अन्धा कहने लगा, "मुझे नहीं दिखाई देगा ? आँखें नहीं हैं तो क्या हुआ ? अवश्य दिखाई देना चाहिए। मुझे जो कुछ दिखाई दे रहा है, उसमें इस बिजली के कारण कोई कमी-बेशी नहीं हो रही है। मैं कहता हूँ कि यह सच्चा प्रकाश नहीं है।" उसकी बातें सुनकर वहाँ सब लोग हँस पड़े। अन्धा मन-ही-मन सोच रहा था, "पागल मैं हूँ या ये लोग ?"

बिजली के तारों के स्पर्श से प्रतिदिन चार-पाँच पंछी मर रहे थे। उस बूढ़े वृक्ष

की बात सच निकली। गाँव भर में बिजली का प्रकाश था। पर एक बार वह बुझ जाता, तो अँधियारे ऐसे लगते मानो प्राण छोड़े हुए मृत शरीर हों।

सत्रह

गत वर्ष से रंगाराव को एक भयंकर रोग हो गया था। किसी भी समय नींद नहीं आती थी। रात भर ज़ोर की खाँसी उठती। डॉक्टर लोग विमानों पर सवार होकर आते और दवा देते। तत्काल कुछ आराम होता, परन्तु तुरन्त ही डॉक्टर के साथ-साथ उस दवा का प्रभाव भी आकाश में उड़ जाता। शास्त्र-चिकित्सा की जाती, तो अब तक कुछ-न-कुछ नतीजा निकल चुका होता। इस प्रकार दीर्घ रोगों पर अँग्रेज़ी दवाओं का कोई प्रभाव नहीं हुआ करता। परन्तु धनवानों को देशी वैद्य पसन्द नहीं। डॉक्टरों के बिल चढ़ रहे थे। रंगाराव नागेश्वर राव को पैसे के लिए तंग कर रहे थे। नागेश्वर राव ने पहले मालगुज़ारी वसूल की, फिर क़र्ज़ ले आया और अन्त में घुड़दौड़ के घोड़ों और मकानों को बेचकर रुपये लाने लगा। धीरे-धीरे रंगाराव का खाट से उठना मुश्किल हो गया। दीवान जी लगभग पचीस लाख रुपये क़र्ज़ ला चुके थे।

एक दिन रंगाराव बहुत अस्वस्थ हुए। बचने की आशा न रही। डॉक्टरों पर पैसा पानी की तरह बहाया जा रहा था। उनके आने-जाने के ख़र्च में ही हज़ारों रुपये लग रहे थे। रोगी की परिचर्या के लिए दस अँग्रेज़ी नर्सों को नियुक्त किया गया। सभी नर्सें ज़मींदार से काफ़ी पैसा ऐंठ रही थीं।

हरप्पा की आयु उन्नसी बरस से अधिक हो चली थी। वह नाग की भाँति छरहरा था। उसके मुँह पर राजाओं का तेज दिनोंदिन निखरता जा रहा था। एक बार वह अपने पिता को देखने गया। कमरा गोरी नर्सों से भरा था। हरप्पा ने सफेद रेशम की ज़री की पगड़ी पहन रखी थी। गले में रत्नहार था। शरीर पर खादी का कुरता और ज़री की कोर वाली पोन्दूर की धोती थी। उसे देखते ही सारी परिचारिकाएँ सिटपिटाकर दूर हट गयीं। अस्वस्थ होने के बाद रंगाराव अपने बेटे से कुछ अधिक प्रेम करने लगे थे। हरप्पा आकर पिता के चरणों के पास सोफ़े पर बैठ गया। उसने पूछा, "स्वास्थ्य कैसा है ?" पिता ने दृष्टि-मात्र से अपना प्रेम और दीन दशा प्रकट की। हरप्पा आधे घण्टे तक बैठा रहा, फिर प्रणाम करके चला गया। लौटते समय हरप्पा को गोरी नर्सों ने देखा। एक हज़ार सम्राट् भी ऐसी बाँकी चाल नहीं चल सकते। नर्सें सोचने लगीं, "ओ हो ! ऐसे होते हैं भारत के ज़मींदार। पूर्व काल में सम्भवतः यहाँ के नरेश ऐसे ही होते थे।" हरप्पा की भुजाएँ उन्हें अत्यन्त कठोर दिखाई दीं, मानो लोहे की बनी हों। लोग इस लड़के को दुर्बल क्यों समझते होंगे भला ?

हरप्पा धीरे-धीरे कोठी के प्रशासन की बागडोर सँभालने लगा। सभी मामलों में हस्तक्षेप करने लगा। एक बार दौरा करने निकला तो दस थानों का निरीक्षण कर आया। उसने ज़मींदारी के गाँव, उनसे वसूल होनेवाली मालगुज़ारी, वसूली का ढंग, कारकुन, उनका वेतन आदि सभी बातों की जानकारी प्राप्त की। आज तक किसी ज़मींदार ने थाने का निरीक्षण नहीं किया था, हिसाब की छानबीन नहीं की थी। लोग कहने लगे, हरप्पा ज़मींदारी को परवान चढ़ाएगा। कहीं कोई त्रुटि दिखाई देती, तो तुरन्त नागेश्वर राव को पत्र लिखता। नागेश्वर राव ने पहले दो-तीन पत्रों का उत्तर नहीं दिया। परन्तु हरप्पा ने किसी और कर्मचारी द्वारा उन त्रुटियों को ठीक करवाया। जिन कर्मचारियों के कारण त्रुटियाँ हुई थीं उनके वेतन में कटौती की गयी। नागेश्वर राव तुरन्त ही ताड़ गया कि अब मनमानी नहीं चलेगी। तब से वह भी हरप्पा की इच्छानुसार चलने लगा। उसने रंगाराव से जाकर कहा कि हरप्पा सारा शासन स्वयं चला रहे हैं। रंगाराव चुप हो गये। सोचने लगे, मैं तो बिस्तर से उठ नहीं सकता। आज बेटा ज़मींदारी सँभाल रहा है, इससे बढ़कर मुझे और क्या चाहिए ? कुछ गाँवों में मालगुजारी वसूल नहीं हुई थी। नागेश्वर राव ने गाँववालों पर दावे किये। इस मुक़दमेबाजी का ख़र्चा मालगुज़ारी से अधिक ही हुआ। हरप्पा ने हिसाब देखकर नागेश्वर राव को लिखा, "किसानों से मालगुज़ारी सीधे ढंग से वसूल करनी चाहिए। दावे करके, कोर्ट-कचहरी के ख़र्च में इस प्रकार पैसा बरबाद करना उचित नहीं। हर मामले में आय और व्यय का पहले ही अनुमान कर लेना चाहिए।" दीवान जी को धीरे-धीरे अपने हाथ से अधिकार खिसकता दीखा। स्वयं त्यागपत्र देकर चले जाना ही उन्हें अच्छा लगा। परन्तु अभी रंगाराव जीवित थे, इसलिए नागेश्वर राव के मन में आस बनी रही। केसरीपट्टम् नाम के एक गाँव में ज़मींदार की निजी ज़मीन में दो बबूल के पेड़ थे। बगलवाली ज़मीन के मालिक ने उन पेड़ों को काटकर अपने कोठे में रख लिया। दीवान जी ने उस किसान के विरुद्ध कार्यवाही की। बबूल के पेड़ों का मूल्य दस रुपये से अधिक न था, परन्तु कार्यवाही में पचास रुपये से अधिक ख़र्च हुए। इस पर हरप्पा ने दीवान जी को आदेश दिया, "आपने फिर यह ग़लत कार्यवाही की। किसान ने दो बबूल के पेड़ काट लिये, तो ज़मींदार का क्या नुकसान हुआ ? ग़रीब किसान को थोड़ी-सी लकड़ी मिल गयी, पर आपने जो पचाय रुपये ख़र्च किये, सो तो बेकार की पढ़ाईवाले वकीलों और कचहरियों में बह गये। मुझे सूचना दिये बिना आगे आप ऐसी कोई कार्यवाही न करें।" नागेश्वर राव सोचने लगा, इस पत्र में हरप्पा ने आजकल की पढ़ाई पर भी ताने कसे हैं। मेरे कॉलेज की निन्दा करना चाहता है क्या ? नौकरी के साथ-साथ शायद मुझे कॉलेज को भी तिलांजलि देनी पड़े....हरप्पा ने पता लगाया कि विजयवाड़ा में जो वकील सुब्बन्नापेठ की ज़मींदारी का काम देखता था, वह नागेश्वर राव का मित्र अथवा रिश्तेदार था। हरप्पा सोचने लगा—देखने में नागेश्वर राव बड़ा दियानतदार लगता है, परन्तु ज़मींदारी का पैसा खाने में वह किसी से कम नहीं। उसकी सारी दियानतदारी

इसी बात से नज़र आती है कि जिन्हें वह नहीं चाहता, उन्हें नौकरी नहीं देता, उनकी सहायता नहीं करता। उसे केशवजी धर्मरूपी नकाब मिला है, जिसे ओढ़कर वह बेईमानी के कोढ़ को छिपा रहा है। कॉलेज के अध्यापकों को पता चला कि हरप्पा स्वयं ज़मींदारी सँभालने लगा है, तो वे उसे अपनी रामकहानियाँ सुनाने लगे। कोई भी हरप्पा से स्वयं जाकर बातें कर सकता था। अध्यापकों ने हरप्पा को कॉलेज की शिक्षा-प्रणाली का ब्यौरा सुनाया। कई विद्यार्थी नागेश्वर के जासूस बने हुए थे। उनका काम था अध्यापकों की शिकायतें करना। ईसाई धर्म के विरुद्ध, केशवजी के धर्म अथवा ब्रह्म-समाज के विरुद्ध एक अक्षर भी कहना निषिद्ध था। परन्तु प्रार्थना-मन्दिर में हिन्दू धर्म की भरपूर निन्दा की जाती थी। कोई हिन्दू धर्म पर गर्व करनेवाला यदि उस निन्दा का उत्तर देता तो उसे अन्य धर्मों का निन्दक समझा जाता था। अध्यापकों का विद्यार्थियों से मिल-जुलकर रहना निषिद्ध था। कक्षाओं में हँसना या विनोद करना निषिद्ध था। अध्यापकों में सजीवता के लक्षणों का रहना निषिद्ध था। कॉलेज में केवल मृत कलेवरों को आना चाहिए। आधुनिक सभ्यता की आलोचना नहीं करनी चाहिए। आज की शिक्षा-प्रणाली में सर्वत्र उत्कृष्टता ही स्वीकार करनी चाहिए। मान लो कि उसमें उत्कृष्टता है, तथापि यदि कोई अपनी राय प्रकट करना चाहे, तो क्या उसकी शामत आएगी ? इस देश में कहा जाता है कि बातचीत की स्वतन्त्रता है। देश की बात राम जानें। इन छोटी-छोटी संस्थाओं में भी वह स्वतन्त्रता नहीं। विचार की स्वतन्त्रता और बातचीत की स्वतन्त्रता केवल बड़े-बड़े अधिकारियों तक सीमित है। सामान्य जनों के लिए वह क़तई नहीं है।

एक दिन हरप्पा ने रंगाराव से कहा, ''आपको देशी औषधियों का सेवन करना चाहिए। चार-पाँच बरस तक लगातार सेवन करेंगे, तो अवश्य स्वास्थ्य सुधरेगा।'' रंगाराव ने कोई उत्तर न दिया। हरप्पा के कहने पर धर्माराव एक बड़े वैद्य को ले आया। उनका नाम था राजशेखर शास्त्री। राजशेखर शास्त्री, हरप्पा, रंगाराव और धर्माराव बैठकर चर्चा करने लगे।

रंगाराव, ''क्यों शास्त्रीजी ! आपके पास अच्छी औषधियाँ हैं ? सुनता हूँ आजकल आप लोग ठीक विधि से औषधियाँ तैयार नहीं करते ?''

शास्त्री, ''क्यों नहीं तैयार करते ? यदि महाराज पैसे के मामले में आनाकानी न करें, तो अच्छी-से-अच्छी औषधियाँ शास्त्रीय ढंग से तैयार करूँगा और उन औषधियों के गुण की ज़िम्मेदारी भी लूँगा। महाराज, यदि राजा लोग धर्म का पालन करेंगे तो संसार में कोई दोष नहीं रहेगा। पिछले दिनों आप ही की ज़मींदारी में एक घटना घटी थी। एक ग़रीब ब्राह्मण था, जो चूल्हे की लकड़ी बेचकर जीवन-यापन करता था। वह लकड़ी की गठरी सिर पर लिये मूत्र-विसर्जन किया करता। आपके पड़दादा हरिहर नायडू ने कोठी पर से उसे देख लिया और बुलाकर फटकारा कि तुम कैसे ब्राह्मण हो जो खड़े-खड़े मूत्र-विसर्जन करते हो ? म्लेच्छों से भी गये-बीते हो। ब्राह्मण बोला, 'महाराज,

मैं ग़रीब हूँ। लकड़ी की गठरी सिर से उतारूँगा, तो फिर उसे उठवानेवाला कोई नहीं मिलेगा। महाराज मुझे पेट भर खाना देंगे, तो देखते-देखते मैं उत्तम ब्राह्मण बन जाऊँगा।' ज़मींदार उस ब्राह्मण के परिवार को पालने-पोसने लगे। कुछ दिन बाद उन्होंने कोठी पर से देखा, तालाब के किनारे एक ब्राह्मण तपस्या कर रहा है। कड़ी धूप थी। ब्राह्मण ने अपना दुपट्टा ऊपर उछाला। दुपट्टे के चारों छोर हवा में फैले और छत की भाँति ब्राह्मण को छाया देने लगे। यह देखकर ज़मींदार ने उस ब्राह्मण को बुला लाने के लिए एक नौकर भेजा। ब्राह्मण ने आने से इनकार कर दिया। ज़मींदार स्वयं ब्राह्मण के पास जा पहुँचे। देखा कि यह वही ब्राह्मण है, जिसके परिवार का वे पालन-पोषण कर रहे हैं। ज़मींदार बोले, 'क्यों जी ! तुम्हारे बीवी-बच्चों को मैं पाल रहा हूँ। तुम यहाँ तपस्या कर रहे हो। पर मेरे बुलाने पर तुम नहीं आते ?' ब्राह्मण बोला, 'मेरी तपस्या में एक-चौथाई भाग आपको मिल ही रहा है; फिर मुझ पर आपका अधिकार ही क्या है ?' राजा का आदर प्राप्त हो, तो ऐसी कोई विद्या नहीं, जो विकसित न हो। अँग्रेज़ी डॉक्टरों को ही लीजिए, वे रोग का प्रकार नहीं जानते, नाड़ी-परीक्षा नहीं जानते, कुछ भी नहीं जानते। बाहरी चिह्नों को देखकर दवा देते हैं। सचमुच दवा शरीर के तत्त्व के अनुसार दी जानी चाहिए। वात, पित्त और श्लेष्म—इनमें से किसी एक गुण के अतिरेक से शरीर में रोग उत्पन्न होता है। रोग के मूल का नाश करो, तो रोग का नाश हो जाता है। रोग मानो वृक्ष का तना होता है। जड़ें ज्यों-की-त्यों रखकर टहनियों को काट देने से कटे हुए तने में फिर कोंपलें फूट आती हैं। अँग्रेज़ी डॉक्टरी का यही हाल है। फिर भी राजाश्रय पाकर आज अँग्रेज़ी चिकित्सा परवान चढ़ रही है। ऐसी स्थिति में यदि राज्य की ओर से प्रोत्साहन मिले तो साक्षात् विष्णु के अवतार धन्वन्तरी की वैद्य-विद्या और चरक महर्षि के वैद्य-सिद्धान्त क्यों व्यर्थ होंगे ? अपनी पतिव्रता पत्नी अन्य-देशीय स्त्रियों के समान भी सेवा नहीं करेगी ?' राजशेखर शास्त्री को रंगाराव का पाश्चात्य स्त्री से विवाह करना ज्ञात नहीं था। शास्त्री ने बातों-बातों में बहुत कुछ कहा डाला। रंगाराव बिगड़ गये। हरप्पा ने सिर झुका लिया। धर्माराव कुछ सिटपिटा गया। हरप्पा बोला, 'शास्त्रीजी, आप कल पधारिए।' तीनों उठकर चले गये। हरप्पा ने धर्माराव से कहा कि कल शास्त्रीजी को आने की आवश्यकता नहीं। शास्त्रीजी चले गये। छह महीने बीत गये। रोग ज्यों-का-त्यों बना रहा। एक दिन हरप्पा रेल में मद्रास जा रहा था। किसी मामले में उसे मद्रास जाना पड़ा था। पहले दर्जे के डिब्बे में वह बर्थ पर सो रहा था। उसी डिब्बे में दो और व्यक्ति बातें कर रहे थे। हरप्पा मुख पर से दुपट्टा हटाये बिना ही उनकी बातें सुनने लगा। एक व्यक्ति कह रहा था, "हाँ जी, हमारा क्या ? हम वैद्य हैं। आपके पास धन है, तो हमारे पास विद्या है। पेद्दापुर के ज़मींदार आन्ध्र प्रान्त में मान्धाता की तरह संस्थाओं का पोषण करते आये हैं। पिछले दिनों तक वे समुद्र-तट पर दो कोस लम्बा वन लगाकर औषधियाँ उपजाते थे। उनके आस्थान-वैद्य बड़े प्रतिभाशाली थे। एक बार पेद्दापुर के राजा ने वैद्यराज को अपने समधी

के पास भेजा। वैद्यराज सोने की पैंजनी पाँव में पहनकर वहाँ पहुँचे और बीमार ज़मींदार की सेज पर अपना पाँव धरकर उनकी नाड़ी देखने के लिए हाथ बढ़ाया। बीमार ज़मींदार ने वैद्यराज का पाँव अपनी सेज पर देखा और मारे गुस्से के हाथ खींच लिया। वैद्यराज वापस लौट गये। रोग ज्यों का त्यों बना रहा।

ज़मींदार ने पूछा, ''हमारे वैद्यराज के आने पर भी आपकी अवस्था ज्यों-की-त्यों बनी रही ?'' समधी ने कहा, ''आपके वैद्यराज ने पैंजनी पहनकर अपना पाँव मेरे बिस्तर पर रखा था। मैंने उन्हें मना किया।'' ज़मींदार साहब बोले, ''हमारे वैद्यराज धन्वन्तरी के अवतार हैं। साक्षात् विष्णु भगवान् हैं। हम तो निरे मानव हैं, इसीलिए आपकी अस्वस्थता कम नहीं हुई।'' वैद्यराज को फिर बुलाया गया। उन्होंने फिर पैंजनी पहनकर अपना पाँव ज़मींदार के बिस्तर पर टिका दिया। नाड़ी देखकर बोले, ''चिकित्सा में छह महीने का विलम्ब हुआ है। अतएव रोग के कम होने में पाँच दिन का विलम्ब होगा।'' उनके कथानुसार छह दिन के विलम्ब से रोग-मुक्ति हुई। राजा को चाहिए कि जिस विद्या का जितना महत्त्व होता है, उतना उसे दे। धन के घमण्ड में विद्या का अपमान न करे। हरप्पा ने दुपट्टा हटाकर देखा, राजशेखर शास्त्री बोल रहे थे। हरप्पा को देखकर शास्त्री जी ने पूछा, ''आप हैं कुँवर जी ! पिताजी का स्वास्थ्य कैसा है ?'' हरप्पा बोला, ''शास्त्री जी ! आप हमें क्षमा करें। मैं मद्रास से परसों लौट आऊँगा। वहाँ हम अपना बँगला बेच रहे हैं। मेरे लौटते ही आप कोठी पर पधारें।'' शास्त्रीजी ने कहा, ''अच्छा, अच्छा !''

चार दिन के बाद भी शास्त्रीजी नहीं आये। हरप्पा रंगाराव रो बोला, ''उस दिन शास्त्रीजी ने जो बात कही थी, वह अनजाने में यों ही कही थी। वे क्षमा चाहते हैं।'' रंगाराव मान गये। हरप्पा ने कहा, ''उन्हीं से आपको पूर्ण स्वास्थ्य प्राप्त होगा। आप उन्हीं की दवा का सेवन करें तो अच्छा है।'' रोग-पीड़ा से विवश होकर रंगाराव ने यह प्रस्ताव मान लिया। धर्माराव शास्त्रीजी को फिर ले आया। शास्त्रीजी ने इलाज शुरू किया। वे कहते कि अमुक दवा दे रहा हूँ, कल सवेरे तक इसका अमुक प्रभाव होगा। ठीक उसी तरह औषधि अपना काम करती। हरप्पा ने पूछा, ''पूर्ण स्वास्थ्य प्राप्त होने में कितना समय लगेगा ?'' शास्त्रीजी बोले, ''इस रोग को प्रारम्भ हुए सोलह बरस हो चुके हैं। तीन बरस से तो बहुत बढ़ गया है। दो बरस तक औषधि लेनी होगी।'' उनका प्रस्ताव स्वीकृत हुआ।

नागेश्वर राव ने इस्तीफ़ा दे दिया। हर छोटे-बड़े मामले में हरप्पा का हस्तक्षेप उसे पसन्द न था। हरप्पा ने धर्माराव से कहा, ''मैं आपको दीवान बनाऊँगा।''

धर्माराव बोला, ''मैं तो बचपन से ही आपका दीवान हूँ। मेरे पूर्वज आपके पूर्वजों के मन्त्री रहते आये हैं। उन्होंने बिना वेतन और भत्ते के आपकी सेवा की। मैं केवल वेतन बिना सेवा कर रहा हूँ। भत्ता ग्यारह बरस से आप मुझे देते आ रहे हैं। मैं आपसे फूटी कौड़ी भी वेतन के रूप में नहीं लूँगा।'' हरप्पा की आँखों में स्नेह, कृतज्ञता अथवा

धर्माराव की उदारता के प्रति प्रशंसा का अनोखा भाव झलक गया।

हरप्पा को अब अपनी प्रभुता का भान हुआ। वह सोचने लगा, "क्या अब मैं माँ जी का श्राद्ध-कर्म कर सकता हूँ ? वेणुगोपाल स्वामी के कल्याणोत्सव का आयोजन कर सकता हूँ ?" उसके मन में आत्मविश्वास उत्पन्न हुआ। इतने में आषाढ़ का महीना आया। स्वामी के कल्याणोत्सव का आयोजन वैशाख पूर्णिमा को होनेवाला था। अर्थात् दस महीने और रह गये थे। श्राद्ध-कर्म भी उसी समय निश्चित हुए।

अठारह

कुमारस्वामी को नौकरी मिली और साथ-ही-साथ पुत्र-प्राप्ति हुई। कॉलेज में वह तेलुगु का अध्यापक बना। वेतन था सौ रुपये प्रति मास। उसने तेलुगु में बी. ए. की परीक्षा दी थी। इस बार एम. ए. में बैठना चाहता था। उसका समाज-सुधारक ढंग का विवाह कॉलेज में एम. ए. की उपाधि के समान प्रभावपूर्ण सिद्ध हुआ। उसने अपने बच्चे का नाम धर्माराव रखा। श्यामला बच्चे को 'गुरुजी' पुकारती थी। एक दिन कुमारस्वामी ने अपने बच्चे के बारे में धर्माराव से कहा, "मास्टरजी ! हमारे लाल को ऐसा-वैसा न समझिए। उधर चक्रवर्ति है और इधर यह है।"

धर्माराव, "यह कहाँ का चक्रवर्ति है ?"

कुमारस्वामी, "हमारे लाल को भी रोज़ी अवश्य मिलेगी। हम देखेंगे।"

श्यामला, "चक्रवर्ति पर आपका गुस्सा अभी तक नहीं उतरा ? चार-पाँच दिन मैंने उनसे बातें क्या कीं, आपने उनसे इतना वैर बढ़ा लिया ?"

धर्माराव, "अब चक्रवर्ति क्या कर रहा है ?"

कुमारस्वामी, "अभी कहा न कि पिता की दी हुई रोज़ी खा रहा है।"

श्यामला, "आप तो कहते थे कि उधर चक्रवर्ति है और इधर यह है। इसका क्या मतलब है ?"

कुमारस्वामी, "मतलब यह है कि उस चक्रवर्ति से हमारा बच्चा ही वितण्डावाद करेगा। अब मास्टरजी की आवश्यकता नहीं पड़ेगी।"

धर्माराव, "नदी पार करके नाव जला रहे हो !"

एक दिन मंगम्मा और कुमारस्वामी बैठे बातें कर रहे थे। मंगम्मा पूछ रही थी, "सवा सौ रुपये प्रतिमास कमाते हो। यह सब रुपया क्या कर रहे हो ?"

कुमारस्वामी, "पुराने क़र्ज़ चुका रहा हूँ।"

मंगम्मा, "फिर मेरे क़र्ज़ का क्या करोगे ?"

कुमारस्वामी, "आपने ही तो कहा था कि वह क़र्ज़ नहीं है।"

मंगम्मा, "चार सौ रुपये का क़र्ज़ा यों ही उड़ा दोगे ?"

कुमारस्वामी, "बुद्धूपन किसने किया ? यदि आप मुझसे नोट लिखा लेतीं, तो पैसे अवश्य लौटा देता। अब मेरा मन नहीं करता।"

मंगम्मा, "कैसे करेगा तुम्हारा मन ? तुम्हारे बच्चे के लिए सोने की जंजीर बना दूँ, तो मानेगा ?"

कुमारस्वामी, "सचमुच बड़े ज़मींदार भी आपकी बराबरी नहीं कर सकते। किसी रिश्तेदार ने ऐसी बात नहीं की। पर आप अपने वचन से मुकर न जाइएगा। हाँ ! वचन-भंग नहीं करना चाहिए।"

मंगम्मा, "तुम और तुम्हारा बच्चा बड़े भोले-भाले हो ! मुँह में उँगली देने पर काटना भी नहीं जानते !"

कुमारस्वामी, "बच्चे के दाँत निकल आये हैं, उसी से जल रही हैं आप !"

उस दिन सन्ध्या-समय छोटे धर्माराव के गले में सोने का हार चमकने लगा। कुमारस्वामी बोला, "आप हमारे बच्चे पर अनुरक्त हुई हैं क्या ? हमारा बच्चा नल है, आप दमयन्ती हैं। वह अभिनव नल है, आप अभिनव दमयन्ती। कलियुग में दमयन्ती को पतिव्रता होने की आवश्यकता नहीं। आप में और हमारे बच्चे में पचीस बरस का अन्तर तो होगा ही। यह अन्तर हमारे नवीन सिद्धान्त के अनुरूप है !"

मंगम्मा, "तुम्हें अब बड़ा आदमी बनना चाहिए। भौंडा व्यवहार करोगे, तो नौकरी जाती रहेगी।"

कुमारस्वामी, "कॉलेज से केशवजी का निष्क्रमण हो गया है। अब शिक्षा-प्रणाली में पहले की तरह कड़ाई नहीं रहेगी।"

मंगम्मा, "अब तो वह पहले से भी बुरी होगी। पुराना ढंग भीतर से ढीला था, बाहर से कड़ा लगता था। आजकल का ढंग भीतर कड़ा है, बाहर ढीला लगता है।"

इतने में धर्माराव आया। कुमारस्वामी फिर से बच्चे को ले आया और धर्माराव को दिखाने लगा। धर्माराव बोला, "क्या तुम्हारा बेटा कोई नित नया बेटा है, जो बार-बार लाकर दिखाते हो ?"

कुमारस्वामी, "यह बात नहीं, मास्टरजी ! मैंने मंगम्मा को चार सौ रुपये क़र्ज़ दिये थे। मैंने कहा, "असल न सही, ब्याज तो दे दो।" बेचारी बड़ी ग़रीब है न, खाने तक के लिए तरस रही है ! इसीलिए यह सोने का हार ब्याज के रूप में मंगम्मा ने दिया है। यही आपको दिखाना चाहता था।"

मंगम्मा, "अब असल नहीं दे सकूँगी। इस ब्याज से ही सन्तुष्ट हो जाओ।"

कुमारस्वामी, "आपने कहा था कि मेरे बच्चे से आप अपनी भैंस का ब्याह कराएँगी ? हाँ, भूल गया। मास्टरजी, मेरे बच्चे का ब्याह तय हुआ है। कब रचाएँ ?"

धर्माराव, "अब ब्याह रचाओगे, तो बाल-विवाह कहलाएगा। सारड़ा कानून के विरुद्ध पड़ेगा।"

कुमारस्वामी, "सारड़ा कानून के अनुसार यदि दूल्हा छोटा हो, तो कोई बाधा नहीं पड़ती। यहाँ तो दूल्हन पचीस बरस की है। दोनों की उम्र का औसत लेने पर बाल-विवाह नहीं होगा।"

मंगम्मा, "तुम बड़े बुद्धिमान् हो। ऐसी बुद्धिमानी इनमें नहीं।"

कुमारस्वामी, "क्यों नहीं ? हमारे दोनों के लिए असल अपनी जगह है और ब्याज वसूल हो रहा है।"

श्यामला, "आपको हो रहा होगा, पर इन्हें क्या वसूल हो रहा है ? अच्छा, यह बात है !"

कुमारस्वामी, "शायद चक्रवर्ति की याद आ गयी ?"

श्यामला, "और कब तक ये उलाहने देते रहेंगे ?"

"यह तो बताइए, 'बालि' कैसा है ?"

" 'सुग्रीव' को बुला रहा है।"

"सुग्रीव सो रहा है। अपनी तारा को उठा ले जानेवाले 'बालि' से बदला चुकाने के लिए श्री रामचन्द्रजी जैसे प्रत्यगात्मा से सुषुप्त अवस्था में विचार-विनिमय कर रहा है।"

"तुम्हारा यह वेदान्त मेरी समझ में नहीं आता।"

"कम-से-कम इसका पूर्व भाव तो आया होगा ?"

"कभी दमयन्ती कहते हो, कभी तारा कहते हो। जो जी में आये, कह देते हो।"

"क्या अवतार नहीं बदला करते ?"

मंगम्मा, "जब से तुम्हें नौकरी मिली है, तुम बहुत उच्छृंखल हुए जा रहे हो।"

कुमारस्वामी, "स्त्री कुछ भी कहती रहे, उसमें कोई दोष नहीं, पर पुरुष एक अक्षर भी कह दे, तो स्त्री उस पर बरस पड़ती है। तुम ही देखो। रुक्मिणी ने अपने प्रिय कृष्ण को सन्देशा भेजा। इस पर लोग मानने लगे कि लक्ष्मी देवी ने विष्णु भगवान् से विवाह किया। रुक्मिणी के पिता भीष्मक और भाई रुक्मि के वचन के कारण शिशुपाल भी रुक्मिणी पर अनुरक्त हुआ। पर उस बेचारे को लोगों ने द्रोही ठहराया। यह है जग की रीत। स्त्री की इच्छा कभी प्रकट नहीं होती। उसे शृंगार-रस कहते हैं। उसकी इच्छा न हो तो रसाभास हो जाता है। काव्यों में केवल रसाभास होता है पर संसार में...."

मंगम्मा, "संसार में क्या होता है ?"

कुमारस्वामी, "पूछती हो कि क्या होता है ? लाठियों से पूजा होती है। कभी-कभी सिर फूट जाते हैं। ख़ून होते हैं। स्त्री के कारण यह संसार इतना बिगड़ गया है कि हत्याएँ हो रही हैं।"

मंगम्मा चुपचाप लौट गयी। उसके लौटने का कारण कुमारस्वामी की समझ में न आया। मंगम्मा के घर लौटते ही 'बालि' ने किचू-किचू आवाज की। चंगलराव को बुलाकर मंगम्मा ने पूछा, " 'बालि' को कॉफ़ी दी ?" चंगलराव बोला, "कॉफ़ी ले आने तक ठण्डी हो गयी। मैंने ज़बरदस्ती कॉफ़ी उसके मुँह के पास रख दी। उसने गुस्से से मेरे सारे शरीर को खरोंचकर लहूलुहान कर दिया और कहकहा लगाने लगा। तब मैंने कहा, तुम्हें कॉफ़ी दूँगा ही नहीं।" मंगम्मा बोली, "तुम बड़े अच्छे हो; ज़रा कॉफ़ी गरम करके ले आओ।"

मंगम्मा भीतर जाकर लेट गयी। सोचने लगी—कुमारस्वामी मुझे कभी उलाहने नहीं देता। पर आज यह बात मेरे मन में क्यों चुभ गयी ? मैंने लाज-शरम छोड़ दी है। किसी पर भी मुझे झल्लाना नहीं चाहिए। झल्लाकर करूँगी भी क्या ? मैं तो बेलगाम-सी बनी हूँ, नहीं तो इस गाँव में नाटक में काम करने का मुझे साहस कैसे होता ? जीवन में भूल एक बार हो जाती है, पर अन्त तक उससे पीछा नहीं छूटता। मेरा पति बेचारा जोशी मुझसे कितना प्रेम करता था। वह सुन्दर नहीं था। मैं सुन्दरी हूँ। मुझे पाकर उस बेचारे के पाँव धरती पर न टिकते थे। रामेश्वरम् ने मुझ पर जो अन्याय किया, उसका उसे क्या बदला मिलेगा भला ? आज मैं साठ-सत्तर हज़ार की जायदाद हस्तगत करके महारानी बनी बैठी हूँ। बड़ा बँगला है, जिससे चालीस रुपये किराया आ रहा है। सिनेमा से कम-से-कम महीने में हज़ार रुपये की बचत हो रही है। थियेटर के किराये के सौ रुपये, रोशनी के पचीस, फर्नीचर के पन्द्रह, मेरी ख़ुद की आमदनी एक सौ सोलह, ताश खेलते समय रोशनी का ख़र्च, ताश ख़रीदने का ख़र्च, घर का भाड़ा—इस प्रकार कई रास्तों से पैसा आ रहा है। अब मुझे सुख ही सुख है। परन्तु लगता है कि भगवान् कभी-न-कभी मेरा सिर अवश्य फोड़ेगा।" मंगम्मा ने बक्सा खोला और जोशी का एक फोटो निकालकर मेज़ पर रख दिया। आँगन से पारिजात के फूल ले आयी और उनकी माला गूँथकर तसवीर को पहनायी।

सन्ध्या-समय कुमारस्वामी आया। उसने 'बालि' को धमकाया। 'बालि' खम्भे से बँधा था। वह पाँव घसीटता, उछल-कूद मचाता हुआ, शोर करने लगा। कुमारस्वामी ने घास के तिनके से 'बालि' को मारने का अभिनय किया। 'बालि' इधर-उधर घूमकर दौड़-धूप मचाता हुआ उछलता-कूदता अपनी बेबसी प्रकट करने लगा। भीतर से मंगम्मा आयी और कुमारस्वामी को देखकर कहने लगी, "तुम दिनों-दिन बच्चा बनते जो रहे हो। किस कम्बख़्त ने तुम्हें नौकरी दी है ?"

कुमारस्वामी, "गाँव भर में जिसे देखो, मेरी नौकरी से जलता है। कहावत है कि ग़रीब ने सिर मुँड़ाया और ओले बरसने लगे। मुश्किल से मुझे एक नौकरी क्या मिली, बस गाँव भर की डाइनें उसे बिगाड़ने की कोशिशें कर रही हैं।"

मंगम्मा, "नौकरी के बिना जी नहीं सकोगे क्या ?"

कुमारस्वामी, "कैसे जीऊँगा ? सास का काम-तमाम हो चुका है। जितनी जायदाद

है, उतना क़र्ज़ चढ़ गया है। बाक़ी कुछ नहीं। ले-देकर एक घर और दस एकड़ ज़मीन बेटी के नाम है। मैं उन्हें लेकर क्या करूँगा ? साले के नाम कर दूँगा। मुझे कौन-सी कमी है ? इस नौकरी के टिकने का भी भरोसा नहीं।''

मंगम्मा, ''क्यों नहीं है ?''

कुमारस्वामी, ''इसलिए कि मैंने धर्माराव से पाठ सीखकर बड़ा अपराध किया है।''

मंगम्मा, ''क्या तुम भी धुआँधार भाषण करने लगे हो ?''

कुमारस्वामी, ''गाय खेत में चरेगी, तो बछड़ा मेंड़ पर क्यों चरने लगा ? ख़ैर, रहने दो। यह तो बताओ, आज 'बालि' महाराज गुस्से में क्यों हैं ?''

मंगम्मा, ''उसकी कॉफ़ी ठण्डी पड़ गयी है। उसे जहाज से उतरे एक हफ्ता ही तो हुआ है। यहाँ आने के बाद से उसे 'बेड-टी' नहीं मिलती। कॉफ़ी ठण्डी पड़ जाती है।'' कुमारस्वामी ने 'बालि' की जंजीर खोल दी और उसे भीतर ले गया। 'बालि' मंगम्मा के पास आश्रय लेने लगा।

कुमारस्वामी, ''इस निगोड़े को नहीं मालूम कि मैं इसका चाचा हूँ। मुझे देखकर घबराता क्यों हैं ?''

मंगम्मा, ''हाँ-हाँ, तुम सौतले बाप हो न ?''

कुमारस्वामी, ''आज के युग में सौतेली माताएँ ही अधिक हैं। पुराने समय में सौतेले बाप अधिक होते थे। बालि-सुग्रीव, केसरी-वासुदेव—ये सब सौतेले पिताओं के उदाहरण हैं। मैं सोचता हूँ कि पूर्वकाल में देश भर में मलयाली नियम था। जायदाद स्त्री की होती थी। स्त्रियाँ चाहे जितने पतियों से विवाह कर सकती थीं।''

मंगम्मा, ''तुम घबराते क्यों हो कि तुम्हारी नौकरी चली जाएगी ? तुम तो अनुसन्धान-विभाग में पहुँच गये हो ! अब तुम्हें डॉक्टरेट मिलेगी।''

कुमारस्वामी, ''आज के युग में पढ़ाई-लिखाई की आवश्यकता नहीं। हमारे पास तेलुगु के कई एम. ए. मौजूद हैं, परन्तु किसी कविता का अर्थ समझाने को कहो तो वे नहीं समझा पाएँगे। उनसे किसी भी प्रश्न का उत्तर तुरन्त नहीं मिलता। कक्षा में विद्यार्थी अर्थ पूछें तो मास्टरजी कहते हैं, कल बताऊँगा। आजकल जहाँ देखो, अनुसन्धान ही अनुसन्धान चल रहा है। हमारी निजी सूझ-बूझ को समाप्त करने के लिए अनुसन्धान के नाम पर बाल की खाल खींची जा रही है।''

मंगम्मा, ''तुम सच कहते हो। परन्तु ऐसी धूर्त बातें करोगे, तो नौकरी कैसे टिकेगी ? तिस पर असभ्य बातें भी कर रहे हो !''

कुमारस्वामी, ''बालों की बात असभ्य है ?''

कुमारस्वामी गाने लगा। मंगम्मा बोली, ''अब ज़रा गाना बन्द करके कॉफ़ी गरम करोगे क्या ?''

कुमारस्वामी, ''दूध है ?''

मंगम्मा, ''हाँ, है।''

कुमारस्वामी, ''चंगलराव क्या कर रहा है ? कॉफ़ी गरम करने के लिए उसे क्यों नहीं कहती ?''

मंगम्मा, ''वह राज-बन्धु सुषेण है। 'बालि' और 'सुषेण' केवल खाना जानते हैं, सेवा करना नहीं।''

कुमारस्वामी, ''कहावत है, किसी ने बैल बराबर कुत्ता पाल रखा था; लेकिन ज़रूरत पड़ने पर खुद ही भौंका करता था। तुम स्त्री हो, सो तुम्हारे रहते हुए मैं क्यों कॉफ़ी बनाऊँ ?''

मंगम्मा, ''तो तुम कहना चाहते हो कि मैं कुत्ता हूँ और तुम सरदार ?''

कुमारस्वामी (हँसकर), ''तुम्हारे घर में पालतू बन्दर है, पालतू बिल्लियाँ भी हैं। चंगलराव के रूप में आदि-वराह भी मौजूद है। संसार में सभी मेमों के पास कुत्ते होते हैं, तब तुम्हारे पास क्यों नहीं हैं ? रेल का ख़र्च दो, तो मैं बँगलौर से एक अच्छा कुत्ता ला दूँगा। हमारे डी. एम. ओ. लाये हैं। सुना है, उनके कुत्ते की क़ीमत छह सौ रुपये है। हम सोलह सौ का कुत्ता ले आएँगे।''

मंगम्मा, ''पैसों की आस अभी तुम्हारे मन से गयी नहीं ?''

कुमारस्वामी, ''जब तक तुम सामने रहोगी, मेरी आस नहीं जाएगी। सत्तर हज़ार रुपये क्या करोगी ? मुझे अपना बँगला और दस हज़ार रुपये दे दो, तो मैं नौकरी छोड़ दूँगा।''

मंगम्मा, ''काफ़ी हैं ? और दस हज़ार दूँगी ले लो !''

कुमारस्वामी, ''रामेश्वरम् फिर से जीवित होकर आये, तब ले लूँगा।''

मंगम्मा, ''तब क्यों ?''

कुमारस्वामी, ''वह भूत बनकर मुझे काट खाने लगे, तब क्या होगा ?''

मंगम्मा, ''तुम्हें काट सकता है, पर मेरा कुछ नहीं बिगाड़ सकता।''

इतने में 'बालि' मंगम्मा के कन्धे पर आ बैठा।

कुमारस्वामी, ''बन्दर के ऊपर बन्दर !''

मंगम्मा, ''क्या कहते हो ?''

कुमारस्वामी, ''कन्नड़ में मंगा का अर्थ है बन्दर।''

मंगम्मा, ''तुम बँगले और दस हज़ार रुपये से वंचित हो जाओगे !''

कुमारस्वामी, ''अभी-अभी तो बीस हज़ार कह रही थीं, क्षण भर में दो बातें करने लगीं। ख़ैर, तुम बिगड़ती क्यों हो ? मन सचमुच बन्दर है। आदि शंकर ने कहा है :

> सदा मोहाटव्यां चरति युवतीनां कुचगिरौ
> नटत्याशा-शाखास्वटति झटिति स्वैरमभितः।
> कपालिन् भिक्षो ! मे हृदयकपिमत्यन्तचपलम्
> दृढं भक्त्या बद्धवा शिव ! भवदधीनं कुरु विभो ॥

मंगम्मा आँसू बहाने लगी। कुमारस्वामी ने पूछा, "क्या बात है ? आँसू क्यों बहा रही हो ?" मंगम्मा बोली, "इस कम्बख़्त बन्दर ने मेरी आँखों में धूल डाल दी।" कुमारस्वामी ने फिर पूछा, "ख़ैर, रहने दो। बताओ, यह तस्वीर किसकी है ?"

मंगम्मा चुप हो गयी। कुमारस्वामी ने उसकी ओर देखा। मंगम्मा ने जबरदस्ती बन्दर को उतारा और ख़ुद कुरसी पर बैठ गयी। उसके मुख पर विषाद की एक रेखा झलकी। कुमारस्वामी भीतर गया और स्टोव सुलगाकर कॉफ़ी बनाने लगा। 'बालि' उसके पास जा पहुँचा। कुमारस्वामी ने उसे फटकारा, "निगोड़े, चल निकल ! तू त्रेता युग का प्राणी है। तुझे कॉफ़ी की क्या ज़रूरत ? 'बालि' ने किच्-किच् आवाज की, मानो कह रहा हो कि रामायण में यद्यपि वाल्मीकि ने नहीं लिखा, तथापि अनुसन्धान से बात सिद्ध होती है कि लंका में चाय के बगीचे प्राचीन काल में भी विद्यमान थे। इतने में चंगलराव आ गया।

कुमारस्वामी, "भैया, तुम तीसरे अवतार हो। ज़रा इस 'बालि' को बाहर ले जाओ। सातवें और तीसरे अवतार में नाता जोड़कर देखें ?"

'बालि' ने कुमारस्वामी को नहीं छोड़ा। कॉफ़ी बन गयी। कुमारस्वामी ने मंगम्मा को भीतर बुलाया। दोनों कॉफ़ी पी रहे थे। 'बालि' को भी कॉफ़ी में हिस्सा दिया गया। उसने अपना हिस्सा गटागट समाप्त किया और मंगम्मा के हिस्से पर आक्रमण करने लगा।

कुमारस्वामी, "यह 'बालि' है भी धूर्त। सुग्रीव की पत्नी को इसी ने हड़प लिया, अब तुम्हारी कॉफ़ी पर आक्रमण कर रहा है।"

मंगम्मा, "तारा ही उसकी बनी है, तो तारा की कॉफ़ी पर उसका अधिकार क्यों न होगा ?"

कुमारस्वामी, "यह तो बताओ, मेज़ पर तस्वीर किसकी रखी है ?"

मंगम्मा, "तुम कॉफ़ी बहुत अच्छी बनाते हो।"

कुमारस्वामी, "मैं कॉफ़ी बनाता हूँ, तुम नाटक खेलती हो ?"

मंगम्मा, "आज इतनी जल्दी कॉलेज बन्द हो गया ?"

कुमारस्वामी, "हमारे ईटसन साहब के बदले तुम प्रिंसिपल नहीं हुई। वह साहब बेचारा तभी बुलाता है जब कोई काम हो। इसीलिए कहता है कि स्त्रियों को अधिकार नहीं देना चाहिए। यहाँ के ट्रेनिंग स्कूल की अध्यक्ष को तुमने नहीं देखा। अध्यापिकाओं के प्राण खाये जा रही है।"

मंगम्मा, "ब्रह्मचारिणी है न ?"

कुमारस्वामी, "वह तस्वीर किसकी है ?"

मंगम्मा, "कल बताऊँगी।"

कुमारस्वामी, "कल गुरु-ग्रह कर्कट राशि में आनेवाला है क्या ?"

मंगम्मा, "जिनकी वह तसवीर है उनका नाम है जोशी।" कुमारस्वामी ने क़हा,

"ओ हो ! यह बात है !"

वर्षा की उपजायी हुई तृण-कन्याओं की चोटियों में शरद् ऋतु ने फूल गूँथे। कॉलेज में स्वामी विवेकानन्द के लिखे हुए 'पूर्व एवं पश्चिम' ग्रन्थ से कुमारस्वामी पाठ पढ़ा रहा था। स्वामीजी ने पाश्चात्य सभ्यता की जिन पद्धतियों की आलोचना की थी, उन पर कुमारस्वामी सविस्तार व्याख्यान दे रहा था। कतिपय ईसाई विद्यार्थी उन दिनों अपने आपको विलायती साहब समझते थे। उनको भारत पर गर्व नहीं था। हूण देश और पाश्चात्य सभ्यता पर ही वे मुग्ध थे। कुमारस्वामी का व्याख्यान सुनकर ऐसे कुछ विद्यार्थियों को बुरा लगा और वे सब कक्षा से उठकर चले गये। कुमारस्वामी को अध्यापक बने केवल पाँच महीने हुए थे। वह प्रतिदिन पाश्चात्य सभ्यता की कड़ी आलोचना और भारतीय सभ्यता का प्रबल समर्थन करता था। ईसाई धर्म के विषय में वह कुछ न कहता। विद्यार्थी उसकी राय पूछते तो कहता, "मैं नहीं जानता।" फिर भी कुछ ईसाई विद्यार्थियों ने ईटसन साहब से शिकायत कर दी कि कुमारस्वामी ईसाई धर्म की निन्दा कर रहा है। कुमारस्वामी ने शिकायत की कि पाठ पढ़ते समय कुछ ईसाई विद्यार्थी बाहर चले गये। ईटसन साहब ने कहा, "जब विद्यार्थियों के धर्म के विरुद्ध अध्यापक व्याख्यान दें, तो उनका कक्षा से निकल जाना ही ठीक है।" कुमारस्वामी मन-ही-मन सोचने लगा—हाँ, ठीक ही है, अपने धर्म के विरुद्ध तुम्हारी पढ़ाई पढ़ना, तुम्हारे कॉलेजों में शरीक़ होना, यह हमारी मूर्खता है। इसमें तुम्हारा क्या दोष है ? तुमने यह कॉलेज अपने धर्म-प्रचार के लिए ख़रीदा है। हम सब भारतवासी हैं। हमें नौकरी चाहिए, इसलिए हम यहाँ आये हैं। हममें सचमुच हिन्दू कौन है ? हमारे लिबास पाश्चात्य बन गये हैं। फिर यह दुरभिमान क्यों ? प्रिंसिपल के समर्थन पर ही विश्वविद्यालय के अधिकारी निर्णय लेते हैं। हम तो रोज़गार के लिए आये हैं। जब सामर्थ्य नहीं है, तो कम-से-कम अपमान सहन करने की शक्ति तो होनी ही चाहिए।

अध्यापकों के कमरे में कुमारस्वामी बैठा था। बड़े दिन की छुट्टियाँ आ रही थीं। परीक्षा समाप्त हुई। छुट्टियों में परीक्षा पत्रों की जाँच करनी है। एक अध्यापक बोला, "कॉलेज की परीक्षा में भी परीक्षा-पत्रों की जाँच के लिए पैसे देना उचित होगा; विश्वविद्यालय की परीक्षा में देते हैं।"

कुमारस्वामी, "दुराशा की सीमा क्या है ? नये आनेवाले विद्यार्थी समूचा मेरु-पर्वत निगल जाना चाहते हैं। विश्वविद्यालय की परीक्षाओं में भी पैसे क्यों दिये जाएँ ? सौ विद्यार्थियों में पंचानवे ग़रीब होते हैं। उन्हें खाने तक को नसीब नहीं। मुझे अपनी पढ़ाई के दुर्दिन अच्छी तरह याद हैं। हाथ में कौड़ी नहीं, पुरखों की कमाई हुई जायदादें और पत्नी के गहने बेचकर विद्यार्थी अपनी फ़ीस अदा कर रहे हैं। इस पढ़ाई से कई गृहस्थियाँ चौपट हो रही हैं। आर्थिक कठिनाई के नाम पर अध्यापकों के वेतन में कटौती होती है; परन्तु विद्यार्थियों से ली जानेवाली फ़ीस में कटौती क्यों नहीं होती ? आमदनी दिनों-दिन बढ़ा रहे हैं, ख़र्च कम कर रहे हैं। तीस-तीस चालीस-चालीस रुपये परीक्षा-फ़ीस

लेते हैं। परीक्षा-पत्र जाँचनेवाले सब अध्यापक ही तो हैं ? उन्हें छुट्टियों का वेतन भी तो मिलता है, छुट्टियों में उन्हें क्या काम रहता है ? परीक्षा-पत्र जाँचने के लिए उन्हें पैसे क्यों दिये जाएँ ? एक रुपये के काग़ज़ से परीक्षा समाप्त हो सकती है; फिर चालीस रुपये परीक्षा-शुल्क क्यों ? चीफ़ सुपरिण्टेण्डेण्ट को दस रुपये, अन्य लोगों को चार-चार रुपये, पत्र जाँचनेवाले को दो-दो रुपये—इसी प्रकार सबकी दक्षिणा निश्चित है। बेचारा विद्यार्थी जायदादें बेच-बेचकर, पत्नी का मंगल-सूत्र बेच-बेचकर जो पैसा लाता है, उसे दो-दो तीन-तीन सौ वेतन पानेवाले ये अध्यापक क्यों हड़प लें ? इतने अधिक वेतन की आवश्यकता ही क्या है। जो व्यक्ति सौ रुपये से अधिक वेतन लेता है, वह देश का शत्रु है। गाँधीजी ने यही कहा है। स्वराज्य आने के बाद पाँच-सौ से अधिक वेतन किसी का नहीं रहेगा। हमें इस बात की खुशी नहीं होनी चाहिए कि हमारा वेतन चार-सौ रुपये माहवार आ रहा है। हमें तो यह सोचना चाहिए कि कैसे और कहाँ से आ रहा है ?''

अन्य अध्यापकों को कुमारस्वामी की ये बातें बुरी लगीं। छुट्टियाँ शुरू हुईं। एक दिन कुमारस्वामी धर्माराव के घर गया। बोला, ''मास्टरजी, हमारी तरफ़ तो आजकल आप फटककर भी नहीं देखते।''

धर्माराव, ''तुम अब मुलाज़िम हो। पहले की तरह तुमसे बातें करना उचित होगा कि नहीं, इस दुविधा के कारण मैं उधर नहीं गया।''

कुमारस्वामी, ''ज़रा मेरी आँखें तो देखिए, भौंहों के नीचे हैं कि नहीं ?''

धर्माराव, ''सिर पर पैदा होनेवाली आँखें ये नहीं हैं। वे और होती हैं। जो व्यक्ति शेर के सिर का मुखौटा लगाता है, उसकी आँखें बाहरवालों को दिखाई नहीं देतीं। तुम्हारी आँखें ऐसी नहीं हैं।''

कुमारस्वामी, ''शायद वे आँखें पगड़ी से सटी रहती हैं। अब मेरे सिर पर पगड़ी नहीं है।''

धर्माराव, ''अपने कॉलेज की ख़बरें सुनाओ !''

कुमारस्वामी, ''क्या रखा है सुनाने को ? धर्माराव वहाँ अध्यापक बनने के योग्य नहीं है।''

धर्माराव, ''यह क्या कहते हो ? मैं तो वहाँ अध्यापक नहीं हूँ।''

कुमारस्वामी, ''तसवीर ही अयोग्य है तो वास्तविक व्यक्ति कितना अधिक अयोग्य होगा ?''

धर्माराव, ''बात क्या है ? ठीक-ठीक बताओ।''

कुमारस्वामी, ''हमारे विचार वहाँ सबको खलते हैं। कॉलेज में नम्रता का अर्थ है उनकी हाँ में हाँ मिलाना, अँग्रेज़ों के विरुद्ध कुछ न बोलना, आचार-व्यवहारों की उचित आलोचना न करना। सचमुच मैंने उनके धर्म पर कोई टीका नहीं की; फिर भी उन सबको मुझसे बड़ा द्वेष हो गया है। बात-बात पर वे पूछते हैं कि भगवान् एक है, फिर

तुम हिन्दुओं में इतने भगवान् क्यों हैं ? इस प्रश्न का मैं क्या उत्तर दूँ ?''

धर्माराव, ''भगवान् एक-वचनी शब्द है। इस शब्द से ही पता चलता है कि भगवान् एक है।''

कुमारस्वामी, ''ऐसा मैं कहूँगा, तो उनकी समझ में नहीं आएगा। आपके शब्द-सिद्धान्त से वे परिचित नहीं हैं।''

धर्माराव, ''मैंने सिद्धान्त नहीं बताया। मानी हुई बात है कि अर्थ के बिना शब्द नहीं। अतएव शब्द का अर्थ ही तत्त्व है। उस अर्थ का ठीक-ठीक निर्णय हो जाए, तो फिर अड़चन नहीं रहती। अँग्रेज़ी भाषा में परमार्थ का विषय-बोध करानेवाले स्पष्ट अर्थयुक्त शब्द नहीं हैं। वहाँ शब्द की व्युत्पत्ति का और प्रयोग में उसके अर्थ का कोई सम्बन्ध नहीं होता।''

कुमारस्वामी, ''वह सब ठीक है। पर हम अनेक देवताओं को मानते हैं न ? उन सबका समन्वय कैसे हो ?''

धर्माराव, ''इतनी-सी बात तुम नहीं जानते ?''

कुमारस्वामी, ''आपने मुझे केवल तेलुगु पढ़ायी। ये बातें कभी नहीं बतायीं।''

धर्माराव, ''आज ही तो मुझसे पूछ रहे हो। नहीं तो तुम्हें मंगम्मा की सेवा से फ़ुरसत ही कहाँ है ?''

कुमारस्वामी, ''पहले कभी मंगम्मा ने पाप अवश्य किया होगा; पर अब वह बड़ी अच्छी बन गयी है, मास्टरजी ! हर एकादशी को उपवास करती है। किसी याचक को 'ना' नहीं कहती।''

धर्माराव, ''उसके पास याचक आ रहे हैं क्या ?''

कुमारस्वामी, ''अब तो ब्राह्मण भी आ रहे हैं। मंगम्मा प्रतिदिन स्नान करती है, जप करती है, तब कहीं भोजन करती है।''

धर्माराव, ''चण्डालों के मोहल्ले में यह यज्ञ करने के बराबर है।''

कुमारस्वामी, ''आप गाँधीजी का हरिजन-उद्धार नहीं मानते। आप कट्टर सनातनी हैं। हरिजनोद्धार की बात आपको माननी ही पड़ेगी।''

धर्माराव, ''मैंने कौन-सी बात नहीं मानी ? वे लोग बेचारे छोटे-छोटे झोंपड़ों में रहते हैं। यदि देश के नेता उनके लिए घर बनवा दें, उनकी बाज़ारों को साफ़-सुथरा रखने का प्रबन्ध करें, तो मैं क्यों मना करूँगा ? हरिजनों के लिए कुएँ खुदवानेवाला कोई दाता हो तो मैं कदापि मना नहीं करूँगा। हरिजन प्रतिदिन स्नान करें, साफ़-सुथरे कपड़े पहनें, उन्हें खाना मिले, तो क्या मुझे कोई आपत्ति होगी ? सच तो यह है कि यह सब काम कोई नहीं करता। अपनी तिजोरी से हरिजनों के उद्धार के लिए फूटी कौड़ी निकालने वाला कोई नहीं। हाँ, मन्दिरों में हरिजनों के प्रवेश का प्रश्न उपस्थित हो तो सभी नेतागण एकबारगी टूट पड़ते हैं। क्यों भला ? इसीलिए न कि इस कार्यक्रम में उन्हें कुछ ख़र्च नहीं करना पड़ता ? भले ही गन्दगी के साथ लोगों के आने से मन्दिर

अपवित्र हो जाएँ, भगवान् अपवित्र हो जाएँ उनकी बला से ?''

कुमारस्वामी, ''मन्दिर में भगवान् अपवित्र क्यों होते हैं ?''

धर्माराव, ''मुझे वितण्डावादी न कहो तो एक बात पूछूँ—पराये पुरुष के संगम से पत्नी अपवित्र कैसे हो जाती है ? उसका परित्याग क्यों किया जाता है ? इन प्रश्नों का उत्तर तुम्हारे मन में है, संस्कार में है। इसी प्रकार कुछ ऐसे अप्रत्यक्ष विषय होते हैं, जिनके बारे में प्रश्न नहीं करना चाहिए। उन्हें यथावत् मान लेना चाहिए।''

कुमारस्वामी, ''मन्दिर के पुजारियों और ब्राह्मणों में ऐसे कौन से अधिक गुण होते हैं, जो हरिजनों में नहीं होते ?''

धर्माराव, ''यह प्रश्न वर्ण से सम्बन्ध रखता है। वर्ण कल्पित हैं या सहज हैं ? पशुओं में गाय, भैंस, बकरी आदि की तरह ब्राह्मण, क्षत्रिय आदि भिन्न-भिन्न होते हैं। इस प्रश्न के पीछे एक अर्थ है। गाय एक तेज़ जानवर है। भैंस में मन्दता होती है। मोटरगाड़ी आ जाए तो भैंस रास्ते से नहीं हटती। अब ज़रा सोचो—भैंस के स्वभाव में यह मन्दता है, उसके रक्त में है। द्रव्य के अनुसार गुण आता है। गुण के अनुसार द्रव्य बनता है। दोनों का अनिवार्य सम्बन्ध है। ब्राह्मण, क्षत्रिय आदि को देखते ही पहचाना जा सकता है। लिबास से नहीं। लिबास तो आजकल सबका एक-सा है। कहीं-कहीं पहचानना कठिन हो जाता है। सब मनुष्यों को एक मानना, सब पशुओं को एक मानने के समान है। गाय का गोबर घर लीपने के काम आता है। गो-मूत्र दीवारों पर छिड़कने से बिच्छू आदि मर जाते हैं। भैंस के मूत्र में यह गुण नहीं होता। यह अन्तर प्रत्यक्ष है। इसी प्रकार भिन्न वर्णों में अन्तर होता है।''

कुमारस्वामी, ''मुख-लक्षणों में, हाव-भाव में, लिबास में, चाल-ढाल में अन्तर हो सकता है, परन्तु प्रधान विषयों में अन्तर कैसे होगा ?''

धर्माराव, ''प्रधान विषयों से तुम्हारा क्या मतलब है ?''

कुमारस्वामी, ''प्रधान विषय है, सबका मनुष्य होना।''

धर्माराव, ''मैंने कब कहा कि सब मनुष्य नहीं हैं ?''

कुमारस्वामी, ''आपने नहीं कहा तो फिर अन्तर कुछ नहीं रहता।''

धर्माराव, ''मैंने कई अन्तर दिखाये हैं।''

कुमारस्वामी, ''मेरी बात आप नहीं समझे।''

धर्माराव, ''तुम्हें प्रश्न पूछना नहीं आया। तुम्हारा प्रश्न यह है कि आत्मा में क्या अन्तर है।''

कुमारस्वामी, ''हाँ-हाँ, आत्मा में क्या अन्तर है ?''

धर्माराव, ''आत्मा में अन्तर नहीं, जीव में अन्तर है। महासागर से लेकर कुएँ तक सर्वत्र जल ही जल भरा हुआ है। उसमें जो जलस्वरूप है और जो द्रव्यत्व का गुण है, वह सामान्य लक्षण है। परन्तु उस जल में कई-कई प्रकार क्यों हैं ? ये प्रकार उपाधि के आश्रित हैं। उपाधि के भ्रम से जल समुद्र बन जाता है और जल ही छोटा चश्मा

बन जाता है। उपाधि के अनुसार जल की शक्ति भी बदल जाती है। कृष्णा जैसी महानदी में अनेक शहरों की मलिनता धुल जाती है। सागर में भी मलिनता का भय नहीं होता। परन्तु एक छोटी तलैया के पानी में एक छोर पर जानवर लोट रहे हों तो दूसरे छोर का पानी पीने के योग्य नहीं रह जाता। देख लिया ? ये सब अन्तर किसने पैदा किये ? स्वयं जल ने भिन्न-भिन्न प्रदेशों के आश्रय के अनुसार ये अन्तर पैदा कर लिये हैं। इसी प्रकार आत्मा भी भिन्न-भिन्न उपाधियों के आश्रय से भिन्नता प्रकट करती है। इन उपाधियों के गुण-दोषों के संक्रमण से जीव भी भिन्न बन जाता है।''

कुमारस्वामी, ''सागर, नदी, कुएँ आदि के पानी में जो अन्तर है, वह दृश्यमान है। मनुष्यों में जो अन्तर है, वह दृश्यमान नहीं है।''

धर्माराव, ''क्यों नहीं है भला ? जो विवेकी है, सुशिक्षित है, वह अधिकार चला रहा है। जो अविवेकी है, अशिक्षित है, उसकी गिनती शासित प्रजा में हो रही है। उन अधिकारियों में कितने भेद हैं ? शासित प्रजा में भी कितने भेद हैं ?''

कुमारस्वामी, ''ये सब भेद मनुष्यों के बनाये हुए हैं।''

धर्माराव, ''यही तो भूल है। जिसे उपाधि कहते हैं वह यदृच्छया है या नियमबद्ध ? रूस को देखो। वह कहता है कि वहाँ सभी अन्तर समाप्त कर दिये गये; परन्तु क्या वहाँ के समाज में कोई अन्तर है ही नहीं, वहाँ मन्त्री नहीं, सेनानी नहीं, डॉक्टर नहीं ? शायद तुम कहोगे कि वे सब लोग आपस में कोई भेदभाव नहीं मानते। क्यों नहीं मानते ? क्या वहाँ का मन्त्री मन्त्री-पद के पालन में भेदभाव नहीं करता ? अपनी निजी बातों में देशवासियों के प्रति उसका सामान्यभाव हो सकता है; पर प्रशासनिक अधिकार सम्बन्धी बातों में विशेष भाव होता है। यह अन्तर है कि नहीं ? उसी प्रकार सब मनुष्यों के प्रति सामान्य भाव हो सकता है; परन्तु भिन्न वर्णों में उनके धर्मों की विभिन्नता के अनुसार, विशेष भाव अनिवार्य रूप से आ जाता है। हमारी नंगी आँखों को जिस स्पष्टता से धन दिखाई देता है उसी स्पष्टता से दिव्य विषय दिखाई नहीं देते। उनके परस्पर भेदों का हम स्पष्ट अनुभव नहीं कर सकते। इसी से हम उन्हें कल्पित समझ लेते हैं। यह हमारा दोष नहीं; सिर पर जो अन्धी आधुनिकता का भूत सवार है, उसी के कारण हम ऐसा समझ बैठते हैं। आज तक जो अन्तर हैं उन्हें समाप्त करने के लिए हम नया मार्ग खोज निकालते हैं। परन्तु ध्यान से देखो तो उस नये मार्ग में भी फिर से अन्तर-ही-अन्तर उत्पन्न हो जाते हैं। चुनाव में वर्णों के बदले पार्टियाँ उत्पन्न हुईं। कोई अतिवादी है, कोई मितवादी है, कोई स्वतन्त्र है। इसी प्रकार पहले के भेदों की अपेक्षा, ये नये भेद ही अधिक भयानक बन गये हैं। गरमा-गरमी में कुछ महसूस नहीं होता। होटल का खाना तुमने खाया ही होगा!—गरमागरम हो तो थोड़ा-बहुत खा सकते हो, लेकिन ठण्डा पड़ने पर खाओ तो उल्टी होने को आती है।''

कुमारस्वामी, ''हमारे अनेक देवताओं के अस्तित्व का कारण आपने नहीं बताया।''

धर्माराव, ''फिर कभी बताऊँगा।''

कुमारस्वामी, "आपने कहा कि भगवान् एक है।"

धर्माराव, "मैंने नहीं कहा, तुम्हारे ईसाई अध्यापकों ने कहा होगा।"

कुमारस्वामी, "आपने ही तो कहा अभी-अभी !"

धर्माराव, "भगवान्-भगवान् कहना सामान्योक्ति है। वह किसी विशेष ज्ञान का परिचायक नहीं। जिसे ईसाई लोग भगवान् कहते हैं, वह हो ही नहीं सकता। भगवान् पुल्लिंगवाचक है, अर्थात् उसकी कोई मूर्ति होनी चाहिए। मूर्ति का सम्बन्ध द्रव्य से है। द्रव्य में गुण है। द्रव्य और गुण की सारी आकृतियाँ नश्वर होती हैं। भगवान् द्रव्य और गुण से समन्वित हो, तो उसका नाश हो जाता है।"

कुमारस्वामी, "फिर भगवान् क्या है ?"

धर्माराव, "मैं क्या जानूँ ? उनसे पूछो जो भगवान्-भगवान् की रट लगाते हैं।"

कुमारस्वामी, "मतलब हुआ कि द्रव्य और गुण की आकृतियाँ नष्ट हो जाती हैं। दस आकृतियों का नाश होता है, परन्तु उन सबमें एक आकृति अनुस्यूत चली आती है। वही नित्य है। ऐसे नित्य द्रव्य, गुण तथा आकारवाले को भगवान् कहते हैं।"

धर्माराव, "महाभाष्य में पतंजलि ने शब्दार्थ-निर्णय करते हुए यही कहा है। कूटस्थ और अविचल वस्तुओं में शब्दार्थ अनुस्यूत होता है। विशिष्टाद्वैत सिद्धान्त भी इससे मिलता-जुलता है। परन्तु द्रव्य-गुण तथा आकार नष्ट हो जाते हैं। इन सबको यदि जन्य माना जाए तो उनका एक जनक पदार्थ होना चाहिए। यदि भगवान् एक हो, तो प्रधान वस्तु एक ही ठहरती है। वह वस्तु–द्रव्य, गुण आदि नहीं है। उन्हें वह उच्च पद प्राप्त नहीं। अतएव वह परम वस्तु–द्रव्य, गुण आदि से भिन्न है। भगवान् ऐसा नहीं हो सकता। उस परम वस्तु को हमारे मनीषियों ने ब्रह्म कहा। यह तत्त्व किसके पल्ले पड़ेगा ? भगवान् के नाम पर बगलें बजानेवाले इसे नहीं समझ सकेंगे। उनमें जिज्ञासा नहीं, धर्म भी नहीं। वे सदाचार का अभिनय भर करते हैं।"

कुमारस्वामी घर लौटा। छोटे धर्माराव की आयु दो बरस की हो चुकी थी। पिता के घर आते ही वह उसके पास जा पहुँचा। कुमारस्वामी अपने बच्चे की देख-रेख नहीं करता था। उसकी इस उपेक्षा पर श्यामला बहुत बिगड़ती थी। आज बच्चा कुमारस्वामी के पास आया, तो उसने उसे गोद में न लेते हुए कहा, "ओ हो, आज कोई नयी बात है !"

श्यामला, "बच्चे पसन्द नहीं हैं तो उन्हें जन्म ही क्यों देते हैं ?"

कुमारस्वामी, "ख़ुद चोरी करके मुझ पर दोष लगा रही हो ?"

कुमारस्वामी हँस पड़ा। श्यामला भी हँसी। उस हँसी में कुमारस्वामी ने बच्चे को ले लिया।

कुमारस्वामी, "आज मंगम्मा आयी थी क्या ?"

श्यामला, "अब आप कहाँ से आ रहे हैं ?"

कुमारस्वामी, "मास्टरजी के घर गया था।

श्यामला, "सुना है कि वेणुगोपाल स्वामी का कल्याणोत्सव होनेवाला है ?"

कुमारस्वामी, "अभी पाँच-छह महीने बाक़ी हैं। तुमसे किसने कहा ?"

श्यामला, "मंगम्मा कह रही थी। अब तक यहीं थी।"

कुमारस्वामी, "मंगम्मा का कल्याणोत्सव से क्या सम्बन्ध है ?"

श्यामला, "क्या सम्बन्ध है ? ऐसा लगता है कि सारा उत्सव मंगम्मा के ही हाथों होनेवाला है।"

कुमारस्वामी, "क्या-क्या होनेवाला है ?"

श्यामला, "वह कहती थी कि उत्सव में वेणुगोपाल स्वामी के लिए दस-ग्यारह हज़ार रुपये ख़र्च करके जो चाहेगी, करेगी।"

कुमारस्वामी, "परन्तु स्वामी के धर्मकर्ता ज़मींदार हैं या मंगम्मा ? ज़मींदार उसे वह सब करने नहीं देंगे।"

श्यामला, "बच्चे को नींद आ रही है, दे दीजिए।"

दूसरे दिन कुमारस्वामी मंगम्मा के घर गया। 'बालि' को कुरता पहनाया गया। छोटी-सी अँग्रेज़ी टोपी पहनाई गयी। कुमारस्वामी बोला, " 'बालि' का लिबास तो अच्छा है, पर नेक-टाई क्यों नहीं बाँधी गयी ?"

यह कहकर उसने 'बालि' के गले में एक कपड़े की कतरन बाँध दी। मंगम्मा कहने लगी, "बेचारा मर जाएगा।"

कुमारस्वामी बोला, "मर जाएगा तो इसकी तसवीर भी मेज़ पर रखी जाएगी।"

मंगम्मा, "मैंने तुम्हें कई बार मना किया, पर तुम मेरे घर आये बिना नहीं रहते। आते हो तो फिर तुम्हारी ज़बान बन्द नहीं रहती।"

कुमारस्वामी, "लाज-लज्जा मन में न रहे तो लोगों के कहने-सुनने का कोई प्रभाव नहीं होता। लाज-लज्जा से मुक्त होने के दो उपाय हैं। एक है मन को परिपक्व बनाकर अपनी योग्यता बढ़ाना। दूसरा उपाय है, मन को अत्यन्त कलुषित बनाकर ऐसी स्थिति में पहुँचना कि उस पर किसी का कोई प्रभाव न हो। मन को पाप में डुबो-डुबोकर कहाँ तक ले जाओगी ? एक समय आएगा, जबकि आप-ही-आप वैराग्य उत्पन्न होगा। हमारे केशव जी का यही सिद्धान्त है। प्रेम ही भगवान् है। सब प्राणियों के प्रति दया होनी चाहिए। ऐसे दयावान् व्यक्ति में स्वार्थ कहाँ से आएगा ? सब प्राणियों में समानता देखना ही मोक्ष का लक्षण है। हमारे पूर्वजों ने कहा है कि यह कार्य, इन्द्रियों को नियन्त्रित करके करना चाहिए। केशव जी के अनुयायी कहते हैं कि इन्द्रियों को प्रवृत्ति में डुबोकर यह कार्य करना चाहिए। नियन्त्रित करना एक निश्चित मार्ग है। प्रवृत्ति करने से पता नहीं, कहाँ जाकर फल मिलेगा।"

मंगम्मा, "कहाँ ?"

कुमारस्वामी (मंगम्मा की ओर संकेत करके), "यहाँ मिलेगा। तुम्हें पसन्द न हो तो ('बालि' की ओर संकेत करके) वहाँ मिलेगा।"

मंगम्मा, "हम दोनों को तुम एक ही श्रेणी में गिना चुके हो।"

कुमारस्वामी, "किसे किस श्रेणी में गिनाना है, यह बात मेरी अपेक्षा वेणुगोपाल शतक[1] के रचयिता को ज़्यादा मालूम है।"

मंगम्मा, "तुमने वह कविता मुझे सुनाने का वचन दिया था।"

कुमारस्वामी, "तुम्हें सुनाने की मुसीबत में मैं क्यों पड़ूँगा, भला ? मिशनरी लोग मुझे मज़े में सवा सौ का वेतन दे रहे हैं। तब मैं तुम्हारी सेवा क्यों करने लगा ? तिस पर स्त्रियों की सेवा ?"

'बालि' किचूकिचू आवाज़ करके हँसने लगा। कुमारस्वामी बोला, "यह निगोड़ा क्यों हँसता है ? इसमें मुझसे अधिक क्या चार चाँद लगे हैं ? कॉफ़ी तक नहीं पी सकता।"

मंगम्मा, "तुम बात-बात में 'बालि' को गाली न दो।"

कुमारस्वामी, "आज इसका मुँह देखकर ही मेरे बदन में आग लग रही है। इसके सिर पर अँग्रेज़ी टोपी क्यों है ? टोपी की इज़्ज़त जाती रही।"

मंगम्मा, "तुम्हारी छुट्टी और कितने दिन की बाक़ी है ?"

कुमारस्वामी, "झमेला-सा लग रहा है क्या ?"

मंगम्मा, "जो चाहे कह डालो। मुझे झमेला क्यों लगेगा ?"

कुमारस्वामी, "यही तो झंझट है। तुमसे कुछ कहना चाहता हूँ, तो तुम्हारी नाक पर गुस्सा बैठा रहता है। इस 'बालि' को कुछ कहना चाहूँ तो इसके नाक ही नहीं है।"

कुमारस्वामी गाने लगा, "इसके नाक ही नहीं।"

मंगम्मा बोली, "मैं भीतर जा रही हूँ।"

कुमारस्वामी, "मैं क्या भीतर नहीं आ सकता ?"

दोनों जाकर दीवानखाने में बैठ गये। चंगलराव आ पहुँचा। बोला, "कुमारस्वामी जी, आपने देखा ?"

कुमारस्वामी, "चंगलराव, तुमने सुना ?"

मंगम्मा, "उन्होंने देखा क्या ? इन्होंने सुना क्या ?"

चंगलराव, "क्या ? यही कि आप दोनों के बारे में लड़कों ने दीवारों पर कुछ लिखा है।"

कुमारस्वामी, "अच्छा किया है। मंगम्मा के भाग खुले हैं।"

मंगम्मा, "वे दुष्ट जो चाहते हैं, कह जाते हैं। तुम हो कि जहाँ रोना है, वहाँ हँसने लगते हो। ताल-वृक्ष के नीचे तुम दूध भी पियो, तो लोग उसे ताड़ी ही कहेंगे।"

---

1. तेलुगु का एक प्रसिद्ध शतक-काव्य, जिसमें सामाजिक कुरीतियों की व्यंग्यपूर्ण आलोचना की गयी है।

कुमारस्वामी, "मैं न तो किसी ताल-वृक्ष के नीचे खड़ा हुआ और न दूध ही पिया। कोई ताड़ी समझे तो मैं क्यों घबराऊँ ?"

मंगम्मा, "तुम्हारी यह वाक्-चतुरता मेरी सूरत जैसी है।"

कुमारस्वामी, "तुम्हारी सूरत के क्या कहने ? उसने अस्सी हज़ार रुपये कमाये हैं।"

मंगम्मा, "सच बताओ, लड़कों ने दीवारों पर बुरी बातें लिखीं, यह तुम्हें बुरा नहीं लगता ?"

कुमारस्वामी, "पगली मंगम्मा ! संसार तुम पर उपकार कर रहा है। जो लोग तुम्हारे बारे में झूठी बातें फैला रहे हैं, वे तुम्हारे पापों में हिस्सा बँटा रहे हैं। तुम्हारे पाप आज कई लोगों में बँट रहे हैं। तुम्हारे सुदिन आये जान पड़ते हैं। मुझे तो तुममें कोई बुराई नहीं दिखाई देती। तुम्हारे पाप नष्ट हो रहे हैं। पाँच-छह महीने में कौन जानता है, तुम क्या बनोगी !"

मंगम्मा, "भैया, अनजाने में यदि कोई पाप कर बैठे, तो भी उसे फल भोगना ही पड़ता है ?"

कुमारस्वामी, "मान लो कि अनजाने में बच्चे ने आग को छू लिया, तो उसका हाथ जलेगा या नहीं ?"

मंगम्मा, "तुम इतने बुद्धिमान कैसे बने ?"

कुमारस्वामी, "चन्द्रमा में इतनी कान्ति कैसे आयी ?"

मंगम्मा, "तुम हमेशा टेढ़ी बात ही करते हो, सीधी बात नहीं कर सकते।"

कुमारस्वामी, "क्या अब भी पीछे के दरवाज़े की बात चली है ?"

मंगम्मा, "मेरा मतलब वह नहीं। तुम्हारा आशय सीधा होता है, परन्तु किसी-न-किसी अलंकार के बिना तुम नहीं बोलते। टेढ़ी बात का अर्थ है वक्रोक्ति।"

कुमारस्वामी, "इस आशय का एक प्रशंसा-पत्र लिखकर मुझे दे दो। यह नौकरी जाएगी, तो और कहीं कर लूँगा।"

मंगम्मा, "मुझ जैसी को किसी ने नमस्कार किया, तो आशीर्वाद मिला कि मेरी ही तरह जीते रहो !"

कुमारस्वामी, "साफ़-साफ़ क्यों नहीं कहतीं ? 'मुझ जैसी को' क्यों कहती हो ?"

मंगम्मा, "चंगलराव, बाहर लड़के शायद 'बालि' को पत्थर मार रहे हैं। वह चीख़ रहा है, जाकर उसे ले आओ।"

कुमारस्वामी, "यह 'बालि' तुम्हें मिला, या तुमने इसे ख़रीदा ?"

मंगम्मा, " 'बालि' की कहानी मैं तुम्हें सुना चुकी हूँ।"

कुमारस्वामी, "मुझे याद नहीं।"

मंगम्मा, "नहीं-नहीं, यह तुम्हारी कोई चाल है।"

कुमारस्वामी, "चाल नहीं, ढाल है।"

मंगम्मा, "कहते हैं कि एक मफ़सलमान व्यक्ति उसे उसकी माँ के साथ ले आया था। उसकी माँ को बन्दर का खेल खेलना आता था। यह माँ के साथ यों ही फिर रहा था। चंगलराव ने उसे उसकी माँ से कुछ दूर जाने देकर, कोई दवा खिलायी। पता नहीं वह कैसी दवा थी, उसे खानेवाला कोई भी जानवर खिलानेवाले के पीछे-पीछे आ जाता है। थोड़ी देर बाद उस मफ़सलमान ने देखा तो बन्दर का बच्चा ग़ायब था। चंगलराव उसे विजयवाड़ा से यहाँ ले आया है।"

कुमारस्वामी, "फिर चंगलराव की अपेक्षा यह तुमसे क्यों अधिक हिल-मिल गया है ?"

मंगम्मा, "कहते हैं, उस दवा का असर केवल चार दिन तक रहता है।"

कुमारस्वामी, "चंगलराव इस बन्दर को क्यों ले आया ?"

मंगम्मा, "यों ही।"

कुमारस्वामी, "बेचारे की माँ कितनी रो रही होगी ! निर्दयी केवल अपना लाभ देखते हैं, उस वस्तु या मनुष्य से वंचित होनेवाले व्यक्ति का दुःख नहीं देखते। बेचारी वह बन्दरिया शायद अब तक मर भी गयी हो !"

मंगम्मा, "तुम्हारा मन बड़ा विचित्र है। रह-रहकर स्वर्ग में क्यों भ्रमण करने लगता है ?"

कुमारस्वामी, "मेरी बात तुम्हारी समझ में आयी ?"

मंगम्मा, "तुमने मेरी निन्दा नहीं की, दोष था चंगलराव का।"

कुमारस्वामी, "बन्दर बिगड़ गया है।"

मंगम्मा, "हम दोनों एक साथ सुधरेंगे।"

कुमारस्वामी, "मैंने उस अर्थ में नहीं कहा।"

मंगम्मा, "तुम्हें भी थोड़ा पुण्य अवश्य मिलेगा।"

कुमारस्वामी, "पुण्य न कहो, फल कहो।"

मंगम्मा, "हाँ, तुम्हें आगे बहुत फलना-फूलना है।"

छुट्टियाँ समाप्त हुईं। कॉलेज खुल गये। कुमारस्वामी एक पुस्तक से पाठ पढ़ा रहा था। उस रचना में औचित्य नहीं था, कोई गुण नहीं था। शब्द, अर्थ तथा वाक्य सम्बन्धी अनेक दोष थे। कुमारस्वामी ने बेज़ार होकर पुस्तक मेज़ पर रख दी और कहने लगा, "जो पुस्तक लिखता है, वह पण्डित हो सकता है, परन्तु औचित्य केवल महाकवि ही जान सकता है। जिस रचना में औचित्य न हो, उसे जला देना चाहिए। जो अधिकारी पाठ्य-ग्रन्थों का निर्णय करते हैं, उन्हें प्रसन्न कर लेने पर रद्दी-से-रद्दी पुस्तक भी पाठ्य-पुस्तक बन जाती है। पुस्तक कोई पढ़ता ही नहीं। कहते हैं कि यह पुस्तक अमुक शास्त्री जी की लिखी हुई है; वे बड़े भलेमानस हैं; बेचारों की कुछ आमदनी हो जाएगी, शास्त्री जी खुश होंगे। पाठ्य-ग्रन्थों का मामला व्यापार से भी गया-बीता है। दोष दिखाना ख़ुद दोष है। आख़िर इतनी पुस्तकें क्यों ? तुम लोग छह बरस से तेलुगु पढ़ते

आये हो, चार बरस तक आगे बढ़नेवाले हो। अब भी सन्धि के नियम नहीं जानते। परसों मैं कीचक-वध का पाठ पढ़ा रहा था कि एक छात्र ने उठकर प्रश्न किया कि पाण्डव विराट नगर में क्यों रहे ? दस पुस्तकें पढ़ने का आग्रह तो करते हैं, परन्तु इस बात की किसी को चिन्ता नहीं कि कोई पढ़ भी रहा है या नहीं। परीक्षा में सभी उत्तीर्ण हो जाते हैं। किसी नयी कविता का अर्थ पूछो तो कोई नहीं बता सकता। केवल पाठ्य-पुस्तकें बदलती रहती हैं; परन्तु प्रश्न-पत्रों का ढंग देखो तो एफ. ए. और एम. ए. में कोई अन्तर नहीं। अध्यापकों में भी व्याकरण जाननेवाले कितने हैं ? एक-दो के रहने से क्या होता है ? कविता का अन्वय, बहु-शब्दार्थ, परम्परा का ब्योरा, पुराण-कथा आदि का परिचय दिये बिना केवल व्याकरण, व्युत्पत्ति आदि सिखाने से क्या हासिल? इतने बेकार के ग्रन्थ पढ़ाने के बदले एक सद्-ग्रन्थ पढ़ाना पर्याप्त है। तेलुगु का सिलेबस अँग्रेज़ी के सिलेबस के अनुसार तैयार किया जाता है। वहाँ पद्य-प्रबन्ध हो तो यहाँ भी पद्य-प्रबन्ध रखा जाता है, वहाँ नाटक हो तो यहाँ भी नाटक, वहाँ नॉनडिटेल्ड गद्य पुस्तक हो तो यहाँ भी वही। यह कोई नहीं सोचता कि उस भाषा की परम्परा क्या है और किसी भाषा को कैसे पढ़ाना चाहिए ! विद्यार्थियों को भाषा का ज्ञान हो या न हो, पुस्तकों की बिक्री से पैसा मिल जाए, तो काफ़ी है। परीक्षा के प्रश्न-पत्र तैयार करने में पैसा मिलता है। परीक्षा-पत्रों को जाँचने में पैसा मिलता है। जितनी पुस्तकें अधिक होंगी, परीक्षा-पत्र भी उतने ही अधिक होंगे। यदि विश्वविद्यालय में आन्ध्र भाषा का शिक्षण सुधारना हो तो हाईस्कूलों की शिक्षा-प्रणाली भी सुधारनी चाहिए। भरती के अनेक पाठ्य-ग्रन्थों को निकाल देना आवश्यक है। जो अध्यापक प्रश्न-पत्र देता है, वह अपने ढंग से देता है। जो विद्यार्थी उसके पास पढ़े हुए होते हैं, उन्हें लाभ होता है, अन्य विद्यार्थियों का घाटा होता है। स्कूलों की परीक्षाओं में सभी विद्यार्थी उत्तीर्ण होते हैं, परन्तु विश्वविद्यालय की परीक्षा में कई अनुत्तीर्ण हो जाते हैं। जो हो, यदि पाठ्य-पुस्तकें अच्छी हों तो ज्यों-त्यों पढ़ाई चल सकती है। बैल बेचनेवाले बंजारे अपने साथ जवार की रोटी बना लाते हैं। घर से निकलते समय रोटी बनाकर गठरी में बाँध ले जाते हैं। महीनों बीत जाने पर भी उसी गठरी से प्रतिदिन रोटी निकालकर खाते हैं और पानी पी लेते हैं। यही उनका भोजन है। हमारी पाठ्य-पुस्तकें भी उन्हीं रोटियों की तरह हैं। उन्हें पढ़नेवाले हम बंजारों जैसे बन गये हैं। बंजारे बैल बेचकर पैसा कमाते हैं, हम अपनी परीक्षाओं को बेचकर नौकरी कमाते हैं।''

कुमारस्वामी को पता न चला, परन्तु पर्दे के पीछे-पीछे उसके भवितव्य की नाव भँवर में फँसने लगी। प्रश्न यह उठा कि उसे नौकरी से कब अलग किया जाए—वर्ष के अन्त में या अभी ? अभी निकालेंगे तो वह दावा कर सकता है। अतएव उसे वर्ष के अन्त में निकालने का निश्चय हुआ। निकालने के लिए कारण ढूँढ़े गये। वह एक बदनाम स्त्री मंगम्मा के घर आता-जाता है। उसे देखकर विद्यार्थी आदर्श-विमुख हो रहे

हैं। उसने विश्वविद्यालय की शिक्षा-प्रणाली का कट्टर विरोध किया है। फलतः विद्यार्थियों में शिक्षा-प्रणाली के प्रति द्वेष उत्पन्न हो गया है और उनके विकास में बाधा पड़ रही है। उसने ईसाई धर्म की निन्दा की है। ईसाई धर्म सारे धर्मों में उत्कृष्ट है। जनतान्त्रिक विचार उसी धर्म में विद्यमान हैं। अतएव कुमारस्वामी उदात्त विचारों का विरोधी है, विकास का विरोधी है, उन्नति का शत्रु है, मनोविकास का विरोधी है।

कुमारस्वामी ने आँखें मूँदकर ज्यों-त्यों दस-पन्द्रह दिन बिताये। गर्मी की छुट्टियाँ शुरू होने से पहले उसे अलग करने का तीन महीने का नोटिस दिया गया। वह ईटसन साहब से मिलने गया। साहब ने उसका बड़ा आदर किया। यही सभ्यता का लक्षण है।

कुमारस्वामी, ''मुझे नौकरी से अलग कर देने का नोटिस मिला है।''

ईटसन, ''मुझे बड़ा खेद है। धनाभाव के कारण आपको निकालना पड़ रहा है।''

कुमारस्वामी, ''एक अध्यापक को कम करके आप तेलुगु का अध्यापन ठीक नहीं चला पाएँगे। मैं अपनी नौकरी की बात नहीं करता। चिदानन्द शास्त्री नामक एक पण्डित हैं। तर्क, व्याकरण और साहित्य में निष्णात हैं। काशी में चौदह वर्ष तक अध्यापन कर आये हैं। उन्हें नियुक्त कीजिएगा ?''

ईटसन, ''वे 'विद्वान्' परीक्षा में उत्तीर्ण हैं ?''

कुमारस्वामी, ''विश्वविद्यालय में जितने 'उभय-भाषा-प्रवीण' तैयार हुए हैं और जितने पण्डितों ने उनकी परीक्षा ली है, वे सब मिलकर भी चिदानन्द शास्त्री की बराबरी नहीं कर सकते।''

ईटसन, ''विश्वविद्यालय की परीक्षा में उत्तीर्ण हुए बिना यह आदमी हमारे काम का नहीं।''

कुमारस्वामी, ''हाँ-हाँ, मैं भूल गया। आपके कॉलेजों में आपके अनुरूप लोगों का रहना आवश्यक है। आपका प्रयत्न यही है कि संस्कृत और आन्ध्र साहित्य का सर्वनाश कैसे हो। इसके अनुरूप पण्डितों को ही आप ले आते हैं। ऐसे लोग ही विश्वविद्यालय के कारखानों में तैयार होते हैं। 'विद्वान्' परीक्षा के नाम पर देश के महान् पण्डितों को आपने समाप्त कर दिया। कितने ही प्रकाण्ड पण्डित आज कंगाल बने हुए हैं। ज़मींदार लोग निकम्मे, आलसी और काम-वासना के वश हुए जा रहे हैं। वे पण्डितों का आदर नहीं करते। अतीत के वे दिन समाप्त हुए। 'विद्वान्' परीक्षा में उत्तीर्ण हुए बिना नौकरी नहीं मिलती। अतएव सब लोग इसी ओछी पढ़ाई के पीछे दौड़ते हैं। अँग्रेज़ी पढ़ाई आयी और तेलुगु भाषा मर गयी, देशी भाषाओं का नाश हो गया। दस बरस के बाद देश में एक भी भाष्यान्त वैयाकरण, तार्किक अथवा मीमांसक बचा रहे तो शपथ ले लीजिए। मिल्टन का 'एरियो पेजेटिगा' आपने पढ़ा ही होगा। ग्रन्थों और विद्याओं का हनन मानव-हत्या से भी भयानक है।''

ईटसन, ''आप बड़े जोश से बोलते हैं। आपका कहना सच है, परन्तु मैं उन शास्त्री

जी को नौकरी नहीं दे सकता।''

कुमारस्वामी, ''मैंने आशा नहीं की थी कि आप उन्हें नौकरी देंगे। मैं जानता हूँ, आप मुझे नौकरी से क्यों अलग कर रहे हैं। एक दोषपूर्ण प्रणाली अपनाकर उसका समर्थन आप मुझसे करवाना चाहते हैं।''

ईटसन, ''आप ठीक कहते हैं, पर मैं क्या करूँ ? उस प्रणाली को बदलना क्या मेरे हाथ में है ?''

कुमारस्वामी, ''आप सब अधिकारी यही कहते हैं। अलग-अलग सोचने लगते हैं तो ठीक सोचते हैं, परन्तु सब मिलकर बैठते हैं तो भेड़िया-धसान, पुरानी लीक पर ही चले जाते हैं। संसार में लोग मन-ही-मन कितनी ही बुरी कल्पनाएँ करते होंगे, परन्तु सबके मिलते ही बड़ी भलमनसी का ढोंग करते हैं। सभी लोग जानते हैं कि हमारी शिक्षा-प्रणाली दोषपूर्ण है। अपने घरों में सभी लोग सहानुभूति प्रकट करते हैं परन्तु सीनेट की सभा में पहुँचते ही फिर से माया-जाल में पड़ जाते हैं।''

ईटसन, ''आप उम्र में छोटे हैं। अपने सारे विचारों को इस गरमजोशी से प्रकट नहीं करना चाहिए। ऐसा करने से आपकी व्यक्तिगत उन्नति में बाधा पड़ सकती है।''

कुमारस्वामी, ''हाय, इसी आत्मवंचना के कारण देश आज प्रलय की ओर बढ़ रहा है। मुझ जैसे व्यक्ति को जीवित नहीं रहना चाहिए। जान-बूझकर यह छल कैसे करूँ ! मुझे आपका तीन महीने का वेतन नहीं चाहिए। आप रुपये भेजेंगे तो मैं लौटा दूँगा। यह पाप का पैसा मैं क्यों खाऊँ ? मैं सोचता था कि आप यह सब अनजाने में करते होंगे। सोच-समझकर इतना छल नहीं करना चाहिए। हम हिन्दू लोग ज़बान से आध्यात्मिक बातें करते हैं, परन्तु भीतर निरे नास्तिक होते हैं। देखता हूँ कि इस मामले में आप लोग हमसे बहुत आगे हैं। अब आज्ञा दीजिए। क्षमा कीजिए, मुझ जैसा व्यक्ति अपने मन की व्यथा को छिपा नहीं सकता। छिपाना चाहे, तो व्यथा आग बनकर उसे भीतर-ही-भीतर झुलसा देती है। प्रकट करने पर वही आग बाहर उसकी आजीविका को जला देती है। भीतर जलने से वह दुर्गति को प्राप्त होता है। अतएव उस आग को बाहर लाकर, अपनी आजीविका की आहुति देना ही उसके लिए अधिक श्रेयस्कर होता है।''

कुमारस्वामी चला गया। ईटसन साहब सोचने लगे, 'ऐसे अकल्मष स्वभाववालों का इस संसार में कोई स्थान नहीं। इनका मर जाना ही अच्छा है, कष्ट सहते रहना ही ठीक है। जहाँ अधिकार हो, वहाँ ऐसा व्यवहार कदापि नहीं चल सकता। कृत्रिमता के बिना संसार चल ही कैसे सकता है ? कृत्रिमता न हो, तो व्यवहार की आवश्यकता ही क्या रह जाती है ?'

चैत्र की पूर्णिमा आयी। कुमारस्वामी धर्माराव से मिलने गया। धर्माराव बोला, ''भाई कुमारस्वामी ! मैंने तुम्हें अतिवाद नहीं सिखाया था, केवल कुछ सिद्धान्त सिखाये थे। सुना है कि इन सिद्धान्तों के प्रतिपादन में तुम बहुत आग उगलने लगे हो !

सच्ची बात को भी तीखे ढंग से कहो, तो यह संसार नहीं मानता। यही कारण है कि राजा की भाँति शासन चलानेवाले वेदों के स्थान पर, पत्नी की भाँति मधुर वचनों से समझानेवाले काव्यों की सृष्टि हमारे साहित्यकारों ने की। किसी भी विषय का बोध सौम्य वचनों से कराना चाहिए। तुम्हें नौकरी करके जीना है। ऐसा जोश तुम्हारे काम नहीं आएगा। तुमने ईटसन साहब को गाली क्यों दी ? कॉलेज के कुछ अध्यापकों को मारने क्यों दौड़े ?''

कुमारस्वामी (दाँत पीसता हुआ), ''किसने कहा आपसे ? चलिए ईटसन के पास चलें। यदि मैंने उसे गाली दी हो, तो अभी गोपाल स्वामी के मन्दिर की चोटी पर से कूदकर मर जाऊँगा। यदि बात झूठी है, तो जिसने आपसे कहा उसे चप्पल से मारूँगा।''

धर्माराव, ''भाई, भलमनसी का इतना आग्रह भी किस काम का ? झूठ और दुर्जनता को सहन करना भी सीखो। संसार बात का बतंगड़ बना देता है। क्या करोगे ? आवेश प्रकट करोगे, तो अन्त में पागल कहे जाओगे। कोई नहीं कहेगा कि परमार्थ तुम्हें ऐसा करने के लिए विवश कर रहा है। लोग कहेंगे कि तुम दुष्ट हो। संसार में जीना है तो नौकरी, मन और अन्तरात्मा, इन सबको अलग-अलग निबाहना होगा। व्यवहार और अन्तरात्मा, ये अलग-अलग संस्थाएँ हैं। दोनों को निभाओगे तो सुख पाओगे। निष्कलुष आत्मा और स्वतन्त्र जीवन, दोनों पानेवाले परम योगी होते हैं। उनके मार्ग से अड़चन नहीं होती। जो लोग संसार के मार्ग को ही सब कुछ मानते हैं, उनके सामने भी कोई अड़चन नहीं। अड़चन है तो तुम जैसे बीचवालों के सामने।''

कुमारस्वामी, ''आप ठीक कहते हैं। अकारण आवेश प्रकट करने से कोई लाभ नहीं। कोई और नौकरी मिले तो ऐसा नहीं करूँगा।''

धर्माराव, ''अब तुम्हें नौकरी नहीं मिलेगी। उन सबका एक ही गुट है। तुम जहाँ नौकरी ढूँढ़ने जाओगे, वहाँ ईटसन का प्रशंसा-पत्र पूँछ बनकर तुम्हारा पीछा करेगा। न्याय का यही कठिन नियम है। ह्यूगो के उपन्यास 'जीनवालगीन' में यही वर्णित है। पता नहीं ह्यूगो का कोमल मन इस कठोर नियम के कारण कितना तड़पा होगा ! कई लोग भूत-दया की रट लगाते हैं। किसी ग़लत नियम का आसरा लेकर लोगों की आजीविका को नष्ट करना कहाँ की दया है ?''

कुमारस्वामी, ''इस निकम्मी बात को रहने दीजिए। यह तो बताइए कि स्वामी का कल्याणोत्सव कब होगा ?''

धर्माराव, ''ठीक एक महीना रह गया है।''

कुमारस्वामी, ''सुना है कि उत्सव के समय पादरी लोग मूर्ति-पूजा के विरुद्ध भाषण देनेवाले हैं। केशव जी के अनुयायी भी उनके साथ मिलेंगे।''

धर्माराव, ''हो सकता है। उत्सव मन्दिर में होगा और भाषण कॉलेज के हॉल में।''

कुमारस्वामी, ''उन भाषणों से हमारे धर्म की हानि न होगी ?''

धर्माराव, ''तुम्हारे धर्म की या मेरे धर्म की ?''

कुमारस्वामी, ''हमारे धर्म की क्या हानि होगी ? जो अज्ञानी हैं, उनके धर्म की।''

धर्माराव, ''अज्ञानियों के धर्म की तो सदा ही हानि हुआ करती है। हिन्दू हो या मफ़सलमान या ईसाई, जो लोग दुष्टतापूर्ण व्यवहार करते हुए भगवान् का ढोंग रचते हैं, उनकी आत्मच्युति होकर रहती है। उनका धर्म दुष्ट कर्म में ही काम आता है, आध्यात्मिक प्रवृत्ति के विकास में नहीं। जो व्यक्ति जान-बूझकर अच्छा काम नहीं करता, वह साँप जैसा होता है। साँप की दो जीभें होती हैं; ऐसे व्यक्ति का आचरण भी दुहरा होता है।''

कुमारस्वामी, ''सुना है कि नागेश्वर राव ने मूर्ति-पूजा के विरुद्ध एक पुस्तक लिखी है, जिसकी दस हज़ार प्रतियाँ छापी जाएँगी और कल्याणोत्सव के समय लोगों में बाँटी जाएँगी।''

धर्माराव, ''तुम इन सब बातों को लेकर परेशान क्यों हो रहे हो ? जो लोग तर्क नहीं जानते, उनकी दृष्टि में मूर्ति-पूजा अच्छी नहीं। जाने दो।''

कुमारस्वामी घर लौटा। श्यामला बोली, ''आपसे मिलने मंगम्मा आयी थी।''

कुमारस्वामी, ''उसी के कारण मेरी नौकरी छूट गयी।''

श्यामला, ''नहीं, आपकी ज़बान के कारण छूटी है।''

कुमारस्वामी, ''तुम भी मास्टरजी की चेली बन जाओ।''

श्यामला, ''मंगम्मा के घर हो आइए।''

कुमारस्वामी, ''मुझे भूख लगी है।''

श्यागला, ''अभी रसोई नहीं बनी।

कुमारस्वामी, ''अब ग्यारह बजे हैं।''

श्यामला, ''वैदिक ब्राह्मण बारह बजे से पहले भोजन नहीं करते।''

कुमारस्वामी, ''वैदिक ब्राह्मण कौन है ?''

श्यामला, ''आप नहीं हैं ?''

कुमारस्वामी, ''तुमसे किसने कहा ?''

श्यामला, ''मंगम्मा ने।''

कुमारस्वामी मंगम्मा के घर गया। मंगम्मा बोली, ''कल्याणोत्सव में केवल बीस दिन रह गये हैं।''

कुमारस्वामी, ''नहीं, एक महीना बाक़ी है।''

मंगम्मा, ''दस दिन तक तो उत्सव ही चलता रहेगा।''

कुमारस्वामी, ''कल्याणोत्सव के समय मूर्ति-पूजा के विरुद्ध भाषण होनेवाले हैं।''

मंगम्मा, ''मूर्ति-पूजा कौन नहीं करता ? क्या मूर्ति केवल पत्थर से बनायी जाती है ? मूर्ति का अर्थ है प्रतीक ! ईसाइयों का क्रॉस प्रतीक नहीं है ? चित्र प्रतीक नहीं है ? प्रतिमाएँ प्रतीक नहीं हैं ? जिनका ज्ञान मूर्ति से आगे नहीं बढ़ता, वे मूर्तियों की निन्दा करते हैं। हिन्दू मूर्तियों की आराधना नहीं करते, मन्दिरों में भगवान् की

प्राण-प्रतिष्ठा करते हैं। अर्थात् निर्गुण ब्रह्म को सगुण बनाते हैं। मूर्ति के नीचे बीजाक्षर की सम्पुटी होती है। शब्द, आकृति और गुण, इन तीनों से समान शक्ति लेकर उस शक्ति की प्रतिष्ठा करते हैं और उसकी आराधना करते हैं। किसी द्रव्य की आराधना करनेवाला प्राण-रहित और शक्ति-रहित मूर्ति का आराधक कहलाता है। जो सृष्टि का मर्म जानता है, वह समझ सकता है कि कौन-सी वस्तु मूर्ति है और कौन-सी नहीं। मैं उपनिषदों का उल्लेख नहीं करना चाहती। अन्य धर्मों का ज्ञान पहले ही जाता रहा। ख़ाली क्रॉस को ढोने से क्या होता है ? क्रॉस एक भावना का प्रतीक है; परन्तु उस भावना का प्रतीक से कोई सम्बन्ध नहीं। ईसा मसीह को क्रॉस पर लटकाया गया था, इसलिए क्रॉस ईसा मसीह का प्रतीक कैसे बन सकता है ? किसी भाव का प्रतीक शब्द है। शब्द का सार बीजाक्षर में होता है। उस अक्षर के अनुरूप आकृति है। यही रूप-कल्पना है। ईसाइयों के क्रॉस में रूप-कल्पना नहीं है। यदि ईसा मसीह सब मनुष्यों के अभय-प्रदाता हैं, तो उन्हें अभय-मुद्रा धारण करनी चाहिए। तदनुरूप उनकी रूप-कल्पना होनी चाहिए। जो पंचभूत नहीं है, उसी से पंचभूत उत्पन्न होते हैं। ये पंचभूत जिस भाव के द्वारा एक-दूसरे में समाये हुए हैं, उसे समझकर ही इस मूल तत्त्व को जाना जा सकता है।''

कुमारस्वामी भौंचक होकर मंगम्मा की ओर ताकता रहा। मंगम्मा ने पूछा, ''मेरा मुँह क्या ताक रहे हो ?''

कुमारस्वामी, ''यह सब तुमने कब सीखा ?''

मंगम्मा, ''वह एक रहस्य है। तुम्हें बताऊँगी, पर किसी और से न कहना। यदि कहोगे भी तो कोई बात नहीं। एक महीने में क्या बिगड़नेवाला है ?''

कुमारस्वामी, ''बताओ, मैं भी जानूँ !''

मंगम्मा, ''प्रतिदिन आधी रात को मैं धर्माराव की शिष्या बन जाती हूँ। इसे कोई तीसरा व्यक्ति नहीं जानता।''

कुमारस्वामी, ''बालि को देखो, आँखें मूँदकर तुम्हारी बातें सुन रहा है। आख़िर तुमने बन्दर का संस्कार कर ही डाला।''

हवा में पांचजन्य-जैसी धीमी आवाज़ आयी। हवा छतों के बाँसों में घुसकर रमकने लगी। बालि उस आवाज़ की तरह आवाज़ करने लगा। मंगम्मा ने बन्दर को अपने पास खींच लिया। कुमारस्वामी की आँखें डबडबा आयीं।

उन्नीस

जिस तरह शेर हिरण की ताक में, बिल्ली चूहे की ताक में और छिपकली कीड़े की ताक में रहती है, उसी प्रकार गार्डिनर नामक एक पादरी, हरिया की ताक में बैठा रहता था। परन्तु जिस प्रकार हिरण उछलकर अपने झुण्ड में मिल जाता है; चूहा छूटकर भाग जाता है और कीड़ा उड़ जाता है, उसी प्रकार हरिया भी बार-बार बचकर निकल जाता था। चींटी की तरह से गिरगिट के मुँह में वह कभी नहीं गया। एक बार पादरी ने हरिया को खतों में पकड़ लेने का प्रयत्न किया। वह हरिया से केवल दस फ़ुट दूर था कि इतने में एक महासर्प आड़े आया और गार्डिनर को डसने दौड़ा। गार्डिनर अपनी बन्दूक़ नहीं लाया था। यदि लाता तो अवश्य गोली चलाता, भले ही गोली लगती या न लगती। इस प्रकार ख़तरा टल गया। हरिया को पता न था कि पादरी उसी को पकड़ने की खोज में है। हरिया ने सीटी बजायी। साँप उसके पास जा पहुँचा।

हरिया ने उसके फण पर प्रहार किया, मानो पादरी को धमकाने की सज़ा दे रहा हो। साँप हरिया के हाथों से पादरी पर कूदना चाहता था। बेज़बान जानवर इससे अधिक और कर ही क्या सकता है ? हरिया और साँप को एक-दूसरे से लिपटता देख गार्डिनर भौंचक रह गया। तब से हरिया को पकड़ लेने की उसकी इच्छा दूनी हो गयी।

एक बार फ्रांस से आया हुआ एक व्यक्ति 'घटसाला'[1] में बौद्ध स्तूपों की खुदाई में निकली हुई, प्राचीन सभ्यता की प्रतीक वस्तुओं को ले जा रहा था। जिनकी ज़मीनों से वस्तुएँ खोदी जा रही थीं, उन्हें वह व्यक्ति पचास-पचास, सौ-सौ रुपये दे रहा था। उन्हीं वस्तुओं को वह फ्रांस के प्राचीन वस्तुओं के संग्रहालय में बेचकर पचास के बदले दस हज़ार रुपये ऐंठ रहा था। वह व्यक्ति 'घटसाला' में तीन-चार बार आ चुका था। एक बार वह कई पत्थरों के पार्सल बनाकर ले जा रहा था। पुलिसवालों ने समझा कि चोरी से अफ़ीम ले जा रहा है। उन्होंने उसे गिरफ़्तार कर लिया। पार्सल खोलने पर पत्थर निकले, परन्तु छोटे-छोटे कर्मचारियों को ज्ञान न था कि वे पत्थर ही धन हैं। उन्होंने उसे छोड़ दिया। वह व्यक्ति देश भर में घूमता रहा और जहाँ-जहाँ उसका जी चाहा, खुदाई करता रहा। किसी ने उसे मना नहीं किया। अमरावती से और नागार्जुन कोण्डा से बौद्ध स्तूपों के शिल्प-खण्डों को ले जाकर लन्दन के संग्रहालय में रखा गया। कुछ देशवासियों ने आन्दोलन भी किया कि उन शिल्प-खण्डों को मद्रास के संग्रहालय में रखना चाहिए; बाहर ले जाने से देश का घाटा होता है। समाचार-पत्रों में भी कुछ लेख लिखे गये। परन्तु अधिकार का लक्षण है कि कोई जवाब नहीं दिया जाता और दिया जाता है तो ऊट-पटाँग दिया जाता है। ऐसा ही कुछ जवाब दिया गया। इसके बाद देश के बौद्ध शिल्प-खण्डों को ले जाने में किसी प्रकार की रुकावट न रही, मानो उन खण्डों के पर फूट आये हों और वे स्वयं ही उड़ गये हों। गार्डिनर ने उस फ्रेंच

---

1. आन्ध्र प्रदेश के कृष्णा ज़िले का एक प्राचीन बौद्ध केन्द्र।

व्यक्ति को सुब्बन्नापेठ ले जाकर हरिया के दर्शन कराये। परन्तु फ्रांसीसी महाशय सोचने लगे कि हरिया संग्रहालय में रखे जाने के योग्य नहीं, उसका कोई ऐतिहासिक महत्त्व नहीं। उसे केवल कांगो या दक्षिण अमेरिका के जंगलों से लाये हुए किसी अनोखे जानवर की तरह रखा जा सकता है। इस प्रकार के जानवरों को लाने से अधिक मुनाफ़ा नहीं मिलता। यह सोचकर फ्रांसीसी महाशय लौट गये। गार्डिनर ने सोचा था कि यह झंझट किसी दूसरे के सिर पड़ेगा, परन्तु अन्त में उसी के सिर आ पड़ा।

एक बार हरिया खेतों से निकलकर तालाब के किनारे आ बैठा। वहाँ इंजिनों पर काम करनेवालों ने उसे धमकाया। सारा वन कट जाने के बाद जिस प्रकार सिंह किसी छोटे निकुंज में छिपकर अपने विशाल विहार-स्थल के कट जाने पर दुःखी होता है, उसी प्रकार हरिया गाँव के बचे-खुचे जवार के दो-चार खेतों में छिपने दौड़ पड़ा। वे थोड़े से खेत उसके विहार के लिए अपर्याप्त थे। हरिया का दौड़ना गार्डिनर ने देख लिया। हरिया और साँप का मेल-जोल देखकर वह पहले तो घबरा गया था, परन्तु आज हरिया की घबराहट देखकर उसकी घबराहट जाती रही। साँप विषैला होता है, परन्तु साँप को मारनेवाले अन्य जानवर विषैले नहीं होते। गिद्ध और चील साँप के फन पर अपनी नुकीली चोंच चुभाते हैं। हिरन साँपों को खाकर जुगाली करते हैं। नेवला साँप के टुकड़े-टुकड़े कर डालता है। परन्तु जिस प्रकार हम साँप से घबराते हैं, उस प्रकार गिद्ध, चील अथवा नेवले से नहीं घबराते। अतएव गार्डिनर ने सोचा कि हरिया से घबराने की आवश्यकता नहीं। उसने हरिया को पकड़ लेने के प्रयत्न पहले की अपेक्षा अधिक तेज़ी से प्रारम्भ कर दिये।

हरिजन बस्ती में रहनेवाले कुछ ईसाई लड़कों से गार्डिनर ने कहा कि हरिया को पकड़ लाओगे तो सौ रुपये का इनाम दूँगा। पहले तो लड़कों ने इनकार किया, पर गार्डिनर ने कहा, "तुम्हें हरिया से क्या वास्ता है ? उसे पकड़ लोगे तो मैं तुम्हें बोर्डिंग स्कूलों में नौकरी दिलाऊँगा।" नौकरी की बात सुनते ही लड़कों के मन में आशा उत्पन्न हुई और उन्होंने हरिया को पकड़ लाने का वचन दिया। हरिया के रास्ते में दो पेड़ों के बीच एक रस्सी कसकर बाँधी गयी। उद्देश्य यह था कि रस्सी पाँव में लगकर हरिया गिर जाए, तो लड़के उस पर टूट पड़ेंगे। गार्डिनर का ख़याल था कि रस्सी की क्या आवश्यकता है ? चार लड़के मिलकर हरिया को पकड़ सकेंगे, परन्तु लड़कों ने जवाब दिया, "नहीं, नहीं, हरिया हिरण की तरह दौड़ता है। चीते की तरह उछलता है। साँप की तरह रेंगता है। उसे पकड़ लेना बहुत कठिन है।" चलते समय वह रस्सी हरिया के पाँव में लगी परन्तु वह गिरा नहीं, छलाँग लगाकर लाँघ गया। लड़कों ने आकर देखा, खेत के चूहों ने रस्सी को काट डाला था। लड़कों का षड्यन्त्र विफल हुआ। वे बहुत पछताये।

गार्डिनर ने हरिया को उसके माता-पिता से ख़रीदना चाहा, परन्तु उसे डर था कि उसका यह प्रयत्न भी विफल हो जाएगा। उसके चन्द्रय्या से हरिया के माता-पिता का

हाल पूछा। चन्द्रय्या बोला, "पिता नहीं हैं, माँ है। मैंने सुना है कि धर्माराव का हरिया से कोई नाता है।" गार्डिनर ने इस बात की हँसी उड़ाते हुए कहा, "धर्माराव ब्राह्मण है। हरिया शूद्रों का लड़का है। दोनों में नाता कैसे हो सकता है ?" तथापि धर्माराव का नाम सुनकर उसके मन में परेशानी होने लगी।

दूसरे दिन चन्द्रय्या ने धर्माराव को गार्डिनर का हाल सुनाया। धर्माराव ने भौंहों के बीच अपनी दृष्टि केन्द्रित करके बड़ी देर तक सोच-विचार किया। चार-पाँच दिन तक वह दूर-दूर से हरिया का पीछा करता रहा। उसने देखा कि गार्डिनर की ललचायी दृष्टि हरिया पर है। धर्माराव ने चन्द्रय्या की ज़बानी गार्डिनर को सन्देश भेजा, "हरिया मेरा भाई है। वह हमारे लिए प्राणों के समान है। उसे छेड़ोगे तो तुम्हारी ख़ैर नहीं।" वह सन्देश पाकर गार्डिनर का अहंकार जागृत हो उठा। उसने निश्चय किया कि अबकी बार हरिया को पकड़कर ही रहूँगा। वह बन्दूक़ लेकर चार ईसाई लड़कों के साथ हरिया की खोज में निकला। हरिया एक खेत के पास बैठा था। उसके दोनों तरफ़ दो साँप थे और सिर और कन्धों पर चार पंछी आ बैठे थे। यह देखकर लड़के घबरा गये। पंछी और साँप भी चौंककर चम्पत हो गये। गार्डिनर ने बन्दूक़ दिखायी। हरिया बन्दूक़ को जानता था। वह जहाँ-का-तहाँ खड़ा हो गया। साँझ हो चुकी थी। आसपास कहीं मनुष्य की हलचल नहीं थी। किसी ने नहीं देखा। साँझ के अँधेरे में हरिया गार्डिनर के घर पहुँचा। वहाँ के एक कमरे में उसे बन्दी बना दिया गया। गार्डिनर के बटलर को भी इस बात का पता नहीं चला। गार्डिनर अपने बटलर पर भरोसा नहीं करता था। काले और गोरे रंग में इतना अन्तर था। दूसरे दिन धर्माराव हरिया को ढूँढ़ने निकला। सारे खेतों में ढूँढ़ा, पर हरिया दिखाई नहीं दिया। धर्माराव को देखते ही साँप खेतों में थोड़ी दूर पर रुक जाते और करुण दृष्टि से उसकी ओर घूरने लगते। पंछी उसके इर्द-गिर्द चहकने लगे। धर्माराव ने मंगा के घर जाकर उससे हरिया का हाल पूछा। मंगा भयभीत होकर बोली, "बेटा, दो दिन पहले हरिया घर आया था। जब से धान के खेत गाँव में अधिक हो गये हैं, तब से वह रोज़-रोज़ घर आने लगा है। मैं आज भी सोचती रही कि वह ख़ुद आएगा। तुम जाकर उसे ढूँढ़ लाओ।" धर्माराव ने सोचा, गार्डिनर ही हरिया को चुरा ले गया होगा। परन्तु उसके घर जाने का क्या उपाय है ? हरिया को लौटा लाने का क्या उपाय है ?

रात के दस बजे हरप्पा गार्डिनर के पास गया। उससे थोड़ी देर बातें करके वह लौटने ही को था कि गार्डिनर ने कुछ पुस्तकें माँगी। हरप्पा गार्डिनर को अपनी गाड़ी में कोठी पर ले आया। इधर धर्माराव रास्ते भर छानबीन करता रहा था। रात के ग्यारह बजे थे। गाँव में सन्नाटा छा गया था। बिजली की बत्तियाँ जल रही थीं। चन्द्रय्या ने एक खम्भे को पकड़कर हिलाया। उस लाइन की सारी बत्तियाँ बुझ गयीं। सुब्बन्नापेठ के लड़के अकसर ऐसा किया करते थे। कोठी पर पहुँचने के बाद हरप्पा की ख़ाली गाड़ी गार्डिनर के घर जा पहुँची। नौकर ने बटलर को बुलाकर कहा कि साहब आये

हैं। बटलर बोला, ''आये हैं तो जाकर सो जाएँगे।'' और ख़ुद जाकर सो रहा। इधर धर्माराव गार्डिनर के पास पहुँचा और बोला, ''महाशय, हरिया कोई अनोखा जानवर नहीं है। वह सचमुच हमारे खेतों का हरा-भरापन है। आप लोग हमारे हरिजनों को ईसाई बना रहे हैं। हमारा धर्म भले ही जाए, पर अन्न नहीं जाना चाहिए। हमें भी तो जीवित रहना है। कृपया हरिया को छोड़ दीजिए।''

गार्डिनर ने अनजान बनकर कहा, ''हरिया को मैं क्या जानूँ ?''

धर्माराव, ''मुझे आप पर मुक़दमा चलाना पड़ेगा। आप एक मनुष्य को उठा ले गये हैं, मैं यह बात साबित करूँगा। आपको रातभर यहाँ रहना पड़ेगा। इस कोठी में आपको क़ैद रखा जाएगा। चाहे कोई ताक़त आकर कोठी को उखाड़ भी दे, परन्तु जब तक हरिया लौटकर न आएगा, आप यहाँ से लौटकर नहीं जा सकेंगे।''

गार्डिनर खुल्लम-खुल्ला धर्माराव को गाली देने लगा। धर्माराव बोला, ''आप गाली दें, मैं कुछ नहीं कहूँगा। परन्तु हरिया को छोड़े बिना आप यहाँ से नहीं जा सकते।''

भोर होने को आयी। लौट जाने के लिए गार्डिनर ने कई बार प्रयत्न किया, पर उसकी कुछ न चली। वह सोचने लगा, ''न्याय धर्माराव के पक्ष में है। अदालत में उसी की जीत होगी।'' फिर उसने धर्माराव से कहा, ''हरिया को कल छोड़ दूँगा। मुझे अब छोड़ दीजिए।''

धर्माराव, ''आपको भी हम कल छोड़ेंगे।''

गार्डिनर, ''इस बात का कोई सबूत नहीं कि मैंने हरिया को पकड़ लिया है।''

धर्माराव, ''आपको भी यहाँ आते किसी ने नहीं देखा। ख़ाली गाड़ी आपके घर तक जाकर लौटी है। आपके बटलर साहब को बताया गया है कि आप लौटे हैं।''

गार्डिनर, ''मुझे क़ैद रखने का आपको कोई अधिकार नहीं। ऊपर सरकार मौजूद है।''

धर्माराव, ''हम कोई राजद्रोही नहीं हैं। मैंने असहयोग में भी भाग नहीं लिया है। मुझमें कोई जाति-द्वेष नहीं है। हरिया को छोड़ दीजिए। मुझे आपसे भी कोई द्वेष नहीं है। आपको जन्तुशाला का लोभ खाये जा रहा है। कृपा कीजिए, हरिया से आपको क्या फ़ायदा होगा ? वह एक ग़रीब स्त्री का लड़का है। एक पत्र लिखकर दीजिए। उसे बटलर को दिखाकर हम अपने लड़के को लौटा लाएँगे।''

सूर्योदय हुआ। गार्डिनर सोचने लगा, 'सचमुच यह जन्तुशाला का भूत मुझ पर क्यों सवार हुआ है ? ये लोग बड़ी नम्रता से कह रहे हैं। मैं हरिया को छोड़ क्यों न दूँ ?' ऐसा सोचकर उसने एक चिट्ठी लिख दी। चिट्ठी बटलर को दी गयी और हरिया वापस लाया गया। हरिया और चन्द्रय्या कोठी में आ पहुँचे। चन्द्रय्या ने गार्डिनर को सलाम किया। हरिया साँप की तरह गोल-गोल घूमने लगा। गार्डिनर जाने लगा, परन्तु नौकरों ने उसे रोका। गार्डिनर बोला, ''विद्रोह करना चाहते हो ?''

धर्माराव कहने लगा, ''हाँ-हाँ, विद्रोह करना चाहते हैं। आपने जो काम किया,

देखिए उसकी क्या सज़ा मिलती है।" धर्माराव की धमकी पर गार्डिनर आग-बबूला हो उठा। इतने में एक थाली में सुगन्ध-द्रव्य, ताम्बूल और नये कपड़े लाये गये। हरप्पा ने गार्डिनर को नये कपड़े पहनाये। धर्माराव हँस पड़ा। गार्डिनर भौंचक रह गया।

धर्माराव कहने लगा, "आप हमारे हरे-भरेपन को क्यों हर लेना चाहते हैं ? आप भी इस देश में रह जाइए और हमारे किसानों के साथ किसान बन जाइए। अपनी पतलून और टोपी उतारकर हमारी धोती पहन लीजिए।"

गार्डिनर ने धोती पहन ली। सब मिलकर गार्डिनर के घर की ओर चले। हरप्पा ने गार्डिनर को चार हज़ार रुपये दिये। आश्चर्यचकित होकर गार्डिनर ने इसका कारण पूछा। हरप्पा बोला, "यदि आप हरिया को बेचते तो शायद इससे भी अधिक रुपये आपको मिलते। पर कृपा करके इतने ही रुपये हमसे लीजिए।" गार्डिनर ने रुपये लेने से इनकार किया, पर धर्माराव ने ज़बरदस्ती रुपये उसकी जेब में ठूँस दिये। गार्डिनर हरिया को शेकहैण्ड देने लगा, परन्तु हरिया साँप की तरह रेंगता हुआ चमेली कुंज में घुस गया। सब लोग हँस पड़े। फिर गार्डिनर को सबने विदा किया। धर्माराव सबसे पीछे था। हरिया उसे पकड़कर लटकने लगा। उससे लिपट गया। धर्माराव ने गार्डिनर से कहा, "हमें क्षमा कीजिए। हरिया हमें अत्यन्त प्रिय है।" गार्डिनर बोला, "भूल मेरी है, आप मुझे क्षमा करें।" वह अत्यन्त प्रसन्न होकर सोचने लगा, इन लोगों में अब भी शक्ति बाक़ी है।

किसी जाति की उन्नत दशा भले ही समाप्त हो जाए, परन्तु उसकी शक्ति का उन्मूलन नहीं होना चाहिए। अशक्त व्यक्ति को देखकर किसी के भी मन में करुणा उमड़ पड़ती है। व्यक्ति की मृत्यु देखकर भी किसी प्रकार मन का समाधान हो सकता है, परन्तु अधमरे अशक्त व्यक्ति को देखकर सहन करना बहुत कठिन है....हरिया और धर्माराव साथ-साथ चल रहे थे। एक ग्वाला अपनी बूढ़ी गाय को कसाई के हाथ बेचने ले जा रहा था। जब तक गाय के शरीर में शक्ति थी, उसने भरपूर दूध दिया था। ग्वाले का उससे बहुत फ़ायदा हुआ था। अब गाय बूढ़ी हो चली थी। उसकी शक्ति समाप्त हो चुकी थी। ऐसी दशा में ग्वाला उसे कसाई के पास ले जा रहा था। बेचारी गाय को इस बात का पता ही न था। वह हरिया को देखकर उसकी चोटी अपने मुँह में लेकर खींचने लगी। हरिया खिलखिलाकर हँस पड़ा। गाय हरिया के शरीर को चाटने लगी। हरिया उसकी गर्दन से लिपट गया। धर्माराव ग्वाले से कहने लगा, "गाय को अपने घर के सामने ही क्यों नहीं मरने देते ? कसाई को क्यों देते हो ?" ग्वाले ने कहा, "कसाई गाय की क़ीमत चार रुपये दे रहा है।" यह सुनकर हरिया अपने घर दौड़ा गया और माँ से चार रुपये माँगने लगा। माँ के आश्चर्य की सीमा न रही। हरिया की आयु तीस बरस की थी, पर उसने आज तक किसी से एक धेला भी नहीं माँगा था। मंगा ने तुरन्त चार रुपये हरिया को दे दिये। हरिया ने रुपये लाकर ग्वाले को दिये और गाय को ले आया। गाय मंगा के घर के सामने घास चरने लगी। उसे बाँधा

नहीं गया। मंगा के घर एक छोटी-सी गाय पहले थी। उस बूढ़ी गाय के आने पर दोनों मिल-जुलकर रहने लगीं। एक-दूसरी का शरीर चाटने लगीं।

चार दिन बीतते-न-बीतते मंगा की गाय उठान (कलोत्तेजना) पर आयी। पर उसे साँड़ से मिलानेवाला कोई न था। मंगा ने एक ग्वाले से मिन्नत की, पर वह बोला, "हमारे गाँव में अच्छा साँड़ नहीं है। जो था, वह सूखकर आधा रह गया है। उसकी अपेक्षा तो नगरपालिका के बैल ही अधिक बलवान् हैं। यही नहीं बल्कि उस साँड़ की अगली टाँगों पर से मोटरगाड़ी भी उतर गयी थी। अब वह गाय पर चढ़ नहीं सकता।" यह सुनकर मंगा बोली, "ठीक कहते हो भैया, आजकल ये ग्वाले किसी साँड़ को कहाँ जीने देते हैं ? साँड़ को छाप लगाकर कौन छोड़ता है ? यदि कोई छोड़ भी दे, तो कौन उसे मुफ़्त में चरने देता है ?" अन्त में तय हुआ कि हरिया गाय को रंगापुर ले जाए और साँड़ से मिला लाए।

हरिया गाय को ले जा रहा था। रास्ते में उसने धर्माराव को देखा। देखते ही उसने पुकारा, "भैया", और धर्माराव से लिपट गया। धर्माराव ने पूछा, "कहाँ जा रहे हो ?" हरिया ने ठीक-ठीक जवाब न देकर केवल गाय की ओर संकेत किया। बसन्त ऋतु में फूल लगते समय शाखाओं को जिस प्रकार अव्यक्त संकोच का अनुभव होता है, उसी प्रकार गाय की दृष्टि में आसन्न प्रिय-समागम की लज्जा से एक प्रकार की शोभा और मन्थरता झलक रही थी। उसका शरीर स्निग्ध और सफ़ेद था। रोम-रोम सप्राणता से सिहर रहा था। गाय के पाँव धरती पर टिकते न थे। धर्माराव हरिया को घर भेजकर गाय को स्वयं रंगापुर ले गया। वहाँ का साँड़ गाय को देखते ही उसके पास जा पहुँचा। साठ बरस पहले जो साँड़ होते थे, उनमें और आज के साँड़ों में बड़ा अन्तर आ गया था। उन दिनों साँड़ को कोई भी किसान धमकाता या लकड़ी से मारता न था। धर्माराव को स्मरण हो आया कि उसके बचपन में एक बार एक साँड़ आकर बोरे में रखा हुआ अनाज खाने लगा था। किसी ने उसे नहीं हाँका। अनाज खाकर साँड़ लौटने लगा तो रामेश्वर शास्त्री ने पानी का घड़ा लाकर उसके सामने रख दिया। उस साँड़ का विशाल फाल-भाग, आँखों में राजाधिराज जैसी अकड़, धीमी-धीमी मोहक चाल देखकर लगता था कि कैलास पर यथेच्छ विहार करके गिरिकन्दरों में उछल-कूदकर, सींगों से वहाँ की धरती को खरोंचने से उन पर लगी चन्देरी छवि के साथ तीनों लोकों का अधिपति नन्दीश्वर विचर रहा है। उन दिनों सारी ज़मीन में खेती नहीं होती थी। वृषभराज खेतों पर जाते ही न थे। धीरे-धीरे सर्वत्र खेती होने लगी। किसान अपनी गायों को अन्य प्रान्तों में भेजने लगे। 'ओंगोल' के साँड़ और 'पलनाडु' के बैल बिकते-बिकते परदेश पहुँच गये। आज इधर एक भी हृष्ट-पुष्ट बछड़ा नहीं बचा। खेत बनने लगे, उन्हें बेचने लगे। सब पर धान के खेत बनाने की सनक सवार हो गयी। जानवरों के खड़े रहने के लिए भी जगह न बची। धीरे-धीरे खेती के सारे काम मशीनों से होने लगे। जुताई, कटाई, सब कुछ मशीन करेगी; फिर पशु की क्या आवश्यकता है ? दूध ऑस्ट्रेलिया

से आ ही रहा है। विलायत से गाय मँगाएँगे। वहाँ की एक-एक गाय दस-दस सेर दूध देती है। दूध का मोल भी अधिक होता है।

धर्माराव ने साँड़ को देखा। उसके शरीर पर लाठी के प्रहारों के कई निशान दीख पड़े। धर्माराव को रोना आया। वह सोचने लगा—हाय, कैसा समय आया है ! एक समय वह था जबकि वृषभराज हमारे देश का देवाधिदेव था। महान् शिल्पियों ने उसके सींग, उसकी बाँकी चाल, उसके बैठने के ढंग का दिन-रात परिशीलन करके नन्दीश्वर की मूर्तियाँ बनायी थीं। वही वृषभराज मन्दिरों में आराध्य बना। बाज़ार में खड़े होकर उसने बालकों से अपना गलकम्बल सहलवाया। गाँव के बालक उसके साथ खेलते थे, उसकी कमर के नीचे इधर से उधर दौड़ लगाते थे, उसके अण्डकोश छूकर खिलखिला उठते थे। वृषभराज भी बालकों को डराता न था, उन्हें लात नहीं मारता था। उस समय देश में वृषभराज का महत्त्व सारी सृष्टि के महत्त्व के समान था। वह वैभवशाली गोधन आज नहीं रहा। कुन्दन, शंख, चन्द्रहार, नीहार, कफ, मुक्ताहार तथा हीरक सदृश शरीरवाले, बन्धूक-वृक्ष के पल्लव सदृश, मेघवर्ण तमाल जैसे नीले, विकसित कांचन तथा चम्पक पुष्पों जैसे अनेक रंगोंवाले सुन्दर वृषभ आज नहीं रहे। उनके चरने के लिए वन नहीं रहा। इसलिए वैसी गायें भी नहीं रहीं। अच्छे साँड़ों का नाम-निशान मिट गया।

'गोब्राह्मणेभ्यः शुभमस्तु' इस वाक्य का जिस देश में सर्वत्र प्रचार था, उसी देश में आज ब्राह्मण और गाय का जीवित रहना असम्भव हो गया है। ब्राह्मण की स्थिति गाय की अपेक्षा फिर भी अच्छी रही है। घर से निकाल दिये जाने पर, वह कम-से-कम छत पकड़कर लटक रहा है। उसके मन में अब भी यही गर्व है कि मेरा जन्म इस कर्मभूमि में हुआ है, इस भूमि से कर्म कभी नहीं मिटेगा....परन्तु गाय बेज़बान है। वह कुछ कह नहीं सकती, न अपनी जाति के मर जाने पर आँसू बहा सकती है और न चिल्ला सकती है। उस बेचारी की गिनती हरिजनों तथा गिरिजनों में भी नहीं की गयी। उसे वोट देने का अधिकार नहीं, विधान सभा में अपना प्रतिनिधि भेजने का अधिकार नहीं। साम्राज्यवादी जिस देश में जाते हैं, वहाँ की जातियों को जड़ से उखाड़ देते हैं। कौन आ बैठा है उसके स्थान पर ? पता नहीं, कौन है वह।

धर्माराव ने फिर से साँड़ की ओर देखा। उस अपर शिवाकृति के मुख पर रक्त दिखाई दिया। किसी ने लाठी से दोनों सींगों के बीच प्रहार किया था। धर्माराव मन-ही-मन कहने लगा, "हे वृषभराज ! हमने तुम्हारा ख़ून देखा है। गौ-माताओं के थनों को काटकर हम दूध पीने लगे हैं। गायों को काटकर उनका मांस सैनिकों को खिला रहे हैं। हम और हमारे ज़मींदार निरे नास्तिक बन गये हैं। हमारे प्राचीन ऋषियों का सिद्धान्त था कि समस्त जन्तुओं में, वृक्षों में, शिलाओं में और हरी घास में प्राण होते हैं। यह सिद्धान्त परास्त हो चुका है। किसी सिद्धान्त को जब तक कोई वैज्ञानिक सिद्ध करके नहीं दिखाता, हम विश्वास ही नहीं करते। हमारे आस्तिक विचार मानो

भूने जा रहे हैं। हमारा धर्म केवल भगवान् के अस्तित्व पर आधारित नहीं है। उस भगवान् को रहने दो या मरने दो। हमारे धर्म का निचोड़ यह है कि पूरी सृष्टि में प्राण, जीवन तथा आत्मा विद्यमान हैं। हमारे ऋषियों ने समस्त वस्तुओं में स्थित प्राण की आराधना की। इससे बढ़कर जीव-दया हो नहीं सकती। हमारे पूर्वजों ने गौ-वध नहीं किया। गाय के प्राण परमात्मा के समान हैं। गो-रस में प्राण भरा है। उतनी प्राण-शक्ति किसी और वस्तु में नहीं है। हमारा सर्वनाश हो चुका है। हम भ्रष्ट हो गये हैं, मर गये हैं।''

साँझ हुई। चारों तरफ़ अँधियारा छा गया, मानो मृत गायों के प्रेतों की आकृतियाँ हों। धर्माराव गाय को लेकर सुब्बन्नापेठ लौटा। गाय तेज के अधिदेवता की भाँति, अपने आपमें लीन अग्नि को लिये शमी-वृक्ष की भाँति, धीरे-धीरे चल रही थी। जहाँ-जहाँ गाय जाती वहाँ का अँधियारा पराभूत हो जाता।

बीस

बैसाख की द्वितीया को सारे आभूषण से सुसज्जित देवदासी मन्दिर में जा पहुँची। स्वामी का कल्याणोत्सव चार दिन में प्रारम्भ हो रहा था। ध्वजारोहण एकादशी को होनेवाला था; तथापि उत्सव का श्रीगणेश पंचमी को ही हो रहा था। हरप्पा ने माँ और दादी का श्राद्ध-कर्म किया। द्वितीया को कर्म समाप्त हुआ। चार-पाँच हज़ार ब्राह्मण आये। हरप्पा ने खुले हाथ दक्षिणा दी। नागेश्वरराव नहीं थे, इसलिए रंगाराव ने कोई आपत्ति नहीं की। अब रंगाराव के लिए बेटा ही भगवान् था। उनका लिया हुआ तीस लाख का क़र्ज़ बेटे ने चुका दिया था। ख़र्च घटा दिया था। ज़मींदारी के ख़ज़ाने में फिर से नकद रुपया जमा रहने लगा। रंगाराव को बताये बिना ही हरप्पा ने कई ग्रन्थों का अध्ययन किया था। रंगाराव जान गये कि उनका रोग क्रमशः कम हो रहा है। दो बरस तक बड़े-बड़े अँग्रेज़ी डॉक्टर आये, पर रोग को पहचान न पाये। राजशेखर शास्त्री सुव्यवस्थित ढंग से औषधि चला रहे थे। ऐसे वैद्यराज का मिलना भी हरप्पा के कारण सम्भव हुआ। रंगाराव को हरप्पा श्री रामचन्द्र-सा दिखने लगा और धर्माराव वसिष्ठ-सा। ऐसा लगता था, माने आठों दिग्गजों ने अपने सूँड़ों में मन्दाकिनी-जल को भरकर उसे फुलझड़ियों की भाँति आठों दिशाओं में बिख़ेर दिया हो और उसी फुहार के रूप में हरप्पा के प्रशासन की कीर्ति के वृक्ष उत्पन्न हुए हों। उस फुहार से सभी दिशाओं में मानो जलाशय बने, जिनकी सिंचाई से कोठी रूपी फुलबगिया में शीतलता आ गयी। ब्राह्मणों ने यथाविधि श्राद्ध कर्म कराये। उस दिन सायं समय हरप्पा अ़शौच से छूटा। उसके मुख पर चन्दन और कुंकुम का तिलक लगा था। शरीर पर कोई कुरता

नहीं था और सिर पर पगड़ी नहीं थी। तन पर एक रेशमी दुपट्टा ओढ़े, वह पैदल वेणुगोपाल स्वामी के मन्दिर की ओर चल पड़ा। सूर्यास्त हो गया। मन्दिर के मुख-मण्डप में देवदासी और हरप्पा मिले। हरप्पा ने मन्दिर का भीतरी भाग कभी नहीं देखा था। मन्दिर का गोपुर, प्राकार, भीतर के छोटे-छोटे मन्दिर, हनुमानजी का मन्दिर, ध्वज-स्तम्भ, भीतर की तलैया, उसमें लगी संगमरमर की सीढ़ियाँ, तरह-तरह के फूलों के पौधे—यह सब हरप्पा को वैकुण्ठ-सा लग रहा था। बाईस बरस से युवराज के हृदय में जो भक्ति-भाव छिपा था, वह आज सहसा उभर आया। उसके मन में मन्दिर की मिट्टी में लोटने की इच्छा होने लगी। उसने तीन बार परिक्रमा की और चलते-चलते फूलों के पौधों से अपने शरीर का स्पर्श कराया। तलैया पर खड़े-खड़े वह थोड़ी देर अस्तंगत सूर्य-बिम्ब की अरुण कान्ति में कमलों का रक्तिम हो आना, अँधेरे का धीरे-धीरे फैलना और तलैया के जल का मेघ-वर्ण हो जाना देखता रहा। वह सोच रहा था—यह मन्दिर हमारा होते हुए भी आज तक यहाँ मेरा प्रवेश न हो पाया। सम्भवतः मैंने पूर्व जन्म में कोई पाप किया होगा....मन्दिर में घूमते समय हरप्पा को ऐसा लग रहा था, मानो वह भागवत पढ़ रहा हो। भगवान् के दशावतार की गाथाएँ उसके मन में नाच रही थीं। वृन्दावन, वेणुगोपाल स्वामी, गोपियाँ, गोवर्धन पर्वत, ब्रह्मा, इन्द्र और फिर कालिय-मर्दन रुक्मिणी परिणय—ये सब दृश्य हरप्पा के मानस-पटल के अलग-अलग पर्दों पर झलकने लगे। इतने में धर्माराव ने आकर परिक्रमा की। दोनों मुख-मण्डप में आये। वहाँ घण्टा लटक रहा था। उसे पहले धर्माराव ने और फिर हरप्पा ने बजाया। बलि-वेदी के मन्दिर में गिरिका खड़ी थी। धर्माराव ने उसे देखा, परन्तु हरप्पा अपने आनन्दातिरेक में नहीं देख सका। धर्माराव ने हरप्पा का ध्यान गिरिका की ओर आकर्षित किया। दोनों उसके पास जा पहुँचे। गिरिका की दशा अवर्णनीय थी। माधव के चिन्तन की सुधा-माधुरी में वह अपनी सुधबुध भूली थी। वह मन-ही-मन कुछ कह रही थी। हरप्पा ने पूछा, "क्या कह रही हैं ?" धर्माराव ने कहा, "पता नहीं !" इतने में देवदासी गाने लगी :

सखि हे केशिमथनमुदारम् रमय मया सह
मदन-मनोरथमावितया सविकारम्
निभृतनिकुंज-गृहं गतया निशि रहसि निलीय वसन्तम्
चकित-विलोकित-सकलदिशारति-रभस-भरेण हसन्तम्
मया सह सहकारम्
सखि हे केशिमथनमुदारम्
किसलयशयननिवेशितया चिरमुरसि ममैव शयानम्
कृत-परिरम्भण-चुम्बनया परिरभ्य कृताधरपानम्
रति-सुख-समय-रसालसया दुरमुकुलित-नयन-सरोजम्
निस्सह-निपतित-तनुलतया मधुसूदन-मुदित-मनोजम्

देवादासी गा रही थी और मन्दिर के एक कोने में दो भौरे अपनी झनकार से श्रुति अलाप रहे थे। गिरिका बीच-बीच में हाथ हिला रही थी और उसी से ठीक-ठीक ताल चल रहा था। वह विरह से सन्तप्त, तन्मय स्थिति में थी। भविष्य से वह आशाएँ अपने मन में खोद-सी रही थी। उसे देखकर धर्माराव ने सोचा, आज द्वितीया है। पुजारी ने तीनों को विष्णु-चरण दिये। अब तक गिरिका अपनी तन्मयता में हरप्पा और धर्माराव को देख नहीं पायी थी। विष्णु-चरण लेते समय उसने सिर झुका दिया और हाथ पसारकर तुलसी-दल लिया। तीनों मुख-मण्डप में लौट आये। पहले देवदासी ने घण्टा बजाया, फिर धर्माराव और हरप्पा ने। देवदासी कुछ सुस्ताने के लिए वहाँ बैठ गयी। तब कहीं उसने धर्माराव और हरप्पा को देखा। हरप्पा को देखते ही वह उठ खड़ी हुई। हरप्पा ने मन-ही-मन उसे प्रणाम किया। फिर तीनों बैठ गये। हरप्पा बोला, "माई ! कल्याण (विवाह) कब होगा ?" देवादासी ने उत्तर दिया, "तिथि से क्या करना है ? मुझे तो केवल दिन बिताने हैं न ?"

धर्माराव, "पंचमी को उत्सव प्रारम्भ होगा।"

देवदासी, "स्वामी के दर्शन कर आये ?"

हरप्पा, "हाँ, कर आये।"

देवदासी, "स्वामी कैसे हैं ?"

धर्माराव, "कल्याण के लिए अभिमुख हैं।"

देवदासी, "कल्याण के लिए सब सामग्री जुट गयी है ?"

हरप्पा, "मेरा जुटाना तो केवल आधा है।"

धर्माराव, "बाक़ी आधा भी जुटाया जा चुका है।"

देवदासी, "उसे मेरे भैया ने जुटाया है।"

धर्माराव, "मेरी बहन ने जुटाया है।"

हरप्पा, "आप दोनों ने मिलकर जुटाया है। पण्डाल कब लगेंगे ?"

देवदासी, "प्राकार के भीतर पण्डाल नहीं चाहिए। मन्दिर के सामने बाज़ार भर में पण्डाल लगने चाहिए।"

हरप्पा, "बहुत अच्छा !"

धर्माराव, "कल पण्डाल का काम शुरू होना चाहिए।"

देवदासी, "मैं तीन दिन तक मन्दिर में नहीं जाऊँगी।"

हरप्पा, "क्यों ?"

देवदासी, "मेरा इन स्वामी से क्या वास्ता है ? उत्सव के समय दस दिन जाऊँगी।"

धर्माराव, "ये स्वामी तुम्हारे स्वामी नहीं हैं ?"

देवदासी, "क्यों नहीं हैं, पर मेरे स्वामी मुझमें ही बसते हैं।"

फिर देवदासी गाने लगी :

वेदानुद्धरते जगन्निवहते भूगोलमुद्‌बिभ्रते

दैत्यान् दारयते बलिं छलयते क्षत्रक्षयं कुर्वते
पौलस्त्यं जयते हलं कलयते कारुण्यमातन्वते
म्लेच्छान् मूर्च्छयते दशाकृति-कृते कृष्णाय तुभ्यं नमः।

देवदासी फिर तन्मय होकर गाने लगी—

प्रथम-समागम-लज्जितया पटु-चाटु-शतैरनुकूलम्
मृदु-मधुर-स्मित-भाषितया शिथिलीकृतजघन दुकूलम्
सखि हे ! केशि मथनमुदारम्

हरप्पा और धर्माराव ने खड़े होकर स्वामी को प्रणाम किया और घर की तरफ़ चल दिये। कबीर बड़ी रात गये आकर देवदासी को घर ले गया। रास्ता चलते-चलते देवदासी को तन का भान ही न था।

छोटा रामेश्वर शास्त्री छह बरस का था। वह प्रायः अपने घर न रहकर गाँव भर भटकता रहता और लाख मना करने पर भी न मानता। उसकी अस्वस्थ माँ भी उसे भटकने देती, क्योंकि घर में वह माँ को बहुत तंग किया करता था। बाज़ार में शास्त्री किसानों के लड़कों के साथ गोलियाँ खेलता, मन्दिर में जाकर शेर-बकरी आदि के खेल खेलता, खेतों में ख़ूब घूमता और जब मन होता घर लौटता। माँ उसको दो तमाचे लगाती और खाना खिलाती। खाना खाते ही वह फिर गाँव में भटकने निकल जाता। वैसाख की तृतीया को रामेश्वर शास्त्री कोठी में जा पहुँचा। धर्माराव का बेटा होने के नाते उसे सब लोग जानते थे। किसी ने उसे नहीं रोका। वह सीधे रंगारावजी के पलँग के पास जाकर बैठ गया। बँगले की सीढ़ी वह ख़ुद ही चढ़ गया था। वह कई बार कोठी में जा चुका था और भीतर के रास्तों से परिचित था। दोपहर का समय होने के कारण नौकर-चाकर घर चले गये थे। शास्त्री को किसी ने नहीं देखा। रंगाराव शास्त्री को नहीं पहचानते थे। शास्त्री वहाँ जाकर बैठ गया। रंगाराव सो रहे थे। उन्होंने एक सपना देखा। सुब्रह्मण्येश्वर स्वामी पहले सहस्र शीर्षों सहित दिखाई दिये। धीरे-धीरे सभी शीश अन्तर्धान होने लगे और अन्त में दो बच रहे। उनमें से एक शीश छिन्न-भिन्न हो गया और स्वामी व्याधिग्रस्त की भाँति डोलने लगे। रंगाराव ने दूसरे सिर को चिपकाने के लिए कागज का एक टुकड़ा मोड़कर उसके पास लगा दिया। स्वामी ने उस काग़ज़ के टुकड़े को कतर डाला। एक टुकड़े के दो हुए और नीचे गिर पड़े। रंगाराव सोचने लगे—सहस्र-शीर्ष स्वामी का अब एक ही शीश रह गया है। यह सब हमारी ग़लतियों का परणाम है। अब प्रायश्चित्त कैसे हो....इतने में एक आवाज़ आयी—"अब ग़लती को सुधारना असम्भव है। परन्तु ग़लती के साथ ही तुमसे पाप भी हुआ है ! उस पाप की निष्कृति सम्भव है।" रंगाराव नींद में ही सोचने लगे—मैं केशव जी का अनुयायी हूँ। इन साँपों को मैं भगवान् नहीं मानता....फिर आवाज़ आयी, "नागेश्वरराव तुम्हारे पाप का निमित्त है। उसने तुम्हें भ्रष्ट किया और राज्य को कलुषित किया। तुम विधर्मी

बन गये हो। आज तक मैंने तुम्हें छोड़ रखा था। आज फिर तुम्हारे कारण आया हूँ।'' रंगाराव ने पूछा, ''पाप की निष्कृति कैसे हो सकती है ?'' इतने में भय के मारे रंगाराव की आँख खुल गयी। सामने छोटा रामेश्वर शास्त्री दिखाई दिया। रंगाराव के मन से स्वप्न का भ्रम नहीं गया था। उन्होंने बालक को देखकर पूछा, ''तुम साँप की आकृति छोड़कर बालक क्यों बन गये हो ?'' शास्त्री बोला, ''मेरा नाम रामेश्वर शास्त्री है।'' रंगाराव कहने लगे, ''आपसे मेरी नहीं पटेगी। मैंने अपराध किया है। आपका पुत्र धर्माराव महात्मा है। मैंने आपको छोड़ दिया, पर मेरे पुत्र हरप्पा ने धर्माराव को नहीं छोड़ा। आप बालस्वरूप में मुझे क्यों दिखाई दे रहे हैं ?''

ज़मींदार के इन प्रश्नों का अर्थ छोटे रामेश्वर शास्त्री की समझ में नहीं आया। उस बालक को आश्चर्य इस बात का हुआ कि उसके बेरोक-टोक आ धमकने पर भी ज़मींदार बिगड़े नहीं। उसने ज़मींदार के प्रश्न का कोई उत्तर नहीं दिया। रंगाराव शैया से सटकर लेट गये। उन्हें तीन-चार गद्दियों पर लिटाया गया था, फिर भी उनकी हड्डियाँ मानो शरीर में चुभ रही थीं। उस चुभन के कारण उन्हें भान हो आया कि वे स्वस्थ नहीं हैं। उन्होंने जाग्रत् होकर चारों ओर देखा। बालक को देखकर सोचने लगे, वह कौन है ? यहाँ क्यों आया है ? साथ ही उन्हें अपनी ज़मींदारी का भान हो आया। बालक से फिर वे कुछ नहीं बोले। मन-ही-मन सोचने लगे, मैंने ऐसा अनोखा स्वप्न क्यों देखा ? पाप की निष्कृति कैसे होगी ? स्वप्न में सुब्रह्मण्येश्वर स्वामी ने कहा था कि उन्होंने मुझे नहीं छोड़ा। नागेश्वरराव ने क्या सचमुच मेरी जायदाद बरबाद की ? मुझे भ्रष्ट किया ? जायदाद तो मैंने ख़ुद बरबाद की। उसके विचार मुझे पसन्द आये और मैंने उन्हें स्वीकार किया। स्वामी कहते थे, मेरे पापों का निमित्त नागेश्वरराव है। यह बालक कौन है ? पाप की निष्कृति का मार्ग स्वामी ने क्यों नहीं बताया ? यह बालक कहीं आलमारियों को तोड़ तो नहीं देगा ? पाप की निष्कृति कैसे हो ? अजीब बात है कि जब तक मैं भला-चंगा था, मैंने भगवान् का स्मरण नहीं किया। बीमार पड़ा हूँ, तो मन भगवान् की ओर खिंचा जा रहा है। अँग्रेज़ी में एक कहानी है। कहते हैं, एक परम नास्तिक था, जो हिरण्यकश्यपु से भी अधिक, भगवान् के न होने का दावा करता था। एक दिन वह घोड़े पर सवार होकर शिकार करने गया। किसी पहाड़ पर पहुँचकर रास्ता भटक गया और तंग पत्थर की दीवार पर से गुज़रने लगा। उस दीवार के एक तरफ़ एक अथाह खाई थी और दूसरी तरफ़ हिलोरें मारता महासागर। वह जिधर भी देखता, आँखें चकरा जातीं। लेकिन घोड़ा बड़ी सावधानी से चल रहा था। वह आदमी सोचने लगा—यदि मैं इस खाई में गिर गया तो क्या होगा ? ज़मीन पर पहुँचने से पहले ही मेरा शरीर गोल गेंद-सा बन जाएगा। समुद्र में गिरूँगा तो क्या होगा ? बड़े-बड़े जलचर मुझे खा जाएँगे। गिरूँगा तो घोड़े समेत गिरूँगा। घोड़ा मुझ पर गिरेगा। इस दीवार को पार करने का क्या उपाय है ? कुशलतापूर्वक इसे पार करूँ तो भगवान्....इतना सोचकर उस महा-नास्तिक को बड़ा आश्चर्य हुआ कि उसके मन

में भगवान् की कल्पना उत्पन्न हुई है। वह फिर सोचने लगा—हाँ, भगवान् अवश्य है। यह बात वे ही समझ पाते हैं, जो मुसीबत में फँसते हैं। जो धन के मद में अन्धे होते हैं, उन्हें धन-प्राप्ति के साधनों के अतिरिक्त और कुछ नहीं सूझता। जो दरिद्र हैं, दुखी हैं, व्याधिग्रस्त हैं, उनके लिए भगवान् अवश्य है....सचमुच भगवान् को मुझ पर दया आयी है, इसीलिए मैं ऐसी लम्बी बीमारी का शिकार हुआ। सच है, मुसीबतों के बिना भगवान् की कल्पना कैसे हो सकती है ? केशव जी का धर्म-पथ सुखी जनों के लिए है। उसकी प्रार्थनाओं से हृदय में हलचल पैदा नहीं होती। धर्म सदा ही व्यक्तिगत विषय है, समाजगत नहीं। जो दुर्जन हैं, वे धर्म को समाजगत बताकर अपना उल्लू सीधा करते हैं....छोटा रामेश्वर शास्त्री चुपचाप बैठा ज़मींदार की ओर देख रहा था। रंगाराव ने पूछा, "तुम्हारा क्या नाम है ?" बालक बोला, "बताया नहीं, रामेश्वर शास्त्री !"

रंगाराव, "यह घर किसका है ?"

रामेश्वर शास्त्री, "हमारे ज़मींदार का।"

रंगाराव, "कौन हैं तुम्हारे ज़मींदार ?"

रामेश्वर शास्त्री, "हरप्पा नायडू !"

रंगाराव, "तुम किसके बेटे हो ?"

रामेश्वर शास्त्री, "धर्माराव जी का बेटा हूँ।"

रंगाराव, "मैं कौन हूँ ?"

रामेश्वर शास्त्री, "आप कौन हैं, मैं नहीं जानता। आप लेटे क्यों हैं ? साँप ने डस लिया है क्या ?"

चार दिन पहले एक किसान को साँप ने डस लिया था और रामेश्वर शास्त्री ने उसे बिस्तर पर लेटे देखा था। उसके प्रश्न पर रंगाराव को आश्चर्य हुआ। उन्होंने पूछा, "तुम यहाँ क्यों आये हो ?" रामेश्वर शास्त्री बोला, "अपने ज़मींदार की कोठी देखने आया हूँ।" रामेश्वर शास्त्री को रंगाराव के बारे में मालूम नहीं था। रंगाराव व्याधिग्रस्त थे और उससे बातें कर रहे थे। अतएव रामेश्वर शास्त्री भी बिना किसी भय या संकोच के बोलने लगा।

रंगाराव, "तुम क्या पढ़ रहे हो ?"

रामेश्वर शास्त्री, "मैं पढ़ नहीं रहा हूँ।"

रंगाराव, "फिर क्या करते हो ?"

रामेश्वर शास्त्री, "इमली तोड़ता हूँ। बड़ी मज़ेदार होती है।"

रंगाराव, "तुम्हारे साथवाले लड़के पढ़ नहीं रहे हैं ?"

रामेश्वर शास्त्री, "कोई नहीं पढ़ रहा है। सबके सब इमली तोड़ते हैं। बड़ी मज़ेदार होती है। कहते हैं, उसे खाने से पेट में पित्त बढ़ता है, पर मैं इस बात पर विश्वास नहीं करता। पित्त बहुत बढ़ जाए, तो चार दिन बुख़ार आ जाता है।"

इक्कीस

कल्याणोत्सव के आयोजन से सुब्बन्नापेठ के कई मोहल्लों में बड़ी हलचल शुरू हो गयी। पुरानी बस्तीवालों ने इस उत्सव को अपने घर होनेवाले विवाह-समारोह के समान समझा। सारे घरों की सजावट की गयी। बन्दनवार बाँधे गये। वेणुगोपाल स्वामी दस दिन के बाद उनके आँगन में आनेवाले हैं। प्रभु अपना देश भूल गये हैं, अपना गाँव भूल गये हैं, यहाँ तक कि अपने भक्तों और भक्तिनों को भी भूल गये हैं। जिस प्रकार बंजर ज़मीनों को फिर से जोतकर कृषि-योग्य बनाया जाता है, उसी प्रकार बीहड़ सुब्बन्नापेठ पर वेणुगोपाल स्वामी फिर से अपना अधिकार जमाने आ रहे हैं।

नयी बस्ती में उत्साह सामान्य मात्रा में रहा। वहाँ लोग कृष्णम नायडू की प्रजा नहीं थे। अतएव वेणुगोपाल स्वामी के उत्सव का उन पर क्या प्रभाव पड़ता ? वेणुगोपाल स्वामी के मन्दिर के बगल में नागेश्वर स्वामी का मन्दिर था। गोपाल के पूर्व में ईश्वर विराजमान थे। ईश्वर के मन्दिर का द्वार उत्तर की ओर था। दोनों के प्राकारों के बीच का रास्ता इतना चौड़ा था कि रथ आसानी से गुज़र सके। कल्याणोत्सव का उत्साह वेणुगोपाल स्वामी में जितना दीखा, उतना नागेश्वर स्वामी में नहीं। क्या नागेश्वर स्वामी का भी कल्याण नहीं हो रहा है ? फिर उन्हें इतनी जलन क्यों है ? सम्भवतः इसलिए कि देवदासी को वेणुगोपाल स्वामी ने पा लिया है। नागेश्वर स्वामी का वह व्याघ्र-चर्म, वह विभूति-लेप, वह रुद्राक्ष-माल—शीतल आश्रय के अतिरिक्त उस भिखारी के पास ऐसा क्या है, जो शृंगार-रस के योग्य हो ? शिवजी आप ही हँसने लगे। नागेश्वर स्वामी के वाम-भाग में अभय मुद्रा लगाये, बायें हाथ में कमल लिये, बायाँ पाँव मोड़े, दाहिना पाँव आसन से लटकाये, सारे जग की अधिनेत्री होने के उपलक्ष्य में सिर पर मुकुट पहने बैठी पार्वती के नयनों में सहस्राधिक मदनों का उदय हुआ।

परमेश्वर योगिकों के लिए ध्येय हैं। वे अपने आपमें सिकुड़-से गये। जगदम्बा सारे जग में फैल गयीं। ईश्वर ने कहा, "तुम्हें क्या पड़ी है ?" पार्वती बोलीं, "मुझे नहीं तो किसी और को क्या पड़ी है ?" ईश्वर ऐसे लग रहे थे, मानो हृदयकुहर में निद्रागत सर्पमूर्ति अपने शरीर को सिकोड़कर सो रही हो। परन्तु देवी पार्वती अपना शक्तिस्वरूप धारण करके सर्वनाड़ियों में उमड़ पड़ीं। पंचभूतों एवं पंचेन्द्रियों में ताण्डव करने लगीं। खुद ही सारे भूतों का गुण बन गयीं। वह नूतन शक्ति पृथ्वी के अन्तराल में, दिग्दिगन्त में अनूठा क्वणन करती हुई नाचने लगी।

रत्नगिरि के यहाँ गुण्टूर, मछलीपट्टनम, मद्रास आदि कई शहरों से उसके रिश्तेदार आये। उनमें अधिक संख्या पुरुषों की थी। कुछ स्त्रियाँ भी आयी थीं। घर में गिरिका का अपना अलग कमरा था, उस कमरे के आगे एक और छोटा-सा कमरा था। बड़े कमरे में कृष्ण की मूर्ति थी। उसके समक्ष फूल, अगरबत्ती, घनसार, कुंकुम, चन्दन, कस्तूरी आदि पूजा-द्रव्य रखे थे। एक कृष्णाजिन था। दीवारों पर दशावतार, कृष्णलीला,

शंकर आदि के चित्र लगे थे। कमरा लीपा गया था और फ़र्श पर रंगोली सजाई गयी थी। दो रेशमी साड़ियाँ रस्सी पर लटक रही थीं। छोटे कमरे में गिरिका के गहने, साड़ियाँ आदि रखे थे। वह अपने कमरे में अलग से प्रवेश कर सकती थी। आये हुए रिश्तेदारों ने कई बार रत्नगिरि से देवदासी का ब्याह कराने का अनुरोध किया, पर रत्नगिरि को वह प्रस्ताव पसन्द नहीं था। सच्ची बात उन रिश्तेदारों को ज्ञात न थी। उनका प्रयत्न था कि कल्याणोत्सव के समय वेश्याओं के नृत्य का आयोजन बन्द कराया जाए। वे सब कलावन्तों के[1] सुधार-संघ के सदस्य थे। रत्नगिरि का घर उनके लम्बे भाषणों से गूँज उठा। तथापि गिरिका के एकान्त में कोई बाधा न पड़ी। वह कृष्णाजिन पर बैठी थी, मानो महासमुद्र के बीच उनकी कल्लोलित तरंगों के गर्जन से अविचलति योग-मुद्रा में बैठी लक्ष्मी देवी हो। बगल के कमरे में रिश्तेदारों की चर्चाएँ ज़ोर-शोर से चल रही थीं।

एक व्यक्ति कह रहा था, ''हमारी जाति बहुत नीच हो गयी है। और जातियाँ सिर उठाये फिर रही हैं, पर हम लोग गुलामी जैसा जीवन बिता रहे हैं। यह बड़े खेद की बात है। हम भी शादी-ब्याह करके अपनी जाति का उद्धार नहीं करेंगे तो अन्य देशों के लोग हमारी हँसी उड़ाएँगे। मिस मेयो ने अपनी पुस्तक में लिखा है कि 'वेश्या इस देश पर एक कलंक है।' हमारा सर्वनाश हो रहा है।''

दूसरा व्यक्ति कहने लगा, ''कौन कहेगा कि वेश्या का धन्धा अच्छा है ? कुछ लोग कह रहे हैं कि हमारी जाति से लोकोपकार होता है, अतएव उसे बने रहना चाहिए। ऐसी बातें कुछ लोग छिप-छिपकर किया करते हैं। वे जानते हैं कि खुल्लमखुल्ला ऐसी बातें करने पर लोग उन्हें फटकारेंगे।''

तीसरा व्यक्ति, ''कुछ सज्जन ऐसे हैं, जो खुलेआम तो वेश्याओं के पेशे की निन्दा करते हैं, परन्तु खुद वेश्याओं के घर जाकर मजे किया करते हैं। यह बड़ा नीच काम है।''

चौथा व्यक्ति, ''जो हो, देवदासी का नृत्य बन्द करवाना होगा। हमारी जाति के बिगड़ने का मुख्य कारण यही नाच-गाना है। भरी सभा में नज़रें लड़ानेवाली स्त्री को कौन नीच नहीं समझेगा ?''

पहल व्यक्ति, ''कला की दृष्टि से देखो तो कोई आपत्ति नहीं। जिस प्रकार सभा में कवि अपनी कविता सुनाता है, उसी प्रकार नर्तकी नृत्य तथा अभिनय करती है। परन्तु देखनेवालों में अन्तर है। उन देखनेवालों का सुधार कौन कर सकता है ? इसलिए धन्धा बन्द करना ही उचित है।''

दूसरा व्यक्ति, ''कार्य में दोष उत्पन्न हो तो समझ लेना चाहिए कि कारण में कोई ख़राबी है। अतएव नाच-गाना बन्द करना ही उचित है।''

तीसरा व्यक्ति, ''दर्शकों के दूषित विचारों का कारण नृत्य नहीं, उनका गँवारपन

1. वेश्याओं की जाति।

है। उन्हें सुशिक्षित बनाया जाएगा, तो फिर नाच-गाने में कोई ख़राबी नहीं आएगी।''

चौथा व्यक्ति, ''सच है। प्राचीन काल में राजाओं के दरबार में भरत-शास्त्र के प्रकाण्ड पण्डित रहते थे। उसी समय यह कला परवान चढ़ी। उस समय इस कला में कोई दोष नहीं आया। परन्तु आज सच्ची रसज्ञता मर चुकी है। इसलिए यह धन्धा बन्द होना ही चाहिए।''

इसी प्रकार चर्चाएँ चल रही थीं। आये हुए रिश्तेदार भोजन कर रहे थे। रत्नगिरि उनके खाने-पीने की व्यवस्था देख रही थी। उन्हें आये डेढ़ दिन बीत चुका था। परन्तु अब तक खाने के लिए मांस नहीं मिला। मेहमानों में कानाफूसी होने लगी। बात रत्नगिरि तक पहुँची। उसने कहा, ''हमारे घर मांसाहार को बन्द हुए बीस बरस हो गये। हमारे यहाँ लक्ष्मी देवी का जन्म हुआ और तभी से हमने मांसाहार छोड़ दिया।'' मेहमानों ने शराब पीने की इच्छा प्रकट की। रत्नगिरि ने अपने घर में मदिरा का सेवन भी निषिद्ध बताया। बोली, ''आप लोग बुरा धन्धा बन्द करना चाहते हैं न ? तो क्या मांसाहार और मदिरा-सेवन की गिनती बुरे कामों में नहीं होती ?'' मेहमान निरुत्तर हो गये। मांसाहार और मदिरा के अभाव की कसर उन्होंने धूम्रपान में निकाली। सिगरेट-बीड़ी जला-जलाकर घर को रावण की लंका बना दिया। रत्नगिरि ने घर के सामने आँगन में मेहमानों के धूम्रपान का प्रबन्ध किया। देवदासी के कमरे की ओर धुआँ लेशमात्र भी नहीं गया।

रत्नगिरि ने कूचिपूडि के एक कलाकार को बुला भेजा। उसका काम था, नृत्य करते समय देवदासी के पास रहना। उसका नाम था—भोगप्पा शास्त्री। शास्त्रों में बताये गये सभी लक्षण शास्त्री जी में थे। वह रूपवान्, मधुरभाषी, विद्वान् एवं कुलीन था। भरत-शास्त्र में निष्णात था। सुगठित शरीरवाला था....मृदंग और मंजीरे नये मँगाये गये। सुर लगाने के लिए कबीर को बुलाया गया। परन्तु नये चमड़े की फूँकनी नहीं मिली। किसी ने सुझाया कि सुर देने के लिए हारमोनियम का उपयोग किया जा सकता है। परन्तु रत्नगिरि बोली, ''हारमोनियम का सुर नाटकवालों के लिए ठीक है, क्योंकि सारे स्वर-दोष उसकी आवाज़ में डूब जाते हैं। जो कलाकार रसोत्पादन में कुशल हैं, उनके लिए हारमोनियम का सुर उपयोगी नहीं। वह दोषों को डुबो सकता है, परन्तु गुणों को आत्मसात् नहीं कर सकता।'' पार्श्व संगीत के लिए रत्नगिरि स्वयं मौजूद थी। उसने आये हुए रिश्तेदारों में से कुछ स्त्रियों की विद्वत्ता जाँची, परन्तु वे एकदम अयोग्य सिद्ध हुईं। रत्नगिरि ने उन्हें छोड़ दिया। चाँदी के नये घुँघरू बनवाये। रत्नगिरि स्वयं सुनार के पास बैठकर एक-एक घुँघरू का स्वर अलग-अलग जाँचकर उन्हें चुनती रही। जिस घुँघरू से अच्छा स्वर न निकला उसे फिर से पिघलवा डाला। घुँघरुओं की आकृतियाँ भी आकर्षक थीं। कुछ छोटे और कुछ नक्षत्रों जैसे। काली डोरी में घुँघरू गूँथे गये। एक डोरी में दो सौ और दूसरी में सौ। रत्नगिरि ने बाँसुरी और वीणा का भी आयोजन करना चाहा। वह स्वयं वीणा बजाती थी, परन्तु बाँसुरी बजानेवाला न मिला। उसे पता

चला कि नन्द्याल[1] में एक वेश्या बाँसुरी बजाती है। रत्नगिरि ने उसे एक सौ सोलह रुपये देकर बुलाया। फिर वह अष्टमी की राह देखने लगी। प्रातःकाल जब रत्नगिरि वीणावादन करके उसे छोड़ जाती, तब वह वाणी वरूथिनी की वीणा की भाँति मदानिल से आहत तन्त्रियों से गूँज उठती। घुँघरुओं की रुनझुन से ऐसा लगता था जैसे सबके सोते समय कृष्ण भगवान् घर में इधर-उधर विचर रहे हैं। छूते ही चाँदी के वे घुँघरू झनक-झनक बजते थे। वीणा झंकृत होती थी। भगवान् की सेवा के लिए उत्सुक जनों को नींद नहीं आती थी। वे बेचैन हो उठे, मानो सृष्टि का समस्त शब्द-सागर उनमें ही लीन हो; मानो भगवान् को मुखरित करने के लिए ही उनका जन्म हुआ हो। काँसे के नये मंजीरे थे। दोनों को डोरी से बाँधा गया था। वे एक-दूसरे से टकराते और रह-रहकर झनझना उठते। उनके ऊपर हाथ रखा जाता तो आवाज़ फ़ौरन बन्द हो जाती, मानो मंजीरों को मनुष्य का हस्त-स्पर्श पसन्द न हो। मृदंग भूखा दीखता था। काशी, गया आदि पुण्य-क्षेत्रों को जानेवाले यात्रियों की टोलियों की भाँति ये सारे वाद्य इकट्ठे मिलकर पता नहीं कहाँ जा रहे थे। रत्नगिरि उनके उत्साह को दबा नहीं सकी। गिरिका ध्यानमग्न थी। उसका मन स्वामी के लीला-वैभव से ओत-प्रोत था। गिरिका के हृदय में क्षण भर में क्षेत्रय्या का एक पद, एक तरंग, कर्णामृत का एक श्लोक, जयदेव की एक अष्टपदी—ये सब काले बादल में सौदामिनी की भाँति कौंध जाते। उसका वाम चरण सचेत हो जाता। उसमें झंकार उत्पन्न हो जाती। गिरिका चाँदी के घुँघरू की तरफ़ देखती। हाथ में लेते ही घुँघरू खिलखिलाकर हँस पड़ते, मानो समझ रहे हों कि गिरिका उन्हें अभी-अभी पहन रही है। परन्तु अभी तक अष्टमी नहीं आयी थी। देवदासी ने पाँवों में घुँघरू बाँधे। ऐसा लगा कि वे घुँघरू नृत्य के लिए नहीं, यों ही अलंकार के लिए बाँधे गये हैं। उनमें स्वामी के लिए प्रत्यक्ष नियुक्त होने की उत्कण्ठा बढ़ने लगी। गिरिका ने घुँघरू उतार दिये और जाकर फिर से कृष्णाजिन पर बैठ गयी।

नन्द्याल से आयी हुई लड़की सारे 'तरंग' नहीं जानती थी। रत्नगिरि ने उस लड़की से बाँसुरी पर कई पदों का वादन कराया। अष्टपदी बजाना आसान है, परन्तु 'तरंग' अत्यन्त कठिन होता है। रत्नगिरि ने उस लड़की से कहा, "जब देवदासी तरंगों का नृत्य करेगी, तब तुम केवल सुर लगाना, मैं वीणा बजाऊँगी।" घर में वंशी-ध्वनि सुनाई देती और घर को वृन्दावन समझकर अँधेरा यमुना नदी की तरह झाँकने लगता। घर में वीणा की झंकार होती और उसे सामगान समझकर सारे देवता आते और झाँकने लगते। मंजीरे और घुँघरू बजते और अप्सराएँ यह समझकर उधर आ निकलतीं कि भरत मुनि ने भूलोक में पाठशाला खोली होगी। सब आये, पर वेणुगोपाल स्वामी नहीं आये। वे दूल्हा बने, लजाते-सकुचाते, मन्दिर में ही बैठे रहे। इन मधुर झंकारों के बीच रत्नगिरि के यहाँ आये हुए मेहमान अपनी भोंडी चर्चाओं से देवताओं, अप्सराओं और यमुना नदी के आने का भ्रम दूर करके उन्हें लौटा देते थे।

1. आन्ध्र प्रदेश के कर्नूल ज़िले की तहसील।

कल्याणोत्सव का समाचार फुलझड़ी बनकर कुमारस्वामी के घर पहुँचा। कुमारस्वामी प्रतिदिन तालाब पर जाता और दस लाल कमल तोड़ लाता। उन्हें अपने द्वार पर डोरी में बाँधकर लटकाता। श्यामला को वे फूल दिखाता और नाचने लगता। फिर गाने लगता—

नीलनलिनामपि तन्वि ! तव लोचनम्
धारयति कोकनद-रूपम्,
कुसुमशर-बाण-भावेन यदि रंजयसि
कृष्णमिदमेतदनुरूपम्,
प्रिये ! चारुशीले ! प्रिये ! चारुशीले ! मुंच मुंच मानमनिदानम्।

फिर वह छोटे धर्माराव को गोद में लेता और कहने लगता, "बेटा, फूल कैसे हैं ? वेणुगोपाल स्वामी के बाजूबन्द-जैसे हैं या देवी पार्वती के कुंकुम के तिलक से मिले शिवजी के फाल-नेत्र-जैसे हैं ? बता, बता...." यह कहकर वह बालक के गालों पर दन्त-क्षत करता। बालक चीख़ उठता। कुमारस्वामी उसे ज़मीन पर बिठाता। उसे रोता देख श्यामला और कुमारस्वामी उसके दोनों ओर खड़े होकर यों ही हँसने लगते। उनके आँगन में चमेली का पौधा था। साँझ होने तक उसमें तीन-चार हज़ार फूल खिलते थे। कुमारस्वामी उसके पास जाकर कहता, "यह चमेली का पौधा निरा बुद्धू है। अष्टमी के आने से पहले ही अपने सारे फूलों का अपव्यय कर रहा है। अष्टमी के दिन आँखें मूँदकर बैठेगा, चोर कहीं का ! इस तरह बैठेगा तो मेरे हाथ से मार खाएगा !" उसके घर में माखन-चोर गोपाल का चित्र था। श्यामला ने उस चित्र को मेज़ पर रख दिया। चमेली के दो हज़ार फूलों का भार वह नन्हा गोपाल सह नहीं सकता था। वह नीचे गिरता और पति-पत्नी उसे उठाते। छोटा धर्माराव स्वामी को चूम लेता। रात को बड़ी देर तक यही क्रम चलता रहता। सम्भवतः यशोदा मैया के हाथों में भी प्रभु इतने अस्त-व्यस्त नहीं हुए थे।

कल्याणोत्सव की ख़बर मंगम्मा के घर पहुँची। मंगम्मा प्रतिदिन प्रातःकाल स्नान करती, पंचगव्य का सेवन करती, भिगोकर सुखाये हुए रेशमी वस्त्र पहनती, हाथों में केवल दो चूड़ियाँ रखकर शेष आभूषण तज देती, एक छोटा तौलिया बिछाकर उस पर बैठ जाती और राम-नाम का जप करने लगती। उसने धर्माराव से किसी महामन्त्र का उपदेश लेना चाहा था। धर्माराव ने उससे कहा, "तुम्हारे लिए ऐसा मन्त्र चाहिए, जिसमें बीजाक्षर न हों।" इसीलिए उसने उसे राम-नाम का उपदेश दिया था। मंगम्मा उसी का जप करती। अब वह सोचने लगी—स्वामी के मन्दिर में मैं क्या जा सकूँगी ? मेरा सारा जीवन कलुषित है। किसी पाप की घड़ी में मेरे जीवन में हलाहल आ घुसा था। उसे कण्ठ में धरने वाला प्रभु नहीं मिला। वेणुगोपाल स्वामी जिस प्रकार दावाग्नि को निगल गये, उसी प्रकार क्या मेरे कालुष्य को निगल जाएँगे ? मैंने निद्रा और भोजन तज दिया। मुझे तो आत्महत्या कर लेनी चाहिए थी, परन्तु धर्माराव ने कहा था कि

किसी भी व्यक्ति को, चाहे उसने कितना ही घोर पाप क्यों न किया हो, आत्महत्या नहीं करनी चाहिए। सब लोग स्वामी के लिए कोई-न-कोई भेंट ले जा रहे हैं। मैं क्या ले जाऊँ....सोचते-सोचते मंगम्मा का गला रुँध गया, आँखों में आँसू आ गये। "मैं क्या ले जाऊँ ? अपने प्राण ले जाऊँ !...." इतने में बालि आया और एक कपड़ा बिछाकर मंगम्मा की नक़ल करता हुआ बैठ गया। दोनों हाथों से नमस्कार करने लगा। मंगम्मा ने बालि को देखा। बोली, "क्यों प्रभु ! स्वामी के पास मुझे ले जाओगे ? तुम बड़े चंचल हो। तुम्हें और अपने हृदय के वानर को ले जाकर स्वामी के चरणों में रख दूँगी। हे दुष्ट कपि ! वहाँ भी क्या तुम अपनी चंचलता प्रदर्शित करोगे ? स्वामी के चरण-नख विकसित कुसुम हैं, उन्हें नोच मत लेना। प्रभु के पाँव में जो घुँघरू हैं, उन्हें फल समझकर खींचना मत। स्वामी सन्तान-वृक्ष हैं, उन पर चढ़कर टहनियों को झकझोरना मत। तुम शाखामृग हो, स्वामी सम्पूर्ण मूर्ति हैं। तुम जान नहीं पाओगे"....इतने में कुमारस्वामी आ पहुँचा। बोला, "क्यों जी ! सामने बिठाकर बन्दर का ध्यान कर रही हो ?" मंगम्मा सिटपिटा गयी।

कुमारस्वामी, "मैंने जो कुछ कहा, वही कर रही हो ?"

मंगम्मा, "उत्सव आ पहुँचा है, सो नारियल मँगाये हैं। तुम्हें जितने चाहिए, ले जाओ।"

कुमारस्वामी, "प्रतिदिन स्वामी का जुलूस निकलेगा।"

मंगम्मा, "दस दिन तक निकलेगा।"

कुमारस्वामी, "बिजली की रोशनी में स्वामी जगमगाएँगे।"

मंगम्मा, "यह बात नहीं। सुना है कि दोनों इंजिन ख़राब हो गये हैं। उन्हें ठीक करने के लिए मद्रास से किसी आदमी को आना होगा। वह आएगा तो बिजली के बल्ब जलेंगे, नहीं तो नहीं।"

कुमारस्वामी, "स्वामी को सब कुछ पता है। उन्हें डर था कि उनके मशालों का वैभव कहीं घट न जाए, इसी से उन्होंने बिजली बन्द कर दी।"

मंगम्मा, "स्वामी दिन में भी मशाल जलवाते हैं। मशाल उनके लिए भोग की वस्तु है, इच्छा की या आवश्यकता की नहीं।"

कुमारस्वामी, "कल्याणोत्सव के लिए तुमने नयी साड़ियाँ ख़रीदीं ?"

मंगम्मा, "मैं क्या करूँगी नयी साड़ियाँ लेकर ?"

कुमारस्वामी, "साड़ी नहीं तो क्या अब धोती पहनोगी ?"

मंगम्मा, "उसके लिए और थोड़ा समय है।"

कुमारस्वामी, "तब क्या मूँछें निकल आएँगी ?"

मंगम्मा, "बाल चले जाएँगे।"

कुमारस्वामी, "तब लम्बे-लम्बे कृत्रिम केश आ जाएँगे।"

मंगम्मा, "साड़ियों की बात क्यों पूछ रहे थे ?"

कुमारस्वामी, "सोचता था कि ब्याह का [illegible] शायद तुम नयी साड़ी पहनोगी।"

मंगम्मा, "जुलूस हमारे मोहल्ले में आएगा [illegible]

कुमारस्वामी, "पहले जब जुलूस आता था, हमारा मोहल्ला नहीं था। अब नया बसा है। पता नहीं जुलूस आएगा या नहीं।"

मंगम्मा, "सुना है कि स्वामी का जुलूस कोठी के दासीपुत्रों के मोहल्लों में जानेवाला है।"

कुमारस्वामी, "क्योंकि उस मोहल्ले में स्वामी की प्रेयसियाँ हैं। हाँ-हाँ, यहाँ भी क्यों नहीं होंगी ? थोड़े अन्तर से यहाँ भी उनकी प्रेयसियाँ रह सकती हैं।"

मंगम्मा, "स्वामी के लिए चन्दन, कस्तूरी, मोरपंख, नये वस्त्र—सब ले आयी हूँ।"

कुमारस्वामी, "वस्त्र खादी के हैं या विदेशी ?"

मंगम्मा, "खादी के हैं।"

कुमारस्वामी, "खादी स्वामी के काम की नहीं। उन्हें ग्लासगो का मलमल चाहिए। भला ऐसे रसिक कहीं खादी पहनते हैं ? ख़ैर, यह भी ठीक है। हरिजनों की बस्ती में बुना हुआ बीस नम्बर का मोटा कपड़ा पहननेवाले कृष्ण के लिए तुम खादी का कपड़ा ले आयी हो। वे क्या जानें ग्लासगो का मलमल ? परसों मैंने मन्दिर में जाकर देखा था। स्वामी के हाथ बाँसुरी बजा रहे थे। दाहिने हाथ में अर्धचन्द्र की मुद्रा थी। हथेली में मैंने लकीरें देखीं, समुद्रयान की रेखा नहीं है। सो ग्लासगो का मलमल उन्हें कहाँ से मिलेगा ?"

मंगम्मा, "तुम देवदासी को जानते हो ?"

कुमारस्वामी, "जानता हूँ।"

मंगम्मा, "श्यामला साड़ियाँ माँग रही थी क्या ?"

कुमारस्वामी, "हाँ, मैंने दो साड़ियाँ ख़रीदी हैं।"

मंगम्मा, "ख़रीदने की क्या ज़रूरत थी ? मेरे पास पड़ी थीं, मैं दे देती !"

कुमारस्वामी, "तुम मुझे कहाँ दोगी ? तुम तो यहाँ से सब लूटकर उस चोर को देना चाहती हो !"

मंगम्मा, "कौन है वह चोर ?"

कुमारस्वामी, "वही जो अँधेरे में छिपा है, मन्दिर के अन्तर्भाग में !"

बालि उठकर मंगम्मा के पास जाने लगा। मंगम्मा बोली, "ज़रा इसे पकड़ लो; मैं अभी-अभी स्नान करके बैठी हूँ।"

कुमारस्वामी (बालि को पकड़कर), "शुचि में रहकर कुत्तों और बिल्लियों को भी लोग छू लेते हैं। कुत्ता, बन्दर, बिल्ली सबके सब पवित्र जानवर हैं। साहब लोगों को कुत्तों और बिल्लियों बिना एक मिनट भी चैन नहीं पड़ता। बन्दर तो हमारे देवता हैं।"

मंगम्मा, "बन्दर तुम्हारे देवता होंगे, मेरे नहीं।"

कुमारस्वामी, "हनुमान् जी देवता नहीं हैं ?"

मंगम्मा, “हनुमान् जी देवता हों, तो सब बन्दर देवता कैसे हो गये ? हनुमान् बन्दर हैं, इसलिए ? अँग्रेज़ी पढ़ने से यह चतुराई आयी है क्या ? अब इंग्लैण्ड के प्रधान मन्त्री कौन हैं ?”

कुमारस्वामी, “मैकडोनाल्ड !”

मंगम्मा, “मैकडोनाल्ड गोरा है, इसलिए क्या सभी गोरे मैकडोनाल्ड होते हैं ? अधिकार आता है विद्या और सामर्थ्य से। इसी से वह प्रधान मन्त्री हैं। जिस प्रकार हर गोरा प्रधान मन्त्री नहीं है उसी प्रकार हर बन्दर देवता नहीं हो सकता। अस्खलित ब्रह्मचारी, परमयोगी, श्रीरामभक्त, नव-व्याकरणवेत्ता हुए हैं, इसी से देवता हैं। हर कोई बन्दर ऐसा नहीं हो सकता।”

कुमारस्वामी, “तुम्हें एक बात बताऊँ ?”

मंगम्मा, “बताओ ?”

कुमारस्वामी, “तुम तर्कपटु बन गयी हो। अब भगवान् तुम पर प्रसन्न नहीं होंगे।”

मंगम्मा, “यह भी तुम अँग्रेज़ीदानों की ऊटपटाँग बात है। प्रह्लाद ने कहा है कि भक्ति के लक्षणों में पहला आत्मज्ञान है। अज्ञान से मूढ़ता आती है। वह भक्ति नहीं हो सकती। ज्ञान के बिना भक्ति अज्ञान की ओर भी ले जा सकती है।”

कुमारस्वामी, “जिसे देखो, अपनी पैंतरेबाज़ी में मस्त है। मुझे इससे क्या ? मैं तो घर जा रहा हूँ। स्वामी को मैं केवल फूल चढ़ाऊँगा। तुम चाहे बन्दर चढ़ाओ, चाहे नारियल, तुम्हारी इच्छा !”

मंगम्मा, “तुम फूल और नारियल चढ़ाओ, मैं बन्दर और नारियल चढ़ाऊँगी।”

कुमारस्वामी, “हाँ, बन्दर का हाथ नारियल में फँसाकर न चढ़ाना।”

कुमारस्वामी चला जा रहा था और मंगम्मा उसकी ओर एकटक देख रही थी। वह दृष्टि से ओझल हुआ, तो मंगम्मा ने ठण्डी साँस ली। फिर उसने बन्दर को अपने पास नहीं आने दिया। उसकी उपेक्षा देखकर बन्दर किचूकिच् करने लगा। वह मंगम्मा से बहुत हिला हुआ था। चंगलराव ने उसे पकड़ लिया।

स्वामी के मन्दिर के सामने बड़े-बड़े पण्डाल लगाये गये। उस पण्डाल के नीचे हाथी अम्बारी के साथ चल सकता था। चारों पार्श्व बन्द किये गये। खादी के कपड़े से चँदोवा लगाया गया। सेंधी के फलों के गुच्छे और आम के फूल छत से लटकाये गये। केले के पेड़ और ताल-फल के गुच्छे खम्भों में बाँधे गये। पण्डाल के पार्श्वों में लगे कपड़े पर सेंधी की छड़ें स्वस्तिक की आकृति में सजाई गयीं। आम के पत्तों के बन्दनवार बाँधे गये। कच्चे फूलों, हरे पत्तों, पके फलों और हरी-हरी कैरियों से पण्डाल में अनोखी शोभा आ गयी। काग़ज़ के फूल कहीं नहीं थे। कलाकारों की टोलियाँ आयीं। सुप्रसिद्ध शहनाई-नवाज़ आये। वैणिक, बाँसुरी-वादक, गायक, कवि आदि सैकड़ों की संख्या में

आये। उस अपूर्व शोभा में केवल बैण्ड-बाज़ा दिखाई नहीं दिया। कोठी में किसी ने फ़रमाइश की कि बैण्ड-बाज़ा मँगवाया जाए। यह सुनकर धर्माराव हँस पड़ा। कारण पूछने पर वह बोला, "हमारे एक नेता गोपाल कृष्णय्या ने बैण्ड के बारे में एक बड़ी अच्छी बात कही है। उन्होंने कहा है कि प्रकृति में जितनी आवाज़ें हैं, उन सबको इकट्ठा करने पर जो गड़बड़ ध्वनि होती है, वही बैण्ड-बाजे से निकलती है। कण्ठ-स्वर एक सुव्यक्त नाद होता है। उसे खा जानेवाला कोई भी बाज़ा संगीत के योग्य नहीं होता। वीणा, बाँसुरी और वायलिन को छोड़कर, चीख़ने-चिल्लानेवाला कोई भी बाज़ा संगीत के लिए उपयुक्त नहीं होता। एक बाज़ा भोंकता है, एक गरजता है, एक गर्दभ-स्वर अलापता है। कैसे बाजे हैं ये ?"

हरप्पा ने कोठी में पण्डाल लगवाये। कई राजबन्धु आ पहुँचे। श्राद्ध-कर्म के समय केवल पण्डाल लगे थे। अब उनमें चाँदनियाँ लगीं, और मन्दिर के सामने पण्डालों की जितनी सजावट हुई, उतनी ही कोठी की भी की गयी। रंगाराव ने कोठी में एक भी हाथी नहीं रहने दिया। एक ही बूढ़ा हाथी था, जो खाने के अलावा और कोई काम नहीं कर सकता था। हरप्पा ने पुरानी परिपाटियों की खोज की। कल्याणोत्सव के आरम्भ में ज़मींदार शहर के बाहर जाते और वहाँ से हाथियों और घोड़ों पर सवार होकर स्वामी के मन्दिर के पास आते हैं। मन्दिर में देवी के पुजारी और मन्त्री रहते हैं। आये हुए ज़मींदार सपरिवार तलैया के किनारे डेरा डालते हैं। पुजारी और मन्त्रीगण इक्षु-रस के घड़े लेकर वहाँ जाते हैं और उनका आदर-सत्कार करके उन्हें ले आते हैं।....हरप्पा ने दो हाथी और दस घोड़े मँगवाये। उन पर पचीस हज़ार रुपये ख़र्च हुए। सोने की जीनें और कई हौदे कोठी में मौजूद थे। उन्हें साफ़ करके ठीक किया गया। हरप्पा ने हुक्म दिया कि केवल मशाल जलेंगे, और कोई रोशनी नहीं होगी। भगवान् की कृपा से बिजली के इंजिन पहले ही खराब हो गये थे। आतिशबाज़ी का निषेध किया गया। पैट्रोमैक्स की रोशनी को भी मना कर दिया गया। उन्हें जलाने में मिट्टी का तेल लगता था। हरप्पा ने कहा कि अमरीका से आनेवाली किसी भी चीज़ से हम स्वामी की सेवा नहीं करेंगे। जो हमारे पास है, उसी से स्वामी को तुष्ट करेंगे। विद्युत्-दीपों की चमक-दमक से उत्सव की शोभा नहीं बढ़ सकती। जिस प्रकार अव्यक्त स्वर मधुर और अव्यक्त भाव मनोरंजक होता है, उसी प्रकार अस्पष्ट प्रकाश में अधिक शोभा होती है। जो स्पष्ट दीखे, वह ज्ञान है जो अस्पष्ट दीखे, वह माया है। माया में ही संसार की सारी सुन्दरता है।

श्राद्ध-कर्म के समय आये हुए जो राजबन्धु लौट गये थे वे सब फिर आ पहुँचे। केवल एक व्यक्ति नहीं आया, वह था रामेश्वरम्। बाज़ों में बैण्ड नहीं था और बन्धुओं में रामेश्वरम् नहीं था। उस दिन षष्ठी थी। दोपहर का समय था। सारे लोग रात को नाटक देखने के उद्देश्य से दिन में सोने लगे। कॉलेज बन्द कर दिये गये। विद्यार्थी और अध्यापक, दोनों ही उपस्थित न थे। सारा शहर ऐसा भासने लाग, मानो कुतर्क

से छूटा ज्ञान हो।

छोटा रामेश्वर शास्त्री शरीर में राख मलकर, फटी चड्डी पहनकर, गाँव में घूमता-घूमता कोठी पर पहुँचा। राज-बन्धुओं ने उसे देखा और यह समझकर कि कोई आवारा लड़का होगा, चुप हो गये। शास्त्री बँगले की सीढ़ियाँ चढ़ रहा था। एक नौकर ने पूछा, ''कहाँ आये हो ?'' शास्त्री बोला, ''यहीं !'' और सीढ़ी चढ़ने लगा। नौकर अपने काम पर चला गया। वह जानता था कि लड़का धर्माराव का बेटा है।

शास्त्री रंगाराव जी के सामने बैठ गया। जमींदार को नींद नहीं आती थी। उन्होंने शास्त्री को देखा, उसकी बात भी सुनी। उन्हें दस महीने से सब कुछ नया-नया-सा प्रतीत हो रहा था। पिछले बीस दिनों से तो वातावरण में और भी नयापन आ गया था। उन्हें अपने पिता के समय के दृश्यों का स्मरण हो रहा था। हरप्पा जो कुछ करता, पिता की अनुमति से करता था। रंगाराव को ऐसा लगा कि वे ही स्वयं सब कुछ कर रहे हैं। अपने राजतिलक के समय उन्होंने बिजली मँगवायी थी। हरप्पा ने अब अरण्डी का तेल मँगवाया है। बिजली पर जितना ख़र्च आया था, तेल पर उसका बीसवाँ भाग भी नहीं आया। स्वयं रंगाराव ने इस उत्सव की व्यवस्था की होती, तो न जाने कितनी मोटर-कारें मँगवायी जातीं। परन्तु हरप्पा ने हाथी-घोड़े मँगवाये। वह हर बात पिता से कहता। पिता स्वीकार कर लेते। मँगवाने का प्रस्ताव जब हुआ, तो रंगाराव ने पूछा, ''मोटरों से काम नहीं चलेगा ?'' हरप्पा बोला, ''बाबूजी ! मोटर-गाड़ियाँ मैंने बेच दी हैं। सप्राण वाहन से हमें जो प्रसन्नता होगी, वह निष्प्राण इंजिनवाली गाड़ियों से कहाँ होगी ? हाथी और घोड़े बाँके जानवर हैं। उनमें इंगित-ज्ञान होता है, प्रेम होता है। 'सत्त्वानामपि लक्ष्यते विकृतिमच्चित्तं भयक्रोधयोः'—इस उक्ति के अनुसार उन जानवरों के भय और भक्ति से उनके मनोविकारों को जाना जा सकता है। भगवान् के सान्निध्य में निर्जीव गाड़ियों को क्यों ले जाएँ ? भगवान् सभी जीवों को मोक्ष प्रदान करते हैं। उनके सम्मुख निर्जीवों का क्या महत्त्व है ?'' हरप्पा की ये बातें और उसके काम रंगाराव के मन में अभी तक घुमड़ रहे थे। रंगाराव ने छोटे रामेश्वर शास्त्री को केवल आँखों से देखा। उसकी बातें कानों से सुनीं, परन्तु कुछ देर तक उससे कुछ नहीं बोले। शास्त्री पालथी मारकर बैठ गया और कुहनियों को रानों पर टिकाकर दोनों हथेलियों पर ठुड्डी जमाकर, आगे से पीछे और पीछे से आगे झूमने लगा। फिर वह ज़मींदार को देखकर बोला, ''मैं फिर आया हूँ।'' रंगाराव उसकी ओर देखकर बोले, ''हाँ आये हो !'' और फिर अपनी कल्पनाओं में मग्न हो गये। शास्त्री पालथी बदलकर घुटनों के बल बैठ गया और कहने लगा, ''आज सारा शहर आलसी बना पड़ा है। मेरे सारे साथी सो रहे हैं। रात को नाटक देखना चाहते हैं।'' रंगाराव ने उसकी अन्तिम बात सुनी और पूछा, ''क्या नाटक है ?'' और फिर विचारों में निमग्न हो गये। शास्त्री कहने लगा, ''मुझे कहना नहीं आता। कहते थे 'शशिरेखा-परिणय' है। हमारे घर आये हुए एक रिश्तेदार से मैंने नाटक की कथा पूछी, पर उन्होंने मेरी बात अनसुनी कर दी। हमारे

घर में इन रिश्तेदारों के कारण बड़ा शोर मचा है। खेलना-कूदना असम्भव हो गया है। हमारे यहाँ एक लड़की सुशीला है। वह अच्छी है, पर बड़ी काहिल है। सदा रोती रहती है।'' रंगाराव ने फिर अन्तिम बातें सुनीं। पूछा, ''तुमने कभी बन्दर देखा है ?'' शास्त्री कहने लगा, ''सारे बन्दर सो रहे हैं। वे भी नाटक देखना चाहते हैं। दक्षिणवाले नये मोहल्ले में एक बन्दर है। उसके मुख पर तिलक लगाकर उसे कोट पहनाया गया है और सिर पर अँग्रेज़ी टोपी लगाई गयी। मैंने उसे कंकर मारा तो उसने दाँत दिखाये, पर वह मुझे नहीं जानता। उसकी टोपी-ओपी मैं उड़ा देता, परन्तु उसके घर वाले आकर गुस्सा करेंगे, इस भय से चुप रहा। वह बन्दर इमली तोड़ने आएगा, तब उसे मज़ा चखाऊँगा।'' रंगाराव ने अन्तिम बातें फिर सुनीं और पूछा, ''क्या करोगे ?''

शास्त्री, ''क्या करूँगा ? कान मरोड़ दूँगा, चुटकियाँ लूँगा, गाल मरोड़ दूँगा और कच्ची मिरचें खिलाऊँगा। ये सब काम मैंने कई सोते बन्दरों के साथ किये हैं। इस बन्दर का भी वही हाल होगा जो उन सबका हुआ।''

रंगाराव ने पूछा, ''किसका ?''

शास्त्री, ''किसका ? मैं अब तक किसकी बात कह रहा था ?''

रंगाराव, ''किसकी बात ?''

शास्त्री, ''हाँ, उसी की बात। उस बन्दर की बात !''

रंगाराव, ''तुम्हें मस्ती चढ़ी है क्या ? मुझे बन्दर कहते हो ?''

शास्त्री, ''आपको नहीं जी ! दक्षिणवाले मुहल्ले में एक बन्दर रहता है, उसकी बात कर रहा था। उस बन्दर के दो कान हैं। हमारे घर के पास एक लड़का रहता है। वह रोज़ पाठ पढ़ता है कि गाय के चार पाँव होते हैं। एक बार मैं उसे गाय के पास ले गया और पाँव गिनने लगा। हम दोनों ने कई बार गिनती की, पर पाँव कभी तीन निकले और कभी पाँच। हमने सोचा, पुस्तक में ग़लत लिखा है। तसवीर में दो ही दीखते हैं।''

रंगाराव, ''तुमने जिस बन्दर को देखा, उसके सिर पर टोपी थी न ? शायद टोपी के भीतर दो कान सिले थे।''

शास्त्री, ''तो वे भी कान थे ?''

रंगाराव, ''वे कान टोपी के थे।''

शास्त्री, ''पर टोपी तो बन्दर के सिर पर थी !''

रंगाराव, ''तुम यहाँ क्यों आये ?''

शास्त्री ने चारों ओर देखा। आँखें बड़ी-बड़ी कीं और कुछ निगलकर हाथ मलता हुआ बोला, ''आप कौन हैं जी ?'' रंगाराव को हँसी आ गयी। उनका स्वास्थ्य पहले की अपेक्षा सुधर गया था। तीन बरस बिस्तर पर रहने के कारण उनकी अकड़ जाती रही थी। हृदय में एक प्रकार की मृदुता आ गयी थी। वे जानते थे कि उनके सामने बैठा हुआ बालक धर्माराव का बेटा है। उनकी दृष्टि में अब धर्माराव मूर्तिमान् धर्म

है। उन्हें शास्त्री कुछ नहीं कहता। हँसकर बोले, ''तुम हरप्पा नायडू को जानते हो ?'' शास्त्री ने कहा, ''जनाता हूँ।'' रंगाराव बोले, ''मैं उनका पिता हूँ।'' शास्त्री खिलखिलाकर हँसा और कहने लगा, ''झूठ, बिलकुल झूठ ! हमारे ज़मींदार के पिता नहीं और माता भी नहीं। क्या मैं नहीं जानता कि उनके पिता वेणुगोपाल स्वामी हैं ? सच बताइए, आप कौन हैं ?'' रंगाराव हँसने लगे। शास्त्री बोला, ''देखिए आप हँस रहे हैं। आपको पता चल गया कि आप झूठ बोल रहे थे। सच बताइए, आप कौन हैं ?''

रंगाराव ने हँसकर कहा, ''हम इस देश के नहीं हैं।''

शास्त्री बोला, ''हाँ-हाँ, ऐसा कहिए नहीं तो आठों पहर लेटे क्यों रहते हैं ? आपकी तरह लेटे रहनेवाला और कोई मैंने नहीं देखा। मुझे देखिए, कूदता रहता हूँ ?''

रंगाराव, ''तुम बहुत बकते हो !''

शास्त्री, ''आठों पहर लेटे रहने से बकना ही अच्छा है। वह सुनिए, शहनाई बज रही है। भगवान् निकल रहे होंगे, रात को आप नाटक देखने नहीं आएँगे ? आपने यह तो बताया ही नहीं कि आप कौन हैं !''

रंगाराव कुछ ऊब गये थे। बोले, ''अब बस करो, चले जाओ !'' शास्त्री बोला, ''खाते-खाते बड़े भी कड़ुवे हो जाते हैं।'' वह जाने लगा। उसे देखकर रंगाराव बोले, ''छोटा मुँह बड़ी बात !'' शास्त्री ने मुड़कर देखा और कहा, ''कुछ लोगों का मुँह बड़ा होता है, पर उससे बात ही नहीं निकलती।'' फिर उसने हँसकर पूछा, ''आप कौन हैं, नहीं बताएँगे ?'' और अपनी दूसरी उँगली हिलाता हुआ दौड़ पड़ा। बाहर कल्याणोत्सव की नान्दी के रूप में नगाड़े बजने लगे।

बाईस

शुक्लाष्टमी आयी। साँझ होते ही चाँदनी मत्स्य-पुच्छ-सी चमक लिये, अनूठा प्रकाश उगलने लगी। ऐसा लगता था, मानो ब्रह्माजी को अपहृत वेदों के लौटाये जाते समय उनकी कान्ति पुनः विकसित होकर अपने धर्मों को चारों ओर बिख़ैर रही हो; मानो सरस्वती के सित शरीर के लावण्य की छवि का पूर दिगन्तों को छू रहा हो; मानो गोरी के शिरःप्रदेश में लांछित चन्द्रमा के खण्ड से विनिर्गत कान्ति की बाढ़-सी उभर आयी हो। यह चाँदनी कहीं-कहीं वर्षा की सौदामिनी की भाँति, गोरोचन-वर्ण लिये अत्यन्त सुन्दर लगती थी, कहीं-कहीं शरत्काल का काश-पुष्प जैसी सित और असित छटा का प्रसार करती थी, कहीं-कहीं हिमबिन्दु के सदृश मुक्ताहार की हीरक कान्ति से अभिराम दीखती थी, कहीं-कहीं शिशिर के समय पर्वतों से निकली कृश शरीरवाली निर्झरिणी के स्वच्छ जल-बिन्दुओं से प्रकाशित प्रतीत होती थी, कहीं-कहीं वसन्त की सन्ध्या की

विकसित, मल्लिका-कुसुमों की मृदुल पंखुड़ियों की शोभा से परिपूर्ण, कहीं-कहीं ग्रीष्म में विकसित कदली के पत्रांचल की स्वर्णिमा लिये हुए—इस प्रकार सारी ऋतुओं की शोभा को आत्मसात् करती हुई चाँदनी की छटा धीरे-धीरे विकसित हो उठी, मानो इस बात का प्रमाण दे रही हो कि सारी ऋतुएँ सार्वकालिक होती हैं। उस चाँदनी में मत्स्य-पुच्छ की छवि थी, आदिकूर्म के पृष्ठ-भाग पर लिप्त अमृतबिन्दुओं की छटा विद्यमान थी, आदि वराह के द्रष्ट्रा की सित छवि से वह पथ-परिरम्य थी, नरसिंह के विकट अट्टहास-सी भास रही थी, वामन के यज्ञोपवीत की स्वच्छ प्रभा की परिपोषक थी, कार्तवीर्यार्जुन आदि के कण्ठों के रक्त का स्पर्श करनेवाले भार्गव के परशु की चमकीली धार से अंकित थी, श्री रामचन्द्र के यश से विराजित थी, बलराम के हल से निकले नये फेन की भाँति घनी थी, समस्त राक्षसों को विमोहित करनेवाले कृष्ण भगवान् की विदग्ध वाक्-चातुरी की भाँति प्रकाशमान थी, कलि-पुरुष के कण्ठ का निर्दलन करने वाले बीभत्स-रस के अवतार कल्कि के सफ़ेद घोड़े के पद-विन्यास से निकलनेवाली विविध अश्व-गतियों के समान प्रभावशाली थी। वह चाँदनी वेणुगोपाल स्वामी के मन्दिर में इस प्रकार फैली, मानो सर्प रेंग रहे हों, मानो सफ़ेद नाग एक-दूसरे से लिपट-लिपटकर दौड़ लगा रहे हों, मानो सोलह हज़ार गोपियों की चमकीली कनखियों की छटाएँ हिल-डुल रही हों, मानो बड़े भोर से जागकर अलग-अलग चुराकर लाया हुआ दही और माखन कृष्ण-कन्हैया के हाथों और मुख पर लगकर उनके मन्दहास की कान्ति में लीन हो गया हो। वह चाँदनी छिटकी, चमकी और अपनी छटाएँ उगलने लगी। प्रकाश का प्रवाह बन गयी। शीतलता ले आकर हृदय की पीड़ा का निवारण करने लगी।

मन्दिर के भीतरी भाग में पण्डाल नहीं लगाये गये थे। मुख-मण्डप के सामने ध्वज-स्तम्भ के पास पत्थर का एक बड़ा-सा चबूतरा था। उस पर छप्पर नहीं था। वह चबूतरा लगभग चार सौ गज़ लम्बा और एक सौ गज़ चौड़ा था। सन्ध्या समय धोबियों ने उस चबूतरे पर पानी छिड़ककर उसे ठण्डा किया। वेणुगोपाल स्वामी के सम्मुख ध्वज-स्तम्भ के पास रंगमंच बनाया गया। उसके सम्मुख रत्न-कम्बल बिछाये गये। उसकी दाहिनी ओर सभापति, मन्त्री, कविगण, गायक तथा विद्वान् आदि प्रतिष्ठित जनों के लिए आसनों का प्रबन्ध किया गया। सभी आसन, रत्न-कम्बल, गद्दी और तकियों से बनाये गये थे। बायीं ओर अन्य पदाधिकारियों के लिए चटाइयाँ बिछी थीं। एक पहर रात बीत गयी। घुँघरू बजने लगे। मंजीरों की खनखनाहट सुनाई देने लगी। मृदंग की मन्द मधुर ध्वनि आने लगी। मन्दिर के पूर्वी भाग में पीपल के वृक्ष पर बैठे दो शकुन-पक्षी किलकिलारव करने लगे। देवदासी समस्त आभूषणों से भूषित, रंगमंच पर आ खड़ी हुई। सारा चबूतरा प्रेक्षकों से खचाखच भरा था। हरप्पा सभापति था, धर्माराव मन्त्री था। अन्य जन सभासद थे। सभा अत्यन्त मनोरंजक लगती थी। सभापति हरप्पा और मन्त्री धर्माराव, दोनों भी शास्त्र-निर्दिष्ट लक्षणों से प्रकाशित इन्द्र और बृहस्पति

से लगते थे। हरप्पा-श्रीमान्, धीमान्, विवेकी, वितरणी, संगीत का पारखी, कीर्तिशाली, हाव-भावों को पहचाननेवाला, आचारशील और दयालु था। धर्माराव स्थिर-भाषी, सद्‌गुणी, भावज्ञ, गुण-दोष के विवेचन में सिद्ध-हस्त, शृंगारलीला-कोविद, सहृदय तथा विद्वान् था। देवदासी खड़ी थी। वह मस्त्य-कुटुम्बिनी-सी लगती थी। उसके सम्मुख मुख-मण्डप में स्वामी को मत्स्यावतार की भाँति अलंकृत किया गया था। एक गोल बाँध का निर्माण करके उसमें पानी भर दिया गया। उसके मध्यभाग में मछली की आकृति की दफ्ती (कार्डबोर्ड) खड़ी की गयी, जिसके गर्भ में स्वामी की प्रतिमा रखी गयी। ऐसा लगता था कि मत्स्य-गर्भ से स्वामी का आविर्भाव हो रहा है। सोमकासुर को मत्स्य देव चीर रहे थे। अपने चारों मुखों के साथ ब्रह्माजी पास ही खड़े थे और मत्स्य के लाये हुए वेदों को स्तोत्र-रूप में पुनः अर्पण कर रहे थे। पीछे मुख्य मन्दिर में वेणुगोपाल स्वामी सोने का कवच पहने, मानो अपने प्रथम अवतार की स्मृति-चेतना के कारण नेत्रों को धर्म निमीलित किये दिखाई दे रहे थे। देवदासी की झुकी आँखें मछली की भाँति सुदीर्घ थीं। उनके कानों पर खिंची लीकें ठीक मछली का भ्रम उत्पन्न कर रही थीं। सिर के अग्रभाग में अर्धचन्द्र की आकृतिवाला सुनहरा मुकुट-सा माँग के पास जमाया गया था। दोनों गालों पर चमकीले पत्थर जड़े हुए आभूषण लगे थे। हाथी-दाँत की बनी तीन सींकें उसकी ठुड्डी के नीचे लगाई गयी थीं। इस वेश-भूषा के कारण देवदासी का समूचा मुख-मण्डल मत्स्य की आकृति धारण किये हुए था। आँखें मछली जैसी थीं। वक्षस्थल पर साड़ी का पल्ला अनोखे ढंग से मोड़कर जमाया गया था, जिसे देखकर मछली के मुख का भ्रम होता था। देवदासी ने सारे शरीर में चन्दन का लेप कर रखा था, जिस पर कुछ चिह्न लगाये गये थे। उन चिह्नों के कारण सारे शरीर पर मीनपक्ष जैसे दीखने लगे। उसके हाथ रह-रहकर त्रिशूल-पाणि का अभिनय कर रहे थे। वह नख-शिख-पर्यन्त मत्स्य-स्त्री लगती थी। मशालों को दूर रखा गया। उनका प्रकाश प्रत्येक वेशधारी को अर्ध-स्पष्ट बनाकर उसके सौन्दर्य को दूना कर रहा था। भोगप्पा शास्त्री देवदासी की दायीं ओर थे और मार्दंगिक बायीं ओर। उसके पीछे वीणापाणि रत्नगिरि, नट के पीछे मंजीरा बजानेवाली युवती, रत्नगिरि के पास तीन गानेवाली स्त्रियाँ, उनके पास तानपुरा लिये कबीर—इस प्रकार सब के सब खड़े थे।

हरप्पा ने अनुमति दे दी। देवदासी ने भगवान् को प्रणाम किया। प्रणाम करती देवदासी को स्वामी ने देख लिया। उस पर उनके मन में अनुराग उत्पन्न हुआ। देवदासी का सौन्दर्य अनुपम था, रम्भा आदि अप्सराओं के सौन्दर्य को भी लजानेवाला था। उसके शरीर में क्षीर-सागर की तरंगों की चमकती लावण्य-रेखा मानो उन्मेष बिखैर रही थी। तीस वर्ष की आयु में ऐसी लगती थी, मानो कामदेव की सवारी का अश्व हो। उसकी कमर पतली थी, वक्षोज मानो आकाश में नहीं समाते थे। वह मूर्तिमान् यौवन-सी लगती थी। आँखों की हलचल से, कटाक्ष से, खड़े रहने से, हस्तचालन से—एक-एक हाव-भाव से प्रौढ़ता टपकती थी। अर्धनिमीलित नयनों में मनोगत, सौकुमार्य, राजस

तथा रसज्ञता की झलक दृष्टिगोचर होती थी। उसके विशाल नेत्र, महान् भक्तिभाव के परिचायक थे। उसका शरीर हलका था। एक-एक अवयव के योग्य आभूषण उसने पहने थे। वह न तो स्थूल थी, न कृश, न बहुत ऊँची, न बहुत ठिगनी। समस्त रसों की अधि-देवी की भाँति वह चमक रही थी। उसने अपना सिर सीधा किया, दृष्टि सीधी की और पताका मुद्रा लगाकर यह 'तरंग' गाने लगी–

''जय जय स्वामिन् ! जय जय,
जय जय जित-वैरि-वर्ग-प्रचण्ड
जय जय जय गज-मुख जय वक्रतुण्ड।
जय जय !''

फिर उसने सरस्वती-प्रार्थना की। सर्व देवताओं को प्रणाम किया। आचार्य परम्परा का सम्मान किया और अन्त में सभा को नमस्कार किया। वह सभा सत्याचार से विलसित थी। उज्ज्वल गुणों से परिपूर्ण थी। सद्धर्मों की कीर्ति उसमें विद्यमान थी। उस सभा में वेद-विद्, वेदान्त-कोविद्, राजपूजित, महान् वैणिक, महान् वीर योद्धा, राजकुमार आदि आसीन थे। देवदासी ने उस सभा को नमस्कार किया। फिर उसने अभिसारिका-नृत्य आरम्भ किया। अपने चरण-विन्यास से उसे बोध कराया कि वह भगवान् की नित्य अभिसारिका है। उसने बादल की ओर संकेत किया। इतने में भोगप्पा शास्त्री गाने लगा–

''गर्जन्ति शैलशिखरेषु विलम्बिबिम्बा
मेघाः वियुक्तवनिताहृदयानुकाराः।
एषां रवेण सहसोत्पतितैर्मयूरैः
खं वीज्यते मणिमयैरिव तालवृन्तैः ॥''

फिर देवदासी कहने लगी, ''ठीक कहा तुमने। यह रात मुझे बहुत खल रही है। परस्पर स्पर्श करते इन वक्षोजों का भार लिये मैं खड़ी हूँ। मुझसे मिलकर भगवान् क्रीड़ा कर रहे हैं। परन्तु यह रात सौतन बनकर मेघ-गर्जनों से मुझे रोती हुई, मेरे अभिसार में बाधा डाल रही है।'' नट ने कहा, ''यह निशा चाहे जितना भी चुड़ैलपन दिखाए, तुम्हारे हृदयस्थ स्वामी का हरण कैसे कर सकेगी ? तुम कृष्ण भगवान् की सर्वप्रिय पत्नी हो। तुम्हें कोई चिन्ता नहीं।'' फिर वह आगे कहने लगा, ''एरी चोर छोरी ! ऊपर चाँदनी छिटक रही है और इधर तू कहती है कि बादल गरज रहे हैं ?'' इस पर रत्नगिरि ने उत्तर दिया, ''प्रभु ! नायिका वर्षाभिसारिका का अभिनय कर रही है। अभी देखिए ज्योत्स्नाभिसारिका का अभिनय करती है। प्रभु जल्दी कर रहे हैं।''

इतने में मंजीरों की खनखनाहट और घुँघरू की झनझनाहट चाँदनी को ध्वनित करने लगी। देवदासी लांगूल-हस्त की मुद्रा बनाकर कहने लगी, ''स्वामी ! चकोर चाँदनी

को खाये जाते हैं। चन्दनालंकृत मेरे शरीर को कामदेव मल्लिका-कुसुमों से ही कदाचित् स्पर्श करते हैं।'' चाँदनी छिटकने लगी। भोगप्पा शास्त्री कहने लगा, ''सखी घबराओ नहीं। चाँदनी दूती बनकर तुम्हारे साथ आ रही है। यामिनी तुम्हारी सहचारिणी बन गयी है। शकुन-पक्षी कह रहा है कि निकल पड़ने के लिए यही वेला है। शुक्ल-पक्ष तुम्हारा स्वागत कर रहा है। हमें निकल पड़ना है। अब तुम लजाओ नहीं। तुम्हारा प्रिय कदाचित् आतुर है।'' देवदासी अपनी साड़ी सँवारती हुई, लजाती-लजाती धीरे-धीरे पग धरने लगी। सिर उठाये बिना उसने लज्जा का अभिनय किया। वह पद्म-हस्त की मुद्रा बनाकर एक पग आगे बढ़ी। नट ने कहा, ''क्यों जी, चाँदनी में विकसित कमल का संकेत करती हो ? इतनी अनजान हो ? इतनी अनजान हो, सो पति के पास जाकर भी क्या करोगी ?'' देवदासी ने लज्जा भरे कटाक्षों से मत्स्यावतार की ओर पलकों के निचले भाग से देखा। उसका सारा शरीर स्वेद-सिक्त हो उठा। अवयव स्तम्भित हो गये। नेत्रों में मन्दता आ गयी। तिरछी दृष्टि से उसने अपने सारे मनोभावों का स्वामी को निवेदन किया। फिर वह कहने लगी, ''मैं मार्ग में सर्पों से नहीं घबराती, परन्तु कदाचित् स्वामी के स्पर्श से काँप उठूँगी। बादल के गर्जन से नहीं डरती, परन्तु स्वामी बोलेंगे, तो कदाचित् डर जाऊँगी।'' फिर उसने गाना गाया। नट कहने लगा, ''भोली लड़की ! तुम्हें कोई भय नहीं। अब तुम्हारा मन विकसित हो रहा है। निकलने से पहले तुम मुग्धा थीं, अब मध्या बन गयी हो। स्वामी के पास पहुँचने तक प्रगल्भा बन जाओगी। क्यों चिन्ता करती हो, चली चलो, मैं जो साथ हूँ। स्वामी से तुम्हारा मिलन कराऊँगी। नहीं तो अपने आपको तुम्हारी सहेली नहीं कहूँगी। देखो, स्वामी प्रतीक्षा कर रहे हैं—''

गिरिका लाज से सिर झुकाये गाने लगी—

''प्रभु मन तज दो, तुम्हारे पाँव पड़ती हूँ।
आज मुझे अपने बाहु-पाश में प्यार से बाँध लो।
कामदेव ने कुसुमशर छोड़े, हे प्राणों के प्राण ! तुम क्यों नहीं आते ?
मुझे तुम्हारे ही आसरे की लौ लगी है; यह रूठना भी कब तक ?''

इस पर नट कहने लगा, ''स्वामी ! यह तुम्हारा बहुत अनुनय कर रही है। पर तुम इसकी बात नहीं सुन रहे हो। जैसा मैंने कहा था, यह तुम्हारे पास पहुँचते ही प्रौढ़ा अभिसारिका बन गयी है। यह वह मत्स्यवती है, जो ज्योत्स्ना-रूपी क्षीर सागर में तुम्हारे लिए तैरकर आयी है। तैर-तैरकर इसका शरीर थक गया है। कहीं तुम इसे और थका दोगे। मैं सहेली हूँ, इसी से जो मुझे कहना था, मैंने कह दिया। वैसे तुम भी तो इससे प्रेम करते हो। क्या तुम इसे समझा नहीं लोगे ?'' फिर वह देवदासी की ओर मुड़कर गाने लगा—

"सरसिजनयने, सफल हुआ तुम्हारा जन्म।
परमात्मा वेणुगोपाल का कर-स्पर्श पाकर ॥ सरसिज... ॥

देवदासी भी तुरन्त उसके स्वर में स्वर मिलाकर गा उठी, "सफल हुआ है जन्म हमारा....।" सारे सभासद रसविभोर हो उठे। चाँदनी मानो गिरिका के मुकुट पर से फ़िसल पड़ी। चन्द्रमा मन्दिर के पीछे चला गया। मन्दिर की छाया सभासदों पर पड़ी। मशालों का प्रकाश पहले की अपेक्षा अधिक दीखने लगा। वीणा की ध्वनि, बाँसुरी का स्वर, मृदंग का निनाद, मंजीरों का क्वणन, भोगप्पा शास्त्री का मधुर कण्ठ-स्वर—इन सबों के योग से गिरिका के मधुर संगीत की तरंगों ने उमड़-उमड़कर चाँदनी को भगा दिया। मशाल हटा दिये गये। हरप्पा की दृष्टि में निश्चलता थी। धर्माराव के शरीर में अचेतना थी। सभासदों में निस्तब्धता थी। मत्स्यमूर्ति के पानी में डुबकी लगाने की आवाज़ मृदंग, मंजीरा, वेणु, वीणा की ध्वनि में विलीन होकर एक महान् श्रुति बन गयी और मन्दिर के मुख-मण्डप में गूँज उठी—

"एषा भूतानां पृथिवी रसः, पृथिव्या आपो रसः
अपामोषधयो रसः, ओषधीनां पुरुषो रसः, पुरुषस्य वाग्रसः,
वाच ऋग्रसः, ऋचस्सामरसः, साम्न उद्गीथो रसः।"

यह वेद-वाक्य उस महान् मधुर ध्वनि से उमड़कर उद्गीथ की भाँति मानो किसी वैदिक यज्ञ से उत्पन्न हुआ था; मानो ब्रह्मा आदि सर्व देवता-गण वहाँ आकर वेदों को लौटा लानेवाले मत्स्यमूर्ति को प्रणाम कर रहे थे। पुजारी ने भगवान् के चरण लाकर सभासदों को दिये। सभासदों ने हाथ उठाकर प्रणाम किया। रत्नगिरि ने देवदासी को सँभाला। देवदासी तन्मय स्थिति में थी। माँ-बेटी मत्स्यावतार की प्रतिमा के पास गयीं। गिरिका को सुधि नहीं आयी। उसके मुख पर गुलाब का पानी छिड़का गया। स्वामी के चँवर से हवा दी गयी। गिरिका ने पानी में उतरकर मत्स्य-मूर्ति को छू लिया। तब कहीं उसे ठीक-ठीक सुधि आयी। यह सब देखकर भोगप्पा शास्त्री विस्मित हो उठा। उसने गिरिका जैसी नर्तकी को आज तक नहीं देखा था, रत्नगिरि की टोली जैसी टोली नहीं देखी थी। यहाँ अपस्वर का नाम नहीं, भावों की दरिद्रता नहीं, शास्त्रों से अनभिज्ञता नहीं। भोगप्पा शास्त्री आज ही सुब्बन्नापेठ आया था। सीधे मन्दिर में जा पहुँचा। गिरिका का लावण्य देखकर रह गया। जब तक वह नाच रही थी, शास्त्री ने उसे निरी नर्तकी समझा। परन्तु उसके मन में एक सन्देह उत्पन्न हुआ। जब तक गिरिका नृत्य करती रही, उसने अपनी दृष्टि केवल स्वामी पर गड़ाये रखी, सभासदों की ओर उसने देखा ही नहीं। नृत्य की चरम दशा में वह धीरे-धीरे डोलने लगी। उसने अन्तिम मंगलाचरण किया ही नहीं, अकेले भोगप्पा ही ने किया। इससे पहले ही गिरिका बेसुध होकर रत्नगिरि की बाहुओं में पहुँच गयी थी। बड़ी देर तक उसे सुधि नहीं आयी। ब्राह्मण स्त्रियाँ, क्षत्राणियाँ और कुलीन युवतियाँ गिरिका के इर्द-गिर्द जम गयीं और उसका समादर करने लगीं। यह देखकर भोगप्पा को बड़ा आश्चर्य हुआ।

धीरे-धीरे सभासद घर लौट गये। हरप्पा और धर्माराव गिरिका के पास आये। हरप्पा ने देवदासी की ओर देखकर कहा, ''समुद्र में तैरनेवाली मछली की सहेली गिरिका को मेरा नमस्कार।'' गिरिका भगवान् की ओर एकटक देखती हुई किंचित् सिर हिला गयी। ज़मींदार की यह बात सुनकर मानो भोगप्पा शास्त्री के तन से प्राण उड़ गये। धर्माराव ने गिरिका के ठुड्डी तले से हाथी दाँत की सींकें हटा दीं। गिरिका ने सिर उठाकर देखा। धर्माराव ने अपनी हथेलियों को अर्ध-चन्द्र बनाकर उन्हें औंधा किया और बायीं हथेली पर दाहिनी हथेली जमाकर कूर्म की आकृति बनायी और अँगूठे हिलाये। गिरिका ने सोचा, भैया मुझे बहुत जल्दी-जल्दी दौड़ा रहे हैं। भोगप्पा धर्माराव की हस्तमुद्रा देखकर उसकी निपुणता पर मुग्ध हो उठा। सोचने लगा, इस सभा में धर्माराव को मन्त्रीपद केवल लौकिक अधिकार के कारण नहीं, अपितु विद्याधिकार के कारण प्राप्त हुआ है।

अस्तंगत चन्द्रमा के पीछे-पीछे अँधेरा बिलबिलाता निकल पड़ा। तीन प्रहर रात बीतने तक मन्दिर सुनसान हो गया। हरप्पा घर लौटा। सारा जग गहरी नींद सो रहा था, परन्तु हरप्पा जाग रहा था। उसे नींद न आती थी। देवदासी घर लौटी और अपनी वेशभूषा उतारकर स्नान करके कृष्ण भगवान् की मूर्ति के आगे पद्मासन लगाकर बैठ गयी। उसने मन्त्रों का पुरश्चरण किया। बकवास कर-करके सारे मेहमान सो गये थे। किसी ने कहा था, नृत्य आज की भाँति भक्ति का पोषक होना चाहिए। दूसरे ने कहा था, आज का नृत्य विद्या का सम्पूर्ण स्वरूप था; नृत्य ऐसा हो, तो कौन उसका तिरस्कार करेगा ? तीसरे ने तर्क किया कि विद्या का समुद्धार होना चाहिए, जाति का उद्धार कोई अर्थ नहीं रखता। फिर सब सो गये। हरप्पा ने आँखें मूँद लीं, पर उसके मनश्चक्षुओं के सम्मुख देवदासी की मत्स्याकृति नाच रही थी। उसके कानों में वीणा, वेणु तथा मृदंग की झनकारें गूँज रही थीं। नाचते समय नृत्यवेग के कारण देवदासी की साड़ी की कोरें उसके शरीर से दूर-दूर उड़ती हुई मत्स्य-पुच्छ-सी दीखने लगी थीं। उसकी मत्स्य-हस्त वाली मुद्रा में उस प्रथम अवतार का ही साक्षात्कार हुआ था।

इधर देवदासी मत्स्यावतार को दूर करके बड़े भाई के आदेशानुसार कूर्मावतार का ध्यान करने लगी। तथापि मत्स्यावतार से उसका तादात्म्य बना रहा। उसे ऐसा लगा कि सारा कमरा जलमय हो उठा है। कृष्ण की मूर्ति मत्स्याकृति धारण किये हुए है और पिछली रात नृत्य को जाते समय उसने दर्पण में अपना जो प्रतिबिम्ब देखा था, वह अभी तक उसे छोड़ना नहीं चाहता। थोड़ी देर देवदासी यों ही बैठी रही और फिर पास वाली खूँटी से कूर्मावतार का चित्र लाकर अपने सम्मुख रख लिया। फिर वह दीप के प्रकाश में अपने आपको कूर्म मानती हुई कृष्णदेव के चारों हाथों को चार कच्छप-चरण समझने लगी। ऐसा समझकर उसने स्वामी को कूर्मावतार के रूप में देखने का प्रयत्न किया; किन्तु तुरन्त ही उसके मन से वह चित्र खिसक-सा गया और उसे प्रथम अवतार ही दीखने लगा। कल दिन भर वह मत्स्यावतार की अभ्यस्त हो चुकी थी; अतएव मत्स्य की रूप-कल्पना उसे अब तक छोड़ती न थी। रह-रहकर कच्छप दीख पड़ता,

परन्तु तुरन्त ही अपने पाँव सिकोड़ लेता। फिर ख़ाली पीठ दिखाई देने लगती। थोड़ी देर में ऐसा लगता कि वह जल में तैर रहा है; फिर ऐसा लगता कि वह मन्दार पर्वत को अपनी पीठ पर ढो रहा है और देवता और राक्षस वासुकी को रस्सी बनाकर मथ रहे हैं। सारा समुद्र क्षुभित हो रहा है। बार-बार मन्दरगिरि के वेगपूर्ण चक्कर से उमड़ता दूध वियत्-पथ में उड़कर सूर्यकान्ति के स्पर्श से इन्द्र-धनुष बना रहा है। उस महामन्थन से त्रस्त जलचर पाताल की ओर दौड़ लगा रहे हैं। देवता हाहाकार करने लगे। शंख-चक्र-लांछित, हार तथा केयूर से भूषित, कूर्मराज ने डूबते मन्दार पर्वत को अपनी रीढ़ की हड्डी पर खड़ा करके ऊपर उठाया। समुद्र का मन्थन हो रहा था। हज़ार जलपातों की ध्वनि देवदासी के कानों में गूँज उठी। उसकी आँखें चकरा-सी गयीं। क्षीर सागर की तरंगों का वह भयानक दृश्य उससे देखा न गया। अब उसमें कूर्माकृति स्थिर हो गयी।

उधर हरप्पा आँखें मूँदकर महासागर के दर्शन कर रहा था। नासाग्र में विष्णु भगवान् के खड्ग जैसा मछली का काँटा लेकर वह आदि मत्स्यमूर्ति सोमकासुर का पीछा करती हुई जल को चीरकर चली जा रही थी। उसी के साथ-साथ मत्स्याकृति धारण किये देवदासी भी दौड़ रही थी। वह भरत-शास्त्र की मूर्तिमान् प्रतिमा थी। उसका शरीर पुलकित था। नेत्र-रूपी मछलियों को मुख पर लिये समस्त आभरणों से भूषित वह बड़ी मछली सुनहरी साड़ी पहनकर पानी में उछल-कूद मचा रही थी। हरप्पा के कानों में तूफ़ान की ध्वनि उमड़ पड़ी। एक ओर रत्नगिरि बीन बजाती हुई चल रही थी, दूसरी ओर नर्मसखा भोगप्पा शास्त्री अनुनय की बातें कर रहा था। अब तक कई और सभासद थे, पर अब क्या वह अकेला बचा था ? उसके नमस्कार पर गिरिका ने शिरःकम्पन किया। वह शिरःकम्पन ऐसा लगा, मानो पानी का थपेड़ा खाकर मछली ने सिर हिलाया हो। क्या हरप्पा का नमस्कार सुसमय अर्पित हुआ था ? प्रातःकाल का मन्दानिल मल्लिकानिकुंज में घुसकर मर्मर ध्वनि करने लगा। वह ध्वनि ऐसी लगी, मानो गिरिका का चैलांचल लहरा रहा हो। इससे पहले हरप्पा की सुनी हुई ध्वनियों से यह ध्वनि भिन्न थी। वह ध्वनियाँ भीतरी थीं, यह बाहरवाली थी।

सब लोग सो गये, पर अरुन्धती की आँख न लगती थी। उसका शरीर व्याधिग्रस्त था। उसे नींद न आ पाती थी। उसकी प्रकृति में उष्णता अधिक हो चली थी। अब उसमें ठण्डक न आ पायी। उसका भावना-बल विचलित हो उठा था। अब वह ठिकाने नहीं आ पाया। उसके मन में मन्दिर, देवदासी तथा मत्स्यावतार समा गया था। उसे लगा कि अकेले में नींद नहीं आएगी। पति बाहर आँगन में सो रहा था। अरुन्धती ने जाकर उसे जगाया। अन्य पुरुष इधर-उधर सो रहे थे। अरुन्धती ने अँधेरे में ही धर्माराव को पहचानकर जगाया। धर्माराव बोला, "यह क्या है ? कोई देख लेगा तो क्या समझेगा ?" अरुन्धती कहने लगी, "क्या समझेगा ? मैं अकेली सो न सकूँगी। मत्स्याकृति गिरिका अपने पति से दूर नहीं रह सकती। मैं भी नहीं रह सकती।" धर्माराव

कमरे में जाकर सो रहा। अरुन्धती ने उसके सारे अवयवों को अपने परिष्वंग में जकड़ लिया। धर्माराव ने पूछा, "तुम पागल तो नहीं हो गयी ?" अरुन्धती बोली, "नहीं-नहीं, अपने मन की गहराइयों से प्राणों को खोद-खोदकर आपके चरणों के सम्मुख निवेदन कर रही हूँ। मुझे ऐसी कोई दृष्टि नहीं चाहिए जो आपसे भिन्न हो। आपको छोड़कर मैं पल भर नहीं रह सकती। हम दोनों मत्स्याकृति धारण करके महासमुद्र में चले जाएँ ?" धर्माराव ने पत्नी के गालों को स्पर्श किया और अपने शरीर के स्पर्श से उसके शरीर, मन और हृदय को शान्त करके सुलाया। फिर स्वयं बाहर जाकर सो गया।

थोड़ी देर में भोर हुआ। सूर्योदय हुआ। दिन चढ़ने लगा। दिवा-वेशधारी कलाकार पहुँचे। परन्तु आधी नींद में लोगों ने उन्हें ठीक से नहीं देखा।

दोपहर हुई। कड़ी धूप पड़ने लगी। मन्दिर के सामने नगाड़े और नौबत बजने लगे। सब लोगों ने देर से भोजन किया और फिर सो गये। उनके जागने तक दिन ढल चुका था। उधर शहनाई बज रही थी। शहनाई पर 'चक्रवाक' राग का अलाप हो रहा था। वह राग सन्ध्या में मन्द-मारुत की तरंगों पर नाचने लगा। बिना किसी गाने के ही वह रागालाप भावों को उँड़ेलने लगा।

साँझ हुई। सूर्य का लाल बिम्ब मृदंग पर लगी हुई पुरानी 'आँख' की तरह विवर्ण हो उठा। सन्ध्याराग ऐसा लगा, मानो आदि मत्स्य की नाक में लगे खड्ग पर चिपका हुआ सोमकासुर का रक्त समुद्र-जल में धुल रहा हो। सन्ध्याराग के धुल जाते ही चाँदनी निकल आयी। वह चाँदनी मन्थन से पहले क्षीर-सागर की तरंगों जैसी थी। मन्थन से प्रादुर्भूत अमृत-कुम्भ से निकले अमृत के फेन की छटा जैसी थी। मन्दरगिरि के उभय पार्श्वों में दस दिशाओं तक पसरनेवाली प्रसन्न कान्ति जैसी थी। कामधेनु, कल्पवृक्ष, चिन्तामणि आदि की दिव्य दृष्टि से परिकल्पित स्वर्ग के विकास जैसी थी। एक-दूसरे को उलाहने देती हुई परस्पर परिहास में व्यस्त अपनी दन्त-कान्ति से अभिराम अप्सराओं के पहने हुए चेलांचलों जैसी थी।

एक पहर रात बीत गयी। पश्चिम की ओर झुका हुआ चन्द्र-बिम्ब विरहोत्कण्ठिता नायिका के कपोल की भाँति विवर्ण हो उठा। पश्चिम दिशा-सुन्दरी अपने उस कपोल को हथेली में लेकर मुँह लटकाये बैठी थी। मन्दिर के आगे खड़े गगनचुम्बी पीपल के वृक्ष की शाखा के आँचलों को छूता हुआ-सा चन्द्रमा विद्यमान था। सारे सभासद आ बैठे। सभापति और मन्त्री निश्चल दृष्टियों से देखने लगे। कूर्म-कुटुम्बिनी आ पहुँची। वह कण्ठ से एड़ियों तक लाल साड़ी ओढ़े हुए थी। केवल उसके हाथ और मुख दिखाई दे रहे थे। वह परिवर्तित ग्रीवा-भेद को दर्शाती हुई, कूर्म-हस्त का अनुकरण करती हुई, रंगमंच पर अवतीर्ण हुई और तुरन्त विप्रलब्ध नायिका का निरूपण इस प्रकार करने लगी—

"कथितसमयेऽपि हरिरहह नवयौवनम्
ममविफलमिदममल-रूपमपि यौवनम्

यामि हे। किमिह शरणम् ?
सखीजन-वचन-वंचिताहम्।''

ताल और राग से विषाद की छाया प्रकट हुई। नट ने कहा, ''सखी ! क्यों रोती हो ? पहले सोचो कि स्वामी क्यों नहीं आये। उन्हें भी तो गाँव से चलकर आना पड़ता है। वे तुम्हारी तरह हलके-फुलके थोड़े ही हैं ? पता नहीं, कितना भार वे ढो रहे होंगे। उसे छोड़-छाड़कर आना क्या इतना सहज है ? कदाचित् राक्षसों ने उन्हें पकड़ लिया होगा।'' देवदासी बोली, ''ठीक है। तुम क्या कारण मानती हो स्वामी के नहीं आने का। यहाँ आने का उन्होंने मुझे अभिवचन दिया था, विश्वास दिलाया था। इसीलिए मैं यहाँ आयी। वे क्यों नहीं आये भला ? परसों मैंने उन्हें क्या कहा था ? मैं सोचती थी कि उस दिन का उनका मन-मुटाव उसी दिन समाप्त हो गया होगा।''

फिर उसने इसी आशय का पद गाकर अभिनय किया। नट ने कहा, ''हाँ जी, आग्रह करके, अनुनय करके और सौहें खाकर इस क्षीर-सागर में दूध के वृक्षों के कुंज में मैं तुम्हें ले आयी हूँ। तुम निर्विण्ण होकर चारों ओर देख रही हो। शायद स्वामी इसलिए विमुख हैं कि तुम मुग्धा हो।'' देवदासी बोली, ''सखी, स्वामी के लिए मैं अपनी मुग्धता तज दूँगी। क्या उन्हें ले आओगी ? तुम मेरी सहेली हो, इसीलिए मन की बात तुम्हें बात रही हूँ, नहीं तो मन की मन ही में रह जाती।'' नट बोला, ''ठहरो, मैं उन्हें ढूँढ़ लाती हूँ। मन्दार गिरि को ढो-ढोकर उनकी पीठ कुबड़ी हो गयी है। इसीलिए शायद वे चल नहीं पाते। मेरे आने तक तुम घबराओ नहीं।'' फिर उसने इधर-उधर ढूँढ़ने का अभिनय किया। देवदासी इधर शिवजी से प्रार्थना करने लगी, ''हे शिवजी ! महादेव ! तुम ही मुझे पतिदेव से मिलाने का श्रेय प्राप्त कर लो।

''त्रयीवेद्यं हृद्यं त्रिपुरहरमाद्यं त्रिनयनम्
जटा-भारोदारं चलदुरगहारं मृग-धरम्।
महादेवं देवं मयि सदयभावं पशुपतिम्
चिदालम्बं साम्बं शिवमतिविडम्बं हृदि भजे।''

इतने में नट आकर पूछने लगा, ''क्यों जी, स्वामी कहीं तुम्हें दिखाई दिये ?'' गिरिका बोली, ''तू ही तो ढूँढ़ने गयी थी, मुझे कैसे दिखाई देते ? तुझी को दिखाई दिये होंगे।'' नट ने कहा, ''वह देखो पल्लव-पत्र। स्वामी उसी के पीछे छिपे होंगे।'' गिरिका शुकतुण्ड-हस्त की मुद्रा लगाकर बोली, ''यह ब्रह्मास्त्र है। इसका मुझ पर किसने प्रयोग किया ? अब मैं कैसे जिऊँगी ?'' फिर वह मुष्टि-हस्त मुद्रा लगाकर बोली, ''अब स्वामी नहीं आएँगे।'' तदुपरान्त शिखि-हस्त मुद्रा लगाकर वह कहने लगी, ''मदन मुझे इतना क्यों सता रहा है ?'' फिर नृत्य करती हुई गाने लगी—

''यदनुगमनाय निशि गहनमहि शीलितम्
तेन मम हृदयमिदमसमशरकीलितम् ॥ यामि हे.... ॥''

रत्नगिरि का वीणास्वन अब आगे बढ़-बढ़कर रसाभिमुख वेणु-रव से मिलकर 'मालव' राग में लीन हो गया। उधर गिरिका प्रत्येक वस्तु से त्रस्त दीखने लगी। उसकी पीड़ा बढ़ती ही गयी। उसने शिवलिंग की मुद्रा लगाकर कहा, "नागेश्वर स्वामी मुझसे प्रसन्न नहीं हुए।" नागबन्ध की मुद्रा दिखाकर बोली, "इस निकुंज में स्वामी कहाँ हैं ?" उसके उत्तर में नट ने कहा, "तुम सोचती हो कि स्वामी इसी निकुंज में कहीं छिपे हैं ? वे तो संकेत-स्थान पर आये ही नहीं ?" यह सुनकर गिरिका फिर गा उठी—

"यामि हे किमिह शरणम् ? सखीजनवचनवंचिताहम्।"

फिर से घुँघरू, मंजीरे, वीणा और वेणु की सम्मिश्र झनकार उमड़ पड़ी। नट बोला, "सखि ! तुम सखीजन द्वारा वंचिता नहीं हो; मुझ पर कोई दोष नहीं। स्वामी ही नहीं आये। अभी-अभी मुझे आने का अभिवचन दिया।" इस पर गिरिका बोली, "अभिवचन देकर भी प्रभु नहीं आये ?" फिर वह बड़े सन्तप्त स्वर में गाने लगी—

"मम मरणमेव वरमतिवितथकेतना,
किमिव विषहामि विरहानलमचेतना ॥ यामि हे... ॥"

गिरिका के मनः-क्लेश को देखकर धर्माराव मन-ही-मन व्याकुल हो उठा। सारे सभासद रस में डुबकियाँ ले रहे थे। अकेला धर्माराव देवदासी को एकटक निहार रहा था। देवदासी ने नींद से बोझिल आँखों से जँभाई ली। अपना शरीर तान दिया। हेमन्त में घने हिम से ताड़ित मालती की लता की भाँति सिहर उठी। वह किसी भी दिशा में न देखती हुई बैठ गयी। उसकी दशा देखकर नट कहने लगा, "क्यों जी, क्यों इतनी दुखी होती हो ? पति के आगमन के उपाय सोच रही हो ? तुम बेचारी विप्रलम्भ तथा उत्कण्ठा के बीच हिलोरें खा रही हो। तुम्हें कुछ नहीं सूझ रहा है।"

भोगप्पा गाने लगा—

"जाने क्यों विधिना मेरे प्रतिकूल पड़ गया ?
क्या अब भी मेरा भला नहीं लिखेगा ?
सौतिनें उन्हें मुट्ठी में दाब बैठी हैं;

दैया री ! चन्द्रमा भी इस रात को शीतल नहीं लगता। जाने क्यों। जाने बैरिनों से जा मिले, या उनके मन में विरह रहा नहीं : री पल्लवाधरी ! मुझसे लगाया अपना बचपन का नेह उन्होंने तोड़ दिया ॥ जाने क्यों ॥"

यह सुनकर गिरिका कहने लगी, "मेरी बहन, क्षीर-सागर के बिन्दुओं की छटा ! मेरे भाई, क्षीर-सागर के मीठेपन ! तुम सब मुझ पर कृपा करो। मेष की भाँति नीलवर्ण वाला; अति स्थूल नहीं, अति कृश नहीं, बहुत ऊँचा नहीं, बहुत ठिगना भी नहीं—ऐसे डील-डौल वाला; ठीक मेरे अनुरूप, मुझसे एक अंगुल अधिक ऊँचा होगा—वह मेरा

स्वामी कहीं इधर आया तो नहीं ? आकर उसने तुमसे कुछ कहा तो नहीं ?'' यह कहकर वह रोने लगी। भोगप्पा शास्त्री खड़ा-खड़ा देख रहा था। उसे लगा कि यह विलाप सच्चा विलाप है, अभिनय मात्र नहीं। शास्त्री मन-ही-मन आश्चर्यचकित हो उठा। फिर बोला, ''मैया, उठो उठो, मैं स्वामी को ले आऊँगी। तुम यहीं ठहरो। कदाचित् उस यवनिका की ओट में छिपे होंगे, मैं देख आऊँ।'' देवदासी विरहातिरेक में गाने लगी–

''अहमिह हि निवसामि ननिणितवेतसा
स्मरति मधुसूदनो मामपि न चेतसा ॥ यामि हे... ॥''

भोगप्पा शास्त्री धर्माराव के पास जाकर कहने लगा, ''बाबूजी, अब भक्तिन और खड़ी नहीं रह सकती। परदा हटा दूँ ?'' धर्माराव ने कहा, ''आज चन्द्रोदय दो घड़ी देर से हुआ है। और एक घड़ी बीतने पर चन्द्रमा मन्दिर के पीछे को चला जाएगा। वह एक घड़ी ज्यों-त्यों बितानी होगी, पर सावधान।'' यह सुनकर नट रंगमंच पर लौट गया और देवदासी को बुलाने लगा, ''गिरिका !'' इस नाम से धर्माराव के अतिरिक्त और कोई उसे नहीं पुकारता था। अभ्यासवश देवदासी ने सिर उठाकर देखा। धर्माराव को बड़ी प्रसन्नता हुई, गिरिका बोली, ''सखी, यह धूप कहाँ से आयी है ?'' नट सूची मुद्रा दिखाकर बोला, ''वह देखो, सूर्य।''....इस पर गिरिका बोली, ''यह सूर्य होता तो ब्राह्मण अर्घ्य देते रहते। यह सूर्य नहीं, चन्द्र है। इसीलिए विरही जनों को सता रहा है, पापी कहीं का !''

नट बोला, ''सखी ! यह तुम्हारी फटकार चन्द्रमा के लिए काफ़ी है। अब तुम अपना दुख तज दो और प्रसन्न हो जाओ।'' गिरिका ने लम्बी साँस ली। फिर थोड़ी देर तक सोचती रही। उसकी आँखों से आँसू बहने लगे।

यह देखकर नट कहने लगा, ''हाँ जी, यह अच्छा उपाय है। स्वामी सर्वान्तर्यामी हैं, अतएव इस क्षीर सागर की तरंगों में भी विद्यमान हैं। तुम्हारी पुकार सुने बिना वे नहीं रहेंगे।'' गिरिका कहने लगी, ''सखी, मैं इस विरह-वेदना को सहन नहीं कर सकती। तुम पर झल्लाने से भी क्या होता है ?....

''कुसुमसुकुमारतनुमतनुशरलीलया
स्रगपि हृदि हन्ति मामतिविषमशीलया। यामि हे... ॥''

गाते-गाते देवदासी मूर्छित हो गिर पड़ी। भोगप्पा शास्त्री गाने लगा–

''हरिचरण शरण जयदेव कवि भारति,
वसतु हृदि युवतिरिव कोमलकलावती ॥ यामि हे... ॥''

रत्नगिरि का हाथ मानो वीणा-नाद में रूपान्तरित हो गया। परदा हटाया गया। स्वामी की मूर्ति दीख पड़ी। भोगप्पा ने गिरिका के मुख पर गुलाब का पानी छिड़का।

फिर बोला, "वह देखो, तुम्हारे स्वामी दर्शन दे रहे हैं। उठो।" गिरिका ने उठकर देखा। मुख-मण्डल से निर्मित छोटी-सी गोल झील में दूध भरा था। उसके बीचोंबीच एक बड़े सजीव कच्छप को लाकर छोड़ा गया था। स्वामी की मूर्ति को तट पर बिठाया गया। उस झील के बीच चार छोटे से खम्भे थे, जिन पर फूलों और पत्तों का बना हुआ एक पर्वत खड़ा किया गया था। उस पर्वत से एक लम्बी रस्सी लपेटी गयी, जिसकी दोनों छोरें पकड़कर लोग और छोटे-छोटे बालक खड़े थे। देवदासी ने बड़ी प्रसन्नता से उस दृश्य को देखा। इधर नट गाने लगा—

"क्षितिरतिविपुलतरे तव तिष्ठति पृष्ठे
धरणिधरणकिण चक्र गरिष्ठे
केशव ! धृत कच्छप-रूप, जय जगदीश हरे।"

इस पर गिरिका भगवान् से प्रार्थना करने लगी—

"नान्यं वृणे पतिमशेषगुरोरनन्तात्
त्वत्त्वस्समस्तगुणधामभिरात्मतुल्यात्
क्षेमं सदैव कुरु देव-शिखामणे ! त्वाम्
याचे त्वदंघ्रि-कमले प्रणतास्मि नित्यम्।
कांक्षे तव प्रसादं गोपालबाल ! केवलमेवाहम्
अमितभाग्यदातारमतुल भूरि-विस्तारम्
कमनीय करुणाकरं गोपालबाल ॥ कांक्षे... ॥
त्वत्प्रसादं परं कांक्षे कृष्ण ! नान्यं तु कामये
मनसा वचसा नूनं, मत्पाणिग्रहणं कुरु।"

चन्द्रमा अस्त हुआ। लाल साड़ी पहनी हुई देवदासी स्वयं अरुण कान्तिमय लगी। सारे दर्शक उसके पास जा पहुँचे। ऐसा लगा, मानो अरुन्धती आदि अप्सराएँ गिरिका रूपी लक्ष्मी की सेवा कर रही हैं। हरप्पा और धर्माराव उसके समीप आ पहुँचे। क्षीरसागर से उद्भूत कामधेनु तथा अप्सराएँ आदि कुछ दूर चली गयीं। हरप्पा बोला, "स्वामी के साथ कच्छप बनकर मन्दारगिरि को पीठ पर ढोनेवाली कच्छपी को मेरा नमस्कार है।" धर्माराव ने गिरिका की ठुड्डी को अपने हाथ से छू लिया। स्वामी की मूर्ति के आगे झुकी हुई गिरिका ने सिर उठाकर देखा। धर्माराव ने वराह-हस्त की मुद्रा दिखायी। दूसरी, तीसरी और चौथी उँगलियों को जोड़कर, एक साथ अँगूठों और दोनों कनिष्ठिकाओं को साथ-साथ करके, नाक, दंष्टा और कानों समेत वराह-मुख का प्रदर्शन किया। धर्माराव की उस अभ्यस्त मुद्रा की निपुणता देखकर भोगप्पा शास्त्री अवाक् रह गया। सोचने लगा, 'अहो, यही महामन्त्री हैं। सम्मुख स्वामी हैं। इधर सर्वगुणों से शोभित हरप्पा है और उधर धर्माराव। देवदासी का नृत्य समस्त हाव-भावों से सुशोभित रस

के सागर-सा, सांगोपांग वेद-सा, भास रहा है।'

देवदासी घर लौटी, स्नान किया और क्षीरसागर के बाहर निकलकर समुद्र-मन्थन की कथा का स्मरण मन से हटा दिया। फिर वह वराह रूप का ध्यान करने लगी। उसकी कल्पना में शंख-चक्र-गदा-पद्मधारी, मुकुट-भूषित, वनमाला से सुशोभित, सुन्दर वक्षस्थल वाले भगवान् वराह-मूर्ति अपने दन्ताग्र पर भूदेवी को उठा रहे थे, उसका समुद्धरण कर रहे थे। गिरिका उस दिव्यस्वरूप के ध्यान में मग्न हो गयी। उधर हरप्पा कूर्मावतार की कथा-सरिता में डुबकी लगा रहा था। धर्माराव अरुन्धती से अकेले में मिलकर उसे समझा रहा था, "क्यों री अप्सरा ! मन्दिर में जब तक थी, प्रसन्न थी। सबके सो जाने तक तुमने अपना हृदय सँभाल रखा, फिर अब क्यों इतनी उद्विग्न होती हो ? चार दिन पहले तुम से बैठा तक नहीं जाता था। इन चार दिनों में इतनी शक्ति कहाँ से आ गयी ? रात को नींद नहीं। मन में सदा उद्वेग रहता है। दिन को भोजन नहीं करती हो। इस कारण तुम्हारा स्वास्थ्य बिगड़ गया है। तुम नहीं मानोगी, पर सच पूछो तो तुम्हारे शरीर में केवल प्राण रह गये हैं।"

अरुन्धती बोली, "बस-बस, रहने दीजिए, क्या प्राणेश्वर के लिए प्राण काफ़ी नहीं हैं ?" यह कहकर वह पति के गले से लिपट गयी।

धर्माराव, "छह बरस के बेटे की माँ हो; यह उतावली शोभा नहीं देती।"

अरुन्धती, "मैं वह अप्सरा हूँ जो आज ही क्षीरसागर से उद्भूत हुई है। मेरा यौवन विनूतन है। पुरुरवा का वरण करनेवाली उर्वशी की भाँति मैं आपका वरण करने आयी हूँ।"

धर्माराव, "अप्सरा देवलोक की वारांगणा होती है।"

अरुन्धती, "मेरा और उसका साम्य केवल दिव्यता, सुन्दरता, स्वच्छता और प्रेममयता में है। कुलवृत्ति में नहीं।"

धर्माराव, "अब मैं जाकर सो जाऊँगा, तुम भी जो जाओ।"

अरुन्धती, "मुझे नींद नहीं लगती। भोर होने जा रही है। आप मेरे पास रहेंगे, तभी मेरे प्राण टिक सकेंगे।"

धर्माराव, "कल तुम नृत्य के लिए न आना।"

अरुन्धती, "यों कहिए कि जीवित न रहना।"

धर्माराव, "तुमसे तो हर तरह आफ़त आ पड़ी है। अरे हाँ, चार दिन से बच्चा कहीं दिखाई नहीं पड़ता है। क्या बात है ?"

अरुन्धती, "मुझे भी दिखाई नहीं दिया।"

दोनों आँगन में जाकर सोये हुए लोगों में छोटे रामेश्वर शास्त्री को ढूँढ़ने लगे। वह कहीं दिखाई नहीं दिया। धर्माराव को बड़ी चिन्ता हुई, पर अरुन्धती बोली, "उसे किस बात का भय है ? मन्दिर में ही सो गया होगा, या कोठी पर जाकर सो गया होगा। कहीं-न-कहीं अवश्य होगा।"

नृत्य के समाप्त होने पर सभासद घर लौट गये और धोबी आकर वहाँ बिछी हुई गद्दियाँ, शतरंजी, चटाई आदि हटाने लगे। भोगप्पा शास्त्री वहीं अपना दुपट्टा बिछाकर लेटा था। उसे नींद न आती थी। सोच रहा था, 'मैं बड़ी अच्छी जगह आया हूँ। जिस शास्त्री को मैं मरा हुआ मानता था, वह यहाँ जीवित है। जिस राजा के अस्तित्व की आज मैं कल्पना तक नहीं कर सकता था, वह राजा यहाँ विद्यमान है। जो शोभा भारतवर्ष में कभी की समाप्त हो चुकी जान पड़ती थी, वह अब भी यहाँ हमारी आँखों को चकाचौंध कर रही है। भरत मुनि इस स्थान पर चरितार्थ हुए हैं। पहला दिन व्यर्थ गया, दूसरा दिन अनजाने में चला गया। अब मैं जाने दूँगा ? कभी नहीं। छह दिन और बाक़ी हैं। आज तक मेरा सीखा शास्त्र सर्वस्व बेकार गया है। आगामी छह दिनों में मैं उसका सद्विनियोग करूँगा। छह दिनों में छह नये सोपान बाँधूँगा। पता नहीं, तदुपरान्त और कितने सोपान बाँधने होंगे। जाने मेरे भाग्य में क्या बदा है। ''यामि हे ! कमिह शरणम् ?'' भोगप्पा के पास एक और व्यक्ति लेटा हुआ था उसने ज़ोर से कहा, ''यामि हे कहिम शरणम् ?'' यह सुनकर भोगप्पा चौंक पड़ा और इधर-उधर देखने लगा। अँधेरे में कोई दिखाई न दिया। भोगप्पा उठकर ढूँढ़ने लगा। चबूतरे की नुक्कड़ पर कोई सोया हुआ था। ऐसा लगा कि वह गहरी नींद में है। भोगप्पा ने डाँटकर पूछा, ''कौन सो रहा है यहाँ ?'' कोई उत्तर नहीं आया। भोगप्पा ने उसके पास जाकर ग़ौर से देखा। एक बालक दिखाई दिया। उसने सोचा, बालक को हिलाकर देखूँ, परन्तु ऐसा न करके अपनी जगह लौट गया। साथ ही, ''यामि हे ! कमिह शरणम् ?'' की आवाज़ फिर से सुन पड़ी। भोगप्पा को क्रोध आ गया। यह कौन लौण्डा है, जो मुझे चिढ़ा रहा है ? ऐसा लगता है कि नींद में कह रहा है। ब्राह्मणों का-सा उच्चारण प्रतीत होता है। भोगप्पा से न रहा गया। जाकर बालक को हिलाया, जगाया। बड़ी देर में जागकर बालक ने पूछा, ''क्या है ?''

भोगप्पा, ''यामि हे ! कमिह शरणम् ? का क्या मतलब है ?''

बालक, ''यामि हे ! कमिह शरणम् का क्या मतलब है ?''

भोगप्पा, ''तुम नींद में कुछ कह रहे हो।''

बालक, ''तुम कौन हो जी ? मेरा सुन्दर सपना बिगाड़ दिया। जाओ-जाओ।''

यह कहकर बालक फिर सोने लगा। भोगप्पा ने पूछा, ''तुम कौन हो ?'' बालक बोला, ''मैं मैं हूँ।'' फिर वह सो गया। अब उसे जगाना व्यर्थ समझकर भोगप्पा लेट गया। उसके मन में कई-कई कल्पनाएँ उठ रही थीं। बालक रह-रहकर नींद में कुछ कह रहा था। कभी दूध के समुद्र की बात कहता, कभी निकुंज की; कभी कहता, ''यहाँ कृष्ण नहीं हैं।'' भोगप्पा सोचने लगा, ओ हो, कैसा अद्भुत नृत्य था। कैसा स्वर्गीय संगीत था। कहते हैं, ''शिशुर्वेत्ति पशुर्वेत्ति गानरसं फणिः।'' संगीत से शिशु के प्रभावित होने का साक्ष्य अभी मिला है। पता नहीं, यह बालक कौन है ! कितना भावना-बल है इसमें ! शिशुओं में भावना-बल उत्पन्न करने में यह कला समर्थ है। इसीलिए इसकी

सृष्टि हुई है। संगीत-कला बड़ों के लिए मोक्षदायिनी है, बच्चों के लिए विद्यादायिनी ....। सोचते-सोचते ब्राह्मण सो गया। उसके जागने तक भोर हो चुका था। साथ-साथ बालक भी जाग उठा। भोगप्पा ने उससे पूछा, "तुम कौन हो भैया ?" बालक भोगप्पा को देखे बिना ही कह उठा, "तुम कौन हो भैया ?" फिर उसने मुड़कर भोगप्पा को देखा और कहा, "आप हैं ?"

भोगप्पा, "तुम मुझे जानते हो ?"

बालक, "कल रात आप हास्य कर रहे थे न ?"

भोगप्पा, "हाँ, कर रहा था।"

बालक, "इसीलिए मैं आपको जानता हूँ।"

भोगप्पा, "तो क्यों पूछ रहे थे कि तुम कौन हो ?"

बालक, "मैंने नहीं सोचा था कि आप होंगे।"

भोगप्पा, "तो क्या सोच रहे थे ?"

बालक, "सोच रहा था कि कोई बन्दर होगा।"

भोगप्पा को उस छह बरस के बालक की बातों पर हँसी आ गयी। वह बोला, "क्या तुम बन्दर नहीं हो ?"

बालक (हँसता हुआ), "हाँ-हाँ, बन्दर हूँ। बन्दर हूँ।"

भोगप्पा, "तुम बन्दर नहीं हो, बड़े अच्छे राजा बेटे हो।"

बालक, "तो आप आज मुझे अपने पास बैठने देंगे ?"

भोगप्पा, "कल कहाँ बैठे थे ?"

बालक, "यह सोचकर पिताजी गुस्सा होंगे, चबूतरे के उस कोने में बैठा था। आज वे गुस्सा हों तो आप कह दें कि इस बालक को मैं अपने पास बिठा लूँगा।"

भोगप्पा, "तुम्हारे पिताजी का नाम क्या है ?"

बालक कुछ सोचने लगा। भोगप्पा ने पूछा, "क्या सोच रहे हो ?" बालक बोला, "कुछ नहीं।" और वहाँ से उठकर चला गया। भोगप्पा को बड़ा आश्चर्य हुआ। सोचने लगा, "हो न हो, मैं बड़े अच्छे समय यहाँ आया हूँ।" वह स्नान कर आया और मन्दिर में बैठकर दो घण्टे तक गायत्री का जप करता रहा।

पास के पण्डाल में ज़मींदार की ओर से ब्राह्मणों के भोजन का प्रबन्ध किया गया था। भोगप्पा ने वहाँ जाकर भोजन करने की इच्छा प्रकट की। अतएव रत्नगिरि ने उसके भोजन का कोई अलग प्रबन्ध नहीं किया। चार बज गये, पर भोगप्पा भोजन करने नहीं गया। जप करता बैठा रहा। पुजारी ने आकर भोजन का स्मरण कराया, पर भोगप्पा ने टाल दिया। साँझ होते ही वह बालक फिर से आ धमका। भोगप्पा मन्दिर की तलैया के तट पर सन्ध्या-वन्दन कर रहा था। बालक दूर खड़ा था। कमर में केवल काछा लगा था। सिर पर बाल बिखरे हुए थे। भोगप्पा ने सन्ध्या-वन्दन समाप्त करके बालक से कहा, "इतनी जल्दी आ गये ?"

बालक, "मैं यहीं रहता हूँ।"

भोगप्पा, "फिर दिन भर कहाँ थे ?"

बालक, "मेरे लिए दिन भर उधर के भगवान् हैं और रात को इधर के भगवान्।"

भोगप्पा, "उधर के भगवान् कौन हैं ? नागेश्वर स्वामी ?"

बालक, "नहीं, नहीं, गुल्ली-डण्डे के स्वामी।"

भोगप्पा, "तुम उन्हें ख़ूब जानते हो ?"

बालक, "जानता हूँ ? मैं तो उनके साथ आकाश में उड़ जाता हूँ। एक, दो, तीन, चार, दस।"

भोगप्पा, "चार के बाद दस होते हैं ? पाँच कहो।"

बालक, "तो फिर मेरे पास पाँच बन्दर हैं और मैं हूँ। कुल सात बन्दर हुए।"

भोगप्पा, "सात नहीं, कुल छह।"

बालक, "जितने हैं, उतने हैं। कोई हिसाब नहीं। बन्दर हैं। मैं रोज़-रोज़ उनका खेल करता हूँ। हम सब मिलकर लंका जलाते हैं। समुद्र पार करते हैं, फल खाते हैं।"

बालक कुछ सोचने लगा, फिर चला गया। भोगप्पा को अचरज हुआ कि बालक अपने पिता का नाम क्यों नहीं बताता। इतने में बालक लौट आया और बड़ी-बड़ी आँखें करके भोगप्पा से बोला, "भूलना नहीं !" और चेतावनी-सूचक तर्जनी दिखाता हुआ लौटकर चला गया। उसकी चेतावनी का अर्थ भोगप्पा समझ गया। वह बालक मेरे पास बैठेगा। कोई उसे मना करे तो मुझे कहना होगा कि मैं उसे अपने ही पास बिठाऊँगा। दिन भर भोगप्पा को भूख नहीं लगी थी, परन्तु अब एकबारगी उमड़ पड़ी। वह भोजन के पण्डाल में जा पहुँचा। वहाँ रसोई का काम चल रहा था। भोगप्पा ने सोचा, दिन भर उपवास करके अब भोजन करूँगा, तो शरीर निढाल हो जाएगा। गला नहीं उठेगा। बाज़ार से केले खरदीकर खाना अच्छा है।....पर पास फूटी कौड़ी न थी। जाकर रत्नगिरि से माँग ले ? दिन भर उपवास करके क्या अब रत्नगिरि के घर जाएगा ? परन्तु जहाँ देवदासी हो, वहाँ जाने में क्या दोष ? उस उधेड़-बुन में भोगप्पा फिर मन्दिर में जा पहुँचा। पुजारी ने कहा, "क्यों शास्त्री जी, आपने कुछ खाया कि नहीं ?" यह कहकर उसने चार पके केले और नारंगी भोगप्पा को ला दिये। भोगप्पा ने उसे विष्णु-प्रसाद मानकर खा लिया और तलैया में जाकर पानी पी लिया। तुरन्त शरीर में एक नयी शक्ति का संचार हुआ। शरीर हल्का लगने लगा। मन में उत्साह दुगुना हो गया।

दशमी की चाँदनी आयी। किसी व्यक्ति को प्रतिदिन देखने से यह पता नहीं चलता कि वह मोटा हो रहा है, या दुबला पड़ रहा है। कुछ समय के उपरान्त देखने पर ही ठीक-ठीक पता चलता है। दशमी तक चाँदनी पूर्ण विकसित लगने लगी। अष्टमी को ही शुक्ल-पक्ष का पूरा विकास आ जाता है। इस पर और दो कलाएँ बढ़ाकर चन्द्रमा दशमी को पूर्णचन्द्र की भाँति चमक उठता है। इस चन्द्रमा का उद्दीपन पाकर स्वाधीन-पतिका स्त्रियाँ शृंगार-रस का पूर्ण आस्वादन करती हैं। दशमी का चन्द्रमा ऐसा लगता था, मानो

मुकुट से अर्धाच्छादित पद्मिनी-जाति की स्त्री का मुख-मण्डल हो। आज मानो चकोरों के लिए प्रीति-भोज जुटा था। आकाश और भूमि रूपी दो किनारों से लगकर बहनेवाली शरन्नदी की भाँति, चाँदनी की नहर के तट पर फूले कमल की भाँति, ज्योत्स्ना रूपी ताम्रपर्णी नदी से निकले हुए असली मोती की भाँति, तट पर फूले कुमुद की भाँति, सहम-सहमकर मुग्धता झलकानेवाली यह चन्द्रिका क्या उसी चन्द्रमा से निकली है ? चन्द्रमा प्रादेश-मात्र[1] है, पर ज्योत्स्ना समूची रोदसी में फैली हुई है। अल्प कारण से अधिक कार्य का सम्पन्न होना शिष्ट लोग नहीं मानते। तो फिर इतनी चाँदनी कहाँ से आयी ? यह तो सारे लोकों पर छा गयी है। क्या यह चाँदनी वेणुगोपाल स्वामी से निकली है ? उन प्रभु के आनन्दमय हृदय-कुहर से बाढ़-सी बह चली है। क्या भगवान् के मृदु अधर से निकलनेवाला मन्द हास बहुगुण होकर दिगन्तों तक फैल गया है ? हो न हो, यह सारी चाँदनी चन्दा मामा से नहीं आयी है। यदि मान लें कि वहीं से आयी है, तो यह कैसे सम्भव है ? इस चन्द्रमा में स्वामी के चरण-नख के सदृश भी प्रकाश नहीं है। यह तो स्वामी के चरण से उद्भूत है। अतएव इतनी चाँदनी का उद्भव भी स्वामी से ही हुआ होगा। हो सकता है कि चाँदनी की धवलिमा मात्र चन्द्रमा की है। पर उसका प्रसन्नतागुण, उसकी अूनठी मनोज्ञता, चन्द्रमा जैसे जड़-पुत्र[2] से क्योंकर निकलेगी ? चाँदनी में चन्द्रमा को देखकर मकड़ी के जाल का, और उस जाल के भीतर मकड़ी का स्मरण हो आता है। क्यों इसने इतना बड़ा जाल बुना है ?

कदाचित् चकोरों को पकड़कर मारने के लिए ? इस जाल में जो चकोर आ फँसते हैं, उन पर चन्द्रमा के झपटने की कोई आवश्यकता नहीं। जाल में फँसकर चकोर स्वयं ही मर जाते हैं। कहते हैं, जंगलों में बहुत बड़ी-बड़ी मकड़ियाँ होती हैं। वे शैतानी मकड़ियाँ कहलाती हैं। उनके फैलाये हुए जाल मोटी-मोटी रस्सियों के होते हैं, जिनमें सिंह, बाघ आदि फँसकर मर जाते हैं। यह चन्द्रमा भी उसी कोटि का है। चाँदनी ऐसी लगी, मानो चावल का आटा धरती पर सुखा दिया गया हो। सारा मन्दिर सफ़ेद दीखने लगा। बिछी हुई सफ़ेद गद्दियाँ सफ़ेद चाँदनी में दीखती ही न थीं। रंगों की छाप लगे खादी के कपड़ों से सिले हुए तकिये ही, वहाँ गद्दियों के अस्तित्व का साक्ष्य दे रहे थे। देखते-देखते मन्दिर के प्रांगण में दो सौ मशाल जल उठे। सफ़ेद चाँदनी और मशालों के लाल-लाल प्रकाश के बीच संघर्ष हुआ। लाल मुँह वाले ने ही उपनिवेश बनाया था। तात्कालिक विजय उन्हीं की हुई। हाथी पर से उतरकर ज़मींदार अपने आसन पर आ बैठे। प्रेक्षक खचा-खच भर गये। रंगमंच पर कलाकार आ खड़े हुए। मुख-मण्डप में स्वामी को वराह-अवतार की आकृति में सजाया गया था। हिरण्याक्ष के कलेवर से बहती

---

1. बालिश्त भर।
2. जल से उत्पन्न।
3. डीठ निकालने के लिए आन्ध्र में हल्दी और चूने का मिला हुआ पानी थाल में डालकर उसे व्यक्ति अथवा भगवान् की मूर्ति के चारों ओर फेरा जाता है।

रक्तधारा की भाँति महावर का पानी डाला गया था।[3] स्वामी की मूर्ति का मुँह लम्बा कर दिया गया और उसके अग्र भाग पर पृथ्वी की आकृति का एक गोला खड़ा किया गया। वह गोला कच्ची मिट्टी से बनाया गया था और उस पर पत्ते, बेलें, फूल और फल लगे थे। सारे मुख-मण्डप में काला कपड़ा बिछा था और उस पर सफ़ेद फूल खिले थे। वह था अनन्त नीलाकाश और वे फूल थे तारिकाएँ। उस महाकाश के मध्य-भाग में आदि-वराह की मूर्ति, धँसती जा रही धरती को अपनी दंष्ट्रा के अग्रभाग पर उठाये खड़ी थी। स्वामी की मूर्ति जहाँ खड़ी थी, वहाँ मशालों का प्रकाश पूर्णतया नहीं पड़ सकता था। उस अनन्त आकाश में ऐसा लगता था कि केवल तारिकाओं का धुँधला प्रकाश दिखाई दे रहा है। आदिवराह मूर्ति को देखते हुए भोगप्पा गाने लगा–

''वसति दशनशिखरे धरणी तव लग्ना।
शशिनि कलंक-कलेव निमग्ना।
केशव ! धृत सूकर-रूप ! जय जगदीश हरे !''

यह मंगलाचरण था। यही नृत्य का आरम्भ था। भोगप्पा की उपेक्षा पर रत्नगिरि को आश्चर्य हुआ। गिरिका के पाँव चाँदी के घुँघरुओं से झनक उठे। मंगलाचरण के होते ही वह 'तरंग' गाने लगी–

''जय जय रमानाथ !–जय जय धरानाथ !
जय जय वराहपुरि श्री वेंकटेश ! जय जय।
निगमगोचर ! नित्य निर्मलानन्द-घन !
विगलित-महा-मोह ! विमलविज्ञान !
खग-यान-संचार ! खडितासुर-निकर !
सकल-गुण-सम्पन्न ! सत्य परिपूर्ण ! जय जय ॥''

यह तरंग गाकर गिरिका ने प्रत्येक प्रेक्षक के हृदय को स्पर्श किया। झपताल बड़ी सफ़ाई से चल पड़ा। फिर देवदासी ने स्वाधीन-पतिका का अभिनय किया। वनविहार, परस्पर चन्दनादि-लेप, नर्म-भाषण, क्रीड़ा-विलास, द्यूत-रचना, एक-दूसरे के चैलांचलों की खींचातानी, रूठना, मनाना, परस्पर गाढ़ालिंगन, कचग्रहण, चरण छूना, भ्रूचालन–इन सबका सुन्दर निरूपण करके प्रेक्षकों को शृंगार-रस-विभोर कर दिया। स्वामी रूठ गये और दूसरी ओर मुख करके लेट गये। नायिका ने अनुनय किया। कुछ झल्लाहट भी दिखायी। स्वामी का दुपट्टा खींचने लगी। स्वामी सचमुच रूठे नहीं थे, वह तो कोप का अभिनय था। फिर नायिका भी रूठ गयी। अब स्वामी उसकी मिन्नत करने लगे। ठुड्डी के स्पर्श करने के बहाने उन्होंने नायिका के गाल पर अपना हाथ रखकर दबाया। कण्ठहार को सहलाने के बहाने नायिका के वक्षो-मण्डल का स्पर्श किया। दोनों की ऊँचाई की तुलना करने के बहाने उससे सटकर खड़े हुए और उसके शरीर में पुलक

उत्पन्न किये। दोनों की बाहुओं की तुलना करने के बहाने नायिका की बाँह से अपनी बाँह लिपटा दी। चोटी में फूल सजाने के बहाने, नायिका की चोटी को ज़ोर से खींचा। यह देखकर नायिका और रूठ गयी। कहने लगी, "उफ़, कितने अनाड़ी हो ! एक तो पुरुष अनाड़ी होते ही हैं, तिस पर अवतार का कहना ही क्या ?" सच कहने पर कोई भी व्यक्ति तुनक जाता है। स्वामी को भी अपनी वराहाकृति का उल्लेख सुनकर क्रोध आया। वे फिर दूसरी ओर मुड़कर लेट गये। देवदासी गाने लगी—

"सखी री ! मेरे इस प्यार का क्या होगा, जो बात-बात पर बिगड़नेवाले गोपाल से मैं कर बैठी हूँ ? जब कभी वे आते हैं, मुझको ही उनके पास जाना पड़ता है; वे स्वयं कभी मुझे नहीं बुलाते। मैं ही उन्हें मना-मनाकर गले लगाती हूँ, वे स्वयं मुझे अपने बाहुपाश में कभी नहीं बाँध लेते।...."

स्वामी मुड़कर बोले, "क्यों री ! झूठ क्यों बोलती है ? जो कुछ मैं करता हूँ वह सब ख़ुद करने की डींग मारती है ?" यह कहकर स्वामी ने नायिका के गाल पर हलकी चपत लगायी। देवदासी ने तुरन्त ग्रीवा मोड़ ली और चतुर भ्रू-विलास तथा शृंगारी दृष्टि-भेद दिखाकर अपना गाल आगे किया। भोगप्पा मन-ही-मन फूला न समाता था। सोच रहा था कि देवदासी का यह अद्भुत अभिनय शास्त्र के इस सूत्र का सुन्दर उदाहरण है—

"यतो हस्तस्ततो दृष्टिर्यतो दृष्टिस्ततो मनः
यतो मनस्ततो भावो यतो भावस्ततो रसः !"

देवदासी का अभिनय भिन्न-भिन्न व्यक्तियों को भिन्न रूपों में दीख रहा था। हरप्पा को वह लक्ष्मीनारायण के सम्भोग-शृंगार-सा लगा। धर्माराव को लगा कि देवदासी साधना के पथ में अत्यन्त उन्नत सोपान पर पहुँची है। भोगप्पा को वह अभिनय कभी अभिनय लगता था और कभी भक्ति का आवेश। उसके पास बैठे बालक को तो वह सब स्वर्ग-सा लग रहा था। उसने ऐसे दृश्य कभी नहीं देखे थे। चाँदनी, मशालों की रोशनी, समस्त आभरणों से भूषित देवदासी, वीणा, मृदंग, मंजीरा, अनूठी परिहासोक्तियाँ, अनुनय और भोगप्पा शास्त्री—और साथ-साथ यह भय कि पिताजी कहीं बिगड़ न बैठें—इन सब भावों का एक अनूठा सम्मेलन उस बालक के हृदय में हो रहा था। सारे सभासद देख रहे थे। कुछ लोगों की समझ में नहीं आया। कुछ लोगों ने गिरिका के शरीर का हलकापन ही देखा। परिणत बुद्धिवाले कुछ सभासदों को ऐसा लगा कि सम्भोग-शृंगार तथा महानन्द में कोई अन्तर नहीं। चाँदनी देवदासी के मुकुट पर, आँखों की पलकों पर, नाक के नथ पर, गालों पर, कर्णाभूषणों पर, काली चोली पर, उस पर सिले सुनहरे फूलों पर, उसके कंगनों पर, अँगूठियों में जड़े हीरकों पर, करधनी पर, साड़ी की हरी कोर पर, करधनी के छोटे-छोटे घुँघरुओं पर, उसमें जड़े शीशों पर, पाँव में लगे चाँदी के नूपुरों पर, उसकी चोटी में लगे मोतिया के फूलों पर—चमक उठी।

उन सबका स्पर्श करके मानो वह चाँदनी बिखर-सी गयी। नदी का प्रवाह पर्वत के कोने के आघात से जिस प्रकार फूटता है और उछलकर बिन्दुओं में बिखर जाता है, उसी प्रकार चाँदनी भी चहुँ-ओर बिखर गयी। बिखरकर कहीं दुगुना प्रकाश फेंकने लगी, कहीं दस गुना। वह चाँदनी विकसित कल्हार के रज जैसी अत्यन्त रम्य दीखने लगी। नृत्य करती गिरिका के शरीर पर पड़ते ही चाँदनी इस प्रकार उड़ गयी, मानो किसी ने उसे नख से उड़ा दिया हो। अभिनय करते समय आभूषणों पर पड़कर चाँदनी उनके साथ कान्ति का मानो लेवा-देवा करने लगी। गिरिका के ग्रीवा-भंग करते समय चाँदनी उसके गालों पर रेंग गयी। दृष्टि-भेद दिखाते समय चाँदनी उसके कटाक्षों में लीन हो गयी। जिस प्रकार नाव के पाल में हवा भर जाती है, उसी प्रकार गिरिका के चैलांचल छुड़ाते समय, उसमें चाँदनी भर गयी। जब गिरिका चरण-विन्यास प्रदर्शित कर रही थी, तब चाँदनी उसके आसपास हवा की कोरों पर रेंगने लगी, मानो देवदासी के चरण-रज के लोभ में लोट रही हो। पकी हुई केतकी की भीतरी पंखुड़ी की भाँति श्वेत, स्वच्छ, गिरिका के गालों पर पड़कर चाँदनी चन्दन लेप से घुल-मिल गयी और उसके मुख पर सहस्र चन्द्रोदय का दृश्य दिखा गयी। प्रेक्षकों की सम्मोहित दृष्टियों के कारण मानो हवा की लहरें निस्तब्ध हो उठीं। मृदंग, मंजीरा, वीणा और वेणु का निस्वन, गिरिका का मधुर कण्ठ स्वर, पायलों की रुन-झन, कंकणों का कन-कन—ये सब एक-दूसरे में विलीन होकर वराहावतार की ओर बढ़ने लगे। पीछे से सुनहरा कवच पहने वेणुगोपाल स्वामी अपने अवतार का अवलोकन कर रहे थे; और सभी अवतारों की आराधना करनेवाली गिरिका का मुखमण्डल भी निहार रहे थे। गिरिका की दृष्टि में पृथुता दीख रही थी। स्वामी की आँखें गिरिका के वक्षोमण्डल को देखने लगीं। वहाँ भी प्रौढ़ता दीख पड़ी। फिर स्वामी की दृष्टि उसके जघन-भाग पर पड़ी। वहाँ भी प्रौढ़ता दृष्टिगोचर हुई। हरी साड़ी से शस्य-श्यामलता टपक रही थी। वक्षों से पर्वतों का भ्रम हो रहा था। काली चोली बादलों का स्मरण कराती थी। उस पर सिले सुनहरे फूल सौदामिनी के प्रतिरूप थे। गिरिका के शरीर का लावण्य नदी जैसा था। उसके जघन-भाग में पुलिनों के दर्शन होते थे। उसके चरण कच्छप थे। आँखें मत्स्य तथा हरिण। नासिका चम्पक थी। श्रवण शिरीष थे। कपोल केतकी के प्रतिरूप थे। बाँहें और हाथ कमल की नाल और फूल थे। जंघाएँ कदली-वृक्ष थीं—इस प्रकार गिरिका पृथ्वी का सम्पूर्ण स्वरूप प्रस्तुत कर रही थी। स्वामी मन्दिर में ही बैठे-बैठे फूले न समाते थे। अपना अवतार और गिरिका का भू-देवी का अवतार, अपना अनुकूल-पतित्व तथा गिरिका का स्वाधीनपतिकात्व, उन्हें बड़ा रोचक लग रहा था।

चन्द्रमा मन्दिर के पीछे चला गया। गिरिका रति की अवसान-वेला का आनन्द सूचित करती हुई गा उठी—

"कुरु यदुनन्दन ! चन्दन-शिशिरतरेण करेण पयोधरे।
मृगमदपत्रकमत्र मनोभवमंगल-कलशसहोदरे।

सरसघने जघने मम शम्बरद रणवारणकन्दरे।
मणिरशनाव सनाभरणानि शुभाशय ! वासय सुन्दरे ॥''

पुजारी ने आरती उतारी। सभासदों ने साधुवाद किया। मृदंग पर अन्तिम बार 'तक धिन-तक धिन' के बोल गूँज उठे। घुंघरू अन्तिम बार झनक उठे। वीणा के तार अन्तिम बार भ्रमरों की झनकार कर उठे। सारे दर्शकों की, वराहमूर्ति के पास भीड़ लग गयी। हरप्पा और धर्माराव गिरिका के पास पहुँचे। हरप्पा बोला, ''वराहमूर्ति के साथ भू-देवी का अवतार धारण करनेवाली देवी को मेरा नमस्कार।'' स्वामी की मूर्ति के सम्मुख झुकी हुई गिरिका को धर्माराव ने बुलाया और अपने बायें हाथ से सिंह के मुख का और दायें हाथ से पताका की मुद्रा का प्रदर्शन किया। यह देखते ही भोगप्पा शास्त्री तन्मय होकर 'श्रीराग' में अपने मधुर स्वर से नरसिंह अवतार की प्रशंसा का श्लोक गाने लगा—

''दुर्गेष्वटव्यादिमुखादिषु प्रभुः,
पायान्नृसिंहोऽसुरयूथपारिः।
विमुंचतो यस्य महाट्टहासं,
दिशो नेविदुर्न्यपतंश्च गर्भाः ॥''

शास्त्री के कण्ठ-स्वर ने वायु की वीचियों की और तरंगित किया। अभी-अभी आते हुए अँधेरे ने संगीत के स्वरों को अपने आपमें लीन कर लिया। गजारूढ़ होकर ज़मींदार हरप्पा दो सौ मशालों समेत कोठी की ओर चला गया। उसका मन वराहावतार की कथा में डूबा हुआ था। भोगप्पा शास्त्री निराहार रहकर फिर उस बालक के साथ जाने लगा। देवदासी स्नान करके पद्मासन लगाकर फिर से ध्यान-मग्न हो गयी। अरुन्धती और धर्माराव यों ही समय काट रहे थे। अरुन्धती पति के गले से लिपटकर बैठी थी। धर्माराव ने पूछा, ''आज कुछ शान्त दीख रही हो, क्या बात है ?'' अरुन्धती धर्माराव से लिपटकर उसकी गोद में लेट गयी। बोली, ''हम दोनों में कोई अन्तर नहीं होना चाहिए। आपसे अलग होकर वियोग की पीड़ा मैं सह नहीं सकती। दोनों मिल जाने से 'मैं तुम' का भेद-भाव नहीं रहता। पर उसमें आनन्द कहाँ है ? दीप के साथ छाया की भाँति, सुख के साथ दुःख भी लगा है। दोनों को जोड़कर ही भोगना चाहिए। मैं अब बहुत दिन नहीं जिऊँगी। मुझमें जीवित रहने के लक्षण नहीं दिखाई दे रहे हैं। इतने उद्वेग वाले मन को कैसे सँभाल सकूँगी ? यह मन मेरी बात नहीं मानता।''

धर्माराव, ''तुम चली जाओगी तो मेरे लिए अरुन्धती कहाँ रहेगी ?''

इतने में भोर हुआ। कौवे काँव-काँव करने लगे। सूर्य-बिम्ब प्रातःकाल की अरुणिमा लिये हुए वट-वृक्ष की ओट से ऐसा लग रहा था, मानो उसके बिम्ब के हज़ार टुकड़े बन गये हों और एक-एक टुकड़ा एक बिम्ब बनकर बड़ के पके फल की भाँति चमक रहा हो। धूप चारों ओर फैल गयी। दिन चढ़ आया। दिवा-वेशधारी कलाकार अपनी

वेश-भूषाओं तथा सरस वचनों से लोगों का मन रिझाते हुए गाँव में घूम रहे थे। उस दिन एकादशी थी। भोगप्पा स्नान करके मन्दिर में बैठा गायत्री का जप कर रहा था साँझ हुई, उस दिन ब्राह्मणों के भोजन का प्रबन्ध न था। सबको उपवास करना था। साँझ होते ही दोनों मन्दिरों में ध्वजारोहण किया गया। ध्वजा-पट पर महावर से नन्दीश्वर का चित्र खींचा गया और उस ध्वज को स्तम्भ के शिखर पर चढ़ाया गया, जहाँ घण्टियाँ और घुँघरू बँधे थे। हनुमानजी के चित्र से चित्रित ध्वज को वेणुगोपाल स्वामी के मन्दिर में फहराया गया। चाँदनी उमड़-सी पड़ी। एकादशी की ज्योत्स्ना की तरंगें चारों ओर फैलकर सारी वस्तुओं को पुनीत करने लगीं। हरप्पा ने अपने बड़े हाथी पर हौदा बँधवाया। उसने उस हाथी का नाम शत्रुघ्न रखा था। वह स्वयं हाथी पर बैठ गया। दूसरे हाथी पर राधाकृष्णय्या और सर्वारायडू को बिठाकर एक तीसरे बूढ़े हाथी को यों ही अपने साथ लिया और दस घोड़ों पर राज-बन्धु तथा दासी-पुत्र आदि को साथ लेकर गाँव के बाहर चला गया। उधर धर्माराव और अन्य कर्मचारी बड़े किसानों के साथ, तालाब के बाँध पर चटाइयाँ बिछाकर ज़मींदार की प्रतीक्षा कर रहे थे। उनके पास शरबत से भरे गागर रखे थे। एक पहर रात बीत गयी। चारों ओर दिक्-कटाह चाँदनी से लबा-लब भरे थे और दूध भरे गागर जैसे लग रहे थे। ज़मीन में गहरी दरारें पड़ गयी थीं। चाँदनी के टिकने के लिए वहाँ न तो कोई हरा पत्ता था, न कोई केवड़े की पंखुड़ी; न कोई फूल था और न कोई हरियाली। बिना किसी काम के व्यर्थ घूमनेवाले निठल्ले की भाँति चाँदनी इधर-उधर यों ही घूम रही थी। पचास मशालों के साथ हरप्पा के हाथी और घोड़े निकल पड़े। गम्य-स्थान पर पहुँचकर थोड़ी देर ठहर गये। हरप्पा, राधा कृष्णय्या और सर्वारायडू हाथियों से उतरकर बैठ गये।

सर्वारायडू, ''यह चाँदनी कैसी है ?''

हरप्पा, ''हाथी-दाँत जैसी है ?''

सर्वारायडू, ''हाथी-दाँत को छाँटकर सान लगाने पर ही उसमें चाँदनी-सी चमक आती है।''

राधाकृष्णय्या, ''एक हाथी के मरने पर ही उसका दाँत निकाला जा सकता है और सान लगायी जा सकती है।''

हरप्पा, ''हाथी एक महान् जन्तु है। उसका मरना भी बड़ा विवादजनक होता है। महाकवि, महाराजा, महावृक्ष, अथवा महाजन्तु का मर जाना अच्छा शुकन नहीं होता। किसी दुर्दशा के आगमन का सूचक होता है। कहते हैं कि जिस वर्ष कोई महाव्यक्ति मर जाता है, उस वर्ष कई दुर्घटनाएँ घटती हैं।''

सर्वारायडू, ''पिछले दिनों हमारी कोठी पर एक बड़ा हाथी था। वह राजतिलक का हाथी था। उसका कुछ नाम था, मुझे स्मरण नहीं है।''

राधाकृष्णय्या, ''उसका नाम था लक्ष्मणस्वामी।''

हरप्पा, ''हाँ-हाँ, नौकर रंगन्ना ने मुझसे एक बार उसके बारे में कहा था।''

राधाकृष्णय्या, "उस हाथी को यहीं-कहीं दफ़नाया गया था।"

आसपास एक हाथी के चलने-फिरने की हलचल हुई। हरप्पा ने मुड़कर देखा। उसके तीनों हाथी जहाँ के तहाँ खड़े थे। इस चौथे हाथी की हलचल देखकर वह कुछ सिटपिटा गया। राधाकृष्णय्या पूछने लगा, "आप क्यों ऐसे काँप रहे हैं ?" हरप्पा ताड़ गया। जिस हाथी को उसने देखा, उसे राधाकृष्णय्या नहीं देख पाया। लक्ष्मणस्वामी दूर-दूर घूम रहा था। अपनी सूँड़ को बड़े सुन्दर ढंग से हिलाता हुआ मन्द-मन्द गति से पग धरता, पूँछ और कान हिलाता हुआ, थोड़ी दूर दौड़ता, थोड़ी दूर चलता और थोड़ी देर खड़ा रहकर एक अनूठा दृश्य दिखा रहा था। राधाकृष्णय्या बोला, "अब लौटने का समय हो चुका है।" हाथियों पर तीनों सवार हुए। सरदार लोग घोड़ों पर सवार हुए, अभी-अभी निकलनेवाले थे। आगे-आगे दो हाथी, उनके पीछे बूढ़ा हाथी और उसके पीछे घोड़े चलने को थे। महावतों ने हाथियों को हाँका; पर वे आगे नहीं बढ़े। चौंककर इधर-उधर दौड़ लगाने लगे। हरप्पा ने देखा तो लक्ष्मणस्वामी रास्ता रोके खड़ा था। हरप्पा को कुछ नहीं सूझा। राधाकृष्णय्या आदि से कहे या न कहे ? इतने में लक्ष्मणस्वामी रास्ते से हट गया। शत्रुघ्न फिर से रास्ते पर आ गया और आगे बढ़ा। वह क़ोई दस क़दम चला होगा कि हरप्पा ने देखा, लक्ष्मणस्वामी अत्यन्त भयंकर ढंग से सूँड़ उठाकर शत्रुघ्न पर आक्रमण करने ही वाला है। शत्रुघ्न फिर चौंककर पीछे की ओर भाग खड़ा हुआ। अन्य हाथी और घोड़े भी तितर-बितर हो गये। महावत बड़े प्रयत्न से उन्हें रास्ते पर ले आये। हरप्पा ने देखा तो दो बिजलियों समेत महा-मेघ की भाँति, दो खिले हुए फूलों समेत चम्पक के निकुंज की भाँति लक्ष्मणस्वामी सिर और सूँड़ हिलाता हुआ दूर से धीरे-धीरे आ रहा था। फिर हाथी चौंक गये। हरप्पा ने हाथियों को ठहराया और एक नौकर को बुलाकर कहा, "देखो, धर्माराव जी के पास जाओ और कहो कि मैंने तुरन्त बुलाया है।" साथवाले यह सुनकर भौंचक रह गये। इस बुलावे का कारण किसी की समझ में न आया।

थोड़ी देर में धर्माराव आ गया। हरप्पा के साथ वह शत्रुघ्न पर बैठा। फिर से हाथियों और घोड़ों की पंक्ति लगी। हरप्पा ने धर्माराव से कहा, "वह देखिए।" आगे से लक्ष्मणस्वामी आ रहा था। धर्माराव उसकी अस्पष्ट आकृति को देखकर सब कुछ ताड़ गया। तुरन्त उसने हाथियों को ठहरा लिया और एक नौकर को कोठी पर भेजकर, हाथियों का चारा और थोड़ा जल मँगवाया। शत्रुघ्न को अलग करके लक्ष्मणस्वामी की समाधि पर ले जाया गया। वहाँ ज़मीन को साफ़-सुथरा करके उस पर पानी छिड़का गया। धर्माराव के कहने पर हरप्पा ने वहाँ हाथी का चारा रख दिया और संकल्प किया कि शत्रुघ्न का नाम बदलकर लक्ष्मणस्वामी रखा जाएगा। फिर दोनों नये लक्ष्मणस्वामी पर सवार हुए और अन्य साथियों से जा मिले। उनका कारवाँ चल पड़ा। ऐसा लगा कि मृत लक्ष्मणस्वामी भी दूर-दूर से उनके साथ चल रहा है। गुण्डेरु नदी तक वह साथ चलता रहा। पुल पार करके हरप्पा के गाँव में प्रवेश किया और लक्ष्मणस्वामी वहीं से

लौट गया। हरप्पा और धर्माराव ने अभी-अभी दूर जाकर क्या किया, यह उनके साथियों को ज्ञात न था। सब लोग कोठी पर पहुँचे। धर्माराव हाथी से उतरकर पहले तलैया पर जा पहुँचा। राज-बन्धु भी वहाँ आ पहुँचे। कहने लगे, "चन्दन, ताम्बूल और शर्बत के गागर अर्पण करके हम विवाह रचाएँगे। आप इसे स्वीकार करें।" प्रभु की ओर से भोगप्पा शास्त्री कहने लगा, "महाशय, हमें कोरी लड़की नहीं चाहिए। हमारे स्वामी को पत्नियों की क्या कमी है ? रुक्मिणी है, जाम्बवती है, मित्रविन्दा है, कालिन्दी है। इसी प्रकार कई पत्नियाँ और सोलह हज़ार गोपियाँ भी हैं। अतएव आप कोई योग्य दहेज देंगे, तभी आपकी कन्या से हमारे स्वामी का विवाह हो सकेगा।" धर्माराव की ओर से उसका मित्र राघवराव बात करने लगा। "हमारी लड़की कोई न्यून-कुल की नहीं है। रुक्मिणी की बात क्या कहते हो ? वह तो माता-पिता का विरोध करके आयी थी। हमारी सत्यभामा कुलीन राजकुमारी है। तुम्हारे स्वामी की इतनी पत्नियाँ अभी तक मौजूद हैं, सो उन्हें और कौन अपनी लड़की देगा ? यह हमारी भलमनसी है, जो हम दे रहे हैं।"

भोगप्पा बोले, "क्या इसीलिए हमें इतनी दूर से बुलवाया है ? पहले ही हमें ऐसा शकुन हुआ था। आते-आते हमारे हाथी रास्ते में अड़ गये थे। हम सोच रहे थे, क्या कारण है, ख़ैर अब चले चलें। दहेज बिना इस लड़की को कौन ब्याहेगा ?"

राघवराव उसे समझाने लगा, "महाशय, इतने निष्ठुर क्यों होते हैं ? हम सालंकृत-कन्यादान करेंगे। घोड़े, हाथी, ऊँट, धोबी, कवि, गायक आदि सबकुछ अर्पण करेंगे। आप तो रूठकर लौटने पर उतारू हो गये ? आपको पत्र लिखकर बुलाने में जितनी देर लगी, उतनी देर भी आप ठहरने नहीं पाये ?"

भोगप्पा, "आपकी गिनायी हुई सभी वस्तुएँ, हमें किसी भी वधू से मिल सकती हैं। आपकी लड़की में कोई विशेषता हो, तभी हम उसे ब्याहेंगे।"

राघवराव, "हमारी लड़की ही विशेषता है।"

भोगप्पा, "ऐसा न सोचिए कि हमने कभी कोई लड़की देखी ही नहीं। आप बार-बार 'हमारी लड़की, हमारी लड़की' कह रहे हैं। आपकी लड़की क्या कोई सोने की पुतली है ? सुवर्ण टंकों की राशि है ? रत्नों का ढेर है ? हमें तो कोरी लड़की नहीं चाहिए। प्रभु ! अब चलिए चलें। सोचा था कि बराबरी के राजा हैं, लेन-देन में कमी नहीं करेंगे। इसलिए पहले ही कोई खरी-खरी बातचीत नहीं की थी। इसका हमें अच्छा फल मिला।" हरप्पा और उसके साथी उठ खड़े हुए। राघवराव फिर अनुनय करने लगा, "महाशय ! आप नाराज़ न हों। जाम्बवन्त के पास से लाया हुआ स्यमन्तक मणि हमारे पास है। वह प्रतिदिन सौ खण्डी सोना बरसाता है। आपके स्वामी कब से उसकी टोह लगाकर बैठे हैं। कन्या के साथ-साथ हम वह मणि भी स्वामी को देंगे।" भोगप्पा हरप्पा से अकेले में कहने लगा, "प्रभु ! हमारा मन्त्र काम कर गया। फिर भी तुरन्त राज़ी नहीं होना चाहिए। थोड़ी-सी अकड़ दिखाकर फिर मान लेंगे।" फिर

वह राघवराव से बोला, ''महाशय, स्यमन्तक मणि ले आनेवाले तो हमारे स्वामी ही थे। उस पर उनकी इच्छा न थी, इसी से उन्होंने उसे दे डाला। ख़ैर, आप जो इतना अनुनय कर रहे हैं, सो हम मान लेंगे। स्यमन्तक मणि से भी कोई स्पृहणीय वस्तु देने की आप पेशकश करेंगे तो प्रायः स्वामी की स्वीकृति मिल सकेगी। हाँ, वैसे स्यमन्तक मणि देने पर भी हम मान लेते।''

राघवराव धर्माराव से कहने लगा, ''देख लिया, दूल्हे वालों की अकड़ कैसी होती है ? सचमुच उनकी दृष्टि स्यमन्तक मणि पर ही केन्द्रित है, पर उसके साथ-साथ कुछ और भी ऐंठना चाहते हैं। यह रिश्ता न भी जुड़े तो क्या हर्ज़ है ? इतने से आधा देने पर भी कोई अच्छा-सा राजकुमार मिल सकता है।'' धर्माराव बोला, ''यह बात ठीक नहीं। उन्हें इतनी दूर बुलवाकर रिश्ता तोड़ना नहीं चाहिए। रिश्ता टूटेगा तो लड़की के बारे में कई झूठमूठ की बातें निकल पड़ेंगी। उसके बाद अच्छा रिश्ता मिलना भी कठिन हो जाएगा।'' फिर उसने भोगप्पा शास्त्री से जाकर कहा, ''महाशय, हमारे पास स्यमन्तक मणि से भी अधिक मूल्यवान् एक वस्तु है वह भी हम आपको देने के लिए तैयार हैं।''

भोगप्पा, ''उस वस्तु का क्या नाम है ?''

धर्माराव, ''उसे आप जानते हैं। उसका कोई मूल्य नहीं।''

धर्माराव ने भोगप्पा के कान में कुछ कहा। भोगप्पा जाकर हरप्पा के कान में ज़ोर-ज़ोर से कहने लगा, ''प्रभु, बचपन से हमारे स्वामी जिसे देखकर फूले न समाते थे, उस देवदासी को भी देने पर वे लोग राज़ी हो गये हैं। अब हम यह नाता स्वीकार करेंगे। तथापि मैं वेणुगोपाल स्वामी से भी पूछ आऊँ।'' यह कहकर भोगप्पा मन्दिर के भीतर चला गया और वेणुगोपाल स्वामी के सम्मुख इस बात का निवेदन किया। पुजारी ने कहा, ''तब तो अवश्य रिश्ता स्वीकार करना चाहिए।'' स्वामी भी लज्जा से सिर झुकाते-से दीख पड़े। भोगप्पा लौट आये और बोले कि स्वामी को रिश्ता स्वीकार है। राघवराव ने कहा, ''बारातियों के लिए कोठी में हमने प्रबन्ध कर रखा है।'' तदुपरान्त बाराती कोठी में जा पहुँचे और लड़की वाले अपने घर लौटे।

तब तक आधी रात बीत चुकी थी। प्रह्लाद की रक्षा करनेवाले नरसिंह भगवान् की उग्रता को शान्त करने के लिए देवताओं के दिये हुए नीराजन की भाँति, चाँदनी पवित्र तथा कान्तिमय दीख रही थी। एकादशी होने के कारण सारे देवतागण मन्दिर के अग्र भाग पर वायुमार्ग में आ खड़े हुए। सभा में वासक-सज्जिका का नृत्य मुखरित हो उठा। देवदासी हार-गुम्फन का अभिनय कर रही थी। थोड़ा-थोड़ा तेल डालकर दीपक जला रही थी। घबरा रही थी कि कहीं सहेलियाँ ताड़ न लें। लज्जा-मुग्ध नयनों से मुग्धा नायिका की भाँति सारा साज-सजाव उसने सहेलियों की आँख बचाकर कर लिया।

नट बोला, ''सखी, तुम कैसी अनजान हो ! तुम्हारे मन में एक अनजाना-सा स्फुरण हुआ है कि स्वामी आनेवाले हैं। तुम हमसे छिपा रही हो। क्या प्रिय के आने पर ही

दीये में अधिक तेल डालोगी ?''

एक घण्टे तक मुग्धा का अभिनय होता रहा। फिर देवदासी ने मध्या का अभिनय प्रारम्भ किया। कंगन पहने हुए हाथ से उसने फूल पिरोना प्रारम्भ किया और बोली, ''मेरी सखी, तू बड़ी चतुर है। औरों के भावों को जाने बिना ही तू ऐसी बातें करती है, मानो सब कुछ जानती हो। देख, मैं इन फलों को कैसी चतुरता से पिरो रही हूँ। अच्छा, यह तो बता, तू कृष्ण कन्हैया को जानती है ? वे कहते थे कि आज आऊँगा।'' परन्तु नट ने कहा, ''हाँ, देवी-देवताओं के कार्यों में व्यस्त स्वामी अब यहाँ आएँगे कि नहीं, हम क्या जानें ? तुम हो कि सज-धजकर बैठी हो। चित्रों को देखने के बहाने बार-बार द्वार की ओर देख रही हो। रह-रहकर नये-नये गहने पहन रही हो। उधर स्वामी प्रह्लाद की रक्षा करने गये हैं। अभी तक नहीं लौटे।''

तदुपरान्त प्रौढ़ा वासक-सज्जिका का अभिनय प्रारम्भ हुआ। देवदासी ने पूछा, ''क्या ?'' नट बोला, ''देवता-कार्य पर गये हुए स्वामी, कौन जाने कब लौटेंगे ? तुम भी कुछ-कुछ अपनी आतुरता कम करके उनकी प्रतीक्षा करो तो अच्छा होगा। पर तुम बहुत अधीर हो रही हो। अच्छा, यह तो बताओ कि क्या उन्होंने आज आने का अभिवचन दिया था ?'' गिरिका बोली, ''हाँ-हाँ, दिया था। कल सन्ध्या समय मुझसे कह गये थे।'' रत्नगिरि कहने लगी, ''कल स्वामी ने पत्र भी तो लिखा था।'' देवदासी भर्राये स्वर में बोली, '''सखी ! आज स्वामी नहीं आएँगे तो मैं अपने प्राण दे दूँगी।'' नट बोला, ''ऐसा न कहो। तुम्हारा प्रेम इतना उत्कट है, तो स्वामी क्यों नहीं आएँगे। मैं जाकर देख आती हूँ। इतने में तुम पान, सुपारी और सुगन्ध-द्रव्य आदि तैयार रखना। क्यों नहीं आएँगे ? वह देखो कौन आ रहा है। वह बाँकी चाल उन्हीं की-सी लगती है। वह जो दुपट्टा कन्धे से लटक रहा है, उन्हीं का लगता है।''—

''पाहि पाहि जगन्मोहनकृष्ण ! परमानन्द श्रीकृष्ण !
देवकी-वसुदेवनन्दन कृष्ण ! दिव्य सुन्दर श्रीकृष्ण !
नन्द-यशोदानन्दन कृष्ण ! इन्दुवदन श्रीकृष्ण !''

गिरिका उठ खड़ी हुई और प्रणाम करती हुई बोली, ''स्वामी आ गये !''

''शंखी चक्री गदी पद्मी शार्ङ्गी किरीटी कुण्डली,
श्रीवत्सकौस्तुभी दिव्यपीताम्बरी विराजते।''

यह गाती हुई देवदासी नाच उठी। इतने में यवनिका के हटने पर नरसिंह अवतार की मूर्ति का साक्षात्कार हुआ। लकड़ी के मोटे-मोटे खम्भे मूर्ति के उभय पार्श्वों में खड़े किये थे। उनके बीच की दूरी ऊपरी भाग में अधिक थी और निचले भाग में कम। उनके बीचों-बीच सिंहासन पर स्वामी की मूर्ति सिंह के बड़े से शीर्ष समेत रखी गयी थी। मूर्ति के जाँघों पर पुजारी के छोटे भाई को लिटाया गया था। उसकी छाती को

स्वामी अपने नखों से चीरते दिखाई दे रहे थे। पास ही एक छोटे बालक को प्रह्लाद बनाकर खड़ा किया गया। बालक आरती उतार रहा था–

"करुणया अवलोकय मां नरसिंह !
शूरासुर-संहार शोभनाद्रि श्रीनृसिंह !
परिपूर्णदयारस-पाथोधि-वृंहण
प्रह्लाद-चन्द्रोदय श्रीनृसिंह !
निरसित-तामस निर्विशेष-मानस
गुरूतर-वीर-श्री-गूढ़ सुगुणालय ॥ करुणया... ॥"

इतने से सवेरा हुआ। देवदासी स्वामी के पास से वामनावतार और परशुराम अवतार की मुद्राएँ लगाकर नाचती हुई गाने लगी–

"छलयसि विक्रमणे बलिमद्भुतवामन !
पदनख-नीरजनित-जन-पावन !
केशव ! धृत वामन-रूप ! जय जगदीश हरे !
क्षत्रिय-रुधिरमये जगदपगतिपापम्
केशव ! धृत भृगुपतिरूप ! जय जगदीश हरे !"

सूर्योदय हुआ। कौवे काँव-काँव करने लगे। धर्माराव ने दाहिने हाथ से कपित्थहस्त और बायें हाथ से शिखर-हस्त की मुद्राएँ उलटी लगाकर रामअवतार का प्रदर्शन किया। सारे ब्राह्मण स्नान करके चले गये। गजारूढ़ होकर ज़मींदार कोठी की ओर चल पड़े। स्त्रियाँ अपने-अपने घर लौटकर काम-काज में व्यस्त हो गयीं। देवदासी घर लौटने लगी। उसकी उनींदी आँखों में थकावट दीख पड़ी। शरीर क्लान्त दिखाई दिया। वह जब तक चलती रही, उसके चरण नाचते-से दीख रहे थे। उसी के साथ-साथ कलाकारों की टोली चल रही थी। उसकी चाल से ऐसा लगता था, मानो अभी-अभी कोई सुन्दरी सारी रात प्रियतम के साथ बिताकर भोर होने पर अलसायी पद-चाप, खिसकते केशफूल, उलझे कण्ठहार तथा नींद से बोझिल नयनों के साथ शैयागृह से निकल पड़ी हो।

वह स्नान करके फिर से जप में मग्न हो गयी। उसे भोजन किये हुए पाँच दिन बीत चुके थे। सोये हुए भी पाँच दिन बीत चुके थे। उसकी माँ द्वादशी का पारण कर रही थी, पर गिरिका चुपचाप बैठी रही। ब्राह्मणों ने जप आदि निपटाकर द्वादशी का पारण किया। धर्माराव ने ब्राह्मणों का भुक्तावशेष लाकर देवदासी को दिया। वह भोजन करके मन्दिर में आ गयी। मन्दिर के आगे बड़े पण्डाल में भजन-कीर्तन का कार्यक्रम चल रहा था। जिधर देखो, बैकुण्ठ-सा लगता था। साम-गान करनेवाले नारद की भाँति कुछ वेद-विद् ब्राह्मण सामवेद का पाठ कर रहे थे। यजुश्शाखी यजुर्वेद का पाठ करते हुए यज्ञ-यागादि के आचरण की व्याख्या कर रहे थे। उपनिषदों का अर्थ समझा रहे

थे। बाहर जादू-टोनावाले पहलवान अपना करतब दिखा रहे थे। लोग उन्हें देख-देखकर प्रसन्न हो रहे थे। दोपहर बीतते न बीतते, सारे लोग मन्दिर में या मन्दिर के बाहर आकर जम गये। कुछ टोलियाँ नागेश्वर स्वामी के मन्दिर में भजन कर रही थीं। उस भीड़ से तंग आकर गणाचारी और चन्द्रय्या तलैया के तट पर जा पहुँचे। चन्द्रय्या खाना ले आया था। गणाचारी खा रही थी।

कोठी में कोई न था। अकेले रंगाराव बिस्तर पर पड़े-पड़े बाहर के उत्सव से अपना कोई सम्बन्ध न होने के कारण एकाकीपन का अनुभव कर रहे थे। छोटा रामेश्वर शास्त्री ब्राह्मणों की पंक्ति में बैठकर द्वादशी का पारण कर चुका था। उसे अपने घर गये पाँच दिन बीत चुके थे। घर में इतनी भीड़ थी कि कौन आया और कौन गया, इसका किसी को पता न था। अरुन्धती और धर्माराव अपने बच्चे को केवल नृत्य के पास देख पाते थे, तदुपरान्त वह ओझल हो जाता था। ज्यों-त्यों उसका पता भर मिलता, परन्तु उसने घर जाने का नाम न लिया। उस दिन जब सारे लोग भजन-कीर्तन में लगे थे, न जाने रामेश्वर शास्त्री को क्या सूझा, वह कोठी पर पहुँचा। वहाँ जाकर वह रंगाराव के सम्मुख बैठ गया। रंगारावजी ने पूछा, "कहाँ से आ रहे हो, मन्दिर से ?"

शास्त्री, "आज रामावतार है; आप चलेंगे।"

रंगाराव, "बेटा, मैं उठकर बैठ भी तो नहीं सकता।"

शास्त्री, "आप देवदासी को जानते हैं ? नहीं-नहीं, उसका नाम गिरिका है; उसे जानते हैं ? उसे देवदासी या गिरिका नहीं कहना चाहिए। एक दिन मैंने उसका नाम लिया तो माँ बिगड़ी और डाँटकर कहने लगी, 'तूने उसकी नाभि काटकर नामकरण किया था ?' मेरी समझ में नहीं आता कि उसे क्या कहना चाहिए। क्या आप उसे जानते हैं ?"

रंगाराव, "उत्सव ठीक चल रहा है ?"

शास्त्री ठहाका मारकर हँस पड़ा।

रंगाराव, "हँसते क्यों हो ?"

शास्त्री, "क्या सूरज में गरमी है ? क्या राजा के पास हाथी है ? राजा होने के कारण ही उनके पास हाथी आ गये !"

रंगाराव, "तुम तो पागल हुए जा रहे हो।"

शास्त्री, "अब तो मैं भी पागल हो रहा हूँ। हाँ, आज रात को रामावतार है। राम ने रावण का वध किया था न ? मुझे किसी ने आज तक राम-कथा ठीक-ठीक नहीं सुनायी। जिस किसी से पूछता हूँ, कहता है कि पढ़ लो तो पता चलेगा। पढ़ते क्यों हैं। इसलिए न, कि कुछ ज्ञान हो ? क्या कहने-सुनने से ज्ञान नहीं होता ? अन्त में हमारे हसनअली ने मुझे रामायण की कथा सुनायी।"

रंगाराव, "यह हसनअली कौन है ?"

शास्त्री, "एक मुसलमान लौण्डा है। उसी ने मुझे 'कूदता हूँ' आदि शब्द सिखाये

थे।''

रंगाराव, ''क्या वह राम-कथा जानता है ?''

शास्त्री, ''जानता है ? वह कबीर है, मैं रामदास[1] हूँ। हम तालाब के पास सवेरे नाटक खेल चुके हैं। राम बड़े भक्त थे।''

रंगाराव, ''क्या कहते हो ? राम बड़े भक्त थे ?''

शास्त्री, ''क्या भगवान् भक्त नहीं हो सकते। शिवजी पर राम की बड़ी भक्ति थी।''

रंगाराव, ''तुम तो बहुत कुछ जानते हो।''

शास्त्री, ''वह जो देवदासी के नृत्य में हास्य करता है न, वह भी यही कहता था। मुझे जो कुछ आता है, वह सब हसनअली का सिखाया हुआ है।''

रंगाराव, ''हसनअली की आयु क्या होगी ?''

शास्त्री, ''बारह-तेरह वर्ष की होगी। मुसलमान वैसे तो हट्टे-कट्टे होते हैं, पर हसनअली बहुत दुबला-पतला है। मैं उसका कान मरोड़ता हूँ। उसके मुँड़े हुए सिर पर धौल लगाता हूँ। मैं जो कहता हूँ, वह वही करता है।''

रंगाराव, ''तुम्हारी गपशप आज मुझे अच्छी नहीं लग रही है।''

शास्त्री, ''कल रात मैंने एक सपना देखा। परसों रात तो मैं सोया ही नहीं।''

रंगाराव, ''क्या देखा सपने में ?''

शास्त्री, ''मैंने देखा कि मैं एक दूध का गागर हूँ। मेरा सारा दूध, कूर्मावतार के लिए बनाये गये क्षीर सागर में बह गया। मैं भी समुद्र में गिर पड़ा। मुझे उस नट ने जगाया।''

रंगाराव, ''इसीलिए तुम मीठे नहीं हो।''

शास्त्री, ''इसीलिए मैं बहुत मीठा हूँ।'' यह कहकर वह चला गया। सीधे गणाचारी के पास जा पहुँचा। वह भोजन कर चुकी थी। तलैया के किनारे एक वृक्ष तले बैठी थी। शास्त्री ने तलैया में उतरकर स्नान किया और अपने कुरते से सिर और शरीर आधा पोंछकर कुरते को पानी में डुबोया और धूप में उसे सूखने के लिए बिछाकर गीला काछा लगाता हुआ गणाचारी के पास जा बैठा।

शास्त्री, ''तुम मन्दिर छोड़कर क्यों आयी हो ?''

गणाचारी कुछ नहीं बोली। शास्त्री ने फिर पूछा, ''चन्द्रय्या तुम्हारा कौन है ?'' फिर भी गणाचारी चुप रही। शास्त्री का कुरता हवा में उड़ने लगा। वह जाकर उसे ले आया और सूखने के लिए बिछाकर गणाचारी से पूछने लगा, ''तुम देवदासी का नृत्य देखने क्यों नहीं आतीं ? जानती हो कितना अच्छा है उसका नृत्य ? आज

---

1. आन्ध्र के प्रसिद्ध राम-भक्त जिनका असली नाम था गोपन्ना। जनश्रुति के अनुसार इन्होंने रामनाम का गुरुमन्त्र महात्मा कबीरदास से लिया था। उन्होंने भद्राचल क्षेत्र का प्रसिद्ध राम-मन्दिर बनवाया था।

रामावतार है, राम की पत्नी सीता थी। सीता को रावण उठा ले गया। उस समय मुझे वहाँ रहना चाहिए था।''

गणाचारी, ''तुम वहाँ रहते तो क्या करते ?''

शास्त्री, ''अपने गीले कुरते से उसका मुँह ढँक देता और पीछे से उसे पकड़कर सिर पर ख़ूब धौल जमाता। तब उसका सिर भी हसनअली के मुँड़े हुए सिर की तरह खुरखुरा बन जाता।''

गणाचारी, ''रावण के पास बहुत बड़ी तलवार थी। उससे उसने इन्द्र और देवताओं को ख़ूब पीटा था। यदि उस तलवार को वह तुम पर भी चलाता तो ?''

शास्त्री, ''मेरा कुरता उसके मुँह को जो ढँक देता, फिर उसकी आँखों को क्या दिखाई देता ?''

गणाचारी, ''वह अपना मुँह क्यों ढँकने देता ?''

शास्त्री, ''मैं तो ताड़ों-बड़े हसनअली का मुँह भी ढँक देता हूँ। बेचारे रावण की गिनती ही क्या है ?''

गणाचारी, ''तुम पागल तो नहीं हो गये ?''

शास्त्री, ''वह आदमी भी यही कहता था।''

गणाचारी, ''वह आदमी कौन ?''

शास्त्री, ''वही जो कोठी में सोता रहता है। (ख़ूब हँसकर) कहते हैं, वह ज़मींदार का पिता है। मैं किसका पिता हूँ ?''

गणाचारी, ''तुम वहाँ क्यों गये ?''

शास्त्री, ''कोठी तो हमारी है।''

गणाचारी, ''छी, चुप रहो। अब वहाँ न जाना।''

शास्त्री, ''न जाऊँ ? वह तो बड़ा भला आदमी है।'' इतने में चार बालक वहाँ आ पहुँचे। वे और शास्त्री मिलकर दौड़ें लगाने लगे। पग में पग धरते हुए और उछल-कूद मचाते हुए वे वहाँ से चले गये। दिन ढल चुका था। छोटा रामेश्वर शास्त्री मन्दिर में आकर बैठ गया। भगवान् की मूर्ति का द्वार बन्द किया जाता था परन्तु भले ही किसी और को आने न दें, रामेश्वर शास्त्री को आने न देना असम्भव था। नीले कपड़ों से समुद्र की तरंगें बनाई गयीं और उसके तट पर श्रीरामचन्द्र को धनुष चढ़ाते दिखाया गया।

शास्त्री, ''क्या रामचन्द्र जी ने समुद्र पर बाण का प्रयोग किया था ?''

पहला पुजारी, ''अरे ! तुम कहाँ से आ धमके ?''

दूसरा पुजारी, ''तुम्हारा सारा शरीर गीला-गीला क्यों है ?''

पहला पुजारी, ''पीछे तलैया में तैरकर आया होगा।''

दूसरा पुजारी, ''तुम दीवार पर कैसे चढ़ पाये ? वहाँ से तलैया में कैसे कूद पाये ? लगता है कि तुम जीवित न रहोगे।''

रामेश्वर शास्त्री, "वहाँ दीवार की ऊँचाई कम है, इसीलिए धीरे-धीरे उतरा। परन्तु पाँव फिसलकर तलैया में गिर पड़ा।"

पहला पुजारी, "तुम्हें तैरना आता है ?"

शास्त्री, "हसनअली ने सिखाया था।"

दूसरा पुजारी, "स्वामी के मन्दिर में म्लेच्छ का नाम क्यों लेते हो ?"

शास्त्री, "म्लेच्छ है ? क्या कबीर मुसलमान नहीं है ? 'मस्तान' मुसलमान नहीं है ? मुसलमानों में ही राम-भक्त अधिक हैं।"

तीसरा पुजारी, "भाई, यह लड़का नहीं, बिजली है बिजली।"

मुख-मण्डप में राम-कथा के अनेक प्रसंगों के चित्र दिखाये गये। अहल्या का शाप-विमोचन, जानकी का विवाह, पादुकाओं का राज्याभिषेक, माया-हरिणी, जटायु का वध, सेतु-बन्धन, रामचन्द्र का राजतिलक इत्यादि। बीच में श्री रामपंचायतन का दृश्य था। मन्दिर में एक कमरे में इस सजावट का सारा सामान और वाहन रखे थे। वे सब भूतपूर्व ज़मींदार हरप्पा नायडू, हरिहर नायडू और कृष्णम नायडू के समय बनवाये गये थे। इधर चौदह वर्ष से उनका उपयोग नहीं हुआ था। अतएव उनमें से कुछ को दीमक लग गयी थी, कुछ सड़-गल गये थे। पुजारी उन्हीं को ज्यों-त्यों जोड़कर सजा रहा था।

पहला पुजारी, "मुसलमान हमारे देवताओं की पूजा नहीं करते।"

शास्त्री, "क्यों नहीं करते ?"

पहला पुजारी, "उन्हें मूर्तिपूजा से चिढ़ है।"

शास्त्री, "यह सजधज न होती तो रामकथा मेरी समझ में न आती। मेरे बराबर वाले किसी भी बालक की समझ में न आती। इस गाँव में छठी और सातवीं कक्षा में पढ़ने वाले सारे लड़कों से अधिक मैं जानता हूँ। वे लड़के मन्दिर की तरफ़ आते ही नहीं। जब देखो, बैडमिण्टन के मैदान में रहते हैं। मैं ही उनसे अधिक पढ़ा-लिखा हूँ।"

दूसरा पुजारी, "उनसे ही क्या, तुम तो हमसे भी अधिक पढ़े-लिखे हो भैया।"

शास्त्री, "नहीं-नहीं, तुमसे अधिक मुझे कुछ नहीं आता। तुम लोग तो सदा भगवान् के पास रहते हो। वे तुम्हें सब कुछ बताते हैं। तुम घबराते हो कि भगवान् कहीं मुझे भी सब कुछ न बता दें, इसीलिए मुझे भीतर आने नहीं देते। तुम्हारी तरह मैं भी स्वामी के पास रहता, तो अब तक उन्हें तंग करके सब कुछ सीख न लेता ?"

सन्ध्या होते ही नृत्य प्रारम्भ किया गया। चाँदनी शीतल तथा प्रसन्न थी। पंचभूत शान्त हुए। देवदासी के मुख पर प्रसन्नता की एक रेखा झलक पड़ी, मानो भगवान् उसके हृदय में स्थायी रूप में वास करने लगे हों। उसकी तनुलता लावण्य से दमक उठी। नृत्य के आरम्भ में देवदासी ने, देवी जानकी का छत पर से श्रीरामचन्द्र को देखना और तद्द्वारा 'प्रथम दर्शन' के रतिभेद का अभिनय किया। वह बोली, "सखी, इस

ऊँची अटरिया पर भी मेरा शरीर स्वेद-जल में भीग गया है। यहाँ हवा भी तो नहीं आती।'' नट बोला, ''प्रियसखी ! तुम्हारे शरीर में स्वेद-जल ही नहीं, तुम्हारे कण्ठ में भी स्वर-भंग दिखाई दे रहा है। शरीर में वेपथु के चिह्न दीख रहे हैं। शायद छत पर आने की वेला अच्छी नहीं थी; उतर चलें !'' गिरिका बोली, ''तुम अपने मन में कोई और बात रखकर बोल रही हो।'' इस पर नट ने उत्तर दिया, ''मेरे मन में क्या है, उलटे तुम्हारे ही मन में कुछ है, जो मेरी समझ में नहीं आया। साफ़-साफ़ बताओ।'' फिर गिरिका बोली, ''अच्छा, तो छत पर से उतर चलें।'' इस पर नट कहने लगा, ''छिपाती क्यों हो ? बताओ न ? इसलिए उतरना चाहती हो कि वहाँ श्रीरामचन्द्र हैं ? यहाँ इतनी हवा चल रही है, फिर भी तुम्हें पसीना छूटने का क्या कारण है ? क्या अब भी नहीं समझीं ?'' इस पर गिरिका बोली, ''तुम ऐसी बातें न करो। मेरे पिता मेरा ब्याह उसी से करेंगे, जो शिव के धनुष को भंग करेगा। जो धनुर्भंग नहीं करेगा, उस पर मेरा मन कदापि अनुरक्त नहीं होगा।''

इतने में धनुर्भंग की महा-ध्वनि सुन पड़ी। गिरिका ने पूछा, ''यह ध्वनि कैसी ?'' नट बोला, ''वही होगा कदाचित्। रामचन्द्र ने ही धनुर्भंग किया है। कदाचित् तुम लक्ष्मी देवी हो।'' गिरिका कपित्थ-हस्त की मुद्रा दिखाती हुई कहने लगी, ''मैं लक्ष्मी देवी हूँ ?'' नट ने उत्तर दिया, ''हाँ देवी ! नहीं तो तुम्हारा मन ठीक श्री रामचन्द्र पर क्यों अनुरक्त होता ?'' गिरिका शिखर-हस्त दिखाकर पूछने लगी, ''सखी, क्या वही धनुष्य है ?'' इतने में विवाह का सामान आ गया। विवाह के समय गिरिका का अंग-अंग लज्जा से कुंचित हो उठा। विवाह के होते ही नृत्य-ताल-गान की शुभ ध्वनि उमड़ पड़ी। सीता और राम के संयोग-समय देवदासी ने तन्मयताकृति धारण की। नख-शिख-पर्यन्त उसकी आकृति अत्यन्त मनोहारी हो गयी। वह अवनत शिरो-भेद का प्रदर्शन करके लज्जा का ढेर-सी बन गयी, मानो चाँदनी से गढ़ी हुई प्रतिमा हो। उसकी कनखियों से चाँदनी का ऐसा सम्मेलन हुआ, मानो सारी प्रकृति अपने भेद-भाव तज चुकी हो, इसी कारण चाँदनी तथा कमल में स्नेह उत्पन्न हुआ हो। गिरिका के मुख पर एक अमृत-रेखा नाच गयी और प्रेक्षकों के हृदय में एक अनिर्वचनीय भक्तिभाव का उदय हुआ। सारी सभा निस्तरंग क्षीरसागर की भाँति और गिरिका उस क्षीरसागर के मध्य-भाग में संस्थित पद्मादेवी की भाँति दीख पड़ी। आधी रात हो चली थी। वह नृत्य विचित्र था। इन्द्रियातीत था। मनोविकारों से परे था। शान्त था। एक महान् समैक्य भाव का स्फुरण कर रहा था। निर्विकार मन जिस प्रकार परमात्मा में लीन होता है, उच्च प्रकृति-तत्त्व जिस प्रकार निश्चल तथा निर्हेतुक होता है उसी प्रकार वह नृत्य प्रेक्षकों के मन में आध्यात्मिक दृष्टि का आविर्भाव कर गया। मृदंग से बोल निकलते-से नहीं लगे। ताल बजते-से नहीं लगे। वीणा का स्वर उमड़ता-सा नहीं लगा। श्रवणेन्द्रिय नेत्रेन्द्रिय में लीन हो चुकी थी; अतएव जिस रूप को देखा और जिस शब्द को सुना, उनमें अन्तर नहीं रहा। दोनों ही मानस द्वारा आत्मा को स्पर्श कर गये और भिन्नता का भान जाता रहा।

अनन्त क्षीरसागर में शेष-तल्प पर निद्रित सनातन नारायण के समान, उच्छ्वासों और निःश्वासों की भाँति, सारी सभा एक ही श्वास पर सिहर गयी। गिरिका को अपनी देह का भान न रहा। भोगप्पा भी तन्मय दशा में था। रत्नगिरि की अँगुलियाँ वीणा पर आप ही आप नाच रही थीं। मलय-मारुत का हलका-सा झोंका आने पर जिस प्रकार पुष्पोद्यान में फूल और पल्लव अपने आप ही हलके-हलके सिहर उठते हैं, जिस प्रकार निद्रा के समय सारी इन्द्रियाँ प्रशान्त होकर, केवल आत्मा के विद्यमान होते हुए भी शरीर से वायु का निर्विकार संचय होता है, जिस प्रकार यज्ञ के होम में ईंधन को जलानेवाली अग्नि में तेज विलीन हो जाता है, उसी प्रकार उस सभा में राग, ताल, नृत्य तथा तज्जनित भाव आदि सारे भेद मिट गये और श्रीरामचन्द्र विकृति-रहित उस जीव-लोक में एकाकार भासने लगे। जलते मशाल निश्चल थे और अपनी ज्वाल-मालाओं में अचंचल मन वाले योगियों जैसे दीख रहे थे। शब्द महाकाश में ऐसे लीन हुए, मानो सारी सृष्टि का उपसंहार-सा हो रहा हो। सबकी आँखें गिरिका की प्रतिमा पर गड़ी थीं। गिरिका और सभा सारे जीव-लोक द्वारा संसेव्य वैकुण्ठ के वैभव का दृश्य दिखा रही थीं। पुजारी, मशाल हाथ में लिया हुआ धोबी, और ध्वज-स्तम्भ से लटकते हुए चित्र—सबके सब निस्तब्ध थे। सब कुछ जहाँ का तहाँ रुक-सा गया, मानो प्रकृति अपनी परम चंचलता और नित्य विकास से ऊबकर एक बार विश्रान्ति लेने लगी हो; मानो पृथ्वी, जल, तेज, वायु और आकाश यकायक अपनी शक्तियों को कुंचित बनाकर नीरव बन गये हों। गिरिका नृत्य कर ही रही थी। ताल चल ही रहे थे। हाव-भाव झलक ही रहे थे। परन्तु इन सबसे परे, वह महान् रस-सिद्धि किस प्रकार हुई होगी ? उस क्षण में ऐसा लगा कि काव्यों में, अन्य घटनाओं में तथा अन्य नायिका-नायकों के प्रसंगों में केवल रस की भ्रान्ति होती है, सचमुच रस-निष्पत्ति नहीं। सारी सभा गिरिकामय हो उठी। एक-एक प्रेक्षक के हृदय में यह भावना उत्पन्न हुई कि वह स्वयं गिरिका है। वह स्वयं जानकी देवी है। प्रत्येक पुरुष और प्रत्येक स्त्री को श्रीरामचन्द्र से ब्याह करने का अनुभव-सा हुआ। ओह ! इस तन्मयता का अन्त क्या है ? महा-नृत्य का कोई अवसान नहीं। अल्प शरीर, असमर्थ इन्द्रियाँ, अशक्त मन और विकारपूर्ण सृष्टि, इस अपार आनन्द को अपने आपमें समा न सकीं। उस आनन्द की तरंगें उमड़-उमड़कर आकाश को छू गयीं और गिरिका पछाड़ खाकर गिर पड़ी। तब कहीं भोगप्पा को सुधि आयी। वह चिल्ला उठा, "हाय गिरिका, हाय गिरिका !" सभासदों को यकायक ऐसा लगा, मानो किसी महापर्वत के शिखर से वे नीचे गिर पड़े हों। अल्प प्रकृतिवाले, जो केवल रस की तन्मयता के कारण आत्मा का स्पर्श कर पाये थे, तुरन्त उस महाभाव से लौटकर इन्द्रियों की परिधि में आ गये। परन्तु उन्नत प्रकृतिवाले इस प्रकार न लौट सके। भोगप्पा शास्त्री का मन राग और ताल में सदा व्यग्र था। इसीलिए राग और ताल के रुकते ही वह सामान्य प्रकृति तक पहुँच गया। अन्य सभासदों को उनके पूर्व संस्कार के कारण, आज जो महान् रसानुभूति हुई थी, उस संस्कार की फलानुभूति की

वेला के टलते ही उनमें फिर से इन्द्रिय-दृष्टि लौट आयी। नित्य-योगी धर्माराव के लिए रसात्मा से इन्द्रियों तक और इन्द्रियों से रसात्मा तक यातायात की प्रक्रिया अत्यन्त सुलभ थी; अतएव उसे किसी प्रकार की व्यस्तता का भान नहीं हुआ। उधर गिरिका बेसुध पड़ी थी। ऐसा लगता था कि उसकी अवसान-दशा आ चुकी है। सारे प्रेक्षक उद्विग्न हो उठे। गिरिका के इर्द-गिर्द जम गये। रत्नगिरि का मुख विवर्ण हो उठा। सारी सभा चिन्ताकुल हो गयी। धर्माराव ने सभासदों को फिर से बिठाया और गिरिका के पास जाकर उसे स्पर्श किया। वह कुछ हिली। धर्माराव ने कहा, ''और तीन दिन तक नृत्य शेष है।'' गिरिका उठकर खड़ी हुई। धर्माराव ने दोनों हाथों को हिरन के सिर का स्वरूप देकर एक को मुख के पास और दूसरे को भुजा के पास टिकाते हुए कृष्णावतार का प्रदर्शन किया। गिरिका तुरन्त उठ खड़ी हुई और नृत्य करती हुई गाने लगी—

''कृष्णं कलय सखि सुन्दरम्; बालकृष्णम् ॥
कृष्णं गतविषयतृष्णं जगत्प्रभविष्णुं सुरारिगण-विष्णुम्
(सदाबालकृष्णम्) ॥
नृत्यन्तमिह मुहुरत्यन्तमपरिमित-
भृत्यानुकूलमखिलसत्यं सदाबालकृष्णम् ॥''

मंजीरा, मृदंग, वीणा और वेणु, जो अभी-अभी निस्तब्ध हो चले थे, सहसा पुलकित हो उठे। शब्द-जगत् फिर एक बार उज्जीवित होकर गूँज उठा। धर्माराव ने दाहिना हाथ उठाकर संकेत किया। आरती उतारी गयी। तदुपरान्त स्वामी का जुलूस निकला। वेणुगोपाल स्वामी, सुब्रह्मण्येश्वर स्वामी के मन्दिर के प्रांगण में आ खड़े हुए। नागेश्वर स्वामी के आने में कुछ विलम्ब हुआ। दोनों स्वामी स्थिति और लय की भाँति मिल-जुलकर निकले। शहनाई-नवाज़ मानो मधुर स्वर चारों ओर बिखेर रहा था। उस शहनाई द्वारा महात्मा त्यागराज[1] की स्वर-सृष्टि की पुनः सृष्टि हो रही थी। स्वर-पद्धति, राग की कल्पना में सूझ-बूझ, तान-बाज़ी, गमक आदि का उत्कृष्ट उदाहरण प्रस्तुत हो रहा था। जुलूस कोठी के सामने जा पहुँचा। हरप्पा का हृदय मानो हवा में उड़ा जा रहा था। स्वामी का जुलूस कोठी के पास से निकलकर गाँव में जा पहुँचा। हरप्पा कोठी के पास ठहर गया। मन्दिर से कोठी तक वह जन-समुदाय के साथ आया था। जुलूस के आगे बढ़ते ही वह कोठी के भीतर चला गया। दो नौकर मशाल लेकर उसके दोनों पार्श्वों में चल रहे थे।

प्रेक्षकों को लग रहा था कि हरप्पा कदाचित् हरिश्चन्द्र है। कदाचित् पुरूरवा है। कदाचित् राजा नल है। बूढ़े नौकरों की दृष्टि से भूतपूर्व ज़मींदारों अर्थात् हरिहर नायडू,

---

1. दाक्षिणात्य कर्नाटक संगीत जगत् के त्रिमूर्तियों में एक महान् वाग्गेयकार और रामभक्त।

हरप्पा नायडू, कृष्णम नायडू में से एक लग रहा था। हरप्पा अपने कमरे में पहुँचा और कुरता उतारकर सेज पर लेट गया। एक नौकर आकर उसके पाँव दबाने लगा। हरप्पा ने उसे बाहर भेज दिया और मन-ही-मन में बड़ी गहराई तक पैठने की चेष्टा करने लगा, जिस प्रकार कच्छप पानी की गहराई में पैठता है। वह सोचने लगा, 'ओ हो ! यह कैसा नृत्य है ! ये कैसे स्वामी हैं ! ये कैसे धर्माराव हैं ! मैंने तो स्वामी के कल्याण को केवल उत्सव समझा था। पर नहीं, यह उत्सव मात्र नहीं है। यह है इस सम्पूर्ण सृष्टि की व्याख्या, रस के स्वरूप का निर्णय, वेदार्थ का बोध। यह उत्सव मेरा जन्म सफल करने आया है। कौन जाने, धर्माराव भरत-शास्त्र में इतने पटु कैसे बने ? वे श्रुति, स्मृति, पुराण, इतिहास और काव्यार्थ के पारावार-से लगते हैं। ऐसे प्रकाण्ड पण्डित को दूर करके मेरे पिता ने एक कृत्रिम धर्मवाले व्यक्ति को स्थान दिया और समाज, राज्य, भगवान् और धर्म आदि सबकी अधोगति कर दी। ऐसी अधोगति में जीवित रहना क्या, न रहना क्या ? मैं इस युग के अनुरूप नहीं हूँ। मुझे क्या बनना है ? क्या विवाह कर लूँ ? आज तक कोई ज़मींदार मुझे अपनी लड़की देने नहीं आया। मेरी आयु बीस वर्ष से अधिक हो चली है। क्या मैं विवाह-योग्य नहीं ? परन्तु मैं विवाह क्यों करूँ ? कौन जाने, सीता देवी के मन में श्रीरामचन्द्र पर ऐसा अव्याज प्रेम क्यों उत्पन्न हुआ ? रामचन्द्र तो अवश्य शिव-धनुष को भंग करनेवाले थे। वह कैसा योगायोग था कि जो युवक धनुष को भंग करनेवाला था, उसी से सीता देवी प्रेम करने लगीं। कदाचित् विधाता ने ऐसी व्यवस्था की थी कि वे दोनों परस्पर प्रेम करें और भविष्य की घटनाएँ तदनुरूप घटित हों। यह जगत् बड़ा विचित्र है। जिधर देखो, कार्य और कारण की शृंखला दीख पड़ती है। मैं आज ऐसा बन गया हूँ, इसका कारण है मेरी माँ का देहान्त और मेरे पिता का अनादर। यदि मेरे पिता बचपन से मुझे प्यार-दुलार से देखते और अन्य ज़मींदारों की भाँति मेरा पालन-पोषण करते, तो कदाचित् मेरा स्वभाव भी अन्य ज़मींदारों का-सा बन जाता और मैं भी धर्माराव जी का तिरस्कार करता। कदाचित् मैं भी केशव जी का धर्मानुयायी बन जाता। मेरी माँ का श्राद्ध-कर्म न होता, वेणुगोपाल स्वामी का कल्याणोत्सव न होता। देवदासी नित्य ब्रह्मचारिणी बनकर योग्य उपभोग के अभाव में न जाने अपने जीवन की कैसी इति-श्री कर डालती। कुछ भी हो, अब देवदासी का देहान्त होना अवश्यम्भावी है। मेरा यह शहर पहले ही शिथिल हो चुका है। अकेली गणाचारी अब तक उसे ज्यों-त्यों सँभाले हुए है। हरिया का भी समय आ चुका है। मुझे भी जीवित रहना नहीं है। धर्माराव का क्या ? वे विकल्प-रहित हैं। सर्व अवस्थाओं में जैसे के तैसे रहते हैं। पद्म-पत्र पर जल-बिन्दु की भाँति सदैव निर्लिप्त। एक ओर पत्नी इतनी व्याधिग्रस्त है और दूसरी ओर वे देवदासी के मुक्ति-मार्ग पर अधिक ध्यान दे रहे हैं। अरुन्धती देवी के मुख पर पातिव्रत्य की सुस्पष्ट रेखा के अतिरिक्त मुझे कुछ नहीं दीखता। केवल साड़ी पहनने के कारण वे मनुष्य-सी लगती हैं। न जाने उनका क्या होगा। ओफ ! जो मनुष्य निर्लिप्त होता है, उसके पास

नवनिधियों का रहना भी न रहने के समान है....। कहा है, "यया पूतं मन्ये निधिरपि पवित्रस्य महसः।"....अरुन्धती के कारण महर्षि वसिष्ठ भी अपने को पुनीत समझने लगे थे। परन्तु इस अरुन्धती के कारण ये वसिष्ठ ऐसा नहीं समझ रहे हैं। क्या मुझे मुक्ति मिलेगी ? देवदासी को इतनी चरम तन्मयता प्राप्त हुई है। मैं भी इसी प्रकार तर जाता, तो कितना अच्छा होता। मेरी माँ नहीं हैं। पिता रहकर भी न रहने के समान हैं। जैसा राज्य मैं चाहता था, वैसा राज्य नहीं है। उसके अनुरूप परिस्थितियाँ ही नहीं हैं। देवदासी और पवित्रात्मा अरुन्धती के साथ-साथ मेरा भी अन्त हो जाए तो अच्छा है।'....सोचते-सोचते हरप्पा का पंचेन्द्रिय-ज्ञान सुषुप्ति में विलीन हो गया। बाहर पौ फट रही थी। पूर्व दिशा में उदीयमान सूर्य का उजलापन आकाश में जा लगा। उषा की कान्ति पूरब में ऐसी चमक पड़ी, मानो सूर्य-रथ के सातों घोड़ों के खुर उदयाद्रि के चिकने पत्थर पर फिसल रहे हों और चाबुक के आघात से त्रस्त होकर वे घोड़े झाग उगल रहे हों। वेणुगोपाल स्वामी जुलूस के साथ शहर में घूम-घूमकर अपने नये राज्य का पर्यावलोकन करके भोर होते समय मन्दिर में लौट आये। लोग स्नान करके अपने-अपने कारोबार में लग गये।

त्रयोदशी आयी। फिर से अनेक उत्सव सम्पन्न हुए। गाना, बजाना, नाचना, भजन, दिवा-वेष-धारण, जादू-टोना आदि दिन भर चलते रहे। प्रेक्षकों ने अपनी-अपनी रुचि के अनुसार देखा और उत्सव में यथेच्छ निमग्न हुए। नागेश्वर स्वामी के मन्दिर में भजन का कार्यक्रम चल रहा था। शेष सभी कार्यक्रम वेणुगोपाल स्वामी के मन्दिर के सामनेवाले पण्डाल में चल रहे थे। सब लोग अपनी-अपनी व्यस्तता में थे। केवल दो व्यक्ति ऐसे थे, जिन्हें इस कोलाहल से कोई सम्बन्ध प्रतीत न होता था। एक थी देवदासी, जो बाल-गोपाल का मन्त्र जप रही थी। दूसरे थे भोगप्पा, जो गायत्री जप रहे थे। गायत्री-महामन्त्र का अनुष्ठान करने पर, वह ब्रह्मास्त्र का काम करता है। परन्तु उसका अनुष्ठान करनेवाला ही अब कोई नहीं रहा। उस महामन्त्र की शक्ति पहचाननेवाला ही कोई नहीं रहा। सच्चे ब्राह्मण के साथ-साथ उस मन्त्र का भी नाश हो चुका है।

साँझ हुई। चाँदनी चारों ओर चक्कर लगा आयी, मानो सुदर्शन-चक्र की हज़ार कोरें परिभ्रमण कर रही हों। मन्दिर का ध्वज-स्तम्भ जगमगा उठा, मानो नन्दक खड्ग चमक उठा हो। ध्वज की पताका हवा में फहरने लगी। श्री नागेश्वर स्वामी के शीर्ष पर स्थित चन्द्रमा अपनी चाँदनी द्वारा चारों दिशाओं को आत्मसात् कर गया। चाँदनी सर्वजगत् को मोहित करने लगी, मानो सुब्रह्मण्येश्वर स्वामी के छिन्न-भिन्न सहस्र शीर्ष फिर से आ जुड़े हों। उस उत्सव के समय सुब्रह्मण्येश्वर ने अपने हज़ार फणों के अस्तित्व का अनुभव किया। नागेश्वर स्वामी को भास हुआ कि कैलासगिरि के शिखराग्र पर वे वास कर रहे हैं। वेणुगोपाल स्वामी सोचने लगे कि वे फिर से दसों अवतार धारण कर रहे हैं। एक पहर रात बीत गयी। गिरिका राधिका का वेष धारण करके सौतिया डाह का प्रदर्शन करती हुई, खण्डिता नायिका का अभिनय करने लगी। उसने श्रीकृष्ण

को इस प्रकार उपालम्भ किया–

> ''याहि माधव, याहि केशव, मा वद कैतववादम्।
> तामनुसर सरसीरुह-लोचन या तव हरति विषादम्। याहि... ॥
> रजनिजनित गुरुजागर-राग-कषाय-विलासनिमेषम्।
> वहति नयनमनुरागमिव स्फुट-मुदित-रसाभिनिवेशम् ॥ याहि... ॥''

''अरे झूठे, अपनी छाती पर लगे कुंकुम की छाप को मेरी चितवन की लालिमा कहते हो; अपनी आँखों की ऐश्वर्य मद का सहज परिणाम बताते हो–पर तुम अपने शरीर पर तरंगित इस परिमल को कैसे छिपाओगे ?''

इतने में वह फिर से मुग्धा बन गयी। उसका चित्त चिन्ता के अधीन हो गया और वह चुपचाप खड़ी हो गयी। नट बोला, ''क्यों देवी ! बोलती क्यों नहीं ? इन दीर्घ निःश्वासों से तुम्हारे हृदयगत सन्ताप का अनुमान हो ही रहा है। इन स्वामी को देखो, कैसे निर्दयी हैं। अन्य-नारी-सम्भोग के स्पष्ट चिह्न अपने शरीर पर लिये सम्मुख खड़े हैं। तुम इन्हें फटकारना चाहती हो। पूछना चाहती हो, पर पूछ नहीं पातीं। तुम्हारे भोलेपन के कारण ही स्वामी ऐसे हरजाई बन गये हैं।'' गिरिका कहने लगी, ''सखी, स्वामी मेरे सम्मुख आकर खड़े भी नहीं हुए। मैंने उन्हें पूछना भी नहीं चाहा। थोड़ा-सा जल ला दोगी, तो मैं अपना मुँह धो लूँगी। मेरी आँखें प्रातःकालीन पवन द्वारा लाये गये पद्म-रेणु से कलुषित हो गयी हैं। किसी की निन्दा क्यों करूँ ? केवल अपने भाग्य को कोसना होगा।'' नट बोला, ''देवी, जहाँ स्वामी धृष्ट हों, वहाँ तुम्हारा मुग्धा बनना जितना व्यर्थ है, मध्या बनना भी उतना ही व्यर्थ है। तुम्हें तो प्रगल्भा बनकर स्वामी को ख़ूब-ख़ूब फटकारना चाहिए।''

गिरिका अभिनय करती हुई गाने लगी–

> ''बहिरिव मलिनतरं तव कृष्ण मनोऽपि भविष्यति नूनम्।
> कथमथ वंचयसे जनमनुगतमसमशरज्वरदूनम् ? याहि... ॥
> भ्रमति भवानबलाकवलाय वनेषु किमत्र विचित्रम् ?
> प्रथयति पूतनकैतव वधूवध निर्दयबालचरित्रम् ॥ याहि... ॥''

यह सुनकर नट कहने लगा, ''माई, इतना बिगड़ो नहीं। तुम्हारे क्रोध से क्या स्वामी अपनी आदत बदल लेंगे ? अब स्वामी का आदर-सत्कार करो।'' गिरिका बोली, ''नहीं सखी, ये स्वामी ऐसे ही हैं। ऐसे में मेरा नरम पड़ जाना ठीक नहीं।'' नट बोला, ''तब तो मैं तुम्हें एक उपाय सुझाऊँगी। स्वामी को भीतर आने दो और फिर उनका अपमान करके भेज दो। तब उन्हें अपने दोष का भान हो जाएगा। मैं पहले कुछ ऐसा उपाय करूँगी कि स्वामी तुम्हारे यहाँ आकर अनुनय करने लगें। तब तुम जैसा मन में आए व्यवहार करना।''....फिर स्वामी आकर राधिका की अनुनय करने लगे। उन्होंने प्रार्थना की–

"प्रिये चारुशीले ! प्रिये मुंच मयि मानमनिदानं
सत्यमेवासि यदि सुदति मयि कोपिनी
देहि खरनखर-शरघातम्।
घटय भुज बन्धनं जनय रद-खण्डनम्
येन वा भवति सुखजातम् ॥ प्रिये... ॥"
सपदि मदनानलो दहति मम मानसम्
देहि मुख-कमल-मधु-पानम् ॥ प्रिये... ॥"

परन्तु गिरिका प्रसन्न नहीं हुई। वह बोली, "स्वामी ! तुम उसी स्त्री के यहाँ चले जाओ जो तुम्हें भाती है। वहीं जाकर सुख पाओ। हमारा स्मरण क्यों करते हो ? जाओ।" स्वामी फिर से अनुनय करने लगे–

"त्वमसि मम भूषणं त्वमसि मम जीवनं, त्वमसि मम भव-जलधि-रत्नम्
भवतु भवतीह मयि सततमनुरोधिनी, तत्र मम-हृदयमतियत्नम् ॥ प्रिये... ॥"

अन्त में कुछ देर के उपरान्त देवदासी प्रसन्न हुई। गोपालस्वामी और राधिका मिल गये। नट कहने लगा, "क्यों गिरिका देवी, स्वामी का संयोग तुम्हें क्या घटित हुआ, तुम तो आपे से बाहर हो रही हो। जब तक तुम स्वामी का अपमान न करोगी, उनको उचित सीख न मिलेगी। स्वामी के संयोग से प्रसन्न होकर तुम यदि कुछ न काहेगी, तो वे बार-बार तुम्हारा तिरस्कार करेंगे। अतएव तुम्हें उनका अपमान करना ही चाहिए।" गिरिका बोली, "नहीं सखी, स्वामी लम्बे समय के बाद मेरे घर आये हैं। आये हुए प्रियतम को लौटाना नहीं चाहिए। हमारा संयोग देखकर तुम जल रही हो। तुम भी कुछ कम थोड़े ही हो !"

इस प्रकार गिरिका ने सखी का उपदेश टाल दिया। परन्तु स्वामी की ओर से इतने में गोत्र स्खलन का दोष हुआ और गिरिका बिगड़ गयी। उसने स्वामी को ख़ूब फटकारा। स्वामी भी बिगड़कर चले गये। उनके जाते ही नायिका को मति-भ्रम हो गया। वह बहुत सन्तप्त और पीछे सम्मोहित हो गयी। लम्बी-लम्बी साँसें लेने लगी। उसे देखकर नट कहने लगा, "क्यों देवी, ऐसा क्यों कर रही हो ? स्वामी को पहले असन्तुष्ट ही क्यों किया, और अब उनके जाने पर उदास क्यों हो रही हो ?"

गिरिका, "सखी, मैंने स्वामी को क्या कहा ? कुछ भी तो नहीं....। मैं तो यह सोचकर चुप्पी साधे रही कि हमजोलियों में मेरी जगहँसाई न हो; परन्तु स्वामी ने तनिक भी मेरा मन न पहचाना और उस अन्य स्त्री से जा लगे।"

यह सुनकर नट कहने लगा, "क्यों जी, तुमने स्वामी को कुछ नहीं कहा ? स्वामी यों ही चले गये ? तुम तो अपनी उदासी मन-ही-मन दबाये जा रही हो। अन्त में कभी प्रगल्भा बनती हो, पर तब तक परिस्थिति उलटी हो जाती है।" गिरिका अपने आप गुनगुनाने लगी, "ऐ मेरे नेत्र, तुम क्यों लाल हो गये ? ऐ मेरे कर-पल्लव, फटकारते

समय तुमने क्यों तदनुरूप अभिनय किया। रसने, तूने क्यों प्रियतम से झगड़ा किया ? उस समय की महिमा ही ऐसी थी। जी-भर के जिन्हें देखा था, मन भर के जिनका आलिंगन किया था, जिनका यथेच्छ चुम्बन किया था, उन स्वामी से न जाने क्यों तुमने ऐसा कटु व्यवहार किया।'' फिर वह नट की ओर देखती हुई कहने लगी, ''अभी तो तुम प्रसन्न हो गयीं ? मेरे स्वामी को अपने यहाँ बुलवाकर अब तो तुम फूली न समाती होगी ? मुझे प्रियतम से वंचित करके तुमने अपनी साध पूरी कर ली ? दोनों ने जी भरकर बातें कर लीं ? दोनों के मन तुष्ट हो गये ? आख़िर तुम्हारे लिए शुभ दिन आ गया ? इतने दिन की छटपटाहट मिट गयी ?''

नट बोला, ''सखी, मैं तुम्हारी सखी हूँ। तुम मुझे परायी स्त्री समझ रही हो। मैं ऐसी नहीं भला। मैं तो पहले ही तुम्हें जता रही थी कि तुम्हारे स्वामी अच्छे नहीं हैं। पर तुमने उन्हें जगन्नाथ समझा और फूली न समायी।'' गिरिका बोली, ''सखी, मेरे समक्ष स्वामी की बुराई न करो। मैंने पहले ही उन्हें बहुत फटकारा है, उनका मन दुखाया है। आख़िर मेरे क्रोध ने ही मेरा सब कुछ बिगाड़ा। मेरी सखियों ने ही प्रियतम के विरुद्ध मेरे आगे चुगलियाँ खायीं और मैं रूठ बैठी।....अब मैं क्या करूँ ? स्वयं जाकर उन्हें मना लाऊँ या दूती को भेजूँ ? अथवा प्रियतम के ही सखाओं की ख़ुशामद करूँ ? ....प्रिय सखी, यह सब क्यों ? हम दोनों का मन भली-भाँति पहचाननेवाली तुम ही जाकर मनाओ कि मेरी भूलों को क्षमा करके वे मेरे घर पधारें।''....

इस प्रकार गिरिका आत्म-निन्दा करने लगी। उसका दुख देखकर नट कहने लगा, ''सखी, स्वामी तुम्हें छोड़कर किसी और सुन्दरी के घर जा रहे हैं। अब विलाप करने से क्या होगा। ऐसे स्वामी के रहने से क्या लाभ है ?'' यह बात सुनते ही गिरिका मूर्छित हो गयी और कुछ देर बाद उठकर दुःख में सिहरती हुई बोली, ''सखी, कैसी बात तुमने कही !....कैसी अशुभ बात है यह ! स्वामी जहाँ रहें, सुखी रहें, यही मेरी कामना है। आज न सही, वे पहले तो मेरे पास आया करते थे। वह तो मेरा दुर्भाग्य है कि आज वे अन्यत्र अनुरक्त हुए हैं। इतने से मेरा क्या बिगड़ जाएगा ? मेरे प्रति उनका प्रेम कुएँ के जल-सा है। भला वह कभी समाप्त हो सकता है ? दिनों का फेर है कि वे आज मुझसे मुँह मोड़ बैठे हैं। पर भला चाँदनी और अँधेरा किसके जीवन में नहीं आते ?''

यह कहती हुई नायिका तिलमिला उठी। धर्माराव मन में सोच रहा था, ''यह नट गिरिका के मन को बहुत दुखा रहा है। अहो भोगप्पा, गिरिका का परम सौभाग्य है कि तुम जैसा नट उसे प्राप्त हुआ है।''

भोगप्पा को याद आया कि आधी रात बीत चुकी है। स्वामी के जुलूस का समय टल रहा है। भोगप्पा बोला, ''सखी, अब रोना-धोना बन्द कर दो। मैंने स्वामी को लाकर उस निकुंज में छिपा रखा है। तुम जाकर उनसे मिल लो।'' परदा हटाया गया और लता-निकुंज में बैठे हुए वेणुगोपाल स्वामी का साक्षात्कार हुआ। भोगप्पा गाने लगा—

"मंजुतर-कुंजतल-केलि-सदने,
इह विलसरतिरभसहसितवदने।
प्रविश राधे ! माधव-समीपमिह ॥ प्रविश... ॥
नवभवदशोक-दल-शयनहारे
इह विलस कुच-कलशतरलहारे ॥ प्रविश... ॥
वितत बहुवल्लि नव-पल्लव-घने
इह विलस पीन-कुच-कुम्भ-जघने ॥ प्रविश... ॥

आरती उतारी गयी। भोगप्पा शास्त्री नृत्य करता हुआ गाने लगा—

"विहित पद्मावती सुखसमाजे
भणति जयदेव कविराजराजे ॥ प्रविश... ॥

चन्द्रमा गगनगिरि के नितम्ब पर पग धरने लगा। वेणुगोपाल स्वामी गजवाहन पर आसीन हुए। स्वामी का जुलूस निकला। साथ-साथ सारे लोग चल पड़े। अरुन्धती और धर्माराव रामेश्वर शास्त्री को ढूँढ़ने लगे। वह बालक दिखाई न दिया। पति-पत्नी घर लौटने लगे। लोग जुलूस के साथ जा चुके थे। धर्माराव के घर जाने का रास्ता निर्जन था। चाँदनी छिटक रही थी। धर्माराव पत्नी से सटकर चल रहा था। अरुन्धती अपने शरीर का सारा भार पति के कन्धे पर डालकर चल रही थी। धर्माराव अपने हाथ से पत्नी की कमर थामे लगभग उसे उठाकर चल रहा था। अरुन्धती के चरण कभी-कभी धरती को छू भर रहे थे। दोनों के मन में अरुन्धती की रुग्णावस्था के विषय में विचारों की खलबली मची थी।

धर्माराव, "लड़का दिखाई नहीं दिया। निरा आवारा बन गया है वह।"

अरुन्धती, "पिता के अनुरूप पुत्र है।"

धर्माराव, "तो क्या मैं आवारा हूँ ?"

अरुन्धती, "मैंने यह बात नहीं कही।"

धर्माराव, "तुमने बस यही एक बात नहीं कही।"

अरुन्धती, "मेरी कमर में दर्द हो रहा है, मुझे छोड़िए। मैं धीरे-धीरे चलूँगी।"

परन्तु धर्माराव ने उसकी एक न मानी। उसने उसे दोनों हाथों में उठा लिया। दस क़दमों में ही उनका घर आ गया।

सूर्योदय हुआ। चतुर्दशी आयी। स्वामी के सम्मुख बलि चढ़ाई गयी। नाना वाद्यों के नाद से सारा व्योम गूँज उठा। दोपहर को सब लोगों ने भोजन किया। कुछ लोग सुस्ताने लगे। कुछ सोने लगे। कुछ भजन करने लगे। दिन के सारे उत्साव नागेश्वर स्वामी के मन्दिर में हो रहे थे। गणाचारी भजन सुनती हुई मन्दिर में बैठी थी। दिन ढल चला। सन्ध्या को संगीत-सभा हुई। सूर्यास्त हुआ। फिर चाँदनी आयी। तमाल-वृक्ष के पल्लवों पर पड़कर चाँदनी ऐसी चमक उठी, मानो बाल-गोपाल के शरीर पर प्रसारित

हो रही हो। माकन्द पल्लवों पर चाँदनी ऐसी रेंग रही थी, मानो स्वामी के कटाक्षों से घुल-मिल रही हो। पुन्नाग के पुष्प-गुच्छों पर प्रसारित होकर चाँदनी ऐसी लगी, मानो ग्वालबाल जगन्नाथ के कान की बाली के इर्द-गिर्द मँडरा रहे हों। कुरण्टक के पल्लवों को स्पर्श करके चाँदनी रक्तिम हो गयी, मानो नन्दनन्दन के सुमनोहर नखों का अनुकरण कर रही हो। जम्बू-तरु के पल्लवों से घुल-मिलकर चाँदनी भगवान् कृष्ण के सिर में सजे मोर-पंख की छटा उगलने लगी। बिल्व-पत्रों पर इधर-उधर बिखरकर चाँदनी मानो विष्णु-चरण धोने की अभिलाषा में झुककर विनम्रता प्रदर्शित करने लगी। शमी-वृक्ष की टहनियों पर झूला झूलती हुई चाँदनी मानो शिवजी की दृष्टि की भाँति तेजस्विनी बन गयी। पके केलों के पृष्ठों पर रेंगकर चाँदनी स्वामी के चरणों में नैवेद्य बनने की इच्छा का मूर्तिमान निरूपण-सी दृग्गोचर हुई। चम्पक की पकी पंखुड़ियों में घुसकर मोती से जटिल बाल-गोपाल के नासापुट की भाँति भक्तजनों के आह्लाद का कारण बनी। मलय मारुत से संस्पर्शित नारिकेल के कुसुमों में मिलकर चाँदनी ऐसी लगी मानो वृन्दानाथ के शरीर में लेप किया हुआ चन्दन सूखकर झड़ रहा हो। अमलतास के पल्लवों को छूकर चाँदनी पीताम्बर की छटा उगलने लगी। फूटे हुए कपास के फल चाँदनी में पांचजन्य-से भासने लगे। फूटे हुए धतूरे के फूल सुदर्शन चक्र की भाँति और पकी हुई केतकी की पंखुड़ियाँ नन्दक खड्ग की भाँति चाँदनी में भास रही थीं। इस प्रकार वृन्दावन का मन्दिरोद्यान भगवान् के रूप-वैभव से शोभापूर्ण दीख रहा था। मन्दिर की तलैया में उठनेवाली छोटी-छोटी तरंगें चाँदनी को झुला-झुलाकर क्षीरसागर का अनुकरण कर रही थीं। शीतलता और प्रकाश एक साथ उमड़ रहे थे, मानो वर्षा के बादल सौदामिनी से प्रकाशित होकर धरती पर बरस रहे हों। देवदासी मैले वस्त्र पहने, निराभरण सुन्दरी बनकर मूर्तिमान विषाद का साक्षात्कार कराती हुई, प्रोषितभर्तृका के वेष में रंगमंच पर अवतीर्ण हुई। फिर अभिनय करती हुई कहने लगी—"सखी ! मुझसे न कहो कि यह निष्ठुर प्रियतम परदेस में क्या-क्या कर रहा है। मैं नहीं सुनना चाहती। वह वृत्तान्त सुनूँगी, तो सहन नहीं कर पाऊँगी। हाथ जोड़कर विनती करती हूँ, मुझे न सुनाना....।"

उसके अभिनय से सन्ताप और व्याकुलता फूट पड़ती थी। उसे देखकर नट ने कहा, "सखी ! स्वामी तुम्हें छोड़कर मथुरापुरी में जा बसे हैं। तुम प्रोषितभर्तृका बनकर यहाँ छटपटा रही हो। यह कलहान्तरित दशा है, या खण्डित दशा ? विप्रलम्भ की दशा होती तो मैं अवश्य तुम्हारी सहायता करती। कहाँ वृन्दावन और कहाँ मथुरापुरी। मैं कैसे जाऊँगी ? उन्हें कैसे लिवा लाऊँगी ? अतएव यह सारा दुःख तुम ही को भोगना होगा।"

यह सुनकर गिरिका निर्वेद की चरम दशा में गाने लगी—"सखी ! यह पापी शरीर इस जीव को कितना प्रिय हो गया है। प्यारे गोपाल के बाहुपाश से वंचित होकर भी यह ज्यों-का-त्यों टिका हुआ है। सजनी ! मैं यहाँ और प्रियतम वहाँ—दोनों विरह की

ज्वालाओं में झुलसे जा रहे हैं। हाय ? इस अभागे जन्म के अतिरिक्त क्या कोई और जन्म है ही नहीं ? प्रियमिलन की पिछली स्मृतियों से मेरा मन जाने कैसा हुआ जा रहा है। अब भी प्रियतम का कुशल-समाचार मैं पा न सकी। जाने आगे भाग्य में और क्या बदा है।....''

यह गाते-गाते गिरिका में मूर्च्छा के लक्षण दीख पड़े। यह देखकर चतुर नट कहने लगा, ''यह क्या देवि ? प्रारम्भ में ही अन्तिम बातें कर रही हो ? स्वामी भी अपने प्रेम भरे नेत्रों से तुम्हें देख रहे हैं। इतना दुःख न करो। देखो, तुमने स्वामी के प्रति अपनी अभिलाषा का निरूपण ही नहीं किया। यों ही मर जाने की बातें कर रही हो। यह ठीक नहीं। पहले बताओ कि स्वामी को तुम कितना चाहती हो।'' गिरिका दुःखावेश में सहेली से बात न कर पायी। कमल के पत्ते और शैवाल लाकर उसने सेज सजाया। कुछ बोलने की चेष्टा करने लगी, परन्तु उसका स्वर गद्गद हो उठा। आँखों से आँसू तक नहीं बह पाते थे। दृष्टि शून्य थी और हृदय स्तब्ध। यह देखकर नट प्रसन्न हुआ और बोला, ''तुम बड़ी भोली हो। तुम्हारा प्रेम भी विचित्र है। स्वामी तुम पर प्रसन्न हुए हैं।'' उस पर नायिका बोली—

वासस्तदेव वपुषौ वलयं तदेव
हस्तस्य सैव जघनस्य च रत्नकांची
वाचाल भृङ्ग सुभगे सुरमौ समस्त-
मद्याधिकं भवति मे सखि ! किं निदानम् ?

यह वर्णन सुनकर नट कहने लगा, ''हाँ देवि ! तुम बहुत दुबली पड़ गयी हो। स्वामी कंस का वध करने मथुरा नगरी गये और वृन्दावन की बात ही भूल गये। जाते समय तुम्हें दिया हुआ अभिवचन उन्होंने साफ़ भुला दिया। इसीलिए कहते हैं कि राजा लोग नयेपन पर लट्टू हुआ करते हैं।'' देवदासी चिन्ता-विवश होकर बोली, ''सखी, तुम समझती हो कि नन्द-नन्दन लौट आएँगे ? उन्होंने पाती तक नहीं लिखी कि अमुक दिन आऊँगा। इतनी दूर जाकर कौन उन्हें लौटा लाएगा ? और फिर मेरा क्या होगा ? सखी ! तुम क्या जानो स्वामी कैसे हैं। तुम्हें क्या पता, वे कितने सुन्दर हैं। उनके चरण अरुण-कमल जैसे हैं, कमर सिंह की-सी है। भुजाएँ हाथी के सूँड़ को भुला देती हैं। उनकी दिव्य सुन्दर मूर्ति देखकर मेरा मन आनन्द-विभोर हो जाता है।''

यह कहकर गिरिका स्मृति का अभिनय करने लगी। फिर नट बोला, ''हाँ हाँ, मैं नहीं जानती तुम्हारे पति को ? वे इन्द्रनील जैसी कायावाले हैं, नौजवान हैं, दूज के चाँद जैसे ललाट-भाग वाले हैं, मदन के पिता जैसे लगते हैं—सखी ! कितने सुन्दर हैं तुम्हारे स्वामी !''

इसके उत्तर से गिरिका बोली, ''वे केवल सुन्दर ही नहीं हैं, उनके गुण भी अद्भुत हैं। प्रभु ने शैशव में ही पूतना के प्राण हर लिये। तृणावर्त को मारा। शकटासुर का

वध किया। कालिया नाग का मर्दन किया।"

नट, "हाँ हाँ, लोग कहते हैं कि प्रभु ने कालिया नाग का मर्दन किया। बताओ तो, कैसे मर्दन किया ?"

देवदासी, "तुम नहीं जानतीं ?"

नट, "नहीं।"

फिर देवदासी कालिया-मर्दन का वर्णन करने लगी।

"मेरे स्वामी गोपाल सिंह कालिया कुण्ड पर पहुँचे और वहाँ पूर्व-जन्म के सौभाग्य से भगवान् के चरण-स्पर्श के योग्य बने हुए एक कदम्ब वृक्ष पर चढ़कर दुपट्टे से कमर कसकर, मोर-पंख के साथ-साथ चोटी बाँधकर, बाँहें पसारकर, बड़ी फुरती से छलाँग लगाकर कुण्ड में कूद पड़े। दसों दिशाएँ गूँज उठीं और पानी में हलचल मच गयी।"

नट पूछने लगा, "कहते हैं कि कालिया नाग बड़ा दुष्ट था। जब स्वामी उसके फण पर फाँद पड़े, तब क्या वह चुप रहा ?" गिरिका बोली, "चुप कहाँ रहा ? उस दुष्ट ने तो स्वामी के कुसुम-सदृश मृदुल शरीर को अपने शरीर से लपेट लिया। स्वामी को जगह-जगह डस लिया।" नट बोला, "अरे बापे रे !"

"तुम्हें तो परमेश्वर की शक्ति ज्ञात ही नहीं। तुमने उन्हें क्या समझ रखा है ? वे सारे जगत् की रक्षा करनेवाले परमेश्वर हैं। श्रीकृष्ण बनकर अवतीर्ण हुए हैं। हाँ, उस समय तो हम सब भी तुम्हारी ही तरह घबरा गयी थीं।" नट ने पूछा, "कौन-कौन घबरा गयी थीं ?"

गिरिका, "हम सब गोपियाँ।"

नट, "अच्छा, तो तुम गोपी हो ? इसीलिए दाहिनी ओर पल्लो लगा रखा है। इसीलिए तुम्हारे बाल बिखरे हैं !"

रत्नगिरि ने उत्तर दिया, "महाशय ! बिखरे बाल प्रोषित-भर्तृका के परिचायक हैं, गोपी के नहीं।"

प्रोषितभर्तृका का नाम सुनते ही देवदासी अपनी आँखों से आँसू छलकाती हुई बोली, "मैं पति के विरह में दुःखी हूँ। इस दयनीय दशा में अब क्या करूँ ?" यह कहकर उसने ठण्डी साँस ली।

नट कहने लगा, "गिरिके ! तुम बड़ी भाग्यवान् हो। जप, तप, दान, होम आदि लाख करने पर भी बड़े-बड़े महात्माओं का ध्यान जिन प्रभुवर पर टिक नहीं पाता, उन पर तुम्हारा प्रेमविह्वल मन अटल रूप से टिक गया है। तुम्हारा चरित्र अद्भुत है, अपूर्व है।....

"मुझे श्रीकृष्ण ने तुम्हारे पास भेजा है। तुम्हें यह सन्देश देने को कहा है—

"भवतीनां वियोगो मे नहि सर्वात्मना क्वचित्
यथा भूतानि भूतेषु खं वाय्वग्निर्जलं मही

तथाहं च मनः प्राणबुद्धीन्द्रियगुणाश्रयः।"

स्वामी ने कहा है, "मुझे तुम्हारा वियोग नहीं छूता। जिस प्रकार भूतों में पंचभूत हैं, उसी प्रकार मैं मन, प्राण और बुद्धीन्द्रिय गुणों का आश्रय लिये हुए हूँ। आत्मा और माया के अनुभाव से भूतों की इन्द्रिय-गुणात्मकता पाकर मैं आत्मा द्वारा आत्मा में स्वयं अपना ही सृजन कर रहा हूँ, नाश कर रहा हूँ। मैं आत्मज्ञानमय हूँ, सिद्ध हूँ, व्यतिरिक्त हूँ, अगुणान्वय हूँ, सुषुप्ति, स्वप्न और जाग्रत्-अवस्थाओं में भाषावृत्ति के द्वारा विषय-बोध होता है। जिस प्रकार सपने से जागकर मनुष्य उस सपने को मिथ्या जान लेता है, उसी प्रकार इन्द्रियों में निमग्न व्यक्ति उनको नियमित करके इन्द्रिय-ज्ञान को मिथ्या जान लेता है। यह सांख्य योग है। स्वामी ने यही योग-सन्देश तुम्हें भेजा है।"

यह योग-सन्देश सुनकर गिरिका अभिनय करती हुई गाने लगी—

"परमिह पश्यत पुरुषं स्वीकृतमायिकमानुषं
निजपरभेदरहित-दृशमक्षरमीक्षणकृतभुवनं विभुम्
उपनिषदेकसमधिगतमद्वयबोधसुखैकरसं प्रभुम्।"

उसकी यह प्रार्थना सुनकर श्रीकृष्णचन्द्र प्रसन्न हुए। फिर गिरिका सहज भक्तिभाव से ओत-प्रोत स्वर में कहने लगी, "हे दूत, क्या हरि सकुशल हैं ? यहाँ कब पधारेंगे ? हमारे दुःख का अन्त कब करेंगे ? वे यहाँ आना भी चाहेंगे, तो क्या मथुरापुरी की स्त्रियाँ उन्हें आने देंगी ? हाय ! विधि ने हमसे कैसी निष्ठुरता बरती।"

इसके उपरान्त आरती उतारी गयी। 'सुरट' राग में तदनुकूल ताल-मृदंग की झनकार के साथ मंगलाचरण किया गया। स्वामी गरुड़वाहनारूढ़ होकर मन्दिर के बाहर निकले और नागेश्वर स्वामी की राह देखने लगे। नागेश्वर स्वामी भी कृष्णदेव से परिहास करने लगे। फिर दोनों अपने भक्तों की इच्छाएँ पूर्ण करते हुए जुलूस में निकले। अगले दिन पार्थसारथी के रूप में भगवान् का साक्षात्कार होनेवाला था। इस बात की घोषणा की गयी।

मंगम्मा प्रतिदिन उत्सवों में सम्मिलित हो रही थी। उसे संकोच था कि कहीं लोग उसे देखकर कुछ उलाहने न दें। अतएव दूर लुक-छिपकर खड़ी होती। प्रतिदिन जब वह उत्सव देखने निकलती, तब उसका पालतू बन्दर 'बालि' ख़ूब ऊधम मचाता। गले की रस्सी खींचने लगता, दाँत पीसने लगता। उसने लाख उपाय किये, परन्तु मंगम्मा उसे अपने साथ नहीं ले गयी। वह अकेली ही जाती और सभासदों की बायीं ओर चबूतरे के नीचे सामान्य स्त्रियों के साथ खड़ी होकर सभा-वैभव देखती। नृत्य तथा अभिनय करते समय जब गिरिका मूर्छित हो जाती, तो मंगम्मा बड़ी चिन्तित होती। गिरिका सन्तप्त होती तो मंगम्मा घबरा जाती। जब गिरिका स्वामी से मिलकर आनन्द-विभोर हो उठती, तो मंगम्मा के मन में विषाद उमड़ पड़ता। वह सोचने लगती, 'मेरा सारा जीवन व्यर्थ हो चुका है। मैं यज्ञ का वह अन्न हूँ, जिसे कुत्ता छू गया है। मेरे जीवन

में हलाहल उमड़ पड़ा है। कितना अच्छा होता, यदि महापुरुष धर्माराव तालुका-बोर्ड के अध्यक्ष होते ? क्या पद और शील में कोई सम्बन्ध नहीं ? मैंने अनपढ़ों के घर क्यों जन्म लिया ? मुझमें बचपन से ही कभी ज्ञान का उदय क्यों नहीं हुआ ? प्रायः मेरे भाग में ऐसा ही बदा था।'

कुमारस्वामी अपनी पत्नी और पुत्र के साथ आकर पत्नी को स्त्रियों के पास छोड़ता और स्वयं पुरुषों में जा बैठता। गिरिका के प्रति उसके मन में अपार भक्ति थी। अब उससे भी अधिक भक्ति भोगप्पा शास्त्री के प्रति उत्पन्न हुई। कुमारस्वामी की दृष्टि गिरिका के हाथों पर, उन हाथों का अनुसरण करनेवाली दृष्टि पर, और दृष्टि के अनुरूप झलकते हाव-भावों पर गड़ी रहती थी। नृत्यारम्भ होने तक वह हरप्पा को देखता रहता। नृत्य समाप्त होने पर धर्माराव को देखने लगता। अन्त में श्यामला और मंगम्मा को साथ लेकर घर लौटता। एक दिन दोनों घर लौट रहे थे। कुमारस्वामी ने पूछा, "क्यों मंगम्माजी। आप अपने बन्दर को साथ नहीं ले आयीं ?"

मंगम्मा, "अब उस बन्दर की बात छोड़ दो। उसके लिए मैं, और मेरे लिए वह, नहीं रहे।"

कुमारस्वामी, "आप प्रतिदिन ख़ाली हाथ लेकर मन्दिर क्यों आती है ? अरे हाँ, मेरी भूल हुई। ख़ाली हाथ नहीं, आपके हाथों में तो सोने की चूड़ियाँ हैं।"

इसके उत्तर में मंगम्मा कुछ नहीं बोली।

कुमारस्वामी, "श्यामला। यह चाँदनी बड़ी सुन्दर है न ?"

श्यामला, "यह वर्णन घर पहुँचने के बाद करेंगे तो ठीक होगा।"

कुमारस्वामी, "तो क्या यहाँ नहीं करना चाहिए ?" यह कहकर वह श्यामला से लिपट गया।

मंगम्मा, "ए बन्दर लड़के ! अब रहने दो। रास्ते में लोग तुम्हें देखकर हँसेंगे।"

कुमारस्वामी, "हाँ-हाँ, किसी को अपनी पत्नी से आलिंगन करता हुआ देखकर क्यों नहीं हँसेंगे। किसी और की पत्नी से आलिंगन करे, तो लोग उसकी बड़ी प्रशंसा करेंगे। ऐसी प्रशंसा मुझे ज्ञात नहीं है।"

फिर थोड़ी दूर चले। कुमारस्वामी मंगम्मा के पास जाकर कहने लगा, "आज गिरिका का नृत्य मेरे प्राणों की गइराइयों तक पहुँच गया। सचमुच जाति में क्या रखा है ?"

मंगम्मा, "बाबा। तुम्हारी हर बात मुझ ही को लग रही है।"

कुमारस्वामी, "राम राम। मेरी हर बात के दो अर्थ निकल रहे हैं, तो मैं क्या करूँ ? शनिग्रह मेरे वाक्स्थान पर पहुँच गया है। अभी-अभी देखो, मैं कहना चाहता था, 'नहीं-नहीं', और कह गया 'राम-राम'।"

श्यामला, "चाँदनी बड़ी सुन्दर है।"

कुमारस्वामी, "क्यों, इतने लोगों में तुम मुझसे लिपट जाओगी ?"

श्यामला, ''यह अनावश्यक है।''

कुमारस्वामी, ''अनावश्यक क्यों है ? मैं अकेला ही तो हूँ। यहाँ चक्रवर्ती नहीं है न ?''

श्यामला रूठकर बोली, ''अब आपसे न बोलना ही अच्छा।'' यह कहकर वह दूर हट गयी। कुमारस्वामी मंगम्मा से कहने लगा, ''क्यों जी ! मैं तुम्हें एक सौ सोलह रुपये दूँगा। कृपा करके श्यामला और मेरे बीच भोगप्पा शास्त्री बन जाओ।''

मंगम्मा, ''तुम अपनी ज़बान से ही बला मोल ले रहे हो। मुझसे राधापति का ज़िक्र जितना सुसंगत है, श्यामला से चक्रवर्ति का ज़िक्र भी उतना ही सुसंगत है।''

कुमारस्वामी, ''यह तो बताओ कि श्यामला से कुमारस्वामी का जिक्र जितना सुसंगत है, उतना ही सुसंगत होने के लिए तुमसे किसी का ज़िक्र करना होगा ?''

मंगम्मा कुछ नहीं बोली। कुछ दूर और चले। घर निकट आ गया। बड़ी सड़क से उतरकर पश्चिम की ओर चल पड़े। चाँदनी उनके चेहरों पर पड़ रही थी। कुमारस्वामी ने मंगम्मा का चेहरा देखा। मंगम्मा की आँखों से आँसू बह रहे थे। कुमारस्वामी ने श्यामला को मंगम्मा का चेहरा दिखाया। श्यामला मंगम्मा के पास जाकर कहने लगी, ''क्यों मंगम्मा ! आप इनकी बातों पर आँसू क्यों बहा रही हैं ? इनकी तो सदा यही रीत है न ?''

मंगम्मा, ''यह बात नहीं। मैं सोचती हूँ, मेरा जीवन ऐसा क्यों ध्वस्त हो गया ?''

कुमारस्वामी, ''तुम्हारे जीवन को क्या हुआ ? दुःख करने के लिए, विचार करने के लिए और पश्चात्ताप करने के लिए तुम्हारा जीवन अत्यन्त योग्य है।''

श्यामला, ''ये कैसी बातें हैं ?''

कुमारस्वामी, ''हमें क्या है ? घर चलते ही एक-दूसरे से लिपटकर सो जाएँगे। इसी में हमारी मुक्ति है।''

वे अपनी गली में पहुँचे। आस-पास कोई न था। कुमारस्वामी ने श्यामला को हँसाया। मंगम्मा सिर झुकाकर चल रही थी। उसने सिर उठाया तक नहीं। कुमारस्वामी बोला, ''यह आपका घर है और वह हमारा घर।''

मंगम्मा ने सिर उठाकर पल भर के लिए देखा और घर के भीतर चली गयी। 'बालि' ख़ूब चिल्लाने लगा। वह चीख़ किसी व्याधिग्रस्त व्यक्ति की-सी लगी। कुमारस्वामी थोड़ी दूर आगे जाकर फिर लौट आया और मंगम्मा से पूछने लगा, ''यह कैसी आवाज़ है ?'' मंगम्मा बोली, ''मन की पीड़ा है।'' कुमारस्वामी लौट गया।

रामावतार के दिन नृत्य के बाद तीनों घर लौट रहे थे।

कुमारस्वामी बोला, ''देखो मैं अब घर लौट रहा हूँ। यह अपना व्यर्थ शरीर नृत्य ही के पास छोड़ता, तो अच्छा होता।'' यह कहते-कहते उसका गला भर आया और आँखों से आँसू छलक पड़े।

मंगम्मा, ''भाई, तुम ही ऐसा सोचने लगे तो फिर मुझे क्या सोचना चाहिए ? मेरी

बड़ी इच्छा हुई कि नृत्य के बाद गिरिका के चरण छू आऊँ, परन्तु यह सोचकर चुप रही कि उस पुनीत आत्मा को मेरा कलंकित स्पर्श क्यों होने दूँ।''

कुमारस्वामी, ''उस माई को धर्माराव 'गिरिका' के नाम से पुकारते हैं, परन्तु तुम्हारा और मेरा इसी नाम से पुकारना ठीक नहीं लगता। जिस प्रकार चाणक्य अकेला चन्द्रगुप्त को 'वृषल' नाम से पुकार सकता था, उसी प्रकार देवदासी को 'गिरिका' नाम से पुकारने के लिए केवल उसके गुरु धर्माराव समर्थ हैं ?''

मंगम्मा, ''क्या श्रीरामचन्द्र ने धनुर्भंग किया था ? नृत्य की कथा यहीं क्यों रुक गयी ? क्या रामायण की कथा धनुर्भंग होते ही रुक जाती है ?''

कुमारस्वामी वहीं खड़ा होने लगा। मंगम्मा बोली, ''भैया, तुम दुःखी सही, पर जो कुछ कहना चाहते हो, उसे पी मत जाना।''

कुमारस्वामी, ''कुछ नहीं। महाभक्तिन गिरिका ने सीताराम के संयोग की एक महान् व्याख्या की। धनुर्भंग के समय ही सीता और राम की आत्माएँ एक हो गयीं। तदुपरान्त उसमें कोई वियोग न हुआ। सात्त्विक आदि भावों का उदय नहीं हुआ। वहाँ स्वादुता से रस की निष्पत्ति नहीं हुई। अनुभाव और विभावों से नहीं हुई। उनके प्रेम में उसका स्वरूप नित्य है, निर्विकार है, कूटस्थ है। तदुपरान्त आये हुए वियोग से उनके प्रेमभाव में कोई अन्तर नहीं आया। उनकी रसात्मकता न्यून नहीं हुई। यही है, सीताराम का नित्य और निर्मल प्रेम-तत्त्व। वह निस्तरंग निराकार है। ऐसा महा-जल-स्वरूप है, जिसका निर्माण बूँदों से नहीं हो सकता। ऐसी महाभूत प्रकृति है, जिसके अणु अलग नहीं हो सकते। गिरिका ने प्रेम की ऐसी अद्भुत व्याख्या की। उस माई को हम सबकी ओर से नमस्कार करता हूँ।''

कुमारस्वामी इतना तल्लीन हो उठा कि उसके गिर जाने के भय से श्यामला और मंगम्मा ने उसे सँभाल लिया। फिर तीनों घर लौटने लगे। श्रीरामचन्द्र के पद-पद्मों के रज-रेणु की भाँति चाँदनी चूर्ण-सी प्रतीत होने लगी।

एक और दिन वे घर लौट रहे थे। कुमारस्वामी बोला, ''मंगम्माजी ! आपसे मैं कुछ कहना चाहता था, पर अब भूलता हूँ।''

श्यामला, (मंगम्मा से) ''मुन्ने को चूम लीजिए। शायद भूली हुई बात याद आए।''

कुमारस्वामी, ''क्या उस चूमने में कुछ भाग तुम भी ऐंठ लेने के लिए ऐसे कह रही हो ?''

श्यामला, ''हमें कोई और बात आती ही कहाँ है ?''

कुमारस्वामी, ''तुम आधुनिक स्त्री की तरह क्यों नहीं बोलतीं ?''

श्यामला, ''इसका कारण आप स्वयं हैं।''

मंगम्मा, ''तुम मुझसे क्या कहना चाहते थे ?''

कुमारस्वामी, ''वह बात तो मुझे याद नहीं आ रही, पर मैं पूछता हूँ, उस बन्दर की जान क्यों ले रही हैं ? दस दिन से उसने खाना-पीना छोड़ रखा है। लगता है,

मर जाएगा। वह पाप अपने सिर पर लेना चाहती हैं ?''

मंगम्मा, ''सब पापों में यह भी एक सही।''

कुमारस्वामी, ''सब पापों का क्या अर्थ है ? कुल कितने पाप हैं आपके ?''

मंगम्मा, ''मेरी दृष्टि में एक, तुम्हारी दृष्टि में कुछ भी नहीं। धर्माराव की दृष्टि में दस से अधिक हो चुके हैं।''

कुमारस्वामी, ''मेरी दृष्टि में बारह करोड़ हैं।''

मंगम्मा, ''रहने दो। बताओ, तुम क्या कहना चाहते हो।''

कुमारस्वामी, ''आज देवदासी ने प्रोषितभर्तृका का अभिनय किया था। बताइए तो, प्रोषितपतिका का क्या अर्थ है ?''

मंगम्मा, ''पति के परदेस जाने पर विरह का अनुभव करनेवाली नायिका प्रोषितपतिका कहलाती है।''

कुमारस्वामी, ''आप तो बड़ी पण्डिताइन हैं। ज़रा पूछकर तो देखिए, कॉलेजवाले मेरी नौकरी आपको देंगे क्या ?''

मंगम्मा, ''मेरे सिर पर हिन्दू धर्म सवार है।''

कुमारस्वामी, ''मुझ पर यह अभियोग था कि मैं आपके घर आया-जाया करता हूँ। यदि आप कॉलेज में प्राध्यापिका बन जाएँ, तो आप पर भी शायद अपने ही घर आने-जाने का अभियोग लगाएँगे।''

मंगम्मा, ''जिस स्त्री का पति परलोक चला गया हो, क्या वह भी प्रोषितपतिका होती है ?''

कुमारस्वामी, ''यदि उस स्त्री की जाति न बिगड़े, तो वह सिर-मुँडी विधवा होती है।''

श्यामला, ''आपकी ज़बान पर कोई लगाम ही नहीं।''

कुमारस्वामी, ''कोई पतिव्रता तुम्हारी तरह बातें नहीं करती।''

मंगम्मा, ''ऐसा नहीं जी। उत्तररामचरित की एक प्रस्तावना में मैंने पढ़ा था कि ऐसी स्थिति भी विप्रलम्भ-शृंगार के अन्तर्गत आती है।''

कुमारस्वामी, ''वह स्थिति सीता देवी के लिए थी, मंगम्मा के लिए नहीं।''

मंगम्मा, ''मैं मर जाऊँगी तो तुम ऐसी बातें किसे सुनाओगे ?''

कुमारस्वामी, ''आपकी तसवीर वहाँ सामने रखूँगा और प्रतिदिन एक घण्टा उसे सुनाऊँगा। कहते हैं कि शनिग्रह पकड़ लेता है, तो सात बरस तक टिका रहता है। मैं पकड़ लूँ तो चौदह बरस तक पीछा नहीं छोडूँगा।''

मंगम्मा, ''कल सवेरे देवदासी के पास जाकर उसे देख आएँ ?''

कुमारस्वामी, ''वह जप में रहेगी।''

मंगम्मा, ''यों ही जाकर देख आएँगे।''

कुमारस्वामी, ''मुझे फ़ुर्सत नहीं। कल सवेरे उठकर मुझे बीस मील का चक्कर

काटना है। मन्दिर से पूरब की ओर गुण्डेरू नदी के तट पर जाकर वहाँ से रेलवे लाइन के साथ-साथ चलते हुए धान के खेतों में जानेवाली नहर के साथ रंगापुर के पिछले भाग में, जहाँ गुण्डेरू नदी लगती है, वहाँ पहुँचकर फिर मन्दिर तक लौटना है। मैंने हिसाब किया, कुल लम्बाई दस कोस होती है।''

श्यामला, ''क्यों ऐसा घूमना चाहते हो ?''

कुमारस्वामी, ''कल एक ऐसी घटना घटनेवाली है, जिसकी हम कल्पना नहीं कर सकते। उस बला के आने से पहले ही भूमि की परिक्रमा कर आऊँगा।''

मंगम्मा, ''मैं भी तुम्हारे साथ चलूँगी।''

कुमारस्वामी, ''कहावत है कि बिल्ली की कमर में झींगों का कमर-पट्टा किसी ने बाँध दिया। आप साथ रहेंगी तो फिर मैं चल चुका। हम दोनों को साथ देखकर लोग क्या समझेंगे ?''

मंगम्मा, ''तब तो मैं अवश्य चलूँगी।''

कुमारस्वामी, ''आज रात मैं लँगड़ाना सीख लूँगा।''

मंगम्मा, ''मैं जल्दी-जल्दी चलना सीख लूँगी।''

सवेरा हुआ। अनसूया, अरुन्धती, रथन्तरी आदि गिरिका को देखने गयीं। गिरिका स्नान करके सफ़ेद वस्त्र पहने थी और तैलसिक्त शिरोज़ों को पल्लों से पोंछ रही थी। अरुन्धती बोली, ''क्यों ननद रानी ! मैं सोचती थी कि तुम जप में लीन होगी।''

गिरिका, ''दस दिन हुए, लगातार स्नान कर रही हूँ। आज तक मेरे बाल ठीक-ठीक सूखे ही नहीं। जुकाम के भय से इन्हें पोंछ रही हूँ।''

रथन्तरी, ''मैं पोंछ दूँ ?''

गिरिका, ''बाप रे ! तुम रनिवास की स्त्री हो। तुम एक वेश्या के बाल पोंछोगी ?''

रथन्तरी, ''क्या कहती हो ? तुम वेश्या हो ? मेरे बारे में यह है तुम्हारी राय ? मैं सोचती थी कि मुझे भी तुम अरुन्धती के समान मानती होगी।''

गिरिका, ''मैं तो हँसी में कह रही थी। तुम कुछ भी समझो, स्वामी तो मुझे वेश्या ही समझेंगे न ?''

रथन्तरी, ''वे तुम्हारी तरह पागल नहीं हुए हैं।''

अनसूया, ''हाँ-हाँ, यह बिलकुल पागल हो गयी है।''

गिरिका, ''अनसूया ! तुम्हें मुझसे मज़ाक़ नहीं करना चाहिए। मेरा-तुम्हारा नाता ऐसा नहीं है।''

रथन्तरी, ''वह तो तुम्हारे ही पक्ष में बोल रही है। कहती है कि तुम्हारे मन का नाश हो चुका है।''

छाया, ''माई ! जाति के अभिमान से मुझे तुम्हें 'माई' पुकारने में कितनी देर लग गयी ? मैं तुम्हें कुछ भेंट देना चाहती हूँ। बताओ, क्या दूँ ?''

गिरिका, ''क्या मुझसे पूछकर दोगी ? मान लो, मैं तुम्हारे सद्गुण माँग लूँ, तुम्हारे

पूर्वजन्म के पुण्य माँग लूँ, तो दे दोगी ?''

छाया, ''अवश्य दूँगी, पर शर्त यह है कि आज सन्ध्या को नृत्य करते समय उसे पहनना होगा। मन में रखना होगा।''

गिरिका ने आँसू भरकर एक घड़ी तक आँखें बन्द कर लीं। सब की सब चुप रहीं। उधर बाँसुरी पर किसी कलाकार के वादन की ध्वनि आने लगी—

''अयि मुरलि ! मुकुन्दस्मेरवक्त्रारविन्द-
श्वसनमधुरसज्ञे ! त्वां प्रणम्याद्य याचे।
अधरमणिसमीपं प्राप्तवत्यां भवत्यां
कथय रहसि कर्णे मद्दशां नन्दसूनोः।''

अरुन्धती बोली, ''ननदरानी ! बताओ अब मेरा क्या होगा ?'' गिरिका अरुन्धती से लिपटकर कहने लगी, ''भाभी ! तुम भी मेरे साथ-साथ आ रही हो। तुम्हारी धन्यता मुझे कहाँ प्राप्त होगी ? बड़े प्रयास से मैं जिस कला की साधना कर रही हूँ वह तुम्हें पूर्व-जन्म के संस्कारों से सहज ही प्राप्त हुई है। कुलीन घर में जन्मी हो। एकाग्रता प्राप्त करने के लिए कुलीन स्त्रियों को पतिदेव होते हैं। तुममें धर्म और काम मिले-जुले हैं, हममें अलग-अलग हैं। उन्हें एक-दूसरे से जोड़ने की हमारी साधना बड़ी कठिन होती है। तुम्हारे लिए वह अत्यन्त सुलभ है। तिस पर तुम बड़ी पुण्यवती हो कि सर्व वेदों का सार जाननेवाले, सर्वशास्त्रों में पारंगत, एक महापुरुष की पत्नी बनी हो। घर में रसोई बनाते-बनाते और परिहास करते-करते, तुमने सभी महान् रहस्य जान लिये हैं। मैं तुम्हें पहचानती हूँ; अपनी भाभी को नहीं पहचानती ? हम दोनों की आयु का यह तीसवाँ बरस है। दोनों में तीन महीने का अन्तर है।''

अरुन्धती, ''क्या तीन महीने तक मेरी यही दशा होगी ?''

गिरिका, ''तुम मुझसे अधिक भाग्यवान् हो। तीन महीने तीन सप्ताह जैसे बीत जाएँगे, पर मेरे लिए आठ दिन भी युगों जैसे बीते।''

रथन्तरी, ''कृष्णप्रिये ! अब हम विदा होती हैं। हम सब तुम्हारा ही ध्यान कर रही हैं।''

फिर बाँसुरी की मधुर ध्वनि सुन पड़ी—

''अपि जनुषि परस्मि न्नात्तपुण्यो भवेयं
तप्भुवि यमुनायास्तादृशो वंशनालः।
अनुभवति य एषः श्रीमदाभीरसूनो-
रधरमणिसमीपन्यासधन्यामवस्थाम्।''

सहेलियाँ चली गयीं। इतने में हरप्पा और धर्माराव द्वार पर आ खड़े हुए। गिरिका ने उन्हें देख लिया। वह हँसती हुई आगे बढ़ी। दूर से देखकर हरप्पा धर्माराव से कहने

लगा, "गिरिका ऐसी क्यों दीख रही है ?"

धर्माराव, "उसने तप किया है। कल रात उसे एक दिव्य ज्योति दिखाई पड़ी और उसने बताया कि तपस्या पूरी हो चुकी है। इसीलिए गिरिका ने अब तपस्या बन्द कर दी है।"

इतने में गिरिका उनके पास आ पहुँची और हरप्पा ने उसे नमस्कार किया। रत्नगिरि आकर कहने लगी, "प्रभु, आपने आकर मेरे घर को पावन किया।" हरप्पा ने कहा, "रत्नगिरि ! यह कैसी बात करती हो ?"

रत्नगिरि, "प्रभु ! यह लोक-रीति है।"

हरप्पा, "मैं और धर्माराव जी वैदिक हैं।"

धर्माराव, "प्रभु ! आप अकेले वैदिक हैं। मैं फिर भी इसी लोक का हूँ।"

रत्नगिरि, "पधारिए।"

हरप्पा, "केवल गिरिका को देखने आये थे, अब लौट जाएँगे।"

धर्माराव, "तुम्हें किस नाते से पुकारूँ ?"

रत्नगिरि, "मुझे ? मुझे माँ कहकर पुकारो।"

धर्माराव, "माँ, मैं तुम्हें एक बात बताऊँगा। मरते दम तक उसे न भूलना।"

रत्नगिरि, "नहीं भूलूँगी।"

धर्माराव, "मेरी बात गिरिका कभी नहीं भूलती।"

रत्नगिरि, "मैं भी तो गिरिका की माँ हूँ। मैं भी नहीं भूलूँगी। पिता चल बसे। तुम पिता के बाद पिता जैसे हो। तुम आदेश दे सकते हो। मैं उसका पालन करूँगी।"

उधर से किसी के गाने की आवाज़ आयी।

गाने का आशय था—"प्राणी मृत्यु से बहुत घबराते हैं, मानो उससे बच निकलने की सोच रहे हों। पर यह कहाँ सम्भव है ? प्रत्येक प्राणी जहाँ से आया है, वहीं लौट जाता है। यही स्वाभाविक परिणाम है।"

धर्माराव, "सुन रही हो ?"

रत्नगिरि, "हाँ, सुन रही हूँ।"

हरप्पा और धर्माराव लौट गये। हरप्पा कहने लगा, "इसका अर्थ है कि प्राणी जहाँ से आता है, वहीं लौट जाता है ?"

धर्माराव, "पंचाग्नि-विद्या नाम की एक विद्या होती है। उसमें पाँच अग्नियाँ होती हैं—यह जग, पर्जन्य, पृथ्वी, पुरुष और स्त्री। उनकी होम-प्रक्रिया अलग होती है। कर्ममय प्राणी इस लोक से पर्जन्य-लोक में पहुँचता है। पर्जन्य बरसकर पृथ्वी में पहुँचता है। उसे पुरुष खाता है। पुरुष के कारण स्त्री में गर्भोत्पत्ति होती है। यही क्रम चलता रहता है। इसीलिए कहते हैं, 'स जातो यावदायुषं जीवति। तं प्रेतं दिष्टमितोऽग्नय एव हरन्ति, यत ऐवेतो यतः सम्भूतो भवति....।' इस प्रकार प्राणी अपना आयुः प्रमाण समाप्त होने तक बार-बार कर्म करता हुआ जीवित रहता है। उसके मरते ही उसे अग्नि की

भेंट किया जाता है। जिस अग्नि से उसका आविर्भाव होता है, उसी में वह लीन हो जाता है। अर्थात् अपने कर्म से वह जिस योनि के योग्य ठहरता है, उसी के अनुरूप अग्नि में मिल जाता है।''

हरप्पा, ''इसका यह अर्थ है, आज तक मैं नहीं जानता था।''

धर्माराव, ''आप कोठी लौट जाएँ; मुझे कुमारस्वामी से मिलना है।''

हरप्पा, ''क्या यह सच है कि कुमारस्वामी की नौकरी जाती रही ?''

धर्माराव, ''कुमारस्वामी की नौकरी आज नहीं, सौ बरस पहले ही जाती रही थी।''

फिर दोनों विदा हुए।

भोगप्पा ने सन्ध्या तक एक लाख गायत्री जप पूरा किया। आठ दिन तक उसकी तपस्या चलती रही और वायु-तरंगों में मानो एक नयी शक्ति का आविर्भाव हुआ। जप पूरा करके वह मन्दिर के बाहर आ गया। कुमारस्वामी और भोगप्पा ने भी मानो भूमि की परिक्रमा पूरी की। आगे-आगे भोगप्पा और पीछे-पीछे मंगम्मा और कुमारस्वामी देवदासी के घर जा पहुँचे। भोगप्पा आज तक रत्नगिरि के घर नहीं गया था। उसे देखते ही रत्नगिरि बोली, ''शास्त्री महाराज, पधारिए।'' भोगप्पा जल-पात्र हाथ में लेकर आया था। उसने वहीं बैठकर आचमन किया और सारे तप का फल देवदासी को धारा-दत्त कर दिया। मंगम्मा और कुमारस्वामी बोले—''शास्त्री जी ! हम भी यथाशक्ति भूमि की परिक्रमा कर आये हैं। वह फल भी देवदासी को समर्पित कीजिए।'' शास्त्री ने ऐसा ही किया।

सन्ध्या हुई। पूर्णिमा की चाँदनी छिटकने लगी। दूर नीले पर्वत पर बैठा हुआ चन्द्रमा अपनी ठण्डी किरण-रूपी आँखों से सारे जगत् को देखने लगा। सारा जग एक ऐसे धान्यक्षेत्र-सा लग रहा था, जिसमें चाँदनी की उपज हुई। चूने का लेप की हुई गुड़िया की तरह चन्द्रमा आकाश में लटक रहा था। एक पहर रात बीत गयी। चन्द्रमा चढ़ आया। शरत्काल की स्वच्छ नदी की भाँति, उसकी चाँदनी लाली से मुक्त थी। प्रौढ़ा स्त्री की कटाक्ष-पंक्ति की भाँति, अमृत की नहर में उमड़ते फेन की भाँति, चाँदनी झिलमिला उठी। चारों दिशाएँ झिलमिला उठीं।

बड़े पण्डाल में उत्सव-मण्डप लगे थे। दाहिने मण्डप में पार्वती और नागेश्वर स्वामी और बायें मण्डप में सत्यभामा और वेणुगोपाल स्वामी की मूर्तियाँ थीं। जुलूस समाप्त हुआ। स्वामी मण्डप में आ विराजे। अब उनका विवाह होना अवशेष था। नागेश्वर स्वामी के सम्मुख भजन-कीर्तन चल रहा था। वेणुगोपाल के मण्डप के सम्मुख शहनाई बज रही थी।

आधी रात बीत गयी। पण्डाल के भीतर केवल मशालों का उजाला था। चाँदनी का प्रवेश था। यकायक सन्नाटा छा गया। मृदंग, वीणा और वेणु का स्वर उमड़ पड़ा। देवदासी के कण्ठ-स्वर के साथ नूपुर, कंकण तथा मंजीरे-मृदंग झनझना उठे।

"मृगयत राधा माधवं मुहुरिह निगमवने धवं
अनुपदमखिलफलप्रदशाखिषु मृगितमदृष्टशनन्तम्
क्वचिदपि गूढतया निजधामनि कृतसुकृतैरनुभूतम् ॥ मृग... ॥

सारे प्रेक्षकों को देवदासी एक देवी मूर्ति-सी दीख पड़ी। आज उसकी सुन्दरता बीते दिनों की अपेक्षा सहस्रगुणाधिक थी। उसने क्षत्रिय स्त्री की भाँति साड़ी पीछे कसकर बाँध रखी थी। पल्लू कमर में बँधा था। दस दिन से नींद और भोजन के अभाव में उसका शरीर सचमुच सूख गया था, परन्तु उमड़ते लावण्य में वह विद्युल्लता-सी दीख रही थी। उसके बाल सुन्दर वेणी में बँधे थे। वह वेणी जाँघ तक लटक रही थी। माथे पर तिलक, आँखों में काजल, गाल पर टीका और चन्दन का लेप, गले और हाथों में सुगन्ध, काली साड़ी, इन सबके कारण उसका सौन्दर्य ख़ूब निखर रहा था। गुलाबी रंग की चोली पर सुनहरे फूल गिरिका के वक्षभाग को ख़ूब ऊँचा उभार रहे थे। वक्षभाग की ऊँचाई के कारण पतली कमर और भी पतली दीख रही थी। जाँघ, पृष्ठ और बाहु सजीव सौन्दर्य की राशियों से लग रहे थे। पाँव में पायल और चाँदी के घुँघरू बँधे थे। चरणों में लगा हुआ महावर ऐसा दीख रहा था, मानो सन्ध्या-समय मन्दार का फूल अपनी कान्ति से एक ही रंग में न्यूनता और अधिकता के सुन्दर अन्तर को सूचित कर रहा हो। उसके सुकुमार चरण में लगा हुआ महावर उत्कल की स्त्रियों के पाँव में लगायी जानेवाली लाक्षा की सुन्दरता दर्शित कर रहा था। जहाँ वह पग धरती, लाल कमल उग आते थे। जहाँ तक उसकी पिण्डलियाँ डोलतीं, धान की बालियाँ लग जाती थीं। उसकी जंघाओं के संचार से सारा रंगमंच कदली-वन-सा दीख रहा था। उसकी कमर की कृशता तथा वक्षस्थल की गुरुता बार-बार उमड़ पड़ती थी। उसके ग्रीवा-भेद से नाना प्रकार के शंख उत्पन्न हो रहे थे। जहाँ तक उसकी दृष्टि प्रसरित होती, कमल आदि अनेक प्रकार के फल पुनः-पुनः उद्‌भूत हो रहे थे। उसकी वेणी काल-सर्प को, काले मेघों की पंक्ति को, सिहरती तलवारों को, दर्शा रही थी। वह गा रही थी—

"यदखिलदूरतरेऽपि यदन्तिकमात्मतया वियदादिम्।
अनुगतमधिगतमखिलमपारमनन्यमनोभिरनादिम् ॥ मृग... ॥"

उसका कण्ठ-स्वर कभी बाँसों के बीच घुसकर गुंजन करते वायु का-सा, कभी हँसी के साथ राजहंस के प्रेमपूर्ण कूजन-सा, कभी मेघाच्छादित अम्बर को देखकर आनन्द-विभोर होनेवाले मोर की कूक-सा, कभी वसन्त में माकन्द-पल्लव खाकर कूकनेवाली कोयल के सुमधुर पंचम-स्वर सा, कभी स्वर्णसिकता के स्तरों पर से बहती सरिता की मर्मर ध्वनि-सा कभी वीणा के नाद से मिलकर न पहचाने जाने वाले अव्यक्त निस्वन-सा;—इस प्रकार दृष्टि में समस्त सुमधुर ध्वनियों को बारी-बारी से सुना रहा था। वह कहने लगी, "मल्लिकाओ ! वह साँवला स्वामी, कमल जैसे नयनोंवाला, दयारस बरसानेवाला, सिर पर मोर-पंख पहननेवाला, हँस-मुख, कहीं तुम्हारे निकुंजों में तो छिपा नहीं है ? हे लवंग,

लुंग, नारंग, वृक्षो ? वह प्रिय, जो मदन का पिता है, लक्ष्मी देवी के वक्षस्थल पर वास करता है, बंसी की मीठी तान सुनाता है, कहीं तुम्हारे पास तो नहीं आया ?"

"स्वामी ! तुम मेरी आँखों से ओझल होकर चले गये। मैं तुम पर आस धरकर आयी हूँ। मुझे किस पार लगाओगे ? तुम्हारे जन्म से वृन्दावन ख़ूब फला-फूला है। तुमने गोकुलवासियों को विष-जल से, राक्षसों से, और समस्त संकटों से बचाया है। पर अब मेरा वध क्यों किया चाहते हो ? मैं तुम्हारे ही आसरे जी रही हूँ। हे मेरे कान्त ! जो तुम्हारा हाथ श्रीदेवी के हाथ को ग्रहण करता है, उसे मेरे सिर पर रख दो। भला तुम यशोदा के बेटे हो ? तुम तो सारे सप्राण जगत् की चेतना की विदित आत्मा हो। मधुर वचनों से मुझे अपने अधर-रस का आस्वादन करने दो....

"चलसि यद् व्रजाच्चारयन् पशूननलिनसुन्दरं नाथ ते पदम्।
शिलतृणांकुरैः सीदतीति नः कलिलतां मनः कान्त गच्छति ॥"

"प्रभु ! तुम दिन भर गैया चराने जाते हो, रातों में हमें नींद आती है। न जाने कब हम तुम्हारी सुन्दरता जी भर के देख पाएँगी।"

"माधवं दर्शय हे मन्दार ! माधवं दर्शय।
माधवमिह राधिकाधितमथ साधकजनफलसाधकमधुना ॥ माधवं... ॥"

देवदासी के नृत्य का वेग बढ़ने लगा, मानो महारण्य में वृक्षों की शाखाएँ एक-दूसरी से रगड़ खाकर चमक उठी हों; मानो जल-तरंगिणी निद्रित हो उठी हो। उधर स्वामी का विवाह हो रहा था। वैखानस मन्त्र पढ़ रहे थे। रह-रहकर ब्याह के बाजे बज रहे थे। सारे लोग रंगमंच पर निश्चल दृष्टि लगाये हुए थे। हज़ारों प्रेक्षकों से खचाखच भरा हुआ वह स्थान निस्तब्धता के कारण उजड़ा-उजड़ा लगने लगा।

गिरिका बोली, "स्वामी ! तुम्हारे लिए तीस बरस से तपस्या कर रही हूँ। तुमने कहा था, आज दर्शन दोगे। कभी स्वप्न में, कभी चित्र में, कभी मन्दिर की प्रतिमा में तुम्हें देख चुकी हूँ। परन्तु तुम्हारी ज्योतिर्मय आकृति को तुम्हारे सच्चिदानन्द स्वरूप को, मैं आँखें मूँदकर आज तक देख न पायी। पता नहीं, तुमने मेरे प्राणों में फाँसी-सी लगा रखी थी, या क्या। मेरे पास प्राणों की कोई गिनती नहीं। उन्हें तो मैं बचपन में ही तुम्हारे चरणों पर निछावर कर चुकी हूँ। आज तुम दर्शन दोगे या नहीं, इसका निर्णय होकर रहेगा।

"रे रे मन्दार, सन्तान, कल्पक, पारिजात, चन्दन।
रे रे चम्पक, नाग, पुन्नाग, श्रीपूग, पनस, नारिकेल-रसाल ॥ माधवं... ॥

"हे वृक्षो ! अपनी ओट में स्वामी को छिपाकर मुझे क्यों सताते हो ? देखो, ये स्वामी के पद-चिह्न हैं जिनमें शंख-चक्र-गदा-पद्म की छापें दीख रही हैं। यह वृन्दावन की धरती कितनी भाग्यवान् है ! जो चिह्न वेदों में भी दुर्लभ हैं, उन्हें इस धरती ने

अपने सिर पर धारण किया है। मैया भू देवी ! तुम सचमुच कितनी भाग्यवान् हो—पूर्वजन्म में तुमने कितना पुण्य किया होगा ! प्रभु ने वराह बनकर तुम्हें गले लगाया, वामन बनकर बढ़ते-बढ़ते तुम्हें नाप लिया और नन्दनन्दन बनकर तुम्हारी देह पर यहाँ अपने दिव्य पद-चिह्न अंकित किये।....''

फिर गिरिका अत्यन्त तन्मयता की दशा में कृष्ण-लीला का नृत्य करने लगी। वृन्दावन में लगी दावाग्नि को पी जाना, तृणावर्त का वध आदि दृश्यों का उसने अभिनय किया। कृष्ण बनकर अपनी कुक्षि में छिपे सारे लोकों को दर्शाया। फिर बोली, ''दुष्ट इन्द्र ने गोकुल में जल-प्रलय मचाने की ठानी है। हे गोप-गोपीजनो, आओ-आओ, इस गोवर्धन के तले आकर खड़े हो जाओ। यह न सोचो कि इतने बड़े पर्वत का भार इस नन्हे बालक से नहीं सँभलेगा। यह पर्वत ही नहीं, सारे पर्वत, सागर तथा समस्त प्राणी समुदाय समेत पृथ्वी भी यदि टूट पड़े, तो मेरी यह उँगली टस से मस नहीं होगी। तुम सब निश्चिन्त रहो।''

इस प्रकार आमन्त्रण देती हुई उँगली उठाकर व्यत्यस्त-चरण खड़ी हो गयी। फिर बोली, ''मैं बंसी बजा रहा हूँ। गोपियो ! तुम सब यहाँ आओ, तुम्हें परम तत्त्व बताऊँगा। बैठ जाओ। तुम आधी रात को यहाँ क्यों आयी हो ? तुम्हारे माता-पिता और पति तुम्हें ढूँढ़ रहे होंगे। चली जाओ। वन में सिंह शार्दूल घूम रहे हैं। कहीं वे तुम्हें खा न जाएँ। जारिणी स्त्रियाँ गृहस्थी की परवाह नहीं करतीं। तुम्हारे पति जान जाएँगे, तो प्राणों पर बन आएगी। राजा को ज्ञात होगा, तो दण्ड देंगे। धर्माचार्य तुम्हारा बहिष्कार करेंगे। जहाँ प्रतिक्षण भय ही भय हो, ऐसे जार-कर्म में कौन सुख धरा है ? क्या तुम मुझे छोड़कर नहीं जाओगी ? क्या कह रही हो ?''

फिर वह गोपी बनकर स्वयं अपने प्रश्न का उत्तर देने लगी। बोलो, ''क्या कहा ? हम अपने कन्हैया को छोड़कर चली जाएँ ? नहीं, नहीं। तुम्हारे चरण-कमलों से दूर जाने के लिए हमारे पाँव कैसे आगे बढ़ेंगे ? तुम्हारे कर-स्पर्श के बिना हमारे हाथ मानो पथरा जाते हैं, निकम्मे बन जाते हैं। तुमने हम सबके चित्त चुरा लिये हैं। प्रियतम ! अब हम क्या करें ? तुम्हारे मधुर वचनों की वर्षा न होगी तो हमारी मदनाग्नि बुझेगी नहीं। तुम्हारे मुखचन्द्र से चाँदनी प्रसरित न होगी तो हमारा कामान्धकार नहीं छूटेगा। हे कृष्ण ! रक्षा करो। रक्षा करो।....'' यह कहकर वह मूर्च्छित हुई और थोड़ी देर में उठकर कहने लगी, ''कहाँ है कृष्ण ? अभी-अभी तो दीखा था, फिर कहाँ ओझल हो गया ?

''सरसकदम्बक पलाश कुरवक वटसमूह।
विलसदशोक कपित्थ कदलीवन ललितदेवदारु वृन्दपिचुमन्द ॥ माधवं दर्शय ॥''

गिरिका उन्मत्त की भाँति आँखें बन्द करके इधर-उधर घूमने लगी। उधर स्वामी का विवाह सम्पन्न हो रहा था। मन्त्र-घोष के अतिरिक्त और कोई ध्वनि नहीं थी।

यह पता लगाना कठिन था कि वेणुगोपाल स्वामी की दृष्टि अपनी वधू सत्यभामा पर है या नृत्य करनेवाली देवदासी पर। मशाल जहाँ के तहाँ निश्चल हो गये। जलते दीपों की भाँति सारे प्राणियों के हृदय व्यग्र हो उठे। हवा थम गयी। स्वामी के पहने हुए मधु-पर्क रक्तिम दीखने लगे। श्वेत मधुपर्क रक्तिम कैसे हुए, यह किसी की समझ में नहीं आया। स्वामी की मूर्ति पर भी लाली छा गयी, मानो उनका अनुराग शरीर के नस-नस में फैल गया हो और वे नख-शिख-पर्यन्त राग की मूर्ति बने हों।

गिरिका आगे कहने लगी, "यहीं स्वामी ने फूल तोड़े थे न ? ये देखो, एड़ियाँ उठाकर अँगूठों को धरती में गड़ाकर खड़े रहने के चिह्न दीख रहे हैं। इस जगह स्वामी ने दोनों चरणों को साथ-साथ जमाया था। कौन जाने, किसने स्वामी को इतना विनम्र बनाकर खड़ा किया था ?"

"ये ही चरण लक्ष्मी देवी के स्तनाग्रों पर लगे थे और उनमें दर्द होने लगा था। योगी लोग अपनी महाजिज्ञासा के कठोर पथ पर इन्हीं चरणों को रखकर उन्हें कष्ट देते होंगे। निम्नोन्नत वृन्दावन के प्रदेश में घूम-घूमकर ये चरण बहुत थक गये होंगे। मैं अपने प्राणों से इन थके हुए चरणों को पोंछकर उनकी थकान दूर करूँगी। अपने आँचल से पसीना पोंछूँगी।" यह कहकर गिरिका उन पद-चिह्नों के पास झुक गयी और बड़े प्यार-दुलार से उन्हें चूमने और गले लगाने लगी। फिर बोली, "हाय ! स्वामी के साथ-साथ उनके चरण-चिह्न भी अन्तर्धान हो गये। हाय ! अब मैं क्या करूँ ?"

> "वृन्दे वृन्दावनचरमहर्निशि नन्दनन्दनमतुलम्
> कुन्दलवङ्गलते कुटिलालकमिन्दुसुन्दराननमतुलम् ॥ माधवम्... ॥"

"इन वृक्षों को मुझ पर दया नहीं आयी। मैं बार-बार पुकार रही हूँ, पर मेरी पुकार स्वामी के कान तक नहीं पहुँच पाती। धिक्कार है मुझ पर। अब मेरे जीवित रहने से क्या लाभ ?" यह कहकर वह अपने पल्लू को गले में लपेटकर फाँसी लगाने लगी। भोगप्पा शास्त्री रत्नगिरि के पास जाकर बोला, "वीणा मुझे दे दो और तुम गिरिका की सखी बन जाओ। मैं उसे कैसे रोक सकता हूँ ? उसके पवित्र शरीर को मुझे स्पर्श करना नहीं चाहिए। चली जाओ।" यह कहकर शास्त्री वीणा बजाने लगा। रत्नगिरि जाकर गिरिका से बोली, "मैया, क्यों आतुर होती हो ? स्वामी अभिवचन देकर क्यों नहीं आएँगे ? अवश्य दर्शन देंगे।" यह कहकर गिरिका के गले की फाँसी को उसने ढीला कर दिया।

प्रेक्षकों को पहले से ही देवदासी का नृत्य केवल नृत्य-सा नहीं लगा। उन्हें लगा कि सब कुछ वास्तव में हो रहा है।

स्वामी का विवाह पूरा हुआ। उन्हें आज पार्थसारथी के रूप में सजाया गया था। स्वामी की मूर्ति को लाकर रथ पर सारथी के स्थान पर बिठाया गया। फिर देवदासी गाने लगी—

''माधवं दर्शय, हे मन्दार ! माधवं दर्शय।''

वह आगे कहने लगी, ''मेरे स्वामी शंख-चक्र-गदा-पद्म-शोभित हैं। पीताम्बरधारी हैं। वनमाली हैं। कमल-नयन हैं। आजानबाहु हैं। उनकी हँसी शरत्काल की ज्योत्स्ना-सी होती है। उनके वचन अमृत-सीकर छलकाते हैं। उनकी चाल सृष्टि की चाल-सी होती है। उनके वक्ष में लक्ष्मी, भूदेवी और चिन्तामणि वास करते हैं। उनकी आँखें चौड़ी हैं। उनके सहस्र नाम हैं। उन पर गोपियाँ लट्टू हैं। उनके सिर पर मोर-पंख विद्यमान हैं। वे पक्षी-वाहन हैं। माखन-चोर हैं। मेघश्याम हैं। गौएँ चरानेवाले हैं। मुरलीधर हैं। नंगी कमरवाले हैं। अपने कटाक्षों से भक्तों की रक्षा करते हैं।....ऐसे मेरे स्वामी को तुमने नहीं देखा ? मैंने उनके सारे चिह्न तुम्हें बताये। हे वृक्षो ! मातुलुंग, लवंग, केतकी, भल्लातक आम्रातकी, सरल, पनस, बदरी, बकुल, वट, कुटज, कुन्द, कुरवक, कुरण्टक, खजूर, नारिकेल, चन्दन, मन्दार, जम्बू, जम्बीर, माधवी, मधूक, लाल, तमाल, हिन्ताल, रसाल, साल, प्रियालु, बिल्व, अमलक, कपित्थ, कांचन, कन्दराल, शिरीष, शिंशुप, अशोक, पलाश, नाग, पुन्नाग, चम्पक, शतपत्र, मल्लिका आदि तरुमाताओ !

''मृगयत राधामाधवं मुहुरिह निगमवने धवम्
चलति जगति यदचंचलमाततमुपविनिहित जगदण्डम्
प्रभवति भवति पिनद्धमिदं निजमायिकनेकमखण्डम् ॥
माधवं दर्शय हे मन्दार ! माधवं दर्शय।
फुल्ल कुसुम मल्लिके ! जाजिमालतिवल्ली ! वनजा लतिके !
कल्लोल श्रीकमल केतकी कुमुद कल्हारादि कुसुमचयपंक्ति
ललिते ॥ माधवं... ॥''

''मेरे स्वामी त्रिलोक-मनोहर हैं। वेदों के पन्थ में उपनिषत्कान्ताएँ स्वामी के चरणों का पवित्र वस्तुओं से सम्मार्जन करती रहती हैं। स्वामी निर्गुण हैं। सब-भूतों की अन्तरात्मा हैं। भक्तजनों पर दया के अपांग प्रसारित करते हैं। हे मन्दार ! ऐसे मेरे स्वामी कहाँ हैं ? तनिक दिखाओ तो ! हे चम्पक ! उनके दर्शन तो कराओ। हे वृन्दावन ! तुम्हें नमस्कार करती हूँ। तुमने स्वामी को छिपा रखा है। उनके पद-चिह्न तुममें दीख रहे हैं। क्यों उन्हें छिपाते हो ? क्या दिखाओगे नहीं ?''

इधर लोगों का कोलाहल अधिक हुआ। ''माधवं दर्शय हे मन्दार !'' का अखण्ड-स्वर लगातार सुनाई दे रहा था।

''शुक कोकिल सारिका वृन्द शकुन्तशोभनहंसकुल
प्रकटाकाशानिलानल जलधरणि सकल देवगणसरसगुणगण।
माधवं दर्शय हे मन्दार ! माधवं दर्शय !''

तन्मयता में गिरिका मूर्छित होकर गिर पड़ी। रत्नगिरि ने शिशिरोपचार किये, परन्तु गिरिका को सुधि नहीं आयी। धर्माराव के आदेश से तुरन्त आरती उतारी गयी—

"सकलनिगमगूढमखिल-लोकाधारमच्युतमखिलगुरुं
सरसगोपीगणपरिगीतमनुशिवनारायणतीर्थ फणितमुदारम्
माधवं दर्शय हे मन्दार ! माधवं दर्शय !"

गिरिका उठ खड़ी हुई। उस अखण्ड आरती में हार-कुण्डल-केयूर तथा किरीट से भूषित, शंख-चक्र-गदा-पद्मधारी, वनमाली, सूर्यचन्द्र-नयन, हिरण्यमय शरीर एक महापुरुष के दर्शन देवदासी को हुए। देवदासी की आँखों से अश्रुधारा बह चली। वह प्रणाम करके खड़ी हो गयी। गिर जाने के भय से रत्नगिरि उसे सँभाले थी। वह महान् मूर्ति गिरिका के नेत्र-मण्डल में फैल गयी। धीरे-धीरे नेत्रों ने अपने गुण तज दिये। उन्हें सूर्य और चन्द्र का भान नहीं रहा। वह महान् मूर्ति देवदासी के शरीर में प्रवेश कर गयी। उसका सारा शरीर हिरण्यमय हो गया। धीरे-धीरे पंचेन्द्रियाँ, मन, बुद्धि, अहंकार सबमें वह मूर्ति समा गयी। उसके प्राणों में भर गयी। देवदासी सर्व प्रकृति की मूर्तिमान् प्रतिमा बन गयी। रत्नगिरि के हाथों को ऐसा लगा कि गिरिका का शरीर नखशिख पर्यन्त ठण्डा पड़ गया है। रत्नगिरि का शोक उमड़ पड़ा। भोगप्पा शास्त्री "माधवं दर्शय हे मन्दार !" गा रहा था। पंचभूत निश्चल थे। भय-भ्रान्त थे। महान् अखण्ड आरती, जपाकुसुम, नित्य-मल्लिका तथा रक्त-नीरज की कान्ति में अपना आराधन आप करने लगी। एकबारगी भड़ककर सारे मशाल एक साथ बुझ गये। आरती बीच में थी, एक ओर पार्थसारथी की मूर्ति थी और दूसरी ओर देवदासी। उस प्रकाश में उधर देवदासी और इधर भगवान् झिलमिला उठे। सारे पण्ड्ाल में अँधेरा छा गया। किसी को कुछ न दीखता था। केवल यही शब्द रार्वत्र गूँज रहे थे :

"हे मन्दार ! माधवं दर्शय,
रे रे मन्दार ! सन्तान कल्पकपारिजात चन्दन
रे रे चम्पक नाग पुन्नाग श्रीपूग पनस नारिकेल रसाल
माधवं दर्शय !"

तेईस

बैसाख की अमावस को अस्सी बरस का एक बूढ़ा सुब्बन्नापेठ स्टेशन पर उतरा और पागल की तरह इधर-उधर ताकता हुआ चलने लगा। वह दिग्भ्रान्त-सा होकर किसी से पूछने लगा, "क्यों भैया, यह सचमुच सुब्बन्नापेठ है ?" वह व्यक्ति एक मुसलमान ताँगेवाला था। उसने बूढ़े को गाली दी और कहा, "नहीं-नहीं, तुमसे झूठ बोल रहा हूँ।" बूढ़ा उत्तर भारत का निवासी लगता था। सिर पर एक कपड़े की टोपी थी, जो कानों को ढँक रही थी। गेरुए रंग का एक वस्त्र उसकी बगलों में से लेकर गर्दन के

पीछे कसकर बँधा था। मुख पर चन्दन का चौड़ा टीका था। बूढ़ा सड़क पर चल रहा था। कोठी के दक्षिणी द्वार पर आते ही उसे सुधि-सी आयी। उसने कोठी को पहचाना, और भीतर प्रवेश किया। एक नौकर ने उसे धमकाकर कहा, ''तुम कौन हो ? कोई चोर लगते हो। जाओ जाओ।'' लाचार होकर बूढ़ा कोठी के बाहर आ पहुँचा। दाहिनी ओर उसे सब कुछ अपरिचित दीखा, बायीं ओर सब कुछ सुपरिचित। रास्ते में ऊँचे-ऊँचे खम्भे, सड़कें, अजीब-अजीब दूकानें, उसे नयी लगीं। आग्नेय दिशा में आते ही उसने देखा कि वहाँ का बड़ा आम का वृक्ष सूख गया है। एक डाली कोठी की दीवार पर झुकी थी, जिसमें वैदिक ब्राह्मण के शील की भाँति दो-चार पत्ते बचे थे। बूढ़े के मन में फिर सन्देह उत्पन्न हुआ। वह उत्तर की ओर चला। वहाँ मन्दिर दिखाई दिये। तब कहीं उसे विश्वास हुआ कि यही सुब्बन्नापेठ है। वह आगे बढ़ा, कोठी के मुख-द्वार पर पहुँचकर खड़ा हो गया और चारों ओर देखने लगा। भीतर जाना चाहता था, पर भय था कि नौकर-चाकर डाँट बताएँगे।

अन्त में साहस करके वह कोठी के भीतर पहुँचा। थोड़ी दूर चला। उसे किसी ने नहीं रोका। वह हरप्पा के कमरे के पास जा पहुँचा। हरप्पा वहाँ बैठा कुछ पढ़ रहा था। इतने में बूढ़े को खाँसी आयी। हरप्पा ने सिर उठाकर देखा। बाहर आकर उसने पूछा, ''तुम कौन हो ?'' बूढ़ा बोला, ''मैं एक बैरागी हूँ बाबा ! आप कौन हैं ?'' हरप्पा को कुछ क्रोध आया, कुछ हँसी आयी। इतने में एक नौकर आकर उसे डाँटने लगा। बूढ़ा बोला, ''बाबू ! मैं कोठी को चारों ओर देखकर जाना चाहता हूँ। बीस बरस हुए मुझे कोठी देखे हुए।'' नौकर हँस पड़ा। बूढ़े को वहाँ से निकाल दिया गया। लोगों ने समझा, कोई पागल है। बूढ़ा वहाँ से मन्दिरों के पास गया और वहाँ की दीवारों, दरवाज़ों आदि को परखकर देखने लगा। फिर वह सुब्रह्मण्येश्वर स्वामी के मन्दिर में पहुँचा। वहाँ गणाचारी बैठी थी। बूढ़े ने गणाचारी को देखा। गणाचारी ने उसे एक-टक देखा और पहचानकर बोली, ''तुम हो ? इतने दिन कहाँ थे ?'' बूढ़ा बोला, ''देखो, इसी भेस में ज्यों-त्यों पेट भर रहा हूँ।''

गणाचारी ने कहा, ''देवदासी को जानते हो ? तुम्हारे समय वह बहुत छोटी थी।''

बूढ़ा, ''मैं नहीं जानता।''

गणाचारी, ''रत्नगिरि की लड़की। रत्नगिरि को नहीं जानते। रामेश्वर शास्त्री....''

बूढ़ा, ''हाँ हाँ, जानता हूँ।''

गणाचारी, ''उसकी लड़की है देवदासी। उसे मरे पन्द्रह दिन हुए। आज श्राद्ध का दिन है।''

बूढ़ा, ''वह क्यों मर गयी ?''

गणाचारी, ''वह केवल हमारी दृष्टि में मर गयी। सचमुच वेणुगोपाल स्वामी में लीन हो गयी। महान् भक्तिन थी। दस दिन तक नृत्य करके अन्तिम दिन उसने विद्युन्मय

भगवान् के दर्शन किये और परम-पद को प्राप्त हुई।"

बूढ़ा आँखें मूँदकर आँसू बहाने लगा। गणाचारी बोली, "धर्माराव वहीं है।" यह सुनकर बूढ़ा जल्दी-जल्दी वहाँ से चला गया। धर्माराव के घर के सामने जा खड़ा हुआ। छोटे रामेश्वर शास्त्री ने उसे चावल देना चाहा। बूढ़े ने पूछा, "तुम्हारा क्या नाम है मुन्ने ?" शास्त्री बोला, "मेरे नाम से तुम्हें क्या करना है ? भिखारी हो, भीख लेकर चले जाओ। मेरा नाम परसों के उत्सव तक एक था, अब दूसरा हो गया है।"

बूढ़ा, "तुम्हारे पिताजी का क्या नाम है ?"

शास्त्री, "मेरी माँ बीमार है, तुम भीख लेकर चले जाओ।"

बूढ़ा, "क्या बीमारी है ?"

शास्त्री, "बीमारी और क्या है ? वही गिरिका की बीमारी है !"

बूढ़ा, "गिरिका कौन है ?"

शास्त्री ने चावल चबूतरे पर डाले और कहा, "लेना हो तो ले लो। नहीं तो तुम्हारे बदले कौवे खाएँगे।" बूढ़ा बोला, "तुम धर्माराव के बेटे हो ? वे बचपन में हूबहू तुम जैसे थे। तुम्हारा क्या नाम है ?"

शास्त्री बोला, "अब मेरा नाम है, गोपन्ना।"

बूढ़ा कुछ सिटपिटा गया। वहाँ से धीरे-धीरे वह रत्नगिरि के घर गया। रत्नगिरि और धर्माराव ने बूढ़े को देखकर पहचान लिया। धर्माराव ने पूछा, "गोपन्ना, आज तक तुम कहाँ थे ? कौन देश गये थे ? मैंने पूछताछ की, तो लोगों ने कहा कि तुम पागल हो गये हो। क्या यह सच है ?"

गोपन्ना, "बाबूजी ! मैं पागल नहीं हुआ। मेरे प्रभु कृष्णम नायडू के चल बसने के बाद मैंने सोचा कि उस वीरान कोठी में क्यों रहूँ ? तुम्हारे आने तक रहना चाहता था, पर सोचा कि तुम मुझे जाने न दोगे। इसीलिए चला गया।"

धर्माराव, "गोपन्ना, तुम कब के गये हो ? तुम्हारे जाने के बाद कितनी घटनाएँ घटी हैं ! सबसे बढ़कर आश्चर्य की बात—देवदासी चल बसी। उसे तुम नहीं जानते। इसीलिए तुम्हारी आयु पन्द्रह दिन अधिक हो गयी। रंगाजम्मा, रुक्मिणम्माराव, सरोजिनी देवी चल बसीं। रंगाराव दो विलायती मेमों को ब्याह लाये। तीन बरस से बिस्तर पर पड़े हैं। रंगाराव के बेटे हरप्पा को जानते हो न ? उसने दादा का नाम उबारा है। वही ज़मींदार है। सारा शहर बदल गया है। रास्ते में तुमने देखा ही होगा।"

गोपन्ना, "हाँ, देखा है। ऐसा लगता है कि जहाँ-तहाँ सूजन आ गयी है। छरेरापन और दृढ़ता कहीं नहीं रही।"

धर्माराव, "आज के रोगों पर आयुर्वेद की औषधियाँ काम नहीं करतीं।"

गोपन्ना, "मैं बीस बरस तक उत्तरीय प्रान्तों में रहा। एक महीना हुआ, मुझे सुब्बन्नापेठ का स्मरण आया। चिन्ता हुई, मैं किसे देख पाऊँगा, किसे नहीं ! इसी अधीरता में दौड़ा-दौड़ा चला आया। आपके दर्शन हुए, सो मुझे ऐसा लग रहा है कि

कृष्णम नायडू के दर्शन हुए हैं।''

बोलते-बोलते गोपन्ना लगातार खाँस रहा था। धर्माराव ने पूछा, ''क्यों खाँस रहे हो ?''

गोपन्ना, ''दमे की बीमारी है। कहते हैं कि इस रोग में आदमी कब दम तोड़ देता है, इसका पता ही नहीं चलने पाता। बाबू जी ! याद है ? बचपन में आप पुराण पढ़ा करते थे ? तुम, मैं और बड़े ज़मींदार एकत्र बैठा करते। रंगाराव जी तुम पर बहुत गुस्सा किया करते। अभी-अभी मैं कोठी में गया था। नौकरों ने मुझे पागल समझकर निकाल दिया। कोठी के भीतर चारों ओर देख-परखकर मरना चाहता हूँ। बाबू, पता नहीं आज मरूँगा या कल। आपके मुख से भागवत का वह पद्य सुनना चाहता हूँ, जिसमें कृष्ण भगवान् का वर्णन है। उस पद्य को सुनकर बड़े ज़मींदार साहब क्या कहा करते थे, याद है ?''

धर्माराव, ''याद है। कहा करते थे कि हमारे मन्दिर के वेणुगोपाल स्वामी सोलहों आने ऐसे ही हैं, जैसे उस पद्य में बताया गया है।''

गोपन्ना, ''बाबूजी ! बीस बरस से आपका वह पद्य मेरे कानों में गूँजता आया है। मुझे फिर कब सुनाएँगे ? आप अब बड़े हो गये हैं। आपके घर जाकर मुन्ने को देख आया हूँ। बचपन में आप भी ठीक वैसे ही थे।''

धर्माराव, ''गोपन्ना शाम को तुम्हें पद्य पढ़कर सुनाऊँगा। मुझे और थोड़ी देर यहाँ रहना है। भोजन के लिए हमारे पास अवश्य आना।''

गोपन्ना, ''आख़िरी बार कोठी में खाकर मर जाना चाहता हूँ।''

धर्माराव, ''जैसी तुम्हारी इच्छा। मैं आकर तुम्हें कोठी में ले जाऊँगा।''

गोपन्ना, ''मैं ख़ुद एक बार फिर वहाँ जाऊँगा। मुझसे न हुआ तो फिर आप ले जाएँ।''

गोपन्ना फिर कोठी की ओर चल पड़ा। जाकर हरप्पा के सम्मुख खड़ा हो गया। हरप्पा ने उससे पूछा, ''तुम कौन हो ?'' गोपन्ना बोला, ''मैं आज कोठी में खाना खाना चाहता हूँ।'' हरप्पा ने रंगन्ना को बुलाया और कहा, ''इसे यहाँ खाना खिलाओ।'' रंगन्ना गोपन्ना को थोड़ा-थोड़ा पहचानता था। वह सोचने लगा, हो न हो यह आदमी जाना-पहचाना लगता है। गोपन्ना बोला, ''मालिक, मेरा नाम गोपन्ना है। मैं इस कोठी में नौकर था। मेरे मालिक कृष्णम नायडू थे। उनके चल बसने के बाद मैं परदेस चला गया। आपको मैंने गोद में लेकर खिलाया था। आज तक उत्तर भारत में रहकर आया हूँ। इस खाँसी से मैं मर जाऊँगा। मरने से पहले मालिक और कोठी को देखने की इच्छा हुई, सो आया हूँ।'' रंगन्ना को स्मरण हो आया। वह बोला, ''सच है मालिक ! तब मैं पन्द्रह बरस का था। ठीक-ठीक पहचान न सका।'' हरप्पा बोला, ''तुम कोठी में जहाँ चाहो घूमकर देख आओ। जब तक सुब्बन्नापेठ में रहोगे, तब तक यहीं रहना।''

गोपन्ना, ''बाबूजी ! छोटे मालिक को देखना चाहता हूँ।''

हरप्पा, ''छोटे मालिक कौन हैं ?''

गोपन्ना, ''आपके पिताजी।''

हरप्पा, ''वे बँगले पर सोये हुए हैं, तुम जाकर मिल सकते हो।''

गोपन्ना बँगले पर गया और रंगाराव से मिलकर अपना हाल कह सुनाया। रंगाराव ने उसे पहचान लिया और बोले, ''हाँ रे गोपन्ना, यहाँ पुराण चलता था। धर्माराव पढ़ते थे, पिताजी और तुम सुना करते थे। धर्माराव, कृष्ण का वर्णन पढ़ते थे। तुम लोग पढ़ते, तो मुझे बड़ा गुस्सा आता था। वे ही धर्माराव आज कितने बड़े बन गये हैं ! बड़े ज्ञानी हैं। हरप्पा नायडू उन्हें बहुत मानते हैं। धर्माराव का एक बेटा है, छह बरस का होगा। सोचता हूँ कि वह पिता से भी बड़ा बनेगा। उत्तरभारत में क्या करता रहा ? अब तू यहीं रह जा। मेरी सेवा किया कर। यहाँ सब लोग हरप्पा को ज़मींदार मानते हैं। मैं केवल किसान हूँ। ख़ैर, वे पुराने दिन नहीं रहे। तीन बरस से बिस्तर पर पड़ा हूँ। बीमारी कुछ कम हुई है। वैद्यराज कहते हैं कि तीन महीने में और कम हो जाएगी।'' रंगाराव में दीर्घ व्याधि के कारण जो परिवर्तन आया था, उसे गोपन्ना पहचान गया। बोला, ''मालिक ! समय एक-सा नहीं गुजरता। जिस सुब्बन्नापेठ को मैं छोड़कर गया था, उसमें और आज के इस सुब्बन्नापेठ में कितना अन्तर है ! आदमी भी बदल गये हैं !''

उस दिन सन्ध्या समय धर्माराव, हरप्पा और गोपन्ना पूरब की दिशा में खेतों के पास घूमने गये। वहाँ हरप्पा नरम-नरम घास पर बैठ गया। सूर्यास्त हो रहा था। गोपन्ना बोला, बाबूजी ! आप वह पद्य फिर सुनाएँ।'' धर्माराव ने भागवत का वह पद्य उच्च स्वर में यमन कल्याण में सुश्राव्य ढंग से गाया। कुछ दूर हरिया पंछियों और साँपों से खेल रहा था। धर्माराव की आवाज़ सुनकर वह दौड़ा-दौड़ा आया, परन्तु नये व्यक्तियों को देखकर भाग खड़ा हुआ। धर्माराव ने उसे बुलाकर अपने पास बिठा लिया। गोपन्ना बोला, ''बाबू ! हरिया तो है न ?'' धर्माराव ने गाना पूरा किया। हरप्पा बोला, ''ऐसा लगता है कि इस पद्य में हमारे ही वेणुगोपाल स्वामी का वर्णन है।'' गोपन्ना बोला, ''हाँ-हाँ।'' तीनों ने एक-दूसरे की ओर देखा। तीनों हँस पड़े। धर्माराव और गोपन्ना की दृष्टि में वह खेत कोठी-सा और हरप्पा कृष्णम नायडू-सा भासने लगा। अतीत मानो लौट आया। गोपन्ना को खाँसी आयी।

सब मिलकर मन्दिर पहुँचे। पहले सुब्रह्मण्येश्वर स्वामी फिर नागेश्वरस्वामी, तदुपरान्त वेणुगोपाल स्वामी के दर्शन किये। गोपालस्वामी के मन्दिर में धर्माराव ने उच्च स्वर से ''मन्दं-मन्दं मधुर-निनदैः वेणुमापूरयन्तं....'' श्लोक का गान किया। उसे अपने बचपन का स्मरण हो आया। गोपन्ना और धर्माराव को अपने तन की सुधि नहीं रही। रात को गोपन्ना ने भोजन नहीं किया। दूसरे दिन सवेरे पता चला कि गोपन्ना कोठी में मर गया है। हरप्पा ने उसका दाह-संस्कार किया। लोगों ने कहा, किस व्यक्ति की मृत्यु कहाँ लिखी होती है, कौन जाने। इस गोपन्ना को ही देखो, उसने मन में ठान ली थी

कि सुब्बन्नापेठ जाकर ही मरूँगा। वह यहाँ आ गया और कृष्णम नायडू के बदले में हरप्पा नायडू की देखरेख में अपने प्राण छोड़े। कहीं-कहीं ऐसे अटूट अनुबन्ध होते हैं।

जब तक गोपन्ना की चिता जलती रही, धर्माराव मन-ही-मन भागवत का वह पद्य दोहराता रहा। फिर वहाँ से घर चला गया। वहाँ छोटा रामेश्वर शास्त्री माँ के पास बैठा था। दोपहर का समय था। धर्माराव ने पूछा, "बेटा, तुमने माँ को दूसरी बार दवा दी ?" शास्त्री बोला, "हाँ दी। माँ आज बहुत दुर्बल हो गयी है। कल से भी अधिक।" धर्माराव बोला, "कल और आज में कितना अन्तर होता है !"

सन्ध्या समय कुमारस्वामी आया। कहने लगा, "मास्टरजी ! मुझे कहीं-न-कहीं नौकरी करनी ही होगी। अब हमने अपनी गृहस्थी अलग कर ली है। एक-एक दिन कठिनाई से गुज़र रहा है।"

धर्माराव, "कॉलेजवालों ने तुम्हें छुट्टियों का वेतन देना चाहा, पर तुमने लेने से इनकार किया। उनका क्या है ? जितनी बचत हो, उतना ही अच्छा। उन्होंने वेतन नहीं दिया। जो कठिनाई दो महीने बाद आनेवाली थी, उसे तुमने आज ही बुलाया। शायद मंगम्मा कुछ देती, उसी से माँगते।"

कुमारस्वामी, "उसी की बदौलत तो कौर मुँह तक पहुँच रहा है। मंगम्मा ने आज तक मुझे कितना रुपया दिया, कोई हिसाब-किताब नहीं है, नौ महीने तक सौ रुपये लाता रहा। पर अब असम्भव हो गया है।"

धर्माराव, "तुम अब अध्यापक का काम नहीं कर सकते। स्वतन्त्र विचारवालों को ये संस्थाएँ पास फटकने नहीं देतीं। कहीं किसी समाचार-पत्र में क्यों नहीं काम करते ? इस गाँव में वामनराव हैं। उनके अख़बार में कोई नौकरी मिल सकती है ? पूछ लो। वे देश में ख्यातनाम हैं। कहते हैं कि ख़ूब पढ़े-लिखे हैं। उन्नत विचार रखते हैं।"

कुमारस्वामी, "आप कहेंगे तो शायद वे मुझे नौकरी दे देंगे।"

धर्माराव, "मेरे कहने पर दे देंगे ? मैं कौन होता हूँ ? हरप्पा नायडू का मन्त्री ? पगले ! हम उनके पास सिफ़ारिश नहीं कर सकते।"

कुमारस्वामी, "वे वामन हैं। मेरे जाने पर कहीं वामन की तरह पल-पल में बढ़कर ब्रह्माण्ड भर में न फैल जाएँ।"

धर्माराव, "तुम्हारी भी एक ज़मींदारी होती तो अच्छा होता। उस भगवान् को अकल नहीं रही।"

कुमारस्वामी, "तब न रही न सही। अब भी उसके अक्लमन्द बनने में क्या अड़चन है।"

धर्माराव, "तुम्हारा सिर। ख़ैर, रहने दो इन बातों को। आज अच्छा दिन है, बुधवार है। वामनराव के पास हो आओ। मुझे आकर बताना, उन्होंने क्या कहा।"

कुमारस्वामी चला गया। धर्माराव अरुन्धती के पास जा बैठा। अरुन्धती बोली, "आप आठों पहर इधर-उधर घूमते रहते हैं। मेरे पास थोड़ी देर भी नहीं बैठते।"

धर्माराव उसके पास बैठ गया। अरुन्धती बोली, "न जाने क्यों आज पाँवों में दर्द है।" धर्माराव उसके पैर दबाने लगा। अरुन्धती बोली, "अब बस कीजिए, मुझे यह पाप भी क्यों...." धर्माराव ने कहा, "पाप क्या है ? मेरी बहन यहाँ न रहती तो रसोई भी मैं न बनाता ?" अरुन्धती आँसू भरने लगी। धर्माराव बोला, "तुम बड़े ही कोमल मन की हो। इसीलिए तुम्हारी बीमारी कम नहीं हो पाती। पहले तो बीमारी से ही गर्मी बढ़ती है, जिस पर तुम्हारे मन की व्याकुलता से गर्मी और अधिक हो जाती है। ऐसे में रोग कहाँ कम होगा ?"

रामेश्वर शास्त्री बाहर चला गया।

अरुन्धती, "लड़का बहुत दुःखी हो रहा है। प्रतिदिन केवल शाम को खेलने जाता है और बाक़ी समय मेरे पास आ बैठता है। मुझे कुछ हो जाए, तो उसका क्या होगा ?"

धर्माराव, "तुम्हें कुछ नहीं होगा। राजशेखर शास्त्री का कहा मानो। मुझे अपने पास बिठाकर ऐसी बातें सुनाती हो ?"

अरुन्धती, "अब चुप रहूँगी।"

पाँच मिनिट बीते। अरुन्धती फिर कहने लगी, "रंगापुर जाकर मेरा बक्सा ले आना अब असम्भव है।"

धर्माराव, "तुम्हें चुप रहना भी आता है ? घुट्टी में शायद तुम्हें बकवास की दवा दी गयी थी।"

अरुन्धती, "हाँ-हाँ, उन दिनों आजकल जैसे अस्पताल नहीं थे।"

धर्माराव, "अब चुप भी रहो।"

अरुन्धती, "आपके रहते हुए मैं कहाँ चुप रह सकूँगी ?"

धर्माराव, "मैंने तुमसे बोलने को कहा ?"

अरुन्धती, "आपने नहीं कहा, पर मेरा मन जो नहीं मानता।"

धर्माराव ने उसके सूखे गालों पर हाथ फेरते हुए कहा, "मैं ज़रा बाहर हो आऊँ, तुम आँखें मूँदकर लेटी रहो। शाम को वैद्यराज आकर दवा देंगे।" बाहर जाते हुए धर्माराव के पीछे-पीछे अरुन्धती की दृष्टि प्रसारित हुई। पीछे से वह कितना सुन्दर लगता है ! सन्ध्या समय कुमारस्वामी आ पहुँचा। धर्माराव ने पूछा, "क्या ख़बर है ? 'हाँ' या नहीं ?"

कुमारस्वामी, "ख़बर तो हाँ की है, पर उसमें कुछ अधिक सार नहीं।"

धर्माराव, "तुममें इतना वाग्वैदग्ध्य है कि यह मन्दमति संसार तुम्हें नहीं समझ पाएगा। प्रत्यग्र-बुद्धि-वैभव के कारण तुम्हारी हृदय की भलमनसी किसी को ज्ञात नहीं। जग का हृदय स्निग्ध नहीं होता, अतएव वह नहीं समझ सकता कि तुम्हारी वाक्-चमत्कृति सुकुमार मन का सूचक है। वह तो यही सोचता है कि तुम धृष्ट हो। तुम्हें समझाना बहुत कठिन है।"

कुमारस्वामी, "यही कारण है कि कालिदास तिक्कन्ना[1] आदि कवियों के समान आप जैसे जो महानुभाव हैं, उनको आज कहीं कोई पूछता नहीं। कालिदास की कविता को, जो दुर्व्याख्याओं के कारण मूर्छित हो गयी थी, मल्लिनाथ ने नया जीवन दिया। तिक्कन्ना आदि महाकवियों की कविता भी दुर्व्याख्याओं के विष से मूर्छित हो चुकी है। आप उसे नया जीवन प्रदान करें।"

धर्माराव, "काम की बात तो सुनाओ।"

कुमारस्वामी, "केवल तीन बातों में सब कुछ समाप्त हुआ। मैंने जाकर पूछा, 'महाशय, आप अपनी पत्रिका के कार्यालय में मुझे नौकरी देंगे ?' वामनरावजी ने कहा, 'आज तक आप सवा सौ का वेतन पाते थे, हम आपको क्या दे सकते हैं ?' मैंने कहा, 'जो जी में आए दीजिए।' उन्होंने सकुचाते हुए कहा, 'चालीस रुपये दूँगा।' मैंने तुरन्त मान लिया। इस पर शायद वे पछताने लगे कि पैंतीस क्यों नहीं कहा।"

धर्माराव, "कल ही से आने को कहा ?"

कुमारस्वामी, "हाँ।"

धर्माराव, "कल अच्छा दिन है। कृष्ण प्रतिपदा है। तुम्हारे लिए परम-मित्र तारा है। कल सवेरे ही जाकर काम में लग जाओ। तुम बड़े भाग्यवान् हो। छोटी-सी श्यामला मिली, छोटी-सी नौकरी भी मिली।"

कुमारस्वामी, "छोटा धर्माराव नहीं मिला ?"

धर्माराव, "मिला, पर मेरा नाम तुमने बिगाड़ दिया।"

कुमारस्वामी, "आपके लड़के से मेरा लड़का अच्छा है। आपका लड़का दस दिन तक गिरिका की ओर देखता रहा। मेरा ल़ड़का स्वास्थ्य बिगड़ने के भय से मेरे कन्धे पर सोता रहा। निरा मूर्ख है। मैंने पूछा, 'नाच कैसा है ?' कहने लगा, 'नाना, मामा !' अभी उसे बातें ठीक नहीं आतीं।"

धर्माराव, "मैं तो उसकी बात ही भूल गया।"

कुमारस्वामी, "उसे आपने संस्कृत पढ़ाया, मुझे उत्सव दिखाया। अरुन्धती बहन का स्वास्थ्य कैसा है ?"

धर्माराव, "कैसा है ? सुना है कि गिरिका ने तीन महीने की अवधि बतायी थी। आधा महीना बीत चुका है।"

कुमारस्वामी, "बाद में बीमारी दूर हो जाएगी ?"

धर्माराव, "दूर हो जाएगी। भाई ! प्राण कभी-न-कभी जाकर ही रहेंगे। जब तक जीवित हैं, हमारी अकड़ भूमि और आकाश में नहीं समा पाती। एक बात कहूँ ? मनुष्य को सन्मार्ग पर रहना हो, तो भगवान् के स्मरण की आवश्यकता नहीं। केवल इस बात

---

1. तिक्कन्ना : महाभारत के पन्द्रह पर्वों का अत्यन्त काव्यमय तेलुगु रूपान्तर प्रस्तुत करने वाले महान् कवि, जिन्हें 'कवि-ब्रह्मा' की उपाधि दी गयी।

का भान पर्याप्त है कि उसे मरना है। भर्तृहरि बेचारे ने कहा है, 'व्याघ्रीव तिष्ठति जरा परितर्जयन्ती'।''

कुमारस्वामी, ''मुझे यहीं सन्देह होता है। शेरनी डराती क्यों है ? मार क्यों नहीं डालती ?''

धर्माराव, ''शेर दो प्रकार के होते हैं। एक होता है आदमख़ोर, जिसे मनुष्य के मांस का चस्का लगा होता है। दूसरा वह शेर होता है, जो केवल जानवरों को खाता है। एक बार मनुष्य के मास का चस्का लग जाने पर शेर किसी अन्य जानवर की ओर आँख उठाकर भी नहीं देखता। मनुष्यों के रास्ते के पास कहीं छिप जाता है, मनुष्य को आगे जाते देखकर पीछे से झपटता है और उसे मारकर खाता है। जिस शेर को मनुष्य के मांस का चस्का न लगा हो, वह मनुष्य से बहुत घबराता है। मान लो कि हम जंगल में जा रहे हैं। यदि कोई शेर दिखाई दे, तो वह हटकर नहीं जाएगा। मनुष्य को भी हटकर नहीं जाना चाहिए। शेर गरजेगा। पूँछ उठाकर ज़मीन पर पटकेगा। यदि मनुष्य चीख़ने लग जाए, भागने लग जाए, तो शेर उस पर झपटकर उसका काम-तमाम कर देगा। इसके विपरीत यदि मनुष्य अपना सारा साहस बटोरकर खड़ा रहे, और ख़ुद डराने-धमकाने लगे तो शेर आप ही आप वहाँ से चला जाता है। भर्तृहरि की बात में देखो, कितना अनुभव है।''

कुमारस्वामी, ''अनुभव के बिना लिखी जाने योग्य केवल प्रणय कविता होती है।''

धर्माराव, ''बहुत देर हो गयी। कल सवेरे काम पर जाओगे ना ?''

कुमारस्वामी, ''कल के लिए भय नहीं। यह नौकरी भी शायद टिकेगी नहीं, पर फिलहाल कोई अड़चन नहीं।''

कुमारस्वामी को पत्रिकालय में प्रवेश किये एक महीना बीत गया। सुशिक्षित होने के नाते वामनराव की देश में बड़ी ख्याति थी। परन्तु कुमारस्वामी को लगा कि यह सब ढकोसला है। सब लोगों की तरह यह अख़बारवाले भी बड़े स्वार्थी दीख पड़े। वामनराव की पत्रिका का नाम था, 'त्रिलोकी'। 'त्रिलोकी' सारे समाचार छापता था। एक दिन वामनराव ने कहा, ''लोक का अर्थ है दृष्टि। अतएव त्रिलोकी का अर्थ हुआ तीन प्रकार का दृष्टिपात। अर्थात् शिवाकृति। एक आँख में हलाहल भी मौजूद है।''

कुमारस्वामी, ''क्यों नहीं ? जो आदमी हमें पसन्द नहीं, वह चाहे कितना ही अच्छा हो, हम उसे महाराक्षस का स्वरूप दे देते हैं।''

वामनराव, ''हाँ, वही हमारा धर्म है। शिवजी ने त्रिपुरासुरों का संहार क्यों किया ? उन असुरों ने काँसे के क़िले बनाये। उनकी सभ्यता उच्चकोटि की थी। शिवजी आर्य थे, वे द्राविड़ थे। आर्यों ने द्राविड़ों को मारकर उनकी सभ्यता का सर्वनाश किया। रावण, हिरण्यकश्यपु आदि सब राक्षस थे। उन्हें राम आदि आर्यों ने इसीलिए मार डाला कि उनके विचार आर्यों के विरुद्ध थे।''

कुमारस्वामी, ''मैंने तो यह बात कहीं नहीं पढ़ी।''

वामनराव, ''अरे हाँ, आपके गुरु धर्माराव हैं ? बताइए, आपने क्या पढ़ा ?''

कुमारस्वामी, '' 'गतानुगतिको लोकः न लोकः पारमार्थिकः।' आप सब लोगों ने एक सिद्धान्त खड़ा किया है। उसका विरोध करने से क्या मिलेगा ?''

वामनराव, ''अपनी राय तो बताइए।''

कुमारस्वामी, ''कई राक्षस ब्राह्मण थे। प्रतिदिन होम आदि किया करते थे। हनुमानजी ने लंका में घूमते-घूमते प्रातःकाल राक्षसों को वेद पाठ करते सुना था। ऐसे लोगों को राक्षस कहना सुसंगत नहीं लगता।''

वामनराव, ''राक्षस ब्राह्मण थे ? मैंने तो कभी नहीं सुना।''

कुमारस्वामी, ''सब लोग ऐसी ही आलोचना करते हैं।''

एक दिन कुमारस्वामी पत्रिकालय में बैठा था कि वामनराव और उनके साथ दो अँग्रेज़ी के विद्वान् आ पहुँचे। वामनराव दुबला-पतला था। रंग बहुत काला था। लम्बे बाल थे। तन पर दुपट्टा नहीं था। वे आकर कुर्सी पर बैठे।

कुमारस्वामी, ''ये जो लेख आये हैं, सबके सब रद्दी हैं। एक को भाषा नहीं आती, दूसरा ठीक-ठीक किसी बात की कल्पना नहीं कर सकता। देश में जो विचार हैं, उन्हें जैसा जी में आए मिला-जुलाकर खिचड़ी बनाते हैं। इन्हें कैसे प्रकाशित करें ?''

वामनराव, ''आप तो सभी बातों का विरोध करते हैं। जो विचार संसार में फैले हुए हैं, उनका विरोध करनेवाले हम कौन होते हैं ? कहा है, 'राजानुमतो धर्मः।' आजकल कहना चाहिए, 'लोकानुमतो धर्मः'।''

कुमारस्वामी, ''तब तो पत्रिका भर में अश्लीलता ही अश्लीलता होगी।''

वामनराव, ''मेरी बात आप नहीं समझे। जग से बढ़कर कोई धर्म नहीं। आपके वेदों और शास्त्रों को रहने दीजिए। जनता की शक्ति दिनों-दिन बढ़ रही है। अपनी डेढ़ ईंट की मस्ज़िद खड़ी करके उसी में बैठे रहने के दिन अब नहीं रहे। उन मस्ज़िदों को कुल्हाड़ी से मार गिराने के दिन आ गये हैं। भाषा, समाज और धर्म—ये सब मुट्ठी भर व्यक्तियों के ठेके की वस्तुएँ नहीं रह सकेंगी। जो जग को पसन्द हो, वही धर्म टिकेगा। समाज भी उसी प्रकार बदल जाएगा। भाषा में भी लम्बे-लम्बे समास नहीं चलेंगे। भाषा सुबोध होनी चाहिए। हम यहाँ क्यों बैठे हैं ? जनता के विचारों का प्रचार करने के लिए, अपने विचारों को जनता पर मढ़ने के लिए नहीं। जनतन्त्र आगे बढ़ रहा है। किसी को उसके नीचे गिरकर मरना हो, तो उसे मरने दो, हमें उस पर दया नहीं आएगी।''

जो दो व्यक्ति वामनराव के साथ आये थे, वे विदा लेने लगे। उनमें से एक ने कहा, ''वामनराव कैसे महानुभाव हैं ! किनते महान् वक्ता हैं ! कैसे उन्नत विचार हैं उनके !'' दूसरा बोला, ''नहीं तो उनका इतना नाम क्योंकर होता ?'' उसी दिन सायंकाल कुमारस्वामी वामनराव के पास गया और कहने लगा, ''महाशय ! अपने समाज और धर्म की बात रहने दीजिए, पहले इस भाषा को देखिए। इस लेख में दीवार

के बदले देवार लिखा है। इस लेखक ने जितने नये-नये रूपों की कल्पना की है, वे कौमुदी में भी नहीं हैं। अब इसका उपाय कीजिएगा।'' वामनराव बोले, ''जहाँ-जहाँ त्रुटियाँ हों उन्हें काटकर सुधारिए।''

कुमारस्वामी, ''सुधारूँ ? जनता के विचारों के विरुद्ध सुधारूँ ?''

वामनराव, ''वह था आज सवेरे का भाषण। सामान्य जनता क्या जानती है ? उसे तो हमारा ही कहा मानना होगा। हमें दिखाते रहना होगा कि हम जनता के विचारों के अनुसार चलते हैं। ऐसा नहीं दिखाएँगे, तो हमारी गाड़ी आगे नहीं बढ़ेगी।''

कुमारस्वामी ने सोचा, ''अरे वाह ! उस धुआँधार भाषण का यह रहस्य है ?'' बोला, ''जो सज्जन आज सवेरे आपके साथ आये थे, उन्होंने तो आपकी सारी बातें सच मान ली होंगी।''

वामनराव, ''उन्हें ऐसा मानना ही चाहिए। यही मेरे उस भाषण का उद्देश्य था।''

दूसरे दिन कुमारस्वामी पत्रिका के कार्यालय में जा पहुँचा। वामनराव ने पूँजीपतियों के समाज तथा पूँजी के सम्बन्ध में एक लम्बा-चौड़ा सम्पादकीय लिखा। ''सारे जग में पूँजीवाद का दौर-दौरा है। दरिद्रों को पीसकर धनवान् अधिक धनवान् हो रहे हैं। समाज में निर्धनों की संख्या बढ़ रही है। एक महाप्रलय आनेवाला है। पूर्व-दिशा में धूमकेतु का उदय हुआ है। जैसा कि मिल्टन ने 'लिसीडास' में लिखा है, तीन सिरोंवाली कुल्हाड़ी भूमि पर आ गिरनेवाली है। वही त्रिशूल है। सत्य, रज और तमोगुणों का विकार है। इस त्रिसंख्या को देखकर सारा जग काँप उठेगा। धनवानों और पूँजीपतियों के अच्छे दिन समाप्त हुए। धनवानो ! तुम और कब तक ग़रीबों को लूटोगे ? उनके घरों में दरिद्र-देवता नाच रहा है। तुम हो कि बड़े मज़े में सोफ़ों पर सोये हुए हो और बिजली के पंखों से आते मलय-पवन के मज़े ले रहे हो। अब तो आँखें खोलो। आँख खोलकर देखो। नेत्रों को ख़ूब विस्फारित करो। त्रिगुणात्मक शक्ति संसार में उमड़ रही है। उसी को हिन्दुओं ने ब्रह्मा, विष्णु और महेश कहा। ईसाइयों ने 'होली घोस्ट' कहा। देखिए, ग्वालों के मोहल्लों में बढ़ई के घर प्रभु का जन्म हुआ है। लोग दूर-दूर से उन्हें देखने आये हैं। आँखें खोलो, आँखें खोलो।'' कुमारस्वामी ने लेख पढ़कर मन-ही-मन कहा, यह गजब का लेख है। वह वामनराव के पास जाकर बोला, ''महाशयजी ! इस लेख में एक बात का दूसरे से कोई सम्बन्ध नहीं। ऐसा ही छाप दें ?'' वामनराव ने नाक-भौं सिकोड़कर पूछा, ''कहाँ सम्बन्ध नहीं है ?''

कुमारस्वामी, ''विचारों की बात रहने दीजिए, पहले यह देखिए। मलयपवन वह पवन है, जो मलय-पर्वत पर से आता है। वह बिजली के पंखों से नहीं आता। शाब्दिक त्रुटियाँ तो मैंने सुधारी हैं। 'दरिद्र देवता' नहीं कहना चाहिए 'दारिद्र्य देवता' कहना चाहिए।''

वामनराव, ''विचारों में क्या त्रुटियाँ हैं ?''

कुमारस्वामी, ''यह तीन सींगवाली कुल्हाड़ी क्या है ? ब्रह्मा, विष्णु और महेश

क्या ? ट्रिनिटी क्या है ? आपका अनुसन्धान बेसिर-पैर का होता जा रहा है। सत्त्व, रज और तमोगुणों का ट्रिनिटी से कोई सम्बन्ध नहीं। ट्रिनिटी उन गुणों पर आश्रित नहीं है। ऐसा लिखने से देश में विचारों की संकरता उत्पन्न होती है।''

वामनराव, ''ट्रिनिटी सत्त्व, रज और तमोगुण क्यों नहीं है ?''

कुमारस्वामी, ''उस सिद्धान्त को ईसाई धर्म के नेता मानेंगे क्या ?''

वामनराव, ''वे न मानें, तो क्या सिद्धान्त ही निकम्मा ठहरता है ?''

कुमारस्वामी, ''सत्त्व, रज और तमोगुणों के कारण सृष्टि, स्थिति और लय सम्पन्न हो रहा है। उसी प्रयोजन से इन गुणों का उद्भव हुआ, क्या ट्रिनिटी से भी ऐसा हो रहा है ? ईसाई धर्म में इस प्रकार का कोई सिद्धान्त नहीं। यदि उन्हें इन तीनों गुणों का ज्ञान होता, तो उनका समाज और धर्म भी हमारे समाज और धर्म के सदृश होता। समाज में और धर्मों में जो अन्तर उत्पन्न हुए हैं, वे प्रधान सूत्रों के अन्तर से उत्पन्न हुए हैं। जंगल-झाड़ी की तरह यों ही नहीं उपजे।''

वामनराव, ''कोई बात नहीं, लेख छपवा दीजिए।''

लेख ज्यों-का-त्यों प्रकाशित हुआ। दूसरे दिन बाज़ार में एक सज्जन कुमारस्वामी से मिले और कहने लगे, ''कल का सम्पादकीय लेख कितना अच्छा था ! वामनरावजी सचमुच महापण्डित हैं। कैसे सुन्दर उनके अलंकार थे ! कैसी धार्मिक समदृष्टि है उनकी ! कहने को कई पण्डित हैं, परन्तु वामनरावजी का स्टाइल ही अनुपम है। ऐसे एक पण्डित को तो दिखाइए।''

कुमारस्वामी, ''हाँ-हाँ बड़े पण्डित हैं। प्रशंसा करनेवाले न हों तो पण्डिताई कहाँ चमकती है ? आप जैसे प्रशंसक मौजूद हैं, इसी से उनकी पण्डिताई चमक रही है।''

वह व्यक्ति, ''इसीलिए आपकी पत्रिका के पाठक इतनी बड़ी संख्या में हैं। वामनराव वेद-वेदांग, सर्व धर्म, कला, अर्थशास्त्र, शासन आदि का सार जानते हैं।''

कुमारस्वामी, ''जी हाँ, धर्मशास्त्र, व्याकरणशास्त्र, वेदान्त, भरतशास्त्र के जितने प्रकाण्ड पण्डित हैं, सबने वामनराव से ही सीखा था। बूढ़े पापय्या शास्त्री पहले चल बसे। इसी से उन्हें वामनरावजी के पास शिष्य बनने का अवसर नहीं मिला।''

यह सुनकर वह व्यक्ति कहने लगा, ''जान पड़ता है आप कुछ ताने कस रहे हैं।'' कुमारस्वामी बोला, ''राम-राम। यह बात नहीं।'' और वहाँ से चलता बना। पत्रिकालय में कम्पोजिटर रहता था। वह छह बरस से काम कर रहा था। पहले दो रुपये वेतन मिलता था। अब वह पाँच रुपये तक बढ़ गया। छापेखाने के सभी काम वह कर सकता था। अपना वेतन आठ रुपये तक बढ़ाने के लिए वह कई दिनों से वामनरावजी से प्रार्थना कर रहा था। उसने कुमारस्वामी से भी अनुनय-विनय की। कुमारस्वामी ने वामनराव से कहा, ''सम्पादक जी, वह बेचारा ग़रीब है। छह रुपये में उसे और उसकी बूढ़ी माँ को पूरे एक महीने तक जीना पड़ रहा है।''

वामनराव, ''हाँ जी, एक आदमी को प्रतिमास तीन रुपये से अधिक की आवश्यकता

ही क्या है ? वे लोग उतने वेतन में अवश्य जी सकते हैं। अधिक दूँगा तो फ़िज़ूलख़र्ची करेंगे। हमारे कारण उनकी आदतें बिगड़ जाएँगी।''

कुमारस्वामी, ''मान लीजिए, फ़िज़ूलख़र्ची करेंगे। 'थ्री डैगर्स' तो नहीं ख़रीदते। पराये देशों से सैकड़ों-हज़ारों ख़र्च के भोग-विलास की निकम्मी चीज़ें तो नहीं लाते।''

वामनराव ने बात टाल दी। उनका एक छोटा भाई था, जो विलायत जाकर दो-तीन बार परीक्षाओं में अनुत्तीर्ण होकर आया था। विलायत में होटल की सेविकाओं की सेवा में लगभग बीस हज़ार रुपये बहा चुका था। वह केवल 'थ्री डैगर्स' पीता था। उसके लिए काफ़ी पाउडर भी विलायत से आता था। कुमारस्वामी की बातों से वामनराव का मुख म्लान हुआ।

कुमारस्वामी, ''महाशयजी ! उस बेचारे का वेतन दो रुपये बढ़ा दीजिए। तब ही तो पूँजीपतियों के विरुद्ध लम्बा-चौड़ा लेख लिखा था ? हमारी पत्रिका भी पूँजी में गिनी जा सकती है। आपको प्रतिवर्ष बारह हज़ार की बचत हो रही है। कलेक्टर का वेतन भी तो इससे अधिक नहीं है ?'' वामनराव ने कोई उत्तर नहीं दिया। पर उस मज़दूर को अधिक वेतन भी नहीं दिया।

एक दिन कुमारस्वामी सैर करते-करते कॉलेज की तरफ़ गया। कॉलेज हाल ही में खुले थे। कुमारस्वामी का एक सहाध्यायी था जो तेलुगु में एम. ए. करके विलायत जा रहा था। उसका नाम था रामचन्द्रराव। उससे भेंट होने पर कुमारस्वामी ने उसके विलायत जाने का कारण पूछा।

रामचन्द्रराव, ''डॉक्टरेट की डिग्री के लिए जा रहा हूँ।''

कुमारस्वामी, ''किस में डॉक्टरेट ?''

रामचन्द्रराव, ''तेलुगु में।''

कुमारस्वामी, ''तेलुगु में अनुसन्धान करने के लिए विलायत क्यों जा रहे हो ? तिब्बत क्यों नहीं चले जाते ?''

रामचन्द्रराव (झल्लाकर), ''क्यों जी, तुम्हारे सिर से अभी पागलपन नहीं उतरा ?''

कुमारस्वामी, ''सिर से तो उतर गया, पर पूँछ को जा पकड़ा है। तुम जाकर विलायत में दस हज़ार ख़र्च कर आओ। जहाज़ चलानेवाले को किराया दो। विलायत के लोगों को दस हज़ार भेंट करो और यहाँ आकर दाने-दाने को तरसनेवाले भारतवासियों के ख़ून-पसीने से प्रति माह पाँच-छह सौ या एक हज़ार ऐंठ लो। चूहा आठों पहर खोद-खोदकर अपनी ही तरफ़ खींच लेता है। कहा जाता है कि प्राचीन काल में हमारे पूर्वजों ने केवल वैयक्तिक वेदान्त का विकास किया, राष्ट्रीयता, समानता आदि उन्नत विचारों का नहीं। पर अपने को तो देखो। आप लोग सदा-सर्वदा व्यक्ति के ऐश्वर्य की वृद्धि करते हैं, चाहे इससे राष्ट्र की सम्पत्ति का नाश भी क्यों न हो जाए।''

जो लोग वहाँ जमा थे, उन्होंने कुमारस्वामी को अजीब आदमी कहा। कुमारस्वामी बोला, ''मैं सच कहता हूँ, पर कौन सुनता है ? समय ही ऐसा है।'' एक दिन वामनराव

ने बाल-विवाह के खण्डन में सुदीर्घ लेख लिखा। प्राचीन हिन्दू परम्परा की भरपूर निन्दा की। ब्राह्मणों को ख़ूब फटकारा। कुमारस्वामी ने पूछा, "महाशय ! क्या सारे दोष ब्राह्मणों ने ही किये हैं ? किसी और ने नहीं किये ?"

वामनराव, "यही एक पॉलिसी है, यानी दुनियादारी का उपाय है। इस ज़माने में तुम्हें परवान चढ़ाना हो, तो ब्राह्मणों को गाली देना आवश्यक है। तभी तुम्हारी पत्रिका लोक-प्रिय होगी और सब लोग उसे ख़रीदेंगे।"

एक सनातनी सज्जन ने उस लेख का खण्डन करते हुए लेख लिख भेजा। वामनराव ने उसे दबा दिया। कुमारस्वामी बोला, "यह कहाँ का न्याय है ? वह लेख भी प्रकाशित कीजिए और आप फिर से उसका खण्डन कीजिए।" परन्तु वामनराव उस लेख को रद्दी की टोकरी में डालकर मुस्कराने लगे।

कुमारस्वामी, "वह आदमी अपना लेख किसी और पत्र में छापेगा।"

वामनराव, "ऐसा नहीं हो सकता। मैं अपने पत्रों में अन्य पत्रों के विरुद्ध कुछ नहीं लिख रहा हूँ। पत्रों के अधिपति एक-दूसरे के विरुद्ध नहीं लिखते।"

कुमारस्वामी, "वाह ! यह अच्छी साजिश हुई। मतलब यह हुआ कि जो विचार आपको पसन्द हैं, उनके अतिरिक्त संसार में कोई और विचार ही न रहे। जो आपसे सहमत न हो, आप अपने पत्र में उसकी भरपूर निन्दा करते हैं। कोई निकम्मा भी आपको पसन्द हो, तो उसे आकाश पर बिठाते हैं। कोई महाकवि आपका आश्रय न ले, तो आप उसके नाम-निशान का कहीं पता नहीं लगने देते; परन्तु यदि कोई क्षुद्र व्यक्ति आपके पास आकर लल्लो-चप्पो करे, तो अपने सम्पादकीय लेख में उसे अद्वितीय बताते हैं। जब आपका ही यह हाल है, तो आप क्यों शिकायत करते हैं कि सभी इंग्लिस्तानी डाइहार्ड पत्र राजनीति के मामलों में एक-सा लिखते हैं ? पत्र-पत्रिकाएँ भी राजनीति के अंग हैं। सत्य के लिए कोई स्थान नहीं। आप लोग किसी तेलुगु कवि को प्रसिद्ध होने नहीं देते। अँग्रेज़ी में कोई भी, कुछ भी लिखे, आप उसे तेलुगु रवीन्द्रनाथ या आन्ध्र हरेन्द्रनाथ कह डालते हैं। पत्रिकाधिपति किसी विषय का ठीक-ठीक अध्ययन ख़ुद नहीं करते। करनेवालों को पसन्द नहीं करते। जहाँ तक मैं जानता हूँ, आपको किसी भी विषय का समग्र ज्ञान नहीं। आपकी जानकारी तमिल लोगों के 'कूटु' जैसी है, जिसमें सड़े-गले करेले और सूखी तुरई आदि के टुकड़े होते हैं।"

वामनराव, "ज़ेलों में क़ैदियों को जो खट्टा देते हैं, उसी ढंग का ?"

कुमारस्वामी, "उसमें कंकर और कीले भी होते हैं।"

वामनराव, "हममें भी होते हैं, कंकर और कीले।"

कुमारस्वामी, "आपकी आयु हज़ार बरस की होगी।"

वामनराव, "किसलिए ?"

कुमारस्वामी, "तब कहीं आपके दृष्टिकोण से संसार की मरम्मत पूरी होगी।"

वामनराव, "इतने लम्बे समय की आवश्यकता नहीं। बीस बरस के भीतर सारा

देश हमारे विचारों के अनुसार बदल जाएगा।''

दोपहर को कुमारस्वामी कुछ लिखने बैठा था। इतने में एक व्यक्ति वहाँ आ पहुँचा। उसकी जेबों में काग़ज़ भरे थे। उसने वामनराव को नमस्कार किया और कुमारस्वामी के पास बैठ गया। कुमारस्वामी उसे थोड़ा-थोड़ा पहचानता था। वह बोला, ''किसी काम पर आये हैं क्या ?''

व्यक्ति, ''मैं बीमा कम्पनी का एजेण्ट हूँ। आपसे प्रार्थना करने आया हूँ कि हमारी कम्पनी में आप दो हज़ार का बीमा कराएँ।''

कुमारस्वामी, ''मैं नहीं कराऊँगा।''

व्यक्ति, ''क्यों भला ? बीमा बड़ी अच्छी चीज़ है। बुढ़ापे में काम आता है। कमाई के समय बचत नहीं करेंगे, तो और कब कीजिएगा ?''

कुमारस्वामी बोला, ''अच्छी चीज़ है, परन्तु आप लोगों के ढंग अच्छे नहीं हैं। कोई कम्पनी का डॉक्टर है, कोई सेक्रेटरी है; ऐसे ही बहाने करके आप लोग हज़ारों रुपये बीच में हजम कर रहे हैं। मेहनत करके एम. ए. पास करने पर भी सौ रुपये की नौकरी नहीं मिलती, परन्तु आठवीं कक्षा फेल होकर जो बीमा कम्पनी का एजेण्ट बनता है, वह चार-पाँच सौ रुपया महीना पाता है। ब्याज, कमीशन, बड़े-बड़े वेतन—इन सबके कारण प्रीमियम के रेट बहुत बढ़ गये हैं और लोगों का घाटा ही घाटा हो रहा है।''

व्यक्ति, ''तो क्या सभी कर्मचारियों को जीना नहीं चाहिए ?''

कुमारस्वामी, ''मैं उन्हें मर जाने को नहीं कहता। खाने-पीने के लिए जितना काफ़ी है, उतना ही उन्हें लेना चाहिए। ग़रीब लोगों से बीमा करवाकर, उनके दिये हुए धन को मोटर-कारों और अन्य विलासों में क्यों बरबाद करते हैं ? बीमा नहीं कराऊँगा। कुछ लिख रहा हूँ, कृपया आप चले जाइए।''

एजेण्ट महाशय ने वामनराव की ओर देखा। वामनराव ने हँसकर कहा, ''कोई फ़ायदा नहीं।'' एजेण्ट विदा होने लगा। कुमारस्वामी ने उसे घूरकर देखा। एजेण्ट ने कहा, ''आप तो हमसे भी अधिक अड़ियल हैं।'' कुमारस्वामी हँस पड़ा। एजेण्ट के मन में फिर से आस पैदा हुई। वह कहने लगा, ''महाशय, यह व्यय और वेतन अकेली हमारी कम्पनी में नहीं है। बम्बई में जितनी कम्पनियाँ हैं, सबमें यही होता है।''

कुमारस्वामी, ''यह भी आपकी अच्छी दलील हुई। कविता दोषपूर्ण लिख डालो और फिर प्रयोग दिखाने की चेष्टा करो।''

ज्येष्ठ की अमावस को कुमारस्वामी की बायीं आँख फड़कने लगी। उसने वामनराव को बताया।

वामनराव, ''गर्मी हुई होगी।''

कुमारस्वामी, ''शरीर में और बातों में गर्मी पहले ही से मौजूद है।''

वामनराव, ''वह आपकी जीवन-शक्ति का लक्षण है। आपमें विरोध की प्रवृत्ति है, वह एक प्रकार की साधना है।''

कुमारस्वामी, "भूख के साथ काम और क्रोध को मिलाकर पेट पालने को आप साधना कहते हैं ? वेदों में तो ऐसा नहीं कहा है।"

वामनराव, "हमारे लोग वेदों का अर्थ ठीक-ठीक नहीं समझ पाये। पाश्चात्यों ने अनुसन्धान करके कई ऐसे अर्थ खोज निकाले हैं, जिन्हें हमारे लोग नहीं जानते थे।"

इतने में नगरपालिका का कर्मचारी वृत्ति-कर माँगने आया।

कुमारस्वामी, "तुम कौन हो ?"

कर्मचारी, "मैं नगरपालिका से आया हूँ। आपसे एक रुपया दो आने वृत्ति-कर वसूल होना है।"

कुमारस्वामी, "जब मैं बेकार भटक रहा था, तब मुझे किसी ने पाला-पोसा नहीं; सो अब अपनी कमाई से कर क्यों दूँ ?"

वामनराव, "कैसी बातें करते हैं। अर्थशास्त्र को तो जड़ से उखेड़ रहे हैं आप। जान स्टुअर्ट मिल की पुस्तक आपने नहीं पढ़ी ? आप तो अर्थशास्त्र के मूल सूत्र ही नहीं जानते।"

कुमारस्वामी, "न जाननेवाला मैं नहीं ? मुझसे कर वसूल करने का जिन्हें अधिकार है, उन पर मुझे रोज़गार दिलाने की ज़िम्मेदारी भी है। पर आपके अर्थशास्त्र में यह बात लिखी नहीं रहेगी। जहाँ से आमदनी आती है, उसे आने देना ही आपको मालूम है। पर जहाँ पर आमदनी नहीं है, वहाँ उसका प्रबन्ध करना आपको नहीं आता। सारे जग के कल्याण की बड़ी-बड़ी बातें लिखते हैं। क्या यही है कल्याण ? धनवानों का जो कल्याण है, वही सारे जग का कल्याण माना जाता है। जाओ, मैं टैक्स नहीं दूँगा।"

कर्मचारी, "आपको कर देना ही होगा। नहीं तो आपके वेतन से काट लेंगे।"

कुमारस्वामी, "तब तो नौकरी ही छोड़ दूँगा।"

वामनराव हँस पड़े।

कुमारस्वामी बोला, "मैं सचमुच नौकरी नहीं छोडूँगा। केवल इस प्रशासन के दोष दिखाना चाहता हूँ। यही इसकी कृत्रिमता है। जिसे खाना नसीब नहीं, उसके लिए रोज़गार की व्यवस्था कोई नहीं करता। परन्तु जो अपना पेट भर रहा है, उससे टैक्स अवश्य लेते हैं।"

वामनराव, "आप सच कहते हैं ! पर इतनी बारीक़ी से सोचता कौन है ?"

कर्मचारी को एक सप्ताह के बाद आने के लिए कहा गया। वामनराव ने कहा, "इस आदमी ने आकर हमारी बातचीत में बाधा डाल दी।"

कुमारस्वामी, "आप क्या कह रहे थे ? यही न कि पाश्चात्यों ने ही वेदों का अर्थ ख़ूब समझा है ? जिन्होंने इतना अच्छा समझा, वे हिन्दू क्यों नहीं बने ?"

वामनराव, "यह बात अलग है, और वह बात अलग।"

कुमारस्वामी, "जैसे, चावल अलग हैं और छाँछ अलग।"

वामनराव, "उन्होंने अनुसन्धान किया। हमारे पूर्वजों की अपेक्षा किसी भी विषय

का अनुसन्धान करने के साधन पाश्चात्यों के पास अधिक हैं।''

कुमारस्वामी, ''मैंने फिलालॉजी पढ़ी है। वह सब एक कृत्रिम प्रक्रिया है। अभूत-कल्पना है। एक षड्यन्त्र है, जिसके कारण ऐसा लगता है कि हमारी विद्याएँ हम पराये लोगों से सीख रहे हैं। जिस विद्या से आनन्द की प्राप्ति न हो, वह किस काम की ? इस फिलालॉजी के कारण वेदों के नये अर्थ नहीं बनेंगे। यदि होगा तो इतना होगा कि कुछ लोगों के वेतन में वृद्धि का रास्ता खुल जाएगा।''

वामनराव, ''कई जगह विद्यारण्य वेदों का अर्थ ठीक-ठीक नहीं समझ पाये। उनके समय आजकल का-सा अनुसन्धान नहीं हुआ था। इसी से वे नहीं समझ पाये।''

कुमारस्वामी चुपचाप कुछ लिखता जा रहा था। पाँच मिनट बाद उसने एक पत्र लाकर वामनराव के हाथ में थमा दिया और बाहर चला गया। उस पत्र में लिखा था : ''श्रीमान् वामनरावजी की सेवा में, नमस्कार। महाशय, आप बड़े सत्पुरुष हैं। पत्रिकाधिपतियों में आप जैसा विनम्र शायद ही कोई और होगा। इसलिए आप गत मास से मुझसे मित्र का-सा व्यवहार करते आये हैं। मैं जानता हूँ कि मैंने कई बार बातचीत में आपके मन को ठेस पहुँचायी, तथापि आप उसे सहन करते रहे। मेरा स्वभाव कुछ विचित्र है। ऐसा लगता है कि जग की रीत से मेरी कभी न पटेगी। मुझे लगता है कि आज जो कुछ हो रहा है, वह निर्धनों के शोषक और सत्य के विपरीत है। पता नहीं, यह मेरी दृष्टि का ही दोष है या क्या ? उस बारे में मुझे और कुछ समय तक सोचना होगा।

''बीते मास में मुझे यहाँ, कई नयी-नयी बातों का पता चला। पत्र-पत्रिकाओं के विषय में पूर्ण रूप से जानकारी मिली। ''दूरस्य पर्वताकार समीपस्य च बर्बरः।''—यही उक्ति यहाँ भी चरितार्थ होती है। आपके विषय में मैं बड़ी उदात्त कल्पना किया करता था। आपके सौजन्य और भलमनसी को आज भी मैं प्रणाम करता हूँ। परन्तु पत्रिका का प्रश्न आते ही आपके विचरों में जो विपर्यास आ जाता है, वह मुझे बहुत खलता है। मैंने एक न्यून कुल की लड़की से ब्याह किया। मैं इस बात को जानता हूँ। यह मेरे प्रारब्ध में ही बदा था। परन्तु न जाने किस महात्मा के पुण्य-सम्पर्क से मेरा मन सनातन मार्ग का अभिलाषी हो गया है। प्राचीन आचारों में कुछ दोष अवश्य दीखते हैं, परन्तु आधुनिक आचारों में उससे भी अधिक दोष दिखाई दे रहे हैं। दोषों की बहुलता से आधुनिकता की ही जीत होती है।

''जो हो, मैं इस वक्तव्य को सहन नहीं कर सकता कि विद्यारण्य की अपेक्षा कोई और व्यक्ति वेदों का अर्थ अधिक समझता है। दुःख इसी बात का है कि ऐसी बातें सुनने की दुर्दशा भी हमारे देश में उत्पन्न हुई है। ऐसे विचार हमारी पढ़ाई का अंग बन गये हैं। उनसे अब कौन बच सकता है ? जिस विषय को बार-बार पढ़ते हैं, वही अन्त में सच लगता है। इसीलिए महाभारत में विदुर ने कहा था कि यदि पापों को अच्छा समझकर करते जाओ, तो वे ही अच्छे लगने लगते हैं और यदि धर्म-सम्मत कार्य को पाप समझकर उससे बचते जाओ, तो अन्त में वह पाप-सा ही लगने लगता है।

विदुर ने यह उपदेश धृतराष्ट्र को दिया था। पाप और असत्य से लगातार सम्पर्क होने से वे मन को अच्छे लगने लगते हैं। परन्तु पता नहीं, क्यों मुझे अच्छे नहीं लगते। वेदों का अर्थ वही समझ पाएगा, जिसने भारत में जन्म लिया हो। परम्परागत अर्थ बच्चों की समझ में कैसे आ सकता है ? उपज्ञा और होती है, परम्परा और। कहते हैं कि पण्डित पतंजलि के योग-सूत्र, वेदान्त शास्त्र और महाभारत का प्रतिदिन शिष्यों को पाठ कराता था। पाठ प्रारम्भ करते ही एक महासर्प आता और फण खोलकर सुनने लगता। पाठ प्रारम्भ करते समय पण्डितजी साँप से कहते, "निरर्थकश्चेत् दंश," यानी जहाँ अर्थ न हो मुझे डस लेना। एक दिन पण्डितजी ने साँप से कहा, "असम्प्रदायश्चेत् दश," और साँप ने उन्हें डस लिया। पण्डितजी मर गये। आज भी वेदान्त को पढ़ते समय पण्डित लोग सिर से पाँव तक कपड़ा ओढ़ लेते हैं। यह एक परिपाटी बनी है। परम्परा बनी है। किसी महान् संस्कृत के मूलभूत विचार जितने महत्त्वपूर्ण होते हैं, उसकी परम्परा भी उतनी ही महत्त्वपूर्ण होती है। आज की हमारी संस्थाओं को देखिए, सब की सब भीतर से खोखली हैं। सब की सब विलायती संस्थाओं का अनुकरणमात्र हैं। इन संस्थाओं से यदि अंग्रेजी परम्परा निकाल दें, तो उनका सच्चा स्वरूप दीखेगा। आप लोग सनातन परम्परा का उच्छेदन चाहते हैं। कहावत है, मैंने कई लोगों के फोड़े काटे, पर मेरे फोड़े का-सा किसी में दर्द नहीं। आपकी छोटी-छोटी संस्थाओं के विरुद्ध कोई चले तो आप लोग उसके जीवन का ही सर्वनाश कर डालते हैं। परन्तु एक महान् अर्थपूर्ण तथा लोक-कल्याणकारी परम्परा की हत्या स्वयं आप लोग क्यों कर रहे हैं ? अब तक पर्याप्त मात्रा में हत्या कर भी चुके हैं।

"इसे मेरा इस्तीफ़ा समझकर स्वीकार कीजिए। आपकी उदारता के कारण आप मालिक और मैं नौकर की तरह नहीं रहे। मैं इस उदारता का आभारी हूँ।

कुछ समय तक बिना कोई नौकरी किये मैं घर बैठना चाहता हूँ, ताकि आजकल की रीति के अनुसार अपने मन को मोड़ सकूँ। यदि बन पड़ा, तो कहीं और जाकर जीऊँगा। नहीं बन पड़ा, तो परम-शिव हैं ही। पापों के साथ प्राणों का भी सफ़ाया हो जाएगा।

"प्रभुस्त्वं दीनानां खलु परमबन्धुः पशुपते !
प्रमुख्योऽहं तेषामपि किमुत बन्धुत्वमनयोः।
त्वयैव क्षन्तव्याः शिव मदपराधाश्च सकलाः
प्रयत्नात्कर्तव्यं मदवनमियं बन्धु सरिणः।"

इस प्रकार प्रतिदिन शिवजी का ध्यान किया करूँगा। यह लम्बा पत्र लिखकर शायद मैंने आपका बहुत समय लिया। क्षमा चाहता हूँ।

आपका विधेय,
कुमारस्वामी।"

वामनराव ने यह पत्र दो-तीन बार पढ़ा। सोचा, कुमारस्वामी बड़ा सज्जन है, परन्तु प्रवाह के विरुद्ध तैर रहा है। काल प्रवाह के विरुद्ध जो तैरता है, वह अन्त में समुद्र में पहुँच जाता है। काल-प्रवाह तैरनेवाले की भलमनसी नहीं देखता। महीना भर कुमारस्वामी यहाँ रहा और मेरा थोड़ा-बहुत लाभ हुआ। उसका बदला मैं क्या दूँ ? ....वामनराव की यह सद्भावना एक मिनट तक टिकी रही।

चौबीस

आषाढ़ की शुक्ला षष्ठी थी। एक प्रहर रात के बाद अँधेरा छा गया। मंगम्मा और कुमारस्वामी धर्माराव के घर से लौट रहे थे।

कुमारस्वामी, "दो दिन से घर में तुम्हारा पता नहीं; कहाँ गयी थीं ?"

मंगम्मा, "कल सवेरे बताऊँगी।"

कुमारस्वामी वहीं खड़ा हो गया और बोला, "तुम नहीं बताओगी तो मैं यहाँ से हिलूँगा नहीं। रात को मुझे नींद कहाँ आएगी ?"

मंगम्मा, "नींद न आए तो अच्छा ही है न ?"

कुमारस्वामी, "कहाँ अच्छा है ? श्यामला पड़ी-पड़ी खर्राटे लेती रहती है।"

मंगम्मा, "चले भी चलो।"

कुमारस्वामी, "पहले बताओ कि कहाँ गयी थीं।"

मंगम्मा, "तुम नहीं आओगे, तो मैं चली।"

कुमारस्वामी, "रास्ते में कोई तुम्हारा ख़ून करेगा और सोने की चूड़ियाँ छीन लेगा।"

मंगम्मा, "बाक़ी जायदाद भी तो है।"

कुमारस्वामी, "किसके लिए ? राधापति के लिए ?"

मंगम्मा, "वह कौन होता है मेरी जायदाद लेनेवाला ?"

कुमारस्वामी, "फिर कौन लेगा तुम्हारी जायदाद ?"

मंगम्मा, "कल सवेरे बताऊँगी।"

कुमारस्वामी, "वसीयत लिखवायी है ? इसीलिए कल-परसों ग़ायब थीं। किसके नाम लिखवायी है ? मुझे नहीं चाहिए तुम्हारी जायदाद, परन्तु 'बालि' अकेले को मेरे हवाले कर दो।"

मंगम्मा, "तुम्हारे मन में तो बालि, सुग्रीव....अंगद, सुषेण, नल, जामवन्त।"

मंगम्मा हँस पड़ी।

कुमारस्वामी ने फिर पूछा, "किसके नाम लिखी है जायदाद ?"

मंगम्मा, "कल सवेरे बताऊँगी।"

कुमारस्वामी, "बताने की आवश्यकता ही नहीं। तुमने किसे लिख दी है, इससे मुझे क्या ? देवदासी के उत्सव के लिए कुछ लिख दिया ? उसकी समाधि बनाकर कबीर वहाँ पूजा कर रहा है। देवदासी के नृत्य को जाननेवाला एक-एक प्राणी वहाँ जा रहा है। देवदासी का समाधि पर उत्सव मनाने के लिए अपनी जायदाद लिख डालो और मर जाओ। तुम्हें मोक्ष मिलेगा।"

मंगम्मा खड़ी-खड़ी कुमारस्वामी की ओर एकटक देखती रही थी।

कुमारस्वामी, "मैं अँधेरे में भी दिखाई दे रहा हूँ न ? मैं बड़ा सुन्दर हूँ। चाँदनी की तरह चमक रहा हूँ न ?"

मंगम्मा, "चाँदनी चँदेरी है, तुम सुनहरे हो।"

कुमारस्वामी, "तुम मुझे अपना बेटा समझकर बोल रही हो ? मुझे तुम्हारा बेटा बनना स्वीकार नहीं। मेरी माँ के होते हुए तुम्हारा क्या काम है ?"

मंगम्मा, "तो फिर मैं तुम्हारी कौन लगती हूँ ?"

कुमारस्वामी, "तुम मेरी मंगम्मा ही लगती हो; कोई और नाता मुझे पसन्द नहीं। मंगम्मा और बालि, इन दोनों की विशिष्टता सदा दीखनी चाहिए।"

मंगम्मा, "मरने से पहले तुम्हें एक बार चूमकर फिर मरना चाहती हूँ।"

कुमारस्वामी, "मरने के बाद भी तुम चाहती हो कि मेरा चुम्बन तुम्हारे साथ आए ? इसी को बन्दर कहते हैं।"

मंगम्मा, "इस पर तुम्हारी इच्छा।"

दोनों घर पहुँचे। सप्तमी के दिन मंगम्मा कुमारस्वामी के घर गयी।

श्यामला, "महीना भर नौकरी करके चालीस रुपये वेतन लाये, और छह दिन में सारे फूँक डाले। कल ही बच्चे के लिए पच्चीस रुपयों की तीन पहियोंवाली साइकिल लाये हैं। अब घर में एक धेला भी नहीं। मैंने लाख मना किया पर मेरी सुनता कौन है ?"

कुमारस्वामी, "मैं स्त्री की स्वतन्त्रता नहीं मानता।"

मंगम्मा, "जो लोग बाहर बातों में नहीं मानते, वे भीतर ज़ोरू के गुलाम होते हैं।"

श्यामला, "कुछ लोग घर में लातें खाते हैं और बाहर जाकर गरजने लगते हैं।"

कुमारस्वामी, "अपने डिप्टी कलेक्टर की तरह।"

श्यामला, "उतनी दूर क्यों ?"

मंगम्मा, "तो क्या तुम भी कुमारस्वामी के लातें लगा रही हो ?"

कुमारस्वामी, "जी हाँ, परसों इसने लात लगायी। गाल का दर्द अभी तक नहीं गया है।"

मंगम्मा, "गाल पर कोई लातें मारता है ?"

कुमारस्वामी, "क्यों री श्यामला। गाल पर लात लगायी जाती हैं या गाल में दाँत गड़ाये जाते हैं ?"

श्यामला, “आपका परिहास भी ख़ूब है। कुछ पराये लोगों का भी तो विचार कीजिए।”

मंगम्मा, “मैं थोड़े दिनों में यहाँ से चली जा रही हूँ।”

श्यामला, “कहाँ ? काशी ?”

कुमारस्वामी, “नहीं, गया।”

मंगम्मा, “आज सवेरे यहाँ क्यों आयी हूँ ?”

श्यामला, “हमारे घर में धेला भी नहीं है। आज से कॉफ़ी भी बन्द है। फिर तुम क्यों आयीं ?”

कुमारस्वामी, “मेरा गाल अभी तक दर्द कर रहा है। मुझे चूमकर परेशान न करो।”

मंगम्मा, “यह बात नहीं जी ! तुम पूछ रहे थे न, कल और परसों कहाँ गयी थी ?”

कुमारस्वामी, “मैंने पूछा था कल रात। अब तुम्हें न उत्तर देना होगा, न मुझे सुनना होगा।”

मंगम्मा, “तुम जैसे अभागे तुम ही हो।”

कुमारस्वामी, “मैं क्यों अभागा बनने चला ? एक बार सवा सौ रुपये की नौकरी छूट गयी, दूसरी बार चालीस रुपये की नौकरी छूट गयी।”

मंगम्मा, “तुम्हें नौकरी अब मिलेगी ही नहीं।”

कुमारस्वामी, “तुम्हारे आशीर्वाद का बल है।”

श्यामला, “सचमुच आशीर्वाद है। जिस नौकरी को निभा नहीं सकते, उसके मिलने का आशीर्वाद लेकर भी क्या हासिल ?”

कुमारस्वामी, “तुम बी. ए. तक पढ़ी हुई हो। बी. ए. समाप्त करके कहीं नौकरी क्यों नहीं कर लेतीं।”

श्यामला, “आपने ही तो मेरी पढ़ाई बन्द करवा दी ?”

कुमारस्वामी, “सच है, मैं बड़ा संशयी हूँ।”

मंगम्मा, “तुम आवारा क्यों बनते जा रहे हो ?”

श्यामला, “आपको उनकी हर बात पसन्द है। इसी से आधे बिगड़ गये हैं।”

कुमारस्वामी, “आधे बिगड़ गये हैं शिवजी, मैं नहीं।”

मंगम्मा, “ऐसी बातें करनेवाले से प्यार नहीं होगा ?”

कुमारस्वामी, “मुझ पर तुम्हारा प्यार कैसा ! मुझे नन्हा-मुन्ना बना रही हो। सचमुचम मैं उम्र में तुमसे बड़ा हूँ। तुम्हारी उम्र क्या है ?”

मंगम्मा, “मैं पहले बताऊँगी तो उसमें एक बरस मिलाकर अपनी उम्र बताना चाहते हो ?”

कुमारस्वामी, “अपने आने का कारण तुमने नहीं बताया।”

श्यामला, “उन्हें बताना नहीं होगा, आपको सुनना नहीं होगा।”

मंगम्मा, "मैं मर जाऊँगी तो तुम दोनों मुझे याद रखोगे ?"

कुमारस्वामी, "पहले यहाँ अनगिनत बबूल के वृक्ष रहते थे, भरपूर लकड़ी मिलती थी। तब मर जाती तो अच्छा होता। आज मर जाने की रट लगा रही हो, सो कैसे जमेगा ? जरा ठहरो, लकड़ी की टाल पर जाकर पूछ आऊँ।"

श्यामला, "आपकी बातें हद से बढ़ रही हैं।"

कुमारस्वामी, "हम दोनों के बीच में तुम क्यों टपकती हो ?"

मंगम्मा, "मेरे कारण तुम दोनों आपस में मारपीट न करना।"

कुमारस्वामी, "इस घर में हम दोनों में मारपीट नहीं होती। मार-पीट होती है दरवाज़ों की चौखटों से।"

मंगम्मा, "यह पुराना घर है। चौखटे बहुत छोटे हैं। सो किसी बड़े बँगले में क्यों नहीं रहते ?"

कुमारस्वामी, "कहावत है कि खाने को दाना नहीं, पर मूँछों के लिए चम्पक का तेल चाहिए। खैर, श्यामला, तुम जाकर रसोई बनाओ। दस बजे हैं। इनका क्या ? इन्हें तो बचपन से दोपहर के बाद ही भोजन करने की आदत है।"

श्यामला, "मैं नहीं बनाऊँगी रसोई। आप बना लीजिए।"

मंगम्मा, "बेचारे को भूख लगी होगी।"

श्यामला, "बेकारों को भूख अधिक लगती है।"

कुमारस्वामी, "मैं रसोई बनाऊँ ? जानती हो, तुम्हारी पढ़ाई मैंने किसलिए बन्द करवायी ? इसीलिए कि ऐसी बातें तुम्हारे मुँह से न निकलें। मंगम्मा जी, तुम जाओगी, तभी यह रसोई बनाएगी।"

मंगम्मा, "यह बात नहीं। बात यह है कि तुम कमाओगे, तब यह रसोई बनाएगी।"

कुमारस्वामी, "मैं कहाँ से कमाऊँ ? इसीलिए कहता हूँ कि बेकार पति को देखकर पत्नी उसको लाश समझती है और हँसती है। मैं कहाँ से कमा लाऊँ ? सच है, नयी सभ्यता वाली से ब्याह नहीं करना चाहिए। कुल-भ्रष्टा से तो बिल्कुल नहीं करना चाहिए।"

श्यामला, "उस गाँव से यह गाँव जितनी दूर है, इस गाँव से वह गाँव भी उतनी दूर है।"

कुमारस्वामी, "अच्छी मंगम्मा हो। चुपचाप सुन रही हो ? देखती नहीं, तुम्हारा सहारा लेकर यह मुझे कैसी जली-कटी सुना रही है ?"

मंगम्मा, "हाँ जी ! तुम्हें कमाकर लाना होगा, नहीं तो श्यामला रसोई नहीं बनाएगी।"

कुमारस्वामी, "तुम पैसेवाली हो न ? श्यामला केवल रुपया चाहती है। सो तुम ही उसका पति क्यों नहीं बन जातीं ? तुम जहाँ जाना चाहती थीं, वहाँ मैं हो आऊँगा। तुम और मैं दोनों ही पहले ब्राह्मण थे। तुम एक तरह भ्रष्ट हुई हो, मैं दूसरी तरह

भ्रष्ट हुआ हूँ।"

कुमारस्वामी कुरता पहनकर कन्धे पर दुपट्टा ओढ़े बाहर निकला।

श्यामला, "एक मिनट में रसोई बनाती हूँ। कहाँ जा रहे हैं ?"

कुमारस्वामी, "कुछ कमा लाऊँगा।"

मंगम्मा, "बहुत दूर न जाना होगा, कमाई के लिए।"

कुमारस्वामी, "तब तो कोई-न-कोई बात अवश्य है; या मुझे और दो सौ रुपये का क़र्ज़ देना चाहती हो ?"

यह कहता हुआ कुमारस्वामी फिर से लौट आया और बोला, "अब क़र्ज़ क्या दोगी ? तुम तो जा रही हो, सो अपना घर और दस हज़ार रुपये मेरे नाम पर क्यों नहीं लिख जातीं ?"

मंगम्मा, "मैं जिस घर में रहती हूँ, उस घर के चौखटे से तुम्हारा सिर टकराएगा। इसलिए वह दूसरा बँगला दूँगी, ले लो।"

कुमारस्वामी ने ओठ मरोड़कर कहा, "बँगला दोगी, तो दस हज़ार नक़द काफ़ी न होंगे। उस बँगले में साधारण गृहस्थी भी चलानी हो, तो बीस हज़ार लगेंगे।"

मंगम्मा बोली, "अच्छा ले लो।" फिर उसने अपने पल्लो में छिपाया हुआ रजिस्टर्ड वसीयतनामा कुमारस्वामी के हाथ में थमा दिया। कुमारस्वामी ने वसीयतनामा आदि से अन्त तक पढ़ डाला। बँगला और तीस हज़ार रुपये कुमारस्वामी के नाम लिखे गये थे। पचीस हज़ार देवदासी की समाधि पर प्रति वर्ष उत्सव मनाने के लिए लिखे गये थे। पचीस हज़ार श्री वेणुगोपाल स्वामी के नाम लिखे गये थे। जिस घर में मंगम्मा रहती थी, वह घर और सिनेमा—ये दोनों मंगम्मा ने अपने लिए रख लिये थे। आदेश यह था, कि उसकी मृत्यु के उपरान्त सिनेमा हाल को हटाकर वहाँ धर्माराव एक वेद पाठशाला की स्थापना करें। घर चंगलराव को मिले। कुमारस्वामी ने वसीयतनामा पढ़ लिया। दस मिनट तक वह सोचता रहा, फिर बोला, "तुमने मुझे अपना नौकर बना लिया है।"

मंगम्मा बोली, "भैया, नौकर नहीं बना लिया। मुझे इस जन्म में पिण्ड, तिलोदक आदि नहीं मिलेंगे। तुम जब तक जीवित रहोगे, मेरे लिए इनकी व्यवस्था करना। पुष्कार के समय, महालय पक्ष के समय और पितृ-दिवस के समय विजयवाड़ा चले जाना और मेरे नाम से थोड़ा जल छोड़ आना। मैं और कुछ नहीं चाहती।" तीनों अवाक्, अविचल बैठे रहे। उन्हें कुछ न सूझा कि कौन क्या कहे; कौन पहले उठे। कुमारस्वामी ने अपने मुख की तीक्ष्णता और हृदय के भार को धीरे-धीरे हटा लिया और ठहाका लगाकर हँसता हुआ बोला, "ऐ श्यामला, यह देख, कमाकर लाया हूँ। अब जाकर रसोई बना" तीनों खिलखिलाकर हँस पड़े। छोटा धर्माराव भी तीनों के बीच में आ पहुँचा और खिलखिलाकर हँस पड़ा। हवा का एक झोंका आया और मन्दिर के ध्वज-स्तम्भ में लगे हुए घण्टे बजने लगे। देवदासी की समाधि पर शकुन-पक्षी, कबूतर, तोते आदि पंछी

कलरव करने लगे।

दोपहर को मंगम्मा घर लौटी। चंगलराव बक्से बाहर रख रहा था। मंगम्मा झल्लाकर बोली, ''क्यों रे ! ये बक्से क्यों बाहर रख रहा है ?'' वह सिटपिटाकर बोला, ''रंगावधानी का पत्र आया है; वह ले लीजिए।'' मंगम्मा पत्र पढ़ने में लग गयी। चंगलराव की ग़लती पर उसका ध्यान न रहा। पत्र का प्रारम्भ विषाद से हुआ था। पहला वाक्य पढ़ते ही मंगम्मा के मन में एक विचार आया। बक्से बाहर रखने पर मुझे क्यों क्रोध आया है भला ? छीः छीः। मेरे मन की आस अभी मरी नहीं !''. ...फिर उसने चंगलराव से कहा, ''अच्छा, सारे बक्से बाहर रख ले और देख ले। कोई हर्ज़ नहीं।'' फिर वह दीवानखाने में जा बैठी और पत्र पढ़ने लगी।

मंगम्मा ने पत्र पढ़कर चंगलराव की ओर देखा। जब तक वह पत्र पढ़ती रही, चंगलराव द्वार की ओट में खड़ रहा।

मंगम्मा, ''तूने सारा पत्र पढ़ डाला ?''

चंगलराव, ''हाँ, पढ़ डाला।''

'बालि' आकर मंगम्मा के पाँव से लिपट गया। मंगम्मा चंगलराव से बोली, ''तुमने कहा नहीं कि इसे मेरे पास न आने देना ?''

चंगलराव, ''उस बन्दर को तुम्हारे पास आये ढाई महीने हो गये हैं। तुम्हारे पास आने के लिए वह रात-दिन रो रहा है। अरे बालि। सिर पर चढ़ जा....''

मंगम्मा, ''गधे की तरह बातें न कर ! उसे ले जाकर बाँध दे....''

चंगलराव, ''वह कहाँ बँधा रहेगा ? तुम्हारे पास ही दौड़ा-दौड़ा आएगा....''

मंगम्मा, ''नहीं आएगा। तू उसे बाँध दे और बक्से खोलकर देख ले। जो कुछ तुझे चाहिए, ले लेना। मैं जा रही हूँ।''

चंगलराव, ''भोजन नहीं करोगी ?''

मंगम्मा, ''यहाँ नहीं करूँगी।''

चंगलराव, ''कुमारस्वामी के घर जाकर करोगी ?''

मंगम्मा, ''तुझे इससे क्या सरोकार है ?''

एक बक्सा और कुछ काग़ज़ लेकर मंगम्मा वहाँ से निकल पड़ी। कबीर के घर जा पहुँची। वहाँ रत्नगिरि और कबीर कुछ बातें करते बैठे थे। मंगम्मा को देखते ही उन्होंने उसे भीतर बुलाया। मंगम्मा का उनसे प्रत्यक्ष परिचय नहीं था।

मंगम्मा, ''आप कुछ बातें कर रहे हैं। मैं आ सकती हूँ ?''

रत्नगिरि, ''आइए। कोई विशेष बात नहीं। मेरी बिटिया चल बसी, उसी के लिए रो रहे हैं।''

मंगम्मा, ''आपको तो ख़ुश होना चाहिए। रो क्यों रहे हैं ?''

कबीर को मंगम्मा के नाम से चिढ़ थी। रास्ता चलते-चलते कभी वह उसे देख लेता, तो दूर हट जाता। आज भी मंगम्मा के आते ही उसने वहाँ से जाना चाहा।

पर मंगम्मा की बातें सुनकर न जाने क्यों रुक गया।

मंगम्मा, ''आपके सौभाग्य से देवदासी ने आपके घर जन्म लिया। उसके मरने पर आप लोग शोक कर रहे हैं, पर वह जीवित रहती, तो भी और क्या-क्या करती ? कुछ ऐसे व्यक्ति होते हैं, जो किसी महान् कार्य के लिए आते हैं और उसके सम्पन्न होते ही चले जाते हैं। कार्य की समाप्ति के बाद उनका जीवित रहना अनावश्यक हो जाता है। जो लोग किसी भी महाकार्य के लिए जन्म नहीं लेते, वे शताब्दियों तक जीवित रहें, तब भी कोई प्रयोजन नहीं। जिस जीवन का प्रयोजन होता है, उसका अपने प्रयोजन के समाप्त होते ही अन्त हो जाना ठीक है।''

रत्नगिरि, ''बेटी ! उसके बदले मैं क्यों न मरी ?''

मंगम्मा, ''अँग्रेज़ी में एक कहावत है, जिससे भगवान् को प्रेम होता है वे बचपन में ही मर जाते हैं।''

रत्नगिरि, ''हमने बिटिया की समाधि बनायी। केवल समाधि को देख आते हैं, परन्तु बिटिया का रूप आँखों से ओझल हो चुका है। मुझे ऐसा लगता था कि भगवान् के प्रति देवदासी की भक्ति जितनी उत्कट है, देवदासी के प्रति धर्माराव का प्रेम भी उतना ही उत्कट है।''

मंगम्मा, ''हाँ जी ! जो व्यक्ति साधारण होता है, उसकी आयु बहुत थोड़ी हुआ करती है। वह लड़की लोक-सामान्य होती, तो उसकी भी लम्बी आयु होती। यह पापी कलियुग ऐसे पुण्यात्माओं को कहाँ सहन कर सकता है ?''

रत्नगिरि, ''सोचती हूँ कि बिटिया के नाम पर प्रतिवर्ष यहाँ कोई-न-कोई उत्सव मनाया जाए। दस एकड़ ज़मीन मेरे पास है। आज की सस्ती क़ीमतों में भी उस पर कम-से-कम दो सौ रुपये प्रति वर्ष की आय होगी। उसमें कुछ बचाकर उत्सव मनाना होगा।''

मंगम्मा, ''दो सौ रुपये में क्या बचाओगी, क्या उत्सव मनाओगी ?''

रत्नगिरि, ''चाहे मुझे भूखा भी क्यों न रहना पड़े, पर उत्सव हम अवश्य मनाएँगे। मैं सोचती थी कि मेरे घर ऐसा रत्नदीप है, जो कभी नहीं बुझेगा। पर वह भी बुझ गया।''

मंगम्मा (कान बन्द करके), ''हे राम, तुम कहती हो बुझ गया ? वह तो सहस्रदीधिति बनकर नितान्त प्रकाशमान है।''

अब तक कबीर चुप था। मंगम्मा की बातें सुनकर उसकी आधी विमुखता जाती रही। वह सोचने लगा, यह स्त्री सिनेमा चलाती है। बुरे चरित्र की है। फिर हमारी गिरिका के बारे में ऐसा क्यों कहती है। कहीं यह सब ढोंग तो नहीं है ? फिर उसने मंगम्मा से कहा, ''उत्सव मनाने के लिए पैसा लगता है; सो कहाँ से आए ?''

मंगम्मा, ''देवदासी देवी का अवतार थी, सो उसके उत्सव के लिए पैसा अवश्य आएगा। कौन कह सकता है, कहाँ से आएगा ?'

कबीर ने मन-ही-मन सोचा, 'इस औरत के पास लाखों की सम्पत्ति है। रामेश्वरम् का सारा पैसा इसी के हाथ आया है। सिनेमा पर भी यह ख़ूब कमा रही है। इसकी बातों से ऐसा लगता है कि माँगने पर उत्सव के लिए कुछ पैसा अवश्य दे देगी। पर इसका पापी पैसा हम कैसे लें ?'

मंगम्मा, "मैं बड़ी पापिन हूँ। सोचती हूँ कि अपने पापों की निष्कृति के लिए कुछ अच्छे काम करूँ। पाप मनुष्य में रहता है, धन में नहीं। जो धन अन्याय से कमाया जाता है, उसे पाप का धन कहते हैं, परन्तु वह पाप कमानेवाले से सम्बन्धित है। यदि वह धन भले काम के लिए किसी अन्य के हाथ आए, तो वह पाप का धन नहीं रहता।"

क़बीर मन-ही-मन सिटपिटाया। वह सोचने लगा। मेरे विचारों का इसे कैसे पता चल गया ?....मंगम्मा ने अपने वसीयतनामे की कापी कबीर के हवाले कर दी। कबीर उसे आदि से अन्त तक पढ़कर आश्चर्यचकित हुआ। सोचा, पचीस हज़ार रुपये ! इस रक़म के ब्याज से प्रतिवर्ष बड़े धूमधाम से उत्सव मनाये जा सकते हैं। पर कबीर इसी असमंजस में पड़ा था, कि उस पैसे को लेना उचित होगा कि नहीं। मंगम्मा ने उसकी दुविधा ताड़ ली। बोली, "कुमारस्वामी, धर्माराव का प्रिय शिष्य है। उसने अपना भाग ले लिया है। वेणुगोपाल स्वामी ने भी मेरा पैसा लेने से इनकार नहीं किया। जितने दिन देवदासी नृत्य कर रही थी, मैं सोलहों आने उसी में लीन थी। यदि मेरा पैसा लेना अनुचित है, तो मेरा देवदासी में लीन होना भी अनुचित ही समझना चाहिए।"

रत्नगिरि, "नहीं नहीं, अनुचित क्या है ? किसने कहा कि आपका पैसा लेना अनुचित है ? आपने वसीयतनामा जब रजिस्टर किया, तभी पैसा देवदासी का हो गया। उचित-अनुचित का निर्णय केवल देवदासी ही कर सकती है। पर वह अब नहीं रही। हमें यह निर्णय करने का कोई अधिकार नहीं।"

मंगम्मा, "देवदासी ने तो स्वीकार किया ही था। इसीलिए मेरे मन में यह संकल्प उत्पन्न हुआ।"

कबीर ने आप ही आप हाँ कह दी। मंगम्मा चली गयी। अपने वसीयतनामे की एक कापी उसने डाक द्वारा हरप्पा के पास भेजी। साँझ होने के बाद वह कुमारस्वामी के घर जा पहुँची। वहाँ कुमारस्वामी ने उसका मुख देखकर कहा, "ऐसा लगता है कि सवेरे से तुमने भोजन नहीं किया।"

मंगम्मा बोली, "आज मुझे भूख नहीं है।" कुमारस्वामी ने बाज़ार से कुछ फल लाकर मंगम्मा के सामने रख दिये।

मंगम्मा, "आज मेरी नयी आवभगत क्यों हो रही है ?"

कुमारस्वामी, "आशा बड़ी बुरी है। उसे कोई नहीं जीत पाया। तुमने एक प्रकार से आशा पर विजय पायी है। तुमने एक लाख की जायदाद तिनके की तरह तज दी है, सो तुम्हें स्त्री समझूँ या देवी ?"

मंगम्मा, "मैंने तिनके की तरह तज नहीं दी। मेरी जायदाद मेरे पास होती तो

एक लाख की होती। पर अब देखो उसका मूल्य लाखों-करोड़ों का ही नहीं, उसका मूल्य ठीक-ठीक बताना असम्भव है।''

कुमारस्वामी, ''सवेरे से भूखी हो, फल खा लो।''

मंगम्मा, ''मुझे नहीं चाहिए।''

कुमारस्वामी, ''मेरे दिये हुए फल तुम्हें नहीं चाहिए, तो तुम्हारा दिया हुआ पैसा भी मुझे नहीं चाहिए।''

मंगम्मा, ''अच्छा बाबा, खा लूँगी, साथ-साथ थोड़ा छाँछ भी दे दो।''

श्यामला छाँछ में नींबू का रस मिलाकर ले आयी। मंगम्मा ने फल खाये और छाँछ पीया।

कुमारस्वामी, ''सवेरे से भूखी क्यों हो ? चंगलराव ने रसोई नहीं बनायी ?''

मंगम्मा, ''मेरे सामने उसका नाम न लो। कहते हैं कि भीष्म ने शिखण्डी का मुख नहीं देखा था, पर मेरा सारा जीवन इस निगोड़े का मुख देखते-देखते बीता।''

इतने में मंगम्मा को नींद आ गयी। वह वहीं सो गयी। सोने से पहले उसने थोड़ी देर तक ध्यान किया फिर सो गयी।

श्यामला, ''मंगम्मा क्या बनेगी ?''

कुमारस्वामी, ''तुम्हारी या मेरी ?''

श्यामला, ''मेरी तो सास बनी है और आपकी माँ। यह बात तो स्पष्ट हो चुकी है, पर वह अपने लिए क्या बनेगी ?''

कुमारस्वामी, ''कैसी बात करती हो ? अपने लिए क्या बनेगी ? अपने लिए आप बनेगी।''

श्यामला, ''मैं ही हूँ जो आपकी इन उल्टी-सुल्टी बातों को सहन कर रही हूँ। कोई और होती तो....''

कुमारस्वामी, ''कोई और होती तो मेरी नौकरी की तरह चली जाती। नौकरी चली गयी तो क्या हुआ ? समय आने पर चालीस हज़ार हाथ लगे।''

श्यामला, ''पत्नी के बारे में यह बात इतनी आसान नहीं है।''

कुमारस्वामी, ''तुम्हारा ब्याह होने से पहले तुम निरी....'''

श्यामला, ''कहे जाइए, निरी गँवार थी न ?''

कुमारस्वामी, ''गँवार होतीं तो मैं तुमसे क्यों ब्याह करता ?''

इतने में छोटा धर्माराव उठकर रोने लगा। कुमारस्वामी बोला, ''इस लौंडे को पता नहीं कि हम एक बड़ी जायदाद के मालिक बने हैं।''

इतने में मंगम्मा जाग उठी। थोड़ी देर तक वह आँखें मूँदकर पड़ी रही। कुमारस्वामी की बातें उसे सुनाई दीं।

श्यामला, ''जायदाद क्या मिली है, आप तो फूले नहीं समाते।''

कुमारस्वामी, ''बच्चे को रुलाओ नहीं, मंगम्मा सो रही हैं। उनकी नींद टूटेगी।

सवेरे से भूखी हैं। हमारे घर भोजन भी तो नहीं करतीं।''

श्यामला, ''भोजन करें तो मैंने मना थोड़े ही किया ?''

कुमारस्वामी, ''तुमने नहीं किया, तुम्हारी माँ ने कहा।''

श्यामला, ''आपकी एक-एक बात दस पीढ़ियों तक पीछे जा लगती है।''

कुमारस्वामी, ''इन्हीं बातों को पसन्द करके तो....''

उन पति-पत्नी के जीवन में आज मंगम्मा जो अपूर्व आनन्द ले आयी थी, उसका आस्वाद वह मन-ही-मन करने लगी। बीज बोने के बाद वर्षा होने पर जिस प्रकार किसान का मन आनन्द-विभोर हो जाता है, उसी प्रकार मंगम्मा का मन आनन्द विभोर हो उठा।

कुमारस्वामी, ''बच्चा अभी नहीं सोया ?''

श्यामला, ''आप कहते हैं कि जायदाद मिलने का उसे पता नहीं है, पर उसे भी पता चल गया है। देखिए तो, उसके दूध पीने का ढंग। कितना इठला रहा है ! कितना उतावला हो रहा है। मेरे लाल, ज़रा शान्त रहो। अमीरों के लिए भी नम्रता ही अच्छी है।''

कुमारस्वामी, ''मुझे कितना हर्ष हो रहा है ! मानो मेरा फिर से आज ब्याह हुआ है।''

श्यामला, ''क्यों ?''

कुमारस्वामी, ''मेरे भाग खुले, जो ठीक समय पर इस माई ने आकर यह काग़ज़ मेरे हाथ में थमा दिया। नहीं तो आज मुझे भी फलाहार करके रह जाना पड़ता।''

मंगम्मा ने यह बात भी सुनी। फिर से उसकी आँख लग गयी। सारी रात अँधेरे में चाँदनियाँ छिटकती रहीं। बरखा में बसन्त आया। श्यामला और कुमारस्वामी के परिस्वंगों, चुम्बनों, कटाक्षों और बातों में मंगम्मा ही का साक्षात्कार हो रहा था। नींद आनन्द की विघातक होती है। योगानन्द उत्कृष्ट होता है। जागरण की दशा का आनन्द योगानन्द का प्रतिबिम्ब है। नींद का समय कैसा होता है ? भीतर परमात्मा का प्रकाश होता है। निर्जन घर में दीप जला। यमुना नदी बह-बहकर श्वेत भागीरथी में मिल गयी। रात कट-कटकर उजियाले दिन में लीन हो गयी। दिन में धूप बड़ी शीघ्रता से निकल आयी, मानो पर्वत श्रेणी से यकायक बाहर निकलनेवाला जल-प्रवाह हो। मंगम्मा जाग गयी। उसके प्राण थके-माँदे थे। उसके उठते ही स्नान का प्रबन्ध हुआ और पहनने के लिए साड़ी लायी गयी। मंगम्म स्नान कर आयी। कुमारस्वामी फिर से फल ले आया। खाकर मंगम्मा बोली—''भाई ! तुम्हारे कारण ऐसे सुख का उपभोग कर रही हूँ, जिसे मैंने जन्म भर नहीं जाना।''

कुमारस्वामी, ''मैं भी ठीक यही कहनेवाला था। इस हाथ दे उस हाथ ले।''

मंगम्मा, ''तुम्हें इतनी अच्छी तेलुगु कहाँ से आयी ?''

कुमारस्वामी, ''विलायत जाकर सीख आया हूँ !''

श्यामला, "वहाँ क्या तेलुगु सिखाते होंगे ?"

कुमारस्वामी, "यहाँ अँग्रेज़ी नहीं सिखा रहे हैं क्या ? हमारे हेडमास्टर और प्रिंसिपल अँग्रेज़ी में बड़े योद्धा हैं, अतिरथी, महारथी।"

मंगम्मा, "रेलगाड़ी आ गयी होगी ?"

कुमारस्वामी, "क्यों ?"

मंगम्मा, "तुम्हारे पते पर मेरा एक पत्र आनेवाला है डाकखाने जाकर वह पत्र ले आना। कहीं चंगलराव हमसे भी पहले पहुँचकर उसे न ले ले।"

कुमारस्वामी, "वह मुर्दा क्या ले लेगा ? आज मेरा अनुमान ठीक निकला।"

मंगम्मा, "कैसा अनुमान ?"

कुमारस्वामी, "यही कि चंगलराव के तुम्हारे पास रहने में कोई भेद अवश्य होगा।"

मंगम्मा, "तो फिर आज तक तुमने मुझसे क्यों नहीं कहा ?"

कुमारस्वामी, "क्यों कहता ? मेरे बारे में जो तुम्हारी अच्छी राय थी, उसे क्यों बिगाड़ लेता ? क्यों अकारण चालीस हज़ार की जायदाद से हाथ धो लेता ? यदि मैं चंगलराव के विरुद्ध तुमसे कुछ कहता, क्या तुम मान लेतीं ?"

मंगम्मा, "तुम ठीक कहते हो।"

दस बजे कुमारस्वामी डाकखाने से पत्र ले आया। आते-आते उसने पत्र खोलकर उसे आमूलाग्र पढ़ लिया। मंगम्मा बोली, "पत्र खोलकर पढ़ लिया ?"

कुमारस्वामी, "श्राद्ध-कर्म करनेवाले को इतना भी अधिकार नहीं ?"

मंगम्मा, "क्यों नहीं ? अवश्य है।"

पत्र में इस प्रकार लिखा था—

मद्रास
ज्येष्ठ शुक्ला सप्तमी

"नमस्कार !

पुराने काग़ज़ों में चंगलराव के लिखे हुए कुछ पत्र मुझे मिले हैं। कुछ राधापति को लिखे गये थे, कुछ कुमारप्पा को। जान पड़ता है कि उन्होंने चंगलराव को सलाह दी थी कि आपकी सारी जायदाद वह अपने नाम करवा ले। षड्यन्त्र ऐसा रचा गया जान पड़ता है कि आप इनकार करें तो आपकी हत्या की जाए। उन पत्रों में कुछ ऐसे शब्द हैं; जिनसे मैंने इस बात की टोह लगायी है। कोई ठीक-ठीक सबूत नहीं है, पर मेरा अनुमान है कि अब तक एक बार वहाँ आपकी हत्या करने का प्रयत्न हो चुका है। मैं नहीं जानता कि मेरे पत्र आपको मिले या नहीं। मुझे यह भी ज्ञात नहीं कि आप जीवित भी हैं कि नहीं। इस पत्र के मिलते ही कृपया उत्तर लिख भेजें। यदि आप जीवित हैं, तो चंगलराव के बारे में सावधान रहें।

आपका
रंगावधानी।"

कुमारस्वामी, ''अभी जाकर चंगलराव को घर से बाहर कर दूँ ?''

मंगम्मा, ''पत्र में ही कहा गया है कि कोई पक्का सबूत नहीं है। क्या पता, चंगलराव ऐसा आदमी न हो। जो हो, दो-तीन दिन तक जाँच-पड़ताल करनी होगी।''

कुमारस्वामी, ''तुम घर चलो, मैं अभी आता हूँ। चंगलराव का बनाया हुआ खाना न खाना। बदमाश उसमें कुछ मिला न दे।''

मंगम्मा, ''मुझे फल ला देनेवाला जब मिला है, तो फिर मैं खाना क्यों खाने चली ?''

कुमारस्वामी, ''तुम्हारी यह ख़ुशी भी ख़ूब है। अब घर चलो।''

मंगम्मा अपने घर पहुँची। चंगलराव भीतर से द्वार बन्द करके कुछ काम कर रहा था। मंगम्मा ने द्वार खटखटाया। चंगलराव ने बड़ी देर से द्वार खोला।

मंगम्मा, ''क्या कर रहा था ?''

चंगलराव, ''मैंने सोचा था, तुम गाँव में नहीं हो।''

मंगम्मा, ''यह नहीं सोचा कि मैं संसार में ही नहीं हूँ ? मैं कहाँ जाऊँगी ? तू क्या कर रहा था ?''

चंगलराव, ''तुम्हारा वसीयतनामा पढ़ रहा था। यह घर तुमने मेरे नाम पर लिखा है न ?''

मंगम्मा, ''हाँ, लिखा है।''

चंगलराव, ''यह घर मेरे किस काम का ? तुम न रहोगी तो मैं इस गाँव में क्यों रहूँगा ?''

मंगम्मा, ''घर बेच लेना और रुपया लेकर चले जाना।''

चंगलराव, ''तुमसे मिलने के पहले मैं भीख माँगा करता था। कोई ठौर-ठिकाना न था। सो अब रुपया लेकर क्या करूँगा ?''

मंगम्मा, ''फिर तुम्हें क्या चाहिए ?''

चंगलराव, ''कुछ नहीं, खाना और कपड़ा।''

मंगम्मा, ''यह क्या चंगलराव ही बोल रहा है ?''

चंगलराव, ''हाँ, मुझे भी थोड़ा पढ़ना आता है।''

मंगम्मा, ''पढ़ना ही क्या, कविता करनी भी आती है।''

चंगलराव, ''भोजन नहीं करोगी ?''

मंगम्मा, नहीं, द्वादशी तक उपवास करूँगी।''

चंगलराव, ''पाँच दिन तक उपवास ? कुछ फल ही खा लो।''

मंगम्मा, ''कुमारस्वामी के घर फल खाकर आ रही हूँ।''

चंगलराव, ''हाँ-हाँ, वही है न बड़ा हिस्सेदार ?''

ठीक उसी समय कुमारस्वामी आ पहुँचा और बोला, ''मैं कहाँ हूँ बड़ा हिस्सेदार ? मुझे तो कोरा धन दे रही हैं। तुम्हें प्राण दे रही हैं न ?''

चंगलराव, ''मुझसे इतना प्रेम होता तो क्या मुझे केवल एक घर देतीं ?''

कुमारस्वामी, ''जायदाद अधिक देती, तो उससे क्या करते ? तुम्हारी बीवी है या बच्चे ?''

चंगलराव, ''धन के लिए बीवी-बच्चों की ज़रूरत नहीं।''

कुमारस्वामी, ''ठीक कहा तुमने मंगम्मा जी ! अब चलो हमारे घर चलें।''

चंगलराव, ''क्यों मंगा बहन ! अब तुम यहाँ नहीं आओगी ?''

मंगम्मा, ''रात को आकर यहीं सोऊँगी।''

चंगलराव, ''अपना घर छोड़कर औरों के यहाँ सोने की क्या ज़रूरत है ?''

मंगम्मा, ''सच कहते हो।''

कुमारस्वामी के घर फलाहार करके मंगम्मा अपने घर पहुँची और सो गयी। आधी रात को कुमारस्वामी मंगम्मा के घर गया और उसके कमरे की खिड़की के सामने खड़ा होकर सावधानी से भीतर की ओर देखने लगा। दीवानखाने में अँधेरा था और वहाँ का कोई आदमी खिड़की के बाहर दिखाई न देता था। कुमारस्वामी एकटक देख रहा था। थोड़ी देर में मंगम्मा इधर-उधर हिलने लगी। घण्टाघर में घण्टे बजने लगे। चंगलराव मंगम्मा के कमरे में आगा और इधर-उधर देखने लगा। मंगम्मा के हिलते ही उसने तुरत पानी पीने का अभिनय किया और दीवानखाने में लौटकर सो गया। देखते-देखते कुमारस्वामी की आँखों में दर्द होने लगा। पाँव में ख़ून जमने लगा। दो, तीन, चार, बजे। मुर्ग़े की बाँग सुन पड़ी। कुमारस्वामी ने सोचा, अब लौट जाने में कोई ख़तरा नहीं। घर लौटा तो श्यागला ने पूछा, ''कहाँ गये थे ?'' कुमारस्वामी बोला, ''तुम्हारे पूछने योग्य जगह नहीं।''

कुमारस्वामी दिन भर सोता रहा। नवमी आयी। मंगम्मा ने आकर फलाहार किया। दिन भर यहीं रही। रात होते ही घर लौटकर अपने कमरे में सो गयी। कुमारस्वामी खिड़की के बाहर आकर देखता रहा। रात बीती। एक बार चंगलराव ने कमरे में आकर पानी पीया। मंगम्मा को एक बार देखा और लौटकर सो गया। भोर हुआ और कुमारस्वामी घर लौटा।

चंगलराव ने खिड़की के बाहर देखा, वहाँ किसी आदमी के पैरों की निशानियाँ दीख पड़ीं।

दशमी की रात भी यथापूर्व बीत गयी। इस रात को चंगलराव पानी पीने के लिए भी मंगम्मा के कमरे में नहीं आया। भोर होते ही कुमारस्वामी घर लौटकर सो गया। दिन भर धर्माराव के पास जा बैठा और सो न पाया। एकादशी के दिन साँझ हुई। कुमारस्वामी ने भोजन करके फिर से मंगम्मा के घर जाना चाहा, परन्तु बीती तीन रातों की क्लान्ति से वह इतना विवश हो उठा, कि तुरन्त सो गया। सन्ध्या-समय चंगलराव सैर के लिए गया हुआ था। शहर में चारों ओर घूमकर लौटा। कुमारस्वामी के घर के सामने चला। वेणुगोपाल स्वामी के मन्दिर के पास गया। देवदासी की समाधि पर

भी गया, फिर घर लौटा। भोजन किया। रात बीत चुकी थी। सफ़ेद चाँदनी छिटक रही थी, मानो भक्तों को उठा लाने के लिए श्रीमन्नारायण का भेजा हुआ गरुड़ अपने पंख पसार रहा हो। परन्तु गरुड़ के पंखों पर सवार होना हो, तो घर के बाहर निकलना आवश्यक था। जो लोग भीतर अँधेरे में सो रहे थे, उन्हें गरुड़ कैसे उठा ले जाता ? मंगम्मा को नींद नहीं आती थी। वह सोच रही थी, कल सवेरे तक क्या मैं जीवित रहूँगी ? क्या पता, मृत्यु प्रतिक्षण प्रतीक्षा करती रहती है। मेरे जीवित रहने से भी क्या लाभ है ? मर जाती तो कितना अच्छा होता। सारी जायदाद मैंने बाँट दी, मेरे जीवित रहने से कुमारस्वामी को कष्ट होगा। उसे मेरी परिचर्या करनी पड़ेगी। चार दिन से वह मेरी अपार सेवा कर रहा है। मुझे मरना ही होगा। प्राणायाम करके श्वास रोक दूँ तो शायद प्राण छूट जाएँ। योगी अपने श्वासों को रोककर आयु बढ़ा लेते हैं। कुछ लोग श्वास रोककर प्राण तज देते हैं।....आँखें मूँदकर वह इन्हीं विचारों में मग्न थी कि यकायक कोई उसका गला दबाकर छाती पर आ बैठा। इस घटना से मंगम्मा का मन विचलित हो उठा। उसके हाथ-पाँव हिल न पाये। आँखें खुल न पायीं। उसके वक्ष में एक छुरा भोंक दिया गया था। चीख-पुकार रोकने के लिए गला दबाकर रखा गया था।

शायद किसी पूर्व-पुण्य के कारण उस दशा में भी उसका मन काबू में आ गया। मंगम्मा ने आँखें खोलकर देखा। छाती पर चंगलराव बैठा था। मंगम्मा ने उसे उठने का संकेत किया। चंगलराव ने अपना हाथ ढीला किया।

मंगम्मा, "क्यों रे ! मुझे मार डाल रहा है ?"

चंगलराव, "सारी जायदाद कौवों और गिद्धों में क्यों बाँट दी तुमने ? इतने बरस तक मैं तुम्हारे पास रहा, मुझे यह निगोड़ा घर देती हो ?"

मंगम्मा, "जायदाद देती तो तू क्या करता ?"

चंगलराव, "आज तुमने क्या किया ?"

मंगम्मा में बोलने की शक्ति क्षीण पड़ गयी। पीड़ा बढ़ने लगी। वह बोली, "मैंने जायदाद तो सबको दे डाली। अब मुझे मार डालने से तुझे क्या मिलेगा।"

मंगम्मा बीच में अपने ओठ हिला रही थी। चंगलराव बोला, "मैंने राधापति को वचन दिया था कि तुम्हारी हत्या करूँगा।"

मंगम्मा, "मैंने राधापति का क्या बिगाड़ा ? तेरा क्या बिगाड़ा ?"

चंगलराव, "वह पढ़ा-लिखा आदमी था। तुम भ्रष्ट हो चुकी थीं। उसके बुलाने पर तुम क्यों नहीं गयीं ? इसी से उसने तुमसे बदला लेने की ठानी।"

मंगम्मा ने विकट हास्य किया। चंगलराव आगे कहने लगा, "मैं भी तुम्हें चाहता था। कई बार कहना चाहा, पर साहस न हुआ। तुम्हें चाहिए था कि ख़ुद मेरी इच्छा को समझ लेतीं, पर तुमने ऐसा नहीं किया। इसीलिए तुम्हारी जान ले रहा हूँ।" मंगम्मा ने एक और विकट हास किया। उसकी आँखें मुँद गयीं। ओठ बार-बार हिलने लगे।

चंगलराव, "राधापति ने मुझसे कहा था कि कुमारस्वामी से तुम्हारा बुरा सम्बन्ध है। तुम दोनों को राधापति ने अपनी आँखों से देखा था। कुमारस्वामी को इतनी बड़ी जायदाद देकर, यह बात तुमने साबित कर दी है। जीवन भर तुम पाप ही करती रहीं। मैं पहले से तुम्हारी हत्या करना चाहता था। तुम्हें मार डालने का शौक मुझमें पैदा हुआ। वह शौक आज छह बरस बाद पूरा हो रहा है।"

मंगम्मा ने फिर एक विकट हास्य किया। उस हास्य में विकटता से अधिक प्रेतत्व झलक पड़ा।

चंगलराव, "मुझे लोगों ने पागल समझ रखा था। मैं नपुंसक का केवल अभिनय करता हूँ। तुम पूछोगी कि इसका क्या प्रयोजन है ? राधापति का प्रतिकार ही इसका प्रयोजन है।"

मंगम्मा की आँखें विस्फारित हुईं। वह बोली, "वह देखो देवदासी, वह देखो वेणुगोपाल स्वामी ! दोनों मिलकर जा रहे हैं। मैं जाकर उनकी सेवा करूँगी," फिर उसने आँखें मूँद लीं।

चंगलराव ने दूसरी बार मंगम्मा की छाती में छुरा भोंक दिया। छुरे के स्पर्श की अन्तिम स्मृति में मंगम्मा के ओठों पर एक मन्दहास झलका। इतने में पीछे से दरवाज़ा तोड़कर पुलिस इंस्पेक्टर कमरे में घुस आये और चंगलराव को नीचे गिराकर उसकी छाती पर बैठ गये। कुमारस्वामी भूलकर सो गया था उसने यकायक जागकर देखा तो एक पहर रात बाक़ी थी। वह तुरन्त पुलिस स्टेशन गया और इंस्पेक्टर को ले आया। उसे पता नहीं था कि हत्या होगी। परन्तु एक अस्पष्ट भय उसके मन में जा घुसा था, जिसके फलस्वरूप वह पुलिस को बुला लाया। श्यामला और कुमारस्वामी मंगम्मा की लाश से लिपटकर रो पड़े। बोले, "तुम्हारा ऋण हम जन्म भर नहीं चुका सकेंगे। पता नहीं तुमने पाप किया था। शायद उसका प्रायश्चित्त आज तक नहीं हुआ। दोनों अलग-अलग थे। पुण्य करने से पाप नहीं जाता; शायद इसीलिए इस अन्तिम अनुभव की आवश्यकता हुई...."

पच्चीस

कुमारस्वामी, "वह बड़ी भाग्यवान् थी, इसी से एकादशी के दिन चल बसी।"

धर्माराव, "परन्तु उसकी हत्या हुई है।"

कुमारस्वामी, "हत्या के स्वरूप का हमें ठीक-ठीक पता नहीं। हत्या के बावजूद वह प्रशान्त मनःस्थिति में मरी होगी।"

धर्माराव, "ठीक कहते हो। जिस व्यक्ति के मन में इतना संयमन हो, वह अवश्य

प्रशान्त मनःस्थिति में प्राण छोड़ता है।''

कुमारस्वामी, ''पता नहीं क्या बात है, पर अब स्मरण करने पर भी कई बातों से इसी परिणाम का अनुमान किया जा सकता है। हर बात में यही सूचना थी, पर मैं पहचान नहीं पाया। उसे उसी दिन मरना था, नहीं तो दिन भर मैं जागता न रहता। दिन को यदि मुझे नींद आ जाती तो रात को बेख़बर न सोता और प्रतिदिन की तरह उसकी खिड़की के पास अवश्य जा खड़ा होता। तब उसकी मृत्यु अवश्य टल गयी होती।''

धर्माराव, ''कुछ और होता तो क्या होता ?....यदि इसी वितर्क में लग जाओ, तो फिर सृष्टि में कुछ हो भी सकता है ? जिस प्रकार से घटना निर्णीत होती है, उसी के अनुसार संकल्प होते हैं। अन्यथा संकल्प और घटना में सामंजस्य ही नहीं हो सकता।''

वह आषाढ़ की एकादशी का दिन था। कुमारस्वामी ने मंगम्मा का मासिक श्राद्ध किया।

धर्माराव, ''ग़नीमत है कि तुम उस प्राणी के नाम पर तिलांजलि तो दे रहे हो।''

कुमारस्वामी, ''तिलांजलि देकर उस पर क्या कोई एहसान कर रहा हूँ ? उसकी छोड़ी हुई जायदाद का उपभोग कर रहा हूँ, सो उसका श्राद्ध-कर्म भी कर रहा हूँ।''

धर्माराव, ''बेटे भी तो बाप की छोड़ी हुई जायदाद का उपभोग करते हैं और श्राद्ध-कर्म करते हैं।''

कुमारस्वामी, ''यदि आप कोई जायदाद न छोड़ें तो....?''

धर्माराव, ''जायदाद भले ही न छोड़ें, शरीर अवश्य छोड़ना है न ? उसी के साथ उसका नाम, उसकी प्रतिष्ठा, मान, मर्यादा आदि बेटे को मिलते हैं। बाप बेटे को अपना धन देता है, अपनी निर्धनता देता है और समाज में अपना जो कुछ स्थान है, वह भी सोलहों आने दे देता है। बेटा उन सबका उपभोग करता है। कुछ लोग कहते हैं कि बेटे को बाप का सब कुछ चाहिए, पर जाति नहीं चाहिए। इसी को संस्कार कहते हैं। यह सब पूर्व-जन्म के कर्मानुसार आता है। कर्म-सिद्धान्त को मानना हो, तो इसे भी मानना होगा। एक प्रकार से तुम मंगम्मा के पुत्र हो। कोई भी पुत्र क्या मुफ़्त में श्राद्ध-कर्म करता है ?''

कृष्ण-पक्ष की चतुर्दशी के दिन अरुन्धती का स्वास्थ्य बहुत बिगड़ गया। वह खाट से उठ ही न सकी। कल तक दवा-दारू के लिए वह उठती-बैठती थी। दैनिक कृत्यों के लिए बाहर आ-जा सकती थी। पर उस दिन न उठ पायी। बुख़ार ख़ूब हो आया। खाँसी अधिक हुई। राजशेखर शास्त्री ने उसे देखकर कहा, ''बरसात आयी है, गाँव में चारों ओर धान के खेत फैल गये हैं। मच्छर बहुत हो गये हैं। इसी से सर्दी, जुकाम होने की सम्भावना है। पुरानी बीमारी के साथ-साथ कोई नयी बीमारी भी न आ धमके, इसके लिए सावधान रहना होगा। फेफड़ों की रक्षा करनी होगी।''

धर्माराव, "आप ठीक कहते हैं। मैं उसे बातें करने से बहुत रोकता हूँ, पर वह नहीं रुकती। मैं क्या करूँ ?"

राजशेखर शास्त्री, "यह सारी बीमारी अपने हाथों से मोल ली हुई है। वेणुगोपाल स्वामी के उत्सव से ही इसका श्रीगणेश हुआ है।"

धर्माराव, "उत्सव के दस दिन वह सोयी ही नहीं। कुछ खाया भी नहीं। रिश्तेदारों से घर खचाखच भरा था। किसी को मना भी तो नहीं किया जा सकता था।"

राजशेखर शास्त्री, "शरीर ही न हो, तो धर्म का आचरण कैसे हो ? इसीलिए शरीर की रक्षा आवश्यक है। शरीर का अन्त होने पर बचा ही क्या रहेगा ?"

अरुन्धती, "घर में मेहमानों के रहते हुए बीमारी का हीला-हवाला करके मैं कैसे चुपचाप बैठ सकती थी ?"

धर्माराव, "तुम तो सचमुच बीमार थीं, इसमें हीले-हवाले का क्या प्रश्न है ? कुछ लोग अपने शरीर की रक्षा बड़ी अच्छी तरह कर लेते हैं। तुम आठों पहर चाकरी ही चाकरी किये जाती हो। अब देखो, जान पर आ गयी, क्या करें ?"

अरुन्धती, "करें क्या ? आयु होगी तो जिऊँगी, नहीं तो कुछ नहीं। मुझ जैसे कितने नहीं हैं ?"

राजशेखर शास्त्री फिर से एक बार चेतावनी देकर चले गये। उन्होंने एक तेल दिया और उसे बार-बार छाती पर मलने को कहा। साँझ हुई। रात के कोई दस बजे बुखार उतरा। अरुन्धती का शरीर पसीने में लथपथ हो गया। उसने धर्माराव को बुलाकर कहा, "बुखार उतरा है, अब शाल उतार दीजिए।" धर्माराव ने शाल उतारकर पसीना पोंछा।

अरुन्धती, "कहाँ तो मुझे आपकी सेवा करनी चाहिए थी, और कहाँ आप ही को मेरी सेवा करनी पड़ रही है।"

धर्माराव, "यह धर्म पति-पत्नी के बीच परस्पर है। इसमें पुरुष का कोई आधिक्य नहीं। मैं राजा हूँ, तो तुम भी रानी हो।"

अमावस आयी। सवेरे उठकर अरुन्धती ने छोटे रामेश्वर शास्त्री से कहा, "बेटा, अपने पिताजी को ज़रा बुला लाओ।" धर्माराव आया।

अरुन्धती, "मैं मुँह धो लूँ ?"

धर्माराव, "अभी कोई ज़रूरत नहीं। थोड़े पानी से कुल्ली कर लो। तुम क्या खा रही हो, जो मुँह धोना पड़े ?"

अरुन्धती, "मुँह बहुत बासी लग रहा है।"

धर्माराव, "तो दीदी थाली पकड़ेगी, उसमें मुँह धो लो।"

अरुन्धती, "अन्त में यह कैसी मेरी दुर्दशा हो रही है।"

धर्माराव, "तुम्हारे और मेरे कर्म का फल है।"

अरुन्धती, "आपका क्या है ? आप राजा हैं।"

धर्माराव, "क्या मतलब ?"

अरुन्धती, "मैं चल बसूँगी तो किसी और से ब्याह कर लेंगे।"

धर्माराव, "मैं तुम्हारे साथ-साथ न मरूँगा, तो किसी और से ब्याह भी न करूँगा।"

अरुन्धती, "नहीं मरेंगे। मरना किसी के बस की बात है ?"

धर्माराव, "क्यों आँसू भरती हो ? तुम अवश्य अच्छी हो जाओगी। राजशेखर शास्त्री महावैद्य हैं। देखो, रंगाराव को कैसे उन्होंने भला-चंगा कर दिया ! सुनता हूँ कि रंगारावजी अब घर में इधर-उधर चल-फिर लेते हैं।"

अरुन्धती, "मैं जानती हूँ कि मेरा स्वास्थ्य अब ठीक नहीं होने का। मेरी ननद कह चुकी है।"

धर्माराव, "कौन ? गिरिका ? क्या कहा उसने ?"

अरुन्धती, "उसने कहा कि मेरे और उसके बीच तीन महीने का अन्तर है।"

धर्माराव, "अन्तर आयु में है।"

अरुन्धती, "उसने ऐसा नहीं कहा।"

धर्माराव, "खाट पर पड़ी-पड़ी पागलों की-सी बातें न करो।"

अपने पास बैठे हुए पति पर हाथ टिकाकर अरुन्धती बोली, "मुझ पर अब भी आप आस लगाये हुए हैं ? इस व्यर्थ की आस को क्यों मन में बढ़ाते हैं ? मैंने ही पहले आपसे निष्ठुरता बरती थी। अब मैं ही अन्त में छोड़े जा रही हूँ। परन्तु आप आदि से अन्त तक मुझ पर एक-सा प्रेम करते आये हैं।"

धर्माराव, "मैंने आज तक तुम्हारे प्रेम का उपभोग किया। तुम्हारे कारण अशेष आनन्द लूटा। तुम्हें छोड़कर मैं नहीं जी सकूँगा।"

अरुन्धती के वक्षस्थल पर सिर टिकाकर धर्माराव बिलखने लगा। अरुन्धती अपनी दोनों दुबली हथेलियों को उसके गालों पर टिकाकर कहने लगी, "रोते क्यों हैं ? क्या वैद्यराज ने कहा है कि मैं नहीं जिऊँगी ? शायद मैं अभी नहीं मरूँगी। एक ज्योतिषी कहता था कि आपके और सन्तान होगी। नहीं कहता था ?"

धर्माराव, "हाँ हाँ, कहता था। मैं यों ही रो पड़ा। तुम अवश्य अच्छी हो जाओगी।"

अरुन्धती, "मैं नहीं मरूँगी। आपको छोड़कर नहीं मर सकूँगी। मर जाऊँगी तो आपके बिना कैसे रहूँगी ? नहीं रह सकूँगी।"

धर्माराव, "तुम मुझे छोड़कर नहीं रह सकतीं, मैं तुम्हें छोड़कर नहीं रह सकता। इसी से मेरी अन्तरात्मा कहती है कि तुम अवश्य अच्छी हो जाओगी।"

अरुन्धती ने एक निस्तेज हँसी हँसकर पति के हाथ में अपना हाथ दे दिया।

श्रावण की पहली तिथि आयी। घने बादल चारों ओर छा गये। गीली हवा ज़ोर-ज़ोर से चलने लगी। जहाँ-तहाँ वृक्ष बड़े आवेश में हवा के साथ झूमने लगे। वर्षा की बौछारें कई दिशाओं से होने लगीं। अरुन्धती को कमरे में लिटाया गया। शीत से बचने के लिए कई शाल ओढ़ाये गये। धर्माराव ने पूछा, "तुम्हें जाड़ा तो नहीं लग रहा है ?"

अरुन्धती, ''आप तो सदा बाहर ही बैठे लोगों से बातें किया करते हैं। कभी-कभी केवल पल भर के लिए मेरा हाल पूछने चले आते हैं।''

धर्माराव, ''तुम्हें जाड़ा तो नहीं लग रहा है ?''

अरुन्धती, ''जाइए, मैं नहीं बताऊँगी।''

धर्माराव उसके पास जा बैठा। और उसके गालों पर हाथ फेरता हुआ बोला, ''क्यों इतना बिगड़ती हो ? तुम्हारे पास बैठा रहूँगा, तो मुझे कुछ भी नहीं सूझेगा।''

अरुन्धती, ''आज ही क्या, जब मैं भली-चंगी थी, तब भी आप घर में कब रहा करते थे ? आठों पहर गाँव भर भटकते रहते थे। मैं बावरी आपकी बाट जोहती थी, पर आप अपने मित्रों के साथ गुलछर्रे उड़ाते रहते थे।''

धर्माराव, ''तो क्या यही कहना चाहती हो कि मुझे तुमसे प्रेम नहीं ?''

यह प्रश्न करते समय धर्माराव की आवाज़ भर्रा गयी। मुख पर दीनता झलक पड़ी। अरुन्धती बोली, ''मैंने ऐसा नहीं कहा। मैं चाहती हूँ कि आप सदा-सर्वदा मेरे पास रहें।'' धर्माराव बोला–''ऐसा ही रहूँगा।'' उसने अपने हाथ अरुन्धती के वक्ष पर टिकाये–उसी वक्ष पर जो एक समय परिपुष्ट था, धर्माराव के मनोरथ की साकार प्रतिमा-सा था। वही वक्ष-स्थल आज सूखकर व्याधि-देवता का सिंहासन-सा बना हुआ था। उस शल्यावशिष्ट वक्ष-स्थल के स्पर्श से ही धर्माराव को अपूर्व आनन्द का अनुभव हुआ। उस आनन्द में दुःख का गहरा पुट था। अरुन्धती के शरीर पर उसने अपना हाथ टिकाया। अरुन्धती बोली, ''हाथ भारी लग रहा है, हटा दीजिए।''

धर्माराव, ''यह बीमारी मुझे क्यों नहीं आयी ? इसने तुम पर क्यों डाका डाला ?''

अरुन्धती ने अपनी हथेली से धर्माराव का मुँह बन्द कर दिया। धर्माराव ने उसकी हथेली पर अपनी हथेली थमाकर दोनों ओर उसका स्पर्श किया।

अरुन्धती, ''आपमें इतनी प्रगाढ़ अनुरक्ति है, पर मैं दिनोंदिन आपसे दूर जा रही हूँ।''

धर्माराव, ''तुम ऐसी बातें न करो। मेरा मन विकल हुआ जाता है।''

दोनों एक-दूसरे की ओर आँसू भरी आँखों से एकटक निहारने लगे। बाहर आँधी चल रही थी। अरुन्धती बोली, ''किसी और वैद्य को क्यों नहीं दिखाते ?'' धर्माराव ने जवाब दिया, ''शास्त्री जी से बढ़कर वैद्य कोई नहीं है। डॉक्टर ले आऊँगा, तो पैसा बहाना पड़ेगा।''

अरुन्धती, ''मेरे मरने के बाद इस चन्द्रहार का क्या करेंगे ? बड़ी रानी ने मुझे यह हार दिया था। इसे बेचकर ही मेरा इलाज करवाइए।''

धर्माराव, ''कहीं राजशेखर शास्त्री बिगड़ेंगे तो नहीं ? इन बातों में वैद्य लोग बड़े कट्टर होते हैं। डॉक्टर तो और भी अधिक झट खफा होते हैं।''

अरुन्धती, ''शास्त्री जी से मनवाकर ही किसी और का इलाज करवाया जा सकता है।''

सन्ध्या समय धर्माराव ने राजशेखर शास्त्री से यह बात कही। शास्त्री बोले, ''बाबा, अवश्य दिखाना किसी और डॉक्टर को। मैं क्यों मना करूँगा ? क्या जाने, किसके हाथ में कैसा गुण होता है ? मैं भी आकर देखा करूँगा।'' धर्माराव ने चन्द्रहार बेच दिया। जिस हार के बनाने में पाँच सौ रुपये लगे थे, उसे बेचने पर छह सौ रुपये मिले। घर जाकर धर्माराव ने पत्नी से यह बात कही।

अरुन्धती, ''सोलह बरस पहनने पर भी इतने रुपये कैसे आये ? हार का वजन किया था ?''

धर्माराव, ''बत्तीस अशरफ़ी का वजन था। इधर सोने की क़ीमत बढ़ गयी है। इसी से इतने रुपये मिले हैं।''

अरुन्धती, ''यहाँ से श्रीगणेश हो रहा है।''

धर्माराव, ''काहे का श्रीगणेश ?''

अरुन्धती, ''जो कुछ मुझसे सम्बन्धित है, उसके नाश का।''

धर्माराव, ''क्या इसीलिए हार बेचने का आग्रह कर रही थीं ?''

अरुन्धती, ''किसी बड़े डॉक्टर को ले आते !''

धर्माराव, ''क्या पता, बड़े डॉक्टर आएँगे कि नहीं।''

अरुन्धती, ''पैसे जो मौजूद हैं।''

धर्माराव, ''उनके पास इन रुपयों की हक़ीक़त ही क्या है ? वे तो हज़ारों चट कर जाते हैं। वेतन हज़ार-दो-हज़ार का होता है। पर किसी भी महीने में वेतन से तिगुनी रक़म ऐंठे बिना नहीं रहते।''

अरुन्धती, ''यहाँ आवश्यकता अपनी है।''

धर्माराव, ''उनकी भी आवश्यकता है। उनके लिए वेतन महानैवेद्य के समान है। छोटी-छोटी रक़में सामयिक भोग हैं।''

अरुन्धती, ''मेरे मरने के बाद भी आप इतने उत्साह से बातें करेंगे ?''

धर्माराव, ''यह उत्साह नहीं है। तुम्हारी बीमारी के रहते हुए मुझमें उत्साह कहाँ से आएगा ?''

उसी दिन धर्माराव डॉक्टर को बुलाने गया। नये डॉक्टर के आगमन के उपलक्ष्य में अरुन्धती ने कुछ नये उत्साह का अभिनय किया।

दूसरे दिन दोपहर को बड़े डॉक्टर पधारे। फेफड़ों की परीक्षा की। बोले, ''कोई फायदा नहीं, एक लंग पूरी तरह से ख़राब हो चुका है। उसे निकाल देने पर शायद दूसरा बच सकता है।'' धर्माराव ने हाँ कर दी। डॉक्टर ने एक सप्ताह के लिए दवा देकर कहा, ''इस बीमारी के लिए दवा-दारू से अधिक ताजी हवा और खाने-पीने में सावधानी की आवश्यकता है। किसी देहात में क्यों नहीं ले जाते ?'' धर्माराव ने कुछ नहीं कहा। डॉक्टर दो सौ रुपये लेकर सन्ध्या समय लौट गया। राजशेखर शास्त्री आये। अरुन्धती उनसे बोली, ''शास्त्री जी, क्या मैं उसकी दवा और आपकी दवा साथ-साथ

ले सकती हूँ ?''

राजशेखर शास्त्री बोले, ''ले तो सकती हो, पर कहीं उन्हें गुस्सा आ जाए तो....?''

धर्माराव, ''हम उनसे नहीं कहेंगे।''

राजशेखर शास्त्री, ''हमें चाहिए आपका स्वास्थ्य, चाहे किसी भी दवा से क्यों न हो।''

शाम को धर्माराव ने एक ज्योतिषी को बुलाया और अरुन्धती की कुण्डली दिखायी। ज्योतिषी ने कहा कि राहु, शनि और केतु कुछ प्रतिकूल हैं, अतएव उनके नाम पर जप करवाना उचित होगा। धर्माराव ने कहा, ''सूर्य नमस्कार भी कराऊँ ?'' ज्योतिषी बोले, ''आरोग्यं भास्करादिच्छेत्, यह आर्योक्ति है। सूर्य नमस्कार करना ठीक होगा।'' धर्माराव ने जप एवं सूर्य नमस्कार के लिए ब्राह्मणों को नियुक्त किया। पंचमी को ब्राह्मण आकर प्रारम्भ करनेवाले थे।

कुमारस्वामी ने राजशेखर शास्त्री के पास जाकर पूछा, ''शास्त्रीजी क्या धर्माराव की पत्नी अच्छी हो जाएँगी ?'' शास्त्री जी बोले, ''बाबा, अब कोई लाभ नहीं। वह पागल ब्राह्मण अब भी आस लगाये बैठा है। व्यर्थ पैसा ख़र्च कर रहा है। ख़ैर, उसके मन में जो दर्द है, वह हमारे मन में कहाँ से आएगा ? पैसा बहाकर ही उसके मन का सामधान होगा। जब तक तन में प्राण हैं, कोई-न-कोई औषधि चलती ही रहनी चाहिए। किस क्षण क्या होगा, तुम्हें क्या पता ?''

कुमारस्वामी, ''तो क्या अब कोई फ़ायदा नहीं ?''

शास्त्री, ''यह निष्कर्ष करनेवाले हम कौन होते हैं ? हाँ, लक्षणों को देखकर तो ऐसा ही लगता है।''

कुमारस्वामी, ''शास्त्री जी ! धर्माराव ऐसे नहीं, जिन पर यह संकट आ पड़े। ऐसे सज्जन पर ऐसी यह दुर्दशा क्यों ?''

शास्त्री जी, ''बेटा, धर्माराव सज्जन अवश्य हैं, उदार हैं, परन्तु क्या वे श्रीरामचन्द्र से भी बड़े हैं ?''

तृतीया के दिन अरुन्धती ने राजशेखर शास्त्री की औषधि नहीं ली। चतुर्थी को उसकी रही-सही शक्ति भी समाप्त हो गयी।

धर्माराव, ''शास्त्री जी की औषधि ही अच्छी है। उस औषधि से एक तो बीमारी कम होती है, और साथ-साथ शरीर में शक्ति भी बढ़ जाती है। अँग्रेज़ी दवा से ऐसा नहीं होता। उनका व्यापारी ढंग है। उनमें कला नहीं।''

अरुन्धती, ''आपको मेरे स्वास्थ्य की कोई चिन्ता नहीं है। केवल व्यापार और कला की बातें ले बैठे हैं। इधर मैं मरी जा रही हूँ, पर आप पर जूँ नहीं रेंगती।''

धर्माराव बोला, ''बीमारी में तुम्हें कुछ नहीं सूझ रहा है। इसी से ऐसी बातें कह रही हो। मैं इस बीमारी को अपने हाथ से तो हटा नहीं सकता। तब क्या करूँ ?

तुम्हारे साथ मरने के लिए अवश्य तैयार हूँ।'' यह सुनकर अरुन्धती ने रोना बन्द किया और बोली, ''दवा लेने का समय हो गया है, ले आइए।''

साँझ को धर्माराव मन्दिर की ओर चला गया। छोटा रामेश्वर शास्त्री माँ के पास बैठा रहा। अरुन्धती ने उसे अपने पास लेकर कहा, ''बेटा, तू तो निरा पागल है। पढ़ाई-लिखाई कुछ नहीं। मेरे बाद तेरा क्या होगा ?'' उसे रोता देखकर रामेश्वर शास्त्री कहने लगा, ''माँ, बड़े डॉक्टर आये थे न ? अब तुम्हें कोई भय नहीं है।''

अरुन्धती, ''बेटा, तेरे पिताजी जितने कुटुम्ब-प्रिय हैं उतने ही विरागी भी। तेरी पढ़ाई-लिखाई का क्या होगा ? मैं क्या करूँ ?''

रात को सब लोग सो गये, पर अरुन्धती को नींद नहीं आती थी। धर्माराव भी उसे एकटक देख रहा था।

अरुन्धती, ''सो रहे हैं ?''

धर्माराव, ''नहीं।''

अरुन्धती, ''यहाँ आकर मेरे पास बैठ जाइए।''

धर्माराव जाकर बैठ गया। अरुन्धती ने अपना दाहिना हाथ उस पर थमाकर कहा, ''मेरी बात पर गुस्सा आ गया ?'' धर्माराव बोला, ''छीः गुस्सा नहीं, कुछ भी नहीं। और तुमने कहा भी क्या जिस पर गुस्सा आता ?''

अरुन्धती, ''आप कितने अच्छे हैं ! इसीलिए आपको देवता मानकर लोग आपकी पूजा करते हैं।''

धर्माराव, ''अब सो जाओ, यों ही न सोचा करो।''

सप्तमी से वर्षा की झड़ी लगी। हवा में वर्षा के बिन्दुओं की फुहार जहाँ-तहाँ भर गयी। ऐसा लगा कि फुहार से पर्वतों की चोटियाँ जहाँ-तहाँ भीग रही हैं। सुखाये हुए कपड़े सूख न पाते थे। ब्राह्मण अधसूखे कपड़े पहनकर जलते चूल्हों के पास बैठे जप करने लगे।

उस दिन अरुन्धती बिलकुल ही उठ न सकी। वह प्रतिदिन मोसम्बी के दो-चार टुकड़े खाया करती थी, पर आज उससे एक टुकड़ा भी खाया न गया। मुँह में रखते ही उल्टी हो गयी। खाँसी आ गयी। बड़ी देर तक वह खाँसती रही। धर्माराव सामने आ खड़ा हुआ। कुछ देर बाद अरुन्धती ने ज्यों-त्यों खाँसी को दबा लिया और चुपचाप लेट गयी। उसका मुखमण्डल सूख-सा गया। आँखों में आँसू भर आये। धर्माराव निष्प्राण-सा खड़ा था। आँखों से आँसू बह रहे थे। अरुन्धती ने अधखुली आँखों से धर्माराव को देखा और उसने अपने पास बैठने का संकेत किया। धर्माराव बैठ गया और फूट-फूटकर रोने लगा। अरुन्धती उसे शून्य दृष्टि से देख रही थी। वह इतनी अशक्त हो चली थी कि रो भी न सकती थी। धर्माराव आँसू पोंछकर उठने लगा, परन्तु अरुन्धती ने उसका हाथ नहीं छोड़ा। उसने पति के दोनों हाथों को अपने वक्षस्थल पर टिका लिया। धर्माराव ने पूछा, ''क्या बात है ?'' अरुन्धती बोली, ''कुछ नहीं।''

फिर वह पति के गालों पर अपनी दोनों हथेलियाँ फेरने लगी। धर्माराव ने उस कृश शरीर को देखा। दुपट्टा ओढ़े हुए उस शरीर में केवल मुख दिखाई दे रहा था। उस मुख में दिव्य ज्योति उगलनेवाली केवल दो आँखें जीवित दिखाई दे रही थीं।

दूसरे दिन धर्माराव ने अरुन्धती का मुँह धुलाया और दवा आदि देकर उसे बिस्तर पर लिटाया। इस उठने-बैठने से ही अरुन्धती इतनी थक गयी, कि कोई आध घण्टे तक उसे चैन न पड़ा। फिर वह कहने लगी, ''आज मुझे अच्छा लग रहा है।'' यह सुनकर धर्माराव हँस पड़ा।

अरुन्धती, ''हँसते क्यों हैं ?''

धर्माराव, ''किसी-किसी दिन ऐसा ही लगता है।''

अरुन्धती, ''आप क्या कहते हैं ? मेरी बीमारी कम हो रही है या नहीं ? बड़े डॉक्टर फिर क्यों नहीं आये ?''

धर्माराव, ''तृतीया के दिन आये थे, फिर दशमी को आएँगे।''

अरुन्धती, ''राजशेखर शास्त्री कई महीनों से मुझे दवा देते रहे पर आपने उन्हें कुछ नहीं दिया। डॉक्टर को केवल एक दिन के दो सौ रुपये दे दिये।''

धर्माराव, ''यह तो अपने-अपने भाग्य हैं। वेद-शास्त्र के महान् पण्डित को भी याचक बनकर ही पेट पालना पड़ता है।''

अरुन्धती, ''रंगापुर से मेरा बक्सा नहीं ले आएँगे ? उसमें रंगाजम्मा की दी हुई साड़ी रखी है। मरने से पहले एक बार वह साड़ी पहनना चाहती हूँ।''

धर्माराव, ''अच्छा, कल ले आऊँगा।''

अरुन्धती, ''कल-कल कहते-कहते सोलह साल बीत गये। अब शायद उतने दिन भी बाक़ी नहीं हैं।''

धर्माराव उठकर जाने लगा तो अरुन्धती बोली, ''कहाँ जा रहे हैं ? कुछ देर बैठ जाइए।''

धर्माराव, ''बैठकर क्या करूँगा ?''

अरुन्धती, ''मेरी स्थिति का आपको भान नहीं है। तब आप क्या करेंगे ?''

धर्माराव, ''तुम्हारी सेवा तो कर चुका हूँ।''

अरुन्धती, ''हाँ, कर चुके हैं। यही तो मेरा दुर्भाग्य है कि आपसे अपनी सेवा करवा रही हूँ। जीवित रहूँगी, तो आपका ऋण चुका दूँगी।''

धर्माराव, ''कैसे चुकाओगी ? पहले से भी अधिक ?''

अरुन्धती ने अपना हाथ पति की जाँघ पर टिका दिया। धर्माराव बोला, ''तुम सूखकर काँटा हो गयी हो। ऐसी स्थिति में भी तुम्हारे स्पर्श से मेरे शरीर में रोमांच हो आता है। देखो, मैं कितना दुष्ट हूँ !''

अरुन्धती, ''आप और दुष्ट ? नहीं-नहीं, आप दुष्ट नहीं हैं। मेरे ही बुरे दिन आ गये हैं।''

धर्माराव, ''मेरे शरीर के अणु-अणु में तुम्हारी सृष्टि लीन हो गयी है। मेरी पंचेन्द्रियों में पंचभूतों के गुणों के बदले तुम्हारी पंचेन्द्रियाँ समा गयी हैं।''

अरुन्धती, ''जीवित रहकर भी आपकी इन बातों को निस्सहाय स्थिति में सुन रही हूँ।''

धर्माराव, (आँसू बहाता हुआ) ''श्रीरामचन्द्र ने कहा था–

इयं गेहे लक्ष्मीरियममृतवर्तिर्नयनयोः
असावस्याः स्पर्शद्वपुषि बहुलश्चन्दनरसः ॥''

दूसरे दिन, अर्थात् नवमी को धर्माराव पागलों की तरह खेतों में घूमने लगा। उसी दिन कड़ी धूप निकली थी। घूमने योग्य जगह केवल पूरब की दिशा में थी। धर्माराव उसी ओर निकल पड़ा। थोड़ी देर तक तालाब के किनारे-किनारे घूमता रहा। मन-ही-मन सोच रहा था, अब अरुन्धती बचेगी नहीं। गणाचारी ने छह बरस पहले ही इस बात की सूचना दी थी। मुझे भी कुछ ऐसा लगता है। सुब्रह्मण्येश्वर स्वामी के दोनों शीर्षों में से एक अस्पष्ट-सा दीखने लगा है। सुना है, गिरिका ने भी तीन महीने की अवधि सूचित की थी। पूर्णिमा को छह दिन रह गये हैं। शायद उसी दिन चल बसेगी।.... यह सोचता हुआ वह एक जगह बैठ गया और ज़ोर-ज़ोर से रोने लगा। आसपास लोग नहीं थे, अतएव धर्माराव यथेच्छ बिलखने लगा। दुःख का ज्वार-सा उभर आया और थोड़ी देर में फिर से मन के सागर में लौट गया। धर्माराव आँसू पोंछकर उठा और खेतों की ओर चल पड़ा। वहाँ हरिया दिखाई दिया। धर्माराव को देखते ही उसने, ''भैया'' कहकर कूक लगायी। उसके इर्द-गिर्द बैठे हुए पंछी उड़ गये। एक-दो साँपों ने सिर उठाकर देखा और फिर बिलों में जा घुसे। धर्माराव बोला, ''भैया, तुम्हारी भाभी बहुत बीमार है।'' हरिया कुछ नहीं समझ पाया। उसने आँखें उठाकर बड़े भाई को देखा। उसका हरा मुख सूखे पत्ते की तरह सफ़ेद पड़ गया था। हरिया अपनी दोनों बाँहें पसारकर धर्माराव से लिपट गया। धर्माराव को ऐसा लगा कि उसके पिता आकर उससे लिपट गये हैं। दोपहर का समय था। धर्माराव घर लौटने लगा। रास्ते में रामचन्द्र राजु दिखाई दिया। राजु ने छोटे भाई का मुखमण्डल देखकर पूछा, ''धर्मू, भाभी का क्या हाल है ?'' धर्माराव राजु की ओर घूरने लगा। राजु का मुख धर्माराव के मुख के प्रतिबिम्ब-सा बन गया। सहसा उसने धर्माराव को गले लगाया और उसका सिर अपने वक्षस्थल पर टिकाया। उस आलिंगन से छूटने के बाद धर्माराव ने देखा कि रामचन्द्र राजु की आँखों में बड़े-बड़े अश्रु-बिन्दु आ गये हैं। धर्माराव बोला, ''आप जैसे क्षत्रियों को भी मेरे कारण दुःख सहना पड़ा है।'' राजु आँसू पोंछकर चला गया। धर्माराव घर पहुँचा। उसे देखकर अरुन्धती बोली, ''आपका मुख क्यों मुरझा गया है ? मेरे पास आइए !'' धर्माराव खाट के पास जाकर घुटनों के बल बैठ गया। अरुन्धती ने बड़ी कठिनाई से हाथ उठाकर अपने पल्ले से पति का मुख पोंछा।

दशमी के दिन प्रातःकाल बड़े डॉक्टर आये, रोगी को देखा, दवा दी और फिर एक सप्ताह के बाद आने का वचन देकर मोटर में जा बैठे। अरुन्धती बोली, "डॉक्टर ने कुछ नहीं बताया।" धर्माराव मोटर के पास जाकर डॉक्टर से पूछने लगा। "डॉक्टर साहब ! क्या मेरी पत्नी ठीक हो जाएगी ?" डॉक्टर ने मुँह से कुछ नहीं कहा, केवल सिर हिलाकर चुप हो गये। ड्राइवर ने धर्माराव को बुलाकर कहा, "बाबूजी ! हम सीधे मोटर से ही यहाँ तक आये हैं। मोटर का ख़र्च और दवाई का ख़र्च कुल मिलाकर डॉक्टर साहब ने सौ रुपये आपसे लेने को कहा है।" धर्माराव ने रुपये ला दिये। वह डॉक्टर से कुछ पूछना चाहता था कि मोटर फर्र से निकल गयी। धर्माराव ने नमस्कार किया पर डॉक्टर ने नहीं देखा। डॉक्टर के सिगरेट से निकले हुए धुएँ ने ही बाहर आकर धर्माराव का नमस्कार स्वीकार किया। धर्माराव भीतर पहुँचा तो अरुन्धती पूछने लगी, "क्या कहते थे डॉक्टर ?"

धर्माराव, "डॉक्टर हमसे नहीं बोलते। अपनी दवा देते हैं और चले जाते हैं। अँग्रेज़ी इलाज में केवल दवा देनी होती है, रोगी से परामर्श करना, उससे बातें करना, उसे धीरज देना आदि नहीं होता।"

अरुन्धती, "क्यों नहीं होता ? अवश्य होता है, पर उन रोगियों के पास होता है जो डॉक्टर से अधिक वेतन पाते हैं।"

धर्माराव, "पिछले दिनों यह अकड़ ज़मींदारों में होती थी, परन्तु ज़मींदार इतने निर्दयी नहीं होते थे। आजकल अकड़ और निर्दयता दोनों इकट्ठी होकर ऊँचे अधिकारियों का आश्रय लिये हुए हैं।"

अरुन्धती, "बचे-खुचे तीन सौ रुपये तो सँभालकर रखिए।"

धर्माराव, "किसलिए ?"

अरुन्धती, "किसलिए ? चार-पाँच दिन में आवश्यकता नहीं पड़ेगी ?"

धर्माराव, "तुम तो पागलों-सी बातें किये जा रही हो। तुम्हें कोई भय नहीं। तुम अवश्य अच्छी हो जाओगी।"

अरुन्धती, "क्या हम लोग गिरिका से भी अधिक जानते हैं ? गिरिका की अन्तरात्मा को संसार का कोई दुष्ट भाव स्पर्श नहीं कर पाया था। उसकी निष्पाप आत्मा सब कुछ जानती थी। उसने तीन महीने की अवधि बतायी थी। पूर्णिमा को वह अवधि समाप्त होगी। कहीं दोनों तिथियाँ एक साथ तो नहीं आयीं ? ऐसा हो तो गिरिका का ही एक दिन का फ़ायदा होगा।"

धर्माराव आँसू पोंछता हुआ बाहर चला गया। एकादशी के दिन वह रंगापुर जा पहुँचा। उसे ससुराल गये पन्द्रह वर्ष हुए थे। वहाँ जाना उसे अखरता था। अब वहाँ किस बहाने जाता ? इसमें बहाने की क्या बात है ? पत्नी का बक्सा वहाँ रखा है। सो उसे लेने के लिए जा रहा हूँ। रंगापुर में वह अपने ससुराल जा पहुँचा। उसके ससुर आँगन में बैठे होम की सामग्री जुटा रहे थे। उन्होंने सिर उठाकर जँवाई को देखा और

देखते ही सिर झुका लिया। इतने में धर्माराव की सास बाहर आयी। सास और ससुर दोनों बूढ़े हो चले थे। सास भी उसे देखकर चुपचाप खड़ी हो गयी। धर्माराव बोला, ''यहाँ उसका एक बक्सा रखा है। उसी के लिए आया हूँ। वह चाहती है कि बक्सा ले आऊँ।'' सास और ससुर भली-भाँति जानते थे कि अरुन्धती बहुत बीमार है, पर उन्होंने उसका हाल नहीं पूछा, सास बोली, ''कब का बक्सा ? अब वह नहीं रहा।''

धर्माराव, ''बक्सा नहीं चाहिए, उसमें एक काली साड़ी है, वही चाहिए।''

सास, ''वह साड़ी अब कहाँ से आएगी ?''

धर्माराव, ''ढूँढ़ने पर अवश्य मिलेगी।''

सास, ''सोलह बरस पहलेवाली साड़ी अब कहाँ मिलेगी ?''

धर्माराव, ''मिलनी ही चाहिए। मेरे पिता ने गहनों के लिए जो रुपये दिये थे, वे आप लोगों ने खा डाले, पर मैं आपको यह साड़ी हस्तगत न करने दूँगा। उसे पहनकर मेरी पत्नी का समाधान होगा। बताइए, आप साड़ी देंगे या मैं खुद ढूँढ़ लूँ ?''

यह कहता हुआ धर्माराव घर के भीतर कमरे में जा पहुँचा। उसकी सास ने बक्सा खोला। धर्माराव पास ही खड़ा था। बक्से में बीस बरस पहले के उपरने, पुरानी पड़ी हुई नयी धोतियाँ आदि निकलीं। बक्से की तह से वह साड़ी निकली, जिसके लिए धर्माराव आया था। धर्माराव उस साड़ी को गले से लगाकर ज़ार-ज़ार रोने लगा। सास और ससुर उसे देखकर भौंचक रह गये। थोड़ी देर बाद धर्माराव ने दुःख की उस लहर को भीतर दबा लिया और कुछ लजाता हुआ चुपचाप बाहर चला गया। सिर झुकाकर वह सीधे सुब्बन्नापेठ की ओर चल पड़ा। साड़ी को अभी तक वह गले से लगाये हुए था। उसके मन में सोलह बरस पहले वाले दृश्य झलक पड़े। वह सोचने लगा—तब मेरी अरुन्धती मुझ पर अनुरक्त नहीं थी। उन राक्षसों ने उसका मन मुझसे चुरा रखा था। परन्तु देवताओं ने राक्षसों के षड्यन्त्रों का भंग करके मेरी अरुन्धती मुझे दे दी। दूसरी देवी थी रंगाजम्मा। रंगाजम्मा का ऋण मैं कैसे चुका सकूँगा ? लोग सौतेली माँ के प्रेम का तिरस्कार करते हैं, परन्तु मेरी सौतेली माँ रंगाजम्मा कैसी देवी थी ! मेरे पिता, रंगाजम्मा, कृष्णम नायडू, रुक्मिणम्माराव, सरोजिनी देवी—ये सब देवता थे। सबके सब चल बसे। इसके बाद दस वर्ष तक कोई दुर्घटना नहीं हुई। अब फिर प्रारम्भ हुआ है। तीन समाप्त हो चुके हैं, अब चौथे की बारी है। इस साड़ी का स्पर्श नव-वधू के स्पर्श की भाँति मुझे पुलकित कर रहा है। इसे चूमकर मैं वही आनन्द लूट रहा हूँ, जिसे सोलह बरस पहले नव-वधू को चूम लेते समय लूटा था। बहुत चाहता हूँ कि उसे अपने बाहुपाश में बाध लूँ, पर हाय ! मैं बड़ा अभागा हूँ। मेरी प्रेयसी का शल्यावशिष्ट शरीर मेरा स्पर्श मात्र भी सहन नहीं कर सकता। अब मैं क्या करूँ ?''

धर्माराव वहीं एक खेत की मेंड़ पर बैठकर कुछ देर रोता रहा। वह धान का खेत था, अतएव धर्माराव की धोती कीचड़ में लथपथ हो गयी। वह घर लौट आया अरुन्धती पूछने लगी, ''मुझे छोड़कर इतनी देर कहाँ गये थे ?'' धर्माराव बोला, ''तुम जानती

हो कि तुम्हें छोड़कर मैं एक क्षण भी नहीं रह सकता। तुम वह ज्योति हो, जो हृदय में सदा विद्यमान है। वह देवी हो जो मेरे मानस में सदा विराजमान है।''

अरुन्धती ने धर्माराव की ओर देखा। उन आँखों की तेजस्विता से धर्माराव परिचित था, तथापि उनकी प्रत्यग्रता से वह फिर एक बार प्रभावित हो उठा।

धर्माराव, ''मैं एक जगह गया था। कहाँ गया था वह रात को बताऊँगा।''

अरुन्धती, ''कुरते के भीतर वह क्या छिपा रखा है ?''

धर्माराव, ''तुम ही को छिपा रखा है !''

अरुन्धती, ''ननद सुन रही है।''

धर्माराव, ''और जो चाहे, सुन सकता है।''

साँझ हुई। एकादशी की चाँदनी घरके चहुँ ओर ऐसी छिटकी, मानो रंगाजम्मा और रुक्मिणम्माराव की पवित्र आत्माएँ ज्योत्स्ना के रूप में अपना प्रकाश फैला रही हों। भागीरथी के प्रवाह में आम्रेडित ज्योत्स्ना की वे तरंगें धर्माराव की पलकों को स्पर्श कर रही थीं। धर्माराव भीतर आया और साथ-ही-साथ ज्योत्स्ना की एक तरंग खिड़की के रास्ते से आकर अरुन्धती के मुख पर प्रसारित हुई। धर्माराव ने रंगापुर से लायी हुई साड़ी अरुन्धती को पहनायी। पुरानी साड़ी हटा दी। कमरे में और कोई न था। दीये के उजाले में अरुन्धती ने उस साड़ी को पहचाना। उसे देखते ही वह एकबारगी उठकर बैठ गयी। बैठने की शक्ति उसमें कहाँ से आ गयी, भगवान् ही जानें। अरुन्धती ने अपनी बाहुओं को पति के गले का हार बनाया। परन्तु इतनी निढाल हुई कि उसने तुरन्त धर्माराव के कन्धे पर अपना सिर टिका दिया।

धर्माराव के मन में इच्छा उभर आयी। उसने धीरे से सहधर्मिणी का आलिंगन किया। वह आलिंगन अरुन्धती को असह्य हो उठा। धर्माराव को अपने आप पर बड़ा क्रोध आया। उसने सोचा, 'धिक्कार है। मैं कैसा अभागा हूँ।' फिर उसने अरुन्धती के हाथ अपने गले से हटाये और उसे सेज पर लिटा दिया।

अरुन्धती, ''मन मन है, शरीर शरीर है।''

धर्माराव, ''ठीक कहती हो। किसी का मन काम ही नहीं करता, केवल शरीर हट्टा-कट्टा होता है। किसी और का शरीर भले ही दुबला हो, पर मन बड़ा शक्तिशाली होता है।''

अरुन्धती, ''शरीर कृश हो जाए तो इच्छा की गुंजाइश नहीं रहती। परन्तु मन में सम्पूर्ण स्वास्थ्य के समय की इच्छाएँ ही फूटती हैं।''

धर्माराव, ''मैं विरागी भी नहीं हूँ और इच्छाओं के दमन में समर्थ भी नहीं हूँ। मेरी स्थिति त्रिशंकु जैसी है।''

अरुन्धती, ''मेरा मन भी उसी प्रकार हिलोरें मार रहा है, जिस प्रकार सोलह बरस पहले हमारे प्रथम समागम के समय था।''

धर्माराव, ''रंगाजम्मा की आत्मा और रुक्मिणम्माराव की कृपा तुम्हारी सर्वदा रक्षा

करें।''

अरुन्धती, ''मेरे मानस के तो हर कोने में आप ही असंख्य रूप में प्रकाशमान हैं।''

फिर वह आँखें मूँदकर कहने लगी, देखिए, कितने रूप हैं आपके। यहाँ आप मेरा अनुनय कर रहे हैं और मैं निष्ठुर बनी हुई हूँ। वहाँ आप मुझे धमकी दे रहे हैं। तीसरे स्थान पर हम दोनों मिल-जुलकर बैठे हैं। किसी और स्थान पर मैं आपसे ऐक्य प्राप्त कर चुकी हूँ। इसी से आप कोटि-कोटि मदन की आकृतियों में अर्धनारीश्वर की भाँति प्रकाशित हैं। एक जगह आप मेरे विद्या-गुरु हैं। दूसरी जगह नर्म-सखा हैं। किसी स्थान पर प्राणनाथ हैं। किसी और स्थान पर मेरी सर्व-सृष्टि के अधिदेव हैं। एक सन्दर्भ में मेरी आज्ञा का पालन करते हैं, दूसरे सन्दर्भ में मेरे चरणरज को अपने माथे पर लिये हुए हैं। एक स्थान पर मैं आपके प्रेम-साम्राज्य की अधिराज्ञी हूँ और आप मेरे आराधक भक्त हैं। अब देखिए कि यहाँ हम दोनों हैं। मैं मृत्यु के निकट खाट पर पड़ी हूँ। आप नित्य विकसित फूलों की भाँति विद्यमान हैं। कभी-न-कभी प्रकृति में क्षय आता है। पुरुष में कभी नहीं आता। मैं नष्ट हो रही हूँ, परन्तु आप मुझे न भूलें। राज्यलक्ष्मी देवी ने पहली बार मेरे शृंगार की वेश-भूषा की थी। यही साड़ी मेरे शृंगार का आदि और अन्त बन गयी। वह शृंगार एक प्रवाह बनकर सोने की उपज दे गया। मेरी आँखों के तारे को आप हज़ार आँखों से देखते रहें। यह न भूलें कि आपके जीवन प्रवाह में मैं एक उप-नदी-सी आ मिली थी। आज एकादशी है। मेरे प्रेम की पवित्रता देखिए। आज ही वह साड़ी मुझे मिली है। आप तो जानते हैं, मेरा प्रेम पवित्र है। निष्कलंक है। मेरा मन सदा-सर्वदा आप ही से संलग्न है। एक बार आपने कहा था कि मन चंचल होता है। चंचलता संस्कार के अनुरूप होती है। परन्तु मेरा मन चंचल नहीं। आप जानते हैं न ?''

धर्माराव बोला, ''जानता हूँ।''

एक सप्ताह से कुमारस्वामी ने छोटे रामेश्वर शास्त्री को अपने पास रख लिया था। शास्त्री कुमारस्वामी के बँगले में पहुँच गया। दो सौ रुपये ख़र्च करके कुमारस्वामी ने बँगले में कुर्सी, सोफ़ा, पलंग और गद्दियों को सजाया। देश-भक्तों के छाया-चित्र दीवारों पर लगा रखे थे। छोटा रामेश्वर शास्त्री केवल भोजन करने घर जाता था। एक बार माँ के पास जाता। माँ कहती, ''बेटा, जाओ खेलो।'' शास्त्री कुमारस्वामी के घर जाता। वहाँ पहुँचकर वह कुमारस्वामी के बच्चे अर्थात् छोटे धर्माराव की चुटकी लेता और उसे रुलाता। श्यामला आकर पूछती तो कहता, ''मैंने कुछ नहीं किया। यह बड़ा रोनी सूरत है।'' श्यामला और कुमारस्वामी कहते, ''तुमने चुटकी ली होगी।'' शास्त्री अपने नखों की ओर निहारने लगता।

कुमारस्वामी, ''छोटे भाई को रुलाना अच्छा नहीं।''

शास्त्री, ''वह ख़ुद ही रोता है, उसकी रोने की आदत है।''

श्यामला, ''आदत नहीं भाई ! खानदानी गुण है।''

कुमारस्वामी ने श्यामला के गाल पर तमाचा लगाया। चोट लगने पर भी श्यामला हँस पड़ी। श्यामला और कुमारस्वामी की अनुपस्थिति में कभी-कभी रामेश्वर शास्त्री दीवार के पास कुर्सी सजाता और उस पर चढ़कर छाया-चित्र को दीवार से उतारकर फिर से उसे लटकाता। फिर से लटकाने में कई चित्र नीचे गिरकर टूट जाते। कुमारस्वामी आकर कहता, ''ऐसी शैतानी न करो। तस्वीरें न छुओ।'' शास्त्री कहता, ''तस्वीरें केवल देखने के लिए हैं ?'' कुमारस्वामी कहता, ''हाँ। एक सप्ताह में चार तस्वीरें चकनाचूर हो गयीं।''

श्यामला बोली, ''यह शास्त्री सबसे अच्छा है। अनावश्यक वस्तुओं को रहने नहीं देता।''

कुमारस्वामी, ''छायाचित्र अनावश्यक हैं ?''

श्यामला, ''मेरे लिए तो अनावश्यक हैं !''

कुमारस्वामी, ''तुम रसज्ञ नहीं हो।''

श्यामला, ''रसज्ञ नहीं हूँ, पर रसज्ञों को जानती हूँ।''

कुमारस्वामी, ''कितनों को जानती हो ?''

श्यामला, ''जितने होते हैं, उतनों को जानती हूँ।''

कुमारस्वामी, ''यह तो तुम्हारा अभिनय है।''

श्यामला, ''देवदासी का प्रभाव है।''

कुमारस्वामी, ''देवदासी का नाम क्यों बिगाड़ती हो ?''

श्यामला, ''इसमें बिगाड़ने की क्या बात है ? देवदासी, वेणुगोपाल स्वामी और हम सब एक ही राशि के अन्तर्गत हैं।''

कुमारस्वामी, ''मूल्यांकन होता है पैसों से।''

कुमारस्वामी और छोटा रामेश्वर शास्त्री धर्माराव के घर गये। अरुन्धती कुमारस्वामी से पूछने लगी, ''भैया, लड़का हँसी-खुशी खेल रहा है न ?''

कुमारस्वामी, ''जी हाँ। छोटे धर्माराव को भी खिलाता है। देशभक्तों के चित्रों से उसे बड़ा प्रेम है। उन्हीं से खेलता रहता है !''

अरुन्धती, ''भाई, वह मुझे भूल जाए तो अच्छा है। भुलाने का काम तुम्हारा है। उसकी देखभाल का काम मैं श्यामला पर सौंपती हूँ।''

दूसरे दिन तिथिद्वय था। त्रयोदशी केवल दो घड़ी की थी। तदुपरान्त चतुर्दशी आयी। धर्माराव ने अरुन्धती को देखा। ऐसा लगता था कि आज या कल वह चल बसेगी। तथापि वह बातें किये जा रही थी। धर्माराव ने सोचा, इस बीमारी में ऐसा ही होता है। बातें करते-करते रोगी प्राण छोड़ता है। स्थानीय डॉक्टर ने कहा था कि इस बीमारी का एलोपैथी में कोई इलाज नहीं। अभी तक कोई औषधि बनायी नहीं गयी। रोगी धीरे-धीरे सूखकर मर जाता है और हमें देखते रह जाना पड़ता है। राजशेखर

शास्त्री ने आकर परीक्षा की। धर्माराव ने पूछा, "कैसी स्थिति है ?" शास्त्री जी बाहर आकर कहने लगे, "महाशय, कुछ कह नहीं सकते, सम्भव है आज हो या कल हो, नहीं तो और दस दिन भी शायद लग जाएँ। ठीक-ठीक कहा नहीं जा सकता।" धर्माराव ने पूछा, "समय का ठिकाना नहीं, परन्तु मूल बात निश्चित है ?" शास्त्री जी ने सिर हिलाया। उस हिलाने का कोई अर्थ समझ में नहीं आता था, परन्तु धर्माराव समझ गया। वह अकेला एक कमरे में जाकर फूट-फूटकर रोने लगा। अरुन्धती को उसका रुदन सुनाई दिया और उसने उसे अपने पास बुलाया। धर्माराव आँसू पोंछकर आया। अरुन्धती ने पूछा, "रोते क्यों हैं ?" धर्माराव बोला, "मैं नहीं रो रहा हूँ।" अरुन्धती बोली, "क्या मरनेवालों के साथ सब लोग मर जाते हैं ? आप ही धीरज छोड़ेंगे तो बच्चे का क्या होगा ?" धर्माराव से न रहा गया, वह फिर से रो पड़ा। अरुन्धती की आँखें भी डबडबा आयीं। किसी ने कहा, "छोटे ज़मींदार आये हैं।" धर्माराव हरप्पा को भीतर ले आया। हरप्पा को देखकर अरुन्धती लजायी नहीं। व्याकुल नहीं हुई, और प्रसन्न भी नहीं। हरप्पा और धर्माराव चुप थे। धर्माराव ने ज़मींदार से बैठने को कहा, पर हरप्पा खड़ा ही रहा। धर्माराव सामने खड़ा था। दोनों अधोमुख थे। अरुन्धती की दृष्टि हरप्पा को छू जाती और धर्माराव के मुख पर जा टिकती। उसे आपाद-मस्तक देखती और फिर से हरप्पा के मुख पर आ पड़ती। धर्माराव की आँखों से आँसू बह रहे थे। उसका सारा शरीर तप रहा था। हरप्पा की आँखें डबडबा आयीं। दोनों चुपचाप बाहर चले गये।

रथन्तरी आयी। वह चार-पाँच दिन से नहीं आयी थी। अरुन्धती पूछने लगी, "दीदी ! रसोई बनाने के समय क्यों आयी हो ?" रथन्तरी बोली, "तुम्हें देखे चार दिन हो गये। मेरे प्राण तुम ही पर टिके हैं। घर में रिश्तेदार आये हुए थे, आज सवेरे चले गये। मैंने सोचा, तुम्हारे जेठजी को भोजन में देर भले ही हो जाए, पर तुम्हें आकर देख तो जाऊँ।" फिर अरुन्धती के पास बैठकर कहने लगी, "एक वह समय था कि तुम, मैं और गिरिका एक साथ थीं। गिरिका चल बसी, तुम्हारी स्थिति ऐसी है। अब बची मैं, सो अकेली का जीना क्या और मरना क्या ? तुम दोनों को छोड़कर मैं कौन-सा मुँह लेकर जीऊँगी ? तुम्हारे ही भरोसे तो मैं इस गाँव में आ बसी थी।"

अरुन्धती, "दीदी, प्रत्येक व्यक्ति की आयु का अलग-अलग प्रमाण होता है। सुख और दुःख अलग-अलग होते हैं। तुम्हारे पति और मेरे पति में रक्त का सम्बन्ध है। तुम्हारा और मेरा सम्बन्ध उन्हीं के माध्यम से है। इसीलिए कहती हूँ कि सारा जग मिथ्या है। मृत्यु की महत्ता जो लोग नहीं जानते, वे इस जग को ही तथ्य मानते हैं।"

रथन्तरी, "हम दोनों का सम्बन्ध पतियों से भी अधिक गिरिका के कारण है।"

अरुन्धती, "ठीक कहती हो। गिरिका जैसी भक्तिन चल बसी, तब हमारी गिनती ही क्या ? दिन चढ़ आया है। अब तुम चली जाओ।"

रथन्तरी आँसू पोंछती हुई घर लौट गयी। साँझ हुई। अरुन्धती प्रतिदिन कहा करती

थी कि शरीर में पीड़ा हो रही है। आज उसने ऐसा नहीं कहा। यह देखकर धर्माराव प्रसन्न हुआ। सोचा कि बीमारी पलटा खाने को है। आज पूर्णिमा बीत जाएगी तो अरुन्धती बच जाएगी। किसी ज्योतिषी ने कहा भी था कि श्रावण की पूर्णिमा टल जाए तो फिर भय नहीं। जान पड़ता है कि अब वह बच जाएगी,....यह सोचकर घर वाले बड़े प्रसन्न हुए।

अरुन्धती उस दिन दो मोसम्बी खा गयी। उसने कुछ कच्चे अँगूर भी खाये। प्रतिदिन की अपेक्षा चार घूँट पानी अधिक पी गयी। धर्माराव के पूछने पर बोली, ''रोज़ की तरह नहीं, आज भली-चंगी हूँ। सब लोगों रात को भोजन किया और सो गये। धर्माराव ने पत्नी के पास जाकर उसके गालों, हाथों और पाँवों का स्पर्श किया। अरुन्धती सो रही थी। धर्माराव थोड़ी देर खाट पर लेट गया। आधी रात हो चली थी। अरुन्धती के कराहने की आवाज़ सुनकर धर्माराव की नींद आधी खुल गयी। अरुन्धती बोली, ''एक बार इधर आइए।'' ये शब्द सुनकर धर्माराव की नींद पूरी खुल गयी। वह तुरन्त अरुन्धती के पास गया। अरुन्धती ने कहा, ''प्यास लगी है, पानी दीजिए।'' इतने में सब जाग उठे। यह सोचकर कि उसे भूख लगी है, सबने उसे मोसम्बी खिलानी चाही, परन्तु अरुन्धती बेचैनी में कराह रही थी। उसने फिर पानी माँगा। एक घूँट पीकर क्षीण स्वर में बोली, ''बस।'' इतने में धर्माराव के जीजा बोले, ''हाय, अब कहाँ की अरुन्धती ! वह तो चली जा रही है।'' धर्माराव निश्चेतन-सा अरुन्धती की ओर देखने लगा।

अरुन्धती कुछ कहना चाहती थी, परन्तु उसकी ज़बान हिलते ही आँखें मुँद गयीं। धर्माराव के दोनों जीजाओं ने घास की सेज लगाकर उस पर चटाई बिछायी। फिर उस पर अरुन्धती को लिटाया गया। उसके सिर के पास दीपक रखा गया। कोई उसके कान में 'नारायण-नारायण' का जप करने लगा। देखते-देखते रत्नगिरि, कबीर, कुमारस्वामी, श्यामला, मंगा, रथन्तरी, रामचन्द्रराजु आदि से घर भर गया। धर्माराव की बहनें ज़ोर-ज़ोर से रो रही थीं। धर्माराव का दुःख प्रकट न होता था। वह बड़ी देर तक निश्चेतन था। उसके जीजा और रामचन्द्रराजु उसके पास बैठकर उसे सान्त्वना दे रहे थे। धर्माराव के मुँह से कोई बात न निकलती थी। कुछ देर बाद वह उठा और भीतर जाकर पत्नी के मृत शरीर की ओर देखने लगा। सहसा वह पछाड़ खाकर एक और मृत शरीर की तरह गिर पड़ा। अरुन्धती के शव से लिपट गया। उसे चूम लिया। उसके वक्षस्थल पर सिर टिकाकर कहने लगा, ''छह महीने से जो सुख मुझे नहीं मिला था, वह आज मिल रहा है। तुम्हें छू लेता तो भय था कि दर्द होगा। अब वह भय नहीं रहा। कितने दिन हुए, तुम्हारी बाँहों से मेरे कण्ठ को लपेटे। कितने दिन हुए, तुम्हारे गालों को छुए। ओह ! आज मेरा सब कुछ समाप्त हो गया। आप मेरे बन्धु-बान्धव हैं। मुझे पीछे को न खींचिए। क्यों मुझे अपनी पत्नी के गाल चूमने नहीं देते ? मुझे न रोकिए। मुझे न खींचिए। अपनी प्रिया के कण्ठ से मुझे लिपटने दीजिए। एक बरस

से मैं सुख से वंचित हूँ। भविष्य की आशा के सात समुद्र एकबारगी सूख गये। मुझे न रोकिए।'' यह कहता हुआ वह पत्नी के शरीर से लिपट गया। उसके मुख पर अपना मुख टिकाया और उसके बिखरे बालों को अपनी उँगलियों से सहलाने लगा। वह बार-बार अपनी पत्नी की साड़ी छूकर कहता, इसी से मेरी प्रणयकथा का श्रीगणेश हुआ था, इसी से इतिश्री भी हो रही है। मैं यह साड़ी न ले आता, तो शायद मेरी पत्नी बच जाती। मैं ही दुष्ट हूँ जो साड़ी ले आया। अपने हाथों से मैंने उसे यह साड़ी पहनायी। अपने हाथों से मैंने उसे मार डाला। यह पार्वती देवी है। कैलाशनाथ शंकर से रूठकर मुझ जैसे के घर आयी। मैं उसे स्वास्थ्य के लिए किसी अच्छे स्थान पर नहीं ले जा सका। कितना अभागा हूँ !''

धर्माराव के दुःख का पहला ज्वार जब तनिक उतरा तो उसके जीजा धीरे-धीरे कहने लगे, ''भाई, अब रोने-पीटने से क्या होगा ? उस मिट्टी के ढेर में अब क्या धरा है ?'' धर्माराव तुनककर बोला, ''क्यों जी, उसे तुम मिट्टी का ढेर कहते हो ? उसके रक्त में, हाड़-माँस में, मेरे जीवन का सर्वस्व भरा है।'' जीजा बोले, ''भैया, तुम जैसा ज्ञानी और कोई नहीं। गिरिका को भी तुम्हीं ने मुक्ति दिलायी। अपवित्र मंगम्मा को तुम्हीं ने पवित्र किया। दिवंगत ज़मींदार को तुम ही ने हरप्पा के व्यक्तित्व में फिर से प्रस्थापित किया। अब तुम ही अनजान बनकर रोओगे तो क्या फ़ायदा ?'' रामचन्द्रराजु कहने लगा, ''धर्मू, पिताजी यह दुःख मुझे दे गये। मैं ही अब घर का बड़ा हूँ। यह दुःख अब मेरे पल्ले पड़ा है। मैं शायद यही दुःख भोगने के लिए अपने प्रान्त को छोड़कर यहाँ आ बसा हूँ। भैया, अब चुप हो जाओ।'' धर्माराव के दुःख की सीमा न थी। वह ज़मीन पर लोट रहा था। छाती पीट रहा था। कोई उसे रोक न पाता था। इतने में रथन्तरी आकर कहने लगी, ''भैया, मैंने तुम्हें महान् योगी समझा था। यही है तुम्हारा ज्ञान ? अब तुम रोना बन्द कर दोगे या मैं तुम्हें छूकर सान्त्वना दूँ ?'' यह बात सुनते ही धर्माराव ने रोना बन्द किया और रथन्तरी को प्रणाम किया। इतने में सवेरा हुआ।

(इसी सन्दर्भ में 'छोटी अरुन्धती' का कथा में प्रवेश होता है। उसके साथ-साथ धर्माराव के रिश्तेदार आदि कई व्यक्तियों का उल्लेख है, जिन्हें इस संक्षिप्त पाठ में नहीं लाया जा सका। 'छोटी अरुन्धती' बालपन से ही धर्माराव पर कुछ अव्यक्त रूप से अनुरक्त है। बड़ों को उसके ये लक्षण पसन्द नहीं। परन्तु अरुन्धती को इसकी परवाह नहीं। लेखक ने छोटी अरुन्धती को बड़ी अरुन्धती की आत्मा के नये कलेवर के रूप में चित्रित किया है। धर्माराव के पत्नी-वियोग से उत्पन्न दुःख का उपशमन करने योग्य क्षमता छोटी अरुन्धती के व्यक्तित्व में दिखाई गयी है। यह हमारे जन्मान्तर के सिद्धान्त के अनुरूप है।)

छब्बीस

धीरे-धीरे रंगाराव जी का स्वास्थ्य सुधरने लगा। कुछ दिनों में वे महल में इधर-उधर चलने-फिरने लगे। तदुपरान्त कोठी के प्रांगण में लकड़ी के सहारे चलने लगे। दिन-प्रतिदिन भले-चंगे हो रहे थे। अरुन्धती की मृत्यु के चार महीने बाद रंगाराव जी को सम्पूर्ण स्वास्थ्य प्राप्त हुआ। जैसे-जैसे पिता का स्वास्थ्य सुधर रहा था, वैसे ही वैसे पुत्र ने ज़मींदार के मामले पिता को सौंपने शुरू किये। पिताजी ने यह नहीं कहा था कि तुम ही उन्हें सँभालो। पुत्र ने यह नहीं सोचा कि जो काम चला रहा हूँ, उसे पिताजी को क्यों सौंपूँ ? पूस का महीना आया। सारी फ़सलें कट गयीं। खलिहानों का काम चल रहा था। ख़ूब जाड़ा पड़ रहा था। पूस बीत गया और माघ का महीना आया। बेला के फूल खिले और अपने 'माध्य' नाम को सार्थक करने लगे। खिला हुआ फूल हरप्पा की तरह था, परन्तु दूसरे ही दिन वह मुरझा जाता था। सुख्याति की भाँति सफ़ेद पंखुड़ियों वाले बेला के फूल खिलते और दिगन्तों को सुरभित करते, चहुँ ओर गुंजन करते भ्रमरों को अपना मधु अर्पण करते और अन्त में दूसरे ही दिन मुरझा जाते। क्यों मुरझा जाते हैं भला ? उनके डण्ठल भी मुरझा जाते हैं, मुरझाये डण्ठलों से फूल झड़ जाते हैं। झड़कर भी वे अपना सौरभ अधिकाधिक बिखेरते हैं, तुच्छ जाति के फूलों की भाँति कभी सौरभ-रहित नहीं हो जाते। बकुल की मलिका सम्मर्द-सुरभि होती है। मल्लिका-कुसुम प्रच्युत-सुरभि होता है।

धर्माराव और हरप्पा पूस की अमावस्या को सन्ध्या सगय सैर करने निकले। अरुन्धती का देहान्त हुए छह महीने बीत चुके थे, तथापि धर्माराव के मुख पर विषाद की रेखा उभरी हुई दीख रही थी।

हरप्पा, "उस पतिव्रता के लिए अब आप कब तक दुःख करते रहेंगे ? सब लोग आपको योगी कहते हैं। योगी कहीं इतना दुःख करते हैं ?"

धर्माराव, "मैं योगी नहीं हूँ। ऐसा समझना लोगों की भूल है। मैं अपनी पत्नी से बहुत प्रेम करता हूँ। उसके चल बसने के बाद मुझे सारे जग में अँधेरा ही अँधेरा दीखने लगा है। मेरा जीवन व्यर्थ जान पड़ता है। केवल बच्चे के लिए जी रहा हूँ, नहीं तो मेरा जीना ही अनावश्यक है।"

हरप्पा, "कल से माघ मास प्रारम्भ होता है ?"

धर्माराव, "जी हाँ, माघ मास में प्रतिदिन पौ फटने से पहले स्नान करके माघ-पुराण का श्रवण करने से पुण्य मिलता है।"

हरप्पा, "सवेरे-सवेरे स्नान करना तो ब्राह्मण का ही काम है।"

धर्माराव, "आप भी हमसे कुछ कम ब्राह्मण नहीं हैं। श्रद्धा हो, तो सभी कर सकते हैं। अँग्रेज़ी पढ़नेवाले विद्यार्थी किसी भी जाति के क्यों न हों, होस्टल में रहते हैं तो अवश्य प्रातःकाल स्नान करने की उन्हें आदत हो जाती है। उनका विश्वास है कि

स्वास्थ्य के लिए ऐसा करना आवश्यक है।''

हरप्पा, ''स्नान करने से कौन देवता प्रसन्न होते हैं ?''

धर्माराव, ''सूर्य भगवान्।''

हरप्पा, ''सूर्य भगवान् तो नारायण ही हैं।''

धर्माराव, ''जी हाँ, नारायण ही हैं।''

हरप्पा, ''आपका मन यहाँ नहीं है।''

धर्माराव, ''क्षमा कीजिए, आप कल से माघ स्नान प्रारम्भ कीजिए।''

हरप्पा, ''ज़मींदारी के भार से अब मैं मुक्त हूँ। अब जो चाहूँ, कर सकता हूँ। सारा कार्यभार पिताजी सँभाल रहे हैं। सोचता हूँ कि जिस काम के लिए मैंने जन्म लिया था वह पूरा हो चुका है।''

धर्माराव चुप हो गया। हरप्पा कहने लगा, ''आप इसी प्रकार सूचक ढंग से कई बातें बतलाया करते हैं। मैंने कहा कि मेरे जन्म का उद्देश्य पूरा हुआ। इस पर आप चुप रहे। मेरी समझ में आ गया कि आप मुझसे सहमत हैं। तब फिर जीवित क्यों रहूँ ?''

धर्माराव, ''कुँवरजी, आयु पर हमारा कहाँ अधिकार है ? प्रत्येक व्यक्ति के पूर्व कर्म के अनुसार उसकी आयु का प्रमाण होता है। कौन जाने, किसका प्रारब्ध कैसा है ?''

हरप्पा, ''आप जानबूझकर भी मेरी बात नहीं बता रहे हैं।''

धर्माराव, ''मुझे ज्ञात होता तो क्या मैं अपनी पत्नी की मृत्यु न जानता ? अपना भविष्य न जान लेता ? इतना शोक क्यों करता।''

हरप्पा, ''मैं कल से माघ स्नान करूँगा।''

धर्माराव, ''बहुत अच्छा।''

हरप्पा, ''आपको भी करना होगा।''

धर्माराव, ''मुझे क्या काम है ? सोलह बरस से लगातार आपका नमक खा रहा हूँ। पेट पालने के झंझट से आपने मुझे मुक्त किया। अब तो मेरी पत्नी भी चल बसी। मैं जो चाहूँ, कर सकता हूँ।''

हरप्पा, ''मेरे अकेले का स्नान करके मन्दिर में जा बैठना ठीक नहीं लगता। आप भी मेरे साथ होंगे तो मुझे अच्छा लगेगा।''

धर्माराव, ''ठीक है, ऐसा ही करेंगे।''

हरप्पा, ''रेशमी कपड़े पहनने होंगे न ? पुराण का पाठ किस मन्दिर में होता है ?''

धर्माराव, ''नागेश्वर स्वामी के मन्दिर में।''

हरप्पा, ''हम दोनों वेणुगोपाल स्वामी के मन्दिर के मोड़ पर मिला करेंगे। मैं पहले जाऊँ तो आपकी प्रतीक्षा करूँगा। आप पहले पहुँच जाएँ तो मेरी प्रतीक्षा कीजिए।''

धर्माराव हँस पड़ा।

हरप्पा ने पूछा, "आप हँसते क्यों हैं ?"

धर्माराव, "अच्छा, ऐसा ही होगा।"

हरप्पा, "आपके मुख पर हँसी देखे कितने दिन हो गये ! आप हँसते हैं, तो आपको पता नहीं, आप कितने सुन्दर लगते हैं। आपकी पत्नी को आपसे जो प्रगाढ़ प्रेम था, उसका कारण आपकी सुन्दरता थी।"

धर्माराव, "क्या मैं आपसे भी सुन्दर हूँ ? राजा तो सहज ही तेजस्वी होते हैं।"

हरप्पा, "मूल-सूत्र आपका है। हमारा वार्तिक मात्र है।"

धर्माराव, "आप कौमुदी भूले नहीं हैं।"

हरप्पा, "नहीं भूला हूँ।"

धर्माराव, "आपने जो कुछ भी पढ़ा, इतने ठोस ढंग से पढ़ा है।"

हरप्पा, "आपने इस ढंग से पढ़ाया है। आपके पढ़ाने का ढंग ही अनोखा है। जो शिष्य बुद्धिमान होता है, उसे आप भगवान् जैसे दीखते हैं। जो मूर्ख होता है, उसे आप घमण्डी दीखते हैं। आप अच्छा समझाते हैं। परन्तु उसे समझने के लिए परिपक्व मन चाहिए। आप जन्म से आचार्य हैं। आपके अध्यापक न बनने से देश का घाटा हुआ है।"

धर्माराव, "मैं सचमुच उतना अच्छा अध्यापक होता तो मुझे उसका फल कभी का मिल चुका होता। कॉलेज में जाता तो कुमारस्वामी की जो दुर्दशा हुई, वह मेरी भी होती।"

हरप्पा, "कुमारस्वामी को आव-ताव देखने की आदत नहीं, परन्तु आप ऐसे उतावले नहीं हैं। आवश्यकता होने पर ही आप में तीखापन आता है। आपकी बातों में एक अनोखा माधुर्य है।"

धर्माराव, "अपनों की हर बात हमें अच्छी लगती है। सभी गुण अच्छे लगते हैं।"

हरप्पा, "जहाँ गुणों की रम्यता से ही आत्मीयता आयी हो, वहाँ आप इस बात को टाल नहीं सकते।"

धर्माराव, "आप तो वाद-विवाद में भी प्रौढ़ हो चले हैं।"

हरप्पा, "बहुत देर हो गयी। अब लौट चलें।"

उस दिन धर्माराव के मन को बड़ी प्रसन्नता हुई। थोड़ी दूर आकर बिछुड़ गये। धर्माराव ने पीछे मुड़कर विद्युत्-दीपों की पंक्ति देखी। पीछे चार खम्भे थे। आगे तीन थे। यही उसके घर की गली थी। वह घर पहुँचा। एकबारगी सारे विद्युत्-दीप बुझ गये। उसने सोचा, बिजली रुक गयी है। वह घर के भीतर जा पहुँचा। रामेश्वर शास्त्री सो रहा था। धर्माराव ने बच्चे के पास जाकर उसके गालों पर हाथ फेरा।

धर्माराव भोजन करके सो गया। आँखें बन्द करते ही उसे अरुन्धती दिखाई देने लगी। धर्माराव ने कहा, "तुमने अभी तक मुझे छोड़ा नहीं। मेरा हृदय पत्थर का है। तुम्हारे बिछुड़ने पर भी मैं भला-चंगा जीवित हूँ। मुझ निर्दयी को तुम क्यों नहीं छोड़

पातीं ? कई बार सोचा था कि मैं भी तुम्हारे साथ चलूँगा। पर बालक को छोड़कर आ नहीं पाता। क्या तुम चाहती हो कि मैं तुम्हारे संग चलूँ ?" अरुन्धती ओझल हो गयी। घनीभूत अँधियारे की अनेक परतें मानो एक-दूसरे पर जमकर चारों ओर फैल गयीं।

हरप्पा और धर्माराव प्रातःकाल दोनों मन्दिरों के बीच वाली गली से गुज़र रहे थे। हरप्पा ने कहा, "बड़े सवेरे स्नान करना सचमुच कठिन है। आज तो बहुत कठिन लगता था।"

धर्माराव, "कल इतना कठिन नहीं लगेगा।"

हरप्पा, "दस दिन बाद तो कठिनाई नहीं रहेगी।"

धर्माराव, "जी हाँ, कौन ऐसा मनुष्य है जो दस दिन तक कष्ट नहीं सहेगा ?"

हरप्पा, "मैं सह सकता हूँ।"

धर्माराव, "एक बार कष्ट सहने पर कष्टों का अनुभव हो जाता है। इसलिए हमारे पुरखे धनवानों के बच्चों को भी पढ़ाते समय कठिनाइयों का अनुभव कराते थे।"

हरप्पा, "कष्ट सहने की आदत पड़ने के लिए भी प्रकृति में कुछ अनुकूलता होनी चाहिए।"

धर्माराव, "प्राचीन काल में राजवंशों में भी कष्ट सहनेवालों ने जन्म लिया था। परन्तु आजकल ऐसे लोग जन्म ले रहे हैं, जो कष्ट नहीं सह सकते। परिस्थिति के अनुसार मनुष्य भी सँभलकर चलता है। उसके सँभलने या न सँभलने के अनुसार परिस्थितियाँ भी बदलती रहती हैं। यहाँ सृष्टि बड़ी विचित्र है। एक योगी अपने दृष्टिमात्र से किसी महान् अनुभाव को प्रकट करता है। उसकी आँखों में ज्योति झिलमिलाती है। उसी भाव को गायक अपने कण्ठस्वर से प्रकट करता है। कवि उसी अभिव्यक्ति के लिए किसी बड़े छन्द का आश्रय लेता है। गद्य-लेखक इसी भाव को दस-बीस वाक्यों में प्रकट करता है।"

हरप्पा, "लीजिए, मन्दिर आ गया।"

थोड़ी देर तक दोनों पुराण सुनते रहे और फिर सुब्रह्मण्येश्वर स्वामी के मन्दिर में जा पहुँचे। वहाँ गणाचारी बैठी थी। उन्हें देखकर वह हँस पड़ी। पुज़ारी भभूत तथा पत्री ले आया।

धर्माराव, "क्यों जी, इस तिपाई की एक टाँग सोलह बरस से टूटी पड़ी है, उसे ठीक नहीं कराओगे ?"

पुज़ारी, "जी हाँ, उसे ठीक कराये दो बरस बीत चुके हैं।"

धर्माराव, "तुमने तो कभी मुझसे नहीं कहा।"

पुज़ारी, "जी हाँ, जी हाँ, नहीं कहा।"

गणाचारी ने मन्द-हास किया। धर्माराव ने ओठों से अपनी अरुचि प्रकट की। हरप्पा ने यह नहीं देखा। पुज़ारी की समझ में भी कुछ नहीं आया। परन्तु गणाचारी

की आँखों से एक काली-सी चितवन निकली और तितली के पंख की भाँति बाहर तरलित हो उठी।

सन्ध्या-समय हरप्पा और धर्माराव घूमने निकले। ज्वार के खेतों के पास जा बैठे। हरप्पा ने कहा, "सुनता हूँ कि इन खेतों को भी धान के खेतों में बदला जाएगा।"

धर्माराव, "कब ?"

हरप्पा, "नहरों के आते ही।"

धर्माराव, "क्या यहाँ तक पानी चढ़ेगा ?"

हरप्पा, "कहते हैं, चढ़ेगा। यदि इस बरस पानी नहीं चढ़ पाया तो गुण्डेरु नदी पर बाँध का निर्माण करके पानी को यहाँ तक लाया जाएगा।"

धर्माराव, "क्या इसी बाँध का काम चल रहा है ? फिर तो अगले बरस गुण्डेरु का पानी यहाँ पहुँच जाएगा।" कहते-कहते धर्माराव के मुख पर विषण्णता झलक गयी। यह देखकर हरप्पा ने पूछा, "आप क्यों चिन्तित होते हैं ?"

धर्माराव, "कुछ नहीं, किसी-किसी प्राणी के भाग्य में कष्ट ही कष्ट बदा होता है। जो सहन करता है, उसी को ज्ञात होता है। सुनते हैं, सतयुग में पुरुषों के शरीर, हड्डियों के गल जाने तक प्राणों को अपने में रोक रखते थे। रामायण तथा महाभारत के युद्धों में पुरुषों के शरीरों को देखिए। उनमें से बाण भले ही आर-पार निकल जाए, भले ही सारा शरीर छलनी-छलनी हो जाए, पर उनके प्राण तब तक टिके रहते थे, जब तक कि किसी विशिष्ट भाग पर प्रहार न हो। ऐसे साहसी मनवाले बिरले ही होते हैं ! उन पर भले ही विपत्तियों के पर्वत टूट पड़ें, भले ही उनका हृदय निरन्तर दुःखों से जीर्ण-शीर्ण हो जाए पर प्राण नहीं छूटते। मेरा मन भी कुछ ऐसा ही है।"

हरप्पा, "आपको रह-रहकर अरुन्धती देवी का स्मरण हो आता है। मैं क्या करूँ, भगवान् ने मुझे दस गाँवों की ज़मींदारी का अधिकार दिया है, परन्तु यदि उसने ज़रा और मृत्यु का अधिकार दिया होता तो बड़ा अच्छा होता !"

धर्माराव, (हँसकर) "तब तो आपके नाम पर एक नया पन्थ ही चल पड़ा होता।"

हरप्पा, "नया पन्थ चलाने के लिए ज़रा-मरण पर अधिकार पाने की आवश्यकता नहीं। कबीर चाहता तो उसने देवदासी-पन्थ कभी का चलाया होता। मन में ढोंग रचने की शक्ति होनी चाहिए। लाखों मूर्ख देखते-देखते अनुयायी बन जाते हैं।"

धर्माराव, "जान पड़ता है, आज हरिया इधर नहीं आया।"

हरप्पा, "अब हरिया कहाँ घूमेगा ?"

धर्माराव के मुख पर फिर से विषण्णता छा गयी। कुछ दूर एक युवक आधुनिक लिबास में लैस, बन्दूक़ लेकर पंछियों का शिकार कर रहा था। हरप्पा ने पूछा, "वह आदमी कौन है ?"

धर्माराव, "चन्द्रारेड्डी का सुपुत्र है। नाम गोपालकृष्ण रेड्डी है।"

हरप्पा, "हूबहू साहब लगता है !"

धर्माराव, "जी हाँ, ऐसा ही लगता है।"

दोनों घर लौटे। रात-भर हरप्पा के मन में सोच-विचार चलता रहा।....मैंने आज तक कभी हँसी-मज़ाक़ नहीं किया था। आज मेरे मुँह से ऐसी बात क्यों निकल पड़ी ? तिपाई की टाँग सोलह बरस पहले टूटी थी ? दो बरस पहले उसे ठीक कराया गया था ? इन बातों का क्या अर्थ है ? हँसती हुई गणाचारी की आँखें काली क्यों पड़ गयीं ? इसका कुछ-न-कुछ अर्थ होना ही चाहिए। धर्माराव कहते थे कि हज़ार फणोंवाले स्वामी के आज केवल दो फण रहे गये हैं, परन्तु मैं दो से अधिक फण देखता हूँ। ये फण शीर्ण भले ही हुए हों, तथापि हज़ार फण मुझे दिखाई देते हैं। मेरे पिताजी फिर से स्वस्थ हो चले हैं। अब यहाँ मेरा कोई काम नहीं। मेरे समवयस्क युवराज तरह-तरह से गुलछर्रे उड़ा रहे हैं। मद्रास या बम्बई जाकर मजे में समय बिताया जा सकता है।....

यह सोचकर हरप्पा को हँसी आयी। वह आगे सोचने लगा—मद्रास और बम्बई ही क्या, यमराज के नगर तक भी जा सकता हूँ। समय का अपव्यय कर सकता हूँ। समय व्यर्थ करने पर ही यमराज का रास्ता खुलता है। मैं भला क्यों जाऊँगा यमराज के पास ? तो फिर कहाँ जाऊँगा ? स्वर्ग को। मैंने कौन महान् कार्य किये हैं ? माँ का श्राद्ध-कर्म किया। वेणुगोपाल स्वामी का उत्सव मनाया। परन्तु ये दोनों काम मैंने अपने धर्म के नाते किये। कहावत है—बीबी को खाना देने से गाँव पर उपकार थोड़े ही होता है ? अपनी माँ का श्राद्ध-कर्म करना, अपने स्वामी का उत्सव मनाना, यह कौन बड़ी बात है ? इतने ही से मुझे स्वर्ग कैसे मिलेगा ?....इस ऊहापोह में सारी रात बीत गयी। कई बार उसने आँखें मूँदकर सोचने की शृंखला को तोड़ने का प्रयत्न किया। परन्तु उसके अनजाने में ही फिर से शृंखला जुड़ जाती थी। कुछ देर बाद वह फिर सो जाने का प्रयत्न करता परन्तु नींद न आती। कोठी के बुर्ज पर दो-तीन-चार के घण्टे बजे। कुक्कटों ने प्रातःकाल की घोषणा की। पूर्व में उजली रेखाएँ दीख पड़ीं। हरप्पा ने स्नान किया और वेणुगोपाल स्वामी के मन्दिर के सामने जा खड़ा हुआ। बड़ी देर तक धर्माराव नहीं आया। खड़े-खड़े हरप्पा के पाँवों में दर्द होने लगा। वह गोपुर की सीढ़ियों पर बैठ गया। इतने में धर्माराव आ पहुँचा। हरप्पा को देखते ही वह सोचने लगा, यह कैसे ज़मींदार हैं ! इस प्रकार सीढ़ियों पर बैठना छोटे-मोटे अधिकारीगण भी अपनी बेइज़्ज़ती समझते हैं। पर इस सज्जन का मन अर्थहीन मान-मर्यादाओं तथा कृत्रिम गौरव की कल्पनाओं को तज कर यथार्थ ज्ञान को ग्रहण करने की क्षमता रखता है। यह ज़मींदार इस युग के अनुरूप नहीं। धर्माराव हरप्पा के पास पहुँचा। हरप्पा की आँखें लाल-लाल ज्योति-सी लग रही थीं।

धर्माराव, "आज आपकी आँखें इतनी लाल क्यों हैं ?"

हरप्पा, "आज आप बड़ी देर से आये।"

धर्माराव, "नहीं, ठीक समय पर आया हूँ।"

हरप्पा, "तब तो शायद मैं ही समय से पहले आ गया।"

धर्माराव, "आपकी नींद आज बड़ी जल्दी खुल गयी होगी।"

हरप्पा, "मुझे नींद आयी ही नहीं।"

धर्माराव, "क्यों ?"

हरप्पा, "कल सायं-समय आपमें जो विषाद की छाया दीख पड़ी थी, वही छाया मुझ पर प्रसरित हुई है। तथापि मुझे जीने की कोई इच्छा नहीं।"

धर्माराव, "ऐसी अमंगल बात नहीं कहनी चाहिए।"

हरप्पा, "बात नहीं कहनी चाहिए, परन्तु घटना ऐसी ही घट सकती है।"

धर्माराव, "आप विवाह करेंगे, तभी आप में नये उत्साह का संचार होगा। एक मैं हूँ जो आपको जकड़े हुए हूँ।"

हरप्पा, "आपने क्या किया ?"

धर्माराव, "क्या किया ? यह पूछिए कि क्या नहीं किया। आपके जीवन को आज तक मैंने नियन्त्रित कर रखा है। आपके मन में कई विषैली कल्पनाएँ एकत्रित कीं। आपके समवयस्क युवराज सर्व सुखों का उपभोग कर रहे हैं। पर आप हैं कि माघ मास में प्रातःस्नान किये जा रहे हैं !"

हरप्पा, "माघ की शीतलता मुझमें आ रही है। शायद अन्त में मेरे सारे शरीर में वही शीतलता फैल जाएगी।"

धर्माराव, "हरे राम !"

हरप्पा, "ऐसा क्यों कहते हैं ?"

धर्माराव, "स्नान करते समय मैंने जैसा कहा था, वैसा कर रहे हैं ?"

हरप्पा, "जी हाँ, यथाविधि कर रहा हूँ। संकल्प पढ़ रहा हूँ। आपके बताये श्लोक पढ़ रहा हूँ। माँ, दादी और दादा के नाम पर तर्पण दे रहा हूँ। आपने जो मुझे बताये, वे सब श्लोक ही हैं न ?"

धर्माराव, "जी हाँ।"

दोनों मन्दिर में जा पहुँचे। पुराण-श्रवण किया, फिर सुब्रह्मण्येश्वर स्वामी के दर्शन किये। घर लौटे। हरप्पा को भोजन नहीं रुचता था। नींद नहीं आती थी। पहले तो दिन में सोने की उसे आदत ही न थी, तथापि रात भर जागने के कारण उसने दिन में दो घड़ी सोने का प्रयत्न किया। परन्तु निद्रा देवी को दिन में उसके पास फटकने की आदत न थी, सो वह नहीं आयी। दिन ढलते समय हरप्पा के सिर में दर्द-सा होने लगा। दोपहर को नींबू के रस में चीनी और केसर मिलाकर प्रतिदिन पीया करता था। आज उसे पीकर उसके सिर का दर्द कुछ थम-सा गया। एक नौकर बोला, "बाबूजी। सिर में दर्द हो तो लोग कॉफ़ी पीया करते हैं।" हरप्पा के सामने बोलने का किसी को साहस नहीं होता था। हरप्पा ने उस नौकर की ओर आँखें उठाकर देखा। नौकर की आँखें झुक गयीं। सन्ध्या समय धर्माराव और हरप्पा जवार के खेतों के पास बैठे।

दूर खेतों को एक स्तर पर लाया जा रहा था और मेंड़ें लगायी जा रही थीं।

धर्माराव, "वह देखिए, धान के खेत इधर आक्रमण कर रहे हैं।"

हरप्पा, "सुब्रह्मण्येश्वर स्वामी कौन हैं ?"

धर्माराव, "विष्णु हैं।"

हरप्पा, "फिर शिवालय में क्यों रहते हैं ?"

धर्माराव, "शिवजी के वे मित्र हैं।"

हरप्पा, "जैसे आप मेरे मित्र हैं, इसी तरह ?"

धर्माराव, "आप कभी मेरे घर आ ठहरे थे ?"

हरप्पा, "आप चाहते हैं कि आ ठहरूँ ?"

धर्माराव, "मेरा घर निर्धन है, आपको नहीं रख सकेगा।"

हरप्पा, "लक्ष्मी के पति विष्णु अब शिवजी के घर जा रहे हैं, तो क्या शिवजी उन्हें नहीं रख रहे हैं ?"

धर्माराव, "वात्सल्य से विष्णु भगवान् वहाँ बहुत दबे हुए रहते हैं।"

हरप्पा, "मैं भी विनम्रता से रहूँगा।"

धर्माराव हँस पड़ा। हरप्पा ने उसकी ओर चिश्चल दृष्टि से देखा।

हरप्पा, "आप समझते हैं, मुझमें उतनी नम्रता नहीं है ?"

धर्माराव, "वे विष्णु जो चाहते हैं, करते हैं। जो उन्हें नहीं मानते, ऐसे लोगों को छोड़कर और कोई उनकी आलोचना नहीं करता। चौदहों लोकों के वे प्रभु हैं। चौदहों लोकों में केवल राक्षस उनका विरोध करते हैं। वे राक्षसों के हर्ता हैं। शेष सभी लोग उनके भक्त हैं। इसी से उनकी चलती है। विष्णु परमेश्वर हैं। वे ही शिव हैं, उन दोनों में कोई अन्तर नहीं।"

हरप्पा ने रात को भोजन नहीं किया। शैया पर जा लेटा, परन्तु नींद नहीं आयी। फिर वह कोठी में चारों ओर खड़े फल-वृक्षों को देख आया। कोठी भर में घूम आया। एक पहर रात बीतने के बाद लौटकर फिर लेट गया। सोचने लगा, "मुझे विष्णु बनना है। चौदह लोकों की प्रभुता मुझे चाहिए। यह क्षुद्र ज़मींदारी मैं नहीं चाहता। इस ज़मींदारी में रखा ही क्या है ? अब तो हम गुलाम के गुलाम बन गये हैं। सच्ची ज़मींदारी तो मेरे दादा के साथ ही जाती रही।"....हरप्पा को अपने दादा की एक कहानी का स्मरण आया। धर्माराव ने उसे वह कहानी सुनायी थी। कहते हैं, कृष्णम नायडू के समय उनका एक कारकुन लोगों के पास उनकी निन्दा किया करता था। ज़मींदार को इस बात का पता चल गया। उन्होंने उस कारकुन को बुलाया और कहा, "कारकुन जी, तुम बहुत बड़े आदमी हो। मैं तुम्हें एक हाथी दे रहा हूँ, ले जाओ।" कारकुन सिटपिटाकर कहने लगा, "हुजूर ! मैं क्या करूँगा हाथी लेकर ?" परन्तु ज़मींदार ने आग्रह करके उसे हाथी दे दिया। फिर वे बोले, "कारकुन जी, ज़रा हाथी को सँभालकर रखना। दो-चार महीने तुम उस पर सवारी करना, फिर हम उसे वापस बुला लेंगे।"

तीन महीने उपरान्त कारकुन को बुलाकर ज़मींदार ने पूछा, "क्यों जी, कैसे हो ?" कारकुन रोनी सूरत बनाकर कहने लगा, "क्या बताऊँ सरकार, कैसा हूँ ? तीन महीने से मेरे बीवी-बच्चे दाने-दाने को तरस रहे हैं। हम सबको हाथी अकेला खाये जा रहा है।" ज़मींदार बोले, "ऐसी बात है ? मैंने तो समझा था कि तुम भी एक ज़मींदार हो !" यह कहकर उन्होंने हाथी वापस बुला लिया और तीन महीने से उस पर आया हुआ सारा ख़र्च कारकुन को लौटा दिया। इसके बाद उस कारकुन ने ज़मींदार की कभी निन्दा नहीं की। इस कहानी को स्मरण करके हरप्पा सोचने लगा, सच है, ज़मींदार को ऐसा ही रहना चाहिए। वे निग्रह और अनुग्रह, दोनों में समर्थ थे। उनका निग्रह भी अनुग्रह-सा होता था। जो राजा निर्दयी होता है, उसके जीने से मरना ही अच्छा है। जो राजा बनावटी होता है, उससे साँप का विष अच्छा है। विष रक्त में पहुँचने पर ही प्राणान्तक होता है। उसे पीने से कोई हानि नहीं होती, प्रत्युत मरनेवाले के प्राण बच जाते हैं। इसके विपरीत क्रूर राजा पीने पर भी प्राण लेता है।....भोर हुआ। हरप्पा और धर्माराव मिले।

हरप्पा, "यह भी ठीक है।"

धर्माराव, "क्या ठीक है ?"

हरप्पा, "मुझे रात भर नींद नहीं आती, सो स्नान के लिए समय पर जागने के विषय में कोई चिन्ता नहीं।"

हरप्पा को उस दिन फिर भोजन नहीं रुचा। सिर का दर्द अधिक हुआ। नींबू का रस पीने पर थोड़ा-सा थम गया। रात को फिर नींद नहीं आयी। नवमी के दिन दोपहर को दो बजे अर्थात् नौ दिन के उपरान्त हरप्पा को नींद लगी। महल में रंगाराव सो रहे थे। छोटा रामेश्वर शास्त्री जाकर उनके सामने बैठ गया। रंगाराव ने आँखें खोलकर देखा तो शास्त्री दिखाई दिया।

शास्त्री, "अब मुझे ज्ञात हुआ है।"

रंगाराव, "क्या ?"

शास्त्री, "आपने सच कहा था।"

रंगाराव, "ठीक-ठीक बताओ, क्या कहा था ?"

शास्त्री, "यह कि हरप्पा के आप पिता हैं। यह बात सच है।"

रंगाराव, "अब तक तुम नहीं मानते थे ?"

शास्त्री, "अब मानता हूँ।"

इसके बाद थोड़ी देर दोनों चुप रहे। शास्त्री उठकर चलने लगा। रंगाराव बोले, "क्यों जा रहे हो ?"

शास्त्री, "आप ज़मींदार हैं, हमसे बोलेंगे क्या ?"

रंगाराव, "आज तक ज़मींदार नहीं था ? अब अचानक बन गया ?"

शास्त्री, "हाँ हाँ, मुझे अभी पता चला है। पता चलने के बाद ही तो सब कुछ

है न ?''

रंगाराव, ''तुम्हारी माँ चल बसी हैं न ?''

शास्त्री की आँखें डबडबा आयीं। वह तुरन्त वहाँ से चला गया। रंगाराव पछताने लगे। सोचने लगे, हाय, मुझमें लोकज्ञान लेशमात्र भी नहीं।....वे बहुत छटपटाये। पहली बार छटपटाये। हरप्पा रामेश्वर शास्त्री से नहीं बोलता था। धर्माराव भी नहीं बोलता था।

रामेश्वर शास्त्री चला जा रहा था। हरप्पा ने उसे अचानक बुलाया। शास्त्री ने पहले आनाकानी की, परन्तु हरप्पा के साग्रह बुलाने पर उसके पास जाकर चुपचाप बैठ गया। दोनों थोड़ी देर चुप रहे। फिर शास्त्री ने हरप्पा से पूछा, ''माताजी जीवित हैं या मर गयीं ?'' हरप्पा बोला, ''मेरी माँ मर गयी है।'' शास्त्री बोला, ''मेरी माँ भी मर गयी है।'' और रोता हुआ चला गया। उस समय चार बजे थे। रामेश्वर शास्त्री कोठी के दक्षिणी द्वार से चला गया। रोते हुए शास्त्री को कुमारस्वामी ने गोद में लिया। दूर से श्यामला आ रही थी। कुमारस्वामी ने पूछा, ''बेटा ! क्यों रो रहे हो ?'' शास्त्री बोला, ''मेरी माँ नहीं है !'' कुमारस्वामी ने कहा, ''क्यों नहीं हैं ? वह देखो तुम्हारी माँ !'' और श्यामला की ओर संकेत किया। श्यामला ने छोटे धर्माराव को गोद से उतार दिया और रामेश्वर शास्त्री को गोद में लेकर कहने लगी, ''मैं तुम्हारी माँ नहीं हूँ ?'' फिर उसने शास्त्री को गुदगुदाया। शास्त्री हँस पड़ा।

दशमी के दिन दोपहर को शास्त्री फिर से रंगाराव के पास जा बैठा। रंगाराव जाग रहे थे। शास्त्री प्रतिदिन जहाँ बैठा करता था, वहीं बैठने लगा। रंगाराव बोले, ''वहाँ नहीं, यहाँ मेरे पास बैठो।'' शास्त्री बोला, ''आप ज़मींदार हैं, मैं नहीं आऊँगा।'' रंगाराव स्वयं उठकर शास्त्री के पास गये और उसका हाथ पकड़कर कहने लगे, ''भैया, ज़मींदार भी मनुष्य होते हैं। आओ मेरे पास।'' दोनों रंगाराव की खाट पर जा बैठे। ज़मींदार ने बच्चे को गोद में लिया। उसके मुख का चुम्बन किया। लाड़-प्यार की कई बातें कीं। बोले, ''मैं तुम्हें पढ़ाऊँगा। पढ़ोगे ? तुम बड़े अच्छे लड़के हो।''

साँझ को शास्त्री जाने लगा। रंगाराव बोले, ''फिर कल आओगे न ?'' फिर वे बोले, ''कल आकर मेरी मूँछें खींचोगे ?'' शास्त्री बोला, ''कल क्यों जी, आज ही खींचूँगा।'' रंगाराव खिलखिलाकर हँस पड़े और बच्चे को चूम लिया। शास्त्री चला गया।

रंगाराव की वह हँसी कोठी भर में गूँज उठी। नौ दिन से नींद और अन्न से वंचित तथा व्याकुल हरप्पा को लगा कि उसके पिता भले-चंगे हो गये हैं, पर वह स्वयं मरणोन्मुख है। दशमी की रात को चाँदनी छिटकने लगी, मानो शुक्ल-पक्ष का उसी दिन श्रीगणेश हुआ हो। एकादशी के दिन सवेरे हरप्पा स्नान न कर सका, चलना-फिरना भी उसके लिए दूभर हो गया। नौकर-चाकर कुछ कह नहीं सकते थे। धर्माराव ने हरप्पा को दूर से देखा। उसकी आँखों में आँसू भर आये थे।

हरप्पा, ''आप क्यों रो रहे हैं ?''

धर्माराव, "यह ठण्डी हवा आँखों में घुसकर आँसू ला रही है।"

हरप्पा, "मेरा संकल्प था कि माघ के महीने में प्रतिदिन सवेरे स्नान करूँगा, परन्तु आज न कर सका। चलने की भी मुझमें शक्ति नहीं रही, शायद कल से स्नान करने आ न सकूँगा।"

दस बजे दोनों सुब्रह्मण्येश्वर स्वामी के मन्दिर में जा पहुँचे। गणाचारी उनसे कहने लगी, "कल रात मैंने एक सपना देखा।"

हरप्पा, "कैसा सपना ?"

गणाचारी, "मैंने देखा कि सुब्रह्मण्येश्वर स्वामी इस मन्दिर से चले गये हैं। कहीं-कहीं दो फणों से दिखाई दे रहे हैं। इससे पहले भी एक बार स्वामी सपने में चले गये थे, परन्तु सपने के अन्त में लौट आये। कल रातवाले सपने में स्वामी नहीं लौटे।"

हरप्पा, "हाँ हाँ, सब कुछ स्पष्ट दिखाई दे रहा है।"

धर्माराव, "आपको धीरज नहीं छोड़ना चाहिए।"

पुज़ारी भभूत ला ही रहा था कि किसी चीज़ के गिर पड़ने की आवाज़ आयी। हरप्पा ने धीरे-से पूछा, "वह क्या है ?" पुज़ारी बोला, "तिपाई की टाँग फिर से टूट गयी है। मेरा हाथ लगने से वह गिर पड़ी है।"

गणाचारी, "इतने में क्या हुआ ? चार महीने बीतते ही और एक टाँग टूट जाएगी।"

पुज़ारी, "तब यह तिपाई एक टाँग पर किस प्रकार खड़ी रहेगी ?"

गणाचारी, "स्वामी खुद मन्दिर छोड़कर चले जाएँगे, तिपाई की क्या चिन्ता करते हो ?"

लौटते समय हरप्पा कोठी तक न चल सका। धर्माराव उसे सँभालकर धीरे-धीरे ले गया। राजशेखर शास्त्री हरप्पा की परीक्षा करके बोले कि नाड़ी से किसी रोग का पता नहीं चलता। रंगाराव ने अँग्रेज़ी डॉक्टर को बुलाने का प्रस्ताव किया, परन्तु हरप्पा बोला, "जब मुझे कोई रोग ही नहीं है, तो इलाज कैसा ? दस हज़ार देंगे भी, तो शास्त्री जी से बड़ा डॉक्टर कहाँ से आएगा ?"

दोपहर को रामेश्वर शास्त्री ने आकर हरप्पा के कमरे में एक बार झाँका। धर्माराव वहीं बैठा था। हरप्पा और धर्माराव दोनों ने बच्चे को देखा, परन्तु रामेश्वर शास्त्री यह समझकर कि उसके पिता ने उसे नहीं देखा, बँगले की छत पर दौड़ पड़ा। धर्माराव ने उसका पीछा किया। दूसरी मंज़िल पर आकर क्या देखता है कि बच्चा रंगाराव जी के कन्धों पर सुखासीन है। रंगाराव ने धर्माराव को नहीं देखा। उन्होंने बच्चे को अपने कन्धे पर से उतारा और बार-बार चूम लिया। यह देखकर धर्माराव के आश्चर्य की सीमा न रही। वह चुपचाप लौट गया।

साँझ को हरिया हरप्पा के कमरे तक आया। हरिया आज तक कोठी में कभी नहीं आया था। उसने हरप्पा के कमरे में झाँककर देखा--ठीक उसी तरह जिस तरह

कोई साँप सिर उठाकर देखता है। हरप्पा ने मन्दहास किया। हरिया ईख की तरह झूमकर मुस्कराया। हरप्पा हरिया से मिलने कमरे के बाहर आया, परन्तु वह वायु-तरंग की भाँति कभी का चला जा चुका था।

साँझ होते ही स्वच्छ चाँदनी ऐसी छिटकी, मानो शिवजी के जटा-रूपी विपिन में अवस्थित मन्दाकिनी की तरंगों से निकला हुआ फेन नागेश्वर स्वामी के मन्दिर से बहता हुआ आकर कोठी-रूपी तट पर जम गया हो। हरप्पा और धर्माराव इकट्ठे बैठे थे, हरप्पा ने धर्माराव से घर लौटने को कहा। धर्माराव ने इनकार किया। फिर वह रंगाराव जी के पास जाकर बोला, ''आधी रात को आप हरप्पा के कमरे पर आ जाएँ। तब तक मैं उनके पास बैठा रहूँगा। उन्हें नींद नहीं आती। जब मैं घर लौट जाऊँ, तब आप उनके पास बैठे रहें।''

हरप्पा को कुछ नहीं सूझता था। वह बोला, ''चलिए, सारे महल में घूम आएँ। उसे अपने कमरे और बगीचे के अतिरिक्त उस महल में अन्य किसी भाग से परिचय नहीं था। वह केवल एक बार बँगले पर गया था। तब भी महल के कई और भाग उसने नहीं देखे थे। आज रात को उसने धर्माराव के सहारे महल का चप्पा-चप्पा देखा। ऊपर की मंज़िल की छत पर जा पहुँचा। वहाँ से चाँदनी का अवलोकन किया। कैसी चाँदनी थी वह ! गिरिका की आत्मा मानो श्वेत-तरंगों में आविर्भूत हुई हो। कृष्णम नायडू के यश के समुद्र में मानो ज्वार आया हो; यशोदानन्दन बालकृष्ण की हँसी के साथ मिलकर दूध का फेन मानो भभूत को लेपन कर आया हो; मानो सुब्रह्मण्येश्वर के सहस्र फणों में जड़े मणियों की सित छटा का पूर, असंख्य तरंगों में उमड़ आया हो; मानो आकाश-रूपी मोतिया के मँडुए पर असंख्य पुष्प खिले हों और पत्तों को ढँककर विराज रहे हों। वह चाँदनी पवित्र थी, नयन-मनोहर थी। हरप्पा ने मानो चाँदनी को पीकर कुल्ली की। चाँदनी को सिर पर वहन किया। चाँदनी से आलिंगन किया। चाँदनी को पलकों से चूसकर अपने भीतर बटोर लिया।

आधी रात बीत चुकी थी। रंगाराव हरप्पा के कमरे में पहुँचे, हरप्पा वहाँ नहीं था। ज़मींदार ने कोठी में चारों ओर देखा और अन्त में छत पर चाँदनी में दो व्यक्तियों को घूमता देख, वहाँ जा पहुँचे। तीनों बैठ गये। हरप्पा पद्मासन लगाकर प्राणायाम करने लगा। रंगाराव ने पूछा, ''यह क्या है ?'' थोड़ी देर बाद हरप्पा आँखें खोलकर धर्माराव से कहने लगा, ''मैंने अभी-अभी गिरिका को देखा।''

धर्माराव, ''वह कैसी है ?''

हरप्पा, ''ज्योतिमूर्ति है। यह सारी चाँदनी इकट्ठी जमकर स्त्री का स्वरूप धारण करे तो जैसी होगी, गिरिका ठीक वैसी ही है। क्षीरसागर की एक तरंग जैसी है। स्वामी के वेणुदण्ड जैसी है।''

दोनों ने आँखें मूँदकर गिरिका की उस दिव्यमूर्ति के दर्शन किये। चाँदनी साँपों की भाँति हल्की-हल्की हवा में फूत्कार करने लगी।

हरप्पा ने आँखें खोलकर पिता से कहा, "बाबूजी, मेरे इस शरीर को आपने बनाया। मैं आया था माँ का श्राद्ध-कर्म करने और स्वामी का उत्सव मनाने। जहाँ तक बन पड़ा, मैंने हज़ार फणों को हिलाया-डुलाया। परन्तु हज़ार फणों का वह डोलना अब एकदेशीय हो गया है। मुझमें जो दोष हैं, वे उसमें प्रवेश कर गये हैं। मैं यहाँ रहने नहीं आया। यह देखिए, जा रहा हूँ। इतने दिन जो मैं सूखकर काँटा हो गया था, उसका मैं स्वयं कारण हूँ। मेरे प्राण मेरे वश में हैं। उन्हें मैं ब्रह्म-रन्ध्र द्वारा अभी छोड़ दूँगा।" यह कहकर वह पद्मासन लगाकर बैठा। कोई आधे घण्टे बाद चन्द्रमा के अस्त होते समय अचानक बड़े ज़ोर की आवाज़ आयी। हरप्पा के ब्रह्म-कपाल को छेदकर प्राणों ने निर्गमन किया। धर्माराव प्राणायाम में लीन था। चारों ओर अँधेरा छा गया। धर्माराव ने आँखें खोलीं।

सत्ताईस

हरप्पा के श्राद्ध-कर्म समाप्त हुए। रंगाराव के दुःख का पारावार न रहा। वे सोचने लगे, "वह कहाँ मेरा बेटा था ? मैं ही उसका बेटा हूँ। क्यों न हरप्पा ही मेरा पिता होता और मैं उसका पुत्र ? ऐसा होता तो बहुत अच्छा होता। पर हाँ, जिस संस्कृति को मेरे हाथों बिगड़ना था, वह हरप्पा के हाथों क्यों बिगड़ती ? हरप्पा ने मुझे फिर से हिन्दू-धर्म में ला छोड़ा और स्वयं चल दिया। नागेश्वरराव ने अपने ऊटपटाँग धर्म का मुझे अनुयायी बना लिया था। अनुयायी बनाने में उसने मुझसे लाखों ख़र्च कराये। खुद अपना फायदा कर लिया। हरप्पा ने मुझे हिन्दू-धर्म में लौटा लिया। परन्तु लौटाने में मुझसे एक फूटी कौड़ी का भी ख़र्च नहीं करवाया। यही नहीं, स्वयं अपने प्राण छोड़े। नागेश्वरराव ने बेटे की तरह मुझसे ख़र्च करवाया, परन्तु स्वयं मेरे बेटे ने पिता की तरह क़र्ज़ चुकाकर जायदाद मेरे हाथ में दे दी। नोगश्वरराव ने 'ध्यान-ध्यान' की रट लगाकर ढकोसला खड़ा किया। परन्तु हरप्पा ने परम योगी बनकर अपने प्राणों को वश में कर लिया और अपनी इच्छा से उनका विसर्जन किया। ओफ़् ! कितना अन्तर है दोनों में ! एक अँधियारा है तो दूसरा चाँदनी। दुर्जनों को अँधियारा भाता है। ख़ैर, जाने दो। मेरी आयु पचास बरस की हो चली है। जवान बेटा जाता रहा, अब मेरे लिए मार्ग ही क्या है ?"....इतने में छोटा रामेश्वर शास्त्री वहाँ आ पहुँचा और रंगाराव जी की टाँगों में लिपट गया। रंगाराव जी ने उसे गोद में लेकर पूछा, "बेटा, तुम पढ़ोगे ?" शास्त्री बोला, "हाँ।"

एक महीने के उपरान्त रंगारावजी पड़ोसी ज़मींदार के लड़के को दत्तक ले आये। उसका नाम हरप्पा रखा। लड़के की आयु आठ बरस की थी। उसे और छोटे रामेश्वर

शास्त्री को कुमारस्वामी पढ़ाने लगा। उसे सौ रुपये महीना वेतन पर नियुक्त किया गया। एक दिन बाज़ार में ईटसन साहब से उसकी भेंट हुई। साहब ने उसे सैल्यूट किया और मन-ही-मन मुस्कराकर सोचने लगे, "ओहो ! जिसके पास पैसा होता है, वही सचमुच राजा होता है !"

तीन महीने बीत गये। गाँव के पूरब की ओर सारी ज़मीन धान के खेतों में बदल गयी। केवल दस एकड़ बचे रहे, जहाँ ज्वार बोयी गयी। उस खेत में असंख्य साँप आ बसे। जिन किसानों ने ज्वार बोयी थी, वे ही खेत काटने से घबराने लगे। अनेक प्रकार के साँप वहाँ इकट्ठे हुए। गेहुँआ रंग के नाग, काले नाग, हरे साँप, दो-दो सिरोंवाले साँप....कितने ही प्रकार के थे। ऐसे भी साँप थे जिनकी आयु सुब्रह्मण्येश्वर स्वामी से अधिक थी। वे प्राचीन वल्मीकों में रहते थे। इसी दस एकड़ ज़मीन में साँपों का आवास था। नागेश्वर स्वामी के मन्दिर के पास एक बड़ी बाँबी थी। उसी बाँबी से निकलकर स्वामी ने पहली बार कपिला गाय का दूध पिया था। इस दस एकड़ ज़मीन में अथाह बाँबियाँ थीं, जिनमें असंख्य सर्पराज वास करते थे। सबसे बड़ी एक बाँबी थी, जो लगभग चार गज़ ऊँची थी। उसके ऊपरी भाग में स्थित बिल एक कुएँ के समान गहरा था। वह बिल चार-पाँच बिलों में बँट गया था और उसकी गहराई का अनुमान लगाना असम्भव था। कुछ लोग कहते थे कि वह बिल पाताल तक जा पहुँचा है। और उसी रास्ते से वासुकि आदि महासर्प वैकुण्ठ-एकादशी के दिन धरती पर आते और सुब्रह्मण्येश्वर स्वामी की सेवा करके लौट जाते हैं। यह दन्त-कथा सारे गाँव में फैल चुकी थी। ज़मीन के मालिक किसान ने एक बार उस बाँबी को खुदवाने का प्रयत्न किया, परन्तु उसका बेटा अन्धा हो गया। किसान ने फिर ऐसा प्रयत्न नहीं किया। वह ज़मीन पहले गणाचारी के भाई रंगय्या की थी। रंगय्या ने उस बाँबी को खुदवाने का कभी प्रयत्न नहीं किया। बाँबी के चारों ओर ज़मीन जोती जाती और उसमें बीज बोये जाते थे। गाँव के बच्चे कभी-कभी बाँबी पर चढ़कर बिल में झाँकते थे। 'साँप-साँप' चिल्लाते हुए आपस में हँसी-मज़ाक़ किया करते थे। नाग-चतुर्थी के दिन सुहागिनें बाँबी के बिल में दूध डालती थीं। छोटे बच्चे पटाखों की आवाज़ें करते थे। उस महा-वल्मीक का ऐसा अपूर्व वैभव था।

धान की रोपाई प्रारम्भ होते ही हरिया बीमार पड़ गया। उसकी माँ मंगा बूढ़ी हो चली थी। उसने बेटे के लिए दवा-दारू का प्रबन्ध करना चाहा, परन्तु दवा का नाम सुनते ही हरिया भाग खड़ा होता और साँपोंवाले खेत में जा पहुँचता। बड़ी बाँबी के भीतर जाकर बैठ जाता, जहाँ कई साँप आकर उसके पाँव की उँगलियों को काटने लगते। वह पाँव ऊपर ले लेता, फिर बिल से उछलकर बाहर आता। बाँबी पर कूद पड़ता। पंछी आकर उसके इर्द-गिर्द चक्कर लगाते। वह फिर उछल पड़ता। उसके शरीर की कान्ति गगन भाग में फैलकर ऐसी लगती मानो आकाश में हरा-भरा खेत उपज आया हो। एक दिन इसी प्रकार उछल-कूदकर वह बाँबी के बिल में सो गया। मंगा

ने गाँव भर ढूँढ़ा और बेटे को न पाकर धर्माराव को अपना दुखड़ा सुनाया। कुमारस्वामी और धर्माराव दोनों हरिया को ढूँढ़ने निकले।

धर्माराव, "इस हरिया को मुझसे भी अधिक हरप्पा ने जतन से पाला था। हरप्पा के जाने के बाद मैं उसी प्रकार जीवच्छव बना हुआ हूँ, जिस प्रकार कृष्णदेवराय[1] के देहान्त के बाद उनका सखा महाकवि पेद्दना[2] रह गया था।"

कुमारस्वामी, "पेद्दना अकेले कृष्णदेवराय को जानते थे। आप कृष्णम नायडू और हरप्पा नायडू दोनों को जानते थे। किसके संग जाते। पेद्दना से आपका कोई साम्य नहीं। पेद्दना केवल कवि थे, एक सरदार थे। उनके पास कुछ सेना थी, हाथी थे, घोड़े थे। पेद्दना बड़े रसिक थे। चन्दन, कस्तूरी आदि सुगन्ध-द्रव्यों को बहुत चाहते थे। स्वयं कृष्णदेवराय की भाँति उन्होंने वैभवपूर्ण जीवन बिताया था। अन्तःपुर, दास-दासी-जन, दूतियाँ, झूले आदि वैभव की सामग्री को वे जानते थे। कविता को कुछ न सूझा तो वह पेद्दना के पल्ले पड़ गयी। परन्तु आपकी बात सर्वथा भिन्न है। वैभव के बदले हरप्पा की दी हुई भोजन-सामग्री, पेद्दना की कविता से भी अधिक मूल्यवान् कविता, पेद्दना के भोग के बदले महान् योग—यह सब आपके पल्ले पड़ा है। भोगी के साथ भोगी मर जाता है, परन्तु योगी के साथ योगी का मरना आवश्यक नहीं।"

अँधेरी रात थी। आषाढ़ का कृष्ण-पक्ष था। आकाश में काले बादल गरज रहे थे। कुमारस्वामी और धर्माराव लालटेन लेकर चल पड़े।

कुमारस्वामी, "कहाँ ढूँढ़ें उस हरिया को ? बचे-खुचे ज्वार के खेतों में ?"

धर्माराव, "हाँ।"

कुमारस्वामी, "कहीं कोई और साहब उसे प्रदर्शनी में रखने के लिए तो नहीं ले गया होगा ?"

धर्माराव, "अब ढूँढ़ने ही तो जा रहे हैं। देखें, क्या होता है।"

दोनों ज्वार के खेत में जा पहुँचे। खेत ख़ूब बढ़ा हुआ था। घना था। खेत के तीनों ओर उन्होंने छान मारा। चौथी ओर घनी झाड़ी थी और कई बाँबियाँ थीं।

कुमारस्वामी, "अब कहाँ ढूँढ़ेंगे ?"

धर्माराव, "तुम यहाँ ठहरो। मैं जाकर उस चौथी ओर भी ढूँढ़ आता हूँ।"

कुमारस्वामी, "उस तरफ़ जाना ठीक नहीं। आप हरिया को पुकारें। आपकी आवाज़ सुनकर शायद वह आ जाए।"

धर्माराव ने दो-तीन बार पुकारा, पर कोई जवाब नहीं मिला। धर्माराव, "इस खेत के बीचों-बीच एक बहुत बड़ी बाँबी है। पर वहाँ जाने का कोई रास्ता नहीं।"

---

1. कृष्णदेवराय—विजयनगर सम्राट्, महान् कवि और कवि-पोषक। इनके दरबार में आठ कवि थे जिन्हें 'अष्ट-दिग्गज' कहते थे।
2. पेद्दना—कृष्णदेवराय के आठ दरबारी कवियों में सर्वप्रथम महाकवि जिन्होंने 'मनुचरित्र' नामक महाकाव्य लिखा था।

कुमारस्वामी, ''हरिया को क्या भय है [illegible] तो कोई साँप-वाँप छूता नहीं।''

धर्माराव, ''मेरे रहते हुए तुम्हें भी क्या भय है ?''

कुमारस्वामी, ''साँपों से आपको भी कोई भय नहीं ?''

धर्माराव, ''यहाँ के सारे साँप जानते हैं कि मैं हरिया का भाई हूँ।''

दोनों ने ज्वार के पौधों को इधर से उधर हटाते हुए खेत में प्रवेश किया। बड़ी देर तक इधर-उधर भटकने के बाद बड़ी बाँबी दीख पड़ी। एक-दो बार कुमारस्वामी के पाँव किसी नरम चीज़ पर पड़े। उसने उसे साँप समझ लिया, पर साँप होता तो अवश्य डँस लेता। साँप के डँसने पर कुछ दर्द नहीं होता। कोई जलन नहीं होती। क्या पता, क्या होता है और क्या नहीं होता ? घर जाकर ही पता लगेगा। दोनों ने बाँबी की परिक्रमा की, पर हरिया दिखाई न दिया। धर्माराव ने फिर से पुकारा। बाँबी पर किसी के हिलने की आवाज़ आयी। कुमारस्वामी ने सोचा, हो न हो कोई सर्पराज बाँबी से निकलकर मुझ पर आक्रमण करनेवाला है। धर्माराव ने भी साँप ही समझा। हरिया बाँबी पर से ज़मीन पर साँप की तरह आया और उठ खड़ा हुआ। धर्माराव ने लालटेन उठाकर देखा।

हरिया ''भैया !'' कहकर उससे लिपट गया। उसका हाथ पकड़कर लटकने लगा। उछल-कूद मचाने लगा। धर्माराव बोला, ''चलो घर चलें।'' तीनों लौट पड़े। हरिया आगे जा रहा था। उसके पीछे कुमारस्वामी और सबसे पीछे धर्माराव। तीनों ने खेत पार किया। जिस ओर झाड़ी और बाँबियाँ थीं, उधर से जाने से उनके घर निकट पड़ते थे। नहीं तो खेत के तीनों छोरों का चक्कर लगाना पड़ता। हरिया क़रीब के रास्ते से जाने लगा। लालटेन कुमारस्वामी के हाथ में थी। हरिया यों ही चल रहा था। उसके लिए काँटे नहीं थे। बेलें नहीं थीं। जब कभी कोई साँप की बाँबी आ जाती, वह उस पर से छलाँग मारकर चला जाता, परन्तु बेचारे कुमारस्वामी के लिए पग-पग पर संकट ही संकट दीख पड़ते थे। एक बाँबी से दो साँप बाहर निकल रहे थे। हरिया उन पर से छलाँग मारकर निकल गया। उधर कुमारस्वामी घबराहट के मारे जहाँ का तहाँ निश्चेष्ट खड़ा हो गया। हरिया खिलखिलाकर हँस पड़ा। कुमारस्वामी को खड़ा देख उसने साँपों को बाँबी में ढकेल दिया। फिर भी कुमारस्वामी हिल न पाया। धर्माराव ने आकर उसे उठाया और बाँबी के उस पार पहुँचा दिया। कुमारस्वामी की घबड़ाहट देखकर हरिया ख़ूब हँसने लगा। तीनों घर पहुँचे। रात भर कुमारस्वामी साँपों के सपने देखता रहा। उधर हरिया को भला-चंगा देखकर उसकी माँ मंगा बहुत प्रसन्न हुई, परन्तु दूसरे ही दिन हरिया फिर बीमार पड़ गया।

चन्द्रा रेड्डी का बेटा गोपालकृष्ण रेड्डी हरिया को बहुत चाहता था। बचपन में हरिया के साथ ख़ूब घूमा करता था। दोनों समवयस्क थे, अतएव बचपन में कृष्ण रेड्डी भी हरिया की भाँति खेतों के चक्कर लगाया करता था। परन्तु आजकल वह साहबी लिबास में घूमने लगा। चन्द्रा रेड्डी ने उसे पढ़ाने की बड़ी चेष्टा की, परन्तु उसके सारे प्रयत्न

विफल हुए। कृष्ण रेड्डी बाप का इकलौता बेटा था। वह माँ को धमकी देता कि कुएँ में डूब मरूँगा। फिर माँ से रुपये ले जाता। बाप को मार-पीट की धमकी देकर उससे भी पैसे ऐंठ लेता। पैसा ले जाता और ख़ूब शराब पीता। कलाई की घड़ी ख़रीदता। सबके लिए घड़ी की क़ीमत सौ रुपये होती, तो उसके लिए दो सौ रुपये। आये दिन सुब्बन्नापेठ से मद्रास और मद्रास से सुब्बन्नापेठ के चक्कर लगाता रहता। रेलगाड़ी के गार्ड, टिकिट कलेक्टर आदि सब कृष्ण रेड्डी को जानते थे। उन सबकी पाँचों उँगलियाँ घी में होती थीं। कृष्ण रेड्डी की घड़ियाँ उनकी कलाइयों पर होती थीं। वह पार्कर, ड्यूफोल्ड आदि फाउण्टेन पेन ख़रीदता और वे सब उनका उपयोग करते। सब मिलकर मूल्यवान् अँग्रेज़ी शराब पीते। स्पेन्सर कम्पनी में कृष्ण रेड्डी ख़ूब पीकर उछल-कूद मचाता। उसके पास जो कुछ होता, उसे लोग बिना रोक-टोक ले लिया करते। वह सदा दूसरे दर्जे में सफ़र किया करता। उसे पता नहीं था कि टिकिट के कितने रुपये होते हैं। टिकिट ख़रीदने पर जितना रुपया ख़र्च होता, उससे सौ गुना बिना टिकिट के प्रवास में ख़र्च हो रहा था। और भी बढ़कर यह कि कृष्ण रेड्डी व्यभिचार में भी पटु था। वेश्याएँ, नर्तकियाँ और गोरी मेमें उसे घेरे रहती थीं। तरह-तरह की तड़क-भड़क दिखाकर वे उससे दस रुपये के बदले हज़ार ऐंठ लेतीं। कृष्ण रेड्डी लगभग निरक्षर था, परन्तु उसका लिबास अत्यन्त आधुनिक था। लिबास में आधुनिकता भले ही टपकती हो, परन्तु मुख से गँवारपन स्पष्ट झलकता था। वह एक बार तीन महीने तक मद्रास में अड्डा जमाये रहा। बीस हज़ार रुपये ख़र्च हुए।

कृष्ण रेड्डी लौटकर हरिया से बातें करने लगा। हरिया को उसका नया लिबास बहुत पसन्द आया। घड़ी की टिक-टिक आवाज़ हरिया को उस पंछी का स्मरण दिलाती, जो अपनी चोंच से वृक्ष के तने में प्रहार करता रहता है। कृष्ण रेड्डी की जेब में काला-काला फाउण्टेनपेन सुनहरी क्लिप के साथ चमक रहा था। हरिया ने पूछा, "यह क्या है ?" कृष्ण रेड्डी ने उसे समझाया, पर हरिया की समझ में कुछ न आया। दोनों मिलकर खेतों की ओर चल पड़े। हरिया कृष्ण रेड्डी को देखकर फूला न समाता था।

हरिया के साथ जाते-जाते कृष्ण रेड्डी ने एक साँप को मार डाला। एक पंछी को गोली का निशाना बनाया। यह देखकर हरिया को बहुत बुरा लगा। वह अपने मित्र को छोड़कर भाग खड़ा हुआ। सारे साँप हरिया के पास आ जमा हुए और अपना क्रोध प्रकट करने लगे। बोले, "उस आदमी को साथ न लाना। तुम भी बहुत भ्रष्ट हो रहे हो। उस पर तुम्हें बड़ा अभिमान है। तुमने उसे वही पुराना मित्र समझ रखा है, पर वह बड़ा दुष्ट बन गया है, उसे यथार्थ का ज्ञान नहीं। झूठी बातों पर वह विभ्रान्त हो रहा है। तुम उससे कभी न मिलना।" परन्तु हरिया का प्रेम कृष्ण रेड्डी के प्रति बराबर बना रहा। यह सारा खेत उसी का तो है। सारी उपज उसी की तो है। सच पूछो तो हरिया भी उसी का है। साँपों और पंछियों को हरिया ने कोई उत्तर नहीं दिया। उसे चुप्पी साधे देखकर अनजान साँप भूल गये कि कृष्ण रेड्डी ने उनके एक सहचर

को मार डाला है। भोले पंछी भूल गये कि उनके किसी सगे-सम्बन्धी को रेड्डी ने गोली का निशाना बनाया है। यह भी भूल गये कि हरिया ही रेड्डी को वहाँ ले आया था। उनकी और हरिया की मैत्री पूर्ववत् बनी रही।

अनाज की क़ीमतें गिर गयीं। एक खण्डी की क़ीमत अस्सी रुपये से तीस रुपये पर आ पहुँची। माल-गुज़ारी अदा करने के बाद ग़रीब किसान का जीना कठिन हो गया। लोग बहुत छटपटाने लगे। एक दिन एक बूढ़ा किसान बाज़ार में खड़ा था। धर्माराव उधर से गुज़र रहा था। उसे देखकर बूढ़ा बोला, "बाबूजी, सारे किसान गाँव छोड़कर चल दिये हैं। मैं अकेला छोड़ न पाया। जहाँ नौकरी-पेशा लोग इकट्ठे हो जाते हैं, वहाँ किसानों का रहना कठिन हो जाता है।"

धर्माराव, "ठीक है। तब तुम भी क्यों न चले गये ?"

बूढ़ा, "अनाज की क़ीमतें बहुत कम हो गयी हैं। ख़रीदने जाओ तो हर चीज़ महँगी हो गयी है।"

धर्माराव, "दस एकड़ ज़मीन के आसामी के लिए ख़रीदने की चीज़ ही क्या होती है ? किसान घमण्डी बन गये हैं। सारी ज़मीन में धान ही धान उपजाकर पैसे के ग़ुलाम बन गये हैं। इसके बदले दीया जलाने के लिए अरण्डी उगायी जा सकती है। पिछले दिनों हमारी स्त्रियाँ ख़ुद अरण्डी के बीजों से तेल निकालती थीं। साँझ होते ही दीया जलाकर, "सर्वलक्ष्मी, सन्ध्यालक्ष्मी, महालक्ष्मी, मैया ! हमारे घर रहो।"—इस प्रकार प्रार्थना करती हुई, उस दीपक की आराधना करतीं। आजकल या तो लालटेन हैं या बिजली के बल्ब हैं। ज्योति के रूप में किसकी आराधना की जाए ?" अरण्डी के दीये में लक्ष्मी बसती हैं। पंचभूतों में से एक, अर्थात् ज्योति का स्वरूप इस दीये में है। प्रलय की अग्नि, सृष्टि और स्थिति-रूपी ज्योति नहीं बन सकती। कपास उपजाकर उससे कपड़ा बुना जा सकता है। अरहर, मूँग, उड़द, चना, भाजी, तरकारी, मिर्च, अजवायन, धनिया, काली मिर्च—ज़मीन में कौन-सी उपज नहीं होती ? मनुष्य चाहता है, केवल खाने को अन्न और पहनने को कपड़ा। इन दोनों को भी ज़मीन से उपजाया जा सकता है। भाँति-भाँति के अनाज का उत्पादन किया जा सकता है। परन्तु हम हैं कि सबके बदले केवल धान पैदा कर रहे हैं, बाक़ी सभी चीज़ों में दरिद्र बन रहे हैं। कपास उपजाकर अपने घर में सूत कातो और मजदूरी के रूप में अनाज देकर गाँवों में बुनवा लो तो फूटी कौड़ी ख़र्च हुए बिना कपड़ा मिल जाएगा। अन्यथा, मुँह-माँगे दाम देकर कपड़ा ख़रीदना पड़ेगा। उड़द उपजाओ, तो एक एकड़ से साल-भर की ज़रूरतें पूरी हो जाती हैं। नहीं तो उसे दूकान से ख़रीदना पड़ता है। सचमुच जो किसान होता है, उसे नमक के अतिरिक्त कुछ भी ख़रीदने की आवश्यकता नहीं। नमक खरीदना अनिवार्य है। आन्ध्र प्रान्त के किसी भी किसान को दरिद्र बनकर रोने-धोने की आवश्यकता नहीं। दादाजी, अकेले किसान की क्या बात करते हो ? दुराशा से पीड़ित न हो, तो कोई भी देश दरिद्र नहीं बनता। स्वदेश में जितनी ज़मीन है, जितनी उपज

हो सकती है, इसका हिसाब करके सारे लोग यदि अपनी सम्पत्ति के अनुसार रहने लग जाएँ, तो किसी और देश पर आक्रमण करने, युद्ध करने, या उससे भी माँगने की आवश्यकता ही क्या है ? उत्तर ध्रुव के प्रान्त में एस्कीमो लोग बसते हैं। उनका निर्वाह वहाँ के जल-जन्तुओं पर ही हो जाता है। उन लोगों ने अन्य देशों पर आक्रमण नहीं किया है। उन्हें यदि मारण अस्त्रों का ज्ञान होता, तो शायद वे अन्य देशों पर आक्रमण करते। आय और व्यय में सन्तुलन लाकर, अपने जीवन-क्रम को तदनुसार बना लेने की पद्धति को अपनाने पर व्यक्ति को क्या, देश को क्या, राष्ट्र को क्या, दारिद्र्य छू भी नहीं सकता। वस्तुओं की क़ीमतों को अकारण बढ़ाकर, सिक्के ढालकर और क़ीमतों में हेर-फेर लाकर अर्थशास्त्र के नाम पर कई दुखड़े खड़े किये जा रहे हैं। दुराशा और अविवेक पर अवलम्बित इन दुखड़ों का नाम आधुनिकता है। सचमुच आन्ध्र प्रान्त का किसान मर रहा है। देश में देव-मातृकाओं का नाम हो गया है। जिधर देखो, धान की उपज हो रही है। इसी से किसान का स्वास्थ्य, उसकी सम्पत्ति, उसकी मनःशान्ति, सब कुछ समाप्त हो गयी है। हमारे किसान भी विदेशी किसान की भाँति 'पैसा, पैसा' की रट लगा रहे हैं। दादा, पेट में भूख लगे, तो उसे तृप्त किया जा सकता है, परन्तु मन में धन की तृष्णा पैदा हो, तो वह कैसे बुझ सकती है ? जो तृष्णा अनन्त है, उसके पीछे दौड़ने से हम कहाँ पहुँच पाएँगे ? बुद्धिमान् उसी का अनुसरण करता है, जिसका आदि-अन्त उसे ज्ञात हो, परन्तु तृष्णा का तो कोई अन्त ही नहीं। इसलिए उसका अनुसरण केवल मूर्ख करता है। इसी प्रकार मूर्ख राष्ट्र और देश धन-तृष्णा के पीछे दौड़ता है। हमारा सच्चा देश मर गया है।''

बूढ़ा, ''भैया, हरिया के लिए खड़े रहने की जगह न रही। हमारे गाँव की वही दशा हुई है, जो तुमने बतायी।''

धर्माराव, ''अकेला हमारा गाँव नहीं। देश भर में ऐसा ही हुआ है।''

बूढ़ा, ''बची-खुची दस एकड़ ज़मीन भी अगले बरस धान के खेत में बदल जाएगी, तब बेचारा हरिया कैसे जिएगा ?''

धर्माराव, ''हरिया के जीने की चिन्ता लगी है तुम्हें और मुझे। जिस दिन किसान की बुद्धि भ्रष्ट हुई, उसी दिन हरिया भी भ्रष्ट हो गया, उसी दिन हरिया में भी बिगाड़ आ गया।''

बूढ़ा, ''वह देखो, चन्द्रा रेड्डी का बेटा मद्रास से लौट आया है। अब किसान-किसान कहाँ रहे ? कोई वेदों का अभ्यास कर रहा है, कोई आवारा बन गया है। हरिजन भी आजकल खेती नहीं कर रहे। उन्हें किस बात की कमी है ? ईसा-मसीह उन्हें भोजन देते हैं। केवल हम हैं, जो पूर्वजन्म के कर्मों के नाम पर रोते रहते हैं। काम किये बिना हमें अन्न नहीं मिलता।''

इतने में दूर गोपालकृष्ण रेड्डी और उसके साथ हरिया दिखाई दिये। धर्माराव ने उन्हें देखा।

बूढ़ा, "भैया, देखते हो तुम्हारा भाई उस रेड्डी को कितना चाहता है ? ज़रा बुलाकर देखो, शायद आ जाएँ।"

धर्माराव, "उसके आने का भरोसा नहीं। फिर भी देखूँगा बुलाकर।"

धर्माराव ने हरिया को पुकारा, हरिया ने मुड़कर देखा और हँसकर रेड्डी के साथ चल दिया।

बूढ़ा, "देखो, कितना आकर्षण है उस रेड्डी में। देखने में गोरा-गुमटा है। कलाई में घड़ी, फाउण्टेन पेन, आँखों में चश्मा, ट्वीट का कोट, विलायती जूते—वह भी एक गोरा साहब लगता है। अनजान हरिया को तुम्हारी बुद्धि से अधिक, उस लड़के का लिबास ही पसन्द है।"

धर्माराव, "दादा, जान पड़ता है, हम दोनों एक-से हैं। तुम बूढ़े हो और कह रहे हो कि देश बिगड़ रहा है। मैं युवक होकर भी कह रहा हूँ कि देश बिगड़ रहा है। परन्तु हमारा आक्रन्दन सुननेवाला कोई दिखाई नहीं देता। हरिया मेरा छोटा भाई है। समझ में नहीं आता कि उसे बचाने के लिए क्या करना चाहिए।"

रेड्डी और हरिया ज्वार के खेत में जा पहुँचे। रेड्डी को देखते ही सारे पंछी जहाँ-तहाँ छिप गये। सारे साँप बाँबियों में घुस गये। एक बड़ा साँप बाँबी के बाहर झाँककर हरिया को पास आने का इशारा करने लगा, पर हरिया नहीं गया। कृष्ण रेड्डी ने अपनी घड़ी हरिया की कलाई पर बाँध दी। चश्मा उसे पहनाया। अपना ट्वीड का कोट उसे पहनाया।

अधनंगा हरिया उस लिबास में एक अजीब जानवर-सा दीखने लगा। बन्दरों को नचानेवाले उन्हें इसी प्रकार लिबास पहनाकर नचाते हैं। हरिया उन्हें बन्दरों-सा दिखाई दिया। उसका विचित्र वेष देखने के लिए सारे साँपों ने बाँबियों के सिर बाहर निकाले। पंछी आकाश में इधर-उधर मँडराने लगे। सब ठण्डी आहें भरने लगे, मानो कह रहे हों, "हमारे हरिया का पतन हो गया है, पतन हो गया है !"

कृष्ण रेड्डी ने फिर बन्दूक़ चलायी। दो छोटे-छोटे पंछी मर गये। एक बगुला नीचे गिर पड़ा। एक साँप उधर से जा रहा था। रेड्डी ने बन्दूक़ के कुन्दे से उसे मार डाला। हरिया गुस्से से उसे रोकने लगा, परन्तु रेड्डी ने हरिया को हटाकर एक और साँप मार डाला। यह देखकर हरिया ने आँखों से चश्मा उतारकर फेंक दिया। कोट उतार दिया। कलाई से घड़ी उतारने की चेष्टा की, परन्तु उतार न पाया। उसे उतरवाने के लिए वह रेड्डी के पीछे-पीछे हो लिया। दोनों गाँव में जा पहुँचे। बड़ी देर तक सताने के बाद रेड्डी ने उसकी कलाई से घड़ी उतार दी।

धर्माराव ने दूसरे दिन मंगा से कहा, "अब हरिया को खेतों में न जाने देना।" मंगा पूछने लगी, "उसे पकड़ना सम्भव है ?" धर्माराव बोला, "अब के खेत में जाएगा तो लौटकर नहीं आएगा।" चार दिन बाद कृष्ण रेड्डी मद्रास चला गया। उसके जाने तक हरिया उसी के साथ-साथ रहा। हरिया को इस बात का स्मरण नहीं रहा कि रेड्डी

ने साँपों और पंछियों को मार डाला। रेड्डी के मद्रास जाते ही हरिया को फिर से खेतों का स्मरण हो आया। उसकी माँ पूछने लगी, "कहाँ जा रहे हो ?" माँ ने यह प्रश्न कभी नहीं पूछा था। वह मन-ही-मन सोचने लगी, 'मैंने यह अपशकुन का प्रश्न क्यों पूछा ?' हरिया खेत की ओर दौड़ पड़ा। उसे एक भी पंछी दिखाई न दिया। एक भी साँप दिखाई न दिया। ढूँढ़-ढूँढ़कर वह खेत के बीचवाली बड़ी बाँबी के पास जा पहुँचा। वहाँ तीन-चार सौ साँप और तीन-चार सौ पंछी इकट्ठे थे। हरिया को देखकर सारे पंछी एक-दूसरे के पास जम गये। सारे साँप एक-बारगी फूत्कार करने लगे। यह आवाज़ गाँव तक सुनाई देने लगी। लोगों ने सोचा, नलों का पानी उठानेवाले इंजिन धुआँ छोड़ रहे हैं। हरिया उन साँपों और पंछियों के बीच जाकर बैठ गया। पिछले दिनों वे सब उससे लिपट जाते, किलोलें करते, ऊधम मचाते और उससे खेलते। परन्तु आज सारे साँप और पक्षी उसे छूते तक न थे। उनमें से एक बूढ़ा साँप कहने लगा, "तुम उस आदमी के साथ हो लिये। उसी का लिबास पहना। वह किसान है। वे ही किसान हम सबको निराश्रय कर रहे हैं। पहले हम हज़ारों की संख्या में थे, आज हमारी संख्या सैकड़ों में आ गयी है। जनमेजय ने सर्पयाग करके हमारा सर्वनाश करना चाहा, पर हम ज्यों-त्यों बच गये। आज यह अनोखा यज्ञ चल रहा है। यह सर्वप्राणियों का मारण-यज्ञ है। धान के खेतों में वृक्ष नहीं रह सकते। जहाँ वृक्ष नहीं, वहाँ पक्षी कहाँ रहेंगे ? खुश्की ज़मीन नहीं रहेगी, तो हम जैसे नाग-साँप कहाँ जिएँगे ? एक समय था कि इन्हीं किसानों के आश्रय से हम जीते थे। आज ये किसान दुष्टों की बातें मानकर हमारा आसरा छीन रहे हैं। आज किसानों से हमारा विरोध हो गया है। तुमने उस आदमी पर लट्टू होकर हमारी हत्या करवायी। अब तुम्हारा और हमारा कोई सम्बन्ध नहीं। तुम जा सकते हो।"

हरिया ने उन सारी बातों को मज़ाक समझा। उस बूढ़े साँप के सिर पर उसने अपने हाथ से चपत लगायी। पाँव से एक और साँप को लताड़ा। मुँह से एक तीसरे साँप को छूने की चेष्टा की, परन्तु सारे साँप उससे दूर जाने लगे। हरिया ने पंछियों को पकड़ना चाहा, परन्तु वे भी दूर-दूर उड़ गये। एक पंछी ने आकर हरिया के सिर पर अपनी चोंच से प्रहार किया। इससे पहले कई बार पंछियों ने ऐसा किया था, पर हरिया के कोई दर्द नहीं हुआ था। आज उसे दर्द महसूस होने लगा। अब हरिया की समझ में आया कि सचमुच साँप और पंछी उससे अप्रसन्न हैं। यह जानकर उसने उसका अनुनय किया—कहा, "अब मैं उस आदमी से नहीं मिलूँगा। आओ, हम तुम मिल-जुलकर रहें।" बूढ़ा साँप बोला, "तुम धर्माराव के साथ भी मिलकर आते हो तो हम तुम्हारे पास नहीं आते। धर्माराव अत्यन्त साधु हैं। परम योगी हैं। ऐसी दशा में उस दुष्ट कृष्ण रेड्डी के साथ मिलकर यहाँ आने का साहस तुम्हें कैसे हुआ ? आना ही नहीं, उसका लिबास भी पहनते हो ? तुम्हारा मन उस दुष्ट आधुनिकता की भ्रान्ति में अपनी सहज शक्ति को खो बैठा है। अब हम तुम्हें आने भी दें तो कोई लाभ नहीं।" हरिया

कहने लगा, "ऐसा न कहो। आख़िर मैं तुम्हारा हूँ। मेरा औरों से क्या सम्बन्ध है ? वासुकी ! भाई तक्षक ! मामा चक्षुश्रव ! मेरे भानजे द्विजिह्व ! मित्र कुटिलग ! विषमूर्ति ! भयदजिह्व ! अनन्त शेषक ! क्या तुम सब मुझे छोड़ दोगे ? मेरे प्यारे विहंगो ! तुम भी मुझसे मुँह मोड़ोगे ? देखो, वह वक्र-चंचु मेरा परम मित्र है। यह मृदु-पक्ष मुझे छोड़कर नहीं रह सकता। यदि तुम सब मुझसे विमुख हो जाओगे, तो मैं गुण्डेरु नदी में डूबकर मर जाऊँगा। कहो, क्या कहते हो ? मर जाऊँ ? बताओ। अपने भैया से कहूँगा, गुण्डेरु नदी में बाढ़ ला दें। बाढ़ आये कई बरस हो गये हैं। इस वर्ष शायद फिर आएगी। यदि मेरा रहना तुम्हें अच्छा न लगता हो तो बताओ !...." यह कहकर हरिया दण्डाहत सर्प की भाँति अपने शरीर को गोल आकृति में मोड़ता हुआ लोट-पोट होने लगा। फण खोलनेवाले नाग की भाँति अपना सिर उठाने लगा। पूँछ के बल खड़े होनेवाले सर्प की भाँति घुटनों पर खड़ा हो गया।

साँप ने एक-दूसरे की ओर देखा। पंछियों ने भी एक-दूसरे की ओर निहारकर कुछ मूक वार्ता की। बूढ़ा साँप हरिया के पास आकर कहने लगा, "बेटा, तुम पर हमारा कोई गुस्सा नहीं है। उस दुष्ट के साथ घूमने से तुम्हारा मन कलुषित हो गया है। तुम्हारी प्रकृति बदल गयी है। दीर्घकाल के सम्पर्क से तुम्हारा और हमारा प्रेम लुप्त नहीं हुआ, तथापि तत्त्वतः तुम और हम भिन्न हैं। तुम्हारी और हमारी मैत्री फिर से जम नहीं सकती। आज तक हम तुम्हें डँसते रहे, तुम हमें काटते रहे, परन्तु हम सब एक थे। और हमारा विष एक-दूसरे की हानि न कर पाया। मान लो, पहले की भाँति हमने तुम्हें फिर डँस लिया और विष के कारण तुम मर गये, तब क्या होगा ? इसी से कहता हूँ कि हमारी मैत्री यहीं समाप्त हो जाए तो अच्छा है। तथापि तुम्हें छोड़कर हम भी नहीं रह सकते। क्या कहते हो ?"

हरिया ख़ुशी के मारे बूढ़े साँप से लिपटकर खिलवाड़ करने लगा। बोला, "ठीक है। तुम मुझे डँस लो। मैं जीवित रहा, तो सब मिलकर रहेंगे, नहीं रहा तो हर्ज़ ही क्या है ?" बूढ़े साँप ने कहा, "मैं नहीं डँसूँगा। तुम सचमुच मर जाओगे तो मैं सहन नहीं कर सकूँगा।" इस पर हरिया एक-एक साँप से अनुनय करने लगा, "तुम डँसोगे, तुम डँसोगे ?" कुम्भीनस नामक एक साँप ने कहा, "यदि कोई मध्यस्थ उपस्थित हो, तो मैं डँस लूँगा। कौन है वह मध्यस्थ ?" बूढ़े साँप ने गणाचारी का नाम लिया। हरिया गणाचारी को ले आया। साँप और पंछी दूर-दूर चले गये। गणाचारी की समझ में नहीं आया कि हरिया उसे क्यों ले आया है। इतने में साँप ने आकर उसे डँस लिया। हरिया ने तिलमिलाकर शरीर को टेढ़ा-मेढ़ा करके रक्त उगलकर प्राण छोड़े। तुरन्त आकाश में सारे पंछी ज़ोर-ज़ोर से विलाप करने लगे। बाँबियों के भीतर साँपों के दुःख की फुंकार सुनाई पड़ी। गणाचारी ने हरिया को इधर-उधर हिलाकर देखा और उसे मरा जानकर दुःखावेश में आपे से बाहर होकर गाने लगी–

फण हज़ार पसार, नृप को
स्वप्न में भी फणि ने लिया डँस;
चार फण के नाग ने ठिठका
दिया मुखिया बड़े को;
काटने झपटा बहू को
दो सिरों का अहि भयानक,
एक फण के साँप ने डँस
मार डाला तात ! तुझको....''

गणाचारी देखती ही रही और हरिया को डँसनेवाला कुम्भीनस साँप एक पत्थर पर अपना सिर पटककर मर गया। उस दिन सुब्बन्नापेठ में आकाश पर पंछी और ज़मीन पर साँप ही साँप थे। लोगों ने यथाशक्ति साँपों को मार डाला। कई साँप लाठियों के प्रहारों की जद में आप ही आप आकर मर गये। कई साँप गाँव छोड़कर चले गये। पंछी भी उड़ गये। गुण्डेरु नदी में डूबकर मर गये। कुछ साँप, जिन्हें प्राण बहुत प्यारे थे, उन्हीं बाँबियों में रहने लगे—ठीक उन काली जातियों की भाँति, जो अपने देश पर गोरे आदमियों का आक्रमण होने पर भी देश छोड़कर, अपने पुरखों की धरती छोड़कर, नहीं जाना चाहतीं। उस दिन पंछी आनन्दमय अपना मधुर मलरव भूल गये। आकाश में उड़ते समय विषाद के गीत अलापने लगे। हरिया का मृत शरीर मंगा के घर लाया गया। धर्माराव ने आकर देखा। वह सोचने लगा, मेरे पिताजी की सारी कल्पनाएँ आज समाप्त हो गयी हैं। केवल देवदासी की रक्षा हो पायी है। पता नहीं, पिताजी ने कैसे समय संकल्प किया था; सारे संकल्प भंग हो गये हैं। मंगा हरिया के शरीर पर पड़ी ज़ोर-ज़ोर से रोने लगी। ''बेटा, मैंने नहीं सोचा था कि तुम भी साँप के डँसने से मर जाओगे और मनुष्य कहलाओगे। जब तक तुम जीवित थे, मनुष्य को जन्म देने का मुझे समाधान न हुआ। पर मरकर तुम मुझे वह समाधान दे रहे हो। तुम्हारे पिता गर्भ-शोक नहीं जानते थे। उनकी सारी सन्तान सुखरूप है। देवदासी स्वर्ग सिधारी, सो हमने शोक नहीं किया। तुम्हारा शोक मुझसे भी अधिक तुम्हारे भैया कैसे सहन करेंगे ?'' रामचन्द्रराजु ने आकर देखा। वह हरिया के शरीर से लिपटकर बहुत देर तक रोता रहा। फिर राजु और धर्माराव एक-दूसरे से लिपटकर रोने लगे। राजु ने कहा, ''मेरे भाई ! तुम्हारे दुःख का पारावार नहीं। देवदासी, अरुन्धती, हरप्पा, हरिया, गोपन्ना, मंगम्मा—इन सबकी मृत्यु का दुःख तुम अकेले कैसे सहन कर रहे हो, यह मेरी समझ में नहीं आता !''

धर्माराव, ''भैया, इस कहानी की नींव सोलह बरस पहले पड़ी थी। कृष्णम नायडू का देहान्त हुआ, मैंने सहन किया। पिताजी चल बसे, मैंने सहन किया। कल्याण गौरी मेरी बड़ी माँ, तुम्हारी माता चल बसीं, मैंने सहन किया। 'रानी' शब्द के सम्पूर्ण अर्थ का साक्षात्कार करानेवाली रुक्मिणम्मराव की मृत्यु मैंने स्वयं देखी। ऐसी कौन घटना

है, जिसे मैं सहन नहीं कर सकता ? अगले पन्द्रह दिन में तो सर्वनाश ही होनेवाला है। ऐसा क्या है जिसे में नहीं देख सकता ?''

आधी रात बीत गयी। आकाश में तीतर की कूक सुन पड़ी। धर्माराव ने सोचा, उस दिन तुम्हारी कूक सुन पड़ी थी, आज फिर कूक रही हो ? गणाचारी का गाना लगातार चल रहा था–

''....एक फण के साँप ने डँस, मार डाला तात,
तुझको....''

अट्ठाईस

कुक्कुटों के क्षीण स्वर ने प्रातःकाल की घोषणा की। उनके कण्ठ-स्वर में मानो शक्ति लुप्त हो गयी थी। पंखों का हिलना भी बहुत क्षीण पड़ गया था, मानो वे इसलिए लजा रहे हों कि अब उनकी बाँग की किसी को आवश्यकता नहीं रही। तथापि राज्यच्युत होने पर भी परास्त राजा का सिर जिस प्रकार ऊँचा ही रहता है, उसी प्रकार कुक्कुटों ने भी सिर ऊँचा करके बाँग दी। उस बाँग का उपयोग केवल एक-दो व्यक्तियों को था। उनमें गणाचारी भी एक थी। उसने तलैया में जाकर स्नान किया। उसके केशों में तेल का सम्पर्क तक न था। तथापि स्नान करते ही वे तैल-संस्कृत केशों की भाँति चमक उठे। गणाचारी को भाई का घर छोड़े हुए कई वर्ष बीत चुके थे, परन्तु उसके बाल जटाओं में नहीं उलझे। यह देखकर लोगों को आश्चर्य होता था। गणाचारी ने स्नान करके अँगुलियों से केशों को सहलाया और साड़ी के पल्लो से उन्हें पोंछा। गाँव में कहा करते थे कि गणाचारी को एक पलड़े में रखो और उसके केशों को दूसरे में। वे केश नाग-साँप के केंचुल की भाँति मुलायम थे। किंचित् श्याम वर्णवाले चमकीले बादलों की भाँति घने थे। तमाल-वृक्ष के पल्लव की भाँति सुन्दर थे। उस दिन श्रावण की पहली एकादशी थी। गणाचारी केशों को पोंछ ही रही थी कि उसे केशों में एक छोटी-सी जटा दीखी। कल कोई जटा नहीं थी। आज कहाँ से आ गयी ? गणाचारी के प्राण मानो उड़ने लगे। उसने सोचा, 'मैं सुब्रह्मण्येश्वर स्वामी के साथवाली गृहस्थिन हूँ। संन्यासिन की भाँति मेरे केशों में जटा कहाँ से आयी है ?' उसने सारे शरीर में भभूत का लेप किया। ललाट पर कुंकुम का तिलक लगाया। सूखी साड़ी पहनी। गीली साड़ी से पानी निचोड़ा। सुब्रह्मण्येश्वर स्वामी के मन्दिर में जा पहुँची और चबूतरे पर गीली साड़ी रखकर वहीं बैठ गयी। इतने में दिन निकल आया। पुज़ारी ने आकर मन्दिर के द्वार खोले। उसने बलि-वेदी के पास से भभूत लाकर गणाचारी को दी। गणाचारी ने कुंकुम के टीके के नीच भभूत का टीका लगाया। पुज़ारी बोला, ''तिपाई की टाँग

भी हिल रही है।'' गणाचारी हँस पड़ी। इधर चार दिन से लगातार वर्षा हो रही थी, तथापि उस दिन निरभ्र प्राग्दिशा-मण्डल से सूर्य-बिम्ब का उदय हुआ। प्राग्दिशाकामिनी ने गणाचारी के कुंकुम के तिलक की प्रतिस्पर्धा में बालारुण सूर्य-बिम्ब का तिलक लगाया और गणाचारी के शिरोज़ी की स्पर्धा में काले आकाश को धारण किया। उसने गणाचारी की सफ़ेद साड़ी के स्थानापन्न ऊषःकान्ति को धारण किया। काले-काले पंछी, लम्बी-लम्बी श्रेणियों में आकाश में उड़कर गणाचारी के केशों में उलझी हुई जटा का स्मरण कराने लगे। गणाचारी ने पूर्व की ओर देखकर नमस्कार किया। सूर्य-बिम्ब की लाली कुछ उड़ गयी, मानो भगवान् गणाचारी पर प्रसन्न हुए हों। चार दिन से उसकी गीली साड़ी सूखती न थी। मन्दिर के मण्डप में वह उसे सुखा रही थी। आज धूप के निकल आते ही दीवार पर लगी खूँटियों पर उसने साड़ी लटकायी। उसके पास चार साड़ियाँ थीं। रामचन्द्रराजु ने दो ख़रीदकर दी थीं और धर्माराव ने दो। हर छह महीने में दोनों दो-दो साड़ियाँ ख़रीदकर उसे दिया करते थे। दो बरस पहले उसके भाई ने दो साड़ियाँ भेजी थीं पर गणाचारी ने उन्हें लौटा दिया था। सुख या दुःख, किसी भी दशा में भोजन धर्माराव के घर से आता था। वही खाना वह खाती थी। उसका भानजा चन्द्रय्या अब सयाना हो चुका था। एक-दो बार उसकी माँ ने चन्द्रय्या पर झल्लाकर कहा, ''इस गाँव में यह एक पागलों की टोली ज़मी है। उस पगली के लिए रोज़-रोज़ खाना ले जाना तेरा काम है ?'' चन्द्रय्या बोला—''खाना ले जाता हूँ इसलिए नहीं कि वह पगली है, बल्कि इसलिए कि वह मेरी फूफी है।''

दिन चढ़ आया। ज़मीन गीली थी, परन्तु हवा में थोड़ी-सी उष्णता ही लगती थी। गीली दीवारों पर धूप पड़कर उनका गीलापन हरने लगी। फिर भी दीवारें गीली ही थीं। हाँ, जहाँ कल तक कीचड़-ही-कीचड़ था, वहाँ आज दिन चढ़ते ही पथिकों के पदचिह्न दीखने लगे। पुज़ारी दस बजे दिन चढ़ते ही नैवेद्य चढ़ाकर घर लौटा। धूप और कड़ी हो गयी। धर्माराव के घर में अब केवल उसकी बहन पर सब कुछ निर्भर था। माँ और बहन ने धर्माराव से कई बार दूसरा ब्याह करने का अनुरोध किया। बहन बोली, ''भाई, मैं यहाँ सदा के लिए थोड़े ही रहूँगी ? आख़िर रसोई बनाने के लिए भी कोई न हो, तो काम कैसे चलेगा ? तुम्हें ब्याह करना होगा।'' धर्माराव ने उत्तर दिया, ''मैं दूसरा ब्याह करूँ ? बेचारी अरुन्धती मुझे अपना देवता मानकर सेवा करती रही। उसकी आत्मा के प्रति मैं विश्वासघात नहीं करूँगा।'' बहन कहने लगी, ''मेरे जाने के बाद तुम शायद कहीं इधर-उधर दो कौर खा लोगे, परन्तु इस बुढ़िया को कौन खिलाएगा ? बालक रामेश्वरम् को कौन सँभालेगा, गणाचारी के लिए कौन रसोई बनाएगा ?'' धर्माराव बोला, ''अब गणाचारी और माँ के कितने दिन रह गये हैं दीदी ?''

दोपहर का समय था। चन्द्रय्या गणाचारी के लिए खाना ले आया। मन्दिर के बाहर एक छोटी-सी झोंपड़ी थी। उसी में गणाचारी रहती थी। गणाचारी के भोजन करते ही

चन्द्रय्या ने पूछा, ''फूफी, कटोरा ले जाऊँ ?'' गणाचारी बोली, ''बेटा, तुमने मेरी बड़ी सेवा की। तुम्हारी चाकरी समाप्त होने के दिन अब आ गये हैं।'' चन्द्रय्या ने कहा, ''फूफी, मैंने कौन ऐसी चाकरी की है ? तुम देवी हो। हमारा घर छोड़कर आयी हो। इसी का मुझे दुःख है।'' गणाचारी बोली, ''तुम्हारी कोई बहन नहीं है। होती तो वह भी मेरी तरह गणाचारी बन जाती। ऐसे हमारे भाग नहीं हैं, इसी से तुम्हारी कोई बहन नहीं है। हाँ, तुम्हारे एक लड़की होगी। तुम उसका ब्याह कर डालना। मैं अनुमति दे रही हूँ।'' चन्द्रय्या अभी लड़का था। उसे फूफी की बातों पर हँसी आयी। गणाचारी ने कहा, ''अभी तुम्हारा लड़कपन है, इसीलिए हँस रहे हो। तुम्हारे बेटी होगी, तब मेरी बातें याद आएँगी।''

दिन ढल गया। आकाश में फिर से बादल छा गये। साँझ भर वर्षा होती रही। काले बादल मन्दिर के ध्वज-स्तम्भ पर उतर आये। ध्वज-स्तम्भ के अग्रभाग पर हिलनेवाले घण्टे के निनाद से युक्त यह बादल ऐसा लगा, मानो यमराज का महिष गले में घण्टिकाओं का पट्टा बाँधकर आया हो। बादलों के झुक आने से गोपुर का ऊपरी भाग दीखता न था। ऐसा लगता था मानो गोपुर ढह गया है। मन्दिर के विमान[1] के महराबों में नीड़ बनाकर रहनेवाले कबूतर आपस में गुटरगूँ की आवाज़ करते हुए अपने मित्र बादलों से मानो कानाफूसी कर रहे थे। कबूतर काले थे, अतएव काले बादलों से उनका स्नेह स्वाभाविक था। चारों ओर क्षितिज पर वर्षा के स्तम्भ जैसे दीखने लगे। पश्चिम में आकाश कुछ खुल गया और सूर्य के प्रकाश का प्रसार पूरब के बड़े-बड़े मेघों पर होने के कारण उधर असंख्य इन्द्र-धनुष दीख पड़े। बादल गरजने लगे। वह गरज मानो हर के धनुष की डोरी की टंकार थी। कुछ धनुष गगन में दक्षिण से उत्तर तक सम्पूर्ण आकृति लिये हुए थे। कुछ आधे थे, कुछ उनसे भी छोटे टुकड़े थे, कुछ बादलों के पीछे अंशतः ओझल थे। इस प्रकार सारे आकाश में मानो नाग-वल्ली[2] की रंगोली[3] लगी थी। पश्चिम में छाये बादलों के कारण सूर्यास्त का पता ही न चला। अँधेरे का छा जाना ही सन्ध्या का परिचायक बना। मूसलाधार वर्षा हुई। धनवान लोग कम्बल और लिहाफ ओढ़कर 'उहुहू' करते हुए मज़े में सो गये। निर्धन इधर-उधर छटपटाये और वर्षा की बौछार में लथपथ होकर गीले कपड़ों में 'उहुहू' करते हुए सिकुड़कर बैठ गये।

गणाचारी मन्दिर के मुख-मण्डप में सोया करती थी। पूरब की ओर वर्षा की बौछार होने लगी, तो वह मण्डप के पश्चिमी भाग में जाकर सो गयी। जब पश्चिम में भी

---

1. विमान—मन्दिर के गर्भालय के ऊपर बना हुआ ठोस निर्माण जो कि उत्तरोत्तर सूच्याकृति धारण करता है।
2. नाग-वल्ली।
3. रंगोली—विवाह सम्बन्धी एक रस्म जिसे 'नाक-बलि' भी कहते हैं। इस रस्म के समय ज़मीन पर रंग-बिरंगे चूर्णों से ऐपन पूरते हैं जिसे 'रंगोली' कहा जाता है।

बौछार होने लगी, तो वह मन्दिर के द्वार से सटकर सो गयी। आज उसकी चारों साड़ियाँ सूखी थीं। उसने एक साड़ी ओढ़ ली। दो साड़ियों को बिछा लिया। उसे नींद न आती थी। वह सोचने लगी, आज नींद क्यों नहीं आती ?....उसे एकादशी का स्मरण हो आया। शुक्ल-पक्ष की चाँदनी पर बादलों का आवरण चढ़ गया था। भोर होते समय बादल छँट गये और आकाश निर्मल हो गया। गणाचारी स्नान करके बाल पोंछने लगी। बालों में दो जटाएँ उलझी दीख पड़ीं। गणाचारी मन-ही-मन हँस पड़ी। उस दिन साँझ को फिर से बादलों ने आ घेरा। गणाचारी ने सोचा, ये बादल दिन में मेरी साड़ी को तो सूखने देते हैं। आकाश में बादलों की विचित्र आकृतियाँ दीख पड़ीं। कैलास के शिखर की भाँति, बल खाती यमुना नदी की भाँति, श्रीकृष्ण भगवान् की देह-छटा की भाँति, कुपित सुब्रह्मण्येश्वर स्वामी के सहस्र मुखों से निर्गत अग्नि-ज्वालाओं के अग्रभाग में उड़ती हुई धूम्र-रेखाओं की भाँति, निर्धनों के जीवन की भाँति, दुष्टों के संकल्पों की भाँति, नष्ट-भ्रष्ट हो चुके सत्य-धर्म-दया-शौच की भाँति, ग्रीष्मरूपी दीये के पीछे काली छाया की भाँति बादल उमड़ पड़े। वे रह-रहकर गरजते। उनकी गरज कभी सीझते चावल की गड़गड़ाहट-सी लगती, तो कभी मोरों की कूक-सी प्रतीत होती। कभी ऐसा लगता कि इन्द्रदेव का रथ कुप्पा होकर धरती पर गिर पड़ा है। सौदामिनी की चमक रत्नों की खान-सी प्रतीत होती थी, मानो इस बात का प्रमाण प्रस्तुत कर रही हो कि 'रत्नगर्भा' की उपाधि केवल धरती को ही नहीं, आकाश को भी समान रूप से फबती है। धरती और गगन में कई सामान्य लक्षण दीख पड़े। इधर शस्य-श्यामलता थी, तो उधर मेघ-श्यामलता। इधर नदियों का प्रवाह था, तो उधर वर्षापात। इधर तरुणियों की जगमगाहट थी, तो उधर सौदामिनी की दमक। वह दिन भी बीता। वर्षा थमी नहीं। गणाचारी प्रातः स्नान करके तीन जटाओं और दो गीली साड़ियों के साथ मन्दिर में जा पहुँची। छोटा रामेश्वर शास्त्री वर्षा में भीगता हुआ गणाचारी के पास आया। गणाचारी ने पूछा, "वर्षा में क्यों आये हो ?"

शास्त्री, "तुम यहाँ अकेली बैठती हो न ? तुम्हें कैसा लगता है ?"

गणाचारी, "तुम बताओ, कैसा लगता होगा ?"

शास्त्री, "यदि तुम्हारा भी कोई मन होगा, तो तुम्हें कुछ नहीं लगता होगा।"

गणाचारी, "तुम्हारी आयु ठीक आठ बरस की भी नहीं, तुम्हें मन के बारे में कैसे ज्ञात हुआ ?"

शास्त्री, "कैसे ज्ञात हुआ ? मन न हो तो संसार ही नहीं।"

गणाचारी, "ए उलटी खोपड़ीवाले ! अब तुम घर जाओ।"

शास्त्री, "पहले बताओ, तुम्हें कैसा लगता है।"

गणाचारी, "डरती हूँ कि यह साड़ी सूखेगी या नहीं। डरती हूँ कि चन्द्रय्या खाना लाएगा कि नहीं। डरती हूँ कि साँझ होगी कि नहीं। सवेरा होगा कि नहीं। डरती हूँ कि ये साड़ियाँ फटी-पुरानी हो जाएँगी, तो तुम्हारे पिता और ताऊ नयी साड़ियाँ ला

देंगे कि नहीं। अब बताओ, कैसा लगता है ?''

शास्त्री, ''मन को लगना हो तो शायद डर का रहना आवश्यक है।''

गणाचारी, ''हाँ।''

शास्त्री अपनी अँगुलियाँ गिनता हुआ वर्षा में घर लौट गया। बादल यथेष्ट बरसने लगे। जहाँ-तहाँ पानी से भरे हुए खेत और तालाब दीखने लगे। गाय का खुर या मनुष्य की एड़ी ज़मीन में जहाँ धँस जाती, उस छोटे से गड्ढे में पानी भर जाता। जानवर अपने शरीर पर बरसते छींटों को सींगों से उड़ाते हुए चल रहे थे। छाते की सहायता से लोग केवल अपने सिरों को भीगने से बचा पाते थे, बाक़ी उनके कपड़े आदि भीग रहे थे। वृक्षों के पत्ते पानी में भीगे थे। पत्तों के सिरों पर रुकी हुई पानी की बूँदें ऐसी लगती थीं, मानो बुलाक पहनी हुई किसी शबर-कन्या का नासिकाग्र हो, मानो लोलक पहनी हुई किसी बालिका का श्रवण-पुट हो। वृक्षों की छाया में वर्षा नहीं होती, परन्तु वहाँ की अपेक्षा बाहर ही शरीर को ठीक लगता है। बाहर वर्षा की बौछार सारे शरीर पर समान रूप से होती है, परन्तु वृक्षों तले होनेवाली बौछार ऐसी नहीं होती। कहीं बहुत बड़ी बूँद आ पड़ती है, तो कहीं पानी का स्पर्श तक नहीं होता। यह असमान जल-स्पर्श मन को अजीब-सा लगता है। उस दिन साँझ होने पर बादल कुछ खुल गये। पता नहीं, वे कब खुलते हैं और कब फिर से छा जाते हैं। इसीलिए कहते हैं कि वर्षा के आगमन और प्राणों के निर्गमन का किसी को पता नहीं चलता।

दूसरे दिन चतुर्दशी थी। चार जटाओं समेत गणाचारी मन्दिर में आ पहुँची। रामेश्वर शास्त्री आया। गणाचारी ने कहा, ''सवेरा होने से पहले ही आ पहुँचे ?''

शास्त्री, ''देखने आया हूँ कि तुम क्या कर रही हो ?''

गणाचारी, ''तुम्हारे पिताजी ने आने को कहा ?''

शास्त्री, ''मुझमें और पिताजी में बातचीत नहीं होती।''

गणाचारी हँस पड़ी। शास्त्री हँसकर कहने लगा, ''हँसो नहीं, सचमुच हम दोनों में बातचीत नहीं होती। हम एक-दूसरे को नाम लेकर नहीं पुकारते।''

गणाचारी, ''तुम जैसे नटखट केवल तुम ही हो, और कोई नहीं।''

शास्त्री, ''क्यों नहीं है ?''

गणाचारी, ''कौन है ?''

शास्त्री, ''यही सोच रहा हूँ : तुम्हारे सुब्रह्मण्येश्वर स्वामी मुझसे अधिक नटखट हैं न ? नहीं तो सुबबन्नापेठ छोड़कर चले जाते ?''

गणाचारी, ''वे नटखट नहीं हैं, इसीलिए चले गये। नटखट होते तो यहीं अड्डा जमाकर लोगों को तंग करते।''

शास्त्री, ''अपनों पर हर किसी का ऐसा ही प्रेम होता है।''

गणाचारी, ''इसी से कहते हैं कि ठेंगने के सिर में ढेरों बुद्धि होती है।''

शास्त्री, ''मैं ठेंगना नहीं हूँ।''

गणाचारी, "घर में तुम कोई कामकाज नहीं करते ? आज तुम्हारी माँ का वर्ष-श्राद्ध है न ?"

शास्त्री, "मैं जा रहा हूँ।"

शास्त्री चला गया। वर्षा थम चुकी थी। शास्त्री धीरे-धीरे चल रहा था। उसे देखकर गणाचारी सोचने लगी—मैंने बालक को अकारण दुःख दिया। पर इसे अकारण क्यों कहें ? बचपन में दुःखों से लोहा लेकर ही मनुष्य सयाना होकर विवेकी बन जाता है।

फिर से वर्षा की झड़ी लगी। ताड़-फल पककर लाल बन गये और किसानों के लड़के उन्हें ललचायी दृष्टि से देखने लगे। वर्षा की बूँदों के पड़ने से वे फल चमकने लगे। ताड़-वन में एक-एक वृक्ष पर सौ-सौ बिच्छू दीखने लगे। किसानों के लड़के वर्षा में खेतों में घूम-घूमकर बिच्छुओं और केकड़ों को पकड़ते और उनसे खेलने लग जाते। वे ख़ूब पहचानते थे कि कौन से बिच्छू के उदर में बच्चे हैं। ऐसे बिच्छू को चित्त सुलाकर लड़के पेट के द्वार खोलते थे। ऐसा लगता था कि पेट में दो पट लगे हैं। उन्हें खोलने पर भी बिच्छू जीवित रहता है। लड़के उन पटों को खोलते और भीतर के नन्हे-नन्हे बिच्छुओं को देख-देखकर खिलखिलाकर हँसते और फिर पटों को बन्द करके बिच्छू को छोड़ देते। उसी प्रकार केकड़ों के पेट भी खोलकर फिर बन्द करते। वर्षा में किसानों के लड़के सिरों पर दुपट्टे ओढ़कर लाठियों से भैंसों को तालाब के किनारे हाँककर स्वयं खेल-कूद में निमग्न हो जाते। जहाँ-तहाँ कीचड़-ही-कीचड़ हो गया। दूसरे दिन पूर्णिमा थी। गणाचारी के केशों में पाँच जटाएँ निकल आयीं। उसने अपनी चारों साड़ियाँ भिगो दीं और एक गीली साड़ी पहनकर मन्दिर में जा पहुँची। रामेश्वर शास्त्री भी आया।

उसने कहा, "सभी साड़ियाँ गीली हैं ?"

गणाचारी, "तो क्या हुआ ? आज बालों को सुखाना नहीं पड़ेगा।"

शास्त्री, "चार दिन के भीतर तुम्हारे सिर पर जटाएँ कहाँ से आ गयीं ?"

गणाचारी, "उन्हें कभी का आना चाहिए था, मैंने आने नहीं दिया।"

शास्त्री चला गया। दोपहर हुई। गणाचारी ने तीन दिन से भोजन नहीं किया था। धर्माराव के घर में मासिक तथा वार्षिक श्राद्ध और आब्दिक कर्म के दिन आये बीते तीन दिनों में ब्राह्मणों को भोजन समाप्त होने तक साँझ हो गयी। इसके अतिरिक्त धर्माराव के घर का खाना पितृशेष था।

पुज़ारी ने नाई को बुलाया। गणाचारी ने अपनी जटाएँ कटवायीं। सिर मुँड़वाया। जटाओं को स्वामी के सम्मुख रख दिया। फिर बोली, "अब यही जटाएँ स्वामी के मन्दिर में रहेंगी। मेरा और स्वामी का सम्बन्ध समाप्त हो चुका है। अब मैं मन्दिर में नहीं जाऊँगी।"....फिर वह बाहर की झोंपड़ी में रहने लगी। सन्ध्या-समय धर्माराव ने आकर देखा। गणाचारी झोंपड़ी में सो रही थी। मन्दिर में तिपाई की तीसरी टाँग भी टूट गयी। तिपाई एक टाँग से कैसे खड़ी रहती ? धर्माराव ने बची-खुची टाँग को भी निकाल देने का पुज़ारी को आदेश दिया। अब बलि-वेदी की आवश्यकता नहीं। जब स्वामी

के हज़ार फण जाते रहे, उनके चिह्न भी नष्ट हो गये, तभी बलि-वेदी भी नष्ट हो गयी। अब तो स्वामी ही नहीं रहे। केवल मन्दिर अतीत का चिह्न बनकर रह गया।

फिर उस दिन वर्षा नहीं हुई। ग्रीष्म की भाँति कड़ी धूप निकल आयी। रास्ता चलनेवाले लोगों के सिर मानो झुलस गये।

साँझ हुई। रात को गणाचारी की झोंपड़ी में आग लग गयी। हवा ज़ोर से चलने लगी। लोगों ने कहा, गणाचारी झोंपड़ी में जलकर मर गयी। उसी आग की चिनगारियाँ हवा में उड़कर नगरपालिका के मार्केट में लग गयीं। मार्केट और झोंपड़ी सगे भाइयों की तरह साथ-साथ जलने लगे। लकड़ियों में लगे कीले लाल हो गये। बड़े-बड़े राफ्टर तड़ककर हवा में उड़े और दूर-दूर घरों पर जा गिरे। गाँव मार्केट से दूर था। तथापि गाँव में भी आग लग गयी। ब्राह्मणों की बस्ती, रेड्डियों की बस्ती, कम्मा लोगों की बस्ती, कलालों की बस्ती—यहाँ तक कि कोई भी बस्ती ऐसी न थी जिसमें आग न लगी हो। वर्षा ऋतु थी। कल तक वर्षा, आज दिन-भर कड़ी धूप और रात को यह अग्निकाण्ड। घर जले जा रहे थे, पर उन्हें बुझाने का कोई उपाय नहीं था। कुएँ सब कभी के ढँक दिये गये थे। आग बुझाने के लिए पानी न था। नल के नीचे घड़ा रखने पर उसके भरने में आध घण्टा लग रहा था। इसी बीच और दो घर जलकर राख हो रहे थे। घरों के पासवाले पेड़ों के पत्ते आँच से झुलस गये। घरों में से सामान भी बाहर लाना असम्भव हो गया। कई गायें और बछड़े धधकती आग में जल गये। कुछ लोगों ने अपने छिपाये हुए धन-संचय को लाने के लिए घरों में घुसने का साहस किया परन्तु उनके घुसते ही आग की लपटों ने चारों ओर से घेरा डाल लिया। वे लोग बाहर न आ सके। एक व्यक्ति घर में सो रहा था। अन्य लोग हड़बड़ाकर बाहर आये। उन्होंने जल्दी में बाहर से द्वार बन्द कर दिया। भीतर सोनेवाला व्यक्ति जागकर द्वार खटखटाने लगा, परन्तु उस महाग्नि की आवाज़ों में उस बेचारे की पुकार कोई न सुन पाया। शिवजी की नेत्राग्नि से दग्ध होनेवाले मदन की भाँति वह व्यक्ति खड़ा-खड़ा जलकर राख हो गया। जहाँ-तहाँ करुण आक्रन्दनों की आवाज़ें आकाश तक जा पहुँचीं। किसी का धन जल गया था। किसी का अनाज भस्म हो गया था। किसी का बच्चा आहुति हो गया था। किसी की गाय और बछड़ा जल गये थे। जहाँ देखो, हाहाकार मच गया। शहर का सारा दक्षिणी भाग एक विशाल श्मशान बन गया। इस कोलाहल में गणाचारी के मरने की बात किसी के ध्यान में न आयी। गणाचारी के भाई का घर भी जल गया। उसकी भाभी का सारा शरीर जल गया। उसके जीने के लाले पड़े। सारा गाँव रात भर जलता रहा। सवेरे कोई तीन-चार बजे धीरे-धीरे हाहाकार थमा।

इतने में कई लड़के दौड़े-दौड़े आये और बोले कि गुण्डेरु नदी में बाढ़ आ गयी है। बारह-तेरह वर्ष पहले आयी हुई बाढ़ आज फिर आयी। बाढ़ का पानी रेत में मिलकर भँवर में गोल-गोल चक्कर लगाता हुआ और ज़मीन को खोदता हुआ जहाँ-तहाँ कीचड़ फैलाने लगा। पानी पर से एक अजीब आवाज़ आने लगी। तरंगों के बीच उठे हुए

फेन के साथ एक-एक लहर दौड़ी-दौड़ी आती। पहले चीत्कार करती, फिर पतली पड़ जाती और छोटे-छोटे बुलबुलों में मिल जाती। प्रवाह के साथ कई साँप बह गये। वे सब घरों में घुस पड़े। दूसरे दिन तक जले हुए घरों में से लगभग आधे घर बाढ़ के पानी में डूब गये। सवेरे से अधिक साँझ को, साँझ से अधिक दूसरे सवेरे, इस प्रकार बाढ़ बढ़ती ही गयी। लाल मिट्टी से मिला हुआ पानी, वध किये गये महापापियों के लहू की भाँति बहने लगा। जले हुए घरों के बीच कहीं एकाध झोंपड़ी बची होती, तो वह बाढ़ में बह जाती। पता नहीं, लोगों ने उस निचले स्तर की ज़मीन में घर क्यों बना रखे थे। पिछले दिनों वहाँ सब खेत ही खेत थे। बाढ़ आती और उन खेतों को खाकर तुष्ट हो जाती। परन्तु अब क्या है ? खाने को केवल मिट्टी ही रह गयी है। तथापि नदी ने अपना प्रवाह-सौन्दर्य नहीं छोड़ा। जहाँ-तहाँ गोल-गोल चक्कर काटती हुई सारे घरों में फैलकर ऐसी उमड़ पड़ी, मानो सर्वत्र उसी का राज हो। जल-सर्प सिर ऊपर उठाकर तैर रहे थे। मनुष्य की दृष्टि पड़ते ही जल-सर्प अपना सिर डुबो देता है। लोगों के झुण्ड-के-झुण्ड पुल पर से चलने लगे। रेल का पुल टूट गया। अपने मार्ग से आयी हुई रेल की पटरी को गुण्डेरु नदी ने मील-डेढ़ मील दूर तक लथाड़ा। पटरी मुँह के बल गिर पड़ी। किसकी मजाल थी कि उस प्रवाह के वेग से टक्कर ले ? गुण्डेरु की बाढ़ शहर में लगभग एक मील घुस आयी। सारी नयी बस्तियों को उसने जलमय कर छोड़ा। केवल पुराना गाँव बाढ़ से अछूता बच गया। जितनी भी नयी बस्तियाँ फैली थीं, सब नष्ट हो गयीं। बिजली के कई खम्भे गिर गये। कई नल गले तक पानी में डूब गये, फिर भी नल खोलने पर उनमें से पानी आ रहा था। हरे रंगवाले बड़े-बड़े मेंढक उस ओछे पानी में भद्दी आवाज़ें करने लगे। मेंढकों के झुण्ड-के-झुण्ड इकट्ठे हुए और मानो दो दलों में बँटकर माण्डूक्य उपनिषद् का पाठ करने लगे। उपनिषद् वैसे छोटा ही है परन्तु गौड़पाद की कारिका लम्बी बन गयी है।

अग्नि और बाढ़ के कारण नयी बस्तियों का सर्वनाश हो गया। अबकी बार बाढ़ पन्द्रह दिन तक डटी रही। लोग निराश्रय हो गये। कॉलेज बाढ़ के पानी में मिल गया। धर्माराव ने गणाचारी के अन्त्य संस्कार करवाये। बाढ़ के थमने के बाद एक दिन वह स्टेशन पर जा पहुँचा। वहाँ प्लेटफ़ार्म पर 'सुभान पेठ' नाम लिखा था। कॉलेज के एक अध्यापक बैठे थे। वे बोले, "सुभान पेठ, नाम है। यहाँ 'भान' नाम के किसी राजा ने राज्य तो नहीं किया ? उसी राजा ने इस गाँव का निर्माण किया होगा।" यह व्याख्यान सुनकर धर्माराव ने पूछा, "आप इतिहास के अध्यापक हैं ?" पुराना सुब्बन्नापेठ ही तत्काल बचा रहा।

साँझ हुई। अँधेरा हलके-हलके आया पर तुरन्त टल गया। थोड़ी देर में ज्योत्स्ना की तरंगें ऐसी उभर आयीं, मानो ढाके की मलमल के हज़ारों थानों के ढेर-के-ढेर पड़े हों। धर्माराव सोच रहा था।....ओ हो ! कैसा समय है। कैसा परिवर्तन है। पुराने कितने नष्ट हो गये। नये कितने पैदा हो गये। नवीनता को ही सारा संसार शक्ति मानता

है। नवीनता नवीनता ही होगी, शक्ति कैसे होगी, गर्दभी का बच्चा भी कोमल ही लगता है। ओफ ! कितना कुछ नष्ट हो चुका है। जो कुछ हो चुका है, उसे देखकर मन प्रक्षुब्ध हो उठता है। यदि जो कुछ नष्ट हो चुका है, वह सब व्यर्थ होता, निस्तेज होता, तो दुःख की बात न होती ! परन्तु मेंरा राष्ट्र इतना अभागा क्यों हो गया ? कदाचित् मेरे राष्ट्र ने अपरिमित पाप किये थे। कृष्णम जैसा ज़मींदार जाता रहा। वह ज़मींदार जिसने अपनी सारी सम्पत्ति कुलटाओं, विटों और परायी संस्कृति पर लट्टू होनेवाले पाखण्डी जनों में बाँटकर नष्ट नहीं की। उसी के साथ-साथ जो धर्म, अर्थ, काम और मोक्ष का हेतु है, वह विद्या नष्ट हो गयी। स्वामी के हज़ार फण नष्ट हो गये। रुक्मिणम्माराव चल बसीं। अब मेरे राष्ट्र में 'रानी' शब्द बचा ही क्यों है ? जो रानी विदेशी सभ्यता पर लट्टू नहीं थी, जो रानी नीच सुख की अभिलाषा में भगवान् से विमुख नहीं बनती थी—ऐसी वह रानी ही चल बसी। उनकी निशानी सरोजिनी देवी भी जीवित न रह पायीं।

गोपन्ना क्या चल बसा, एक ऐसा मनुष्य चल बसा जो भक्ति, सेवा, भूत-दया तथा परोपकार का मूर्तिमान् अवतार था। उसे स्वतन्त्रता का भाव नहीं था। वह कुतर्क नहीं जानता था। स्वार्थ ने उसे छुआ तक नहीं था। भला ऐसा व्यक्ति क्यों जीवित रहता। उसके लिए यहाँ क्या धरा है ?

मेरी बहन देवदासी चल बसी। उसके साथ-साथ भगवद्-भाव नष्ट हो गया। भरत-शास्त्र नष्ट हो गया। भगवान् ही नष्ट हो गये।

हरिया चल बसा। उस बेचारे के ठहरने के लिए यहाँ जगह नहीं रही। उमड़ आती अनीश्वरी मातृकाओं के मुक़ाबले में वह टिक न सका। कैसी विचित्र मृत्यु थी उसकी ! ....गणाचारी चल बसी। स्वर्ग और मर्त्यलोकों के बीच वाली कड़ी टूट गयी। उस कड़ी के टूटते ही धरती से बँधा हुआ स्वर्ग अपने बन्धन से छूट गया और कहीं अदृश्य हो गया। जो अदृश्य हो गया, उसके अस्तित्व ही को जग अमान्य करने लगा। इसमें जग का क्या दोष है ? गणाचारी के साथ-साथ स्वामी भी पराये हो गये हैं।

ओफ़् ! तो अब क्या बचा है ?....अब क्या बचा है ?....अब क्या बचा है ?

अन्तर से जवाब आया....''सब कुछ भले ही नष्ट हुआ हो, पर तुम बचे हो, तुम बचे हो, तुम बचे हो—राष्ट्र की शक्ति के रूप में, समाज के धर्म के रूप में....!''

□□□